역사와 현상학

역사와 현상학

••••• ◁ ● ▷ •••••

한국현상학회지
[제 12 집]

──── 편집위원 ────
이영호 박순영 이길우 손동현
이기상 이남인 이종관 한정선
조관성 홍성하 김희봉

철학과현실사

▣ 머리말

이번 『철학과 현상학 연구』 12집은 현상학과 역사성의 문제를 주제로 다루고 있다. 그러나 여기서 "역사란 무엇인가"라는 일반적인 질문에 대한 현상학적인 대답을 기대해서는 안 될 것이다. 역사는 인간의 삶의 방식이며, 인간의 특이한 존재 방식이다. 역사를 통해서 비로소 인간은 자신의 모습을 드러내고, 자신의 존재를 실현한다. 그래서 비코(Vico)는 '인간이 무엇인가는 그 역사가 말해준다'고 말함으로써, 역사가 인간을 구성하는 인간의 조건(conditio humana)이라고 해명한다. 엄밀학이 되기를 추구하는 현상학이 역사와 관련된다면, 언뜻 모순적인 발상이라고 평할지도 모른다. 역사는 시간의 변화에 따라서 우연적인 사건과 그 사건을 야기시키는 개별적 조건까지도 포섭하고 있다. 체계 속에 포괄될 수 없는 특성, 유일회성, 개체성을 고려하는 것이 역사성의 특성이다. 이런 현상학이 역사에 대해서 뭐라고 말하는가?

후설은 딜타이와의 대결에서 역사주의의 문제를 어떻게 평가하고 있는가? 가다머는 "하이데거 철학의 발단에 대한 회상"(Erinnerung an Heideggers Anfänge, Dilthey- Jahrbuch für

Philosophie und Geschichte der Geisteswissenschaften Bd 4/
1986-87. S. 13f)이라는 글에서 하이데거가 후설에게 역사의 관
심이 결여되어 있었다는 것을 자주 거론했다고 회상한다. 하이데
거는 1921년(혹은 1922년?)에 후설이 런던 강연을 떠날 때 일어
났던 일화를 통해서 그 일을 확인하고 있다. 후설은 여행시에
는 언제나 그랬듯이 이 날도 파나마 모자에, 금줄 시계와 우산
을 들고 열차가 출발하기 30분 전에 자신의 조교 하이데거와 함
께 플랫폼에 도착하였다. 기차가 거의 도착할 무렵에 하이데거가
후설에게, "그런데 선생님, 역사는 어디에 있습니까? (Ja, Herr
Gehimrat, aber wo bleibt die Geschichte?)"라고 물었더니 후설
은 "아, 그걸 잊었구먼(Ach, die habe ich vergessen)"이라고 대
답했다고 한다. 이 이야기를 하이데거는 자신의 조교였던 가다
머에게 자주 들려주었다고 한다. 이로써 하이데거는 후설에 비
교해서 자신의 입지를 세우기 위한 것으로 가다머는 풀이하고
있다. 후설은 역사에 대해 둔감했다는 것을 명시하는 이야기다.
　　그러나 가다머는 이 글에서 후설이 이미 딜타이와의 대결(아
마 1910~1911년의 Logos 논문을 지시하는 듯하다) 이후부터
계속 역사성의 문제를 염두에 두고 있었다고 한다. 특히 후설
의 내적 시간 의식의 분석과 역사성의 문제는 밀접한 관련을
가지고 있음을 시사하고 있다. 말하자면 이미 1910년에서 1922
년 사이에 이런 문제 의식을 동반하고 있었음을 이미 『이념들
II(Ideen II)』에서 입증하고 있다는 것이다.
　　후설의 『이념들』에 나오는 주제는 "본질과 사실"이다. 여기
서 사실이 갖는 우연성과 본질의 보편성 사이의 대립을 보여준
다. 여기서 사실 과학과 본질학의 대립이 도출된다. 현상학은
본질 직관과 본질 탐구의 방법 이외의 다름이 아니라는 것을
천명함으로써 선입견으로부터 해방에 기여하고 있다. 만약 이
것이 현상학의 근본 특징이라면 그리고 현상학이 학의 근거 설
정에 기초된 보편성과 절대성을 요청하고 있다면, 우연과 변화

속에 던져진 삶의 역사성이 현상학 안에 안주할 어떤 장소도 없다. 그러므로 현상학에서의 역사성 문제는 애당초부터 종결된 문제이고 말 것이다. 그러나 후설이 그토록 강조하듯 사실과 본질이 근본적으로 분리되어 있는 것이 아니라면 다시금 현상학의 영역에 삶의 역사성 문제가 들어설 자리가 있어야 하는 것이 아닐까? 이런 문제 의식에서 란드그레베(L. Landgrebe)는 후설의 역사성 개념과 딜타이의 삶의 역사성 문제를 대비 시켜 논의하고 있다. 후설에서의 역사성은 주체의 역사성이고 이것은 곧 주체의 의식 역사성에 대한 질문이 된다. 그에 비해서 딜타이의 역사성은 삶의 역사성에 대한 질문으로 요약한다면 이 두 개의 역사성 개념에는 분명한 차이성으로 드러난다. 한마디로 란드그레베는 미쉬(G. Misch)가 후설의 현상학적 방법을 "탈현실화하는 실현(entwirklichende Realisierung)"이라고 불러 이를 적절하게 평가했다고 말한다(Landgrebe, Das Problem der Geschichtlichkeit des Lebens und die Phänomenologie Husserls, in : Phänomenologie und Geschichte).

현상학에서의 역사성 문제가 어떤 방식에서 제기되고 어떤 귀결로 이해되는가의 문제는 앞으로 우리에게 더 깊은 연구 과제로 주어져 있어 별도의 장에서 다시 검토해야겠지만, 역사성의 문제를 도외시하고 진정한 철학이 가능할 수 있는가라는 질문은 당연히 현상학 안에서도 제기되어야 할 주제가 될 것이다. 왜냐 하면 본질과 사실, 의식과 삶, 과학과 생활 세계의 대립을 그대로 남겨둔 채로 우리는 계속 철학할 수 없기 때문이다.

이번 학회지의 제목으로『역사와 현상학』을 달기로 정했다. 그 이유는 이번 호가 여산(與山) 이영호 교수의 회갑 기념 논문집으로 합의하면서, 이영호 교수의 관심 주제 중 하나를 반영하기로 했기 때문이다. 한국현상학회가 창립되는 순간부터 지금까지 한국현상학회의 산 증인이자 역사이기도 하지만, 이영호 교수가 현상학과 한국현상학회에 바친 열정은 어느 누구와도 비교할 수 없을 만큼 크다. 그는 현상학 연구만을 고집하는 많은 활동적인 제자들을 길러내었고, 현상학 연구를 위한 입문서뿐만 아니라 후설의 저작과 아울러 현상학과 그 주변을 살펴볼 수 있는 많을 글들을 썼다. 이영호 교수 없이 현상학회를 도저히 생각할 수 없다. 월례 발표회가 끝나고서 동료, 후학들과의 자리가 마련되면, 언제나 그는 동서고금을 넘나들고, 철학 외의 여러 분야에 걸친 해박한 지식으로 대화를 이끌어간다. 발표회 중에 주어진 종합 토론 시간보다 더 진지한 논의가 오고간다. 이런 묘미와 정겨운 교제가 바로 현상학회가 자랑하는 전통이라 할 수 있다. 그런데 그 분이 현상학회와 더불어 회갑을 기념하게 되었다. 그 분의 회갑과 함께 현상학회도 더 성숙해지기를 희망하고 있으며 계속 현상학회의 발전에 그의 아낌없는 성원이 요청되기도 한다.

기념 논문집을 만드는 과정에서 논문집에 수록할 기념 휘호 관계로 윤명로 교수님께서 내게 전화를 주셨다. 이영호 교수의 아호(雅號)를 묻기 위해서였다고 하신다. 윤교수님은 다른 경로를 통해서 이미 이영호 교수의 아호가 여산(與山)이라는 것을 알게 되었다. 며칠 전부터 지필묵을 준비해두셨지만, 정작 축하의 글로 쓰실 글귀를 찾지 못하고 계시다는 것이다. 나는 이영호 교수가 이번 기념 논문집의 주제를 역사성으로 하자는 제안을 하셨고, 자신의 관심도 여기에 있다는 것을 상기시키면서 그의 아호 여산(與山)이 말해주듯이, 산처럼 흔들리지 않고 변함없는 토대(본질)와 계절에 따라 변화무쌍하고 아름답게 변하는 산 풍경의 자태(역사)를 연상하시는 것이 어떨는지 여쭈어보았다. 이것이 또한 이영호 교수의 인품이기도 하기 때문이었다. 그러나 윤교수님은 현상학의 지향성 개념과 본질에만 관심을 갖고 계셨다.

윤교수님은 현상학의 지향적 의식의 문제가 실제로는 본질과 통하는 것이기 때문에 이런 발상과 관련된 글을 불교 경전에서 찾으시고 싶다고 말씀하셨다. 어떤 것을 부단히 지향해가는 가운데 있는 우리의 의식은 진정 본질과 가까워질 수 있는 길을 함께 보존하고 있다는 것이다. 그래서 불교의 유식 사상, 특히 『화엄경(華嚴經)』에 나오는 내용들은 현상학의 진정한 모습을 잘 드러내준다는 것이다. 불교 경전 어디를 훑어보나 여기저기서 현상학적인 메시지를 전달하고 있다는 말씀이다. 본질 파악은 순수한 의식으로 되돌아가야 하듯이 유식 사상에서도 그런 방식의 요청을 담고 있다는 것이다. 이런 사고의 과정에서 그의 기념 휘호가 완성되었다.

윤교수님은 자신이 써주신 글귀의 자세한 해석을 생략하고. 다만 보고 느끼는 '봄(Schauen)'에다 맡기자고 하셨지만, 그 글이 어디서 토가 떨어지는 것은 알아야 할 것이기에 대략적인 해석을 시도해보았다. "의식에 드러나는 것은 의식 밖에 있는 것이 아니니(現識所現不在識外), 밖에서 찾지 말고 안에서 하나를 지켜야 하니라(汝勿外尋但內守一), 밖으로 나가는 것을 멈추고 안으로 들어가서, 본래의 근원으로 돌아가(息外歸內返本還源), 밖으로 향한 모든 것을 멈추면 인연으로 얽혀 있는 의식, 즉 망상은 모두 사라지느니라(都息向外攀緣卽妄想歇滅), 인연에 매달려 지각하고 유동하는 것은 모두 망상에서 생기는 것이니라(攀覺流動皆從妄生)." 현상학적인 깨달음을 몇 글자로 요약한 것이다. 가히 현상학적 환원의 정신을 표출하신 것이라 하겠다.

학회지를 "현상학, 역사와 역사성"이라는 주제를 설정하고 미리 고지하여 원고를 받았으나, 몇 편의 논문만이 이 주제에 해당하고 나머지 논문들은 "탈근대의 현상학"이거나 현상학과 관련된 "포스트모더니즘"에 초점을 맞춘 글들이 모였다. 앞으로는 학회지를 발간할 때 주제를 미리 설정하고, 학회지가 시판될 때 단행본과 같이 그 주제와 내용이 대략적인 일치를 보이는 방식으로 책을 만들기로 합의했다. 그리고 가능하면 정기적으로 간행하는 것과 1년에 두 번 출간하는 계획도 세워보았다. 이 모든 일들은 학회 회원 여러분들의 협조 아래서만 실현 가능할 것이라 믿는다. 힘든 일을 도맡아왔던 편집 이사와 편집위원들, 이사 여러분들, 그리고 현상학회 회원 여러분께 감사드린다. 한 번 더 이영호 교수님의 회갑을 축하드리며, 경제적인 어려움에도 불구하고 매년 현상학회지를 출판해주시는 <철학과현실사>의 전춘호 사장님께 감사드린다.

1999년 2월 2일
한국현상학회 회장 박 순 영

한국현상학회지 [제12집]

• • • • • ◁ ● ▷ • • • • •

차 례

■ 머리말

◁ I ▷ 역사와 시간

한국현상학회지 [제12집]

●●●●● ◁ ● ▷ ●●●●●
차 례

◁ II ▷ 근대 학문성의 비판과 극복

한국현상학회지 [제12집]

• • • • • ◁ ● ▷ • • • • •

차 례

◁ Ⅲ ▷ 사회성, 포스트모던 그리고 미래

◁ **I** ▷
역사와 시간

역사에서의 연속성

이 선 관(강원대 철학과 교수)

1

'역사(Geschichte)'라는 낱말은 '생기하다(geschehen)'라는 동사에서 파생된 것으로서, 18세기말에 주요한 정치적, 사회적 개념으로 사용되었다. 이 용어는 주지하다시피 'res gestae'와 'historia rerum gestarum'을 함의하는데, 전자는 생기(Geschehen)와 행함(Tun) 및 생기한 것과 행해진 것을 말하고, 후자는 전자에 관한 지식, 이야기를 의미한다. 한편, 생기한 것들을 단지 알고 이야기하는 것에 그치는 것이 아니라, 생기한 것들 — 일어난 사실이나 사건들 — 그 자체를 확증하고, 이것들 사이의 연관성을 서술하는 작업, 즉 역사과학을 우리는 또한 역사로 이해하고 있다. 이 경우 역사의 과제는 생기한 사건들의 원천에 관한 확증·연구·비판(역사 탐구)과 저 사건들의 설명·의미 해석(역사 서술)을 포괄한다.[1]

---

1) Stichwort 'Geschichte', in : J. Hoffmeister, *Wörterbuch der philosophischen Begriffe*. Habmurg 1955, 261쪽.

우리는 '역사'의 이 용어법으로부터 역사과학 혹은 역사가의 주된 과제가 무엇인가를 쉽게 간파할 수 있다. 역사과학의 과제는 과거에 일어나고 행해진 것들을 단지 수집해서 이야기하는 데에 있지 않다. 역사과학은 과거의 사건들을 그 기원 및 출처에 대한 비판을 통해서 확인하고 나아가 그것들을 특정한 연관성에 따라 이해하고 해석하는 것을 목표로 한다. 이러한 연구 작업이 다름아닌 역사 서술이다. 역사가들의 주된 실천적 과제는 사실상 역사 서술에 있으며, 오늘날 우리가 역사라고 말할 때, 그것은 역사 서술이라는 의미에서의 역사를 의미한다.

역사과학은 다른 정신과학들과 마찬가지로 인간을 그 연구 대상으로 한다. 이때 인간이란 물리학적·화학적·생물학적 객체로서가 아니라, 정신적 활동의 주체로서의 인간을 말한다. 왜냐 하면 역사는 인간의 정신적-신체적 활동 및 행위로부터 비롯되기 때문이다. 인간은 단순히 '정신 물리적 통일체(psycho-physische Einheit)'로 존재하는 것이 아니다. 인간의 삶과 행동은 다른 동물들과는 달리 자신의 세계·환경과의 부단한 교섭을 통해서 이루어진다. 이 점에서 인간은 '세계로 열려진(weltoffen)' 존재며, 그런 한 "문화의 창조자"임에 틀림이 없다.[2] 그런데 인간에 의해 창조된 것은 시간적 경과에 의해 과거적인 것으로 되면서 문화의 유산물로 평가된다. 이 문화물(文化物)은 사실 인간 정신이 객관화된 것 이외의 다름이 아니다. 역사가의 일은 우선 여기에서 찾을 수 있다. 즉 과거적인 것으로 되어버린 인간의 창조적 구성물들 중 '내용상 역사적 의의가 있는' 것을 선택하고 정리해서 '역사적 사실'로 올바르게 평가하는 일이다. 이 점에서 "역사는 역사적 의의의 관점에 기초한 선택 과정이다."[3]

그러나 과거의 사건들 중 역사적 의의가 있는 것을 선택하는

---

2) Landmann, M., *Philosophische Anthropologie*. Berlin 1969, 161쪽 이하, 172쪽 이하.
3) Carr, E. H., *What is History?* London 1961, 105쪽.

일이란 엄밀히 말해 현재의 특정한 역사적 관심에 근거한다. 따라서 '역사적으로 영향을 가지는 것'의 선택이란 말할 나위 없이 특정한 가치와 연관되어 있다고 하겠다. 이러고 보면 "역사과학의 목표"는 문화적 가치를 통해 유일하고 일회적인 특성을 가지는 인간의 정신적 삶의 객관물(客觀物)을 영향과 발전이라는 관점에서 연관성 있게 서술하는 것이다.[4]

   그런데 문제는, 역사가가 자신의 이러한 학문적 목표를 달성하기 위해, 과거와 현재 사이의 시간적 간격을 어떻게 극복하는가 하는 것이다.[5] 왜냐 하면 역사적 사실들은 언제나 과거에 속하는 반면에, 그것들을 탐구하는 역사가는 현재의 한 부분이기 때문이다. 이렇게 시간적 심연이 있음에도 불구하고, 역사가는 사실 이러한 문제에 대한 깊은 성찰 없이 현실적으로 여전히 역사 서술을 수행하고 있다. 역사과학의 학문적 수행의 특성을 우리는 카가 "역사가가 무엇인가"라는 물음의 대답으로, "역사는 역사가와 그의 <역사적> 사실들 사이의 상호 작용의 끊임없는 과정이며, 현재와 과거의 무한한 대화다"[6]라고 표명한 데에서 단적으로 이해할 수 있다. 그러나 과거와 현재 사이의 상호 영향 내지 상호 작용이란 과연 무엇을 의미하며 또 그러한 영향 및 작용이 어떻게 가능할 수 있는가? 이 물음은 카가 의미하는 이른바 역사철학의 문제 영역에 속한다. 그러나 그는

---

4) Heidegger, M., "Der Zeitbegriff in der Geschichtswissenschaft", in : ders., *Frühe Schriften*(Gesamtausgabe Bd.1). Frankfurt am Main 1978, 427쪽.
5) 하이데거의 "시간 극복(Zeitüberwindung)"이라는 표현은 역사가가 역사를 서술할 때 "시간적 간격을 넘어서 현재로부터 과거에 익숙해지는 것"(위의 글, 427 이하 참조)을 의미한다. 카가 말하는 '현재와 과거의 끊임없는 대화'란 바로 '시간적 간격의 극복'을 함의하고 있다. 그런데 여기에서 사람들이 간과하기 쉬운 것은, '시간 극복'의 가능성이나 '끊임없는 대화'의 가능성은 '시간의 연속성'을 가정하지 않을 수 없다는 것이다. 우리의 관심은 역사 서술의 토대가 되는 이 현상들을 선험적 현상학적 관점으로부터 해명하는 데에 있다.
6) Carr, 위의 책, 30쪽.

'학문으로서의 역사학'의 가능성과 관련될 수 있는 이러한 물음을 등한시하거나 아니면 이러한 문제에 아예 관심이 없는 것 같다. 그는 '과거와 현재의 상호 작용'의 문제를 단순히 통상적으로 역사가들에 의해서 수행되고 있는 역사 서술이라는 현상을 통해서 다만 설명하고 있을 뿐이다.

물론, 과거의 역사적 사실이란 현재적 존재가(存在價)를 가지지 않는다. 그러나 중요한 것은, 언제나 과거는 현재로부터 그 의미를 얻게 된다는 것이다. 이 점에서, 우리는 과거가 사실상 현재와 비교·연계 불가능한 타자가 아니라는 것을 알 수 있다. 이 사실은 역사에 있어서 과거와 현재의 시간적 간격의 극복이 가능하다는 것, 달리 표현하면, 과거로의 접근과 과거에 대한 역사적 서술이 가능하다는 것을 의미한다. 이 글의 목적은 역사 서술의 실천적 근거가 되는, 바로 저 '과거와 현재의 상호 작용'이라는 테제의 선험적 가정들(transzendentale Voraussetzungen)을 검토하는 데에 있다. 이 가정들에는 역사 및 역사 서술 그 자체를 가능하게 하는 조건들로서 시간·시간성의 문제, 시간성에 근거한 상기의 문제, 그리고 연속성의 의미에 관한 문제가 포함된다. 우리는 이 문제들을 후설의 현상학적 사유에 근거해서 고찰할 것이다. 후설은 사실상 역사적 인식의 가능 근거에 관한 문제를 주제적으로 다루지는 않았다. 그러나 그의 현상학적 철학은 원래 물음의 보편성을 가진다. 즉 현상학적 사유는 '사상(事象) 그 자체로!'라는 방법적 요구에 따라 모든 가능한 물음·문제를 근본적으로(radikal) 선험철학적 관점에서 성찰·해명하려고 하며 또 그렇게 할 수 있다. 이것은 물론 우리의 문제 영역에도 적용된다. 왜냐 하면 현상학은 "역사의 '의미'에 관한 물음 혹은 '역사적 인식 이론', 즉 …… 인간 세계의 개개의 사실들을 '이해'할 방법에 관한 물음들"7)을 포괄하기 때문이다.

우리는 우선 2절에서 자연과학, 특히 물리학의 시간 개념과

---

7) Husserl, *Phänomenologische Psychologie.* Den Haag 1968, 525쪽 이하.

역사과학의 그것을 구별함으로써, 역사적 시간의 논리적 구조의 특성을 고찰한다. 3절에서는 역사적 시간의 논리적 구조가 해명될 수 있는 장소로서의 '의식의 삶(Bewußtseinsleben)'의 시간적 구조가 분석되고, 이로써 자연과학적-객관적 시간의 논리적 구조와는 전적으로 다른 '내재적 시간성'의 통일형식이 밝혀지고, 이 통일 형식을 통해 시간적·역사적 연속성의 최초의 형식이 드러나게 된다. 4절에서는 역사 서술의 가능 근거가 되는 상기(想起. Erinnerung)의 구조적 특성, 그리고 미지의 미래로의 예견(豫見), 즉 예기(豫期. Erwartung)의 구조적 특성이 고찰된다. 여기에서 상기와 예기는 연상적 종합을 통해서 일어나고, 이 연상적 종합은 이미 3절에서 본 삶의 내재적 시간성의 통일 형식을 전제하고 있다는 것이 밝혀진다. 이렇게 밝혀진 시간의 연속성 및 역사의 연속성이 자연과학적 시간 현상에서 나타나는 필연적·인과적 연속성과 본질적으로 어떻게 다른가 하는 문제가 5절에서 인간 존재의 목적론적 특성을 통해서 모색된다.

2

우리는 위에서 역사가의 역사 서술이 과거와 현재의 상호 작용이라는 관점에서 수행되고 있음을 보았다. 그러나 역사가의 이러한 실천적 강령은 어떻게 과거의 역사적 사실이 현재의 역사가의 의식에 들어와서 탐구의 대상이 되는가에 대해서 맹목적이다. 과거와 현재의 시간적 관계, 즉 그 구조에 관한 문제는 사실상 역사과학 — 특히 역사 서술 — 의 중심이 되는 문제들 중의 하나이지만, 여기에서는 일종의 수수께끼로 남아 있다.

이러한 문제 상황에서 우리는 우선 일반적으로 역사과학 — 물론 정신과학 일반 — 과 대비되는 자연과학 — 특히 물리학 —

의 시간 개념을 고찰함으로써, 역사과학의 시간 개념이 가지는 구조적 특성을 드러낼 것이다.

　고대와 중세의 자연철학은[8] 자연을 사변적으로 고찰함으로써, 다양한 현상의 본질과 원인을 찾으려고 했다. 이와는 달리, 갈릴레이 이래 근대 자연과학, 특히 물리학은 다양한 현상을 일정한 법칙에 포섭함으로써, 자연을 지배하려고 한다. 이러한 법칙의 인식에 관한 근대의 방법적 의식은 근본적으로 새로운 의미를 가진다. 예컨대 갈릴레이는 개별적 현상들의 관찰로부터 시작하는 것이 아니라, 먼저 어떤 일반적 가설을 세우고, 이 가설을 구체적 사례의 실험을 통해 검토·확인해가는 방식을 취한다. 이러한 귀납적 추론의 과정을 거쳐서 가설은 경험적으로 일반화된 법칙의 성격을 띠게 된다. 이 새로운 근대의 방법적 의식은 두 가지 점에서 특기할 만하다. 즉 하나는, 연구될 특정한 영역에서 나타나는 다양한 현상들을 포괄적으로 설명할 수 있는 가설을 우선 세운다는 것이고, 다른 하나는, 가설은 현상들을 설명해주는 원인 — 은폐된 성질 — 으로서의 지위를 가지는 것이 아니라, 수학적으로 측정할 수 있는, 현상들 사이의 관계만을 함유한다는 것이다. 수학의 도움을 얻어 성립된 수리 물리학의 이 방법적 사유는 현대 물리학에 이르기까지 지배적 형식으로 작용하고 있다. 학문으로서의 물리학은 모든 현상을 수학적으로 확정할 수 있는 기본 법칙으로 환원해서, 통일된 물리학적 세계상(世界像)을 확립한다는 데에 그 목적이 있다. 이것에 상응해서 물리학은 '운동의 법칙성'을 탐구의 대상으로 삼는다. 운동은 시간 안에서 경과하며, 운동과 시간은 서로 밀접하게 연관되어 있다. 운동과 시간의 관계에서 중요한 것은 시간의 도움으로 운동을 측정할 수 있다는 것이다. 측정이란 양적인 규정(quantitative Bestimmung)을 의미하는 것으로서,

---

8) 이하의 자연과학적 시간 개념의 내용에 관하여, Heidegger, 위의 글, 418-424쪽 참조.

원래 수학의 과제에 속한다. 속도 혹은 가속도 등과 같은 모든 운동 개념들은 이제 공간 및 시간의 양(量)들 사이의 일정한 관계들에 의해서 정의된다. 이처럼 물리학에서 운동은 반드시 시간과 결부해서 측정될 수 있으며, 한편 시간은 운동의 수학적 규정의 가능 조건이 된다. 운동에 관한 물리학적 등식들에서 볼 수 있듯이, 시간은 이미 언제나 독립적인 변수로 가정되어 있고, 여기에서 시간은 부단히, 말하자면 어떠한 비약도 없이, 한 점에서 다른 점으로 똑같은 방식으로 쉼 없이 흐른다. 이렇게 해서 시간은 일종의 단순한 계열을 형성하게 되며, 개개의 시점은 이 계열 안에서 자신의 위치 — 즉 기점(起點)으로부터 측정했을 때 주어진 위치 — 에 의해서 구별된다. 한 시점(A)이 앞서 간 시점(B)과 구별되는 것은 A가 B의 뒤따른 시점이라는 사실 이외에는 다른 구별점이 있을 수 없다. 이렇게 해서 시간이 측정되고, 또 시간을 통해서 운동이 측정될 수 있다. 위의 고찰로부터 알 수 있듯이, 자연과학적 시간 개념은 "양적으로 규정될 수 있는 동질적인 특성"을 가진다.

이에 반해, 역사적 시간 개념은 자연과학적 시간 개념처럼 양적이거나 동질적인 특성을 가지지 않는다. 역사에서 과거적인 것은 이제 더 이상 '현재적(顯在的. aktuell)'이라는 의미에서 존재하지 않는다. 그것은 현재(現在)라는 시간적 양태에 속하는 것과는 전적으로 다르다. 과거는 현재의 우리의 삶의 연관성으로부터 볼 때 타자와 같은 것이다. 그런데, 각 시대에는 동시대인들의 삶의 양식이 독특한 방식으로 침전되어 있다. 인간의 정신적 삶이 객관화된 것이 문화의 내용을 형성하고, 이렇게 형성된 문화의 형식과 내용은 시대마다 서로 다르기 마련이다. 랑케(Ranke)의 말을 빌리면, 한 시대를 "이끌어가는 경향성 <의도, 목적>"은 다른 시대와의 구분을 가능하게 해준다는 것이다.[9] 이처럼 과거의 시대들은 현재의 시대와 질적으로 다르다. 물론 역사에

---

9) Heidegger, 위의 글, 431쪽.

서도 시대들이 '순서대로 연이어 일어날(aufeinander folgen)' 수 있을 것이다. 그러나 자연과학의 경우와는 달리 역사에서는 시대들의 순서를 규정하고 설명할 어떤 법칙 같은 것이 있을 수 없다. 달리 표현하면, 역사적 시간은 수학적으로 규정·확정될 수 있는 것이 아니다. 예컨대 '1960년에 일어난 4·19혁명'이라는 말에서 1960이라는 수는 무엇을 의미하는가? 자연과학적 시간 개념에서처럼 어떤 기점으로부터 세어진 양(Quantum)으로서의 단순한 수를 지칭하는가? 역사가에게는 수적 계열의 한 요소로서의 1960이라는 수는 아무런 의미도 없고, 또 관심도 없을 것이다. 역사에서 수는 다만 "내용상 역사적으로 의의가 있다고 고려할 때에 의미와 가치"10)를 가진다. 즉 수의 계산이 자연과학에서는 어떤 기점에서 시작하지만, 역사과학에서는 어떤 역사적으로 의의가 있는 사건과 더불어 비로소 시작한다.

이상의 고찰로부터 알 수 있듯이, 자연과학과 역사과학에서의 시간 개념은 근본적으로 다른 의미를 가진다. 즉 (i) 역사의 시간 개념은 자연과학의 경우처럼 수학적·물리학적 측정에 의해 양적으로 규정되는 것이 아니라, 질적인 특성 가지며, (ii) 역사에서 시간의 위치(Zeitstelle)는 어떤 기점으로부터 출발해서 양의 차이를 통해 확정되는 것이 아니라, "질적인 역사적 연관성"11)을 통해서 구성된다는 것이다.

시간 개념의 이러한 상이성을 우리는 다른 각도에서도 파악할 수 있다. 주지하다시피 '역사'라는 낱말이 파생하게 된 동사인 '생기한다(geschehen)'는 것은 이미 시간을 가정하고 있다. 왜냐 하면 모든 대상적인 것은 시간 안에서 생기하기 때문이다. 따라서 역사의 개념에는 이미 시간이 본질적으로 속해 있다. 그런데 생기하는 모든 것이 다 역사적(geschichtlich)이라고 할 수 있는가? 역사는 목적·의도에 의해 이끌어지는 인간의 행위

---

10) Heidegger, 위의 글, 431쪽.
11) Heidegger, 위의 글, 432쪽.

(행동)의 산물·결과다. 그런데 자연 안에서의 생성 변화는 어떠한가? 자연[12]은 언제나 다시 새롭게, 외부로부터의 관여 없이, 자신에 내재하는 힘이나 법칙에 따라 전개되는 것이 아닌가? 그렇다면, 역사의 생기 현상은 인간의 삶의 목적론적 특성으로, 자연의 생성 현상은 자동 기계의 기계론적 특성으로 이해되어야 하지 않는가? 이렇게 우리는 역사(역사과학)와 자연(자연과학)에 나타나는 시간 현상 역시 근본적으로 상이하다는 것을 쉽게 간파할 수 있다.

이 절에서 우리는 역사과학의 시간 개념이 자연과학의 시간 개념으로 환원될 수 없는 어떤 고유한 특성을 가진다는 인식으로 족하다. 그런데 문제는 이 역사적 시간의 고유한 논리적 구조가 구체적으로 어디에서, 어떻게 이해될 수 있는가 하는 것이다. 이것과 관련해서 우리는 다음 장에서 자연과학적·객관주의적·실증주의적 의미의 경험 개념이나 시간 개념이 내포되어 있지 않은 '의식의 삶' 안에서의 내재적-시간적 구조의 특성을 고찰하기로 한다.

3

문화적 형성물, 예컨대 문화재는 현재를 위한 문화물이다. 그것은 이미 생성된 것이라는 점에서 과거와 관련되어 있고, 또 과거 사람들의 삶의 양식을 미래에 전승한다는 점에서 미래와 관계된다. 다른 한편, 문화재는 현재 살고 있는 우리를 향해 무

12) 자연이라는 라틴어 'natura'는 'nasci'라는 동사에서 파생된 명사인데, 이것은 '태어나다(geboren werden)', '생성하다(entstehen)'를 뜻한다. 13세기 이래 독일어로 차용되면서, 'natura'라는 개념은 '태어난 것, 생성한 것 그리고 항상 다시 새롭게 낳고, 산출하는 것'을 의미하며, 또 '타자의 관여 없이 생기는 것, 자신에 내재해 있는 힘과 법칙에 따라 전개되는 것'을 지칭한다. Stichwort 'Natur', in : J. Hoffmeister, 위의 책, 421쪽 참조.

엇인가 말을 걸어오면서, 우리의 주목을 과거의 사람들과 그들의 생활 양식으로 향하게 하며, 우리는 과거를 통해 현재로부터 미래로 우리 자신을 기투하며 산다. 이러한 예는 현재, 과거, 미래가 마치 선(線)이 분할되듯이 분리될 수 있는 것이 아니라, 현재를 축으로 해서 과거와 미래가 하나의 시간적 통일성을 이루고 있다는 것을 보여준다.

이러한 현상은 역사 서술의 경우에서도 마찬가지로 타당하다. 카에 의하면, "역사는 전통의 전승과 더불어 시작되며, 전통은 과거의 관습과 교훈을 미래에 전달하는 것을 의미한다."[13] 이것은 무엇을 말하는가? 우리는 전통을 단순화해서 이를테면 우리의 현재적 삶 속에 '살아 있는 과거(lebendige Vergangenheit)'로 이해할 수 있다. 그런데 과거의 '살아 있음' 혹은 '생생함'이란 우리의 행위(또는 활동)를 이끌어가는 어떤 목적이나 의도에 근거해서 비로소 규정될 수 있다. 목적이나 의도란 어떤 가치와의 관계를 내포하고 있는 것으로서, 미래로의 관심을 함의한다. 여기에서 우리는 현재의 목적 지향적 행위를 통해서 비로소 과거와 미래가 서로 밀접하게 연계됨을 알 수 있다. 이러한 사실은 과거와 미래라는 시간 양태가 현재로부터 이해된다는 것을 보여준다. 바로 여기에 역사성(Geschichtlichkeit)에 관해 말하게 된다. 역사성의 개념은 현재, 과거, 미래라는 시간의 양태들이 상호 관계를 가지게 되는 시간적 구조를 의미한다. 이 시간적 구조의 특성이 역사 내지 역사 서술에도 적용됨은 카의 말을 통해 쉽게 알 수 있다. 모든 문화재는 그 자체 역사성을 지닌다. 역사성이란 단지 과거의 역사적 사실이라는 데에 있는 것이 아니라, 현재로부터 미래와의 관련성을 가질 때 그 의미를 획득하게 된다. 엄밀히 말하면, 역사성은 역사적으로 살고 있는 인간에 관련된다. 인간은 부단히 흐르는 현재에 살면서, 자신의 삶의 목적과 관심을 통해 과거로부터 미래로 자신을 기투하며 산다. 달리 표현하면 인

---

13) Carr, 위의 책, 108쪽.

간은 흐르는 현재를 통해서 과거와 미래라는 시간 안에 산다고 할 수 있다. 과거와 미래는 부단히 흘러가는 현재의 지평이다. 이 지평적 구조는 흘러가는 과거와 다가 올 미래가 현재와 생생하게 연계되어 있는 시간적 구조를 지칭하는데, 후설은 이것을 — 아래에서 고찰될 — '살아 있는 현재'라고 부른다.

역사는 단순히 과거적인 것이라는 의미에서 완결된 것이 아니며, 오히려 현재와 미래로 열려 있다. 왜냐 하면 우리와 우리의 목적 담지적인 행위는 항상 시간적·역사적 지평에 서 있기 때문이다. 우리의 현재적(顯在的) 삶은 실제적 지평으로서 '살아 있는 현재'에 관계되어 있다. '살아 있는 현재'란 예컨대 아이스크림 장사에게는 여름철이, 재정 장관에게는 회계 연도가, 국회의원에게는 회기(會期) 같은 것이다. 여름철, 회계 연도 또는 회기란 현재적(顯在的)인 지금과 이 '지금'을 둘러싸고 있는 과거·미래적 지평을 포괄하는 일정한 시간적 넓이를 말한다. 이렇게 우리는 직업에 따라 서로 다른 '살아 있는 현재'를 지평으로 가지고 있다. 그러나 '지금(Jetzt)'의 시간적 양태에서 활동하고 있는 우리는 우리 자신의 현재적(顯在的) 관심과 더불어 어떤 독특한 과거·미래의 지평을 "관심의 지평(Interessenhorizont)"으로 포괄하고 있다. 즉 "지금"이라는 시간위상(時間位相. Zeitphase)에는 "쉽게 개관할 수 있는 과거"와 "앞서 보게되는 미래"가 매개되어 있다.14) 이 '살아 있는 현재'의 시간적 구조가 곧 역사의 시간적 구조의 토대가 된다. 이제 우리는 이 시간적 구조를 현상학적으로 분석·고찰하기로 한다.

역사에서 말하는 생기(Geschehen)는 "상호 관계를 가지는 공동체적 인간 주관성의 능동적 활동을 통해서 이루어지는 생기"15)를 말한다. 따라서 역사적 시간에 관한 문제는 자아론적

---

14) Husserl, *Zur Phänomenologie der Intersubjektivität*. Dritter Teil(이하 "PI Ⅲ"로 약기함). Den Haag 1973, 397쪽.
15) 후설 유고 F Ⅰ 33 S. 75 f. Hohl, H., *Lebenswelt und Geschichte*. Freiburg

(egologisch) 삶의 시성(時成. Zeitigung)보다는 오히려 상호 자아론적(interegologisch) 삶의 시성과 관련됨에 분명하다. 그러나 후설은 자아 자신의 삶에 대한 지향적·구성적 분석이 '가장 본원적(本源的)'이고, 자아론의 연구가 현상학의 기초가 된다고 생각했기 때문에,16) 자아론적 삶의 시성의 분석으로부터 출발한다. 그리고 그는, 자아론적 의식과 공동체적 의식이 구조상 유사하기 때문에, 자아론적 삶의 시간적 구조가 공동체적 삶의 역사적 시간에도 타당하다고 생각한다.17)

이제 우리는 '내재적 시간 의식'에 관한 그의 초기의 분석(1905년)18)을 토대로 해서 그의 시간론을 고찰하기로 한다. 여기에서 분석의 테마가 되고 있는 "원본적 시간 영역(das originäre Zeitfeld)"19)의 구조인 원인상(原印象. Urimpression)·파지(把持. Retention)·예지(豫持. Protention)의 연계 관계는 후설에게 있어서 모든 대상의 구성은 물론, 모든 시간 — 예컨대 실재적 대상들의 시간, 반성적 대상의 시간, 존재론적 대상들의 시간, 객관적-자연적 시간, 역사적 시간 등 — 의 구성의 기초가 되며, 그리고 이 근원적 시간 위상의 구조적 관계는 그의 후기의 '시간 분석'에서도 변함없이 작용한다.

후설의 "내재적 시간 의식에 관한 강의"(이하 : "시간 의식 강의")가 비록 그의 철학적 사유 발전의 초기에 행해졌다 할지라

/ München 1962, 65쪽에서 인용.
16) Husserl, *Die Krisis der europäischen Wissenschaften und die transzendentale Phänomenologie*(이하 "Krisis"로 약기함). Den Haag 1962, 243쪽 ; *Erste Philosophie(1923 / 24). Erster Teil*(이하 "EP I"로 약기함). Den Haag 1956, 342쪽 ; *Cartesiani- sche Meditationen und Pariser Vorträge*(이하 "CM"으로 약기함). Den Haag 1973, 12쪽, 182쪽 이하 참조.
17) Husserl, *Zur Phänomenologie der Intersubjektivität*. Zweiter Teil. Den Haag 1973, 218쪽, 221쪽 참조.
18) Husserl, *Zur Phänomenologie des inneren Zeitbewußtseins(1893- 1917)*(이하 "Zeitbewußtsein"으로 약기함). Den Haag 1966.
19) Zeitbewußtsein, 31쪽.

도, 이 시간 분석론이 가지는 의미는 그의 선험적-현상학적 사유 체계 전반으로부터 이해되어야 한다. 왜냐 하면 원본적 시간 영역의 분석은 그 이후에 (i)『이념들 I』(후설 전집 제3권)에서 현상학적 환원 방법에 의해 획득되는 '의식의 체험류'의 정초 문제, (ii) 정년 퇴임 이후 집중적인 분석의 대상이 된 선험적 주관성의 존재 방식 및 장소의 문제를 해명하는 데에 중요한 단초가 되기 때문이다.

현상학적 환원에 의해서 획득되는 제일차적으로 절대적인 소여의 영역은 체험류(Erlebnisstrom)다. 이 체험류는 끊임없이 역동적으로 흐른다. 이 흐름(Strömen)은 모든 현상들의 가장 낮은 층(層)으로서 근원적 현상(Urphänomen)을 의미한다. 이 현상에는 우리가 일상적으로 말하는 모든 시간적 양태들, 이를테면 현재·과거·미래·지속·계기·기억·상기·예상 등이 속해 있다. 이 시간적 양태들은 이미 현상학적 에포케와 환원을 통해서 확보되기 때문에, 객관적인 시간의 의미를 가지지 않는다. 즉 심리학적 혹은 물리학적 시간에서처럼 세계의 실재성에 결부되어 있지 않으며, 따라서 수학적·양적으로 측정될 수 없는 말하자면 주관적·내재적 시간이다.

특히 『이념들 I』에서 보듯이, 현상학적 환원 방법의 수행 후 획득된 체험류는 사실상 절대적 소여로 단순히 가정되어 있다. 그런데 문제는 체험류가 단순히 생성 소멸의 과정으로서의 흐름이 아니라, 그 자체 통일적인 흐름이며, 논리적 질서의 구조를 가지고 있다는 데에 있다. 그러면 이 통일성, 질서의 구조는 어떻게 가능한가? 그리고 위에서 언급한 시간 개념들은 사실상 현재화(Vergegenwärtigung)하는 의식을 통해서 나타나게 되는데, 이 현재화의 구성적 근원은 어디에 있는가? 후설에 의하면, 체험류는 "체험들의 단순한 연속"이 아니라, 자신 안에 "어떤 경이로운 내적인 체계성", "어떤 확고한 질서의 규칙"을 가지며, 그리고 "결코 단절되지 않는 역사"를 지니고 있다는 것이다.[20] 그러면 이러한 것들이 어떻게 해명될 수 있는가?

원본적 시간 영역에 관한 분석은 바로 이 물음들을 해명하는데 있어서 필요 조건이 된다. "시간 의식 강의"에서 후설은 시간 의식(Zeitbewußtsein)을 현상학적으로 분석하기 위해서, 우선 세계의 실재성에 결부되어 있는 객관적 시간 — 예를 들면 사물들의 시간, 물리학적·생물학적 시간 등 — 을 방법적으로 배거(排去)한 후, 더 이상 의심할 수 없는 절대적-내재적 소여로서의 질료적 재료(혹은 질료적 '객체') — 시간 안에서의 통일체면서 동시에 자신 안에 시간적 연장을 가지고 있는 시간적 객체(Zeitobjekt) — 를 분석의 실마리로 삼는다. 사실상 시간적 객체가 어떻게 시성(時成, zeitigen)되는가에 관한 분석을 통하지 않고서는 시간성 그 자체의 구성적 기능을 해명한다는 것은 불가능하다.[21] 왜냐 하면 모든 객체는 — 그것이 초월적이든 내재적이든간에 — 시간 안에 존재하며, 시간은 언제나 자신 안에 있는 어떤 객체와 결부되어 있기 때문이다. 이렇게 해서 후설은 내재적-시간적 객체인 질료적 소여가 끊임없는 시간적 흐름 안에서 어떻게 형성·구성되는가를 분석한다. 그러나 "시간 의식 강의"의 주된 문제는 내재적인 질료적 소여가 끊임없는 흐름 안에서 나타나는 방식을 기술하려는 것이 아니라, 질료적 소여의 지속적인 내용을 통해서 "나타나는 시간 지속(die erscheinende Zeitdauer)"을 기술하는 것이다.[22] "지속은 어떤 동일한 것이 자신의 지속으로 기능하고 있는 시간적 계열 안에서 가지는 ······ 형식이다."[23] 이렇게 지속은 시간을 가정하고 있다. 이제 지속

---

20) Husserl, *Analysen zur passiven Synthesis. Aus Vorlesungs-und Forschungsmanuskripten 1918-1926*(이하 "Synthesis"로 약기함). Den Haag 1966, 218쪽, 215쪽 이하.
21) Zeitbewußtsein, 23쪽 참조.
22) Zeitbewußtsein, 25쪽 참조.
23) Zeitbewußtsein, 113쪽.

의 가능성과 관련해서 원본적 시간 영역의 구조적 통일성에 관한 분석이 요구된다.

원본적 시간 영역은 이차원적인 흐름의 형식으로 연장된다. 하나는 '흘러감(Abströmen)'의 형식이고, 다른 하나는 '흘러옴(Heranströmen)'의 형식이다.24) 이 흐름의 구조를 '지금이라는 위상(지금-위상. Jetztphase)'으로 표현하면 다음과 같다. 현재적(顯在的)인 지금-위상은 흘러가 '이제 더 이상 있지 않는 지금-위상(Nicht-mehr-Jetztphase)'이 되고, 다른 방향으로 보면, '아직 있지 않은 지금-위상(Noch-nicht-Jetztphase)'이 현재적 지금-위상으로 흘러들어 오며, 이 흘러들어 온 지금-위상은 다시 현재적 지금-위상으로부터 흘러간다. 이 생기 현상으로부터 알 수 있듯이, '본원적인 흐름(ein urtümliches Strömen)'은 현재적 지금-위상을 축으로 해서 '바로 전에 있었던 지금'과 '곧 올 지금'이라는 두 방향으로 뻗는 넓이를 가지고 있다. 여기에서 '현재적 지금', '바로 전에 있었던 지금' 그리고 '곧 올 지금'은 원본적 시간 영역에 속하는 시간 위상들로서 현재, 과거, 미래라는 세 시간 지평들의 구성적 토대가 된다. 이 심층(沈層)적 시간 위상에 상응하는, 수동적으로 "시성하는 지향성들(zeitigende Intentionalitäten"25)이 말하자면 원인상, 파지 그리고 예지다. 이 세 시성하는 위상들은 "시간 의식의 원초적 형태들"26)이다. 이것들을 통해서 의식 및 의식의 삶의 내재적 시간의 통일성이 구성된다. 이 세 시성하는 시간 위상들은 하나의 구체적 통일성을 이루고 있다. 그러나 내재적 시간성의 통일적 구조 안에서 이 각 위상이 어떠한 기능을 가지는가를 파악하기 위해서, 각 위상을 추상화해서 간략하게 고찰하기로 한다.

---

24) 후설 유고 C 2 I, S. 21, in : Brand, G., *Welt, Ich und Zeit*. Nach unveröffentlichten Manuskripten Edmund Husserls. Den Haag 1955, 84쪽.
25) Fink, E., "Die Spätphilosophie Husserls in der Freiburger Zeit", in : *Edmund Husserl 1859-1959*. Den Haag 1959, 111쪽.
26) Zeitbewußtsein, 9쪽.

원인상은 근원적 현재의 중심과 핵이며, '시간을 구성하는 절대적 의식이 스스로를 매개하는 최초의 근원적 위상'[27]이다. 원인상은 내용적으로 새롭게 충실화된 '지금이라는 점(지금-점. Jetztpunkt)'을 근원적으로 설립한다.[28] 이것은 일차적인 의미에서 현재의 지금-점을 구성하는 최초의 근원적 시간 위상으로, 시간의 연속성의 출발점이 된다. 그래서 후설은 원인상을 "그 이외의 모든 의식과 존재의 원천"[29]이라고 한다. 그러나 원인상의 존재 방식은 무한한 시간의 연속성을 가정하기 때문에, 그 자체로 자립적이지는 못하다. 즉 원인상의 없어서는 안 될 지평적인 시간 위상들이 파지와 예지다.

파지는 '바로 전에 있었던 것'을 구성하는 시간 위상이다. 예컨대 내가 지금 듣고 있는 한 멜로디의 음은 울렸다가 사라지면서 계속 침하한다. 그러나 이 음은 단순히 사라져버리는 것이 아니라, 아직도 나의 의식 안에 머물러 있다. 그렇지만 그것은 현재적 지금-위상의 음으로서가 아니라 '바로 전에 있었던 음'이라는 변양된 형태로 보존된다. 이렇게 '흘러간 원인상의 음'을 '아직도(noch)'의 양태에서 지금 현재 직접적으로 의식하는 것이 파지의 기능이다. 원인상으로서의 한 음이 울리면서 나타났다가 사라지며, 그 자리에 또 다른 새로운 음이 원인상으로 나타나고, 이 음 역시 사라진다. 이때 사라지는 음은 완전히 없어지는 것이 아니라, 혜성의 꼬리처럼 새로 나타나는 원인상으로서의 음에 연계된다. 이렇게 개개의 음은 "파지들의 파지라는 서로 연계된 연속성"[30]을 지닌다. 우리는 이 독특한

---

27) Abba, B., *Vor-und Selbstzeitigung als Versuch der Vermenschlichung in der Phänomenologie Husserls.* Meisenheim am Glan 1972, 113쪽.
28) Synthesis, 323쪽 참조.
29) Zeitbewußtsein, 67쪽.
30) Husserl, *Ideen zu einer reinen Phänomenologie und phänomenologischen Philosophie.* Erstes Buch : Allgemeine Einführung in die reine Phänomenologie(이하 "Ideen I"로 약기함). Den Haag 1950, 199쪽.

연계 현상으로인해 그때그때 흘러간 음을 의식하게 된다. 여기에서 유의해야 할 것은, 파지는 상기(想起)라는 의미의 기억(Erinnerung)과 구별된다는 것이다. 상기는 반성이나 재생(Reproduktion)의 도움으로 이미 흘러간 의식 체험과 그 대상적 내용들을 다시 의식으로 불러오는 것이라면, 파지는 근원적인 원인상의 음이 현재 '아직도 살아 있음(Noch-lebendig)'을 의미한다. 상기에 능동적 자아가 관여하고 있다면, 파지는 순전히 수동적인 생기 현상이다.

근원적인 현재에는 원인상의 또 다른 지평으로 예지가 있다. 예지는 '아직 있지 않은 것', '곧 올 것'을 구성하는 시간 의식의 근원적 양태다. 멜로디의 경우, '아직 나타나지는 않았지만 예상될 수 있는(ausstehend)' 음을 직접적으로 앞질러 의식하는 것이 예지다. 이렇게 예지는 '곧 올 것'을 앞질러 파악하는 데에 그 본질이 있기 때문에, 본질상 언제나 "공허하고 불확실한"[31] 특성을 가진다. 파지에서와 마찬가지로, 예지 역시 순수한 수동성에서 생기하는 현상으로서, 능동적인 자아가 관여하고 있는, 일상적인 의미의 예기(Erwartung)와는 근본적으로 구별된다.[32] 그런데 예지적인 의식에서 '앞질러 파악한다(vorgreifen)'는 것이 어떻게 가능한가? 우리가 유의해야 할 것은, 예지적인 것은 전적으로 미지(未知)의 것이 아니라는 것이다. 왜냐 하면 예지되는 것의 유형이 이미 파지된 것의 유형을 통해서 예시되기 때문이다. 따라서 미지의 '미래'는 "어느 정도 예시된 지평"의 성격을 가진다.[33] 즉 원인상이 파지의 방향으로 계속 침하하는 과정에서, 파지가 원인상에 연계됨으로써, 파지의 연속성이 근원적으로 설립되고, 이 연속성은 예지적 지향의 유형에 동기를 부여한다. 이렇게 파지된 것에 따라 그와 유사한 유형

---

31) Synthesis, 323쪽.
32) Zeitbewußtsein, 84쪽 ; Synthesis, 74, 238, 323쪽 참조.
33) Synthesis, 185, 323쪽 참조.

의 새로운 것이 예시될 수 있다.

파지가 흘러 간 지금-위상을 아직도 의식하는 근원적 시간 위상이라면, 예지는 그것과는 정반대의 방향으로 '곧 다가올 것'을 앞질러 파악하는 시간 위상이다. 그러나 이 양자의 공통점은 현전화(Gegenwärtigung)나 현재화의 기능을 가지지 않는다는 점이다.

우리는 위에서 원인상·파지·예지를 통해 내적 시간 의식의 자기 시성(Selbstzeitigung)의 구조적 계기를 고찰했다. 이 근원적인 시간적 양태들은 대상 지향적 의식의 심층적 차원인 근원적-수동적-내재적 시간성의 구성태들이다.[34]

이제 우리는 원인상·파지·예지의 근원적-수동적 연계 현상을 통해서 내재적 시간성의 통일적인 구조 및 근원적인 연속성이 어떻게 구성되는가를 파악할 수 있다. 첫째, 원인상·파지 사이의 근원적 수동적 연계 현상이다. 위에서 보았듯이, 원인상은 흘러서 파지로 변양되고, 그 대신 새로운 원인상이 들어오며, 이것 역시 흘러서 파지로 변화되어 계속 변양·침하되어가는 과정에서, 파지는 한편으로는 원인상에, 다른 한편으로는 자신의 앞선 파지에 동시적으로 연계된다. 이 원인상·파지 사이의 연계 현상은 "연속적인 동일화의 종합"[35]이며, 이 종합은 파지가 수동적

---

34) 시간 의식의 자기 시성적 시간태들 — 원인상·파지·예지 — 그 자체는 '시간적인' 것이 아니다. 즉 이것들은 "시간적 내재적 통일태"가 아니라 '시간 그 자체를 구성하는 의식'이며, 따라서 이것들에 대해서는 사실상 어떠한 명칭도 부여할 수 없다(Zeitbewußtsein, 75, 371쪽 참조). 후설은 이것을 다만 시간적으로 구성된 객체들을 통해서 명시적(ostensive)으로 정의하려고 시도한다(Sokolowski, R., *The Formation of Husserl's Concept of Constitution.* Den Haag 1970, 84쪽 참조).

현재·과거·미래·기억·예기·지속 등과 같은 시간적 양태들은 언제나 자신 안에 존재하는 객체와 결부되어 있다. 그러나 시간 그 자체를 구성하는 시간 의식의 자기 시성적 시간 위상들은 '시간에 앞선(vor-zeitlich)'이라는 의미에서 "무시간적(unzeitlich)"이라고 할 수 있으며, 이 점에서 "내재적 시간 안에는 어떠한 것도 존재하지 않는다"(Zeitbewußtsein, 334쪽).

발생적으로 파지와 원인상과 서로 부합(符合)됨으로써 생기하는 종합, 즉 연속적인 부합에 의한 종합(Deckungssynthese)이다. 이 종합 현상이 "근원적 시간 의식에 의한 구성의 기본 법칙 중 한 측면"36)을 이룬다. 둘째, 원인상·예지 사이의 연계 현상으로서, 이것 역시 수동적-발생적으로 생기한다. 예지의 시간적 운동은 파지된 것에 근거해서 앞질러 미지의 미래로 향한다. 이렇게 예지된 것은 원인상적 지금-위상에서 충족될 수도 있고 또 그렇지 않을 수도 있다. 이러한 과정을 통해서 예지와 원인상 사이의 연계 현상이 필연적으로 생기하게 된다. 이 연계 현상 역시 부합에 의한 종합으로서, 이것을 후설은 "의식의 삶을 …… 지배하는 발생적 근원적 법칙성의 제 이의 측면"37)이라고 한다.

이렇게 순수한 수동적 생기 현상을 통해서 형성되는 원인상·파지·예지의 직접적인 연계는 시간 의식의 자기 시성의 과정에서 일어나는 "근원적인 연속적 융합 현상(eine ursprüngliche kontinuierliche Verschmelzung)"38)이다. 이 융합 현상은 선험적 의식의 삶 안에서 그리고 이 삶을 통해서 구성되는 가장 근원적인 통일성(Einheit), 연속성(Kontinuität)이며, 이것은 곧 내재적 시간성(immanente Zeitlichkeit)의 통일적 형식 이외의 다름이 아니다. 내적 시간 의식이 자신을 시성하는 근원적 시간 위상들은 부단히 흐르지만, 그러나 원인상·파지·예지가 서로 근원적-연속적으로 융합되는 형식(Form)은 항상 동일하다.39) 즉 의식의 삶이 부단히 흐르지만, 항상 불변적으로 기능하고 있는 형식은 다름아닌 내재적 시간성이다. 이 내재적 시간성은 근원적 현재의 흐름의 보편적 통일 형식으로서,40) 모든 구성적

---

35) Synthesis, 168쪽 ; 177, 195, 258쪽 참조.
36) Synthesis, 72쪽.
37) Synthesis, 73쪽.
38) Synthesis, 160쪽. 또한 Zeitbewußtsein, 35쪽 참조.
39) Zeitbewußtsein, 114쪽 참조.

종합의 토대가 된다. 즉 내재적 시간성은 "모든 통일성을 가능하게 하는 조건"[41]이며, 모든 가능한 종합들을 가능하게 하는 필연적인 기본 형식[42]이다.

---

40) CM, 108쪽 이하 참조.
41) Husserl, *Erfahrung und Urteil*(이하 "EU"로 약기함). Hamburg 1972, 214쪽.
42) Synthesis, 125, 127쪽 이하 ; CM, 81쪽 참조 ; EU, 304쪽 참조.

내재적 시간성의 통일 형식은 모든 시간 개념들의 경우와는 달리 자신 안에 어떠한 대상적인 것도 가지지 않으며, 모든 다른 시간 개념들의 선험적 가정이다. 이 점에서 란트그레베는 후설의 시간 분석이 칸트의 그것을 능가한다고 평가한다. 예를 들어 아리스토텔레스는 주지하다시피 시간을 수(Zahl)로 규정한다. 이때 수는 "셈을 위한 수단(das, womit wir zählen)"으로서의 수가 아니라, "셈하게 된 것(Gezähltes)" 혹은 "셈할 수 있는 것(Zählbares)"이라는 의미에서의 수를 말한다. 그는 시간에는 셈을 할 수 있는 어떤 무엇이 속해 있다고만 말하지, 그것이 무엇인지 더 이상 추구하지 않았다. 란트그레베에 의하면, 아리스토텔레스는 셈을 할 수 있는 "영혼의 능력"·"사유하는 영혼"의 문제를 주제적으로 다루지 않았다. 이에 반해, 칸트는 시간의 문제를 선험철학적으로 정초하려고 함으로써, 시간을 "내감의 형식", 즉 우리가 표상들의 계기(繼起)를 통해 생기 현상을 의식하게 되는 형식으로 이해한다. 즉 시간은 "우리의 표상들의 계기의 형식"이다. 이렇게 해서 칸트가 아리스토텔레스에 비해 시간 문제를 보다 철저하게 파헤쳤다는 것이 란트그레베의 주장이다. 그런데 '표상들의 계기'란 이미 '현재적(gegenwärtig)'이라는 것과 '과거적(vergangen)'이라는 것의 구별을 가정하고 있지 않으면 안 된다. 그러나 칸트는 이러한 구별을 가능하게 할 근거에 관해서 전혀 묻지 않았다. 이에 반해 후설은 그것을 파지가 원인상의 지금-점으로부터 부단히 '미끄러져 떨어져나가는(entgleitend)' 수동적 발생의 현상임을 밝혀냄으로써, 칸트의 시간에 관한 선험적 문제 의식을 훨씬 능가한다는 것이다(Landgrebe, L., "Die Zeitanalyse in der Phänomenologie und in der klassischen Tradition", in : *Phänomenologie – lebendig oder tot?* Hrsg. v. H. Gehrig. Karlsruhe 1969, 22쪽 이하 ; "Die phänomenologische Analyse der Zeit und die Frage nach dem Subjekt der Geschichte", in : *Praxis III*. Zagreb 1967, 365쪽 이하 참조).

이미 위에서 언급했듯이, 시간 의식의 자기 시성의 수동적 발생은 '시간에 앞서는', 즉 시간 자체를 가능하게 하는 심층적 차원이다.

4

역사 서술은, 이미 카가 말했듯이, 현재의 역사가와 과거의 역사적 사실들 사이의 끊임없는 대화 혹은 상호 작용을 통해서 수행된다. 우리는 여기에서 말하는 대화나 상호 작용이 실은 상기 작용(Sicherinnern)의 매개 기능을 가정하고 있다는 사실을 간과해서는 안 된다. 우리는 실제로 과거의 사건들을 상기 (Erinnerung)에 근거해서 생각하고 개관하고 설명할 수 있다. 따라서 우리는 상기 없는 역사 서술이란 결코 상상할 수 없다. 이러한 의미에서 드로이젠(Droysen)이 상기란 역사 연구의 가능 조건이며, 그 출발점이라고 주장하고,43) 딜타이(Dilthey)가 "역사는 상기다"44)라고 주장함은 정당하다.

"현상학적 시간 영역 전체"45)라고 하면 여기에는, 이미 위에서 고찰한 '원본적 시간 영역'의 절대적-근원적 현전화 이외에, 현재화(Vergegenwärtigung)도 포함된다. 현재화가 '지금'이라는 원본적인 형식을 통해 생기하는 의식의 시성이라면, 현재화는 근원적 현재의 변양된 시간 양태들― 예컨대 지속·계기·기억·예기·과거·미래 등 ―에 관계한다. 이 시간 양태들의 기본적 형식이 상기다. 즉 이 시간 양태들은 상기에 근거해서 시간적 구조를 획득할 수 있다. 현재화는 시간 양태에 따라 과거의 상기 (Wiedererinnerung), 현재의 상기(Gegenwartserinnerung) 그리고 미래의 상기(Vorerinnerung)로 구분된다.46) 과거의 상기는

---

43) Bormann, C.v., Lexikonartikel 'Erinnerung', in : *Philosophisches Wörterbuch der Philosophie*. Bd. 2. Hrsg. v. J. Ritter. Basel / Stuttgart 1972, 639쪽 참조.
44) Landgrebe, L., "Die phänomenologische Analyse der Zeit ……", 위의 글, 369쪽.
45) Ideen I, 201쪽.
46) Zeitbewußtsein, 107쪽 ; Synthesis, 70쪽 이하 ; Fink, E., *Studien zur Phänomenologie 1930-1939*. Den Haag 1966, 33쪽 이하 ; Brand, G., 위의 책, 82쪽 이하 참조.

우리가 흔히 말하는 상기로서, 과거적인 것을 현재화하는 것을 뜻한다. 현재의 상기란 다음과 같은 경우를 말한다. 예를 들어 내가 어떤 대상이나 상황에 대해 상(像)을 그리면서 표상한다고 하자. 이때 이 대상과 상황은 나에게 현재라는 양태에서 원본적으로 주어져 있지는 않지만, 그러나 주어질 가능성이 있는데, 바로 이러한 것들에 대한 상기를 현재의 상기라고 한다. 미래의 상기는 일상적으로 우리에게 익숙한 예기를 지칭한다.

이러한 현재화의 의식 현상에도, 현전화의 경우에서처럼, 의식 체험류, 즉 "현재화의 흐름(Vergegenwärtigungsfluß)"이 있다. 현재화의 흐름은 현전화의 흐름과 결합해서 "구성적 전체"를 형성한다.47) 그러나 현재화의 흐름은 '현전화의 흐름' 안에 배열되어 있다. 즉 현재화의 구성 작용은 근원적 현전화의 흐름을 통해서 구성된 내재적 시간성을 가정하고 있다. 말하자면 모든 현재화는 시간 의식의 내적 시간의 통일성을 근거로 해서 수행된다.

역사 서술의 토대가 되는 역사적 시간의 구조적 특성을 이해하기 위해서, 우리는 역사적 사실들에 대한 상기가 어떻게 가능하며, 무한히 열려 있는 미래에 대한 예기가 어떻게 일어날 수 있는가를 고찰하기로 한다.

모든 현재화에는 '연상(Assoziation)에 의한 종합', 즉 연상적 종합이 이미 암암리에 가정되어 있다. 이 연상적 종합 역시 의식의 삶의 내재적 시간성을 바탕으로 해서 가능하다. 연상이라는 개념은 현재 일어난 체험·사건이 어떤 다른, 그러나 유사한 체험·사건을 지시하는 것을 의미한다. 이러한 지시는 특히 과거와 미래로 향한다. 이때 중요한 것은 '현재적인 것(Gegenwärtiges)'과 '비현재적인 것(Nicht-gegenwärtiges)' 사이에 어떤 지향적 연관성이 있다는 것이다. 이 연관성은 사물들을 서로 결부시키는 물리학적·자연과학적 인과성(Kausalität)과는 전적으로 다른, 의식의 삶의 본질적인 특성인 동기성(Motivation)의 지시

---

47) Zeitbewußtsein, 51, 52쪽.

체계(Verweisungssystem)에 의해서 특징지워진다.[48] 이 지시적인 연관성은 연상적 종합, 곧 '현재적인 것'과 '현재적이지 않은 것'과의 연상적 합일을 말한다. 지시적 연관성이 과거와 미래로 향할 수 있듯이, 연상적 종합 역시 과거와 미래의 방향에 따라 재생적 연상(reproduktive Assoziation)과 예견적(豫見的) 연상(antizipatorische Assoziation)으로 구분된다.

재생은 원래 제일차적인 의미의 연상적 종합이다. 이 연상 작용은 과거의 의식과 그 의미 내용을 반성의 형식에서 다시 직관해서, 현재적인 것과 과거적인 것 사이의 어떤 연관성을 산출하는 기능을 가진다. 예를 들어 어떤 행위·사건이 특정한 상황에서 나를 자극했다고 하자. 이때 그것은 다른 상황의 어떤 유사한 것을 불러일으키게 된다. 후설은 이 현상을 "연상적 환기(喚起)(assoziative Weckung)"[49]라고 부른다. 환기란 원래 '어떤 것이 어떤 것을 상기시킨다(Etwas erinnert an etwas)'는 것을 말한다. 여기에 지향적 연관성이 성립된다. 환기하는 것과 환기되는 것과의 관계는 본질적으로 일종의 발생 과정(Genesis)을 보여준다. 이 과정에서 현재의 의식과 과거의 의식, 현재적인 의미 내용과 과거적인 의미 내용이 융합된다. 이처럼 상기와 재생은 서로 유사한 것을 결합시키는 발생적 생기 현상에 근거하고 있으며, 이 발생적 생기의 과정을 통해서 과거적인 것이 상기될 수 있다. 이러한 사실로부터, 우리는 연상의 환기와 재생은 원리적으로 체험류의 연속적 통일성을 가정하고 있음을 알 수 있다.

다른 한편, 유사한 것은 유사한 것을 미리 기대할 수 있게 해준다. 즉 연상적 환기는 과거로만 향하는 것이 아니라 또한 미래의 방향으로도 향한다. 여기에서 일어나는 것이 예기(Erwartung)다.

---

48) Ideen I, 112쪽 참조. 현상학에서 말하는 동기성은 물론 심리학적 의미와는 근본적으로 구별되는, 순수한 내재적인 의미를 가진다.
49) Synthesis, 78쪽.

예기는 '근원적 현재'에서의 예지('곧 올 것'을 미리 앞서 파악하는 의식)가 아니라, 과거에 근거해서 수행하는 예상(豫想)과 같은 것이다. 예기는 과거를 통해서 동기지워지며, 예기되는 것은 구체적 현재의 양태에서 실현될 수 있다. 이렇게 유사성을 근거로 해서 미래로 향하는 연상을 후설은 "예견적 연상"50)이라고 한다. 예기의 지평, 곧 미래의 지평은, 비록 공허하고 비규정적이라 할지라도, 현재적顯在的) 의식에 함께 기능하고 있다. 예기적 지평은 현재적인 것을 넘어 그 이상의 것을 예시해준다.

  그러면 연상적 예기는 어떻게 가능한가? 예기의 지향은 확실히 현재로부터 미래로 향하고 있다. 예기·예견의 동기가 되는 것은 그때그때 현재 안에 있다. 왜냐 하면 현재 주어져 있는 것 안에 예기의 어떤 가능한 유형이 내포되어 있기 때문이다. 즉 미래적인 것의 유형은 과거적인 것과의 유사성을 통해서 현재에 이미 예시되어 있다.51) 예시는 현재에서 환기하는 것과 환기되는 것(재생에 의해서 나타난 것)과의 연합에 근거해서 일어난다. 과거적인 것의 특정한 유형은 예기의 지향들에 동기를 부여함으로써 미래의 지평을 열어준다. 이렇게 과거의 유형에 근거해서 미래로의 예견적 연상이 행해진다. 연상적 예기의 구성적 작용은 연속성을 가진 과거의 유형에 따라 비규정적인 미래에 특정한 형태를 부여하는 데에 있다. 그렇다면, 예견적 연상은 본질적으로 재생적 연상에 종속된다고 하겠다. 왜냐 하면 연상적 예기는 재생적으로 구성된 과거와의 유사성을 통해서 가능하기 때문이다. 이 점에서 예견적 연상은 유사성의 상기 현상을 가정하고 있다.

  이상에서 우리는 과거와 그 내용들, 미래와 그 내용들은 연상적 환기에 근거한 재생적·예견적 현재화 작용에 의해서 구성된다. 즉 재생적 연상을 통한 상기는 과거적(파지된) 내용들 —

---

50) Synthesis, 119, 124쪽.
51) Synthesis, 187 = 290, 323쪽 참조.

파지적으로 변양된 '바로 전에 있었던 것'과 '과거'의 연속성 —
을 현재화하고, 그리고 예견적 연상을 통한 예기는 미래적(예
지된) 내용들 — 예지적으로 미리 앞서 파악된 '곧 올 것'과 '미
래' — 을 현재화한다. 이렇게 상기와 예기는 연상적 종합에 근
거하고, 한편 이 연상적 종합은 다시 시간 의식의 자기 시성의
계기들인 원인상·파지·예지의 수동적-발생적 연속성을 전제
하고 있다.

이제 우리는 다음과 같은 물음 앞에 서게 된다. 즉 역사에서
의 연속성이 현재·과거·미래의 구조적 연관성을 함의한다면,
이것은 자연과학적 시간 개념에서 나타나는 필연적-인과적 연
속성과 본질적으로 어떻게 다른가?

5

자연과학의 시간 개념은 수학적으로 측정되며, 양적으로 규
정 가능하다는 것을 우리는 이미 보았다. 개개의 시간 위치도
기점으로부터 양적으로 측정해서 규정된다. 이 점에서 자연과
학적 시간은 '연속적으로 생기하는 현상, 즉 빈틈없는 인과성
(in lückenloser Kausalität)에 의한 계기(繼起) 현상의 형식'[52]
으로 이해된다. 자연과학에서의 연속성 역시 시간 안에서 생기
하는 양의 선후(先後) — 곧 원인과 결과 — 의해서 구성되는 연
관성 이외의 다름이 아니다. 이러한 연관성 및 인과성에 관한
사상은 자연과학 전반의 학문적 탐구에서는 기본적인 가정으
로 인식되고 있다. 자연적 인과성에 관한 사상은 생기 현상 일
반에서 어떠한 비약(Sprünge)도 허용하지 않는다. 과학주의·
자연주의·실증주의는 모든 현상을 양적인 것으로의 환원을

---

52) Landgrebe, "Die phänomenologische Analyse der Zeit ……", 위의 글 369
쪽 참조.

요구하기 때문에, 여기에서는 질적인 도약이란 없고, 개별적 현상이나 사건은 빈틈없는 인과적 계열 안에서 그 의미를 얻게 된다.

이에 반해, 역사의 경우, 자연과학에서와 같은 연속성의 개념이 성립되지 않는다. 왜냐 하면 역사과학의 시간 개념은 자연과학적 시간 개념처럼 양적·동질적인 것이 아니라, 오히려 질적인 특성을 가지기 때문이다. 그리고 시간의 위치 역시 질적인 연관성에 의해서 규정된다. 이러한 사실은 역사에서의 연관성이, 인과적 계열에서 보듯이, 빈틈없는 계기의 연속이 아니라, 질적인 비약을 본질적으로 내포하고 있다는 데에서 알 수 있다. 이 점에서 보면, 역사에는 연속성이란 없고 다만 우연의 연속만 있는 것처럼 들릴 수 있다.

가다머에 의하면,[53] 시대의 경험(Epochenerfahrung)이라는 관점에서 보면 역사는 불연속성(Diskontinuität) 이외의 다른 것이 아니다. '시대(Epoche)'란 역사적인 의미에서 일종의 새로운 시대를 여는 전환점 같은 것을 말한다. 불연속성에 대한 경험의 이해를 위해, 우리는 나이에 대한 경험을 생각해볼 수 있다. 내가 한 친구를 우연히 만나게 되었다고 하자. 이때 나는 '이 친구 그동안 꽤 늙었다'는 느낌을 가진다. 나의 이 경험은 무엇을 말하는가? 나는 시간의 연속적인 흐름의 과정을 추적해서 이 친구의 늙음을 경험했다는 것인가? '이 친구의 늙음'이라는 나의 경험은 어떤 측정 수단을 통해 흐르는 시간의 과정을 추적한 결과를 함의하는가? 사실 그렇지는 않다. 나의 경험은 그를 보자마자 '그가 다른 사람이 되었구나!'라는 것을 뜻할 뿐이다. 이렇게 시대의 경험은 생기 현상 그 자체의 내적인 불연속성을 드러내준다. 가다머에 의하면, 우리의 경험 구조는 연속성이 아니라 어떤 경과나 변화만을 보여준다는 것이다. 그의 이러한 주장은 실은 '역사는 불

---

53) Gadamer, H.-G., "Die Kontinuität der Geschichte und der Augenblick der Existenz", in : ders., *Kleine Schriften I*, Tübingen 1967.

변적인 질서로부터 일탈이다'는 그리스인의 역사 이해로 소급된다.[54] 그러나 가다머가 역사의 연속성을 부정하는 것은 아니다. 그에 의하면, 역사적 현실은, 의식의 현재화 작용을 통해서는 파악될 수 없고, 다만 "역운의 경험(Erfahrung des Geschicks)"[55]에서만 주어진다는 것이다. 그리고 역사의 연속성은 "우리에게 말을 걸어오고 관계해오는 것으로서 역사 안에서 우리에게 주어져 있는 것에 대한 이해"[56]로부터 획득된다는 것이다. 하이데거의 영향을 받은 그의 주장에는 '영향 작용사' 및 '영향 작용사적 의식'이라는 자신의 독특한 존재론적 입장이 가정되어 있다.

현상학적 관점에서 볼 때, 역사에서의 연속성은 어떻게 가능한가? 우리는 이미 시간 의식의 자기 시성의 수동적 발생 과정을 통해서 구성되는 '내재적 시간성의 통일 형식'이 모든 연속성의 논리적 근거임을 밝혔다. 역사 서술의 가능 조건인 연상적 종합(상기 및 예기)은 내재적 시간성에 기초해서 수행된다. 내재적 시간성이나 연상적 종합은 다 같이 통일성과 연속성의 원리다. 그러나 여기에서 우리는 이 연속성이 자연과학적 의미의 연속성이 아니며, 또 영향 작용사적 의미에서의 연속성도 아니라는 것에 유의해야 한다.

현상학적 의미의 연속성이 가지는 본질적 특성에 접근해가기 위해, 우리가 개인적으로 일상 생활에서 자주 접하게 되는 예를 들어보자. 나는 어느 날 오후 혼자서 조용히 앉아 쉬고 있다. 무심중 문득 친구 L의 상(象)이 의식의 전면에 나타난다. 그러자마자 갑자기 일주일 전의 어떤 일 R_1이 떠오르고, 그러다가 느닷없이 어린 시절의 어떤 일 R_2가 표상된다. 그런데 갑자기 지금과 반대되는 방향으로 나의 의식이 치닫고 있다. 내가 원하는 어떤 무엇이 상(象) P_1으로 나타나고, 연이어서 다른

---

54) Gadamer, 위의 글, 155쪽.
55) Gadamer, 위의 글, 155쪽 이하.
56) Gadamer, 위의 글, 158쪽.

상 P_2가 일어난다. 이렇게 의식의 흐름이 흘러가는 데로 내 맡기고 있는 중에 방문의 노크 소리를 듣고 자리에서 일어서게 된다. 나는 나중에 오늘 오후에 무심중에 일어난 다양한 상들의 계기(繼起)를 곰곰이 돌이켜본다. 갑자기 떠오른 친구의 모습으로부터 시작해서, 의식의 흐름이 두 방향으로 계속 연속적으로 일어나고 있었음을 알게 된다. 하나는 R_1-R_2의 방향이고, 다른 하나는 P_1-P_2의 방향이다. 전자는 상기의 경우이고, 후자는 예기의 경우에 해당된다. 이 예 — 즉 R_2-R_1-(A)-P_1-P_2의 연관성 — 에서 우리는 두 가지 점을 유의할 필요가 있다. 첫째, 의식의 삶에서의 연속성은, 자연과학의 경우에서와는 달리, 시간상의 비약을 통해서 일어난다는 데에 그 특성이 있다. 이것은 이미 2절에서 고찰한 것처럼 역사적 시간의 구조적 특성이 질적이라는 것을 잘 예시해주고 있다. 의식의 삶에서의 연속적 연관성은 인과 관계적인 연관성과는 전적으로 다르다. 그것은 양적으로 측정될 수 없는 특성을 가진다. 다른 하나는, 저 연속성은 A를 중심 축으로 해서 형성된다는 것이다. 방금 본 연관성 R_2-R_1-(A)-P_1-P_2가 근원적·살아 있는 현재를 지칭한다면, A는 말하자면 '현재적인 것(Aktuelles)'으로서 현재(Gegenwart)의 중심 축이라고 하겠다. 따라서 의식의 삶에서 생기하는 질적인 연관성·연속성의 특성을 이해하기 위해서는, '살아 있는 현재'의 시간적 구조 및 기능을 통해서 스스로를 창조·산출·객관화하는 선험적 의식·자아·주관성의 존재 방식을 간략하게 고찰하는 것이 중요하다.

후설에 의하면, 내적 시간 의식은 "가장 근원적으로 시성하는 의식"[57]이다. 그런 한 시간 의식은 절대적인 의미의 체험류로 이해된다. '절대적'이라는 개념은 이제 더 이상 소급해갈 데가 없다는 의미다. 이 체험류를 통해서 내적 시간 의식은 자신을 스스로 시성케 하고 객관화한다. 자기시성 및 자기 객관화

---

57) 후설 유고 C 6, S. 8, in : Brand, G., 위의 책, 84쪽.

(Selbstobjektivation)의 시간적 양태가, 이미 우리가 고찰한 원인상·파지·예지다. 이 양태들은 시간을 구성하는 시간 의식의 흐름 그 자체며, 이것이 '살아 있는 현재'라는 근원적 심층이다. 이렇게 보면, 시간 의식의 자기 시성이 일어나는 '살아 있는 현재'가 결국 선험적 의식·자아·주관성이 근원적으로 기능하고 있는 '장소'[58]임에 틀림없다. 이때 '장소'라는 말을 우리는 마치 선험적 자아의 밖에 어떤 무엇이 존재하는 것처럼 오해해서는 안 된다. 왜냐하면 여기에서 말하는 '현재'란, 파지·예지를 자신의 지평으로 지니고 있는 원인상의 시성을 통해, 선험적 주관성·이성, 즉 "정신의 최초의 드러남(ein erstes Hervortreten des Geistes)"[59] 그 자체 이외의 다름이 아니기 때문이다. 이러한 사정을 후설은 "흐름은 영속적으로 이미 이전에 존재하고, 그러나 또 자아 역시 이미 이전에 존재한다 ……"[60]고 표현한다. 그렇다면 선험적 자아·주관성은 도대체 무엇인가, 흐름 그 자체인가? 이러한 물음은 일단 남겨두기로 한다. 우리에게 중요한 것은, 선험적 자아는 어디로부터도 끌어내질 수 없으며(unableitbar), 그런 한 창조적(schöpferisch)이라는 것이다. 또 그것은 스스로 자신을 규정한다는 의미에서 "존재 당위적(seinsollend)"[61]인 성격을 가진다. '존재 당위적'이란 '자신을 스스로 기투한다(entwerfen)'는 의미에서 이해될 수 있다. "기투함(Entwerfen)"이란 기존해 있는 가능성들에 대해 취하는 태도가 아니라, 스스로를 "가능하게 함(Ermöglichung)" 그 자체를 말한다.[62]

---

58) Held, H., *Lebendige Gegenwart*. Die Frage nach der Seinsweise des transzendentalen Ich bei Edmund Husserl, entwickelt am Leitfaden der Zeitproblematik. Den Haag 1966, VII쪽 이하 참조 ; Funke, G., *Zur transzen -dentalen Phänomenologie*. Bonn 1957, 64쪽 참조.
  후설은 특히 1930년대초에 선험적 주관성의 존재 방식과 관련해서 '살아 있는 현재'에 관한 분석에 몰두한다.
59) Funke, G., 위의 책, 64쪽.
60) 후설 유고 C 17 IV, S. 6 (1932), in : Held, K., 위의 책, 102쪽.
61) Funke, G., 위의 책, 82쪽.

위의 고찰된 내용을 배경으로 해서, 우리는 '살아 있는 현재'의 시간적 양태들 사이의 구조적 연관성에 관해서 간략하게 고찰해보기로 한다.

원인상은 '지금'의 양태에서 내용적으로 항상 새롭게 충실화된 시점(時點. Zeitpunkt)을 근원적으로 설립하고, 이렇게 설립된 지금-점은 곧 우리에게서 미끄러져 빠져나가면서 파지의 양태로 보존되며, 예지에 의해 '곧 올 것'이 앞질러 취해지고, 이 앞질러 취해진 것은 다시 원인상적인 것으로 이행하게 된다. 이 세 시간 위상들은 개별적으로는 결코 자립적인 의미를 가지지 못하고, 함께 역동적인 통일성을 형성할 때 진정한 의미를 얻게 된다. 그러나 원인상의 시간 위상은 — 파지·예지를 자신의 지평으로 가지고 있긴 하지만 — '생생한 지금'을 부단히 산출하는 근원지다. 이 점에서 그것은 모든 존재와 의식의 근원이 된다. 그런데 원인상이 내용적으로 항상 새롭게 충실화된 '지금-점'을 설립할 수 있는 것은 예지가 끊임없이 앞질러 파악하려는 사실을 통해서 가능하게 된다는 것이다.

그렇다면 앞질러 미지의 미래로 부단히 매진하는 예지의 특성은 무엇인가? 이미 위에서 고찰했듯이, 예지에는 물론 근원적인 의미의 연상 작용이 내포되어 있다. 즉 예지는 파지된 것의 유형을 통해서 연상적으로 앞질러 미지의 세계로 향하기 때문이다. 그러나 예지에는 또 "충동의 지향성(Triebintentionalität)"[63]이라고 하는 것이 작용하고 있음에 틀림없다. 왜냐 하면 이것은 항상 새롭게 충실화된 원인상적인 것, '그 이상의 것, 그리고 더욱더 그 이상의 것(ein Mehr und immer Mehr)'을 목표로 하여 부단히 현재로부터 현재로 나아가려는 충동으로 이해되기 때문이다. 즉 이것은 순전히 수동적인 영역에서 수행되는 '근원적인 매진(Ur-Streben)'의 의미를 가진다. 바로 이 근원적 매진의 특

---

62) Funke, G., 위의 책, 91쪽 이하, 105쪽.
63) PI III, 595쪽.

성으로 인해 선험적 자아의 예지적 구성 작용은 목적론적 특성을 가진다고 하겠다. 현상학에서 '목적' 혹은 '목적론적'이라는 말은 헤겔에서처럼 어떤 형이상학적, 사변적 의미를 가지지 않는다. 그것은 "완전성(Vollkommenheit)"의 실현을 무한한 이념으로 가지고서 자기 자신을 부단히 구성하는 "선험적 주관성"의 역동적 과정을 의미한다.[64] 이것은 곧 인간 존재가 "목적론적 존재면서 당위적 존재"[65]임을 의미하기도 한다. 현상학적 철학의 근본주의(Radikalismus) 정신은 "궁극적인 자기 성찰·자기 해명으로부터 나오는 궁극적인 자기 책임"[66]의 의미를 가진다. 인간의 근본적인 삶의 의미를 결정하며, 이 결정에 따라 인간의 삶을 절대적인 소명(召命)으로부터의 삶이 되게 하는 것이 저 근본주의의 정신이다. 이러한 삶이 인간을 목적론적·당위적인 존재로 규정한다. 이렇게 인간의 목적론적 존재의 특성은 곧 이성의 보편적 구조, 즉 완전성의 무한한 이념의 실현을 목표로 현실을 부단히 초극하려는 구조로부터 이해될 수 있다. 이 목적론적 특성으로 인해서, 선험적 주관성은 자기 시성에 의한 자기 구성을 무한한 이념으로 개시하게 된다.

　이상의 내용으로부터 우리는 다음의 사실을 이해할 수 있다. 역사에 있어서 연속성은 궁극적으로 의식의 삶 — 주관적·상호 주관적 — 의 목적론적 특성에 의해 가능하게 된다는 것이다. 왜냐 하면 역사는 인간의 행위를 통해서만 가능하며, 인간의 삶 그 자체는 완전성이라는 무한한 이념에 따라 자명하게 주어진 것을 부단히 초극하려는 목적론적, 존재 당위적 특성을

---

64) 후설 유고 E III 9, S. 62, in : Janssen, P., *Geschichte und Lebenswelt. Eine Beitrag zur Diskussion von Husserls Spätwerk.* Den Haag 1970, 71쪽 참조.

65) Krisis, 275쪽.

66) Husserl, *Erste Philosophie (1923/24). Erster Teil.* Den Haag 1956, 160쪽 ; *Erste Philosophie (1923/24). Zweiter Teil.* Den Haag 1959, 11쪽 이하 참조.

가지고 있기 때문이다. 역사의 연속성은 바로 이러한 인간에 의해 그때그때 항상 새롭게 산출되기 마련이다. 이와 같이 역사에서의 연속성은 근원적으로 인간 존재의 목적론적 특성에 근거해서 부단히 시성하는 시간 의식의 양태들의 시간적 연속성을 근거로 해서 가능하게 된다.

후설 현상학에서 역사성의 문제

이 종 훈(춘천교대 윤리교육과 교수)

1. 들어가는 말

후설 현상학이 본격적으로 다루어진 것은 한국현상학회가 창립된 다음부터다. 그후 많은 연구 발표 및 토론을 통해 큰 발전을 이루었다. 적지 않은 원전도 번역되었고, 현상학적 방법으로 전통 사상과 문화를 깊게 이해하려는 시도도 시작되었다. 이러한 열기는 인문·사회과학뿐만 아니라 심리 치료를 위한 의학(醫學)도 현상학에 노골적으로 구애를 하고 있는 데에서도 충분히 느낄 수 있다. 그러나 정작 현상학자들은 냉담하기만 하다. 아마 그들에게 관심은 있더라도, 만족시킬 준비가 없기 때문일 것이다. 몇몇 핵심 용어는 제각기 번역되고 있으며, 심지어 후설 현상학에 대한 기본적 이해도 없이 용감하게(?) 비난하는 주장들도 종종 들을 수 있다.

왜 이와 같은 상황이 발생했으며, 개선될 줄 모르는가?

우선 그 원인은 후설에게 있다. 즉 수학자로 출발해 철학자로 삶을 마감한 그가 50여 년간 부단한 자기 비판을 통해 전개한 스펙트럼이 무척 폭넓고, 이 험난한 구도(求道)의 길에서 남긴 방대한 유고가 지금도 계속 편집·출판되기 때문이다.

다음으로 후설 해석자들에게 있다. 그가 완결된 체계를 구축하지 않고 의식에 다양하게 주어지는 사태 자체를 '사유 실험(Denkexperiment)'의 형태로 분석했기 때문에 관점에 따라 제각기 해석되는 것은 어떻게 보면 당연하다. 가령 '기술적 현상학', '선험적 관념론', '생활 세계적 실재론'으로 구분하는 경우 나름대로 근거와 의의가 있지만, 그 각각이 긴밀한 관련 속에 총체를 이루고 있음은 지금까지 출간된 유고만으로도 충분히 입증되었다. 그럼에도 불구하고 재래의 이원론적 개념 도식에 따라 해석한다면 오해만 가중될 뿐이다.[1] 특히 편견에 사로잡힌 2차 문헌에 의존한 해석은 단순한 '견해차'의 수준을 넘어선 '학문적 폭력'이다.

최근(1998. 10. 10) 개최된 한국현상학회 창립 20주년 기념 국제 학술 회의를 보자. '현상학과 상호 문화성(Phänomenologie und Interkulturalität)'이라는 주제 아래 독일의 발덴휄스(B. Waldenfels) 교수와 오르트(E. W. Orth) 교수, 일본의 니타(Y. Nitta) 교수 등이 발표했는데, 특히 니타 교수의 논문「현상학과 대승불교」는 동양인의 서양철학에 대한 연구 시각을 알아볼 수 있는 좋은 자료였다.[2]

이에 대한 논평에서 김형효 교수는 "현상학과 나가르주나(Nagarjuna) 중관학파(中觀學派)의 이론적 연계성을 뚜렷이 밝혀야 했다"며 "연기설(緣起説)과 공(空) 사상을 어떻게 현상학적으로 설명할 수 있는가?"라고 묻고, 다음과 같이 주장하였다.

---

1) 이 점에 대해서는 이종훈, 『현대의 위기와 생활 세계』(동녘, 1994) 117-122쪽 참조.
2) 이러한 자료로 고형곤 교수의『禪의 世界』제1권(1971) 및 제2권(1997), 조가경 교수의『의식과 자연(Bewusstsein und Natursein)』(1987), 박순영 교수의「후설의 생활 세계 개념에 대한 선불교적 이해」와 한자경 교수의「후설 현상학의 선험적 주관성과 불교 유식 철학의 아뢰야識의 비교」(『현상학과 한국 사상』, 한국현상학회 편, 1996) 등이 있다.

장식(藏識)은 알라야(Alaya)식으로서 마나(Manas)식과 더불어 현대적 의미의 무의식에 해당한다. 우리는 후설 현상학의 가장 큰 약점이 그가 무의식의 세계를 논구하지 않고 합리적인 명증성을 진리로 간주한 것에 있다고 생각한다.

과연 그런가? 물론 현상학이 유식(唯識)을 서양에 소개하려는 것이 아니었고, 이 글의 목적 역시 이 둘의 유사한 구조를 밝히는 데 있지 않지만, 김형효 교수의 주장을 반박하기 위해 몇 가지 간략하게 언급하겠다.

우선 유식의 '연기'는 현상학의 '연상(Assoziation)'과 '동기부여(Motivation)'로, '공'은 '미리 지시함(Vorzeichnung)' 혹은 '유형적으로 미리 알려져 있음(typische Vorbekanntheit)'의 '공지평(Leerhorizont)' 등으로 충분히 접근할 수 있다.

그러나 무엇보다 중요한 점은 후설이 실제로 무의식을 상세히 분석했다는 사실이다.3) 즉 경험한 내용은 무의식 속에 흘러들어가(Einströmen) 습득성(Habitualität. 種子)으로 침전(Sedimentierung. 薰習)되고, 이것은 수정·폐기되지 않는 한 지속적 타당성을 지니고 복원(Reaktivierung)됨으로써 현재의 경험을 규정(現行)하는 배경이 된다. 이러한 습득성의 기체(基體)인 선험적 자아(알라야識)는 감각(前五識)과 지각(意識)뿐만 아니라 경험적 자아(마나識)의 근저에 놓여 있는, 마치 폭포처럼 항상 흐르는(恒轉如瀑流) 마음의 흐름(心相續), 즉 자유로운 태도변경(freie Variation. 識轉變)의 주체다. 또한 끊임없이 흐르면서도(依他起性과 遍計所執性) 시간의 변화를 넘어서서 통일성을 유지하는(圓成實性), '정지해 있는 지금(nunc stans)'으로서

---

3) 가령 후설은 무의식을 "죽은 것 혹은 현상학적 무(無)가 아니라, 의식의 한계 양상"(『논리학』, 318-319쪽 ;『경험과 판단』, 336쪽), "2차적 감성"(『이념들』 제2권, 332, 334쪽), "꿈이 없는 잠"(『위기』, 192쪽), "침전된 지향성"(같은 책, 118, 240쪽), "2차적 수동성"(『이념들』 제2권, 12쪽 ;『경험과 판단』, 336쪽) 등으로 표현하여 논하고 있다.

의 '생생한 현재(lebendige Gegenwart)'다.

그런데 만약 후설 현상학에서 이와 같은 선험적 세계를 제거하면, 그의 의식 분석은 심층심리학이나 소박한 주관주의(독아론) 혹은 심리학주의(인간학주의)로 해석될 수밖에 없다. 후설 자신도 이러한 오해를 해소하려고 거듭 시도했었으나 성과는 없었다. 결국 이와 같이 뿌리 깊고 끈질긴 오해의 원천은 복잡한 구조를 지닌 발생적 현상학의 논의를 외면하고 단순한 형태의 정태적 현상학에 입각하여 후설철학 전체를 일반화한 데 있다. 후설의 표현을 빌리면, "철저한 선험적 태도는 소박한 자연적 태도로 전락하기 쉽고, 부단히 자연적 태도와 혼동될 수 있기 때문"4)이다. 그 결과 후설 현상학에서 역사성이 절단되었다. 하지만 후설 스스로 "모든 역사철학의 문제는 선험적 현상학의 문제"5)라고 밝히고 있다.

이 글은 우선 일반적 의미의 현상학과 후설 현상학의 차이점을 밝히고, 후설이 역사성을 제기한 배경을 살펴본다. 그리고 발생적 현상학의 핵심 축인 지각의 지평 구조와 시간 의식에 관한 분석을 통해 이념적 형성물이 생생한 전통으로 전승되는 역사성의 구조를 고찰한다. 그런 다음 생활 세계와 선험적 자아(주관성)의 역사성을 해명한다. 따라서 이 글은 후설 현상학에 대한 종래의 근거 없는 오해나 편협된 시각을 벗어날 수 있을 뿐만 아니라, 다양한 인접 학문들과의 활발한 교류를 촉진시키고 후설 현상학의 현대적 의의를 적극적으로 밝히는 데 물꼬를 틀 수 있을 것이다.

---

4) 『위기』, 158, 170쪽의 주, 183쪽 참조.
5) 후설이 쿤(H. Kuhn)에게 보낸 편지(R. I. Kuhn, 28. 11. 1934). 이것은 후설 전집 제29권 『위기-보충판』, 편집자(R. N. Smid) 서문 15쪽에서 재인용한 것임.

2. 일반적 의미의 현상학과 후설 현상학을 구별해야 할 이유

철학은 그 출발 이래 엄밀한 학문이어야 한다(strenge Wissenschaft zu sein)는 요구를 제기해왔다. 즉 최고의 이론적 욕구를 충족시키며, 윤리적-종교적 관점에서도 순수한 이성 규범에 의해 규제된 삶을 가능하게 해주는 학문이고자 했다.6)

그런데 이 이념은 근대 이후 정밀한 실증과학이 이룩한 번영에 가려져 위축되고 희석되었다. 즉 수학과 자연과학에서 학문의 전형을 찾는 객관적 실증주의는 자기 반성의 주체인 이성을 제거하였고, 이성이 모든 존재에 부여하는 의미 문제를 외면하였다. 결국 이성에 대한 신념이 붕괴된 이 위기는 곧 참된 앎(학문)의 위기인 동시에 진정한 삶(인간성) 자체의 위기다.

후설은 현대가 직면한 이 위기를 극복할 수 있는 길은 모든 학문의 근원과 인간성의 목적을 철저히 반성함으로써 궁극적 자기 책임에 근거한 이론(앎)과 실천(삶)을 엄밀하게 정초하는 데 있다고 파악하여 철학의 참된 출발점, 즉 전통적 이념을 새롭게 건설하였다. 이 이념을 추구한 선험적 현상학을 '제일철학(Erste Philosophie)' 또는 '선험철학(Transzendentalphilosophie)'이라 부른다. 그리고 이 이념(꿈)은 심리학주의에서 시작하여 자연주의, 역사주의, 세계관 철학을 거쳐 물리학적 객관주의의 비판에 이르는 가운데, 정태적 분석에서 발생적 분석으로 확대 발전해가는 가운데 조금도 변함이 없었다. 오히려 데카르트적 길 이외에 심리학이나 생활 세계 등을 통한 길들은 그 이념(꿈)을 더욱더 생생하게 추구해간 발자취다.

그렇다면 후설 현상학은 일반적 의미의 현상학과 다른 점이 무엇인가?

---

6) 『엄밀학』, 289.

우선 이들의 공통점을 찾아보자. 현상학은 후설 개인에서 끝나지 않고 다양한 '현상학적 운동'으로 발전했는데, 이 운동을 '현상학적'이라 부를 수 있는 것은 직접적 직관과 본질 통찰이라는 방법을 공유하기 때문이다. 이 방법을 파악할 중심 개념은 의식이 대상을 의미를 지닌 대상성으로 구성하는 지향성(Intentionalität)이다. 객관적 실증과학은 이 지향성을 미처 깨닫지 못했기 때문에 있는 '사실의 문제'만을 소박하게 추구하고, 어떻게 살아야 하는가 하는 '이성의 문제'는 다루지 않는다. 결국 "사실과학은 단순한 사실인(事實人)을 만들 뿐"[7]이다. 하지만 후설에 있어 문제는 객관성을 연역적으로 확증하는 것이 아니라 객관성을 해명하는 것, 즉 객관성이 나타나는 의미 현상을 이해하는 것이다.

연역하는 것은 해명하는 것이 아니다. 물리적 혹은 화학적 물체의 객관적 구조 형식을 인식하고 이것에 따라 예측하는 이 모든 것은 아무것도 해명하지 않으며, 오히려 해명을 필요로 한다. 유일하게 실제적으로 해명하는 것은 선험적으로 이해하게 만드는 것이다. 모든 객관적인 것은 이해할 수 있어야 한다는 요구를 받는다.[8]

그래서 그는 다음과 같이 역설한다.

이론적 작업을 수행하면서 사태와 이론, 방법에 몰두한 나머지 그 작업의 내면에 관해 아무것도 모르고, 이 작업 속에 살면서 작업을 수행하는 삶 자체를 주제로 삼지 않는 이론가의 자기 망각(Selbstvergessenheit)을 극복해야만 한다.[9]

---

7) 『위기』, 4쪽.
8) 『위기』, 193쪽. 따라서 후설에서 '객관성'은 곧 '상호 주관성'을 뜻한다(『이념들』 제2권, 82, 110쪽 참조).
9) 『논리학』, 20쪽.

그러나 현대 철학에서 주관을 강조한 것은 현상학만이 아니다. 현상학과 직접 관련이 없는 정신과학들도 주관적 요소를 비과학적이라고 배격하는 실증주의적 방법으로는 문화적·사회적 실재들을 충분히 기술할 수 없다고 비판하고 있다.10)

　　이 점에서 차이는 없지만, 현상학은 객관적 지식(Episteme)의 근본 토대인 주관적 속견(Doxa)의 정당한 권리를 회복시켰다. 이 방향 전환은 기존의 철학에서 정합적으로 추론하여 추상적인 형이상학의 체계를 구축하는 것이 아니라, 의식에 직접 주어지는 사태 자체로 되돌아감(Rückgang)11)으로써 구체적인 경험의 풍부한 세계를 탐구할 문을 열었다. 여기까지는 후설의 '경험적 현상학'으로 일반적 의미의 현상학, 즉 현상학을 새로운 방법론으로만 간주하는 입장이다.

　　그런데 후설은 이 단계에 멈추는데 결코 만족하지 않았다. 그는 사태가 그렇게 주어지는 방식, 즉 "그때그때의 대상성으로부터 이것을 의식하는 주관의 주관적 체험과 활동적 형성 작용을 되돌아가 묻는(Rückfrage)"12) 선험적 태도가 필요하다고

---

10) 이러한 비판은 딜타이(W. Dilthey)의 생철학과 해석학, 베버(M. Weber)의 사회학, 1960년대초 실증주의 논쟁에서 아도르노(T. Adorno)와 하버마스(J. Harbermas)의 비판 이론, 윈치(P. Winch)나 테일러(C. Taylor) 등의 사회과학 방법론에서 볼 수 있다.

11) 현상학의 슬로건으로 알려진 '사태 자체로!(zu den Sachen selbst)'는 하이데거(M. Heidegger)가 『존재와 시간』(27, 34쪽)에서 정식화하였는데, "공허한 말의 분석을 버려라. 우리는 사태 자체를 심문해야만 한다. 경험으로, 직관으로 되돌아가자"(『엄밀학』, 305)는 후설의 주장에서 착안했다고 추측된다. 물론 '사태 자체로 되돌아가야 한다'는 주장은 『논리 연구』 제2-1권(6쪽)이나 『이념들』 제1권(35쪽) 등에서도 나타난다. 어쨌든 '사태 자체'를 직관하는 것은 현상학의 방법일 뿐이다. 그 이념(목적)은 세계가 미리 주어지는 방식을 되돌아가 물음으로써 사태의 근원을 해명하는 것이다.

　　그럼에도 불구하고 이 둘은 흔히 혼동되고 있다. 그 최근의 예를 1998년 한국철학회 춘계 발표에서 있었던 김상환 교수의 "…… 후설의 철학 이념인 '사태 자체로!'……"(「철학(사)의 안과 밖 : 다시 해체론이란 무엇인가?」 15쪽)라는 주장에서 찾아볼 수 있다.

역설하였다. 이렇게 되돌아가 물음으로써 궁극적 근원으로 드러난 것이 곧 선험적 주관성이다. 그리고 "모든 객관적 세계가 본질적으로 선험적 주관성 속에 근거하고 있음을 명백히 하고, 따라서 세계를 구성된 의미로서 구체적으로 이해시키는 철학"13)이 '선험적 현상학'이다.

왜 그는 많은 오해와 비난 속에서도 선험적 현상학을 결코 포기하지 않았을까?

후설은 인간성의 참된 존재는 목적(Telos)을 향한 존재일 때, 또한 "인간성 자체에 '타고난 본래의' 보편적 이성이 계시되는 역사적 운동"14)인 철학을 통해서만 실현될 수 있다고 보았다. 그렇기 때문에 후설 현상학은 사태 자체에 보다 밀접하게 다가서고, 인격의 주체이자 규범의 담지자인 진정한 자아(선험적 주관성)를 이해하고 실현해야 할15) 이중의 목적을 지닌다. 그의 철학적 모색의 절정인 『위기』에서 근대철학사를 그 내적 의미에 초점을 두고 되돌아가 물은 것도 역사적 생성 속에 숨어 있는 목적론을 해명하려는 것이었다. 즉 스스로 생각하는 자(Selbstdenker)로서 책임 있는 비판을 통해 그리스에서 이룩한 철학의 근원적 건설(Urstiftung)을 본받아 추후로 건설(Nachstiftung)하는 동시에 최종적 건설(Endstiftung)을 실현하기 위한 것이었다.16)

그러나 이 목적론(Teleologie)은 칸트에서와 같이 결코 인식할 수 없는 '물 자체'를 가정하거나, 아리스토텔레스에서와 같

---

12) 『심리학』, 28-29쪽.
13) 『성찰』, 164쪽.
14) 『위기』, 13-14쪽.
15) "선험적 현상학을 실행함(ins Spiel setzen)"(『위기』, 272쪽), "현상학함"(Phänomenologisieren, 『제6성찰』 및 『위기-보충판』)과 같은 표현에서 알 수 있듯이, 후설 현상학은 결코 창백한 이론적 지식을 추구하는 데 그치는 것이 아니라 자아를 실현해야 할(修己治人) 강렬한 실천적 윤리를 강조한다.
16) 『위기』, 제15절, 부록 25 및 28 참조.

이 모든 실체의 변화가 방향지어진 목적(순수 형상)이 미리 설정된 것도 아니다. 물론 헤겔에서와 같이 의식이 변증법적 자기 발전을 통해 파악할 수 있는 절대 정신이 이미 드러나 있는 것도 아니다. 그것은 정상적인 모든 인간에게 동일하게 기능하고 있는 '이성'17)과 '신체'18)를 실마리로 삼아 학문과 인간성의 이념에 부단히 접근(Approximation)하려는 인간성의 자기 책임 (Selbstverantwortung), 즉 '의지의 결단(Willensentscheidung)' 을 표명한 것이다.

따라서 후설 현상학은 '주지(主知)주의인가 주의(主意)주의인가', 이와 관련하여 '실천을 떠난 이론이 아닌가' 하는 논쟁역시 후설 현상학과는 전혀 무관하다.19) 그리고 선험적 현상학 (목적)은 제거한 채 이것에 이르는 경험적 현상학(방법)만 받아들이는 것은 자기 모순에 빠져 쓸데없는 방황만 자초할 뿐이다. 불행하게도 이러한 상황이 우리의 현실이다. 첨단 정보 과학

---

17) 후설의 '이성'은 '감성'이나 '오성'과 구별된 것이 아니라 지각·기억·기대·침전된 무의식을 포괄하는, '이론(논리)적, 실천적, 가치 설정적 이성 일반'으로서 자아의 다양한 관심과 기능을 근원적으로 통일시키는 구체적인 '의식의 흐름'이다.
18) 이것은 "정상적 신체성의 공동체"(『경험과 판단』, 441쪽), "언어 공동체" (『위기』, 369쪽), "감정 이입 공동체"(같은 책, 371쪽), "전달 공동체"(『상호 주관성』 제3권, 460쪽)로서의 '선험적 상호 주관성'을 해명하는 토대다.
19) 후설에서 이론과 실천은 부단히 상호 작용하면서 전개되는 개방된 구조를 지녔다. 가령 '먹어보고' '만져보고' '들어보고' 아는 것과 같이, 봄은 앎의 기초다. 또한 알면 더 많은 것을 보게 된다. 그리고 알면 사랑(실천)하게 되고, 그러면 더 많은 것을 알게 된다(이론). "직접적 봄(Sehen) ― 단순한 감각적 봄이 아니라, 원본적으로 부여하는 의식으로서의 봄 일반 ― 은 모든 이성적 주장의 권리 원천이다"(『이념들』 제1권, 36쪽). 이 봄의 고유한 본질은 "보면서 해명하는 것"(『논리학』, 167쪽)으로서, 자아를 실천하는 첫 걸음이다.
이러한 구조는 반성적(이론적) 태도와 자연적(실천적) 태도를 종합하는 "이론적 실천"(『위기』, 113, 329쪽)에서도, "술어적으로 인식하는 작업 수행은 그 자체로 행동"(『경험과 판단』, 232, 235쪽)이며, "묻는 작용(Fragen)은 판단의 결단에 이르려고 노력하는 실천적 행동으로서 의지의 영역에 속한다"(같은 책, 372-373쪽)는 주장에서도 파악할 수 있다.

및 민족 통일 시대를 맞이했지만 전통 문화는 단절되어 있고 배타적 집단이기주의나 배금주의의 무질서와 혼란 속에서 도덕적 인간성의 회복이 절실함에도 불구하고, '이성'이라는 용어의 부정적 편견에 사로잡혀 무조건 이성을 배제하려는 포스트모더니즘 혹은 해체주의를 아무런 비판 없이 무책임하게 소개하고 있다. 여기에는 무엇을 전통으로 복원해야 하고 무엇을 해체해야 하는지, 해체할 것에 어떠한 순서와 방법이 요구되는지 하는 고민이 없다.

3. 후설이 역사성을 문제로서 제기한 시기와 배경

후설이 『엄밀학』에서 역사주의(Historizismus)를 비판하기 전에 '역사'에 관해 집중적으로 논의한 자료는 아직 찾을 수 없다. 그에 의하면 역사주의는 다양한 내적 구조와 유형을 지닌 모든 정신 형태가 경험적 삶 속에서 유기적으로 생성된 형성물이기 때문에, 여기에는 고정된 종(種)이나 조직은 없고 지속적인 발전의 흐름만 있다고 주장한다. 따라서 역사주의는 내적 직관을 통해 정신적 삶에 정통하게 되면 그것을 지배하는 동기들을 추후로 체험할 수 있고, 이렇게 함으로써 그때그때 정신 형태의 본질과 발전을 역사적 발생론으로 이해하고 설명할 수 있다고 한다.

이 역사주의에 대해 후설은 "인식론적 오류로서, 이를 철저히 밀고 나가면 극단적인 회의적 상대주의가 된다"[20]고 비판한다. 왜냐 하면 가치 평가의 원리들은 역사가(歷史家)가 단지 전제할 뿐 정초할 수는 없는 이념적 영역에 놓여 있으므로, 역사나 경험적 정신과학 일반은 이념과 이 이념 속에 나타나는 문

---

20) 『엄밀학』, 327-328쪽.

화 형태들의 관계를 그 자신으로부터는 긍정하든 부정하든 아무것도 결정할 수 없기 때문이다. 즉 "사실로부터 이념을 정초하거나 반박하는 희망 없는 헛된 시도요 모순"[21]이다.

그래서 후설은 딜타이가 세계관의 구조와 유형을 유익하게 분석하여 역사적 회의주의를 부정하지만 경험적 태도에 머물러 있기 때문에 그것을 부정할 수 있는 결정적 근거를 제시하지 못했다고 비판하였다.[22] 이에 대해 딜타이는 자신의 입장이 역사주의도 아니며, 더구나 회의론과는 아무 관련이 없다고 항변하였다.[23]

그렇다면 역사주의에 관한 후설과 딜타이의 견해차는 어디에 있는가?

비멜(W. Biemel)은 우선 이들의 철학적 출발점에서 찾는다. 즉 후설은 논리적 형성물의 타당성에 관한 문제로부터 출발하기 때문에 비역사적이고, 딜타이는 삶 자체의 역사성에서 발생하는 예술 작품과 정신적 형성물로부터 출발하기 때문에 역사적이라고 지적한다. 그리고 후설이 딜타이의 역사주의를 비판한 『엄밀학』의 시기에는 역사적 조망이 없었다고 한다.[24] 이러한 견해는 하이데거에서도 볼 수 있는데, 그는 후설 현상학에 역사성이 결여되어 있다고 비판한다.[25] 리쾨르(P. Ricoeur)도 후설에서 역사성이 문제시되는 것은 나치의 국가사회주의가 등장한 이후며, 부분적으로는 하이데거의 영향이 있었다고 주장한다.[26] 한편 가다머(H.G. Gadamer)는 이 점에 있어 하이데

---

21) 같은 책, 326 ; 『논리 연구』 제1권, 84쪽 주.
22) 『엄밀학』, 326 주.
23) 이것은 W. Biemel, "The Dilthey-Husserl Correspondence" in *Husserl: Exposition & Appraisal*(Notre Dame Univ., 1977) 참조.
24) W. Biemel, 앞의 글 '서문' 참조.
25) M. Heidegger, *Über den Humanismus*(Frankfurt, 1975) 27쪽.
26) P. Ricoeur, *Husserl : An Analysis of his Phenomenology*(Northwestern Univ., 1967) 144쪽.

거의 영향이 있었음을 논하면서도 후설이 자신의 이념을 역사적 정신과학에 적용할 때 항상 주목했던 점이라고 보았다.[27]

물론 후설과 딜타이의 철학적 출발점은 다르다. 그러나 후설에게 역사성이 없다는 주장은 근거가 없으며, 역사성이 문제시된 시기에 대한 견해는 잘못된 파악이다. 왜냐 하면 후설에서 역사성이 전개된 시간 의식의 지향적 성격과 시간적 발생의 분석은 이미 1904~1905년 강의 『시간 의식』[28]에서 수행되었기 때문이다. 그리고 역사적 조망은 『엄밀학』(1911)에서 그때그때 타당한 문화 현상으로서의 세계관 철학과 엄밀한 학문의 이념을 지닌 철학의 차이를 밝힌 데에도 나타나지만,[29] 일상적 언어의 풍부한 구성 요소들을 지적하면서 '의식의 역사'를 논하고 있다.[30] 후설 자신도 1918년에 나토르프(P. Natorp)에게 보낸 편지에서 다음과 같이 밝혔다.

> 나는 이미 10년 전에 정태적 플라톤주의의 단계를 극복하여 선험적 발생의 이념을 현상학의 주요 주제로 세웠다.[31]

결국 후설은 딜타이도 역사주의적 회의론을 배척하지만, 딜타이의 이론에는 방법적으로 상대주의에서 회의론으로 넘어가지 않을 수 있는 결정적 근거가 없음을 비판한 것이다. 즉 딜타이는 "천재적 직관을 지녔지만, 궁극적 근원에 대한 해명인 엄밀한 학문적 이론화가 결여되어 있다."[32] 이러한 후설의 시각은 『논리 연구』 제1권에서 심리학주의 및 객관주의가 이념적인

---

27) H. G. Gadamer, *Wahrheit und Methode*(Tübingen, 1972) 230쪽.
28) 이 책에 수록된 유고에 따르면 이러한 분석의 기원은 1893년까지 소급된다.
29) 『엄밀학』, 332-333쪽.
30) 같은 책, 307쪽.
31) 후설 유고 *R. I. Natorp. 6. 29. 1918.* 이것은 R. P. Buckley, *Husserl, Heidegger and the Crisis of Philosophical Responsibility*(Dordrecht, 1992) 38쪽 주 7에서 재인용한 것임.
32) 『이념들』 제2권, 173쪽 ; 『심리학』, 16쪽 참조.

것(Ideales)과 실재적인 것(Reales)의 차이를 인식론적으로 혼동한 오류(metabasis)를 비판한 것에 그 뿌리가 있다.

따라서 후설 현상학에 역사성이 결여되었다는 오해는 실재적 판단 작용과 이념적 판단 내용을 혼동했다고 심리학주의를 비판하고 초시간적 진리 그 자체(Wahrheit an sich)를 강조한 『논리 연구』제1권을 '객관주의'로, 현상학적 환원을 통해 이념적 대상인 본질(Wesen)을 직관하고 순수 의식에 도달하는 『이념들』제1권과 이러한 데카르트적 길을 통해 선험적 주관성을 해명한 『성찰』을 '주관주의적 관념론'으로 단정한 것이다. 그 결과 『위기』에서 상세하게 논의한 '생활 세계'가 지닌 실재론적 측면에 놀랄 수밖에 없고, 그 제3부 A의 제목('미리 주어진 생활 세계로부터 되돌아가 물음으로써 현상학적 선험철학에 이르는 길')조차 애써 외면하게 된다. 어쨌든 이러한 견해에서 선험적 현상학에 대한 기본적 이해는 찾아볼 수 없다.

물론 발생적 분석에서도 역사성(Geschichtlichkeit)[33]은 중요한 문제다. 그러나 이에 관한 그의 논의 역시 회의적 상대주의로서의 역사주의와는 아무런 관계가 없다. 그것은, 앞으로 살펴보겠지만, 후설이 '역사의 아프리오리'를 근본 토대로 삼기 때문이다. 즉 그가 역사에 관심을 갖는 것은 경험적 내용인 '역사의 사실'이 아니라, 역사의 목적이 어떻게 드러나는가 하는 '역사의 의미'이기 때문이다.[34] 그것은 "역사적인 것만도 이념적인 것만도 아니라, 역사적인 '동시에' 이념적인 발생의 문제로서 역사적인 것 속에 은폐된 채 규정되었던 '필연성'을 이해하는 문제"[35]다.

---

33) 흔히 'Historie(Historizität)'는 일어난 사건의 변천과 흥망에 관한 역사적 사실로서의 총체적 기록을, 'Geschichte(Geschichtlichkeit)'는 이 역사적 사실의 의미 연관에 대한 해명을 뜻한다. 하지만 후설은 이들을 엄격하게 구별하여 사용하지는 않는다. 이것은 그가 '존재(Sein)'와 '존재 의미(Seinssinn)'를 같은 뜻으로 사용했던 맥락과 같다.
34) 『위기』, 321쪽 ; 『논리학』, 215쪽.

4. 발생적 현상학의 핵심 축 : 지각과 시간 의식의 지향 적 구조

후설에서 이른바 정태적 현상학(전기)과 발생적 현상학(후기 나 유고)은 서로 배척·단절된 것이 아니라, 마치 어떤 건물의 평면적 단면과 입체적 조감도와 같이, 상호 보완적이다. 이러한 사실은 역사성(시간성)을 띠고 다양하게 전개된 발생적 현상학 의 핵심 축인 지각의 지평 구조와 내적 시간 의식에 대한 분석 을 통해 명백하게 입증된다. 따라서 개인이나 공동체의 의식 체험이 갖는 총체성을 그 궁극적 근원으로부터 해명하려는 발 생적 현상학은 "그 자체로 역사의 선험적 이론"[36]이다.

4-1. 지각의 지평 구조

후설은 이념적인 것과 실재적인 것의 차이를 혼동하지 않으 려면 '의식이 어떻게 그 자체로 실재하는 대상들을 객관적으로 타당한 의미로 파악하는가'를 해명하는 인식 비판이 필요하기 때문에, 『논리 연구』 제2권에서 모든 인식의 궁극적 근원인 의 식 체험의 본질을 분석하였다. 그가 언어를 통해 의미의 지향 적 구조를 밝힌 것은 언어가 의식의 지향성을 전제해야만 가능 하며, 언어를 통한 표현은 이것에 의미를 부여하여 생명력을 불어넣는 생생한 체험을 분석해야만 이해될 수 있기 때문이다.

술어적 표현으로부터 지각이 충족되는 양상을 다룬 이 정태 적 분석은 의미의 심층 구조를 밝히기 위해 대상이 스스로를 원본적으로 부여하는 선술어적 경험으로부터 의미가 형성되는 근원을 추적한 발생적 분석으로 발전해갔다. 이에 따르면 모든

---

35) 『제일철학』 제1권, 296쪽.
36) L. Landgrebe, "Phänomenologie als transzendentale Theorie der Geschichte" in *Phänomenologie und Praxis*(München, 1976) 22쪽.

개별적 대상은 감각 자료처럼 그 자체로 고립된 것이 아니라, '유형적으로 미리 알려져 있음'37)이라는 선술어적 경험(지각)의 지평 구조 속에서만 주어진다.

　　모든 인식 활동 이전에 (단적인 확실성으로 스스로 주어져 있는) 개별적 대상들은 우리가 아직 주목하지 않았다고 하더라도, 장차 현실태(Entelechie)로 인식될 가능태(Dynamis)로서 (지각의 영역 속에) 미리 놓여져 있다(Voranliegen).38)

　　그러므로 경험은 존재자가 현존하게 되는 작업 수행(Leistung)으로서 그때그때 실제로 '파악된 것 이상(plus ultra)'을 함께 지닌, 처음에는 주시하지 않았던 국면을 점차 드러내 밝힐 가능성(Möglichkeit)39)을 지시하는 생생한 지평40)을 갖는다. 즉 '아

---

37) 이전 경험들을 연상적으로 일깨워 재인식할 수 있도록 형성된 '유형 (Typus)'은 경험적 보편성과 우연적 필연성을 갖는다. 즉 유형은 명확히 규정되지는 않았지만 모호하게 이미 알려져 있는 새로운 경험을 미리 지시하고 그 내용을 풍부하게 만들거나 수정할 수 있는 경험의 가능 조건, 침전되었던 것이 부각되는 배경 지평으로서의 잠재 의식이다. 예를 들어 우리는 전혀 본 적도 없는 동물을, 그것이 개와 비슷한 모양이기 때문에, 이제까지 경험했던 개의 유형에 따라 그 행동거지나 아직 보지 못한 이빨, 꼬리 등을 예측한다. 이 유형을 구성하는 것은 곧 '인식을 주도하는 관심(Erkenntnisleitende Interesse)'이다.
38)『경험과 판단』, 24쪽(괄호 안은 원전에 필자가 문맥상 필요에 의해 첨부한 것임).
39) 이것은 곧 "자아의 입장에서 보면, 능력(Ver-möglichkeit)"(『경험과 판단』, 27쪽)이다.
40) 모든 의식 작용에는 직접 주어지지는 않았지만 기억이나 예상에 의해 지향된 국면들이 있으며, 이것들이 그 대상의 지평을 구성하여 경험이 발생하는 틀을 형성한다. 즉 지평은 보이는 것과 보이지 않는 것을 구분 짓는 경계로서, 과학적으로 분석하면 존재하지 않지만, 결코 환상이 아니다. 세계 속에 있는 객체는 제거될 수는 있어도, 지평 자체가 제거된 세계는 생각할 수도 없다. 따라서 지평은 신체를 움직이거나 정신이 파악해나감에 따라 점차 확장되고 접근할 수 있는 문화와 역사, 사회적 조망을 지니고 미리 지시된 무한한 잠재성의 영역으로, 인간이 자기 자신을 항상 새롭게 이해하고 실현할 수 있는 전제

직 알려지지 않은 것(Nichtwissen)' 속에는 언제나 본질적으로 '부수적 앎(Mit-wissen)'이 함축되어 있다. 그리고 이 미리 지시된 '미리 앎(Vorwissen)'은 항상 불완전하고 내용상 규정되지는 않았지만, '주어진 핵심을 넘어서서 생각함(Über-sich-hinaus-meinen, Mehrmeinung)'으로써 앞으로 규정될 수 있는 가능성들의 활동 공간으로서 '공지평(空地平)'[41)을 갖는다. 그래서 "알려져 있지 않음(Unbekanntheit)은 동시에 알려져 있음(Bekanntheit)의 한 양상"[42)이며, "보여지지 않은 모든 것(Alles Ungesehenes)은 지각의 흐름을 통해 보여질 수 있는 것(Sichtbares)으로 변화된다."[43) 결국 경험 가능한 모든 개별적 실재의 지평인 세계의 기본 구조는 '알려져 있음'과 '알려져 있지 않음'의 구조"다.[44)

그런데 지각은 단순히 감각 성질들을 받아들이는 것이 아니라, 그 대상이 원본적으로 제시되는 방식도 파악하는 것이다. 예를 들어 도구로서의 망치가 구체적으로 제시되려면, 그 형태나 색깔뿐만 아니라 기능도 알아야 한다. 또한 지각은 대상을 시간적 지속체로서 곧바로 수용하는 '단적인 파악', 대상의 내적 지평 속으로 파고 들어가 상세하게 규정하는 '해명', 대상의 외적 지평 속에서 다른 대상들과 함께 주어진 상태(Sachlage)[45)를 포착

조건이다. 결국 인간과 세계는 서로 분리할 수 없는 지향적 통일체다.
41) 앞의 책, 35쪽 ;『수동적 종합』, 6, 11쪽.
42)『경험과 판단』, 34쪽.
43)『시간 의식』, 123쪽.
44) 따라서 형식 논리의 주어(S)나 술어(P)에 대입시킬 수 있는 것은 아무 제한도 없는 임의적인 것이 아니라, 사실적이든 상상적이든 경험할 수 있는 모든 것의 총체인 세계의 통일 속에 있는 동일한 존재자, 즉 '세계-내-존재(In-der-Welt-Sein)'다. 그리고 자유 변경(freie Variation)에 설정된 확고한 이 한계에 기초해서만 판단들은 유의미하며, 논리학은 "사유 형식을 다루는 논리학일 뿐만 아니라, 세계 속에 있는 존재자(세계)의 논리학인 참된 철학적 논리학이 된다"(『경험과 판단』, 37쪽 ;『논리학』, 17쪽).
45) 상태(Sachlage)는 선술어적 경험에서 수동적으로 사태가 미리 구성된 기

하는 '관계 관찰'의 단계로 해석될 수 있는 구조를 지닌다. 이 단계들은 거역할 수 없는 일방적 방향으로 확정된 것이 아니라, 부단히 교류하면서 보다 완전한 인식에 도달할 수 있는 개방된 나선형의 순환 구조를 갖는다.

요컨대 지각은 절대적인 충전적 명증성의 이념에서 "'이성'에 목표지어진, 보편적인 목적론적 구조"[46]를 갖는다. 즉 대상의 의미 내용은 결코 완성된 것으로 주어지지 않기 때문에 그 지평 속에 함축된 모든 잠재성을 부단히 해명해야만 한다.

4-2. 시간 의식

후설은 『논리 연구』 제2권에서 다양한 의식 체험의 표층 구조를 표상(지각·판단), 정서, 의지로 구분하고, 각 영역에 공통적으로 포함된 표상을 모든 의식 작용을 정초하는 가장 기본적인 1차적 지향 작용으로 간주하였다. 즉 표상은 의식 작용(noesis)이 주어진 감각 자료에 의미를 부여하여 통일적 의식 대상(noema)을 구성한다. 그런데 주의(注意)의 방향을 전환하면, 의식 작용과 의식 대상의 상관 관계나 의식 대상의 핵심은 변하지 않지만, 의식 대상의 핵심이 파악되는 양상은 원본적으로 지

반으로서, 전(前)-범주적 관계들이다. 그리고 사태(Sachverhalt)는 범주적(오성의) 대상성들로서, 술어적 판단에 의해 규정되고 해명된 것, 즉 상태의 계기 혹은 양상이다. 따라서 하나의 쌍으로 기초지워진 상태는 두 가지 사태를 포함한다(『경험과 판단』, 제59-62절 참조). 예를 들면 a와 b의 크기 상태는 'a>b'와 'b<a'라는 두 가지 사태를 포함한다. '소크라테스의 제자'와 '아리스토텔레스의 스승' 또는 '5+3'과 '7+1'은 각기 상이한 의미를 표현하지만, "이중의 술어로 파악되고 언표된 동일한 사태"(『논리 연구』제2-1권, 48쪽)인 동일한 지시체 '플라톤' 또는 '8'을 갖는다. 따라서 하나의 '상태'에는 둘 이상의 '사태들'이 상응하고, 하나의 '사태'에는 둘 이상의 '명제들'이 상응한다. 가령 컵에 물이 담겨 있는 사태에는 '물이 절반 있다'와 '물이 절반 없다'는 상이한 명제들이 상응한다. 그리고 같은 진리치를 갖는 명제들은 동일한 상태에 상응한다.
46) 『논리학』, 168-169쪽.

각된 활동성(Aktualität)에서 물러나 비활동성(Inaktualität)으로 변한다. 이 의식 작용은 여러 단계의 기억이나 상상으로 변양되거나, 주의를 기울여 대상을 정립(Positionalität)하든 주의를 기울이지 않은 채 유사-정립(Neutralität)하든 긍정·부정·회의·추측 등 다양한 단계의 신념 성격을 지니게 되며, 그에 따라 의식 대상의 존재 성격도 변한다.

그러나 인식 대상이 구성되기 이전에 시간 자체가 구성되는 의식의 심층 구조에서는 이 의식(파악) 작용과 의식(파악) 대상의 상관 관계가 해소되고, 모든 체험이 통일적으로 구성되는 터전인 내적 시간 의식의 끊임없는 흐름만 남는다. 즉,

모든 의식 체험은 시간적으로 등장하는 자신의 '역사', 즉 '시간적 발생'을 갖는다.[47]

이와 같이 시간적으로 다양하게 발생하는 의식 체험들을 포괄하는 의식 흐름은 '지금'이 과거로부터 미래로 이어지는 '가로 방향의 지향성'과, '지금'이 지나가 버렸지만 흔적도 없이 사라진 것이 아니라 변양된 채 '무의식' 속에 원근법적으로 침전되어 여전히 유지되는 '세로 방향의 지향성'으로 이중의 연속성을 지닌다.[48] 이 연속성 때문에 의식 흐름은 방금 전의 체험을

---

47) 『논리학』, 316쪽.
48) 이 이중의 연속성은 다음 도표로 이해할 수 있다(M. Merleau-Ponty, *Phenomenology of Perception*, trans. by C. Smith. Routledge & Kegan Paul, 1962, 417쪽 참조).

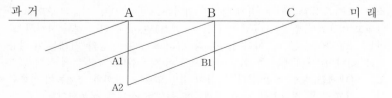

수평선 : '지금' 계기들의 계열

현재화하여 지각하는 '과거 지향(Retention)', 지속하는 시간 객체가 산출되는 원천인 '근원적 인상'[49]으로서의 '지금(Jetzt)', 즉 '살아 있는 현재(lebendige Gegenwart)' 그리고 미래의 계기를 현재에 직관적으로 예상하는 '미래 지향(Protention)'으로 연결되어 통일체를 이룬다.[50] 이 통일체에 근거하여 이미 알고 있는 것들(과거 지향)로부터 아직 알려지지 않은 것(미래 지향)을 생생한 '지금'의 지평 속에서 그 친숙한 유형을 통해 미리 지시하고 미리 해석하여 예측해가는, 즉 '귀납(Induktion)'[51]하는 의식은 "예언가적 의식"[52]이다. 예를 들어 지하철역에 들어섰을 때 의식은 '열차를 기다리는 사람이 몇 명인지'를 파악하는 데 그치지 않고 이제까지의 경험들에 근거하여 '열차가 방금 떠났구나' 혹은 '열차가 곧 오겠구나' 하고 예상한다. 물론 이 예상은 신체를 움직이거나 시간이 흐르면 확인될 수도 수정될 수도 있다.

그리고 감각된 것들의 동질성과 이질성에 따라 시간적으로 변양된 표상들을 연상적으로 일깨우는 내재적 발생의 짝짓기(Paarung)에 근거해서만 분리된 기억들은 서로 관련되고, 하나

사 선 : 나중의 '지금' 계기에서 파악된 동일한 '지금' 계기들의 음영들
수직선 : 바로 그 '지금' 계기의 계속적 음영들
49) 이것은 '중심적 체험핵', '원천적 시점(지금)', '근원적 현전', '본래적 현재의 핵' 등으로도 표현된다(K. Held, *Lebendige Gegenwart*, Den Haag, 1966, 19쪽 참조).
50) 과거 지향은 '방금 전에 지나가버린 것'이 그 자체로 직접 지각된 사태로서 1차적 기억이다. 반면 회상은 기억된 과거로서 실제로 현재 지각되거나 직관된 과거가 아니라, 지속적 대상성이 재생산된 2차적 기억이다. 또한 과거 지향은 직관적으로 재생산된 것들의 상관 관계를 해명해야 충족되지만, 미래 지향은 현실적 지각 속에서 충족된다.
51) 이것은 개별적 사실로부터 일반적 법칙을 이끌어내는 원리가 아니라, 이미 알고 있는 것으로부터 경험의 지평 구조에 따라 아직 알려져 있지 않은 것을 예측해가는 방법이다.
52) 『시간 의식』, 56쪽. 이 '예언'은 주술적 의미가 아니라, 실제적 경험을 묘사하는 의미다.

의 시간적 상관 관계 속에 직관적으로 질서지워진다. 이 근원적 연상에 의한 '합치 종합'은 동등한 것과 유사한 것의 감각적 통일과, 현실적 직관과 과거 속으로 가라앉은 직관의 상이한 위치를 결합하는 하부 의식 속의 통일이 수동적으로 미리 주어져 있기 때문에 가능하다.

지각이 대상을 객관화하여 해석하는 인식 활동의 가장 낮은 단계인 '단적인 파악' 역시 결코 단순한 자료가 아니라, 내적 시간 의식의 통일 속에서 구성된 복잡한 구조를 갖는다. 가령 계속 울려퍼지는 멜로디를 듣는 경우, 여기에는 '여전히 파지함'과 '예측하여 미리 파지함'이 연속체로서 지속의 통일을 이루며 생생한 '지금'에 수동적으로 미리 주어져 있다. 그리고 '단적인 파악'에는 근원적으로 미리 구성하는 시간 흐름의 수동성인 '능동성 이전의(vor) 수동성'과, 주어진 대상들을 함께 주제로 삼는 '능동성 속의(in) 수동성'이 수반된다. 전자는 내재적 시간성을 구성하는 절대적으로 고정된 수동적 법칙성, 즉 능동성 자체의 법칙이다. 반면 후자는 자아의 중심으로부터 발산된 시선을 방향지우는 능동적 작용으로서, 이 '수동적-능동적으로 파지하여 간직함(das passiv-aktive Im-Griff-behalten)'에 근거해서만 대상을 '지금', '방금 전의 지금' 그리고 '바로 다음에 올 지금' 속에 시간적으로 지속하여 존재하는 대상으로서 단적으로 파악할 수 있다.

이와 같이 모든 지각의 상관 관계를 생생하게 만들고 통일을 확립하는 연상 작용은 내적 시간 의식에서 가장 낮은 단계의 종합 위에 계층을 이루고 올라간 '수동적 종합(passive Synthesis)'이다. 따라서 시간 의식의 통일은 모든 시간 객체가 통일적으로 직관될 수 있는 동일한 대상으로서 지속·공존·계기하는 보편적 질서 형식이고, 객관적 시간성이 구성될 수 있기 위한 필수 조건이다.53)

---

53) 후설도 시간을 객관적 경험이 가능할 수 있는 감성의 형식으로 파악하여,

이 시간 의식은 지각이 단적으로 파악되고, 해명되며, 그 관계가 관찰되는 선술어적 경험의 지평 구조를 되돌아가 물음으로써 인식의 궁극적 근원을 밝히려는 선험적 현상학의 가장 근원적인 층이다. 또한 생활 세계와 선험적 (상호) 주관성의 구체적 역사성, 따라서 후설 현상학의 총체적 모습을 밝혀줄 수 있는 핵심 고리다.

5. 역사성과 전통

후설은 『위기』에서 '생활 세계'를 분석하면서 역사성의 문제를 구체적으로 제기하였다. 특히 그가 죽은 다음 해 『위기』와 관련된 유고에 핑크(E. Fink)가 「지향적-역사적 문제로서의 기하학의 기원에 관한 물음(Die Frage nach dem Ursprung der Geometrie als intentional-historische Problem)」이라는 제목을 붙여 발표한 논문54)은 '이미 일어난 일의 탐구(historia rerum gestarum)'라는 의미에서 역사철학뿐만 아니라 사회철학의 근본 물음을 다루고 있다. 여기서 그는 보편적 역사 일반의 문제들에 접근하기 위한 범례로서 기하학을 통해 이념적 형성물들이 전승되는 전통의 문제, 이 형성물들이 전승되어 세계 속에 현존할 수 있는 조건인 형성물의 이념성과 언어 및 기록된 자

시간에 관한 논의를 칸트와 같이 "선험적 감성론"(『성찰』, 173쪽 ; 『논리학』, 297쪽)이라 부른다. 그러나 칸트에서는 의식의 통일이 의식의 시간성에 논리적으로 앞서기 때문에 시간은 개념적 성격을 띤 내적 감각의 순수 직관 형식이지만, 후설에서는 의식의 통일이 시간 의식의 흐름 속에서 절대적 지속체로 직접 구성되기 때문에 시간은 모든 체험이 근원적으로 종합되는 궁극적 원천이다(R. Morrison, "Kant, Husserl, Heidegger on Time and the Unity of *Consciousness*" in *PPR*(1978) 제39집 참조).

54) 후설 전집 제6권에는 이 논물이 본문 제9절 a)항의 관련 자료로 부록 3에 수록되어 있다.

료의 지위, 전통을 수립하고 이것을 완전히 복원할 수 있는 구
조, 은폐된 역사성을 발굴하기 위한 의미의 근원으로 되돌아가
물음의 필요성 그리고 모든 역사가 전제하는 아프리오리를 분
석하였다.

　그러면 어떤 사람이 원본적으로 산출한 의미 형성물이 어떻게
'모든 사람에 대한 현존재(Für-jedermann-Dasein)', 즉 하나의 이
념적 대상성인 '상호 주관적 존재(intersubjekives Sein)'에 이를 수
있는지, 그래서 통일적 총체성 속에서 역사적 전통과 이념적 객관
성을 지니게 되는지에 대해 이 논문을 중심으로 살펴보자.

　처음 원본적으로 산출된 의미 형성물의 생생한 명증성(Evidenz)
은 시간이 흐름에 따라 지속되지 못하고 희미하게 사라지지만, 완
전히 소멸되는 것은 아니다. 그것은 '연상(Assoziation)'을 통해
다시 일깨워짐으로써 임의적으로 반복하여 생생하게 복원
(Reaktivierung)할 수 있는 습득적 소유물이 된다. 이렇게 복원
된 것이 이전에 존재했던 것과 동일함을 입증하는 객관성은 이들
의 합치 종합(Deckungssynthese)과 융합(Verschmelzung)[55]의
명증성을 통해 발생하며, 이것은 인간성이 감정 이입 공동체
(Einfühlungsgemeinschaft)인 동시에 언어 공동체(Sprachgemein-
schaft)[56]라는 사실에 근거한다. 즉 서로 언어적으로 이해하는
관계에서는 어느 주관의 원본적 산출과 그 산출물은 기록된 자
료, 즉 문헌을 통해 다른 사람에 의해 능동적으로 추후로 이해
될 수 있다.

　이 언어가 본질적으로 속한 정상적 공동체의 지평인 '우리-

---

55) 『성찰』, 147쪽 ; 『위기』, 372쪽 ; 『시간 의식』, 35, 86쪽 ; 『경험과 판단』,
76-80, 209, 387, 469쪽 등 참조. 이것은 H. G. Gadamer의 "지평 융합
(Horizontverschmelzung)"(*Wahrheit und Methode*, 289, 356, 375쪽)과 의미
내용상 본질적으로 동일한 것으로서 깊은 영향을 주었다고 본다.
56) 후설은 단순히 병존하는 '감정 이입 공동체'와 담론을 주고받는 '전달 공
동체(Mitteilungsgemeinschaft)'를 구별하고 있다(『상호주관성』 제3권, 461-
479쪽 참조).

지평(Wir-Horizont)' 속에서 인간성은 세계와 불가분적으로 얽혀 있기 때문에 불가피하게 언어의 획득물로 침전된 모든 의미 형성물을 객관적으로 존재하는 동일한 것으로서 상호 주관적으로 파악하고 추후로 이해하며 전달할 수 있다.57) 물론 이 생생하게 복원한 것이 상대적으로만 충족된다면, 그것이 획득한 명증성 역시 상대적일 수밖에 없다. 결국 객관적이며 절대적으로 확증된 진리의 인식은 하나의 '무한한 이념'이다. 그리고 침전된 의미 형성물을 생생하게 복원하여 판명하게 해명된 것만 동일한 명증성을 지니고 전승될 수 있는 이념적 대상성이 되며, 논리적 연역을 통해 지속적으로 형성해가는 '전통'으로서 수립될 수 있다. 그렇지 않은 경우 근원적 의미가 공동화(空洞化)된 채 단순히 추론되고 계승된 전통일 뿐이다. 이러한 의미에서 역사는 전통의 산물이며, 이 전통으로부터 형성된 '선판단(Vor-urteil)'은 잘못된 편견이 아니라, 역사를 이해할 수 있는 가능 조건으로서 '선이해(Vor-verständnis)'다.58)

요컨대 우리가 언제나 그 속에서 살아가고 있는 이 세계는 모든 인식 작업에 토대를 부여하면서 자명하게 미리 주어져 있는 구체적인 역사적 세계다.

역사는 본래부터 근원적인 의미 형성(Sinnbildung)과 의미 침전(Sinnsedimentierung)이 서로 공존하고(Miteinander) 서로 뒤섞인(Ineiander) 생생한 운동(lebendige Bewegung) 이외에 다른 것이

---

57) 발생적 분석에서는 언어를 이념적 대상성으로 파악한 점에 변화가 없지만, 표현에서 언어 공동체의 구성원으로서 상호 주관적 의사 소통을 더 강조한다(『논리학』, 25쪽 ; 『위기』, 369쪽 참조).

58) 후설이 추구한 '무전제성(Voraussetzungslosigkeit)'의 원리는 언어나 논리학까지 모두 배격하여 절대적 무(無)로부터 출발하려는 것이 아니다. 그것은 의식에 직접 주어지지 않은 형이상학적 대상이나 충분히 검토되지 않은 단순한 가설적 개념들을 배제하고, 내적 직관의 영역인 순수 체험에 국한시켜야 한다는 것을 뜻한다(『논리 연구』 제1권 113쪽 ; 제2-1권, 19-20쪽 ; 제2-2권, 200쪽 참조) 따라서 '선판단'을 배제한다는 것과는 무관하다.

아니다.59)

그리고 이 세계는 인간이 살아가면서 인식하고 경험한 성과를 언어로 의사 소통하여 종합하고 보존하며 전달하여 학습해서 역사적 전통으로 이어받지 않고서는 달리 주어질 수 없다.60) 전통은 곧 "이어받은 타당성"61)으로서, 사고의 대상이 아니라 과거와 현재의 지평들이 융합되어 미래를 열어가는 역사적 삶의 지평이다.

    인간은, 비록 그것에 관해 명확하게 규정된 것을 조금밖에 알지 못한다고 하더라도, 모든 것이 역사적인 역사적 지평 속에 놓여 있다. 하지만 이 역사적 지평은 방법적으로 물어봄으로써 드러나게 될 자신의 본질 구조(Wesensstruktur)를 갖는다.62)

그러므로 전승된 역사의 전통을 해명하는 작업은 그 속에 함축된 보편적 구조의 총체적 역사성, 즉 구체적인 역사의 보편적 아프리오리(Apriori)63)를 분명하게 드러내 밝히는 것이다.

---

59) 『위기』, 380쪽.
60) 『위기』, 149, 366, 370쪽 ; 『경험과 판단』, 39쪽 ; 『제일철학』 제2권, 387쪽; 『상호주관성』 제3권, 224-225, 463, 499쪽 참조.
61) 후설유고 B I 6 / 1.17. 이것은 A. Diemer, *Edmund Husserl*(Meisenheim am Glan, 1965) 283쪽에서 재인용한 것임.
62) 『위기』, 378쪽.
63) 일반적으로 '아프리오리'는 논리상 경험에 앞서며 인식론상 경험에 의존하지 않는다는 의미로서 1) 그 자체로 경험 속에 주어지지 않은 경험의 조건들, 2) 의식에 내재적인 것, 3) 모든 확실성은 필연성에 근거하고 이 필연성은 다시 아프리오리에 근거한다고 파악하는 형식(개념적인 것)이다. 하지만 후설, 특히 발생적 현상학에서 이 용어는 그 자체로 주어지고 경험되는 질료를 뜻한다. 따라서 '역사의 아프리오리(역사적 아프리오리)'는 과거에 근원적으로 건설되고 침전되어 지속적으로 축적된 의미 전체가 현재의 경험 속에 구체적으로 주어지는 모든 것을 뜻한다. 이렇게 볼 때 '역사의 아프리오리'는 현재의 경험 이전에 있을 뿐만 아니라 현재의 경험을 가능하게 해준다는 점에서 '선험적(先

이 작업은 물음으로부터 시작한다. "'왜(Warum)'의 물음은 근원적으로 '역사(Geschichte)'의 물음"[64]이기 때문이다. 그리고 과거의 역사가 현재에 재구성될 수 있는 것은 '살아 있는 현재'에서 보편적 물음의 지평(Fragehorizont)이 열리면서 일어나기(geschehen) 때문이다. 따라서 "역사상 그 자체로 첫번째 것인 우리의 현재",[65] 즉 '역사적 현재'는 과거에 대한 물음을 통해 미래를 만들어가야 할 인격적 주체의 철저한 자기 책임과 역사 의식을 요청한다. 이렇게 해서 모든 역사 이해의 궁극적 원천인 이 지평을 해명하는 인식론적 정초 작업은 인간성이 지닌 "이성의 보편적 목적론(universale Teleologie der Vernunft)"[66]의 형태를 띠게 된다.

6. 생활 세계와 선험적 자아의 역사성

6-1. 생활 세계와 그 역사성

생활 세계(Lebenswelt)는 수학과 자연과학에 의해 이념화된 세계나, 일반적 의미의 일상 세계도 아니다. 그것은 논리 이전에 역사적 전통을 통해 그 침전된 의미 형성물이 계승되고 명시적이든 함축적이든 지속적으로 영향을 미치면서 자명하게 미리 주어진 인간 삶의 총체적 지평, 즉 그 유형을 통해 친숙하게 잘 알려진 선술어적 경험 세계다. 그런데 생활 세계는『위기』에서 비로소 등장한 개념이 결코 아니다. 심리학주의, 자연

驗的)인 것(Transzendentales)'이다. 한편 후설은 "칸트가 이러한 현상학적 아프리오리를 알지 못했다"(『제일철학』 제1권, 390쪽)고 비판한다.
64)『상호주관성』 제3권, 420쪽.
65)『위기』, 382쪽.
66) 같은 책, 386쪽.

주의, 역사주의, 세계관 철학에 대한 인식 비판과 형식 논리에 대한 경험 비판을 통해 그가 일관되게 강조한 '사태 자체'로 되돌아가서 직접 체험하는 직관의 세계 이외에 다른 것이 아니기 때문이다. 후설은 1917년에 작성한『이념들』제2권의 부록 13에서 이미 그 개념을 다루고 있다.

> 생활 세계는 자연적인 세계다. …… 생활 세계의 모든 객관적인 것은 주관적으로 주어진 것, 나와 다른 사람, 즉 모두에게 하나로서 공통되는 모든 사람의 소유물인 우리의 소유물이다.[67]

또한『제일철학』의 편집자 뵘(R. Boehm)도 다음과 같이 말하고 있다.

> 더 나아가 주목할 만한 것은 …… '체험 세계', '내 삶의 환경 세계', '총체적 삶과 그 체험된 세계' 등의 표현이 등장한다는 사실이다. 이것들은 머지 않아 부각될 '생활 세계' 개념에 명백하고도 직접적으로 선행하는 개념이다.[68]

그 밖에 생활 세계 개념의 뿌리는 3권의『상호 주관성』에 나타나는 '고향 세계', '경험 세계', '관심 세계' 등의 표현에서도 찾을 수 있다.

어쨌든『위기』에서 상세히 분석한 생활 세계는 "때에 따라 좁게도 넓게도 파악될 수 있으며",[69] "그 명칭 아래 다양한 탐구가 진행될 수 있기"[70] 때문에 결코 간단하게 다룰 수 없다. 더구나 경험적 의미의 생활 세계(경험 세계)와 선험적 의미의 생활 세계(선험 세계)를 동일한 명칭으로 부르기도 한다. 그러

---

67)『이념들』제2권, 375쪽.
68)『제일철학』제2권, 편집자 서문 27쪽.
69)『위기』, 124쪽.
70) 같은 책 127, 176쪽.

나 생활 세계에 관한 후설의 논의를 그 특징에 따라 분류해보면 다음과 같다.[71)

첫째, 직접 경험할 수 있는 자명하게 미리 주어진 토대.

둘째, 주관이 구성한 의미의 형성물.

셋째, 언어와 문화, 전통에 근거하여 생생한 역사성을 지닌 세계.

마지막으로 모든 상대성에도 불구하고 그 자체는 상대적이지 않은 보편적 본질 구조를 갖는 세계.

앞의 세 개념은 경험적 의미의 생활 세계(경험 세계)를 뜻하며, 마지막 개념은 선험적 주관성의 상관자(Korrelat)로서 선험적 의미의 생활 세계(선험 세계)를 뜻한다.

6-1-1. 경험적 의미의 생활 세계(경험 세계)

객관적 학문의 세계는 구체적 경험을 통해 직관할 수 있는 생활 세계에 추상적인 "이념의 옷과 상징의 옷"[72)을 입힌 것이다. 따라서 실증적 자연과학이 추구하는 객관적 인식(Episteme)은 '그 자체의 존재'가 아니라 그것에 이르는 하나의 방법에 불과한 것으로, 주관적 속견(Doxa)은 객관적 인식이 그 타당성 의미와 정초 관계상 되돌아가야(Rückgang) 할 궁극적 근원이다. 그런데 실증적 객관성을 추구해왔던 근대 물리학적 객관주의는 주관적 속견을 낮은 단계의 명증성을 지닌 모호한 직관이라고 경멸해왔다. 그러나 주관적 속견은 "술어적으로 충분히 확증될 있는 인식의 영역, 삶의 실천적 계획이 요구하고 모든 객관적 학문이 의지하는 확인된 진리의 영역"[73)이며, "참된 이성의 예비 형태 혹은 최초 형태로서, 객관적 인식은 그것의 최종 형

---

71) 이종훈, 앞의 책, 105-111쪽 참조.
72) 『위기』, 51-52쪽.
73) 같은 책, 128쪽.

태"74)이기 때문에 오히려 그 가치상 더 높은 것이다.

그런데 후설은 생활 세계가 미리 주어진 '토대(Boden)'라고도, 주관이 구성한 '형성물(Gebilde)'이라고도 한다. 따라서 실재론적 해석도, 관념론적 해석도 가능하다. 하지만 토대나 형성물이라는 주장들은 서로 배척하는 것이 아니라, 부단히 상호 작용하는 것이다. 즉 일단 형성된 의미는 문화와 기술, 도구 등 "보편적 언어의 형태로 생활 세계 속으로 흘러들어가 침전되고",75) 이것은 지속적 타당성을 지닌 '습득성(Habitualität)'으로서 곧 현재의 경험 속에 토대로서 자리잡는다. 또한 이것은 '의사 소통(Kommunikation)'과 '상호 이해(Einverständnis, Komprehension)'를 통해 자명하게 복원되거나 수정되면서 그 의미가 풍부하게 형성되는 발생적 역사성과 상호 주관적 사회성을 갖는다.76) 이와 같이 개방된 나선형의 순환 구조를 통해 형성되어 왔고 형성되고 있는 생활 세계는 "상호 주관적으로 경험되며 언어적으로 논의하고 해석할 수 있는 모두에게 공통적인 동일한 역사적 환경 세계"77)다.

6-1-2. 선험적 의미의 생활 세계

그러나 후설은 생활 세계로 되돌아가는 단계만으로는 '세계가 미리 주어져 있음(Vorgegebenheit)'을 소박하게 전제한 자연적 태도이기 때문에 철저하지 않고, '세계가 주어지는 방식(Wie)'을

---

74) 같은 책, 11, 274쪽.
75) 같은 책, 213쪽. 이 '보편적 언어(allgemeine Sprache)'는 "일상 언어(Volkssprache)의 의미를 불가피하게 변경시켜 사용한 새로운 종류의 언어로서, 이것을 통해 현상학적 환원 이전에는 완전히 은폐되어 있는 것(Verschlossenes)과 말할 수 없었던 것(Unsagbares)들이 구성적 작업 수행에 의해 새롭게 해명된 지향적 배경으로 통각할 수 있게 된다"(같은 책, 214쪽).
76) 『위기』, 143, 161, 208, 373쪽 ; 『이념들』 제2권, 192-193, 321쪽 ; 『상호주관성』 제1권, 17, 96쪽 ; 『상호주관성』 제2권, 221, 230쪽 ; 『상호주관성』 제3권, 149, 201, 225쪽 참조.
77) 『위기』, 175, 213, 258, 370쪽.

되돌아가 묻는(Rückfrage) 단계가 필요하다고 강조한다.

이 선험적 태도로 되돌아가 물으면 다양한 생활 세계들이 모든 상대성에도 불구하고 그 자체가 상대적이지는 않은 보편적 본질 구조가 드러난다. 이것은 '선험적인 것(Transzendentales)', '선험성(Transzendentalität)', '주관적인 것(Subjektives)'78)으로도 부르는 '선험적 (상호) 주관성', 주관과 객관의 불가분적 상관 관계를 뜻하는 '의식의 지향성'에 대한 심층적 표현이다. 이 새로운 세계 선험적 주관성은 일반적 의미의 대상과 대립된 주관이 아니라, 자아극(Ichpol)과 대상극(Gegenstandspol) 모두를 포함하는, 세계와 의식 사이에 미리 주어져 있는 보편적 상관 관계다. 다양한 체험들을 통일적으로 파악하는 동일한 극(極)이고, 개인이나 공동체의 역사적 기억들과 습득성들을 담지한 기체(基體)며, 생생한 현재뿐만 아니라 과거와 미래의 지평을 지니고 의사 소통하면서 자기 자신을 구성하는 모나드(Monad)다. 그 자체로 완결되고 폐쇄된 독아론적 자아가 아니라, 사회성과 역사성을 통해 상호 주관적 공동체 속에서 구성되는 상호 주관성(Intersubjektivität)이다.79) "주관성은 상호 주관성 속에서만 자신의 본질인 구성적으로 기능하고 있는 자아"80)다.

---

78) 이 용어는 자아와 그 체험 영역 전체를 가리키는 것으로 '선험적 주관성'의 다른 표현이다. 즉 그는 '주관(Subjekt)'과 달리 '주관과 관련된 것들'을 함축하는 이 용어를 사용함으로써 선험적 주관성이 대상(객체)와 대립된 의미로 오해되는 것을 방지하려고 했다.

79) 선험적 자아는 인간다움(인간성)을 실천하려는 의지, 정상적으로 기능하는 신체와 이성의 통일체인 '의식의 흐름'이다. 즉 몸과 정신을 포괄하는 인간의 마음이요, 부단히 파도치는 표층 의식을 근거지우는 '심층 의식'이다. 물론 이것은 손, 발, 머리 등과 같이 구체적으로 경험되는 실재적 의미의 자아(ein Ich)는 아니다. 그렇다고 이념화된 추상적 자아는 결코 아니다. 다양한 경험적 자아들을 통일적 상관 관계 속에서 이해하고 유지하는 근원적 자아(Ur-Ich)다. 요컨대 경험적 자아와 선험적 자아는 태도를 달리 취할 때 상이하게 드러나는 동일한 하나의 자아의 표층과 심층일 따름이다.

80) 『위기』, 175쪽.

결국 선험적 주관성의 자기 구성(Selbstkonstitution)을 밝히는 '생활 세계적 존재론(lebensweltliche Ontologie)'은 곧 다른 전통과 문화 세계들을 통일적으로 이해할 수 있고 이를 통해 자신의 생활 세계를 새롭게 발전시킬 수 있는 근거다. 이 근거가 확보되지 않을 때 진정한 의미에서 다양한 문화들의 상호 교류는 기대할 수 없으며, 자기정체성을 확보하지 못하기 때문에 상대주의적 회의론에 빠지고 문화 창조는커녕 무책임한 문화 수입에 그칠 수밖에 없다.

이와 같이 후설 현상학의 이해에 핵심인 궁극적 근원으로 '되돌아가 묻는' 철저한 반성적 태도는 생활 세계 속에 진정한 학문을 엄밀하게 정초하여 소박한 객관주의를 극복할 수 있는 '토대의 기능', 생활 세계로부터 선험적 주관성에 도달할 수 있는 '길잡이 기능' 그리고 모든 역사적 세계들이 다양성 속에서도 하나의 생활 세계를 전제하는 한 전체적 역사의 조망을 획득할 수 있는 '통합의 기능'을 갖는다.[81]

6-2. 선험적 자아의 역사성

후설은 이와 같이 생활 세계의 근원적 의미 연관과 정초 관계를 밝히는 '생활 세계를 통한 길'[82]에서 객관적 인식만을 추

---

81) U. Claeges, "Zweideutigkeit in Husserl's Lebenswelt-begriff" in *Perspektiven transzendentalphänomenologischer Forschung*(Den Haag, 1972), 86쪽 ; B. Waldenfels, *In den Netzen der Lebenswelt*(Frankfurt, 1985), 36쪽 참조.

82) 후설이 이 길을 제시한 것은 "『이념들』 제1권에서 선험적 판단 중지를 통한 훨씬 짧은 '데카르트적 길'이 단번의 비약으로 선험적 자아에 이르지만, 예비 설명이 없기 때문에 선험적 자아를 내용이 빈 공허하고 가상적인 것으로 보이게 만들었기 때문"(『위기』, 157-158쪽)이다. 그는 이 길 이외에 '심리학을 통한 길'(『심리학』 ; 『위기』 제3부 B)도 제시하는데, 그것은 '경험적 심리학 / 현상학적 심리학 / 선험적 현상학'의 정초 관계를 밝혀 소박한 자연적 태도의 심리학주의를 철저히 극복하고 선험적 주관성을 구명하기 위한 것이었

구한 실증과학이 자신의 의미 기반(고향)을 망각하여 본래의 의미가 소외된 학문의 위기를 극복하고자 하였다. 그것은 '묶은 자가 해결해야 한다(結者解之)'는 당연한 주장이다. 그뿐만 아니라 그는 현대가 인격과 가치 규범의 담지자인 인간성이 이성에 대한 신념을 상실한 위기에 처해 있다고 파악하였다. 따라서 현대의 총체적 위기를 진정으로 극복(진단인 동시에 처방)하기 위해서는 생활 세계를 분석한 경험적 현상학(방법)에 머물 수 없고, 선험적 주관성을 해명하는 선험적 현상학(철학)에 도달해야만 한다고 역설하였다.

그런데 선험적 주관성을 체계적으로 해명하려면 당연히 그 역사성을 문제 삼지 않을 수 없다. 따라서 다음과 같은 후설의 주장에 주목해야만 한다.

> 모든 자아(ego)는 자신의 역사를 가지며, 그 역사의 주체로서 존재한다. 그리고 구체적으로 세계의 구성에 참여하는 …… 모든 의사 소통적 공동체는 자신의 '수동적' 역사와 '능동적' 역사를 갖고, 이 역사 속에서만 존재한다. 역사란 절대적 존재의 강력한 사실(Faktum)이다.[83]

경험적 자아가 역사성을 지닌다는 점은 앞에서 고찰한 생활 세계의 역사성을 통해 충분히 알 수 있다. 그리고 "의식에 대한 담지자"[84]인 신체(Leib) 혹은 신체적 자아도 의식과 연관되어 그 자신의 침전된 역사성을 지닌다.[85] 왜냐 하면 "정상적 경험

다. 그런데 '생활 세계나 심리학을 통한 길'은 실증 과학과 밀접하기 때문에 쉽게 접근할 수 있고, 모든 학문을 엄밀하게 정초하려는 선험철학의 이념을 구체적으로 밝힐 수 있다. 따라서 '데카르트적 길'과 배척되지 않고 상호 보완적이다. 즉 선험적 현상학에 오르는 지름길은 짧지만, 가파르기 때문에 그 의미를 이해하기 힘들다. 우회로들은 평탄하지만, 멀기 때문에 정상에서 전개될 새로운 세계(선험적 주관성)를 망각하거나 포기하기 쉽다.

83) 『제일철학』 제2권, 506쪽.
84) 『상호주관성』 제1권, 79, 93쪽.

속에 정당하게 일치하여 구성되어 있고 서로 의사 소통할 수 있는 공동체 세계는 정상적 유형으로 기능하는 최상의 지각 체계로서 신체를 전제하기"[86] 때문이다. 그뿐만 아니라 언어를 표현하는 기관인 신체는 상호 주관적 학문과 세계의 가능 조건이기 때문이다.

그렇다면 선험적 자아에도 역사성이 있는가? 물론이다. 위에서 인용한 글은 후설이 선험적 모나드론(Monadologie)으로서 선험적 현상학에 이르는 길을 제시하는 가운데 선험적 주관성의 본질을 밝히는 유고[87]의 마지막 문구라는 점을 놓치지 않는다면 당연하다. 하지만 위의 인용문보다 훨씬 이전인 1910년대 중반 이미 그는 선험적 자아의 역사성을 제시하고 있다.

'물질적 실재성들'은 '역사가 없는 실재성들'이지만, …… '혼을 지닌 실재성들'은 이전의 것이 이후의 것을 기능적으로 규정한다는 의미에서 '역사'를 갖는다.[88]

자아는 역사를 가지며, 이 역사로부터 자신에게 습득적이며 동일한 자아로서 남아 있는 것을 산출한다.[89]

습관(Habitus)은 경험적 자아에 속하는 것이 아니라, 순수 자아에 속한다.[90]

---

85) 신체도 침전된 역사성을 지니며 이것이 의식에 지속적으로 영향을 미치는 예를 마약과 같은 습관성 물질에 의한 중독 현상, 일정한 자극이나 냄새에 대한 적응 혹은 약물에 대한 내성(耐性) 반응 등에서 찾아볼 수 있다.
86) 『상호주관성』 제1권, 360-385쪽 참조.
87) 후설은 이 유고를 1921년경에 작성한 것으로 추정하지만, 『제일철학』의 편집자 뵘은 1924년 무렵이라고 본다. 어쨌든 모든 자아가 역사를 갖는다는 후설의 생각은 이미 1920년대 중반 이전에 형성되었음에 틀림없다.
88) 『이념들』 제2권, 137쪽.
89) 『심리학』, 211쪽.
90) 같은 책, 111쪽.

선험적 자아는 습득성의 기체(基體)다.[91]

  '순수 자아'는 '선험적 자아'다. 그리고 '습관'과 '습득성'은, 후설이 라틴어로 표현한 이유를 정확히 알 수 없지만, 어원상[92] 다른 것일 수 없다.

  물론 선험적 자아가 역사성을 지닌다는 점은 그가 항상 강조했던 '의식의 흐름'에서 충분히 알 수 있다. 명시적으로 드러나지 않지만 다음 주장도 마찬가지다.

  기능하고 있는 주관성들의 유형(Typik)은 그 자체로 역사적이다. 즉 인간들은 필연적으로 발생적인 공동체의 구성원들이며, 따라서 이러한 점에서 보편적 역사성이 지배하는 그들의 환경 세계 및 각각의 공동체적 환경 세계 속에 필연적으로 살고 있다.[93]

  따라서 "선험적 주관성의 자기 해석"[94]인 선험적 현상학은 곧 "의식 삶에 대한 해석학"[95]이며, 당연히 선험적 주관성이 스스로 객관화된 인간성(Menschentum)을 완성해야 하는 이념에 부단히 접근해가야 할 '목적론'을 갖는다.

  그런데 이 선험적 주관성의 깊고 풍부한 세계를 해명하는 길은 너무도 멀고 힘들다. 그렇기 때문에 소박한 자연적 태도에 안주하기 급급하여 진정한 삶의 의미와 목적을 외면하거나, 현대 문명의 엄청난 성과와 편리함에 유혹되어 실험을 통해 증명된 것만을 '사실'로서 받아들이라는 실증과학에 철저히 세례받

---

91) 『성찰』, 100-101쪽 참조.
92) 이들. 용어는 모두 그리스어 'echein(갖는다)'의 통일체인 'Hexis(갖음)'에서 유래한다.
93) 『위기』, 310쪽.
94) 『논리학』, 241쪽.
95) 『상호주관성』 제3권, 편집자 서문 47쪽. 이것은 후설이 1931년 6월 10일 베를린대학에서 행한 강연 「현상학과 인간학」(F Ⅱ 1 및 M Ⅱ 1)에서 재인용한 부분이다.

은 사람들의 눈에는 분명 선험적 자아가 군더더기 혹이다. 하
이데거는 선험적 자아를 "이념화된 주체"96)로, 심지어 사르트
르는 "의식의 죽음"97)이라고까지 단언하였다. 또한 포스트모더
니즘(Post-Modernism)을 선도하거나 이들의 견해를 맹목적으
로 추종하는 사람들은 "지금이 어떤 시대인데, 아직도 이성 타
령인가?"라며 즉결 재판하고 있다.

그러나 선험적 자아(마음)는 버선목처럼 뒤집어보일 수는 없
지만, 분명 실재하는 것이다. 그것이 부정된다면, 인간의 역사
적 전통이나 관심, 습관을 전혀 이해할 수 없다. 물론 이것들을
유지하고 발전시킬 주체도 확보되지 않는다. 마음이 다르면, 동
일한 사물이나 사건에 대한 이해가 근본적으로 다르다. 마음이
없으면, 느끼고 보아야 할 것도 못 느끼고 못 보며, 따라서 '어
디로 향해 가야 하는지' '왜 그것을 실현하려고 힘들여 노력해
야 하는지' 알 수 없다. 목적과 가치를 알 수도 없는 일에 실천
을 강요할 수는 없다. 그렇다면 마음이 없는 철학을 무엇 때문
에 왜 해야 하는가? 목적을 성취하는 보람과 희망이 없는 세계
에 살고 싶을까? 다음과 같은 맹자의 말을 다시 음미해볼 필요
가 있다. "학문(철학)의 길이란 다름 아니라 잃어버린 마음을
찾는 것뿐이다(學問之道 無他 求其放心而已矣)."98)

7. 나가는 말

후설은 현대가 학문(인식)과 인간성(가치관)의 총체적 위기
에 처해 있다고 보았다. 그리고 이 위기를 궁극적으로 극복할

---

96) M. Heidegger, *Sein und Zeit*(Tübingen, 1972) 229쪽.
97) J. P. Sartre, *The Transcendence of the Ego*(The Noonday Press, 1977)
40쪽.
98) 『孟子』, 告子章句上. 11.

수 있는 길은 "이성의 영웅주의(Heroismus der Vernunft)"[99]에 있다. 현대가 처한 위기의 근원은 이성 자체가 아니라, 이성의 좌절에 있다고 파악했기 때문이다. 거부되어야 할 것은 이성이 아니라, 소박한 자연과학의 영향 아래 이성이 추구한 잘못된 방법일 뿐이다. 이성은 결코 죽지 않았다. 그는 보편적 이성인 선험적 주관성을 해명하려고 현상학적 이성 비판으로서의 선험적 현상학을 시종일관, 그리고 더욱더 철저하고 생생하게 추구하였다.

이것은 곧 "새로운 구체적인 이성론(Vernunftlehre)"[100]이다. 왜냐 하면 그에 있어 "철학 또는 학문과 이성주의(Rationalismus)는 동일한 것이며 동어반복"[101]이기 때문이다. 이 점을 분명히 파악할 때 선험적 주관성을 해명하려는 『성찰』의 결론에서 그가 "델포이 신탁 '너 자신을 알라(Gnothi sauton)'는 말이 새로운 의미를 획득하였다"[102]는 주장을 이해할 수 있게 된다. 또한 그는 선험적 주관성을 해명하는 작업이 "종교적 개종(改宗)과 같이 어렵더라도 반드시 수행되어야 한다"[103]고 강조하였다. 그래서 "자신이 본 것을 단지 제시하고 기술할 뿐이지 가르치려고 시도하지 않는다"[104]고 하면서도, 자신의 철학이 "말로만 매우 급진적인 태도를 취하는 사람들보다 훨씬 더 급진적이며, 훨씬 더 혁명적"[105]이라고 주장하였다.

그는 무슨 근거에서 이렇게 주장할 수 있는가?

나는 '선험적 환원'을 통해 완전히 충족된 그 존재와 삶 속에서

---

99) 『위기』, 348쪽.
100) 『이념들』 제1권, 319쪽.
101) 『위기』, 200-201, 274쪽.
102) 『성찰』, 183쪽.
103) 『위기』, 140쪽.
104) 같은 책, 17쪽.
105) 같은 책, 337쪽.

궁극적 의미의 구체적인 실재적 주관성을, 그리고 이 주관성 속에서 (단지 이론적으로 구성하는 삶이 아니라) 보편적으로 구성하는 삶, 즉 그 역사성 속에서 절대적 주관성을 획득했다고 확신한다.[106]

요컨대 그가 본 것 선험적 주관성은 의식의 지향적 통일성 속에서 인격으로서 자기동일성을 확보하고, 의사 소통을 통해 자기 자신과 타인, 사회 공동체, 다른 역사와 전통을 지닌 문화를 올바로 이해함으로써 새로운 삶을 창조해야 할 이성적 존재로서의 자기 책임을 실천하는 주체다.[107] 그것은 "인간성의 철학적 심층까지 도달하여 인간성 전체를 철저히 변혁시키는"[108] 이른바 "현상학적 개혁",[109] "새로운 역사성을 통해 인간성의 새로운 삶을 고양시키는 철학적 실천"[110]을 수행하는 자아다. 결국 궁극적 근원을 묻는 자인 선험적 주관성의 철학함(Philosophieren)은 엄숙한 역사의 현장 '생생한 지금'에서 성실한 자세로 철저하게 자기 성찰을 함으로써 자기 자신과 세계를 이해하고 부단히 새롭게 형성해가야 할 '윤리적-종교적' 과제들을 추구하는 구도자의 현상학함(Phänomenologisieren)이다.

이와 같이 모든 편견에서 해방되어 '사태 자체'에 부단히 접근해야 할 뿐만 아니라, 인간의 인간다움인 '인간성'을 역사성 속에서 실현하여 완성하는 이념에 부단히 접근해야 할 이중의 목적론(Teleologie)을 역설한 후설 현상학은 결코 이론적 지식 체계일 수 없다. 현대인에게 절실히 요청되는 철저한 책임 의

---

106) 후설이 미쉬(G. Misch)에게 보낸 편지(1930.11.16). K. Schuhmann (hrg.), *Edmund Husserl. Briefwechsel*(Kluwer, 1994) 제6권 282쪽.
107) 선험적 현상학은 다양한 경험 세계들을 분석하면서도 이들의 근저에 놓여 있는 통일성, 즉 하나의 보편적 구조를 지닌 선험 세계를 확보한 점에서, 보편적 이성을 통해 인격적 주체의 자기동일성과 자기 책임을 강조한 점에서 포스트-모더니즘을 넘어서는 '트랜스-모더니즘(Trans-Modernism)'이다.
108) 『위기』, 154, 325쪽 참조.
109) 『심리학』, 252쪽.
110) 『위기』, 271쪽.

식과 강한 의지의 결단을 새롭게 일깨워서 새로운 삶을 창조할
수 있는 토대를 마련한 실천 윤리다. 따라서 후설 현상학의 참
모습을 정확하게 이해하는 작업이 시급하다.

미래 의식으로서 기대에 대한 현상학적인 고찰

홍 성 하(우석대 교수)

1. 들어가는 말

후설의 현상학에서 가장 중요하게 다루어지는 주제 중 하나는 시간과 관련된 문제다. 시간의 문제가 이미 철학사에서 전통적인 문제로 대두되면서 시간에 대한 이해의 문제는 지속적으로 논의의 대상이 되었다. 시간이 강물처럼 흐른다고 생각하는 일상적인 태도를 통하여 우리는 흔히 시간을 객관적으로 이해하고자 시도한다. 시간의 객관성에 대한 물음을 경험과학적인 접근을 통해 해결할 수 있다고 믿는 과학주의적인 태도와는 달리, 후설에게 있어서 시간의 본질에 대한 문제는 시간 의식에 대한 물음으로 전환된다. 특히 브렌타노로부터 많은 철학적 영향을 받은 후설은[1] 시간을 이해하는 내재적 의식과 관련하여 시간에 대한 문제를 해명하고 있다. 후설은 브렌타노의 심리학적인 부분을 넘어서서 시간 의식에 대한 현상학적인 분석

---

1) 졸저, "지향성 개념에 대한 해석학적 현상학 — 브렌타노와 후설 그리고 하이데거에게 있어서", 『해석학은 무엇인가』, 창간호, 1995, 참조.

을 시도한다. 무엇보다 기대, 지각, 기억과 같은 시간 의식에 대한 문제를 다루기 위해 후설은 브렌타노가 행한 시간에 대한 분석을 체계적으로 다루고 있다. 시간에 대한 현상학적인 해석을 위해 후설은 세계 시간에 대한 의식이나 사물의 구체적 존재가 아닌 지속에 대한 문제를 다루고 있다. 예를 들면 경험 세계의 객관적 시간이 아닌 음과 관련된 의식 내재적 시간을 의미한다. 즉 멜로디 속에서 개별적인 음들은 시간이 경과함에 따라 특정의 시점을 지니기 때문에 시간에 대한 물음은 그러한 시점과 관련된 시간 의식에 대한 물음으로 환원된다. 브렌타노 이전의 심리학자들이 시간표상의 본래적 원천을 발견하고자 노력하였지만 실패하고 말았던 결정적 이유는 주관적 시간과 객관적 시간을 혼동하였기 때문이다.

시간에 있어서 미래와 관련하여 브렌타노가 원본적 시간 의식과 확대된 시간 직관을 구분하고 있다. 원본적 시간 직관은 근원적 연상의 산물이며, 확대된 시간 직관도 역시 상상으로부터 발생하지만 근원적 연상으로부터 발생하지 않는다. 그런데 브렌타노가 시간 지각과 시간 상상의 차이를 시간 직관 이론 속에서 고려하지 않은 점이 주목할 만하다. 과거의 시간적인 것이 상상을 통해 의식되는 것은 연상의 영역에 속하지 않고, 즉 의식 속에서 순간의 지각이 아니라, 지나간 지각과 결합되는 것이다. 여기서 브렌타노는 작용과 내용 사이를 구별하지 않고 있다. 왜냐 하면 시간 형식은 그 자체로 시간 내용도 아니며 어떠한 방식으로 시간 내용에 결합되어 있는 새로운 내용들의 복합체도 아니기 때문이다. 후설은 이러한 브렌타노의 시간 이론에 있어서 작용의 성격이 전혀 고려되지 않고 있다고 비판한다. 그러므로 브렌타노에게 있어서 시간 의식이 어떻게 가능하며 이해될 수 있는가 하는 물음은 미해결된 채 남아 있을 수밖에 없다.[2]

---

2) Hua X, 9-19쪽 참조.

후설은 브렌타노와는 달리 상상을 일종의 현전화로서 규정지으면서, 현전화는 근원적으로 주어지는 작용에 대립되는 것으로서 어떠한 표상도 이 현전화로부터 기인할 수 없다고 주장한다. 특히 상상은 그 자체로 주어진 것으로 제시할 수 있는 의식이 아니며, 대상 그 자체가 주어질 수도 없기 때문에 상상의 산물은 의식 속에 남아 있는 것이 아니다. 이처럼 미래에 대한 시간 이해가 상상의 토대 위에서 가능하다는 브렌타노의 견해를 비판적으로 극복하고 있는 후설의 기대 현상에 대한 해명은 내재적 시간 의식을 이해하는 중요한 과제가 된다. 그러므로 이 논문에서 지속적인 시간의 흐름에서 작용하고 있는 미래에 대한 시간 의식인 기대를 중점적으로 분석하고자 한다. 특히 기대의 문제를 일차적 미래 의식으로서의 예지와 이차적 미래 의식으로서의 예고로 분류하여 접근하고자 한다.

2. 지속적 흐름으로서 내재적 시간 의식

후설 현상학에서 가장 중요하게 다루어지는 의식의 근본 구조로서 지향성은 시간과 관련된 의식 작용을 이해하는 데 중요한 관건이 된다. 의식에 대한 지향적 분석은 현재와 관련된 현실적 체험뿐만 아니라 미래에 이루어질 잠재적 체험도 주제가 된다. 일반적으로 후설의 의식 현상학에서 나타나는 지향성에 대한 보편적 도식은 자아-의식 작용-의식 대상이라는 유형으로 묘사된다. 이 유형은 곧 지각, 파지, 회상, 예지 그리고 기대 등과 같은 특수한 개별적 유형으로 분류된다. 이러한 의식 작용들은 동시에 또는 잇달아서 이루어지는데, 이 경우에 분리된 체험들을 포괄하는 통일적 의식으로서 동일성에 대한 의식과 종합에 대한 문제도 중요한 과제로 제기된다.

후설은 잠재적 체험으로 다루어지는 기대 현상을 해명하기 위하여 무엇보다 미래의 지금과 연관지어 다루고 있다. 의식 지향적 체험은 단절된 것이 아닌 시간적인 연속을 지닌 지속적인 의식의 흐름인데, 이 속에서 미래로 향하는 지향적 구조가 있다. 연속적으로 이어지는 방식으로 지속에서 흐름의 한 시점이 의식되는데, 이는 울려퍼지기 시작한 음에 대한 의식이다. 이러한 흐름 속에서 음이 지속하는 최초의 시점은 "지금이라는 방식으로 의식된다. 그 음은 주어져 있고 지금으로 의식된다."[3] 이 음을 제외한 다른 시간의 단면들은 이전의 것으로 의식된다. 즉 지금에 이르기까지 경과한 시간의 노정은 지나간 지속으로 의식되지만, 나머지 시간의 노정은 아직 의식되지 않은 채 있다. 우리에게 드러나는 현상이 과거 속으로 밀려나면, 당시의 지금은 지나가버린 지금이라는 성격을 지니게 된다. 그렇지만 그것은 동일한 지금으로 남아 있으며 단지 그때그때의 현실적이며 시간적으로 새로운 지금과의 관계 속에서 지나가버린 것으로서 현존할 뿐이다. 이러한 현상은 시간적 존재로서 지속하면서 변화하는 존재지만 지각 의식이나 파지적 의식이 아니다. 단지 시간을 구성하는 계기인 흐름의 계기로서 이해할 수 있다. 여기서 우리는 의식의 흐름과 내재적 대상으로서 현상 그리고 초월적 대상을 구분해야만 한다.

의식의 흐름에 관한 논의는 무한한 시간을 전제해야만 한다. 무한한 시간을 근거로 하여 의식으로부터 의식으로 역행하거나 전진한다. 예를 들면 의식이 현실적으로 주어져 있고 필연적으로 계속 흐른다고 한다면, 이때는 기억 속에서 통일적인 의식의 흐름으로 이끄는 의식에 관한 회상들이 등장할 가능성이 있다.[4] 회상은 그 자체로 근원적 자료들과 파지의 연속체

---

3) Hua X, 24쪽.
4) EU, 194쪽. 졸저 "Phänomenologie der Erinnerung"(Würzburg, 1993)에서 과거 의식으로서 기억 현상이 후설의 전사상에 걸쳐 어떻게 변화되고 있는가를 연대기적으로 다루었다.

속에서 형성되고, 이와 일치하여 내재적이거나 초월적인 지속의 대상성을 구성한다. 파지는 결코 어떤 지속적인 대상성을 구성하지 않으며, 오히려 의식 속에서 만들어진 것만을 유지하면서 방금 지나간 것이라는 특색을 지닌다. 예를 들면 시간의 흐름에 따라 지속적으로 변화하는 동일한 하나의 주사위에서 나타나는 현상들을 종합적으로 통일하는 의식은 "지속적으로 결합된 것이 아니라, 지향적 대상성의 통일이 다양하게 나타나는 방식들의 통일로서 구성되는 하나의 의식으로 결합된 것이다."5) 이처럼 후설에게 있어서 모든 체험은 시간적 통일성을 지니게 되는데, 이 체험들은 내적 시간 의식의 절대적 흐름 속에서 구성된다. 이 흐름 속에서 현상들은 체험들의 절대적 위치와 지금에서의 일회적 모습을 지니면서 파지적으로 사라지면서 먼 과거로 침잠하게 된다.

후설에 따르면 내적 시간 의식 속에 있는 체험들로서 대상을 구성하는 체험들은 이전(Vorher)과 이후(Nachher)라는 절대적인 시간 위치를 지닌다. 그러므로 여기서 우리에게 나타나는 객관적 시간성과 나타나는 작용의 내적 시간성을 구별해야만 한다. 즉 "모든 의식 종합을 가능케 해주는 보편적인 종합의 근본 형식은 모든 것을 포괄하는 내적 시간 의식이다. 이것의 상관자는 내재적 시간성 자체다."6) 후설에게 있어서 시간 의식은 "동일성 통일 일반을 구성하는 근원적 장소. 그러나 그것은 단지 보편적 형식을 제시하는 의식이다."7) 그러나 각각의 의식은 변화하는 지평으로서 잠재적인 지평을 지니게 된다. 예를 들면 지각 작용에 있어서 지각 대상의 지각된 면으로부터 아직 지각되지는 않았지만 앞으로 지각될 면으로 생각되는 면이 미

---

5) Hua I, 79쪽.
6) Hua I, 81쪽. 후설이 『논리 연구』에서 작용 또는 지향적 체험이라 불렀던 것은 언제나 하나의 흐름이며 이 흐름 속에서 내재적 시간의 통일성이 구성된다고 언급하고 있다(Hua X, 76쪽 참조).
7) EU, 75쪽 이하.

리 지시된다. 이와 같이 근본적으로 지각에 속하는 예측하는 기대 지향들은 특정하게 규정적으로 미리 지시되지 않고 다의적으로 미리 지시된다. 후설에 의하면 "어떤 사물을 전면에서 지각하는 데 있어서, 보이지 않는 측면들에 대해 주어져 있는 미리 지시함(Vorzeichnung)은 규정되지 않은 일반적인 것이다. 이 일반성은 공허하게 미리 제시하는 의식의 의식 작용적 성격이며 이와 상관적으로 미리 지시된 것은 그것의 대상적 의미의 성격을 지닌다."[8] 이렇게 미리 지시되는 것은 항상 불완전하지만 규정되지 않음 속에서도 규정성의 구조를 지니고 있다. 예를 들면 우리가 주사위를 볼 때, 주사위의 많은 면이 보여지지 않아 이를 규정하고 있지 않지만, 주사위라고 파악하고 있다. 바로 이러한 규정들은 아직 규정되지 않은 채 있으면서 내재적 시간의 지평을 형성하고 있는 것이다. 이처럼 미래는 "알려지지 않은 것의 영역이며, 그 자체적인 것의 영역이 아니라 규정되지 않음(Unbestimmtheit)의 영역이다."[9]

후설에 의하면 세계에 대한 의식 구조는 알려져 있는 것과 알려져 있지 않은 것의 구조로 되어 있는데, "알려져 있지 않음은 언제나 동시에 알려져 있음의 한 양태다."[10] 그러므로 모든 대상은 그 자체만으로 고립된 것이 아니라, 미리 알려져 있거나 친숙함이라는 지평 속에 머무르고 있다. 미리 알려져 있거나 친숙한 대상은 비록 현재적으로 존재하지 않는다 할지라도 대상을 경험적으로 규정할 때, 외적 지평으로서 함께 작용하는 것으로서 규정된다. 여기서 우리는 어떻게 의식이 규정적이지 않은 미래의 시간에 관계하는가 하는 질문을 제기할 수 있다. 후설에게 있어서 미래의 지평은 정확한 지금에 대한 의식은 아니지만 그 자체로 확장되어지는 원본적인 시간 의식으로서 현

---

8) EU, 105쪽.
9) Hua XI, 212쪽.
10) EU, 34쪽.

재 의식에 속하게 된다. 여기서 현재 의식과 현전화 의식은 의식 대상이 어떻게 구성되느냐의 정도에 따라 구분된다. 왜냐하면 원본적으로 이루어지는 현재 의식은 "현전화하는 의식이나 공허한 의식과 구별지워주는 생생함(Leibhaftigkeit)의 양태뿐만 아니라 변화할 수 있는 존재의 양태나 타당성의 양태"[11]도 지니고 있기 때문이다. 그러므로 미래의 지평을 현재에 구성하는 현전화 의식으로서 미래 지향은 동시에 원본적 시간 의식으로서 현재 의식에 관계하게 된다.

3. 일차적 기대로서 예지

현재 의식에 속하는 미래의 지평이 한 지평으로 동시에 주어지게 될 때, 동시라는 의미에서 미래의 것으로 향하는 지향성 구조는 과거로 향하는 지향성 구조와 유사성을 지니고 있다. 후설이 과거 지향을 파지라고 명명하고 있듯이, 이러한 미래 지향을 예지(Protention)라고 지칭한다. "지각할 수 있는 현재로서 전이된 것에 대해 아직 의식하고 있는 것, 즉 '방금 있었던 것(Soeben-gewesen-sein)'이라는 양태로 의식된 것으로서 파지를 설명한다면, '곧 도래하게 될 것(Soeben-kommend)'으로서 알려진 것에 대해 근원적으로 예견(Voraussehen)"[12]하는 것이 예지라고 할 수 있다. 파지가 방금 있었던 체험을 간직하고 있는 것과는 달리, 예지는 곧 도래할 체험의 단계를 미리 파악하는 것이다. 다시 말하면 지나갔거나 이전에 존재했던 시간

---

11) EU, 101쪽. 수동적으로 아른거리는 판단, 문득 머리에 떠오르는 생각은 과거의 어떤 판단의 현전화와 혼돈해서는 안 된다. 현전화는 자아를 전제하는데, 이 자아는 현전화하고 과거의 판단 작용에 함께 참여하거나 혹은 과거의 판단 작용에 동의하기를 거부할 수 있다(EU, 336쪽 참조).
12) Hua IX, 203쪽.

대상의 노정을 파지의 방식으로 의식한다면, 지속하는 시간 대상에 있어서 미래에 현재에로 도래할 단계를 예지의 방식으로 의식하게 된다. 지속적인 음으로 이루어진 멜로디를 예로 든다면, 지속하는 음들 중에서 현실적인 현재의 부분은 항상 새로운 지금으로 나타난다. 새로운 음이 현재에 나타나고 현재의 음이 다시 과거로 사라지듯 음이 지속하는 한, 이러한 지속적인 음에 대한 지향 작용은 예지로서 충족된다.[13)

이처럼 도래할 시간 대상을 현실적으로 정립하는 예지는 내재적인 원본적 의식으로서 '지금 있음(Jetzt-sein)'과 연결되어 있다. 그러나 시간 대상의 근본적인 성격으로서 '지금 있음'이라는 형식으로 나타나는 이 원본적 의식이 정립하는 의식 내용의 시간 위치는 지금의 양태로 머물러 있을 수 없다. 이는 원본적으로 주어진 시간 대상이 처음에는 생생하고 명확하게 나타나지만, 점점 그 명확성이 감소되면서 공허함 속으로 전이된다. 이러한 변화는 의식의 흐름 속에서 발생한다. 즉 "지금이라는 양태는 파지 속에서 원본적으로 직접 제시되는 의식의 변형에 상응해서 방금 전에 있었던 것 속에서 변화한다. 원본적 의식은 시간 위치를 지금으로서 정립하며, 과거들은 동일한 내용의 과거들 또는 지금의 내용을 뜻하는 동일한 개체의 과거들이다. 이것들은 형식상 지나간 지금으로서의 과거들이며, 내용상 지금이 아니라 끊임없는 변양 속에 있는 동일한 내용이다. 지금은 원본적 의식 속에 있는 현실적 지금이며, 그것은 파지적 의식 속에 있는 변양된 지금, 즉 지나간 지금이다."[14) 울려퍼지고 있는 음을 능동적으로 파악한다는 것은 지금으로부터 새로운 것으로 나아가는 것을 의미한다. 다시 말하면 이는 원본적으로 등장하는 계기들의 흐름 속에 나타나는 언제나 새로운 것으로 나아가는 것을 의미한다. 이때 어떠한 지금도 원본적인 지금으

---

13) Hua X, 297쪽 참조.
14) EU, 464쪽 이하.

로 남아 있지 않으며 모든 지금은 방금 지나간 것이 되고 이것은 다시 지나간 것의 지나간 것이 된다.

후설은 구체적으로 지속하는 음을 파악하는 작용이 능동성(Aktivität)이라는 구조를 지니고 있음을 밝히고 있다. 여기서 말하는 능동성은 "지속적으로 흐르고 있는 능동성이며, 지속적으로 파생되고 지평에 따라 변양된 능동성과 일치하는 근원을 이루는 능동성의 지속적 흐름인데, 이것은 '아직 간직하여 유지함(Noch-im-Griff-halten)'이라는 성격과 미래의 측면에 따라 달리 변양된 선취하는(vorgreifen) 능동성을 지니게 된다."15) 후설의 시간 의식에 있어서 능동성과 수동성의 구별은 엄격하게 확정된 것이 아니라, 수동성은 능동성 속에 있는 수동성이다. 능동성 속에 있는 수동성은 아직 간직하여 유지되는 것을 의미하며, 이는 신선한 기억(frische Erinnerung)으로 지칭되는 파지에서의 보존과 구별되어야 한다. 파지적으로 보존하는 것은 순수한 수동성이라는 영역에서 지향적으로 변양되는 것인데, 이는 자아의 능동성과 무관한 절대적인 법칙에 따라 발생한다. 현재 의식이 파지를 포함하고 있듯이, "근원적인 기대, 즉 비록 완전히 공허하더라도 처음에는 순수하게 수동적인 기대(예지)의 지평이 체험의 흐름 속에 등장하는 모든 체험에 속한다는 점은 도래할 것에 대해서도 타당하다. 그러므로 파지적 과거의 구간뿐만 아니라, 예지적 미래의 구간도 구체적 현재 의식에 속한다."16) 여기서 자아는 예지의 법칙에 따라 시간 대상을 파악하게 되지만 예지의 능동적 구조는 점차 변화하게 된다. 다시 말하면 예지의 수동적 법칙이 계속 작용하고 있기 때문에 예지는 능동적으로 예측된 지평이라는 성격을 상실하게 되면서 선취라는 양태에서의 능동성을 지닌 현실적 의식 활동이 되지 못한다.

---

15) EU, 118쪽.
16) EU, 122쪽.

후설에게 있어서 시간 대상은 시간 속에서 지속하며 이것의 지속은 각각의 순간과 더불어 지속적으로 확대된다. 시간 대상으로서 음은 과거 지평과 미래 지평을 포함하고 있는 구체적인 현재 지평으로 나타난다. 현재에 나타나는 음은 지금으로부터 새로운 지금으로 나아가고 과거 지평과 미래 지평이 상응하여 변화하는 끊임없는 근원적 흐름 속에 있다. 과거 지향과 미래 지향의 형식으로 나타나는 지향 작용은 내적 시간 의식의 존재 양태에 속하게 된다. 왜냐 하면 시간을 구성하는 의식은 과거와 미래에 일차적으로 향하게 되는 의식으로 파지와 예지를 지니고 있기 때문이다. 파지처럼 예지는 비자립적이면서 근원적으로 시간을 구성하는 의식이다. 예지의 경우에 있어서 우리는 아직 나타나지 않았지만 '곧'이라는 양태로서 도래하게 될 지금에 시선을 던지게 된다. 그러므로 파지적으로 보존된 연속 외에도 역시 이러한 일차적 기대, '곧 지각될 것'에 대한 의식, 예를 들면 한 멜로디의 곧 듣게 될 음에 대한 의식은 현재에 속하게 된다. 왜냐 하면 "울리기 시작하면서 지속적으로 울리는 음은 의식적으로 미래에로 울리며 과거에 대해 소위 열린 팔을 내밀고 있기 때문이다."[17] 멜로디와 같은 시간 대상은 시간적 차이들을 포함하고, 이 시간적 차이들은 근원적 의식으로서 파지와 예지 속에서 구성된다. 그러므로 파지와 예지는 그때그때의 근원적 인상에 연결되고 이것과 더불어 원본적 시간 영역을 구성하게 되는 것이다.

후설에게 있어서 근원적 인상은 "지속하고 있는 대상의 산출이 시작되는 원천 시점"[18]으로서, 이 의식은 끊임없는 변화 속에서 파악되지만 절대적으로 변양되지 않는 모든 의식과 존재의 근원적 원천이다. 이러한 근원적 인상이 파지로 이행되는 경우에 그 파지가 다시 지금이 되기 때문에 인상은 파지와 긴밀한 관계로

---

17) Hua XI, 323쪽.
18) Hua X, 29쪽.

연결되어 있다. 이때 "파지와 예지의 지속적인 흐름은 '그 전에 (Vorhin)' 그리고 '이후에' 대해 체험의 생생한 지금이 의식되는 원본성의 흘러가는 단계를 통해 중재된다."[19] 근원적 인상과 관련지어 후설은 파지를 후현재화(Nachgegenwärtigung) 그리고 예지를 전현재화(Vorgegenwärtigung)라고 부른다. 여기서 예지는 근원적 인상과 파지와 더불어 시간적인 흐름의 현상을 해명하는 필연적인 계기들 중에 하나로 제시된다. 후설에 의하면 근원적인 직접 제시와 파지 그리고 예지에서 지각 현상들이 지속적으로 스스로 확인되어지는 일치에 있어서 시간 대상에 대한 믿음은 확실성을 지니는 지속적 믿음이 된다. 대상을 구체적으로 지각할 때, 우리는 이러한 지각 작용의 대상이 생생한 현재에서 존재하고 있다는 대상의 근원성을 확신하게 된다.

생생한 현재에서 수행되는 구체적인 지각 작용에 있어서 동일한 지각 대상이 언제나 새롭게 주어지게 되는 경향이 있다. 그런데 이러한 경향들은 대상이 새롭게 주어지는 방식을 맹목적으로 추구하지 않고 기대와 연결되는데 이를 예지적 기대라 한다. 이 기대들은 대상을 지각할 때 아직 보여지지 않은 대상의 뒷면에 관련된 의식 작용을 의미한다. 단순히 보여지고 있는 현실적인 면뿐만 아니라 지금은 보이지 않지만 앞으로 보여질 수 있는 면을 동시에 지각하는 것이다. 그러므로 우리가 어떤 대상을 지각한다는 것은 "현실적인 기대 지향과 잠재적 기대 지향들의 방사 체계"[20]라 말할 수 있다. 후설에 의하면 파지와 예지는 현전화의 근원적 형식으로 공허한 형식 안에서 기능을 수행하며 특정의 인상적 지각에서 충족된다. "근원적으로 구성하는 모든 진행 과정은 도래하는 것 그 자체를 공허하게 구성하며 붙잡아 충족시키는 예지에 의해 고무된다."[21] 여기서

---

19) Hua III/1, 167쪽.
20) EU, 93쪽.
21) Hua X, 52쪽.

말하는 예지는 후설에 의하면 "예측하면서 선취하는 사념 작용 (ein antizipierendes vorgreifendes Meinen)"[22)]을 의미한다. 예지에 의해 선취되는 시간의 위치는 먼저 근원적 인상에서 현실화되고, 그후에 파지에서 방금 있었던 것으로서 간직되면서 점차 과거로 사라지게 된다. 예지적으로 나타나는 미래의 지평은 단지 "아직 간직하고 있음(Noch-im-Griff)이 아니라 지속적으로 예측하는 선취 속에서, 그러나 아직 간직하고 있음의 도움에 따라 진행된다."[23)]

  예지에 대한 이러한 형식적 견해를 넘어서 후설은 계속적으로 능동적 활동과 연관하여 구성되는 체험에 대한 근원적인 예지와 재생적으로 현전화된 체험의 예지 사이를 내용적으로 구별한다. 왜냐 하면 회상하는 의식은 회상된 것의 미래로 향하게 되는 지평의 형식으로 미리 향해진 기대 지향을 포함하고 있기 때문이다. 여기서 '곧 도래하는 것'은 아주 새로운 것이 아니라 이미 알려진 것이다. "이것은 이미 현존하는 것이고 단지 회상된 것이다. 회상된 것이 내용적으로 분명히 기대된 것이며, 확실하고 명확한 연속적인 기억의 통일성 안에서 내용적으로 모든 점에서 기대에 맞는 것이며, '필연적으로 그렇게 도래해야만 하는 것'의 특성을 지닌다는 것이다."[24)] 그러므로 이차적 기억으로서 회상에서 단순히 지나간 과거에 대해서만 의식이 관계하는 것이 아니라 내용상으로 회상된 것에 기대될 것이 내포되어 있는 것이다. 후설은 근원적인 예지를 규정되지 않음이라 정의하는데, 이 규정되지 않음이 현재의 지각 단계로 전이됨으로써 특정한 것으로 변형된다. 이와는 반대로 장래의 규정되지 않음에 대한 특성은 더 이상 현전화된 체험의 예지에 머물러 있지 않다. "이러한 특정한 파지와 예지는 어두운 지평을 지니

---

22) Hua XI, 86쪽.
23) EU, 118쪽.
24) Hua XI, 376쪽.

며 과거와 미래의 흐름이 경과한 것에 관계하는 규정되지 않은 파지와 예지로 흐르면서 이행되며, 이러한 파지와 예지를 통해 현실적인 내용이 흐름의 통일성에 맞추어지게 된다."25) 이때 아주 어두운 미래 지평에 대한 예지가 현실적인 통일성에 있어서 미래에 도래하게 될 단계뿐만 아니라 미래의 단계 일반도 선취하게 된다. 후설은 근원적 인상으로 예지가 이행되는 것을 충족, 특히 재충족(Wieder-Erfüllung)인 현전화된 충족이라 지칭한다. 그러므로 "회상하는 의식에 있어서 충족은 재충족이고 사건 지각의 근원적인 예지는 규정되지 않았으며 달리 있음(Anderssein)이나 없음(Nichtsein)은 열려져 있다. 그래서 우리는 회상에서 아직 열려져 있지 않은 선취된 기대를 지닌다. 왜냐 하면 이는 규정되지 않은 근원적인 예지로서 다른 구조를 지니는 불완전한 회상이라는 형식에 있기 때문이다."26) 이처럼 충족은 각각의 재생된 체험 통일성의 예지뿐만 아니라 함께 재생된 체험 연관성, 특히 시간 연관성의 예지와 관계한다.

4. 이차적 기대로서 예고

후설은 일차적 기억으로서 파지와 이차적 기억으로서 회상을 구별하듯이, 일차적 기대로서 예지와 이차적 기대로서 예고(Vorerinnerung)를 구분한다. 이차적 기억으로서 회상의 자립적인 행위가 파지적 과거 의식의 토대 위에서 수행되듯이, 예고의 자립적인 행위도 역시 예지적 미래 의식의 기초 위에서 가능하다. 예견적 기대라고 지칭되는 현전화로서의 예지는 본래적인 의미로 재생되는 예고와 구별되어야만 한다. 후설에게 있어서 회상과 기대 사이의 근본적인 차이는 무엇보다 충족과

---

25) Hua X, 84쪽.
26) Hua X, 52쪽 이하.

일치성의 방식에 있다. 기대는 지각적인 직관에서 인상의 실질적인 체험 작용을 통해 충족되며, 기억은 직관적인 재생 연관이 나타날 때 충족된다. 일차적으로 기억은 지각되어 있음에 대한 의식으로서 기억한다는 것은 재생적 직관을 지니는 정립하는 재생이다. 반면에 선직관으로서 미래 직관은 미래에 도래하게 될 지각의 단순한 예상을 의미한다. 그러므로 기대된 것의 일치적인 충족은 단지 지각 자체가 발생함으로써만 가능하게 된다. 기대가 지각 속에서 충족된다는 것은 지각될 것이라는 사실이 기대된 것의 본질에 속하게 된다는 것을 의미한다. 회상하는 지향 작용이 재충족이라는 의미로 충족된다면, 기대의 예견하는 지향 작용은 단순히 지향된 것과 이에 상응하는 대상의 종합을 통해 충족된다. 즉 근원적인 시간 과정은 앞으로 도래할 것을 공허하게 구성하면서 충족시키는 예지에 의해 활성화된다.

기억이나 기대의 본질적 특성은 내적 시간과 연관되어 있는 재생된 현상을 질서지워주는 데 있다. 재생된 지금은 과거의 것이거나 미래의 것이거나 또는 지금이어야 한다. 이때 재생은 기억과 기대의 형식에서 직접적으로 직관되는 것이다.[27] 파지와 예지로부터 구별되는 회상과 기대는 과거와 미래의 내재적 내용들을 현전화하는 것이다. 후설은 현전화를 현재의 기억으로서 현재의 현전화, 회상이나 회고로서 과거의 현전화, 그리고 기대나 예고로서 미래의 현전화라는 세 가지 기본 방식으로 분류하고 있다. 이때 정립적인 방식에서의 현전화는 재현전화(기억), 공동 현전화 그리고 선현전화(기대)로 분류되며 비정립적인 현전화에 순수한 환상이 포함되어 있다.[28]

미래와 관련된 현전화로서 기대는 직접적으로 직관적이며 자립적인 행위이지만 회상과 같은 방식에서 구조적으로 근거

---

27) Hua X, 302쪽,
28) Hua XXIII, 290쪽 참조.

하게 된다. 우리가 한 멜로디를 회상할 때, 회상에서 이 멜로디가 진행되는 것은 과거라는 양태로 무반성적으로 의식된다. 그러나 이렇게 회상에서 의식된 것의 본질에 동일한 것의 지각되었던 것을 반성하는 가능성이 속하게 된다. 기억에 있어서와 같이 기대에 있어서도 지각될 것에 대해 앞으로 도래할 것에 대한 시선이 본질적으로 바뀔 수 있는 가능성이 존재한다. 즉 "도래할 것에 대해 주시하는 의식인 기대에 있어서도 동일하다."[29] 회상이 지각된 것에 대한 의식인 것처럼, 예고는 지각될 것에 대한 의식을 의미한다. 다시 말하면 이차적 기대로서 예고에서 미래의 지각이 현전화된다. 파지가 현전화하는 회상에서 과거의 지평을 열어놓는다면, 예지는 가능한 현전화하는 예고에서 미래의 지평을 개시하게 된다.

후설에 의하면 현재에서 수행되는 이차적 기대 행위도 역시 지각과 같이 이루어진다. 우리가 예견하는 기대를 수행한다면, 기대된 것은 미래의 것, 앞으로 일어날 것이라고 말할 수 있다. 그러나 기대의 체험은 지각의 체험과 같이 동시적이지만 부분적으로는 연속적이면서, 부분적으로는 지각이 선행하고 기대가 뒤따르면서 일어난다. 그러므로 이차적 기대는 현재화하는 행위가 아니라 현전화하는 행위다. 현전화는 현재화와 다른 지향성을 지닌다. 현전화의 흐름은 체험의 흐름이고 그 체험은 현전화하는 체험으로 모든 것은 '~에 대한 현전화'다. 즉 현전화의 흐름은 체험의 흐름으로서 시간을 구성하는 흐름이다. 반면에 현재화는 '~에 대한 현재화'가 아니라 그 안에서 구성되는 내재적 대상과 관련하여 현재적이라고 명명된다. 현재에 수행되는 모든 기대 행위에서 미래에 지각될 시간 대상의 미래의 지금이 미리 현전화된다. 미리 현전화된 모든 지금은 미리 현전화된 방금 있었던 것으로 파지적으로 변형된다. 예고는 회상과 같이 시간 대상의 지속적인 통일성을 이룰 뿐만 아니라, 그

---

29) Hua III/1, 166쪽.

시간의 위치(Zeitstelle)에 지향적으로 향하게 된다. 우리는 예고에서 시간 대상의 미래성, 즉 미래의 지속뿐만 아니라 미래적인 것으로서 지각할 수 있는 대상 자체를 직관하게 된다. 이는 기대된 것의 본질에 지각될 것이 속한다는 것을 의미한다. "기대된 것이 나타난다면, 즉 현재적인 것이 된다면 기대 상태 자체는 소실되어간다는 것은 명백하다. 미래적인 것이 현재적인 것이 된다면 현재적인 것은 상대적으로 과거적인 것이 된다."[30]

기대에 있어서 지향된 존재라는 방식으로 주어진 지각될 대상으로서 기대된 것은 자기 소여적이지만 내적인 기대의 상(Erwartungsbilder)을 통해 주어지지 않는다. 기대된 것의 자기 소여성은 신체성이 아직 머물러 있다는 것을 의미한다. 반면에 지각된 것은 신체적으로 현재적인 존재자다. 이러한 자기 소여성과 관련하여 후설은 명증성을 논한다. 자기 소여성은 "단순한 현전화, 즉 공허하고 단지 지시하는 그것(대상)에 관한 표상과는 달리, 대상이 소여성에 있어서 의식과 관련하여 스스로 거기에, 생생하게 거기에 존재하는 것으로 특징지울 수 있는 방식"[31]을 의미한다. 이때 직관적으로 기대된 것은 미래에 올 것으로서 의식된 것, 즉 "회고(Rückerinnerung)가 지각된 것의 의미를 지니는 것과 같이, 예고에서 가능한 숙고 덕택으로 지각될 것의 의미"[32]를 미리 파악하게 된다. 미래의 것이 실제로 현재적인 것이 된다면, 지금 현재적인 것이 동시에 과거의 것이 된다. 다시 말하면 후에 존재하는 것으로서 생각된 기대된 대상은 현재적인 것이 된다. 그러므로 새로이 도래할 모든 것을 통해 미래로 향해진 지향 작용이 충족된다. "충족된 기대에 대한 고찰은 기대된 것을 후에 존재하는 것으로서, 기대 상태

---

30) Hua X, 56쪽 이하.
31) EU, 11쪽 이하.
32) Hua III/1, 163쪽.

와 동시적인 지각을 이전에 존재하는 것으로서 보여준다."[33] 기대된 것이 현재적인 것이 된다면, 기대된 기대 상황 자체가 전이된다는 점은 명백하다. 즉 미래의 것이 현재적인 것이 된다면 현재적인 것은 상대적으로 과거의 것이 된다는 것이다. 그러므로 기대의 충족은 지각을 통한 충족이며, 기대된 것의 본질에 지각될 것이거나 지각됨 안에서의 지각 작용이 속하게 된다. 후설은 기대가 지각을 통해 부분적으로 충족됨으로써 발생하는 실망 가능성에 대해서도 언급하고 있다. 우리 앞에 놓여 있는 빨간 공을 예로 든다면, 기대의 예상하는 지향 작용은 직관을 통해 그 내용과 일치하면서 충족된다. 그러나 보여지지 않은 공의 뒷면이 빨간색이 아니라 초록색이라는 사실이 알려진다면 우리의 예지적인 기대는 실망하게 된다. 이때 근원적인 인상의 충족에 있어서 "초록색이라는 새로운 의미는 빨간색으로 존재하는 선기대(Vorerwartung)의 확실성을 압도하는 근원적인 확실성이다. 이것은 단지 압도적인 것으로서 의식되고 아무것도 아닌 것이라는 특성을 지니게 된다."[34] 여기서 선기대는 빨간색에 대한 기대로서 새로운 현실적 직관들을 미리 제시하는 것을 의미하는데, 이는 현실적으로 직관할 수 있는 것을 통해 이루어진다.

이미 앞에서도 언급했듯이, 미래에 대한 지향으로서 기대는 무엇보다 기억에 속하게 된다. 예를 들면 현전화된 예고에서 기대된 멜로디를 다시 듣는다면, 마치 이미 들었던 멜로디에 대한 파지적 의식이 연결된다. 여기서 이차적으로 기대된 것과 인상적으로 들어온 것에 대한 아직 파지적으로 의식된 과거가 문제가 된다. 이차적 기억으로서 회상은 기대가 아니지만, 예지가 충족되었다는 것은 회상을 통해 의식되며, 회상하는 의식에서 충족은 재충족이라는 형식으로 이루어지게 된다. 그러므로

---

33) Hua X, 155쪽.
34) Hua XI, 30쪽.

이 회상 속에서 규정되지 않은 근원적 예지와는 다른 구조를 지니는 미리 지향된 기대가 내포되어 있다. 그러나 "회상은 기대는 아니지만 미래로, 특히 회상된 것의 미래로 향한 하나의 지평을 지니고 있다. 이 지평은 정립된 지평이다. 이 지평은 회상하는 과정이 진전됨에 따라 항상 새롭게 열리고 보다 생생하고 풍부해진다. 동시에 이 지평은 항상 새롭게 회상된 사건에 의해 충족된다."35) 여기서 회상된 사건은 마치 현재적인 것으로 이전에 예시되었으며 이를 현재에 마치 현실화한 것과 같은 양태로 유사하게 존재한다.

5. 맺음말

지금까지 후설 현상학에서 중요한 주제가 되는 시간 의식과 관련하여 기대 현상에 대해 간단하게 다루었다. 현재의 지각이나 과거의 기억에 비해 후설이 기대 현상을 그리 체계적으로 다루고 있지 않은 이유는 규정되지 않은, 다시 말하면 알려져 있지 않은 시간의 지평이라는 미래 시간의 한계 때문인 듯싶다. 그럼에도 불구하고 시간이 지속적인 흐름이며 이를 파악하는 의식 작용은 변화될 수밖에 없기에 특수한 시간 의식 유형들은 중요한 기능을 수행한다고 말할 수 있다. 현재에 지각된 시간 대상은 바로 과거로 흘러가고 이는 파지적 의식에서 방금 있었던 것으로 보존된다면, 예지는 곧 도래할 것을 예견하게 된다. 방금 있었던 시간 대상이 과거 속으로 들어간다면 회상이 이를 재생이라는 능동적 작업을 통해 현전화시키듯, 예고도 미래의 지각을 현전화하게 되는 것이다. 그러므로 시간의 지속은 지금의 지속이며 지나간 과거와 도래할 미래의 지속이며 회상과 예

---

35) Hua X, 53쪽.

고 속에서 마치 새롭게 만들어진 지속이다. 미래 시간과 관련된 기대된 것이 현재적인 것이 된다면, 기대되었던 기대 상황이 흘러갔음은 명백하며 현재적인 것이 상대적으로 과거의 것이 되었다는 점 또한 명백하다.

　이처럼 후설에게 있어서 기대의 문제는 지각이나 기억과 같은 시간 의식과 무관하게 다룰 수 있는 주제가 아니다. 특히 기대 현상을 보다 정확하게 이해하기 위해서 후설 현상학의 결정적 업적이라 할 수 있는 지향성의 구조를 정확하게 파악해야만 한다. 그러므로 이 논문에서 단순히 미래에 대한 예견이 아닌 미래 지향의 작용과 그 대상의 상관적 관계를 통해 시간 의식의 본질적 구조를 다루었다. 다시 말하면 예지와 예고로서 구분하여 다루고 있는 기대의 지향성 구조와 그 충족이라는 관계를 통해 미래에 대한 의식 작용의 본질을 분석하였다. 지각과 기억과의 연관 속에서 기대 문제를 다루어야 함에도 불구하고 이 논문에서 지각과 기억의 문제는 아주 제한적으로 다루었다. 특히 지각과 기대는 후설 현상학 전체를 통해 다루어야 하는 방대한 주제이기 때문에 여기서는 아주 기본적인 입장만을 소개하는 형태를 취했다. 그러므로 이 논문에서 기대에 관련된 물음이 제한적으로 다루어졌음을 인정하지 않을 수 없다. 끝으로 상상이나 연상과 같은 다른 의식 현상들과의 관계를 통해 기대의 문제를 다루는 것도 흥미가 있다고 생각하지만 이러한 문제들은 다음 연구 과제로 남겨두고 싶다.

□ 참고 문헌

Husserliana (Hua.) :

Bd. III/1 : *Ideen zu einer reinen Phänomenologie und phäno-menologischen Philosophie*, erstes Buch, hrsg. v. K.

Schuhmann, Den Haag 1976.

Bd. IV : *Ideen zu einer reinen Phänomenologie und phäno-menologischen Philosophie*, zweites Buch, hrsg. v. M. Biemel, Den Haag 1952.

Bd. VI : *Die Krisis der europäischen Wissenschaften und die transzendentale Phänomenologie*, hrsg. v. W. Biemel, Den Haag 1954.

Bd. X : *Zur Phänomenologie des inneren Zeitbewußtseins*, hrsg. v. R. Boehm, Den Haag 1966.

Bd. XI : *Analysen zur passiven Synthesis*, hrsg. v. M. Fleischer, Den Haag 1966.

Bd. XV : *Zur Phänomenologie der Intersubjektivität*, Dritter Teil, hrsg. v. I. Kern, Den Haag 1973.

Bd. XIX/1-2 : *Logische Untersuchungen*, hrsg. v. U. Panzer, The Hague/Boston/Lancaster 1984.

Bd. XXIII : *Phantasie, Bildbewußtsein, Erinnerung*, hrsg. v. E. Marbach, Den Haag 1980.

Erfahrung und Urteil (EU), hrsg. v. L. Landgrebe, Hamburg 1954.

졸저, *Phänomenologie der Erinnerung*, Würzburg, 1993.

졸저, "지향성 개념에 대한 해석학적 현상학 — 브렌타노와 후설 그리고 하이데거에게 있어서", 『해석학은 무엇인가』, 창간호, 1995, 참조.

제일철학과 역사의 향방
— 역사철학의 현상학적 정립을 위한 서론적 논의

여 종 현(경희대 강사)

1. 서론 : 역사-철학적 역사 이해

인간은 역사적이다. 인간이 다른 동물들에 비해 탁월한 것은, 바로 그가 역사적이라는 데 있다. 대체 인간은 왜 역사적일까? 우리는 그 까닭을 인간 삶이 현재라는 시간 지평에서 이루어지는 데서 찾고자 한다. 이 현재의 지평에는 인간이 어찌할 수 없는 닫힌 과거와 인간이 자유롭게 행위할 수 있는 열린 장래가 통일돼 있다. 이러한 현재의 지평은 이미 역사적이다. 인간만이 그러한 지평을 가질 수 있다. 인간 삶은 인간의 소산임이 분명하나, 삶이 그 속에서 이루어지고 보존되는 시간 자체는 인간의 소산이 아니다. 그러나 인간 삶이 인간 행위의 소산이지만, 그것은 또한 자연(존재자) 없이는 이루어지지 않는다. 이에 인간 역사(삶)는 인간이 자연에 관계하는[1] 데서 비로소 시작된

---

1) 인간이 자연에 관계하는 양식은 물리적이 아니다. 이런 의미에서 인간의 역사는 인간의 자연에 비물리적인 관계 맺음에서 이루어진다고 할 수 있다. 이하에서 인간의 자연에의 관계는 비물리적 관계를 의미한다. 물론 동물은 자연에 물리적으로 관계한다. 이것이 동물에게 인간에 상응하는 역사가 없는

다. 따라서 인간 역사는 인간의 자연에의 관계를 함축한다. 물론 인간이 자연에 관계할 수 있는 것은, 그의 삶이 앞서 언급된 현재의 지평으로 구성되기 때문이다.

인간은 자연과의 관계에서 시간, 공간에 직면하는데, 그때의 시간, 공간이 바로 역사적 시간, 공간이며, 이 역사적 시간, 공간이 현실이다. 바로 여기에 인간의 현실은 언제나 역사적이며, 역사는 언제나 현실을 함축하는 까닭이 있다. 이제 인간이 역사적이라 함은 인간이 그때그때 현실에 처함을 의미한다. 인간은 그가 처한 현실에 따라서 슬플 수도 기쁠 수도, 좌절할 수도 희망을 가질 수도 있다. 여기서 인간이 처한 현실이 한갓 물리적이 아니라 역사적임이 다시 드러난다. 동물은 자연에 물리적으로 관계하기 때문에 현실에 처할 수 없고 물리적 시간 공간에 그냥 놓여 있을 뿐이다.

역사는 인간 삶의 도정(道程)이다. 도정에는 방향이 있다. 우리는 그 방향을 역사의 향방(向方)이라 한다. 역사적 존재자에게는 반드시 역사의 향방이 있다. 개인이나 국가나 민족의 역사는 그 시대 역사의 향방을 초월할 수 없다. 역사 향방으로부터 개인이나 민족의 역사적 운명이 유래한다. 언제부터인가 서양 역사의 향방이 세계 역사를 주도하게 되었다. 그에 따라 동양 역사도 서양 역사의 향방에 흡입되었다. 그때부터 동양인의 삶의 양식은 서구화되었으며, 한때 동양인의 운명은 서양인에게 맡겨지게 되었다. 이렇게 동양 역사를 흡입한 서양 역사의 향방은 대체 무엇일까?

한 시대의 역사 향방은 그 시대의 역사에 대한 근원적인 이해다. 그렇다면 서양 역사의 향방에 대한 이해는 서양 역사의 근원적인 이해다. 따라서 서양 역사의 향방을 묻고 있는 우리는 지금 서양 역사의 근원적 이해를 시도하고 있다. 동양인인 우리가 왜 그것의 근원적 이해를 시도하는가? 그 까닭은 오늘

까닭이라 할 수 있다.

날 서양 역사 향방이 세계 역사를 주도하고 있는 이상, 그것은 이미 우리의 역사 향방이 된 데 있다. 우리 민족의 역사상 그 유례가 드물었던 일제 식민 통치와 그로부터의 독립, 독립과 함께 맞이한 국토 분단과 그에 따른 민족의 비극 육이오, 그 이후 최대의 국난(國難)이라 불리는 IMF 사태는 서양 역사 향방에 따른 우리 현대사의 대표적인 역사적 사건이다.

어떤 한 시대 사회의 모든 역량은 그 시대 역사 향방으로 총동원된다. 어떤 한 시대(사회)에서 퇴보하느냐 진보하느냐, 사느냐 죽느냐는 그 시대 역사 향방에 얼마나 잘 적응하느냐에 달려 있다. 그렇다면 공산주의 종말도 그것이 오늘의 역사 향방에 잘 적응하지 못한 데 있다고 하겠다. 마찬가지로 오늘 우리가 겪고 있는 IMF의 고통도 공산주의의 종말과 함께 도래한 탈이데올로기적 역사 향방에 제대로 적응하지 못한 데 있다고 하겠다. 우리에게 엄청난 고통을 안겨준 서양 역사의 향방은 대체 무엇일까? 인간의 자연에의 관계가 역사인 이상, 역사의 향방도 인간의 자연에의 관계 방식에 의해서 규정된다. 따라서 서양 역사의 향방은 서양인의 자연에의 관계 방식에 의해서 규정된다.[2] 인간의 자연에의 관계 방식을 다루고 정초하는 것은 철학, 그것도 제일철학이다. 그렇다면 역사 향방의 이해, 즉 역사의 근원적 이해는 제일철학의 이해로써 가능하다. 이에 제일철학의 이념이 역사 향방이라고 할 수 있다. 이제 우리는 역사의 향방을 통해서 어떤 시대나 어떤 민족의 역사를 이해하는 것을 철학적 혹은 역사-철학적 역사 이해로 지칭한다.

역사는 종말론적이다. 이것은 역사가 시작과 종말로 구성됨을 의미한다. 그러나 역사의 종말에는 새로운 시작이 예비돼 있다. 이런 의미에서 인간 역사는 종말과 시작의 투쟁이다. 역사의 이 종말론적 성격은 역사가 앞서 언급된 현재의 지평에서

---

2) 이런 의미에서 지난날 동양 역사(문화)와 서양 역사가 다른 것은 동양인과 서양인의 자연에의 관계 방식이 다른 데 있다고 하겠다.

현성(現成)하는데 유래한다. 동물은 비역사적이라고 불리는데, 그것은 동물에게 종말론적 성격이 없기 때문이다. 종말에는 새로운 시작이 예비돼 있으므로 그것은 또한 새로운 시작(전환기)이다. 물론 인간은 역사적이므로 어느 시대의 인간이건 그가 처한 현실은 언제나 종말이자 시작이다. 그런데 종말에도 두 종류가 있다. 동일한 역사 향방 안에서 한 시대가 막을 내리고 새로운 시대가 시작되는 것을 우리는 역사학적 종말로, 한 역사 향방이 끝나고 그것과 다른 새로운 역사 향방이 시작되는 종말을 철학적 또는 역사-철학적 종말로 지칭한다.

역사 향방이 제일철학의 이념으로 밝혀진 이상, 서양 역사 향방에 대한 이해는 서양의 제일철학의 이해로 귀결된다. 서양 철학자들 중에서 자기 철학을 공개적으로 제일철학이라고 명명한 철학자는 아리스토텔레스, 데카르트, 후설 정도다. 그리고 그 명칭은 아리스토텔레스가 철학의 실증학과의 차이를 지칭하는 데서[3] 처음 사용되었다. 그러나 그 차이는 이미 플라톤에서 명료히 나타나고 있다.[4] 실은 아리스토텔레스의 제일철학의 학적 의미는 플라톤의 이데아론에서 준비된 것이다. 그렇다면 적어도 아리스토텔레스의 제일철학은 플라톤적이다. 우리는 아리스토텔레스의 철학뿐만 아니라 현상학적 철학이 출현하기까지 그 후대의 철학을 모두 플라톤적 제일철학으로 본다.

본고는 서양 역사의 시작과 종말(완성)을 플라톤적 제일철학의 시작과 종말의 관점에서 해석하고, 플라톤적 제일철학의 현상학적 전환에 따른 새로운 역사 향방의 윤곽을 제시하는 것을 과제로 한다. 이러한 과제가 진행되는 동안 플라톤 이후의 서양철학이 어떤 의미에서 플라톤적 제일철학인지, 플라톤적 제일철학의 시작 형태와 완성 형태가 무엇인지, 이것들에 상응하는 서양 역사의 시작기의 역사 향방과 그 종말기의 역사 향방

---

3) Aristoteles, *metphysica*, 4권, 1장, 1003 b21.
4) Platon, *Politeia*, 533a-d.

이 무엇인지, 오늘이 어떤 의미에서 역사-철학적 종말인지, 서양 역사 향방의 전개에서 인간과 자연은 어떻게 이해돼 왔는지, 플라톤적 역사 향방과 이 역사 향방의 종말 속에 움트는 새로운 역사 향방의 결정적인 차이점이 무엇인지 밝혀질 것이다. 우리의 논의는 부제가 의미하듯이 플라톤적 제일철학의 완성에 따른 서양 역사의 종말 과정이 주로 논의되고 이 종말에 움트는 새 역사 향방에 대해서는 윤곽만 제시된다. 우리의 논의는 제일철학의 개념 해명에서 시작된다. 그 해명에서 역사 향방에 관한 학으로서의 제일철학의 학적 성격이 명료히 밝혀질 것이다.

2. 제일철학의 개념

2-1. 무전제의 학

제일철학은 서양에서 형이상학으로 알려져 왔다. 이 학의 의미는 그 글자 metaphysica에 함축돼 있다. 즉 그것은 글자 그대로 초월(meta) 자연(physis)학이다. 물론 이 때 강조점은 자연(physis)이 아니라 **초월(meta)**에 있다. 그러면 이때 초월은 무슨 의미를 갖는가? 그 의미 해명을 위해서 우리가 실증적 자연을 만나는 양식을 일별(一瞥)할 필요가 있다. 우리가 그것을 만나자면 또는 그것이 우리들에게 존재하자면 그것에 앞서 그것 외적인 것 혹은 그것을 넘어서는 것이 요구되는데, 그것이 바로 meta적인 것이다. meta와 실증적 자연의 이러한 관계에서 볼 때, 이제 제일철학(초월 자연학)은 실증적 자연 혹은 자연의 실증성을 초월하는 학으로 정의될 수 있다. 그러나 실증적 자연을 초월한다고 해서 제일철학에서 실증적 자연이 상실되는 것이 아니다. 그 역이다. 적어도 우리 인간에게는 그 자연을 넘어서는 한에서만 그 자연은 그 자연으로서 존재할 수 있다. 따라서 실증적 자연의 초월에서 그것이 배제되지 않고 오히려 그것은 그것을 넘어섬 안에 들어온다. 따라서 제일철학은 실증적 자연의 근원을 탐구하거니와, 제일철학에서 그것은 meta다. 그리하여 이제 제일철학은 자연의 meta학이며, 이런 의미에서 그것은 또한 자연학이다. 개별학으로서의 자연학, 즉 자연과학은 자연의 meta를 도외시하고 언제나 meta를 통해만 주어지는 자연, 즉 실증적 자연에 관한 학이다. 이제 우리는 제일철학의 논의에서 자연이 초월성(meta)과 내재성(실증성), 또는 초월 자연과 실증 자연이라는 이중성을 지님을 알 수 있다. 서양철학에서 초월 자연은 존재자의 존재로 실증 자연은 존재자로 지칭돼 오기도 했다.

우리가 meta를 통해만 실증적 자연을 만나는 이상, 그것은 항상 meta '밑에(hypo)' '놓여 있는 것(thesis)'이다. 이런 의미에서 meta는 자연의 전제(hypothesis)다. 이 경우 어떤 것의 전제는 어떤 것의 근거를 의미한다. 따라서 자연의 전제가 meta라 함은 meta가 자연의 근거임을 의미한다. 그런데 meta는 그 어떤 것 아래에도 놓여 있지 않는 것이다. 그런 점에서 그것은 무전제(anhypothesis)다. 그것이 무전제라 함은 그것이 다른 모든 것의 근원이면서 자신은 어떤 것에 의해서 존재하지 않고 자기 스스로 존재함, 즉 자기가 자기의 근거임을 의미한다. 그러한 무전제는 존재하는 모든 것의 근원이며 따라서 근원 자체다. 이제 제일철학은 바로 그러한 무전제, 즉 근원에 관한 학이며, 실증학은 그러한 무전제를 전제로 성립되는 것에 과한 학이다. 여기서 주의해야 할 점은, 제일철학을 자연에 관한 무전제의 학이라고 할 때 그것은 자연을 그 어떤 것도 통하지 않고 이해하는 것이 아니라 어떤 것을 통해서, 즉 무전제를 통해서 이해함을 의미한다. 따라서 인간의 자연 이해의 측면에서 보면 무전제는 하나의 전제다.

아리스토텔레스는 무전제를 제일 첫번째 것 혹은 제일원인으로 지칭하여 제일철학을 제일 첫번째 것 혹은 제일원인에 관한 학으로 규정한다.5) 데카르트에서도 제일철학은 "다른 사물의 인식이 그러한 원리에 의존해 있고, 그래서 원리쪽은 다른 사물을 기대하지 않고 알려져 있으나 반대로 다른 사물쪽은 원리 없이는 알려질 수 없는"6) 것, 즉 무전제에 관한 학이다.

모든 학문은 진리를 추구한다. 그렇다면 제일철학도 실증학도 진리를 추구한다. 그러나 제일철학의 진리와 실증학의 진리는 다르다. 그래서 진리는 형이상학적, 즉 제일철학적 진리와 실증학적 진리로 나누어진다. 전자는 초월적 진리로 후자는 내재적 진리로 명명될 수 있다. 물론 제일철학의 진리는 무전제의 진리다. 그리고 실증학적 진리는 실증적인 것에 대한 진리다. 여기서 무전제의 진리라는 것은 무전제 자체가 진리라는 뜻이지 무전제의 그 무엇이 진리라는 뜻이 아니다. 따라서 제일철학은 진리 자체의 학이다. 그에 반해 실증학적 진리는 전제 하에서 성립되는 그 무엇에 대한 진리다. 실증학적 진리는 검증(실증) 가능하다. 그러나 제일철학적 진리, 즉 무전제는 검증 불가능하다. 검증 가능한 실증학적 진리는 검증 불가능한 제일철학의 진리에 의존한다. 실증학적 진리가 참인지 거짓인지를 검증하자면 검증의 기준이 필요하다. 그러나 이 기준 자체는 그것에 따라서 검증될 수 없다. 이 검증 불가능한 제일철학의 진리는 실증학적 진리의 검증을 위한 전제다.

이제 제일철학이 자연의 meta학으로 밝혀졌다. 이때 meta는 인간이 자연을 만날 수 있는 전제로서 인간의 자연 이해의 틀이다. 따라서 인간이 자연에 대해서 어떠한 해석을 내리는가는 인간의 자연 이해의 틀인 meta의 성격에 의해서 규정된다. 가령 동양인의 자연 해석과 서양인의 자연 해석이 다른 것은 동

---

5) *op. cit.*, 1권 2장.
6) Descartes, *Principia Philosophiae*, 소두영 역, 동서문화사, 1978년, 196쪽.

양인과 서양인의 meta가 다르기 때문이다. 이렇게 meta가 인간의 자연 이해의 틀이라는 것은 그것이 또한 인간의 자연에의 관계 방식을 규정함을 의미한다. 그렇다면 이제 제일철학은 인간의 자연에의 관계 방식에 관한 학이다. 인간의 자연에의 관계 방식에 의해 역사 향방이 규정됨을 상기하면, 이제 제일철학이 역사 향방에 관한 학임이 드러난다. 역사가 인간의 자연에의 관계에서 현성하고, 인간의 자연에의 관계가 meta이므로 meta는 역사성을 지닌다. 이제 우리는 meta와 인간의 관계를 고찰하고자 한다. 이 고찰을 통해서 meta가 인간의 자연에의 관계 방식을 규정하는 까닭이 구체적으로 밝혀질 것이다.

2-2. 인간 이해의 근원적 학

자연이 초월 자연 / 실증 자연 혹은 존재자의 존재 / 존재자의 이중성을 지니듯이 인간도 그러하다. 즉 인간은 한편으로 실증적 자연에 속하고, 다른 한편으로는 그것을 초월한다. 인간의 신체는 물리적 자연에 속하는 다양한 물질들의 총합이다. 이런 이상, 인간은 실증적 자연의 일부로서 그것의 물리적인 인과 법칙에 지배되며, 그것에 대해서 항상 수동적일 수밖에 없고, 동물과 다를 바 없다. 그러나 인간에게는 그러한 물리적 자연성과 함께 그 이외의 것, 즉 그것을 초월하는 측면도 있다. 인간은 그러한 초월성으로 해서 자연의 물리적 인과 법칙에 단순히 종속되기만 하는 것이 아니라, 자연을 넘어서서 그것에 법칙을 부여하고 그것에 부여된 법칙을 이용하여 그것을 변형, 지배, 정복하기도 한다. 나아가 그는 초월성으로 해서 자기 자신을 부단히 초월하며, 그래서 그는 철저히 생리적인 욕구의 충족으로만 만족해하지 않고, 그러한 욕구의 충족에만 거의 모든 활동이 좌우되지 않고, 현실성을 부정하고, 자기가 나아갈 방향, 즉 역사 향방을 설정한다. 또한 인간은 초월성으로 해서 그가 아무리 위대하거나 아무리 많은 업적을 세워도 결코 그의 삶을 완성, 완결할 수 없다. 따라서 인간은 존재하는 한, 가능적일 수밖에 없다. 이에 인간의 초월성은 가능성을 특징으로 한다. 가능성을 본질로 하는 인간의 초월성은 무한한 잠재력을 지니며 항상 개방적이다. 인간 역사가 종말론적 성격을 갖는 것도, 인간이 학문을 할 수 있는 것도 인간의 가능적 초월성에서 유래한다. 컴퓨터가 인간의 업무를 아무리 능숙하게 효율적으로 수행한다고 해도, 그것은 인간적일 수 없다. 컴퓨터에게는 가능성을 본질로 하는 초월성이 없기 때문이다. 그래서 그것은 자기완결적이다. 그러므로 그것은 아무리 방대한 양의 정보를 저장해도 한계를 가지며, 그 한계는 수로 표시돼 있다. 이런 컴퓨터에게 역사는 있을 수 없다.

가능적 존재만이 역사적이다. 역사 과정은 규칙적, 기계적, 반복적인 활동만으로 구성되는 것이 아니라, 그러한 활동과 함께 비규칙적, 비기계적, 비반복적인 활동으로도 구성되거니와, 가능적 존재만이 그러한 활동을 함께 지니기 때문이다. 자기완결적인 존재의 운동, 예를 들면 물리적 자연의 운동은 규칙적 기계적 반복적 특성을 지니며, 그래서 그것은 역사적일 수 없다. 자연의 역사라는 말이 있긴 하지만, 그것은 가능적 인간에서 유래한다. 즉 자연의 역사란 인간이 자연을 연구하여 거기에 부여한 것이다. 따라서 자연의 역사는 자연 자체에서 유래한 것이 아니라, 그것은 어디까지나 인간으로부터 유래한 것이며, 그런 점에서 그것은 일종의 인간의 자기 역사다.

역사의 진행이 틀에 박힌 규칙적, 기계적, 반복적이지 않다면, 역사에는 발전만 있는 것도 아니요, 그렇다고 퇴보만 있는 것도 아니며, 발전이 있는가 하면 퇴보도 있으며, 선이 있는가 하면 악이 있기도 하며, 낙관, 희망, 영광, 자유, 희극이 있는가 하면 비관, 좌절, 절망, 억압, 비극이 있기도 하다. 실로 역사 과정은 모순과 불합리 투성이라고 해도 과언이 아니거니와, 그렇다고 그것은 모순과 불합리성만으로 구성되는 것만도 아니며, 어느 정도의 합리성이 있기도 하다. 그러기에 역사 과정은 일정한 도식에 의해 결코 남김없이 인식되지 않는다.7) 역사 과정의 그러한 복잡성과 오묘함은 인간 존재가 일정한 도식에 의해서 완전히 인식 가능한 자기 완결적 존재가 아니라 그때그때마다 부단히 변화, 유동하는 가능적 존재이기 때문이다. 이러한 인간 존재의 가능성에는 인간이 죽을(滅할) 수밖에 없는 유한성이 함축되어 있다. 이제 인간의 초월성은 유한성을 함축한 가능성을 그 특징으로 한다는 점에서 신적인 초월성과 그 유형을 달리한다. 신의 초월성은 유한성을 초월한 영원성을 특징으로 한다. 그러므로 신에게는 유한성도 역사성도 없다.

이상의 논의로 보건대, 인간의 위대함과 존엄함은 인간의 실증성에 있지 않고 인간의 초월성에 있음을 알 수 있다. 그런 이상, 인간의 인간성은 인간의 초월성에 의해서 규정된다. 따라서 인간에 대한 근원적인 이해는 인간의 실증성에 대한 이해가 아니라 인간의 초월성에 대한 이해다. 인간의 실증성을 이해하는 학이 실증학(의학, 심리학, 인류학, 사회학, ……)이라면, 인간의 초월성을 이해하는 학은 제일철학이다. 이에 인간의 초월성과 제일철학의 탐구 대상인 인간의 자연 이해의 전제, 즉 무전제는 불가분적이다. 이 불가분성은 무전제가 인간의 초월성을 구성하는 데서 유래한다. 그래서 무전제의 이해는 실증적 자연의 메타 이해이자 인간의 근원적인 이해다. 무전제를 통해 주어지는 자연 사물 또는 실증적인 것은 인간에 외재(外在)한다. 그에 반해 무전제 자체, 즉 제일철학의 진리는 인간의 인간성과 인간의 자연 이해를 규정한다. 이러한 제일철학의 진리가 지혜다.

인간이 실증적 진리를 추구할 수 있는 것도 인간의 인간성이 지혜로 구성돼 있기 때문이다. 그러나 그것이 지혜로 구성되어

---

7) 역사 향방과 역사 과정은 구별되어야 한다. 역사 과정은 인간이 역사 향방에 적응하기 위한 인간 활동으로 구성되는 시간의 경과다.

있다고 해서 인간이 언제나 지혜롭다는 것은 아니다. 그것이 지혜로 구성되어 있다고 함은, 인간이 부단히 '지혜를 사랑함(철학적임)'을 의미한다. 사랑의 존재 양식은 완성이 아니라 완성을 향한 도정이다. 따라서 인간의 인간성이 항상 지혜로 구성되어 있다고 함은, 인간이 인간성과 그 존엄성을 유지, 고양하기 위해 늘 지혜의 도정에 있음을, 다시 말하면 부단히 지혜 안에 서려함을 의미한다. 그런데 인간은 그것 안에 서려는 데서 또한 그것을 이탈하는 경우도, 즉 지혜롭지 못하는 경우도 있다.[8] 그것은 인간의 초월성이 완결적이지 않고 가능적인 데서 유래한다.

이제 무전제가 인간의 초월성을 구성하는 것으로 밝혀졌다. 무전제가 인간의 초월성을 구성하는 바로 거기에 무전제는 인간의 인간성을 규정하고 인간의 자연에의 관계 방식, 즉 역사 향방을 규정한다. 또한 인간이 역사 향방을 갖고 그것 안에 서려고 하는 것은 인간이 인간성과 그 존엄성을 유지, 고양하려함을 의미한다고 하겠다.

3. 플라톤적 제일철학과 역사의 향방

3-1. 플라톤적 제일철학의 시작과 그 개념

플라톤적 제일철학은 당연히 플라톤의 철학으로 소급된다. 앞서 언급됐듯이, 그는 제일철할이라는 용어를 사용하지 않았다. 그러나 그는 철학을 무전제의 학, 또는 dialektiké의 학으로, 과학을 무전제를 전제로 하는 전제의 학으로 규정하고 있다.[9]

---

8) 역사의 향방에 적응하기 위한 인간 활동으로 구성되는 역사 과정이 모순되고 불합리한 것은 바로 이 때문이다.
9) Platon, *Politeia*, 511, 참조.

따라서 제일철학이 철학의 과학과의 차이를 지칭하는 명칭이라면 그의 철학은 다름아닌 제일철학이다. 물론 플라톤적 제일철학의 개념은 플라톤 철학 개념의 해명으로써 밝혀질 수 있다. 그리고 이 해명은 그의 철학의 대상과 방법에 대한 논의를 통해서 밝혀질 수 있다.

플라톤에서 철학의 대상인 무전제는 이데아(idea) 혹은 에이도스(eidos)이고 그것에 도달하는 방법은 dialektiké다. 이데아는 그리스어로 보여진 모습을 의미한다. 이 모습은 그때그때 보여진 모습들이 아니라 "항상 그 자체로만 한 가지로 보여진 모습"10)이다. 따라서 그것은 언제나 변치 않는 사물의 자기동일성이다. 이에 반해 감각 사물, 즉 자연 사물은 다양한 모습들로 보여진다. 그것은 늘 변화하기 때문이다. 따라서 영원히 변치 않은 이데아는 초감각적인 것이다. 그러한 이데아는 감각적인 것의 원형이다. 그것은 인간과 자연이 우리들에게 인식되기 위한 전제다.

초감각적 이데아는 종적인 보편자들이다. 그러므로 이데아는 여러 개다. 그러나 감성적 사물 전체로서의 자연의 통일적 이해는 여러 개의 이데아가 아니라 하나의 이데아에서 가능하다. 이 하나의 이데아는 플라톤이 이데아들의 이데아라고 하는 선의 이데아다. 선의 이데아는 종적 이데아가 지니고 있는 종적(혹은 상대적) 보편성을 초월한다. 따라서 그것은 이데아들을 초월한 것으로서 절대 보편자다. 그는 그것을 "보이는 것들에 보이는 힘을 제공해주고 스스로는 생성이 아니면서 또한 보이는 것들에 생성과 성장 그리고 영양을 제공해주는" 태양에 비유한다.11) 이렇게 비유적으로 설명되는 선의 이데아가 플라톤에서 무전제다.

감각적인 것들의 전제(근원)인 이데아에는 감각적인 것이 전혀

---

10) Platon, *Phaidon*, 78d.
11) Platon, *Politeia*, 509b.

개입돼 있지 않다. 이런 의미에서 이데아는 순수하다. 물론 이데아의 인식은 영혼에 의해서 이루어진다. 그런데 이데아는 순수한 것이므로 그것의 인식 역시 순수한 영혼에 의해서 이루어진다. "순수하지 못한 것은 순수한 것에 가까이 갈 수 없다."[12] 그러나 우리의 영혼은 대개의 경우 감각적인 것들을 인식하기 때문에 순수한 것만은 아니다. 따라서 이데아를 인식하자면 우리의 영혼을 순수하게 해야 한다. 그렇게 하는 방법이 플라톤에서 dialektiké다. 그러니까 dialektiké는 우리의 영혼에서 감각적인 것을 배제하는 방법이다. 그것이 배제된 영혼이 지성(nous), 즉 순수 사유며, 지성의 사유 활동이 noesis다. 그리고 noesis에 의해서 인식(직관)되는 것, 즉 ta noeta가 이데아다.

이데아적인 것을 인식 대상으로 하는 학문이 수학(기하학)이다. 그러나 그것은 dialektiké의 학은 아니다. 수학은 이데아를 인식하되 그것의 모상들, 즉 감각 사물들을 통해서 인식하기 때문이다. 그런 점에서 수학적 사유는 추론적 사유(dianoia)다.[13] 그에 반해 dialektiké한 인식은 그 어떠한 모상(전제)도 사용하지 않고 직접 이데아들을 인식하며, 이 이데아들에서 선의 이데아를 인식하는 것이다. 따라서 dialektiké는 이데아의 인식에 그 어떠한 전제도 사용하지 않는다.[14] 즉 dialektiké는 이데아 인식의 방법이되 그것의 무전제적 인식 방법이다. 이에 그것은 무전제를 탐구하는 제일철학에 합당한 방법이다. 이러한 dialektiké의 학, 즉 철학에서야 비로소 영혼은 순수하게(정화) 된다. 그러나 수학적 사유에서 영혼은 아직 순수하지 않는데, 그것은 이데아의 모형, 즉 '감각적인 것(전제)'을 통해서 이데아를 인식해서 영혼에 감각적인 것들이 개재돼 있기 때문이다. 따라서 추론적 사유는 이데아의 인식 방법이되 전제를 통

---

12) Platon, *Phaidon*, 67b.
13) Platon, *Politeia*, 510e.
14) *op. cit.*, 511c, 532b.

한 방법이다. 그런 점에서 그것은 이데아에 대한 완전한 학이 될 수 없다. 그것은 기껏해야 이데아를 꿈꿀 뿐이다.[15]

이데아는 불변적인 자기 동일자며, 따라서 그것은 실체다. 이러한 이데아는 형식 논리학적일 수밖에 없다. 이 점은 이데아가 모든 형식 논리학적인 법칙들의 근거인 동일률에 의해서 표현되고 또한 종적인 보편자들로서의 이데아가 형식 논리학적 개념들로 표현되는 데서 확연하다. 이렇게 이데아가 형식 논리학적인 것인 이상, 그것의 인식 방법은 당연히 형식 논리학이 되겠다. 그렇다면 플라톤의 이데아 인식의 방법인 dialektiké도 형식 논리학적 인식 방법인 셈이다. 사실 그가 그의 철학의 방법으로 규정한 dialektiké는 형식 논리학적 추리 능력을 향상시키는 방법이다. 이 점에서 그것은 수학의 방법과 본질적으로 다를 바 없다. 물론 플라톤은 양자를 구별했다. 그러나 그 차이는 양적이다. 즉 dialektiké이 모상(감각)들을 전혀 통하지 않은 형식 논리학적 사유 능력을 기르는 방법이라면 수학의 추론은 모상을 통해서 그것을 기르는 방법이라고 할 수 있다. 따라서 dialektiké에 의한 인식과 수학의 추론에 의한 인식의 차이는 인식의 보편성의 양적 차이로 귀결된다. 그리고 이 양적 차이의 기준은 감각들이 얼마나 배제 혹은 포함되어 있느냐다. 물론 감각을 전혀 포함하지 않은 추리에 의한 인식, 즉 dialektiké에 의한 인식이 보편적이며 감각이 개입돼 있는 추리, 즉 수학적 추론에 의한 인식은 dialektiké에 비하면 덜 보편적이다. 플라톤에서 진리는 보편자인 이데아에 의해서 규정된다. 그렇다면 dialektiké에 의해 인식된 것이 진리에 더 진리에 가깝고 수학적 추론에 의한 인식은 dialektiké에 비하면 진리에서 다소 먼 셈이다.

그가 이데아를 인간과 자연 이해의 전제로 봄에 따라서 그에게서 인간과 자연도 형식 논리학적 방법으로 이해된다. 형식

---

15) *op. cit.*, 533b.

논리학적 자연(인간) 이해의 특징은 자연을 어떠한 전제(가정)들로부터 이해하는 것이다. 물론 우리의 자연 인식은 대개 전제들로 구성된다. 그렇다고 그것이 모두 형식 논리학적 이해는 아니다. 어떤 자연 이해가 형식 논리학적 이해가 되자면, 자연이 전제로부터 이해되되, 그 전제로부터 자연이 이해되기까지 여러 추리의 절차를 거쳐야 하고, 이 추리가 모두 양적이어야 한다. 여기서 추리가 양적 특성을 갖는다는 것은, 개별자들이 보편자(이데아)에 의해서 고찰됨을 의미한다. 그리고 그러한 추리의 양 극단은 원인과 결과로 구성된다. 결국 형식 논리학적 자연 이해는 자연을 양적으로 이해하되, 원인과 결과의 틀을 통해서 이해하는 인식이다.

플라톤의 철학은 전제(원인)들을 탐구하는 것이 아니라 전제(원인)들의 전제(원인)를 탐구하는 것임은 이미 밝혀졌다. 특정한 전제들로부터 자연의 특정한 부분을 인식하는 것이 과학(혹은 실증적 자연 인식)이라면, 전제들의 전제로부터 자연 일반을 인식하는 것이 제일철학 혹은 자연의 메타 인식이다. 적어도 플라톤에서 전제들의 전제(선의 이데아)에 대한 정확한 인식이 이루어지면 인간과 자연에 대한 정확한 인식이 가능하다. 물론 이 인식은 형식 논리학적으로 이루어진다. 우리는 그렇게 이루어지는 인식을 정밀한 인식으로 규정한다. 정밀한 인식이 플라톤에서 완전한, 이상적 인식이며, 그것은 dialektiké에 의한 이데아의 인식으로 수렴된다. 따라서 무전제성의 인식이라는 그의 철학 이념은 인간과 자연에 대한 정밀한 인식의 추구다.

이상의 논의로 볼 때, 플라톤에서 정밀한 인식은 형식 논리학적 사유의 틀 속에서 이루어지고, 이 사유의 틀은 그의 이데아를 떠나서는 성립될 수 없음을 알 수 있다. 이데아 또한 형식 논리학적 사유 양식 없이는 성립될 수 없다. 양자는 불가분적이다. 흔히 아리스토텔레스가 형식 논리학을 창시한 것으로 알려져 있으나, 기실 그것은 플라톤의 이데아론에 명시적으로 표현돼 있지 않은 것을 명시적으로 표현한 것에 불과하다.

플라톤이 이데아를 제일철학의 대상으로 삼은 이래, 형식 논리학은 서양철학의 방법론으로 확고한 지반을 누려왔으며, 그뿐만 아니라 방법학으로서의 형식 논리학은 또한 진리의 법정으로도 군림하게 된다. 형식 논리학에 의하면 진리와 존재는 영원 불변성이라는 규정을 지닌다. 물론 그러한 진리와 존재 개념에는 플라톤적인 이데아 개념이 그대로 간직돼 있다. 따라서 플라톤 이후의 서양철학은 모두 플라톤의 이데아에 기초한 형식 논리학적 방법과 이 방법에 의해서 규정된 정밀성이라는 인식 이념, 영원 불변성이라는 진리에 대한 규정을 그대로 이어받는다. 우리는 이런 의미에서 플라톤 이후의 서양철학을 모두 플라톤적 제일철학 혹은 정밀한 제일철학으로 규정한다. 그 점은 "2000년의 서양철학의 역사는 플라톤철학에 대한 각주"라고 한 화이트 헤드(White Head)의 말에서, 서양철학 전체를 플라톤주의로 규정한 니체에서 잘 나타난다.

3-2. 플라톤적 제일철학의 전개, 종말, 종말 형태

아리스토텔레스의 제일철학은 플라톤의 철학을 계승한 것에 불과하다. 우리에게 아리스토텔레스는 플라톤의 철학을 보다 알기 쉽게, 세련되게 표현한 것으로밖에 보이지 않는다. 주지하듯이, 아리스털레스의 제일철학은 이중의 의미를 갖는다. 즉 존재자 자체, 즉 존재자로서의 존재자에 관한 학16)과 제일원인인 순수 형상(신)에 관한 학17)의 의미를 지닌다.18) 전자의 학은 개

---

16) Aristoteles, *op. cit.*, 제4권, 2장, 1003 b33.
17) *op. cit.*, 6권 1장.
18) 하이데거는 이중적인 의미의 제일철학, 즉 형이상학을 존재-신-론으로 규정한다. 그것은 한편으로는 존재자와 구별되는 존재자의 존재를 탐구하고 다른 한편으로는 존재자의 존재를 최고의 존재자, 즉 신에서 근거지우는 학을 의미한다.

별학이 존재자의 탐구에서 사용하는 존재자의 개념들을 탐구하는 학으로서 그것은 플라톤의 종적(種的)인 이데아에 관한 탐구를 계승하여 보다 세련되게 표현한 것이고, 후자의 학 역시 플라톤의 선의 이데아 개념을 계승하여 그것을 보다 세련되게 표현한 것이다. 여기서는 그의 제일철학을 후자의 의미로 사용한다.

아리스토텔레스의 제일철학이 세계 인식에서 무력해짐과 함께 중세는 막을 내리고, 근대가 시작된다. 이러한 시대의 전환은 아리스토텔레스의 제일철학을 대체하는 새로운 제일철학의 등장을 의미한다. 새로운 제일철학은 데카르트에 의해서 학적으로 표현되었다. 그의 제일철학의 새로움은 아리스토텔레스에게 계승된 플라톤적 제일철학이 큰 변화를 겪음을 의미한다. 흔히 이 변화는 철학의 근본적 전환으로 알려져 있다. 그러나 우리가 보기에 그것은 철학의 근본적 전환이 아니다. 곧 보게 되겠지만, 그에 의해 출현한 새로운 양식의 제일철학 역시 형식 논리학을 방법으로 하고 또한 그것을 진리의 법정으로 한다. 그런 이상 그의 제일철학도 정밀한 인식을 그 이념으로 한다. 따라서 그의 제일철학은 여전히 플라톤의 철학적 범주 속에서 움직이는 플라톤적 제일철학이다. 물론 데카르트의 제일철학은 플라톤 철학과 상당히 다른 면모를 지니고 있다. 그러나 우리는 그것을 플라톤 철학으로부터의 이탈이 아니라 보다 더 플라톤적인 철학으로의 발전을 모색하는 과정에서 일어난 것으로 본다. 데카르트에 의한 플라톤적 제일철학의 발전은 세계, 즉 인간과 자연에 대한 정밀한 인식의 방법론적 진전이다. 우리는 이러한 방법론적 진전에서 데카르트철학의 플라톤철학과 다른 면모를 찾고자 한다. 이로 미루어보건대 데카르트의 제일철학은 방법론의 형태를 취한다. 그러한 방법론이 인식론이다. 플라톤의 제일철학은 정밀한 인식을 이념으로 하지만, 아직 거기에는 인식론, 즉 정밀한 인식을 실현하기 위한 방법론은 구체적으로 표명되지 않고 있다. 우리는 데카르트의 제일철학에 그것이 구체적으로 표명돼 있다는 점에서 그의 철학적 전환을 플라톤적 제일철학의 방법론적 전환, 혹은 인식론적 전환으로 지칭한다.

그의 방법론적 전환의 핵심은 제일철학의 대상, 즉 무전제의 전환에 있다. 그 전 철학에서 그것은 인간 정신이 아닌 그러면서도 인간 정신의 모든 인식의 근거가 되는 선의 이데아나 순수 형상이다. 그러나 데카르트에게서 무전제, 즉 세계 인식의 전제는 인간의 의식이다. 그의 제일철학은 인간 의식의 자기 인식에 관한 학이다. 인간 의식은 인간의 자연 인식의 전제다. 그래서 그에게서 인간 의식의 자기 인식은 동시에 자연의 메타 인식이다. 물론 플라톤이나 아리스토텔레스에서도 제일철학은 인간 영혼의 자기 인식의 학이다. 그러나 그 경우 그것은 이데아나 형상의 인식을 통해서 가능하지만, 데카르트에서 인간 의식의 자기 인식은 더 이상 그것들의 인식을 통하여 이루어지지 않는다. 그것은 자기가 자기를 직접 인식한다. 의식의 자기 인식의 방법은 방법적 회의로 특징지워지는 직관이다. 이 직관은 플라톤적 진리의 이념, 즉 형식 논리학적 진리의 이념에 종속된다. 그 까닭은 그에게서도 진리는 모든 인식의 확고 부동한 근거로서 영원 불변적이며 추호도 의심의 여지가 없는 절대 확실한 것인 데 있다. 따라서 데카르트에서도 진리의 형식적 의미는 플라톤의 진리(이데아)와 동일하다. 그는 방법적 회의를 통하여 의심하는 자아(의식)를 그러한 진리로 확보했다.

진리로 확보된 자아의 가장 근원적인 모습에는 생득 관념이 구비돼 있다. 그 경우 생득 관념은 신, 논리 법칙, 윤리학의 기본 법칙이다. 그것들을 구비한 자아는 감각적인 것이 완전히 배제된 것이라는 점에서 플라톤의 이데아처럼 순수하다. 순수 자아에는 형식 논리의 법칙이 생득적으로 구비돼 있으므로, 그것은 플라톤의 세계 이해의 전제인 이데아와 마찬가지로 형식 논리학적이다. 또한 그것은 플라톤의 이데아와 마찬가지로 실체다. 여기서 데카르트의 제일철학은 플라톤적 제일철학임이 여실히 드러난다.

서양철학, 즉 플라톤적 제일철학은 세계의 형식 논리학적 인식으로 특징지워졌다. 이 점은 자연 이해의 전제가 형식 논리학적인 데서 유래했다. 또한 서양철학은 합리주의로 특징지워지는데, 그것 역시 무전제가 형식 논리학적인 데서 유래한다. 형식 논리학적 세계 인식은 형식 논리학의 최상 개념인 최고 원리(무전제)로부터 세계를 인식하는 것, 즉 연역적 인식으로 특징지워진다. 그렇다면 그러한 세계 인식으로 특징지워지는 플라톤적 제일철학은 하나의 연역 체계다. 플라톤적 제일철학의 이념은 정밀한 인식이다. 그런데 인식이 얼마나 정밀한가 하는 것은 인식이 이루어지는 연역 체계가 얼마나 정밀한가에 의존한다. 즉 연역 체계가 정밀하면 할수록 그 속에서 이루어지는 인식도 그 만큼 정밀하다. 이 같은 맥락에서 우리는 데카르트에 의한 제일철학의 전환을 그 전 제일철학보다 더 정밀한 연역 체계를 마련하기 위한 방법론적 전환으로 본 것이다. 이 전환은 앞서 언급됐듯이 이데아로부터 인간의 의식으로의 전환이다. 그러면 이 전환에서 어떻게 보다 정밀한 연역 체계, 즉 보다 정밀한 인식이 이루어지는가?

플라톤적 제일철학의 이념, 즉 정밀한 인식은 인간의 이성에 의해서 설정된 것이다. 정밀한 인식은 플라톤적 제일철학에서는 인간 이성의 인식론적 이상이다. 이 이상은 그것의 가능 근거를 그것을 설정한 인간 이성에서 해명할 때 더 잘 실현될 수 있다. 인간 이성의 인식론적 이상의 근거가 인간 이성에 있다고 함은 인간 이성이 그러한 이상 실현의 주체임을 의미한다. 그러나 플라톤에서 인간 이성의 인식론적 이상인 정밀한 인식의 가능 근거는 이성이 아니라 이데아다. 비록 이데아가 인간 이성의 봄의 보여진 모습일지라도 그것은 인간 이성에서 근거지워진 것이 아니다. 왜냐 하면 플라톤에서 인간 이성의 봄의 가능 근거는 이데아이기 때문이다. 따라서 플라톤에서 인간 이성의 인식론적 이상의 주체는 인간 이성이 아니라 이데아다. 이성의 인식론적 이상은 그 주체가 이성일 경우 그 실현의 가능성은 그것이 이성이 아닌 경우보다 훨씬 높을 수밖에 없다. 그 경우 정밀한 인식은 이성의 자기 인식에 다름아니기 때문이다. 따라서 데카르트가 이데아가 아닌 인간 이성을 주체로 해서 그것의 인식론적 이상, 즉 정밀한 인식을 실현하려 한 것은 플라톤에 비하면 방법론적으로 매우 진전된 것이다.

인간 이성이 정밀한 인식의 주체라 함은, 그것이 정밀한 인식이 이루어지는 연역 체계를 스스로 구성함을 의미한다. 데카르트에서 인간 이성은 스스로 모든 인식의 절대 부동의 근거, 즉 모든 연역의 출발점인 제일공리(진리)가 됨으로써, 동시에 그것이 생득적으로 구비한 그것의 논리 법칙에 따라 정밀한 연역 체계를 스스로 구성한다. 이러한 이성의 연역 체계의 구성은 이성의 자기 인식의 과정이다. 이 과정에서 세계에 대한 정밀한 인식이 이루어진다. 여기서 세계에 대한 정밀한 인식은 이성의 자기 인식임이 다시 드러난다. 데카르트적인 연역적 인식론자를 실증성(경험 세계)을 도외시하고 체계의 정합성만을 따지는 독단론자로 보는 이가 있다면, 그것은 데카르트적인 이성의 연역 체계를 잘못 이해하는 데서 유래한다. 그는 결코 그러한 독단론자가 아니다. 그의 이성의 연역 체계는 합리성으로 불린다. 물론 그것은 선험적이다. 그가 독단론자로 불리는 까닭은 그의 합리성이 실증성을 배제하는 것으로 보이는 데 있을 것이다. 그렇지 않다. 그의 합리성 자체가 실증성의 형식, 물론 선험적 실증성을 갖는다. 왜냐 하면 그것은 양을 계산하는 체계이기 때문이다. 그런 이상 그의 합리성 혹은 합리적 자아는 오직 계산되는 것에만 적용된다. 데카르트에서 자아가 적용되는 대상, 즉 자아의 계산 대상은 연장(공간성)으로 표현되는 자연의 본질이다. 따라서 그에게서 자아의 사유(인식)가 감성계의 본질인 연장성에 적용되는 이상, 자아의 인식은 감성계에 국한된다.

그의 이성의 인식 체계, 즉 연역 체계는 칸트에 이르러 지성의 순수 개념들의 체계로 나타난다. 데카르트에서 이성의 인식은 현상계에 국한되지만, 그는 아직 그것을 체계적으로 표현하지는 않았다. 칸트에 이르러 그것은 체계적으로 표현된다. 칸트의 표현에서 결정적인 것은 인식 주관, 즉 지성의 인식 작용이 적용되는 현상계의 선험적 형식들을 시간과 공간으로 보고, 이 시간과 공간을 인식 주관, 즉 감성의 선험적 형식으로 한 데 있다. 여기서도 데카르트의 흔적이 남아 있는데, 그것은 데카르트에서 현상계의 선험적 본질인 공간(연장)성이 칸트에 이르러 감성의 선험적 형식으로 된 데에 있다.

데카르트에서 인식은 현상계에 대한 인식이지만, 현상계가 그 속에서 인식되는 자아의 연역 체계와 그것의 존재론적 상관자인 감성계의 본질인 연장성은 경험적인 것이 아니다. 그것은 선험적이며 순수하다. 그 점은 칸트에서도 마찬가지다. 칸트에서 인식의 가능성의 조건인 지성 개념들과 감성의 형식인 시간과 공간은 경험적인 것이 아니라 선험적인 것이다. 그것들이 경험적이지 않고 순수한 바로 거기에 플라톤의 dialektiké의 특성이 있다.

플라톤적 제일철학의 데카르트적 전환에서 정밀한 인식은 명석 판명한 인식으로 표현된다. 그 같은 인식은 그것의 방법론이 명증적일 경우에 비로소 가능하다. 사실 데카르트에서 확보된 방법론은 명증적일 수밖에 없는데, 그 까닭은 먼저 그의 방법론의 토대(주체)인 사유하는 자아가 방법적 회의를 통하여 명증적으로 확보된 것이고, 그 다음 그렇게 확보된 자아의 토대에 기초한 방법론 역시 명증적인 자아의 본유 관념인 논리 법칙에 의한 연역 체계로 구성된 데 있다. 데카르트에서 자연은 그 같은 방법론에 함축돼 있다. 그래서 자연의 본질은 방법론에 의해서 규정될 수밖에 없다. 그렇게 규정된 자연의 본질이 연장성이다. 데카르트에서 방법론은 자아에 의해서 구성된 것이다. 따라서 자연의 본질이 방법론에 의해서 규정된다고 함은 그것의 본질이 자아에 의해 규정됨을 의미한다. 그리고 이것은 자연의 본질과 자아가 동일함을 의미한다. 양자가 동일한 한에서 자아의 자기 인식은 동시에 자연의 인식이다. 혹자는 데카르트에서 정신의 본질은 사유이고, 자연(물체)의 본질은 연장임[19]을 들어 정신과 자연의 본질이 동일하다고 한 우리에게 반론을 제기할 것이다. 그러나 그 반론은 적합하지 못하다. 그 반론은 정신과 자연이 똑같은 것이 아님을 함축할 뿐 양자가 동일한 것이 아님은 함축하지 않기 때문이다. 똑같음과 동일함은 구별돼야 한다. 즉 정신과 자연은 똑같지는 않지만 동일한 것이다. 정신의 속성은 사유이고, 자연의 속성은 연장이라는 점에서 양자는 똑같지 않다. 그러나 양자는 모두 실체성을 지닌다는 점에서 동일한 것이다. 데카르트에서 실체는 그것이 존재하기 위해 자기 이외의 것을 필요로 하지 않음을 의미한다.[20] 물론 그 같은 실체는 자기 동일적 지속성(불변성)을 형식으로 한다. 그렇다면 이제 정신과 자연은 자기 동일적 지속성으로 구성된다.

자기 동일적 지속성만이 측정이나 계산(합리)의 양식을 가질 수 있다. 따라서 데카르트에서 정신과 자연은 계산(합리)적이다. 양자는 계산의 형식을 취한다는 점에서 동일하지만, 그 계산의 내용에서는 다르다. 즉 정신(사유)이 계산의 주체라면 자연(연장)은 계산의 객체다. 계산의 객체로서의 연장은 규칙적, 반복적, 기계적이다. 그 점에서 연장은 '자기 동일적(불변적)' 지속성을 갖는다. 그러나 자연은 정신이 그것을 표상하는(vorstellen) 한(즉 앞

---

19) *op. cit.*, 1부 53장, 63장.
20) *op. cit.*, 1부 51장

에 세우는 한)에서만 계산된다. 이에 데카르트에서 인식은 이제 표상이다. 즉 자연의 인식은 자아의 자기 표상의 일종인 자아의 자연 표상이다. 물론 이때 자아는 표상의 주체다. 그러나 플라톤에서 자아는 아직 자연 표상의 주체가 아니다. 이제 데카르트에 이르러 세계 인식은 주체의 세계 표상이며, 이 표상으로서의 인식은 계산의 특성을 갖는다. 물론 계산으로서의 인식은 양, 즉 수로 표현된다. 따라서 데카르트에서 정밀한 인식은 계산의 정밀성으로 되고, 그것은 수로 표현되므로 인식의 정밀성은 측정(실증)된다. 이에 플라톤적 제일철학은 데카르트에 이르러 실증학(기술)으로 완성되기 시작한다.

플라톤에서 이데아는 인식 주관의 인식 대상이지만, 그것은 인식 주관에 의해서 표상(구성)된 것은 아니다. 그러나 데카르트에서는 인간 이성이 인식 주체가 됨에 따라 이데아는 인식 주관에 의해 표상된 것(idea)이 된다. 그런 이상, 이데아는 주관의 사물 인식의 완전성으로 된다. 그리고 인식 주관이 계산의 주체이고 인식 대상이 계산되는 것인 이상, 주관의 사물 인식의 완전성으로서의 이데아 역시 수로 표현된다. 이러한 이데아는 이제 정신의 대상화 작용 혹은 표상 작용의 산물이다. 말하자면 인간 표상에 의해서 구성된 상(像)이다. 물론 이 상 자체는 감각적인 것이 아니다. 데카르트에서 감각적 사물이나 세계는 인간이 그리는(표상하는) 상(이데아)에 따라서 인식된다. 이인식은 인간이 그리는 세계의 상에 맞게 세계를 변형, 조작하는 특성을 갖는다. 따라서 이제 표상의 상으로서의 이데아는 인간이 원하는 대로 세계가 정돈되고 배열되는 틀이다. 물론 그러한 틀로서의 이데아는 수로 측정되고 계산된다. 측정과 계산이 정밀하면 정밀할수록 인식도 그만큼 정밀하다. 그러나 그의 철학은 플라톤적 제일철학이 완성되기 시작한 단계이지 아직 완성된 단계는 아니다. 인간 이성을 초월한 초감성적인 것이 데카르트에서 제일원리(무전제)로 간주된 인간 이성이 그리

는(표상하는) 상이 되어 이제 이성에 내재하기 시작하는 점에
서 그의 제일철학은 플라톤적 제일철학 완성의 시작 단계다.
그러나 그에서 이성은 일면 자신을 초월한 것을 자신에 내재화
하면서도 타면으로 그것은 그의 인식의 모든 명증성을 자신을
초월한 초감성적 존재(신)에서 찾는 데서21) 그의 철학은 아직
플라톤적 제일철학의 완성 형태가 아니다. 바로 그 같은 특성
을 지닌 그의 제일철학에서 인간은 아직 감성적 인간이 아니라
감성에 대립되는 이성적 인간이다. 플라톤적 제일철학은 모든
초월적인 것이 감성적 인간의 소산으로 등장하는 실증학에서
완성된다. 실증학(기술학)에서 인식, 즉 계산(측정)은 거의 완
벽에 가까울 만큼 정밀한 상태에 도달한다. 그래서 인간의 실
증적 인식은 인간이 마음먹은 대로 자연을 변형, 조작할 수 있
는 상태에 이른다. 우리는 이것을 시초에 플라톤에서 설정된
제일철학의 이념, 즉 정밀한 인식이 오늘날 실증학의 이념으로
실현중에 있는 것으로 본다. 이에 플라톤적 제일철학은 '실증학
의 형태(실증주의)'로 완성된다. 완성은 다 이루어짐, 즉 종말을
의미한다. 따라서 실증학의 시대인 오늘은 플라톤적 제일철학
은 종말이다.
    그러면 어떤 의미에서 실증학은 플라톤적 제일철학의 완성
태인가? 그것은 우선 플라톤의 이데아가 실증학에서 감성적 인
간이 그린 실증학의 이상적인 인식상(認識象)으로 나타나기 때
문이다. 그 다음 실증학에는 그것의 인식상을 현실화할 방법론
의 틀이 완성돼 있는데, 그 틀의 완성은 플라톤의 이데아 인식
방법, 즉 형식 논리학적 방법의 인식론적 완성이기 때문이다.

---

21) Descartes, Discours de la Méthode La Dioptrique, Les Météores et La
Geometrie, 소두영 역, 동서문화사, 1978년, 62쪽 참조.

3-3. 플라톤적 제일철학에 따른 역사 향방의 시작과 종말

이제까지 우리는 플라톤적 제일철학의 시작과 그 개념, 전개, 종말과 그 형태를 고찰하였다. 서양 역사의 향방은 이 플라톤적 제일철학과 궤도를 같이 한다. 이제 그것이 어떤 의미에서 그런지 해명되어야 한다. 혹자는 서양 역사의 향방이 플라톤적 제일철학에서 시작되었다면, 플라톤철학 이전에는 서양에 역사가 없었는가라고 물을 것이다. 우선 여기서 주의해야 할 것은 서양 역사가 플라톤적 제일철학과 함께 시작한다고 해서, 그 시작을 정확히 플라톤이 태어난 이후를 지칭하는 것이 아니라는 점이다. 그 시작은 플라톤이 태어날 무렵의 고대 그리스를 지칭한다. 플라톤의 철학은 그 무렵 그리스인의 자연에의 관계 방식을 표현한 것이다. 말하건대, 플라톤 철학 이전에도 서양은 있었고 서양 역사의 향방도 있었다. 그러면 대체 서양 역사의 향방이 플라톤적 제일철학과 함께 시작됐다고 말하는 연유는 무엇인가? 그것은 플라톤의 철학이 오늘의 서양 역사 향방의 시작을 대표한다는 것이다. 그렇다면 플라톤이 철학을 하던 그 무렵의 그리스 시대는 종말의 시대다. 그러나 이 종말은 동일한 역사 향방 안에서 새로운 시작을 의미하는 역사학적 종말이 아니라, 그 시대의 역사 향방과 다른 새로운 역사 향방이 준비되는 역사-철학적 종말이다. 하이데거는 오늘의 서양 역사 향방의 시작기(始作基)를 소피스트, 소크라테스, 플라톤이 활동하던 무렵으로 잡고 있다.22) 우리는 이 시작기에 끝난 그 당시 그리스의 역사 향방은 다루지 않는다.23)

---

22) Heidegger, *Was ist das-die Philosophie?*, Pfullingen, 1960, S.24. 하이데거가 역사 향방이라는 용어를 사용하는 것은 아니다. 그것은 필자가 고안한 것이다.

23) 이 점은 Heidegger, *Einführung in metaphysik*(GA Bd 40), Frankfurt / M,1983, §55, 1에 함축돼 있다.

우리는 역사의 향방이 인간의 자연에의 관계 방식에서 규정된다고 했다. 그러면 서양 역사의 향방, 즉 서양인의 자연에의 관계 방식은 무엇인가? 우리는 그 방식을 인간과 자연의 분리를 특징으로 하는 합리주의로 본다. 서양 역사 향방이 그러한 것임은 방금 끝난 플라톤적 제일철학의 논의에서 밝혀졌다. 즉 플라톤에서 인간의 인간다움은 인간이 이데아 안에 서는 데서 가능하고, 인간이 그 안에 서는 것은 그것의 인식을 통해서 가능하다. 이 이데아의 인식에서 인간은 자연과 합리적으로 분리되는데, 그 까닭은 아데아에 감각적인 것이 완전히 배제돼 있는 이상, 그것은 이성적인 것이자 또한 자연과 분리된 것이며, 바로 그러한 이데아 역시 이성에 의해서 인식되기 때문이다. 물론 이데아의 이성적 인식은 형식 논리학적 인식이다. 형식 논리학은 서양 역사의 시작에서 종말에까지 인간과 자연의 분리의 합리적인 방법론으로 등장한다. 그래서 서양 역사 향방은 플라톤에서 오늘에 이르기까지 인간과 자연의 분리를 특징으로 하는 합리주의다. 다만 시대에 따라 그런 합리주의의 양상이 다를 뿐이다. 이제 그 점이 논의될 것이다.

플라톤에서 인간과 자연의 분리가 이루어진다고 해서 인간의 자연 인식이 전혀 없는 것은 아니다. 이데아는 자연 사물의 원형이므로 이데아 인식은 동시에 자연 인식이기도 하다. 그러나 그 인식은 자연 자체의 인식에 초점이 있는 것이 아니라 이데아 인식을 위한 한 방편이다. 이는 자연에 관계하는 기하학, 천문학과 같은 개별학이 이데아 인식의 기초학인 데서 잘 드러난다. 따라서 플라톤에서도 개별학은 이데아의 인식에 동원되고 있다. 우리는 초월 합리적 대상인 이데아 인식으로 특징지워지는 고대 그리스의 역사 향방을 초월적 합리주의로 지칭한다. 아리스토텔레스에서도 역사 향방은 인간이 순수 형상을 닮도록 순수 형상을 인식하는 것이며, 이 인식 역시 합리적으로 이루어진다. 또한 그에게서도 개별학은 역사 향방에 동원된다.

그에게서는 인간뿐만 아니라 존재하는 모든 개별자가 역사적이다. 그것들 모두 역사 향방으로, 즉 순수 형상을 닮으려고 부단히 활동하고 있기 때문이다.

중세의 역사 향방은 인간의 기독교의 신으로의 귀환이다. 이 역사 향방 역시 합리적인데, 그 까닭은 중세 기독교와 그 신을 초월적 합리주의에 입각하여 설명하고 또한 신의 존재를 형식 논리학적으로 증명하는 데 있다. 그리고 중세에서 인간을 역사의 향방으로 동원하는 것은 신앙이다. 그래서 우리는 이 역사 향방을 신앙적 합리주의로 지칭한다. 물론 이 합리주의에서도 인간과 자연은 철저히 분리된다. 왜냐 하면 그 당시 기독교에서 신 혹은 내세는 선하며 가치 있고, 현세나 자연은 악의적인 것으로 간주됐기 때문이다. 이렇게 보건대 중세의 역사 향방은 형식상 플라톤적 제일철학이다. 신앙적 합리주의는 고대 그리스의 초월적 합리주의의 기독교적 변양이다.

데카르트에서 플라톤적 제일철학은 다소 변형되지만, 우리는 그 변형에도 그것은 여전히 플라톤적 제일철학임을 지적하였다. 그의 제일철학이 플라톤적 제일철학인 까닭은, 플라톤의 제일철학적 요소들, 즉 이데아, 인간과 자연의 분리, 형식 논리학적 합리주의가 형식적으로나마 그의 제일철학에 그대로 옮겨진 데 있다. 그리고 플라톤적 제일철학이 그의 제일철학에서 변형을 겪게 된 것은, 위의 플라톤의 제일철학적 요소들이 그의 제일철학에서 의미 변화를 겪는 데 있다.

데카르트에서 인간 이성이 세계 인식의 전제(meta)가 됨에 따라서 이제 이데아는 의미 변화를 겪는다. 플라톤에서 이데아는 자연 사물의 원형으로서 인간 이성의 산물은 아니다. 데카르트에서 이데아는 인간 이성이 그의 본유의 사유 규칙에 따라서 표상한 세계에 대한 명증적 인식상이다. 또한 그에게서 인간 이성은 그의 상에 맞게끔 자연을 합리적으로 변형, 조작함으로써 그것을 지배할 수 있는 주체로 등장한다. 이에 그에게서 이데아는 인간이 합리적으로 표상하는 대로 자연을 정돈하고 배열하는 틀, 즉 인간의 자연 지배의 틀이다. 이것이 바로 데카르트에서 인간과 자연의 합리적인 분리다. 이 분리에서 자연은 인간 이성이 합리적으로 그린 상에 맞게끔 변형되어 인공화, 의인화된다. 이러한 합리주의를 우리는 인위적 합리주의라 칭한다. 이것은 근대 이후 역사 향방이다.

우리는 데카르트에서 플라톤적 제일철학은 아직 완성되지 않고 실증(기술)학에서 완성됨을 밝혔다. 실증학에서 이데아는 감성적 인간이 그리는, 즉 정밀하게 계산, 실증하는 자연의 인공화의 모습이다. 또한 실증학에는 그런 이데아를 현실화할 방법론적 틀이 완성돼 있다. 이런 이상 완성된 또는 종말적 플라톤적 제일철학에서 자연은 인공화되어 인간의 이성 안에 들어옴으로써 인간은 자연과 분리된다. 이 같은 분리의 논리가 데카르트의 제일철학에서 시작되어 실증학에서 완성된 것이다. 여기서 우리는 플라톤과 데카르트 사이에 놓여 있는 '인간과 자연의 분리(합리주의)'의 양식이 다름을 볼 수 있다. 플라톤에서의 그 분리의 논리, 즉 초월적 합리주의는 인간이 자연을 초월하여 이데아로 향하는 것이고, 데카르트에서 그것의 논리, 즉 인위적 합리주의는 자연이 인간이 그린 이데아 안에 들어옴으로써 그것이 인공화, 의인화되어 인간의 지배 대상으로 되는 논리다. 따라서 근대 합리주의의 새로움은 인간과 자연의 분리가 그 전과는 다른 양식을 띠는 데 있다. 그러나 근대의 이 새로움에도 불구하고 중세의 종말은 역사-철학적 종말이 아니라 역사학적 종말이다. 왜냐 하면 그 새로움으로 특징지워지는 근대의 역사 향방도 실은 고대 역사 향방, 즉 초월적 합리주의와 전혀 다른 것이 아니라 그것의 인식론적 혹은 방법론적 변양이기 때문이다. 그런 이상, 근대의 인위적 합리주의는 플라톤의 초월적 합리주의에 그 씨앗이 있다. 이것은 초월적 합리주의는 인위적 합리주의의 먼 기원임을 의미한다. 이 점은 플라톤의 초월적 합리주의에 인간학의 씨앗이 숨어 있고, 이 숨어 있는 그것이 실증학에서 인위적 합리주의로 완전히 성장했음을 의미한다. 인위적 합리주의는 인간학주의 또는 인간학의 형태다. 이에 플라톤적 제일철학은 인간학의 형태로 완성된 셈이다.[24] 플라톤에서 인간학의 씨앗은 이성의 이데아 인식, 즉 이성을 초월한 이데아는 또한 이성의 봄의 보여진 모습이라는 데에 미약하게나마 숨어 있다.

인위적 합리주의는 자연만을 합리적으로 인공화하는 것이 아니라 인간 사회도 합리적으로 인공화하는데, 그렇게 인공화된 사회 체제가 자본주의, 즉 시장 경제 체제와 공산주의 체제다. 이들 사회 체제는 인간의 자유와 평등의 조화를 추구한다. 특히 공산주의는 플라톤의 초월적 합리주의에 기초한 이상국가가 인위적 합리주의의 양식으로 변형된 것이다. 그러나 공산주의가 종말을 고한 탈이데올로기 시대 인위적 합리주의는 경제적 합리주의의 형태로 나타나고 있다. 자본주의, 즉 경제적 합리주의에서 인간에게 자유가 주어지는데, 그 자유는 플라톤적 제일철학이 완성된 데 따른 자유다. 이 자유가 어떤 의미에서 그것이 완성된 데 따른 산물인지, 그리고 그러한 자유가 참된 자유인지는 다음 절에서 논의하기로 하자.

우리 시대는 플라톤적 제일철학의 종말이지만, 이 종말은 우리 시대에 비로소 시작된 것은 아니다. 우리는 그 시작을 플라톤적 제일철학의 사관, 즉 진보 사관이[25] 종말을 고한 무렵에서 찾는다. 그러나 그것이 종말을 맞았다고 해서 오늘의 역사 향방, 즉 자연의 인공화에 기초한 정보화, 세계화, 무한 기술 경쟁을 특징으로 하는 경제적 합리주의가 당장 중단되는 것이 아

---

24) Heidegger, "Überwindung der metaphysik", in *Vorträge und Aufsätze*, 82.
25) 이것은 인류 역사는 인간이 그린 이데아에 맞게 따라 역사가 합리적으로 진보한다는 것이다. 인류 역사가 절대 정신의 변증법적 전개 과정이라는 헤겔의 史觀도 진보 사관의 일종이다.

니라는 점에, 따라서 그것이 상당히 오래 지속될 수도 있다는 점에 주의해야 한다. 말하자면 플라톤적 제일철학이 종말이라는 것은, 그것의 사유 양식, 즉 실증주의의 사유 양식이 지금 즉각 중단됨을 의미하는 것이 아니라, 감성적 인간의 의식 속에 그려진 이데아를 감성적 인간이 현실화할 방법론의 틀이 완성됐음을 의미한다. 따라서 종말의 시대에도 실증주의의 사유 양식은 즉각 중단될 수 없는데, 그 까닭은 플라톤적 제일철학의 이념은 모든 감각적인 것을 그것의 이데아, 즉 관념적 완전성에 이를 때까지 그것을 변형, 조작하는 데 있기 때문이다. 이러한 이념은 모든 감각 사물은 그것의 원형인 초감각적 이데아와 같아지고자26) 이데아를 영속적으로 사랑한다는 플라톤의 철학에서 유래함은 물론이다.

인위적 합리주의가 플라톤적 제일철학의 종말이라는 의미는, 그것이 플라톤적 합리주의가 전개될 수 있는 최종 형태라는 것이다. 그러나 그 최종 형태는 당초 플라톤이 의도한 것과는 전도된 형태, 즉 이성적 인간에 의한 초감성적 이데아 세계의 정밀한 인식이 아니라 감성적 자연을 감성적 인간이 그린 정밀한 인식상에 맞게끔 변형, 조작하는 인식의 형태다. 따라서 플라톤적 제일철학은 당초 그것의 이념과는 전도(顚倒)된 이념의 형태로 완성된 셈이다.27) 플라톤적 제일철학의 전도화(顚倒化)에 결정적인 방법론적 역할을 한 것이 데카르트의 제일철학이다. 이 전도화의 시작이 중세와 구별되는 새로운 시대, 즉 근대의 시작이다. 그러나 그 전도화는 여전히 인간과 자연의 분리로 특징지워지는 합리주의의 틀 안에서 진행된다. 그 전도화가 역사-철학적 전환이 아니라 역사학적 전환인 까닭이 여기에 있다고 하겠다. 그러나 지금은 플라톤적 역사 향방, 즉 인간과 자

---

26) Platon, *Phaidon*, 75ab.
27) 이런 의미에서 하이데거는 인간의 본질을 감성(동물성)으로 규정한 니체에서 플라톤적 제일철학은 종말을 고한다고 했다.

연의 분리로 특징지워지는 합리주의의 방법론적 틀이 완성된 시대다. 이런 의미에서 오늘날 흔히 불리고 있는 역사의 종말, 인간의 종말이라는 것이 이해돼야 한다. 종말에는 항상 새로운 시작이 움트고 있음을 상기하면, 우리 시대는 동시에 새로운 시작의 시대이기도 하다. 우리 시대의 시작의 새로움은 근대가 시작될 무렵 중세에 비해 근대가 지니고 있는 그 새로움과는 다르다. 그 까닭은 우리 시대의 새로움은 플라톤적 제일철학의 역사 향방과는 다른 역사 향방이 준비되고 있는 데 있다. 우리 시대의 종말이 역사학적 종말이 아니라 역사–철학적인 종말인 까닭이 바로 여기 있다. 우리는 우리 시대에 준비되고 있는 역사 향방을 현상학적 역사 향방이라 지칭한다. 이제 그 새로운 역사 향방의 윤곽이 제시될 차례다. 그 전에 플라톤적 역사 향방의 오도(誤導)됨과 그에 따른 인간 세계의 종말적 징후를 살펴볼 것이다.

4. 플라톤적 역사 향방의 현상학적 전환

4-1. 플라톤적 역사 향방의 유사(類似) 진리성과 그에 따른 인간의 탈-인간화

역사 향방은 인간의 자연 이해와 인간의 인간성을 규정하는 것이므로, 어떤 한 시대의 인간의 자연 이해와 인간의 인간성이 어떠한가는 그 시대의 역사 향방에 의해서 규정된다. 각 시대의 인간 힘은 바로 그러한 역사 향방에 총동원된다. 인간 힘을 역사 향방으로 총동원하는 양식이 한 시대의 사회 체제로 나타난다. 따라서 각 시대의 사회 체제나 그 양식은 그 시대의 역사 향방에 의해서 규정된다. 역사 향방은 궁극으로는 인간의 인간성과 그 존엄성의 유지, 고양을 지향한다. 따라서 어떤 한 시대 인간의 인간성과 그 존엄성이 유지 고양되고 있는지를 알아보는 것은 그 시대 역사 향방의 성격으로 귀결된다. 우리에게 지금 직접 문제가 되는 시대는 오늘이다. 즉 오늘의 역사 향방의 특성과 이 특성에 따른 인간성이 어떠한가가 우리의 관심사다. 한 시대의 역사 향방은 그 시대의 인간의 인간성과 자연 이해를 규정하므로, 오늘의 인간성이 어떠한가는 오늘의 자연 이해에서 단적으로 나타난다.

오늘 우리 사회는 우리의 모든 역량이 경제적 합리주의로 총동원되는 현실에 처해 있다. 우리의 모든 역량을 총동원하는 양식도 합리적(기술적)으로 이루어지는 데 경제적 합리주의의 특징이 있다. 그리고 총동원의 기술적 양식을 고안, 실행하는 것은 경제적 합리주의의 최첨단을 걷고 있는 실증학, 즉 기술 경제학이다.[28] 그에 따라 사회 체제는 물론 사회 체제가 미치는 사회 구석구석에는 기술 경제의 논리가 철저하게 침투해 있다. 이에 사회의 모든 제도와 단체는 기술 경제 체제로 탈바꿈하고 있다. 이 기술 경제 체제에서 한 개인이나 사회 단체의 모든 역량은 물론 삶의 터전인 천부의 자연도 경제적 가치로 환원된다. 이제 세계의 모든 국가는 모든 것을 경제적 가치로 환원하는 하나의 포괄적인 경제적 합리주의의 틀 속에서 움직이고 관리된다. 세계의 모든 국가를 그러한 하나의 틀 속에 묶는 것을 가능케 한 것은 컴퓨터다. 포괄적인 경제적 합리주의는 방대한 정보로 짜여진 하나의 방대한 정보 체계며, 방대한 정보를 효율적으로 분류, 조직, 관리하는 것은 컴퓨터로써 가능하기 때문이다. 이에 경제적 합리주의의 사회는 정보 사회, 컴퓨

---

28) 경제적 합리주의에서 과학 기술과 경제학은 필연적으로 결합한다. 그래서 기술경제학이 탄생한다. 기술경제학과 경제적 합리주의는 불가분적이지만, 구별된다. 전자는 실증학이고 후자는 철학이다. 즉 경제적 합리주의는 탈이데올로기 시대의 역사의 향방이고, 기술경제학은 인간과 사회의 모든 능력을 총동원하여 인간과 사회를 탈이데올로기적 역사의 향방에 따르도록 하는 기술에 관한 학이다.

터 사회이기도 하다. 그런 사회에는 어떤 사악한, 그러나 경제적 합리주의 체계 안에서는 선망의 대상이 되는 유능하고 촉망한 한 개인이나 집단이나 국가에 의해 사전에 치밀하게 준비된 컴퓨터 조작으로 특정 국가를 하루 아침에 부도 국가로 내몰 가능성이 충분히 잠재했다. 만약 그렇게 된다면 그 국가의 영토는 물론 국가 구성원 모두가 부도 상품이 된다. 그후 그 국가의 운명은?

기술 경제 체제 사회는 치열한 경쟁 체제, 특히 경제 경쟁 체제로 구성되기 때문에 그 사회에서 개인, 집단의 모든 역량은 경제적 가치로 환원될 수밖에 없다. 경쟁은 끝없이 이루어지며 또한 거기에는 승자와 패자가 있다. 몇 번이고 경쟁에서 패한 개인이나 집단은 끝내 경제적 소모품, 즉 퇴물이 되어 결국은 퇴출된다.29) 이렇게 퇴출된 경제적 소모품은 한낱 물체만큼의 경제적 가치도 지니지 못한다. 급기야 비열한 물리적 생명을 유지하기 위해 끝내 자기 신체의 일부분, 즉 장기(臟器)의 일부를 팔아야 하는 경우도 배제할 수 없다.

물론 양육강식의 컴퓨터화된 사회에서 그 구성원 모두는 헌법에 보장된 기본적 자유를 누린다. 따라서 그 사회는 모든 사람이 자유로운 사회다. 그런 점에서 그 사회는 헤겔의 철학이 이상으로 삼은 인류 역사의 종말 형태다. 그러나 그 사회에서 누리는 자유를 참된 자유라 할 수 있는가? 그 자유가 인간의 모든 역량을 경제 가치로 환원하여 인간의 탈-인간화 현상을 사회 곳곳에 야기하는 경제 경쟁의 자유를 말하는데도 그렇게 말할 수 있는가? 모든 자유 민주주의 국가는 헌법에 국가도 함부로 침범할 수 없는 국민의 기본권을 합법적으로 보장하고 있다. 실제로 시장 경제 체제 국가는 적어도 국민의 천부적 기본권으로 불리는 자유를 함부로 침범할 수 없다. 그러나 그것은 경제 활동의 자유를 함부로 침범할 수 없다는 자본주의 국가의 불문

---

29) 이 퇴출의 논리가 경제적 합리성에 따른 구조 조정이다.

율에 근거한다. 그렇다면 자본주의 국가에서의 자유는 실은 경제 활동, 즉 경제적 경쟁을 보장하기 위한 수단적 자유다. 자유가 수단적 자유인 이상, 그 자유를 향유하는 인간 역시 수단적 존재다. 이 자유가 인간을 탈-인간화하는 수단적 자유라면, 그 자유가 참된 자유가 아닌 까닭이 좀더 명료해지지 않는가? 이쯤 되면 기술 경제 체제의 사회가 비인간적인 사회임이 충분히 짐작될 수 있지 않는가? 그러한 사회에서 인간의 인간성과 존엄성이 유지될 수 없음은 물론 상실됨은 명확하다. 이에 컴퓨터화된 사회, 즉 기술 경제 체제의 사회는 인간의 탈-인간화 현상이 만연되고 심화되는 사회라 할 수 있다.

우리가 논의한 경제적 합리주의 사회에서의 수단적 자유, 즉 인간의 탈-인간화 현상이 대체 플라톤적 제일철학의 완성과 무슨 관계라도 있는가? 물론 있다. 종래 감성적 인간은 자신을 초월한 초감성적 이데아에 종속, 제약돼서 그것으로부터 자유롭지 못했다. 그러나 그것이 데카르트에서 전도화를 계기로 완성됨에 이르러 인간을 초월한 이데아도 감성적 인간이 그린 상이 됨으로써, 그리고 감성적 인간은 그 상을 실현할 방법의 틀을 완성함으로써 인간은 그것으로부터 자유롭게 되었다. 물론 인간의 이러한 자유는 실증적 사유 양식에 의한 인간의 자연 지배에서 유래한다. 오늘의 탈이데올로기적 시장 경제 체제, 즉 경제적 합리주의에서 인간이 누리는 자유는 바로 그러한 자유다. 또 그러한 자유가 경제적 합리주의의 핵심이라면, 그것은 플라톤적 제일철학의 사회적 완성태다.

이제 자유 민주주의에서의 자유는 완성된 플라톤적 제일철학의 자연 이해, 즉 인간의 자연 지배에 근거함이 밝혀졌다. 그리고 인간의 자연 지배의 자유는 인간의 자연에 대한 진리의 인식에서 유래한다. 이에 자유와 진리는 불가분적이다. 이 경우 자연에 대한 진리는 인식론적으로 구성된 것으로 감성적 인간이 그의 사유 법칙에 따라 그린 상에 맞게 자연을 변형하는, 즉 인공화하는 방법의 진리다. 자본주의의 진보는 인간의 자연의 인공화의 발전에 비례한다. 그리하여 모든 국가가 하나의 포괄적인 경제 체제의 틀 속에서 움직이는 탈이데올로기적인 자본주의는 인간 복제, 인간과 동물의 세포 결합, 인간과 동물의 합성이 현실화될 수 있는, 안방에서도 화성 곳곳을 인터넷이나 텔레비전을 통해 지켜볼 수 있을 정도의 고도로 발전된 자연의 인공화의 기술에서 가능하다. 바로 그러한 자연의 인공화에 기초한 사회 체제가 기술 경제 체제다.

그러나 자연을 인공화하는 기술의 진리는 자연 자체가 아닌 것을 마치 자연 자체인 것처럼 조작하는 방법(수단)적 진리다. 따라서 그것은 가상적 진리, 유사 진리다. 우리는 방금 경제적 합리주의 사회에서 자유도 그러함을, 즉 수단적 자유(유사 자유)30)를 살펴보았다. 우리는 완성된 플라톤적 제일철학을 실증주의, 즉 인위적 합리주의로 명명한 바 있다. 실증주의는 자연을 변형, 조작하는 실증학의 사유 양식을 철학의 합당한 사유 양식으로 보는 일종의 철학이다. 그러니까 실증주의에서 철학적 문제는 실증학적 방법으로 가능하다. 그렇다면 실증주의의 진리 개념도 방법적 진리, 유사 진리, 가상적 진리다. 실증주의 혹은 그것의 변양인 경제적 합리주의가 오늘의 역사 향방이라 함은, 인간의 모든 역량이 방법적 진리와 자유로 기술적, 효율적으로 총동원됨을 의미한다. 그러니 오늘날 인간의 탈-인간화 현상은 점점 가속화될 수밖에 없다. 우리는 역사 향방, 즉 제일철학의 무전제를 실증학적 진리와 구별하여 진리 자체 또는 지혜로 규정하고, 인간은 바로 그러한 지혜를 추구하여 그것 안에 서는 데서 존엄성과 인간다움을 지닌다고 하였다. 이렇게 볼 때, 오늘날 인간의 탈-인간화 현상은 오늘의 역사 향방의 유

---

30) 서양인의 자유는 바로 이러한 자유다. 따라서 헤겔이 동양인에게는 자유가 없고 서양인에게 자유가 있다고 한 것은 엉터리다. 노자의 道 안에 서는 것이 자유라면 진정한 의미의 자유는 동양에 있다.

사 진리성에서 유래함이 다시 입증된다.

오늘의 역사 향방, 즉 경제적 합리주의는 플라톤적 제일철학의 사회적 완성태이므로 그것의 유사 진리성은 플라톤적 제일철학이 전개되는 도중에 길을 잘못 가서 생긴 현상이 아니라 플라톤의 철학 자체에 그 싹이 있는 것이다. 그럴 수밖에 없는 것이 인간의 탈-인간화 현상은 인간과 자연의 분리에서 시작되는데, 플라톤 철학은 바로 그 분리에서 시작됐기 때문이다. 그후 플라톤적 제일철학의 완성 과정은 인간과 자연의 분리가 기술적(합리적)으로 점점 심화되는 역사라고 할 수 있다. 그 분리가 심화되면 될수록 인간의 탈-인간화도 심화된다. 따라서 서양 역사는 인간의 탈-인간화가 기술적으로 심화되는 역사로 특징지워진다. 오늘은 그 분리의 방법론적 틀이 완성된, 그래서 자연이 인간의 이성 안에 완전히 갇힐 정로로 인공화되어 인간이 자연 자체로부터 완전히 분리될 정도며, 이 분리의 징후, 예를 들면 환경 오염, 환경 호르몬, 인간의 탈-인간화에 대한 점증하는 무감각성이 종말적 징후로 나타나고 있다.

플라톤은 인간의 인간성을 고양하기 위해 철학의 비실증학적 성격을 요구한 대표적인 철학자 가운데 하나다. 그래서 혹자는 플라톤의 철학에 실증성이 개입돼 있다는 우리의 주장에 당혹해 할 것이다. 이제 우리는 어떤 의미에서 그의 철학에 실증성이 개입돼 있는지, 그리고 그에게서 그것이 개입된 까닭이 무엇인지 살펴보고자 한다.

플라톤의 철학의 실증적 성격은, 인간의 인간성과 인간의 자연 이해를 규정하는 무전제, 즉 이데아에 기인한다고 하겠다. 혹자는 플라톤의 이데아는 실증적 성격이 없다고 할 것이다. 주로 실증성의 성격을 인간의 감각적 경험에 의해 증명 가능한 것에 한정시키는 이들이 이에 속할 것이다. 실증성이 증명 가능성을 의미하는 것은 맞다. 그러나 그들의 실증성 이해는 협소하다. 왜냐 하면 증명가능성에는 순수 논리적으로 증명 가능한 것이 있고, 감각 경험에 의해서 증명 가능한 것이 있기 때문이다. 우리는 전자의 실증성을 선험적 실증성으로, 후자의 실증성을 경험적 실증성으로 지칭한다. 전자에는 형식 논리학적 사유, 수학적 사유가 속한다. 이데아가 선험적 실증성인 것은 그것이 형식 논리학적 특성을 띠는 데 있다. 우리는 이 점을 이데아가 형식 논리학적 범주 혹은 개념으로 표현된 데서 볼 수 있다. 이렇게 이데아는 형식 논리학적 성격을 지님으로 해서 그것의 인식 방법 역시 형식 논리학적 방법일 수밖에 없다. 우리는 플라톤에서 그 방법이 추리를 본질로 하는 dialektiké임을 보았다. 우리가 인간의 영혼을 순수하게 하는 방법으로 본 그것은 인간의 영혼을 이데아에 동화시키는 방법이며, 그런 의미에서 그것은 인간 사유(이성)의 질서를 이데아의 질서로부터 정초하는 방법이다. 이렇게 이데아는 형식 논리학적 영역과 형식 논리학적 방법성을 동시에 지니고 있다. 이 같은 대상 영역과 방법성을 동시에 가진 학문을 우리는 선험적 실증학이라 지칭한다. 그런데 이데아의 세계, 즉 형식 논리학의 선험적 대상영역은 실증학의 선험적 한계 영역이며, 이데아 인식의 방법론, 즉 형식 논리학은 실증학의 선험적 방법론이다. 이에 플라톤의 이데아론은 선험적 실증학이라 하겠다.

선험적 실증학은 실증학의 학문성에 대한 탐구 또는 실증학에 대한 메타 탐구로 특징지워진다. 그런 의미에서 플라톤의 철학은 학문의 학문이다. 그것은 실증학에서 실증적인 것(감각 사물)을 표현할 때 사용하는 근본 개념들의 영역(형식 논리학의 영역)과 그것들의 상호 관계, 질서 및 그것들의 인식 방법을 탐구하는 학이다. 이 학은 동시에 실증학의 선험적 한계를 탐구하는 학이기도 하다. 그런데 실증학에서 보면 실증학의 근본 개념들과 그것들의 인식 방법을 탐구하는 선험적 실증학, 즉 플라톤의 철학은 실증학의 도구다. 그리고 실증학의 도구로서 그것은 실증학의 방법론이다. 그렇다면 플라톤적 제일철학은 결국 실증학의 방법학이다. 여기서 우리는 또한 실증학의 학문성이 방법론임을 알 수 있다.

이제 우리의 논의로 분명해진 점은, 플라톤의 철학은 그것이 선험적 실증학이라는 바로 거기에 실증학의 씨앗이 내재한다는 것이다. 그리고 선험적 실증학은 실증학의 방법론으로 밝혀졌다. 그리고 실증학의 방법은 인간과 자연의 학적(합리적) 분리의 방법이다. 이러한 플라톤의 철학의 학적 성격은 제일철학의 학적(진리, 즉 지혜) 성격을 충족시키지 못한다. 그것은 실증학의 학적(진리) 성격을 충족시킨다. 바로 그러한 플라톤철학이 인간의 인간성과 인간의 자연 이해를 규정하는 서양의 역사 향방이 됨으로써, 서양 역사는 자연의 황폐화(인간과 자연의 분리, 자연의 인공화, 자연의 인간 이성에 내재화), 인간의 탈-인간화 현상이 점증하는 방향으로 전개돼 왔다고 할 수 있다. 그것이 서양 역사의 향방임에도 불구하고, 서양 역사가 그러한 방향으로 전개되지 않았다면 오히려 그것이 이상할 따름이다.

이제 우리의 논의로 보건대, 오늘의 종말론적 징후는 서양 제일철학의, 역사 향방의 자기 모순에 있다고 말할 수 있다. 즉 서양 제일철학은 원래 과학적 진리와 구별되는 지혜를 꿈꾸고 출발했지만, 실제 거기서 추구된 진리는 제일철학의 진리가 아니라 실증학의 진리라는 데 있다. 따라서 그 모순은 서양 제일철학이 철학의 진리와 실증학의 진리를 혼동한 데 있다. 그러나 역설적이게도 이 혼동을 야기한 플라톤은 무엇보다 철학에서 지혜의 상실을 심각하게 걱정하였다. 그것은 다음과 같이 나타난다.

뛰어난 철학적 소질을 타고난 사람들이 타락해서 철학이라는 여자는 고독 속에 미혼으로 남고, 이렇게 홀로 고독한 신세가 된 그녀는 고아와 같은 생활을 하게 되고 나중에는 그녀와 전혀 어울리지도 않은 패거리들이 몰려와서 그녀를 능욕하고 오명을 씌운다. 이들은 돈을 조금 모은 자들로서 방금 감옥에서 석방돼 목욕을 한 다음 새 옷으로 단장하고 신랑 같은 모습으로 둔갑하여 그녀가 가난하고 고아가 된 것을 빌미로 결혼을 하려고 한다. 이런 자들이 아버지가 되었을 경우에 거기서 어떤 자식이 태어날까? 그것은 아마 사생아나 하찮은 자식일 것이다.[31]

이렇게도 플라톤은 철학의 타락을 걱정하였건만, 역설적이게도 이미 그의 철학에는 우리가 본 바와 같이 실증학으로의 타락의 씨앗이 깃들여 있으며, 그래서 완성된 그의 철학에서는 지혜에 비유될 수 있는 적자가 아니라 실증학적 진리에 비유되는 사생아나 하찮은 자식이 태어나지 않았는가? 우리의 눈에는 오늘날 경제적 가치를 향해 탈-인간화의 막다른 골목을 돌진하고 있는 그들 후예의 모습이 아른거린다.

4-2. 현상학적 역사 향방의 윤곽

지금은 플라톤적 역사 향방의 종말에서 그것과 '다른 역사 향방(새로운 제일철학)'이 움트는 역사-철학적 종말의 시대다. 그러면 새로운 역사 향방은 어떠한가? 우리는 이제 그것의 윤곽을 밝히고자 한다. 이제까지 서양 역사 향방이 철학의 진리와 실증학의 진리를 혼동한 결과, 그것이 실증학적 진리, 즉 유사진리, 방법적 진리의 특성을 띠었다면, 새로운 역사 향방은 그러한 진리에서 진리 자체로의 전환으로 특징지워질 것이다. 그러니까 새로운 역사 향방은 실증학적 진리와 철학적 진리의 혼동에서 깨어나서 실증학적 진리에서 철학적 진리로의 전환의 형태를 취한다. 이 형태의 윤곽을 논의하기 전에 우리는 플라톤이 왜 그의 이데아를 철학적 진리로 혼동하게 되었는지를 고찰하기로 한다. 그것의 고찰은 새 역사 향방의 윤곽으로의 입

---

31) 이 단락은 Platon, *Politeia*, 495c에서 496a까지의 내용을 추린 것이다.

문이 될 것이다.

플라톤에서 제일철학의 탐구대상인 무전제, 즉 이데아는 초감성적이다. 그의 잘못은 이 무전제, 즉 역사 향방을 초감성적으로 본 데 있지 않고 초감성적인 것에 대한 성찰의 빈약함에 있다. 우리가 보건대 초감성적 차원은 실증성의 차원과 비실증성의 차원으로 나누어진다. 물론 초감성적 실증성은 선험적이다. 말하자면 그것은 실증적인 것의 선험적 형식이다. 이데아는 초감성적 차원에 속하지만 비실증성의 차원에 속하는 것은 아니다. 그것은 선험적이라고 할지라도 실증성을 지니고 있다. 우리는 무전제가 비실증적이며, 그 경우에야 철학은 실증학과 구별되는 학적 의미를 지닐 수 있다고 하였다. 그렇다면 이제서야 플라톤이 철학의 진리와 실증학의 진리를 혼동한 까닭이 밝혀지는 셈이다. 그 까닭은 그가 초감성적인 것이면 무엇이든지 비실증성을 지닌다고 본 데 있다. 그러나, 방금 본 바와 같이, 초감성적인 것이라고 해서 다 비실증적인 것은 아니다.

초감성적인 실증성의 영역은 이성적 사유의 정밀성의 영역이기도 한다. 따라서 그 영역을 철학적 탐구로 본 플라톤의 철학은 정밀한 인식을 그 이념으로 하지 않을 수 없었다. 또한 플라톤이 그 영역을 인간성과 자연 이해를 규정하는 무전제(역사 향방)로 설정한 순간, 그것은 실증학적으로 왜곡, 조작, 은폐, 변형되기 시작했고, 그에 따라 인간성과 자연 이해도 왜곡, 조작, 은폐, 변형되기 시작한 셈이다. 또한 그 순간 진리 자체도 유사 진리, 방법적 진리로 나타날 수밖에 없었다. 따라서 서양 역사에서 진리는 처음부터 도구화, 즉 방법화의 의미를 지녔다. 진리의 도구화(방법화)를 추구하는 것이 이성이다. 그럼으로써 이성은 도구적 의미를 갖는다. 플라톤적 제일철학은 이런 이성을 인간의 본질로 봄으로써 거기에서 인간은 도구로 전락된다. 인간 이성의 도구화는 계산 기능에서 유래한다. 이 같은 이성의 본질에 합당한 세계의 본질은 연장(延長)이다. 세계는 그 본질이 연장인 한에서 그것은 이성에 의해서 계산(조작)된다. 즉 오늘날 인간 이성이 세계 내부의 존재자를 인간이 원하는 대로, 즉 인간의 이데아에 따라 변형, 조작할 수 있는 것도 그 세계가 이성에 합당한 연장적 세계이기 때문이다. 인간 이성에 의해서 계산된 가장 보편적인 세계는 원자론적, 기계론적 세계다. 이 세계는 연장적, 즉 규칙적, 반복적, 기계적 과정으로 구성된다. 따라서 그 세계는 우리의 논의에 의하면 역사 세계가 아니다. 그렇다면 플라톤적 역사 향방은 비역사 세계에서 인간의 역사를 전개시킨 셈이다. 바로 여기에 서양 역사의 모순이 있다. 그 모순이 우리가 고찰한 종말적 징후로 나타난 것이다.

위의 논의로 보건대, 새로운 제일철학의 이념으로 특징지워지는 새로운 역사 향방은 실증성에서 비실증성으로의 귀환에서 시작됨을 알 수 있다. 후설 현상학은 그러한 귀환의 방법을 현상학적 초월론적 판단 중지의 형태를 취하는 현상학적 환원으로 제시한다. 이것은 플라톤적 제일철학의 모순을 해소하는 방법이다. 또한 현상학의 방향에서 플라톤적 제일철학으로서의 서양철학 전체를 근본적으로 치유하여 새로운 역사 향방을 모색한 대표적인 역사(존재·언어) 사유가가 하이데거다.

잘 알려져 있듯이 현상학의 표어는 "사상(事象) 자체로"다. 이 표어는 현상학의 방법적 의미로서 "그것 자체에서 드러나는 것을 그것 자체쪽에서 보게 함",32) "사상을 사상의 자기 소여성에서 심문하고 사상과 유리된 선입견을 제쳐놓음"33)의 생략된 표현이다. 물론 현상학에서도 사상 자체는 무전제적이다. 그러니까 그 표어는 무전제를 왜곡되지 않은 상태에서 보자는 것이다. 그것은 유사 진리, 방법적 진리에서 진리 자체로의 귀환을

32) Heidegger, *Proregomena zur Geschichte des Zeitbegriffs*, Frankfurt, 1979, S. 117.
33) Husserl, *Ideen zu einer reinen Phänomenologie und phänomenologischen Philosophie, Erstes Buch*. hrsg. v. K. Schuhmann, 1977, S. 41.

의미한다. 플라톤적 제일철학에서는 사상 자체로의 귀환은 원리적으로 불가능한데, 그 까닭은 거기에서 사상은 그것 자체의 소여성 방식에서 고찰되지 않기 때문이다. 거기에서 사상은 왜곡된 방식으로, 즉 형식 논리학적으로 주어진다. 따라서 거기서 사상 자체의 소여성의 방식은 잘못 이해되고 있다. 이렇게 플라톤적 제일철학은 사상 자체의 소여성 방식을 형식 논리학으로 잘못 보고, 형식 논리학적으로 사상 자체를 정확하게 제시하는 것을 그 이념으로 하거니와, 그러한 이념이 바로 정밀성의 이념이다.

현상학이 사상 자체로의 귀환을 통해 플라톤적 역사 향방과 근본적으로 다른 역사 향방, 즉 제일철학을 추구하고자 했을 때, 그것이 추구하는 역사 향방의 새로움은 이념의 전환, 즉 정밀성에서 엄밀성으로의 전환에 있다. 정밀성은 실증학의 학문성이지 철학의 학문성이 아니다. 그래서 "정밀한 사유는 단지 존재자를 계산하는 것에만 매여 있으며 전적으로 그것에만 이바지할 뿐이다."[34] 물론 여기서 존재자의 계산은 인간이 그린 이데아에 따라 그것을 변형, 조작하는 것이다. 존재자의 그러한 계산은 존재자의 소여성 방식이 형식 논리학적인 한에서 가능하다. 데카르트가 모든 존재자의 계산 가능성의 지반으로서의 세계의 본질을 연장으로 보았을 때, 그것은 철저하게 형식 논리학적으로 규정된 것이다. 이 경우 형식 논리학은 인간 이성의 사유 형식의 학이다. 그러므로 정밀성을 이념으로 하는 플라톤적 역사 향방에서 자연은 인간학적으로 왜곡, 곡해될 수밖에 없거니와, 그러한 왜곡, 곡해를 우리는 자연의 인공화로 지칭했다.

그러나 엄밀한 사유는 사상 자체로의 원리에 따라 존재자를 계산하지 않고 존재자를 그것 자체에서 사유한다. 따라서 그것

---

34) Heidegger, *Nachwort zu : >>Was ist metaphysik<< in Wegmarken (Gesamtausgabe 9)*, Frankfurt, S. 308.

은 존재자를 형식 논리학적으로 고찰하지 않고 그것을 그것 자신의 소여성에서 고찰하는 것이다. 물론 현상학에서 그것의 소여성은 인간 이성에 의해 계산되는 '초감성적(선험적) 실증성(형식 논리학적 범주)'이 아니라 인간 이성에 의해 실증, 계산되지 않는 선험적 비실증성이다.

플라톤적 제일철학에서 역사 향방적인 무전제는 존재 또는 의식으로 나타났다. 이 점은 현상학적 제일철학에서도 마찬가지다. 예를 들면, 무전제는 후설의 경우 의식이고 하이데거의 경우 존재다. 그러나 차이는 그것들을 사유하는 방식에 있다. 이미 언급됐듯이, 플라톤적 제일철학에서 의식은 형식 논리학적으로(인간의 사유 형식에 따라) 또는 실증학적으로 탐구돼 인간학적으로 왜곡, 곡해되었다. 후설은 그렇게 왜곡, 곡해된 의식을 심리학주의적 의식으로 본다. 따라서 그의 현상학적 제일철학은 심리학주의 비판으로 특징지워진다. 심리학주의 비판의 결과, 획득된 의식이 바로 현상학적 초월론적 의식이라는 무전제다. 물론 이것은 플라톤적 제일철학에서의 초월론적 의식과는 다르다. 이들 의식은 모두 선험적이라는 점에서는 같다. 그러나 차이는 플라톤적 제일철학에서의 초월론적 의식이 선험적 실증성(형식 논리학적 범주)의 차원에 속하고, 후설의 현상학적 초월론적 의식은 선험적이면서도 비실증성의 차원에 속하는 데 있다.[35] 그리고 플라톤적 제일철학의 초월론적 의식에서 해명된 세계가 원자론적, 기계론적 세계라면, 후설의 초월론적 의식에서 해명된 세계는 생활 세계다. 그러나 원자론적 세계는 생활 세계의 한 부분에 불과하다. 마찬가지로 플라톤적 제일철학에서의 초월론적 의식도 후설의 초월론적 의식의 한 부분에 불과하다.

존재는 존재자의 존재다. 이것은 존재자는 그의 존재에서 주

---

35) 이 같은 후설의 초월론적 의식은 선험적 비실증성의 소여성 양식을 취하는 道로 향한 동양철학의 의식(心)에 가깝다고 할 수 있다.

어짐을 의미한다. 이런 의미에서 존재는 존재자의 소여성이다. 그런데 플라톤적 제일철학에서 존재 역시 인간의 사유 형식에 따라, 즉 형식 논리학적으로 사유됐다. 그 결과는 존재는 인간에 의해 계산, 실증되는 것으로 돼서 인간학적으로 왜곡, 곡해된다. 존재 자체는 인간학적인 것이 아니다. 결국 플라톤적 제일철학에서 존재는 은폐, 왜곡, 망각될 수밖에 없다. 존재를 그것 자체에서 사유함으로써 새로운 역사 향방으로의 전환을 시도한 것이 하이데거의 존재 사유다. 물론 하이데거에서도 존재 자체는 선험적 비실증성을 지니고 있다. 플라톤적 제일철학의 존재 사유로부터 규정된 세계 역시 원자론적, 기계론적 세계다. 그러나 하이데거의 존재 자체의 사유로부터 규정된 세계는 그런 세계가 아니라 인간, 신, 하늘, 땅이 사물로 모아지는 그런 것이다. 이것은 후설의 생활 세계와 유사하다.

후설과 하이데거에서 사상 자체, 즉 의식과 존재의 소여성은 시간성이다. 그러나 그것은 연장성, 즉 규칙성, 반복성, 계산 가능성을 갖지 않는다. 이런 시간성에 의해서 규정된 세계가 후설의 생활 세계, 위에서 언급된 하이데거의 세계다.[36] 이들 세계는 역사성을 지니고 있으며, 따라서 역사적 세계다. 이 세계는 인간과 자연은 분리되지 않고 조화되는 세계다. 현상학적 역사 향방은 그러한 세계를 설명하기에 합당하다. 그러므로 현상학적 역사 향방은 역사 세계에서 역사를 전개시킨다. 그러한 현상학적 역사 향방은 인간과 자연의 분리가 아니라 조화를 추구한다.[37] 이 조화는 탈-자연화에서 자연화로의, 탈-인간화에

---

36) 시간성과 세계와의 관계가 상론되어야 하나, 서두에 언급되었듯이 그것은 생략한다.

37) 역사 향방, 즉 무전제가 선험적 실증성에서 선험적 비실증성으로 전환됨에 따라 이 조화가 어떻게 가능한가에 대해서 필자는 여러 논문에서 밝힌 바 있다. 현상학에서의 조화가 이루어지는 것은 주관과 객관이 비분리되는 데 있다. 이 비분리의 지평이 시간성을 띠는 선험적 비실증성이다. 후설에서 그러한 지평(초월론적 의식)은 음영 연속으로 구성된다. 어떻게 시간 지평, 즉

서 인간화로의 전환에서 시작된다.

5. 결론 : 종말이냐 종말론적 전환이냐?

　인간은 역사의 향방을 갖는 한에서 역사적이다. 우리는 그것을 인간의 인간성과 인간의 자연 이해를 규정하는 것으로 보았으며, 또한 그것은 인간의 자연에의 관계 방식을 사유하고 정초하는 제일철학의 진리임을 지적하였다. 우리는 인간이 그러한 역사 향방 안에 서려고 하는 데에 인간의 인간성과 그 존엄성이 있다고 보았다. 그래서 우리는 역사의 목적도 인간의 인간성과 그 존엄성을 유지, 고양하는 데 있는 것으로 본다. 또한 우리는 역사 향방을 통한 역사 이해를 근원적 역사 이해, 즉 역사-철학적 역사 이해로 규정하고, 서양의 역사를 서양의 철학을 특징짓는 플라톤적 제일철학을 통해 근원적으로 이해하였다. 그 결과 우리는 서양 역사의 시작과 종말은 플라톤적 제일철학과 궤도를 같이 함을 보였으며, 그럼으로써 서양 역사를 태동시켜 종말에 내몬 서양의 역사 향방이 플라톤적 제일철학의 이념임을 보였다. 플라톤적 제일철학의 이념은 인간의 인간성과 인간의 자연 이해를 규정하는 무전제(meta)의 정밀한 인식이다. 그리고 그러한 이념은 인간과 자연의 분리로 특징지워지는 합리주의의 형태를 취했다. 서양 역사의 진행 과정은 이 합리주의의 전개 과정이다. 즉 서양 역사는 초월적 합리주의에서 시작하여 이것의 기독교적 변양인 신앙적 합리주의를 거쳐 인위적 합리주의에서 종말을 맞는다. 그리고 인위적 합리주의는 초월적 합리주의에서 싹트고, 데카르트에서 완성되기 시작

선험적 비실증성의 지평이 주관 객관의 비분리의 지평 인지에 대해서는, 필자의 학위 논문 「시간 지평에서의 세계 이해 : 후설과 하이데거의 현상학을 중심으로」(서울대, 1993)를 참조하라.

하여 실증학에서 완성되어, 공산주의가 종말을 고한 탈이데올′
로기 시대에 경제적 합리주의의 양상을 취한다.

인위적 합리주의는 플라톤적 합리주의가 발전할 수 있는 최
종 형태라는 점에서, 그것은 플라톤적 제일철학의 종말 형태다.
물론 그것은 플라톤적 제일철학의 최초의 형태인 초월적 합리
주의의 전도된 형태다. 그 까닭은 초월적 합리주의에서 이데아
는 인간 이성을 초월한 것인데 인위적 합리주의에서 그것은 감
성적 인간이 표상한 자연의 이상적 인식상이기 때문이다. 그리
고 인위적 합리주의가 플라톤적 제일철학의 완성인 까닭은, 그
것이 자연을 감성적 인간이 표상한 인식상에 맞게 변형 조작하
는, 이런 의미에서 인간을 자연에서 분리하는 방법론의 틀을
완성한 데 있다. 이에 인위적 합리주의는 자연을 인공화하는
것으로 특징지워진다. 자연을 인공화하는 인위적 합리주의가
사회에 적용되어 나타난 사회 체제가 공산주의와 자본주의며,
공산주의 종말 후 그것은 컴퓨화, 정보화, 세계화를 특징으로
하는 기술 경제 체제의 경제적 합리주의다. 경제적 합리주의의
특징은 모든 국가가 하나의 포괄적인 기술 경제의 틀 속에서
유지, 존속, 관리되는 것이다. 포괄적인 기술 경제 체제는 인간
의 모든 역량을 경제적 가치로 환원하여 인간을 철저히 경제
동물화한다.

경제적 합리주의는 오늘의 역사 향방이므로 그것은 오늘의
제일철학의 진리다. 이 진리는 자연을 인공화하는 방법적 진리
가 사회에 적용된 것이므로, 경제적 합리주의도 역시 방법적
진리를 면할 수 없다. 방법적 진리는 유사 진리이지 진리 자체
가 아니다. 종말적 역사 향방, 즉 경제적 합리주의의 유사 진리
성은 그것의 원초적 형태인 초월적 합리주의에 유사 진리가 잠
재해 있는 데 따른 필연적 귀결이다. 인간은 유사 진리가 아닌
진리 자체에 서려고 할 때, 인간의 인간성과 존엄성이 유지, 고양
될 수 있을 것이며, 어떤 것을 조작하는 유사 진리 안에 서려고

할 때 인간은 도구화되어 탈-인간화될 수밖에 없다. 그렇다면 유사 진리와 그것의 완성을 역사 향방으로 하는 서양 역사는 탈-인간화, 즉 인간과 자연의 분리의 역사며 이 분리를 방법론적으로 완성하는 역사다. 우리는 완성된 유사 진리에 의해 야기된 탈-인간화에 따른 종말적 징후를 플라톤적 제일철학의 사회적 완성태인 경제적 합리주의 사회에서 분명히 볼 수 있었다.

우리는 인간과 자연의 분리의 방법론적 틀이 완성된 오늘날을 인간과 자연을 분리해온 역사 향방과는 다른 역사 향방이 움트고 있다는 점에서 역사-철학적 종말로 지칭하고, 이 종말을 플라톤적 역사 향방의 현상학적 전환(기)으로 지칭했다. 이 전환은 역사 향방의 정밀성에서 엄밀성으로, 즉 유사 진리에서 진리 자체로의 전환이다. 물론 플라톤적 제일철학도 진리 자체를 추구했다. 그러나 실제로 거기서 추구된 진리는 진리 자체가 아니라 유사 진리다. 우리는 그 까닭을, 플라톤적 제일철학이 사상(진리) 자체에 충실하지 않는 데서 찾았다. 그리고 그것의 사상 자체에의 비충실성은, 그것이 진리의 소여성을 선험적 실증성으로 본 데서 나타난다. 이 실증성은 인간 이성에 의해 계산 가능한 것인 바, 그 전형적인 형태는 형식 논리학이다. 형식 논리학은 정밀성을 이념으로 한다. 플라톤적 제일철학이 인간의 인간성과 인간의 자연 이해를 규정하는 진리 자체를 그것의 소여성에서 추구하지 않음으로 해서 인간과 자연은 그것 자체에서 사유되지 않고, 그래서 인간의 탈-인간화, 자연의 황폐화가 야기된 것이다.

플라톤적 역사 향방과 구별되는 현상학적 역사 향방은 진리(사상)를 진리 자체의 소여성에서 사유하여, 유사 진리에서 진리 자체로의 전환을 시도한다. 현상학에서 진리 자체의 소여성은 선험적 비실증성이다. 물론 이것은 인간 이성에 의해서 계산되지 않는다. 현상학은 진리 자체를, 인간성과 인간의 자연 이해를 규정하는 역사 향방으로 함으로써 인간을 인간 자체에서, 자연을 자연 자체에서 이해할 것을 시도한다. 이러한 현상학적 역사 향방은 탈-인간화된 인간의 인간화, 황폐화된 자연의 자연화를 시도한다. 그럼으로써 그것은 인간과 자연의 조화를 시도한다.

역사의 향방이 유사 진리로 구성된 플라톤적 제일철학이 철학의 본래성 상실의 역사라면, 진리 자체로의 전환을 시도하는 현상학적 역사 향방은 상실된 철학의 본래성을 회복하는 역사가 될 것이다. 현상학적 역사 향방은 지금은 종말적 역사 향방에 잠재해 있을 뿐 현실화되지 않고 있다. 즉 지금은 종말론적 전환이 이루어지지 않고 있다. 그것이 언제 이루질 것인지는 알 수 없다. 역사-철학적 역사이해는 역사를 예측하는 것이 아니다. 그것은 끝내 이루어지지 않을 수도 있다. 문제는 종말적 역사 향방이 계속 지속되고, 그에 따라서 경제 전쟁이 점점 격화되어 인류가 물리적 종말을 고하느냐, 오랜 시간이 걸릴지라도 언젠가는 종말론적 전환이 이루어져서 인류가 경제 전쟁의 위험에서 구원되느냐다. 확실한 것은 지금은 종말론적 전환이 이루어질 때가 아니다. 진리 자체는 경제적 가치와 무관하기 때문에 그것을 추구하는 개인이나 집단(대학)은 경제적 합리주의의 논리에 의거한 구조 조정에 따라 퇴출되기에 적합한 때이기 때문이다.

□ 참고 문헌

Platon, *Phaidon.*
       Politeia.
Aristoteles, *metphysica.*

Descartes, *Principia Philosophiae,* 소두영 역, 동서문화사, 1978.

Discours de la Méthode La Dioptrique, Les Météores et La Geometrie, 소두영 역, 동서문화사, 1978.

Heidegger, *Was ist das-die Philosophie?*, Pfullingen, 1960.

Einführung in Metaphysik (GA Bd 40), Frankfurt / M, 1983.

"Überwindung der Metaphysik", in *Vorträge und Aufsätze,* Pfullingen, 1954.

Proregomena zur Geschichte des Zeitbegriffs, Frankfurt, 1979.

"Nachwort zu : >>Was ist Metaphysik<<", in *Wegmarken (Gesamtausgabe 9)*, Frankfurt 1976.

Husserl, *Ideen zu einer reinen Phänomenologie und phänomen -ologischen Philosophie, Erstes Buch.* hrsg. v. K. Schuhmann, 1977.

피사의 사탑과 트로이의 목마
― 근대 과학의 발전과 형이상학의 쇠망사에 관한 현상학적 추적

박 승 억(성균관대 강사)

1. 발견과 은폐의 천재 : 갈릴레이

코페르니쿠스(Copernicus)가 드디어 지구로 하여금 태양의
주위를 돌게 한 사건은 인류 지성사의 중대한 한 시기를 결정
짓는 것이었다. 근대의 시작을 알리는 이 사건은 그러나 과학
의 무한한 진보라는 희망 가득하고 화려한 면모와 함께 후세
사람들의 날카로운 비판의 비수를 맞게 될 어두운 면 역시 가
지고 있었다. 근대 과학 혁명의 이 어두운 면을 독특하고 분명
한 필치로 드러낸 작품 중의 하나가 바로 후설(Husserl)의 『위
기』[1]다. 후설에 따르면, 근대의 과학주의는 닥쳐올 위기를 잉
태한 번영의 상징이다. 잘 알려진 것처럼(그래서 이제는 그 비
판의 생생함이 사라져버린) 그 위기는 의미 상실의 위기다. 후
설은 이러한 위기를 조장한 가장 중요한 인물로 주저 없이 갈
릴레이를 꼽는다. 후설은 갈릴레이에게 발견과 은폐의 천재라

---

1) Husserl, E. *Die Krisis der europäischen Wissenschaften und die*
transzendentale Phänomenologie, 1954. 후설전집 6[이후 후설의 저작은 전
집판(Husserliana)의 순서에 따른다].

는 영예로운 오명을 부여한다. 그런데 왜 하필 갈릴레이인가? 그것은 아마도 과학적 사고의 변화가 갈릴레이에 와서 비로소 시작되었기보다는 그 변화가 갈릴레이에게 와서 가장 분명한 형태로 제시되었기 때문일 것이다. 러셀(Russell)의 다음 말은 이러한 사정을 완곡하게, 그러나 정곡을 찌르면서 보여주고 있다. "근대 과학이 17세기의 개막과 더불어 마치 아테나 여신이 제우스신의 머리로부터 솟아나왔듯이 완전 무장을 갖추고 갑자기 튀어나와 움직이기 시작했다고 생각하는 사람이 더러 있다. 이보다 더 진실에서 벗어난 생각은 없을 것이다."[2] 예컨대 '등가 속도의 낙하물이 통과한 거리는 그 거리를 지나는데 걸린 시간의 제곱에 비례한다'는 갈릴레이의 주장은 분명 자연을 수학적으로 이해하는 전형적인 모습이다. 길리스피(Gillispie)에 따르면 갈릴레이의 이 등식[3]은 물리량에 적분을 적용한 최초의 예다. 그러나 갈릴레이의 이러한 접근은 당시에 전혀 새로운 것이 아니었다. 즉 이러한 발견을 증명하기 위해 갈릴레이가 사용한 기하학적 증명[4]은 소위 머튼 규칙이라고 불리고 있었다. 그럼에도 불구하고 갈릴레이의 탁월함은 그가 수학적 기법과 철학적 주장이 온통 뒤섞여 있는 곳에서 물리학의 기본 요소를 골라내었다는 데 있다.[5]

후설이 갈릴레이를 발견의 천재라고 했던 점은 과학적 상식을 가진 사람들이라면 누구나 쉽게 알 수 있는 사실이다. 그는 당시 소문으로만 들어보던 망원경을 직접 제작하여 천공에 떠

2) Russell, B. *Wisdom of the West*, Crescent Books, 1959; 『서양의 지혜』, 이명숙, 곽강제 옮김, 서광사, 271쪽.
3) 통상 $S=\frac{1}{2}gt^2$으로 알려진 이 등식을 갈릴레오는 아직 직접 사용하지는 못했다.
4) Galileo, G. *Two New Science*, trans. Stillman Drake, The Univ. of Wisconsin Press, 1974. 166쪽 이하.
5) Gillispie, C. C. *The Edge of Objectivity*, Havard Univ. Cambridge, 1959; 『과학의 역사』, 이필열 옮김, 종로서적. 6쪽.

있는 달이 울퉁불퉁하다는 것을 **본** 사람이며, 이상적인 상황에서 비중이 같은 두 물체는 그 무게와 상관없이 동일한 속도로 낙하한다는 것을 입증한 사람이기도 하다. 갈릴레이의 종교 재판과 피사(Pisa)의 사탑에서 행한 실험에 관한 얘기는 현장 과학자에게는 말할 것도 없고 과학에 문외한인 사람에게도 널리 알려진 스캔들이다. 이 스캔들은 중세의 편협한 종교적 과학으로부터, 그리고 아리스토텔레스(Aristoteles)라는 거장의 천 년 과학으로부터 근대 과학의 태동을 알리는 중요한 사건이었기 때문이다.

이렇게 아무리 높게 평가해도 부족할 것만 같은 과학자에게 후설은 왜 '은폐의 천재'라는, 일견 보기에 악의에 찬 비난을 가한 것인가? 갈릴레이가 무엇을 은폐시켰든지간에 그것은 그의 '발견'과 무관한 것이 아니다. 갈릴레이의 발견과 은폐는 동일한 사건의 양면이다. 후설에 따르면 갈릴레이는 자연의 질서와 구조를 수학적 언어로 표현해내는 방법을 발견한 사람이며, 그러한 방법의 무비판적인 맹신의 결과가 삶의 의미 상실로 이어진 것이었다. 이는 소위 '간접적인 수학화(indirekte Mathematisierung)'라는 개념을 통해 간명하게 표현될 수 있다. 즉 질적 차이를 양적 차이로 환원하는 자연의 간접적인 수학화, 그리고 방법적으로 놀라운 효율성을 보여주었던 '산술화 과정'은 의도하지 않았고 예기치도 않았던 의미의 공동화(Sinnentleerung)로 이끈 것이다.[6]

비록 후설이 명시적으로 언급하지는 않았지만 이러한 일련의 상황은 형이상학의 쇠퇴라는 상황과 연관되어 있다. 물론 이 경우의 형이상학은 소위 **제1철학으로서의 형이상학**이다. 달리 말해, 개별 학문들 일반의 토대를 제공하는 학문으로서의 형이상학이다. 철학사에 익숙한 사람에게는 근세가 시작할 때부터 형이상학이 쇠퇴하기 시작했다는 주장이 낯설 수도 있을 것이다.

---

6) 후설전집 6, 36쪽 이하 참조.

즉 19세기에 이르러 과학이 철학에게 그 궁극적인 결별을 선언했다고 믿는 사람에게 있어 철학은 헤겔 형이상학의 또 다른 표현이라고 생각할 것이기 때문이다. 더욱이 데카르트(Descartes)와 라이프니츠(Leibniz)에게서 시작한 '보편학(mathesis universalis)'의 이념은 '제일철학'의 또 다른 표현이라고 생각할 수도 있기 때문이다. 그러나 후설이 지적하고 있는 것처럼 "보편적 철학과 이에 필요한 방법의 확고한 이상은 소위 철학적 근대와 이것이 발전하는 모든 계열의 근원적 설립으로 시작한다. 그러나 이 이상은 사실상 효력이 발휘되는 것 대신에 내적인 해체를 체험할 뿐이었다"(후설 전집 6, 10쪽).

많은 경우 후설의 근대 과학주의 비판은 '의미의 위기'라는 표현으로 대변되었다. 이러한 압축적인 표현은 분명 후설의 통찰을 가장 잘 드러내는 것임에 틀림없다. 그러나 이러한 비판을 통해 후설이 보여주고자 했던 참된 철학적 이상은 참된 형이상학의 복귀였다. 왜냐 하면 "형이상학의 가능성에 관련된 회의(Skepsis), 즉 새로운 인간을 지도하는 것으로서의 보편적 철학에 대한 믿음의 붕괴는 곧바로 고대인이 억견(Doxa)에 대립하여 참된 인식(Episteme)을 정립한 바와 같은 맥락에서 '이성'에 대한 믿음의 붕괴"(후설 전집 6, 11쪽)를 뜻하기 때문이다. 후설이 여기서 말하는 '이성에 대한 믿음의 붕괴'는 갈릴레이가 발견한 '이성의 힘'과는 서로 같이 갈 수 없는 것처럼 보인다. 바로 그렇기 때문에 후설은 갈릴레이를 '발견과 은폐의 천재'라고 불렀던 것이다. 즉 갈릴레이가 발견한, 아니 근대 과학 혁명을 통해 드러난 이성의 빛은 자신의 혁혁한 전공 속에 자기 파괴적 재앙을 잉태하고 있었던 것이다.

2. 자연의 질서에 대한 수학적 이해

17세기의 과학 혁명을 주도했던 사람들의 사고를 미려한 문장으로 풀어낸 윌레이(Willey)는 당시를 다음과 같이 특징짓는다. "17세기에 과학은 신(God)에 관한 결정적인 논증을 내놓은 것처럼 보였다. 창조에 있어 그의 지혜와 힘의 증거를 보임에 의해."[7] 창조에 있어 신의 지혜란 물론 신이 자연을 **수학적으로 설계했다**는 근대 과학자들의 확고한 믿음을 대변한다. 이 신심 깊은 과학자들의 믿음이 결국 신을 이 지상에서 몰아내게 된 역사적 아이러니는 도외시하더라도 자연이 수학적으로 설명될 수 있으리라는 믿음은 고대 피타고라스(Pythagoras)의 경이에 찬 믿음에 비견될 수 있을 것이다. 그래서 "실재적인 모든 것은 수리 물리학에 의해 운동하는 물질로 기술될 수 있었다. 그럴 수 없는 것은 무엇이든 실재적이지 않든지 아니면 아직은 참으로 설명되지 않은 것이었다."[8]

물론 앞서 인용한 러셀의 말처럼 이러한 견해가 불현듯 튀어나온 것은 아니다. 부르트(Burtt)의 보고에 따르면[9] 이미 스테비누스(Stevinus : 1548-1620) 등의 인물이 힘, 운동 그리고 시간 등을 기하학적 선들로 표현하기 시작했던 것이다. 사실 천체의 운행에 관한 기하학적 접근은 결코 새로운 아이디어였다고 말할 수 없다 : 아니 천동설을 주장하는 천문학의 경우 오히려 더 복잡하고 정교한 기하학적 논의들이 요구되었다. 즉, 천구의 운행 체계가 기하학적이라는 점에 있어서는 코페르니쿠스나 그 이전의 천문학자들(가령, 프톨레마이오스) 사이에는

---

7) Willey, Basil, "How the scientific revolution of the seventeenth century affected other branches of thought" in *History of Science*. ed Cohen & West Ltd, London, 1951. 98쪽.

8) Willey의 같은 글, 100쪽.

9) Brutt, E. A. *The Methaphysical Foundations of Modern Physical Science*, Routledge & Kegan Paul Limited, 1972. 31쪽 참조.

차이가 없다. 고대 그리스의 과학 이래로 자명하게 여겨진 두 믿음은 천구의 운동과 기하학은 모두 완전하다는 것이었기 때문이다. 그러나 코페르니쿠스와 케플러의 혁신적인 사고는 기하학에 대한 통찰에 있었던 것이 아니라 천 년의 전통을 뒤집을 수 있었던 발상의 전환이었다. 이 발상의 전환은 상식을 뒤엎는 것이었다. 우리가 발붙이고 있는 지구가 움직이는 것이 아니라 하늘에 떠 있는 태양이 움직인다는 생각은 모든 사람들이 매일 매일 눈으로 직접 확인했던 사실이었기 때문이다. "그 발견들은 …… 사람들로 하여금 사물들이 그들이 늘 보아왔던 것과는 다르다는 것을 깨닫게 할 만큼, 그리고 사람들이 그 안에서 살고 있는 세계는 실제로는 그들이 그렇게 생각하도록 배워온 것과는 매우 다르다는 것을 깨닫게 할 만큼 충격적인" 것이었다.[10] 윌레이의 이 인용문에서 우리는 후설이 이미 통찰했던 근대 과학의 결정적인 발견을 짐작할 수 있다. 그것은 소위 제2성질이라 불리는 감각적 성질들의 인식론적 평가절하다. 감각 성질들에 대한 이러한 견해 역시 결코 새로운 것이 아니다. 이미 고대 그리스 철학에서 우리는 그러한 입장을 쉽게 확인할 수 있기 때문이다. 그러나 만약 감각적인 성질들이 질적인 것이라는 점에 동의하는 한, 그리스 철학적 세계관과 근대 과학의 세계관 사이에 결정적인 차이가 나타난다. 즉 그리스 철학은 감각 성질의 질적인 측면으로부터 형상(Eidos)이라는 또 다른 질적인 측면으로 고양해간 반면, 근대 과학은 그 질을 모두 양으로 환원해버렸기 때문이다. 즉 그리스 철학자들이 사물을 궁극적으로 질적인, 그래서 환원할 수 없는 구별들로 이끌어서 결국 수학을 감각적 사물과 초월적인 신학적 혹은 형이상학적 관념들 사이의 신성함과 실재(reality) 사이의 중간자(intermediate)로 위치시킨 반면, 예컨대 케플러는 관찰된 사실들 속에서 수학적 조화를 발견해냄으로써 모든 사물의 양적 비율들을 발견하는 수단을 찾아낸

10) Willey의 글, 95쪽.

것이다. 부르트는 이를 "질이 있는 곳에는 언제나 양과 같은 것이 있다. 그러나 그 역이 항상 성립하는 것은 아니"라는 케플러의 말을 인용하여 표현한다.[11] 이러한 발상의 전환은 후설이 지명한 저 위대한 천재 갈릴레이에게 와서 더욱 구체적인 모습으로, 그리고 방법론적으로 좀더 철저하게 실현된다.

갈릴레이가 아리스토텔레스 역학에 반대하여 내놓은 지상의 운동에 관한 주장은 앞서 월레이가 말한 것처럼 상식과는 일치하지 않는 주장처럼 여겨진다. 무거운 것이 가벼운 것보다 빨리 떨어지는 것은 지극히 당연해보이는 가정이기 때문이다. 갈릴레이의 아리스토텔레스에 대한 반박은 기하학의 객관성이, 즉 양적인 성질이 상식적인 경험, 즉 질적 성질에 앞선다는 명시적인 입증이었다. 즉 수학적 증명이야말로 모든 우연적인 사건들로부터 해방된 자연 그 자체의 운동을 보여주는 것이다. 갈릴레이가 살비아티(Salviati)의 입을 빌어 시간, 거리, 속력의 역학적 관계를 삼각형을 이용해 증명하였을 때, 완전한 천체의 운동만이 아니라 불완전한 지상의 운동 역시 엄격한 수학적 질서에 상응한다는 것을 보여준, 더욱이 **그것을 측정할 수 있다**는 것을 보여준 극적인 입증이었다.

갈릴레이는 이 문제와 연관하여 두 종류의 실험을 행한다. 그 하나는 그가 자신의 위대한 저작들에서 행하고 있는 수학적 사고 실험(Denkexperiment)이고 다른 하나는 피사의 사탑이라는 일화를 통해 보여준 실증적 실험이었다. 이 실험들에서 갈릴레이의 객관성 혹은 실증성의 추구는 너무도 명백해보인다. 부르트에 따르면 근대 이전의 과학적 태도는 "…… 인간적인 목적들에 대한 사물들의 관계를 이용해 설명하는 것을 실재적인 것으로" 여겼으며 그러한 설명을 "그 사물들 각각의 관계를 표현하는 작용인(efficient causality)으로 설명하는 것보다 더 중요"하게 여겼다.[12] 만약 그렇다면 자신 이전의 설명 방식과

---

11) Burtt의 책, 56-57쪽 참조.

는 전혀 다른 갈릴레이의 태도는 현재 우리가 소위 '과학적'이라고 부르는 바로 그 태도인 것이다.

갈릴레이 이후의 실험에는 모두 '무한'이라는 아직 근대인들에게도 용인되지 않았던 개념이 숨어 있다.[13] 제논(Zenon)을 통해 잘 알려져 있는 바와 같이, 수학적 무한은 상식적인 역설을 낳는다. 고대 그리스, 특히 아리스토텔레스 이래로 무한은 다만 사유 속에서 가능할 뿐, 어떤 현실적인 개념으로 간주하는 것을 꺼리고 있었다. 갈릴레이 역시 이로부터 완전히 자유롭지는 못했을 것이다. 그러나 그가 자유 낙하하는 물체의 이동 거리, 즉 시간과 속력을 변수로 하는 함수를 일종의 적분 개념을 통해 구했을 때, 거기에는 이미 극한(limit), 연속체 그리고 무한의 개념이 사용되고 있다. 후설 역시 이러한 변화를 정확하게 지적하고 있다.

"…… 유클리드 기하학과 고대의 수학은 도대체 단지 유한한 과제, 즉 유한하게 완결된 아프리오리(a priori)만을 알고 있을 뿐이다. …… 근대 초기에 와서야 비로소 무한한 수학적 지평을 실제로 획득하고 발견하는 작업이 시작된다. 그래서 대수학, 연속체(Kontinua) 수학, 해석 기하학들이 시작하게 된다"(후설 전집 6, 19-20쪽).

후설은 여기에 잊지 않고 하나의 단서를 붙인다. 즉 이러한 수학적 발전을 자연에 투영하는 작업의 첨병이 다름 아니라 갈릴레이였다. "이 갈릴레이식의 자연과학이 성공적 실현의 길로 들어서자마자 곧 (세계 전체에 관한 학문, 존재자 전체에 관한 학문인) 철학 일반의 이념은 변경된다"(후설 전집 6, 20쪽) 후

---

12) Burtt의 책, 5쪽.
13) 예컨대, 실무한 집합을 수학에 도입했을 때 생기는 수학적 불명료함(가령, '전체는 부분보다 크다'라는 명제의 경우)을 갈릴레오 역시 잘 알고 있었다. 이에 관해서는 그의 책(*Two Science*), 첫째 날, 특히 39쪽 이하 참조.

설이 파악한 소위 '의미의 위기'는 바로 이러한 자연 세계에 수학적 '이념의 옷(Ideenkleid)'을 입히는 과정에서 발생한다. 즉 "자연은 근대적으로 표현하자면 그 자체로 수학적 다양체 (Mannigfaltigkeit)가"[14) 되며, 이 수학적 다양체는 생활 세계의 모든 질적 상이성을 추상한, 혹은 모든 사물에 대한 일상적인 경험 속에서 나타나는 주관 상대적 성질들의 간접적인 수학화를 통해 드러난 절대적인 양의 표현이기 때문이다.

피사의 실험에서 드러나는 또 하나의 무한은 바로 이 간접적인 수학화와 관련을 맺는다. 갈릴레이는 많은 사람들 앞에서 같은 종류지만(즉, 비중이 같지만) 무게가 다른 사물을 실제로 낙하시켜 봄으로써[15) 아리스토텔레스의 주장이 틀렸음을 입증한다. 물론 그 낙하 실험에서 무거운 것은 비록 미세한 차이이기는 하지만 가벼운 것보다 빨리 떨어졌다. 그러나 그 차이는 아리스토텔레스가 주장했던 것처럼 무게에 비례한 것이 아니라 실험 상황 때문에 생긴 것이었다. 만약 이 실험적 상황이 이상화될 수 있다면, 즉 현실적인 물리적 세계가 저항이 '0'인 경우가 가능한 수학적 세계라면 갈릴레이의 주장은 옳을 것임에 틀림없다. 이러한 가정에는 '실험'이라는 실제 상황을 고도로 이상화시키는, 그리고 그러한 실험은 점점 더 완전한 상황까지 수렴될 수 있다는 극한적 상황 설정이 들어 있다. 이 극한적 상황 설정은 '무한'의 또 다른 모습이다. 즉,

"순수 수학과 그 적용 영역인 세계의 관련성으로 인해 '항상 다시(Immer wieder)'는 '무한히(in infinitum)'라는 수학적 의미를 얻게 된다. 그래서 모든 측정(Messung)은 설령 도달할 수는 없을지라도 이상적인 동일 극(ideal-identischen Pol)에, 즉 수학적인 이념적 대상들 내지는 그러한 것들에 속하는 수 형성물들 중 어떤 것에

---

14) 후설전집 6, 20쪽.
15) 이 실험이 실제로 행해졌는지에 관해서는 과학사들 사이에 많은 논란이 있지만, 그 사실 자체가 우리의 논의에 본질적인 문제를 제기하지는 않는다.

접근해간다는 의미를 얻게 된다"(후설 전집 6, 40쪽).

결국 갈릴레이의 두 실험, 사고 실험과 실제 그가 행한 실험에는 일종의 이상적 상황으로 끊임없이 접근해가려는 동기가 숨어 있으며 그 동기는 수학적 공식의 형태로 실현된다. 이 수학적 공식의 공허함이 후설이 말하는 바 삶의 의미 상실을 야기하는 가장 직접적인 원인인 것이다. 왜냐 하면, 그 공허함을 가진 수학적 공식이야말로 인간이 몸담고 있는 **이 세계**의 참모습을 기술한 것으로 간주되었기 때문이다. 기하학이 그 발생에 있어 측량이라는 실천적 관심을 가지고 출발했다가 이론적 관심으로 고양되면서 기하학적 대상의 형태들이 이상화되고 극한적인 형태를 갖게 되었던 것처럼 실험도 이론적 관심의 고양에 따라 이상적이고 극한적인 상황으로 고양된 것이다. 이에 따라 인간의 구체적인 삶에 실제적인 영향을 미치는 모든 우연적인 요소들은 자연의 본질적인 모습을 이해하기 위해 제거되어야 할 것들이 된다. 기하학이 그러했던 것처럼 역학도 이상화된다. 갈릴레이는 이러한 변화의 정점에 서 있다. 드루몬드(Drummond)는 이를 다음과 같이 서술한다. "만약 형태 외의 다른 속성들의 변화들을 기하학적 취급으로 다루어낼 수 있다면, 즉 그러한 속성들이 형태의 변화들에 체계적으로 연관될 수 있다면, 모든 그러한 변화에 대한 설명들이 하나의 과학(single science)에서 통일될 수도 있을 것이다. 이러한 조건이 만족될 수도 있다고 생각한 것이 갈릴레이의 위대한 통찰이다."[16]

드루몬드는 이 간접적 수학화를 두 가지 가능성으로 이해한다. 1) 기하학적으로 표현된 도형적(figural) 속성들의 비율들 사이

---

16) Drummond, J. J. "Indirect Mathematization in the Physical Science", in *Phenomenology of Natural Science*, ed. L. Hardy & L. Embree, Kluwer Academic Publ. 1992. 73쪽.

의 등식 혹은 비도형적 속성들의 비율들 사이의 등식을 세우기

2) (산술적으로) 양화 가능한 속성들 사이의 함수적(대수적) 관계들을 세우기[17]

갈릴레이 이래 자연과학은 두 번째 전략을 택한다. 그것은 기하학의 산술화(Arithmetisierung)와 함께 발맞추어 진행되었던 것이다. 예컨대 동일한 대상을 경험하는 두 사람의 색감의 차이는 그들 개개인이 가진 생물학적 차이를 도외시한다면, 빛의 입사각과 굴절률의 차이로 설명될 수 있을 것이다. 늘 그렇듯이 이상적인 상황이라면(따라서 참된 자연의 모습에 따르면) 동일한 색감을 가질 것임에 틀림없다. 모든 질적 차이는 원리적으로는 양적 차이에 기인한다. 이러한 간접적인 형식화가 가져온 결과는 무엇인가? 그것은 토대(Fundament) 망각이다. 이미 『논리 연구』에서 수행한 추상적인 개념과 구체적인 개념에 대한 후설의 논리적 분석[18]에서 모든 의미 기반으로서의 생활세계의 기능은 예견될 수 있다. 근대 과학이 질적인 속성 혹은 구체적인 것(Konkretum)을 추상적으로 고양시키는 과정은 우리 의식의 독특한 자발성이다. 이러한 추상 과정은 일정 한계까지는 계속될 수 있다. 즉 "만약 어떤 일반자(Allgemeine)의 외연 안에 있는 개별자들의 같음(Gleichheit)이 더 이상 완전한 같음이 아니라면, 더 높은 단계의 일반자들이 생긴다. 우리는 완전한 같음을 유사성의 극한으로 파악했었다."[19] 이때 보다 높은 단계의 일반자에 대해 보다 낮은 단계의 일반자는 상대적으로 구체적인 것들이다. 이러한 경우들에서 "가장 낮은 구체적 일반자가 다른 일반자, 즉 그들의 추상적 계기들의 일반자를 기초짓는다."[20] 기초지음의 관계는 가능성의 관계다. 즉 어

---

17) Drummond의 글, 74쪽 참조.
18) 후설 전집 19/1. 제3연구, 특히 2장 참조. 그리고 후설 전집 6. 26쪽 이하 참조.
19) Husserl, E. *Erfahrung und Urteil*(『경험과 판단』), Felix Meiner, 1972. 404쪽.

떤 것이 다른 것을 기초짓는 관계에 있다면 후자의 존립 근거
는 전자에 있다.[21] 따라서 만약 질적 속성들을 간접적 수학화
를 통해 추상화시킨다면, 그 추상적인 것이 가능하게 되는 존
재 토대는 바로 그 질적 속성들이다. 이러한 논리적 관계에 비
추어보면, 근대 과학이 그려낸 참된 세계(즉, 수학적으로 이상
화된 세계)의 논리적(개념의 가능성이라는 측면에서) 토대는
과학이 세계의 참된 시민권을 박탈해버린 감각적 — 질적 성질
들로 충만한 바로 **이 세계(생활 세계)**다. 이로서 갈릴레이를
통한 후설의 근대 과학주의 비판은 일단락지어질 수 있다. 그
러나 후설의 산발적 언급으로 인해 분명하게 드러나지 않지만,
아직도 우리의 관심을 끌고 있는 문제가 남아 있다. 그것은 형
이상학의 문제다.

3. 문제 제기의 변화 : '왜(Why)'와 '어떻게(How)'

후설이 말한 바와 같이 수학적 자연과학이 참된 세계에 관해
우리에게 남겨준 것은 법칙이라는 이름을 가진 수학적 공식들
이다. 이러한 공식들은 분명 자연 현상, 적어도 역학적 현상을
기술(Deskription)하는 표현들이다. 이 단순한 기술은 그러나
이제 설명적 기능을 하는 원리들로 간주된다. 왜냐 하면 그것
은 자연 현상의 움직임을 **법칙적으로** 기술하기 때문이다. 이는
고대 과학과 근대 과학의 가장 결정적인 차이를 보여주는 사고
의 전환이다. 후설에 따르면, 갈릴레이는,

---

20) 『경험과 판단』, 같은 곳.
21) 예컨대, '색'이라는 일반자는 '붉음'이라는 구체자에 의해 기초지워진다.
이 경우에 '색'이라는 일반자 혹은 유적 계기(abstrakte Momente)가 실현
(Realisierung)될 수 있는 공간은 바로 '붉음'이라는 가장 낮은 단계의 종차다.
이러한 기초지음(Fundierung)에 관한 보다 상세한 논의는 후설 전집 19/1,
267쪽 이하 그리고 전집 3-1, 35쪽 참조.

"수학적 자연, 즉 방법적 이념을 발견하고 무한한 물리학적 발견자들과 발견들에 길을 개척하였다. 그는 직관적인 세계의 보편적 인과성(……)에 대립하여 그 이후 곧바로 인과 법칙이라 부르는 것, 즉 '참된(이념화되고 수학화된)' 세계의 '아프리오리한 형식', 그에 따라 — 이념화된 — '자연'에서 일어난 모든 사건들이 정확한 법칙들에 지배됨이 틀림없는 '정확한 법칙성의 법칙'을 발견한다. 이 모든 것은 발견이며 은폐"다(후설 전집 6, 53쪽).

어떻게 이러한 극단적인 변화가 가능했던가? 어떻게 자연 현상에 대한 사심 없는 기술이 인과 법칙으로 돌변하게 되었는가? 이러한 변화는 과학에 대한 태도의 근본적인 변화에 기인한다. 즉 자연 현상의 설명에 있어 아리스토텔레스식의 목적론적 설명 방식으로부터 기계론적 설명 방식으로의 전환에 기인한다. 기계론적 설명 방식에서 원인에 대한 탐구는 목적론적 설명 방식에서의 원인에 대한 탐구와 다르다.

아리스토텔레스는 그의 『자연학』 첫머리에서 우리의 앎을 "우리가 있는 것의 일차적인 원인들 그리고 원리들(arche)을 발견했을 때 그 있는 것에 관한 앎을 갖는다"[22]라고 규정한다. 따라서 아리스토텔레스에게 있어 훌륭한 앎은 원인에 대한 앎이라고 말해야 할 것이다. 그리고 그 원인들에는 잘 알려진 것처럼 네 가지가 있다. 이러한 원인 탐구의 관점에서 수학자와 자연 탐구자 사이의 차이가 드러난다. 즉 수학자는 형상만을 탐구하는 데 반해 자연 탐구자는 형상과 질료 모두를 탐구하기 때문이다.[23] 이제 자연을 탐구하는 자만을 고찰해보자. 아리스토텔레스가 자연 속에 있는 것들의 구성적 원리로서 형상과 질료를 말했으므로 운동(혹은 변화)의 원인 역시 이 두 방식에서 생각할 수 있다. 이 때, 있는 것의 존재와 규정을 결정하는 것은

22) Aristoteles, *Aristotle's Physics. Book Ⅰ&Ⅱ*, trans. W. Charlton, Oxford, 1983. 184a.
23) Aristoteles, 같은 책. 194b4, 194a 참조.

형상이므로 자연 탐구자가 있는 것들을 고찰할 때 보다 많은 노력을 기울여야 할 것은 '형상'이다. 그리고 이 형상은 어떤 변화의 목적(현실태)으로 기능하므로 결국 자연 탐구자가 자연의 운동이나 변화를 탐구함으로써 앎을 얻고자 알 때, 그 궁극의 앎은 변화 혹은 운동의 목적(Telos)에 대한 앎이다. 이러한 탐구는 '왜?'라는 물음을 통해 인도된다. 따라서 '왜?'라는 어떤 원인에 대한 물음은 아리스토텔레스에게 있어 그 물음의 맥락과 연관하여 다양하게 대답될 수 있지만, 자연에 관한 탐구에 있어서 궁극적으로는 그 변화의 최종적인 목적을 제시함으로써 완결되는 구조를 갖는다. 이러한 아리스토텔레스의 입장은 그에 앞선 자연 탐구자들 중, 특히 플라톤(Platon)과 원자론자(Atomist)들을 비판하게 하는 입지를 마련해준다. 즉 아리스토텔레스는 "원자론자들이나 플라톤이 제창한 것과 같은 유형의 자연 학설들을 …… 물리친다. 그들의 학설에서는 실체간의 차이가 궁극적으로 양적, 수학적인 차이로 환원되어버리기 때문이다. 그러한 학설에 대한 그의 주요 반론 가운데 하나는 그것이 자연학의 문제이지 수학의 문제가 아닌데도 불구하고 그들이 문제의 본질을 잘못 알고 있다는 것이다."[24]

근대 과학은 이제 다시 아리스토텔레스의 견해를 뒤집는다. "모든 현상들은 물질과 운동의 개념으로 해명될 수 있었으며, 수학적으로 설명되거나 예측될 수" 있기 때문이다.[25] 아리스토텔레스식의 과학과 근대 과학의 대결은 이제 새로운 과제를 낳는다. "그래서 17세기의 주요한 지적 과제는 실수로부터 진리를 골라내고 허구나 꾸며낸 이야기로부터 사실을 골라내는 것이 되었다."[26] 후설이 인용하고 있는 뉴턴(Newton)의 유명한 말, 즉 근대의 자연과학자들은 "결코 가설을 만들지는 않는다

24) Lloyd, G. E. R., 이광래 역, 『그리스 과학사상사』, 지성의 샘, 1986. 144쪽.
25) Willey의 글, 97쪽.
26) Willey, 같은 곳.

(hyphothesis non fingo)"고 믿었던 것이다.[27) 갈릴레이가 피사의 사탑에서 행한 실험은 바로 **사실을 밝히는 작업**이었다. 이렇게 "실험을 하는 것(experimentation)은" 현대적인 관점에서 보면 "합리적인 의사 결정 과정(decision making process)이다. 그것에 의해 과학자들은 어떤 이론들을 실재의 표상으로 간주하며 받아들여야 하는지 결정하는 자료들을 산출하는 세계에 관여하게" 되는 것이다.[28) 더욱이 그것은 어떤 이론이 참인 해석을 내놓는지 결정하는 중요한 수단으로 기능한다. 이러한 의미에서 근대인의 실증적 합리성은 자연 탐구에서 목적론적 설명을 추방하기 시작한다. 그들에게 있어 그러한 목적론적 설명은 입증될 수 없는 단순한 가설로 여겨졌기 때문이다.

근대 과학 혁명 이전과 이후의 자연 탐구에 있어 사고의 전환은 '왜?'라는 물음으로부터 '어떻게?'라는 물음으로의 변화를 이해함으로써 분명해질 수 있다. 과학 혁명을 선도했던 사람들은 점차 자연을 목적론적 관점에서가 아니라 기계론적 관점에서 접근하기 시작했던 것이다. 예컨대 부르트는 '혁명' 이전 세대를 다음과 같이 특징짓는다. "중세 철학은 사건의 직접적인 어떻게 물음(How) 대신에 그 궁극적인 원인(final causality)을 풀기 시도하면서, 그리고 바로 그 때문에 목적적 원인(final causality)의 원리를 강조함으로써 신(God)이라는 적합한 개념을 자기고 있었다."[29) 그러나 이미 케플러에 오면 궁극적으로 목적적 원인이 아니라 형상적 원인에 그 탐구의 초점이 맞추어진다. 즉 아리스토텔레스 이후의 과학이 그 진행에 있어 겨냥점을 목적적 원인을 해명하는 데 있다면 케플러부터 그러한 목적적 원인에 대한 탐구는 배제되기 시작한다. 케플러에게 있어 형상적

---

27) 후설 전집 6. 41쪽 참조.
28) Crease, R. P, "The Problem of Experimentation", in *Phenomenology of Natural Science*, ed. L. Hardy & L. Embree, Kluwer Academic Publ. 1992. 219쪽.
29) Burtt의 책, 89쪽.

원인은 물론 자연의 수학적 구조다. 즉 케플러는 관찰된 사실들 속에서 발견할 수 있는 수학적 조화가 '왜' 그 사실이 그런지에 대한 적합한 이유(reason), 나아가 원인(cause)으로 이해되는 것이다. "인과성에 대한 이러한 개념은 내용적으로 보면 아리스토텔레스의 형상적 원인이 정확한 수학의 용어로 재해석된 것이다."[30] 이러한 경향이 갈릴레이에 오면 더욱 분명한 형태로 제기된다. 간접적인 수학화를 통해 질적 관계들이 양적 관계로 환원되면서, '원인'을 해명하려는 시도가 '기술(Deskription)' 작업으로 대체되는 것이다. 이렇게 해서 소위 '형이상학'이 자연 탐구의 영역에서 배제되기 시작한다. 그리고 이러한 시작은 기술적(beschreibende) 물리학의 출발을 의미한다.

'허공에 던져진 돌이 왜 다시 땅으로 떨어지는가?'라는 물음에 대한 답변은 '사물은 그 **본성상** 자신이 본래 속한 위치로 되돌아가려 하기 **때문에**'가 아니라 '사물은 그 **본성상** 그렇게 움직이도록 되어 있기 **때문에**'로 바뀌게 된다. 이 두 번째 유형의 답변에 대해 더 나아간 물음, 즉 '왜 그렇게 움직이도록 되어 있는가?'라는 물음은 자연 탐구자에게는 의미 없는 물음이 된다. 그것은 실증적으로 답변될 수 있는 물음이 아니기 때문이다. 그에 대한 답변은 입증될 수 없는 하나의 '이야기'일 것이기 때문이다. 그래서 '이야기로부터 사실을 골라내는 것'이 중요한 과제가 된 것이다. 이 경우의 '사실'은 모든 탐구의 최종적인 심급장이 된다. '사실'은 그 자체로 확정되어 있는 것일 뿐이며, 주어진 것이고 따라서 출발점인 동시에 밝혀내야 할 과제가 된다. 즉 자연에 대한 탐구란 모든 주관적인 것과 객관적인 것이 혼재되어 있는 사실로부터 소위 '있는 그대로의 사실'로 나아가는 것이다. 이를 위한 언어는 가장 '정확한(exakt)' 언어인 수학적 기술이다. 여기에 또 하나의 중요한 변화가 가세한다. 그것은 수학적 기술을 위한 보다 효율적인 연산 방법이 등장하는

---

30) Burtt의 책, 53쪽.

것이다. 후설이 지적하고 있는 것처럼 비에타(Vieta)가 수학에서 기호법의 사용을 가능케 하고 순차적으로 해석학(Analytik)이 발전함에 따라 수학적 구조를 드러내는 모든 방법들이 산술화되어 간다. 이는 기하학적 방법보다 더 극단적인 양화 방법이다. 자연을 탐구함으로써 주어진 개념들, 언어들의 '의미'는 익명의 개념들인 기호로 대체된다. 예컨대 갈릴레이가 '등가 속도로 낙하하는 물체의 이동 거리는 시간의 제곱에 비례한다'고 말한 것이 $S=\frac{1}{2}gt^2$이라는 기호로 바뀌게 된다.

자연에 대한 기하학적 접근은 이제 자연에 대한 해석학적(analytisch) 접근으로 변모하게 되며 그에 따라 인과성에 의지한 자연 현상에 대한 설명조차도 "이제 오직 측정 가능한 속성들 사이의 함수적 연관으로"[31] 이해된다. 자연에 대한 수학적 기술이 함수적(functional) 연관으로 이해됨으로써 형이상학은 결과적으로 참된 학문의 위상을 잃어버리게 될 운명에 처한다. 왜냐 하면 목적론적 자연 탐구는 '왜'라는 물음에 이끌려 세계의 궁극적인 원인에 대한 탐구에까지 소급되지만, 자연의 질서를 순수하게 기술하는 데 만족하는 사람들에게 그것은 기껏해야 가설적 허구일 뿐이기 때문이다. 자연 탐구자는 단지 '사실'로서의 자연이 '어떻게' 움직이는가를 드러내기만 하면 된다. 설령 '혁명' 당시의 과학자들(케플러나 뉴턴 등)이 자신들의 탐구가 신의 지혜를 보여주는 지적인 작업임을 믿어 의심하지 않았지만, 그들의 작업에는 결국 신을 이 세계에서 축출하는 가장 은밀한 방법이 숨어 있었던 것이다. 이에 따라 자연스럽게 '가치'의 문제도 제거된다. 목적론적 관점, 즉 질적 관점에서 자연을 이해할 때, 개입되는 '가치'의 문제는 양적 관점에서의 탐구, 즉 '사실'에 대한 탐구와 '궁극적인 원인에 대한 탐구의 배제'를 통해 제거된다. 자연에 대한 수학적 기술과 실험은 이제 근대적인 방법론의 이념을 형성한다. 그것은 객관성과 실증성

---

31) Drummond의 글, 79쪽.

이다. 이러한 탐구 방식의 전환 혹은 문제 제기 방식의 전환은 다음과 같은 길리스피의 말 속에서 그 결과를 예감하게 한다.

"…… 갈릴레이는 이상적 조건 하에서 돌이 어떻게 낙하하는가를 수학적으로 기술할 수 있었다. 그러나 어째서 그것이 떨어지는가는 설명할 수 없었다. 반면에 아리스토텔레스 물리학은 그 운동을 측정할 수는 없었다. 그러나 …… 아리스토텔레스는 더욱 중요한 것을 할 수 있었다. 그는 왜 돌이 떨어지며 왜 불꽃이 위로 올라가며 왜 별이 그 궤도를 따라 움직이는지를 설명할 수 있었던 것이다."[32]

갈릴레이 역시 이를 알고 있었다. 그 역시 살비아티의 입을 빌어,

"지금은 자연 상태에서 떨어질 때, 속력이 빨라지도록 만드는 원인에 대한 탐구를 하기에는 적당하지가 않은 것 같군. 여기에 대해서는 많은 철학자들이 온갖 의견들을 내놓았다네. 어떤 이들은 중심으로 끌려간다는 이론을, 다른 이들은 물체의 미세한 입자 사이에 미는 힘이 있기 때문이라는 이론을, 또 어떤 이들은 주위 매질들이 떨어지는 물체의 뒤를 메우면서 가하는 압력이 물체를 움직이게 만든다는 이론 …… 지금 여기서 글쓴이가(갈릴레이 : 필자) 이런 움직임의 성질들을 연구하고 증명하려는 것뿐, 이렇게 움직이는 까닭이 무엇인지 하는 것은 뒷전으로 밀쳐놓았어"[33]라고 말하고 있다.

근대 과학 혁명으로부터 시작하는 이러한 탐구 방식의 변화는 극단적으로 다음과 같이 말해질 수도 있다.

---

32) Gillipie의 책, 9쪽.
33) Galilei, G. *Two Science*, 158-159쪽.

"오직 인과 개념의 완전한 배제 아래서만 모든 일어난 관계들(vorkommende Beziehungen)이 보다 넓은 의미의 '함수적인' 것으로 해석될 수 있으며 …… 자연 법칙의 의미와 타당성이 그 어떤 필연성 없이 규칙이라는 의미에서 제한될 때만, 기술적(beschreibende) 물리학 혹은 도대체 자연과학에 관해 말하는 것이 가능하다."[34]

4. 의미의 위기 그리고 형이상학의 쇠망

문제 제기 방식의 이러한 변화는 과학의 발전이라는 전승 기념물 속에 이성적 책임에 대한 무관심을 간직한 셈이다. 이는 세계의 참모습이 수학적 기술(Deskription, Beschreibung)이라는 익명성 속으로 숨어버렸기 때문이다. 즉 후설에 따르면, "이성이란 모든 추정적 존재자, 즉 모든 사물, 가치들, 목적들 등에 궁극적인 의미를 부여하는 것"[35]인데 근대 자연과학의 방법론적 전회는 이러한 의미의 문제를 망각하였기 때문이다. 그것은 일견 불가피한 결과였을 수도 있다. 그것은 마치 트로이의 사람들이 그들의 전승 기념물인 목마를 앞에 놓고 술에 취한 것과 같다. 과학은 끊임없이 자연의 숨겨진 모습을 들추어내었지만, 철학은 결코 그러한 일을 할 수 있을 것 같지 않았기 때문이다. 후설은 이러한 전회가 갖는 아이러니를 다음과 같이 서술하고 있다.

"전체 사고 과정의 이 주목할 만한 전회는 필연적인 귀결이다. 철학은 우선 그 스스로가 문제가 되었고 형이상학의 가능성이라는 형식에서 이해할 수 있게 되었다. 그리고 그와 더불어 앞에서 이야기한 바에 따르면 이성이라는 문제거리들(Vernunftsproblematik)

---

34) Hochstetter-Preyer, A. *Das Beschreiben-Eine logische Untersuchungen zur positivistischen Methodenlehre*, Georg Olms Verlag, 1981. 87쪽.
35) 후설 전집 6. 10-11쪽.

전체의 의미와 가능성에 관여하게 되었다. …… **그러나 가능한 형이상학의 문제는 철학과 불가분의 통일성 속에서 자신의 관련적 의미, 즉 단순한 존재자의 영역에 대한 진리라는 자신들의 의미를 갖는 사실과학들(Tatsachenwissenschaften)의 가능성의 문제를 포괄한다**"(후설 전집6. 9쪽, 강조는 필자).

따라서 후설에게 있어 형이상학적 문제 제기의 포기는 곧 개별 과학의 가능성 역시 위협하고 있다는 것을 의미한다. 물론 이 경우의 형이상학은 '이성'을 문제로 삼는 형이상학이며 바로 그러한 의미에서 '보편적 철학'이다. 이성은 앞서 말한 것처럼 모든 존재자에 관계하는 것이기 때문이다. 따라서 근대 과학이 학문의 영역에서 주관성을 추방했다고 여기는 후설에게 있어 근대 과학의 혁명적 발전은 세계의 참모습을 그려낸다는 그럴듯한 목적 아래서 세계의 주어짐을 수수께끼로 만들고 말았다. 실증주의가 철학을 단두대로 보냈다는 후설의 탄식은 근대 자연과학의 방법론이 야기할 수 있는 가능한 최악의 상황을 단적으로 표현한다. 모든 존재자에게 의미를 부여한다는 의미에서 보편적 혹은 절대적 이성에 대한 무관심은 결국 인간이라는 존재자의 의미와 가치마저도 문제 영역에서 배제하였기 때문이다.36) 그것이 곧 후설이 말하는 삶의 위기다. 삶의 위기가 학문의 위기로부터 온다면 그 학문의 위기는 다름 아니라 보편적 철학, 후설이 꿈꾸었던 참된 형이상학의 위기로부터 온 것이다. 이 위기는 갈릴레이가 자신의 이론과 아리스토텔레스의 이론을 비교하기 위해, 마치 그 운명을 예언하기라도 하듯이, 한쪽으로 기울어진 피사의 탑으로 걸어올라갈 때 예정되었다.

하나의 흥미로운 점은 후설 스스로가 실증주의를 그토록 비판하면서도 자신이야말로 '진정한 실증주의자'라고 공언한다는 점이다. 그리고 현상학의 중요한 방법론으로 '기술'을 채택하고

---

36) 후설 전집 6. 11쪽 참조.

있다. 이는 후설의 작업이 다만 고대의 이상에 대한 막연한 향수가 아님을 보여주는 것이다. 갈릴레이 이래의 학적 탐구 방법의 전회가 갖는 이념은 후설에게 있어서도 유효하다. 즉 '어떠한 가설도 허용하지 않으려는' 태도다. 자연과학자들은 '세계의 주어짐'의 주관적 상대성을 수학적 기술로서 극복하고자 했으며, 후설은 그것을 '현상학적 환원과 기술'을 통해 극복하고자 했던 것이다. 다만 그들의 차이는 이성, 즉 주관성을 이해하는 태도가 달랐던 것이다. 갈릴레이에게 있어 주관성은 오류의 근원이지만, 후설에게 있어 주관성은 세계가 주어짐의 가능 조건이다. 즉 아리스토텔레스의 '부동의 원동자(unmoved mover)'가 존재하는 것들의 존재 의미를 규정하듯, '이성'은 후설에게 있어 존재하는 것들의 의미의 근원이기 때문이다. 또한 바로 그러한 의미에서 이성은 제일철학(Erste Philosophie)으로서의 형이상학의 주제다.

후설의 입장에서 갈릴레이를 비난할 하등의 이유가 없음은 분명하다. 갈릴레이는 과학자였기 때문이다. 즉 갈릴레이의 방법은 그 자체로 타당성을 갖는다. 문제는 그것이 모든 학문 영역과 상관없이 무차별적인 타당성을 갖는 유일한 방법이라는 월권적 주장이다. 비록 갈릴레이의 방법이 '위기' 상황을 잉태한 죄가 있더라도 그것은 갈릴레이의 잘못이 아니라 소위 철학자들의 잘못이다. 자연과학의 방법론적 탁월성을 철학에도 끼워 맞출 수 있으리라고 호들갑을 떤 사람들은 자연과학자들로서가 아니라 철학자로서 말하고 있기 때문이다. 후설이 그의 초기부터 심리학주의와 대결한 것도 이러한 맥락에서 말해질 수 있을 것이다. 현대로 넘어오면서 철학의 새 모습을 주장한 사람들이 이루어낸 결과는 결국 후설이 보기에 단지 철학만이 아니라 학문 일반의 가능성을 위태롭게 한 것뿐이었다. 철학의 새 모습을 주장하려면 오히려 근대 과학의 방법론이 잉태하고 있는 위험성을 직시하고 그 방법론에 제자리를 찾아주는 학문 영역(Region)에 대한 칸트적인 의미의 비판(Kritik)이어야 했다.

인간의 존재 발생과 역사에 대한 시간적 해석

정 은 해(호서대 철학과 강사)

1. 머리말

역사는 인간에게 고유한 것이다. 그러나 역사는 또한 역사 의식을 지닌 사람들에게만 명시적으로 영향을 미치며 존재한다. 다른 말로 해서 역사 의식을 지닌 사람들이 역사를 그때마다 **명시적으로** 존재하게 한다. 이런 한에서 역사는 그 의미에 있어서 '객관적' 내지 고정적으로 머무는 것이 아니라 그때마다 **발생적으로** 존재한다. 역사가 그때마다 발생적으로 존재한다 함은 역사가 그 의미에 있어서 장래를 위해 현재의 인간에 의해 새로 틀지워지고 회복되는 방식으로 그때마다 발생함을 말한다. 다시 틀짓는 역사 회복과 더불어 인간은 그때마다 자신의 존재를 새롭게 이해하고 또 그렇게 새롭게 발생시킨다. 따라서 역사의 발생은 인간의 존재 발생과 동시적이다. 역사의 발생에 대한 물음은 이로써 인간 존재의 발생에 대한 물음을 요구하고, 이것은 인간 존재의 구조에 대한 물음을 선행적으로 요구한다. 이러한 물음들을 탐구한 사람은 누구보다도 하이데거다.

하이데거는 다른 사물들의 존재와 구분하여 인간의 존재를 "염려"라고 규정한다. 하이데거가 말하는 염려는 내가 어떻게 지상의 것들과 더불어 존재해야 하는지에 대한 염려, 곧 자기 존재에 대한 염려를 말하는데, 이러한 염려의 구조 내지 인간 존재의 구조를 형성하고 있는 것은 그에 따를 때 "이해함", "기분 젖음", "옆에 머묾"이다. 이러한 세 구조 계기는 서로간 연관되어 있다. 즉 온갖 이해함은 기분 젖어 있고, 온갖 기분 젖음은 이해하는 식으로 있고, 기분 젖어 이해함은 존재자 옆에 머물면서 있다. 염려의 구조 계기들이 이렇게 통일적으로 있을 수 있는 이유를 하이데거는 현존재의 **근원적-본질적 시간성**이 지닌 통일성에서 찾는다. 그에 따르면 근원적-본질적 시간성은 본래적 시간성이나 비본래적 시간성으로 시간화할 수 있다. 본래적 시간성은 현존재의 본래적인 자기 이해라는 실존적 현상 속에서 드러난다. 이에 반해 비본래적 시간성은 현존재의 두려움, 몰락, 비본래적 자기 이해 등의 실존적 현상들 속에서 드러난다. 시간성은 현존재의 공간성이라는 현상도 가능하게 하는데, 이것은 실존적으로 무차별하게(=본래적 실존과 비본래적 실존의 구분에 무관하게) 수행될 수 있는 것이다.

필자는 이 글에서 하이데거에 의거하면서 하나의 실존적 현상인 **인간의 존재 발생**을 그 시간화 방식에 있어서 주로 검토할 것인데, 이 발생은 **본래적 자기 이해**의 다른 한 이름이자 **본래적 역사성**의 다른 한 이름이다. 발생의 시간화 방식의 검토에 앞서 그러나 필자는 두려움, 불안, 비본래적 자기 이해 등의 다른 실존적 현상들의 시간화 방식을 먼저 다루게 될 것이다. 왜냐 하면 이 시간화 방식과의 비교 속에서만 비로소 발생의 시간화 방식이 명료하게 부각될 수 있기 때문이다. 인간의 존재 발생을 그 시간화 방식에서 검토함을 통해 필자가 보이려 하는 것은 인류의 삶의 영향 연관으로서의 역사와 인류의 삶의 행적으로서의 역사가 인간의 존재 발생과 더불어 발생적으로 존재한다는 점이다.

2. 비본래적 시간성의 수행 방식

2-1. 일상적 자기 이해의 시간성

a) "이해함"이라는 용어는 하이데거에게 있어서 "주제적 파악"이라는 뜻에서의 인식을 말하지도 않고, "설명"과 구분되는 것으로서의 하나의 인식 유형을 말하지도 않는다. 오히려 "이해함"은 하나의 기본적인 실존 규정으로서 "현존재가 그때마다 그것을 위해 실존하는 그런 하나의 존재 가능에 대하여 기투하면서 있음"(SuZ, 445)[1]을 말한다. 하나의 존재 가능(=실존 가능성)에 입각해 자기를 기투하면서 있음은 (실존 가능성으로서의) 자기 자신에· 대해 "관계 맺음(Sichbeziehen)"(SuZ, 451)으로서 실존적으로는 "그때마다 현존재가 그것으로 실존할 수 있는 바로 그런 **그때마다의 가능성**에서부터 자신에게 다가옴"(SuZ, 445)이다. 현존재가 자신에게로 다가옴을 하이데거는 장래의 실존론적 의미라고 말한다. 이해는 "자신에게 다가옴"에 **근거**를 두고 있다.

이때 **자신의 가장 고유한 존재 가능**(=죽음 ; 자기 선택의 자유)에서부터 "자신에게 다가옴"은 본래적 장래로 파악되고, 이에 맞서 배려되는 것(das Besorgte)으로부터 길어내진 **어떤 존재 가능**에서부터 "자신에게로 다가옴"은 비본래적 장래로 파악된다. 비본래적 장래는 비본래적 이해를 가능하게 하고, 이에 반해 본래적 장래는 본래적 이해를 가능하게 한다. 현존재는 이해하는 염려로서 근원적-본질적으로 장래적이다.

---

1) Sein und Zeit (1927), Hg. F.-W. v. Herrmann, 1977, 445쪽.

b) 우선 대개에 있어서 현존재는 배려되는 것에서부터 자기를 이해한다. 배려되는 것은 현존재의 배려적 존재 가능을 위한 것이기 때문에, 그것은 현존재로 하여금 배려되는 것 옆에 배려적으로 머물면서 그 자신에게로 다가오도록 한다. 그 같은 식의 자신에게 다가옴은 하이데거에 의해 용어상 현존재의 "자기 자신의 예기"라고 파악된다 : "현존재는 일차적으로는 자신의 가장 고유한, 무연관적 존재 가능에 있어서 자신에게로 다가오지 않고, 오히려 현존재는 배려하면서, 배려되는 것이 넘겨주거나 거부하는 그 어떤 것에서부터 자신을 예기한다"(SuZ, 446). 예기에 의거한 자기 이해는 배려될 수 있는 것에서부터 나오는 존재 가능에 입각해 자기를 기투하는 것으로 비본래적인 자기 이해로 말해진다. 배려되는 것을 현재화하면서 배려되는 것에서부터 길어내진 가능성들에 입각해 자기를 예기하는 예기적 자기 기투는 이미 현존재의 가장 고유한 기재적(=이전부터 존속하는) 존재 가능의 망각을 의미한다. 그래서 비본래적인 자기 이해에서는 장래의 성격이 "예기"로 파악되고, 현재의 성격은 "현재화"로, 기재성의 성격은 "망각"으로 파악된다. 이런 한에서 비본래적 자기 이해의 시간성은 "망각하며-현재화하는 예기"(SuZ, 449)로 특징지워진다. 이상의 논의를 토대로 비본래적 자기 이해라는 현상의 시간적 의미를 도식으로 표시하여 본다면 다음과 같이 될 것이다 :

배려되는 것의 **현재화** → 배려되는 것으로부터의 자기의 **예기**(= 자기의 고유한 기재의 **망각**)

2-2. 두려움의 시간성 :

현존재는 이해함을 통해서와 마찬가지로 기분을 통해 그 자신에게 개시된다(=드러난다). 기분은 이때 은폐하거나 탈은폐하는 방식으로 현존재를 그의 가장 고유한 피투성(=세계로 또 자기 책임으로 피투되어 있음 ; 피투 존재 ; 피투된 세계내 존재; 피투된 책임 존재) 앞으로 데려온다. 이 점이 의미하는 것은 기분의 실존론적 근본 성격이 "……으로 다시 데려옴"(SuZ, 451)이라는 것이다. 가장 고유한 피투성의 사실 앞으로 다시 데려옴은 실존론적으로 '현존재가 피투된 채(자기 망각적으로건 아니건) 여하튼 존속해왔다'는 사실, 곧 기재성 일반을 근거로 해서만 가능하다. 이런 한에서 기분 젖음은 일차적으로 장래나 현재에 근거를 두지 않고, 오히려 "기재성"(SuZ, 450)에 **근거**를 두고 있다. 기재성에 근거를 두는 기분 젖음의 대표적인 두 가지 양태는 두려움과 불안이다. 이하에서 보여지게 되겠지만, 두려움의 현상에서는 비본래적 시간성의 수행 방식이 확인되고 불안에서는 가능적인 본래적 시간성의 수행 방식이 확인된다.

두려워함은 자신의 대상인 위협적인 것을 일상적인 둘러봄의 방식에 있어서 개시한다. 반면에 단지 직관하는 주체는 그 같은 것을 발견할 수가 없다. 두려움의 대상은 세계 내부적으로 만나는 것(도구적인 것, 사물적인 것, 공동 현존재 등)이고, 위협의 성격을 갖고 있다. 두려움은 따라서 두려운 것 내지 위협적인 것을 개시한다. 그래서 두려워함 자체는 "위협적인 것을 (……) 자신에게 접근시키면서 밝혀지도록 함"(SuZ, 187)으로 특징지워진다. 두려움의 대상이 세계 내부적으로 만나는 것인 한에서, 두려움의 시간화의 **근원**은 염려 전체에 있어서 현재화다. 두려움의 이유는 그러나 두려워하는 존재자 자체, 즉 존재 가능으로서의 현존재인데, 왜냐 하면 두려워함은 이 존재자를 그의 (존재 가능의) 위태로움에 있어서 또 그 자신에게 내맡겨져 있음에 있어서 개시하기 때문이다.

두려움도 예상과 마찬가지로 장래의 성격을 갖고 있다. 그러나 두려움은 기분으로서 단순한 예상과는 구분된다. 두려워함의 기능은 예상과 마찬가지로 자신에게로 다가오게 함이고 따라서 장래적이다. 그럼에도 불구하고 두려움이 예상과 일치하지 않는 이유는, 두려움이 예상과 달리 자신에게 고유한 특수한 기분 성격을 갖고 있기 때문이다. 이 기분 성격은, "두려움의 예기는 위협적인 것을 현사실적인 배려적 존재 가능으로 돌아오게 하는"(ebd)는 점에 놓여 있다. 이러한 기분 성격 때문에 두려워함은 두려워하면서 예기함인 동시에 현사실적인(=기재적인) 존재 가능에 관해 두려워함이다. 이런 한에서 두려움의 기분 성격과 감정 성격은, "두려워하는 예기가 '자기'를 두려워한다는, 즉 무엇(=위협적인 것)에 대해 두려워함이 그때마다 무엇(=자신의 현사실적인 배려적 존재 가능)에 관해 두려워함이라는"(ebd) 점을 통해 확정된다.

현사실적인 존재 가능에 관해 두려워함의 시간적 성격은 '자신에게로 돌아옴'이다. 그러나 두려움은 의기소침의 성격을 지니고, 이로써 두려움은 자신의 **고유한** 현사실적 존재 가능(=기재적 피투 존재 ; 피투 존재에 대한 책임 존재)을 개시하지 못한다. 다시 말해 두려움에서 이뤄지는 자신에게 돌아옴에는 두려움의 의기소침 때문에 "**고유한** 현사실적 존재 가능 앞에서의 도피"(ebd)라는 뜻의 자기 망각이 속한다. 왜냐 하면 "의기소침은 현존재를 그의 피투성으로 돌아가게 강요하지만, 그러나 그 피투성이 폐쇄되는 식으로"(ebd) 그리하기 때문이다. 현존재는 자신에게로 돌아옴에 있어서 고유한 현사실적 존재 가능 앞에서 도피하고 이런 의미로 자신을 망각한다. 이러한 망각적 도피는 언제나 단지 모면이나 회피의 가능성들에 집착하는데, 이 가능성들은 이전에 이미 둘러보는 식으로 발견되어 있는 것들이다. 이런 한에서 그 같은 자기 망각에는 "주변의 닥치는 대로의 것을 혼란스럽게 현재화함"(ebd)이 속한다. 떠도는 가능성들의 자기 망각적인 현재화가 "혼란"(SuZ, 453)을 가능하게 한다. 이러한 혼란이 두려움의 기분 성격을 함께 형성한다. 그래서 "혼란에 속한 망각은 또한 예기를 변양시키고, 예기를 의기소침한 또는 혼란스런 예기로서 성격지우는데, 이러한 예기는 순수한 예상과 구분된다"(ebd). 이런 한에서 두려움의 시간성은 "예기하며-현재화하는-망각"(ebd)으로 특징지워진다. 이상의 논의를 토대로 두려움이란 현상의 시간적 의미를 도식으로 표시해본다면 다음과 같이 될 것이다:

두려운 것의 **현재화** → 두려운 것으로부터 자기의 **예기**(=고유한 기재적 존재 가능의 망각) → 모면가능성들의 **현재화**.

3. 불안의 시간성의 수행 방식

3-1. 현존재의 "근본적인 기분 젖음"으로서의 **불안**은 현존재에게 그의 기재성을 드러낸다. 이러한 불안도 현존재의 실존적인 현상으로서 오직 현존재의 존재 의미인 시간성에 의거해서만 가능하다. 불안의 시간성은 과연 비본래적인 시간성은 아니지만 그러나 그 자체로서 이미 본래적 시간성인 것도 아니다. 불안의 시간성은 부정적인 시간화 방식으로 수행되는 하나의 특수한 시간성이다.

불안은 두려움과 마찬가지로 현존재를 그의 피투성 앞으로 데려온다. 그러나 두려움과는 달리 불안은 현존재를 본래적으로 탈은폐하는 식으로 그의 가장 고유한 피투 존재 앞으로 데려오면서, "일상적으로 친숙한 세계내 존재의 낯설음"(SuZ, 453)을 드러낸다. 불안의 대상은 동시에 불안의 이유인데, 그것은 세계내 존재다. 불안 속에서, 즉 불안에 의해 탈은폐된 세계내 존재의 낯설음 속에서 세계는 "무의미성으로 가라앉고", 그래서 세계 내부적 존재자는 다만 쓸모 없음의 성격 속에서만 밝혀진다. 불안의 특수한 기재성 속에서 장래는 시간화하기는 하지만, '배려 가능한 것에서부터 자신에게 돌아옴의 실패'라는 방식으로, 곧 부정적인 예기의 방식으로 수행되고, 현재는 존재자가 '그의 쓸모 없음에 있어서 만나지게 됨'으로, 즉 부정적인 현재화의 방식으로 수행된다. 불안의 부정적인 성격은 그러나 그 자체로 적극적인 계기를 갖는다. 불안 속에서 개시된 바 세계의 무(=무의미성)가 배려 가능한 것의 허무성(=쓸모 없음)을 탈은폐하는 한, 일차적으로 '배려 가능한 것에 기초를 둔 존재 가능'에 의거한 자기 기투의 불가능성도 드러난다. 이러한 불가능성의 탈은폐는 그러나 그 자체로 "하나의 본래적인 존재 가능의 가능성이 비추어지게 함"(SuZ, 454)이다 : "불안은 현존재 속에서 가장 고유한 존재 가능에 대한 존재를, 즉 자기 자신의 선택 및 포착의 자유에 대해 열린 존재를 드러낸다"(SuZ, 249-250). 그 같은 것으로서 불안의 시간성은 세계의 기재적인 개시성이 (다시) 열려지게 하고, 현존재로 하여금 자신을 (다시) 기재적인 세계내 존재로서 이해하도록 해준다. 그런 식으로 근본적인 기분 젖음으로서의 불안은 현존재에 속한 기재적인 현(Da=자기 이해 및 세계 이해)을 탁월한 방식으로 개시한다.

이제 우리는 **가장 고유한 존재 가능에 대한 존재, 곧 자기 선택의 자유(Freiheit)에 대한 열린 존재(Freisein)**를 드러내는 **불안의 시간화 방식**을 부각시켜보기로 한다. 불안은 낯설음으로 피투된 현존재를 불안해한다. 이러한 불안함 속에서 불안은 현존재를 가장 고유한, 고립된 피투성의 순수한 사실에로 다시 데려온다. 그러나 비록 이러한 "다시 데려옴"이 자기 회피적인 자기 망각의 성격을 갖지는 않는다고 할지라도, 그럼에도 그것은 "이미 결의 속으로 실존을 회복하면서 인수해들임은 아니다"(SuZ, 454). 불안은 현존재를 다만 "가능적인 회복될 수 있는 것으로서의 피투성"으로 다시 데려온다"(ebd). 회복될 수 있는 피투성으로 다시 데려옴에 있어서 불안은 그것을 가능적인 것으로 드러낸다. 다시 말해 불안은 회복될 수 있는 것인 "본래적인 존재 가능의 가능성을 함께 탈은폐한다"(SuZ, 454).

이 경우에 있어서 "회복 가능성 앞으로 데려옴"은 바로 "불안의 기분 젖음을 구성하는 **기재성의 특수한 탈자적 양태**"(SuZ, 455) 내지 기재성의 특수한 실존론적 의미다. 불안의 기재성은 피투성으로 다시 데려옴이고, 이로써 회복될 수 있는 것으로서의 피투성은 이제 가능적인 것으로 탈은폐된다.

이때에 기재성에서부터 시간화하고 그렇게 기재성에 포함되어 있는 현재는 하나의 특수한 성격을 갖고 있다. 공포에서 같은 (장래와 기재 속에) 유지되지 않은 현재화와는 다르게, 불안의 현재는 과연 "가장 고유한 피투성으로 자기를 다시 데려옴 속에 유지되어 있다"(SuZ, 455). 비록 불안의 현재가 기재성에서 풀려난 현재가 아니라 그 안에 유지되는 현재라고 할지라도, 그 현재는 "결의 속에서 시간화하는 순간의 성격을 이미 갖고 있는 것은 아니다"(ebd). 다시 말해 "불안은 오직 가능적인 결의의 기분 속으로만 데려오는"(ebd) 것이다. 가능적인 결의가 본래적인 결의로 됨은 결의성이 선구적인 결의성으로 되는 한에서다. 선구로서의 결의성, 곧 선구적 결의성만이 순간을 시간화한다. 불안은 결의성에서 생겨나지만, 결의성은 선구를 요청하면서 순간에서 완성된다. 순간은 결의성을 선행시키고, 결의성은 선구를 요청한다. 이런 한에서 불안의 현재는, "그 자신이 또 오직 그 자신만이 그것으로 가능한 그런 순간을 비약시키려고 보유하고 있는"(ebd) 현재다. 불안의 현재는 이런 한에서 가능적인 순간으로서 특수한 현재라고 파악될 수 있다.

불안이 "피투되어 있는, 죽음에의 존재로서의 세계내 존재에서부터" 솟아난다는 사실 속에는 불안의 현상을 위한 기재성의 우위가 놓여 있다. 이 점을 하이데거는 다음과 같이 표시한다: **"불안의 장래와 현재**는, 회복 가능한 것으로 다시 데려옴이라는 뜻의 근원적인 기재 존재에서부터 시간화한다"(SuZ, 456). 두려움과 불안은 그들의 공동적인 시간적 근거를 **기재성**에 둔다. 그럼에도 그들의 고유한 시간화와 관련해 그들은 염려의 전체 속에서 그때마다 상이한 근원을 갖는다. 두려움이 자기 상실적 현재화에서부터 생겨나는 반면에, 불안은 "결의성의 장래에서부터"(ebd) 생겨난다. 다시 말해 결의성에서부터, 즉 **피투 존재에 입각한 자기 기투에서부터 불안**이 생겨난다. 결의성은 책임 있는 존재에 입각한 자기 기투로서 침묵적이고 불안의 준비가 된 자기 기투를 말한다.

불안은 현존재로 하여금 자신에게 다가오게끔 하지만, 그러나 세계 내부적 존재자에 연관된 존재 가능성을 무화시킴의 방식으로 그리한다 ; **불안의 장래**는 예기가 아니지만, 그러나 이미 선구인 것도 아니다. 불안은 현존재로 하여금 자신의 피투성의 본래적인 탈은폐의 방식으로 자신에게로 되돌아오게 하지만, 그러나 현존재를 다만 회복 가능성 앞으로 데려온다 ; **불안의 기재성**은 과연 망각적이지 않지만, 그러나 또한 이미 회복적이지도 않다 ; 불안은 과연 세계 내부적 존재자를 만나게끔 하지만 그러나 이러한 존재자의 존재성을 무화하는 방식으로 그리한다 ; **불안의 현재**는 과연 자기 상실적 현재화가 아니지만 그러나 또한 이미 순간인 것도 아니다. 불안의 시간성은 비본래적 시간성이 아니지만, 아직은 본래적 시간성이지도 않다. 불안의 시간성은 다만 **가능적인** 본래적 시간성이다.

이상의 논의를 토대로 불안의 현상의 시간적 의미를 도식으로 표시한다면, 다음과 같이 될 것이다 :

(결의성)=기재성으로의 **회귀** → 무의미화하는 **현재화** → 존재자로부터의 좌절적 **자기 이해** → (선구 → 기재성의 회복=순간).

4. 본래적 시간성의 수행 방식

불안에서 가능적으로만 드러난 본래적 시간성의 수행 방식을 이해하기 의해서는 **"죽음에 대한 존재"**와 **"양심"**에 대한 하이데거의 분석이 상기될 필요가 있다. 거기서 하이데거는 죽음에 대한 본래적 존재를 "선구"로 규정하고, 이 선구에 있어서 현존재의 "본래적인 전체적 존재 가능"이 **실존론적으로** (=현존재의 존재 구조에 있어) 가능하다고 밝힌다. 거기서는 또한 "가장 고유한 책임 존재에 의거한 자기 기투"가 "결의성"으로 규정되고, 이 결의성에 있어서 현존재의 "본래적인 존재 가능"이 **실존적으로** 가능하다고 밝혀진다. 달리 말해 선구는 "염려의 실존론적으로 가능한 전체성"이고 결의성은 "염려의 실존적으로 가능한 본래성"이다. 하이데거는 이렇게 별도로 밝혀진 두 현상, 곧 선구라는 실존론적 현상과 결의성이라는 실존적 현상이 서로 분리적인 것만은 아니고, 실존적으로 서로 통일될 수 있다고 보면서, 그 가능 근거를 **결의성의 존재 경향**에서 찾는다 : "결의성은 본래 자기가 그것일 수 있는 것인 종말에 대한 이해적 존재, 즉 죽음에의 선구로 된다. (……) 결의성은 죽음에 대한 본래적 존재를 자기 안에 보유하되, 자신의 고유한 본래성의 가능적인 실존적 양상으로 보유한다"(SuZ, 405). 본래성은 전체성이 되려는 경향이 있기 때문에, 결의성은 자신의 존재 경향에 따라 선구로 된다는 것이다. 전체성으로서의 본래성, 곧 선구로서의 결의성은 "선구적 결의성"이라고 불린다.

하이데거는 염려의 존재론적 의미를 해명하면서 선구적 결의성의 시간성을 밝힌다. 거기서 한편으로 선구는, 곧 현존재가 자신의 가장 고유한 가능성에 대해 취하는 존재는 '자신의 가장 고유한 가능성에 있어서 자기에게 다가옴'으로 보고, 이와 같은 "자기에게 다가옴"을 "장래의 근원적 현상"(SuZ, 430)으로 규정한다. 다른 한편으로 그는 결의성, 곧 '자신의 책임 존재에 있어서 자기를 기투함'을 '현존재가 자신의 가장 고유한 기재대로 있게됨'으로 보고 이것은 현존재의 기재성에 근거를 둔다고 본다. '기재대로 있게 됨'은 '자신에게로 돌아옴'이다. 선구적인 결의성에 있어서는 "본래적인 방식으로 자신에게 다가옴"
이 "동시에 가장 고유한 자기, 곧 고립으로 던져진 자신에게로
돌아옴"(SuZ, 448)이다. 결의성이 선구로부터 비롯되는 한에서
그 결의성은 선구적인 결의성이라 불린다.

　선구적 결의성에 있어서는 불안에서와는 달리 피투성의 회
복이 수행된다. 불안 속에서는 염려가 다만 회복될 수 있는 피
투성 앞에 머문다. **결의적** 현존재는 불안 속에서 자신을 가장
고유한, 고립된 피투성으로, 곧 가능적인 **회복될 수 있는 것**에
로 다시 데려오지만, 그러나 이때 이미 선구가 또 이로써 회복
이 이미 수행되어 있는 것은 아니다. **불안이 결의성에 의해 준
비되어 있는 것**이고 또 그런 것으로서 현존재의 가장 극단적
인 가능성으로서의 **죽음을 개시**할지라도, 이러한 불안 속에서
는 그러나 염려가 죽음으로의 선구를 이미 수행한 것은 아니다
(SuZ, 393, 352 참조). 결의성의 불안은 다만 결의성이 죽음에
의 선구로 변양되도록 촉구하고 또 그것을 가능하게 한다. 이
런 한에서 죽음에의 선구는 "결의성의 고유한 본래성의 가능적
인 실존적 양상"(SuZ, 405)이라고 말해져 있는 것이다. **결의적**
현존재는 다만 회복 가능성 앞에 머물러 있을 뿐이고 그렇게
회복 가능성 앞에 머물음은 회복 자체와는 구분된다. 그렇다고
는 하나 불안이 현존재를 "'허무적인' 가능성들로부터" 벗어나
게 하고 "본래적인 가능성"(SuZ, 456)에 대해 열려 있게 하는
한, 불안 속에서 현존재는 선구하면서 **결의 속으로 실존의 회
복적 인수**를 수행하거나, 아니면 **두려워하면서 회복 가능한
피투성을 은폐**하거나 할 수 있다. 실존의 회복적 인수는 실존
의 자기 전승적 회복으로 실존의 발생이다.

　실존의 자기 전승적 회복으로서의 선구적인 결의성에 있어
서는 현재가 "장래와 기재 속에 유지되어(gehalten) 있고"(SuZ,
447) 이들로부터 풀려나 있지 않다. 다시 말해 "결의성의 선구
에는, 그것에 맞추어(gemaess) 결의(Entschluss)가 상황을 개

시하는 그런 현재가 속한다"(ebd). 하이데거는 이러한 현재를 "순간"이라고 표시한다. 순간은 선구적인 회복을 통해 열려진 개시성을 열어 보유함으로써 존재자를 위한 "상황의 본래적 현재화"(SuZ, 542)이고 또한 "**결의적으로** 그러나 결의성 속에 유지된 채로 상황 속에서 배려 가능한 가능성들, 정황들에 의거해 만나지는 것으로 현존재가 내밀림"(SuZ, 447)이다. 이런 한에서 선구적 결의성의 시간성은 **선구하며-회복하는-순간**으로 파악된다. 이러한 선구적 결의성의 시간성 속에서는 존재 일반(=자기 존재, 타인 존재, 사물 존재 등)이 본래적으로 개시되어 있다. **선구적 결의성**의 시간성의 구체적 해명은 하이데거에게 있어서 **본래적 역사성**의 시간성의 분석으로 수행된다.

5. 발생의 시간성의 수행 방식
: 자기 전승적 회복으로서의 본래적 역사성

선구적 결의성에 있어서 현존재는 자신의 가장 고유한 존재 가능에 입각해 자신을 기투하고 그리하여 자기 자신을 자신의 피투성에 있어서 인수하고 자신에게 실존의 한 가능성을 전승한다. 그런데 죽음에 입각한 선구적인 자기 기투는 "단지 결의성의 전체성과 본래성만을"(SuZ, 506) 보증하는 것이다. 따라서 현사실적으로 개시된 실존 가능성들은 죽음에서 취해질 수 없고 결의성 속에서 취해져야만 한다. (선구적) 결의성은 그 자체로 피투성의 인수인데, 이 인수가 상황의 열림을 데려온다: "고유한 현사실적 '현'의 결의적인 인수는 동시에 상황 속으로 들어서는 결의를 의미한다"(SuZ, 506). 이때의 상황은 현존재가 자신의 하나의 실존 가능성을 선택하면서 열려지게 하는 것이다.

자신의 세계 속으로 던져져 있는 자기의 피투성의 인수가

"실존이 거기서 자신의 현사실적 가능성들을 취할 수 있는 그런 하나의 지평"(ebd)을 개시한다. 이러한 **지평**이 하이데거가 말하는 바 **유산**인데, 이 유산 속에서 결의성 자체에게 그의 **현사실적 가능성**들이 개시되어 있다 : "그 속에서 현존재가 자기 자신에게 돌아오는 바로 그 결의성은 본래적 실존의 그때마다의 현사실적인 가능성들을 유산에서부터 개시하는데, 이 유산은 결의성이 피투된 결의성으로서 인수한 것이다. 피투성으로 **결의적인** 돌아옴은 자기 안에 전해져온 가능성들의 자기 전승을 포함하는데, 반드시 전해진 것들로서 알면서 그리하는 것은 아니다"(SuZ, 507). 전해져온 가능성들의 자기 전승에 있어서는 실존의 한 가능성의 선택적 발견이 수행되는데, 이러한 선택적 발견이 현존재를 상황 속으로 내민다.

'세계 속으로의 피투 존재'라는 자신의 고유한 기재 존재의 인수는 피투된 자신의 인수이자 자신이 그리로 피투되어 있는 세계(=지평, 유산)의 인수이고, 이러한 세계의 인수는 동시에 그 안에 드러나 있는 여러 실존 가능성들의 인수다. 그런데 세계 내지 세계 안의 실존 가능성들의 인수가 나 자신의 실존 가능성의 선택적 발견과 더불어 일어나는 한, 나의 이전의 세계는 이제 나의 실존 가능성과 관련되어 새롭게 틀지워진다. 나의 이전의 세계는 이제 나의 현재적 상황으로 뒤바뀐다.

결의성은 그것의 존재 경향에 따라 선구적인 결의성으로 된다. 근원적으로 죽음에의 선구로 된다. 현존재가 죽음에의 선구에 있어서 자신을 더욱 본래적으로 이해할수록, "자신의 실존의 가능성의 선택적 발견은 그만큼 더 분명하고 우연적이지 않다"(ebd). 죽음에의 선구는 "온갖 우연적이고 '잠정적인' 가능성"을 배제하고, 현존재에게 "목표를 단적으로" 제공하고, 죽음에 대해 자유로이 열려 있음으로써 "실존을 그의 유한성으로"(ebd) 밀어낸다. 실존의 유한성 속에서 실존의 한 가능성이 현존재에 의해 선택되고 또 그렇게 현존재 자신에게 전승된다.

이 점을 하이데거는 다음과 같이 파악한다 : "실존의 움켜잡힌 유한성이 (······) 현존재를 그의 운명의 단순성으로 데려온다"(ebd). 운명이라는 말로 하이데거가 의미하는 것은, "본래적인 결의성 속에 놓여 있는, 현존재의 근원적인 발생"인데, 이것은 "현존재가 죽음에 대해 자유롭게 열린 채로 자신을, 상속되었음에도 불구하고 선택된 하나의 가능성에 있어서 자신에게 전승하는"(ebd) 식으로 이뤄지는 것이다. 통상적으로 이해된 운명의 실존론적 가능 조건은 현존재의 그 같은 발생적 운명 성격에 놓여 있다. (선구적) 결의성 속에서 현존재가 하나의 현사실적인 가능성에 있어서 자신을 전승한다는 점에서 볼 때 현존재는 그의 근원적인 존재에 있어서 운명적인 발생이다. 전해진 가능성들의 자기 전승은 하나의 실존 가능성의 선택적 발견을 통해 하나의 실존 가능성의 자기 전승으로 된다. 하나의 실존 가능성을 자기에게 전승함은 동시에 자기를 하나의 실존 가능성에 있어서의 자신에게 전승함이기도 하다. 자기 전승의 발생은 오직 (선구적) 결의성 속에서만 발생한다. 이런 한에서 하이데거는 **결의하지 않은** 사람이 아니라, **결의한** 사람만이 하나의 운명을 가질 수가 있다고 역설적으로 강조한다. (선구적) 결의성 속에서 하나의 실존적 가능성을 자기 전승하는 것으로서의 발생은 그 고유한 성격에 있어서 운명이다.

운명적 현존재는 세계내 존재로서 본질상 다른 현존재들과의 공동 존재 속에서 실존한다. 이런 한에서 현존재의 발생은 하나의 공동 발생, 곧 "역운"(ebd)이다. 역운이라는 말로 하이데거가 의미하는 것은 "공동체, 민족의 발생"(ebd)이다. 현존재의 완전하고 본래적인 발생은 "자신의 '세대' 속에서 또 이와 함께 이뤄지는 현존재의 운명적인 역운"(ebd)으로 파악된다. 결의성 속에서의 하나의 현사실적 가능성의 자기 전승의 발생은 따라서 그 완전한 구조에 있어서 현존재의 운명적 역운으로 수행된다. 이러한 **운명적 역운**이 인류의 영향 연관을 지탱하고, 이런 뜻에서 그것은 인류의 영향 연관으로서의 **역사의 실존론적-존재론적 근원**이다.

이제는 역운적 운명, 곧 본래적 발생의 해명에 의거해 그것의 존재론적 가능 조건이 제시되어야 할 것이다. 현존재의 존재 의미가 시간성에 놓여 있는 한, 현존재의 본래적 발생의 가능 근거도 시간성 속에서 발견된다. 운명이 선구적 결의성 속에서 수행되는 발생, 곧 현존재의 자기 전승의 발생인 한에서, 운명을 가능하게 하는 시간화는 선구적 결의성의 시간성, 곧 장래적-기재적-순간적 시간화다. 이 점을 하이데거는 다음과 같이 파악한다 : "본질적으로 자신의 존재에 있어서 장래적인, 그래서 죽음에 대해 자유로이 열린 채 죽음에 부딪혀 부서지며 자신의 현사실적인 현으로 되던져질 수 있는 존재자만이, 다시 말해 장래적인 자로서 동근원적으로 기재적인 존재자만이 상속된 가능성을 자기 자신에게 전승하면서 고유한 피투성을 인수하고 '자신의 시대'에 대해 순간적으로 존재할 수 있다. 본래적이면서도 또한 유한한 시간성만이 운명 같은 어떤 것, 즉 본래적인 역사성을 가능하게 한다"(SuZ, 509). 상속되었음에도 불구하고 선택된 하나의 가능성에 있어서 자기를 전승함, 곧 운명이 현존재의 본래적인 발생이자 본래적인 자기 이해다. 운명, 자기됨, 본래적 발생, 본래적 자기 이해, 본래적 역사성을 가능하게 하는 것은 본래적 시간성이고, 이것은 선구적인 결의성 속에서 시간화한다.

(선구적) 결의성은 자기 기투의 가능성들의 유래처를 반드시 **명시적으로** 알고 있는 것은 아니다. 그 유래처는 전승된 바의 현존재 이해(=인간의 전승적인 자기 이해 ; 인류의 삶의 행적에 대한 이해)다. 현존재는 "자기를 그것에 입각해 기투할 그런 실존적 존재 가능을 전승된 현존재 이해에서부터 명시적으로 가져온다"(ebd). 전승된 현존재 이해에서부터 명시적으로 하나의 현사실적 가능성을 자기 전승함은 "명시적인 전승", 곧 "전해져

온 하나의 실존 가능성의 회복"(ebd)이다. 명시적인 전승은 가능성들의 유래처를 알고 있는 바의 전승이다. 이런 한에서 그것은 그 자체로 역사상의 "현존재의 가능성들 속으로의 회귀"(ebd)이고, 또 이러한 회귀 속에서 수행되는, 하나의 기재적 가능성의 회복이다. 이러한 회복은 한편으로는 현재에 영향을 미치는 과거의 취소이자, 다른 한편으로는 기재적 가능성에의 응답이다. 이러한 취소적 응답으로서의 회복은 "그것을 통해 현존재가 명시적으로 운명으로 실존하는 그런 자기 전승적 기재성의 양상"(SuZ, 510)을 특징지운다. 운명은 본래적인 발생이고, 이것은 선구적인 결의성 속에서 일어난다. 이런 한에서 현존재의 존재 방식으로서의 역사(=영향 연관)는 "자신의 본질적인 비중을 (……) 지나간 것이나 오늘에 두지 않고 (……) 오히려 현존재의 장래에서부터 생겨나는, 실존의 본래적 발생에 두고", 이로써 "자신의 뿌리를 그렇게 본질적으로 장래에 둔다"(ebd). 그러나 본래적인 발생이 기재성 속에서 개시되는 전해져온 유산에서부터 하나의 기재적 가능성을 전승함이자 회복함인 한에서, "본래적 역사의 발생은 (……) 그의 비중을 기재성에"(SuZ, 511) 두고 있는 것이다. 영향 연관으로서의 역사는 미래를 위한 현재적 존재 발생에 의거하지만, 현재적 존재 발생은 그 자체 인간의 기재성에 의거한다. 여기에 인간의 기재성을 해명하는 역사학의 의미가 놓여 있다.

회복, 현존재의 발생, 운명적 역운, 명시적 자기 전승 속에서 현존재의 고유한 역사가 그러한 역사로 드러나는데, 왜냐 하면 회복은 전해진 유산에의 결속으로서 현존재(=인류)의 고유한 역사를 그러한 역사로서 개시하기 때문이다 : "회복이 현존재에게 그의 고유한 역사를 비로소 드러내준다"(SuZ, 511). 유산을 유산으로, 역사를 역사로 개시하면서 현존재의 발생은 실존론적으로 현존재의 탈자적 시간성에 근거를 둔다. 선구적 결의성 속에 놓여 있는 바 현존재의 발생, 즉 "선구하면서 자기에게 전

승하면서, 가능성들의 유산을 회복함"(SuZ, 516, 511 참조)이
하이데거가 말하는 바 현존재의 **본래적 역사성**이다.

6. 맺음말

하이데거는 역사라는 표현의 다의성을 분석한 후, 역사를 규
정하여 다음과 같이 말한다 : "역사는 시간 속에서 일어나는 바
실존하는 현존재의 특수한 발생이고, 그래서 강조된 의미에서
역사로 타당한 것은 상호 존재에 있어서 '지나갔고' 동시에 '전
승되었고' 계속해서 영향을 미치는 발생이다"(SuZ, 501)고 말
한다. 여기서 강조된 의미에서의 역사로 말해지는 것은 인류의
영향 연관에 다름아니다. 인류의 영향 연관은 하이데거에 따를
때 개인의 자기 전승에 그 근거를 둔다. 개인의 자기 전승은 인
간 현존재의 존재 발생이고 이 현존재의 존재 발생이 하이데거
가 말하는 바 근원적-본래적인 역사다. **근원적-본래적인 역사**
로서의 현존재의 존재 발생이 인류의 영향 연관, 곧 **강조된 의
미에서의 역사**를 가능하게 한다. 개인의 자기 전승은 인류의
삶의 행적에서 드러난 삶의 가능성들을 회복하면서 그 가능성
들 중의 하나를 자신에게 전승함이다. 삶의 가능성들의 회복에
있어서는 삶의 행적으로서의 **통상의 역사**가 드러나며, 하나의
가능성의 자기 전승에 있어서는 강조된 의미의 역사인 영향 연
관이 이뤄진다. **현존재의 존재 발생**으로서의 근원적-본래적
역사성이 **현존재의 존재 방식**으로서의 역사, 곧 영향 연관을
가능하게 하고 또 **현존재의 존재 행적**으로서의 역사, 곧 통상
의 역사가 고정적으로 머물지 않고 발생적으로 존재하도록 한다.
우리의 장래의 삶이 문제시되면 될수록, 우리의 존재 발생이 요
구되면 될수록, 인간의 지나온 삶의 행적의 발생 성격은 그만큼
더 커지게 된다. 하이데거가 행한 바 역사와 현존재의 존재 발생

사이의 관계의 해명은, '역사는 언제나 오늘의 우리에 의해 우리의 장래를 위해 탐구된다'는 널리 알려진 사실을 실존론적으로 다시 한 번 환기시킨 일이라고 할 수 있을 것이다.

하이데거의 존재 사유 : 시간성, 내어나름, 존재 사건

황 경 선(가톨릭대 강사)

1. 머리말

　존재와 존재자의 차이의 근거인 "시간성(Zeitlichkeit)"의 시간과 "내어나름(Austrag)", 존재와 인간을 "함께 속하게 하는 것"이자 존재와 시간을 하나로 묶는 "존재 사건(Ereignis)"은 하나의 동일한 물음만이 끊임없이 물어진 하이데거의 사유의 길에서 그때그때 사유된 존재의 사태들이다. 그 '하나의 동일한 물음'은 존재는 어디로부터 어떻게 열어 밝혀지는가, 존재는 어디로부터 어떻게 그의 고유함인 진리로서 머무는가를, 즉 존재 진리의 지평과 방식을 묻는 "존재의 의미" 또는 "존재의 진리"에 대한 물음이다.1) 이 글은 그러한 물음에 대한 응답 속에 숙

---

1) 마찬가지로 다음의 물음은 존재의 의미를 구하는 물음이다. "우리는 도처에서 존재자를 만난다. 그것들은 우리를 에워싸고, 지탱하고, 억누르고, 매혹하고, 충족시키고, 고무시키고, 실망시킨다. 그러나 존재자의 존재는 어디에, 그 모든 것들 어디에 있는가?"(EM, 34) 하이데거는 *Die Grundprobleme der Phänomenologie*의 서론에서 존재의 의미에 대한 물음이 존재론으로서의 철학의 "시원의, 궁극의 근본 물음"이라고 말한다. "철학이 존재에 대한 학문이

고된 위의 세 가지 사태들이 상이함 속에서 어떻게 어울리는지를 찾으려 시도하는 글이다. 이러한 우리의 의도는 "시간성"과 더불어 "차이"의 근거로 사유된 "내어나름"이란 **시간의** "사유되지 않은 본질"2)로서 그리로부터 내어지는 **존재**와 함께 "존재 사건"에 속한다는 점을 보여주려 시도하는 것으로 모아진다. 다음의 예비적인 논의를 통해 이 글의 의도는 명확해질 수 있다.

하이데거는 존재의 "근본 특성(WdW, 201)", "본성(das Wesende)" (WiM, 17), 즉 존재로서의 존재를 "열어 밝혀짐", "감춰져 있음으로부터 밝게 드러남", "환히 자신을 밝히며 우리 가까이에 머묾", "탈은폐", 그렇게 숨김과 감춤 없이 밝게 드러나 있다는 뜻으로 "진리"로 사유한다.3) 그래서 그가 말하는 존재는 존재자의 존

라면, 다음의 물음이 철학의 시원의 물음이자 궁극의 물음이며 근본 물음으로 밝혀진다. 존재는 무엇을 의미하는가? 존재와 같은 것은 도대체 어디로부터 이해될 수 있는가? 도대체 존재 이해는 어떻게 가능한가?"(GP, 19) 하이데거는 *Beiträge zur Philosophie*의 '존재와 시간에서 존재 사건으로'란 절에서 다음과 같이 말한다. "들어서서 오름이 길이라면, 이 '길'에서는 언제나 '존재(Seyn)의 의미'에 대한 동일한 물음이, 오직 그 물음만이 물어지고 있다"(BzP, 84/85).

2) 하이데거의 다음과 같은 말에서 인용한 것이다. "형이상학의 시기에 존재의 역사는 시간의 사유되지 않은 본질에 의해 철저히 지배되고 있다"(WiM, 18).

3) "wesen"의 본래적 의미를 "머물다", "체류하다", "존속하다"로 해석하는 하이데거는 그 말로 어떤 것이 그것의 고유함으로 있는 사태를 표현하고 있다(우리는 "wesen"을 "본재한다", "본질적으로 존재한다"로 옮길 것이다). 그래서 그에게는 존재의 본질(das Wesende)은 존재가 그의 고유함으로 있는 진리며, 인간의 본질은 존재를 향해 나가 머무는 "실존", "탈존(Ek-sistenz)"이다. 여기서는 존재의 본질, 존재의 진리의 동사적 성격을 나타내기 위해 명사적 의미와 동사적 의미에 함께 참여하고 있는 분사를 명사화한 "das Wesende"를 사용하고 있는 것처럼 보인다.

서구의 시원에서 경험된, 그러나 플라톤 이래 서구 형이상학에서 망각된(은닉된) 존재의 근본 특성 또는 진리로서의 존재를 하이데거는 다음과 같은 말로 표현한다 : "열어 밝혀짐(Erschlossenheit)", "밝게 트이며 간수함(lichtendes Bergen)"(WdW, 201), "밝게 트임 자체"(Lichtung selber)(ÜH, 20, 24), "비은폐의 머묾 안에 들어섬"(WhD, 144), "빛 안에 들어섬"(EM, 190), "열려 펼쳐지며 나타남"(EM, 191),

재 근거인 어떤 무엇임으로서의 존재, 말하자면 명사적 존재가 아니라 그렇게 은폐와 어둠, 즉 비진리로부터 비은폐와 밝음에로 열어 밝혀지는 일어남, 사건으로, 말하자면 동사적 존재로 이해돼야 한다.4) 그러한 진리가 존재가 존재로서 있는(본재하는), 다시 말해 존재가 "비은폐된 존재 자체"(WiM, 18)로 밝혀지는 영역이란 의미로 존재의 의미다.5) 그래서 하이데거에게 "존재의 의미"와 "존재의 진리"는 동일한 것을 가리킨다(참조 WiM, 18). 하이데거는 그러한 진리, 탈은폐가 서구 시원의 그리스인들이 "Anwesen"이란 말로 이해하고 있는 존재의 본래적 의미라고 말한다. 그에 따르면, "wesen"은 "머물다", "체류하다", "존속하다"란 의미를 간직하고 있으며, 접두어 "an"은 단순히 대상이 우리에게 접근한다는 뜻이 아니라 은폐와 어둠으로부터 우리에게로 환하게 드러남이란 의미에서의 '가까움'이다. 따라서 'Anwesen'의 존재란 자신을 환하게 밝히며 우리들 자신인 인간을 향하여 가까이에 머무는 머묾, 즉 탈은폐 혹은 진리다.

이처럼 존재가 본재하는 사태가 혹은 존재의 고유함이 진리이기에, 존재는 그 어떤 존재자와도 차이가 난다. 존재는 "존재가가 아님(das Nicht-Seiende)"(WiM, 45)이다. 그러나 존재자의 편에서 보면, 존재자는 그렇게 자신과는 전혀 다른 의미, 다른 방식, 즉 진리로 있는 존재 덕분에 비로소 "오히려 무가 아닌" 존재자로서 존재한다. 존재하는 모든 것은, 예컨대 산과 한 채의 집은 존재 진리의 환한 밝음 안에서, 그것을 통해, 각기 산

"우리들 자신인 인간을 향하여 가까이 머묾"(ZS, 12) 등.

4) 이러한 비은폐가 하이데거에 따르면 그리스인들이 "aletheia"라고 부른 진리의 시원적 의미다.

5) 하이데거는 의미를 "어떤 것의 이해 가능성이 머무는", "어떤 것이 어떤 것으로서 이해될 수 있는"(SZ, 151), "어떤 것(여기서는 존재)이 어떤 것(여기서는 비은폐된 존재 자체로서의 존재)으로서 밝혀지는"(WiM, 18) 영역, 지평 (Worin, Bereich, Woraufhin)이라고 말한다.

과 집으로 존재하게 된다. 이렇게 존재자와 관련해서 "존재하게 함"인 존재는, 마치 공간의 개방된 여지가 모든 가깝고 먼 사물들을 능가하듯이, 모든 존재자를 넘어서는 **"단적으로 초월적인 것**(*das transcendens schlechthin*)"(SZ, 38)이지만, 동시에 언제나 어디서나 한 존재자의 존재로서 존재자에 속한다. 존재자가 존재 덕분에 존재하는 "존재의 존재자"이듯, 존재는 언제나 존재자에 속하는 "존재자의 존재"다. 말하자면 존재는 그의 진리에서, 혹은 모든 존재자를 능가하는 초월에서 언제나 다만 존재자의 존재라는 자신의 자리를 떠나는 것이 아니다.6) 하이데거는 그러한 방식으로 존재와 존재자가 서로에게 속하는 "함께 속함", 즉 존재는 자신을 환히 열어 밝히고, 존재자는 그 밝음 안에 들어서서 하나의 존재자로 존재함으로써 하나를 이루는 "함께 속함"이 차이의 사태라고 말한다. 따라서 차이에서 물어져야 할 차이의 근거란 곧 두 상이한 존재와 존재자를 동시에 "하나로 묶는 것", "함께 속하게 하는 것"이다. 하이데거는 그 "단일하게 하는 것"인 차이의 근거를 "시간성"으로 그리고 나중에는 "내어나름"으로 사유한다.

　이렇게 존재자와 관련해서는 차이로 있는 존재는 인간과 관련해서는 동일성으로 있다. 존재는, 마치 빽빽한 숲 속에 빛이 들기 위해서는 빈터를 필요로 하듯, 자신의 환한 열어 밝힘을

---

6) 하이데거는 *Über den Humanismus*에서 *Sein und Zeit*에 나오는 "단적으로 초월적인 것"이란 존재 규정에 대해 존재는 진리 자체이기에 초월적인 것이라고 설명한다. 존재는 "마치 공간적 가까움의 개방된 여지가 모든 가깝고 먼 사물들을, 이 사물들의 편에서 보면, 능가하듯이 본질적으로 모든 존재자보다 멀리 있다. 왜냐 하면 존재는 밝게 트임 자체이기 때문이다"(ÜH, 24). 즉 *Sein und Zeit*의 그 존재 규정에서 이미 진리로서의 존재의 본질이 말해지고 있다는 것이다. 그래서 하이데거는 다음과 같이 말한다 : "존재는 단적으로 초월적인 것이란 규정이 존재 진리의 단순한 본질을 가리키고 있는지에 대한 물음이 존재의 진리를 사유하려고 시도하는 사유에게는 유일한, 그렇지만 첫번째의 물음이다"(ÜH, 25).

위해 그 개현의 장소를 필요로 한다. 하이데거는 존재가 밝게 드러나는 그 진리의 장소를 인간의 사유함이라고 말한다. 그에 따르면 그렇게 존재를 사유하는 존재 사유는 인간의 본질을 이룬다. 자신의 사유함을 통해 존재가 열어 밝혀진 진리로 있도록 하는데 인간의 본질, 그의 고유함이 있다는 것이다. 말하자면 인간은 존재의 진리를 지키는(hüten) "존재의 목자(Hirt)" (ÜH, 19, 29)다. 그 같은 방식으로 존재의 열어 밝혀짐, 존재의 진리에 대해, 다르게 말하면 존재와 인간의 관련에 대해 사유하는 하이데거의 존재론의 특성을 빛의 비유 안에서 서구 전통의 형이상학과 대조해 말하면, 전통 형이상학에서는 존재의 빛과 그 빛의 원천인 해(최고 존재자, 神적인 존재자를 가리키는)의 관련이 핵심 주제를 이루는 반면, 하이데거에게서는 빛 자체와 그 빛이 밝게 비추는 장소와 방식(인간, 인간의 사유함)이 중심 문제라고 하겠다.[7]

존재의 필요로부터 인간은 존재를 사유하면서 존재를 향해 자신을 바치고 존재는 그 사유함에 열어 밝혀짐으로써 존재와 인간은 함께 속하며, 나아가 그렇게 동일한 존재 진리에서, 그

---

7) 서구 형이상학에서 빛의 유비는 친숙하다. 플라톤은 국가론에서 이데아의 존재를 규정하는 최고의 이데아인 선의 이데아를 해로 비유한다. 또 토마스 아퀴나스는 빛의 유비를 통해 신과 피조물의 관계를 해와 (그로부터 나오는 빛을 받아들일 수 있는 투명한 것인) 공기의 관계로 설명한다. "피조물들의 신에 대한 관계는 공기와 그것을 밝게 빛나게 하는 해의 관계와 같다" (*Summa Theologica*, I, 104, i. Resp., 참조 Etienne Gilson, *Being and Some Philosophers*, Toronto, 1952, 161). 근거 구하기의 사유 방식 혹은 인과적 사유 방식에 따라 존재의 빛으로부터 그것의 유래를 사유하는 것이 아니라, 오히려 빛이 비추는 지평과 방식을 사유하는 하이데거에게는 자라투스트라를 통한 니체의 다음과 같은 외침은 역사적으로 플라톤 형이상학의 중심부를 그리하여 서양 형이상학의 핵심을 적중하는 것으로서, 그의 책 *Also sprach Zarathustra*의 해명의 실마리가 간직돼 있는 말로 들린다. "너 위대한 천체여! 그대가 비출 것이 없다면, 그대의 행복이란 무엇이겠는가? 그대는 10년 동안 여기 내 동굴 위로 떠올라 왔다 : 내가 없었고, 나의 독수리, 나의 뱀이 없었다면 그대는 그대의 빛과 여정에 싫증을 느꼈을 것이다"(WhD, 28/29).

것을 통해, 함께 속한다는 의미로 동일하다. 하이데거는 존재와 인간을 "함께 속하게 하는 것"을 "존재 사건"이라고 부른다. 존재와 인간은 "함께 속함"에서 서로의 고유함으로, 즉 존재는 ≫인간을 향해≪ 열어 밝혀진 진리로 인간은 ≫존재를 향해≪ 자신을 바치는 "존재의 목자"로 있기에, "존재 사건"은 존재와 인간을 고유하게 하는 것이라고도 할 수 있다. 또한 하이데거는 또 다른 곳에서 "존재 사건"을 존재와 시간을 서로 향하게 하고 둘의 관련을 견지하는 사태로 사유한다.

　이러한 간략한 예비적인 논의를 통해 존재의 진리란 존재가 존재자와 관련해서는 차이로, 인간과 관련해서는 동일성으로 있는 사태로 밝혀지고 있다. 말하자면 밝게 드러난 진리로서의 존재는 그 밝음 안에서 존재자를 비로소 하나의 존재자이게 하는 "존재하게 함"으로서 "모든 존재자보다 멀리 있지만", 우리에게로 환히 열어 밝혀짐으로써 "어떤 존재자보다 인간 가까이 있다"(ÜH, 19). 존재가 열어 밝혀지는 존재의 진리가 이처럼 동일성과 차이가 하나로 속하는 진리 사태라는 점을 앞서 파악하면서 우리의 논의를 이끌 물음들로 다음과 같은 물음들을 제시한다. i) "시간성"과 함께 차이의 근거로 사유된 "내어나름"은 시간의 본질로 이해될 수 있는가? 다시 말해 "내어나름"은 "시간성"으로 불려진 시간의 또 다른 이름인가? ii) "내어나름"과 "존재 사건"은 어떤 관련 안에 놓여 있는가? 이 두 가지 물음은 다음의 하나의 물음으로 불러 모여진다 : 그리하여 "내어나름"은 시간의 고유함으로서 그리로부터 내어지는 존재와 함께 "존재 사건"에 속하는가? 우리는 다음과 같은 방식의 진행을 통해 이 물음들에 해명하기를 시도할 것이다 : 2. 차이와 시간성, 3. 차이와 내어나름, 4. 존재 사건과 내어나름, 5. 존재 사건에 속하는 시간-공간과 내어나름, 6. 맺음말.

2. 차이와 시간성

앞서 언급한 대로 존재는 인간의 사유함 또는 존재 이해 안에 열어 밝혀진 진리의 존재며 존재자는 존재의 그 열어 밝혀짐의 빛 안에서, 그를 통해, 비로소 존재자로서 드러난다. 존재자의 드러남에는 그것의 근거로서 존재의 열어 밝혀짐이 전제돼 있다. "존재의 비은폐는 언제나, 그 존재자가 현실적이든 그렇지 않든, 존재자의 존재의 진리다. 거꾸로 존재자의 비은폐에는 그때마다 이미 그 존재자의 존재의 비은폐가 놓여 있다"(WG, 15). 존재자와 그것의 전적인 타자인 존재 사이의 차이의 사태는, 이렇듯 존재자는 존재의 열어 밝혀짐에서 비로소 존재자로서 드러나는 동시에 존재는 언제나 존재자의 존재로서 존재자에 속함으로써, 존재자와 존재가 단일함을 이루는 "함께 속함"으로 이해돼야 한다. 그렇지만 하이데거의 초기 사유에서는 존재론의 기초 놓기란 관심 아래 이러한 차이의 사태보다는 열어 밝혀진 존재와 드러난 존재자 사이의 뚜렷한 차이가 우선적으로 사유되고 있다("존재론적 차이"). 이와 함께 차이는 존재를 이해하며 존재자와 관계 맺는(존재자를 드러내는), 인간 현존재의 초월에서 수행되는 "구별(Unterschied, Unterscheidung)"로 이해된다. 즉 차이는 존재 이해 안에 열어 밝혀진 존재와 그 존재 이해의 빛을 바탕으로 존재자와의 관계 맺음에서 드러난 존재자 사이의 "구별"로 파악된다.[8] 그러나 이 "구별"은 존재를 이해하며

---

8) 하이데거는 이러한 구별의 명확한 이행과 형성, 다시 말해 존재와 존재자가 뚜렷이 서로 구분되고 그럼으로써 존재가 존재론의 가능한 주제로 되는 명확한 구별을 "존재론적 차이"라고 부른다. 그렇지만 *Vom Wesen des Grundes*에서는 명확함의 방식이 나눠지지 않은 채로 존재와 존재자의 구별이 "존재론적 차이"로 말해진다. 나아가 기초 존재론적인 의도의 포기와 함께 "존재론적"이란 말이 떨어져 나가고, 이와 함께 "구별"의 수행으로서가 아닌 차이의 사태 자체가 고유하게 사유된다. 이 차이 자체에 대해서는 다음 장에서 논의하게 될 것이다.

존재자와 관계 맺는 단일함 속에서의 그것으로서, 여기에는 이미 존재와 존재자 사이의 "함께 속함"이 명확하게 사유되지는 않았지만 사유돼야 할 것으로 간직돼 있다.

하이데거가 "존재 이해와 존재자와의 관계 맺음의 직접적 단일함"(GP, 454), 그 둘의 "함께 속함"(GP, 466)으로 표현하는, 초월에 속하는 그러한 "구별"은 인간 현존재와 함께 개시된다. 왜냐 하면 인간 현존재는 바로 존재를 이해하며 존재자와 관계 맺는 초월을 자신의 "특출난 점"(WG, 15), "근본 구성 틀"(WG, 18)로 갖는 존재자이기 때문이다. 다시 말해 "초월 안에 초월로서"(WG, 19) 존재하는 인간 현존재는 존재와 존재자의 구별을 수행하며 존재하는 존재자다. "존재와 존재자의 구별은 현존재의 존재 양식을 갖고 있으며 실존에 속해 있다"(GP, 454).[9] 이렇게 보면 존재와 존재자 사이를 단일함 속에서 구별짓는 수행으로서의 차이는 그 근거를 인간 현존재의 초월에 두고 있는 셈이다. 그러나 인간 현존재의 "근본 구성 틀"인 초월은 아직 그러한 차이의 충분한 근거가 아니다. 아직 더 소급해 들어가야 할 그것의 근거가 남아 있다. 달리 말하면 존재를 이해하고 존재자와 관계 맺는 인간 현존재의 초월은 어디로부터 가능한가 하는 물음이 남아 있다.

우리는 이미 밝혀진 사실을 실마리로 삼아 다음과 같은 방식으로 그 차이의 근거를 앞서 규정해볼 수 있다. 존재 이해와 존재자와의 관계 맺음이 하나로 함께 속한다면, 또는 그것이 각기 적중하는 열어 밝혀진 존재와 그 존재 진리의 빛 안에서 비로소 존재자로 드러난 존재자가 함께 속하고 있다면, 그것은 그 둘 사이의 어떤 특정한 '사이에(das Zwischen)' 혹은 그 둘을 하나로 묶는 '와'의 영역을 전제하고 있는 셈이다. 이 '사이에' 또는 '와'로부터, 그것을 중심으로, 초월이 그리고 그 초월

---

9) 나아가 하이데거는 이렇게 말한다. "그러한 구별을 할 수 있는 영혼만이 동물의 영혼을 넘어 인간의 영혼이 될 자격을 얻는다"(GP, 454).

위에서 (열어 밝혀진) 존재와 (드러난) 존재자를 단일함 속에서 구별하는 차이가 수행되고 있다. 그렇다면 '사이에'의 영역과 그것을 개방하는 것은 각기 차이가 전개되는 영역과 차이의 근거를 이룰 것이다. 이 경우 차이의 근거에 대한 물음은 이렇게 바뀐다 : 존재 이해와 존재자와의 관계 맺음 사이의 "사이에"란 어떤 영역이며, 그 영역을 열고 그리로부터 둘을 단일하게 함께 묶고 있는 것은 무엇인가?[10]

　하이데거에 따르면 존재를 이해하며 존재자와 관계 맺는, 인간 현존재의 초월은 그가 "근원적인 시간"(GP, 362)이라고 부른 "시간성"으로부터 가능하다. "시간성"의 시간은 간직함(旣在, Gewesenheit, Gewesen), 기대함(미래), 현재화함(현재)의 근원적인 단일함이다. 하이데거는 곧 간직함, 기대함, 현재화함의 단일함, 다시 말해 '간직하며 기대하는 현재화함'이 존재자와의 모든 관계 맺음을 가능하게 한다고 말하고 있는 것이다. 도구와 같은 존재자의 경우를 보자. 하나의 도구를 이 도구로서 규정하는 도구 성격은 "무엇 하는 데에", "무엇을 위해"란 그것의 "사용 사태(Bewandtnis)"(GP, 415)에 의해 구성된다. "사용 사태"가 하나의 도구 존재자가 그러한 존재자로서 무엇이며 어떻게 있는지(Was- und Wie-sein)를 구성하는 것이다. 우리는 이러한 "사용

---

10) 하이데거는 차이에 대한 두 가지 오해를 배제함으로써 차이의 수수께끼를 드러낸다. 첫번째 오해는 차이를 존재자와 존재에 덧붙인 관련으로 표상하는 것이다. 즉 차이를 존재자 혹은 존재에 덧붙인 표상의 부가물로 보는 오해다. 하이데거는 우리가 차이를 존재자에 덧붙이려 할 때 **존재하는** 존재자(곧 존재와의 차이에서의 존재자)를, 또한 존재에 덧붙이고자 할 때도 존재하는 **존재자**(곧 존재자와의 차이에서의 존재)를 이미 만나게 된다는 점을 지적함으로써 그 같은 오해를 물리친다. 차이란 표상을 덧붙이고자 하는 곳에서 우리는 언제나 이미 차이에서의 존재와 존재자를 만나게 된다는 것이다. 차이에 대한 두 번째 오해는 우리의 표상적 사유란 애초부터 존재와 존재자 **사이에** 차이를 끼워넣게끔 구조지워졌다고 설명하는 것이다. 여기에 대해서는 하이데거는 이렇게 반문한다. "차이가, 말하자면 삽입된다고 하는 그 《사이에》란 어디에서 연유하는가?"(ID, 54/55)

사태"를 앞서 이해하는 "사용케 함(Bewendenlassen)", 곧 어떤 용도를 기대함인 "무엇 하는 데에 사용케 함" 속에서 — 말하자면 "사용케 함"이 주는 "빛의 밝음"(GP, 416) 속에서 — 도구와 같은 어떤 것과 만난다. 그러나 이 "무엇 하는 데에 사용케 함"은 언제나 동시에 "어떤 것을 가지고 사용케 함"이다. 도구와 같은 존재자를 사용하는 우리의 관계 맺음은 그와 같은 "어떤 것을 가지고 무엇 하는 데에 사용케 함"(참조 GP, 415), 즉 도구가 그러한 도구로서 현재화되는 ('~을 가지고'를) 간직하며 ('~하는 데에'를) 기대함으로부터 가능하다. 예를 들어 망치는 "그것을 가지고 망치질하는 데에 사용케 함" 속에서 이러저러한 무차별한 망치가 아니라 이 특정한 망치로서 현재화된다. 즉 이 특정한 망치로서의 망치와 만나는 관계 맺음을 가능하게 하는 것은, 하이데거가 "시간성"으로 이해하는 간직함, 기대함, 현재화함의 단일함 또는 '간직하며 기대하는 현재화함'이다. 이러한 "시간성"의 단일함이 유지되지 않는다면 손안의 가까운 도구인 망치는 다시금 무차별함 속에 잠기게 될 것이다. 망치와 같은 도구 존재자뿐만 아니라 존재자로서의 자기 자신 및 타인들과의 관계 맺음, 다시 말해 존재하는 모든 것들과의 관계 맺음이 그와 같은 '간직하며 기대하는 현재화함'인 "시간성"으로부터 가능하다.

　하이데거는 초월의 가능 근거인 '간직하며 기대하는 현재화함', 즉 기재, 미래, 현재의 단일함인 "시간성"은 "근원적으로 탈자적인 것(Außer sich)"(GP, 377)이라고 말한다. 즉 "시간성"은 자기 바깥에 "~으로 빠져나감(Entrückung)"(GP, 378)이란 성격의 "탈자"로부터 규정받는다는 것이다. "미래의 본질적인 점은 '자신으로 다가감(Auf-sich-zukommen)'에, 기재의 그것은 '무엇으로 되돌아(Zurück-zu)'에 그리고 현재의 그것은 '무엇 곁에 체류함(Sichaufhalten bei)', 즉 '무엇 곁에 머물러 있음(Sein-bei)'에 놓여 있다. 시간성이 이러한 '무엇으로 향해', '무

엇으로 되돌아', '무엇 곁에'에 의해 규정되는 한, 시간성은 **자
신 밖에 나가 있다**"(GP, 377). "시간성"을 특징짓는 자신을 넘
어 '~으로' "빠져나감"이란 "탈자"는 미리 기대하고 아직 간직
하는 가운데 향하고 되돌아가며, 어떤 것을 현재화하는 단일함
을 놓지 않고 붙잡는 견딤(aushalten, durchhalten)으로 진행된
다. 이러한 견딤의 단일함 속에 "탈자"의 '~으로(Wohin)'는
"지평"("본래적인 개방성", "개방된 여지")(GP, 378)을 연다.
"시간성"의 "빠져나감"이 "지평을 개방하고 열린 채로 견지한
다"(GP, 378). 그리하여 "탈자"의 단일함으로부터 규정받는, 미
래, 기재, 현재의 근원적 단일함인 시간성은 "그 자체 탈자적-
지평적"(GP, 378), "근원적인 탈자적-지평적 단일함"(GP, 429)
이다. 이렇게 탈자적이자 지평적인 "시간성"을 바탕으로 존재
를 이해하면서 존재자와 관계 맺는 초월이 가능하게 됨으로써
존재 이해 안에 열어 밝혀진 존재와 그 존재 진리를 빛으로 해
서 드러난 존재자의 사이를 단일함 속에 구별하는 차이가 전개
된다. 따라서 이 차이의 궁극적인 근거는 "시간성"에 있다.

초월의 근본 토대로서 초월에서 수행되는 차이의 근거인 "시
간성"은, 초월에 존재 이해가 속해 있기에, 다시 말해 초월은
곧 존재자와 관계 맺으며 그것의 존재를 이해함이기에 존재 이
해의 근본적 가능 조건 혹은 "도대체 존재와 같은 것이 그리로
부터 이해될 수 있는 지평"(GP, 22)이라고 말해질 수 있다. 동
시에 초월은 인간 현존재의 "근본 구성 틀", "존재"(GP, 452)를
이루는 만큼, 존재 진리의 지평인 "시간성"은 또한 인간이 그의
고유함, "특출난 점"을 얻는 영역이다. 그런 의미에서 "시간성"
은 인간에 속하면서도 인간보다 근원적이다. 말하자면 "시간
성"의 시간은 존재와 인간을 동시에 떠받치고 있다. *Sein und
Zeit*의 1부의 제목, '현존재를 시간성에 근거하여 해석하고 시
간을 존재에 대한 물음의 초월론적 지평으로 설명함'에는 이미
그러한 사태가 앞서 파악돼 있다.

이로써 앞서 제기한 물음, 즉 존재 이해와 존재자와의 관계 맺음 혹은 존재 이해 안에서 열어 밝혀지고 관계 맺음에서 드러난 존재자의 "함께 속함"의 중심인 '사이에', 그 둘의 '와'는 어떤 영역이며, 그 영역은 여는 것은 어떤 사태인가라는 물음은 다음과 같이 해명된다. '～으로' 빠져나가는 탈자가 견딤의 단일함 속에 열어놓은, 탈자적 지평적 단일함의 "시간성"이 '사이에'를 이루며 그 '사이에'로부터 차이가 전개되고 있다. "시간성"에 대해 이러한 규정 속에 이해되고 있는 그것의 본질은 이후의 논의와 관련하여 다음과 같이 말해질 수 있다. "시간성"이란 시간의 본질은 상이한 것을, 여기서는 존재 이해와 존재자와의 관계 맺음을, 단일하게 하는 데 있다. "시간성"의 시간은 그런 의미에서 하나의 원이다. 원은 상이한 것의 어울림, 조화를 표현한다. 하이데거는 나중에 차이의 근거를 "내어나름"으로 사유하는 또 다른 곳에서 "내어나름"을 "원을 이룸(Kreisen)"(ID, 62)이라고 말한다.11)

---

11) "원"이란 말은 이미 서구 사유의 시원에서 등장하고 있다. 헤라클레이토스는 자신의 "로고스"를 "원"에 비유한다. 헤라클레이토스의 "로고스"의 근본 의미를 하이데거는 존재자에 속하는 존재(존재자의 존재)로서 존재하는 모든 것을 그 안에 "불러모으는 것"이자(그래서 하나는 모든 것이다), 동시에 존재자가 그렇게 "불러모여 있음"(그래서 또한 모든 것은 하나다)으로 이해한다(EM, 136,142). 즉 그는 "로고스"를 끊임없이 그 자체 안에 머물며 "불러모으는 모여 있음, 근원적으로 불러모으는 것"으로 이해한다(EM, 137). "로고스"의 "불러모음", "불러모여 있음"은 아무렇게나 쌓아두거나 뒤섞는 것이 아니라 "나눠지려는 것들을 근원적으로 하나로 모으는 단일함"(EM, 140), 모든 것이 하나이고 하나가 모든 것인 통일성이다. 그러한 "로고스"의 통일성은 시작과 끝이 동일하며 그 자체로 모여 있는 "원의 둘레"(헤라클레이토스 단편 103)(EM, 140)와 같은 것이다.

3. 차이와 내어나름

하이데거의 앞선 사유의 길에서 열어 밝혀진 존재와 그를 통해 드러난 존재자 사이의 "구별"로 말해진 차이는 그 이후의 사유의 길에서, 무엇보다도 *Identität und Differenz*에서 "내어나름"이란 차이의 근거에 이르게 되는 것과 함께, 뚜렷이 사유되지 않은, 그런 의미로 아직은 뒤로 물러나 있는 그것의 사태를 가까이에 생생하게 내보이게 된다.12) 하이데거는 여기서 '존재자의 존재', '존재의 존재자'에서의 소유격의 의미를 실마리로 차이의 사태와 그것의 근거로 진입해간다.

이에 따르면 존재는 언제나 존재자에 속하는 "존재자의 존재"며, 동시에 존재자는 언제나 존재와 관련된, 혹은 존재 덕분에 비로소 "오히려 무가 아니고 존재하는", "존재의 존재자"다. 이때 전자의 소유격은 목적격적인 소유격으로서 존재자를 존재하게 하는 존재를, 그리고 후자의 소유격은 주격적인 것으로서 존재 덕분에 존재하게 된, 존재에 속하는 존재자를 표현한다. 이러한 이중의 소유격을 통해 우선적으로 밝혀지는 것은 존재자(와의 차이에서)의 존재와 존재(와의 차이에서)의 존재자 사이의 차이란 서로에게 속함, "함께 속함"이란 점이다. 이러한 "함께 속함"으로서의, 존재와 존재자의 차이는 이제 '존재

---

12) 하이데거는 *Nietzsche II*에서, 다시 말해 "구별"에서 차이 자체로 가는 도상에서 다음과 같이 말한다 : "≫존재론≪은 존재와 존재자의 구별에 근거한다. ≫구별(Unterscheidung)≪은 ≫차이≪란 이름을 통해 더 적절하게 명명된다. 차이 안에서는 존재자와 존재가, 물론 ≫구별≪의 ≫행위≪를 근거로 해서가 아니라 그 스스로로부터, 어떻게든 서로로부터 나눠지고, 갈라지면서도 동시에 서로를 향해 연관돼 있다는 점이 내보여지고 있다. ≫차이≪로서의 구별은 존재와 존재자 사이에 **내어나름**이 존속하고 있다는 것을 말한다. 어디로부터 어떻게 그러한 내어나름에 이르게 되는지는 말해지지 않는다 ; 차이는, 여기서는 다만 이 내어나름에 대한 물음을 위한 동기와 동인으로 불려질 것이다"(*Nietzsche II*, 209).

자의 존재'에서의 목적격적인 소유격의 의미가 다음과 같이 밝혀짐으로써 사태 부합적인 내용을 펼쳐 보인다.

하이데거는 존재자의 존재란 "존재자를 존재하게 하는 존재(Sein, welches das Seiende ist)를 가리키며, 이때 'ist'는 타동의 의미, 이행, 넘어옴의 의미"(ID 56)라고 설명한다. 다시 말해 존재자(와의 차이에서)의 존재란 존재자를 "존재하게 함"이며, 이 "존재하게 함"은 존재자로 넘어오는 이행의 일어남이란 것이다. "여기서 존재는 존재자로 넘어옴의 방식으로 본재한다"(ID, 56) 그렇지만 존재자로 이행하는 이러한 존재의 넘어옴은 마치 존재자가 존재 없이 있다가 비로소 이 존재에 의해 관여되는 것처럼 그렇게 존재자 바깥에서 존재자로 들어서는 것이 아니다. 이 존재의 넘어옴은 존재가 언제나 다만 존재자에 속하는 존재란 그의 자리를 벗어나는 이행이 아니라, 스스로를 열어 밝히며 존재자를 넘어서 존재자로 이행하는, 혹은 "비은폐 안에 열려 펼쳐지며 비은폐된 것으로"(WhD, 144) 들어서는, 탈은폐하는 넘어옴이다.

한편, 이러한 탈은폐하는 존재의 넘어옴에서 존재자는 비로소 존재자로서 들어선다. 존재자를 넘어서 존재자로 이행하는 존재의 탈은폐가 존재자를 비로소 하나의 존재자로서 밝게 드러냄으로써 존재자이게 한다는 것이다. 존재자는 '존재자의 존재'인 존재의 탈은폐에서, 그것을 통해, 오히려 무가 아니고 존재하는 '존재의 존재자'가 된다. 이렇게 볼 때 하이데거가 말하는 존재의 넘어옴, 이행이란 존재의 탈은폐 혹은 존재의 진리로서, 존재자의 편에서는 "존재하게 함"의 사태다. "존재는 (존재자를) 넘어서 탈은폐하며 (존재자로) 넘어오며, 존재자는 그러한 넘어옴을 통해 비로소 그 스스로로부터 비은폐된 것으로서 도래한다(ankommen)"(ID, 56). 여기서의 "도래"란 비은폐 안에 "간수됨(sich bergen)", "그렇게 간수된 채 우리 가까이에 머묾(anwähren)", 그럼으로써 "존재자가 존재자로서 존재함(Seiendes sein)"을 말한다(ID, 56).

이와 같이 '존재자의 존재'인 존재는 존재자로 자신을 열어 밝히며 넘어오는 ≫동시에≪ 존재자는 그 존재의 열어 밝힘에서 '존재의 존재자'로 간수됨으로써, 존재와 존재자는 서로로부터 나눠지면서도, 번갈아 서로에게 향하며 함께 속한다. 이로써 앞서 두 가지 소유격의 의미를 통해 "함께 속함"이라고 미리 규정한 존재와 존재자의 차이란, 탈은폐하는 존재와 그 존재의 탈은폐에서 존재자로서 들어서는 존재자 사이에서 일어나는 서로로부터 갈라짐과 서로에게 향함의 단일함, 동시성의 사태로 드러나고 있다. 차이의 사태가 그와 같이 밝혀진다면, 그것을 인식의 실마리로 삼아 들어서야 할 차이의 근거 또는 '차이를 내는 것'은 적어도 다음과 같은 사태일 것이다. 우선 그 차이의 근거는 탈은폐하며 존재자로 넘어오는 존재와 그 존재의 탈은폐에서 존재자로서 들어서는 존재자 사이의 "사이에" 혹은 둘의 '와'를 이루는 "동일한 것(das Selbe)"이어야 한다. 존재의 넘어옴과 존재자의 도래의 중심인 그 '동일한 것'은 그리로부터 그리고 그리에로 그 두 차이나는 것을 단일하게 묶어주는 것이어야 한다.

하이데거는 그 "동일한 것"을 "사이-가름(사이-나눔)(Unter-Schied)"이라고 부른다. "사이-가름"이 탈은폐하는 존재와 도래하는 존재자가 그리로부터 서로로부터 나눠지면서도 ≫동시에≪ 서로에게 향함으로써 함께 속하는, 둘 사이의 중심인 "사이에"란 영역을 열어준다. 그러나 이렇게 존재와 존재자 사이의 서로로부터 나눔과 서로에게 향함의 "사이에"로서, 그 둘을 동시에 "와"로써 묶는 "사이-가름"은 그 나눔과 향함의 단일함, 동시성이 팽팽히 유지되도록 견지하는 "내어나름(Austrag)"에 의해 수행되는 것이다.13) 존재의 넘어옴과 존재자의 도래란 두 상이한

---

13) 앞서 "구별(Unterschied, Unterscheidung)"은 존재와 존재자를 구별짓는 수행이었던 반면, 여기서 "사이-가름"은 서로로부터 나눠지면서도 서로에게

것의 단일함, 동시성을 견지하는 "견딤(Aushalten)"(ID, 63)을 수행하는 "내어나름"이 "사이-가름"으로서 "사이에"의 영역을 밝게 트이게 한다는 것이다. 따라서 사태 부합적인 설명은 다음과 같은 것이다 : 존재자를 넘어 존재자로 탈은폐하는 존재와 그 존재의 탈은폐에서 존재자로서 들어서는 존재자는, "내어나름"이 "견딤"의 단일함 위에서 "사이-가름"으로서 열어놓은 "사이에'"에서, 서로로부터 갈라지면서도 동시에 번갈아 서로에게 향함으로써 함께 속한다. "내어나름"에 의해, "내어나름"의 영역으로부터 존재와 존재자는, 마치 서로의 발을 잡고 돌 듯, 서로를 향해 번갈아 돌고 있다. 그래서 하이데거는 "내어나름"에 대해 "하나의 원을 이룸, 존재와 존재자가 서로를 향해 번갈아 돎"(ID, 62)이라고 말한다.

이렇게 서로 다른 존재와 존재자의 단일함, "함께 속함", 즉 차이의 사태가 "내어나름"에 의해, "내어나름"의 영역("사이에")으로부터 전개되는 것으로 드러남으로써, 그러한 차이로부터 들어서야 할 그것의 근거 혹은 '차이나게 하는 것'은 "내어나름"이란 점이 분명해진다.14) 그러나 하이데거는 "내어나름"

향하는 존재와 존재자 사이의 단일함, "함께 속함"의 중심으로 사유되고 있다. 그렇지만 "구별" 또한 이미 "존재 이해와 존재자와의 관계 맺음의 직접적 단일함" 속에서의 구별이다. 한편 *Unterwegs zur Sprache*에서는 "사이-가름"은 세계와 사물이 갈라지면서도 단일함을 이루는, 둘의 "중심", "사이에"(UzS, 24)로서 말해진다. 그와 같은 방식으로 "내어나름"의 사건인 "사이-가름"은 그 자신으로부터 세계와 사물을 단일함의 중심, 즉 그 자신에게로 불러모은다는 의미로 "부르는 자(das Heißende)"(UzS, 29)다.

14) 존재와 존재자의 사이에서 그 차이의 근거로 밝혀진 "내어나름"은 또한 형이상학의 본질 유래를 이룬다. 형이상학은 모든 존재하는 것의 "가장 일반적 특성"(WiM, 19), "공통적인 근거"(ID, 63)인 "일반적인 존재자"(형이상학에게는 존재자의 존재로 이해된)로부터 모든 존재자를("최고 존재자", "신적인 존재자"를 포함하여) 근거 짓는(gründen, ergründen) 존재론으로서의 학이자 모든 존재자를(이번에는 "일반적인 존재자"를 포함하여) "최고 존재자"로부터 정초하는(begründen) 신론으로서의 학이다. "존재-신-론"이라는, 이러한 형이상학의 "본질 구성 틀"은 서로를 향해 번갈아 근거 짓는 존재("일반

을 차이의 최종적 근거로 사유하지 않는다. 그에게 "내어나름"은 아직 차이의 앞선 근거, "차이의 본질의 앞선 장소"(ID, 59)일 뿐이다. 이후의 논의에서 차이의 본질의 궁극적 장소는 "존재 사건"으로 밝혀지게 될 것이다.

"내어나름"에 의해 전개되는, 탈은폐하며 넘어오는 존재와 그 탈은폐의 밝음에서 존재자로서 들어서는 존재자의 단일함의 사태란 그렇게 자신을 열어 밝히며 존재자를 존재자로서 간수하는, "밝게 트이며 간수함(lichtendes Bergen)"(WdW, 201)인 존재가 지배하는 사태다. 다시 말해 차이란 존재의 탈은폐 혹은 존재의 진리로서 전개되는 것이다. 그래서 존재와 존재자 사이에 팽팽히 전개되는 차이는 곧 "내어나름"의 영역으로부터, "내어나름"의 방식으로, 자신을 열어 밝히며 그 열어 밝힘에서 존재자를 드러내는 탈은폐의 존재가 내어지는 존재 진리의 사태인 셈이다. 따라서 차이에 대해 이렇게 말해야 한다 : "내어나름"이 탈은폐의 존재를 내줌으로써 그 탈은폐의 밝음에서 존재자로 들어서는 존재자와 존재의 단일함의 사태인 차이가 전개된다.15) 그렇게 본다면 "내어나름"은 존재자와의 차이

적인 존재자")와 존재자("최고 존재자") 사이의 서로로부터 나뉨과 서로에게 향함의 단일함, 즉 둘의 차이로부터 성립하며, 그러한 차이는 상이한 것을 하나로 묶는 "내어나름"으로부터 전개되는 것이다. "내어나름"은 그렇게 존재("일반적인 존재자")와 "최고 존재자"로서의 존재자가 함께 속하는 단일함을 전개함으로써, 숨겨진 채로, 존재론이자 신론인 형이상학의 본질 유래를 이룬다.

15) 우리는 "내어나름"이라고 옮긴 "Austrag"의 의미를 '견딤'으로써 어떤 것을 밖으로 내어지게 함으로 받아들인다. 즉 우리는 "내어나름"을 존재의 넘어옴과 존재자의 도래 사이의, 서로로부터 나뉨과 서로에게 향함의 단일함, 동시성을 견딤으로써 탈은폐의 존재를 내주고 그럼으로써 차이를 전개하는 것으로 이해하고 있다. 이 밖에도 예컨대 우리를 관여하며 요구하는 사유의 사실에 들어서서 보다 논쟁적(strittiger)이 되는 사실을 성급히 포기하지 않고 끝까지 응대하며 견딤으로써 해결에 이르는 사유의 수행, 또는 달이 찰 때까지 태아의 성숙을 견딤으로써 아이를 세상 밖에 내놓는 잉태가 또한 그와 같이 '견딤'과 '내줌'의 뜻을 함께 간직하고 있는 혹은 '견딤'을 통한 '내줌'을

로부터의 존재, 혹은 "존재와 존재자 사이에 지배하는 차이(Unterschied)"(WdW, 201)인 탈은폐의 존재가 내어지는, 존재 자신에 속하는 진리 방식과 지평이며, "차이로부터 사유된 존재"(ID, 57) 자체라고 말할 수 있다.

이렇게 "내어나름"의 방식으로 "내어나름"의 영역으로부터, 다시 말해 "내어나름"만큼 존재자와의 차이로부터의 존재, 즉 자신을 열어 밝히며 존재자를 드러내는 탈은폐의 존재가 내어진다는 이 같은 사실에는 뚜렷이 말해지지 않은, 그러나 사유돼야 할 다음의 사실이 함께 말해지고 있다. "내어나름"에서 내어진 탈은폐의 존재란 우리를 요구하며 관여하는, 우리에게로 열어 밝혀진 현존(Anwesen)의 존재, 그렇게 밝게 드러난 진리의 존재라는 점이다. 말하자면 그 존재는 존재자와 관련해서는 자신의 열어 밝힘에서 존재자를 존재자로서 간수하는 "존재하게 함"으로서 "모든 존재자보다 멀리 있지만", 동시에 우리들 자신인 인간에게 내어진 현존의 존재로서 "어떤 존재자보다 인간 가까이" 머무는 존재다. 우리 가까이에 머무는 현존의 존재가 그처럼 "내어나름"의 영역으로부터 내어지는 만큼, 존재를 사유함으로써, 혹은 끊임없이 존재를 받아들임으로써 자신의 본질로, 즉 "존재의 목자" 혹은 "존재자에서 존재가 실현되는 틈새(Bresche)"(EM, 172)로 존재하는 인간 현존재 또한 그 "내어나름"의 영역에 들어서서 그것을 떠맡아야 한다. 우리들 자신인 인간이 그렇게 "내어나름"의 영역에 들어서서 그리로부터 내어지는 존재를 받아들임으로써 존재는 존재로서, 다시 말해 밝게 드러난 진리의 존재로 본재하며, 동시에 인간은 존재의 진리를 지키는(hüten) 목자(Hirt)로서의 그의 고유함을 얻는다.

이러한 논의를 통해 우리는 결국 "내어나름"을 차이에서 지배하는 존재 자신의 지평과 방식이자 동시에 그리로부터 내어지는 존재를 받아들임으로써 인간이 그의 고유함에 이르는 영

의미하는 "내어나름"의 사태다.

역이라고 말하고 있다. 이로써 '탈자적-지평적 단일함'인 "시간성"의 시간에 대한 규정을 반복하고 있는 셈이다. 앞에서 "탈자"의 단일함으로부터 밝게 트이게 된 "개방된 여지"인 "시간성"은 존재 진리의 지평을 이루는 동시에 차이를 수행하는 또는 존재자와 관계 맺으며 존재를 이해하는 인간 현존재의 "근본 구성 틀"을 가능하게 한다고 말해진 바 있다. 우리는 이제 여기서 다음과 같은 두 가지의, 그러나 하나의 물음으로 모여질 물음을 제시하고자 한다 : i) "시간성"의 시간에 대한 규정이 "내어나름"에서 다시금 동일하게 말해질 수 있다는 사실로부터 우리는 "내어나름"의 영역인 "사이에'"를 앞서 "시간성"으로 불렀던 시간의 다른 이름으로, 그 '사이에'를 여는 "내어나름"을 시간의 본질로 보아야 하는가? ii) 또한 "내어나름"이 그처럼 존재자와의 차이에서의 존재가 내어지는 지평으로서 동시에 그 내어지는 존재를 받아들이는 인간이 들어서야 할 영역이라면, "내어나름"은 하이데거가 존재와 인간을 "함께 속하게 하는 것", 존재와 인간이 동일한 곳에 함께 속한다는 의미로 동일한 동일성의 본질 유래로서 그리고 다른 한편으로 존재와 시간을 하나로 묶는 '와'로서 사유하는 "존재 사건"과 어떤 관련 안에 놓여 있는가? 우리는 나중의 두 번째 물음부터 해명을 시도하기로 한다. 이를 위해서는 "존재 사건"과 그것에 고유하게 속하는 사태에 대한 이해를 필요로 한다.

4. 존재 사건과 내어나름

존재와 인간은 서로의 본질로부터, 서로에게 속함의 방식으로, 함께 속한다. 존재는 자신을 열어 밝히기 위해 혹은 진리로서 본재하기 위해 그 열어 밝힘의 장소로서 인간의 사유함을 필요로 한다. 존재는 이 필요로부터 인간의 존재 사유를 자기의 것으로 사용하여 거기에 자신을 내맡긴다. 그렇게 인간의 사유에 내맡김으로써 존재는 존재로서, 즉 그의 고유함, "근본특성"인 진리로서 본재한다. 숨김으로부터 자신을 환하게 드러낸 존재는 현존(Anwesen)의 존재로서 우리들 자신인 인간 가까이에(an) 본재한다(wesen).

존재의 진리는 또한 인간이 그의 고유함을 얻는 영역이다. 인간은 그의 사유함에서 밝게 드러난 존재의 진리를 통해 비로소 존재자 가운데서 존재자와 관계 맺을 수 있고, 그러한 존재자로서 도대체 존재할 수 있다. 그러기에 존재 사유는 인간에게 속하지만, 인간을 그의 본질에 이르게 한다는 의미에서 인간보다 근원적이다. 즉 존재 사유는 "인간의 속성으로서 인간이 갖는 한 태도 방식이 아니라 오히려 거꾸로 인간을 갖는 일어남(Geschehnis)이다"(참조 EM, 150). 인간 또한 그와 같은 그 자신의 내밀한 필요로부터 존재에 대한 탈자적 응대의 관련으로 있으며, 그 "응대의 관련"(ID, 18) 자체다. 따라서 인간의 사유함을 사용하는 존재의 "필요해서 사용함(Brauchen)"이란 단순히 이용하고 소모하는 것이 아니라 "본래적인 사용함"으로서 인간의 사유를 "본질에 들어서게 함이며 본질에서 지킴(Wahrung)"(WhD, 114)이다. 때문에 존재의 요구는 인간에게는 강요나 폭력이 아니라 "존재의 목자", "존재의 이웃"(ÜH, 29)인 그의 본질에 이르게 하는 호의며 선물이다. 그래서 "존재의 호의에 대한 메아리"(WiM, 49)로서의 존재 사유는 자신을 사유하도록 내주고 그럼으로써 우리의 본질에 이르게 한 것(존재)을 잊지 않고 끊임없이 간직하는 "지킴"과 그것에, 귀 기울이며 마음을 쏟는다는 의미로, 자신을 바치는 "감사함"으로서 수행된다(WhD, 79 이하).16)

---

16) 하이데거에 따르면 우리에게 자신을 사유하게 내준, '사유하게 하는 것 (존재)'의 호의에 대해 가장 순수하게 답례하는 "최고의 감사함"(WhD, 94)은 그것을 잊지 않고 간수하며, 그리로 마음을 쏟으며 자신을 바치는 것, 곧 사

존재와 인간은 서로를 향한 필요로부터 혹은 서로를 필요로 하는 내밀한 유한성으로부터 존재의 진리를 중심으로 — 존재는 자신의 열어 밝힘을 위해 그 진리의 장소로 불러 세운(요구한, 필요해서 사용한, 자기의 것으로 삼은) 인간의 사유함에 자신을 내맡기고 동시에 인간은 사유함을 통해 그리에로 자신을 바침으로써 — 서로에게 속하며, 그렇게 서로 속함의 방식으로 함께 속한다. 존재와 인간이 그리로부터 그리에로 함께 속하는 "동일한 것"인 존재의 진리를 하이데거는 "존재 사건"으로 부른다. 존재의 진리가 이렇게 호명됨과 함께 존재보다는 그를 위해 물러나 있는, 존재가 존재로서 있는 진리 자체, 탈은폐 자체가 또는 "함께 속함"보다는 "함께 속하게 하는 것"이 뚜렷이 사유된다. "존재 사건" 안에서, 그것을 통해, 존재와 인간은 ≫인간에게로≪ 열어 밝혀진 존재와 ≫존재를 향한≪ "응대의 연관" 또는 인간 본질에 대한 연관과 존재의 진리에 대한 연관으로서 함께 속하고, 그렇게 "동일한 것"에 함께 속한다는 의미로 동일하다. 그리하여 존재 사건이 존재와 인간의 '사이에', 둘을 하나로 묶는 '와'로서 존재와 인간을 "함께 속하게 하는 것", 다르게 말해 존재의 진리에 대한 연관인 우리들 자신인 인간이 그 안에 살고 있는 "가까움"(ÜH, 20/21, 29, 37)인 "함께 속함"에 이르게 한다는 의미로 "저 가까움에서 가장 가까운 것"(ID, 26)이며, 동일성의 본질 유래를 이룬다.[17]

유함이다.

[17] 존재와 인간이 함께 속하는 그 "와"의 영역에 들어서기 위해서는 표상함과 그 사유 방식 아래 존재자의 근거로 표상된 형이상학의 존재로부터 "뛰어내림"(ID, 20)이 필수적이다. "모든 형이상학이 그렇게 하듯이, 존재가 단지 존재자로부터 존재자에 대하여 그것의 근거로 구명되고 해석되는 한, 존재 자체를 고유하게 사유하는 일은 그러한 존재로부터 등지는 것을 요구한다"(ZS, 5/6). "(그러나) 형이상학의 근거로 소급하는 것인 존재 진리에 대한 사유는 이미 그 첫 발자국에서부터 모든 존재론의 영역을 떠나는 것이다"(WiM, 21).

이렇듯 "존재 사건"이 존재와 인간을 "함께 속하게 하는 것"
인 만큼, 여기에는 다음의 사실이 함축돼 있다고 말해야 한다.
즉 차이의 앞선 근거로서 존재자와의 차이로부터 존재를 내줌
으로써 차이를 전개하는, 동시에 그 내어지는 존재를 끊임없이
받아들이는 인간이 들어서야 할 "내어나름"과 "존재 사건"은
따로 떨어진 상이한 두 사태가 아니라 어떻게든 하나로 어울려
야 한다는 점이다. *Identität und Differenz*의 서론에서 밝히는
하이데거의 다음과 같은 말은 분명하게 이를 뒷받침하고 있다.
"동일성과 차이의 함께 속함이 이 글에서 사유돼야 할 것으로
보여진다. 차이가 얼마만큼 동일성의 본질에서 유래하는지는
존재 사건과 **내어나름** 사이에 지배하는 어울림에 귀기울임으
로써 독자 스스로가 찾아야 한다"(ID, 8).

여기서 하이데거는 "내어나름"에서 전개되는 차이는 어떻
든 "존재 사건"에 고유하게 속하는 동일성의 본질에서 유래하
며, "내어나름"과 "존재 사건"은 하나로 어울린다고 말하고 있
다. 그러나 이처럼 차이가 동일성과 함께 동일성의 본질 유래
인 "존재 사건"에 속하는 한, "존재 사건"과 "내어나름" 사이의
어울림은, 차이를 전개하는 "내어나름" 또한 "존재 사건"에 속
하는 방식의 어울림이어야 한다. 그와 같이 "내어나름"이 "존재
사건"에 속함으로써 "존재 사건"은 "차이의 본질의 앞선 장소"
인 "내어나름"에서 멈출 수 없는 차이의 최종적인 본질 유래를
이룬다. 우리는 이로써 "존재 사건"이 동일성과 차이로서의 존
재 진리라고 앞질러 확정하고 있는 셈이다. 그러나 이는 아직
은 보다 사태 부합적인 해명이 뒤따라야 할 주장으로 남는다.

5. 존재 사건에 속하는 시간-공간과 내어나름

앞서 "내어나름"에 대해 다음과 같이 말해진 바 있다 : "사이

-가름"으로서 "사이에"를 열고, 그리로부터 존재의 넘어옴과 존재자의 도래 사이의 단일함을 견지함으로써 차이를 전개하는 "내어나름"은 존재자를 드러내며 우리에게로 열어 밝혀진 존재(현존)가 내어지는 지평과 방식인 동시에 그리로부터 내어진 존재를 받아들이는 인간이 들어서 떠맡아야 할 영역이다. "내어나름"이 그와 같이 우리에게로 열어 밝혀진, 우리 가까이에(an) 머무는(wesen) 현존(Anwesen)의 존재의 진리 장소("an")인 동시에 존재를 향해 열려 있는 인간 현존재(Dasein)의 "거기에(da)"를 이룸으로써 존재와 인간을 동시에 떠받치는 한, "내어나름"은 존재와 인간을 "함께 속하게 하는 것", 존재와 인간의 동일성의 본질 유래인 "존재 사건"에, 그것의 고유한 방식과 영역으로, 속해야 한다. 만약 그렇지 않고 "내어나름"이 "존재 사건" 밖에 놓인다면, 존재와 인간은 함께 속할 수 없고, 그 경우 존재는 열어 밝혀진 진리의 존재로서 본재하지 않으며 또는 비진리로서 아직 밖에 머물며, 즉 감춰지며, 인간은 그의 본질인 존재의 진리에 대한 연관 자체 혹은 "존재의 목자"로 존재할 수 없을 것이다.

"차이의 본질의 앞선 장소"인 "내어나름"이 그처럼 "존재 사건"과 하나로 어울림으로써 동일성의 본질 유래인 "존재 사건"은 차이의 본질의 최종적인 장소다. 다시 말해 "존재 사건"은 존재와 존재자와 관련해서는 차이의 본질로서 "내어나름"의 방식으로 그리로부터 차이를 전개하고, 즉 자신을 열어 밝히며 존재자를 간수하는, "밝게 트이며 간수함"인 존재를 내주고, 존재와 인간과 관련해서는 동일성의 본질로서 존재와 인간을 함께 속하게 하는 존재의 진리 사태다. 이로써 우리의 논의를 이끄는 두 가지 물음 중 후자의 물음, "존재 사건"과 "내어나름"은 어떤 관련 안에 놓여 있는가라는 물음에 대해 일정하게, 다시 말해 "내어나름"이 얼마만큼 "존재 사건"에 속하는지에 관해 해명한 셈이다.[18] 그렇지만 "내어나름"이 어떤 방식으로

"존재 사건"에 속함으로써 하나로 어울리는가? 우리는 앞서 "시간성"이란 시간의 성격에 대한 규정, 즉 존재 진리의 지평이 자 인간이 그의 고유함을 얻는 영역이란 점이 "내어나름"에 동 일하게 적용될 수 있다는 사실로부터 제기한 우리의 첫번째 물 음, "그렇다면 '내어나름'을 시간의 본질로 보아야 하는가?"라는 물음에 대한 해명을 시도함으로써 여기에 답하고자 한다. 우리 는 결국 이를 통해 다음의 물음을 묻고 있는 셈이다. "내어나름" 과 "존재 사건" 사이의 관련이란 혹 "내어나름"이 시간의 고유함 으로써 '그리로부터 내어지는 존재와 함께' "존재 사건"에 속함 으로써 하나로 어울리는 관련인가? 이 물음에 결정하기에 앞서 우리는 다시금 "존재 사건"에 속하는 "내줌(Reichen)"의 "시간- 공간(Zeit-Raum)"에 대해 살펴보아야 한다.

하이데거는 여기서 자신을 열어 밝히며 존재자를 드러내는 존재의 진리를 존재의 보내줌(geben, schicken)으로, "존재 사 건"을 "존재를 보내주는 것"으로 사유한다.[19] 즉 "존재 사건"이

---

18) Emil Kettering은 차이가 동일성과 함께 "존재 사건"에 유래한다는 사실로 부터 "존재 사건"은 한편으로는 존재와 인간 본질을 함께 속**하게 함**으로, 다른 한편으로는 존재와 존재자의 "사이-가름"인 "내어나름"으로 자신을 내보이며, 그런 만큼 "존재 사건"과 "내어나름" 사이에는 하나의 어울림이 지배한다고 말 한다(참조 Kettering, Emil, *Nähe. Das Denken Martin Heideggers.* Pfullingen, 1987, 80). 이로써 그는 "내어나름"과 "존재 사건" 사이의 어울림 을, 하이데거에 따르면, 그것에 귀기울임으로써 비로소 사유돼야 할, 찾아져 야 할 것으로부터 설명하고 있다. 한편 이러한 E. Kettering의 시각에 대해 신상희는 "사이-나눔('사이-가름')과 내어나름을 완전히 동일시함으로써 이 사이-나눔의 의미 영역을 충분히 경험하지 못했기 때문에" 생겨난 것이라고 지적하면서, 사이-나눔은 생기('존재 사건')와 내어나름 사이에 친밀한 울림 이 공속하는 영역이라고 말한다(참조 신상희, 마르틴 하이데거의 >사이-나 눔< ; '동일성과 차이'의 본질 유래, 1995년 하이데거학회 발표원고).
19) 즉 존재가 자신을 열어 밝히는 탈은폐, 존재의 진리는 존재를 주는(보내 주는) 줌(geben)의 사태라는 것이다. "개별 존재자가 하나의 존재자로서 뚜 렷이 되는(gezeichnet) 존재는 현존을 말한다. 현존하는 존재자와 관련해서 사유하면 현존은 현존하게 함(Anwesenlassen)으로 드러난다. …… 현존하게

"Es gibt Sein"의 'Es'이며, 존재는 'Es'의 보내줌(geben)에 의해 "보내진 것"(Gabe)이라는 것이다. 그렇다면 "Es"인 "존재 사건"으로부터 보내지는 존재, 즉 자신의 열어 밝힘에서 존재자를 드러내며 우리에게로 이른, 내어진 현존(Anwesen)의 존재는 어디로부터, 어떤 방식으로 내어지는가? 이 물음에 대한 답이 바로 "내줌"의 "시간-공간"이다.

하이데거는 '탈자적-지평적 단일함'으로 사유하면서 "시간성"이라고 부른, 미래, 기재, 현재의 단일함의 "개방된 여지"를 이번에는 "시간-공간"으로 호명하면서, 그 "시간-공간"이란 시간의 본질, 다시 말해 "시간-공간"을 밝게 트이게 하는 것을 현존을 내주는 "내줌"이라고 말한다. 앞서 탈자적-지평적인 "시간성"을 자기 밖에 '~으로' 빠져나감이란 "탈자"에 의해 밝게 트이는 것으로 사유한 하이데거는 이제 "우리에게로 이름", "우리를 관여하며 가까이 머묾"이란 의미의 현존을 내주는 "내줌"이 "시간-공간"의 시간을 열어준다고 말하고 있는 것이다. 다시 말해 탈자의 "시간성"에서는 미래, 기재, 현재가 각각 "무엇에로 향해(Auf-zu)", "무엇으로 되돌아(Zurück-zu)", "무엇 곁에(Bei)"로서 ≫~으로≪의 탈자로부터 규정받는 반면(GP, 377), 여기서는 미래, 기재, 현재의 본질적인 점이 ≫우리에게로≪ 이르는 현존을 내주는 "내줌"에 있는 것으로 설명되고 있다.

이에 따르면 현재에서 "우리에게로 이름", "관여함"이란 의미의 현존이 내어지며, 미래, 기재에서도 또한 그와 같은 의미의 현존이 내어지고 있다. '더 이상 현재가 아닌' 기재는 단순히 측량될 수 있는 시간의 흐름에서 과거 어느 시점에 사라진 것이 아니라, 오히려 그것의 고유한 방식으로 우리에게 미치며, 관여하며, '아직 현재가 아닌' 미래에서도 마찬가지로 "우리-에게로-도래함(Auf-uns-Zukommen)"의 현존이 우리에게 내어

함은 탈은폐, 열린 장에 들어서게 함을 말한다. 탈은폐에는 줌이, 다시 말해 현존-**하게 함**에서 현존, 곧 존재를 주는 줌이 작용하고 있다(spielen)"(ZS, 5).

진다(ZS, 13). 이러한 미래, 기재, 현재는 서로를 향해 자신을 내주는 방식으로 단일하게 어울려 있다. '아직 현재가 아닌' 미래는 우리에게로 이르면서 '더 이상 현재가 아닌' 기재를 내주며, 기재는 거꾸로 도래에게 자신을 넘겨준다. 이렇게 번갈아 서로에게 향하는 미래와 기재의 관련은 또한 동시에 현재를 내준다. 미래, 기재, 현재에서 서로를 향해 자신의 현존을 내주는 이러한 "내줌"으로부터 개방된 여지인 "시간-공간"의 단일함이 밝게 트이게 된다. "내줌"이 미래, 기재, 현재에서 그때마다의 그것들의 고유한 현존이 내어지게 하며, 그것들을 서로로부터 갈라지면서도 동시에 서로에게 향하게 함으로써 "시간-공간"을 여는 것이다.

이렇게 해서 "내줌"이 열어놓은 "시간-공간"은 도래하는 것의 현존, 기재하는 것의 현존, 현재하는 것의 현존 등 모든 현존이 내어지는 지평을 이루게 된다. 다시 말해 자신의 환한 밝음 아래 존재자를 드러내며 우리에게로 이른, 우리를 관여하며 가까이에 머무는 존재가 "내줌"의 방식으로, 그리고 "내줌"의 "시간-공간"의 영역으로부터 내어지는 것이다. 또한 존재자와 관련해서는 "존재하게 함"("현존하게 함")인 존재 또는 존재자와의 차이에서의 존재가 그처럼 "내줌"의 영역으로부터 우리 가까이에 내어지는 만큼, 끊임없이 "현존의 관여"(ZS, 12)를 받는, 다시 말해 자신에게로 이른 존재를 받아들이는 인간은 그 "내줌"의 영역에 들어서 그것을 떠맡아야 한다 : "현존으로서의 존재에는 우리들 인간에게 미치는 관여가 알려지고 있다. 우리들은 이 관여를 받아들이고 떠맡음으로써 인간임의 특출함을 얻게 된다. 그러나 이 현존의 관여를 떠맡는 것은 내줌의 영역에 들어서 있음에 연유한다"(참조 ZS, 23/24). 그렇게 "내줌"의 영역에 들어서서 그리로부터 내어지는 존재를 받아들임으로써 인간은 그 자신의 특출함으로, 즉 존재를 지키는 자로 그리고 존재는 우리 가까이에 머무는 진리의 존재로 본재한다. 그리하여 "내줌"의 "시간-공간"이란 시간은 존재가 내어지는 지평인 동시에 인간이 그의 본질을 얻는 영역을 이룬다.

그렇지만 "내줌"의 시간 스스로가 존재를 내어주는 것은 아니다. "내줌"의 시간으로부터 내어진 존재는, 앞서 말한 바처럼, "존재 사건"이 "보내준 것"(Gabe)이다. "존재 사건"이 "내줌"의 방식으로, "내줌"의 영역으로부터 존재를 보내는 것이다. 존재가 그리로부터 보내지는 "시간-공간"을 여는 "내줌"은 다시금, "존재 사건"이 존재를 보내주는 지평과 방식으로서, "존재 사건"에 속하는 것이다. 다시 말해 "보내줌(geben, schicken)"은 "내줌"에서 그리고 "내줌"은 다시금 "보내줌"과 함께 "존재 사건"에서 연유한다. 그리하여 "Es gibt Sein"의 "Es"인 "존재 사건"의 "geben"은 존재의 "보내줌(schicken)"이자, 존재가 그리로부터 내어지는 시간의 영역을 밝게 트이게 하는 "내줌(reichen)"이다. "존재 사건" 안에서, 그것을 통해, 존재는 시간의 열려진 영역에 내맡겨지고, "내줌"의 시간은 존재가 보내지는 존재 진리의 영역으로서 바쳐짐으로써, '존재'와 '시간'은 그 "동일한 것"인 "존재 사건"에 함께 속한다.[20] "존재 사건"이 존재와 시간을 "함께 속하게 하는 것", 말하자면 존재와 시간, 시간과 존재를 하나로 묶는 "와"로서 존재와 시간이란 "두 사실(Sache)을 서로 향하게 하고(zueinander *halten*), 둘의 관련을 견디는(aus*halten*) 사태(Sachver*halt*)"(ZS, 4)다.

---

20) 그래서 "존재와 시간", 곧 (우리에게로 열어 밝혀진, 내어진 진리의) **존재**와 (존재가 그리로부터 내어지는 지평인 동시에 존재 진리에 탈자적으로 응대하는 우리들 자신이 들어서 떠맡아야 할 영역인) **시간**은 한 권의 책으로 머무는 것이 아니라 끊임없이 사유돼야 할 "사유의 사실"이다. "이러한 숙고에서 ≪존재와 시간≫은 한 권의 책을 가리키는 것이 아니라 과제로 주어진 것을 의미한다"(EM, 215).

6. 맺음말

"존재 사건"에 속하는 "내줌"의 시간에 대한, 말하자면 '존재와 시간'에서 '존재 사건'으로 물음의 위치가 바뀐 사유의 길에서의 시간에 대한 하이데거의 사유를 이와 같이 논의하는 것을 통해 다음의 사실이 뚜렷해졌다. 즉 "내줌"에 의해 밝게 트이게 된 "시간-공간"의 시간은 존재자를 드러내며 우리 가까이 이른 존재가 그리로부터 내어지는 지평인 동시에 인간이 들어서서 떠맡아야 할 영역이다. 이로써 '탈자적-지평적 단일함'인 "시간성"과 "내어나름"의 '사이에'가 동일하게 보여주는, 존재와 인간을 동시에 떠받친다라는 성격이 "내줌"의 "시간-공간"의 시간에서 다시금 확인되고 있다. 이에 따라 앞서 제기한 우리의 물음은 다음과 같이 보다 긴박하게 물어질 수 있게 된다. "탈자"의 단일함에 의해 열린 '탈자적-지평적 단일함'인 "시간성"의 시간 또는 "존재 사건"의 "내줌"에 의해 밝게 트인 "시간-공간"의 시간과 동일하게 존재가 내어지는 지평이자 인간이 그의 본질을 얻는 곳으로 사유된 "내어나름"의 "사이에'"는, 하이데거가 사유의 길에서 그때마다 다르게 불렀던 시간의 다른 이름이며 "내어나름"은 "탈자", "내줌"과 함께 시간의 본질인가? 그리하여 "내어나름"은 시간의 고유함으로서 그리로부터 내어지는 존재와 함께 "존재 사건"에-그것의 고유한 방식과 지평으로서-속하는가?

우리는 여기서 확정적인 대답을 피한 채로 이를 여전히 물음으로 남겨 두고자 한다. 그것은 무엇보다도 "탈자"의 "시간성"과 "내줌"의 "시간-공간"에 대해 말해진 규정이 "내어나름"의 "사이에"에 대해서도 동일하게 적용되기에, "내어나름" 또한 마찬가지로 시간의 고유함이다라는 방식의 해명으로는 충분하지 않기 때문이다. 이 물음의 사태 부합적인 해명을 위해서는 하이데거의 사유의 길에서 동일하게 물어진 하나의 물음인 존재의 의미, 존재의 진리에 대한 물음을, 그 동일함 속에서 변화를 동시에 그 상이함 속에서 견지되는 동일함을 놓지 않고 파악하는 철저함 속에서, 숙고하는 사유가 아직도 필요하다 :

"들어서서 오름이 길이라고 불린다면, 이 '길'에서는 언제나 '존재(Seyn)의 의미'에 대한 동일한 물음이, 오직 그 물음만이 물어지고 있다. 그 때문에 [길에 들어서 있기에] 물음이 서 있는 위치는 끊임없이 달라진다. 모든 본질적인 물음은, 그때마다 보다 근원적으로 물어지려면, 근본적으로 변화되어야 한다. 여기에는 점진적인 '발전'이란 있을 수 없다. 이미 이전의 것에 이후의 것이 포함되어 있다고 하는 **이전-이후**의 관계란 더욱이 있을 수 없다. …… '변화'란 본질적이어서, **하나의** 물음이 그때그때마다 그 물음의 위치로부터 철저하게 물어질 때만이 비로소 그 폭이 규정될 수 있다(BzP, 84 / 85).[21]

우리는 그러한 사유에 우리의 물음에 대한 결정을 미루면서, "형이상학의 시기에 존재의 역사는 시간의 사유되지 않은 본질에 의해 철저히 지배되고 있다"(WiM, 18)라는 말을 함께 떠올리며, 하이데거의 다음과 같은 말이 말하고 있는 것에 귀기울인다. "오히려 존재와 존재자의 차이를 그것의 본질의 앞선 장소인 내어나름에서 토의함으로써 존재의 역운을, 시원에서부터 그 완료에 이르기까지, 꿰뚫고 있는 어떤 것이 나타나고 있기조차 하다"(ID, 59 / 60).

---

21) 이와 관련하여 하이데거의 다음과 같은 말을 음미해볼 만하다. "머물며, 그 머뭄에서 인간을 기다리는 존재의 도래를 끊임없이 언어로 가져가는 것이 유일한 사유의 사실이다. 그 때문에 본질적인 사상가는 언제나 동일한 것(das Selbe)을 말한다. 그러나 그것은 똑같은 것(das Gleiche)을 가리키지는 않는다……. 똑같은 것으로 달아나는 것은 위험한 일이 아니다. 동일한 것을 말하기 위해 불화를 감행하는 것이 위험하다"(ÜH, 46/47). 하이데거의 존재 사유가 갖는 '길'의 성격에 대해서는 참조 전동진, <존재의 과정적 성격>, 『대동철학』 창간호, 대동철학회 편, 1998.

□ 참고 문헌

Sein und Zeit(약호 SZ), Tübingen 1972.

Die Grundprobleme der Phänomenologie(GP), 전집 제24권, Frankfurt a. M. 1975.

Was ist Metaphysik?(WiM), Frankfurt a. M. 1965.

Vom Wesen des Grundes(WG). Frankfurt a. M. 1965.

<Vom Wesen der Wahrheit>(WdW) in *Wegmarken*, 전집 제9권, Frankfurt a. M. 1976, 177-202.

Einführung in die Metaphysik(EM), 전집 제40권, Frankfurt a. M. 1983.

Beiträge zur Philosophie(BzP), 전집 제65권, Frankfurt a. M. 1989.

Nietzsche II, Pfullingen 1961.

Über den Humanismus(ÜH), Frankfurt a. M. 1949.

Unterwegs zur Sprache(UzS), Pfullingen 1975.

Was heißt Denken?(WhD), Tübingen 1971.

Identität und Differenz(ID), Pfullingen 1957.

<Zeit und Sein>(ZS) in *Zur Sache des Denkens*, 전집 제14권, Tübingen 1976, 1-25.

◁ II ▷
근대 학문성의 비판과 극복

논리학의 심리학적 정초에 대한 비판적 고찰
— 후설의 심리학주의 비판을 중심으로

이 영 호(성균관대 철학과 교수)

1. '비판'이 갖는 뜻 : 심리학주의를 비판함은 심리학적 접근을 부정하는 것은 아니다

후설이 그의 초기 대저인 『논리 연구 I 』— 순수 논리학 서설 —에서 심리학주의에 대한 철저한 비판을 수행한 것은 단순히 당시의 지배적인 철학 경향이던 이 사조의 결함을 지적, 극복 하려고 했었던 것만은 아니다. 그에게 있어 이 '비판'의 시도는 개인적인 측면에서 보면 자신의 이전 입장(『수학의 철학』)에 대한 자기 비판이라는 면도 있으나 좀더 근원적으로는 후설 현 상학의 기본 이념인 '무전제성(無前提性)'의 원리에 충실한 작 업이었다.[1]

---

[1] 이 점에 관하여 Hollenstein은 E. Husserl, Einleitung in die Logik und Erkenntnistheorie, XXXII~XXXIII. 이영호 편, 『현상학으로 가는 길』, 성균 관대 출판부 1955년, 149-150쪽 편집자 서문에서 아래와 같이 서술하고 있다.

"형상적 환원과 현상학적 환원은 후설이 심리학주의를 반박할 수 있으며, 동시에 심리학주의에 놓여 있는 진리 내용을 보존해줄 수 있다고 믿었던 두 가지 방법이다." "…… 후설은 1906-1907 강의에서 처음으로 현상학적 환원

파버(Farber)는 이 점과 연관하여 『논리 연구』의 후설 작업을 대충 아래와 같이 서술하고 있다.

"심리학주의에 대한 비판은 후설철학의 일관된 목표인 '엄밀한 학으로서의 철학'의 이념에 부응한 것이다. 이를 위하여 일차적인 작업으로 행해진 『논리 연구』의 작업은 모든 형이상학적 전제로부터 철학적 이론을 해방하기 위한 기획의 일환으로, 우선 논리학을 심리학적 전제로부터 해방시켜 그 자체로 입증할 수 있는 이론적 학문으로서 기초를 준비한 것이다. 이것이 순수 논리학의 이념이다.

1913년의 Ideen도 이 전제를 괄호 쳐서 순수 의식의 영역을 발견하는 방법에 관한 서술이고 이를 통하여 선험적 현상학을 확립하려는 작품이며 현상학적 환원 방법은 이제 막 철학적 탐구를 시작한 개인적(자연적) 자아의 의식 안에 철학의 무전제적 영역을 성취하기 위한 방법이다. 이 방법은 선험적 실재에 관한 모든 믿음을 괄호 치는 작업을 포함한다.

1929년의 '형식 논리와 선험 논리'도 『논리 연구』를 발전된 차원, 즉 선험적 현상학의 차원에서 재조명한 작품이며 …… 이 작업의 최종적인 완결이 『경험과 판단』(1939)이다.[2]

현상학이 무전제성을 철학적 탐구의 이념으로 설정한 것은 올바른 뜻에서의 보편학으로서의 철학, 즉 종래 형이상학의 독단을 제거하고 진정한 '제일철학'을 정립하려는 목적을 갖는다. 그에게 있어 '제일철학(Erste Philosophie)'은 그러나 헤겔의 정

의 방법을 주관성과 주관적 작용을 …… 모순적인 귀결에 물들지 않은 대상성의 의식에 대한 인식 능력·해명의 가능성을 증명하기 위하여 사용한다. 이때의 후설의 출발점은 이미 L.U에서 인식의 근본 원리로 사용한 '무전제성의 원리'다. …… 철저한 무전제성의 원리를 지키는 인식론적 태도는 …… 일종의 '방법론적 회의주의'다. 인식과 학문의 타당성은 부정되거나 전제되지도 않으며 오히려 그 타당성은 미해결인 채로 남아 있을 뿐이다."

2) M. Farber, The Foundation of Phenomenology, Harvard University Press, 1943, 19-20쪽 참조.

신현상학이 하듯이 어떤 초월적인 목적을 상정하고 이에 준하여 모든 철학적 이론을 만들어가는 이른바 사변 철학의 형태를 갖는 것이 아니다. 오히려 모든 이론의 근원을 찾아가는, 그리하여 인식의 근거를 정초(Begründung)하는 작업이며, 그런 뜻으로 현상학은 '시초에 관한 학(Archeologie-고고학)', 시원학(始原學)이라 불리기도 한다. 헤겔의 그것을 상향적 현상학이라 한다면 후설철학은 하향적 현상학이라 특징지을 수 있겠다. 'Arche(시초, 근원)'에 관한 학으로서의 철학은 마땅히 어떤 전제를 인정하고 출발할 수도 없고 그렇다고 인간의 지적 활동이 무(無)에서부터 출발할 수 있는 것도 아니다.

현상학은 따라서 기존의 모든 학적 인식이나 이론의 기초를 반성적 비판의 대상으로 갖는다. 그것은 마치 데카르트의 회의 방법이 노렸던 이념이기도 하다. 그러나 후설의 눈에는 데카르트가 그 출발에 있어서는 옳았으나 그 이념을 수행하는 데 끝까지 철저하지는 못하였다는 의견이고, 같은 맥락에서 칸트철학도 그 내용과 방법에 있어서는 다르더라도, 철저하지 못했다는 점에서는 유사하다는 견해다. 그렇다면 후설현상학의 철저함, 소위 그가 말하는 '근원주의(Radikalismus)'의 특징은 어디에 있는가?

후설현상학은 잘 알려져 있듯이 그것의 전개 단계에 따라 ① 전현상학기 ② 기술 현상학기 ③ 선험적 현상학기 ④ 생활세계 현상학기 등으로 나뉘기도 하고, 그의 독특한 집필 방식에 따라 전개되는 시기적 단계와는 무관하게 연구 주제의 성격에 따라 ㉠ 정태적 현상학 ㉡ 발생적 현상학 또는 Noesis학과 질료학 등으로 구분되기도 한다. 그러나 시기 구분이나 주제에 따른 구분이 어떻든 — 그리고 이 점은 이 논문의 중심이 아니기도 한데 — 한 가지 일관된 철학 정신은 '엄밀학으로서의 철학(Philosophie als strenge Wissenschaft)'을 정립하려는 것이다. 그리고 이를 위하여 그는 '인식 비판' 또는 '이성 비판'을 수행하며, '추론'이나 사변적 방법을 버리고 '직관'에 호소하는 탐구 방식을 취한다. 현상학은 이런 뜻으로 독특한 형태의 직관주의적 철학의 성격을 가진다. 그 스스로 표현하듯 '사고 실험 (Denkexperiment)'을 실제로 수행하는 철학이다. 그것은 마치 경험과학자가 물리적 현상을 실험실에서 이렇게 저렇게 조작적으로 실험하는 방법과 유사하다. 단지 주된 관심 대상이 현상학에 있어서는 가시적인 물질이기보다는 '의식'에 놓인다는 점이 다르고, 심리 현상에 대한 인과적인 설명을 하려는 것이 아니라 모든 설명과학의 기초를 묻고자 한다는 점에서 그리고 그런 작업을 사고 실험과 같은 방식으로 기술한다는 점에 현상학이 같는 근원주의적 성격이 두드러진다. 이른바 자기 책임 하에서의 철학이라 하겠다. 이런 '인식 비판', '이성 비판'을 수행하는 것이 보통 말하는 선험철학(Transzendental-Philosophie)(칸트적인 뜻에서와 마찬가지로)의 작업 내용인데, 그런 면에서 현상학은 의식에 관한 '생리학(심리학)'이 아니라 '의식에 관한 선험철학'인 셈이다. 우리의 주제인 '심리학주의 비판'은 이 선험철학적 작업을 완수하기 위한 전초전이라 하겠다.

'비판'은 우선 그것이 무엇에 대한 것이든, 비판하는 대상이 갖는 잘못을 들추어내는 것이며, 이 폭로를 통하여 칸트가 순수이성비판에서 이야기하듯 그 한계를 분명히 하는 일이다. 가령 이성 비판은 이성 능력의 한계, 즉 인식 이성(이론, 순수 이성)이 할 수 있는 한계와 실천 이성의 영역 등 그 경계선을 분명히 함으로써 종래 형이상학의 독단적 월권을 경계하는 일이다. 후설이 행한 '심리학주의 비판'도 큰 맥락에서는 이와 대동소이하다고 하겠다.

'심리학주의 비판'은 이런 뜻에서 우리 의식에 직접적으로 주어진 현상을 아무 전제 없이 탐구하기 위해서 우선 기존의 철학 이론이 갖는 대표적인 오류를 걸러내는 연속된 작업의 첫번째 단계로 이해되어야 한다. 이 작업은 따라서 일종의 오류 원인을 밝혀냄을 목적으로 한다. 그 오류의 일반적 특징이 'Metabasis의 오류'다. 즉 '다른 종으로의 기초 이동(Metabasis eis allo Genos)'3)의 오류는 서로 다른 영역(Region) 또는 다른 층(Schichten)을 같은 층으로 오해해서 결과적으로 상이한 문제 영역을 같은 것으로 이끌어내는 모든 이론의 공통된 오류를 지적하는 말이다. 심리학주의 비판에서 이 오류는 본질적으로 상이한 학문적 성격을 가진 논리학과 심리학을 혼동하여 논리학의 기초를 심리학적으로 설명하려는 심리학주의의 잘못이다. 그러나 후설의 현상학적인 학문(철학적 이론)의 기초를 찾아가는 작업은 이에서 끝나는 것이 아니라 그의 현상학이 발전되는 과정에서 심화되며 확대된다. 이 심화, 확대 과정에서 심리학주의 비판은 여러 다른 형태의 비판으로 연결된다.

이 점에 관한 홀렌스타인(Hollenstein)의 보고는 대충 아래와 같다.4)

심리학과 논리학의 관계에 대한 첫번째의 새로운 해석은『논리 연구』출판 후에 곧바로 착수된다. 이러한 해석은 "1895~1898년에 논리학에 관한 독일 저서들에 관한 보고"(1903)에서 처음으로 결실을 맺게 된다. 그후에 그것은 "엄밀한 학으로서의 철학"(1911)이라는 계획적인 에세이에서 표명된다. 그것을 결정적으로 형성시킨 것은『이념들 I 』(1913)이다.

이미 1903년에 후설은 인식 체험에 대한 그의 현상학적인 분석을 심리학으로서 특징짓는 것을 거부했다. 그것에 대한 근거

---

3) Edmund Husserl, Logishe Untersuchungen Vol I (Hua, 후설전집 18), Naeg, Martinus Nijhoff, 22, 172, 178쪽 등 참조.
4) E. Husserl, Logische Untersuchungen 1, Martinus Nijhoff, Den Haag, 1975. S. XLVII-LIII. 이영호 편,『현상학으로 가는 길』. 성균관대 출판부. 1995. 64-71(프로레고메나의 주제에 대한 후설의 계속적인 전개에 관하여) 참조. 이하 L.U.와『현상학으로 가는 길』로 약칭하겠음.

는 전통적 심리학이 심리학에 의해 탐구되는 체험과 체험류(Erlebnisklassen)를 경험적 인간의 것, 즉 객관적-시간적으로 규정할 수 있는 자연 사실로 파악하는 반면에, 후설의 순수 현상학적 분석은 심리 체험의 정신 물리적이고 물리적인 의존성에 대한 모든 가정들을 물리적 자연의 존재적 정립과 함께 정지시켰다는 점이다.

강조해야 할 것은 그 관점이 이제 귀납적으로 설명하는 심리학의 발생적 관점으로부터 보편화된 경험적 관점으로 이동하고 있으며, '사실에 관한 학'으로서의 심리학의 주제 설정, 즉 하나의 자연과학으로서 심리학이 문제가 되고 있다 할지라도 『프롤레고메나』에서 전반적으로 다루어지고 있는 사실의 문제로부터 "실제성(Realität)에 관한 학"으로서의 심리학의 주제 설정으로 옮아간다는 점이다. 비판의 이러한 확장은 "엄밀한 학으로서의 철학"에서 가장 뚜렷이 나타난다. 심리학주의에 대한 비판과 더불어 자연주의에 대한 비판이 나오고, 이념의 상대화에 대한 비판과 더불어 이념의 자연화에 대한 비판이 나온다. 자연주의는 심리적 체험들의 특수한 규정들을 사물들의 성질에서 유추하여 "실재적 성질들"로서 파악하는데, 이 실재적 성질들은 물체계의 영향에 의해서 그것들이 변경되어서 인과적으로 파악되고, 이러한 물체계와 함께 심리적 체험들은 정신 물리적으로 연관되어 하나의 실재적-인과적으로 연관된 자연을 형성하게 된다. 『이념들Ⅰ』은 경험심리학을 사실학(Tatsachen Wissenschaft)과 실재 학문(Realwissenschaft)으로서 이중적으로 규정하고 형상적(eidetisch) 혹은 본질 학으로서의 현상학과 선험적 혹은 이념학(Idealwissenschaft)으로서의 현상학을 그것에 대립시킨다. 2판에 있어서 『순수 논리학 서론』의 개정 작업은 거의 오로지 순수 논리를 사실 학문으로 환원시키는 것에 대립하여 순수 논리의 형상적 성격을 명백히 드러내는 데 한정된다.

심리학주의 비판은 이 계속되는 비판의 첫번째 작업이며 이 작업이 문제 영역에 따라 여러 가지 모습으로 나타난다. 가령 '논리적 심리학주의', '선험적 심리학주의', '경험적 심리학주의', '회의적 상대주의로서의 심리학주의', '인간 중심적 심리학주의', '소여 심리학주의', '관념론적 심리학주의', '사고 경제적 심리학주의' 등이 그것이다.

이 논문에서 '심리학주의 비판'을 논의하는 까닭은 위에서 본 바와 같이 이 문제가 후설 현상학을 올바르게 이해하기 위한 첫번째 관문이라는 이해에서이고, 또한 그 비판을 정확히 이해하면 그의 전철학 체계에 나타나고 있는 기본 틀을 인식할 수 있겠다는 생각에서다. 필자의 생각으로는 이 비판을 통해 밝혀진 오류를 극복하기 위하여 후설은 자신의 고유하고 새로운 방법론, 즉 현상학적 방법을 창안하게 된다.[5] 이른바 그의 인식론적 방법(인식적 방법이란 표현이 더 적절하겠는데)인 직관적 방법 — Epoché, 환원의 방법을 고안하고 이를 통하여 본질을 직접 보는, 다시 말하여 '경험적 실제와 본질', '개별적 사실과 보편', '경험적 사실과 이데아적 실제' …… 등을 구별하여 이 상관적이긴 하나 그 인식론적, 존재론적 위상이 다른 영역을 따로 따로 정확히 인식할 수 있는 철학적 눈의 명료성을 확보하게 된다. 다시 말하면 자유로운 태도 변경을 통하여 자연적이고 경험적인 자아로부터 형상적, 인격적, 선험적, 결국 현상학적 자아(상호 주관적, 신체적 자아까지 포함하여) 등의 의식층이 확보되는 것이다. 이때 비판을 통해 드러난 문제 영역의 혼동이 비로소 오류로 드러난다. 그렇다고 해서 각층(각 영역)이 같은 고유 영역이 사라지는 것은 아니다. '비판'의 탁월함은 이곳에 있다. '심리학주의'를 비판했다고 해서 심리학의 고유한 유용성이 부정되는 것도, 경험론의 철학의 불철저함이 비판되

---

5) 이 논문 1쪽, Farber의 인용 참조.

었다고 해서 경험주의를 부정할 필요도, 더 나아가 자연과학주의나 실증주의의 일면적 편파성이 지적되었다 해서 이들 입장을 전면적으로 부인하는 것은 아니다. 그것은 마치 'Epoché'가 판단을 중지하고 문제에 대한 확고한 답을 유보하는 것이지 완전히 부정하여 무화(無化)시킴이 아님과도 같다. Epoché를 통하여 아무것도 부정되지 않는다. 비판의 진정한 목적은 그 불철저함을 철학적으로 해명함으로써 오히려 잘못된 이론을 보완하여 완벽하게 만드는 것이다. 후설에 의하면 이것이 철학의 일차적 목적이다.

"철학의 임무는 학의 근본 개념을 명백히 해명하는 것이다."6) 이 임무(학의 기초를 정립하려는)를 수행하는 작업을 후설은 우선 그의 관심 영역에 따라 수학의 기초 문제, 즉 수리철학의 문제를 해결하는 데에 집중한다. 그러나 그가 '수' 개념의 기원을 분석할 때 사용한 방법은 심리학적 설명이었으며, 이때의 그의 입장은 프레게(G. Frege)가 예리하게 지적하였던 심리학주의적 입장을 부분적으로 인정한 것이었다. 수학의 문제는 곧 논리학의 문제와 연관되었으며, 이 문제의 해결을 그는 '논리 연구'에서 본격적으로 다룬다. 위에 인용된 홀렌스타인의 글에서도 잘 나타났듯이, 『논리 연구 I — 순수 논리학 서론』에서는 논리학을 경험적 사실학으로 인식하여 그의 기초적 개념을 발생심리학적으로 설명함으로써 심리학화하려는 심리학주의(논리적)의 잘못에 대한 비판과 이 비판을 통하여 순수 논리학의 이념을 정립하려는 예비적 고찰이 이루어지며, 논리학의 기본 개념을 인식론적으로 해명하는 작업은 II/1에서 이루어진다.

이 저서가 출간된 뒤 그의 철학은 여러 가지 이유로 해서 근본적인 변천을 체험하게 되는데, 이 변천은 이미 그의 초기 저서(수학의 철학도 포함하여)에서 문제로 제기되었으나 해결하

---

6) Th. De Boer, The Development of Husserl's Thought, M. Nijhoff, 1978, 62쪽. 이하 De Boer로 약칭함.

지 못한 채 남아 있는 '아프리오리한 판단의 정당화'에 관한 문제였다.

이때 중요한 것은 '정당화'라는 개념이다. 왜냐 하면 위의 표현을 '형상적', '순수 이론적', '선험적' 등의 '학'의 '정당화' 또는 '표상'의, '지각'의, '판단' 등의 '정당화'라 해도 문제 영역은 같을 정도로 정당화의 문제는 그의 학문 이론의 기본 주제이기 때문이다. 실제로 후설이 『수학의 철학』을 저술했을 때 그의 문제 영역은 단순히 '심리적 분석'에만 국한된 것은 아니었다. 이 저술의 부제가 '심리적 분석과 논리적 분석'인 것은 우연이 아니다. 여러 형태의 '심리학주의 비판'에서의 논쟁점의 핵은 ―그것이 다양한 문제의 변천을 논의하나― 결국 '정당화'의 근거가 옳으냐는 것과 이 근거를 인식하는 합당한 방법의 추구라 하겠다. 이 논문은 이런 뜻에서 '심리학주의 비판'의 본래적 의미를 심리학적 탐구의 유용성을 부정하는 것도 아니고 경험과학 또는 자연과학 또는 실증과학의 현실적인 막강한 위력을 허구적(통상적 의미에서의 관념적)으로 평가절하하려는 것이 아니라는 것을 기본 입장으로 한다. '심리학주의 비판'은 그러므로 '심리학'적 탐구 자체를 부인하는 것이 아니다. 어떤 면에서 보면 현상학적 탐구는 심리학적 탐구라 할 수 있다. 그리하여 후설은 '현상학적 심리학'을 '선험적 현상학'이라고 부르기도 한다.

2. '심리학주의'의 정의

"심리학주의는 심리학이 학문, 예컨대 논리학, 인식론, 윤리학, 미학과 같은 학문의 기초를 설명하는(정립하는) 학이라는 주의, 주장을 뜻한다. 그러나 19세기 후반 독일철학계에서 논의된 심리학주의는 주로 논리학과 인식론 더 나아가서는 수학의

기초를 설명하는 근거로서 '심리학'에 관한 것이었다. 독일철학
에 있어 이 용어를 처음 사용한 철학자는 에르트만인데 그는
논리 법칙, 예컨대 모순율의 필연성을 우리의 표상 능력이나
사고 작용의 본질로부터 이끌어낼 수 있다는 이론을 전개한다.
물론 이 같은 에르트만(Erdman)의 입장은 그 자신의 독창적인
이론이라기보다는 칸트적인 의미의 'a priori' 개념을 심리학적
으로, 심지어는 생리학적으로 해석해온 오랜 전통의 극단적인
한 형태라 할 수 있다.[7]

　후설이『논리 연구』에서 수행한 비판의 대상은 위와 같은 넓
은 의미에서의 '심리학주의'라기보다 특히 논리학의 근본 법칙
에 대한 심리학적 설명의 부당함을 밝히고 이 잘못된 논의의
결과로 이끌어지는 경험주의적, 상대주의적 또는 회의주의적
귀결의 필연성과 이를 극복하고 논리적 법칙의 정당화를 위한
기초를 정립함에 있다. 이 기초가 그에 있어서는 '순수 논리학
의 이념'이다. 이런 뜻에서 후설은 후에 이때 제기된 심리학주
의를 '논리적 심리학주의'라 부른다.[8] 앞에서도 밝힌 바 있듯이
그의 철학이 전개되는 과정에서 이 개념은 더욱 확대되어 그의
현상학의 완성을 위하여 넓은 뜻에서의 '선험적 심리학주의'[9]

---

7) J. M. Mohanty, *Husserl and Frege*, Indiana University Press, 20쪽.
8) Hua., IX, "Phänomenologische Psycholosie"(W. Biemel이 편집) 중 20-46
참조. Hua.. XII 161쪽 참조. 신귀현, 49쪽.
　"Husserl은 이 용어를 그의 은사인 C. Stumpf에서 그리고 후자는 또 헤겔학
파에 속하는 철학사가인 J. E. Erdmann에서 이 용어를 받아들인다. Stumpf는
이 용어를 아주 넓은 의미, 즉 모든 철학적 문제와 특히 인식론적 문제들을 심리
학적 문제들로 환원하려는 이론적 입장을 지칭하기 위해서 사용했으나,
Husserl은 그의 초기 저술인『논리 연구(Logische Untersuchungen)』에서 아직
Stumpf보다 더 특수한 의미, 즉 논리학의 기초가 심리학, 특히 인식심리학에 의
하여 제공되어야 한다는 견해로 이해했다. 이러한 심리학주의를 Husserl은 그
의 후기 저술인『형식논리학과 선험논리학(Formale und Transzendentale
Logik)』에서 "논리학적 심리학주의(Logischer Psychologismus)"라고 부른다."
9) 위와 같음.

로 이행된다.

모한티(Mohanty)에 의하면 논리적 심리학주의의 논의는 약한 심리학주의적 논의와 강한 논의, 둘로 나누어 이해할 수 있다고 한다. 소극적 심리학주의는 논리학의 본질적인 이론적 기초는 심리학에 있다는 주장이다. 이에 비해서 적극적(강한) 심리학주의의 주장은 논리학은 심리학의 한 분과에 불과하다는 것이다. 그리하여 논리적 법칙은 인간의 실질적 사고 과정에 관한 기술적 법칙에 불과하고 이 법칙은 인간의 심리적 사건(mental events)에 관한 진술에 관한 것으로 이해된다. 이 두 입장의 차이는 따라서 전자는 인간의 실질적 사고 과정에 관한 심리적 탐구를 논리적 기초에 관한 탐구의 필요한 조건으로 인정하면서도 그것이 충분 조건은 아니라는 데 비해 후자는 그것을 필요 충분 조건이라고 주장하는 데 그 강한 성격이 있다.[10]

후설이 그의 『수학의 철학』에서 수학이 하나의 학으로서 정당화될 수 있는 기초(기원, 원천)를 탐구할 때 사용한 심리적 분석은 소극적 의미에서의 심리학주의적 입장을 취한 것은 사실이나, 적극적인 뜻에서의 심리학주의적 입장을 옹호한 것은 아니다. 왜냐 하면 『수학의 철학』에서 후설은 수학을 심리학의 한 분과라거나 수학의 법칙을 실질적인 사고 과정의 법칙으로 간주하지 않았고 단지 수학의 기초 개념의 의미를 명백히 하기 위하여 그것의 원천을 직관적 표상들, 즉 추상화 작용과 조합(Kombination)의 작용 그리고 이 작용에 대한 반성으로 되돌아가서 찾았을 뿐이기 때문이다. 이런 의미로 후설의 초기 심리학주의적 입장은 힐버트(Hilbert)의 형식주의나 프레게(G. Frege)의 논리주의와는 다른 성격을 지닌다.

그러나 후설이 이 저술에서 취한 입장 — 소극적인 심리학주의 — 을 스스로의 더 깊은 연구와 특히 프레게의 비판적 서평

---

10) Mohanty, 20쪽. M. Sukale, Denken und Sprechen und Wissen, Tübingen, 1988, 141-142 참조. 이하 Sukale로 약기함.

의 영향을 받아 수정하고 이를 극복한 『논리 연구』에서 수행한 비판의 대상은 주로 적극적인 심리학주의에 대한 것이었다.

이때 중요한 점은 후설이 『수학의 철학』에서 심리학주의적 입장을 취했다고는 하나, 그리고 그것이 프레게의 비판을 통하여 스스로 강력한 비판자가 되었다고 하나, 그에게 있어서 일관된 하나의 목적은 학의 기초를 정초하려는 것이고 이 정초를 철학적 기본 개념을 명확히 함으로써 이룩할 수 있다는 생각이라는 점이다. 그리고 현상학적 탐구의 특성을 이해하기 위하여 더 중요한 요체는 이 명료화는 그에게 있어서 개념의, 인식의, 체험의 원천으로 되물어갈 때 이룩할 수 있다는 점이다. 현상학적 탐구는 이런 뜻에서 기원(원천. originär)을 찾아가는 작업이라 하겠다. 따라서 후설이 『수학의 철학』에서 행한 심리학주의에 대한 비판이 곧바로 모든 형태의 '심리학'에 대한 비판이라고 이해되어서는 안 된다. 특히 후설이 심리학주의 비판에서 공격의 대상으로 삼은 것은 발생심리학이지 기술심리학은 아니라는 것이다. 이 점은 그의 '수 개념의 분석'(『수학의 철학』)에서도 그대로 유지된다. 요컨대 후설의 비판은 '논리적 개념이나 수학적 개념의 심리학적 기원을' 무조건 부인하는 것이 아니라 그것이 이 학문의 기초를 정립하고 '정당화'하기 위한 '필요'하고도 '충분'한 조건이 아니라는 데 있다. 따라서 논리학이나 수학적 개념의 기초를 명료하게 하기 위한 필요 조건으로서의 심리학적 고찰이 부정되는 것은 아니라는 점이 유의되어야 한다.

보에르(Boer)는 이같이 복잡하게 얽힌 '심리학주의'의 여러 가지 의미 형태를 아래와 같이 분류하고 이 구분의 인식이 후설 현상학 이해에 주요하다고 지적하고 있다. 위에서 간략히 지적한 바와 같이 '심리학주의'라고 표현된 개념은 여러 가지 형태를 갖고 있다. 그러나 이 다양하게 표현된 심리학주의는 결국 '논리적 심리학주의'와 '선험적 심리학주의'에 관한 것이

라 하겠다. 보에르에 의하면 심리학주의는 아래와 같은 여섯 개의 형태로 정리될 수 있다고 한다[11]:

① 의식 작용과 그 대상이 동일시될 때, 가령 소리를 들음과 소리를 구분하지 않고 동일시할 때 심리학주의적 견해가 성립한다 ── 영국 경험론적인 입장.

② 심리학주의란 말은 이 같은 내용들이 작용에 내재함을 주장할 때 사용될 수 있다.

③ 후설의 수에 관한 이론은 심리학주의라 불린다. 그 이유는 그가 형식적 속성이나 범주를 반성의 속성으로 간주하기 때문이다. 이런 종류의 심리학주의는 일반적인 뜻에서의 그것과는 다르다. 왜냐 하면 그것은 내용을 작용으로 심리화하지는 않기 때문이고, 심리화하지 않는다는 근거는 후설에 있어서 환원은 단지 내용의 형식적 측면에만 관계하기 때문이다.

④ 우리는 발생적 심리학을 규범적 학의 기초로써 그리고 정초하는 학으로 간주하는 입장을 심리학주의라 할 수 있다. 논리학의 법칙은 그때 단지 심리학적 법칙의 한 특정한 형태에 불과하게 된다.

⑤ 규범적인 학들이 기술심리학에 기저되어 있다고 할 때 심리학주의라 할 수 있다. 그러나 그렇게 이야기할 수 있는 조건은 논리적인(다르게 표현하면 a priori한) 법칙이 비충전적(inadäquate)으로 정초되어 있을 때다. 그 근거는 이때는 심리적 현상과 그것의 형상 사이의 구분, 또는 감각 소여 작용(sense-giving act. 의미 부여 작용)과 이념적인 의미 내용의 구분이 이루어지지 않기 때문이다.

⑥ 마지막으로 후설 현상학의 후기 사상의 정신에서 이 초기의 국면을 심리학의적이라 할 수 있다. 왜냐 하면 초기 단계에서는 마음(mind. Seele)으로서의 의식, 즉 '자연적' 실제의 기층으로서의 의식(이것은 심리학의 대상인데)과 (선험적 현상학의

11) Th. De Boer, 116쪽. 최경호 역, 『후설 사상의 발달』, 경문사, 1986, 116쪽.

대상인) 모든 절대적 존재로서의 선험적 의식과의 구분이 이루어지고 있지 않기 때문이다.

보에르의 이 여섯 항목의 분류는 대충 세 가지 관점에서 이해할 수 있다. (1) 프레게와 후설의 심리학주의에 관한 논점(①, ②), (2) 후설이 '수의 분석'에서 취했던 심리학적 입장(③, ⑤), (3) 『논리 연구』와 『F.T.L.』의 관계에서 '선험적 심리학주의'에 관한 논점(④, ⑥)과 연관된다.

①과 ②는 주로 프레게의 심리학주의에 관한 견해이고, 후설의 『수학의 철학』에서 취한 심리학주의에 대한 비판과도 연관된다. 프레게에 의하면 심리학주의는 객관적인 것을 주관적인 것으로 변형하면서 이 주관적인 것을 객관적인 것으로 취급하는 데 그 잘못이 있다는 것이다.[12] 그리고 후설도 이런 잘못을 범하고 있다는 것이다. 후설이 『수학의 철학』에서 "'표상'이란 말 속에 주관적인 것과 객관적인 것을 포함시킴으로써 둘 사이의 경계가 애매한 것으로 되고, 그 결과 한편에서는 고유한 의미에서의 표상이 주관적인 것으로, 다른 한편에서는 객관적인 것으로 다루어지고 있다"[13]고 한다. 따라서 프레게에 따르면 후설이 주관적인 것과 객관적인 것 사이의 경계를 지워버려, 그 결과 객관적인 것이 표상으로 다루어진다. "표상으로의 이런 환원을 프레게는 심리학주의의 오류라 본다."[14]

그러나 후설에 대한 이 같은 비판은 보에르가 보기에는 후설의 용어 사용의 애매성을 지적한 것일 수는 있으나 본래적인 비판일 수는 없다는 것이다. 모한티도 그와 같은 입장에서 "만

---

12) De Boer, 19쪽. 최경호, 20쪽 참조.

Frege에 의하면 "……이때 표상과 개념, 표상 작용과 사유 작용의 차이가 애매해진다. 모든 것은 주관적인 것으로 취급된다. 그러나 바로 주관적인 것과 객관적인 것의 경계가 혼동됨으로 해서 역으로 주관적인 것이 객관적인 것처럼 보인다"(Frege, 1984. P. 317).

13) 위와 같은 곳.

14) 위와 같은 곳.

일 심리학주의가 작용의 대상과 작용(들려진 소리와 소리를 듣는 작용, 또는 감각 질료와 감각 작용)을 동일시하는 입장을 뜻한다면, 이런 심리학주의를 후설은 처음부터 부정했다"[15]고 한다. 다시 말해 '수의 분석' 시기 때부터 작용과 내재적 대상의 분리는 이미 분명한 것이었다. 이 점은 프레게가 후설의 의식이론을 잘못 보았기 때문이다. 오히려 후설의 심리학주의적 성향에 대한 프레게의 날카로운 지적은 "감각을 통하여 지각 가능한 것만을 실재적인 것으로 간주하고 그 밖의 것을 주관적인 것이라고 선언"[16]한 데 있다. 그 결과 수학의 심리학적 정초가 시도된다. 이 심리학적 정초의 감각주의적 잘못을 후설은 L.U.에서 감각적 지각과 병행하여 범주적 지각의 가능성을 발견하고 이 가능성에 대한 인식이 '본질 직관'의 길을 열어줌으로써 극복한다.

②의 경우에 관하여 '모한티'는 "내용이 작용에 내재적"이라는 심리학주의적 입장을, 그 내용이 원 질료나 원초적 내용(primary contents)인 한, 후설은 부정하지 않는다고 한다.[17] 그러나 후설에 있어서 이 내재적 내용은 지향적 대상을 뜻하는 것은 아니다. 요컨대 이런 유형의 심리학주의는 영국 경험론자들(로크, 버클리, 흄)의 기본 입장을 뜻하는 것인데, 후설은 이런 경험주의의 특징을 '관념론적 심리학'이라 표현하고 있다. 이 관념론적 심리학주의의 입장에서 기본 원칙은 '주관성의 원리' 혹은 '내재성의 원리'다. 이 원리에 의해 "의식 작용이 오로지 의식 속에 실제로 주어진 것에 대해, 그리고 그것이 구성하고 있는 내용에 대해 즉각적으로 작용하고 있다는 것은 너무 자명한 것으로 보인다."[18] 그 결과 우리가 의식하고 있는 모든

---

15) Mohanty, 21쪽.
16) De Boer, 20쪽. 최경호, 28쪽.
17) Mohanty, 21쪽.
18) Boer, 156쪽.

것이 의식 속에 있다는 형식적 결론에 도달하고, 이런 소박한 의식 이론에는 의식의 지향적 작용에 대한 고찰이 결여되어서 모든 대상들은 내재적 소여로 환원된다. 프레게나 브렌타노가 본 심리학주의는 이 같은 '경험론적 관념론'에 관한 것이다.

그러나 후설의 입장에서 보면 이런 심리학주의는 의식의 감각적 기능만을 보았지 '통각', 즉 초월적 대상으로 지향하는 의식의 탁월한 기능을 간과한 잘못을 범한 것이다. 그리하여 의식은 그들에게 있어서 '수동적인 그릇이며 상자'에 불과하다. 그러나 후설에 있어서 의식은 지향적 기능의 여러 가지 작용들의 체계 또는 작용들의 망이며, 감각은 다만 의미들로 꽉 차 있고 초월자로 구성된 세계의 양상을 엮어내게 하는 원 자료인 것이다.[19]

따라서 이런 입장에서는 의식의 지향적 작용과 감각 작용이 혼동되어 있으며 이를 구분하기 위하여 후설은 reell과 real을 구분하여 사용한다. reell(내실적)은 의식 안에 실재하는 내용을 뜻하고 real(실재적)은 사물들에 기저 되어 있는 층으로서의 내실적인 것에 대한 어떤 통각을 지시하는 데 사용된다. 즉 real이라는 용어는 사물이 그 초석이 되는 자연적 태도의 실재와 관련되어 사용된다.[20] 따라서 이 관념적 심리학주의는 의식의 독특한 기능을 보지 못하고 reell과 real을 혼동한 잘못을 범한다고 이야기할 수 있다.

③과 ⑤의 심리학주의는 후설이 『수학의 철학』 시기에 취했던 입장이다. 그러나 『논리 연구』에서 그가 한 비판적 작업은 이런 자신의 입장을 극복하고 새로운 철학, 현상학을 건립하기 위한 출발을 기획한 것이다.

④는 앞서 밝힌 바와 같이 '강한 심리학주의'의 입장인데, 이 유형이 L.U.의 주된 비판의 대상이고 『수학의 철학』에서도 후설은 발생적 심리학에 의존한 것이 아니다. 이때 수 개념에 관

---

19) L.U. Ⅱ/1, 39, 376, 40 등 참조. Boer, 150쪽. 최경호, 158쪽 참조.
20) De Boer, 420쪽. 최경호, 439쪽, 참조.

한 '심리적 분석'(이 책의 부제인데)은 기술 심리학적인 것이었다. 따라서 이 문제와 연관하여 우리는 발생적 심리학과 기술 심리학의 차이를 명백히 할 필요가 있다.

⑥, ②에 관한 설명에서 이미 말하였듯이 L.U.에서 후설은 분명히 실제적 대상과 지향적 대상을 구별함으로써 존재를 의식으로 환원하는 경험주의적 관념론 또는 경험주의적 (인간 중심적) 심리학주의로부터 벗어났다. 그러나 이때 여전히 남아 있는 문제는 우리 의식에 대하여 초월적으로 존재하고 있는 세계의 문제다. 즉 초월자의 문제 또는 의식과 존재의 관계가 해결되지 못한 문제로 남는다. 이 문제는 소위 '기술적 현상학'의 한 계기이기도 하다. 이 입장에서는 "세계 안에 있으면서 동시에 세계에 대립하고 있는 의식의 역설"21)을 해결할 수 없다. 이 "자연적 입장에서의 역설"을 해결하려는 것이 선험적 현상학에서 시도된다. 선험적 현상학 또는 현상학적 의미에서의 선험적 관념론에서는 절대적 의식의 자존성이 확립된다. 이 선험적 현상학의 입장이, 특히 『논리 연구』의 논리적 심리학주의와 연관하여 말하자면 『형식 논리와 선험 논리』에서 확대 심화된다. ⑥은 F.T.L.과 Krisis 등 후기 사상에서 보아『논리 연구』에서 수행한 심리학주의에 대한 비판은 불충분한 것이었으며,22)『논리 연구』에서의 심리학주의에 대한 비판은 심리학주의의 한 형태에 불과하다.23) 그리하여 후설은 '형식 논리와 선험 논리'에서 이제까지의 심리학주의 비판을 '논리적 심리학주의'라고 표현하여,『논리 연구』I 권에서 심리학주의의 문제를 다룰 때 출발점과 실마리를 제공했던 '순수 이론적 분과'와 '규범적 실천적 분과'

---

21) De Boer, 403쪽. 최경호, 390쪽.
22) Husserl은 자신의 『논리 연구』의 비판이 심리학주의를 완벽하게 극복한 것이 아니라는 점을 분명히 하고 있다. 『논리 연구』는 발아(Durchbrach)의 뜻을 갖는 작품으로서 따라서 끝이 아니라 '시작'이라고, 1913년 2판 머리말 초입에 소개하고 있다.
23) De Boer, 393.

로서의 논리학의 이중성을 "역사적 논리학의 잡종"24)으로 취급한다. 이런 선험적 입장에서 보면『논리 연구』에서의 그의 입장은 '방법론적 심리학주의'25)라고 특징지울 수 있다. 그러나 이 선험적으로 구성하는 의식으로의 귀환을 통하여 실제 세계에 대해서처럼, "논리적 형성물의 관념적 객관성에 어떠한 변경은 이루어지지 않는다"는 사실은 명백하다.26)

선험적 심리학주의(Transzentaler Psychologismus)는 "심리학과 선험철학을 혼동하여 양자를 동일시하거나 후자를 전자 위에 정초하려는 이론적 입장을 뜻한다."27) '형식 논리와 선험 논리'의 선험철학적 입장에서 수행한 작업은『논리 연구』에서 확보한 논리적 관념체의 객관성을 주관화하려는 작업이라 하겠다. 그것은 이 객관성이 어떻게 우리의 체험 안으로 들어와 인식되느냐의 문제다. 그러나 이때의 주관화는 잘못된 경험적 주관화, 즉 '심리학적 주관화'를 뜻하는 것이 아니라 '선험적 주관화'라고 이해하여야 한다. 선험적 주관화를 통하여『논리 연구』의 입장에서 지향적 대상 — 내실적 대상 — 과 구별되어 괄호 속에 묶여서 문제의 시야에서 유보되었던 실제적 대상 존재, 즉 세계가 문제의 시선 속으로 들어온다. 그리하여 선험적 관념론에서 제기되었던 초월적 존재, 세계의 '구성' 문제가 제기될 때,『논리 연구』의 심리학주의 비판은 아직도 소박한 '자연적 태도'를 완전히 극복한 것은 아니다.

이상의 6개의 심리학주의 유형과 그에 대한 설명은 후설 현상학의 전개(발전) 단계를 '심리학주의'라는 관점에서 제시한 것이라 하겠다. 그리고 이런 접근 방식은 적절하고 또한 탁월

---

24) Hollenstein, S.41.
25) De Boer, 393쪽.
26) Hua VII, 6, 233쪽. Hollenstein, 43쪽.
27) Hua V, 8, 148쪽. Hua IX, 346쪽. Hua XIII, 261쪽 f. 신귀현, 149쪽.

한 장점을 갖는다. 그러나 우리의 관점에서 보면 이 분석이 심리학주의의 기본적인 오류들을 잘 나타내고 있다는 점이다. 그것은 앞서 지적한 바 있듯이, 소위 이 주의가 '메타바시스'의 오류를 공유하고 있다는 것이다. '순수 논리학 서론'의 작업 속에서 고유한 원동력은 심리학주의의 '메타바시스'의 잘못을 반박한 데 있다.

'메타바시스'의 오류는 앞서 지적하였듯이 서로 다른 것을 같은 것으로 혼동하는 오류로, 이 혼동으로부터 철학적 이론의 잘못이 유래된다. 심리학주의도 이 같은 잘못의 한 결과며, 그 대표적인 혼란은 대략적으로 아래와 같이 정리될 수 있다. 즉 '사고 작용과 사고 내용의 혼동', '의미 작용과 의미 내용'의, '판단 작용과 판단' 등의 구별의 혼동, 즉 포괄적으로 이야기해서 '의식 작용과 이 작용에 의한 내용'의 혼동 — 후에 가서 이것은 Noesis와 Noema의 혼동으로 표현되는데 — 이고, 이것이 특히 '실제적(Realen)인 것과 관념적인 것(Idealen)', '모호한 것과 정확한 것', '사실(Tatsache)과 본질', 결국 '경우에 따라 변하는 것(변수)과 자기 동일적인 것'의 구별의 혼동으로 이어진다.
논리적 심리학주의와 연관하여 이 '메타바시스'의 잘못은 "논리적 법칙과 판단 — 이 법칙이 가능한 방식으로 그 속에서 인식되는 판단 작용이라는 뜻에서의 판단의 혼동, 다시 말해 판단 내용으로서의 법칙과 판단 작용 자체를 혼동한 오류를 뜻한다. 이 판단 작용과 그 내용의 구별이 후설에서는 실제적인 것과 관념적인 것의 구별과 연관되며, 이 문제가 후설을 인식 작용의 주관성과 인식 내용의 객관성의 관계에 대한 비판적 성찰로 이끌어간다.
위의 내용을 논리적 심리학주의의 잘못과 연관하여 종합하면 심리학주의는 결국 판단을 내리는 실제적인 작용(인식 작용의 주관성)과 관념적인 판단 내용(인식 내용의 객관성)을 정확히 구별하지 못하였기 때문에, 그 성격상 상이한 학문인 심리학과 논리학의 경계를 모호하게 한다. 그리하여 "논리학은 심리학의 한 분과 내지는 한 가지다"라는 극단적인 심리학주의의 전형적 주장(J. S. Mill)이 결과된다.[28]

심리학주의는 "이념 법칙과 사실의 법칙 그리고 규범화된 규칙과 인과적 규칙, 논리적 필연성과 사실적 필연성, 논리적 근거와 사실적 근거 사이의 근본적이고 영원히 건널 수 없는 차이를 잘못 인식"[29]한 것이다.

이때 더 깊은 성찰에 의해 제기될 수 있는 문제는 도대체 왜 이 같은 심리학주의적 잘못 — '메타바시스'의 오류가 그렇게 주요한 비판의 대상이 되는가 하는 것이다. 이 점에서 이미 앞서 설명하였던 이유 외에 좀더 핵심적인 논의와 만나게 된다. 그것은 현상학의 기본 입장과도 연관되는 것인데, 철학적 작업의 근본 과제를 '학문 이론(Wissenschaftstheorie)'으로 보는 데에 있다. 이 점은 당연히 인식론과 긴밀히 관련된 문제 영역에서 제기될 수 있으며, 이 연관이『논리 연구』II/1의 6개의 탐구를 필요로 하게 한다. 심리학주의에 대한 최초의 본격적인 비판은『논리 연구』I권(순수 논리학 서설)에서 이루어진다. 여기서 논리학은 학문 이론으로 이해되며 이 학문 이론의 본질과 연관되어 비판의 중요성이 해명된다.

3.『논리 연구』의 과제

『논리 연구』는 그것의 근본 목표에 따라서 논리학을 순수하

---

28) Heffernann, Bedeutung und Evidenz bei E. Husserl, Bourier, 1983. 22-24쪽 참조.
29) Hua XVIII, 68쪽.

고 형식적이며 자율적인 학으로 정초하려는 부분과 그렇게 근본적으로 정립된 과제가 마침내 도달하게 되는 새로운 인식 이론, 즉 현상학의 출현을 준비한 저작이다. 이 저작의 구조는 대충 아래와 같다.

"본래의 관심사가 Ⅰ권과 Ⅱ권의 도입 부분에서 명백히 표현된다. Ⅰ권은 다음의 세 부분으로 되어 있다 : (1) 순수 논리학의 이념을 기술론(Kunstlehre), 즉 학문적 사유를 위한 기술 혹은 안내로서 파악하는 견해와 순수 논리의 형식적 법칙을 규범 법칙으로 전환시키는 규범학으로서 논리학을 파악하는 견해와 대립시켜 구분짓는 것(1장과 2장). (2) 논리적 근본 개념들의 의미로부터 인식론적인 기초를 확립하기 위하여 논리적 법칙이 구상되는 의식의 본성으로부터 논리적 법칙을 심리학주의적으로 정초함에 대한 거부(3장부터 10장까지). (3) 순수 논리학 및 그것의 근본 개념들과 문제 영역의 잠정적인 스케치(11장). 순수 논리학은 "순수하게 관념적 의미 범주들의 의미에 근거하는 관념적 법칙과 이론의 체계"로서 정의된다. 그런 다음 Ⅱ권에서는 일련의 소위 개별적인 연구들, 즉 이러한 순수 논리를 인식론적으로 특히 현상학적으로 설명하고 정초하려는 예비 작업이 행해진다."[30]

Ⅰ권 ― 순수 논리학 서론 ― 은 내용상으로 구분하면 적극적인 과제와 소극적인(부정적)인 과제를 갖는다. 이 두 과제는 서로 밀접하게 내적으로 연관된 것인데 그 첫번째 과제가 학문 이론, 즉 학문들에 관한 학(Wissenschaft von Wissenschaften)[31]을 전개시키는 것이고, 이 과제는 '순수 논리학'의 정립에 두고 있다. 순수 논리적 문제는 따라서 (학문 이론의 관점에서) "무엇이 학을 학으로 만드는가?"다. 즉 "학문의 가능 조건 일반에 관한 물

---

30) Hua XVIII. XII쪽.
31) Hua XVIII, §6.A.161.B., §8.A.191B., 19 ff. §10. 참조. Heffemman, 22쪽.

음"32)이다. 이 가능 조건은 주관적인 조건과 객관적인 조건에 관계하며, 따라서 학문 이론도 주관적 학문과 객관적 학문을 문제시한다. 이런 이유로 해서 앞서 살펴본 바 같은 "인식 작용의 주관성과 인식 내용의 객관성의 관계"에 대한 비판적 고찰이 필요하게 된다.

부정적(소극적) 과제는 이 주객의 관계를 정확하고 명확하게 구분하지 못하고 혼동하고 있는 ('메타바시스'의 오류) 입장, 즉 심리학주의를 논리학 — 순수 논리학, 학문 이론 — 의 입장에서 그것의 부당함을 폭로하는 작업이다. 후설은 이 부정적 과제를 실현시킴이 순수 논리의 정립이라는 긍정적 과제를 성취하기 위한 필요 조건으로 보았다. 그리하여 여러 유형의 심리학주의에 대한 비판이 수행된다.

후설이 심리학주의를 반대하는 논의는 크게 나누어 세 단계의 과정을 취한다. ① 심리학이 논리학의 기초를 정립하는 과학이라는 입장에서 귀결되는 모순, 불합리함을 비판하는 것 — 여기서 경험주의적 심리학주의, 즉 경험과학으로서의 심리학이 이념 학으로서의 논리학의 정초 기반을 정당화시킬 수 없다는 것이 밝혀진다. ②는 심리학주의는 결국 회의적 상대주의를 옹호하게 되고 이 점 또한 지지될 수 없다는 뜻의, 그리고 ③ 심리학주의가 세 가지 선입견에 의존하고 있다는 비판이 그것이다.

우선 1900년경, 후설이 당면했던 당시의 논리학에 관한 논쟁점을 그는 아래와 같이 평가한다.33)
① 논리학이 하나의 이론적 분과인가 아니면 실천적 분과(기술적 분과. Kunstlehre)인가.

---

32) Husserl, 위의 책, §65A.(주관적 조건). 65B(객관적 조건). Heffernann, 22-23, 참조.
33) Hua XVIII, §3. 7쪽.

② 논리학은 다른 학문들, 특히 심리학과 형이상학과 독립적인 학인가.

③ 논리학은 형식적 분과인가 아니면 일반적으로 이해되듯이 인식의 형식에만 관계하는가, 아니면 인식 내용을 고려하여야만 하는가.

④ 논리학은 선천적이며 설명적 성격을 가졌는가 아니면 경험적이며 귀납적 성격을 가지는가.

이 네 가지 논리학의 성격에 관한 논쟁점은 실제에 있어 당대의 세 학파 — ① J. S. Mill로 대표되는 심리학적 경향과 ② W. Hamilton의 형식적, ③ F. A. Tandenburg로 대표되는 형이상학적 경향의 논리학에 대한 입장들의 상이함에서 나온 것이다.

이상의 세 학파와 네 개의 논점을 논리학과 심리학의 관계라는 관점에서 정리하면 다시 두 개의 분파로 나뉘는데, ① 논리학은 심리학과는 독립적인 이론적, 형식적, 증명적(Demonstrativ) 아 프리오리한 학문이라는 주장과, ② 이에 반대해서 논리학은 심리학에 의존적인 기술학, 따라서 실천적, 실제적, 경험적 그리고 귀납적인 기술학이라는 반대파로 갈린다. 이때 주의할 점은 후설이 이 논의에서 "논리학을 올바른 사고 작용, 추리 작용 등의 기술학이란 정의를 완전히 부정하는 논의를 전개하고 있지 않다"는 것이다. 그의 논의의 주된 핵심은 "논리학을 기술학으로 정의함이 논리학의 본질적 성격에 적절한 것인가 아닌가"[34] 하는 것이었다. '서론'에서 후설은 논리학과 그것의 법칙의 규범적 또는 실천적 기능을 인정하고 있다. 즉 문제시되는 것은 "규범적 논리학의 본질적인 이론적 기초가 심리학에 있느냐"[35]는 것이지, 기능적인 측면을 부정하는 것이 아니라는 점은 일단 이 단계에서 명백히 함이 중요할 것 같다. 그리고 이 논리학의

---

34) 위의 책, §13A32/B. 32.
35) 위의 책, § 17A, 50–51/B, 참조.

규범적이고 실천적인 성격과 이론적인 성격의 구별은 단지 그
것의 '기능이나 적용과 본질'을 구별하는 것에 관계하며 모든
규범적 분과(학문)가 그것의 규범화하는 작용으로부터 해방된
이론적 내용에 관하여 이야기할 때는 이론학에 의존한다는 것
을 이 실천적 논리학의 경우에 적용하여 제기하려면 이론학을
심리학이라고 주장할 수 있느냐는 것이다. 심리학주의자들의
입장은 '그렇다'는 것이다.

수카레(Sukale)는 이 논의를 논리적 심리학주의와 연관하여
아래와 같이 요약 정리하고 있다.[36]
ⓐ 논리학의 이론적 기초는 심리학의 영역 위에 놓인다.
ⓑ 논리학은 사고 작용(Denken)의 기술이며, 그런 의미로 '기
술학(Technologie)'이다 : J. S. Mill.
ⓒ '논리학은 심리학의 한 분과다.'
ⓓ 논리학은 사고의 물리학이다 : 'Theodor Lipps의 용어'.
ⓔ 논리학의 법칙은 실제적인 인간 사고의 기술적 법칙(Des-
kraptive Gesetz)이다.
ⓕ 논리적 명제는 심리적 과정들에 관한 것을 표현한다.[37]

ⓓ~ⓕ는 비슷한 의미 내용인데, 그것은 논리 법칙은 인간의
실천적인 사고 방식에 관한 경험 법칙이라는 주장이다. 만일
심리학이 실제적인 심리 과정을 탐구하는 경험과학이라고 받
아들여진다면, 그리고 사고 과정들이 심리 과정의 한 부분이라
고 한다면 ─ 이 두 점은 충돌하지 않는다 ─ ⓒ는 ⓓ에서부터,
ⓔ는 ⓕ에서부터 도출된다. 같은 근거에서 ⓐ는 ⓑ~ⓕ까지의
각각의 언표에서부터 도출된다. 왜냐 하면 만일 논리학이 단지
심리학의 분과라면, 논리학을 심리학과 독립적으로 취급함은

---

36) Sukale, §33, 140-142쪽 참조.
37) 이 같은 논의는 Hua XVIII 3장, 50-60쪽 참조.

상호 모순이기 때문이다.

Ⓑ의 언급은 Ⓒ~Ⓕ의 언급과 구별된다. Ⓑ에 따르면 논리학은 규칙적이지, 기술적이지 않기 때문이다. 따라서 논리학은 심리학의 한 분과가 아니다(심리학이 기술적 학이 아닌 한에서는).

그럼에도 불구하고 Ⓑ는 Ⓐ와 연관되어 있다 : 왜냐 하면 Ⓑ의 대변자, 예컨대 밀 같은 사람은 논리학을 사람들이 생각함에 있어서 어떻게 잘못을 피할 수 있으며, 특정한 법칙에 따라서 최선으로 생각할 수 있는 방법에 관한 기술학(Technologie)으로 생각하고 있기 때문이다. 만일 올바르게 사고하는 기술을 전개하려면 우선 사고의 실제적인 과정을 알아야 한다. 설혹 심리학적 탐구가 그 자체로는 논리적 탐구가 아니라 해도 최소한 이 논리적 탐구를 위한 보조적 수단을 제공할 수 있다고 이야기할 수는 있다. 따라서 Ⓑ는 Ⓒ~Ⓕ까지의 주장과 동일한 것은 아닐지라도 Ⓐ와는 연관되어 있다고 이야기할 수 있다.

이상의 분석이 보여준 것은 심리학과 논리학의 관계에 관한 심리학주의의 입장이 단순히 하나의 공통된 지반을 갖는 것이 아니라, 그 세밀한 내용에 있어서 둘로 나뉠 수 있다는 점이다. 앞서 Mohanty의 인용에서 이미 지적했듯이 '강한 심리학주의'와 '약한 심리학주의'의 주장이 구분된다.

강한 심리학주의는 "실질적인 인간의 사고 작용에 관한 심리학적 탐구는 논리학의 수행을 위한 필요하고도 충분한 조건이다", 따라서 "논리 법칙의 분석은 특정한 인간 사고 과정의 분석과 동치다."

약한 심리학주의의 주장은 "실천적인 인간 사고 작용의 심리학적 탐구는 논리학 수행을 위한 필요 조건이다." 따라서 "논리 법칙의 분석은 특정한 인간 사고 과정의 분석에 부분적으로 존립한다."[38]

---

38) Sukale, 141쪽.

약한 심리학주의적 주장은 논리적 명제나 규칙을 "규범 (Norm)"으로 파악한다. 그러나 이 규범은 실질적인 사고 과정이 올바른 사고(판단, 추리 등)를 하기 위한 기준이고, 그런 의미로 심리적 과정과 연관된다. 즉 "어떻게 사고해야만 하는가"(Sollen)는 "실제로 어떻게 사고할 수 있는가"(Können)의 한 특수한 경우이기 때문에, 이 입장도 논리학과 연관하여 심리학적 탐구를 완전히 포기할 수 없다.

따라서 강한 심리학주의로서의 '기술론'과 약한 심리학주의로서의 '규범론'은 논리학이 그것의 실질적 사용(적용)에 있어서 심리적인 작용과 관계한다는 측면에서 심리학적 탐구에 의존하고 있다는 결론이 나온다. 이것이 실천학으로서의 기술론의 정의다.

4. 결 론

우리의 주제에 맞추어 지금까지의 논의를 정리하면 후설의 심리학주의 비판의 요체는 논리학의 근본 법칙을 '정당화하는 근거'로서 심리학적 탐구를 주장하는 데 있어 심리학적 탐구의 유용성 — 논리적 개념이나 법칙을 설명하는 데 있어서도 — 을 부인하는 것이 아니라는 것이다.

이 문제를 복잡하게 한 것은 후설의 『논리 연구』 I (서론)이 갖는 본래적인 이중성에 있다. 그의 이 이중성은 그의 철학 전체와도 상관된다. '형식 논리와 선험 논리' 등의 후기 사상에서 이 이중성은 여러 가지 형태로 나타나는데, 우선 논리적인 것에 관하여만 지적하면, '형식적 분과'로서의 논리학과 '선험적 분과'로서의 논리학의 이중성이다. 이 이중성이 '서론'에서 그 첫 '이론적 분과'에서의 순수 논리와 '규범-실천적 분과'로서의 기술론으로 대비된다. 홀렌스타인은 그의 '서론' 편집자 서문에서 이 점에 관하여 아래와 같이 쓰고 있다.[39]

"논리학의 심리학주의적인 정초의 논쟁 문제는 일차적으로『프롤레고메나』에서는 이론적인 분과와 규범-실천적인 분과로서의 논리학의 이중성(이것은 근본적으로 부차적인 것이다)과 연관되어 나타난다. 이론적인 학문으로서 논리학은 모든 심리학과 사실 학문으로부터 독립적이다. 그렇지만 논리학도 기술론, 방법론인 한에 있어서 심리학 더구나 경험심리학은 그것은 기초지음에 관계하는 것처럼 여겨진다. 논리적 법칙에 상응하는 명증적인 체험을 논리적인 기술론의 문제로서 탐구하는 것 그리고 이 명증적 체험이 논리적 명제의 내용 속에서가 아니라 심리학적으로 기초지워지는 한에 있어서 그것이 자연과학적 심리학의 문제로서 설명된다는 사실은 '서론'을 지배하는 시선 방향에 있어서 현저한 특색이다."

이 인용문에서 제기되는 본질적인 문제는 물론 순수 논리학의, 이론적 논리학의 정립 문제다. 그러나 다른 면에서 보면 '단지 그 자체로 체험 속에 주어지고 증명되는 법칙으로서의 논리적 법칙성의 타당한 근거'가 문제시된다는 것이 간과되어서는 안 된다. 그리하여 후설은 '인식의 객관적 조건과 주관적 조건'을 함께 탐구하여야 했다. 그러나 그가 '서론'에서 취한 방법은 이 두 조건의 관계를 연결시키는 작업이 아니고 이것을 분리하여 우선 객관적 조건을 확보하는 것이었다. 그리하여 그가『논리 연구』II/1을 1901년에 출간했을 때 심각한 오해에 부딪친다. 이에 관한 전형적인 오해는 '심리학주의로의 귀환'이 아니냐는 또는 '신플라톤주의'가 아니냐는 오해다. 후설은 이에 관하여 아래와 같은 기록을 남긴다.

---

39) Hua XVIII, XXIX쪽.

"······ 두 권이 갖는 내적인 통일성은 바로 방법적 원리를 상관적 탐구 방식으로 실현하는 데 있다. 주-객 통일적인 탐구가 올바르게 시작되기 위해서는 우선 대상의 객관성, 여기서는 논리적 형성체의 객관성을 주관화하는 모든 오류에 반대하여 방어하는 노력이 요구된다."[40]

"사람들은 단지 ······『논리 연구』의 저자만을 보고 있습니다. 사람들은 단지『논리 연구』가 이전 세대의 것이라는 것만을 보고 있지, 거기서 의도되었고 본인의 계속된 작업에서 이루어진 것을 보지 않습니다.『논리 연구』는 형식적 그리고 실질적 존재론의 회복이었으며 그것은 '선험적', 즉 존재론을 곧바로 선험적으로 관계지우는 '현상학'의 출현(Durchbruch)과 일치합니다. 존재론은 실재 세계와 마찬가지로 현상학의 권리를 보유하고 있습니다 ; 그러나 존재론은 실재 세계의 궁극적이고 구체적으로 완전한(선험적) 의미를 드러냅니다. 그 이후에(그것은 이미『이념들』이 발행될 때도 그러했습니다) 형식 논리학과 모든 실재 존재론은 선험적 주관성에 관한 이론, 더 나아가 상호 주관성으로서의 이론을 체계적으로 정초할 때 대립되기에 본인은 그것에 대한 본래의 관심을 버렸습니다" — 1930. 11. 16. 미쉬(G. Misch)에게 보낸 편지.[41]

이 오해의 더 근본적인 원인은『논리 연구』 I 권, '순수 논리학 서론'이 모든 형태의 심리적 분석을 부정했다는 인식에 있다. 앞에서도 지적했듯이 이 '서론'에서 비판되는 심리적 설명은 발생 심리적, 인과 심리적, 그리하여 사실과학으로서의 경험 심리적 분석이고, 이때 '기술심리학'까지 비판되는 것은 아니다. Boer는 이 점에 관하여 만일 그 당시 이 두 심리학의 차이가 분명했다면 위와 같은 오해는 없었을 것이라고 지적하고 있다.

---

40) Hua XVIII, XVII쪽.
41) 위의 책, XIII쪽.

□ 참고 문헌

E. Husserl : Logische Untersuchungen I, Hua. Bd.XVIII.
─────────: Logische Untersuchungen II/1, Hua. Bd.XIX/1.
─────────: Einleitung in die Logik und Erkenntnistheorie,
　　　　Hua. Bd.XXIV.
─────────: Pänomenologische Psychologie, Hua. Bd.IV.
─────────: Philosophie der Arithmetik. Hua. Bd.VII.
─────────: Formale und Transzendentale Logik, Hua. Bd.XV11.
Th.De Boer : The Development of Husserl's Thought, M. Nijhoff,
　　　　1978.
최경호 역 :『후설 사상의 발달』, 경문사, 1986.
J. N. Mohanty : Husserl and Frege, Indiana University Press,
　　　　1982.
Michael Sukale : Denken, Sprechen und Wissen, J. C. B. Mohr,
　　　　1988.
R. Sokolowski : The Formation of Husserl's Concept of Constitution,
　　　　M. Nijhoff, 1970.
Marvin Farber : The Foundation of Phenomenology, Harvard
　　　　University Press, 1943.
Von George Heffernann : Bedeutung und Evidenz bei E.Husserl,
　　　　Bouvier, 1983.
신규현 :「후설의 심리학주의에 대한 비판」, 철학회지, 1979.

후설의 기분의 현상학*

이 남 인(서울대 철학과 교수)

기분의 현상학은 하이데거의 철학에서 핵심적인 역할을 담당하고 있다. 그는 1927년에 출간된 그의 주저 『존재와 시간』[1]의 29절과 30절에서 기분 현상을 상세히 분석하고, 그 이외에도 이 책의 여러 곳에서 기분 현상을 분석하고 있다. 이처럼 『존재와 시간』에서 기분 현상이 중요하게 다루어지는 것은 다음과 같은 두 가지 이유 때문이다. 첫째 이유는 기분이 이해(Verstehen), 말(Rede)과 더불어 현존재의 세계 개시성을 구성하는 하나의 요소며, 따라서 기분은 현존재의 존재 구조를 탐구함을 목표로 하는 기초적 존재론이 분석하여야 할 가장 중요한 현상 중의 하

* 이 논문은 "1996년도 서울대학교 발전기금 일반학술연구비"의 지원에 의해 작성되었다. 이 논문은 1998년에 다음과 같이 영문으로도 발표되었다: "Edmund Husserls Phenomenology of Mood", in: N. Depraz and D. Zahavi(eds.), *Alterity and Facticity. New Perspectives on Husserl*, Dordrecht/Boston/London, 1998 (Phaenomenologica Bd. 148), 103-120쪽. 그리고 후설의 미간행 유고들을 읽고 또 인용할 수 있도록 배려해 준 Louvain 대학교의 Husserl-Archiv 소장 R. Bernet 교수에게 감사드린다.
1) M. Heidegger, *Sein und Zeit*, Tübingen, 1976 ; 소광희(역), 『존재와 시간』, 서울, 1996 ; 이기상(역), 『존재와 시간』, 서울, 1998.

나이기 때문이다. 기초적 존재론은 그 내용 면에서 고찰해보면 기분의 현상학이 없이는 성립할 수 없다고 할 수 있다. 두 번째 이유는 기분은 바로 현존재에게 그의 존재인 실존 전체가 모습을 드러내는 장소며, 따라서 기초적 존재론은 그 방법론적 관점에서 볼 때 기분 현상에 대한 분석 없이는 단 한 발자국도 앞으로 나갈 수 없기 때문이다. 이처럼 기분 현상은 그 내용적 측면에서 뿐만 아니라 방법론적 측면에서도 기초적 존재론을 위해 중요한 의미를 지닌다. 그런데 기분의 현상학은 기초적 존재론에서만 중요한 의미를 지니는 것은 아니다. 『존재와 시간』 이후에 출간된 저술 및 그 이후 이루어진 그의 강의들이 보여주듯이, 소위 전회 이후의 하이데거의 후기 사상에서도 기분의 현상학은 『존재와 시간』의 경우 못지 않게 중요한 의미를 지닌다. 자신의 전체적인 철학 체계 속에서 기분 현상이 지니는 결정적인 의미가 보다 더 분명해짐에 따라 하이데거는 『존재와 시간』의 출간 이후 보다 더 본격적으로 기분 현상을 분석해 들어간다.2) 이처럼 기분의 현상학이 하이데거의 철학에서 중요한 위치를 차지하기 때문에 그 동안 국제 학계뿐만 아니라, 한국철학계에서도 비록 충분하지는 않지만 하이데거의 기분의 현상학에 대한 몇몇 연구가 발표되었으며,3) 적어도 하이데거의

---

2) 대표적인 예는 M. Heidegger, *Grundbegriffe der Metaphysik. Welt - Endlichkeit - Einsamkeit*, Frankfurt/M., 1983이다.

3) 대표적인 연구들을 소개하면 다음과 같다. P. Emad, "Boredom as Limit and Disposition", in : *Heidegger Studies 1* (1985) ; M. Haar, "Stimmung et penseé", in : *Heidegger et l'idée de la phénoménologie*, Dordrecht / Boston / London, 1988; B. Baugh, "Heidegger on Befindlichkeit", in : *Journal of the British Society for Phenomenology 20/2* (1989) ; K. Held, "Grundstimmung und Zeitkritik bei Heidegger", in : *Zur philosophischen Aktualität Heideggers* (hrsg. von Papenfuss u. O. Pöggeler), Frankfurt/M., 1991 ; G. Stendad, "Attuning and Transformation", in : *Heidegger Studies 7* (1991) ; O. Pöggeler, "Wovor die Angst sich ängstet?", in : *Neue Wege mit Heidegger*, Freiburg / München, 1992 ; H.-H. Gander, "Grund - und Leitstimmungen in Heideggers

철학을 전문적으로 연구한 학자들에게 기분의 현상학이 하이데거철학의 중요한 부분이라는 사실은 이미 하나의 상식처럼 되었다.

그런데 여기서 우리의 흥미를 끄는 것은 후설 역시 하이데거가『존재와 시간』에서 기분의 현상학을 발전시키기 훨씬 이전부터 나름대로 기분의 현상학을 발전시키고 있다는 사실이다. 물론 자신의 현상학을 가장 철저한 형태의 합리주의로 전개시키고자 한 후설이 "비합리적", "반합리적" 혹은 "초합리적" 현상처럼 보이는 기분 현상을 분석하고 있다는 사실이 다소 의외처럼 들릴지 몰라도 실제로 그는 몇몇 유고에서 기분 현상을 지향적 심리학의 주제로서 뿐만 아니라 초월적 현상학의 주제로서 분석하고 있다. 아래의 논의를 통해 밝혀지겠지만 이들 유고에서 전개된 기분의 현상학은 1900~1901년에 출간된『논리 연구』4)의 제5연구 : "지향적 체험과 그 내용들"에서 전개된 감정의 현상학에 그 뿌리를 두고 있다. 바로 이 제5『논리 연구』에서 선보인 감정의 현상학을 비판적으로 검토해가면서 후설은 몇몇 유고에서 기분의 현상학을 전개시키고 있다. 그러나 앞서 언급되었듯이 하이데거의 기분의 현상학이 국내외 학계

Beiträge zur Philosophie", in : *Heidegger Studies 10* (1994) ; B.-C. Han, *Heideggers Herz. Zum Begriff der Stimmung bei Martin Heidegger*, München, 1996 ; P. Trawny, *Martin Heideggers Phänomenologie der Welt*, Freiburg / München, 1997. 그 이외에도 신상희, "사유의 근본정기" (『현상학과 실천철학』, 철학과 현상학 연구 제7집, 서울, 1993에 수록) 및 졸고, "하이데거의 실존론적 해석학" (『해석학은 무엇인가』, 해석학 연구 제1집, 서울, 1995에 수록) 및 "하이데거의 후설 비판과 해석학적 현상학"(『현상학의 근원과 유역』, 철학과 현상학 연구 제8집, 서울, 1996에 수록), 이종주, "감정의 현상학과 기분의 현상학"(1998년도 서울대학교 석사 학위 논문) 등을 참조.

4) E. Husserl, *Logische Untersuchungen. Zweiter Band, Erster Teil: Untersuchungen zur Phänomenologie und Theorie der Erkenntnis*, The Hague, 1984. 아래에서 이 저술은 괄호 안에 LU라는 약자와 면수를 제시함으로써 인용됨.

에서 다소 연구되었고 따라서 전문적인 연구자들 사이에서는 하이데거의 기분의 현상학이 존재한다는 사실이 하나의 상식처럼 되었음과는 달리 후설의 기분의 현상학의 경우 후설의 현상학을 전문적으로 연구한 학자들에게조차 그것의 구체적인 내용은 말할 것도 없고, 그것이 존재한다는 사실조차 거의 알려져 있지 않은 실정이다.5)

이 글의 일차적인 목표는 후설이『논리 연구』에서 발전시킨 감정의 현상학을 비판적으로 검토하면서 기분의 현상학을 발전시키는 과정을 재구성하는 데 있다. 이러한 목표를 위하여 우리가 후설의『논리 연구』와 더불어 검토하게 될 유고는 "의식의 구조에 관한 연구들(Studien zur Struktur des Bewußtseins)"이라는 주제 하에 1900년에서 1914년 사이에 집필되었으리라 추정되는 M Ⅲ 3 Ⅱ 1라는 유고며, 기분 현상을 분석하고 있는 다른 유고들은 분석의 대상으로 삼지 않기로 한다.6) 이 유고는 필자의 소견에 의하면 후설이 기분 현상을 다루고 있는 유고 중에서 가장 앞서 집필된 유고에 해당한다. 후설이 제5『논리 연구』에서 선보인 감정의 현상학을 비판적으로 검토하면서 M유고에서 기분의 현상학을 발전시키는 과정을 재구성하기 위해 우리는 제1절과 제2절에서 각기 제5『논리 연구』에 나타난 지향적 체험의 구조에 대한 분석과 감정의 현상학의 개요를 검토한 후, 거기에 이어 제3절과 제4절에서 이러한 감정의 현상학이 지닌 문제점을 검토하고, 감정의 현상학이 지닌 이러한 문제점을 극

---

5) 필자는 N.-I. Lee, *Edmund Husserls Phänomenologie der Instinkte*, Dordrecht / Boston / London, 1993, 144-149에서 "세계 의식"의 구조와 관련하여 "기분"의 문제를 간단히 다루었다. 그러나 거기서 필자는 후설의 기분의 현상학의 발생 과정 및 그 의의에 대해서는 다루지 않았는데, 바로 이러한 문제를 해명하는 일이 이 논문의 목표다.

6) 아래에서 우리는 유고 M Ⅲ 3 Ⅱ 1을 간단히 "M" 혹은 "M유고"로 줄여서 부르기로 한다. 기분의 현상학을 다루고 있는 후기 유고로는 A Ⅵ 26 (1921-1931), A Ⅵ 36 (1931) 등이 있다.

복하기 위하여 기분의 현상학이 전개되어야 할 필요성과 M유고에서 전개된 기분의 현상학의 내용을 검토하기로 한다.

후설의 기분의 현상학은 그 자체로도 커다란 흥미를 자아낼 수 있는 주제다. 그러나 그것이 지닌 또 다른 의의는 그를 통해 그 동안의 연구사에서 분명히 드러나지 않았던 후설의 현상학의 또 다른 측면이 분명하게 드러날 수 있다는 데 있다. 이 점과 관련해 우리의 흥미를 끄는 점은 후설의 기분의 현상학이 후설의 현상학과 하이데거의 현상학 사이의 관계를 내실 있게 조망해볼 수 있는 가능성을 제시해줄 수 있다는 사실이다. 후설이 M유고에서 기분의 현상학을 발전시키는 과정을 재구성한 후 우리는 제5절에서 기분의 현상학과 관련하여 후설의 현상학의 전체적인 성격 규정의 문제 및 후설의 현상학과 하이데거의 현상학의 관계 등을 간단히 검토해보고자 한다.

1. 지향적 체험의 구조

제5『논리 연구』의 과제는 그 제목에 나타나 있듯이 "지향적 체험의 구조와 그 내용"을 해명하는 데 있다. 이러한 목표를 위하여 후설은 일차적으로 "의식" 개념이 지닌 다의적인 의미를 검토한다. "의식함", "고양된 의식", "침울한 의식", "의식의 각성", "의식의 소멸", "의식화" 등 많은 표현들에서 알 수 있듯이 의식 개념은 일상 언어뿐만 아니라 심리학이나 철학에서도 다양한 의미로 사용된다. 의식 개념이 지닌 이처럼 다양한 의미 중에서 제5『논리 연구』에서 분석의 대상으로 등장하는 의식 개념은 다음의 세 가지다.

첫째, 의식은 구체적인 경험적 자아의 체험의 총체를 의미한다. 19세기 심리학에서 이러한 의미의 의식 개념은 경험적 자아 속에서 순간순간 변화해가면서 서로 결합하고 침투해들어가는 생동하는 모든 심리적 "사건들(Vorkommnisse, Ereignisse)"(LU, 357)의 총체를 지칭하는 개념으로 사용되었는데, 이러한 심리적 사건들의 총체가 바로 그 구체적인 경험적 자아의 체험류를 형성한다. 우리는 감각 작용, 지각 작용, 판단 작용, 상상 작용, 상적 표상 작용, 그림 지각 작용, 기억 작용, 기대 작용, 개념적 사유 작용, 추측 작용, 의심 작용, 기뻐함, 슬퍼함, 고통스러워 함, 소망함, 의지함, 충동, 본능, 기분 등 순간순간 변화하면서 상호 침투하고 결합하는 생동적인 심리적 사건들의 예를 무수히 제시할 수 있다. 이러한 심리적인 사건들은 자연적인 태도에서 여타의 다른 물리적 대상들과 마찬가지로 세계 지평을 토대로 세계내 대상으로 파악된다. 그러나 현상학적 환원에 관한 이론이 알려주듯이 이처럼 세계내 대상으로 파악된 심리적인 사건들은 현상학적 환원을 통하여 세계라는 지평에 대한 정립이 배제되어 순수 현상학적으로 파악되면 순수 의식 혹은 초월적 의식(transzendentales Bewußtsein)으로 탈바꿈하며, 이러한 초월적 의식 역시 세계라는 지평에 대한 정립을 토대로 세계 속에서 존재하는 사건으로 파악되면 다시 심리적 사건으로 탈바꿈한다.7) 이처럼 심리학적 사건으로서의 이러한 첫번째 의미의 의식과 초월적 의식은 그 파악 방식에서만 차이가 나며, 따라서 양자 사이에는 평행 관계가 존재한다.

둘째, 의식은 "내적 지각(innere Wahrnehmung)", "내적 의식(inneres Bewußtsein)"(LU, 365), 즉 반성적 의식을 의미한다. 이러한 반성적 의식 역시 체험류를 이루는 하나의 구성 요소다. 따라서 반성적 의식은 앞서 고찰한 첫번째 의식의 한 종류에 해당하며, 그러한 한에서 반성적 의식의 외연은 첫번째 의미의 의식의 외연보다 좁다. 이처럼 두 번째 의미의 의식의 외연이 첫번째 의미의 의식의 외연보다 좁은 것은 사실이지만 두 번째 의식 개념이 첫번째 의식 개념에 비해 "본성상 더 근원

---

7) 이 점에 대해서는 LU, 357쪽 이하 참조.

적이며 선행적인 개념"(LU, 367)이다. 그 이유는 첫번째 의미의 의식이 그러한 의미의 의식으로 불리는 이유는 그것이 두 번째 의미의 의식에 의해 대상화될 수 있기 때문이다.

셋째, "무엇에 대해 의식하고 있다"라는 표현에서 알 수 있듯이 의식은 대상에 대한 의식, 즉 대상 의식을 의미한다. 그런데 이러한 대상 의식에서 자아는 대상과 "의식적인 관계"를 맺고 있는데, 후설은 바로 이처럼 자아가 대상과 맺고 있는 의식적 관계를 제5『논리 연구』에서 "지향적 관계(intentionale Beziehung)"(LU, 400) 혹은 "지향성(Intention)"(LU, 392)이라 부른다. 대상 의식은 지향적 관계 혹은 지향성을 지니고 있으며, 따라서 후설은 대상 의식을 지향성이 결여되어 있다고 간주되는 체험들과 구별하여 특히 "지향적 체험(intentionales Erlebnis)" 혹은 간단히 "작용"이라 부르고, 그의 지향적인 대상적 상관자를 "지향적 대상(intentionaler Gegenstand)"이라 부르면서, 다음과 같이 지향적 체험 및 지향적 대상의 예들을 제시한다 : "지각 작용 속에서는 무엇인가가 지각되고, 상상 작용 속에서는 무엇인가가 상상되고, 진술 작용 속에서는 무엇인가가 진술되고, 사랑의 작용 속에서는 무엇인가가 사랑을 받고, 미움의 작용 속에서는 무엇인가가 미움을 받고, 욕구 작용 속에서는 무엇인가가 욕구된다"(LU, 380). 이러한 예에서 알 수 있듯이 지향적 체험의 대상적 상관자가 꼭 실재하는 대상이어야 할 필요는 없다. "이 꽃", "저 나무" 등 현실 세계 속에 존재하는 실재 대상뿐만 아니라 수학적 대상들 그리고 상상의 세계 속에서 존재하는 수많은 상상물들 역시 지향적 대상에 해당한다. 그뿐만 아니라 체험들 역시 앞서 살펴본 두 번째 의미의 의식, 즉 반성적 의식에 의해 대상화되면 지향적 대상으로 탈바꿈할 수 있다. 여기서 우리는 실재하는 대상 이외에도 다양한 유형의 지향적 대상들이 존재함을 확인할 수 있다.

이러한 세 가지 의식 개념을 검토하면서 후설은 제5『논리 연

구』및 그의 초중기 저술에서 지향적 분석을 주도하게 될 근본
적인 전제 하나를 확보하게 된다. 이러한 전제의 정체가 무엇인
지 살펴보기 위하여 우리는 지금까지 살펴본 세 가지 의식 개념
을 비교 검토하면서 그들 사이의 관계를 확정해볼 필요가 있다.
우선 분명한 것은 반성적 의식으로서의 내적 의식이 일종의 지
향적 체험, 즉 세 번째 의미의 의식의 한 종류라는 점이다. 왜냐
하면 조금 전에 이미 지적되었듯이 반성적 의식은 체험을 지향
적 대상으로 가지는 의식이기 때문이다. 여기서 우리는 지향적
체험이 i) 체험을 지향적 대상으로 가지는 반성적 의식과 ii) 체험
이외의 대상을 — 그것이 경험적으로 실재하는 대상이든 그렇지
않은 대상이든 — 지향적 대상으로 가지는 지향적 체험의 두 종
류로 나눠짐을 알 수 있다. 그러면 이러한 두 가지 의식 개념은
첫번째 의식 개념과 어떤 관계에 있을까? 바로 이 대목에서 후
설은 반성적 의식을 부분 집합으로 하는 바 지향적 체험으로서
의 의식은 첫번째 의미의 의식의 부분 집합에 해당한다고 생각
한다. 말하자면 후설은 지향적 체험 이외에 그것과 근본적으로
성격을 달리하는 다른 종류의 체험, 즉 대상과의 지향적 관계를
결여하고 있는 비지향적 체험이 존재한다고 간주하는 셈인데,
그는 이러한 비지향적 체험의 가장 대표적인 예로 감각을 제시
하고 있다. 그런데 그에 의하면 지향적 체험과 비지향적 체험은
양자 사이에 "유적 통일성(Gattungsgemeinschaft)"(LU, 410)조
차 존재하지 않을 정도로 엄밀히 구별된다. 지향적 체험과 비지
향적 체험의 구별은 『논리 연구』뿐만 아니라 『이념들 I』에서도
나타나는데, 거기서 후설은 지향성에 대한 분석을 진행시키면서
감각 자료(sensuelle Hyle)와 지향적 형상(intentionale Morphe)
을 구별하고 있다.8) 이처럼 지향적 체험과 비지향적 체험이 엄밀

---

8) Edmund Husserl, *Ideen zu einer reinen Phänomenologie und phäno-
menologischen Philosophie. Erstes Buch : Allgemeine Einführung in die
reine Phänomenologie*, Den Haag, 1976, 192.

히 구별된다는 생각은『논리 연구』에서『이념들 I』에 이르기까지 후설의 초중기 저술에서 지향적 분석을 위한 근본 전제 역할을 담당한다.

이제 제5『논리 연구』에 나타난 지향적 체험의 구조 및 내용을 검토해보기로 하자. 지향적 체험의 구조와 관련해 우선 주목하여야 할 점은 지향적 체험이 비지향적 체험과는 엄밀히 구별되지만, 그러나 전자는 결코 후자 없이 존재할 수 없다는 사실이다. 비지향적 체험은 지향적 체험이 존재하기 위한 토대 역할을 담당한다. 따라서 비지향적 체험이 없이 지향적 체험만을 가지고 있는 생명체는 존재할 수 없으나, 지향적 체험이 없이 비지향적 체험만을 가지고 있는 생명체는 얼마든지 존재할 수 있다. 어떤 생명체가 지향적인 체험을 가지고 있을 경우, 모든 개별적인 구체적인 지향적인 체험은 두 개의 층으로 구성되어 있는데, 토대를 이루는 비지향적 체험의 층과 거기에 기초한 지향성을 담고 있는 체험의 층, 즉 비독립적인 지향적 체험의 층이 그것이다. 여기서 우리는 구체적인 지향적 체험과 구별하여 그러한 체험의 한 층을 이루고 있는 이러한 비독립적인 지향적 체험의 층을 추상적인 지향적 체험이라고 부를 수 있을 것이다.

후설에 의하면 구체적인 지향적 체험을 구성하고 있는 이러한 두 가지 체험의 층이 서로 결합하고 협력함으로써 지향적 대상이 구성된다. 체험류 속에서 대상과의 의식적 관계가 나타나 지향적 대상이 구성되기 위해서는 우선 비지향적 체험이 주어져야 한다. 그런데 이 경우 후설에 의하면 비지향적 체험은 대상과의 지향적 관계가 결여되어 있는 단순히 주관적인 심리상태에 불과한 체험으로서, 이러한 체험이 바로 지향적 대상이 구성되기 위한 질료 역할을 담당한다. 바로 이러한 질료적 체험을 토대로 대상과의 지향적 관계가 성립되기 위해서는 이러한 질료적 체험이 대상과 관련된 것으로서 파악 혹은 해석되어야 하는데, 바로 이러한 파악 기능을 담당하는 것이 추상적인 지향적 체험의 층이다. 이러한 추상적인 지향적 체험의 층은 그를 통해 "'나에 대해 대상의 존재'가 처음으로 구성되는"(LU, 397) 체험의 층으로서, 말하자면 비지향적 체험으로서의 질료에 불과한 감각 내용에 "혼을 불어넣어 그 본질에 따라 우리가 이 대상, 저 대상을 지각할 수 있게끔, 예를 들면 이 나무를 보거나 저 초인종 소리를 듣거나 저 꽃 향기를 냄새맡거나 등등을 가능하게 해주는 것이다"(LU, 399). 지향적 대상은 이처럼 구체적인 지향적 체험을 이루는 비지향적 체험의 층과 추상적인 지향적 체험의 층이 상호 결합하고 협력함으로써 비로소 구성될 수 있는 것이다.

지금까지의 논의를 통하여 우리는 후설이 구체적인 지향적 체험의 구조 및 내용을 분석하면서 지향적 체험과 비지향적 체험이 엄밀히 구별된다는 전제에서 출발하고 있음을 알 수 있다. 이러한 전제와 관련하여 그는 앞서 지적되었듯이 지향적 체험과 비지향적 체험 사이에 유적 통일성조차 존재하지 않는다고 말하면서 이 두 유형의 체험이 엄밀히 구별되어야 한다는 단호한 입장을 취하고 있다. 그러나 지향적 체험에 대한 그의 분석을 면밀히 추적해보면 우리는 그가 한편으로는 이 점에 대해 그렇게 단호한 입장을 취하면서도 다른 한편으로 이 문제에 있어 걷잡을 수 없이 커다란 불안을 느끼고 있음을 확인할 수 있다. 이 점과 관련하여 그는 제5『논리 연구』에서 지향적 분석을 수행하면서 이러한 엄밀한 구별을 불가능하게 만드는 듯한 여러 가지 어려움들이 존재한다고 여기저기서 고백하면서, 실제로 그러한 어려움들을 극복하기 위하여 노력하고 있다. 일례로 그는 제5『논리 연구』의 제1절에서 12절 사이의 지향적 분석을 통해 지향적 체험과 비지향적 체험이 엄밀히 구별됨을 나름대로 밝히고 제13절에서는 지향성, 지향적 체험, 작용9) 등 지향적

---

9) 후설은 『논리 연구』에서 '작용(Akt)'을 '지향적 체험'과 같은 의미로 사용

분석과 관련된 핵심적인 개념들을 확정한 후, 거기에 이어 계속하여 일사천리로 지향적 분석을 수행하리라는 우리의 기대와는 달리 제14절에서는 그 절의 제목에 나타나 있듯이 "기술적으로 정초된 체험 부류로서의 작용들이 존재한다는 생각이 지닌 의문점들"을 논하는데, 이 의문점들이란 다름아닌 지향적 체험과 비지향적 체험이 엄밀히 구별된다는 전제가 지닌 의문점을 의미한다.

후설은 지향적 체험과 비지향적 체험의 구별이 불가능하리라는 의혹을 해소하기 위해 가장 단순한 유형의 지향적 체험이라고 할 수 있는 외적 지각의 구조를 분석한다. 어떤 소리를 들음, 어떤 색을 봄, 어떤 냄새를 맡음 등 모든 구체적인 지각 작용은 세계에 존재하는 대상들과의 지향적 관계를 가지고 있으며, 따라서 일종의 지향적 체험으로 규정될 수 있다. 그런데 후설에 의하면 구체적인 지향적 체험으로서의 지각 작용이 성립하기 위해서는 비지향적 체험인 감각(Empfindung), 혹은 감각 내용(Empfindungsinhalt)이 질료로서 주어져야 하며, 그것이 대상적인 것과 연결된 체험으로 해석 내지 파악되어야 하는데, 바로 이러한 해석 기능을 담당하는 것이 추상적인 지향적 체험으로서의 지각 작용이다. 그런데 이 점과 관련하여 후설은 지각 대상으로서의 지향적 체험을 구성함에 있어 비지향적 체험의 층과 추상적인 지향적 체험의 층이 서로 협력하는 여러 가지 방식을 비교 분석해보면 이 두 가지 층의 구별이 독단적인 전제에 불과한 것이 아니라, 부정할 수 없는 하나의 사실임이 밝혀질 수 있으리라고 생각한다. 바로 이러한 이유에서 그는 두 가지 층이 서로 협력할 수 있는 다음과 같은 두 가지 경우를 검토한다. 첫번째 경우는 질료로서의 비지향적 체험인 감각 내용이 다름에도 불구하고 동일한 추상적인 지향적 체험이 존재

한다. 따라서 우리는 이 논문에서도 '작용'을 '지향적 체험'과 동일한 의미로 사용하고자 한다.

하고, 그에 따라 지향적 대상의 측면에서도 동일한 지각 대상이 구성되는 경우다. 그 대표적인 예는 소리가 한 번은 가까이서 감각되었고, 한 번은 멀리서 감각되었지만 그것이 동일한 시계가 똑딱거리는 소리로 파악될 경우다. 두 번째 경우는 질료로서의 비지향적 체험인 감각 내용이 동일함에도 불구하고, 그것을 해석하는 추상적인 지향적 체험의 층인 지각 작용이 서로 다르고, 그에 따라 지향적 대상의 측면에서도 서로 다른 지각 대상이 구성되는 경우다. 그 대표적인 예는 어떤 소리가 동일한 지점에서 감각되었음에도 불구하고, 한 번은 시끄러운 잡음으로, 한 번은 달콤한 멜로디로 지각되는 경우다. 후설에 의하면 이러한 두 가지 예는 i) 서로 다른 두 개 이상의 비지향적 체험이 동일한 지향적 체험의 토대가 될 수 있고, ii) 동일한 비지향적 체험도 서로 다른 지향적 체험의 토대가 될 수 있음을 보여주는 것이며, 이러한 두 가지 사실은 비지향적 체험의 층과 추상적인 지향적 체험의 층이 서로 독립적인 층임을 말해준다. 이러한 고찰을 통해 후설은 지향적 체험과 비지향적 체험이 명백히 구별될 수 있으며, 따라서 양자가 구별된다고 하는 사실이 지향적 분석을 주도하는 근본 전제로 사용될 수 있으리라고 생각한다.

2. 감정의 지향적 구조

지각 작용의 지향적 구조에 대한 이러한 분석을 통하여 지향적 체험과 비지향적 체험이 구별됨을 밝힌 후에도 후설은 이 문제와 관련한 의혹이 모두 해소된 것으로 생각하지 않는다. 무엇보다도 이 문제와 관련하여 그에게 커다란 어려움을 제기하며 그를 불안하게 만든 현상이 있는데, 그것은 다름아닌 감정 현상이다. 이러한 사실은 그가 감정의 현상학을 전개하고 있는 제5『논리 연구』의 제15절에서 다음과 같이 언급하면서 감정 현상을 분석하고 있음을 보면 알 수 있다 : "지향적 체험들의 유적 통일성과 관련하여 새로운 어려움이 제기된다. 우리는 체험을 지향적 체험과 비지향적 체험으로 나누도록 한 관점이 단지 외적인 것에 불과한 것은 아닌지, 동일한 체험들 혹은 동일한 현상학적 유(Gattung)에 속하는 체험들이 때에 따라서는 대상과의 지향적 관계를 가지기도 하고, 때에 따라서는 그러한 관계를 가지지 않기도 하는 것은 아닌지 의심해볼 수 있을 것이다"(LU, 401). 그런데 지향적 체험과 비지향적 체험을 나누도록 한 관점이 단지 외적인 것에 불과할 수도 있다는 말은 바로 후설이 그처럼 확신하고 있던 지향적 체험과 비지향적 체험의 구별이 무의미한 것일 수도 있음을 의미한다. 이제 후설은 이러한 문제 의식을 가지고 감정 현상을 분석해 들어가며 그를 통해 감정의 현상학을 전개시킨다. 그런데 거기서 전개된 감정의 현상학에서는 다음의 두 가지 문제가 다루어지고 있다 : i) 지향적 감정(intentionale Gefühle)은 존재하는가? ; ii) 비지향적 감정(nicht-intentionale Gefühle)은 존재하는가?

첫번째 문제와 관련하여 후설은 대상과의 지향적 관계를 가지고 있는 감정이 실제로 존재한다는 사실을 확인하면서 분석을 시작한다. 예를 들어 달콤한 멜로디를 듣고 즐거운 감정이 일어나거나, 혹은 귀청을 찢는 듯한 호루라기 소리를 듣고 불쾌한 감정이 일어날 경우 우리는 이러한 감정들 속에서 실제로 어떤 멜로디, 어떤 호루라기 소리 등 대상적인 것과의 지향적인 관계를 확인할 수 있다. 그러나 우리는 이러한 사실을 확인하였다고 해서 지향적 감정이 존재하는가의 문제가 해결된 것으로 생각해서는 안 된다. 왜냐 하면 어떤 부류의 감정들 속에 대상과의 지향적 관계가 들어 있다고 해서 그 감정들을 꼭 지향적 감정이라 부를 수 있는 것은 아니기 때문이다. 지향적 감정의 존재를 부정하려는 사람들은 앞서 예로 든 감정들 속에 비록 대상과의 지향적 관계가 들어있는 것은 사실이지만, 그러한 지향적인 관계는 그 감정 자체에 속한 것이 아니라 그러한 감정이 기초하고 있는 표상 작용, 예를 들면 멜로디에 대한 지각 작용 혹은 호루라기 소리에 대한 지각 작용 속에 들어 있는 것이라고 주장할 수도 있을 것이다. 따라서 그들의 주장에 의하면 앞서 예로 든 감정들은 지향적 감정처럼 보일 뿐 그 자체로는 그 어떤 대상적인 것과의 지향적 관계도 결여하고 있는 단순한 주관적인 심리 상태에 불과할 것이다. 그들의 주장에 의하면 "그 자체상으로 고찰해볼 때 감정은 어떤 지향성도 지니지 못하며, 자기 자신을 넘어서 느껴진 대상을 지시하지 못한다"(LU, 403)는 것이다.

그러나 후설은 이러한 입장을 잘못된 입장으로 간주한다. 그에 의하면 앞서 예로 든 감정들은 이제 우리가 살펴보게 되듯이 실제로 대상과의 지향적인 관계를 지니고 있으며, 그 지향적 관계의 일부분은 감정 속에 들어 있는 것이다. 따라서 이러한 감정들은 본래적인 의미에서 대상과의 지향적 관계를 지니고 있는 지향적 감정이다. 그런데 여기서 주의하여야 할 점은 구체적인 지향적 감정 속에는 두 가지 종류의 지향성이 들어 있으며, 우리는 이 둘을 엄밀히 구별하여야 한다는 사실이다. 첫번째 지향성은 대상을 우리에게 표상시켜주는 지향성, 즉 대상화적 지향성인데, 우리의 예의 경우 멜로디에 대한 지각 작용과 호루라기 소리에 대한 지각 작용이 그에 해당한다. 지향적 감정 속에 들어 있는 또 하나의 지향성은 이처럼 표상된 대상들을 단순히 표상된 대상으로서가 아니라, 이러저러한 느낌으로 채색된 대상으로 만들어주는 지향성인데, 이러한 기능을 담당하는 것이 바로 좁은 의미의 감정의 지향성이다. 이러한 감정의 지향성이 없다면 지각된 멜로디 소리, 지각된 호루라기 소리 등만 나에게 주어질 뿐, "달콤한 멜로디", "불쾌한 호루라기 소리" 등 이러저러한 느낌으로 채색된 대상은 주어질 수 없

을 것이다. 이처럼 구체적인 지향적 감정은 대상화적 지향성과
좁은 의미의 감정의 지향성 등 두 가지의 지향성을 지니고 있
는데, 후설은 좁은 의미의 감정의 지향성을 비대상화적 지향성
이라 부르면서, 비대상화적 지향성으로서의 감정의 지향성이
작동하기 위해서는 대상화적 지향성이 정초 토대로서 앞서 주
어져야 한다고 주장한다.

이처럼 지향적 감정이 존재한다는 사실을 밝히고 그의 구조
및 내용을 검토한 후에 후설은 비지향적 감정이 존재하는가의
문제를 검토한다. 그런데 그는 이 문제를 간단한 문제로 간주
하면서, 이 문제에 대해 다음과 같이 말한다. "적어도 우선은
그렇게 보이지만 이러한 물음에 대해 우리는 '명백히 그렇다'고
답해야만 한다. 흔히 감각적 감정(Sinnliche Gefühle)이라고 불
리는 것들의 넓은 영역에서는 지향적 성격들은 조금도 찾아볼
수 없다"(LU, 406). 이러한 견해에 의하면 대상화적 작용의 영
역에서 지각 작용과 같은 지향적 체험 이외에 비지향적 체험인
감각 내용이 존재하듯이 감정의 영역에서도 지향적 감정뿐만
아니라 대상적인 것과의 지향적인 관계를 전혀 지니고 있지 않
은 비지향적 감정이 존재하는데, 그 대표적인 예는 불에 데었
을 때 우리가 느끼게되는 감각적 감정이다. "불에 데일 때 우리
가 느끼는 감각적 고통은 확신 작용, 추측 작용, 의지 작용 등과
같은 차원에 있는 것이 아니라, 거칠음, 매끈매끈함, 빨강, 청색
등의 감각 내용들과 같은 차원에 있는 것이다"(LU, 406).

이처럼 감정 현상에 대한 지향적 분석을 통하여 지향성을 지
니고 있는 지향적 감정과 지향성을 결여하고 있는 비지향적 감
정이 존재함이 밝혀졌다. 지향적 감정과 비지향적 감정이 모두
감정이라고 불리기는 하지만 후설에 의하면 양자 사이에는 "참
된 유의 통일성(die Einheit einer echten Gattung)"(LU, 407)이
존재하지 않을 정도로 그 구조에 있어 본질적인 차이가 존재한
다. 감정 현상에 대한 이러한 분석을 통하여 후설은 감정 현상

역시 지향적 체험과 비지향적 체험이 엄밀히 구별된다는 전제가 타당함을 보여주고 있다고 생각한다.

그런데 후설은 감정 현상에 대한 분석을 통하여 지향적 체험들 사이의 정초 관계를 지배한다고 생각되는 또 하나의 법칙을 제시한다. 앞서 우리는 지향적 감정의 구조를 분석하면서 대상화적 지향성(objektivierende Intention)인 지각 작용이 앞서 주어지지 않으면 비대상화적 지향성(nicht-objektivierende Intention)인 지향적 감정이 존재할 수 없음을 살펴보았는데, 후설은 이러한 사실을 일반화시켜 다음과 같은 법칙을 제시한다 : "모든 지향적 체험은 대상화적 작용이거나 그러한 작용을 토대로 가지고 있다."[10) 비대상화적 지향성에 대한 대상화적 지향성의 절대적 우위로 요약될 수 있는 이 법칙은 제5 『논리 연구』에서 지향적 분석을 주도하는 또 하나의 근본 전제 역할을 담당하고 있다.

3. 감정의 현상학의 문제점

지금까지 우리는 후설이 제5 『논리 연구』에서 지향적 분석을 행하면서 도처에서 여러 가지 난점들을 만나면서 그것들을 극복하기 위하여 노력하여 왔음을 살펴보았다. 그는 그가 직면한 여러 가지 난점들이 보다 더 구체적인 현상학적 분석을 통하여 극복되었다고 믿고 있다. 그러나 그의 이러한 믿음이 꼭 옳은 것이라고만 할 수는 없다. 무엇보다도 우리가 지금까지의 논의에서 주의를 기울여 살펴본 바, 제5 『논리 연구』에서 지향적 분석을 주도하였던 두 가지 근본 전제는 많은 문제점을 지니고 있다. 우리는 후설이 이 두 가지 근본 전제가 너무도 자명하며 원칙적인 전제이기 때문에 지향적 분석을 행할 경우 누구든 이

---

10) 이 점에 대해서는 LU, 383쪽 이하를 참조.

두 전제를 위반하지 않도록 명심하여야 한다고 주장하면서도 실제로 그 자신도 지향적 분석을 수행함에 있어 이 두 가지 근본 전제에 충실하지 못한 경우가 종종 있음을 확인할 수 있다. 감정 현상에 대한 그의 분석, 무엇보다도 비지향적 감정에 대한 그의 분석을 자세히 살펴보면 우리는 이러한 두 가지 근본 전제에 대한 그의 태도가 몹시 혼란스러움을 발견할 수 있다.

그러면 이제 지향적 체험과 비지향적 체험이 엄밀히 구별된다는 전제에 대한 후설의 태도를 먼저 검토하기로 하자. 앞서 살펴보았듯이 후설은 지각 작용에 대한 현상학적 분석을 수행하면서 지각 작용의 정초 토대인 감각 내용을 단순한 주관적인 체험 상태, 즉 대상적인 것과의 지향적 관계를 결여하고 있는 비지향적 체험으로 간주하듯이 감각적 감정 역시 비지향적 체험으로 간주한다. 그러나 이와는 달리 그는 감각적 감정들을 분석하는 과정에서 감각적 감정들이 나름의 방식으로 대상적인 것과 관계를 가지고 있음을 인정하면서 다음과 같이 말한다 : "이제 물론 모든 감각적 감정은, 예를 들면 불에 데었을 때 겪게 되는 고통은 어떤 방식으로 대상적인 것과 관계를 맺고 있다. 그것은 한편으로는 자아, 더 정확히 말하면 불에 데인 신체 부위와 관계를 맺고 있고, 다른 한편으로는 이 신체를 데게 한 대상과 관계를 맺고 있다"(LU, 406). 이러한 후설의 견해가 옳다면 감각적 감정은 나름의 방식으로 이미 대상적인 것과의 관계를 가지고 있으며, 따라서 지향적 체험이라고 불려야 마땅할 것이다. 그러나 후설은 사태 자체에 대한 직관에 의지하기보다는 지향적 체험과 비지향적 체험이 엄밀히 구별된다는 전제에 이끌려 감각적 감정의 지향성을 인정하지 않으면서 그것을 일종의 비지향적 체험으로 규정할 수 있는 길을 모색하기 위하여 감각적 감정 속에 들어 있는 대상적인 것과의 관계는 감각에도 들어 있음을 지적한다. 이러한 지적을 통하여 그가 의도하는 것은 감각적 감정은 감각과 동일한 기술적 구조를 가지고 있으며, 따라서 이미 앞서 밝혀졌듯이 감각이 비지향적 체험으로 규정되는 한 감각적 감정 역시 비지향적 체험으로 규정되어야 마땅하다는 것이다.

어쨌든 제5『논리 연구』의 감정의 현상학에서 논의된 감각적 감정의 정체는 이처럼 극히 불투명하다. 이 점과 관련하여 필자는 감각적 감정이 나름의 방식으로 대상적인 것과의 관계를 지니고 있다는 사실을 간과한 채 감각적 감정을 단순히 주관적인 심리 상태인 비지향적 체험으로 간주해서는 안 된다고 생각하며, 더 나아가 후설이 지향적 체험이라고 부르는 체험이 주관적인 체험적 요소와 지향적 대상이라는 요소를 지니고 있듯이 감각적 감정 역시 주관적인 체험의 요소와 나름대로의 지향적 대상의 요소를 가지고 있다고 생각한다. 방금 살펴보았듯이 후설도 감각적 감정 속에 "어떤 방식으로" 대상적인 것과의 관련이 들어 있음을 암시하였는데, 그 이후에 진행되는 분석에서 표상 작용으로서의 대상화적 지향성, 그에 기초한 비대상화적 지향성으로서의 기쁨이라는 지향적 감정, 그리고 표상 작용에 기초해 있으면서 기쁨이라는 지향적 감정의 토대가 되는 감각적 감정으로서의 기쁨의 감각 등 세 가지 요소들 사이의 관계에 대해 다음과 같이 말하면서, 감각적 감정 속에 대상과의 관계가 들어 있음을 인정하고 있다 : "표상 작용에 기쁨의 감각이 연결되는데, 이러한 기쁨의 감각은 한편으로는 느끼는 심리 물리적 주체의 감정의 발현으로, 다른 한편으로는 대상적인 속성으로 파악되고 공간적 위치를 차지하게 된다. 이제 그 사건은 말하자면 희미한 장밋빛으로 둘러싸인 것으로서 우리에게 드러난다. 이제 이런 식으로 즐거움에 의해 채색된 사건 자체가 비로소 즐거운 마음으로 대상을 향하는 작용, 즉 기쁨 작용의 …… 토대가 된다"(LU, 408). 여기서 알 수 있듯이 감각적 감정은 두 가지 요소, 즉 심리 물리적 주체 속에서 일어나는 감정으로서의 체험적인 요소와 지향적 대상의 요소, 즉 "즐거움에 의해 채색된 사건" 혹은 "장밋빛으로 둘러싸인 사건"을 지니고 있다. 그런데 감각적 감정을 구성하는 이러한 두 가지 요소는 서로 밀접히 연결되어 있다. 우리가 예로 든 감각적 감정의 경우 어떤 사건이 "즐거움에 의해 채색된 사건" 혹은 "장밋빛에 둘러싸인 사건"으로 우리에게 나타날 수 있는 것은 바로 즐거움이라는 주관적인 체험의 요소가 존재하기 때문이며, 바로 이러한 예에서 알 수 있듯이 감각적 감정의 대상적인 요소는 주관적인 체험의 요소 없이는 존재할 수 없는 것이다. 바로 이러한 이유 때문에 필자는 제5『논리 연구』를 집필할 때 후설이 생각했던 것과는 달리 감각적 감정의 주관적인 요소가 나름의 방식으로 대상적인 것과 관계를 맺고 있으며, 따라서 감각적 감정을 일종의 지향적 체험으로 규정하여야 한다고 생각한다. 물론 감각적 감정이 발전하여 후설이 지향적 체험으로 간주한 지향적 감정이 생겨나며, 그러한 한에서 그것은 후자보다 더 낮은 단계의 지향적 체험이며, 그의 대상적 상관자 역시 후설이 지향적 감정으로 간주한 체험의 대상적 상관자보다 더 낮은 단계의 대상이라 부를 수 있을 것이다.

앞서 지적되었듯이 후설은 감각적 감정이 그 본질적 구조에 있어 감각과 유사함을 환기시키면서 감각적 감정이 지향적 체험이 아님을 밝히고자 하였다. 그러나 감각적 감정이 일종의 지향적 체험으로 규정될 수 있다면 우리는 후설의 견해와는 정반대로 감각 역시 일종의 지향적 체험으로 간주되어야 마땅하다고 생각한다. 실제로 후설 스스로도 제5『논리 연구』에서 감각의 구조를 분석해가는 과정에서 감각이 비지향적 체험에 불과하다는 확신을 피력하면서도 다른 한편으로는 여기저기서 감각이 대상적인 것과의 관계를 지니고 있음을 암시하고 있다. 그 대표적인 예는 감각의 구조를 분석하면서 "감각된 내용(der empfundene Inhalt)"(LU, 395), "감각된 시각장(empfundenes Gesichtsfeld)"(LU, 383) 등에 대해 언급하거나, "까칠까칠함",

"매끈함"(LU, 406) 등을 감각 내용의 예로 제시하는 경우다. 여기서 "까칠까칠함", "매끈함" 및 "감각된 시각장" 등은 비록 그것들이 지각 작용의 지향적 상관자인 지각 대상들 및 지각장과 구별되는 것이기는 하지만, 그럼에도 대상적인 그 무엇, 즉 넓은 의미의 지향적 대상이라 할 수도 있으며, 그에 따라 그러한 대상과 관계를 맺고 있는 감각 역시 일종의 지향적 체험으로 규정할 수도 있을 것이다.

이러한 사실로부터 우리는 지향적 체험과 비지향적 체험이 엄밀히 구별된다는 근본 전제가 결코 자명한 전제가 아님을 알 수 있다. 우리는 후설의 견해와는 달리 그가 지향적 체험과 비지향적 체험이라 불렀던 두 가지 종류의 체험 사이에 "유적 통일성"이 존재할 수 있는 가능성을 배제해서는 안 된다. 왜냐 하면 우리가 분석한 감각과 감각적 감정 이외에 후설이 비지향적 체험으로 간주한 모든 체험도 어떤 방식으로 대상적인 것과 관련을 가지고 있을 수도 있으며, 그러한 한에서 모두 지향적 체험으로 간주될 가능성이 존재하기 때문이다.

이제 "모든 지향적 체험은 대상화적 작용이거나 그러한 작용을 토대로 가지고 있다"는 전제에 대한 후설의 태도를 검토하기로 하자. 이 점과 관련하여 우선 지적하여야 할 점은 후설이 "표상 작용에는 즐거움의 감각이 연결되어 있다"(LU, 408)고 말하면서 감각적 감정까지도 대상화적 작용에 토대를 두고 있는 체험으로 간주하려는 경향을 보이고 있다는 사실이다. 그러나 이러한 경향과는 달리 그는 감각적 감정이 대상화적 작용에 기초해 있지 않아도 그 자체로 존재할 수 있는 가능성 역시 고려하고 있는데, 다음의 구절이 그 대표적인 경우다. "즐거움의 감각과 고통의 감각은 거기에 토대를 두고있는 작용들이 사라질 경우에도 계속 지속될 수 있다. 즐거움을 유발시킨 사건들이 배경으로 밀려나고, 그것이 더 이상 감정에 의해 채색된 대상으로 파악되지 않고, 더 나아가 경우에 따라서는 더 이상 지향적 대상이 아닐 경우에도 즐거운 느낌의 싹은 오랫동안 지속될 수 있다 ……"(LU, 409). 이처럼 감각적 감정은 경우에 따라 대상화적 작용에 정초되지 않은 채 그 자체로 존재할 수 있으며, 경우에 따라서는 대상화적 작용을 정초해줄 수도 있다. 그런데 우리는 방금 전에 감각적 감정이 단순히 주관적인 심리 상태가 아니라, 일종의 지향적 체험으로 해석될 수도 있음을 살펴보았다. 만일 이러한 가능성이 사실이라면 우리는 "모든 지향적 체험은 대상화적 작용이거나 그러한 작용을 토대로 가지고 있어야 한다"는 전제가 후설이 생각하듯이 그렇게 자명한 명제가 결코 아님을 알 수 있다. 바로 감각적 감정이 이러한 전제를 위협할 수 있는 대표적인 예이기 때문이다.

4. M유고에 나타난 기분의 현상학

제5『논리 연구』에서 지향적 분석을 주도하였던 이러한 두 가지 근본 전제는 이처럼 감정의 현상학이 전개되면서 커다란 난관에 봉착하게 된다. 그런데 후설은 M유고에서 제5『논리 연구』에서 시도한 감정의 현상학을 심화시켜가면서 기분의 현상학을 전개시킨다. 이 유고에서 후설은 감각적 감정과 감정 작용을 구별하는데, 이 감정 작용이 바로 그가 제5『논리 연구』에서 지향적 감정이라 부른 것이다. 이 경우 감정 작용은 대상적인 것과의 명백한 지향적 관계를 가지고 있는 감정이지만 감각적 감정은 대상과의 명백한 지향적 관계를 가지고 있지 않은 감정이다. 감각적 감정과 감정 작용의 구조에 대한 이러한 설명만 보면 이 M유고에 나타난 감정의 현상학이 제5『논리 연구』에 나타난 감정의 현상학과 커다란 차이가 없어보인다. 그러나 M유고에 나타난 감정의 현상학은 제5『논리 연구』에 나타난 감정의 현상학과 커다란 차이점을 보이고 있다. 왜냐 하면 이 유고에서 후설은 감각적 감정이 대상적인 것과의 명백한 지향적인 관계를 가지지 않는다고 해서 그것이 제5『논리 연구』의 경우처럼 도대체 어떤 유형의 대상적인 것과의 관계도 결여하고 있으며, 따라서 비지향적 체험으로 간주되어야 한다고 주장하지 않기 때문이다. 아래의 논의를 통해 밝혀지듯이 이 M유고에서 감각적 감정은 비록 대상과의 명시적인 관계는 결여하고 있을지라도 대상적인 것과의 흐릿한 관계를 가지고 있으며, 그러한 한에서 비지향적 체험이 아니라 일종의 지향적 체험으로 간주되고 있다.

이처럼 감각적 감정이 흐릿하긴 하지만 나름대로 대상과의 지향적 관계를 가지고 있음을 인정하였다는 점에서 M유고는 제5『논리 연구』와 차이를 보이고 있다. 그런데 이 M유고가 제5『논리 연구』와 결정적으로 다른 점은 감정의 현상학과 관련하여 감각적 감정 및 감정 작용과 비록 밀접하게 결합되어 있지만, 그럼에도 이 양자와 그 본질 구조에 있어 엄밀히 구별되는 새로운 감정 현상이 분석의 주제로 등장한다는 데 있다. 제5『논리 연구』에서 전혀 다루어지지 않았으나 이 M유고에서 새로운 분석의 주제로 등장한 이 새로운 감정 현상이 다름아닌 기분이다.

기분 현상의 정체를 이해하기 위해서 우리는 체험류 속에 있는 다양한 유형의 감정들이 서로 무관하게 고립되어 개별적으로 존재하는 것이 아니라, 서로서로 영향을 주고받으면서 뒤섞여 있다는 사실에 주목할 필요가 있다. 이는 대상적인 것과의 명백한 지향적 관계를 가지고 있는 감정 작용뿐만 아니라 그러한 관계를 가지고 있지 못한 감각적 감정의 경우도 마찬가지다. "모든 감정은 체험들이 모여 있는 커다란 저수지, 즉 '의식류'에 속하는데, 그 속에서 모든 감정은 하나의 통일체 속으로 흡수되고, 새로 생겨난 모든 감정은 전체 의식류의 수위를 변화시킨다 ……"(M, 90). 그런데 여기서 우리의 흥미를 끄는 점은 모든 체험들이 모여 있는 체험의 저수지에 비유될 수 있는 체험류가 단순히 잡다한 체험들의 집합에 불과한 것이 아니라, 나름대로 통일체를 이루고, 더 나아가 이 통일체가 하나의 통일적인 감정의 색조를 지니며, 그때그때 주관에게 나타나는 세계는 바로 이러한 통일적인 색조에 의해 채색되어 현출한다는 사실이다. 물론 세계 전체를 채색해주는 이러한 보편적인 통일적인 감정의 색조 이외에도 그러한 색조의 지배를 받아가면서 세계의 여러 부분 영역들—다시 말해 대상들의 배경들 혹은 지평들—을 각기 다른 방식으로 채색해주는 더 낮은 단계의 다양한 통일적인 감정의 색조들도 존재한다. 바로 세계 전체를 채색해주는 보편적인 통일적인 감정의 색조뿐만 아니라 세계의 여러 영역들을 나름의 방식으로 채색해주는 다양한 통일적인 감정의 색조들이 다름아닌 기분이다. 감각적 감정이나 감정작용이 개별적인 대상 혹은 개별적인 대상들과 관계를 맺고 있음과는 달리 기분은 이처럼 대상들의 배경인 다양한 지평들 혹은 세계와 관계를 맺고 있다.

이처럼 체험류 전체에는 다양한 유형의 기분이 존재하며, 따라서 우리는 그에 대한 현상학적 분석을 통하여 그 본질적 구조에서 서로 구별되는 여러 가지 기분을 나누어볼 수 있을 것이다. 예를 들면 기분이 생겨나게 된 원인은 무엇인가, 어떤 특정의 기분 속에서 주도적인 위치를 차지하는 감정은 무엇인가, 다양한 개별 감정들이 어떤 방식으로 어떤 특정의 기분 속으로 흡수, 통일되는가, 기분은 어떤 과정을 통하여 발전되어 가는가 등에 따라 다양한 유형의 기분들이 서로서로 구별될 수 있을 것이다. 이처럼 기분에 대한 기술적 분석을 통하여 다양한 유형의 기분의 본질적 구조를 해명하는 일은 기분의 현상학이 해결하여야 할 중요한 과제 중의 하나에 속한다.

그러나 지향적 분석의 관점에서 볼 때 기분의 구조와 관련하여 제기되는 가장 중요한 문제는 도대체 기분이 지향성을 지니고 있느냐 하는 점이다. 통일적인 감정의 색조인 기분은 — 감정 작용이든 감각적 감정이든 — 개별적 감정들이 융합됨으로써 생겨난다. 그러나 이렇게 생겨난 기분은 그 이후에 의식류에 나타나게 될 개별적인 감정들에 영향을 미치며 그들의 성격을 규정해주는 배경 또는 지평의 역할을 담당한다. 이 점에 대해 후설은 "우리는 배경 파악의 통일체로서 표상들의 배경을 가지고 있듯이 흐릿한 감정의 배경을 가지고 있다"(M, 95)고 말한다. 물론 흐릿한 감정의 배경인 기분은 대상적인 것과의 명료한 지향적인 관계를 가지고 있지 못하며, 이 점에서 대상과의 명료한 지향적 관계를 가지고 있는 감정 작용과 구별된다. 그러나 기분이 이처럼 감정 작용과 달리 대상과의 명료한 지향적 관계를 지니고 있지 못하다고 해서 그것이 대상과의 지향적 관계를 전혀 지니지 못하며, 따라서 비지향적 체험으로 규정되어야만 하는 것은 아니다. 감정들의 배경으로서의 기분은 일차적으로 대상들의 배경인 지평, 그리고 보다 더 근원적으로는 세계와 관계를 맺으면서 그러한 지평 및 세계가 무색 무취의 단순한 인식적인 지평 및 세계가 아니라, 바로 그러한 기분으로 채색된 지평 및 세계로서 현출할 수 있도록 해준다. 그뿐만 아니라 기분은 개별적인 대상들과도 무관한 것이 아니다. 기분은 바로 지평 및 세계와 관계를 가짐으로써 그를 매개로 하여 개별적 대상들과도 간접적인 방식으로 관계를 맺고 있다. 후설은 M유고에서 "우리가 기분이 좋으면 우리의 시선이 가닿는 이 대상, 저 대상이 정겹고 유쾌하고 사랑스럽게 느껴진다"(M, 95)고 말하는데, 이러한 예는 기분이 개별적 대상과 간접적으로 지향적인 관계를 맺고 있음을 단적으로 보여주고 있다. 이처럼 기분이 직접적으로는 대상들의 배경인 지평 및 세계와 관계를 맺고, 간접적으로는 그를 통하여 개별적인 대상들과 관계를 맺고 있기 때문에 기분은 일종의 지향적 체험으로 규정될 수 있다. 바로 이러한 맥락에서 후설은 M유고에서 다음과 같이

적고 있다 : "'내가 기분이 좋다'라는 말은 '내가 이 대상, 저 대상에 대해 즐거움을 느낀다'는 것을 의미할 뿐만 아니라 '내가 즐거움의 리듬 속에서 살아가고 있다'는 것을 의미한다. 하나의 즐거움에 이어 또 하나의 즐거움이 나타난다. 그런데 이 경우 기분은 늘 '지향성'을 그 속에 지니고 있다"(M, 29). "이것, 즉 즐거운 이 기분 자체는 지향적으로 향하고 있는가? 우리는 이러한 물음에 대해 그렇다고 답해야 할 것이다 ……"(M, 30). 후설은 이처럼 기분 속에 포함된 지향성을 감정 작용에 포함된 명료한 지향성과 구별하여 "흐릿한 지향성(eine verworrene Intentionalität)"(M, 95)이라고 부른다.

일종의 지향적인 체험으로서의 기분은 대상의 구성에 있어 아주 중요한 의미를 지닌다. 기분이 없이는 세계내 대상의 구성은 애당초 불가능하다. 그 이유는 바로 기분이란 개별적인 대상들이 그 안에서 현출하는 바, 대상들의 지평을, 그리고 보다 더 근원적으로는 모든 지평들의 보편적인 지평인 세계를 우리에게 나름의 방식으로 열어주기 때문이다. 이처럼 우리에게 세계를 근원적으로 열어주는 이러한 근원적 기분을 후설은 "현출하는 모든 것에 색조, 하나의 통일적인 색조를, 예를 들면 하나의 희미한 즐거움의 빛, 하나의 통일적인 슬픔의 어두운 색조를 부여하는 감정의 통일체"(M, 30)로 규정한다. 그리고 바로 이처럼 기분을 통해 세계가 어떤 방식으로 앞서 열려 있기 때문에 우리는 기분의 지배를 받아가며 세계내 대상들을 경험할 수 있는 것이다. 말하자면 기분은 바로 "개별적인 의식 내용을 넘어서 대상 전체에 두루두루 퍼져 있는 감정으로서, 자신의 빛을 통해 모든 대상들에 색조를 부여하며, 동시에 모든 즐거운 자극들에 대해서는 우리의 마음을 열어놓도록 하는 (그리고 반대로 불쾌한 자극들에 대해서는 우리의 마음을 닫아버리도록 하는)"(M, 94-95) 현상인 것이다. 이처럼 기분은 그때그때마다 특정한 방식으로 세계에 나름대로의 고유한 색조를 부여하면서 세계를 앞서 구성함으로써, 그 세계 속에서 존재하는 대상들을 특정한 방식으로 구성할 수 있는 토대를 마련해준다. 이처럼 기분은 세계 및 세계내 대상을 이러저러한 방식으로 비춰주는 기능을 지니고 있으며, 바로 이러한 이유에서 후설은 다음과 같이 기분을 모든 것을 비춰주는 "빛"에 비유하고 있다: "그러나 그럼에도 사물들은 즐거운 것으로서, 아름다운 것으로서 거기에 존재한다 ; 내가 기분이 좋으면 나는 세계 전체를 아름다운 것으로 바라보지 않는가? 그러나 세계는 자체적으로 아름다운 것이 아니요, 그 어떤 것도 자체적으로 아름답고 좋은 것은 아니다. (세계의) 빛은 반사된 빛이다. 그러나 그것도 어쨌거나 하나의 빛이다"(M, 96). 여기서 우리는 이처럼 세계의 빛에 비유될 수 있는 기분이 초월적 주관의 세계 구성 및 대상 구성의 기능, 즉 초월적 주관의 초월적 기능(transzendentale Funktion)을 해명하고자 하는 초월적 현상학(transzendentale Phänomenologie)이 탐구하여야 할 가장 중요한 주제 중의 하나임을 알 수 있다.

기분 현상에 대한 지금까지의 분석은 우리에게 감각적 감정이 지향성을 지니고 있느냐 하는 앞서 제기된 어려운 문제를 해결하기 위한 하나의 실마리를 제공해준다. 감각적 감정은 감정 작용과 달리 대상과의 명료한 지향적 관계를 지니고 있지 않다. 그러나 필자는 앞서 제3절에서 이러한 사실로부터 감각적 감정이 어떤 종류의 지향성도 지니고 있지 못하며 따라서 단순한 주관적인 심리 상태를 넘어서지 못하는 비지향적 체험에 불과하다는 성급한 결론을 내려서는 안 된다고 지적하였으며, 또한 감각적 감정이 주관적인 체험의 요소와 더불어 대상적인 요소를 지니고 있기 때문에 일종의 지향적 체험으로 규정될 수 있으리라는 사실도 지적하였다. 그런데 우리는 기분의 현상학을 통하여 감각적 감정이 지향적 체험으로 규정될 수 있는 또 다른 이유를 발견할 수 있다. 기분의 현상학에 의하면 모든 감정은 기분에 의해 채색되어 있고, 이 점에 있어서는 감각적 감정도 예외가 아니며, 따라서 기분이 나름의 방식으로 세계 및 세계내 대상과의 흐릿한 지향적 관계를 지니는 한, 기분에 의해 채색된 감각적 감정 역시 대상적인 것과 무관할 수 없다. 감각적 감정은 이처럼 기분에 의해 채색되어 있음으로 해서 제3절에서 언급된 지향성11) 이외에 또 다른 지향성을 지닌다고 할 수 있는데, 감각적 감정 속에 들어있는 이러한 새로운 유형의 지향성은 기분의 지향성과 마찬가지로 "흐릿한 지향성"으로 규정될 수 있을 것이다.

이제 기분의 현상학이 제5『논리 연구』에서 지향적 분석을 주도하였던 두 가지 근본 전제에 대하여 지니는 의미를 살펴보기로 하자. 우선 지향적 체험과 비지향적 체험이 엄밀히 구별된다는 전제를 먼저 검토하기로 하자. 지금까지의 논의를 통하여 우리는 감정 작용, 감각적 감정, 그리고 기분 사이에 그 본질적인 구조에 있어 근본적인 차이가 존재함을 확인할 수 있었다. 그러나 이러한 본질적인 구조상의 차이가 후설이 제5『논리 연구』에서 지향적 체험과 비지향적 체험 사이에 존재한다고 간주한 "유적 차이"를 의미하는 것은 아니다. 왜냐 하면 기분에 대한 현상학적 분석을 통하여 밝혀졌듯이 감정 작용뿐만 아니라 감각적 감정과 기분도 각기 자기 나름의 고유한 방식으로 대상적인 것과의 지향적 관계를 가지며, 그러한 한에서 지향적 체험으로 규정될 수 있기 때문이다. 말하자면 감정 작용, 감각적 감정, 그리고 기분 사이에 존재하는 구조상의 차이는 지향적 체험이라는 동일한 유에 속하는 종들 사이의 차이에 불과하다고 할 수 있다. 더 나아가 우리는 의식 체험 중에서 기분에 의해 채색되지 않은 체험은 없고, 따라서 모든 유형의 체험은 기

---

11) 필자는 방금 지적되었듯이 앞서 제3절에서 후설의 견해와는 달리 감각적 감정 역시 나름대로의 지향성을 지니고 있다는 사실을 인정해야 한다고 말한 바 있다.

분을 매개로 하여 대상적인 것과 지향적 관계를 지니기 때문에 모두 지향적 체험으로 규정될 수 있으며, 따라서 체험들 사이의 유적인 차이는 존재하지 않음을 알 수 있다. 이처럼 기분의 현상학은 지향적 체험과 비지향적 체험이 엄밀히 구별되리라는 전제가 근본적으로 부당함을 밝혀주고 있다.

이제 모든 지향적 체험은 대상화적 작용이거나 그러한 작용을 토대로 가지고 있다는 전제를 검토하기로 하자. 실제로 이러한 전제가 어떤 점에서 타당함을 보여주는 예는 무수히 많다. 우리가 어떤 꽃을 지각한 후에 그 꽃이 아름답다는 느낌을 가지게 될 경우가 가장 대표적인 예다. 우리는 기분 현상들 중에서도 이 전제가 타당함을 보여주는 듯한 여러 가지 예를 제시할 수 있다. 어려운 수학 문제와 씨름하다가 드디어 그 문제에 대한 해법을 발견함으로써 즐거운 기분에 휩싸이게 되는 경우가 그 예인데, 이 경우 비대상화적 작용인 즐거운 기분이 대상화적 작용인 수학적 직관에 토대를 두고 있음은 분명하다. 그러나 이러한 사실을 토대로 모든 지향적 체험이 대상화적 작용이거나 그러한 작용을 토대로 가지고 있다고 주장할 수는 없을 것이다. 우리는 그 반대의 경우도 얼마든지 제시할 수 있기 때문이다. 우리의 예로 등장한 이 즐거운 기분의 정초 토대가 되는 바, 수학적 대상들을 지향적 대상으로 가지는 수학적 직관이라는 대상화적 작용이 어떤 주체 안에서 작동할 수 있기 위해서는 그 주체에게 수학적 대상들의 세계가 이미 앞서 열려 있어야 하는데, 바로 이러한 세계를 열어주는 것은 대상화적 작용이 아니라 비대상화적 작용인 일종의 기분, 예를 들면 "경이로워 함"의 기분일 수도 있다. 이처럼 기분의 현상학은 "모든 지향 체험은 대상화적 작용이거나 그러한 작용을 토대로 가지고 있다"는 전제 역시 부당함을 보여준다.

5. 후설의 기분의 현상학의 의의

후설은 M유고 이외에도 1920년대와 1930년대에 집필된 몇
몇 후기 유고에서 기분의 현상학을 발전시키고 있다. 일례를
들면 그는 1931년 2월에 집필된 "보편적인 혹은 총체적인 고찰
방식에 기초한 지향성 이론을 위하여"라는 제목의 유고에서[12]
기분의 구조를 분석하고 있다. 그런데 이 유고의 제목을 잘 분
석해보면 우리는 후기 유고에 나타난 기분의 현상학의 일반적
인 성격을 이해할 수 있다. 첫째, "지향성 이론을 위하여"라는
표현에서 알 수 있듯이 이들 후기 유고에서도 기분의 현상학은
지향성에 대한 분석과 연관하여 전개되고 있다. 바로 이런 점
에서 이들 유고에서 발전된 기분의 현상학은 "의식의 구조에
관한 연구들"의 한 부분으로 M유고에서 전개된 기분의 현상학
에, 그리고 더 나아가 "지향적 체험과 그 내용들"이라는 주제
하에 제5『논리 연구』에서 전개된 감정의 현상학에 그 뿌리를
두고 있다고 할 수 있다. 둘째, "보편적인 혹은 총체적인 고찰
방식"이라는 표현에서 알 수 있듯이 기분의 현상학은 i) 선험적
주관의 생 및 역사 전체와 관련하여, 그리고 ii) 개별적 대상들
을 모두 포괄하는 보편적인 지평인 세계의 문제와 밀접하게 연관
되어 전개되고 있다. 그런데 바로 보편적인 지평인 세계와 관련
하여 기분은 이들 후기 유고에서 "세계 의식"을 구성하는 한 가
지 계기로서 다루어지고 있다.[13] 이들 후기 유고에서 전개된 기
분의 현상학을 체계적으로 다루는 일은 이 글의 범위를 넘어선
다. 이제 필자는 후설의 기분의 현상학이 지니는 의의와 관련하
여 두 가지 사실을 지적하면서 논의를 마무리짓고자 한다.

첫째, 후설의 기분의 현상학은 그의 현상학 전체의 일반적인

---

12) 유고 A VI 34 (1931).
13) 이 문제에 대해서는 N.-I. Lee, *Edmund Husserls Phänomenologie der
Instinkte*, 144쪽 이하를 참조.

성격을 새롭게 규정할 수 있는 가능성을 제시해준다. 그의 현상학은 일반적으로 자기 의식에 대한 체계적인 연구를 목표로 하는 데카르트주의 혹은 전통적인 의미의 의식 철학의 한 유형으로 간주되곤 한다. 그러나 그의 기분의 현상학은 그가 지향성, 의식 혹은 체험이라고 부르는 것이 자기 의식에만 국한되는 것이 아니라 자기 의식의 범주에 속하지 않는 여타의 영혼 활동까지도 포함하고 있음을 보여주고 있으며, 따라서 그의 현상학은 일면적인 의식 철학으로 규정되어서는 안 된다.

둘째, 후설의 기분의 현상학은 그의 현상학과 하이데거의 현상학의 관계를 내실 있게 연구할 수 있는 실마리를 제공해준다. 이 글에서 간단히 소개된 후설의 기분의 현상학에 기초해 판단해볼 때 필자는 하이데거에 대한 후설의 영향이 하이데거가 강의록 혹은 여타의 저술에서 그에 대해 진술하고, 또 이 문제에 관심을 가지고 있는 많은 전문적인 연구자들이 생각하는 것보다 훨씬 더 크리라고 생각한다. 1925년에 "Prolegomena zur Geschichte des Zeitbegriffs"라는 제목으로 행한 강의에서[14] 하이데거는 지향성, 범주적 직관 그리고 아프리오리가 지닌 근원적인 의미 등을 후설의 현상학이 발견해낸 가장 중요한 사실들이라고 지적한다. 그러나 여기서 그는 이러한 발견이 단지 형식적인 성격만을 지닌 것이며, 따라서 후설은 진정한 현상학의 본래적인 영역에 들어설 수 없었다고 주장한다. 예를 들어 그는 후설의 지향성 개념이 보여주듯이 후설의 현상학이 전통 철학의 한계내에 머물러 있으며 참다운 현상학이 될 수 있을 만큼 충분히 현상학적이지 못하다고 주장하면서 후설의 현상학을 비판하고 있다.

그러나 후설의 기분의 현상학은 하이데거가 실은 그가 말하는 것 이상으로 후설로부터 영향받았을 수도 있음을 보여주고

---

14) M. Heidegger, *Prolegomena zur Geschichte des Zeitbegriffs*, Frankfurt am Main, 1979.

있다. 잘 알려져 있듯이 그는 『존재와 시간』에서 후설이 그에게 미친 영향에 대해서 다음과 같이 말하고 있다 : "이 연구가 '사태 자체'를 해명함에 있어 몇 발자국 더 나아가 있다면, 이러한 사실에 대해 필자는 무엇보다도 후설에게 감사해야 하는데, 그는 필자가 프라이부르그대학에 재직하고 있을 때 필자를 개인적으로 철저히 지도해주고 필자에게 미발간 연구들을 거리낌없이 넘겨줌으로써 필자가 현상학적 탐구의 여러 분야와 친숙해지도록 도와주었다."15) 바로 이 대목과 관련하여 우리는 M 유고가 당시 후설이 하이데거에게 넘겨준 유고 중의 하나일 수 있으며, 거기서 전개된 기분의 현상학이 후설이 하이데거에게 영향을 미쳤던 "현상학적 탐구의 여러 분야" 중의 하나일 가능성이 매우 높다고 생각한다. 실제로 이 유고에서 후설은 이미 앞서 살펴보았듯이 하이데거의 경우와 마찬가지로 세계 전체를 우리에게 개시해주는 기능과 관련하여 기분 현상을 분석하고 있으며, 이처럼 세계 개시적인 기능을 지닌 기분을 "빛"16)에 비유하고 있다. 필자는 이 문제에 대해서 앞으로 더 구체적이며 실증적인 탐구가 이루어져야 할 것으로 생각한다.

물론 하이데거 철학의 의의를 과소평가하기 위하여 필자가 이러한 제안을 하는 것은 아니다. 비록 하이데거가 여러 가지 중요한 철학적 통찰들을 후설에게서 배웠다고 하더라도, 후설은 역시 어떤 점에서 전통 철학의 한계에 머물러 있으며, 이러한 한계를 극복하고 현상학의 새로운 지평을 개척해나간 하이데거의 공적은 부인할 수 없기 때문이다. 일례를 들면 후설은 "모든 지향적 체험은 대상화적 작용이거나 그러한 작용을 토대로 가지고 있다"는 명제가 전적으로 타당한 것은 아니며, 따라서 비대상화 작용이 구성적 관점에서 대상화적 작용에 비해 나

---

15) M. Heidegger, *Sein und Zeit*, 38.
16) 같은 책, 133쪽 참조. 거기서 하이데거 역시 현존재의 세계 개시성의 문제와 관련하여 "인간 속에 있는 자연의 빛이라는 비유적인 말"에 대해 언급한다.

름대로의 우위를 지닐 수 있음을 알고 있었음에도 불구하고, 대상화적 작용에 대한 분석을 자신의 현상학이 해결하여야 할 제일차적인 과제로 생각하였다. 바로 이러한 이유에서 그는 기분의 현상학을 그의 현상학의 가장 중요한 한 부분으로 전개시킬 수 없었으며, 이러한 기분의 현상학을 "현사실성의 해석학 (Hermeneutik der Faktizität)"과 연결시킬 수도 없었다. 이러한 작업을 성공적으로 수행해낸 철학자는 바로 하이데거였던 것이다.

지각과 진리의 문제*
― 후설과 메를로 퐁티를 중심으로

김 희 봉(연세대 강사)

1. 들어가는 말

진리의 문제는 철학사에서 중요한 위치를 점유한다. 이 문제는 특히 근대 이후 경험적 주체와의 연관 속에서 인식론적 방향으로 더욱 심화 확대되었다. 물론 진리의 존재론적 성격[1]이 소홀히 다루어진 점이 없지 않으나, 사상적 체계들의 존재론적 정당화에 숨겨진 전제의 인식론적 타당성이 비판적으로 검토되었다. 이런 의미의 인식 비판적 탐구는 진리의 본질, 기준과 의미에 있어 논의의 새 지평을 열어놓았다. 그것은 진리 문제에 결정적인 역할 계기로서 지각 개념을 주목한 것과 관련된다.

이처럼 지각에 대한 긍정적 인식과 평가는 그리 오래된 것은

---

* 본 논문은 교육부 지원 1996-1997년도 Post-Doc. 연수 결과임.
1) 고대 그리스의 철학적 전통에서 존재는 계사(coupla)로서, 동일성으로서, 진리로서 혹은 실존으로서 다양하게 규정되었다. 따라서 모든 명제는 존재적 규정을 단지 언표된 명제 내용의 논리적 결합(분석철학의 논리실증주의)에 국한하지 않고 어떤 존재 양태의 사태를 지시한다. 이런 측면에 의거해 논리학 이상에 존재론 혹은 형이상학이 다뤄졌다.

아니다. 그렇다고 철학사에서 전혀 새로운 사건도 아니다. 고대의 사유에서도 뚜렷하지 않았지만 이런 경향은 있었다. 프로타고라스의 학설로 보이는 언급이 그 좋은 예다. "누가 어떤 사물을 안다는 것은 그가 알게 된 사물을 지각하는 것으로 여긴다. 그러므로 내가 생각할 수 있는 범위에서 말하자면 지식은 지각 외에 아무것도 아니다."[2] 플라톤은 『테아이테토스』에서 이 주장을 지식의 객관성과 관련해 반박하려고 인용했다. 그것은 지각이 애매하고 불확실하며 주관적이기에 객관적 지식 추구에 부적합하다는 것이다. 더욱이 파르메니데스에서 플라톤으로 내려오는 전통에서 지각의 대상은 변화된 세계일 뿐이며, 참된 존재의 진리는 (지성적) 사고에 의해 파악된다는 견해가 우세해진다. 특히 중세의 토마스 아퀴나스는 『신학대전』에서 사고를 진리에 대한 능력으로 적극적으로 평가하게 된다. 지성은 자신의 행위를 숙고하기 때문에 진리는 지성에 의해서 알려진다. 지성이 그 행위를 알기 때문만이 아니라, 그것이 그 행위와 사물에 대한 관계를 알기 때문에 그러하다는 것이다. 이런 과정을 통해 서구 철학사는 지각에서 근원적 진리의 물음에 대한 그 의미와 가치를 빼앗아갔다고 해도 틀린 말은 아니다.

그렇다면 지각에 대한 새로운 관심이 어떻게 형성되었는가? 그 역사적 동기는 자연과학을 통해 부여되었다. 현상적 세계와 이념적 세계간의 구별에 기초한 존재론과 지성적 사고의 우월성이 우선적으로 자연과학의 발전에 의해 새롭게 검토되며, 그 정당성에서 의심받게 된다. 그것은 자연과학의 성과가 철저히 경험적 관찰과 실험에 의거해 이뤄지며, 거기서 모든 인식의 토대로서 지각적 경험이 긍정적으로 재평가되었기 때문이다. 이런 변화는 자연과학을 모델로 삼으려 한 개별 학문들에서, 그리고 철학에서도 강하게 나타났다. 진리와 지각간의 관계에 관한 활발한 논의가 근대철학의 중심에 서게 된다.

---

2) Platon, *Theaitetos*, 151e.

이런 논의적 활발함이 바로 지각의 적합한 이해로 이끈 것은 아니다. 우선 경험론의 전통에서 여전히 주관과 객관의 대립을 전제로 해 지각을 단지 감각적 요소로 환원하는 환원주의 등의 문제점이 나타난다. 그럼에도 자연과학적 사고 방식에 기초해 이루어진 성과, 즉 현실에 대한 경험적 파악과 기술적 적용은 사실 인간의 지각 능력에 대한 새로운 인식과 구조적 해명에 기여했다. 그리고 우리의 삶을 근본적으로 지배하고 있는 멀티 미디어의 등장이 바로 이러한 인간의 지각적 행위와 그것에 대한 경험과학적 연구에 밀접히 관련되어 있다. 특히 지각 작용에 부담으로 지워졌던 부정적 측면들, 즉 지각의 기만, 착각, 환각 등이 긍정적 요소로 평가되는 영상 매체 시대의 인식 전환은 경험론적 전통에 뿌리를 박고 있다. 그래서 지각의 이런 성격이 우리 앞의 세계를 단지 형식적 뼈대만 갖춘 구조물로서가 아니라, 매우 풍부하고 다양한 질감을 지닌 생활 공간으로, 혹은 아름답게 아니면 추하게 꾸며진 상상의 세계와 함께 자리할 수 있는 곳으로 경험하게 만들었다. 그런 성과 위에 바로 오늘의 대중 문화를 주도하는 영화, 컴퓨터 산업 등이 자리하고 있다.

분명히 이런 풍부한 성과에도 지각의 본래적 모습이 충분히 드러나지 않은 것은 사실이다. 거기에는 앞서 언급된 문제점과 같은 어떤 한계가 놓여 있기 때문이다. 근본적으로 지각을 양적 단위인 감각 인상으로 분절해 파악하려는 원자론적 인식이 그것이다. 이로 인해 지각 경험은 지나친 객관적 분석과 실험적, 조작적 사고에 자료로 다시 내맡겨지고, 이 지각 영역은 무분별한 기술적 적용과 무제약적인 조작 가능성에 노출되게 된다. 이런 감각에 근거한 현실은 단지 우연적이고도 가변적인 존재 양태만을 띠게 될 뿐이다. 결국에는 이런 기본 인식은 우리를 현실과 가상간의 경계를 흐리게 만들고, 현실감을 감퇴하게 만드는 위험에 빠뜨릴지 모른다.

물론 이에 대한 경계와 보충은 지각의 본질과 가치를 인식 비판의 주요 계기로 자리매김한 합리론의 등장에서 어느 정도 마련된다. 주객 대립의 극복이라는 문제 상황에서 사고의 능동성을 중시하는 지성주의의 전통에는 여전히 머물지만, 지각의 감성적 역할이 지닌 중요성을 간과하지 않은 칸트철학이 그 대표적 예다. "모든 인식은 경험으로부터 시작한다", "개념 없는 (감성적) 직관은 맹목이지만, 직관 없는 개념은 공허하다"는 그의 진술은 이를 뒷받침한다. 이 합리적 전통 속에서 지각은 이제 분절화된 감각의 묶음으로 단지 대상적 세계를 반영하는 수동적 인식 능력이 아니라, 범주적 규정을 통해 대상을 능동적으로 구성하는 의식 작용으로 평가된다. 특히 지각 작용에는 주어진 감각을 종합하는 구성력과의 관련을 통해 통일적 원리로서의 인식 주체가 근거한다. 그래서 칸트 이후의 철학은 지각 개념을 통해 초월적 존재나 이념적 실재가 아니라 보다 구체적 세계와 연관을 문제시하게 되고, 인식 주체로서의 인간의 의미를 주목하게 된다. 이런 통찰은 분명히 보편적 규범과 가치가 배격되며 개인들이 다양한 정보들의 집적 정도로 그리고 대량 생산과 소비적 관계를 통해 하나의 사물처럼 평가절하된 시대에서 주체의 진정한 의미를 위해 제한적이지만 음미할 가치를 지닌다고 볼 수 있다. 그럼에도 이 입장은 지각의 성격을 범주나 도식에 의한 개념적 규정에 강하게 의존케 함으로써 이 지각적 삶을 형식적이거나 추상적으로 제약하였다. 여전히 지각의 근본적 특성은 충분히 드러나지 않고 감춰져버렸다.

이처럼 인간과 세계의 구체적 관계를 담지한 지각에 관해 보여진 이상의 일면적 이해들은 오늘날 현대 사회가 처한 문화적 위기와 무관치 않다. 이 시점에서 (존재) 진리의 문제에 관련된 지각의 참된 본질을 해명해야 할 과제가 철학에 부과돼 있다. 따라서 그 해명은 생활 세계의 의미를 인식 비판적 관점에서 검토하고 인간 실존과 세계 존재 일반을 존재론적 의미에서 탐구함으로써 가능하다. 그런데 지각 개념 분석을 통해 이루어진 이런 선취적 시도를 바로 두 명의 철학자의 견해에서 엿볼 수 있다. 이성 비판적 전통을 잇는 현상학 내지는 해석학에 서 있는 후설과 메를로 퐁티가 그들이다. 이 두 사람은 인간과 세계의 근원적 관계를 지각의 심층적 분석을 통해 해명하였다. 따라서 현대 사회의 시대 인식에 대한 비판적 반성을 위해서 이 둘의 사상에 관한 논의가 절실히 요구된다고 본다.

2. 전통적 지각론의 문제와 그 한계

근대철학의 지각 논의는 의식 독립적인 대상의 세계에 대한 믿음의 정당화 문제에 긴밀하게 얽혀 있다. 일반적으로 사물을 안다고 주장하는 것은 지각하기 때문이다. 이처럼 외부 세계에 관한 학문적인 혹은 일상적인 견해나 주장들은 그 정당성을 위해 결국은 감각적 지각에 호소하지 않을 수 없다. 그런데 이런 성향은 선천적인 어떤 것이기보다는, 상식에 대한 우리의 안일한 확신에 근거한다. 그것은 감각적으로 주어진 세계는 감지되지 않을 때도 순수하게 단적으로 '거기에' 존재하고 있다는 우리의 믿음이다. 구체적 예를 들면, 공 하나를 대상으로 하는 외적 지각의 경우에, 우리의 의식에는 공의 전면만이 직접적으로 나타나며, 이처럼 후면이나 내면은 직접적으로 나타나지 않는다. 그러나 우리는 전면 이외에도 후면을 가진 둥근 공이라고 지각하며, 우리의 의식과 무관하게 초월해 있다고 믿는다. 실제로 가정하는 것도 아니며 그럴 필요조차 없이, 세계는 지각되는 그런 방식으로 우리의 의식과 완전히 독립해 있다. 단지 생활적이고 비이론적인 의식, 즉 소박한 의식은 어떤 인지적 행위라고조차 말할 수 없고, 순수한 사물적 존재성(저기성)에 의해 유지되며 그것들 사이에서 움직일 뿐이다. 이런 생활적 수용의 인식적 가치에 대한 철학적 규정이 '소박한 실재론'이다.

우리는 어떻게 우리의 외부에 실제적으로 대상이 존재한다는 것을 정당화할 수 있는가? 또 우리는 어떻게 우리에게 표상되는 대상이, 표상되는 방식 그대로의 모습으로 주어져 있다고 말할 수 있는가? 그러나 우리는 어떻게 관념에 의존하여 그것이 표상하는 사물의 존재를 주장할 수 있는가?

우선 표상적 기능을 지니는 관념을 매개로 하여, 혹은 관념으로부터 추론을 통하여 외부 실재를 확증할 수 있다고 보는 표상주의가 하나의 대답이다.3) 이 입장을 대표적으로 제시한 자가 로크다. 그에게 있어 외부 세계와 접촉하는 지각이란 외적 세계를 표상하는 관념을 소유하는 행위다. 지각은 외부 대상을 직접적 대상으로 아니라, 단지 그것에 대한 관념만을 삼을 뿐이다. 그래서 바깥의 세계와 그로부터 자극을 받아 생긴 의식 속의 인상 혹은 관념만이 인정된다. 실재 세계에 관한 인식을 정당성을 확보하기 위해 이루어진 로크의 반성은 그 문제 제기와 해결책에서부터 이미 결함을 안고 있었다. 만일 우리가 지각할 때, 직접적으로 아는 것이 관념뿐이라면, 어떻게 관념이 자신과 다른 것을 드러내는가 하는 문제. 비록 그가 감각적 성질을 두 가지로 구분하고 일차적 성질의 관념이 바로 대상 세계의 객관적 형태를 그대로 반영한 것으로 여기며, 이를 통

---

3) 이 대답 이외에도 감각주의란 입장이 있다. 이 입장은 초기의 경험론자인 홉즈 등에 의해서 지지되었다. 이 견해에 따르면 초주관적인 대상을 전제하고, 이로부터 인과적 관계에 의해 규정받는 의식은 수동적으로 감각하게 되는 감각 자료로 이뤄졌다는 것이다. 따라서 대상이란 바로 이 감각 자료의 복합으로 파악될 뿐이다. 결국 여기서 의식이란 대상의 단순한 반영에 불과하다. 이에 반해 우리가 다루는 표상주의는 그 근본에서는 차이가 없지만, 대상의 의식간의 엄격한 대응 관계를 어느 정도 수정한 입장이다. 따라서 우리의 의식은 대상을 자신의 연합 작용에 기초해 모사하거나 표징하는 활동으로 파악된다. 그러나 이둘 모두에게는 여전히 대상 세계의 실재론적 전제 때문에 의식과 외부 세계의 관계를 본질적으로 이해할 수 없다는 것이 비판의 핵심이다. 그리고 여기서 지각 작용이 단지 수동적 의식 활동으로만 제한되어 한계를 드러냈다는 것이다.

해 실재 세계의 인식 가능성을 모색하려 했다. 그러나 문제는 여전히 남는다. 우리가 가지고 있는 관념들 가운데 어느 것이 물체 속에 현존하는 성질들과 상응하는지를 어떻게 다시금 아는가? 그는 그 당시 전제되었던 객관적 실재의 세계라는 과학적 사유를 반성 없이 받아들였기 때문에 일차 성질의 타당성을 믿었을 뿐이다. 그리고 물체간의 인과성과 실재성까지도 말이다. 그러나 그것은 분명히 검증되지 않은 가정에 불과하게 된다. 이것은 감각적 표상에 의거해 그와 다른 대상을 추론하려는 모든 표상주의가 지니는 한계다. 표상주의는 관념이 물체에 의해서 야기되지만, 그것들 자체는 주관적인 자료라고 주장한다. 그것은 만약 우리가 물체가 아닌 관념만을 안다면 어떻게 사물 자체를 알 수 있을까 하는 근본 문제를 간과하게 만든다. 지각의 문제에 관련된 이 딜레마는 그후 경험론과 합리론의 역사를 가르며 지속적으로 문제시된다. 이 문제사적 맥락의 끝과 새로운 전통의 시작에 새로운 지각 이해를 가지고 후설과 메를로 퐁티가 서 있다.

3. 후설과 지각의 지향성

후설의 현상학은 대상 인식의 근원이 어디에 놓여 있는가 하는 물음에서 출발한다. 그 해명의 과정에서 현상학 자체가 이룩되어 갔다. 다음 진술은 앞의 물음에 관한 그의 답변으로 제시되었다. 사유된 대상 자체는 "개개의 체험에 내재적이면서도 이 체험을 넘어선 동일성이란 점에서 초월적인 의미여서, 이 초월이 무엇을 의미하는가는 오직 경험에 물어볼 수 있을 따름이다."[4] 이처럼 존재에 관한 모든 진술에 타당성의 근거를 제

---

4) Hua. XVII : *Formale und transzendnetale Logik*. hrsg. v. P. Jassen, 1974. 146쪽(이후 『논리학』으로 약칭).

공하는 것은 어떤 초월적 원리 혹은 특수한 작용이 아니라 분명히 경험이라는 것이 그의 입장이다. 그렇다면 그것은 어떤 종류의 경험인가? 단적으로 후설은 객관적 의미의 대상이 우리에 대해서 존재하게 되는 기반으로 "개별자에 대한 직접적 관계"[5]인 지각을 언급한다. 그것은 구신적(俱身的) 현시(顯示), 즉 지각에서 개별적 대상이 스스로를 구체적으로 드러내기 때문이다. 초기 연구에서 지각 문제에 몰두한 것은 이런 근본 통찰에 근거하며, 직관 일반을 대상 인식의 명증성을 위한 최종적 근거로 제시하려는 이런 태도는 『논리학』이나 『경험과 판단』[6]에서 더욱 강화된다. 그렇다면 지각이 그런 정당성을 부여받는 것은 어떤 이유에서일까? 후설에게 모든 의식 행위란 그 의식된 대상이 주어지는 방식을 뜻한다. 지각에서 구체적으로 관련되는 것은 삶의 세계이고, 이 세계는 모든 인식 및 추상적 의식 활동에 앞서서 수동적 선소여성으로서 주어져 있기 때문이다. "여기서 우리는 순수 감각 소여에 있어서 대상으로서의 대상의 구성에 앞서 놓여 있는 선소여에 부딪힌다."[7]

그렇다면 이 선소여된 의식 내용의 해명이 지각 분석에 중요한 열쇠가 된다. 후설의 분석에 따르면 지각 대상에 관련된 지각 행위는 두 근본 계기로 이루어져 있다. 체험되는 감각 질료나 작용과 같은 내재적 계기와 이 계기를 통해 지각되는 대상이 그것이다.[8] 이것은 행위 개념 자체에서 작용과 그 대상적 내용을 구분한 브렌타노의 입장을 수용한 것이다. 이 구분의

---

5) 같은 책, 183쪽.
6) 『논리학』, 186쪽이나, E. Husserl, *Erfahrung und Urteil*, hrsg. v. Landgrebe, 1954(『경험과 판단』), 25, 54쪽을 참조바람.
7) Hua IV : *Ideen zu einer reinen Phänomenologie und phänomenologische Philosophie.* Zweites Buch, hrsg. v. W. Biemel, 1952. 22-23쪽.
8) 이 구분(작용과 의미 혹은 지시체) 이외에도 작용 자체에 있어서 작용의 질(Qualität)과 작용의 재료(Materie)간의 구분, 그리고 지향 작용과 감각 질료(Empfindungsdatum)간의 구분 등이 서로 독립적으로 존재한다.

기준은 소리의 들음이 소리 자체가 아니라는 사실에 근거한다. "나는 색 감각을 보는 것이 아니라 색깔 있는 대상을 보고 있는 것이다. 또는 나는 소리 감각을 듣는 것이 아니라 가수 등의 소리를 듣는 것이다."[9] 이런 구분에 근거해 후설도 내재적 내용은 지각된 대상을 재현하는 것이라 여긴다. 물론 이 경우 재현은 단지 의식 밖의 대상을 반영하는 것을 뜻하지 않는다. 여기서 지각에 적용된 재현은 의식에 주어진 어떤 내용을 토대로 하여 내실적으로 주어지지 않은 다른 것을 의도하는 특성을 지닌다. 지각 작용에서의 이런 성격을 브렌타노와 달리 후설이 내용을 수동적으로 지님과 그 내용의 통각간의 본질적인 차이를 인식함으로써 제시할 수 있었다. 그가 통찰한 지각 작용 자체가 지닌 이 전형적인 성격이란 무엇인가? 그것은 지각의 대상 파악에 있어서 활동하는 '기능적인' 측면 혹은 형식을 부여하는 측면인 지향성을 말한다.

이 지향성은 어떤 특정한 의식 작용의 성격을 지칭하는 개념이 아니기에, 지각적 대상에 관한 작용, 즉 외적 지각을 분석하면서 찾아낸 구조적 특징만에 한정되지 않는다. 오히려 이 개념의 성격은 비실재적 대상의 의식에 관한 논의, 즉 브렌타노의 문제 지평에서 비롯되어 대상화하는 작용,[10] 특히 감각적 지각을 포괄하는 의식 전체의 일반적 특성을 해명하는 과정에서 중요한 계기로 다뤄진 것이다. 따라서 현상학적 의미에서 지향성은 의식 일반에 관한 성격 규정을 뜻한다. 의식은 그 본질상 항상 그 의식의 작용에 상응하는 대상적 연관을 지닌다. 어떤 방식에서 의식과 대상의 관계가 근본적으로 규정되는 것

---

9) Hua XIX: *Logische Untersuchungen. Zweiter Band. Zweiter Teil*, hrsg. v. U. Panzer, 1984. 161, 374쪽(이후로 『논리 연구 II/1』로 약칭).

10) 대상화 작용이란 어떤 주어진 의미 속에서 대상과 지시 관계에 놓여 있으며, 다른 작용, 즉 평가, 의지, 정서 작용이 개입되지 않은 작용이다. 특히 후설은 이 작용을 다른 작용들이 토대로 삼아야 하는 기초적 작용으로 규정하였다. 같은 책, 477-499쪽 참조.

이다. 이 관계 규정의 올바른 이해를 위해, 의식을 외적 대상들과의 물리적 관계 안에 자리매김하려는 생각은 배제되어야 한다. 또한 의식 내부에서 일어나는 실제적 어떤 사건 계기들, 즉 의식 작용과 그의 관념간에 이뤄진 심리적 관계라는 성격도 부정되어야 한다.11) 이 관계는 전혀 다른 차원에서의 해석이 요구된다. 그것이 바로 의미론적 차원에서의 의식의 해명인 것이다. 지향성이란 의식이 의미 부여를 통해 대상과의 지시 연관을 이루는 것이기 때문이다. 지각은 이런 방식으로 이미 지각 대상에 관련된다. 그래서 지향성은 바로 단지 별개의 두 대상 간의 관계를 나름대로 매개하려는 시도의 결과가 아니라, 근본적으로 그 선행된 '의식' 지평의 본질 구조로 놓여 있다. 따라서 이런 통찰에 근거해 지각의 개념의 수정은 불가피하며, 후설의 사유는 경험론적 전통에서 내려온 감각주의나 표상주의적 인식을 비판하고 넘어설 수 있었다.

그러나 후설의 지각 개념은 지향 작용에서 다 해소되지 않는다. 그 다른 고유성은 감각 질료에서 찾아진다. 다른 의식 작용들과 달리 지각이 작용 기능 이외에 감각 질료를 포함하고 있다. 그래서 지각에서는 그것의 내실적 계기로서의 감각이 구별된다. "여기서 (지향적) 내용과 작용간의 드러나는 차이보다, 특히 현재화하는 감각이란 의미에서 지각 내용들과 파악하는 지향 작용의 의미에서의 지각 작용들간의 차이보다 더 자명한 어떤 것도 나는 발견할 수 없다."12) 이 진술은 지각이 다른 파

---

11) 앞서의 두 관계적 방식으로는 결코 의식과 대상의 연관 문제를 풀 수가 없다. 그것은 이미 그릇된 문제 설정 위에서 제시된 해결 방식에 불과하기 때문이다. 즉 이 매개 가능성에 앞서 전제가 문제점을 안고 있다. 그것은 이미 관계를 맺고 있는 두 대상, 즉 의식과 세계가 정말로 상이한 실재물로 정립되는 사태의 왜곡이다. 바로 근대 정신의 그릇된 사유 방식이 그 원인이다. 여기서 벗어나 오히려 우리 앞에 주어진 사태를 올바르게 보는 것이야말로 더 철학적 정신에 합치되는 일이다.

12)『논리 연구 II/1』, 383쪽.

생적 작용에 비해 존재론적 혹은 인식론적 진리 파악 가능성에서 우위를 점하며, 다른 작용에 토대가 될 수 있게 하는 질료의 성격을 염두에 둔 것이다. 그러나 더 중요하게는 이 구분은 결국 지각이 이런 지향적 기능을 실행하는 것은 그 자체로서가 아니라, 그 감각 질료와의 일체 속에서 가능하다는 것을 함축하고 있다.

그렇다면 지각에서 감각 질료가 어떻게 그런 역할을 감당하는가? "사실은 오히려 감각이 여기서 지각 작용의 표상적인 (präsent) 내용으로서 기능하거나 혹은 감각이 대상적인 해석과 파악을 겪게 되는 것이다."[13] 후설은 감각이란 지향적 작용에 의해서 의미가 부여되는 (혼이 불어넣어지게 되는) 그런 어떤 것으로 본다. 의미가 부여된 그 감각 자료는 대상을 표상하게 되는 그런 작용의 한 역할을 담당하게 된다. 지각 작용과 함께 대상 지향에 참여하는 감각 내용이 갖는 역할이란 그 작용을 운반하는 기능에 있다. 따라서 질료인 그 내용 자체가 작용에 의해 주제화되는 대상은 아니다. 오히려 소리를 들을 때 혹은 무엇을 바라볼 때 발생하는 청각적 혹은 시각적 요소들은, 자신에게 어떤 대상적 파악이나 해석을 부여하는 작용을 운반하는 의식의 내실적 계기다. 이 점은 앞서 언급된 지각의 재현적 기능을 작용에서보다는 이 감각 내용에 더 의존케 하는 이유가 된다. 후설이 지향 작용의 감각 내용을 다룰 때 그것을 '떠오른 것(Repräsentaten)'이라고 부른 것도 이 때문이다. 따라서 그는 지각하는 행위에서 감각 질료가 대상의 성질들에 대응하지만 이와는 다른 것으로 구별한다. "비록 우리가 보는 색깔이 확실히 ……, 지각자의 체험으로서 존재하지 않는다 하더라도 이 색깔에 대응하여 체험 속에는, 즉 지각의 재현 속에는 내실적 구성 요소가 존재한다. 그 색깔에 대응하여 색깔 감각이, 질적으로 규정된 주관적인 색깔 계기 — 지각 속에서 …… 대상화

13) 같은 책, 392쪽.

하는 '파악'을 경험하는— 가 존재한다."14)

이 구별은 원칙적으로 질료가 지니는 소여 방식적 차이를 전제로 한다. 일반적으로 지각 작용에서 우리는 대상을 지각한다고 말한다. 혹은 대상 내지는 대상의 성질은 우리에게 나타난다고 한다. 그러나 감각적 내용은 이런 방식으로 지각되지 않는다. 그것은 대상이 나타나는 방식처럼 우리에게 나타나지 않기 때문이다. "감각과 마찬가지로 감각을 '파악하거나' '통각하는' 작용도 체험된다. 그러나 대상적으로 나타나는 것이 아니다. 그것들은 보이거나 들리거나, 어떤 의미를 지니고서 지각되는 것이 아니다."15) 이처럼 체험됨으로서의 성격에 근거해 후설은 내용으로서의 감각과 체험으로서의 감각의 이중성을 거부했다. 여기서 대상의 실질적 속성인 감각물과의 구별을 전제로 한 채, 다만 감각된 것은 감각 작용과 다르지 않다는 주장을 할 뿐이다. "체험되고 의식된 내용, 그리고 체험 자체 사이에는 어떤 구별도 존재하지 않는다."16) 감각을 외적 대상으로 다루려는 것은 감각과 우리의 작용이 마주 대립해 있는 것처럼 생각하는 경향 때문이다. 따라서 감각은 이미 감각 작용 혹은 지각과 같은 체험 안에서 나타나는 것이 아니라 함께 체험을 이루는 것일 뿐이다. 이런 체험에서의 내실적 공속성은 질료의 지향적 성격을 더욱 강조하려는 후설의 의도에 관련된다. "순수 직관적 재표상의[지각] 경우에는 완전히 다르다. 여기서 재

---

14) 같은 책, 348쪽.
15) 같은 책, 385쪽.
16) 같은 책, 352쪽. 이런 측면 때문에 R. 소코로브스키(*The Formation of Husserl's Concept of Constitution*, 62-4)나 한전숙(『현상학』, 민음사, 1997)의 견해는 후설 지각론의 감각적 측면을 더욱 강조해 해석한다. 이런 방향은 이미 후설에 대한 레비나스의 평가에서 선취되었다. "감각을 다루는 새로운 방식은 그것의 애매성과 불투명성 속에다 의미와 고유한 분별 그리고 일종의 지향성을 부여하는 데 있다. 감성 역시 의미(분별)를 가지고 있다"(E. Levinas, "Reflexion sur la techninique phenomenologique", in *Husserl*, Cahiers de Royaumont, Philosophie III, P. 102).

료(Materie)와 떠올려진 것(Repräsentaten)간에는 이 둘의 고유한 내용에 의해 결정되는 그런 내적이고 필연적인 연관이 지속한다."[17] 감각적 소여가 작용과 맺는 이런 관계에서, 결국 질료는 작용이 대상의 다양한 의미 구성에 결정적 기능을 하는 것으로 평가된다.

이상에서 후설의 초기 연구가 밝힌 지각 개념은 분명히 전통적 지각론에 비해 새로운 성격을 보여주고 있다. 이런 성격은 그 핵심에서 후기에까지 지속적으로 유지된다. 그러나 이 초기 이해에는 해소되어야 할 형식과 질료의 문제가 걸려 있었다. 그것은 의미가 지향 작용 속에 이미 만들어진 것만으로서가, 다양한 의미가 어떻게 발생하는지를 설명할 필요가 있고 앞서의 도식으론 어렵다는 사실이 드러났기 때문이다. 물론 후설이 지각 안에서 작용과 질료의 공속성으로 해결은 시도하였으나 충분치 않았고, 그 공속의 성격도 여전히 밝혀지지 않았다. 이 것은 감각에 의해 수행되는 기능적 성격이 여전히 미해결로 놓여 있다는 증거였다. 이런 상황은 후설에게 지각을 포함한 의식 일반의 근원적 구조 해명을 위한 시간 의식의 분석으로 향하게 만든다. 여기서 다뤄지는 문제 지평, 즉 자기 의식과 이에 연관된 세계 구성의 문제에서 앞서의 이원적 틀로 붙잡을 수 없는 질료 개념의 적극적 해명이 요구된다. 근원적 의식의 기저층을 이루는 선소여성으로서 질료가 주목되고 수동적 종합의 가능성 안에서 탐색된다. 이 연구는 다음의 문제를 적극적으로 검토함으로써 진행된다. "파악은 감각 소여에다 혼을 불어넣는 작용이다. 그러나 파악이 감각 소여와 함께 시작하는지 혹은 감각 소여가 …… 혼을 불어넣는 파악이 작용하기 전에 구성되어 있어야 하는지 하는 물음이 아직 남아 있다. 후자가 사실에 더 부합하는 것 같다."[18] 후설은 감각은 지각 작용에 들어

---

17) 같은 책, 92쪽.
18) Hua X : *Zur Phänomenologie des inneren Zeitbewußtseins*(1893~1917),

오기 전에 이미 내재적인 시간적 통일성 안에서 스스로 구성되어야 하지 않는가 하는 생각에 이르게 된다. "왜냐 하면 파악이 작용하는 순간에 감각 소여의 부분은 이미 지나가버려 파지 속에서만 확보되기 때문이다."[19] 이처럼 의미 담지적 기능에 앞서 파지적 위상에 위치해야 한다는 것은 질료가 이미 파지의 근원 작용에서 불가분하다는 것을 지시한다. 즉 감각 질료는 시간 의식에서 볼 때, 근원 작용과 오히려 동근원적인 것이 된다. 감각은 외부 작용을 기다리는 무형적 재료가 아니라, 이미 초기 상태의 의미를 지니고 점차로 술어화를 통해 완전하게 규정된 의미에로 전개해나갈 의미의 예료인 것이다. 이런 이해를 통해 지각에 관한 후설의 고유한 입장이 형성된다.

4. 메를로 퐁티와 지각의 신체성

메를로 퐁티는 '사태 자체로'라는 후설의 요구에 충실하면서 '진리의 기원'을 보다 더 구체적이고 직접적인 방식으로 밝히려 한다. 그는 그 가능성이 우선 주어진 세계로부터 나온다고 보았다. 이 근원적 세계는 논리나 개념으로 정당화될 세계가 아니라, "지각의 형상과 질료, 즉 의미들과 구체적인 몸짓들이 애초부터 연관되어 있고, 지각의 질료가 스스로의 형상을 배고 있는"[20] 그런 세계다. 그것은 형상이나 개념을 근거짓는 합리성이 이 체험되는 세계 속에 이미 원초적으로 구현되어 있기 때문이다. 따라서 모든 의미가 선험적 의식이나 객관적 실재에 의해 형상적으로 각인되어 구성된 것이 아니라, 세계가 곧 합

---

hrsg. v. R. Boehm. 1966. 462쪽(이후로 『시간의식』으로 약칭).
19) 같은 책.
20) M. Merleau-Ponty, *The Primacy of Perception*, ed. by J.M. Edie, Northwestern Uni. Press, 15쪽.

리성의 근원적 육화라는 점이 강조된다. 이처럼 이 세계는 연역적 원리로서 요청되거나 귀납적으로 설명될 수 없는 전체이기에, 형상과 질료 혹은 의식과 대상의 일치된 관계를 이미 담지하고 있으며, 지각을 통해 직접적으로 보여질 뿐이다.

이처럼 세계의 직접적 소여가 지각에 가능한 것은 신체 주체가 지각 행위를 통해서 살아 있는 세계와 이미 접촉하고 있기 때문이다. 이미 "우리가 세계 안에 있기 때문에, 우리는 의미에 얽매여 있다."[21] 이제 지각적인 얽혀 있음이야말로 모든 대상에 관한 우리의 인식이 그 타당성 때문에 소급되어야 할 토대다. 따라서 메를로 퐁티에게서 지각론은 인간이 세계와 관련을 맺는 가장 근원적 경험의 유형론에 속한다. "우리는 하나의 세계를 제대로 지각하고 있는가 물어선 안 된다. 오히려 세계는 우리가 지각하고 있는 것 그대로라고 말해야 한다."[22] 따라서 이제 세계가 지닌 근원적 관계를 올바로 파악하기 위해 지각에 관한 적합한 이해가 선행적으로 요구되지 않을 수 없다.

그런데 이 자명한 사태가 왜 은폐되어 있었는지는 메를로 퐁티 당시의 지적 풍토와 무관치 않다. 인간을 모든 다른 대상과 마찬가지로 자연 속의 하나의 대상으로 간주하는 과학적 이성이나, 아니면 자연을 인간 정신에 의해서 구성되는 것으로 간주하는 철학적 이성에 의해 학문이 지배되고 있었다. 지식에 앞선 토대인 세계로 돌아가기는커녕, 모든 과학적 도식화는 "추상적이고 파생적인 기호 언어"[23]에만 집착한다. 그는 후설과 마찬가지로 피상적인 관념의 차원에 사로잡힌 학문적 태도에서 인간적 삶의 근원성인 세계의 의미가 망각됐기 때문이라 여겼다. 그래서 그는 "본질을 실존으로 되돌리고자 하는 철학

---

21) M. Merleau-Ponty, *Phénoménologie de la perception*, Gallimard. 1945. 서문 xv쪽(이후 『지각현상학』으로 표기함).
22) 같은 책, xi쪽.
23) 같은 책, iv쪽.

으로서 …… 모든 노력을 세계와의 직접적이고 원초적인 접촉을 다시 이룩하려는 데에 집중한다."[24] 이런 철학적 이념이 구체화된 것이 그의 철학적 방법이다. 이 세계를 구체적 체험으로부터 분리하여 그 본래 모습을 관념화 추상화시키는 설명이나 분석 대신에, 그는 세계는 모든 분석이나 이론적 설명 이전에 이미 거기에 놓여 있으므로 우리에게 있어서 "실재하는 것은 기술되어야 할 뿐이지 구성되어서는 안 된다"[25]는 입장을 취한다. 이것이 순수한 기술인 것이다.

그러면 이 방법은, 이미 언급한 대로, 세계가 그대로 드러나는 지각을 통해서 가능하다. 따라서 그 구체적 논의에 앞서 우선 지각에 관해 메를로 퐁티가 가진 전체적 조망이 언급되어야 한다. 그에게서 지각은 어떤 초월적 의식에 연결된 심리적 작용도 아니며, 객관적이거나 실재적 의미의 대상을 단순히 수용하는 표상적 행위도 아니다. 지각은 인식적 행위에도 선행하는 의식 흐름으로서 그 같은 작용들을 가능케 하며, 그것의 전제가 되는 지평인 것이다. 모든 형태의 합리적 사고나 의미 구성물이 형성되어 나오는 그런 앞서 있는 로고스가 지각이다. 전반성적이고 비이론적인 상태로서 근원적인 의식인 지각 의식은 의식에 의해 재구성된 문화 구축물 이전에 놓인 원래적 세계의 통일성을 드러내어 그 본래적 의미를 받아 드리는 행위인 것이다.

이 지각의 해명을 메를로 퐁티는 전통적 방식으로 감각 개념에 근거해 설명하려는 경험론자들의 입장을 비판함으로써 출발한다. 경험론적 감각론에 관한 비판은 다음과 같다. 지각의 본래적 모습을 방해하는 감각 개념은 과학주의적 심리학이나 생리학에 의해 지지되는데, 주로 객관적이고 결정론적으로 특징지워진다. 그들은 이런 감각 개념을 뒷받침해주는 항상성 가

---

24) 같은 책, i쪽.
25) 같은 책, v쪽.

설(Konstanzhypothese)에 근거한다. 이 가정에 따르면, 구체적인 모든 지각 작용으로부터 객관적으로 존재하는 독립 감각, 즉 순수 감각을 인정하고, "자극과 단순한 지각간에 일 대 일 대응 및 항존적 관계"[26]가 지속된다는 것이다. 감각을 순수 인상과 순수 성질로 파악하려는 이런 태도는 우리의 감각 기관은 자극의 전달자로서, 감각 내용은 그 기관에 전달된 외부 자극에 의한 즉각적인 결과일 뿐이라는 기계론적, 인과론적 감각론으로 발전한다. 결국 외부적 자극을 순수하게 그대로 반영하는 이런 단순 감각에 기초해 우리의 지각은 대상적 세계에 관한 객관적인 인식에 도달한다고 주장한다. 그 대신에 우리의 의식이란 대상적 세계의 인식에 대한 어떤 주관적 역할을 박탈당한 채, 단지 감각적 내용을 단지 축적적으로 반영한 심리적 상태에 불과하게 된다. 따라서 대상 인식적 작용인 지각이란 원자적인 단순한 인상들의 결합으로 나타나는 연합 작용의 결과다. 사물들을 통일적으로 파악하는 지각은 연합 작용에 기초해 습관과 연상을 매개로 이뤄질 뿐이다. 이런 감각 내용은 지각 현상을 유기적으로 이해할 수 없는 상황에 봉착한다. 그것은 문제의 입장들이 사물의 애매성으로부터 나오는 긍정적이고 구체적인 의미를 간과한 채, "의식의 뒤늦은 상부 구조",[27] 즉 이차적인 관념의 틀에 사물들을 맞추려 하기 때문이다. 이처럼 지각과 사물간의 내재적 관계를 주목하지 못하고, "의식의 요소라기보다는 의식의 대상, 더욱이 과학적 의식의 추론된 대상"[28]으로 감각의 특성을 고착시킴으로써, 지각과 지각된 세계의 주관적 풍부성을 간과하게 된다.

그렇다면 분절되고 추상화된 감각적 성질을 순수 감각으로 여기는 이론은 어떻게 극복 가능한가? 메를로 퐁티는 모든 감

---

26) 같은 책, 13쪽.
27) 같은 책, 18쪽.
28) 같은 책, 12-13쪽.

각적 성질은 지각의 전체적인 문맥에 얽매여 있어서 단독으로 결정되거나 객관화될 수 없다는 사실에 주목한다. 이제 "감각함으로써 알 수 있는 것은 외적 자극에 대한 즉각적인 반응의 결과로 정의될 수 없"[29] 반면, "지각된 것은 본성상 애매하고 변하기 쉬우며, 스스로의 상황(문맥)에 따라 각기 다른 형태를 이룬다"[30]는 통찰이 그의 지각론의 출발점이 된다.

예를 들어 우리는 저녁 무렵 하늘에 걸려 있는 노을의 붉은 색을 노을 자체나 또는 그 배경을 이루고 있는 하늘과 분리시켜 지각할 수 없다. 노을의 아름다운 색상은 이미 하늘을 배경으로 펼쳐지는 구체적인 성질들로서 하늘의 분리될 수 없는 부분을 형성하고 있기 때문이다. 이런 사실에 근거해 모든 지각적 성질들이 제각기 분리될 수 있는 결정적인 것들이 아님이 주장된다. 독립된 감각 요소로부터 연합하여 사물이 통일성을 설명하려는 연합 이론이 지닌 타당성은 근거 없는 것이다. "지각되는 사물의 통일성은 연상에 의하여 이루어지는 것이 아니라, 오히려 연상의 조건이 된다"[31]는 사실이 이를 잘 뒷받침해 준다. 그는 이미 근원적으로 지각된 하나의 통일적 형태 속에서 상호 연결되어 있는 부분적 영상들은 제한된 관점들로 이루어진 것이 아니라, 문맥에 따라 변화할 수 있는 애매성을 지니므로 단순히 기계적인 연상을 통해 현재의 지각 속에 들어올 수 없다는 중요한 인식에 이른다. 이런 판단은 지각 주체가 스스로 처해 있는 상황, 지각의 내적 구조 또는 지각 작용과 세계 간의 상호 관계를 지각의 해명에서 중요한 계기로서 자리매김한다. 그 상호 관계는 모든 다른 인식의 토대이게 된다. 이 구조는 사실적 지각 속에 이미 이루어져 있으며, 지각의 순간은 이

---

29) 같은 책, 14쪽. "지각하여 알 수 있는 어떤 것은 항상 다른 어떤 것의 가운데 놓여 있어서 하나의 '영역'의 부분을 이룬다"(같은 책. 10쪽)는 것은 모든 지각적 사물들에게 자명한 사실이기 때문이다.
30) 같은 책, 18-19쪽.
31) 같은 책, 24쪽.

미 의미들로 충만해 있기 때문이다. 이같이 메를로 퐁티는 형태심리학의 "바탕 위의 무늬"[32]라는 기본 개념을 취하고 모든 대상의 의미를 현실적으로 가능케 하는 사실적 지각의 구조를 근거로 하여 구체적인 감각적 질료와 그 성질의 불가분리성을 설명하게 된다. 더 나아가 형태심리학과 달리 이런 근원적 지각의 통일성이 객관적인 조건에 의해서가 아니라 지각의 내적 구조, 즉 지각 주체와 사물간의 상호 관계를 통해서 체험될 수 있다고 강조함으로써, 이런 관계 속에 함의되어 있는 비가시적인 영역을 인간 실존의 한 양식으로 간주하게 된다.

객관주의의 감각 개념에 대한 비판처럼, 메를로 퐁티는 관념주의적 입장에 대해서도 비판적 거리를 유지한다. 그에게 비친 후자의 문제점은 무엇인가? 그들은 지각에서 반성을 매개로 하여 명석한 관념들의 통일성을 취하려 함으로써, 감각에게서 의식의 실재적 요소로서의 기능과 역할을 배제하는 견해를 취한다. 그들은 분석적 사고를 통해 재구성된 의식 속에서 의식 자체의 고정된 틀로부터 절대적이고 결정적인 세계의 개념을 이끌어내려 한다. 이런 생각은 이미 지각은 순수 감각의 결합을 넘어서 의식의 선험적 구조에 근거한 한 기능적 작용이라는 통찰을 근거로 한다. 따라서 지각은 통일적 원리로 작용하는 선험적 주체에 의해 세계를 구성하는 데서 그 보조적 역할을 할 뿐이다. 그러나 의식의 선험적 구조에 의해서 체계적으로 구성된 세계란 지각에 의해 드러난 세계의 모습일 수 없으며, 그것은 단지 주관적 작용이나 반성에 의해 매개된 정형화된 개념에 불과하다. 그것은 의식 주체와 세계간에 잠재적으로 놓인 근원적 지각의 구조는 결코 절대적으로 대자화할 수 없기 때문이라는 것이 그의 주된 비판이다.

오히려 스스로 현전하는 이 지각의 세계는 어떻게 드러나는가? 그는 다음과 같은 지각 개념에 근거해 이해하려 한다. 지각

---

32) 같은 책, 9쪽.

은 객관적인 감각 성질의 결합이 아니듯이, 또한 의식의 관념적 형식이나 원리로 환원될 성질의 것도 아니다. 지각은 그 자체로 형성되는 의미 대상의 근거를 제공하는 토대며 객관화되기 이전에 이미 근원적 진리 원천이기 때문이다. 지각은 주의력을 지니고 세계 속에 참여하고 있는 주체의 현행으로서 자체로서 이미 주체의 모든 의식적 작용에 앞서 있는 선천성(a priori)이다. 그런 까닭에 지각의 행위란 세계를 "설명"하는 것이 아니라, 이미 그곳에 있는 세계를 세계 그 자체의 소여에 의해 서술하는 것이다. 그렇다고 단지 지각이 선소여된 것에 관하여 단순한 받아들임만은 아니다. 지각은 이미 유형화된 세계로, 또한 구조를 지속적으로 형성하는 세계로 열려질 것임에 틀림없다. 이런 맥락에서 지각은 그 자체 안에 현상적 장(지평)과 그것의 우리에 대한 현전이란 두 방향으로 동시적으로 열려져 있음을 알 수 있다. 결국 지각의 문제는 동시적 개방성의 적합한 해명으로 초점이 모인다.[33] 여기서 메를로 퐁티는 주관과 객관간의 인과적 관계 설정을 포기하고, 오히려 동기 부여라는 개념에 의해 이해될, 한 현상과 다른 현상들로의 그런 지시 연관에 주목하게 된다. 그리고 이 개념은 바로 앞의 두 계기들간의 관계, 즉 의미론적 합일이 이뤄지는 신체에서 그 본래적 기능성을 얻게 된다는 근본 통찰에 이른다. 따라서 그는 지각의 해명을 위해 신체로 시선을 돌리지 않을 수 없게 된다. 이 문제의 맥락에서 "신체에 대한 이론은 이미 지각에 대한 이론이다"는 진술은 잘 이해된다.『지각의 현상학』2부에서 언급되는 이 문장은 메를로 퐁티의 지각 논의에서 차지하는 신체의 비중을 보여준다. "모든 외적 지각은 직접적으로 내 신체의 어떤 지각과 동일한 것이며, 마찬가지로 내 신체의 모든 지각은 외적 지각의 언어로 명료화시킨다"[34]는 생각이 그 근거일 수 있다. 또

---

33) 같은 책, 64-67쪽.
34) 같은 책, 239쪽.

한 그에게서 감각 지각은 세계와 신체간의 "교섭 형태"35)이기 때문이다.

이렇게 볼 때 신체의 의미는 교섭 형태에 깊이 관련된다. 이 형태의 성격은 다음 글에 잘 드러나 있다. 지각의 "감각함은 각각의 속성에게 살아 있는 가치를 부여하는 것이고, 우선 그 속성을 우리에 대한, 즉 우리의 신체라는 육중한 질량에 대한 의미에 있어서 파악하는 것이다. 그래서 감각함은 언제나 우리의 신체로의 지시성을 포함한다. (……) 감각함은 우리에게 그 느낌을 현전하게 해주는 우리 인생의 친숙한 장소로서의 세계와 함께 생명이 넘치는 그런 교감이다. 바로 그 느낌의 덕분으로 지각된 대상과 지각하는 주체가 그들의 두께를 형성하고 있다."36) 이처럼 순수한 재료라는 것이 없고, 주체로서의 내 신체는 지각된 대상들의 지평인 세계와 이미 어떤 가치의 질을 부여하는 방식으로 감각 작용(느낌)을 통해 어떤 애매한 두께로 그 교섭을 이루는 것이다. 두 영역 사이에 이 공유적 지대는 단순한 물리적 혹은 심리적 관계가 아니라, 느낌의 규정에서 보이듯이 어떤 살아 있는 연대와 같다. 이 연대가 지닌 애매함은 바로 대상의 질감에 대해 수용하는 신체의 측면과 반응하는 행위의 측면이라는 두 가지 상이한 사실로 분리될 수 없음을 의미하며, 그 양 계기의 긴밀한 연결 속에서 생생함을 오히려 지시하는 표현이다. 이처럼 감각이 세계와의 이런 연대에 놓이게 됨은 그 감각을 통해 구체적으로 작용하는 신체에 의한 것이다. 이 신체가 단지 수동적 자세에 처하지 않고 어떤 행위를 스스로 표현하기 때문이다. "감각의 주체는 어떤 성질을 적어두는 사유도 아니고 그 성질에 의해 수정되거나 또는 일방적으로 영향을 받는 무기력한 환경도 아니고, 그 주체는 실존의 어떤 환경에 함께 태어나거나 또는 그 환경과 동시성을 갖게 되는 하

---

35) 같은 책, 346쪽.
36) 같은 책, 64-65쪽.

나의 힘이다."37)

그렇다면 연대적 힘으로 드러나는 신체 주체는 다음과 같이 규정될 수 있다. 메를로 퐁티는 우선적으로 신체를 주관과 객관 모두에 동시에 속하는 것으로 파악한다. 그것은 신체를 단지 경험적 지식이 형성되는 장으로 제한하려는 의도가 아닌 한, 세계와의 근원적 연대를 고려하는 한 객체로서 혹은 주체로서 분리가 불가능하기 때문이다. 이런 비분리성에서 볼 때 신체의 일차적 기능은 인식이 아니라 활동임은 자명하다. 그래서 메를로 퐁티는 "의식은 첫째로 '내가 그것을 생각한다'라는 문제가 아니라, '나는 할 수 있다'라는 그런 문제다"38)는 견해를 피력한다. 이처럼 신체는 구성된 대상도 아니고 단지 관망하는 인식 행위도 아니기에 그 활동성에 근거해 주어진 환경(milieu) 가운데로 밀고 들어가는 것이다. 그래서 신체는 자신의 활동과 둘러쌓여 퇴적된 혹은 주어진 세계를 종합함으로써 환경으로 조직한다. 이렇게 신체는 항상 환경과의 관계 속에서 존재하며, 어떤 순간에도 세계 내 존재(l'etre-au-monde)하는 방식으로39) 우리를 드러낸다.

이같이 그의 지각론은 신체 논의를 통해 경험의 가능적 조건

---

37) 같은 책, 245쪽.
38) 같은 책, 160쪽.
39) 이 신체의 존재 방식에 관련해 그 특징을 살필 필요가 있다. 신체는 오히려 자신의 공간에서 거주한다. 이 신체는 다른 사물들처럼 공간 '내의' 한 객체는 아니기 때문이다. 그러나 주체인 자신과 거리를 둘 수 없는 대상으로의 신체가 어떤 의미에서 객체로서 기능해야 한다. 그럴 경우에만 신체는 온전한 것으로서 활동할 수 있다. 그것은 신체가 구체적 운동에서 한 객체로 투사된다는 사실에 관련된다. 그러나 신체가 이런 객체로서의 변형과 이를 통한 '세계' 안의 존재이길 중단한다면 심각한 문제 상황에 빠진다. 신체가 단지 세계가 극도로 축소된 주체로만 남게 될 뿐이다. 여기서 세계는 공간적 지형과 시간적 두께를 상실한 곳으로 전락하며, 의식은 인지적, 의욕적, 지각적 삶을 추구하는 통로를 잃고 실존의 통일성을 상실하게 된다. 같은 책, 158, 119-25쪽 참고.

을 발견하는 것이 아니며, 오히려 그런 객관적 사유와 반성된 원리가 길러지게 되는 객관화될 수 없는 애매한 지반을 보여줄 수 있었다. 이때의 애매성40)은 정확성이란 근대적 진리 개념에 비교되는 그런 규정이 아니다. 오히려 신체적 지각에서 드러난 애매한 삶은 "우리는 풀리지 않는 하나의 혼잡 속에서 세계와 타인들과 뒤섞여 있는"41) 그런 풍부한 지각의 세계다. 따라서 주체와 세계는 **지각을 통하여** 절대적인 대자로도, 절대적인 즉 자로도 변화할 수 없는 공동체적인 운명 속에 얽매임으로써 모든 합리성, 모든 인식이 형성되어 가는 근원적 기반인 것이라는 사실을 메를로 퐁티는 지각의 새로운 해명에 의거해 밝힐 수 있었다.

5. 진리의 특성

이상에서 볼 때, 경험론적 전통에서 보여진 감각주의나 표상주의에 대한 후설과 메를로 퐁티의 비판은 다음의 공통적 특징을 띠고 있다. 그것은 분명히 지각에 강하게 영향력을 발휘하는 실재론적 편견으로부터 또한 주관적 의미의 관념론적 왜곡으로부터 벗어나려는 방법적 시도가 모색되었다는 점이다. 이 시도가 현상학적 환원42)이다. 물론 이 개념은 철저히 후설적인

---

40) 이 개념은 메를로 퐁티의 『행동의 구조』의 재판 출간시 de Waelhens에 의해서 붙여진 표현이다. 이처럼 그의 철학을 포괄적이고 적절하게 규정해주는 이 개념은 단지 추상적 객관적 인식에 대해 비교해, 정확하지 않다는 의미로 이해되기보다는 풍부하고 근원적 진리 세계를 지시하는 것으로 보아야 한다. 이 기본 규정에 기초해 메를로 퐁티의 철학을 체계적이고 상세하게 해설한 김형효의 『메를로 퐁티와 애매성의 철학』, 철학과현실사, 1996. 참고바람.
41) 같은 책, 518쪽.
42) L. Landgrebe, *Der Weg der Phänomenologie*, Gütersloher Verlagshaus, 1978. 111쪽 이하 참조. 여기서 란트그레베는 의미의 지평을 새롭게 제공한다는 점에서 전통적 지각론을 극복하는 결정적인 방법으로 파악한다.

것이다. 후설은 특히 의식 일반의 분석을 위해 그런 의식의 본래적 사태를 은폐하고 있는 어떤 세계에 관한 믿음, 즉 세계의 실재성 혹은 즉자성에 관한 일반 정립을 괄호치는 행위를 환원이라 정의한다.

그 방법적 행위의 결과는 존재와 사유간의 관계를 이루는 그런 순수한 의식 경험을 드러내는 데 있다. 그런 토대 위에서 모든 의식 작용에 관한 분석과 특히 지각의 분석이 수행될 수 있다. 물론 메를로 퐁티는 이런 후설의 의도에 전적으로 동의하지 않았다. 그 차이는 "환원의 가장 큰 가르침은 완전한 환원의 불가능성이다"[43]라는 진술에서 잘 나타난다. 모든 것이 정화된 순수한 의식 세계의 가능성을 본질적으로 거부하고, 오히려 환원에서 의식과 세계의 불분명한 관계가 보이게 될 뿐이라고 메를로 퐁티는 주장하게 된다. 순수 본질을 탐구하기 위한 절차라는 후설의 환원을 그는 순수한 내면 의식의 확보를 위한 수단으로서가 아니라, 인간의 원초적 의식과 그를 둘러싼 세계가 본디 분리될 수 없음에서 인간 존재의 근원적 양식임을 드러내는 철학적 행위로 이해하려 했다. 이 점이 후설 환원의 궁극적 의도라면, 메를로 퐁티의 후설 비판은 어느 정도 오해에서 가능했다.

어쨌든 이런 차이에도 불구하고, 중요한 사실은 그 둘에게서 문제의 사태는 환원적 방법을 통해 드러나게 되며, 그리고 모든 의미의 생성의 지평인 지각의 세계라는 것이다. 특히 이 환원된 세계는 어떤 심리적 혹은 객관적 성질의 대상으로 평가될 수 없는 사태인 것이다. 오히려 이 지평은 전혀 다른 의미론적 차원에서 파악되어야 성질의 것이다. 특히 후설은 이 선소여적 지평을 지향성 개념으로 설명하려 했다. 왜냐 하면 이 세계를 구성하는 두 계기인 심리적 작용과 지향된 대상의 관계가 이미 밝혔듯이 무슨 심리적이거나 물리적이지 않고, 어떤 의미 연관

---

43) 메를로 퐁티, 『지각현상학』, viii쪽.

에 의해 구성되었기 때문이다. 이 연관의 성격이 지향적이라는 것이다.

그러나 후설은 이 구성적 능력을 의식의 작용적 측면에 가중치를 부여함으로써 주로 의식 분석으로 향하게 된다. 그리고 대상의 지향성은 철저히 의식의 내실적 의미에서가 아닌 한 내재적인 특성을 지닌다. 지향된 대상은 항상 의식과의 이런 연관 하에서 해명될 수밖에 없다. 그것은 근거와 토대를 이루는 한 주체로서의 인간 이성은 그 본질에서 그 구성적 대상물인 세계에 대해서 지향하기 때문이다. 즉 자아는 세계에 대한 존재다. 이에 반해 메를로 퐁티는 환원을 통해 제시된 의식의 지향성은 결코 의식 내재적 관계로 축소될 수 없었다. 오히려 지향성은 의식 밖의 사물과 세계로 향하는 지향성 이외의 다른 것일 수 없다. 즉 이 지향성 개념은 의식의 본질이 어떤 것으로서 고유하게 존재한다는 것이 아니라, 의식은 부단하게 자기 아닌 다른 것으로 향하고 있다는 것을 의미한다. 이런 타자 혹은 세계로 늘 향하는 한, 그것을 대상화하는 관점을 취하기보다는 그런 지향성의 주체는 오히려 늘 그것들 곁에 있다는 그 존재 방식에 근거해 세계내 존재가 된다. 이 역시 후설과 메를로 퐁티가 구별되는 중요한 지점이다. 따라서 지향성의 성격을 어떻게 파악하느냐에 따라 그 주체의 설정 방식에서 적지 않은 차이를 보이게 된다.

후설은 지향적 행위의 근거가 되는 의식에서 여전히 그런 지향적 구성의 가능성 토대로서 선험적 자아를 내세우고 있지만, 그 의식을 더욱 심층적으로 분석함으로써 그 구체적 선소여적 세계 혹은 삶의 세계의 연관을 제시하였다. 이 연관에서 후설의 자아가 단지 순수한 사고적 행위만을 하는 기능 축도 아니고 어떤 형식적 원리가 아님을 분명히 자각한다. 오히려 이 선험적 자아는 자신의 실현을 위한 지향적 활동에서 이 구체적 지각의 세계 속에서 지속적으로 의미를 구성하며 하나의 목적론적 통일성을 이루어 가는 활동 근거인 것이다. 그래서 후기에 후설은 시간 의식과 수동적 종합의 차원에서 질료의 새로운 성격을 발견하고 자아 개념에서 주체의 신체성을, 물론 체계적으로 다루진 못했지만 주목하게 된다.[44] 이에 대해 메를로 퐁티에게서 지향성의 중심은 순수 의식적 대상이 아니다. 지향성의 본래적 의미에 적합하게 드러난 세계내 존재인 인간의 참된 실존 방식을 그는 몸의 개념에서 찾았다. 환원을 통해 구체적으로 드러난 이 의미 세계란 나의 의식과 이미 결합된 몸과 같고, 세계라는 지평은 나의 몸과 분리되어 객관적으로 존재하는 대상일 수 없다. 나는 세계를 보고 또 세계는 바라보는 내 지각과 몸 속에 녹아 있어서 세계와 내 의식과 몸이 서로 확연히 구분되지 않은 채 하나의 지평을 이루게 된다. 따라서 메를로 퐁티는 바로 구체적 지각을 통해 드러난 세계가 바로 이런 몸의 지향성을 통해 원초적으로 구성되어 있는 지각의 세계를 만날 뿐이라고 여겼다.

이상에서 후설과 메를로 퐁티 사상간의 공통적 만큼이나 차이점이 드러났다. 그러나 이 둘이 디디고 있는 이 지각의 현상학에서 우리는 지각과 관련된 전통적 진리 이해와 다른 어떤 공통적 특징을 읽어낼 수 있다. 우선 문제 제기에서 지각의 분석에는 실재 세계에 관한 믿음의 정당화가 그 핵심적이라고 말했듯이, 이제 지각과의 관련된 진리의 추구는 외부 세계의 독립성이 아니라 근본적으로 이 세계 내재적, 즉 의식 연관적인 것이다. 사실 이런 생각과 태도는 이미 근대적 사상의 토대에 근거해 이룩된 오늘을 사는 우리에게 낯선 것은 아니다. 그러나 경험론과 합리론의 전통이 형성되는 근대 이전의 역사에서 우리는 지각에다 진리의 우선성을 부여한다는 것은 불가능한 일이었다. 이미 희랍의 전통이 변화와 우연의 현상에 적합한

---

44) 후설은 이 신체적 자아를 운동 감각(kinästhese)의 분석에 근거해 『이념들 II』, 『위기』 등에서 다룬다.

인식을 지각에 묶어둔 이래로 늘 철학은 진리의 본질을 이 현상을 초월한 형이상학적 세계에서 찾으려 했고, 기독교적 세계이해가 자리한 중세에는 더욱 초월적인 진리의 가능성만이 의미 있게 다뤄질 뿐이었다. 그러나 전통적 사유의 현실 왜곡과 은폐된 이데올로기에 의한 세계 굴절은 더 이상 주어진 자연현상을 그대로 관찰하는 과학적 사유에 의해 지탱될 수 없는 많은 문제점을 노정시켰다. 과학적 사유가 올바른 진리의 모습을 제공한다는 것보다 전통적 사유의 구조적 비진리성을 폭로한다는 점에서 역사는 그 성과를 받아들이게 된다. 이것이 이제 우리의 삶을 초월한 세계에 대한 시선 향함에서 참으로 우리가 속한 세계로, 즉 본질과 이념을 내재화하는 역사로 시선을 전환하게 된 계기다. 따라서 후설과 메를로 퐁티는 바로 이런 역사의 최종적 단계에서 과학적 사유에 의해 그 단초가 마련되기는 했지만 그래도 여전히 그릇된 편견과 왜곡된 전제의 한계를 극복하지 못했음을 비판하면서, 그 근원적인 진리의 가능성을 이 세계내에서 우리에게 주어진 것을 분석하는 방식으로 마련하려 했다고 볼 수 있다. 따라서 두 사상가가 보여준 진리의 이해는 철저히 적어도 우리에게 관련된 진리를 의미하게 된다. 그렇다고 이것이 우리가 만든 진리를 뜻하지는 않는다. 이런 의미에서 진리는 단지 객관적으로 주어진 것이 아니라, 경험 주체와의 근원적 연관을 함의한 것이다.

물론 '이 세계 내적'이라는 두 사상가의 진리적 특징은 매우 광범위한 규정이다. 특히 그들이 비판하는 경험론의 전통과 비교해 어떤 차이도 드러내주지 못하기 때문에, 경험론과의 차이를 제시할 필요가 있다. 이 두 사상가의 진리 인식은 경험론의 전통과 달리 진리의 기준을 분명히 세계의 실재성에 묶어두려 하지 않는다. 그것은 지각과의 관련 하에서 진리의 본질을 해명하려는 경험론도 여전히 어떻게 그 실재적 대상을 반영하는 그 어떤 성질의 관념이 우리에게 주어져 있는가로 향한 반면에,

이 두 사상가는 그런 실재적 대상의 존재 여부를 떠나 우리에게 소여된 사태의 근본 구조로 향한다. 이것은 분명히 어떤 의식 밖의 세계를 근거짓는 존재론적 탐구도 아니며, 단지 우리의 의식 내부로 향하는 심리적 추구도 아니다. 다만 이것은 의식과 세계가 이미 이루고 있는 의미론적 지평에 관한 탐구다. 그런 까닭에 이 두 사상가의 입장에서는 진리의 성격을 의미론적 차원에서 새롭게 보여주려고 했다.

또한 이들은 이 근원적으로 의식에 드러난 세계를 그 토대로 여기기 때문에 어떤 두 개의 대립된 실체간에 이루어질 대응이나 일치의 진리관을 비판하고 있다. 대응이나 일치는 진리의 가장 전통적 정의에 속한다. 그것은 우리의 정신 안에 있는 관념과 그 밖의 세계가 일치하는지 올바르게 대응하는지가 진리의 가능성을 만든다는 주장이다. 이것은 분명히 보다 객관적이고 확실한 진리의 의미 추구를 보여준다. 이 진리 개념에는 암암리에 그 대응과 일치를 궁극적으로 보장해야 할 그 어떤 초월적 존재, 즉 신이든 객관적 세계의 믿음이든지간에 그런 존재가 전제되어 있다. 그러나 후설이나 메를로 퐁티가 진리의 개념을 이런 식으로, 즉 어떤 전제 위에 근거해 정당화하려 하지 않았다. 오히려 그들의 진리 근거는 주어진 사태가 직접적이고 구체적으로 주어지는 한 그것이 지닌 사태적 자명성에서 자리한다. 물론 후설은 이 명증 개념을 지나치게 의식 내재적인 것으로 취급한 측면이 없지 않으나, 그 둘 모두가 지각에서 모든 합리성과 타당성의 근원을 보려고 했다는 사실에서 소여적 명증성의 의미가 더욱 잘 드러난다.

이외에도 이 두 사상가의 진리 성격은 발생론적이라 할 수 있다. 위의 형식적 일치나 대응에서 보듯이 진리가 어떤 고정적 개념이나 규정, 즉 정확성에 준거하는 것과 달리 후설은 의식적 사태 안에서 의미 지향과 충족이란 도식을 통해 진리의 성격을 충전적이어야 한다고 보았다. 물론 메를로 퐁티에게서는 의미와 무의미의 가능성이 뒤얽혀 있는 것이 현실이기에 어떤 고정적이고 일의적인 진리 규정은 더욱더 비판적으로 검토되고, 애매성을 진리의 근원성으로 새롭게 주목하도록 만들었다. 이런 변화는 지나치게 실증적 사고에 의해 황폐하게 형해화된 현실을 극복하려는 의도에서 추구된 것이다.

따라서 이 두 사상가의 진리의 성격은 끝으로 그 구체성에서 찾을 수 있다. 모든 진리적 규정은 그것이 포괄하려는 외연의 크기만큼 일반적이고 보편적이어야 한다. 그러나 이런 성격은 분명히 어떤 희생을 치르고 흔히 이루어지게 된다. 그것이 진리에 의해 파악된 개체적 대상의 고유성과 구체성을 파괴하는 것이었다. 후설과 메를로 퐁티는 이런 추상적 형식적 진리의 전횡을 역사적으로 목격한 이들이었다. 따라서 그들은 이런 일방적 역사 진행을, 객관주의와 형식주의의 발생적 과정을 지향적으로 해명함으로써 탈의미화와 추상화되기 이전의 토대인 선술어적 삶의 세계, 혹은 몸과 근원적 섞임의 지각 세계를 모든 진리의 기반으로 제시하게 된다. 이런 전환에서 그들이 얼마만큼 진리의 실존적이고도 구체적인 의미를 해명하려고 했는지를 알 수 있다. 물론 여기서 이들의 시도가 단지 진리를 상대화하려는 것이 아니라는 생각을 전제해야 한다. 따라서 이들의 이런 노력은 오늘 우리가 살고 있는 다원적이고 다가치적 사회의 가능성을 마련할 수 있는 토대가 된다고 여겨진다.

6. 나가는 말

이상에서 우리는 후설과 메를로 퐁티의 지각과 그 진리적 성격을 살펴보았다. 지각은 단지 물리적 시선 이상이다. 그것은 지각이 앞에 놓인 세계와 근원적 방식에서 의미적인 접촉이기 때문이다. 이 둘의 입장은 지각을 단지 사물의 자극에 대한 수동적 반응으로 파악하려는 인과적 설명으로부터 벗어나, 지각에서 사물과 지각자간에 놓인 근원적 연관을 제시할 수 있었다. 이 연관에서 드러나는 진리의 모습은 단지 추상적 개념에 의한 형식적 파악에 길들어진 사유 체계로서 포착할 수 없는 것이다. 그것은 정확성 혹은 객관성의 기준에 의해 협소하게 인식된 진리가 아니라 구체적이고 풍부한 진리이기 때문이다. 그들은 이 진리를 위한 토대로서 지각을 주목하게 된 것이다. 그리고 지각에서 거기에 맞닿는 존재의 구체적 내용성을 위해 질료서의 신체가 강조되었다. 그것은 지각 행위에서 신체가 단지 반응 조직체가 아니라, 오히려 세계에 대해 의미 구성의 능력으로 드러났기 때문이다. 따라서 지각은 유한한 인간의 부정적 지표가 아니라 착각, 환각, 오류의 가능성에도 불구하고 오히려 인간에게서 진리의 근원적이고 포괄적인 지평을 열어주는 통로인 것이다. 이처럼 지각은 두 사상가에게서 존재론적 함의와 진리의 이해를 위한 근본 조건으로서 파악된다.

　이러한 지각과 진리의 이해는 오늘의 삶을 규정하는 영상 매체적 문화와 산업에 주목할 만한 의미를 지닌다. 그것은 이들에게서 세계와 작용의 매개장으로서 지각이 객관적 분석과 실험적 조작과 방법에 의해 다뤄짐으로써 매우 자극적인 가상 공간의 존재적 가능성이 전개되었지만, 여기서 지각의 세계가 지극히 표피적으로 처리되어 그 심층적 의미 영역이 상실되었기 때문이다. 그것은 진리적인 삶 대신에 단순한 유희적 세계로의 몰락인 것이다. 그뿐만 아니라 이 가상 공간에서 인간 생존의 피투성은 쉽게 자의성으로 대체되고, 가상적 행위의 반복 가능성이 삶의 비가역적 무게를 경감시키고, 인간 실존의 심연을 드리우는 구신적 의미를 감각적 현실 구성에 의한 가벼운 감각 자극으로 치환될 수 있는 데서 존재 차원의 망각이 우리의 삶을 지배하게 되었기 때문이다. 바로 이런 망각과 왜곡, 여기에 비판의 가능성을 열어준 두 사상가의 지각 이해가 음미되어야 할 이유를 지닌다. 이것이 이들에게로 다가간 동기며, 새로운 삶의 가능성을 위한 모색인 것이다.

□ 참고 문헌

● 후 설

E. Husserl, Husserliana(Gesammelte Werke), Den Haag 1950.

Bd. Ⅲ : *Ideen zu einer reinen Phaenomenologie und phaeno-menologischen Philosophie.* Hrsg. v. W. Biemel. 1950.

Bd. ⅩⅨ, 2 : *Logische Untersuchungen.* Zweiter Band : Unter-suchungen zur Phaenomenologie und Theorie der Erkenntnis. Erster Teil. Hrsg. v. U. Panzer, 1984.

Bd. ⅩⅦ : Formale und transzendentale Logik, hrsg. v. P. Jassen, 1974.

● 메를로 퐁티

M. Merleau-Ponty, *Phénoménologie de la Perception.* Paris, Gallimard, 1945.

―――――――――, *The Primacy of Perception,* ed. by. J. M. Edie. Evanston, Northwestern Uni. Press, 1964.

● 기 타

Plato : Werke 6 ; griechisch und deutsch/ Platon. Hrsg. v. G. Eigler. Darmstadt, Wiss. Buchges.

John Locke, Works 10 vols. London: T. Tegg, 1823.

―――――――, *An Essay concerning Human Understanding* ed. P. H. Nidditch, Oxford: Oxford Univ. Press, 1975.

H. U. Asemissen, *Strukturanalytische Probleme der Wahrneh-mung in der Phaenomenologie Husserls.* Koeln 1957.

L. Landgrebe, *Der Weg der Phänomenologie,* Gütersloher Verlagshaus, 1978.

U. Melle, *Das Wahrnehmungsproblem und seine Verwandlung in der phaenomenologischen Einstellung.* Den Haag, Boston, Lancaster, 1983.

김형효, 『메를로 퐁티와 애매성의 철학』, 철학과현실사, 1996.

한전숙, 『현상학』, 민음사, 1997.

주관성의 통일*
―칸트의 구상력 및 자기 촉발 이론과 하이데거의 현상학적 해석

김 정 주(한국외국어대 강사)

1. 머리말

근대에서 데카르트나 칸트에게는 사유와 이 사유의 기체로
서의 자아는 전적으로 자명한 것이었다. 데카르트는 사유하는
자아의 존재 확실성을 형이상학, 수학 등에 있어서의 모든 보
편적인 지식을 위한 토대로 삼았고, 그 자아를 종래의 존재론
적 개념 규정에 따라 사유하는 실체로 정의하였다. 칸트는 비
판적 인식론의 전제들에 따라 사유하는 동안 자신의 존재를 의
식하는 데카르트의 자아를 지성적 자기 의식의 순수 통각과 내
적인 지각의 경험적 주관으로 구분하면서 바로 순수 통각을 철
학의 참된 원리로 간주하였다. 칸트의 통각에 대한 비판적 이
론은 헤겔의 사변 논리학에서 체계적으로 완성되었다.

그러나 이러한 주관성의 철학은 오늘날 대체로 여러 이유에
서 비판을 받고 있다. 이미 100여 년 전에 에른스트 마하는 경

* 이 논문은 1998년 4월, 한국현상학회 제111차 월례학술발표회에서 발표된
글을 보완한 것이다. 당시의 토론에 참여하시고 여러 사항을 지적해주신 선
생님들께 이 기회를 빌어 다시 한 번 감사의 마음을 전하고 싶다.

322 ● 역사와 현상학

험론적 입장에서 순수 자아는 물론 경험적 자아도 심리학적 기술의 대상이 될 수 없다는 이유에서 배척했다. 윌리엄 제임스는 데카르트가 옹호한 실체적 의미에서든지 칸트가 주장하는 선험적 의미에서든지 순수 자아의 가정을 비판하면서, 동시에 또한 경험적 자아란 자신 속에서 여러 양상의 심리적 사건들이 상대적 동일성만을 가지고 있는 의식의 흐름일 따름이며 따라서 결코 독립적인 실체가 아니라고 단언했다. 선험적 현상학 이전의 후설도 심리적 사건들을 넘어서는 자아는 그것이 경험적인 것이든 선천적인 것이든 증명될 수 없다는 이유에서 거부했다. 주관성의 철학에 대한 또한 중요한 비판은 데카르트 자아론을 주관성 철학의 모델로 보았던 예컨대 후기 러셀과 라일 등과 같은 그런 분석철학자들에 의해 제기된 비판으로 자아는 결코 자기 의식의 가능성을 가진 능동적 사유의 기체로서의 권위를 가질 수 없다는 것이다. 러셀은 제임스의 견해를 따르면서 사유하는 자아가 독립적으로 존재하는 실체라는 데카르트의 견해와 이와 함께 모든 사유 활동은 자아에 의해서만 이루어진다는 생각을 비판했다. 그는 "여기 비 온다(It rains here)"처럼 단순히 비인칭적인 표현을 사용하여 "생각한다(It thinks)"고 말하는 것이 왜 불가능한가라고 반문했다. 이 같은 생각은 또한 리히테베르크에 있어서도 나타났다. 라일은 더욱더 행동주의적 이론을 근거로 반성의 타당성조차도 부정했으며 물리적 세계와 상관없는 존재를 갖는 데카르트의 자아 개념은 신화적인 것이라고 거부했다.[1]

---

1) 앞으로 저서 내지 논문을 인용하거나 참조할 때는 지면 사정상 단지 저자, 저서 내지 논문, 쪽만을 기재할 것이며, 기타 출판 장소나 연도 등은 뒤의 '참고 문헌'에 기재할 것이다. 또한 칸트와 하이데거의 저서들은 언제나 직접 약호를 통해 표시할 것이다.

E. Mach, *Die Analyse der Empfindungen und das Verhältnis des Physischen zum Psychischen*, S. 18ff. W. James, *The Principles of Psychology*, 제1권, S. 329ff. ; 동일 저자, "Does Consciousness exist?", S. 1ff.

그런데 19세기말 이래 주관성 이론이 대체로 칸트의 주관성 이론의 관념론적, 인식론적 및 현상학적 변형으로서 새롭게 제시되었다. 이때 관련된 칸트의 주관은 다름아닌 주관의 능동적 자발성으로서 『순수이성비판』의 재판에서의 중심 개념인 논리적 순수 통각이나 초판에서의 중심 개념인 생산적 구상력이다. 따라서 보다 새로운 주관성 철학들의 철저한 해명과 또한 비판을 위해서 원칙적으로 칸트의 주관성 이론에 대한 연구는 필수적이다. 선천적 종합 판단들로 이루어져 있는 학적 형이상학을 그 근원과 타당성의 범위에 관해 정당화하고자 하는 칸트의 비판적 인식론은 무엇보다도 수학적-자연과학적인 인식의 대상의 본질적 성격을 정초하는 것, 즉 이 인식 대상의 본질을 우리의 순수한 인식 주관에서부터 선천적으로 정초하는 것을 주제로 삼는다. 우리의 인식 주관은 칸트에게는 감성(감성적 직관)과 오성(통각)의 두 능력들로 이루어져 있으므로, 인식 객관은 통각의 범주들에 의해 규정된 시간과 공간 내용들을 포함하고 있어야 한다. 감성의 수용성과 오성의 자발성, 경험적 주관과 순수 주관, 객관과 주관, 직관과 개념에 대한 전통적인 이분법을 수용하고 있는 칸트의 이론은 감성을 시간과 공간의 근원으로, 그리고 오성을 논리적 판단 형식들과 여기에서 도출된 존재론적 범주들의 원칙으로 규정하는데, 여기서 생산적 구상력은 『순수이성비판』의 선험적 연역의 초판에서는 원칙적으로 두 이질적인 인식 원천들(감성과 오성)을 자발적으로 매개하는 근본 능력인 데 반해, 재판에서는 이 구상력의 종합이 오성 자체의 직관 연관적인 활동에 불과하므로 오성과 감성의 결합은

E. Husserl, Logische Untersuchungen, 제2권, S. 325-42. B. Russell, *The Analyse of Mind*, S. 9-14, 18, 29f. : 동일 저자, *An Outline of Philosophie*, S. 169-183, 218ff. G. Chr. Lichtenberg, *Schriften und Briefe*, 제2권, S. 412. G. Ryle, *Der Brgriff des Geistes*, 특히 S. 7-25, 251-269. '자아'란 말의 분석적 설명의 선험적 주관성에 대한 적용에 대해서는 R. Harrison, "Wie man dem transzendentalen Ich einen Sinn verleiht", S. 32-50.

이 오성 자체에 속한 자기 촉발(Selbstaffektion)의 활동에 의해 이루어진다. 그러한 이러한 칸트의 능력 다원론은 독일 관념론자들, 신칸트주의자들, 하이데거 등에 의해 비판받았다. 정신의 여러 능력들을 자기 관계의 목적론적 원칙에서부터 필연적인 질서에 따라서 전개시키는 이 같은 자기 의식의 체계적 역사를 추적하고자 하는 피히테나 헤겔과 같은 독일 관념론자들은, 칸트가 여러 인식 능력을 체계적으로 하나의 원칙에서부터 전개하지 못하고 단지 정태적으로만 병렬함으로써, 능력 다원론을 극복하지 못하고 있다고 비판했다. 초기 피히테는 칸트의 구상력 개념을 감성과 오성의 공통 뿌리라는 의미에서 이론적 자아의 중심이자 실재적인 근본 능력(Grundkraft)으로 해석하면서 주관성의 통일을 추구했다. 예나 시절의 초기 헤겔은 18세기의 주관성의 이론을 "능력들로 가득 차 있는 주머니"[『헤겔전집(*Gesammelte Werke*)』, 제4권, 237쪽]의 이론이라고 비판하면서, 칸트의 능력 이론은 바로 이 능력 다원론의 체계화에 불과하기 때문에 결국 단지 유한한 현상들만 다루는 "심리학적 관념론"에 속한다고 보았다. 그는 칸트의 구상력을 이성 자체로서의 절대적 동일성으로 해석하면서, 이 동일성이 현상 세계에 있어서는 감성과 오성의 대조된 능력들로 구분된다고 생각했다. 헤겔은 또한 이런 방식으로 이해한 칸트의 구상력 개념을 통해서 바로 칸트의 통각 개념이 사변-논리적인 의미에서는 과연 무엇을 의미하는가를 미리 보여주었다. 칸트의『순수이성비판』을 인식의 이론, 정확히 말해서 수학적 자연과학들의 인식론으로 해석하는 코헨과 나토르프와 같은 신칸트주의자들은 위와 같은 독일 관념론의 칸트 비판을 의식하면서 시간과 공간도 범주들이라고 생각하고 논리적 판단 작용의 주관으로서의 선험적 통각 자체에서부터 모든 인식 규정들을 도출해냄으로써, 감성과 오성, 시간과 통각의 주관 내부적 통일을 추구했다. 이런 인식 논리주의적인 신칸트주의자들과는 달리 현상학적 직관주의자로서의 초기 하이데거는 주관성의 통일의 존재론적 정초를 시도했다. 하이데거는 1925~1926년 겨울 학기와 1927~1928년 겨울 학기 사이에 걸친 여러 강의들과 1929년의 칸트 연구서에서, 그리고 또한 1935~1936년 겨울 학기 강의에서 "현상학적" 칸트 해석을 수행했다. 그는 『존재와 시간』(1927년)에서의 기초 존재론의 전제들 아래서 칸트의 선험철학을 재구성하고 생산적으로 발전시키면서, 이 재구성된 칸트의 이론을 사물존재성(Vorhandenheit)에 대한 전통적 존재론의 주관성 이론적 정초로서 해석하며 자기 자신의 기초 존재론의 철학사적 모델이자 최초의 단계로 이해했다. 그러면서 그는 감성과 오성의 존재론적 통일을 위한 단서를 칸트의 『순수이성비판』의 초판과 재판에서의 중심 개념들인 구상력과 자기 촉발의 개념에서 찾았다. 그는 특히 1925~1926년 겨울 학기의 강의에서는 단지 자기 촉발의 개념에만 주관성 이론의 핵심적 의미를 부여했다. 그는 칸트의 통각을 근원적인 시간으로 존재론적-현상학적으로 해석하며 칸트의 객관적 시간을 이 근원적 시간의 자기 촉발의 산물로 간주하여, 칸트의 통각과 시간의 통일적 구조를 바로 이 자기 촉발의 존재론적 구조 속에서 찾았다. 이후에 그는 무엇보다도 1929년의 칸트 연구서에선 구상력의 개념에 감성적 직관과 통각적 오성의 통일을 정초하는 의미를 부여했지만, 자기 촉발의 주관성 이론적 의미는 여전히 보존되었다.

자기 촉발과 구상력을 중심으로 한 하이데거의 칸트 해석에 관한 이 논문에서 맨 먼저 칸트의 개념들에 대한 칸트 내재적인 이해가 문제가 된다. 칸트에 있어서 오성과 감성, 더 정확히 말해서 통각과 내감의 결합을 초판에서는 선험적 구상력이, 그리고 재판에서는 자기 촉발이 수행한다는 주관성 이론적인 변천 과정이 설명되어야 할 것이다. 또한 이때 구상력이나 자기 촉발에 의한 통각과 내감의 결합이 시간의 필연적 종합적 통일 [재판의 용어에 따르면 형식적 직관(formale Anschauung)]을 산출하고, 이를 토대로 선험적 시간 규정으로서의 선험적 도식을 구성한다는 사실이 밝혀질 것이다. 그런 다음에 이런 칸트의 시도에 대한 하이데거의 현상학적-존재론적 해석이 다루어질 것이다.[2)]

2. 칸트의 인식 주관성 이론 : 생산적 구상력 혹은 자기 촉발에 의한 시간과 통각의 종합

선험적 연역의 초판에서 칸트는 세 종류의 독립적인 인식 능력들(감성과 구상력과 오성)에 대한 이론을 전개한다. 여기서 순수 통각은 형이상학적 연역의 의미를 그대로 수용하여 일반 논리학과 선험 논리학, 논리적 판단 형식들과 여기서 도출된 존재론적 범주들의 원칙으로 규정된다. 그러나 순수한 논리적 범주들을 통해 주어진 직관 일반의 다양을 결합한다고 하는 오성은 그 자체로는 단순히 개념들이나 판단들의 지적인 종합을 수행할 뿐, 우리의 감성적 직관과는 아무 관계가 없다. 말하자면 내감 속에 있는 시간 자체는 단순한 직관 형식으로서 무규정적인 다양성만을 포함할 뿐 순수 오성, 정확히 말해서 순수 통각에 속하지 않는다. 그러나 초판의 주관성 이론에 따르면 구상력은 인식 능력들 중 두 극단, 즉 감성과 통각을 필연적으로 매개하는 "인간 마음의 근본 능력"(A 124)이다. 따라서 구상력이 시간의 직관 형식을 순수 통각의 범주들과 결합시켜서 시간의 종합적 통일을 산출한다. 말하자면 구상력이 그 자체로는

---

2) 구상력과 자기 촉발의 개념들을 중심으로 한 하이데거의 칸트 해석에 관한 이 논문은 구상력의 문제에 관해서는 초기에 하이데거주의자였던 D. Henrich ("Über die Einheit der Subjektivität"), H. Mörchen(*Die Einbildungskraft bei Kant*)에게서, 자기 촉발의 문제에 관해선 K. Düsing("Selbstbewußtseins-modelle", "Typen der Selbstbeziehung")에게서 특히 많은 도움을 받고 있다.

공허한 순수한 논리적 통각을 내감의 시간과 관계시켜서 이 통각의 시간적 감성화를 수행하고 이에 따라 통각에게 특정한 시간 내용(재판의 용어에 따르면 형식적 시간 직관)을 부여한다. 또한 구상력의 선험적 종합은 통각의 범주들에 따라 하나의 시간과 공간 속에 주어지는 경험적 직관의 다양의 필연적 통일(이 초판의 용어에 따라 선험적 도식)을 산출할 수 있다. 이에 따라 순수한 논리적 통각은 구상력의 비지성적, 직관적 종합에 의해 감성화될 때 시간-공간적인 현상들에 대해 객관적으로 타당한 인식 능력이 될 수 있다.

그러나 세 종류의 독립적인 인식 능력들을 전제로 하면서 구상력을 오성과 감성을 매개하는 독립적인 능력으로서 규정하는 초판의 이론은 감성과 오성에 대한 본래의 능력 이원론과는 배치된다. 이 본래의 주관성 이론은 선험적 연역의 재판에서 비로소 전개된다. 여기서는 순수 오성만이 유일한 자발성이다(§ 15). 칸트는 연역의 초판에서 명확하게 밝혀지지 않았던 오성의 근본적 구조를 구체적으로 통각의 종합적 통일(객관성 구성적 종합의 주관)과 분석적 통일(자기 반성의 주관)이라는 개념들을 통해 설명하고 있으며(특히 § § 15-17), 생산적 구상력을 초판에서와는 전혀 다른 의미에서, 즉 자기 촉발의 활동으로 규정하고 있다(§ 24의 B 151-156, § 26의 B 162 주석). 칸트는 § 16에서 "나는 생각한다(Ich denke)"에 대해 말하고 있다(B 131f., 또한 A 348, 398, B 406 참조). 이 **나는 생각한다**는 모든 나의 표상에 동반**될 수** 있어야만 한다." 왜냐 하면 그렇지 않으면 이 표상들은 "불가능하거나 혹은 최소한 나에 대해 아무것도 아니기" 때문이다. 우리는 어떤 순간에 예컨대 "나무"와 같은 개념을 생각할 수 있으며, 그 다음에 우리는 우리가 그 개념을 생각하고 있다는 사실을 생각할 수 있다. 하지만 "나는 생각한다"는 명제는 그런 반성적 의식의 가능성이 아니라, 형식 논리학과 선험 논리학, 즉 논리적 판단 기능들과 여기서 도출된 범주들의 근원적 원칙인 통각의 종합적 통일을 의미한다(B 134 주석 참조). 그런데 "나는 생각한다"라는 의식이 동반 의식인 한, 그것은 자신의 표상 내용들을 직관적으로 산출하는 신적 오성과 같은 것이 아니고, 오히려 무엇보다도 먼저 표상 내용들이 자신에게 주어질 때 비로소 그것을 사유할 수 있는 유한한 인식 능력일 따름이다. 이때 만일 어떤 표상(개념이나 직관)들이 자체 안에 내용적으로 모순된 규정을 포함하고 있어 모순 없는 사유의 통일성으로 의미있게 종합되지 못한다면, 우리는 그 표상들이 내적으로 "불가능하다"고 말할 수 있다. 또한 만약 표상들이 순간순간 의식될 수 없고, 즉 명석하게 될 수 없고 끝내 우리의 표상들의 대부분을 차지하고 있는 그런 애매한 (dunkel) 표상들로 남아 있다면 우리는 그 표상들이 사유 주관에 대해 최소한 "아무것도 아니다"고 말할 수 있다. 내용적으로 모순되거나 애매한 표상들은 사유 주관이 결코 동반할 수 없는 것들이다. 이때 통각의 종합적 통일이란 주어진 표상들을 종합하는 능력으로서(B 129-135, 또한 153 참조), 범주의 통일성에 따라서 직관 일반의 다양에서 필연적 종합적 통일(구체적으로는 객관성)을 산출한다(B 137 참조). 이에 반해 통각의 분석적 통일은 여러 양상의 종합 작용과 종합된 다양한 표상들 가운데서 근본적인 자기동일성을 사유하는 반성적 주관을 의미하며(B 133-135, 138 참조), "나는 나를 생각한다"(B 158, 420, 429, 또한 B 430 참조)는 명제로 표현되곤 한다. 칸트는 통각의 종합적 통일과 분석적 통일의 개념을 통해 결국 왜 순수한 사유 작용 가운데서 주관이 필연적으로 전제되어야 하는가를 보여주고 있다. 사유는 주관 없는 익명적인 활동, 즉 단순히 "사유한다(Es denkt)"가 아니라, 오히려 주관이 자발적인 사유의 유일한 근거이므로 사유는 언제나 "나는 사유한다(Ich denke)", 정확히 말해서 "나는 표상들을 사유한다(Ich denke Vorstellungen)"다. 사유는 또한 자기 자신에게로 향할 수 있으며, 이때 자기 관계적인 사유는 사유된 것과 비록 서로 다른 차원에서라도 하나의 동일한 사유며 이러한 것은 원칙적으로 사유의 주관을 전제할 때만 가능하다. 따라서 또한 "나는 나를 생각한다"고 말할 수 있다. 그리하여 사유의 의미는 "나는 표상들을 사유하거나 혹은 내 자신을 사유한다"는 명제에서 비로소 올바르게 이해될 수 있다.3) 그런데 순수 주관은 먼저 주어진 표상들의 다양을 종합하며 이 종합과 심지어 종합의 의식에 있어서 자기동일성을 의식하는 한, 통각의 종합적 통일은 그 분석적 통일에 논리적으로 선행하는 조건이라고 말할 수 있다(B 133f. 참조). 그러나 여기서 사유 주관에 속하는 종합이 이 주관의 자기 연관성을 함축하고 있지 않다면 어떻게 근본적으로 자기 의식적인 통각에 속한다고 말할 수 있는가가 문제가 되지만, 그러나 칸트는 이 문제를 명백히 설명하지 못하고 있다.

유일한 자발성인 사유 주관으로서의 오성과 수용적인 감성의 원칙적인 대조만을 강조하는 선험적 연역의 재판에서는 생산적 구상력은 초판에서와는 전혀 다른 의미에서 규정되고 있다. 구상력은 칸트에게는 일반적으로 "대상이 직관 가운데 현존하지 않더라도 그 대상을 표상하는 능력"(B 151)이다. 따라서 그것은 주어진 다양을 내적인 구조를 가진 직관적 형상(Bild)으로 종합하는 능력이다. 여기서 칸트는 구상력의 재생적

---

3) 통각, 특히 통각의 분석적 통일의 개념에 있어서는 주관의 지성적 자기 의식의 논리적 가능성에 대한 두 가지 원칙적인 문제들이 있다. 한 문제는 D. Henrich(*Fichtes ursprüngliche Einsicht*)가 중점적으로 제기한 무한한 역행 혹은 반복의 논거 문제, 즉 주관의 자기 사유에 있어서 사유하는 주관의 무한한 전제의 문제며, 다른 문제는 신칸트주의자들, 특히 P. Natorp는 제기한 순환 논증의 문제, 즉 주관은 자기 의식에 있어서 단지 자기 자신에서부터 획득된 범주들을 통해서만 자신을 규정할 수 있기 때문에, 결국 자기 자신의 주위를 순회하고 만다는 "순환"의 문제다. 이 문제에 관해선 졸고(「칸트의 "순수 이성비판"에서의 통각 이론」, 『철학연구』, 제42집, 1998, 특히 110-120쪽)가 참조된다.

인, 말하자면 단순히 경험적인 연상적 활동성을 구상력의 생산적 자발적 활동성과 구별한다(B 152 참조). 생산적으로 활동하는 구상력은 경험적 직관들을 창작하듯이 다루면서 이를테면 경험적으로 주어진 직관 내용들에서부터 자의적으로 상상물 같은 것도 만들어내기도 한다. 그것은 또한 미학적일 수 있는데, 말하자면 직관적 형상들을 산출할 때 오성의 합법칙성에 합치해서 미적인 것에 대한 만족감을 유발시킬 수 있다. 또는 그 구상력은 예컨대 기하학에서처럼 수학적 규칙들에 따라 선천적 순수 직관을 생산할 수 있다(B 147 참조, 또한 A 223f./B 271, A 78/B 104). 그러나 무엇보다도 중요한 것은 구상력의 선험적 기능이다(B 151 참조, 또한 A 118, 123, 124, A 145/B 185). 구상력이 물론 감성적으로 주어진 단순한 직관 형식을 내용적으로는 산출할 수 없지만, 통일성과 전체성을 포함하고 있는 시간(또한 공간)의 형식적 직관을 주제적 표상 내용으로 산출할 수 있다. 말하자면 선험적 구상력은 우유성과 함께 한 실체의 범주에 따라서 영속성(Beharrlichkeit)이라는 시간 자체(Zeit selbst)의 양상을, 인과성과 상호성의 범주에 따라서 각각 계기(Sukzession)와 동시 존재(Zugleichsein)라는 시간 내부적(innerzeitig) 양상들을 산출한다. 또한 분량의 범주가 하나의 영속적 불변적 시간 속에서 존재하면서 인과적으로 규정된 그런 계기의 양상에 적용되면 지속(Dauer)이라는 시간 양상이 생겨난다. 이에 따라 시간이란 구체적인 의미에서 계기와 동시 존재, 그리고 또한 지속이라는 시간 내부적 양상들을 포함한 하나의 영속적 전체로 밝혀진다(A 177/B 219, A 215/B 262 참조). 또한 선험적 구상력은 이 통일적 전체적 시간 직관을 근거로 범주들의 체계에 따라서 선험적 시간 도식(또한 공간 도식)을 생산적으로 구성할 수 있다. 전체적 시간 속에 존재하는 모든 현상들의 본질적 규정(객관성)으로서의 자연 현상들의 합법칙적 통일을 의미하는 선험적 도식은 구상력을 규제하는 네 표제의 범주 체계에 따라서 마찬가지로 네 종류의 "선험적 시간 규정"(형식적-직관적 시간 규정이 아니라)으로 구분된다. 간단하게 요약하자면 분량, 특히 전체성의 범주에 따라 수 혹은 보다 구체적으로 외연량(extensive Größe)의 도식이, 성질, 특히 제한성의 범주에 따라 내포량(intensive Größe)의 도식이 규정된다. 관계의 범주들 가운데서 우유성들을 가지고 있는 실체의 범주에 따라서 시간 속의 영속적인 것이, 인과성의 범주에 따라서 현상들의 필연적인 시간적 선후 관계가, 그리고 상호성의 범주에 따라서 현상들의 필연적인 동시성 관계가 규정된다. 양상의 범주의 도식은 시간 전체성에 관계하는 대상의 규정을 의미하며, 이 가운데서 가능성의 도식은 '그 어떤 시간에 있어서'라는 시간 규정을, 현실성의 도식은 '특정한 시간에 있어서'라는 시간 규정을, 그리고 필연성의 도식은 '모든 시간에 있어서'라는 시간 규정을 포함한다. 분량의 도식, 즉 외연량은 이 분량의 범주에 따라 규정된 계기성, 즉 "시간 계열"이라는 시간 규정을 포함하며, 성질의 도식, 즉 내포량은 시간을 충족시키는 감각과 실재적인 것으로서의 "시간 내용"에 관계하며, 관계의 도식은 필연적인 "시간 순서"를 의미하고, 양상의 도식은 "시간 총괄"에 관계한다(A 145/B 184f).

이와 같이 시간(또한 공간)이 통일성과 전체성을 가진 그런 표상 내용으로 이해되고 선험적 도식이 경험적 대상들의 선천적 형식적 규정으로 주제화되는 한, 이런 것들은 모두 선험적 구상력의 산물들이다. 재판에서의 본래의 능력 이원론에 따르면 선험적 구상력은 결코 독립적인 매개 능력이 아니며, 그것은 오히려 그 형상적 종합에 있어서 맨 먼저 애매한, 아직은 무규정적인 직관의 다양에서 직관의 통일을 산출하는 한, 감성적 직관에 속한다(B 151 참조). 그러나 다른 한편으로 구상력은 "맹목적이기는 하지만 그러나 불가결한"(A 78/B 103) "오성의 기능"[『후기수기(Nachträge XLI)』]으로서, 그 종합 활동에 의해 범주적 규칙들에 따라서 내감의 시간적 다양에 있어서 통일성과 전체성을 산출하는 한, "감성에 미치는 오성의 작용"(B 152, 154)을 의미하며 따라서 오성에 속한다. 이처럼 구상력의 선험적 활동성은 초판에서와는 달리 자기 촉발의 작용으로 규정되고 있다(B 151-156, B 162 주석, 또한 B 67ff.). 여기서는 순수 오성만이 유일한 자발성이며, 구상력은 그것의 직관적 종합 활동에 있어서 오성에 의한 감성의 촉발, 즉 통각의 내감에 대한 규제적 작용이기 때문에 그것은 단지 오성의 직관 관계적인 기능을 의미할 따름이며, 따라서 독립적인 자발성의 기능을 상실한다. 오성의 자발성은 자기 촉발의 작용에 의하여, 즉 생산적 구상력이라는 이름 아래, 내감을 촉발하여 순수한 시간의 다양에서 형식적 시간 직관을 산출하고, 이를 근거로 시간 속의 경험적 직관의 다양에서 선험적 시간 도식의 필연적 통일을 산출한다. 구상력과 자기 촉발에 대한 이러한 새로운 이론은 통각과 내감은 결코 각기 자족적으로 서로 분리해서 활동할 수 없으며, 단지 각기 자기 촉발 속에서만 인식의 산출에 이바지하는 주관 내부적인 기능을 발휘할 수 있다는 것과 내감의 다양은 오직 유일한 자발성인 통각에 의해 이루어지는 그런 자기 촉발의 작용을 통해서만 통각의 주제적 내용들이 될 수 있으며 그렇지 않으면 무의식적인 애매한 표상으로 남는다는 것을 보여준다. 이와 동시에 순수 오성은 선험적 연역의 초판에서처럼 단순히 생산적 구상력의 직관적 종합과 대립해 있는, 그 자체로는 단순히 공허한 사유 능력이 아니라, 넓은 의미에서의 오성, 말하자면 주어진 직관 일반의 다양을 종합하는 능력이라는 좁은 의미에서의 오성으로 활동하기도 하고, 우리의 직관의 다양을 종합하는 능력인 생산적 구상력으로 활동하기도 하는 "하나의 동일한 자발성"이다(B 162 주석, 또한 B 137, A 97, 119 참조).

3. 하이데거의 현상학적 칸트 해석

하이데거는 그의 여러 칸트 강의에서 존재론적 입장에서 칸트의 독단들, 즉 존재 망각의 징조들을 언급한다. 말하자면 감성과 오성의 원칙적 분리를 전제로 이것들의 필연적 관계를 문제 삼는 것, 수학적 자연과학들의 자연 개념과 이와 함께 시간 및 공간의 규정에 의존하면서 특히 시간을 물리학적으로 측량될 수 있는 지금 점들의 끝없는 계기로 이해하는 것, 선천적인 것을 주관적인 것과 동일시하는 데카르트적인 사고, 인식과 학문에 있어서의 전통적 형식 논리학의 우위와 이에 따라 논리적 판단 형식들에서부터의 범주들의 도출, 사물 존재성에 대한 전통적 존재론의 한계 안에서의 인식 주관성 이론의 전개 등이다. 하이데거는 자신의 기초 존재론의 전제들을 토대로 새로운 현상학적-존재론적 주관성 이론의 정립을 통해, 말하자면 "'역사적' 주관의 주관성"(SZ 382)의, "주관의 주관성의 선험적 '분석론'"(KPM 210) 내지 "주관의, 더구나 유한한 주관의 주관성의 현상학"(KPM 82)을 제시함으로써, 칸트의 전통 의존적인, 따라서 존재 망각적인 주관성 이론을 극복함과 동시에 주관주의-객관주의-선택을 배제하고 주관성의 통일을 찾고자 한다.

칸트의 『순수이성비판』을 사물 존재성의 전통적 존재론의 주관적 정초로 해석하는(L 306f., 312f., 116f. ; PIK 40-68) 하이데거는 단순히 인식의 두 다른 조건들, 말하자면 감성과 오성에 관해서가 아니라 이 조건들의 통일적 연관의 가능성의 조건을 물어봄으로써, 칸트처럼 여러 독립된 능력들을 단지 정태적으로 배열하지 않고 주관의 통일성과 근원성을 역동적으로 보여주고자 한다. 그는 특히 『칸트와 형이상학의 문제』에서 선험적 연역의 초판에서의 중심 개념인 시간 구성적인 생산적 구상력의 개념을 피히테가 한 것과 유사하게 감성과 오성이라는 서로 다른 인식 줄기들의 공통 뿌리이자 근본 능력으로 해석한다

(KPM 126-148 ; 또한 PIK 408-424). 칸트는 그 자체가 무규정적인 다양성이 감성을 통해 구상력에 주어질 때 비로소 그것은 구상력에 의해 종합될 수 있고 이때 감성적 직관은 통일을 표상할 수 있다고 한다. 그러나 하이데거에 따르면 칸트의 "개관"(Synopsis A 94, 97 등) 개념에 대한 그의 해석에서 볼 수 있는 것처럼 감성적 직관은 언제나 전체성과 통일성의 표상이기 때문에 구상력의 종합은 감성적 직관의 근거가 된다. 왜냐 하면 그 직관의 통일성은 구상력의 종합에 의해 산출되기 때문이다. 시간이 공간과 마찬가지로 범주 체계에 속한다고 본 코헨의 칸트 해석에 반대해서 하이데거는 "주어진 종합(gegebene Synthesis)"으로서의 "Syndosis" 또는 "Synoptik"에 대해 말하고 있다. 시간의 형식적 직관의 통일이 바로 시간 자체에 속하는 것이지 오성의 범주에 속하는 것은 아니다는 칸트의 주장은, 하이데거에 따르면 시간이 범주적으로 파악된다는 것이 아니라 그 시간이 주어진 종합에 있어서 직관, 즉 주제화된다는 것을 의미한다. 이때 주어진 종합은 직관에 있어서의 구상력의 역할을 보여준다.4)

다른 한편으로 칸트는 순수 오성은 감성과 이것의 보편적 형식인 시간과는 아무 상관없는 판단 형식들과 같은 논리학의 형식적 법칙들을 근거지우고 있다고 한다. 그는 예컨대 분석 판단의 최상의 법칙인 모순율이 동시성이란 시간 규정을 통해 정식화될 수 있다는 견해를 반대하며(A 152/B 191f. ; 1770년의 박사 학위 논문 :『칸트 전집』제2권, §28, 415f. 참조), 또한 시간 규정들을 포함하지 않는 범주들도 아무런 의미가 없는 것이 아니라, 비록 그 자체로는 어떤 객관적 인식도 가능케 할 수는

---

4) H. Cohen, *Kants Theorie der Erfahrung*, S. 319-325 참조. 이런 신칸트주의적 해석에 반대해서 하이데거는 "주어진 종합(gegebene Synthesis)"으로서의 "Syndosis"(PIK, 265f., 또한 132ff.) 또는 "Synoptik"(KPM, 58f.)에 대해 말하고 있다(더욱이 L 294ff. 참조).

없지만 그래도 논리적 의미는 가지고 있으며, 이 때문에 형이
상학에서는 의미있게 사용될 수 있다고 주장한다. 그러나 칸트
와는 달리 하이데거는 생산적 구상력의 시간적 작용이 바로 오
성의 근거를 이룬다. 왜냐 하면 오성은 그 자체가 본질적으로
구상력에 의해 감성과 관계하고 있고, 오성의 개념들은 본질적
으로 이미 구상력에 의해 시간적으로 규정된, 하이데거의 용어
에 따르면 도식화된 범주들로서 오직 구상력의 직관적 종합의
규칙들인 한에서만 그 객관적 의미를 획득할 수 있기 때문이다.
이처럼 순수 오성의 본질로서의 직관성, 혹은 시간 연관성은
생산적 구상력에 의해 가능하게 된다. 하이데거는 논리학 일반
(일반 논리학과 선험 논리학)에 대한 칸트 견해를 넘어서서 이
논리학이 바로 존재론에 기저지워져 있어야 한다고 주장한다
(PIK 221). 칸트가 『순수이성비판』에서는 판단표를 범주표의
도출 근거로 삼지만(§ § 9-10, A 70-83/B 95-109), 하이데거
에 따르면 판단표는 범주의 수와 체계를 위한 단서를 주지만
범주표의 일차적인 근원이 아니다(PIK 284, 288ff.). 형식-논리
학적 기능은 현상학적 해석에 따르면 선험적 구상력에 근거해야
하며, 순수 오성 개념들은 단순히 형식-논리학적 판단 기능들에
서가 아니라 본래 직관 관계적인 혹은 시간 관계적인 구상력의
종합에서 생긴다(PIK 282ff., 또한 264f., 299ff.). 칸트는 구상력의
종합이 물론 오성에 의해 "개념으로(auf Begriffe)" 이끌어질 수
있다고 하지만(§ 10, A 77f./B 103), 그러나 이것은 하이데거에
따르면 오성 개념이 시간 관계적인 구상력의 종합을 자신의 본
질적 내용으로 가지고 있다는 것을 의미한다(PIK 284, 289). 칸
트의 선험적 연역(§ § 13-14, A 84-94/B 116-127)의 과제도
하이데거에 따르면 그러한 종합을 수행한 주관성의 근원적인
본질 규정으로서의 "초월(Transzendenz)"의 해명을 통해 "범
주의 근원적 존재론적 본질의 해명"에 있어야 한다(PIK 305,
333). 칸트의 형식 논리학과 선험 논리학에 대한 이러한 해석을

통해서 하이데거는 칸트에서의 사유와 인식, 형이상학적 연역과 선험적 연역의 원칙적인 구별을 거부한다. 그는 칸트가 전제하고 있는 인식에서의 논리학의 우위를 부정할 뿐만 아니라 더욱더 이 논리학의 근원을 "현존재의 탈자적인 기구의 근원적인 통일이라는 의미에서의 시간성"에서 찾고자 함으로써(PIK 426) 논리학의 존재론적 정초를 시도한다. 이 같은 하이데거 해석에 따르면 오성의 개념적 규칙들은 결국 단지 추상적으로만 시간 관계적 구상력과 따라서 감성적 직관과 아무 상관이 없는 논리적 판단 형식들이 될 수 있고 순전히 논리적인 오성에 속할 수 있으며, 대상적 존재자는 순수한 논리적 범주들을 통해서가 아니라 신칸트주의자들이 주장한 것처럼 단지 도식적으로 감성화된 범주들을 통해서만 의미있게 생각될 수 있다.

감성적 직관에 속하는 생산적 구상력은 위에서 본 것처럼 단순히 오성의 논리적 기능으로도, 직관의 개관으로도 이해될 수가 없고 그것은 오히려 그런 인식 기능들의 근본적인 뿌리라는 하이데거의 주장은 칸트의 선험적 연역의 초판(A 98-104)에서 설명된 세 종류의 종합들에 대한 그의 존재론적 해석으로 이어진다. 그는 여기서 "바로 대상의 마주서 있음(Gegenstehen)의 가능성을 기초지우는 것에서 구상력의 종합은 그 중심적 기능을 소지하고 있다"고 말한다(PIK 335). 칸트는 각지와 재생의 시간 관계적 종합들을 구상력에 두는 반면에(A 99ff.와 A 121f. 각각 참조), 개념에서의 재인지(Rekognition)의 종합을 비감성적이며 따라서 비시간적인 오성에 둔다(A 103, 115 참조). 그러나 하이데거는 칸트에 있어서의 감성과 오성, 시간과 선험적 통각의 단절을 비판하면서, 시간 관계적 구상력이 세 종합의 통일의 근거며 두 인식 줄기들의 공통 뿌리라고 주장한다((PIK 357ff., 404-408). 그에 따르면 우리가 일반 개념을 통해서 어떤 것을 언제나 동일한 것으로 파악하는 재인지의 종합이 없다면, 그리하여 우리가 처음에 주어진 존재자를 미리 동일한 것으로 파악할 수 없다면, 재생된 존재자를 그것과 동일시할 수 없고 따라서 존재자의 경험도 없을 것이다(PIK 363 ; KPM 176f.). 그러므로 오성에 속한 재인지의 종합은 미래의 예취(Vorwegnahme), 즉 예인지(豫認知. Präkognition)를 전제로 하고 있다. 이때 만일 재인지의 종합이 그런 예취, 따라서 미래에 의존해 있다면 비판 철학에 있어서의 감성과 오성의, 시간과 통각의 분리는 극복될 수 있을 것이다. 하이데거에 따르면 모든 세 종합은 본질적으로 시간에 관계하고 있으며 그것들의 통일의 근거로서 생산적 구상력에 뿌리박고 있다(PIK 364f., 412-419, 426).

이 구상력의 본질적인 기능은 선험적 도식의 구성에 있다.[5] 이 도식을 칸트와는 달리 하이데거는 그 자신이 무한량으로 해석하고자 하는 연속량(quantum continuum), 형식적 직관 혹은 범주들의 "순수한 형상(Bild)"으로 이해하며, 더욱이 분량, 성질, 관계, 양상이라는 네 가지 표제의 범주들의 체계에 따라서 "시간 계열", "시간 내용", "시간 질서", "시간 총괄"이라는 네 가지 시간 성격들을 가진 그런 "순수 형상"으로 규정한다(KPM 98ff. ; 또한 L 377ff.). 그 같은 시간적 도식은 단순한 감성의 형식으로서 통일성 없는 다양성을 의미하지 않고 오히려 자체 안에 여러 규정들을 포함하고 있는 형상이며, 바로 이런 시간의 구조가 범주들의 직관적 내용으로서 범주들의 규칙적 성격을 감성화하며 그 감성화된 범주들에게 객관적 의미를 부여한다.

이러한 견해의 가장 명백한 예는 칸트의 실체 범주의 도식에 대한 하이데거의 해석이다(KPM 101f. ; L 352, 399f. ; FD

---

5) 선험적 도식에 관한 칸트 이론은 『순수이성비판』의 재판에서도 수정되지 않았으며, 따라서 그 이론은 선험적 연역의 초판에서 전개된, 독립된 매개 능력으로서의 구상력에 관한 이론의 발전적 계승이자 완성이다. 칸트의 구상력을 감성과 오성의 공통 뿌리로 해석하는 하이데거는 KPM에서 이런 도식론 장을 『순수이성비판』의 핵심 장으로 간주한다. 물론 그는 맨 나중의 칸트 강의(FD)에선 오성의 원칙론을 핵심 장으로 본다.

180ff.). 칸트는 이 도식을 "시간 속에서 실재적인 것이 갖는 영속성"(A 144/B 183), 즉 항존적으로 존재하는 것으로 규정하는 것에 반해 하이데거는 그것을 시간 자체를 표상하는 영속성으로 해석한다. 이때 이 영속성 개념은 하이데거에 따르면 무한한 시간의 통일적인 전체성을 의미하는 것이 아니라 평준화된 동질적인 지금 점(點)들의 한없는 계기를 의미한다.6) 말하자면 시간은 각각의 지금에 있어서 항상 지금으로만 존재하며 이러한 의미에서 언제나 자기 동일적인 것으로 머물러 있다는 것이다. 존재자가 각각 하나의 지금에 있어서 주어지고 언제나 단지 하나의 지금이 동질적인 또 다른 지금에 뒤따른다면, 여기에서 평준화된 지금의 계기성인 시간의 표상이 생긴다. 이 표상이 하이데거에 따르면 "통속적" 시간 규정이면서 동시에 아리스토텔레스 이래의 철학적 시간 이론까지도 지배하고 있다. 실체의 도식으로서의 그런 영속적 시간은 실재적인 존재자를 동일한 것으로 만나게 하며 존재를 대상성으로 파악하는 현존재의 존재 이해의 지평이 된다. 이처럼 칸트의 실체 범주의 도식이 하이데거에게는 지금 점들의 무한한 계기로서 범주들의 순수한 형상이자 동시에 모든 감성적 대상들의 형상이며 세계 내부적(innerweltlich) 대상적 존재자의 존재론적 시간 규정들을 구성하고 있는 것이다.

그런데 칸트의 구상력 개념에 대한 하이데거 해석은 그에 의해 재구성된 칸트의 선험-철학적 주관성 이론과 주관성의 특정한 존재론으로서의 자신의 고유한 기초 존재론과의 관계를 올바르게 설명하지 못하고 있다. 그러나 하이데거는 칸트의 선

---

6) G. Böhme에 따르면 하이데거는 칸트의 시간을 순수한 지금-계기 (Jetztfolge)로 해석하는데, 이런 해석은 강조점을 '지금'에다 두지 않고 '계기'에다 둘 때만 타당한 것이다. 그러나 하이데거는 시간의 불변성을 지금 점들의의 영속성으로 해석할 때 오히려 지금에서 시간의 본질적인 점을 보고 있다는 것이다. G. Böhme, *Zeit und Zahl*, S. 273 주석 참조.

험적 연역의 재판에서 전개된 주관의 자기 촉발의 이론에서 감성과 오성, 시간과 통각의 주관 내부적 통일성의 단서를 발견한다. 물론 이 통일적 구조의 해명은 칸트 자신의 시간론과 통각론의 한계를 넘어 현존재의 근원적 실존 범주로서의 시간의 견해로 나아간다(L 409ff., 310, 346). 여기서 왜 하이데거가『순수이성비판』의 해석에 있어서 거듭 시간의 근본 현상에 되돌아가고 있는가(L 269f., 305f.)라는 물음이 중요하다. 신칸트주의자들은 논리적 판단 작용의 선험적 통각 자체에서부터 모든 인식을 가능케 하는 것을 목표로 삼는 데 반해 하이데거는 선험적 통각을 "시간성 자체의 근본 규정"(L 272)으로 해석한다. 하이데거의 이러한『비판』해석은『존재와 시간』, 즉 기초 존재론의 중심 문제의 해명을 위한 단서가 된다.『논리학』(1925/26년 겨울 학기 강의)에서 그는 칸트의『순수이성비판』, 특히 도식론에서의 여러 시사점들은『존재와 시간』(1927년)에서의 자신의 시간 이해의 예취라고 생각한다. 하이데거는 자기 촉발을 통해 통각과 시간을 결합하는 칸트의 이론을 자기의 의미에서 재구성하고 완성시키면서 거기에서 자신의 고유한 기초 존재론의 역사적 짝을, 그러나 여전히 사물 존재성의 전통적 존재론의 지반 위에 놓여 있는 짝을 발견한다. 따라서 이렇게 세계 내 존재의 근원적인 존재 양상으로 이해된 시간은 칸트가 도식론에서 추구하고 있다고 생각한 바로 그 선험적 도식의 의미, 즉 통각하는 주관이 자연적 사물 세계로 넘어가기 위해 요구되는 매개 장소가 아니다(L 406ff.). 하이데거는 "순수한 자기 촉발이 유한한 자아 자체의 선험적 근원 구조를 준다"고 말한다(KPM 180-185 ; L 338-344). 주관의 자기 촉발, 즉 순수 통각에 의한 내감의 범주적 규정에 대한 이론이 칸트에게는 이미 내감과 통각의 원칙적 구별을 전제하고 있는 데 반해, 하이데거에게는 오히려 유한한 주관성의 통일적 구조를 보여주고 있으며 이때 순수한 자기 의식의 자발성과 내감의 수용성은 서로 분리된 능력들이 아니라 주관의 자기 촉발의 통일적 기능 연관 안에서 상호 작용하면서 자기 촉발적 주관성의 두 계기들을 이룬다. 하나의 동일한 주관 속에서 한쪽의 자발적인 주관이 다른 한쪽의 수동적인 주관에 작용하여, 그 자체가 대상 구성적인 규정들로서 존재자를 대상적인 사물 존재자로서 만나게 하는 그러한 시간 규정들을 산출한다.

그런데 주관의 자기 촉발이 그런 시간 규정들을 구성하므로 바로 그 자기 촉발은 시간 자체다(KPM 180ff.; L 338ff., 400ff.). 이 "근원적 시간(ursprüngliche Zeit)" 자체는 주어진 존재자에 특정한 시간 질서를 부여하기 위해 지금 점들의 연속적 계기를 세계 내부적 존재자의 경험에 선행해서 비주제적이고 비대상적인 방식으로 바라보는 것(Hinblicken)을 뜻한다(L 275ff., 281f., 284ff.). 이 바라보는 활동은 현상학적으로 해석된 순수한 직관 작용이며, 이 작용에 의해 직관된 것은 "자신을 부여하는 순수한 계기의 전체", 즉 "어떤 것 일반의 만남의 조건"이다. 이처럼 그것은 존재자를 존재자로서 만나게 하는 그런 비주제적 지평을 형성하고 있다. 따라서 하이데거에 있어서는 칸트에 있어서와는 달리 시간이 직관 작용과 동시에 직관된 것을 의미하며, 이 시간 자체의 표상에 있어서 자기 촉발의 구조가 드러난다. 이와 같이 주관의 자기 촉발로서 시간 자체는 자발적으로 활동하는 한 시간화(Zeitigen)를 의미한다. 그 근원적 시간은 그에게는 시간 내부적인(innerzeitig) 것도 아니고 객관적인 것도 아니다. 주관은 그 자발성에 있어서 시간화로서 시간 내부적 존재자의 이해의 지평으로서의 시간 규정들을 산출한다. 이런 하이데거의 견해에 따르면 시간을 내감의 형식이면서 동시에 감성의 보편적 형식으로 규정하는 칸트의 견해는 불완전한 일시적 규정으로 남아 있다. 그런데 시간 내부적 존재자로서의 자연에 대해 인식 태도를 취하고 있는 주관의 시간화 양상은 "현전화(現前化. Gegenwärtigen)"다. 이런 현전화가 바로 하이데거에 의해 실체의 도식으로 해석된 그런 끝없는 지금 점들의 연속성을 구성한다. 주관은 그 본질적 구조가 시간 자체로서 만약 존재자가 자신이 부여한 지금의 양상에서 주어질 때 비로소 그 존재자를 대상적인 사물 존재자로서 이해한다(L 400ff.; PIK 395). 그처럼 칸트의 객관적 시간은 하이데거에 있어서는 현존재의 시간성에 대한 현상학적-존재론적 분석을 근거로 주관적 시간의 근본 규정에서 구성되며 따라서 주관적 시간의 파생물로 간주된다. 여기서 객관적 시간표상을 정초하는 현전화 방식은 사물 존재성의 존재론의 근거가 되는 주관의 근원적 활동이자 실존 범주다.7)

이와 같이 하이데거는 칸트의 자기 촉발 개념을 근원적 시간

---

7) 하이데거의 이런 주관성 규정은 사실 후설의 선험적 자아의 시간성 규정에 근거하고 있다. 후설에 따르면 선험적 자아는 방금 체험된 것에 대한 순간 순간의 把持(Retention)와 근접해 있는 것에 대한 순간 순간의 豫持(Protention)를 포함하는 "생생한 現在(lebendige Gegenwart)"라는 시간성을 이루고 있다. 그런데 하이데거는 자아란 자발적인 활동성이라고 생각하므로 선험적 자아의 근본 규정으로서의 현재는 그에게는 근본적으로 시간화, 특히 현존재의 학문과 인식 태도에 있어서는 現前化의 능동적 시간 양상을 뜻한다. 그러나 하이데거는 이처럼 선험적 자아의 시간성에 관한 후설 이론을 근거로 칸트의 주관성 이론을 재구성하고 있음에도 불구하고 오히려 그는 다음과 같이 말했다. "내가 몇 년 전에『순수이성비판』을 새로 공부하고 그것을 말하자면 후설의 현상학의 배경 아래서 읽었을 때 나는 미몽에서 깨어났고 칸트는 내게는 내가 추구한 길의 정당성의 본질적인 확증이 되었다"(PIK 25권, 431쪽). 그는 칸트도 후설이 설명한 자아의 시간적 구조를 보았을 뿐만 아니라 후설보다 더 명백히 존재론을 주관성과 시간성의 이론에서 근거지우고 있다고 생각하기 때문에 후설의 이론에서보다는 오히려 칸트의 이론에서 주관성의 이론으로서의 선험 철학의 모델을 찾는다. "여기서 존재와 존재 성격들의 이해와 시간의 연관성에 대해 무언가를 아는 듯한 사람은 유일하게 칸트임이 분명하게 드러난다"(L 194 ; SZ 23). 이 문제에 관해 또한 주석 8번 참조. 그러나 하이데거는 칸트도 역시 자아의 존재 방식의 문제를 보았지만 그러나 그는 시종일관 인식 능력들과 인식 방식들의 전통적 이분법을 근거로 사물 존재성에 대한 전통적 존재론의 주관성 이론적 정초만을 시도했다고 비판한다.

으로 해석함으로써 『순수이성비판』의 체계적 통일을 논리적 판단의 능력으로서의 통각에 귀속시키는 신칸트주의자들의 견해에 반대한다. 칸트는 종합적 통일의 표상이 결합에서 생기지 않으며, "도리어 다양의 표상에 부가함으로써 결합의 개념을 가능하게 한다"(B 131)고 말한다. 이런 선험적 통각은 그 자체 종합하는 통일로서 마르부르크학파에 있어서는 인식적 혹은 논리적 주관을 의미하는 의식 일반을 말하는 데 반해, 하이데거는 통각의 종합이 요구한, 이 종합과 함께 주어진 통일을 칸트의 자기 촉발 개념에서 발견한다. 이러한 통일이 바로 시간 자체며, "근원적인 보편적인 자기 촉발"이다(L 339, 342).[8]

하이데거는 자신에 의해 재구성된 칸트의 자기 촉발 이론에서 자기 관계적 자아의 현상학적 지평 모델을 발견한다. 그는 칸트의 도식적 시간 규정들을 자기 촉발의 시간화에서부터 정초하고 있을 뿐만 아니라 그것들을 실존하는 현존재의 특정한 태도 방식들의 지평들로 변화시키고 있다. 이 같은 자아의 자기 촉발의 시간화에서 바로 자아의 자기 연관성의 의미가 드러난다. 이런 자아의 자기 연관성은 자아가 하나의 지금에서 주어진 사물적 존재자로 하여금 자기 자신에 관계하도록 하는 가

---

8) 여기서 하이데거는 칸트가 "영구적이고 항존적인 자아"(A 123)를 이야기 할 때 그도 어느 정도나마 근원적 시간으로서의 선험적 자아의 존재 방식을 보았다고 생각한다(주석 7번 참조). 하이데거에 따르면 시간 자체가 칸트에게 항존성인 것처럼 시간 규정들의 근거로서 본질적으로 자기 촉발인 순수 자아도 항존적이다. 순수 자아가 비시간적이라는 칸트의 주장은 그에 있어서는 자아의 시간 내부성의 부정을 의미할 따름이다. 순수 자아는 시간 자체며, 이 시간은 자아의 항존적 자기 촉발, 즉 근원적으로 항상 촉발하는 자다. 그 순수 자아는 시간 자체로서 자신이 구성한 시간 규정들에 있어서 자신에게 주어지는 존재자의 이해의 지평을 미리 보고 있다. 그 자아가 바로 사물 존재성의 존재론의 토대를 형성한다. 그런데 시간 자체는 인식하는 자아에게는 현재적 시간이다(L 402, 405f.). 그러나 순수 자아는 칸트에게는 사실 시간 내부적인 것도 아니고 근원적 시간 자체도 아니며, 도리어 어떤 시간 규정도 포함하지 않는 논리적 판단 기능의 원칙을 의미할 뿐이다.

운데 자기 자신을 동일한 것으로 파악하는 것을 뜻한다. 이때 자아가 시간의 지평에서부터 존재자를 이해하고, 또한 자기를 자신의 현존재에 있어서 이해하는 것은 자아 자신이 유한하다는 것을 보여준다. 바로 순수한 자기 촉발에서 "유한한 자아 자체의 선험적 근원 구조"가 발견된다. 유한한 자아는 그 자체가 동시에 능동적이고 수동적인 것으로서 존재론적인, 즉 대상 구성적인 시간 규정들의 자기 촉발적 구성에서 직접적이면서 선주제적으로(vorthematisch) 개시되어 있다. 다양하게 주어진 존재자를 자기 자신에 대해 존재하게 하는 그런 자기 촉발적 종합을 수행하는 유한한 자아(L 324ff.)는 그 종합에 있어서 자기 자신을 "비주제적인(unthematisch) 바라봄"(L 339, 또한 331 참조)을 통해 직접적으로 깨닫는다. 그러한 자아의 지평 의식은 직접 비주제적인 혹은 선주제적 방식으로 "자아의 자기-자신에-관계함"(L 339)을 의미한다. 하이데거의 그런 지평 모델은 또한 "자아가 존재자에게로 향하면서 그것의 존재를 이해할 때 더불어 드러나 있음"(GP 224, 또한 225 참조)으로 이해된다. 말하자면 자기 촉발적인 유한한 자아는 명확히 현실화될 수도, 지향적으로 주제화될 수도 있지만, 그가 존재자로서 이해하는 다른 것에 지향적으로 향하여 그 존재자의 의미를 구성할 때는 직접 비주제적인 혹은 선주제적인 방식으로 자기 자신을 더불어 이해할 뿐이다. 그 유한한 자아는 세계 내부적 존재자의 현재화라는 시간화 방식에서 단지 지평적으로만 개시되어 있다는 것이다. 이와 같이 칸트에 있어서는 선험적 주관이라고 불리는 그런 시간적 현존재의 현상을 있는 그대로 설명하는 하이데거의 현상학적 지평 모델은 존재자의 의미를 구성하는 자아의 활동과 그 자아의 자기 관계의 연관성을 아무런 어려움 없이 보여주고 있다.

그런데 그가 현재와 현전화로 해석한 칸트의 시간 규정들과 이 규정들의 주관적인 정초는 그의 기초 존재론의 전제들에 따르면 근본적으로 자기 자신의 존재와 이 존재의 이해가 문제시되는 현존재의 근본적 실존 범주로서의 시간 안에서 비근원적인, 파생적인 시간 양상과 시간화 방식이다. 현전화는 하이데거가『존재와 시간』에서 이야기하는 것처럼 그 자체가 세계내 존재로서 일차적으로 세계 내부적 존재자로 향하며 이런 존재자로 퇴락되어 있는 그런 존재자의 시간화 방식이다. 만일 현전화가 세계 내부적 도구 존재자(Zuhandenes)의 배려(Besorgen)에 있어서의 퇴락의 시간화 방식이면, 그것은 '위하여(Um-zu)'의 도식을 구성하고 있다. 세계 내부적으로 만나는 것은 그때는 처음부터 그 같은 '위하여' 연관 아래 주어진다(SZ 365 참조). 그런데 칸트의 선험적 주관을 의미하는 현존재의 이론적 인식과 학문적인 활동은 세계 내부적 도구 존재자에 대한 구체적이고 실천적인 배려의 모든 방식들을 추상하여 순전히 세계 내부적 사물 존재자를 관찰하는 그런 이론적 태도에 불과하다. 평균적인 지금 점들의 한없는 계기로서의 시간을 정초하는 선험적 주관의 현전화 양상은 따라서 하이데거에게는 세계 내부적 존재자로의 퇴락의 시간화 방식이며, 더구나 그런 퇴락의 결핍된 양상의 시간화 방식, 즉 사물 존재자의 추상적 이론적 인식의 시간화 방식이라는 의미에서 더욱 비근원적이며 파생적인 것이다. 이에 따라 사물 존재자는 현전화하는 주관의 시간 규정들로서의 칸트의 선험적 도식들의 지평 속에서 만나게 된다. 그런데 사물 존재자의 인식이 현존재의 비근원적, 파생적 태도라는 것과 이러한 태도의 시간화 방식은 현전화이라는 것에 대한 근거가 바로 세계내 존재로서의 현존재의 존재 전체성, 정확히 말하면 세계 내부적 존재자로 향할 때 더불어 개시되어 있는 염려(Sorge)에 있으므로, 하이데거에게는 선험적 주관성의 이론으로서의 종래의 선험철학과 그에 의해 재구성된 칸트의 선험철학의 근거로, 즉 구체적 현존재의 기초 존재론으로 되돌아가는 것이 필수적이다.

4. 맺음말

　칸트는 선험적 구상력이나 자기 촉발의 활동에 의하여 원칙적으로 구분된 감성과 오성을 결합하고 이를 토대로 자기 자신의 고유한 자연 존재론을 성립시키고자 한다. 그러나 하이데거에 따르면 칸트의 이런 시도는 인식 능력에 대한 전통적인 다원론 등 여러 독단적인, 따라서 존재 망각적인 전제들을 의존하고 있기 때문에 사물 존재성의 전통적 존재론의 한계 안에 머물러 있을 수밖에 없다. 그러기에 하이데거는 주관성의 특정한 존재론으로서의 자기 자신의 기초 존재론, 말하자면 근세 철학에서는 선험적 통각이라 불리는 세계내 존재로서의 그런 현존재를 "더욱 근원적인 방식으로"(L 384) 탐구하며 시간을 현존재의 실존 범주로 규정하는 자신의 기초 존재론을 근거로 오성과 감성, 통각과 시간의 통일적 결합에 관한 칸트의 문제점을 새로이 해석하면서 궁극적으로 "『존재와 시간』의 철학적인 근본 문제점"에 이르기 위해 칸트의 문제의 "철저화"("파괴")를 수행한다. 따라서 세계내 존재의 근원적인 존재 양상으로 이해된 시간은 칸트 자신의 견해에도 해당한다고 하는 통속적인 시간 개념을 넘어서서 한편으론 감성과 오성의 공통 뿌리이자 본래의 자아를 의미하는 선험적 구상력의 근본 구조를 이루며, 다른 한편으론 선험적 자아의 자기 촉발에서 발견되는 주관성의 통일을 보여준다. 이처럼 하이데거의 칸트 해석은 『존재와 시간』에서의 그의 자신의 기초 존재론의 전제들 아래서만 가능할지라도 『순수이성비판』에 숨겨져 있는 칸트의 의도를 명확히 하는 데 큰 도움을 준 것은 사실이다(PIK 2f.; L 339).

□ 참고 문헌
(괄호 안은 약호)

● 칸트 원전

Kritik der reinen Vernunft, 1781년 초판 (A), 1787년 재판 (B),
　　　　원판에 따른 R. Schmidt의 새 편집, 제14판, Hamburg
　　　　1971.

Kant's gesammelte Schriften, 프로이센 (독일) 학술원, 베를린
　　　　1902ff.

● 하이데거 원전

Kant und das Problem der Metaphysik (KPM), 1929.

Sein und Zeit (SZ), <1927년 봄 초판> 제8판, Tübingen 1957.

Die Frage nach dem Ding. Zu Kants Lehre von den
　　　　transzendentalen Grundsätzen <1935/36년 겨울 학기
　　　　강의> (FD), Tübingen 1962.

Die Grundprobleme der Phänomenologie <1927년 여름 학기
　　　　강의> (GP), *Martin Heidegger Gesamtausgabe*
　　　　(GA) 제24권, F. -W. von Herrmann 편집, Frankfurt a.
　　　　M. 1975.

Logik. Die Frage nach der Wahrheit <1925/26년 겨울 학기 강
　　　　의> (L), GA 제21권, W. Biemel 편집, Frankfurt a. M.
　　　　1976.

Phänomenologische Interpretation von Kants Kritik der
　　　　reinen Vernunft <1927/28년 겨울 학기 강의> (PIK),
　　　　GA 제25권, I. Görland 편집, Frankfurt a. M. 1977.

● 그 밖의 참고 문헌

Böhme, G., *Zeit und Zahl*, Frankfurt a. M. 1974.

Cohen, H., *Kants Theorie der Erfahrung*, 제2판, Berlin 1884.

Düsing, K., "Objektive und subjektive Zeit. Untersuchung zu Kants Theorie und zu ihrer modernen kritischen Rezeption", in : *Kant-Studien* (71) 1980, S. 1-34.

──────, "Constitution and Structure of Self-Identity. Kant's Theory of Apperception and Hegel's Criticism", in : *Midwest Studies in Philosophy* 8 (1983), S. 409-431.

──────, *Hegel und die Geschichte der Philosophie*, Darmstadt 1983.

──────, "Selbstbewußtseinsmodelle. Apperzeption und Zeitbewußtsein in Heideggers Auseinandersetzung mit Kant", in ; *Zeiterfahrung und Personalität*, Forum für Philsophie Bad Hamburg, Frankfurt a. M. (Suhrkamp) 1992, S. 89-122.

──────, "Typen der Selbstbeziehung. Erörterung im Ausgang von Heideggers Auseinandersetzung mit Kant", in : *Systeme im Denken der Gegenwart*, H.-D. Klein 편집, Studien zum System der Philosophie 제1권, Bonn 1993, S. 107-122.

Fichte, J. G., *Grundlage der gesamten Wissenschaftslehre*, in: *Fichte-Gesamtausgabe*, Bayerische Akademie der Wissenschaften의 위탁으로 편집, Stuttgart-Bad Cannstatt 1965ff., 제1부, 제2권.

──────, *Grundriß des Eigentümlichen der Wissenschaftslehre*, in : *Fichte-Gesamtausgabe*, 제1부, 제3권.

Harrison, R., "Wie man dem transzendentalen Ich einen Sinn verleiht", in : *Kants transzendentalen Deduktion und die Möglichkeit von Transzendentalphilosophie*, Forum für Philosophie Bad Homburg 편집, Frankfurt

a. M. 1988.

Hegel, G. W. F., *Gesammelte Werke*, 제4권.

Henrich, D., "Über die Einheit der Subjektivität", in : *Philo-sophische Rundschau* 3 (1955), S. 28-69.

—————, *Identität und Objektivität. Eine Untersuchung über Kants transzendentale Deduktion*, Heidelberg 1976.

—————, "Die Identität des Subjekts in der transzendentalen Deduktion", in : *Kant. Analysen, Probleme, Kritik*, H. Oberer / G. Seel 편집, Würzburg 1988, S. 39-70.

—————, *Fichtes ursprüngliche Einsicht*, Frankfurt a. M. 1967.

Husserl, E., *Logische Untersuchungen*, Halle 1901f., 제2권,

James, W., *The Principles of Psychology*, New York 1890, 제1권.

—————, "Does Consciousness exist?", in : *Essays in Radical Empirism*, 제2판, New York 1922.

Lichtenberg, G. Chr., *Schriften und Briefe*, 총 4권, W. Promies 의 편집, München 1971, 제2권.

Mach, E., *Die Analyse der Empfindungen und das Verhältnis des Physischen zum Psychischen*, 첫판 1886, 제6판 Jena 1911.

Mörchen, H., *Die Einbildungskraft bei Kant*, 초판 1930, 제2판, Tübingen 1970.

Natorp, P., *Einleitung in die Psychologie nach kritischer Methode*, Freiburg i. Br. 1888.

—————, *Allgemeine Psychologie nach kritischer Methode*, Tübingen 1912.

Pöggeler, O., *Der Denkweg Martin Heideggers*, Pfullingen 제2판, 1983.

Russell, B., *The Analyse of Mind*, 제10판 London 1971.

──────, *An Outline of Philosophie*, 제8판, London 1961.

Ryle, G., *Der Brgriff des Geistes*, K. Baier 번역, Stuttgart 1969.

Zocher, R., "Kants transzendentale Deduktion", in : *Zeitschrift für philosophische Forschung* 8 (1954), S. 161-194.

김정주, 「자기 의식과 시간 의식 : 칸트의 자기 의식 이론과 하이데거의 현상학적 해석」, 『철학』 제55집(1998), 121-144쪽.

──────, 「칸트의 "순수이성비판"에서의 통각 이론」, 『철학연구』 제42집(1998), 101-126쪽.

순수 이성과 역사 이성*
― 인간과 역사 이해의 열려진 지평을 위하여

최 소 인(연세철학연구소 전문연구원)

"인간은 내적 반성을 통해서가 아니라 역사 속에서 자신을 이해한다. 본래 우리는 역사 속에서 인간을 찾는다 (Der Mensch erkennt sich nur in der Geschichte, nie durch Introspektion. Im Grunde suchen wir ihn allein in der Geschichte)."[1]

1. 역사 이성 대 순수 이성

딜타이는 그의 미완의 주저인 『정신과학입문(*Einleitung in die Geisteswissenschaften*)』에서 자연과학과 구분되는 정신과학의 토대를 마련함으로써 정신과학의 자립성을 확립하려고 시도하였다. 이러한 과제의 수행을 위해 딜타이는 새로운 이성

---

* 이 논문은 학술진흥재단의 1997년도 박사 후 연수 과정(Post-doc) 연구비 지원에 의해 연구된 것이다.
1) W. Dilthey : Der Aufbau der geschichtlichen Welt in den Geisteswissen- schaften. In : Gesammelte Schriften(이하에서는 GS 로 약칭함) Bd. VII, Stuttgart, Göttingen 1973, 279쪽.

비판으로서 '역사 이성 비판(Kritik der historischen Vernunft)'을 기획하였다.2) 이미 청년기부터 새로운 이성 비판을 기획하고 이를 구체적으로는 '역사 이성 비판'으로 확정한 이면에는 칸트의 선험철학적 탐구가 가지는 한계와 일면성에 대한 비판적 통찰이 자리잡고 있다. 즉 칸트의 『순수이성비판』은 단지 자연과학의 학적 가능성을 정초하는 것이며, 칸트의 순수 이성이란 자연의 영역에 관계하는 이성이지 정신의 영역에 관계하는 이성이 아니다. 따라서 딜타이는 자연과학과 전적으로 구분되는 학문 분야로서 정신과학에 학적 토대를 설정하기 위하여 순수 이성과 구분되는, 순수 이성을 넘어서 있는 또 다른 이성 비판, 즉 '역사 이성 비판'이 필요하다고 보았다. 역사 이성이란 자연과학의 대상 및 그 대상 인식 방식과는 상이한 정신과학의 대상 및 그 대상 인식의 가능성에 관계하는 이성이다. 다시 말해 순수 이성이 자연적 세계를 구성하고 이렇게 구성된 자연 현상을 이해하는 능력이라면, 딜타이의 역사 이성이란 "자기 자신과 자기 자신에 의해 창조된 사회와 역사를 이해하는 인간의 능력"3)이다. 정신과학이란 바로 역사-사회적 현실을 그 대상으로 하는 학문이며, 이러한 정신과학에 학적 토대를 마련하기 위해서는 역사-사회적 현실(gesellschaftliche-geschichtliche Wirklichkeit)을

---

2) 딜타이는 이미 청년기에 새로운 이성 비판을 구상하고 있었으며 — 정확히 1859년에 새로운 이성 비판이 언급되고 있다 — 이것이 구체적으로 '역사 이성 비판'이라는 명칭으로 등장하는 것은 1877년에 요르크 백작과의 대화에서다. 딜타이는 이러한 자신의 구상을 실현하기 위한 첫 단계로서 1883년『정신과학입문』1권을 출간하였으며 곧이어 실제로 정신과학의 인식론적 기초의 문제를 다룰 2권을 출간할 것이라고 공표하였다. 그러나 '역사 이성 비판'의 본론에 해당하는 2권은 출간되지 못하였다. 그러나 그 이후의 딜타이의 수많은 논문과 단편들은 바로 '역사 이성 비판'이라는 이념을 구현하려는 그의 계속적이고도 다양한 시도라 할 수 있으며, 딜타이의 사상적 전개는 이 점에서 하나의 일관된 통일성을 획득하게 된다.
3) Wilhelm Dilthey : Einleitung in die Geisteswissenschaften, GS I, Stuttgart, Göttingen 1962, 116쪽.

구성하고 인식하는 능력인 역사 이성에 대한 비판적 탐구가 이루어져야 한다. 그러므로 딜타이에 있어 정신과학의 기초 설정의 문제는 '역사 이성 비판'의 이념으로 등장하게 된다.

사회-역사적 세계를 구성하고 이해하는 능력인 '역사 이성 비판'은 칸트의 이성 비판과 다음과 같은 점에서 원칙적인 차이를 가진다. 순수 이성이 관계하는 자연의 영역은 법칙성(Gesetzlichkeit)이 지배하는 세계다. 자연의 현상은 다양하지만 이 다양한 현상의 근저에는 초시간적인 법칙이 놓여 있으며, 자연과학이 추구하는 학적 인식은 바로 이러한 보편적이며 필연적인 법칙에 대한 인식이다. 그러므로 자연과학의 기초 설정은 보편적이며 필연적인 자연의 법칙 및 이 법칙에 대한 인식이 어떻게 가능한가를 규명함에 의해 수행될 수 있다. 칸트의 이성 비판이란 바로 자연 현상에 대한 보편적이고 필연적인 인식의 가능성을 체계적으로 해명하려는 작업이다. 이를 위해 순수 이성이 자연적 대상에 대해 가지는 필연적이고 보편적인 법칙 부여의 능력으로서 선천적인 형식들이 정립되고, 보편적으로 타당한 학적 인식의 선험적 조건으로서 오성의 순수하고 선험적인 능력들이 가지고 있는 객관적 타당성이 증명된다.

그러나 역사 이성이란 자연의 무시간적이며 불변적인 보편 법칙을 제정하는 능력인 순수 이성과는 전적으로 상이한 능력이다. 역사 이성이란 바로 역사성(Geschichtlichkeit)에 의해 제약된 이성이기 때문이다. 역사성에 의해 제약된 이성이란 칸트의 순수 이성에 놓여있는 선천적인 조건들처럼 무시간적이고 불변적인 기초를 지니지 않는, 그 자체로 시간에 따라 변화하는 상대적인 이성이다.

  "칸트의 선천성은 굳어 있고 죽어 있는 것이다. 그러나 의식의 실제적인 조건과 그 전체들은 살아 있는 역사적 과정이며 발전으로 자신의 역사를 가진다(……)."[4]

칸트의 『순수이성비판』이 지향하는 자연과학이나 수학이 추구하는 보편타당성이란 무시간적인 법칙, 즉 역사적 과정을 가지지 않는 추상적인 법칙의 영역이지만, 정신과학이란 역사적 제약성을 지닌 구체적인 역사-사회적 현실을 그 대상으로 하고 있는 학문 분야다. 그러므로 정신과학의 대상인 역사-사회적 세계를 구성하고 파악하는 역사 이성은 자연적 세계의 불변적인 법칙을 제공해주는 순수 이성처럼 불변하는 보편적인 법칙성을 그 축으로 하는 능력이 아니다. 끊임없이 변화하는 과정 속에 있는 역사-사회적 현실을 그 대상으로 하는 역사 이성은 그 자체로 변화하고 계속적으로 전개되고 발전되어나가는 능력이어야 한다. 그러므로 '역사 이성 비판'이 지향하는 목표는 상대적이고 일회적인 역사-사회적 현실의 성립과 이러한 현실의 인식 가능성에 대한 학적이고 체계적인 분석이어야 한다. 즉 "정신과학의 목표"는 "역사-사회적 현실에 있어 단칭적인 것(das Singulare), 개별적인 것(Individuales)을 파악하고 이 개별자의 형성에서 작용하는 일양성(Gleichförmigkeit)을 인지해내고 그것의 지속적인 형성의 목적과 규칙을 확정하는 것"[5]이다. 따라서 정신과학의 기초학인 '역사 이성 비판'은 역사적인 과정 속에 놓여 있는 개개의 구체적인 현실을 구성하고 파악할 수 있는 능력인 역사 이성을 분석하며 이러한 이성이 가지는 그 자체로 역사적인 조건과 전제들을 보여주어야 한다. 이점에 순수 이성 비판과 구분되는 '역사 이성 비판'의 특이성이 자리잡고 있다.

물론 '역사 이성 비판'은 하나의 이성 비판으로서, 하나의 학으로서 정신과학의 학적 기초를 설정하려는 것인 한, 보편적이고 객관적인 학의 토대를 마련하려는 선험철학적 이념의 연장

---

4) W. Dilthey : Grundlegung der Wissenschaften vom Menschen, der Gesellschaft und der Geschichte. GS XIX, Stuttgart, Göttingen 1982, 44쪽.
5) GS I, 27쪽.

354 ● 역사와 현상학

선상에 서 있다고 할 수 있다. 정신과학이 비록 역사적 과정 속에서만 존립하는 구체적인 개개의 현실을 그 대상으로 하고 있다 하더라도 그것이 여전히 하나의 학일 수 있으려면 구체성과 개체성, 상대성을 포괄하는 보편성과 객관성을 가지고 있어야만 한다. 그러므로 '역사 이성 비판'은 역사적이며 상대적인 이성이 지닌 객관적이며 보편적인 능력을 찾아내야 하며, 이를 통해 역사적 대상에 관한 객관적이고 보편적인 인식의 기초를 구성해내야 한다. 물론 '역사 이성 비판'이 추구하는 객관성과 보편성이란 칸트적인 의미에서 선험성이 가지는 굳어 있는— 추상성과 불변성에 기초한 — 객관성과 보편성일 수는 없다. '역사 이성 비판'은 자연과학적인 추상적 보편성을 넘어서서 구체적인 현실과 현실의 진행 과정 자체를 실어낼 수 있는 그런 종류의 보편성과 객관성을 추구해야 한다. 정신과학의 보편성과 객관성은 구체적이고 특징적인 것을 포함하는 역사적 과정 (historischer Verlauf)이 지닌 보편성이며 객관성이어야 하기 때문이다.

딜타이는 보편성과 구체성, 체계화와 역사적 상대성 중 어느 한쪽도 사상하지 않고 이 두 방향을 통합하여 하나의 철학적 체계를 구축하려 하였으며 이런 의미에서 딜타이의 철학은 칸트의 이성 비판의 이념과 전적으로 구분되는 위치와 의미를 가지게 된다. 그러므로 딜타이의 '역사 이성 비판'은 개별성과 역사성에 관한 보편적이고 객관적인 이해의 체계화를 그 과제로 가지게 되며, 바로 이러한 과제의 해결을 통해서 궁극적으로는 모든 정신과학 일반이 뿌리내릴 수 있는 보편적 토대를 마련하려 한다. 그러나 이것은 일견 불가능한 과제처럼 보인다. 개체적 보편성, (상대적이란 의미에서의) 역사적인 현실의 체계화란 이미 그 자체로 하나의 형용에 있어서의 모순으로 여겨지기 때문이다. 이 점에서 딜타이의 철학적 작업에 던져질 수 있는 결정적인 물음이 생겨난다. 과연 딜타이가 개별적이고 우연적인 변화하는 역사적 현실을 담아낼 수 있는 하나의 체계에 도달하였는가? 아니면 그는 역사성을 위하여 객관적이고 보편적인 인식의 정초라는 칸트의 선험철학적 이념을 포기하고 마는가? 혹은 칸트를 넘어서려는 딜타이의 시도가 실제로 칸트를 넘어선, 칸트를 극복한 시도인가 아니면 칸트로 되돌아갈 수밖에 없는 미완의 시도에 불과한 것인가 하는 물음이 바로 그것이다. 그러므로 우리는 앞서 말한 개별적인 역사 현상의 보편적 이해라는 문맥에서 딜타이의 사상 전개[6]를 재구성해보고, 이를 통해 딜타이가 단편적이지만 지속적으로 몰두했던 '역사 이성 비판'의 작업이 칸트가 말한 보편타당한 인식의 기초를 포함하면서도 역사성과 개별성을 담을 수 있는 이성에 대한 분석을 수행하고 이를 통해 굳어 있는 추상적 선험성을 넘어서서 진정한 의미에서 역사성의 지평을 열어놓았는지에 대하여 비

---

6) 일반적으로 미완으로 끝난 정신과학의 인식론적 기초 설정을 수행해야 하는『정신과학입문』의 2권에 해당하는 것은 전집 19권으로 간행된『블레슬라우 퇴고(Breslauer Ausarbeitung)』라고 간주된다. 그러나 딜타이는 다시 1907년에『정신과학입문』 2권을 곧 간행할 것이라고 발표하였으며 이 시기에 씌어진 논문들과 단편들이『정신과학에서의 역사적 세계의 구성』이라는 제목 아래 전집 7권으로 간행되었다. 그러므로 전집 19권이 딜타이의 사상사적 전개에 있어 전기의 '역사 이성 비판'이라면 이 7권은 후기의 '역사 이성 비판'이라고 불러도 좋을 것이다. 그러나 전기의 딜타이는 전통적인 형이상학에 대한 비판적 검토를 통해 보편적이고 불변적인 기초를 설정하려는 형이상학적 작업이 불가능함을 통찰해낸다. 따라서 그는 보편적이고 절대적인 인식의 근거를 찾으려는 작업을 비판하면서 의식의 사태에 대한 소위 심리학적 기술을 시도하며 이를 통해 심리학주의로 경도된다(Riedel, M. : Verstehen und Erklären, 61쪽 이하 참조). 그러나 후기에 와서 딜타이는 소위 '해석학적 전회'를 이룬다. 즉 그는 심리학적 경향에서 탈피하여 보편적인 철학 이론으로서의 정신과학의 근본학을 구상하고 이를 보편적 해석학으로 체계화시킨다. 이 후기 해석학 이론이 딜타이 철학의 핵심을 이루는 부분이라 할 수 있다. 따라서 본고에서는 주로『정신과학입문』과 후기의 입장이 드러난 전집 7권을 중심으로 보편학이며 근본학으로서의 '역사 이성 비판'의 문제를 분석하게 될 것이다.

판적으로 검토해보고자 한다.

2. 살아 있는 인간의 총체적 삶(das Leben)

딜타이는『정신과학입문』의 서문에서 정신과학의 기초 설정을 위해 요구되는 근본학(Grundwissenschaft)으로서 '역사 이성 비판'과 칸트의 이성 비판이 가지는 근본적인 차이를 다음과 같이 설명하고 있다 :

"로크, 칸트, 흄이 구성한 인식하는 주체의 혈관에는 살아 있는 피가 흐르지 않으며 단순한 사유 활동으로서의 이성의 희석된 액이 흐를 뿐이다. 그러나 인간 전체에 대한 심리학적이고 역사적인 탐구에 의해 나는 (……) 의욕하고 느끼고 표상하는 존재(dies wollend fühlend vorstellende Wesen)를 인식 및 인식 개념의 설명의 근저에 놓게 되었다. (……) 현실 인식과 그 상의 가장 중요한 구성 요소들은 (……) 모두 이러한 인간 본성 전체로부터 해명될 수 있으며 이 인간 본성 전체의 실제적인 삶의 과정은 의욕, 느낌, 표상이라는 상이한 측면을 가질 뿐이다. 굳어 있는 선천적인 인식 능력의 가정이 아니라 우리 지식의 총체성에서 출발하는 발전사만이 우리가 철학에서 제기해야 하는 질문에 답을 제공한다."7)

이 구절에서 딜타이는 근대 이후의 인식론에 대해 비판하면서 자신이 새로운 이성 비판을 구상하게 된 이유를 단적으로 보여주고 있다. 여기서 딜타이가 비판하고 있는 것은 논리적 사유 작용에 근거한 인식론이 가지는 추상성과 상호 이종적인 정신의 능력이며 활동으로서 사유와 의지, 그리고 정서를 구분하여 이성을 분화시키는 이성관이다. 칸트는 자신의 인식론에

---

7) GS I, xviii.

서 논리적인 판단 작용으로부터 순수 오성이 가지는 선천적인 능력을 이끌어내고 이 능력 위에 보편적인 학적 인식을 기초시킨다. 이러한 지성적인 인식 이론에 의하면 대상에 대한 인식이란 개념을 통한 논리적인 사유 활동을 통해 이루어지며 이러한 활동이 모든 인식의 근거를 이룬다. 딜타이는 이러한 칸트류의 인식 이론에서 논리주의(Logismus), 과학주의(Szientismus) 혹은 지성주의(Intellektualismus)의 전형을 본다. 논리주의, 과학주의란 바로 현실을 단지 개념과 규범을 통해 설명하고, 개념과 규범의 능력으로서 지성적인 인식 능력을 최고의 이성 능력으로 규정하며, 인식의 가능성을 하나의 규범적 척도로 환원하고 이를 통해 법칙 지배적인 세계관을 구축한다. 이것이 바로 자연과학적인 인식 태도(Erkenntnishaltung)다.

딜타이는 자신의 철학을 이러한 과학주의, 논리주의에 대한 반박으로부터 출발시킨다. 그는 논리와 추상이라는 지성적인 활동에 포섭되지 않는 것 — 인식 불가능한 것, 개념을 통해 진술될 수 없는 것 — 에 주목한다. 이런 점에서 그의 철학은 비합리주의 혹은 반합리주의적 경향을 띠고 있다고 이야기되기도 한다.8) 그러나 딜타이는 논리주의를 비판함으로써 합리성 대 비합리성의 이분법 속에서 칸트주의를 극복하려 한 것이 아니라 오히려 칸트주의를 포함한 더 넓은 영역, 칸트의 비판 철학

---

8) GS I, 141, 229, 272, 401, 396쪽 등에서 딜타이는 정신과학이 다루는 삶이란 논리주의를 통해 해명될 수 없는 것, 결코 인식될 수 없는 것, 가장 낯선 것, 수수께끼 같은 것이라고 이야기하고 있다. 이런 맥락에서 루카치는 그의 『이성의 파괴』라는 책에서 딜타이를 근대 비합리주의의 선구자로 일방적으로 비판한다 (G. Lukács : Die Zerstörung der Vernunft, Gesammelte Schriften, Bd. IX, Darmstadt 1962). 물론 딜타이에게 이런 비합리주의적인 측면이 없는 것은 아니지만, 그의 비합리주의는 추상성을 넘어선 삶과 체험의 직접성으로 나아가기 위한 것이며, 그는 자신의 철학적 탐구를 통해 궁극적으로는 엄밀한 의미에서 자연과학적 인식을 넘어서 있는, 혹은 자연과학적인 추상적 인식에 선행하는 삶과 체험에 대한 보편적이고 객관적인 이해를 위한 지평을 열고자 했다.

적 전략에 의해서는 다가설 수 없는 더 근원적인 영역을 우리에게 펼쳐보이려 한다. 딜타이는 논리적인 틀에 의해 파악되는 세계를 학적 인식으로부터 배제하지도 지성의 논리적이며 선천적인 틀이 인식 활동에 있어 적극적인 역할을 하고 있음을 부정하지도 않는다. 딜타이는 단지 지성적인 작용만으로는 세계가 다 설명되지 않으며, 인식이란 넓은 의미에서 볼 때 이러한 지성적인 작용에 포함되지 않는 것까지 포함하고 있다는 것이다. 즉 그는 지성적으로 파악된 세계와 이성 작용의 일면성을 지적하고 있을 뿐이며, 논리주의가 가지고 있는 이러한 일면성에서 벗어나 전체로서의 이성 능력, 전체로서의 세계의 모습을 찾고자 하였다.

딜타이는 로크나 칸트에서와 같이 지성적인 활동을 통해서 자연을 경험하는 순전히 인식 이론적인 주체를 넘어서서 전체로서의 인간(ganzer Mensch), 전체로서의 인간의 본성(ganze Menschennatur)으로 나아간다.9) 전체로서의 인간이란 단지 지성적으로 사유하는 것일 뿐만 아니라 또한 무엇인가를 의욕하고 어떤 감정을 느끼는 존재다. 우리 인간은 지성적으로 사유

---

9) 이와 동일한 맥락에서 딜타이는 자신의 저작 여기 저기에서 칸트의 비판철학의 한계를 지적하고 있다. 예를 들자면 딜타이는 "칸트를 넘어섬(Der Fortgang über kant)"이라는 글에서 자신의 철학이 어떤 점에서 칸트를 넘어서고 칸트의 한계를 극복하고 있는가를 다음과 같이 밝히고 있다 : "칸트의 비판은 인간 인식의 심층부까지 충분히 파고 들어가지 않았다. (……) 사실 그 자체는 결코 논리적으로 밝혀질 수 없으며 오직 이해될 뿐이다. 우리들에게 그 자체로 주어진 각각의 실재에는 본성상 말할 수 없는 어떤 것, 인식될 수 없는 어떤 것(etwas Unaussprechliches, Unerkennbares)이 있다"(W. Dilthey : Weltanschauungslehre, GS VIII, 1968, 174쪽). 이처럼 딜타이는 칸트가 밝히려 한 실재 및 이성 능력이란 오직 지성적이며 논리적인 것에 제한된 것으로 이를 통해서는 실재도 이성 능력도 제대로 밝혀질 수 없다고 비판한다. 딜타이는 자신의 철학적 성찰에서 논리적이고 지성적인 이성의 선험성의 배면을 탐구하며, 실재의 논리적 구조 이면에 놓여 있는 것을 찾아나간다. 이것이 이해의 능력으로서의 정신의 능력이며 역사적 삶이라는 장이다.

하고, 그리고 이와는 별도로 무엇인가를 의욕하고, 또 이와는 분리되어 어떤 감정을 가지는 분리된 세계, 분리된 능력으로서 존재하는 것이 아니라, 의욕하면서 동시에 이와 연관 속에서 지성적으로 대상을 인식하고 이러한 인식을 통해 어떤 느낌을 갖게 되는 그런 존재이기 때문이다. 이처럼 의욕하면서 느끼고 표상하는 존재(wollend fühlend vorstellendes Wesen)가 곧 인간이며 인간의 정신적인 활동 전체다.10) 딜타이가 추구한 인간이란 바로 이러한 전체로서의 인간이며 이 인간이 바로 사회-역사적 현실 속에서 살아가는 인간인 것이다. 따라서 그는 논리주의, 과학주의에 대한 비판을 통해 이성 및 현실 이해의 일면성과 추상성을 비판하면서 총체성의 회복을 역설하고, 이 상실된 총체성을 탐구하기 위해, 즉 전체로서의 인간과 인간 의식의 역사를 탐구하기 위해 '역사 이성 비판'을 요청한다.

'역사 이성 비판'을 통해 학적 기초를 얻게 될 정신과학은 바로 전체성으로서의 인간, 역사적 과정 속에서 살아 있는 인간을 그 대상으로 하고 있으며, 딜타이에게 있어 살아 있는 전체로서의 인간이 다름아닌 삶(das Leben)이라는 철학적 개념으로 이해되고 있다. 그러므로 이제 '역사 이성 비판'은 추상적인

---

10) 딜타이에 있어 정신과학을 구성하는 요소는 단지 이론적인 것만 아니라 실천적인 것도 포함하고 있다. 즉 정신과학적 진술들은 사실(Tatsache)에 대한 것, 공리(Theorem)에 관한 것, 그리고 가치 평가(Werturteil)와 규칙(Regel)에 관한 것들이 있다. 사실에 관한 것은 역사적인 구성 요소로서 현실에 대한 기술이고, 공리에 관한 것은 참과 거짓의 규준으로서 이론 구성적인 추상적 요소며, 가치 평가와 규칙에 관한 것은 정당함과 부당함을 가릴 수 있는 실천적인 구성 요소다(GS I, 26쪽 이하 참조). 따라서 이런 제 요소를 포괄하는 정신과학의 기초 설정을 위해서는 이런 제 요소들의 상호 관련성을 근거지워주며 이런 요소들이 공통적으로 뿌리내리고 있는 지반인 전체적인 삶에 대한 탐구가 이루어져야 한다. 딜타이가 정신과학의 근본학에서 추구한 것은 바로 이런 의미의 전체성이며, 이를 통해 칸트에 의해 정식화된 이론과 실천 사이의 괴리가 사라지고 정신과학의 지평 안에서 양자는 화해되고 통합된다.

인식의 근거인 선천적인 범주의 가능성과 타당성을 문제 삼지 않으며 바로 전체로서의 인간의 삶을 다루게 된다. 삶은 우리의 모든 종류의 — 이론적, 실천적 — 인식이 뿌리내리고 있는 사유의 궁극적인 지반이다 :

> "삶이 최초의 것이며 언제나 현존하는 것이고, 인식이라는 추상태들(die Abstraktionen des Ereknnens)은 두 번째의 것으로서 단지 삶에 관계하고 있다."[11]
> "사유는 삶의 배면으로 나아갈 수 없다."[12]

삶이란 모든 정신적 활동의 절대적 전제며 모든 종류의 인식의 기초를 이루는 것이다. 이런 의미에서 삶이란 바로 정신과학의 가능성의 선험적 혹은 절대적 전제를 이루게 된다.[13] 자연과학이 외적 사물의 세계, 운동하는 물질적 대상의 세계로서 자연의 영역 혹은 자연적인 과정을 그 대상으로 한다면 그 이면에 놓여 있는 가장 근원적인 것, 전체적인 것으로서의 정신적인 삶은 정신과학의 대상이다.

그러나 딜타이에 의한 정신과학과 자연과학의 구분은 원칙적으로는 서로 다른 대상 영역의 구분에 의해 이루어지지 않는다. 칸트가 자연적 인식의 영역으로 현상계를 그리고 도덕을 위하여 물자체계를 지정하고 이 두 영역의 이종성과 상이성을 확정한 것과는 달리 딜타이는 자연과학과 정신과학의 구분을 이러한 대상 영역의 이종성에서 찾지 않는다. 왜냐 하면 정신과학이 그 대상으로 하는 정신적 삶이란 물리적 세계와 질적으로 구분되는 다른 대상 영역이 아니기 때문이다. 전체로서의 인간은 자신의 육체를 통해 물리적인 자연적 세계와도 관계하

---

11) GS I, 148.
12) W. Dilthey : Die geistige Welt. Einleitung in die Philosophie des Lebens. GS V, 1964, 5쪽.
13) M, Riedel : 앞의 책, 59쪽 참고.

고 있다.14) 이런 의미에서 볼 때 자연과 정신 사이에는 현상과 물 자체와 같은 간극은 없다. 그렇다고 삶의 영역이 자연적 영역에 포섭되거나 자연적 영역과 연관되어 하나의 전체를 구성하는, 자연적인 영역과 병치될 수 있는 영역은 아니다. 정신과학의 대상이 되는 삶이란 자연에 대한 과학적 인식마저도 그것에 근거해야 하는 것, 혹은 자연적 세계가 자연과학적 인식을 넘어서서 또 다른, 더욱 본질적인 방식에 의해 파악될 때 드러나는 것이라고도 할 수 있다. 즉 자연적인 과정 속에 놓여 있는 물리적인 대상 세계를 자연과학적 인식 방식에 의해 파악할 경우 자연의 영역(Reich der Natur)이 우리에게 드러나지만 이 물리적 대상 세계를 자연과학적 이성을 넘어서서 역사 이성을 통해 파악할 경우 그것은 우리에게 정신의 영역(Reich des Lebens), 역사의 영역(Reich der Geschichte)으로 드러나게 된다. 이런 의미에서 정신과학의 대상이 되는 삶의 영역은 자연의 영역을 포괄하고 있는 영역으로, 우리가 단순한 자연적 인식 태도를 넘어설 때 비로소 펼쳐지는 영역으로 이해된다.

---

14) 딜타이는 『정신과학입문』에서 정신과학과 자연과학을 구분하고 정신과학에 자연과학과는 구분되는 자립성(Selbständigkeit)을 보장해주기 위해 우선 대상 영역을 구분한다. 이에 따르면 자연과학의 대상이 되는 영역은 외적 경험의 세계(물질적 세계)로서 물질적인 대상의 영역이며, 이에 반해 정신과학의 대상 영역은 내적 경험의 세계(정신적 세계)다. 외적 경험에 속하는 물질적인 것은 내적 경험과는 비교될 수 없는 것으로서 이러한 외적인 것을 통하여 내적 경험의 세계인 정신적인 것은 설명될 수 없다. 이런 의미에서 자연과학적 인식은 결코 정신과학의 대상에 관계하지 않는 것이라 할 수 있다. 그러나 그럼에도 불구하고 정신과학의 대상인 정신적인 것은 물질적인 것과 관계 속에 있으며 넓은 의미에서 정신과학의 대상인 인간의 정신적인 삶이란 심리/물리적 통일체라 할 수 있다. 그러므로 정신과학이 대상으로 하는 영역은 자연과학적인 대상 및 그 대상에 대한 인식의 배면에 놓여 있는 선행적인 전제를 이루는 것이며, 정신과학은 그 자체 안에 자연과학을 포함한다. 자연과학과 정신과학의 구분은 그 근본에 있어 대상 영역의 구분을 통해서가 아니라 오히려 대상에 대한 서로 상이한 인식 태도에 의해 구분된다(GS I, 6-16쪽 참조).

이제 새로운 이성 비판으로서의 '역사 이성 비판'의 임무는 바로 인식과 행위가 함께 자리잡고 있는 전체로서의 삶, 자연적 인식 태도의 일면성을 넘어선 전체적인 지성의 능력을 통해서만 다가설 수 있는 영역으로서의 삶을 파악하는 것이다. 그러나 정신과학의 대상인 전체로서의 삶이란 고정된 실체도, 불변적인 법칙에 종속하는 것일 수도 없다. 앞서 보았듯이 칸트의 선천성이란 굳어 있는 것, 죽어 있는 것이지만 딜타이가 찾은 삶의 전체성이란 바로 발전사(Entwicklungsgeschichte)를 가지는 것, 즉 자신의 고유한 역사를 지니는 것이기 때문이다. 전체로서의 인간, 의식하고 행위하고 가치 평가를 하는 인간은 변화하는 인간이며 시간적인 흐름 속에서 무한히 발전해가는 인간이다. 그러므로 전체로서의 삶은 무엇보다도 먼저 시간적인 것, 변화하는 것이며 발전하는 하나의 흐름이다.15) 이러한 삶의 흐름(Lebensverlauf) 속에 실재하는 모든 것이 놓여 있으며 이러한 삶의 흐름 속에 존재하는 현실이란 그런 의미에서 바로 역사-사회적 현실이다.16) 그러므로 삶을 파악한다는 것은 바로 역사-사회적 세계를 파악하는 것이며, 이러한 삶에 대한 탐구가 곧 '역사 이성 비판'이다.

> "삶은 오직 체험, 이해, 역사적 파악 속에서만 존재한다. 우리는 세계로부터 어떤 의미도 삶 속으로 끌고 들어오지 않는다. 우리는 의미와 의의가 인간과 삶의 역사 속에서 비로소 나타날 수 있는 가능성에 대해 열려 있다. 그러나 여기서 인간은 개별 인간(Einzelmenschen)이 아니고 역사적인 인간이다. 왜냐 하면 인간은 역사적인 존재이기 때문이다."17)

'역사 이성 비판'은 이처럼 전체로서의 인간과 인간의 역사를

---

15) GS V, 5쪽, XIX 210쪽 이하 참조.
16) GS I, 39쪽 참조.
17) GS VII, 291쪽.

파악할 수 있는 가능성을 열기 위하여 삶을 모든 철학적 반성의 출발점에 놓고 있다. 그리고 이를 통해 칸트의 비판 철학에 의해 파편화된 인간 이해를 넘어서서 전체로서의 인간과 인간의 역사를 이해할 수 있는 지평을 열고자 한다. 바로 이 지평을 통해 딜타이는 칸트의 선험철학의 닫혀진 고정된 도식으로부터 열려진 인간과 역사 이해를 위한 체계적인 인식 이론을 구성한다.

3. 역사-사회적 삶의 체험, 표현, 이해

딜타이는 '역사 이성 비판'에서 역사적 존재로서의 인간과 이 인간의 역사에 대한 객관적이며 보편적인 지식의 가능성을 인식론적으로 정초하기 위해 삶을 분석하며 이는 곧 체험(Erleben)과 표현(Ausdruck)과 이해(Verstehen)에 대한 분석으로 구체화된다:

> "이것(즉 인간성)은 인간적인 상태들이 체험되고(erlebt werden) 이 상태들이 삶의 표출로서 표현되고(zum Ausdruck gelangen) 이 표현된 것들이 이해되는(verstanden werden) 한에 있어서만 정신과학의 대상이 된다."18)

전체로서의 인간은 그것이 지각 작용이나 추상적인 인식 작용을 통해 드러날 때 물리적인 사태와 같은 것으로 이해될 수 있을 뿐이다. 전체로서의 인간을 그 자체로서 드러내는 것은 오직 체험과 표현과 이해다. 다시 말해 자연과학적 인식 태도를 넘어선 정신적인 능력들의 전체적이며 총괄적인 사용을 통해 드러나는 정신과학적 인식 태도인 체험과 표현과 이해를 통해서만 삶이 파악되고 인간과 인간의 역사를 이해할 수 있는

---

18) GS VII, 86쪽.

지평이 열리게 된다. 그러므로 정신과학의 기초 설정이란 이러한 체험과 표현과 이해에 대한 분석일 수밖에 없다.

3-1. 체험의 단칭성과 일회성

딜타이에 의하면 전체로서의 인간의 삶이란 체험되는 것이고 삶이 곧 체험 자체다. 정신과학의 대상이 되는 인간의 삶은 자연과학적인 대상처럼 우리에게 대립하여 서 있는 것이며 따라서 감각 경험을 통해 우리에게 주어지는 것일 수 없다. 자연과학에 있어서의 대상이란 촉발에 기초하여 우리에게 주어지는 것, 지각을 매개로 한 의식의 사태다. 그러나 자연적 대상의 영역과는 구분되는 정신적 삶이란 지각을 통하여 드러나는 것이 아니라 단지 체험되는 것이다. 정신적인 삶은 이처럼 체험을 통해 우리에게 주어지며, 정신적인 삶은 체험 자체다. 삶이 체험 자체라는 것은 체험에 있어서는 촉발의 통한 감각적 경험과는 달리 주객의 대립과 구분이 소멸하기 때문이다. 체험은 주객의 분리에 근거한 논증적 사유와는 구분되는 선논증적인 (vordiskursiv) 지성적 활동의 영역에 속한다. 즉 체험은 모든 논리적이고 추상적인 사유 활동에 앞서서 그 배후에 놓여 있는 가장 근원적이고 직접적인 의식의 사태다. 반성적 사유의 경우 반성의 대상과 반성 내용은 구분되며, 반성이란 주객이 구분되고 분리되어 있을 경우에만 발생하는 의식 활동이다. 그러므로 반성적 사유에서 우리는 주관적인 것과 객관적인 것을 나누어야 한다. 그러나 체험은 그러한 논증적 사유 활동에 앞서 있는 것으로 주객의 분열이 아직 드러나지 않은 상태, 주객이 통일되어 있는 의식의 사태다.19) 따라서 실재하는 것은 우리를 촉

---

19) 체험의 개념은 딜타이의 전기 사상에 있어 내면화(Innewerden)라는 의식의 가장 근원적인 사태에 대한 분석으로부터 생겨난 것이다. 여기서 딜타이는 철학적 반성이 출발해야 하는 최고의 명제로서 현상성의 명제(Satz der

발하는 외적 대상도 의식 활동과 구분되는 의식의 내용도 아니다. 우리에 대하여 실재하는 것은 단지 현재 주어진 것으로서 체험 속에서만 있다.[20] 그러므로 실재하는 것이란 체험 가능한 것이며 체험 자체다. 체험에 있어서 실재하는 것은 우리의 정신 혹은 의식과 구분되는 외적 세계가 아니라 우리가 그 속에서 살아가는 정신적인 세계 자체, 즉 삶의 체험이다. 이런 의미에서 체험이란 삶과의 직접적인 만남이며 삶의 직접적이며 무매개적 체험이다. 따라서 정신과학의 대상은 체험 속에 주어져 있으며 체험 자체가 된다. 딜타이는 바로 이 체험의 직접성에서 출발하여 삶에 대한 객관적이고 필연적인 인식의 가능성을 제시한다.

삶은 시간적으로 변화하는 것이며 이러한 변화의 총체로서 하나의 흐름(Ablauf)이며 과정(Prozeß)이다.[21] 삶이 무엇보다도 먼저 (역사를 가진다는 의미에서) 시간적인 것이며 이와 마찬가지로 삶의 체험 역시 무엇보다도 시간성에 의해 제약된 것, 시간 속에서 흘러가는 것이다.[22] 그러나 체험이 정신과학에 있어 삶에 대한 객관적이고도 필연적인 지식의 출발점이 될 수 있는 것은 시간 속에서 일어나는 그때그때마다의 사건으로서의 체험이란 삶의 흐름 속에서 하나의 통일을 이루고 있는 단

Phänomenalität)를 정립한다. 이 명제에 따르면 내면화가 철학의 기초며 가장 근원적인 의식의 사태(Tatsache des Bewußtseins)다. 모든 의식의 사태는 궁극적으로 내면화로 환원된다. 내면화에 있어서 의식의 내용과 의식의 활동은 동일한 것이다. 즉 주관과 객관이 구별되지 않고 동일성 속에 있게 되는 영역이 바로 내면화라는 의식의 사태다. 마치 칸트의 자기 의식이 모든 더 나아간 의식의 활동이 그리로 환원되어야 하는 근원적인 장이며 모든 대상이 대상으로 있을 수 있게 되는 최고의 근거인 것처럼, 주객의 통일을 담고 있는 내면화란 모든 의식과 실재하는 의식의 대상이 근원적으로 속해 있는 가장 본래적인 정신의 상태며 이것이 곧 체험이다(GS XIX, 60쪽 이하 참조).
20) GS VII, 230쪽.
21) GS VII, 73쪽 참고.
22) GS VII, 194.

위이기 때문이다. 다시 말해 체험은 삶의 흐름에서 통일적 의미를 형성하는 최소의 단위인 것이다:

　"시간의 흐름 속에서, 삶의 흐름 속에서 통일적인 내용을 가지기 때문에 하나의 체험 통일(Erlebniseinheit)를 이루는 것은 우리가 체험이라고 부르는 가장 작은 단위다."[23]

　체험은 이처럼 삶의 흐름에서 가장 작은 단위를 이루고 있는 것이며 체험이란 각 순간마다의 정신적인 삶 그 자체다. 과정이며 흘러감 자체로서의 삶에 대한 객관적인 이해는 이 흐름을 이루고 있는 각각의 심리적 사건으로서의 체험이 가지는 통일체로서의 자기 구성에서 찾아낼 수 있다. 체험 경험이란 바로 하나의 통일된 의미체로서 삶의 단위들이다. 그리고 체험이라는 가장 작은 통일된 의미 단위에 기초하여 삶이라는 일회적이고 단칭적인 것에 대한 파악이 가능해진다.

　하나의 의미단위로서 체험은 그 자체로 일회적인 것(das Einmalige)이며 단칭적인 것(das Singulare)이고 개별적인 것(das Individuelle)이다. 근원적인 의식의 사태며 심리적 사건으로서의 체험은 언제나 그때그때마다의 체험이다. 동일한 것의 반복적인 체험이란 있을 수 없다. 낙하하는 물체는 그것이 어떤 중량을 가지던 어디에서 어떤 높이에서 낙하하든 언제나 낙하의 법칙에 따르며 그런 의미에서 그것은 보편적인 낙하 법칙에 속하는 것이다. 그러므로 개개의 낙하하는 사건이란 보편적인 낙하 법칙의 반복적인 일어남에 불과하다. 그러나 각각의 체험은 언제나 서로 구분되는 하나의 독립된 단위다. 기쁨의 체험은 그것이 체험되는 때마다 상이한 것이고 체험하는 사람에 따라 각기 다른 것이다. 하나의 체험은 언제나 나의 지금의 체험으로서만 의미를 가진다. 그러므로 하나의 의미 통일체인

---

23) GS VII, 73쪽. 같은 책 194쪽 비교.

개개의 심리적 사건으로서의 체험은 그때그때마다의 체험인 바 통일된 하나의 단위로서 이루어지는 것이며 이런 점에서 언제나 일회적인 것이며 단칭적인 것이다.

그러나 어떻게 하나의 의미 통일체로서의 체험이 가능하며 이것이 정신적 삶에 대한 (객관적이고 보편적인) 학적 지식의 토대가 될 수 있는가? 체험은 그때그때마다 발생하는 하나의 심리적인 사건이다. 이 심리적인 — 즉 일회적이고 단칭적이며 상대적인 — 사건이 삶에 대한 객관적이고 보편적인 지식의 기초가 될 수 있으려면 각각의 체험이 객관적이고 보편적인 방식으로 통일될 수 있어야 하며 또한 각각의 체험 단위들 사이에 통일이 이루어져야 한다. 그렇지 않을 경우 나는 통일된 의미체로서 체험을 가질 수 없으며 또한 시간적 흐름 속에 있는 모든 체험들을 나의 체험으로 자각할 수 없을 것이기 때문이다. 예를 들자면 나의 낱낱의 지각이 각기 그 낱낱의 지각으로 남아 있을 경우 나는 하나의 통일된 의미체로서 그것들을 경험할 수 없을 것이며 더 나아가 개인적인 경험 역시 이루어질 수 없음은 명백하다. 따라서 이 낱낱의 지각의 기저에 놓여 있는 어떤 통일적인 기반이 필요하다. 이를테면 우리는 칸트에서처럼 선험적이고 보편적인 인식 주체를 전제할 수 있다. 이러한 인식 주체가 가정될 경우 낱낱의 지각은 하나의 의미 통일체인 경험의 단위로서 묶이게 되며 더 나아가 각각의 단위들은 나의 경험으로서 있을 수 있기 때문이다. 그러나 물론 칸트가 경험의 근저에 근원적인 통일점으로서 선험적인 인식 주체를 전제한 것처럼 딜타이가 체험의 근저에 다시 그보다 선행하는 선험적인 인식 주체를 가정할 수 없음은 명맥하다. 그 경우 체험보다 더 근원적인 지성적 활동, 선험적인 지평이 전제되는데, 이는 정신적 삶을 모든 다른 제반 활동에 앞서는 가장 근원적이며 총체적인 지평으로 설정한 딜타이의 근본 가정에 모순되기 때문이다.

딜타이는 이 문제를 체험이 지니는 구조적 통일을 통해 해결한다. 체험이란 다름아닌 구조적 통일체(strukturelle Einheit)다.[24] 체험이란 의식 활동(Akt)과 내용(Inhaltlichkeit) 사이의 내적 관계다. 이것은 논리적인 관계가 아니다. 활동성과 내용성 사이의 내적 관계로서의 체험이란 체험이 가지는 구조 자체다. 딜타이는 이 내적 관계의 구조를 대상적 파악(인식)과 대상적 소유(느낌), 그리고 의욕의 세 종류로 구분하여 분석한다. 이를 통해 우리의 인식적 체험의 구조, 정서적 체험의 구조, 의지적 체험의 구조가 드러난다.[25] 그리고 이러한 내적 관계들의 상호 관련 방식이 바로 체험의 총괄된 전체를 구성하며 이를 통해 구조화된 정신적 연관성의 통일(Einheit des strukturellen seelischen Zusammenhanges)이 드러난다.[26] 이 심리적 구조 연관성이 딜타이에게 있어 자아(Ich)며 주체(Subjekt)의 자리를 차지한다. 다시 말해 우리는 인식적 체험을 하고 정서적 체험을 하고 의지적 체험을 한다. 이것은 어떤 특정한 활동성과 내용성 사이의 내적 관계를 통해 이루어진다. 그리고 이러한 내적 관계로서 체험들 사이의 상호 관계 방식을 통해 구조적인 상호 연관성이 형성되며 전체로서의 하나의 정신적인 삶이 구성되는 것이다. 이에 근거하여 비로소 모든 낱낱의 체험들은 나의 체험이 되며, 단칭적인 개체로서의 나의 정신적인 삶을 구성하게 된다.[27] 즉 나의 체험 세계가 형성되는 것이다.

딜타이는 바로 체험이 가지는 정신적 삶의 구조 연관성에 의

---

24) GS Ⅶ, 21쪽.
25) VG Ⅶ, 21쪽 이하. 여기서 딜타이는 이 세 종류의 활동성과 내용성 사이의 구조를 분석함으로써 체험으로부터 모든 정신적 활동의 근거를 이끌어낸다.
26) GS Ⅶ 22쪽.
27) 인아이헨에 의하면 정신적 삶의 구조적 연관성이란 정신적 삶을 개괄하며, 모든 분절지들을 결합하는 관계를 구성하는 통일이며 이 통일이 바로 딜타이의 체험 이론에서 자아나 주체의 역할을 수행한다(H. Ineichen. 앞의 책, 214쪽). GS Ⅶ, 29쪽 이하 참조.

해 개체가 가지는 정신적 삶에 있어 공통적인 것을 확정하고[28] 이를 통해 정신적 삶에 대한 보편적인 지식의 기반을 마련한다. 체험이 가지는 내적 관계와 이들 사이의 연관성의 구조는 모든 체험하는 주체들에게 타당한 것이기 때문이다. 나의 모든 체험은 그러한 구조를 가지고 있으며 따라서 체험 일반도 그처럼 구조지워져 있다. 이처럼 딜타이는 나의 개체적 체험 구조에서 체험 일반의 구조로의 이행에 있어 보편적인 인간 본성에 의거한다.[29] 따라서 자아 혹은 주체의 통일에 상응하는 심리적인 구조 연관성의 통일로서의 체험의 구조가 체험하는 주체 일반으로 확장된다. 내가 특정한 방식으로 구조적으로 연관되고 통일된 체험의 세계를 가지는 것처럼 모든 주체들도 그와 마찬가지로 동일하게 구조적으로 통일된 체험의 세계를 가지게 된다. 따라서 모든 체험 주체는 체험 경험(Erlebniserfahrung)을 할 수 있다. 딜타이는 칸트적 선험적 주체를 구조 연관성의 통일을 통해 해체시켜버린다. 우리의 모든 의식 사태의 근저에 놓여 있는 통일은 이제 순수 자아에 근거한 선험적 주체의 통일이 아니라 체험이라는 심리적 구조 연관성의 통일인 것이다. 유일하고 단칭적인 것으로서의 체험의 과정은 모든 체험하는 정신적 구조에 타당한 조건, 구조 연관성을 가지고 있으며 따라서 보편타당한 것이다. 이처럼 체험이 가지는 정신적 구조 연관성의 이론에 의해 근원적인 정신적 삶이 가지는 단칭성과 유일성을 사상하지 않은 채 체험 경험이 가지는 보편타당성이 입증된다.[30] 그리고 바로 이점에 정신과학에 있어 객관적이고 필연적인 인식 가능성이 기초하게 된다.

---

28) GS VII, 14쪽.
29) 보편적인 인간 본성의 이론, 즉 이성의 동일성(Selbigkeit der Vernunft)의 문제는 이해 이론을 구체적으로 논의하는 장에서 다시 다루어진다(본 논문 3. 3. 참조할 것).
30) M. Riedel, 94쪽 참조.

3-2. 삶의 객관화로서의 체험 표현

딜타이는 정신과학의 대상으로서의 정신의 영역, 역사 영역의 구성과 그에 대한 보편적인 지식의 가능성을 정초하기 위해서 다시 체험 경험이 이해를 통해 보충되어야 한다고 말한다. 즉 삶은 체험되며 그리고 표현되고 이해되어야 한다. 그렇다면 체험이 다시 이해를 통해 보충되어야 하는 이유는 무엇인가? 그것은 체험이 가지는 보편적인 구조적 연관성에도 불구하고 여전히 체험은 일회적이고 단칭적인 것으로 남아 있기 때문이다. 체험이 지니는 이러한 단칭성을 극복하고 이를 역사적이며 정신적인 삶의 세계로 고양시키는 것은 바로 이해다 :

   "우리가 이처럼 체험이 가지는 다양한 성향 속에서 삶의 현실을 경험한다면 그것은 여전히 우리가 체험 속에서 인지하는 우리의 고유한 삶인 바 단칭적인 것으로 보인다. 그것은 일회적인 것의 지식에 머무르며, 체험의 경험 방식에 포함된 일회적인 것으로의 제한은 어떤 논리적 보조물을 통해서도 극복될 수 없다. 이해가 비로소 개별 체험의 한계를 제거한다(……)."[31]

이 구절에서 명확하게 드러나듯 체험은 각각의 체험 주체에게만 절대적으로 확실한 의식의 상태(Befund)다. 그러므로 체험의 보편성은 체험하는 각각의 인식 주체가 가지는 보편적 구조일 뿐이며 체험 경험은 여전히 단칭적이고 일회적인 것에 머문다. 모든 체험하는 주체들이 동일한 의식의 구조적 연관성 속에서 체험한다 하더라도 그것은 여전히 단칭적인 체험 주체에 제한되어 있다. 그러나 체험하는 주체들은 역사적 존재며 정신과학이 대상으로 하는 정신적 삶의 세계란 사회-역사적 세계다. 사회-역사적 세계란 나와 너의 상관 관계를 형성하는

---

31) GS VII, 141쪽.

객관적이고 보편적인 세계다. 이것은 내가 외적 대상이나 다른 체험 주체로서의 인격을 체험하고 이에 관계하는 것과는 다른 것이다. 다른 체험 주체에 대한 체험은 여전히 나의 일회적이고 단칭적인 체험에 머무르지만 역사-사회적 세계는 나의 세계면서 동시에 우리의 세계이기 때문이다. 여러 단칭적인 주체가 모여 연관된 공통성을 형성하며 이 공통성을 통해 진정한 의미에서 보편적이고 객관적인 사회-역사적 세계가 이루어진다. 그러므로 여전히 단칭성에 제한된 체험 경험을 통해서는 사회-역사적 세계는 단편적으로만 그리고 개별적으로만 파악될 수 있을 뿐이다. 이러한 단칭성에의 고착을 제거하고 단칭성을 넘어서 보편성으로 나아가기 위해서 딜타이는 체험을 이해 이론을 통해 보충한다.32)

사회-역사적 존재인 우리는 단지 체험하는 주체일 뿐만 아니라 타자의 체험을 보편성 속에서 이해하는 자이기도 하다. 그러나 우리가 단칭적이며 일회적인 체험을 보편적으로 이해하기 위해서는 체험이 외면화되어야 한다. 체험이 단지 체험하는 주체에 내적인 것으로 머물러 있을 때 이 체험은 결코 이해의 대상이 될 수 없다. 예를 들어 만일 누군가가 기쁨을 체험했다고 하더라도 이 기쁨의 체험이 체험하는 주체의 내면에만 머물러 있을 경우 아무도 그의 내면적인 체험을 이해할 수 없다. 체험하는 주체가 자신이 가지는 이러한 체험을 어떤 말, 몸짓 혹은 얼굴 표정 등을 통해 외면적으로 표현할 경우에만 우리는 그의 체험을 이해할 수 있다. 체험은 이러한 경로를 통해 외적으로 드러나고 체험이 가진 주관성을 넘어서서 객관적인 것이

---

32) 우리 인간은 사회를 구성하는 상호 작용에 가담한 자로서 사회를 함께 구성하는 자며 사회는 곧 우리의 세계다. 즉 개체는 사회와 역사를 구성하는 요소들이며 개체는 바로 이 사회-역사적 현실 속에서 존재한다. 이러한 사회와 개체 사이의 관계를 딜타이는 체험과 이해의 관계를 통해 규정한다(GS I, 30, 36, 37쪽 등 참조).

된다. 여기서 표현(Ausdruck)이라는 또 다른 요소가 등장한다. 체험과 표현의 관계란 외적인 것과 내적인 것의 관계로 설명될 수 있다. 개인의 내적인 삶이 체험이라면 이 내적인 삶이 재현되어 밖으로 드러난 것이 체험 표현이다. 표현이란 체험의 외화며 체험의 객관적인 표출이다:

"체험은 표현을 포함하고 있으며 표현은 체험을 생생하게 나타내주며 새로운 체험을 불러일으킨다."[33]

이처럼 표현은 체험을 재현하는 것, 체험의 외적인 드러남이다. 표현을 통해 체험의 내면적 구조가 구체화되어 객관적으로 드러난다. 표현을 통해 내적 체험은 삶의 심층부로부터 솟아나와 우리의 지식의 대상으로 외화되고 표출된다. 체험으로부터 표현이 생겨나며 체험이란 표현되는 것이다.[34] 이처럼 내적이 삶이 표현될 때 그것은 이해될 수 있다. 이때 비로소 개별적 주체의 일회적 경험에 머물던 체험이 객관적으로 이해되고 해석될 수 있는 지평이 열리기 때문이다. 그러므로 체험 표현이란 삶의 객관적 표현이며 객관화된 삶 자체다.

이해란 언제나 삶의 객관화된 묘사(die Objektivation des Lebens)로서 체험 표현에 대한 이해다.[35] 체험 표현이 이해의 대상이 될 수 있는 것은 그것들이 하나의 표현인 한에 있어서 체험을 표현하는 자와 이를 이해하는 자 사이의 어떤 공통성을 가지고 있기 때문이다. 체험이 내적인 것이라면 표현은 외적인 것이다. 그런데 개별적인 주체의 단칭적인 체험은 나와 너 사이의 동일한 측면을 가진다. 나와 너, 모든 체험 주체는 공통적인 체험의 구조 연관성을 가지고 있다. 이러한 공통적인 구조

---

33) W. Dilthey : Die geistige Welt. Einleitung in die Philosophie des Leben, 2. Hälfte. GS VI, 317쪽.
34) GS VI, 318쪽.
35) GS VII, 208 참조.

연관성은 체험 속에서는 내적인 것으로서 단지 체험 주체에게 만 직접적으로 드러난다. 그러나 이 체험이 표현될 때 이 체험 표현에 의해 이러한 공통적인 것, 동일한 것이 외적으로 드러나게 된다. 즉 체험 표현은 나와 너의 공통성을 표현하는 객관적인 의미 통일체다. 체험 표현은 이처럼 개체의 체험 속에 녹아 있는 나와 너로서의 개체들 사이의 공통적인 어떤 것(개체들의 상호 구조적 연관성)을 통해 체험을 외화시키는 것이며, 이런 의미에서 체험 표현이란 각각의 개체들의 내적인 체험의 영역을 객관적이며 보편적으로 표출하는 것이다 :

   "모든 개개의 삶의 표출들은 객관적인 정신의 영역에서 공통적인 것(ein Gemeinsames)을 나타낸다."36)

이처럼 표현을 통해 정신이 외화되어 드러나며 외화된 정신은 더 이상 단칭적 주관성에 머물러 있지 않고 하나의 객관적인 지평으로 전환된다. 즉 나의 내적 체험은 표현을 통해 객관적인 것이 된다. 표현된 체험은 더 이상 나의 단칭적인 체험에 머무는 것이 아니라 우리 모두가 공유하는 것, 우리 모두가 함께 파악할 수 있는 체험의 공통성을 표출하는 것이기 때문이다. 이러한 체험 표현을 통해서 단칭적이고 일회적인 체험은 사회-역사적 현실의 지평으로 구체화되어 드러난다. 체험 자체의 사회-역사적인 실현으로서의 이러한 체험 표현을 딜타이는 삶의 대상화이고 객관화된 묘사(Objektivation des Lebens)며, 객관 정신(objektiver Geist) 자체라고 규정한다. 이러한 객관 정신에 속하는 것으로는 언어, 윤리, 모든 종류의 삶의 형태, 삶의 방식, 가정, 시민 사회, 국가, 법, 문화 체계(종교, 예술, 철학) 등이 있다.37)

---

36) GS Ⅶ, 146쪽. 같은 책 205, 207쪽 참조.
37) GS Ⅶ, 151쪽.

딜타이의 객관적 정신에 관한 이론은 물론 헤겔로부터 영향을 입은 것이다. 헤겔에게 있어 객관화된 정신이란 절대 정신의 현현으로 이해된다. 그러나 헤겔에 있어 역사와 사회가 객관화된 정신, 즉 절대 정신의 외화로서 이해됨으로써 바로 역사-사회적 세계의 관념론적 성격이 부각될 뿐이다. 역사-사회적 현실이란 보편적이고 이성적인 절대 정신으로부터 구성된 것이기 때문이다.[38] 그러나 딜타이는 객관화된 정신을 통해 역사-사회적 세계를 관념론적으로 해석하려 하지 않는다. 딜타이에게 있어 객관적 정신이란 절대적인 이성으로 환원되는 것이 아니라, 단칭적 정신들의 구조 연관성에 기초하는 것으로서 역사-사회적인 공통성의 영역에서 살아가는 개체들 사이의 관계 구조를 의미하는 것이기 때문이다. 즉 하나의 단칭적인 정신적 삶 속에 하나의 의미 단위로서 체험들이 구조적으로 연관되어 있는 것처럼 역사-사회적 세계 속에서 살아가는 개체의 체험 속에는 바로 이러한 세계를 이루고 있는 단칭적인 정신들의 상호적인 작용 연관성(Wirkungszusammenahng)으로서의 객관성과 보편성이 놓여 있다. 그러므로 객관화된 정신으로서의 삶의 표현 속에는 이처럼 자신의 내적인 체험을 외화하는 개별적인 주체가 "그 자신 속에 얽혀 있는 공통성의 담지자(Träger)이자 표현자(Repräsentant)"[39]로서 전제되어 있다. 이처럼 공통성이 각각의 체험 표현을 통해 객관적으로 표출됨으로써 내적인 영역에 머물던 정신이 객관적으로 인식될 수 있게 된다.[40]

그러므로 객관 정신으로서의 체험 표현만이 이해의 대상이 된다. 이해는 체험 표현으로서의 삶의 표현들을 파악하는 정신적인 활동이다. 우리는 정신적 삶으로서의 체험이 객관적으로 표현될 때 비로소 이것을 이해할 수 있다. 그러므로 정신과학

---

38) GS VII, 149-150쪽 참고.
39) GS VII, 151쪽.
40) GS VII, 151쪽.

의 대상은 삶의 객관화로서의 체험 표현이다. 우리가 이해하는 것은 정신이 창조한 것, 즉 객관화된 정신뿐이기 때문이다:

"정신과학의 범위는 이해의 범위만큼이나 넓으며 이해는 삶 자체의 대상화에서 자신의 통일적인 대상을 갖는다. 따라서 정신과학에 속하는 현상들의 범위를 통해 정신과학을 규정하자면 그것은 외적 세계 속에서 드러난 삶의 객관적 묘사다. 정신은 자신이 창조한 것만을 이해한다."[41]

3-3. 이해에 있어 개별성과 보편성의 결합

삶의 객관화로서의 체험 표현은 이해를 통해 하나의 학적 인식으로 자리잡게 된다. 체험 표현에 대한 이해를 통해 체험 경험이 가진 단칭성과 일회성이 극복되고 보편적 지식의 가능성이 객관적으로 정초될 수 있기 때문이다. 이해의 과정을 통해 비로소 역사-사회적 현실이 그 보편적인 토대를 얻게 되며 역사-사회적 현실에 대한 객관적인 파악이 가능해진다. 그러므로 이해에 대한 인식론적, 논리적, 방법론적 분석은 정신과학의 기초 설정을 위한 가장 중요한 과제 중 하나다.[42]

그렇다면 이해란 무엇이며 어떠한 정신적 과정으로 이해되는가? 딜타이는 먼저 이해를 기본적 형태의 이해(elementare Form des Verstehens)와 고차적 형태의 이해(höhere Form der Verstehens)로 구분한다. 기본적 형태의 이해란 타자와 타자의 개별적인 삶의 표현을 이해하는 것이며 고차의 이해란 기본적 이해에 근거하여 여러 가지 다양한 삶의 표현들의 연관성을 이해하는 것이다. 고차적 이해는 따라서 기본적 이해에 근거하고 있다. 그러므로 이해는 언제나 개별적인 것, 단칭적인

---

41) GS VII, 148쪽.
42) GS V, 333쪽.

것의 이해에서 출발하여 단칭적인 것들의 상호 연관성에 대한 이해로 확대되고 고양된다.[43] 그러므로 이해란 근본적으로 개별적인 것, 단칭적인 것에 관계하는 작용이다. 이해의 대상은 다시 말해 타자의 일회적인 체험 표현이다. 그뿐만 아니라 이해하는 자 역시 단칭적인 것이다. 즉 나라는 단칭적인 주체가 너라는 단칭적인 타자의 일회적인 체험을 이해한다. 이처럼 이해에 있어서 그 대상 및 주체는 근본적으로 단칭적인 것, 개별적인 것이다. 그러나 이해란 ─ 고차의 형태든 기초적 형태든간에 ─ 개별적인 이해 주체가 파악한 개별적인 것에 대한 보편타당한 지식, 즉 학적 지식이다. 다시 말해 이해는 단칭적인 주체와 단칭적인 객체가 맺는 보편적인 관계 방식이라 할 수 있다.

그렇다면 우리는 어떻게 이해의 과정을 통해 단칭적인 것, 일회적인 것을 넘어서서 단칭적이고 일회적인 것에 대한 보편타당한 지식을 얻을 수 있는가? 딜타이는 단칭적인 것에 대한 보편적인 이해의 이론을 위해 무엇보다도 먼저 삶의 객관화를 바로 이러한 이해의 매개물이라고 설명하면서 삶의 객관화가 이해의 과정에서 수행하는 역할을 다음과 같이 설명한다 :

"객관화된 정신의 세계로부터 우리의 자아는 유년 시절부터 그 영양분을 섭취한다. 객관화된 정신의 세계는 다른 인격체와 그의 삶의 표현들의 이해가 완성되는 매체(das Medium)다. 왜냐 하면 정신이 객관화되는 모든 것은 나와 너에게 공통적인 것을 그 자체 안에 포함하고 있기 때문이다."[44]

이 설명에서 우리는 이해의 과정에 있어 중심적인 두 측면을 만나게 된다. 첫째로 이해하는 주체란 바로 객관화된 세계(다시 말하자면 사회-역사적 세계) 속에 살고 있으며 그 세계로부

---

43) GS VII, 212.
44) GS VII, 208쪽.

터 영향을 받고 있는 존재라는 사실이다. 이해하는 주체는 단칭적인 주체이지만 이 단칭적인 이해의 주체는 이미 객관화된 정신의 세계로부터 영향을 받고 있는 존재며 그런 한에서 바로 어떤 객관성과 공통성을 지닌 주체다. 즉 이해의 주체는 보편성과 객관성 안의 단칭적인 주체다. 둘째로 이해 주체의 경우에서와 마찬가지로 이해의 대상이 되는 삶의 표현들 역시 객관화된 정신을 담고 있는 것이며 그런 한에서 단칭적인 것을 넘어선 공통성을 지닌 것이다. 따라서 이해의 대상 역시 공통성을 담지한 단칭적인 것이다. 즉 이해하는 주체와 이해의 대상으로서의 체험 표현은 바로 객관화된 정신의 세계라는 지평 속에서 만난다. 그러므로 이해의 과정은 역사-사회적 문맥을 배제한, 이러한 현실로부터 독립된 어떤 논리적인 진공 상태에서 이루어지는 것이 아니라 바로 이러한 역사-사회적 현실 속에서 이루어진다. 이해하는 주체와 이해의 대상으로서의 단칭적인 인격체와 그의 낱낱의 체험 표현이 만나는 매개물로서 객관화된 정신은 ─ 우리가 앞 절에서 살펴보았듯이 ─ 바로 나(이해 주체)와 너(이해의 대상으로서의 타자) 사이의 공통성을 가지고 있다. 그리고 이러한 객관화된 정신 세계가 포함하고 있는 나와 너, 즉 단칭적인 개체들 사이의 공통성(Gemeinsamkeit)에 의거해서 다른 인격체에 대한 이해가 가능해지는 것이다. 이런 의미에서 딜타이는 객관화된 세계란 이해의 과정이 수행되는 매체(Medium)라고 표현하고 있다.

따라서 객관화된 세계의 공통성에 의거한 이해란 다음과 같이 설명될 수 있다. 나는 나 아닌 타자를 이해할 수 있다. 내가 너를 이해할 수 있는 것은 "이해는 너 속에서 나를 다시 발견하는 것"45)이기 때문이다. 내가 이처럼 다른 인격체를 이해하는 것은 그와 내가 가지고 있는 공통성, 동일성에 근거해서다. 너와 나 사이의 공통성이 없다면 나는 너를 이해할 수 없다. 개체들은 어

---

45) GS VII, 191쪽.

떤 공통성을 가지고 체험한다. 타자가 나와 함께 지니는 이러한 공통성을 발견하고 이를 확정하는 것이 이해의 과정이다. 타자가 나에 의해 이해될 때 그것은 더 이상 단칭적인 것, 특수한 것이 아니라 어떤 공통성을 지닌 것으로 드러난다. 이처럼 이해란 개별적인 삶과 그 표현을 이러한 공통성으로 편입(Einordnung der einzelnen Lebensäußerung in ein Gemeinsames)하는 과정이다.[46) 이해를 통해 단칭적인 것이 공통적인 것과 결합된다. 단칭적인 것의 이해는 단칭적인 것 속에 놓여 있는 보편적인 것을 매개로 할 때 비로소 가능한 정신적인 작용이다.[47)

이처럼 개별적인 삶의 표현 및 인격체의 개성 등에 대한 이해는 객관화된 정신의 세계 속에 놓여 있는 개체들 사이의 공통성을 기반으로 해서 이루어진다. 나의 체험의 구조 연관성이 곧 체험 일반의 구조 연관성으로 주장될 수 있는 것이 인간 본성의 동일성을 통해서이듯, 이해에 있어서의 개별적인 것이 공통성으로 편입되어 보편적인 것으로 고양될 수 있는 것은 바로 그 배면에 놓여 있는 보편적인 인간 본성(allgemeine Menschennatur)에 의해서다 :

"상호적인 이해는 우리에게 개체들 사이에 있는 공통성을 확신시켜준다. 개체들은 공통성을 통해 상호 결합되어 있다. (……) 이 공통성(Gemeinsamkeit)은 이성의 동일성과 정서적 삶에 있어서의 공감, 당의의 의식이 동반하는 의무와 권리에 대한 상호 구속 속에서 드러난다. 삶의 통일체들의 공통성은 정신과학에 있어 보편적인 것과 특수적인 것 사이의 관계를 위한 출발점이다."[48)

단칭성을 넘어선 개별적 삶의 보편적인 이해는 바로 개체들을 상호 결합해주고 상호 연관시켜주는 개체들의 공통성, 이성

---

46) GS VII, 209쪽.
47) GS VII, 152쪽.
48) GS VII, 141쪽, 같은 책 191쪽 비교.

과 감정과 의지의 동일성(Selbigkeit)에 의거해서다. 딜타이의 체험, 표현, 이해의 근저에는 이처럼 보편적인 인간 본성에 대한 이론이 깔려 있다. 이러한 이론에 따라 볼 때 체험이란 모든 낱낱의 인격체에게서 발생하는 특수하고 개별적인 사건이지만, 그러나 보편적인 인간 본성으로부터의 공통성을 담고 있는 것이며 이런 한에서 낱낱의 체험 표현은 인간 본성의 동일성이 객관적으로 표출되는 통로라 할 수 있다. 삶의 통일체로서의 단칭적인 인간이 지닌 이러한 공통성을 파악하는 능력이 바로 이해며, 이 공통성을 기반으로 하여 비로소 개별적인 삶의 표현들에 대한 보편적이고 객관적인 파악이 이루어진다.[49] 이해를 통하여 개별 체험의 단칭성이 극복되고 보편적인 지평으로 고양된다. 이처럼 딜타이가 추구한 정신과학에서의 단칭적인 것에 대한 보편적인 인식이란 바로 이해를 통해서 완성되는 것이며 이런 의미에서 이해의 이론이 정신과학의 기초 설정의 중심을 형성하고 있다.

그러나 기본적인 이해에 있어서는 단지 개별자에 의한 개별적인 것들의 보편적인 파악의 구조만이 해명된다. 즉 기본적인 이해를 통해서는 하나의 몸짓, 한 구절의 말, 하나의 시가 어떻게 보편적이며 객관적으로 이해될 수 있는가가 해명된다. 그러나 정신과학이 지향하는 것은 개체들의 특수한 체험들이 아니라 이를 넘어서서 전체로서의 인격체가 지닌 개성의 이해이고, 이러한 개개의 인격체들에 대한 이해를 넘어서서 개체들에 의해 구성된 사회와 역사의 이해를 목표로 한다. 개별적인 것들의 상호 연관성으로서의 인격체와 사회, 역사를 이해하는 것이 고차의 형태의 이해[50]며 이러한 이해의 과정이 진정한 의미에

---

49) 이해의 다른 형태들로서 전위(Hinversetzen) 추체험(Nacherleben), 재현(Nachbilden)이 가능한 것도 바로 이러한 공통성 때문이다. 나와 너 사이에 아무런 공통적인 기반이 없다면 나는 결코 너의 상태 속에 나를 전위시킬 수 없음은 자명하기 때문이다. GS Ⅶ, 213쪽 이하 참조.
50) 딜타이에 따르면 기본적인 이해는 실천적인 삶의 관심(praktisches

서 정신과학적인 인식으로서의 역사-사회적 이해라고 할 수 있다. 고차의 이해란 기본적인 이해를 토대로 하여 기본적인 이해에서 출발하지만 한 인격체의 일회적이고 개별적인 삶의 표현들에 대한 이해를 넘어서서 이 표현들을 전체로서의 한 인격체의 삶으로 이해하는 과정이며 따라서 낱낱의 삶의 표현이 전체적인 삶 속에서 가지는 연관성을 추론해내는 과정이다. 이 과정을 딜타이는 귀납의 과정으로 표현한다. 고차의 이해의 형태는 "주어진 표현들로부터 출발하여 귀납 추리를 통해 전체의 연관성을 파악하는 과정"이며 혹은 "한 작품이나 한 인격체에 함께 주어져 있는 것들을 귀납적으로 총괄함으로써 한 작품이나 한 인격체 안의 연관성 추론하는 과정"[51]이다.

고차의 이해는 이처럼 개별적인 삶의 표현들이 전체 속에서 가지는 연관성을 파악하는 것이며 그런 한에서 보편성과 전체성의 파악을 그 목표로 한다. 그러나 이해의 과정을 통해 파악되는 전체성은 단칭성과 일회성이 사상된 추상적 보편자가 아니다. 고차의 이해를 통해 드러난 전체성이란 언제나 단칭적 전체(ein individuelles Ganze)다.[52] 정신적인 세계에 있어서 한 작품, 한 인격체, 한 사회는 다른 작품, 다른 인격체, 다른 사회와의 공통성을 가지고 있지만 동시에 결코 타자로 환원하거나 타자와 비교할 수 없는 자기의 고유한 가치(Selbtwert)[53]를 가지고 있기 때문이다. 그러므로 이해에 의해 파악된 전체로서의 인간은 타자와의 공통점을 지니는 것이며 이 공통성에 의해 우리는 타자를 이해하지만 우리에게 이해된 타자는 그렇다고 해서 나와의 공통

Interesse des Lebens)으로부터 생겨나는 것으로 실천적인 해석(pragmatische Auslegung)의 차원에 해당하며, 이에 반해 고차의 이해란 역사적인 해석 (historische Auslegung)의 차원에 놓여 있는 것이라고 설명한다. GS VII, 210쪽 비교.
51) GS VII, 212쪽.
52) GS VII, 212쪽.
53) 위와 같음.

성을 가진 보편적인 것의 모습으로만 드러나지 않는다. 개체는 그것이 가진 절대적인 자기 가치와 함께 파악되는 것이며 그런 한에서 개별적 보편성(individuelle Allgemeinheit)으로서 파악되는 것이다.

이해가 가지는 이러한 특성은 다음의 구절에서 가장 적확하게 기술되고 있다 :

> "그러나 우리는 개체들을 그들이 가지는 상호 유사성, 개체들에 놓여 있는 공통성에 의하여 이해한다. 이 과정은 근본적으로 정신적인 존재의 다양성 속에 펼쳐 있는 개체화와 보편적으로 인간적인 것과의 연관성을 전제한다."54)

이해의 과정 속에서 형성되는 보편적인 것과 특수적인 것 사이의 결합55)은 언제나 개체들의 공통성을 전제로 하고 있다. 이해란 이처럼 보편적인 것을 통한 이해이고 그런 한에서 보편적인 인식 방식이다. 그러나 이해는 단지 공통성에 의거해서 보편적인 것을 파악하는 것이 아니며 그런 것일 수도 없다. 왜냐 하면 이 경우 단칭적인 것의 고유성, 정신적인 세계 안의 추상적 보편으로 흡수되지 않는 특수성이 사라져버리기 때문이다. 그러므로 이해는 보편적인 것과 보편적인 것으로 흡수될 수 없는 개체성이라는 양극을 결합하고 연관시키는 과정이다. 각각의 체험 표현에는 나와 너 사이의 보편적인 것이 포함되어 있지만 이 보편적인 것은 단칭적인 체험 주체의 특수성을 통해서 드러난 보편적인 것이다. 그러므로 단칭적인 것의 보편성을 통한 이해의 과정에 있어서도 단칭적인 것이 지니는 정신적 세계 안의 유일자의 요소를 여전히 유지하고 있다. 이해는 보편성을 지닌 유일성, 단칭성 속에 놓여 있는 보편성을 확인하고

---

54) GS VII, 213쪽.
55) GS V, 257 이하 참조.

파악하는 과정이다. 이러한 이해의 과정에 의거하여 비로소 정신과학은 단칭적인 것에 대한 학적인 (즉 보편적인) 지식으로서, 자연과학적 인식과는 전적으로 다른 인간과 사회와 역사에 대한 학문일 수 있게 된다.56)

> "따라서 체험과 표현과 이해의 연관성은 고유한 작용 방식으로, 이를 통해 정신과학의 대상으로서의 인간성이 우리에게 실재하게 된다. 정신과학은 이처럼 삶과 표현과 이해의 연관성 속에 뿌리내리고 있다."57)

딜타이는 체험과 표현과 이해의 상관 구조를 밝힘으로써 단칭적이고 개별적인 정신적 삶을 보편적으로 파악할 수 있는 논리를 완성시킨다. 삶은 체험되고 표현되고 이해된다. 이러한 체험과 표현과 이해의 작용 연관 속에서 정신과학의 대상인 정신적인 삶의 세계가 형성된다. 정신적인 삶의 세계란 공통성을 가지고 있는 세계면서도, 동시에 공통성으로 환원되지 않는 수많은 다양성, 유일성으로서의 단칭적인 것을 포함하고 있는 세계다. 그리고 이러한 정신적 세계의 개별적 보편성은 바로 체험과 표현과 이해 속에서 형성되고 학적으로 파악된다. 딜타이의 삶의 체험, 표현, 이해의 논리란 정신적 삶의 단칭성을 잃지 않으면서도 정신적인 삶의 보편적인 형성과 그에 대한 보편적 이해의 가능성을 정초하는 '역사 이성 비판'의 중심 이론이다.

---

56) 이 점에서 딜타이가 빈델반트나 리케르트의 자연과학과 정신(이들에게 있어서는 역사)과학 사이의 구분 방식에 반대하는 이유가 확연히 드러난다. 이들의 구분에 따르면 자연과학이란 개별적인 것에서 출발하여 보편적인 것을 추구하는 학문이지만, 역사과학은 이에 반해 개별적이고 특수한 것을 파악하는 개성적인 인식이다. 그러나 딜타이는 특수화하는 학문과 보편화하는 학문의 구분에 반대한다. 왜냐 하면 그에 의하면 정신과학이란 단지 개성적인 것, 특수한 것의 인식에 머물러 있는 것이 아니라 특수자와 보편자를 결합하고 연결시키는 학적 인식에 의해 구성되는 것이기 때문이다.
57) GS Ⅶ, 87쪽.

4. 작용 연관성으로서의 열려진 역사의 지평
— 역사 이성의 개방성과 자율성

이상에서 삶의 체험과 표현과 이해의 구조에 대한 분석을 통해 우리는 어떻게 정신적인 삶이 구성되고 이해되는가를 살펴보았다. 체험과 표현과 이해는 정신적 삶을 구성하고 파악하는 역사 이성의 능력이며 그 작용 방식이다. 사회-역사적 세계란 바로 이러한 체험과 표현과 이해의 작용을 통해 특수한 것과 보편적인 것이 상호 연관되어 있는 구조적 통일체로서 형성된다. 그러나 역사적 세계와 역사 이성의 본성은 아직은 완벽하게 해명되지 않은 채로 남아 있다. 왜냐 하면 체험과 표현과 이해를 통해 드러나는 역사적 삶의 세계 및 역사 이성이란 변화하는 것, 발전하는 것, 자신의 역사를 가지는 것이기 때문이다. 딜타이는 칸트의 순수 이성과의 대립 속에서 '역사 이성 비판'을 기획하면서 칸트의 이성이란 선천성이라는 죽어 있는 화석화된 선험적 조건들의 체계라고 비판하였다. 그가 추구한 것은 변화하고 발전하는 그 자체의 역사를 가지는 이성의 이해다. 정신적 삶의 세계로서 역사적 세계란 바로 그 본질에 있어서 시간에 의해 제약된 것, 역사적인 것이기 때문이다. 딜타이는 삶의 체험과 표현과 이해의 구조를 통해 다시 이러한 이성의, 정신적 삶의 역사성을 해명한다.

역사 이성의 역사성과 유한성은 정신적 삶의 세계, 역사의 영역을 구성하는 체험, 표현 이해의 관계가 단선적인 것, 닫혀져 있는 것이 아니라 상호 의존적인 것이고 따라서 끊임없이 전개되어 나가는 것이라는 점을 통해 드러난다. 즉 체험이 발생하면 표현되고 그리고 이 표현이 이해되는 하나의 단선적인 방향에서 정신적 삶의 세계가 구성되고 이해되는 것이 아니다. 체험과 표현과 이해의 상호 관계에 있어서 절대적인 기점을 형성하는 것은 없다. 오히려 딜타이에 따르면 "상호 제약적인 관계가 체험과 이해의 근본 관계로 드러난다."58) 이해는 체험을 전제하고 있다. 이해를 위해서는 우선 체험이 주어져야 한다. 그러나 체험은 다시 이해에 의해 변형된다. 정신적인 삶의 세계를 보편적으로 이해함으로써 나의 개인적인 체험이 개선되고 확장된다. 이해는 체험에 작용하고 체험은 이해에 작용한다. 이해를 통해 체험은 변화하고 확장된다. 따라서 새로운 삶의 표현이 나타나게 된다. 객관화된 정신으로서의 체험 표현은 공통성을 표현해주나 이 공통성을 점점 더 확대되고 개선된다. 즉체험과 표현과 이해는 상호적인 작용 연관성 속에서 전개되고계속적으로 발전된다. 이것이 상호 제약적인 "정신적 삶의 체험과 이해와 표현의 순환(Zirkulation von Erleben, Verstehen und Repräsentation der geistigen Welt)"59)이다.

이러한 소위 해석학적 순환은 체험과 이해의 근본 관계뿐만아니라 정신과학적 탐구의 모든 면에서 열려 있다. 체험과 이해의 상호 제약성은 다시 보편적인 것과 단칭적인 것(즉 전체와 부분)의 관계에서도 마찬가지로 작용한다. 단칭적인 것에대한 지식은 보편적인 것에 대한 지식을 토대로 할 때 완성되며 보편적인 것에 대한 지식은 또한 개별적인 것에 대한 생생한 이해에 의존해 있다. 또한 보편적인 것에 대한 지식은 개별적인 것에 대한 체험의 확대를 통해 확장되고 발전된다. 체험과 이해의 상호적인 작용 연관성(Wirkungszusammenhang)은이처럼 언제나 새로운 지식, 더 확장된 지식을 가능하게 해주며 이를 통해 정신적 삶의 세계는 확대된다. 다시 말해 역사 이성은 발전되고 전개되는 것이다 :

   "게다가 정신적 세계의 파악에 있어서 체험과 이해의 상호 작용, 보편적인 지식과 단칭적인 지식의 상호 의존성(die gegenseitige

---

58) GS VII, 145쪽.
59) 위와 같음.

Abhängigkeit) 그리고 정신과학의 진보에 있어 정신적 세계의 흐름의 각 순간에 있어서의 정신적 세계의 점진적인 계몽(die all-mähliche Aufklärung)이 드러난다."[60]

"이러한 진보에 있어서 확장을 통해 항상 새로운 진리들이 일회적인 것의 세계에 침투해 들어온다. 역사적 지평이 확장됨에 의해 동시에 더욱 더 보편적이고 풍성한 개념이 형성될 수 있다."[61]

체험과 표현이 가지는 순환 구조 속에서 전체와 부분, 단칭적인 것과 보편적인 것이 상호 영향을 미치게 됨으로써 개체도 전체도 끊임없이 변화하고 확대되고 발전해간다. 정신의 영역은 끊임없이 진행하는 발전사를 가지는 역사의 영역이다. 이것이 바로 딜타이가 그려보인 정신적 삶의 역사의 모습이다. 그리고 딜타이가 구성한 역사 이성의 체계로서 체험과 표현과 이해의 상호 연관적인 구조는 이 점에서 인간의 역사성, 사회성, 인간의 무한한 변화 가능성의 조건이며 원리다.

물론 상호적인 작용 연관성을 통해 드러나는 이러한 정신적 세계의 역사는 근본적으로는 목적론적 성격을 가진다. 즉 딜타이에 따르면 정신적 세계의 작용 연관성은 내재적이며 목적론적 특성(der immanente-theleologische Charakter)을 가진다 :

"이 작용 연관성(Dieser Wirkungszusammenhang)은 정신적 삶의 구조에 따라 가치를 창출하고 목적을 실현하는 것이라는 의미에서 자연의 인과적 연관성(Kausalzusammenhang)과는 구분된다. 게다가 이것은 우연히 그리고 여기저기서 일어나는 것이 아니라 바로 이해에 의거하여 자신의 작용 연관성 속에서 가치를 창출하고 목적을 실현하려는 정신의 구조(die Struktur des Geistes)다. 나는 이것을 정신적 작용 연관성의 내재적이며 목적론적 특성이라고 부른다."[62]

---

60) GS VII, 152쪽.
61) GS VII, 145쪽.

역사를 구성하는 정신적 삶의 작용 연관성이란 바로 목적론적인 작용 연관성이며 정신적 삶의 역사란 어떤 목적과 가치를 찾고 그것을 추구하는 과정이다. 우리의 정신은 본성상 목적을 추구하고 가치를 실현하도록 구조지워져 있다. 이 점에서 딜타이의 역사 이해는 칸트의 역사 이해와 근본적인 면에서 일치한다. 칸트는 인과적 연관성에 의해 지배되는 자연의 영역과는 구분되는 역사와 사회의 영역을 이야기하면서 이 역사의 영역이란 목적에 따른 진행 과정을 가지는 것으로 보았다. 따라서 칸트에 의하면 역사란 하나의 통일적인 목적 연관성을 지닌 것, 합목적인 과정이며 진행으로 파악될 수 있다. 이처럼 역사를 목적을 추구하고 이를 구현하려는 과정이며 목적 연관적인 통일성을 지닌다고 본 점에서 칸트와 딜타이는 일치한다. 그러나 딜타이는 칸트에 있어서의 역사의 목적이란 굳어 있는 선험성의 영역을 통해 드러나는 것이며 그런 한에서 역사의 과정 자체로부터 분리된 것이라고 비판한다. 칸트에 따르면 역사의 영역이 합목적적인 것은 우리의 이성에 선천적으로 놓여 있는 이성의 절대적인 이념이 있기 때문이다. 목적론적 과정으로 역사가 형성되는 것은 "절대적인 이성 자체의 본성에서 그 근거를 가지는 절대적인 척도, 즉 가치와 규범으로서 무제약적인 척도가 상정"[63]되기 때문이다. 그러나 이성 자체 안에 절대적인 규준을 설정하려는 이러한 작업은 바로 역사라는 주어진 현실로부터 그것의 절대적인 조건인 선험적 조건을 찾아나가는 선험 철학적인 관점을 역사 영역으로 확장한 것에 불과하다. 칸트는 이처럼 이성에 내재한 궁극 목적을 향한 끊임없는 진행으로 역사를 파악함에 의해 역사를 이성의 자기 목적에 따른 자기 전개, 자기 발전으로 파악하고 있으나, 이때의 역사란 결국 하나의 절대적인 근거로 수렴하게 되며 이성의 목적에 따른 자기

---

62) GS Ⅶ, 153쪽.
63) GS Ⅶ, 108쪽.

전개의 과정은 그 근저에 무제약적이고 절대적인 것을 전제하게 된다. 칸트에 있어 합목적적인 역사의 진행이란 그 진행 과정에 내재되어 있지 않은, 역사적 진행 과정을 초월해 있는 절대 목표인 궁극 목적에 종속하는 것이기 때문이다.

이에 반해 딜타이에 따르면 역사의 목적론적 진행 과정은 정신의 진행 과정 자체에 내재적인 목적론적 특성에 의거하는 것이다. 우리의 정신적 삶은 끊임없이 가치와 목적을 창출하도록 구조지워져 있다. 우리의 정신은 목적을 설정하고 이를 실현하려고 한다. 그러나 이때 목적과 가치란 이러한 정신의 활동 속에만 있는 것이며 따라서 우리의 정신적 삶이 변화하듯 변화하는 것이다. 가치와 목적은 역사의 단계 단계마다, 이해의 각 단계마다 내재적으로 형성되는 것이며 각 단계마다, 각 시대마다 상이한 가치와 목적이 창출된다. 딜타이는 작용 연관성을 통해 역사의 지평을 개방하듯 역사의 진행을 지배하는 가치와 목적 역시 다양성으로 개방시킨다. 우리의 정신이 구성한 가치는 역사적인 흐름 자체에 내재적인 것이지 칸트의 그것처럼 역사를 초월해 있는 이념이 아니다.

바로 이 점에서 딜타이가 구상한 역사 이성의 유한성과 자율성이 그 구체적인 모습을 띠고 드러난다. 역사 이성이란 어떠한 고정된 절대적인 근거를 가지지 않는다. 역사 이성이란 역사적인 삶의 과정 속에서 드러난 각각의 정신적인 세계의 현상들을 하나의 절대적인 근거점 혹은 궁극 목적으로부터 엮어내고 해석하는 그런 활동이 아니다. 물론 역사 이성은 정신적인 삶의 세계를 이해할 때마다 하나의 통일적인 목적에 관계하며 이에 의거하고 있다.64) 이 통일적인 목적 속에서 전체와 개체는 조화되어 개별적 전체로서 파악된다. 그러나 역사 이성이 파악하고 구성하는 통일적인 목적 자체는 항상 변화한다. 즉 정신적 삶의 제 흐름을 통일하는 목적 자체도 역사적 과정 속

---

64) GS Ⅶ, 145쪽.

에 있는 것이다. 그러므로 이 통일적인 것을 형성하는 역사 이성 역시 끊임없이 자신을 변화시키면서 흘러가는 것이다. 역사적 세계에 있어 고정되어 있는 것은 아무것도 없다. 정신이 추구하는 의미와 가치 그리고 목적이란 언제나 상대적인 것이다.65) 이를 통해 딜타이는 역사 이성의 절대적인 의미에서의 상대성(Relativität)과 유한성(Endlichkeit)을 정초시킨다.

역사 이성의 이러한 유한성과 상대성으로부터 바로 역사 이성이 가지는 절대적 주권으로서의 역사 이성의 자율성이 드러난다 :

"모든 역사적 현상, 각각의 인간적 혹은 사회적 상태들의 유한성과 모든 종류의 믿음의 상대성에 대한 역사적 의식은 인간 해방을 향한 마지막 걸음이다. 이 역사적 의식에 의해서 인간은 각 체험마다 내용을 획득하며 마치 인간을 구속할 수 있는 어떤 철학적 체계나 신앙 체계도 없는 것처럼 무엇에도 얽매이지 않고 체험에 몰두할 수 있는 주권(Souveranität)에 도달한다."66)

우리의 역사 의식은 그 어떤 고정된 불변의 근거도 가지지 않는다. 어떤 철학적 체계도 어떤 신앙도 인간을 구속하지 못한다. 인간은 모든 종류의 독단적인 조건으로부터 해방되어 있다. 여기서 해방이란 우선적으로 인간의 사회적-정치적 자기

---

65) 역사란 이런 의미에서 궁극적으로는 다양한 세계관들의 연속이다. 그리고 우리는 이러한 다양한 세계관의 흐름에서 한 세계관이 다른 세계관보다 우월하다는 것을 입증할 수 있는 어떤 확고한 판단 기준을 갖고 있지 않다 (GS I, 123쪽 이하, V 339쪽 이하 그리고 VIII을 참조 할 것). 다시 말해 우리는 상대적인 체계들의 근저에 이것들을 평가할 수 있는 또 다른, 더 근원적인 어떤 절대적인 기준도 가지고 있지 않다. 딜타이는 역사 의식이 가지는 이러한 상대성을 더 이상 그 배후를 가지지 않은 것으로 보고 이러한 상대성에 대한 어떤 종류의 형이상학적 근거도 부정함으로써 역사의 상대성 자체를 자신의 철학적 성찰의 절대적 전제로 삼는다.
66) GS VII, 290쪽.

실현이 아니라 오히려 편견 없는 체험의 가능성을 의미한다. 즉 역사 의식은 끊임없이 역사-사회적 현실 속에 드러난 공통적인 것, 보편적인 것에 의거하여 자신을 체험하고 이해시켜나가지만 이러한 공통성의 기반으로서 이미 성립된 역사-사회적 현실이란 역사 이성의 자기 체험이나 자기 전개에 있어 결코 절대적인 기점이나 무제약적 근거가 되지 못한다. 그것들도 역사 이성과 함께 변화한다. 그러므로 역사 의식의 자기 체험은 어떠한 편견도, 어떠한 구속도 없이 자유롭게 전개된다. 이처럼 편견 없는, 타율적인 구속이 없는 자기 체험과 자기 이해의 전개 속에서 우리의 역사 의식은 자율(Autonomie)을 획득한다. 역사 이성은 언제나 개방된 채로 스스로를 전개시켜나가고 스스로를 변화시켜나가는 자율적인 이성이다. 이를 통해 딜타이는 '역사 이성 비판'의 이념을 완성한다. 딜타이는 정신과학의 근거 설정을 위해 역사 이성이 가지는 단칭적인 것에 대한 보편적인 지식의 가능성을 정초하면서도, 특수적인 것과 보편적인 것의 상호 작용을 통한 역사 이성의 끊임없는 개방적인 전개를 이야기하고, 이러한 전개에 있어서의 단칭적 주체로서의 개체에 고유한 자유와 자발성을 확립한다. 인간이란 이성의 자율적인 자기 전개와 자기 계몽의 역사 속에서 존재하는 자다.

5. 맺음말

지금까지 우리는 딜타이가 어떻게 자연과학적인 추상적 인식과 사유 방식에 의해 화석화되지 않은 인간과 인간에 대한 열려진 이해의 지평을 열어주었는가에 대해 살펴보았다. 끝으로 우리는 간략하게나마 딜타이의 역사성에 대한 철학적 분석에서 남는 문제들을 검토해보려 한다.

첫째로 우리는 딜타이가 도달한 상대성과 개방성을 지닌 역사 이성이 과연 체험과 표현과 이해의 작용 연관성을 통해 온전한 의미에서 해명되고 체계적으로 설명되고 있는지의 문제를 비판적인 시각에서 다시 반성해볼 수 있다. 딜타이는 끊임없는 흐름과 진행 과정으로서의 역사를 이야기하면서도 이러한 역사의 흐름 밑에 불변적인 구조적 체계를 세운 것처럼 보이기 때문이다. 딜타이에 따르면 정신적 삶은 상호 연관적인 구조를 가진 것이며 이 상호 연관적 구조에 의해 정신적 삶이 구성되고 변형된다. 따라서 정신적 삶의 세계와 그 역사도 역시 이러한 구조 연관성 속에서 파악될 수 있으며 더 나아가 역사적인 정신적 삶이란 이러한 구조 연관성 자체라 말할 수 있다. 그러나 구조의 범주란 비시간적이고 비역사적인 것일 뿐이다. 작용 연관성으로서의 정신적 삶의 구조 자체는 보편성을 띤 불변적인 선험적 도식이다. 그러므로 딜타이가 파악한 구조지워진 작용 연관성으로서의 역사의 상대성과 개방성이란 비역사적으로 구조지워진 연관성들의 도식화된 흐름이 되어버린다.[67]

물론 정신의 구조 연관성에 대한 분석을 역사 이성에 대한 소위 공시태적 이해 방식으로 볼 수도 있다. 딜타이는 자신의 역사 이성 탐구에 있어서 언제나 구분되는 두 가지 관점을 연결시키려고 하였다. 즉 그는 『정신과학입문』에서 그는 체계화의 작업(systematisches Verfahren)과 역사적 탐구(historische Forschung)를 결합하려 한다.[68] 이러한 과제는 바로 공시태적 탐구로서의 전기의 내면화라는 의식의 사태에 대한 심리학적인 분석이나 후기의 구조적인 작용 연관성의 분석과 통시태적 탐구로서 전기의 형이상학적 체계들에 대한 역사적 서술, 후기의 철학적 세계관의 유형 분석이 결합됨으로써 완성된다고 볼 수도 있다.[69] 그러나 이러한 입장을 받아들인다 하더라도 결국

---

67) H. Ineichen, 223쪽 이하 비교.
68) GS I, xv.
69) H.-U. Lessing, 138쪽 이하, 214쪽 이하 비교.

딜타이의 이론은 통시태적인 정신의 자기 전개의 가능 근거로
서 정신의 불변적인 공시태적 구조를 설정하고 있으며 이론의
증명력을 담지하고 있는 것은 본질적으로는 이 불변의 공시태
적 구조다. 따라서 통시태적인 역사의 흐름의 기저에는 굳어
있고 죽어 있는 구조 연관성이 전제되어 있다는 비판은 여전히
딜타이에게 통용될 수 있다.

　둘째로 딜타이에 따르면 역사에 있어서 인간이 가지는 자유
란 역사 이성의 상대성과 유한성에 맞물려 있는 역사 이성의
자율에 의거하여 있다. 인간은 역사 속에서 자유로운 존재며
인간의 역사는 자유로운 것이다. 인간과 인간의 역사는 역사에
초월적인 절대적인 것의 지배로부터 해방된 영역이다. 그러나
딜타이가 아무리 역사 이성과 역사 진행의 자율을 강조한다 하
더라도 딜타이가 말한 인간의 자율, 역사 이성의 자율은 소극
적인 의미에서의 자유일 뿐이다. 딜타이는 인간의 자율, 역사
이성의 자율을 절대적인 근거의 부재, 인간을 구속할 수 있는
절대적 기반의 배제를 통해 부정적이고 소극적인 방식으로 설
명한다. 이러한 딜타이의 이론에 따르면 우리 개개의 인간은
자기 외재적인 절대적 근거(어떤 절대적인 가치나 궁극 목적)
을 가지지 않는 것이라는 의미에서 자유롭긴 하다. 그러나 아
무리 우리 개개의 인간이 역사적 세계의 보편적이며 공통적인
것으로 절대 환원될 수 없는 유일성으로서의 자기 가치를 가진
다 하더라도, 역사적 세계의 단계 단계마다의 보편성이 비록
상대적인 것이라 하더라도, 우리는 여전히 이러한 보편성에 의
해 영향받고 있으며 우리 인간이 이러한 상대적 보편성에 철저
하게 종속되지 않을 수 있는 어떤 충분한 자기 근거도 가지지
않는다. 우리에게 절대적인 의미에서의 외적 지배가 배제된다
고 해서 상대적인 의미에서의 외적 지배로부터의 자유가 그로
부터 필연적으로 이끌어져 나오지 않는다. 게다가 자율이란 본
래적으로 외적 지배의 부재, 외적 지배로부터의 해방이 아니라

적극적인 의미에서의 자기 법칙성, 자기 지배를 의미한다. 칸트가 말하는 역사에 있어서의 이성의 자유로운 자기 전개란 바로 이런 의미에서의 자유며 자율이다. 이성적 존재로서의 인간은 다른 그 무엇으로부터가 아니라 오직 자기 자신으로부터 자기 자신에게 가치와 목적을 부여할 수 있는 진정한 의미에서 자유로운 존재다. 이때만 외적인 지배로부터 벗어난 인간의 내재적이며 본원적인 의미에서의 자유가 확립될 수 있다. 딜타이는 상대적인 의미에서 보편적인 가치 체계로부터의 해방으로서 자유의 가능성을 이야기하고 있을 뿐이며 이처럼 해방된 인간이 가지는 자유로운 자기 전개의 필연성을 보여주지 못하고 있다.

이외에도 체험과 표현과 이해의 보편성을 위해 전제하고 있는 이성의 동일성, 보편적인 인간 본성의 이론과 단칭적인 개체로서 인간이 가지는 개성과 자기 가치(Selbstwert)의 이론 사이의 갈등을 이야기해볼 수 있다. 만일 이성의 동일성이 개성에 앞서는 것이라면 개성은 부차적인 것이 되며, 개성이 앞서는 것이라면 보편적인 인간 본성이란 어떠한 보편성에도 환원되지 않는 개성에 의해 그 보편성을 상실하게 된다. 물론 딜타이는 양 측면이 구체적인 인간 속에, 체험과 표현과 이해의 구조 속에 결합되어 있다고 이야기한다. 그러나 딜타이가 궁극적으로 해명하려고 한 것은 보편성이 가지는 단칭성과 유일성이라기보다는 단칭적이고 특수적인 것이 가지는 보편성이며 따라서 단칭성의 문제는 딜타이의 체계적 문맥에서 충분히 반성되고 해명되고 있지 않다. 인간이라는 개체가 가진 단칭성과 유일성은 그에게는 이미 무반성적이고 직접적으로 이해되고 전제되어 있는 것처럼 다루어진다. 그러나 개체의 유일성(Einzigartigkeit)과 단일성(Singularität)의 문제 역시 보편성의 문제와 마찬가지로 체계적이고 논리적인 해명을 필요로 한다. 이 경우에만 개체성과 유일성을 넘어선 보편성과 이로 환원될 수 없는 개인의 절대 가치가 하나의 인간 안에서 조화롭게 이해될 수 있을 것이다.

이상에서 살펴본 대로 딜타이의 체계화의 시도 자체가 단편적으로 진행된 것처럼 그의 역사에 대한 반성은 한편으로 깊고 진지하면서도 한편에서는 많은 문제점과 불충분성을 가지고 있다. 그러나 이것은 보편적인 것과 단칭적인 것, 체계화와 역사적 과정, 상대성과 구조적 통일이라는 서로 대립적인 것들을 하나의 체계 속에 용해시키려 한 딜타이의 계획 자체에서 불가피하게 연원하는 것일 수 있다. 딜타이가 안고 있는 이러한 문제들은 현대에 올수록 한쪽 방향을 제거해가는 방식으로 극단화되어가고 있다. 즉 현대는 개체성과 다양성과 과정 자체만이 철학적 화두로서 가치를 가지는 것으로 여겨지고 있다. 이러한 상황에서 개별성과 다양성 그리고 상대성을 잃지 않으면서도 이것들을 보편성과 체계성이라는 차원에서 반성해보려 한 딜타이의 시도는 현대의 우리가 역사성과 인간성의 문제에 부딪칠 때마다 다시 되돌아서서 음미해보아야 할 철학적 태도의 전형을 보여주고 있다고 할 수 있을 것이다.

> "철학은 삶의 수수께끼에 관한 질문에 하나의 특정한 답변을 제시하는 것이 아니다. 철학은 이러한 질문함과 대답함 일반이다(Philosophie ist also gar nicht eingeschränkt auf irgendeine bestimmte Antwort auf die Frage des Lebensrätsels ; sie ist dieses Fragen und Antworten überhaupt)."[70]

---

70) GS VIII, 211쪽 이하.

반시대적 고찰 : 비트겐슈타인과 하이데거의 수리논리학 비판*

이 승 종(연세대 철학과 교수)

철학의 모든 근본적인 물음은 반시대적일 수밖에 없다 — 하이데거.

1. 자연 언어와 형식 언어

수리논리학이란 무엇인가? 현대 수리논리학의 한 고전에서 처치(Church. 1956, p. 1)는 "문장 혹은 명제 그리고 증명을 그 **내용**으로부터 추상된 **형식**에 초점을 맞추어 분석하는" 학문이라고 답하고 있다. 그 구체적 방법으로서 그는 형식화된 언어의 구성을 들고 있다.

자연 언어는 오랜 역사 동안 원활한 의사 소통이라는 현실적 목적에 이바지하도록 전개되어 왔다. 그리고 이는 논리적 분석의 타당성 및 정확성과 언제나 양립 가능한 것만은 아니다. …… 이 때문에 논리학의 목적을 위해 특별히 고안된 언어, 우리가 앞으로 **형식**

---

* 이 논문은 연세대학교의 1998년도 학술 연구비 지원에 의하여 이루어진 것임.

화된 언어라고 부를 언어를 사용하는 것이 바람직하거나 혹은 현실적으로 필요하다. 그러한 언어는 자연 언어의 경향을 역전시키고 논리적 형식을 따르거나 재생산할 것이다. — 그 대가로 필요한 경우에는 의사 소통의 간결함과 원활함이 희생될 것이다. 그러므로 형식화된 특정한 언어의 채택은 논리적 분석에 관한 특정한 이론이나 체계의 채택을 포함한다(Church 1956, pp. 2-3).

이 구절에서 우리는 두 언어 사이의 관계와 갈등에 주목하게 된다. 자연 언어는 원활한 의사 소통이라는 목적에 이바지하는 언어다. 형식 언어는 자연 언어의 논리적 분석을 위해 고안된 언어다. 그러나 형식 언어가 추구하는 분석의 타당성 및 정확성이 자연 언어의 목적, 즉 의사 소통의 간결함이나 원활함과 언제나 양립 가능한 것만은 아니다. 이 경우 수리논리학은 자연 언어의 목적을 희생시키고 형식 언어의 목적을 살리는 방향으로 두 언어 사이의 갈등을 해결한다.

우리는 형식 언어 개념이 자연 언어의 내용과 형식을 분리하여 형식에 초점을 맞춤으로써 얻어짐을 보았다. 그런데 수리논리학에서 형식 언어와 자연 언어의 구분은 해석의 개념과 맞물려 있다. 이를 살펴보자.

형식 언어는 자연 언어를 형식화함으로써 얻어진다. 그러나 수리논리학에서 출발점은 자연 언어가 아니라 형식 언어다. 우리는 먼저 "문자", 즉 형식 언어에 등장하는 기호(예컨대 —, $\vee$, &, P_1, P_2, ……)에서 시작한다. 그리고 그 기호들 자체간의 관계에 관한 적형식(well-formed formula)이 구성된다(Church 1956, p. 49). 다음으로 이들 적형식들간의 관계가 체계화된다. 그리고 그 체계가 충분히 개발되면 수학에서의 연산과 마찬가지로 적형식들 사이의 논증적 관계의 타당성 여부를 연산하는 일이 가능해지며 따라서 **연산 체계(calculus)**의 수준에 이른다(cf. Wang 1974, p. 84). 그 다음 우리는 이 체계가 자연 언어에서의 문장, 명제, 증명의 형식을 분석하는 데 적합하도록 적 형식들에 포함된 기호들에 적합한 의미를 부여한다. 이 의미 부여 과정이 "해석"이다(Church 1956, p 54). 이로 말미암아 미해석된 체계는 해석된 체계로 변모한다. 이 과정에서 우리의 심중에 있는 해석이 의도된 해석으로 불려진다. 그러나 우리는 의도된 해석을 가능한 유일한 해석이라고 볼 필요는 없다. 체계의 공리를 참이 되게끔 하는 해석은 선택된 추론의 원리들이 해석된 체계에서 진리치 보존적인 한, 참인 명제들(그 명제들의 내용이 무엇이건 상관없이)에 관한 이론을 이끌어낼 것이다. 예컨대 명제 연산 체계를 전기 회로 장치에 대한 이론 체계로 재해석해볼 수도 있다(cf. Guttenplan and Tamny 1971, pp. 143-171). 공리 체계가 그것이 의도하였던 바와는 본질적으로 다른 많은 해석을 허용한다는 정리는 뢰벤하임(Löwenheim)과 스콜렘(Skolem)에 의해 증명된 바 있다.

이러한 관점에서 보았을 때 애초에 자연 언어에서의 문장, 명제, 증명 형식의 분석을 위해 마련된 미해석된 체계로서의 논리학은 더 이상 자연 언어에서의 문장, 명제, 증명 형식에 관한 것일 필요가 없다. 사실 그것은 그 어느 것에 관한 것일 필요가 없다. 그것은 해석의 문제일 따름이고 해석은 고정되지 않기 때문이다. 이는 논리학이 어떠한 고유한 존재론도 필연적으로 함축하지 않는 것으로 여겨질 수 있다. 논리학과 존재론의 전통적 관계의 종언을 역설하는 글에서 네이글(Nagel 1944, p. 308)은 다음과 같이 말하고 있다.

그러므로 논리적 원리들을 존재론적 상수로 보는 해석은 좀더 자세히 살펴보면 그 원리들의 실제적 기능에 대한 외적 장식인 것처럼 보인다.

20세기에 수리논리학의 영향력은 가히 압도적인 것이어서 이에 대한 그 어떠한 도전도 그 위세를 꺾을 수 없는 것처럼 보인다. 비트겐슈타인과 하이데거는 이러한 상황을 염려했고 또 그에 역행하려 했던 소수의 철학자에 속한다. 그들은 모두 이 시대를 암흑기로 규정하였고(PI, viii; HW, p. 269) 그 어두움의 한 징후로 논리학의 이러한 "타락"을 꼽았다(RFM, p. 300 ; W, p. 255). 그들에게 이 어두움은 자신들의 노력으로도 어찌할 수 없는 뿌리 깊은 것이라 여겨졌기에 더욱 뼈저린 것이었다. 수리논리학에서 그들이 목격한 어두움과 타락의 본질은 무엇인가? 그리고 그 타락에 대한 그들의 진단은 어떠했는가?

2. 논리학에 앞서는 존재

서양철학사에서 논리학은 전통적으로 형이상학 혹은 존재론과 밀접한 관계를 이루어왔다. 이러한 관계는 논리학의 학적 토대를 처음으로 마련한 아리스토텔레스에서부터 시작되어 중세의 논리학과 존재론을 거쳐 근세의 라이프니츠, 칸트에게로 이어진다. 그 관계의 본질은 무엇일까? 20세기에 이 전통의 계승자로 여겨지는 비트겐슈타인은 이를 다음과 같이 요약하고 있다.

철학은 논리학과 형이상학으로 이루어져 있으며 논리학이 그 기초다(NB, p. 93).

비트겐슈타인의 『트락타투스』는 이러한 전통적 관계를 완벽하게 구현한 하나의 대표적 예로 간주되어 왔다. 그는 논리학을 철학과 형이상학, 존재론을 포함하는 모든 것에 앞서는 궁극적 기초로 보았다고 여겨졌다(cf. Hanna 1986, p. 264).

그러나 이러한 통상적 해석은 『트락타투스』의 다음의 구절을 간과하고 있다.

우리가 논리학을 이해하기 위해 필요로 하는 "경험"은, 사례가 이러저러하다는 것이 아니라, 어떤 것이 **있다**는 것이다 : 그러나 이것은 **아무런** 경험도 **아니다**.

논리학은 모든 경험 — 어떤 것이 **어떠하다**는 — 에 **앞선다**.

논리학은 **어떻게**에 앞서지, **무엇**에 앞서지는 않는다(TLP, 5.552).

이 구절은 『트락타투스』의 대부분의 구절이 그러하듯 논증을 결하고 있다. 따라서 우리는 이 구절의 내용이 어떻게 논증적으로 뒷받침될 수 있는지 물어야 할 것이다. 그런데 위의 구절에서 비트겐슈타인은 논리학을 이해하기 위해 필요로 하는 "경험"으로 어떤 것의 **있음**을 들고나서는 곧 이것이 **아무런** 경험도 **아니**라고 말한다. 이는 자가당착이 아닐까? 비트겐슈타인의 명제를 자기 모순에 빠뜨리지 않고 그 의미를 살릴 수 있는 길은 위의 구절에서 "경험"과 경험을 구분하는 것이다. 가령 페이(Fay 1991, p. 323)는 우리가 논리학을 이해하기 위해 필요로 하는 "경험"에 비트겐슈타인이 따옴표를 친 이유가 이를 일상적 경험과 구분하려 했기 때문이라고 본다.

비트겐슈타인의 입장에서 보았을 때 우리가 논리학을 이해하기 위해 필요로 하는 "경험"과 일상적 경험은 어떻게 다른가? 위의 구절에서 비트겐슈타인은 이에 대해 "논리학이 모든 경험 — 어떤 것이 **어떠하다**는 — 에 **앞서**"며 "논리학이 **어떻게**에 앞서지, **무엇**에 앞서지는 않는다"는 힌트를 제공하고 있다. 이로부터 유추해보면 일상적 경험은 어떤 것이 **(어떻게) 어떠함**에 관한 경험인 반면 논리학을 이해하기 위해 필요로 하는 "경험"은 **무엇** 그 자체에 관한 "경험"이다. **무엇** 그 자체에 관한 "경험"을 말로 표현할 수 있을까? 비트겐슈타인은 이에 대해 부정적이다.

명제는 사물들이 **어떠한가**만을 말할 수 있을 뿐, 그것이 **무엇인**

가는 말할 수 없다(TLP, 3.221).

비트겐슈타인에 있어 **무엇** 그 자체에 관한 "경험," 즉 논리학을 이해하기 위해 필요한 "경험"은 말로 표현할 수 없는 "경험"이며 따라서 사물들이 어떠한가에 대한 일상적 경험과는 구별된다.

철학과 형이상학의 기초가 된다는 논리학도, 모든 경험에 앞선다는 논리학도 **무엇**에는 앞설 수 없다는 비트겐슈타인의 명제는 논증적으로 정당화될 수 있을까? **무엇**에 앞서는 무언가가 있다고 가정해보자. 과연 무엇이 **무엇**에 앞서는가? 여기서 우리는 이 물음이 헛바퀴를 돌고 있음을 알게 된다. 무엇이 **무엇**에 앞서는가라는 물음은 그 자체가 넌센스다. 그것은 올바른 물음이 아니라 언어의 오용(誤用)에 불과하기 때문이다. 그 물음이 성립될 수 없다는 사실은 우리 언어의 한계이자 동시에 세계와 논리의 한계다. 비트겐슈타인은 다음과 같이 말한다.

> **나의 언어의 한계**는 나의 세계의 한계를 뜻한다.
> 논리는 세계에 충만해 있다 ; 세계의 한계는 논리의 한계이기도 하다(TLP, 5.6-5.61).

비트겐슈타인이 **무엇**을 언급하는 앞서의 구절에서 보았듯이 **무엇**은 **있음**, 즉 존재의 다른 표현이다. 그렇다면 왜 아무것도 아니지 않고 무엇(존재)인가? 라이프니츠(Leibniz 1969)와 하이데거(EM)가 물었던 이 물음에 대해 비트겐슈타인은 그것이 신비스러운 것이라 답한다.

> 신비스러운 것은 세계가 **어떠한가**가 아니라 세계가 존재한다는 **것**이다(TLP, 6.44).

이는 물음에 대한 대답이 아니라 회피가 아닐까? 그러나 이에 대해 과연 더 이상 어떠한 답이 가능할까? 우리는 어떤 것을 다른 어떤 것에 의해 설명한다. 그러나 왜 아무것도 아니지 않고 무엇인가라는 물음은 앞의 논증에서 보았듯이 그 어떤 다른 것의 도입이나 사용을 배제하고 있다. 그것이 이 물음이 가지고 있는 독특한 점이요 이 물음에 답할 수 없는 이유다. 이 물음은 다시 우리의 언어의 한계를 노정한다.

> 실로 말해질 수 없는 것이 있다. 그것은 그 자신을 **보여준다**: 그것은 신비스러운 것이다(TLP, 6.522).

앞서 보았듯이 세계가 존재한다는 것은 신비스러운 것이므로 왜 세계가 존재하느냐는 물음은 물어질 수도, 말해질 수도 없다.

1929년의 윤리학 강의에서 비트겐슈타인은 말해질 수 없는 것에 대한 이 물음을 언어의 오용으로 간주한다.

> "나는 이러이러한 사실에 대해 경이를 느낀다"는 말은 그 사실이 그러하지 않을 수 있을 경우에만 의미를 갖는다. 이러한 의미에서 나는 어떤 가옥을 오랫동안 방문해본 적이 없고 그 동안에 헐렸으리라고 생각했는데도 아직 버티고 서 있는 것을 볼 때 그 가옥이 아직 존재하고 있다는 사실에 대해 경이를 느낄 수 있게 된다. 그러나 이 세계가 존재한다는 사실에 대해 내가 경이를 느낀다는 말은 넌센스다. 그 까닭은 이 세계가 존재하지 않는 경우를 상상해볼 수 없기 때문이다(LE, p. 10).

세계가 존재하지 않는 경우는 아무것도 없음, 즉 무(無)의 경우다. 그리고 무의 경우에 대한 상상은 논리적으로 불가능하다. 상상할 대상이 없기 때문이다. 세계가 존재하지 않는 경우에 대한 상상이 논리적으로 불가능하므로 세계가 존재한다는 사실은 논리적으로 자명한 것이 된다. 논리적 불가능성의 반대는 논리적 필연성이고, 논리적 필연성은 논리적 자명성을 의미하기 때문이다(cf. TLP, 6.124). 그리고 자명한 사실에 경이를 느낀다는 말은 비트겐슈타인에 의하면 넌센스다.

비트겐슈타인은 다음과 같이 덧붙인다.

물론 나는 나를 둘러싸고 있는 세계가 그러그러하다는 사실에 대해 경이를 느낄 수 있다. 예를 들면 푸른 하늘을 들여다본 경험을 가지고 있을 때 나는 하늘이 구름에 가리운 경우에 대해 하늘이 푸르다는 사실에 경이를 가질 수 있다. 그러나 이것은 내가 말하고자 하는 본의가 아니다. 나는 하늘이 **어떠한 모습을 가지고 있건간에** 하늘 자체에 경이를 느끼고 있는 것이다. 어떤 사람은 내가 느끼는 경이의 대상은 하나의 동어 반복(tautology), 즉 "하늘은 푸르거나 푸르지 않거나다"라고 할는지 모르겠다. 그러나 동어 반복에 경이를 갖는다는 말도 하나의 넌센스다(LE, p. 10).

비트겐슈타인은 이 넌센스에 대해 다음과 같이 말하고 있다.

그러나 인간의 심성 속에 들어 있는 그러한 경향을 나는 개인적으로 마음 깊이 존경하지 않을 수 없으며 더욱이나 이를 비웃어버릴 수는 결코 없을 것이다(LE, p. 14).

말해질 수 없는 넌센스를 말하려는 경향이 왜 존경스러운 것일까? 앞서 보았듯이 말해질 수 없는 신비로운 것은 그 자신을 **보여준다.** 존재는 신비로운 것이고 그 자신을 보여준다. 넌센스인 존재의 물음을 일생의 화두로 삼았던 하이데거의 철학에 대해서도 비트겐슈타인은 마찬가지 이유에서 공감을 표명하고 있다.

나는 하이데거가 존재와 불안으로 의미한 바를 쉽게 떠올릴 수 있다. 인간은 언어의 한계에 부딪치려는 충동을 지니고 있다. 예컨대 무언가 존재한다는 사실에 대한 놀라움을 생각해보라. 이 놀라움은 질문의 형식으로 표현될 수 없으며 그에 대한 해답도 없다. 우리가 말하고 싶은 모든 것은 선험적으로 넌센스일 수 있을 뿐이다. …… 그러나 (한계에) 부딪침으로 묘사되는 경향은 **어떤 것을 가리킨다**(WWK, pp. 68-69).

요컨대 넌센스는 말할 수 없는 것을 말하려는 데서 비롯된다. 그러나 그로 말미암아 말할 수 없는 것의 가치가 부정되는 것은 아니다. 그것의 가치는 그것에 의해 스스로 보여진다. 말할 수 없는 것에 대한 말은 무의미한 넌센스이지만 무가치한 것은 아니다. 그것은 여전히 말할 수 없는 그 어떤 것을 가리키는 데 기여하기 때문이다. 비트겐슈타인은 『트락타투스』를 끝맺으면서 『트락타투스』의 명제들이 바로 이러한 기능을 하고 있는 넌센스임을 지적하고 있다.

나의 명제들은 다음과 같이 해명으로 기여한다: 나를 이해하는 사람은 그가 그것들을 통하여 ─ 그것들을 딛고 ─ 그것들을 넘어서서 올라갔을 때, 종국에 가서는 그것들이 넌센스임을 인지한다. (말하자면 그는 사다리를 딛고 올라간 후에는 그 사다리를 내던져 버려야 한다.)

그는 이 명제들을 극복해야 한다 ; 그때 그는 세계를 올바로 보게 된다.

말할 수 없는 것에 대해서는 침묵해야 한다(TLP, 6.54-7).

지금까지 우리는 비트겐슈타인을 좇아 논리학을 이해하기 위해 필요로 하는 "경험"으로서의 **존재**가 논리학에 앞섬을 보았다. 그리고 이 존재가 말해질 수 없는 것이며 오직 스스로를 보일 뿐임을 보았다. 비트겐슈타인의 이러한 생각은 하이데거에 의해서 보다 구체적으로 ─ 그러나 독자적으로 ─ 발전된다.

그에 의하면 비트겐슈타인이 말하는 존재의 "경험"은 존재하는 것들에 대한 우리의 일상적 경험에 이미 전제되어 있다. 비록 그 "경험"에 대한 이해가 애매하고 명확하지 못한 수준에 머물고 있지만 그 이해는 존재하는 것들에 관한 우리의 모든 말과 글에 내재되어 있다.

> "존재"가 무엇을 의미하는지 우리는 **알지** 못한다. 그러나 우리가 ""존재"가 무엇**인가?**"라고 물을 때 우리는 이미 "이다"에 대해 어떠한 이해를 가지고 있다. 비록 우리가 "이다"가 무엇을 의미하는지 개념적으로 확정할 수는 없지만(SZ, p. 5).

존재는 그것이 말해질 수 없다는 의미에서 언어에 앞선다. 또한 존재는 존재자에 대한 언어적 표현에 이미 애매하게나마 내재되어 있다. 존재는 언어에 내재한 채 언어를 통해 스스로를 보여준다. 그러나 그 보여줌은 우리가 언어로 존재를 말함과는 구별되어야 한다. 언어로 말함이 아닌 보여줌의 방법으로 하이데거는 동어 반복을 택한다. 예컨대 "말은 말이다" 혹은 "말이 말한다"(US, p. 13), "세계가 세계화한다"(HW, p. 30), "시간이 시간화한다"(US, p. 213), "공간이 공간화한다"(US, p. 213), "사물이 사물화한다"(US, p. 22), "무(無)가 무화한다"(W, p. 11) 등등.

비트겐슈타인에 있어서 동어 반복은 의미를 결여하고 있다. 그것은 아무것도 말하지 않는다. 그러나 동어 반복은 말할 수 있는 것의 한계, 언어의 한계, 곧 세계의 한계를 보여준다(cf. TLP, 4.461-4.463). 마찬가지로 하이데거에 있어서 위에 열거한 동어 반복적 언명들은 존재자들에 관한 말함이 아니라 존재가 자신을 보여주는 방식이다. 비트겐슈타인에 있어서 "한계 지어진 전체로서의 세계에 대한 느낌은 신비로운"(TLP, 6.45) 말할 수 없는 것이었다. 그리고 세계의 한계가 곧 언어의 한계이므로 한계 지어진 전체로서의 언어도 말할 수 없는 것이다. 마찬가지로 하이데거에 있어서도 우리는 전체로서의 언어에 대해 말할 수 없다(cf. US, p. 191).

언어에 관한 말은 언어를 거의 불가피하게 대상으로 화하게 한다. 그럼으로써 그 본질은 사라진다(US, p. 149).

말할 수 없는 것에 관해 말하는 순간 말할 수 없는 것은 대상화된다. 말할 수 없는 존재에 관해 말하는 순간 존재는 존재자로 대상화된다. 그럼으로써 존재의 본질은 사라지고 망각된다. 하이데거에 의하면 존재와 존재자의 존재론적 차이를 간과한 존재 망각의 역사가 서양 형이상학의 역사였다. 비트겐슈타인이 보았을 때 그 역사는 말할 수 없는 것을 말하려 했던 넌센스의 역사였다. 그런데 형이상학의 역사의 그러한 운명은 형이상학자들의 잘못에 탓이 있다기보다는 존재와 언어 자체의 본성에 기인한다. 하이데거에 의하면 존재의 본성은 자신을 보이면서 동시에 감추는 것이며(HW, p. 337), 비트겐슈타인에 의하면 언어의 본성은 우리로 하여금 원초적 현상을 명료하게 보여줄(*übersehen*) 뿐만 아니라 또한 간과하게(*übersehen*) 하는 것이기 때문이다.

하이데거와 비트겐슈타인은 이러한 의미에서의 형이상학이 극복되어야 한다는 데 의견을 같이 한다. 그러나 그 극복은 단순한 부정이나 파괴가 아니라 잊혀진 토대로의 회귀요, 잘못된 언어 사용의 바로잡음이다(VA, p. 71 ; TLP, 6.53-6.54).[1] 이로 말미암아 그들은 일상 경험, 논리학, 제반 과학에 선행하는 존재의 의미와 중요성을 환기시키고 우리를 그것의 "경험"으로

---

1) 이에 관한 자세한 논의를 위해서는 다음을 참조할 것.
  이승종, 「하이데거의 고고학적 언어철학」, 한국하이데거학회 편, 『하이데거의 언어 사상』, 서울 : 철학과현실사, 1998.

올바로 인도하려 한다.

3. 논리학과 언어

비트겐슈타인과 하이데거의 입장에서 보았을 때 수리논리학의 문제점은 무엇일까? 그들이 지적한 문제점을 우리는 두 측면으로 나누어 살펴보고자 한다. (1) 비트겐슈타인은 자연 언어(혹은 일상 언어)가 논리적 분석의 장애가 된다거나 그로 말미암아 형식 언어가 필요하다고 보지 않는다.

인간이 사용하는 명제는 그 자체로 의미를 가질 것이며 의미를 획득하기 위해 미래의 분석을 기다리지 않는다(NB, p. 62).

우리의 일상 언어는 모든 명제들이 사실상, 있는 그대로, 논리적으로 완벽하게 정돈되어 있다(TLP, 5.5563).

이러한 태도는 비트겐슈타인의 중기, 후기 저작에서도 일관되게 견지되고 있다.

만일 논리학이 **우리의 언어**가 아니라 '이상' 언어에 관여한다면 얼마나 기이한 일일까? 이 이상 언어는 무엇을 표현할 것인가? 아마도 우리의 일상 언어에서 지금 우리가 표현하는 것이리라 ; 그 경우에 논리학이 탐구해야 하는 것은 바로 이 일상 언어다. 혹은 다른 어떤 것을 표현하는 것이리라 : 그러나 그 경우에 나는 그것이 무엇인지 어떻게 알 수 있을까? ─ 논리적 분석은 우리가 가지고 있는 어떤 것에 관한 분석이지 우리가 가지고 있지 않은 어떤 것에 관한 분석이 아니다. 그러므로 그것은 명제 **그 자체**의 분석이다(PR, §3).

한편 우리 언어의 모든 문장이 "제 질서 하에 있다"는 것은 분명하다. 즉 우리는 일상적인 애매한 문장이 아직 아주 흠잡을 데 없는 의미를 가지고 있지 않으며, 완전한 언어가 우리에 의해 구성되어야 한다는 것과 같은 이상을 **갈망하지** 않는다. ― 다른 한편 의미가 있는 곳에 완전한 질서가 있어야 함은 명백한 것처럼 보인다.― 따라서 완전한 질서는 가장 애매한 문장에도 숨겨져 있어야 한다 (PI, §98).

비트겐슈타인이 보기에 수리논리학은 논리적으로 완전한 형식 언어의 텔로스(telos)에 사로잡혀 있다. 그 텔로스에 대한 갈망은 논리학이 다루는 언어가 "순수하고 선명한 어떤 것"(PI, §105)이어야 한다는 환상을 조장한다. 이러한 환상으로 말미암아 우리는 논리적 분석의 원 의도를 망각한 채 언어가 이론과 형식 체계에 의해서만 설명된다는 생각에 집착하게 되고, 완전한 형식 언어의 질서를 거꾸로 우리의 자연 언어에 투사하기에 이른다. 그래서 우리는 "이상이 실재에서 발견**되어야 한다**"는 생각에 빠져"들게 된다(PI, §101). 그러나 우리는 "비공간적, 비시간적 환상이 아니라 공간적, 시간적 언어 현상에 관해"(PI, §108) 말해야 한다. 논리학에서 분석의 대상은 바로 우리가 사용하는 자연 언어 그 자체이기 때문이다. 형식 언어는 자연 언어의 논리적 형식을 보다 명확히 표현하기 위한 도구일 뿐 그 이상도 이하도 아니다(BB, p. 28). 그러므로 형식 언어에 관한 환상은 "**탐구의 결과**가 아니라 요구 조건"(PI, §107)이었다. "우리가 실제의 언어를 정밀하게 검토하면 할수록 언어와 우리의 요구 사이의 갈등은 더욱 첨예화된다"(PI, §107). 그 갈등의 책임을 자연 언어의 애매성이나 다의성으로 돌리는 것은 문제를 악화시킬 뿐이다.

하이데거가 볼 때도 문제의 근원은 자연 언어의 애매성이나 다의성에 있다기보다 오히려 그 애매성이나 다의성을 형식 언어의 정밀성으로 말소하려는 데 있다. 그로 말미암아 존재가 언어를 통해 자신을 보여주는 통로는 봉쇄된다. 그것은 곧 언어의 죽음, 존재의 은폐를 의미한다.

참된 언어의 삶은 의미의 다양성에 있다. 살아 있는, 수시로 변화하는 낱말들을 단일한, 기계적으로 정립된 엄밀한 기호 체계로 변모시키는 것은 언어의 죽음이요, 현존재의 동결, 황폐화다(N I, pp. 168-169).

언어에 어떠한 인위적 변형이나 형식화를 부가하지 않고 언어가 제 스스로 말하게 하는 것이 앞서 살펴본 하이데거의 동어 반복, "말이 말한다"의 참다운 의미다. 그것은 또한 언어가 존재를 온전히 보이게 하는 것이며 망각된 존재를 일깨우는 것이다. 그러므로 존재 망각의 역사로서의 형이상학의 극복과 언어의 인위적 변형 작업으로서의 수리논리학의 극복은 동일한 선상에 놓여 있다.

(2) 비트겐슈타인은 언어의 형식과 내용이 언제나 분명하게 분리될 수 있다거나 언어의 형식이 미해석된 연산 체계이고 언어의 내용이 해석에 의존한다는 생각을 거부한다. 만일 미해석된 연산 체계를 해석하는 작업이 이루어진다면 그 작업의 성격은 의미론적일 것이다. 그런데 이 의미론적 작업은 해석된 언어에 의존하지 않을 수 없다.

원초적 기호들의 뜻은 명료화에 의해 설명될 수 있다. 명료화는 원초적 기호들을 포함하는 명제. 그러므로 명료화는 이 기호들의 뜻이 이미 알려져 있을 때만 이해될 수 있다(TLP, 3.263).

따라서 우리는 엄밀한 의미에서 명료화나 해석이 미해석된 기호들에 뜻을 부여한다고 말할 수 없다. 명료화나 해석의 작업에 대한 이해가 이미 기호들의 뜻에 대한 선지식을 요구하고 있기 때문이다. 이러한 해석학적 순환이 함축하는 것은 뜻과 의미에 관한 **언어적** 설명과 이해가 넌센스라는 것이다. 그것은

『트락타투스』의 표현을 빌자면 말해질 수 있는 것이 아니라 다만 보여지는 것이다. 그리고 이것이 언어의 한계다.

언어는 오로지 언어에 의해 설명될 수 있다. 그러므로 **언어 그 자체**는 설명될 수 없다(MS 108, p. 27).

언어의 한계는 바로 그 문장을 반복하지 않고 …… 한 문장에 대응하는 사실을 기술하는 것이 불가능하다는 사실에서 보여진다.
여기서 우리가 다루고 있는 것은 철학의 문제에 대한 칸트적 해결책이다(CV, p. 10).

요컨대 비트겐슈타인에 있어서 언어의 한계는 언어의 외적 영역의 한계를 지칭하는 것이 아니라 우리가 언어로 언어에 대해 무엇을 말할 수 있는가에 대한 내적 한계를 지칭한다. 그리고 이것이 바로 그가 말하는 칸트적 해결책의 핵심이다. 칸트에 있어서 철학이 이성 비판인 것처럼, 그에 있어서 철학은 곧 "언어 비판"(TLP, 4.0031)이다. 칸트에 있어서 이성의 한계를 넘어서는 물자체에 대한 인식이 성립할 수 없는 것처럼, 비트겐슈타인에 있어서 우리는 우리의 언어를 넘어선 관점에서 우리의 언어를 이론화하고 해석할 수 없다. 즉 우리의 언어를 넘어서는 어떠한 형이상학(meta-physics), 메타 논리학(meta-logic), 메타 수학(meta-mathematics), 2계 철학(second-order philosophy)도 불가능하다(MS 110, p. 89 ; WWK, p. 121 ; PI, §121).
힌티카(Hintikka and Hintikka 1986, p. 1)는 비트겐슈타인에 있어서 위에 열거한 것과 같은 일련의 메타 언어가 불가능한 이유에 대해 다음과 같이 말하고 있다.

이것이 불가능한 까닭은 우리가 주어진 확정적 해석, 언어와 세계 사이에 성립하는 주어진 의미 관계망에 의존할 수 있을 때 비로소 어떤 것에 관해 말하기 위해 언어를 사용할 수 있기 때문이다.

즉 그에 의하면 비트겐슈타인은 우리가 미해석된 체계에 관한 (주어진) 의도된 해석을 벗어날 수 없다고 본다는 것이다. 그리고 이러한 견해가 모델 이론(model theory)을 불가능하게 한다고 말한다(Hintikka and Hintikka 1986, p. 1). 비트겐슈타인이 형이상학, 메타 논리학, 메타 수학, 2계 철학 등의 메타 언어의 가능성을 부정한 것은 사실이다. 그러나 그 이유는 우리 언어의 해석 작업이 단 하나의 의도된 해석에 의해 고정되기 때문이 아니라, 위의 메타 언어들이 결코 주어진 언어를 넘어서지 못하기 때문이다. 그에 의하면 소위 메타 논리학, 메타 수학, 2계 철학은 각각 그냥 논리학, 수학, 철학이며 그 이상도 이하도 아니다(MS 110, p. 89 ; WWK, p. 121 ; PI, §121). 비트겐슈타인이 미해석된 체계에 대해 하나의 의도된 해석만을 인정했다거나, 모델 이론이나 뢰벤하임-스콜렘 정리를 부정하는 등의 시대 착오를 범했다는 근거는 발견되지 않는다.2)

  힌티카의 비트겐슈타인 해석이 지니고 있는 더 심각한 문제는 그것이 언어의 의미와 그 이해를 여전히 해석의 문제로 보고 있다는 데 있다. 이는 비트겐슈타인의 언어관과 부합하지 않는다. 비트겐슈타인은 해석이 의미를 부여한다는 생각을 부정한다.

  어떠한 해석도 그것이 해석하는 바와 마찬가지로 여전히 미결정의 상태에 있으며, 어떠한 근거도 제시하지 못한다. 해석 그 자체는

---

2) 비트겐슈타인은 수학이나 논리학의 제반 이론과 증명을 부정하거나 개량하려는 것이 자신의 의도가 아님을 분명히 하고 있다(LFM, p. 13). 그는 자신의 작업을 수학이나 논리학에서 사용되는 기초 개념의 명료화에 국한시키고 있다. 따라서 비트겐슈타인이 수리논리학을 부정하고 있다는 종래의 해석(cf. Kreisel 1958, p. 144)은 시정되어야 할 것이다. 메타 논리학과 메타 수학에 대한 그의 부정은 이들 학문의 이론과 증명에 대한 부정이 아니라 그것들의 성격에 관한 수리철학자들의 태도와 해석에 대한 비판으로 간주되어야 할 것이다. 그리고 앞으로 보겠지만 이는 하이데거의 경우에도 마찬가지다.

의미를 결정하지 않는다(PI, § 198).

해석이 미해석된 언어에 의미를 불어넣어 주지는 못한다. 언어의 해석 역시 한 언어에 또 다른 언어를 덧붙이는 작업에 불과하기 때문이다. 비트겐슈타인에 의하면 언어의 의미는 쓰임과 규칙 따르기를 통해 보여진다. 그리고 언어의 쓰임과 규칙 따르기는 해석이 아니라 실천이다.[3)]

이를 통해 드러나는 것은 **해석이 아닌** 규칙의 파악이 있다는 점이다. 그 규칙이 드러나는 것은 우리가 "규칙을 따름"이나 "규칙의 위반"이라고 말하는 실제의 경우에서다. …… 그러므로 "규칙을 따름"은 또한 하나의 실천이다(PI, §201-202).

모든 기호는 **그 자체로는** 죽은 것으로 보인다. **무엇이** 그것에 생명을 주는가? ― 쓰임에서 기호는 **살아난다**(PI, §432).

앞서 우리는『트락타투스』에서 언어의 의미는 말해질 수 없으며 다만 보여지는 것임을 보았다. 힌티카는 이러한 구분이 후기 비트겐슈타인에 와서 넌센스인 것으로 부정된다고 본다 (Hintikka and Hintikka 1986, p. 24). 물론 이 구분은 후기 비트겐슈타인의 작품에서 발견되지 않는다. 그리고 이 구분이 넌센스라는 힌티카의 주장에 일리가 없는 것도 아니다.『트락타투스』에서 우리는 오직 세계를 그리는 명제, 즉 참된 명제의 총체인 자연과학의 명제에 관해서만 말할 수 있었다(TLP, 4.11, 6.53). 그러나 그 이후의 작품에서 비트겐슈타인은 언어의 다양한 쓰임과 다양한 언어 게임의 존재를 인정했고, 따라서 그가 말할 수 없는 것으로 간주했던 것들에 관한 언어 게임을 허용

---

3) 이에 관한 자세한 논의를 위해서는 다음을 참조할 것.
　이승종, "언어철학의 두 양상",『철학과 현실』, 1993년 겨울호.
　이승종, "비트겐슈타인의 모순과 크립키의 역설",『철학』, 41집, 1994.

했다(cf. PI, §373). 따라서 말할 수 있는 것과 보여지는 것 사이의 구분은 와해되는 것처럼 보일 수 있다. 그러나 우리는 의미가 쓰임이고 규칙의 따름이 실천이라는 비트겐슈타인의 주장이 의미가 언어적으로 설명되어야 할 것이라기보다는 쓰임과 실천을 통해 **보여진다**는 것으로 해석될 수 있다고 생각한다. 다음의 구절은 이러한 해석을 뒷받침하고 있다.

우리가 이해하지 못하는 주된 원천은 우리가 우리말의 쓰임을 **명료하게 보지** 못하는 데 있다(PI, §122).

우리의 잘못은 사실을 "원초적 현상"으로 **보아야** 할 곳에서……설명을 구하는 데 있다.

문제는 언어 게임을 우리의 경험으로 설명하는 데 있는 것이 아니고, 언어 게임을 **주목하는 데** 있다(PI, §§654-655. 고딕체 강조는 나의 것임).

앞서 보았듯이 비트겐슈타인의 『트락타투스』는 말할 수 없는 것, 즉 보여지는 것에 대해서는 침묵해야 한다는 명제로 끝을 맺고 있다. 그런데 그는 『트락타투스』에 씌어지지 않은 것이 더 중요한 것이라고 말하고 있다(L, p. 94). 여기서 씌어지지 않은 것을 말할 수 없는 것으로, 즉 보여지는 것으로 해석한다면 비트겐슈타인은 보여지는 것을 더 중요한 것으로 강조했다고 추론할 수 있다. 그리고 이는 위의 인용문에서 거듭 강조되고 있는 보는 것의 중요성과도 잘 부합한다.

하이데거 역시 수리논리학에 대해 비트겐슈타인과 마찬가지로 비판적이다. 하이데거는 다음과 같이 말한다.

여기에 명제 관계의 체계를 수학적 방법에 의해 계산하려는 시도가 있다 ; 그러므로 이러한 종류의 논리학은 또한 "수리논리학"

이라 불려진다. 그것은 그 자체로 가능하고 타당한 과제다. 그러나 기호논리학이 제공하는 것은 결코 논리학이 아니다. …… 수리논리학은 심지어 그것이 수학적 사고와 수학적 진리의 본질을 결정하거나 결정할 수 있다는 의미에서 수학에 관한 논리학도 아니다. 오히려 기호논리학은 그 자체 일종의 수학이 문장과 문장 형식에 적용된 것이다. 모든 수리논리학과 기호논리학은 그 자신을 논리학의 영역의 밖에 위치시킨다. …… 기호논리학이 모든 학문에 대한 과학적 논리학을 형성하고 있다는 가정은 그 기본적 전제의 조건적이고 무반성적 성격이 명백해짐과 동시에 무너지고 만다(FD, p. 122).

하이데거에 의하면 수리논리학은 인간의 사유의 퇴화의 징후다(N II, p. 487). 그 퇴화는 언어를 미해석된 연산 체계와 그에 대한 해석으로 추상하는 과정을 통해 관철된다. 언어를 미해석된 연산 체계로 형식화하는 과정에서 언어에 담겨져야 할 존재는 그로부터 완전히 배제된다. 미해석된 연산 체계로서의 언어는 그어떠한 내용도, 의미 연관도 결여한 기호의 외적 결합체다. 이렇게 분리 추상된 형식 체계에 담론의 "영역(domain)"이라는 이름으로 일정한 상황이 할당되고, 그 상황 하에서 기호 체계와 상황과의 의미 연관이 "해석"이라는 방식으로 주어진다. 그러나 존재론적 관점에서 보았을 때 기호 체계와 세계와의 의미론적 연관은 전적으로 자의적인 것이다(Hanna 1986, p. 276). 영역과 상황은 사물들의 집합체라는 추상적 의미에서만 유사할 뿐이다. 요컨대 상황의 구성원들은 구체적이고 실용적인 근거에 의해 내적으로 밀접하게 얽혀 있는 데 반해 영역의 구성원들은 자의적으로 선택되어 외적으로 배열될 뿐이다. 그러나 이러한 작업을 통해 애초에 형식화되기 이전의 언어에 담겨 있던 존재는 자의적이고 통제 / 계산 가능한 모델로 왜곡된다. 즉 언어는 존재를 담지하는 것이 아니라 통제된 모델로 가공된 상황에 외적으로 부가될 뿐이다.

위의 인용문에서 하이데거는 이러한 계산적, 형식적 언어관을 가진 수리논리학이 모든 학문에 대한 과학적 논리학이라는 생각을 비판하고 있다. 하이데거는 자신의 이러한 입장을 옹호하는 논증을 제시하고 있지는 않지만 우리는 위에서 살펴본 의미론적 관계의 자의성을 바탕으로 다음과 같은 논증이 가능하리라고 본다. 수리논리학에서 말하는 "형식"은 질량이나 광합성과 같은 물리적 속성의 이름이 아니다. 과학은 형식 체계와 그것에 대한 의미론적 관계 설정으로서의 해석으로 구성되어 있지 않다. 개별 과학은 각기 탐구의 영역에 따라 분화된 것이기에 이 과정에서 해석의 자의성은 사라진다. 예컨대 물리학은 이미 그 정의상 세계의 물리적 현상에 관한 학문이고 생물학은 그 정의상 세계의 생물학적 현상에 관한 학문이다. 물리학의 언어와 그것이 지시하는 물리적 현상과의 관계는 미해석된 기호 체계에 대한 외적, 자의적 해석의 관계가 아니다. 물리학과 물리학의 "영역"의 관계가 외적이거나 자의적 관계가 아니기 때문이다. 형식 체계는 물리학이나 생물학 안에서 발견되는 것이 아니라 물리학이나 생물학의 체계화 과정(예컨대 공리화 과정)에서 추후에 물리학에 부가될 뿐이다.

4. 반시대적 고찰

앞서 살펴본 바에서 분명히 드러나듯이 수리논리학에 대한 비트겐슈타인과 하이데거의 비판은 수리논리학 내부의 기술적인 문제에 관한 것이 아니다. 그들이 우려하는 것은 수리논리학을 인간의 사유와 그것의 표현으로서의 자연 언어에 깊이 관여하는 것으로 간주하고 있는 작금의 경향이다. 비트겐슈타인이 볼 때 이 점에서 수리논리학이 끼친 영향은 재앙 그 자체다.

"수리논리학"은 …… 우리 일상 언어의 형식에 대한 피상적인 해석을 설정함으로써 수학자와 철학자들의 사유를 완전히 불구로 만들어버렸다(RFM, p. 300).

　『트락타투스』 이후의 저작에서 비트겐슈타인은 수학과 철학에서 "수리논리학에 의해 초래된 재앙"(RFM, p. 299)을 일소하는 작업을 자신의 주된 과제의 하나로 삼고 있다. 그것은 "언어에 의해 우리의 지성을 매혹하려는 것"(PI, §109), 그리고 그로 말미암은 잘못된 사고 습관에 대한 투쟁의 일환이다(cf. CV, p. 44). 그리고 그 투쟁의 대상은 비단 수리논리학뿐만 아니라 집합론, 논리주의, 형식주의 등의 수학 기초론, 합리주의, 경험주의 철학과 형이상학, 심리학의 행태주의(behaviorism)와 정신주의(mentalism), 정신분석학 등 우리 시대의 사상계를 주도해온 이론과 사조들이다. 그리고 투쟁의 핵심은 우리의 삶의 "원초적 현상"을 명료히 보려(*übersehen*) 하지 않고 이론에 의해 설명하려는(PI, §654) 경향을 저지하는 것이다.[4] 언어 현상을 형식 언어 체계에 의해 설명하려는 수리논리학이 비트겐슈타인의 비판의 표적이 되고 있는 것도 이러한 연유에서다.

　　그러나 비트겐슈타인은 자신의 노력이 시대의 어두움을 밝혀줄 것으로 생각하지 않았다(CV, p. 61). 그에 의하면 위에 열거한 사상적 질병은 우리 시대의 어두움의 원인이 아니라 징후나 결과이기 때문이다. 시대의 어두움의 근본적 원인은 인간의 삶의 양식(mode of life)에 있다. 질병은 징후나 결과를 치료함으로써 근절되지 않는다. 그 치료는 오로지 그 원인인 삶의 양식의 근본적 변화에 의해서만이 가능하며 이는 한 개인의 작업

---

4) 이에 관한 자세한 논의를 위해서는 필자가 뉴턴 가버(Newton Garver)와 같이 쓴 다음의 책을 참조할 것.
　Newton Garver and Seung-Chong Lee, *Derrida and Wittgenstein.* Philadelphia : Temple University Press, 1994 : 뉴턴 가버·이승종, 『데리다와 비트겐슈타인』. 이승종·조성우 옮김, 서울 : 민음사, 1998.

에 의해서는 결코 성취되지 않는다. 비트겐슈타인은 다음과 같이 말한다.

> 한 시대의 질병은 인간의 삶의 양식(mode of life)의 변화에 의해 치료된다. 그리고 철학적 문제의 질병에 대한 치료는 한 개인에 의해 발명된 약을 통해서가 아니라 생각과 삶의 양식의 변화를 통해서만 가능했다.
> 자동차의 사용으로 말미암아 어떤 질병이 생기거나 조장되어 그러한 병에 인류가 고통을 받는다고 생각해보자. 그 병은 어떤 개발의 결과와 같은 어떤 원인으로 말미암아 인간이 자동차를 모는 습관을 버릴 때 비로소 치유된다(RFM, p. 132).

비트겐슈타인은 우리 시대의 어두움의 징표로 테크놀로지와 과학주의에 근거한 진보에의 믿음을 꼽았다.

> 예컨대 과학과 테크놀로지의 시대가 인류의 종말의 시작이라는 믿음 ; 위대한 진보의 이념이 진리의 궁극적 인식이라는 이념과 마찬가지로 환상이라는 믿음 ; 과학적 지식에는 훌륭하거나 바람직한 것이 아무것도 없다는 믿음 ; 그리고 그것을 얻으려 애쓰는 인류가 함정에 빠져들고 있다는 믿음은 어리석은 믿음이 아니다. 이것이 사실이 아닌지는 결코 분명하지 않다(CV, p. 56).

여기서 한 가지 근본적인 물음이 떠오른다. 비트겐슈타인에 있어서 수리논리학에 대한 비판적 태도와 "그가 문화의 쇠퇴로 간주하였던 산업 사회의 과학-기술 문명의 거부"(von Wright 1978, p. 118)는 어떠한 내적 관계에 있는가? 앞서 보았듯이 비트겐슈타인에 있어서 언어와 삶의 양식은 밀접한 관계를 이루고 있다. 그렇다면 우리 시대의 어두움과 논리학의 형식화, 수학화는 구체적으로 어떠한 연관이 있는 것일까? 그에 대한 대답은 양자가 공유하고 있는 과학주의의 이념, 보편화와 일반화에의 욕구, 그리고 이론적 설명에 대한 맹신에서 찾아진다. 그러나 비트겐슈타인의 작품에서 이러한 문명 비평적 사유는 충분히 전개되지는 않고 있다. 그의 통찰 뒤에 남겨진 이 근본적인 "사유되지 않은 것(*Ungedachte*)" ― 혹은 씌어지지 않은 것 ― 에 대한 사유는 하이데거에 의해 이루어진다.

앞서 보았듯이 하이데거에 의하면 수리논리학은 수학적 사고와 수학적 진리의 본질을 결정해주는 수학에 관한 논리학이 아니라 수학이 문장 형식에 적용된 것에 불과하다(FD, p. 122). 요컨대 수리논리학은 응용 수학일 뿐이며 수학의 본질을 밝혀주지도 못하고 있다는 것이다. 수리논리학이 수학의 일종이라면 우리는 수리논리학의 본질을 이해하기 위해 수학의 본질을 먼저 알아야 할 것이다. 그렇다면 수학이란 무엇인가? 하이데거에 의하면 수학이라는 낱말은 그리스어 *τά μαθήματα*에서 비롯된다. 그 표현의 원래의 의미는 "우리가 사물에 대해서 미리 알고 있는 것, 그래서 우리가 사물로부터 알아내는 것이 아니라 어떠한 방식으로 가져가는 것"(FD, p. 57)이었다.[5] 즉 *τά μαθήματα*는 우리가 사물을 만나기 위해 미리 마련하는 만남의 장이다. 이러한 의미에서 수는 *τά μαθήματα*의 좋은 예다. 수는 사물들의 속성이 아니며, 우리는 그 사물들에 대한 경험과 관계없이 그 사물들의 개수를 미리 알고 있다. 즉 수는 우리가 사물로부터 알아내는 것이 아니라 우리가 사물을 셀 때 우리가 사물에 가져가는 것이다. 하이데거는 그러나 이러한 수가 마치 *τά μαθήματα*의 의미와 동치인 것으로 전이된 것이 우리가 수학으로 알고 있는 학문의 시작이라고 본다.

하이데거에 의하면 *τά μαθήματα*가 수로 축소되면서 그 원래의 의미도 수의 속성인 계산의 의미로 축소된다. 응용 수학으로서의 수리논리학이 언어를 연산 체계로 보는 것의 뿌리도 여

---

5) 이 점에서 비트겐슈타인이 수학을 사실의 형식을 창조하는 학문으로 규정하고 있음은 흥미롭다. cf. RFM, p. 381.

기에서 찾아진다. 수리논리학을 통해 사유는 계산으로 대체된다. 이는 수리논리학의 선구자인 라이프니츠가 꿈꾸던 이상이었고 그 결과는 스탠리 제본스(Stanley Jevons)가 상상한 추론의 피아노다. 이에 관해 하이데거는 다음과 같이 말한다.

　사려를 요구하는 우리들 시대에 가장 깊이 사려를 요구하는 것은 우리가 아직도 사유하지 않고 있다는 것이다(WD, p. 3).

　우리 시대의 무사유(無思惟)의 본질은 수리논리학 혹은 그 모태로서의 수학이다(FD, p. 59). 그리고 계산으로 대체된 무사유는 과학과 테크놀로지를 그 정점으로 하는 우리 시대의 세계상에서 그대로 관철되고 있다. 이를 살펴보자.

　과학을 관찰 → 가설 설정 → 확증 → 법칙 정립의 과정으로 이해할 때 하이데거에 의하면 $\tau\acute{\alpha}\ \mu\alpha\theta\acute{\eta}\mu\alpha\tau\alpha$의 축소된 의미로서의 수학은 출발점인 관찰이 시작되기 전에 이미 과학적 과정에 투사된다(FD, p. 71). 투사된 수학은 과학이 사물의 구조를 이론화하는 데 사용되는 청사진이다. 관찰은 이러한 수학적 청사진이 설정한 범주에서 이루어진다. 즉 관찰을 통해 얻어지는 경험은 수학적 청사진에 의해 통제된 경험이다. 이러한 통제는 존재와 존재자에 대한 수학적 "공작(工作 : Gestell)"(US, p. 160)이다.

　하이데거는 뉴턴과 갈릴레이의 물리학에서 수학적 공작의 예를 찾는다(FD, pp. 66-71). 그들은 자연을 균일한 시공간의 장으로 이해한다. 시공간의 문맥을 배경으로 해서만 사물들이 경험되고 그들의 운동이 계산된다. 어떠한 사물과 그것의 장소도 단지 수학적 좌표상의 한 점일 뿐이고 어떠한 운동도 단지 좌표계상에서 이 점의 변화에 불과하다. 자연에 대한 수학적 공작은 이처럼 무차별적이고 획일적인 것이다. 그리고 이러한 작업은 존재를 있는 그대로 보여주는 작업이 아니라 과학적 설명이라는 목적에 맞게 가공하는 활동이다.

형이상학을 세계상과 존재관 그리고 인간과 세계와의 관계로 이해할 때, 우리 시대의 인간과 세계와의 관계는 공작자와 공작 재료의 관계다. 그리고 그 형이상학의 귀결은 테크놀로지다. 공작은 인간의 목적과 욕구에 종속되어 존재와 존재자에 대한 통제, 계산, 지배, 착취에 이른다. 이제 사물은 공작자의 목적과 욕구에 따라 부속품(*Bestand*)으로 전락한다. 예컨대 "공기는 질소를 배출하도록 쥐어짜지며, 땅은 광석을, 광석은 우라늄을, 우라늄은 파괴나 평화적 사용을 위한 원자력을 생산하도록 강요받는다"(VA, p. 19). 이러한 테크놀로지 시대의 도래는 인간의 사유를 대체하는 수리논리학의 시대와 중첩된다. 그리고 그 중첩은 필연적인 것이다. 콰인과 같은 수리논리학자에게나 하이데거와 같은 수리논리학의 비판자에게나 양자는 동일한 것이기 때문이다.

　　수학적 증명에 관한 철저히 순수한 이론과, 기계 계산에 관한 철저한 테크놀로지 이론은 그러므로 실제로는 동일하다(Quine 1960, p. 39).

　　메타 언어와 스푸트닉 인공 위성, 메타 언어학과 로켓 테크놀로지는 동일한 것이다(US, p. 160).

하이데거가 볼 때 수리논리학과 테크놀로지는 동일한 하나의 형이상학의 다른 표현이다. 그것은 서구 사상이 마지막 단계에 돌입하는 하나의 징후다. 비트겐슈타인이 그랬던 것처럼 하이데거도 이러한 흐름을 자신의 힘으로, 혹은 철학의 힘으로 멈추게 할 수 없다고 보았다. 비트겐슈타인이 그랬던 것처럼 하이데거도 수리논리학 자체를 비판하거나 부정하려 하지 않는다(ZS, p. 9). 사상적 질병이 그 징후나 결과를 치료함으로써 근절되지 않음을 그도 잘 알고 있기 때문이다. 하이데거가 볼 때 왜곡된 존재와 언어와 사유의 회복을 통해 인류의 생존이 달린 전지구적인 문제를 해결하는 작업은 인간의 힘을 넘어선 신의 구원을 필요로 한다. 하이데거는 다음과 같이 말한다.

철학은 지금 우리가 처해 있는 세계의 상황에 직접적 변화를 초래할 수 없을 것이다. 이는 철학뿐만 아니라 인간의 모든 생각과 노력에 대해서도 그러하다. 오직 신만이 우리를 구원할 수 있다(S, p. 209).

하이데거와 비트겐슈타인은 자신들의 위치를 시대 정신에 역행하는 반시대적 사상가로 자리매김했다. 그들은 수리논리학에 의한 언어의 왜곡을 비판하면서 그 왜곡의 뿌리가 보다 깊은 곳에 있음을 지적하였다. 그 뿌리는 우리 시대의 시대 정신에서, 더 나아가 인간의 삶의 양식, 서구의 형이상학 전체에서 발견된다. 그러나 그들은 자신들의 노력이, 자신들의 철학이 시대의 어두움을 밝히는 어떤 처방의 구실을 할 수 있으리라 믿지 않았다. 그들은 시인 포우프(Alexander Pope)의 "잘못은 인간이 저지르는 것이요, 용서는 신의 일"이라는 말을 좇아 그 처방의 몫을 신에게로 돌렸다. 비트겐슈타인의 『철학적 단편』의 서문은 우리 시대의 정신과 반시대적 정신의 차이를 잘 집약하고 있다.

이 책은 이 책의 정신을 공감하는 사람을 위해서 씌어졌다. 이 정신은 우리 모두가 처해 있는 유럽 및 미국 문명의 거대한 흐름을 이루는 정신과는 다른 것이다. 후자는 보다 크고 보다 복잡한 구조를 건축하는 계속되는 운동으로 표현된다. 전자는 어떠한 구조에서나 상관없이 명석성과 명료성을 추구하는 데서 표현된다. 후자는 세계를 그 주변 — 그 다양성에서 파악하려 하고 전자는 세계를 그 중심 — 그 본질에서 파악하려 한다. 따라서 후자는 하나의 구성에 또 다른 하나를 더하는 방식으로 하나의 단계에서 다른 단계로 나아가는 데 반해 전자는 제자리에 머물러 언제나 같은 것을 파악하려 한다.

나는 "이 책이 신의 영광을 위해 씌어졌다"고 말하고 싶다. 그러나 오늘날 …… 그 말은 올바로 이해되지 않을 것이다(PR, 서문).

□ 참고 문헌

이승종. (1993) 「언어철학의 두 양상」, 『철학과 현실』, 겨울호.

_____. (1994) 「비트겐슈타인의 모순과 크립키의 역설」, 『철학』, 제41집.

_____. (1998) 「하이데거의 고고학적 언어철학」, 한국하이데거학회 편. 『하이데거의 언어 사상』. 서울 : 철학과현실사.

Benacerraf, P. and H. Putnam. (eds.) (1964) *Philosophy of Mathematics*. Englewood Cliffs, N. J. : Prentice-Hall.

Church, A. (1956) *Introduction to Mathematical Logic*. Princeton, N. J. : Princeton University Press.

Fay, T. (1991) "The Ontological Difference in Early Heidegger and Wittgenstein," *Kant Studien*, vol. 82.

Garver, N. and Seung-Chong Lee. (1994) *Derrida and Wittgenstein*. Philadelphia : Temple University Press : 뉴턴 가버·이승종. 『데리다와 비트겐슈타인』. 이승종·조성우 옮김. 서울 : 민음사, 1998.

Gill, J. H. (ed.) (1968) *Philosophy Today, vol 1*. New York : Macmillan.

Guttenplan, S. and M. Tamny. (1971) *Logic : A Comprehensive*

Introduction. New York : Basic Books.

Hanna, R. (1986) "On the Sublimity of Logic," *Monist,* vol. 69.

Heidegger, M. (EM) *Einführung in die Metaphysik.* Tübingen :
Niemeyer, 1958.

_____. (FD) *Die Frage nach dem Ding.* Tübingen : Niemeyer,
1962.

_____. (HW) *Holzwege.* Frankfurt am Main : Klostermann,
1977.

_____. (N) *Nietzsche.* 2 vols. Pfullingen : Neske, 1961.

_____. (S) "Nur noch ein Gott kann uns retten," *Der Spiegel,*
vol. 23, May 1976.

_____. (SZ) *Sein und Zeit.* Tübingen : Niemeyer, 1957.

_____. (US) *Unterwegs zur Sprache.* Pfullingen : Neske, 1982.

_____. (VA) *Vorträge und Aufsätze.* Pfullingen : Neske, 1954.

_____. (W) *Wegmarken.* Frankfurt am Main : Klostermann,
1967.

_____. (WD) *Was heißt Denken?* Tübingen : Niemeyer, 1961.

_____. (ZS) *Zur Seinsfrage.* Frankfurt am Main :
Klostermann, 1956.

Hintikka, M. and J. Hintikka. (1986) *Investigating Wittgenstein.*
Oxford : Basil Blackwell.

Kreisel, G. (1958) "Wittgenstein's *Remarks on the Foundations
of Mathematics", British Journal for the Philosophy of
Science,* vol. 9.

Leibniz, G. (1969) "On the Radical Origination of Things", L.
Loemaker (ed.), *Leibniz : Philosophical Papers and
Letters.* 2nd edition. Dordrecht : Reidel에 수록.

Luckhardt, C. G. (ed.) (1979) *Wittgenstein : Sources and
Perspectives.* Ithaca, N. Y. : Cornell University Press.

McGuinness, B. (ed.) (1982) *Wittgenstein and his Times.* Chicago : University of Chicago Press.

Nagel, E. (1944) "Logic without Ontology", Benacerraf and Putnam 1964에 재수록.

Quine, W. V. (1960) "On the Application of Modern Logic", Quine 1976에 재수록.

_____. (1976) *The Ways of Paradox and Other Essays.* Revised and enlarged edition. Cambridge, Mass.: Harvard University Press.

von Wright, G. H. (1978) "Wittgenstein in Relation to his Times", McGuinness 1982에 재수록.

Wang, H. (1974) *From Mathematics to Philosophy.* London : Routledge and Kegan Paul.

Wittgenstein, L. (BB) *The Blue and Brown Books.* Oxford : Basil Blackwell, 1958.

_____. (CV) *Culture and Value.* 2nd edition. Ed. G. H. von Wright. Trans. P. Winch. Oxford : Basil Blackwell, 1980.

_____. (L) "Letters to Ludwig von Ficker", Luckhardt 1979에 재수록.

_____. (LE) "A Lecture on Ethics", Gill 1968에 재수록.

_____. (LFM) *Wittgenstein's Lectures on the Foundations of Mathematics, Cambridge 1939. From the Notes of R. G. Bosanquet, Norman Malcolm, Rush Rhees, and Yorick Smythies.* Ed. C. Diamond. Ithaca : Cornell University Press, 1976.

_____. (MS) *Unpublished Manuscripts.* G. H. von Wright, *Wittgenstein.* Oxford : Basil Blackwell, 1982에서 부여된 번호에 준하여 인용.

_____. (NB) *Notebooks 1914-1916*. Ed. G. H. von Wright and G. E. M. Anscombe. Trans. G. E. M. Anscombe. Oxford : Basil Blackwell, 1961.

_____. (PI) *Philosophical Investigations*. 3rd edition. Ed. G. E. M. Anscombe and R. Rhees. Trans. G. E. M. Anscombe. Oxford : Basil Blackwell, 1967.

_____. (PR) *Philosophical Remarks*. Ed. R. Rhees. Trans. R. Hargreaves and R. White. Oxford : Basil Blackwell, 1975.

_____. (RFM) *Remarks on the Foundations of Mathematics*. Revised edition. Ed. G. H. von Wright, R. Rhees, and G. E. M. Anscombe. Trans. G. E. M. Anscombe. Cambridge, Mass. : MIT Press, 1978.

_____. (TLP) *Tractatus Logico-Philosophicus*. Trans. D. Pears and B. McGuinness. London : Routledge and Kegan Paul, 1961.

_____. (WWK) *Wittgenstein und der Wiener Kreis : Gespräche aufgezeichnet von Friedrich Waismann*. Ed. B. McGuinness. Frankfurt am Main : Suhrkamp, 1967.

◁ Ⅲ ▷
사회성, 포스트모던 그리고 미래

후설철학에서의 개체와 공동체 그리고 윤리적 사회성

조 관 성(인천교육대 철학 교수)*

1. 머리말

개체와 공동체의 관계에 관한 문제는, 그리스 철학자 플라톤[1]

* 1997년 12월부터 1998년 2월까지 필자가 독일 가톨릭장학재단(KAAD)의 연구 지원 계획에 따라 객원 교수 자격으로 독일 프라이부르그대학교 후설연구소에서 방문 연구를 수행할 때, 후설의 유고들을 탐색하는 것을 허락하고 도움을 주었던 B. Rang 교수와 H. R. Sepp 교수에게 이 자리를 빌어 고마움을 표시한다.
1) 다음 책을 참조하시오, Plato, *The Republic*, Translated with Introduction and Notes by F.M.Cornford, 1964 London ; 플라톤의 도덕철학 안에서 전체주의의 철학적 발생의 뿌리를 찾아내고 있는 포퍼는, 전체주의에 대하여 강력한 비판을 가한다. 이 점에 대하여 다음 책을 참조하시오, K. R. Popper, *The Open Society And Its Enemies*, Vol 1, London 1966 ; 플라톤의 도덕철학이, 포퍼가 비판하는 부정적 의미의 전체주의의 특징을 가지지 않는 것으로 또는 포퍼의 강렬한 비판적 해석보다 온건한 방식으로 해석될 수도 있다. 우리가 어떤 해석을 따르든 다음의 사태는 변함이 없다. 곧 플라톤이 수행한 도덕철학적 사유의 큰 특징은, 개체에서 시작하여 사회 공동체로 나아가는데 있지 않고, 사회 공동체 또는 국가에서 출발하여 개체 또는 개인으로 나아가는 데에 있다. 그의 도덕철학은 개체 중심주의가 아니라 명백하게 공동체에서 개체로 나아가는 공동체 중심주의다. 이 점에 대하여 다음 책을 참조하

이 구축한 넓은 의미의(사회철학, 정치철학 그리고 국가철학을 포함하는) 도덕철학 안에서 주요 주제 대상이 된 이래 지금까지도 도덕철학의 주요 주제 또는 논쟁점으로 다루어지고 있다. 본 논문은 후설철학에 대한 해석과 재구성을 통하여 개체와 공동체의 관계에 관한 문제를 다룬다. 독일어권에서는 공동체 또는 사회 공동체를 가리키는 용어로서 게마인샤프트(Gemeinschaft)와 게셀샤프트(Gesellschaft)라는 두 가지 표현이 사용된다. 필자는 예를 들어 사랑과 같은 자연스러운 마음의 뻗침과 이 마음의 뻗침에 근거하는 사회적 상호 행위들을 통하여 구성된 나와 너의 내적인 사회적 연결과 결합 또는 사회 공동체를 게마인샤프트로 이해하며, 인위적인 사회 계약이나 법을 통하여 구성된 나와 너의 사회적 연결과 결합 또는 사회 공동체를 게셀샤프트로 이해한다. 이로부터 우리는 나와 너의 내적 마음과 의지의 연결과 결합 또는 통일을 통하여 가능한 게마인샤프트가 게셀샤프트보다 근원적인 것임을, 곧 전자의 토대 위에 후자가 성립하고 존재할 수 있음을 쉽게 인식할 수 있다. 이 논문에서 공동체 또는 사회 공동체는 게셀샤프트의 근원 또는 기초가 되는 게마인샤프트를 의미한다. 우리는 게셀샤프트와 뚜렷하게 대조되는 게마인샤프트의 특징적 의미를 후설철학과 셸러철학에서뿐만 아니라 퇴니스(Ferdinand Toennies)의 사회학에서도 찾을 수 있다. 나와 너의 인위적인 외적 연결과 결합을 함의하는 게셀샤프트는, 서로 내적으로 곧 마음과 의지로 사랑하고 대화하면서 함께 삶을 영위하는 나와 네가 이루는 게마인샤프트를 파괴하거나 대신할 수 없다.2)

시오., Plato, *The Republic*, translated with an introduction by H. D. Lee, London 1955, 30쪽.
2) Johann Fischl, *Geschichte der Philosophie*, Graz Wien Koeln 1964, 505-506쪽 참조 ; 퇴니스가 1887년에 게마인샤프트와 게셀샤프트라는 두 가지 개념을 엄밀하게 구별하여 사회학의 전문 용어로 도입하여 사용하기 시작했다. 그러나 현대인들은 더 이상 이 두 가지 용어를 퇴니스처럼 엄밀하게 구

본 논문은 후설의 원전과 유고에 대한 해석을 통하여 아래와
같은 기본 명제들을 길어올리고 밝혀내고자 시도한다. 첫째, 후설
의 철학적 사유는 개체에서 시작하여 공동체로 나아간다. 둘째,
후설철학에 대한 비판가들에 의해서 부정적 의미에서 주관성의
철학 또는 의식의 철학이라 특징지워지는 후설철학 안에서, 개체
인격과 개체 인격을 엮는 굵은 끈으로서 마음의 지향성만이 중시
되는 것이 아니라, 마음과 언어와 실천적 행위가 모두 중시되고
있다. 셋째, 후설철학은 개체주의와 공동체주의3)를 함께 포괄하

분하여 사용하지 않는 경향이 있다. 따라서 다음과 같은 표현들은 이 두 용어
가 일상 언어와 과학 언어의 문맥 안에서 거의 동의어로 쓰이고 있음을 보여
준다 : Gemeinschaftskunde und Gesellschaftslehre, Gemeinschaftsmusik und
Gesellschaftslied, Gemeinschaftsreisen und Gesellschaftsreisen ; 그러나 이
두 가지 용어가 일상 언어와 전문 언어의 문맥 안에서 다음과 같이 그 의미가
뚜렷하게 구분되어 쓰이는 경우도 있다. Gemeinschaftsvertrag 대신에 Gesell-
schaftsvertrag이 그리고 Gemeinschaft der Wissenschaften 대신에 Gesellschaft
der Wissenschaften이 살아 있는 바른 사용법이다. 반면에 Gesellschaft der
Heiligen 대신에 Gemeinschaft der Heiligen이 그리고 Lebensgesellschaft 대신
에 Lebensgemeinschaft가 살아 있는 바른 사용법이다. 또한 게셀샤프트 대신
에 꼭 게마인샤프트와 결합해 쓰이는 용어들로서 Voelkergemeinschaften,
Staatengemeinschaften, Glaubensgemeinschaften 등이 있다 : Ernst R.
Sandvoss, *Philosophie Im Globalen Zeitalter*, 212쪽 참조.
3) 필자는, 개체에서 출발하여 개체들로 이루어진 공동체가 개체 인간의 온전
한 (사회적, 윤리적) 삶 속에서 긍정적 의미와 역할을 지니고 있다는 사태를
중시하는 입장을 공동체주의(Kommunitarismus)로 부르고자 한다. 이런 의
미의 공동체주의의 고전적 모형을 우리는 『니코마쿠스 윤리학』과 『정치학』
에 기술된 아리스토텔레스의 도덕철학에서 찾을 수 있다. 이런 문맥 안에서
공동체주의는, 개체의 존재와 가치를 하나의 큰 실체로서의 전체 속에 매몰
시키는 전체론(Holismus)에 이론적 토대를 두고 있으며 도덕철학 안에서 전
체론과 함께 부정적 함의를 지니고 있는 전체주의(Totalitarismus)와 뚜렷하
게 다른 의미를 지니고 있다. 본 논문은, 위에 후설철학의 문맥 안에서 그리
고 현대의 사회철학적 논쟁에 앞서서 근원적으로 규정된 공동체주의 개념을
사용한다. 본 논문은 북아메리카 또는 미국에서 사회철학의 논쟁점이 되고
있으며 다양한 갈래의 문제점들을 담고 있는 공동체주의 개념을 주제 삼지
않는다. 따라서 독자는 현대에 이루어진 개인주의와 공동체주의 또는 자유주

고 있는 도덕철학 또는 사회철학을 담고 있다.4) 그의 도덕철학
안에서 개체와 공동체 그리고 개체주의와 공동체주의 또는 개
체 중심주의와 공동체 중심주의는 상호 대립하거나 모순 관계
를 보이지 않으며 따라서 함께 양립 가능하며 하나의 연속선
위에서 모순 없이 함께 만난다. 후설은 그의 도덕철학적 사유
속에서 개체와 공동체의 대립 그리고 개체주의와 공동체주의
의 대립을 극복 또는 해소한다고 볼 수 있다. 넷째, 후설의 도덕
철학 또는 사회철학에서 읽어낼 수 있는 개체주의와 공동체주
의의 만남과 융합 또는 개체와 공동체의 상호 침윤과 융합은
개체 자아의 윤리적 사회성을 통하여 확인될 수 있다.5)

　　본 논문에서 현상학함의 주제 대상이 되는 개체는, 무엇보다
도 크게 두 가지 관점과 맥락 안에서 파악될 수 있다. 첫째, 존
재론의 관점과 맥락 안에서 개체는 더 이상 나뉠 수 없는 하나
의 온전한 전체를 뜻한다. 개체의 이러한 의미는 단자(Monade)
라는 용어가 함의하는 뜻과 일치한다. 둘째, 현상학의 관점과
맥락 안에서 개체는 세계 속에서 타자아와 세계를 마주 대한
채 이루어지는 구체적인 삶의 주체인 인격적 자아로서의 개체

의와 공동체주의 사이의 논쟁을 떠올리지 말고, 후설철학에 내재하는 개체주
의와 공동체주의의 조화 속의 의미를 읽어내길 바란다. 후설철학에서 읽을
수 있는 개체주의와 공동체주의의 이러한 조화는 현대 세계에서 일고 있는
자유주의(개인주의)와 공동체주의 사이의 논쟁에 의미 있는 시사를 준다고
볼 수 있다.
4) 후설철학에서 읽어낼 수 있는 국가철학 그리고 사회철학과 사회윤리학을
다루고 있는 다음 이차 서적들을 참조하시오, Hart. J. G., *The Person and
the Common Life-Studies in a Husserlian Social Ethics*, Dordrecht 1992 ;
K. Schuhmann, *Husserls Staatsphilosophie*, Freiburg 1988 ; B. Waldenfels,
*Das Zwischenreich Des Dialogs-Sozialphilosophische Untersuchungen in
Anschluss an Edmund Husserl*, Den Haag 1971.
5) 본 논문에서 넓은 의미의 도덕철학의 범위 안에서 다루어지는 개체와 공
동체라는 주제는, 후설철학에서 뚜렷하게 자리잡고 있는 인격적 자아 이론과
상호 주관성 이론 안에서도 풍부한 내용들을 얻을 수 있다.

인간을 지시한다. 한편 존재론의 맥락 안에서 볼 때, 이 세계에 던져진 개체는 정해진 성과 유전적 특징들과 능력들을 지닌 외톨이다. 이 개체는 생물학적 존재로서 본능의 삶의 주체며 동시에 도덕적 존재로서 이성의 삶의 주체다. 따라서 개체는 육체에 자리잡은 본능의 삶의 국면과 마음에 자리잡은 이성의 삶의 국면을 융합된 채 지닌 단일한 개체 인격을 가리킨다. 다른 한편 현상학의 맥락 안에서 보면, 이 세계에 던져진 개체는 이미 어느 누구의 자식으로서 또한 어느 민족 또는 국가의 일원으로서 그리고 어떤 시대 정신이나 문화 전통의 공유자 그리고 참여자로서 공동체 속에서 상호 의사 소통하고 상호 이해하는 사회적 상호 행위들(Soziale Akte)을 통하여 주위 세계와 타자아들과 함께 사회 공동체 삶을 살기 시작한다. 후설은 개별적인 인격적 자아들의 상호 의사 소통하는 다양한 단계의 사회적 상호 행위들을 통하여 사회 공동체6)가 구성된다는 현상학적 사태를 통찰하여 이 사태를 매우 풍부하게 기술하고 있다(『이념들 Ⅱ』;『상호주관성 Ⅲ』, 461-479쪽). 후설의 이러한 현상학적 통찰은 짐멜(Georg Simmel), 베버(Max Weber), 셸러(Max Scheler) 등의 (지식) 사회학적 시도를 연상시킨다. 이들도 개별적 자아들의 사회적 상호 행위들을 통하여 사회 공동체가 성립한다고 본다. 본 논문에서 현상학함의 주제 대상이 되는 공동체는, 개체들이 무엇보다도 넓은 의미의 상호 의사 소통하고

---

6) 후설은 자아와 타자아의 지향적인 내적 연결과 결합에서 출발하는 사회 공동체 또는 다수의 인격적 자아들로 엮어진 사회 공동체를 지칭하고 특징짓기 위해서 여러 가지 용어들을 사용한다. 여기에 그 용어들을 소개한다 : Geschlechtsgemeinschaft, eheliche Gemeinschaft, Tischgemeinschaft, Familiengemeinschaft, Dorfgemeinschaft, Volksgemeinschaft, Sprachgemeinschaft, Strebensgemeinschaft, Willensgemeinschaft, Liebesgemeinschaft, Einfuehlungsgemeinschaft, Mitteilungsgemeinschaft, Wirkungsgemeinschaft, Monaden -gemeinschaft, Personengemeinschaft, Personenverband, Gemeingeist, Menschheit, Menschentum.

상호 이해하는 마음의 지향적 뻗침과 언어 사용과 언어 행위 그리고 실천적 행위 수행을 통하여 근원적으로 엮어진 채 표현되는, 함께 어우러진 삶을 가리킨다. 후설 이후에 등장한 현상학의 전통과 흐름을 따르는 철학자들 가운데, 후설철학이 지니고 있는 세간적 현상학의 계기와 선험적 현상학의 계기 중 전자의 계기만을 인정하면서, 나와 타자아를 사회적으로 연결하는 가장 굵은 끈으로서 반성하는 자기 의식의 삶을 배제하고 대신에 전반성적 단계의 신체와 언어 행위만을 상호 주관적인 사회적 삶의 주요 단초로 삼는 철학자들이 있다. 그러나 본 논문에서 필자는, 나와 타자아가 이루는 사회적 삶의 기초 또는 나와 타자아를 상호 주관적으로 그리고 사회적으로 엮는 굵은 끈을 반성하는 자기 의식의 삶의 지향성, 마음의 지향성과 신체에 의존하는 언어 사용과 언어 행위 그리고 신체와 마음의 지향성을 매개로 하는 행위 수행에서 찾고 있다.

2. 본 론

한국어의 일상적 사용과 과학적 사용에서 마음, 언어 그리고 행위는 나와 타자아를 연결·결합시킬 수 있는 세 가지 굵은 끈으로 여겨진다. 나와 타자아의 사회적 연결과 결합이 자연스레 도덕철학적 문맥 안에 들어오기 때문에, 우리는 일상 생활과 과학의 담론 속에서 바른 마음, 바른 언어, 바른 행위 등과 같은 표현법들을 사용한다. 나와 타자아를 엮는 굵은 끈으로 이해될 수 있는 마음과 언어와 행위는, 자아의 사회적 삶을 가리킬 뿐만 아니라 개체 인간들 사이에서 규범과 규칙에 따라서 이루어지는 윤리적 삶을 함의한다. 이런 맥락 안에서 우리는 불교 경전에 기술되어 있는 "생각하고 말하고 행하는 것으로 죄를 범하지 말라"[7]라는 도덕 명령의 뜻을 마음 속으로 되새기고 이해할 수 있다. 가톨릭 교회 안에서 언어 행위를 통하여 수행되는 종교 의식에서도 우리는, 인간과 인간을 사회적으로 그리고 동시에 윤리적으로 연결·결합하는 마음과 언어와 행위에 주의하여 발언되는 신앙인들의 자기 죄의 고백을 들을 수 있다.

후설철학에서 상호 의사 소통하고 상호 이해하는 사회적 상호 행위(Soziale Akte, Soziale Bewusstseinsakte)는 크게 구분하여 감정 이입(Einfuehlung)과 언어 행위(Sprechakt) 그리고 실천적 행위(Handlung) 등을 포괄하는 개념으로 해석될 수 있다. 그러므로 나와 타자아를 연결·결합하는 끈에 비유될 수 있는 사회적 상호 행위들에 의해서 구성되는 나와 타자아의 사회적 연결과 결합은 크게 구분하여 세 가지 형식의 공동체로 구별되고 특징지워질 수 있다. 자기 반성하는 마음의 지향적 뻗침에 기초하는 감정 이입의 공동체(Einfuehlungsgemeinschaft), 언어의 의사 소통적 기능에 의존하는 서로 이야기를 주고받는 상호 의사 소통의 공동체(Mitteilungsgemeinschaft) 그리고 실천적 행위를 통하여 서로 협력하며 영향과 작용을 서로 주고받는 공동체(Wirkungsgemeinschaft)가 세 가지 형식의 공동체로 제시될 수 있다. 이 세 가지 형식의 공동체는 자아가 타자아를 만나고 이해하며 함께 사회 공동체 삶을 이룰 수 있는 세 가지 커다란 방식을 뜻한다(『상호 주관성 Ⅲ』, 461-479쪽 ; 『강연 Ⅱ』, 8쪽 참조). 여기 예시된 세 가지 형식의 공동체는 상호 주관성이라는 주제 안에서 각각 마음의 지향성을 매개로 한 상호 주관성(Intentionale Intersubjektivitaet), 언어 행위를 매개로 한 상호 주관성(Sprachliche Intersubjektivitaet), 실천적 삶과 행위를 매개로 한 상호 주관성(Handelnde Intersubjektivitaet)으로 불릴 수도 있다. 자기 반성하는 마음의 지향성으로 엮어진 감정 이입의 공동체는 서로 이야기를 주고받는 언어 행위를 매개로

---

7) *The Dhammapada : The Sayings of the Buddha*, New York 1976 (『법구경』, 조현숙 역, 서광사 1992).

하는 상호 의사 소통의 공동체에 대한 기초를 이루고, 감정 이입의 공동체와 상호 의사 소통의 공동체는 실천적 행위를 통해서 구성되는 나와 너의 공동체(Wirkungsgemeinschaft)에 대한 기초를 이룬다고 말할 수 있다. 여기 언급된 세 가지 형식의 공동체는 내용 면에서 세 가지 형식의 상호 주관성을 지시하면서, 하나의 해석학적 순환 관계에 놓여 있다.

영미 언어철학과 후설철학에서 공통적으로 길어올릴 수 있는 언어 행위 이론에 따르면, 한편 자아의 언어 사용과 언어 행위는 근원적으로 마음의 지향성과 자기 운동하는 신체에 기초해 있다(『상호 주관성 Ⅲ』, 461-479쪽). 다른 한편 자아의 언어를 사용하는 행위와 실천적 삶과 행위는 실천적 삶과 행위의 상황 속에서 동시적으로 긴밀하게 연결되어 있다. 따라서 신체의 자유로운 움직임을 전제하고 있는 실천적 행위를 통해서 구성되는 나와 너의 공동체는, 자기 반성하는 마음의 지향성을 전제하고 있는 감정 이입의 공동체와 언어 행위를 매개로 하는 상호 의사 소통의 공동체 두 가지 모두를 토대로서 전제하면서도, 언어 행위를 매개로 하는 상호 의사 소통의 공동체와 더욱 긴밀하게 결합되어 있다고 볼 수 있다. 여기에서 우리는 나와 너의 상호 주관적인 사회적 연결과 결합을 가능케 하는 큰 끈으로서의 마음의 지향성과, 마음의 지향성과 신체에 기초한 언어 행위 그리고 신체의 자기 운동과 마음의 지향성에 기초한 실천적 삶과 행위가 해석학적으로 순환하고 있음을 알아챌 수 있다. 특히 우리는 언어 행위 이론의 범위 안에서 마음의 지향성이 언어 사용과 언어 행위에 앞서는 근원적인 것임을 지적한다.[8]

우리는 현상학적 사태로서의 어떤 한 공동체에서 여기 구분되어 기술된 세 가지 형식의 공동체가 가지는 특징들 모두를

---

8) 이 점에 대하여 다음 책을 참조하시오, Erich Schaefer, *Grenzen der Kuenstlichen Intelligenz - John R. Searles Philosophie des Geistes*, Berlin 1994, 5장.

읽어낼 수 있다. 예를 들어 작은 범위 안에서 이해될 때 네 명으로 이루어진 나의 가족 공동체는, 자기 반성하는 마음으로 엮어진 감정 이입의 공동체며, 마음의 지향성과 신체에 기초한 언어 사용과 언어 행위로 엮어진 의사 소통의 공동체며, 또한 자유로운 신체의 움직임과 마음의 지향성에 기초한 구체적인 실천적 행위를 통해서 구성되는 나와 너의 공동체다. 나와 너에서 출발하여 이루어진 가족 공동체에서 확인할 수 있는 이런 사정은, 넓은 범위 안에서 민족 공동체나 국가 공동체 그리고 인류 공동체 또는 세계 공동체에도 그대로 해당한다.

주로 1912년에서 1915년 사이에 작성한 원고들로 이루어진 『이념들 II』에서 후설이 기술하고 있는 특히 언어 행위를 통한 사회적 상호 행위에 관한 이론(『이념들 II』, 192-194쪽 참조)은, 현상학의 전통에 속하는 아돌프 라이나하(Adolf Reinach)에 의해서도 현상학함의 주제 대상으로 다루어진다. 라이나하는 1913년에 낸 그의 저서 *Die apriorischen Grundlagen des buegerlichen Rechts*에서 사회적 상호 행위에 대하여 상세하게 기술한다. 이 저서를 통해서 그는 언어 행위 이론의 선구자로 또는 언어 행위를 통한 사회적 상호 행위 이론을 통찰한 철학자로 여겨지게 되었다. 그의 사회적 상호 행위 이론이 함축하고 있는 언어 행위 이론은 영미 언어철학의 전통에 속하는 철학자인 오스틴과 써얼의 언어 행위 이론을 앞지르는 것으로 평가되고 있다.9) 언어 행위를 매개로 삼는 사회적 상호 행위에 관한 후설과 라이나하의 영향 관계를 위에 언급된 연대를 도입하여 고찰할 때, 우리는 이 영향 관계를 두 가지 방향으로 추정할 수 있다. 후설은 사회적 상호 행위라는 개념을 라이나하로부터 영향을 받아서 이어받고 있다고 추정될 수 있다.10) 그러

---

9) 오스틴과 써얼이 제시한 언어 행위 이론에 대하여 다음 두 책을 참조하시오, J. L. Austin, *How to Do Things with Words*, Ed. by J. O. Urmson, New York 1965 ; John R. Searle, *Speech Acts*, Oxford 1969.

나 이런 추정은 반대 방향의 추정, 곧 후설이 라이나하의 사회적 상호 행위 이론에 영향을 미쳤다는 추정을 완전히 배제할 수 없다. 어느 추정이 진리로 수용되든 다음 사태는 명백하다. 후설과 라이나하는, 언어 행위를 매개로 삼는 사회적 상호 행위를 통하여 함께 만난다.

후설이 기술하고 있는 언어 행위를 매개로 삼는 사회적 상호 행위에 관한 이론은, 기본적인 내용 면에서 특히 영미철학 전통에 속하는 언어 행위 이론(Sprechakttheorie)과 닮았거나 일치한다고 해석될 수 있다. 우리는 후설 원전에서 언어 사용과 언어 행위를 통한 상호 의사 소통, 상호 이해 그리고 나와 너의 상호 주관적인 엮어짐과 사회적 공동체 삶에 대한 후설의 뛰어난 현상학적 통찰들과 기술들을 쉽게 만날 수 있다(『상호 주관성 Ⅲ』, 461-479쪽 참조). 우리는 언어 행위를 매개로 하는 상호 주관성(Sprachliche Intersubjektivitaet)에 관한 후설의 현상학적 통찰 내용들의 발전된 모습을 현대 독일 철학자인 아펠과 하버마스의 사회철학에서 쉽게 찾아볼 수 있다. 언어 행위를 통한 사회적 상호 행위에 기초하여 인간의 사회성과 상호 주관성 그리고 인간의 실천적인 사회 공동체 삶을 의사 소통의 공동체(Kommunikationsgemeinschaft)라는 주제 아래 기술하고

---

10) 스승인 후설과 제자인 라이나하의 관계에 대하여 라이나하가 1906년과 1917년 사이에 후설에게 보낸 서신들을 참조하시오. 그러나 이 서신들 속에 사회적 상호 행위 이론에 관한 후설과 라이나하의 영향 관계를 밝혀줄 내용이 담겨 있지 않으며, 또한 사회적 상호 행위 자체에 관한 언급이 나오지 않는다 ; *Edmund Husserl : Briefwechsel* Ⅱ, 189-208쪽, Ed. by Karl and Elisabeth Schuhmann, Dordrecht 1994 ; 라이나하는 괴팅겐·뮌헨학파에 속하는 현상학자들 가운데 주도적인 인물이었다. 라이나하와 이 학파의 현상학자들은, 후설의 초기 현상학이 강하게 지니고 있는 실재론에 정향되어 있었으며 후설의 현상학이 품고 있는 선험적 관념론을 거부했다. 후설철학이 실재론의 계기와 관념론의 계기를 모순 없이 끌어안고 있다는 점을 고려할 때, 라이나하와 괴팅겐·뮌헨학파의 현상학자들은 그들의 현상학함에서 후설철학의 두 가지 계기들 가운데 한 가지 계기를 선택했다고 볼 수 있다.

있는 아펠과 하버마스는, 주관성 철학 또는 의식 철학의 모형
을 철학함의 중심 밖으로 밀어놓고 언어와 언어 사용 그리고
언어 행위의 모형을 그들의 사회철학에 도입하여 충분히 활용
하고 있다.[11]

후설의 사회적 상호 행위 이론이 담고 있는 언어 사용과 언
어 행위를 통한 나와 너의 엮어짐은, 대화의 철학(Dialogik,
Dialogismus)을 암시한다. 후설철학 안에서 우리는 대화의 철학
으로 특징지워질 수 있는 현상학적 통찰 내용들을 풍부하게 찾을
수 있다. 우리는 독일에서 발생한 현상학의 초기 단계에 속하는 현
상학자인 디트리히 폰 힐데브란트(Dietrich von Hildebrandt)의
1930년에 출간된 저서 *Metaphysik der Gemeinschaft*에서 대화
의 철학의 단초를 찾을 수 있다. 그런데 폰 힐데브란트가 위 저
서에서 기술하고 있는 대화의 철학의 단초는, 1918년과 1921년
사이에 씌어진 후설의 글 속에 이미 나타난다(『상호 주관성
II』, Gemeingeist I, Gemeingeist II 참조).

대화의 철학을 주제로 삼을 때, 우리는 마틴 부버를 빼놓을
수 없다. 우리는 부버의 대화의 철학이 담고 있는 핵심 용어인
'나와 너'의 관계에 상응하는 개념을 후설철학에서도 찾을 수
있다. 후설은 1921년에 작성된 수고에서 사회적 상호 행위의
문맥 안에서 '나와 너의 관계' 또는 '나와 타자아의 근원적 연
결'이라는 용어들을 사용하고 있다(『상호 주관성 II』, 166-168
쪽). 부버와 후설이 각각 사용하는 위 개념들을 통하여 두 철학
자는 분명히 만나고 있다. 우리는 여기에서 다음과 같이 물을
수 있다. 누가 누구에게 영향을 주었을까? 또는 누가 대화의 철
학의 단초를 먼저 통찰했을까? 부버는 나와 너의 인격적 관계

---

11) 다음 책들을 참조하시오, Karl-Otto Apel, *Transformation der Philosophie*
Bd. 2.-*Das Apriori der Kommunikationsgemeinschaft*, 1976 Germany ;
Juergen Habermas, *Theorie der Kommunikativen Handelns* Bd. 1, 2, 1982
Germany.

에 기초하고 있는 대화의 철학의 문을 연 저서인 『나와 너』를 1923년에 완성하여 세상에 내놓았다. 여기로부터 우리는, 후설이 대화의 철학의 단초를 부버보다 먼저 통찰했다고 추정적으로 말할 수 있다. 그러나 부버가 1957년에 위 저서에 첨가한 후기에 따르면, 부버는 이미 1957년으로부터 40년이 넘는 이전 시기에 그의 저서 『나와 너』의 개괄적인 초고를 작성했었다고 회고하고 있다. 여기로부터 우리는, 부버가 대화의 철학의 기본 개념을 후설보다 먼저 지니고 있었음을 추정할 수도 있다. 여기 제시된 두 가지 갈래의 추정 가운데 어느 것이 진리인가라고 우리는 또 물음을 제기할 수 있다. 그러나 이런 물음들보다 더욱 중요한 점은, 두 철학자가 대화의 철학을 통하여 함께 만날 수 있다는 데 있다. 부버의 저서 『나와 너』 이외에 두 철학자가 나와 타자아의 엮어짐 또는 대화의 철학을 중심으로 삼아서 함께 만날 수 있는 또 다른 저서로 1953년에 씌어진 부버의 *Elemente des Zwischenmenschlichen*를 들 수 있다[12]. 토이니젠은 그의 저서[13]에서 부버가 대표하는 대화의 철학을 후설의 선험 철학에 반대하고 대항하는 철학적 시도로 또는 부버의 대화의 철학을 후설의 선험적 의식의 철학을 극복하는 대안적 시도로 해석하고 있다. 그러나 본 논문에서 필자는, 후설과 부버가 나와 타자아의 수평적인 사회적 연결을 함축하는 대화의 철학이라는 공통 주제 속에서 함께 만나며 일치할 수 있음을 강조한다.

후설철학은, 자기 반성하는 마음으로 엮어진 나와 너의 관계(나와 너의 공동체 또는 공동체 삶)뿐만 아니라, 대화 또는 언어 행위를 통하여 엮어진 나와 너의 관계와 실천적 행위를 매

---

12) 여기 기술된 부버의 대화의 철학에 대하여 다음 한 권의 책에 담긴 그의 여러 저서들을 참조하시오, Martin Buber, *Das dialogische Prinzip*, Heidelberg 1979.
13) Michael Theunissen, *Der Andere*, Berlin 1977.

개로 엮어진 나와 너의 관계를 모두 현상학함의 주제 대상으로 삼는다. 본 논문은, 사회적 상호 행위로서의 언어 행위를 통하여 구성되는 나와 너의 사회적 결합을 뜻하며 서로 이야기를 주고받는 언어 사용과 언어 행위를 통하여 이루어지는 상호 의사 소통의 공동체와, 감정 이입을 통하여 구성되는 나와 타자아의 사회적 결합을 가리키는 감정 이입의 공동체를 본 논문의 전경에 도입하여 중점적으로 다루지 않는다. 후설철학 안에서 뚜렷하게 자리잡고 있는 감정 이입의 공동체와 상호 의사 소통의 공동체는, 본 논문의 배경에서 인격적 자아의 공동체 삶 또는 윤리적 사회성을 뒷받침한다고 말할 수 있다. 본 논문은, 사회적 상호 행위로서의 실천적 행위를 통하여 구성되는 그리고 나와 타자아의 사회적 연결과 윤리적 관계를 함축하는 '실천적 행위를 통하여 서로 협력하며 영향과 작용을 서로 주고받는 공동체(Wirkungsgemeinschaft)'를 단초로 삼아서 개체와 공동체의 수평적인 상호 침윤과 융합을 밝혀내는 일을 수행한다. 무엇보다도 신체의 자유로운 움직임을 전제하고 있는 실천적 행위를 통하여 구성되는 나와 너의 공동체(Wirkungsgemeinschaft)는, 본 논문의 전경에서 인격적 자아의 윤리적 사회성과 공동체 삶을 구체적으로 드러내보인다.

개체와 사회 공동체의 관계에 관한 현상학적 사유를 수행하는 데 있어서 후설은 철저하게 개체 자아에서 출발한다. "나의 삶은 그 자체로서 아무것도 아니다. 나의 삶은 타자아들의 삶과 하나로 엮어져 있다. 나의 삶은 단일체로서의 공동체 삶에 속해 있는 부분(조각)이며, 인류 전체의 삶에 미친다"(유고 F I 24, 115쪽). 이 인용문에서 후설은 가장 넓은 의미에서 파악되어야 할 자아의 사회성을 드러내 밝히고 있다. 인격적 자아의 사회성은 인격적 자아들의 공동체 삶을 뜻한다. 공동체 삶은 다양한 단계의 사회적 통합을 통하여 영위되며, 나와 타자아의 사회적 결합에 그 근거를 두고 있다. 나와 타자아의 사회적 결합은, 사회적 결합과 사회적 삶을 이루고자 하는 나의 자유 의지에 따른 의도적 창출의 노력에서 그리고 사회적 결합을 이루려는 본능적 욕구와 공감적 참여에서 발생한다(『상호 주관성 Ⅲ』, 510-514쪽 참조). 좀더 구체적으로 기술하면, 나와 타자아의 사회적 결합은 개별적인 인격적 자아가 자신의 자유와 사회적 상호 행위를 통하여 자기의 행위를 타자아들에게 뻗쳐 향함으로써 발생한다(유고 F I 24, 132쪽 참조). 타자아들과 함께 엮어진 공동체 삶에서 모든 인격적 자아는 행위하는 삶의 주체다. 나의 행위의 실천적 지평으로서의 주위 세계 안에서 나는 타자아들을 만난다. 나와 타자아는 행위를 통하여 서로 협력하기도 하며 서로 작용과 영향을 미친다. 이렇게 함으로써 인격적 개체인 나는 나의 동료 인간인 타자아와 사회적 관계를 맺는다(『상호 주관성 Ⅱ』, 321쪽 참조). 여기에서 우리는 사회적 삶과 사회 공동체를 주제 삼는 후설철학의 다음과 같은 한 가지 뚜렷한 기본 특징을 읽어낼 수 있다. 후설은 자아의 사회적 삶과 사회 공동체를 기술하고 설명하는 데 있어서 홉스처럼 사회 계약 개념에 의존하거나 또는 사회 계약 이론을 도입하지 않는다.

한편, 노에시스(Noesis)의 시각에서 볼 때 선(善)은 인격적 자아의 내적 삶에 담겨 있는 선의 씨앗 또는 선으로 향한 잠재력을 지시한다. 인격적 자아는 삶과 행위를 통하여 이 선의 잠재성을 현실화시키고 발달시킬 수 있다(『상호 주관성 Ⅱ』, 174쪽 참조). 따라서 개체 인간의 발생의 국면을 고려할 때, 개체 인간으로서의 어린아이는 본래 악하다는 철학적 입장은 논리적으로 성립할 수 없다. 만일 개체 인간으로서의 어린아이가 본래 악하다면, 어떤 유형의 교육과 교육 방법도 개체 인간을 인간다운 도덕적 인간으로 만들 수 없으며, 인간들 사이에서 도덕적 삶과 행위는 기대될 수 없다. 오히려 개체 인간으로서의 어린아이는 본래 선하다는 철학적 입장이 논리적으로 성립할 수 있다. 도덕성 또는 도덕적 삶과 행위를 추구하는 성향 곧 선으로 향하는 성향이, 개체 인간의 내면성 안에 본래 놓여 있다. 그러므로 넓은 의미의 교육과 동일시될 수 있는 도덕 교육과 도덕적 삶과 행위가 인간들 사이에서 가능하다. 후설철학에서 간취할 수 있는 성선설로 해석될 수 있는 이런 입장을 우리는 후설 이전에 철학함의 무게 중심을 자아에 둔 피히테철학에서도 찾을 수 있다.14) 다른 한편, 노에마(Noema)의 관점에서 볼 때 선은 나와 타자아가 삶과 행위 속에서 따라야 할 최상의 행위 규범을 가리킨다.

타자아들과 함께 엮어진 우리 인간의 행위와 삶은 윤리적 또는 도덕적 선에 정향되어 있다. 우리는 이 윤리적 선의 실질적 내용 또는 계기를 구체적으로 밝혀내는 일을 뒤로 하고, 우선이 윤리적 선이 지니고 있는 형식적 계기를 세 가지로 집약할수 있다. 윤리적 선은 우리가 행위와 삶을 수행하면서 추구해야 할 목적 그리고 실행하고 실현해야 할 가치와 당위를 형식적 계기로서 함축하고 있다. 타자아들과의 공동체 삶에서 인격적 자아는 자신의 삶을 영위하는 데 선의 규범을 따른다. 인격적 자아는 세계에 몰입하여 삶을 살고 활동하는 데 윤리적 규범을 따른다. 이것은 인격적 자아가 윤리적 행위를 하면서 세계에 몰입한 삶을 살며, 타자아들과 윤리적 관계를 창출한다는 것을 의미한다. 한 인격적 자아의 개체적 삶은 윤리적 공동체 삶에 의존하여 존립하는 작은 부분으로서 간주될 수도 있다. 자신의 활동의 장인 주위 세계 안에서 인격적 자아는 타자아들을 위하여 그들의 가능한 최상의 삶을 함께 실현함으로써 자신의 가능한 최상의 삶을 실현한다. 인격적 자아는 혼자서 살지 않으며, 타자아들과 함께 살면서 타자아와의 의지의 상호 소통과 사회적 결합 속에서 '행위를 통하여 서로 협력하며 영향과 작용을 서로 주고받는 공동체(Wirkungsgemeinschaft)'를 창출

---

14) Woldemar Oskar Doering, *Fichte, Der Mann und Sein Werk*, Hamburg 1947, 254쪽 참조.

한다. 인과 법칙의 지배를 받지 않고 동기 법칙에 따르는 이 공동체를 후설은 인격적 자아들의 윤리적 공동체로서 이해한다. 이 윤리적 공동체는 윤리적 개별 인격의(에 대응하는) 유사체(Analogon)로서 그리고 한 단계 높은 인격체로서 파악될 수 있다. 후설은 인격적 자아의 윤리적 삶과 관련하여 두 가지 사태를 안중에 두고 있다 : ① 높은 단계의 윤리적 인격체가 영위하는 삶, 곧 공동체의 윤리적 삶, ② 개체 인격의 개별적인 윤리적 삶. 인격적 자아가 보여주는 이 두 가지 형태의 윤리적 삶은 서로 밀접한 연관 관계를 맺고 있다. 이런 맥락 안에서 후설은 개체 인격의 개인 윤리에 대하여 그리고 동시에 우리 공동체의 사회 윤리에 대하여 말하고 있다(『강연 II』, 21쪽, 부록II 참조). 개인 윤리와 사회 윤리는 개체 인격이 사회 공동체 속에서 수행하는 윤리적 삶의 두 가지 국면으로서 불가분 함께 엮어져 있다. 여기에서 우리는 후설철학이 담고 있는 개체와 공동체의 연속성과 개인 윤리와 사회 윤리의 연속성을 알아챌 수 있다. 이 연속성은 아리스토텔레스의 『니코마쿠스 윤리학』과 『정치학』이 함축하는 개체와 공동체의 연속성 그리고 개인 윤리와 사회 윤리의 연속성을 상기시킨다. 개체와 공동체의 관계 그리고 개체의 삶과 공동체의 삶의 관계에 관한 후설의 도덕철학 또는 사회철학의 기본 입장은, 개체 자아에서 출발하여 사회 공동체로 나아간다. 이런 의미에서 후설의 도덕철학 또는 사회철학은 넓은 범위 안에서 플라톤철학의 모형이 아니라 아리스토텔레스철학의 모형을 따른다고 해석될 수 있다.

인격적 자아의 윤리적 사회성은 인격적 자아들의 공동체 또는 그들의 윤리적 공동체 삶을 통하여 드러난다. 인격적 자아의 윤리적 사회성이 그 속에서 실현될 윤리적 공동체 삶 또는 윤리적 공동체는 우리가 이루어야 할 윤리적 당위다(유고 F I 24, 132-133쪽 참조). 인격적 자아들이 형성하는 윤리적 공동체가 실천적으로 가능한 한에 있어서, 그것은 인격적 개체들이 서로 윤리적 관계없이 무관심 속에서 외톨이로 사는 것보다 비교될 수 없는 큰 가치를 지닌다. 따라서 윤리적 공동체 삶은 지상 명령으로서 요구되는 삶의 양식이다(유고 F I 24, 133쪽). 우리의 삶에서 지상 명령으로서 요구되는 인격적 자아의 윤리적 사회성은, 모든 인격적 자아가 유아론적인 외톨이의 삶이 아닌 타자아와 함께 엮어진 윤리적 공동체 삶을 영위한다는 사실을 통하여 잘 드러난다(유고 F I 24, 129쪽).

가치 평가와 실천적 행위의 주체인 인격적 자아는 자기 자신을 무한한 윤리적 사회성의 한 부분적 구성원으로서 경험한다(유고 F I 24, 130-136쪽 참조). 이런 맥락 안에서 개체로서의 인격적 자아는 가장 넓은 의미에 있어서 전체 인류로서 해석될 수 있는 전체와의 조화감 속에서만 행복해질 수 있다. 후설은 상대적으로 좁은 의미에서 파악된 어느 한 문화권 안의 또는 어느 한 국가 공동체권이나 민족 공동체권 안의 우리 공동체를 지칭하는 인류와 가장 넓은 의미에서 파악된 인류 또는 인류 공동체를 대문자 속의 인간 또는 높은 단계의 한 인격체로서 본다. 상대적으로 좁은 의미에서 그리고 상대적으로 가장 넓은 의미에서 파악될 수 있는 우리 공동체로서의 인류 또는 개체 인격의 유사체로서의 인류는, 사회 윤리의 관점에서 볼 때 자율의 주체로서 따라서 윤리적으로 자율성을 가져야만 하는 주체로서 간주될 수 있다(『강연 Ⅱ』, 22쪽 참조).

민족 공동체를 말할 때, 한편으로는 동일한 하나의 국토 안에 살고 있는 어느 한 민족(Staatsvolk)으로서의 어느 한 민족 공동체를 생각할 수도 있고, 다른 한편으로는 세계의 여러 지역들 또는 문화권들 안에 살고 있으면서 어느 한 민족에 고유하고 공통적인 문화와 삶의 양식들을 공유하며 유지하는 어느 한 민족(Kulturvolk)으로서의 문화로 엮어진 민족 공동체를 생각할 수도 있다. 후자의 예를 고려할 때, 우리는 지구촌의 여러 지역들에서 우리 민족, 곧 한민족(韓民族)의 고유한 문화와 삶의 양식들을 유지하며 공유하고 있는 한민족 공동체를 떠올릴 수 있다. 여기에 언급된 'Staatsvolk'와 'Kulturvolk'라는 두 개념은, 필자가 후설 유고 A V 10 1부에서 발견한 것이다. 이 유고에서 후설은 이 두 가지 개념을 지나가면서 언급할 뿐 현상학적 분석과 기술의 주제로 다루지 않는다.

후설 원전에 기초한 해석과 재구성에 따르면, 가치 평가하고 행위하는 인격적 자아들로 이루어진 공동체는 크게 세 가지 상대적인 범위에 따라서 구별될 수 있다. 첫째, 가족 공동체나 마을 공동체 같은 가장 좁은 의미의 사회 공동체가 있다. 둘째, 민족 공동체나 국가 공동체 같은 인류 공동체에 대하여 상대적으로 좁은 그러나 가족 공동체나 마을 공동체에 대하여 상대적으로 넓은 사회 공동체가 있다. 셋째, 인류 공동체 또는 세계 공동체(Weltgemeinschaft) 같은 가장 넓은 범위의 사회 공동체가 있다.

여기에 상대적 범위에 따라서 구분돼 제시된 세 가지 종류의 사회 공동체에 각각 상응하는 윤리나 도덕 또는 윤리학이 성립할 수 있다. 이것은 다수의 다양한 특수 윤리들이 성립할 수 있음을 뜻한다. 또한 인류 공동체 또는 세계 공동체에 상응하는 윤리학이 성립할 수 있다. 이것은 전체 인류에 해당하는 윤리학, 곧 인류 전체에 타당한 보편 윤리가 가능함을 뜻한다. 후설은 세계 공동체 또는 인류 전체에 대하여 보편타당성을 지니는 보편적인 도덕 또는 윤리학을 인정한다고 해석될 수 있다. 후설철학은 인류 전체의 삶에 대하여 적용될 수 있는 보편적인 도덕 또는 윤리학을 암시한다. 후설은 윤리학과 도덕의 영역에서 보편주의를 따른다고 볼 수 있다. 그러나 사회학자 막스 베버는 인간 삶의 다양성과 도덕과 윤리의 상대적 다양성을 인정하고 다양한 삶의 영역들과 문화권들에서 타당성을 가지는 다수의 다양한 특수 윤리들(Sonderethiken)을 주장한다.

후설은 윤리학과 도덕의 영역에서 보편 윤리나 보편주의만을 따르지 않는다. 그는 윤리학과 도덕의 영역에서 특수주의, 곧 특수 윤리의 가능성과 존재도 인정한다. 후설철학은 모든 개체 인격이 보편적인 의식 구조 또는 이성을 지니고 있음을 함축한다. 한편, 이 보편적인 의식 구조와 이성이 지식과 도덕의 영역에서 보편주의를 가능케 하는 근거로 여겨질 수 있다. 다른 한편, 후설이 그의 철학에서 주제 삼는 하나의 근원적인 생활 세계는, 지식과 인식론의 영역에서 뿐만 아니라 도덕과 윤리학의 영역에서 보편주의를 가능케 하는 하나의 근원적인 토대로 해석될 수 있다. 그리고 후설철학이 주제 삼는 하나의 근원적인 생활 세계의 토대 위에서 가능한 다수의 다양한 문화적 · 역사적 특수 세계들은, 베버가 말하는 특수 윤리들이 자리 잡을 수 있는 토대들 또는 삶의 장소들이다(『상호 주관성 Ⅱ』, 180쪽 ;『강연 Ⅱ』, 21쪽 참조).15) 이런 맥락 안에서 우리는, 후설이 윤리학과 도덕의 영역에서 보편성과 특수성 또는 보편주의와 특수주의를 상호 대립하고 모순하는 것으로 이해하지 않고 있음을 읽어낼 수 있다. 달리 표현하면 후설은 윤리학과 도덕의 영역에서 특수한 다양성 속의 보편성을 또는 하나의 보편성 속의 특수한 다양성을 인정한다고 볼 수 있다. 하나의 근원적인 생활 세계와 다수의 다양한 특수 세계들의 존재 그리고 보편 윤리와 특수 윤리의 존재를 인정하는 것으로 해석될 수 있는 그의 철학에서 부정적 의미의 상대주의를 물리칠 수 있는 보편주의와 긍정적 의미의 상대주의를 함의하며 인정하는 특수주의는 함께 만나고 공존한다.

후설은 개체로서의 인격적 자아와 대비하여 전체로서의 인

---

15) 하나의 근원적인 생활 세계와 (다양한 다수의 문화적 · 역사적) 특수 세계들의 관계를 보편 윤리와 특수 윤리의 관계로 연결하여 해석해낸 본 논문의 주장을 뒷받침하기 위해서 필자의 다음 논문을 참조하시오, 「자연과 문화의 만남 — 생활 세계 개념의 해석과 재구성」,『자연의 현상학』, 철학과현실사, 1998.

격적 자아들의 공동체 삶에 절대적 우선 또는 우위를 부여하지 않는다. 그는 플라톤의 도덕철학에서 읽어낼 수 있는 공동체에서 개체로 나아가는 공동체 중심주의 또는 전체주의적 입장을 표방하지 않는다. 그는 개체 인격과 다수의 인격적 자아들로 구성된 공동체의 관계를 독립적인 부분과 전체와의 관계에 착안하여 하나의 엮어져 있는 단일체로서 이해한다. 전체와 부분의 관계를 하나의 주제로 다루면서 후설은 '전체를 이루는 독립적인 부분'과 '전체에 따라붙어 있는 비독립적인 부분'을 구별한다. 후설은 전자를 전체를 구성하는 독립적인 조각으로서 그리고 후자를 전체에 따라붙어 있는 비독립적인 계기 또는 속성으로서 이해한다. 독립적인 부분은 전체를 구성하는 독립적인 조각 또는 규정으로서 그 자체가 전체에 의존함이 없이 존립할 수 있다. 예로서 우리는 어느 거리의 나무들과 내 책상의 다리들을 들 수 있다. 독립적인 부분들은 전체를 형성하는 기초로서 서로 연결·결합하여 하나의 전체를 구성할 수 있으나 그럼에도 불구하고 자기들 고유의 독자성 또는 독립성을 상실하지 않는다. 이와 대조적으로 비독립적인 부분은 항시 그리고 반드시 전체에 따라붙어 있는 비독립적인 규정 또는 속성 또는 계기로서만 존립할 수 있다. 예로서 우리는 어느 대상의 색깔이나 형태를 들 수 있다. 비독립적인 부분 또는 계기는 전체 속에 함몰되어 있다고 말할 수 있다. 후설은 전체와 부분의 관계를 기체와 규정의 관계와 관련지어서 기술하기도 한다(『경험과 판단』, 28-32절 ;『논리 연구 II/1』, 225-293쪽 참조). 독립적인 부분들로서의 자주적 행위의 주체인 인격적 자아들은 전체로서의 공동체에 대하여 — 마치 음악에서 다수의 독립적인 음들이 전체로서의 멜로디에 대하여 기초를 제공하며 또한 스스로가 조화로운 멜로디에 표현되듯이 — 기초를 부여하며 전체를 구성한다. 여기에서 전체는 단순히 개체들의 집합 또는 집적이 아니라는 점과 독립적인 부분으로서의 개체는 전체 속에 완전히 함몰되지 않고 전체에 대하여 자기 고유의 존재와 특성과 가치 그리고 역할을 유지하고 있다는 점이 강조되어야 한다.

위 단락에서 후설이 사용하는 용어 '전체를 이루는 독립적인 부분'은 곧 개체 인간 또는 개체 인격을 지시한다. 우리는 철학사 속에서 개체, 개인 또는 개체 인격을 전체 속에 매몰될 수 없는 자기 고유의 존재와 가치와 권리를 지닌 것으로 여기며, 한 걸음 더 나아가 이 개체 인격을 독립적인 온전한 전체 또는 자립적인 소우주(eine autokosmische Einheit als Mikrokosmos)로 파악하는 철학의 한 흐름을 찾을 수 있다. 우리는 커다란 형식적 범위 안에서 이러한 철학적 흐름에 속하는 철학자로서 아리스토텔레스, 플로티노스, 아우구스티누스, 니콜라우스, 브루노, 라이프니츠 그리고 후설 등을 들 수 있다.16) 특히 라이프니츠의 철학 또는 그의 단자의 형이상학에서 이 철학적 흐름은 절정에 이른다.

후설은 개체 인격과 공동체의 관계를 이미 앞에서 암시되었듯이 또한 유비 관계로서 파악한다. 전체로서의 공동체는 개체 인격의 유사체로서 한 단계 높은 인격체다(『성찰』, 160쪽 ;『이념들 Ⅱ』,192, 195-196쪽 ;『심리학』, 513-514쪽 ;『상호 주관성 Ⅱ』, 192-195쪽). 개체 인격과 공동체의 유비 관계에 근거하여 우리는 신념, 가치 평가, 의욕, 결단 그리고 행위 등에 관계하는 언어적 표현들을 개체 인격에게 뿐만 아니라 공동체에게도 적용하여 사용할 수 있다(『상호 주관성 Ⅱ』, 192-193, 201, 205-206쪽 참조). 개체 인격과 공동체의 유비 관계에 근거하여 후설은 개체 인격뿐만 아니라 공동체도 주관성, 의식, 정신, 신체성, 능력, 성격, 마음씨, 기억 그리고 습관들의 주체임을 주장한다(『상호 주관성 Ⅱ』, 192-206쪽 참조). 개체 인격과 사회적 공동체의 유비 관계에 관한 후설의 주장에 따라서 그리고 언어의 유비적 사용에 따라서, 우리는 공동체에 적용된 다음과 같은

---

16) Rudolf Eucken, *Geistige Stroemungen der Gegenwart*, Berlin 1920, 289-292쪽 참조.

표현들을 일상 언어와 과학 언어의 맥락 안에서 의미 있게 사용할 수 있다. 그는 민족의 얼을 빛낸 사람이다. 선진국을 만들기 위해서 우리는 민족의 힘과 지혜 그리고 굳은 결의를 모아야 한다. 그는 우리 민족의 울분과 분노를 풀어주고 동시에 한 민족의 자존심을 세워주었다. 더 나아가 우리는, 어떤 제도나 사건이나 사안에 대한 *국민 정서* 그리고 예를 들어 일본에 대한 민족 감정 또는 국민 감정에 대하여 뿐만 아니라, 우리 한민족(韓民族)이 지니고 있는 민족성 또는 국민성, 민족 의식 또는 국민 의식, 민족 정기, 민족 정신 또는 국민 정신 그리고 민족 주체성에 대하여 일상 언어와 과학 언어의 문맥 안에서 의미 있게 말할 수 있다.

인격적 자아들의 사회적 공동체화를 통하여 형성된 우리 공동체는 개체 인격의 유사체며 독립적이며 자율적인 개체 인격들로 구성된 높은 단계의 인격체다. 우리는 전체로서 특징지워지는 인격적 자아들의 우리 공동체의 구체적인 예를 가족에서 뿐만 아니라, 위 단락에서 예시되었듯이 민족 또는 정치적 단일체로서의 국가에서도 찾을 수 있다. 가족은 그 가족의 구성원들을 묶는 끈이 무엇이냐에 따라서 식탁의 공동체, 사랑의 공동체, 생업의 공동체 그리고 운명의 공동체 등으로 규정될 수 있다. 전체 그리고 높은 단계의 인격체로서 표시되는 민족은 민족의 구성원들을 결집하는 끈이 무엇이냐에 따라서 무엇보다도 공동체 정신과 공동체 기억의 담지자, 언어 공동체, 문화 공동체, 사유의 공동체 그리고 운명의 공동체 등으로 특징지워질 수 있다. 여기에서 비유적 의미로 쓰이는 나와 타자아를 엮는 끈은, 나와 타자아가 더불어 공유하며 참여하는 나와 타자아 사이에 놓여 있는 (현실적인 또는 상징적인) 공동의 삶의 장으로 이해될 수 있다. 민족은 개체 인격과 마찬가지로 의식의 단일체며 타민족에 의하여 특히 언어 문제와 관련하여 핍박받을 때 자신의 언어적 단일성, 곧 민족적 단일성을 유지하려고 열성적인 투쟁을 한다. 우리는 이러한 경우를 우리나라의 역사 속에서 확인할 수 있다. 전체 그리고 높은 단계의 인격체로서 특징지워지는 정치적 단일체인 국가도 개체 인격과 마찬가지로 자기의 국가 의지를 지니고 있다(『심리학』, 513-515쪽 ; 『상호 주관성 Ⅱ』, 203쪽 참조). 이미 앞에서 언급되었듯이, 독립적인 부분인 개체 인격과 전체인 우리 공동체의 관계를 유비 관계 안에서 파악하는 후설은 개체에 대한 전체의 절대적 우위를 주장하지 않는다. 오히려 개체가 전체에 대하여 기초를 준다는 뜻에서 개체 인격과 우리 공동체와의 기초 줌과 기초 받음의 관계가 부각될 수 있다.[17] 전체는 개체들로 구성, 구축되며, 이 개체들을 반드시 전제한다. 이 명제가 어느 주장보다도 후설이 뜻하는 개체 인격과 사회적 공동체의 관계를 더욱 명확하게 특징짓는다. 우리는 여기에서 주장되는 사태를 민주주의와 결합한 자본주의가 실현된 채 현재 지구상에 존재하고 있는 국가 단위의 사회 공동체에서 구체적으로 확인할 수 있다.

인격적 자아들의 사회적 공동체화를 통하여 형성된 우리 공동체는, 그것의 근본적 모습을 볼 때 다수의 개체 인격들이 그 속에 함몰된 채 이루어진 그리고 개체들의 사회적 결합 이상의 총체적 집합이나 어떤 실체적 전체를 뜻하지 않는다. 인격적 자아들의 우리 공동체는 자율적으로 행위하는 인격적 자아들이 무엇보다도 상호 주관적이며 지향적인 내적 연결로 엮어져 있음에서 드러난다(『상호 주관성 Ⅱ』, 200-205쪽 참조). 우리는 개체 인격들이 없는 인격적 자아들의 우리 공동체를 생각할 수 없다. 개체 인격들은 인격과 인격을 정신적으로 묶는 다양한 사회적 상호 행위들을 통하여 서로 지향적으로 엮어져 있다.

---

17) 본 논문에서 자주 나타나는 기저 줌과 기저 받음 또는 기초 줌과 기초 받음의 근본적 의미는 후설이 뜻하는 '기초 받음(Fundiertsein)'의 이중적 의미에서 이해될 수 있다. '기초 받음'은 ① ~위에 구축된다, ② ~을 반드시 전제한다를 뜻한다(『윤리학』, 252쪽 참조).

후설은 개체 인격들이 마치 건축용 석재들이 한 집의 기초를 이루듯이 전체인 우리 공동체에 대하여 기초를 준다고 말한다. 그는 또한 생물학적 표현을 도입하여 개체 인격을 하나의 세포로 칭하며 전체인 우리 공동체 삶을 다수의 세포들로 구성되어 있는 높은 단계의 단일한 유기체로서 본다. 인격적 자아들로 이루어진 우리 공동체는 개체 인격들의 새로운 탄생과 사멸의 연속적인 삶 속에서 자기의 유기체적 단일성을 유지한다(『상호주관성 II』, 203-205쪽 참조).

후설이 사용하는 유기체라는 생물학적 표현은, 전체인 유기체가 개체인 세포에 대하여 뚜렷한 존재와 가치와 권리를 지닌 것이라는 전체주의로 기울고 있는 주장을 함의하는 것으로 해석될 수 있다. 그러나 이런 해석은 적절하지 않다. 왜냐 하면 후설이 개체 위에 군림하는 한 단계 높은 실체로서의 전체를 겨냥하며 염두에 두고 있는 것처럼 유기체라는 표현을 사용하고 있지만, 후설의 의도는 그의 도덕철학의 출발점인 개체의 존재와 가치 그리고 이 개체들로 이루어진 사회 공동체의 존재와 가치를 모두 함께 조화 속에서 파악하고 이해하려는 데 있다고 볼 수 있기 때문이다. 여기에서 우리는 후설의 도덕철학 또는 사회철학적 사유가 극단적인 개체(개인)주의나 극단적인 공동체주의로 향하지 않고 대신에 극단적인 이 두 가지 입장을 조화롭게 매개하고 연결하고 있음을 알 수 있다. 우리는 개체와 공동체에 관한 후설의 이러한 조화 속의 매개와 연결의 시도를 아리스토텔레스, 아우구스티누스 그리고 아퀴나스의 사회철학적 사유 속에서도 찾을 수 있다. 후설과 이 철학자들에 따르면, "전체 곧 사회 공동체 (삶)에 조화롭게 들어서서 자리잡지 못하는 개체(자아)는 보기에 좋지 않다"는 개체와 사회 공동체 삶의 관계에 관한 사회철학적 명제가 성립할 수 있다.[18] 또한 이 대

---

18) Otto Schilling, *Katholische Sozialethik*, Muenchen 1929, 35-36쪽 참조; Aquinas, 『신학대전』, 2, 2, q.47, a. 10 ad 2 ; Augustinus, 『고백록』, 3, 8, 15.

목에서 개체 인격이 사회적 공동체에 대하여 무엇보다도 기초를 주는 매우 중요한 역할을 한다는 사태가 강조되어야 한다. 다양한 단계에서 이루어지는 다양한 종류의 사회적 공동체화를 가능케 하는 근원적인 구성원은 바로 개체 인격이다(『상호주관성 Ⅰ』, 103쪽). 여기에서 우리는 후설이 수행하는 철학적 사유의 한 가지 뚜렷한 특징을 알아낼 수 있다. 후설은 자기의 철학적 사유에서 단자의 특징을 지닌 개체 자아와 이 개체 자아만이 마주 대하는 주위 세계에서 출발하여 타자아로 그리고 다수의 사회적 자아들이 함께 마주 대하는 주위 세계로 또는 우리 공동체의 삶으로 옮아간다(『이념들 Ⅱ』, 193-197쪽 참조).

후설은 언어의 유비적 사용에 따라서 사회적 공동체를 개체들로 이루어져 있으나 개체로부터 구분된 한 단계 높은 인격체로 그리고 다수의 세포들(개체들)로 구성된 높은 단계의 단일한 유기체 등으로 특징짓는다. 그러나 이러한 한 단계 높은 인격체나 유기체는, 사회적 상호 행위들을 통하여 일어나는 개체들의 사회적으로 어우러진 공동체 삶을 지시할 뿐, 개체들이 그 속에 매몰 또는 함몰된 채 형성된 개체들 이상의 또는 개체들 위에 군림하는 하나의 더 중요한 특별한 실체적 전체를 가리키지 않는다. 후설은 개체와 공동체의 관계를 기술하고 설명하는 데 유비 모형과 유기체 모형 그리고 위계 질서 모형을 함께 묶어서 사용하지만, 이 모형들을 명시적 주장의 문맥 안에서 끌어들이지 않고, 오히려 암시적 설명의 문맥 안에서 사용한다고 볼 수 있다. 곧 후설은 개체와 공동체의 관계에 관한 주제 안에서 전체주의를 정당화하는 데 도입될 수도 있는 이 세 가지 모형을 단지 개체와 공동체의 관계를 쉽게 파악하고 이해하기 위한 하나의 편리한 도구 또는 수단으로 이용할 뿐이다. 후설은 개체 인격과 사회 공동체의 관계가 지닌 근원적 모습을 인격적 개체 자아는 하나의 자립적인 소우주라는 소우주 모형에 의존하여 밝혀낸다고 볼 수 있다.[19] 후설은 그의 저서에서 소우주 모형을 전문 용어로서 명시적으로 언급하지 않으나, 개체 인격과 개체와 공동체의 관계에 관한 그의 현상학적 통찰들과 기술 내용들은 소우주 모형의 토대 위에 서 있다고 해석될 수 있다. 개체 인격이 사회 공동체의 기초와 출발점을 이루듯이, 소우주 모형이 유비 모형, 유기체 모형 그리고 위계 질서 모형의 토대와 출발점을 이룬다고 말할 수 있다. 이런 점들을 고려할 때, 개체와 공동체의 관계에 관한 후설의 도덕철학적 사유는 전체주의로 기울지 않고 자립적인 소우주인 개체 인격의 온전한 존재에 뿌리를 내린 공동체주의로 향한다. 그의 도덕철학에서 간취할 수 있는 공동체주의는, ① 개체에서 출발하며, ② 개체들로 이루어진 공동체 삶이 개체의 온전한 인간적 삶을 위해서 큰 중요성을 지니고 있음을 강조하며, ③ 개체와 공동체 그리고 개체주의와 공동체주의를 상호 대립하는 예속과 지배의 구도 속에서 파악하지 않고 오히려 하나의 연속선 위에 서 있는 것으로 이해한다. 이런 의미에서 개체와 공동체의 관계에 관한 후설의 철학적 사유는, 모순과 충돌을 지니지 않는 하나의 수평적인 연속선 위에서 움직인다.

3. 맺음말

인격적 자아는 행위 규범에 따라 자신의 행위와 활동을 통하여 타자아들과 함께 영향을 서로 주고받으며 사는 윤리적 사회성을 지니고 있음에도 불구하고, 개체 인격이 사회적 공동체화 또는 우리 공동체에 대하여 가지는 자율적이며 독립적인 초석

---

19) 위에 언급된 유기체 모형, 위계 질서 모형, 인격적 개체 자아는 하나의 자립적인 소우주라는 소우주 모형에 대하여 필자는 다음 책에서 암시를 받았다, Rudolf Eucken, *Geistige Stroemungen der Gegenwart*, Berlin 1920, 289-292쪽 참조.

의 역할은 경시되거나 무시될 수 없다. 개체 인격이 그의 윤리적 사회성 때문에 전체인 우리 공동체 속에 매몰되는 것은 아니다. 인격적 자아의 윤리적 사회성을 통하여 형성된 우리 공동체 삶이 개체 인격의 독립성과 자율성을 그리고 개체 인격이 우리 공동체 삶에 대하여 가지는 기초 줌의 역할을 약화시키지 못한다. 개체 인격으로서의 나는 이 세계에서 홀로 외톨이로서 살지 않는다. 개체 인격은 자기의 주위 세계에서 주위 세계의 존재와 타자아의 존재를 자명한 경험의 사실로서 받아들인다(『상호 주관성 Ⅱ』, 99쪽). 인격적 자아인 나는 무한히 열려 있는 삶과 활동의 지평 속에서 가치 평가와 행위의 주체로서 무한히 많은 이웃 동료 인간들과 함께 다양한 사회적 관계를 맺으며 삶을 영위한다. 나의 삶과 활동의 지평은 바로 내가 몸담고 살고 있는 주위 세계로서 내가 그 속에서 근심 걱정하면서 살아가는 삶의 무대를 가리키며, 동시에 내가 그 속에서 애써 노력하면서 열심히 일하는 구체적인 삶의 터전을 뜻한다(『위기』, 548쪽;『상호 주관성 Ⅲ』, 56쪽 참조).

후설은 자기의 저서들 속에서 단자의 특징을 지닌 개체 인격을 항시 개체 인격의 사회성, 곧 개체 인격의 사회적 삶과 관계 지어서 주제 삼는다. 반면에 라이프니츠는 그의 저서『단자론』에서 개체 인격인 단자를 그의 사회적 삶에 착안하여 주제 삼지 않고 대신에 단자를 철저하게 신과 관련지어서 다룬다. 라이프니츠에 따르면 개체 인격들인 단자들의 상호 주관적 결합 또는 사회적 공동체화는 단자들의 자주적인 역할에 의해서 이루어지지 않고 신의 개입과 관여 때문에 가능하다. 후설에 따르면 개체 인격들의 사회적 삶과 이 사회적 삶과 얽혀 있는 윤리적 삶은 신의 개입과 관여 없이 오로지 개체 인격들의 상호 의사 소통하고 상호 이해하는 다수의 다양한 사회화 행위들 또는 사회적 상호 행위들을 통하여 가능하다. 자기 의식의 주체 그리고 개체적 정신 또는 개체적인 영혼적 자아로 이해되는 라이프니츠의 단자는 신의 매개 역할에 따라서 타단자들 그리고 신과 함께 하나의 공동체를 이룬다. 반면에 후설은 개별적인 단자들로만 이루어진 신이 끼여들지 않은 공동체를 기술한다.

□ 참고 문헌

● 후설 원전과 그 약호

『성찰』: Cartesianische Meditationen und Pariser Vorträge, Hrsg. v. S. Strasser, Den Haag 1963, 2. Aufl.

『이념들II』: Ideen zu einer reinen Phänomenologie und phäno-menologischen Philosophie. Zweites Buch : Phänomeno-logische Untersuchungen zur Konstitution, Hrsg. v. M. Biemel, Den Haag 1952.

『위기』: Die Krisis der europäischen Wissenschaften und die transzendentale Phänomenologie. Eine Einleitung in die phänomenologische Philosophie (1936), Hrsg. v. W. Biemel, Den Haag 1976, 2. Aufl.

『심리학』: Phänomenologische Psychologie. Vorlesungen Sommer-semester 1925, Hrsg. v. W. Biemel, Den Haag 1968, 2. Aufl.

『상호 주관성 I』: Zur Phänomenologie der Intersubjektivität. Texte aus dem Nachlaß. Erster Teil: 1905-1920, Hrsg. v. I. Kern, Den Haag 1973.

『상호 주관성 II』: Zur Phänomenologie der Intersubjektivität. Texte aus dem Nachlaß. Zweiter Teil : 1921-1928, Hrsg. v. I. Kern, Den Haag 1973.

『상호 주관성 III』: Zur Phänomenologie der Intersubjektivität. Texte aus dem Nachlaß. Dritter Teil: 1929-1935, Hrsg.

　　　　v. I. Kern, Den Haag 1973.

『경험과 판단』: Erfahrung und Urteil. Untersuchungen zur
　　　　Genealogie der Logik, Hrsg. v. L.Landgrebe, Prag
　　　　1939 ; 4. Aufl., ergänzt mit Nachwort und Registern
　　　　von L.Eley, Hamburg 1972.

『논리 연구 II/1』: Logische Untersuchungen. Zweiter Band,
　　　　erster Teil : Untersuchungen zur Phänomenologie und
　　　　Theorie der Erkenntnis (1901, 2., umgearbeitete Aufl.
　　　　1913), 5. Aufl. Tuebingen 1968.

『강연 II』: Aufsätze und Vorträge (1922-1937), Hrsg. v. T.
　　　　Nenon und Hans Rainer Sepp, Dordrecht 1989.

『윤리학』: Vorlesungen über Ethik und Wertlehre 1908-1914,
　　　　Hrsg. v. U. Melle, Dordrecht 1988.

● 후설 유고와 그 약호

유고 F I 24 : Formale Ethik und Probleme der ethischen Vernunft.

유고 A V 10 I : Geschichtlichkeit. Mensch als Person und
　　　　Realitaet (1920-1932).

유고 A V 10 II : Realtiaets- und Personalitaetsstruktur der
　　　　vorgegebenen Welt (1925-1928).

● 기타 철학자의 원전과 그 약호

『니코마쿠스 윤리학』: Aristoteles : Nikomachische Ethik, Stuttgart
　　　　1983.

『정치학』: Aristoteles : Politics, Oxford Uni. Press 1970.

『고백록』: Augustinus : Confessiones-Bekenntnisse, Muenchen
　　　　1980.

『신학대전』: Aquinas : Summa Theologiae, Madrid 1985.

『단자론』: G. W. Leibniz : Monadologie, Hamburg 1982.

합리성과 사회성에 관하여*
─ 사회성에 근거한 현상학적 합리성

최 재 식(강릉대 철학과 교수)

1. 들어가는 말

본고에서 전개시키는 합리성에 대한 논의는 전통 서양철학에서 논의되어온 이성 내지는 합리성에 대한 비판적 고찰을 그 배경으로 한다. 물론 그 동안 서양철학에서 논의되어온 합리성은 계몽적 이성으로서 수학적-물리학적 이성과 연결지어서 인간의 자연적-물리적인 한계를 극복하는 데에 많이 기여하였을 뿐만 아니라 세계의 근대화를 이룩하는 데 큰 역할을 해낼 수 있었다. 이런 긍정적인 측면 때문에, 이 합리성은 유럽이라는 세계의 한 특정 지역에서 발생했음에도 불구하고 지역적인 특수성을 넘어서 전세계적인 보편성을 획득하였다.

그러나 이런 서구의 합리성은 나름대로의 많은 기여를 하였음에도 불구하고 오늘날 그것이 갖고 있는 부정적인 측면을 간과할 수 없게 되었다. 근대 이후 이런 서구의 합리주의가 인간

---

* 이 논문은 1997년도 한국학술진흥재단의 공모 과제 연구비에 의하여 연구되었음.

의 자기 보존을 유지시키고 더 나아가 자연의 위험으로부터 인간을 보호 및 해방시켜주리라 믿었던 자연 지배는 다른 한편으로는 자연으로부터 재앙을 불러일으키기 시작하였고, 인류가 합리적이고 인간적인 삶을 영위할 것이라는 미래에 대한 낙관론과는 달리 인류는 20세기에 들어서서 역사에서 가장 큰 비극인 두 차례의 세계대전과 함께 전체주의라는 쓰라린 경험을 겪었다. 동시에 포스트모던적 조건 하에서 종전의 합리성이 과연 오늘날의 문제를 적절히 해결해낼 수 있는가 하는 구체적이고 실천적인 회의가 있게 된다. 이런 "위기" 상황에 대한 철학적 비판이 생철학, 현상학, 해석학, 실존주의, 비판 이론, 포스트모더니즘 등에 의해서 전개되었다.

이런 맥락 속에서 본고에서는 후설 현상학과 그 이후의 현상학에서 전개되는 합리성과 사회성에 관한 논의에 초점을 맞추어서 새롭게 논의되는 합리성과 사회성에 관해서 고찰하고자 한다.[1]

2. 후설에 있어서 생활 세계와 합리성

2-1. 후설의 『위기』를 중심으로 나타난 새로운 합리성의 가능성

① 후설의 위기 진단

후설이 지적하는 위기의 본질은 철학이 현재 비합리주의와 신비주의에 견디지 못하는 회의주의의 위협을 받고 있다는 데에 있다.[2] 이 위기는 철학에만 영향을 끼치는 것이 아니라 오

---

1) 본고가 종전의 서구 철학에 대한 비판적 고찰을 배경으로 하기 때문에 가장 영향력 있는 대표적인 서구 철학자들에 있어서 합리성과 가능하다면 사회성에 관한 비판적 고찰을 전개시켜야 하지만, 논문의 제한된 양으로 인해서 이를 다음 기회로 미루고자 한다.

히려 학문 전체의 위기이고 생활 세계적 위기 상황이며 궁극적으로 인류의 위기를 의미한다. 그는 위기의 증후로서 "학문이 우리 삶의 고난 속에 있는 우리들에게 아무것도 말해주지 않고 있다"3)는 것을 지적하고 있다. 이에 반해서 그가 말하는 학문의 근본적인 의미는 인간에게 하나의 특정한 — "철학적인" — 현존재 형식을 부여하는 데 있으며 이를 통해서 인간에게 "순수 이성으로부터 삶의 규칙"4)을 부여하는 하나의 삶을 가능하게 해주는 데에 있다. 그러나 유럽의 근대 자연과학적 객관주의에 물들은 실증주의적 학문은 "학문이 도대체 인간 존재에 어떠한 의미를 가졌고, 또 어떤 의미를 가질 수 있는가"5) 하는 문제 의식을 망각하고 있다는 것이다. 이런 문제 의식의 망각은 바로 "의미의 위기"를 가져오게 되었다.

이런 의미 망각을 행한 근대(현대) 학문적인 경향을 후설은 실증주의 내지는 수학적-물리학적 객관주의라고 부른다. "우리 시대의 학문의 이런 실증주의적 개념은 하나의 잔여 개념(Restbegriff)이다."6) 이 개념은 모든 의미 문제를 배제시키고 학문이 삶을 지향하는 것을 포기함을 그 특징으로 한다. 이런 "가장 최고의 그리고 마지막 문제들"7)을 잃어버렸다는 사실은 후설에게 있어서는 "이성"을 잃어버린 것과 동일하다. 따라서 그에 따르면, 모든 학문에 있어서 결정적인 곳에서는 "이성의 문제들"이 나타나게 된다. 왜냐 하면 이성은 "처음과 마지막 문제로 이해되기 때문이다.8) "이성은 여기서 "절대적이고", "영원하며", "초시간적이고", "무조건으로", 타당한 이념들과 이상들의 제목이다."9) 궁극

---

2) Krisis, 1.
3) Krisis, 4.
4) Krisis, 5.
5) Krisis, 3.
6) Krisis, 6.
7) Krisis, 6.
8) 후설은 인식론, 윤리학, 인간학, 역사철학, 신학, 심리학 등의 문제의 예를 든다. 참조 Krisis, 7.

적으로 후설은 이성의 "영웅주의(Heroismus der Vernunft)"10)를 통해서 그가 진단한 위기를 극복하고자 한다.

이런 이성의 영웅주의에서 그는 이성에 대한 서구의 전통 개념을 쇄신(Erneuerung)하는 것을 목적으로 하고 있다. 그러나 이때 말하는 쇄신은 완전히 새로운 이성 개념의 도출도 기존의 이성 개념에 대한 전면적인 부정도 아니다. 오히려 그는 서구에서 발견된 기존의 이성 개념의 완성을 위기 극복의 길로 여기고 있다. 이런 점에서 그는, 그리스인들에 의해 인도된 철학적 작업을 철학의 근원적 수립(Urstiftung)이라고 부르고 있는 반면에, 자신의 모험적인 시도는 이런 철학의 근원적 수립을 개수(改修)하는 수립(Nachstiftung) 또는 최종 수립(Endstiftung)이라고 특징짓는다.11) 그렇기 때문에 그는 자신의 철학적 작업의 결과에 대한 확신과 보증을 가질 수 있었다.

궁극적으로 근대(현대) 학문이 일으킨 위기의 모습은 이 학문이 자신의 토대인 생활 세계로부터 체계적으로 떠나버리게 되어 그 결과 학문의 실증주의적 몰락과 그것이 우리 삶의 위기에 대해서 아무것도 말해줄 수 없는 무능력으로 나타나게 되었다. 이런 무능력의 기원을 그는 갈릴레이의 학문론에서 찾는다. 갈릴레이는 선학문적이고 직관적인 자연에 수학적인 이념의 옷을 입혔고 이로 인하여 선학문적이고 직관적인 자연은 사라지게 되었다. 이 선학문적이고 직관적인 자연으로서 생활 세계는 수학적으로 실체화된 이념성들의 세계로 교체되고 이것이 결국 유일하게 실재적인 세계로 남게 된다.12) 결국 근대(현대) 학문은 학문의 토대와 목적으로부터 떠나게 되었고 그렇기

---

9) Krisis, 7.
10) Krisis, 348.
11) 참조 Krisis, 72-74. 이런 논의 전개에 대해서는 벨쉬(Welsch ; 1996)를 참고할 것. 그러나 벨쉬가 행하는 후설에 대한 비판에 대해서 필자는 가능한 중립적인 입장에서 보고자 했다.
12) 참조 Krisis, 50-51.

때문에 학문에 대한 근본적인 정의를 내리고 이성적인 인간 존재의 발전에 대해서 어떤 기여도 하지 못하게 되었다. 이 위기 극복을 위해 후설이 내디딘 첫번째 걸음은 잃어버린 생활 세계와 그것의 합리성으로서 억견(Doxa)의 복권이다.

② 생활 세계 현상학과 선험 현상학에 있어서 합리성의 문제
i) 생활 세계 현상학 : 멸시된 **Doxa**에서 생활 세계적 합리성으로서의 복권

후설이 위기에 대한 궁극적인 치료로서 내놓은 선험 현상학에서 우리는 생활 세계가 갖는 이중 역할과 이에 따르는 이중 전략을 읽어낼 수 있다. 이런 이중적인 면은 일상 세계의 합리성이며 경험 능력으로서 Doxa에 대한 후설의 이중적인 성격 규정으로부터 도출된 것이다.

후설에 의하면, Doxa와 대비되는 근대 학문의 주제인 Episteme는 경험의 토대를 벗어나서 경험 세계를 논리적 구성으로 재편하며 이를 통해서 주관성(Subjektivität)은 점점 더 약해지게 된다. 결국 객관성은 객관주의라는 왜곡된 모습으로 나타나게 된다. 이런 객관주의적 경향에 대해 후설은 Doxa에 대한 재평가로 맞서게 된다.

후설이 밝히는 구체적–직관적이고, 주관적–상대적이며 상황적인 인식으로서의 Doxa는 실증주의 학문이 격하시킨 '멸시된 (verachtete)' Doxa로 남아 있지 않는다. 오히려 생활 세계적 합리성으로서 Doxa는 근대 학문에 대해 하나의 '고유 권한 (Eigenrecht)'을 갖게 된다. 이 합리성은 일상적인 삶의 실천과 그것의 구체적인 계획으로부터 도출되고 동시에 그것의 근거가 된다. 그렇기 때문에 이 합리성은 자신에 대한 옳고 그름에 대한 판단에서도 자신의 고유한 기준을 갖고 있다. 더 나아가서 이 합리성은 모든 이론적인 구성들에게 토대와 기초를 제공해주기 때문에 학문적인 통찰보다 앞선 선권한(Vorrecht)[13]을

---

13) NL, 39.

얻게 된다. 의미 형성의 원천으로서 Doxa는 결코 "중요하지 않은 지나가는 통로(irrelevanter Durchgang)"가 아니라, 모든 객관적인 확증을 위해 이론적-논리적 존재 타당성을 마지막으로 정초하는 것14)이 된다. 결국 후설에 있어서 생활 세계적 합리성으로서 Doxa는 학문들의 위기를 극복하는 치료제가 되고 그것은 생활 세계라는 토양에 내린 뿌리가 뽑혀지고 삶의 구체적 의미가 없는 공허한 합리성(실증주의에 있어서)을 다시 삶의 콘텍스트 속에 자리를 잡도록 해준다.

Doxa가 우선적으로 학문들의 근본적 위기 안에서 단순한 부분 문제로 나타났다면,15) 생활 세계적 환원에서는 일상적 생활 세계와 그의 합리성인 Doxa는 학문보다 더 높고 더 근원적인 인식 정초의 직분을 갖게 된다. 생활 세계적 환원의 "길은 [탐구하면서-정초 작업을 수행하는 수학자 등이 자신의 작업을 이행하면서 갖게 되는 수학적 통찰(Einsicht), 자연과학적 통찰, 실증-과학적 통찰의] 객관적-논리적 명증성(Evidenz)으로부터" 이것보다 더 높은 단계의 인식 정초를 지닌 "생활 세계가 계속적으로 그곳에 주어져 있는 바의 근원적 명증성(Urevidenz)으로 나아간다."16) 실증주의에서 부분 문제로 전도된 생활 세계와 그것의 합리성은 이제 철학적인 보편 문제로 제 자리를 찾게 되었고 오히려 학문이 포괄적인 삶의 실천의 부분 문제로 된다.17) 여기서 우리는 아래18)에서 전개될 새로운 합리성의 가능성을 얻어낼 수 있다.19)

---

14) Krisis, 129.
15) 참조 Krisis, §33.
16) Krisis, 131.
17) 참조 Krisis, §34-f.
18) 아래의 3장에서 본격적으로 다루어진다.
19) 그가 전개시키는 경험의 술어적 명증성에 대한 선술어적 명증성의 정초 지움의 관계는 생활 세계로 되돌아감으로써 밝혀지고, 더 나아가서 본고에서 전개되는 합리성 형성에 중요한 전형(Typus)에 관한 논의는 바로 후설이 밝히고 있는 생활 세계에서의 경험 획득의 방식에 관한 논의이기도 하다. 이런

ii) 생활 세계를 넘어서 선험 현상학으로 : 생활 세계적 합리성에서 선험적 이성으로

그러나 후설은 생활 세계로 되돌아옴과 Doxa의 복권을 위기 극복의 최종적인 치료법으로 삼지는 않았다. 그는 하나의 결정적이고 최종적인 걸음을 더 내딛는다. 그 최종적인 걸음은 철학적 보편 이성의 활동 영역인 선험 현상학으로 올라가는(Einstieg in die transzendentale Phänomenologie)[20] 것이다. 그가 선험 현상학으로 올라가는 이유는 생활 세계가 주관적이고 상대적인 것으로 밝혀졌기 때문이다. 후설의 이 작업은 근대 학문이 실증주의적 방법을 통해서 주관(성)을 제거하는 대신에 주관(성)을 심(층)화시키고 더 나아가서 근대의 물리학적 객관주의와 선험적 주관주의를 대립시키면서 진행된다.

선험적 환원에 의해서 Doxa는 이제 은폐되고, 그 자체에서 닫혀지고 익명적인 이성으로 나타나며, 참된 이성의 단순한 선형태(Vorgestalt)로 드러나게 된다. 후설이 "참된 존재, 이념적인 목적, Episteme의 과제, "이성"의 과제는 Doxa에서 문제 없이 "자명한", 단순히 사념된(das fraglos "selbstverständliche", bloß vermeintliche Sein) 존재와 대비된다"[21]고 말하고 있는 데에서 Doxa가 지닌 합리성은 후설에서는 제한적인 것으로 드러난다는 것을 알 수 있다. 소박하고 전통적인 일상적 합리성으로서의 Doxa는 이제 보편타당한 진리(allgültige Wahrheit)에 대립하게 되며, 마침내 Doxa가 갖는 특성인 상대성과 상황성은 타당성 요구들의 보편성에 의해서 극복되어야 하는 것으로 된다. 따라서 후설의 선험 현상학에서는 Doxa가 갖고 있던

점에서 사실상 본고에서 전개되는 합리성 이론은 비록 후설에 대해서 상당 부분이 비판적임에도 불구하고 많은 점에서 그의 현상학에 이론적인 배경을 두고 전개시키고 있다. 이 점에서 그의 현상학은 본고가 전개시키게 되는 합리성과 사회성에 대한 기초를 제공해준다.
20) NL, 16.
21) Krisis, 11.

객관적 학문에 대한 선권한(Vorrecht)을 마침내 선험적 주관 내지는 선험적 이성에 넘겨줘야 한다.

2-2. 보편적 구조로서 생활 세계와 선험 현상학

후설은 모든 상이성에도 불구하고 하나의 보편적으로 타당한 그리고 동일한 기초 구성을 중재하는 하나의 지각을 인식의 근원 양태(Urmodus)로 간주한다. 그에 따르면, 근본적으로 우리들은 모든 동일한 사물들을 알고 있다 ; 왜냐 하면 우리는 우리가 보는 모든 것을 생활 세계의 "보편적이고 선-논리적인 아프리오리(universale, vor-logische Apriori)"인 보편적인 규칙 구조들 안에서 보기 때문이다.

우리는 이런 입장을 후설이 제시해주는 유명한 콩고의 흑인과 중국의 농부, 유럽인, 힌두교도들의 예22)에서 볼 수 있다. 후설은 이들이 서로 다른 합리성과 서로 다른 진리관을 갖고 있다는 차이점(상대성)을 인정함에도 불구하고 그가 상정하는 생활 세계의 보편적인 구조에 힘입어 역사-문화적으로 엄청난 차이 속에 있는 이 모든 사람들(주관들)에게 무조건적으로 타당한 하나의 진리를 상정하게 된다. 그는 다음과 같이 말하고 있다 :

"모든 상대적 존재자가 이것에 결합되어 있는 이런 모든 보편적 구조(=생활 세계의 보편적 구조 ― 필자 주) 그 자체는 상대적이지 않다. 우리들은 이것을 그것의 보편성에서 고찰하고 상응하는 조심성을 갖고서 결정적으로 그리고 모든 사람들에게 접근할 수 있도록 확립할 수 있다. 생활 세계로서 세계는 이미 선학문적으로 "동일한 구조들"을 갖고 있다"(Krisis, 142).

---

22) 참조 Krisis, 141 이하.

후설은 계속해서 Doxa인 "일상적으로 필증적 인식이라고 부르는 것"과 선험적 이성 통찰이 제시해주는 것인 "선험적 이해속에서 모든 철학의 근본적 토대와 근본적 방법을 미리 지시하는 것"[23]을 대비시키고 있다. 이런 그의 입장에서 우리는 바로끊임없이 세계 구성의 선험적 삶 속에서 절대적 선험적 주관성의 필연적인 구체적 존재 방식을 발견한다. 이런 선험 현상학에서 발견되는 선험적 자아란 바로 "가장 깊고 가장 보편적인자기 이해의 철학을 시작하는" 철학적 자아[24]며, 이 자아는 "자기 자신에게 오는 절대적 이성의 담지자"다. 궁극적으로 이 선험적 주관은 "자기 이해를 통해서 모든 것 속에서 필증적인 목적을 인식할 수 있고, 궁극적 자기 이해의 이 인식은 아프리오리한 원리에 따른 자기 이해, 철학적 형식에서 자기 이해 이외의 다른 형태를 취할 수 없다."[25]

　그가 내놓는 위기에 대한 최종적인 치료로서의 선험적 생활세계-현상학은 철학적으로 생활 세계의 선천적인(아프리오리)구조들을 가능한 깊이 그리고 포괄적으로 분석하고 그렇게 함으로써 이성의 가장 근원적인 구조를 발견하는 것이다. 이런 이성적 구조를 발견함으로써 학문은 다시 그것의 인간적인 정의를정당화할 수 있고 어려움 속에 있는 인간에게 어떤 것을 말해줄수 있게 된다. 후설은 선험 현상학의 토대로부터 "모든 생각할수 있고 철학적이며 학문적인 과거의 문제가 설정되고 심판될수 있다"[26]는 것을 확신하고 있다. 따라서 그는 이런 철학적 학문적(과학적) 문제 해결에 대한 보편적인 열쇠를 발견했다고 확신하고 그 보편적 열쇠를 초합리주의(Überrationalismus)에서찾고 있다. 이 초합리주의란 여전히 전통 합리주의를 극단화,

23) Krisis, 275.
24) 참조 Krisis, 275.
25) Krisis, 276.
26) Krisis, 104.

철저화시킴으로써 궁극적으로 "과거의 합리주의를 불충분한 것으로 여기고 이를 넘어서지만 과거의 합리주의의 가장 내적인 의도들을 정당화하는 초합리주의"27)를 말한다. 이런 점에서 우리는 그를 극단적 합리주의자 내지는 초합리주의자로 부를 수 있다.

2-3. 후설이 치료로서 제안한 대안에 대한 비판적 고찰

생활 세계의 동일한 구조를 발견하기 위해서 후설이 실행하는 현상학적인 환원의 작업은 궁극적으로 구체적인 지각 세계의 생산성(창조성)을 도외시한 동일한 구조만을 추적하려는 추상적인 작업을 통해서 가능하게 된다는 데에 그 문제점이 있다. 이런 추상적인 작업은 사실상 우리에게 어떤 구체적인 작업에게 토태를 제공하기는 힘들다. 따라서 나와 너, 자기 것과 이방적인 것, 현재와 과거 사이의 차이점에서 생길 수 있는 다양한 창조적 시각은 없어지게 되고, 또 하나의 전체성에 빠져버릴 수 있는 위험이 상존하게 된다. 동일한 관련 대상들과 보편적인 구속력을 가진 규칙들을 지닌 하나의 통일적 경험 시스템을 이미 전제하고 있으며, 따라서 모든 경험 갈등(그것이 한 개인의 지각에서 발생하는 것이든 다양한 문화 속에서 발생하는 것이든간에)도 해결된 것으로 본다.

그러나 영국의 경험론적 전통과 대륙의 합리론적 전통에서 말하는 지각과는 달리 근원적인 지각은 그 자체의 지각 조직(Wahrnehmungsorganisation)의 기준과 형태를 만들어내는 자기 조직(Selbstorganisation)의 능력을 갖고 있다.28) 지각은 결코 도장을 찍듯이 외부의 감각이 그대로 우리에게 찍히는 그런 수동적인 인상이 아니라, 지각은 의미와 구조와 지각된 부분들

---

27) 레비-부룰(Lévy-Bruhl)에게 보낸 후설(1993, 211)의 편지(1935. 3. 11).
28) 이에 관한 심도있는 연구를 거비취(Gurwitsch 1966, 1975)가 진행시켰다.

의 자발적인 결합(Konfiguration) 능력을 가지고 있다. 우리는 동일한 시각적 청각적 대상에서 다양한 의미를 파악할 수 있으며, 보이는 대상은 보이지 않는 대상을 전제로 한다는 현상학적-형태이론적 지각 이론에서 지각이 하나의 통일된 개념에 의해서 포섭될 수 없다는 사실을 지적할 수 있다. 따라서 생활 세계가 동일한 구조를 갖고 있다는 후설의 입장은 적어도 지각 세계 그 자체에서는 받아들이기 어렵다.

생활 세계가 구체적-역사적이라면 그것은 보편적인 토대가 결코 아니고, 생활 세계가 보편적 토대라면 결코 구체적-역사적일 수 없다.29) 그럼에도 불구하고 모든 역사적 특별 세계들(Sonderwelten)이 그의 동시적이며 통시적인 다양성 속에서 하나의 생활 세계(die eine Lebenswelt)를 후설은 전제한다. 그렇다면 인간의 다양한 생활 세계들(한 문화권에서 뿐만 아니라 후설이 예를 든 것처럼 다양한 문화권들에 고유한 각각의 생활 세계들)에 있는 모든 문화 대상들, 즉 언어, 도덕, 각종 제도, 생활 방식, 인생관(종교관) 등에 있어서 공통적인 것이 발견되어야 한다. 물론 예를 들어, 모든 언어들이 동일한 물리적 질료를 사용하거나 모든 언어가 특정한 보편 규칙들을 따른다는 것을 발견할 수는 있다. 그러나 그렇다고 해서 우리가 하나의 공통적인 언어를 갖고 있다고 주장할 수 있겠는가? 또한 이것을 통해 생활 세계가 동일한 구조를 갖고 있다고 주장할 수 있겠는가?

후설이 행한 추상적인 통일 작업을 통해서 우리는 지극히 추상적인 생활 세계들에 있어서 동일 구조를 발견할 수는 있다. 그러나 이 동일한 구조의 발견을 통해서 상실하게 되는 많은 차이를 우리는 과감히 폐기할 수 있겠는가? 이런 추상적인 작업을 통해서 얻은 세계 핵심(Weltkern)이 근원적으로 주어진 것으로 간주할 때 생기는 문제점은 바로 이 세계 핵심은 지각 세계에 대한 또 다른 "멸시"의 대가로 얻어낸 것은 아닌가 하

---

29) NL, 20.

는 문제점이다.

3. 새로운 현상학적 합리성과 사회성

3-1. 신체적 행위에 근거한 합리성

앞에서 보았듯이 후설은 생활 세계적 환원에서는 생활 세계가 갖고 있는 다양성과 다원성을 인정하고 분명히 자아적인 것과 타자적인 것의 차이를 인정하고 있지만, 그의 철학의 최종 단계인 선험 현상학에서는 이런 생활 세계의 모든 차이성을 통일시키고 궁극적으로 이를 넘어서는 보편성을 추구한다. 그것도 순수 이성에 근거하여 통일적이고 피라미드적이며 자아 중심적 합리성을 갖게 된다. 이것은 그가 그렇게도 강조한 선험적 자아의 자기 이해가 갖고있는 투명성에 그 근거를 둔다.

그러나 우리가 추구하는 합리성은 결코 단순히 임시적인 것도 궁극적인 것도 아니며 또한 그 가치는 객관적인 지식에 의해서나 선험적으로 추상화된 지식에 의해서 평가받는 것도 아니다. 구체적인 보편성30)으로서의 합리성은 포괄적인 법칙으로서 '위에서 아래로'라는 방식이 보여주는 하향적 수직적 보편성이 아니고, 방계적 보편성31)을 뜻한다. 이런 의미에서 차이들 속에서 통일로서 특수 세계들의 연쇄(Verkettung)와 연루(連

---

30) 물론 후설도 구체적 보편성이라는 표현을 하고 있다. 그러나 후설이 말하는 구체적 보편성은 여기서 말하는 방계적 보편성의 특징인 구체적 보편성과는 구분된다. 후설이 말하는 구체적 보편성은 궁극적으로 보편적인 본질 구조를 갖는 선험적 세계로서 "추상적으로 표본화할 수 있는 세계 핵심(abstrakt herauszupräparierender Weltkern)"과 관계를 갖는 보편성이다. 이런 점에서 그의 구체적 보편성은 여기서 말하는 구체적 보편성과 구분된다. 참조, Krisis, 136.

31) 이 개념은 메를로 퐁티의 논문(1986)에서 인용한 것이다.

累. Verflechtung)32)를 말하고 있다. 타자성(이방성)이 결코 보편적인 자기화(universale Aneignung)에 의해서 흡수되거나 거부되지 않는 그런 체계들의 개방성과 관계들의 다양성에 의해서 하나의 보편성이 발전될 수 있다.

이런 합리성은 행위의 구조 속에서 밝혀진다. 우리의 논의는 메를로 퐁티가 도움을 받고 있는 행위에 대한 골드스타인 (Goldstein)33)의 정의에서 출발한다. 그에 따르면, 인간의 행위는 세계와의 씨름(대결)(Auseinandersetzung mit der Welt)34) 으로 정의된다. 좀더 자세히 말한다면, 물리적 세계, 사회적 세계, 자신의 세계에서 행위자가 만나는 것과의 씨름(대결)으로서 행위를 규정하는 것이다. 이런 행위 개념은 당연히 실증주의의 한 양태인 행동주의(Behaviorism)가 말하는 행위 개념과 대치된다. 행동주의에 따르면 인간 및 동물의 행위는 자율 의지를 배제한 채로 '자극과 반응'이라는 철저한 인과적 법칙35)에 근거해서 설명되는 행위다. 그러나 우리가 말하는 행위는 행위자의 의미 부여 작용이 개입되고 타자(그것이 익명적인 타자라 할지라도)와의 공동 영향 속에서 특정한 행위의 대상을 다루면서 생기는 구체적 행위를 말한다.

① 행위장과 행위 형태 그리고 전형 및 중요성 이론

현상학적 행위론에 의해서 밝혀지는 행위는 상호 밀접한 관

32) 이런 개념들은 메를로 퐁티에서 발견된다.
33) 골드쉬타인(1934).
34) 여기서 말하는 씨름(대결)이라는 표현은 독일어의 Auseinandersetzung 을 번역한 것인데, 이 논문의 맥락에서는 인간(생물체)이 주위 세계와 대립되면서 때때로 그것을 정복하기도 하고, 자기에 맞게끔 이용하기도 하고, 주위 세계에 순응하기도 하면서 삶을 영위해나가는 것을 뜻한다. 따라서 여기서는 주위 세계에 대하여 승리 아니면 패배라는 이분법적인 것을 뜻하는 것은 아니다. 본인의 졸고(1993)를 참조할 것.
35) 이 자극과 반응은 뉴턴(Newton) 물리학의 제3법칙인 작용과 반작용의 법칙을 그대로 유기체의 행위에 적용시킨 이론이다.

계가 없이 낱개로 된 행위들의 우연한 연결로 이루어진 일련의 행위들, 즉 원자론적 행위로 나타나는 것이 아니라 내적으로 밀접한 관계를 갖고 있어서 원칙적으로 분리할 수 없는 하나의 형태로서, 즉 행위 형태(Handlungsgestalt)로서 이루어져 있다 (물 마시는 행위, 운전하는 행위, 악수하며 사람을 접대하는 행위, 투표하는 행위 등). 행위 형태는 특정한 행위의 맥락으로서 행위장(Handlungsfeld)[36] 속에서 드러난다. 우리가 한 언어 표현을 이해할 때 그 표현이 배경으로 갖고 있는 표현의 맥락 (Feld)을 알지 못하고는 그 표현을 제대로 이해할 수 없듯이, 필름에서 행위 형태로서 일련의 장면들은 그 필름의 앞뒤에 있는 장면들의 맥락(Zusammenhang, Kontext, Feld) 없이는 이해할 수 없다.

행위는 또한 그냥 이루어지는 것이 아니라 전형화(Typisierung)와 부각이라는 의미를 지닌 중요성(Relevanz)[37]에 의해서 이루어진다. 여기서 우리는 Typik과 Relevanz에 관한 슈츠(Schütz)와 거비춰의 현상학적 이론을 간단히 알아보는 것과 병행해서 논의를 전개시키고자 한다.

슈츠에 따르면, "순수하고 단순한 사실은 한 번도 존재하지 않는다. 모든 사실은 항상 일반적인 하나의 맥락(Zusammenhang)으로부터 우리 의식의 진행들에 의해서 선택된 사실들이다. 따라서 이 사실은 항상 해석된 사실이다."[38] 이는 일상 세계의 형성이 바로 의미 형성의 과정을 통해서 이루어진다는 것을 보여주고 있다. 일상적 "지식 저장(Wissensvorrat)"에서 세계는 무질서한 잡다성의 전체성 속에서 주어진 것이 아니라, 중요성-선택(Releanz-Selektion)과 상황 관련에 의해서 **전형적으로**

36) 여기서 언급되는 형태와 장 개념은 거비춰와 이에 영향을 받은 메를로 퐁티의 현상학에서 논의되는 개념이다. 본인의 저서(1997)를 참조.
37) Relevanz라는 단어는 "다시 들어올리다"의 의미를 가진 라틴어 relevare 에서 온 것이다.
38) 슈츠(1971a) 5.

(typisch) 경험된다. 이 전형은 지각과 행위 속에서 이미 구조된 상태로서 영향을 발휘하고 있는 보편성이다. 이런 점에서 우리는 전형적 보편성이라는 표현을 할 수 있다.39) 전형은 단순히 전형 그 자체로 우리의 지각과 행위에 영향을 주는 것이 아니라, **전형화**(Typisierung) 내지는 **전형 형성**(Typenbildung)의 **과정** 속에서 하나의 전형이 이루어진다. 이 전형화 과정 속에서는 개별적인 것을 포괄적으로 분류하고 보완할 뿐만 아니라 서로 경쟁적인 분류 체계들이 있게 된다. 경쟁적인 분류 체계들에서 우리의 지각과 행위가 전형적으로(typisch) 이루어지거나 전형에서 벗어나는 비전형적으로(atypisch) 이루어지게 된다. 궁극적으로 상황 규정적인 경험 내지는 행위 경험의 침전화(Sedimentierung)인 전형에 의해서 우리는 각각의 상황 속에서 행위를 수행한다. 전형화에 의해서 신뢰됨의 세계(Vertrautheitswelt)가 생기고 비전형적인 것은 무시된다. 이때 문제가 되는 것이 중요성(Relevanz)이다.

거비취에 따르면, 우리 의식의 조직은 주제(Thema)와 주제적 장(thematisches Feld) 그리고 주변(Rand)으로 이루어져 있다. 이때 주제와 주제적 장의 관계를 Relevanz 관계, 주제 및 주제적 장과 주변의 관계는 Irrelevanz 관계라 한다. 여기에서 주제와 주제적 장 사이에는 긴밀한 내적 사태적 관계(innerer sachlicher Bezug)가 있는 반면에 주제 및 주제적 장과 주변 사이의 관계는 중요하지 않고(irrelevant) 단지 함께 주어져 있을(bloße Mitgegebenheit) 뿐이다. 그러나 이 관계는 우리가 사태를 보는 측면에 따라서 또는 우리가 다루게 되는 문제점에 따라서 바뀌게 된다. 예를 들면, '지구가 구'라는 것을 증명한 과학적 사실로서 '콜럼버스의 아메리카 발견'을 이해할 때, 주제는 '콜럼버스의 아메리카 발견'이고 '지구가 구라는 과학적 사실'은 주제적 장이 되며, 이 사건을 통한 '유럽에서 스페인의 국제 정치적 힘의 부상에 관한 것'은 주변에 있게 된다. 반면에

---

39) 참조, 후설(19395) S. 32, 슈츠(1971b).

'콜럼버스의 아메리카 발견'을 정치적 사건으로 볼 때는 '콜럼버스의 아메리카 발견'은 여전히 주제가 되고 '스페인의 국제 정치적 힘의 부상에 관한 것'은 주제적 장이 되며, '과학적 사실의 증명'은 이 정치적 관점과는 중요하지 않는(irrelevant) 관계로서 주변에 머무르게 된다.

반면에 슈츠에 있어서는 좀 다르다. 그에게 있어서 Relevanz는 하나의 자아에 주어진 대상들과 그 자아의 계획이나 의도, 노력에 기초한 자아와의 관계를 뜻한다. 즉 나의 계획과 의도, 노력에 근거해서 하나의 특정한 대상이 나에게 relevant하다. 이런 면에서 슈츠에 있어서 Relevanz 개념은 거비취와는 달리 자아(주관)의 선택(결정)을 강조하고 있다.

② 발생하는 합리성

위 두 현상학자의 이론에 근거해서도 모든 전형화 과정은 선택적(selektiv)이고 배제적(exklusiv)이며, 이것을 통해서 중요한 것과 중요하지 않은 것이 구분된다. 여기서 행위가 세계(물리적 세계, 사회적 세계, 자아 세계)와의 대립(씨름)으로 보는 한에 있어서 행위의 전형과 중요성에 있어서 세계성 또는 사회성이 이미 개입되어 있음을 알 수 있다. 왜냐 하면 전형과 중요성은 고립된 행위자 자신에 의해서 이루어지기보다는 사회적인 상호 주관성에 의해서 이루어지기 때문이다.[40]

슈츠에 따르면, 우리가 일반적으로 대상을 경험할 때 우리는 일상적으로 전형에 근거해서 대상을 파악한다. 설사 새로운 것이 우리에게 나타나도 우리는 기존의 경험 구조인 전형에 근거해서 파악한다. 그러나 우리의 경험이 비전형적인 것에 부딪칠 때, 즉 기존의 알려 있는 경험 구조로는 접근할 수 없는 아주 낯선 것이 나타났을 때,[41] 이 낯선 것은 단지 **새로운 것(das**

---

40) 여기에 관해서는 아래의 2)-②를 볼 것.
41) 슈츠(1971b) 108.

Neue)이라기보다는 오히려 하나의 **새로운 종류의 것(das Neuartige)**이라고 봐야 한다. 행위 역시 우선적으로 기존에 있는 특정한 행위 규범과 행위 전형 안에서 수행된다. 우리가 일상 세계에서 낯선 사물들, 낯선 사람(=새로운 것)을 접할 때 우리는 처음에는 당황한 듯 행동을 하지만, 곧 기존에 있는 행위의 질서나 준거에 따라서 문제 없이(fraglos) 행동한다. 우리는 이것을 **재생산적** 행위라고 부른다. 그러나 우리는 기존의 경험이나 규범과 전형 및 중요성 체계로 해석해낼 수 없는 완전히 낯선 것을 만났을 때는 기존의 틀을 넘어서거나 바꿀 수밖에 없는 상황에 처하게 된다. 이럴 경우 우리는 새로운 규범에 의한 전형과 중요성 체계를 만들 수밖에 없다. 이럴 때 **새로운 종류**의 행위 방식이 나타나게 된다.42) 새로운 종류의 행위는 새로운 구조와 규범, 규칙, 준거를 만들면서 일어나게 된다. 우리는 이것을 **생산적(창조적)** 행위라고 부른다.43)

물론 우리는 어떤 행위를 순수한 재생산적 행위와 순수한 생산적(창조적) 행위의 엄격한 구분을 지울 수는 없다. 이것은 오히려 판단의 무게 중심과 악센트에 따라서 이해된다. 인간을 '세계에 대한 존재(Zur-Welt-Sein)'로, 행위를 세계와의 씨름(Auseinandersetzung mit der Welt)으로 보는 한에 있어서 더욱더 인간의 행위를 순수한 재생산적인 행위로, 또는 순수한 생산적(창조적) 행위로만 볼 수는 없다. 이런 면에서 행위는 행위자(주관)가 순수한 자신의 판단과 결정에 의해서 수행되는 것이 아니라, 행위자가 자신의 의지를 크게 또는 작게 참여하는 하나의 사건으로 이해되어야 한다.

새로운 행위 방식의 출현과 함께 기존의 합리성(bestehende

---

42) 예를 들어 사람들은 변화 이전의 과거 사회 구조 속에서 이루어진 행위 구조가 맞지 않게 되어 변화된 사회 구조 속에서 새로운 종류의 행위 방식을 조직하게 된다.
43) 참조 NL, 140.

Rationalität)은 변화를 겪게 된다. 이때 우리는 더 이상 "하나의 보편적인 참된 세계"에 의존할 수 없게 된다. 합리성은 더 이상 고정된 불멸의 합리성이 아니다. 그것은 행위자(ein Handelnder)와 공동 행위자(ein Mithandelnder) 그리고 세계가 서로 영향을 주는 행위적 상황에서 **발생하는 합리성**(entstehende Rationalität)이다. 이는 바로 인간의 자발성과 수용성이 함께 작용하는 사이장(Zwischenreich)에서 이루어진다. 여기서 모든 종류의 재생산적 행위도 새로운 종류의 행위로 나아갈 수 있고 이에 따른 새로운 합리성이 형성될 수 있다. 이렇게 발생하는 합리성으로 인하여 하나의 사물에 더 이상 변하지 않는 하나의 본질이나 용도만을 말할 수 있는 것이 아니라 새로운 의미를 부여하게 된다.44) 이런 맥락에서 우리는 메를로 퐁티의 "합리성이 존재한다"는 말에 연결시킬 수 있다:

> "현상학을 통해서 얻은 주된 획득은 세계와 합리성에 대한 현상학적인 개념 속에서 극단적인 주관주의와 극단적인 객관주의를 성공적으로 연결시킨 것이다. 합리성은 이것이 드러나는 경험에 정확히 측정된다. 그러므로 "합리성이 존재한다"는 것은 관점들이 교차하고 지각이 상호 확인하여 하나의 의미가 나타나는 것을 말한다. 그렇다고 그 의미란 어떤 영역에 별도로 떨어져 있는 것이어서는 안 되며, 따라서 절대 정신이나 실재론적 의미로서의 세계로 변형되어 이해되어서도 안 된다. 현상학적 세계는 순수한 존재가 아니라 나의 여러 경험들의 통로들이 교차하고 그리고 나 자신의 경험의 통로와 타인의 경험의 통로들이 서로 교차하여 마치 톱니바퀴 장치처럼 상호 맞물려 있는 곳에서 드러나는 느낌인 것이다. 따라서 현상학적 세계는 나의 과거의 경험을 나의 현재의 경험 속에 받아들일 때처럼 그들의 통일성을 발견하고 있는 주관성과 상호 주관성이 불가분의 관계에 있는 세계다"(PP, xv/17 — 필자 강조).

---

44) 사람들은 숟가락을 식기로만 사용하지 않고 목구멍을 관찰하는 의료기로 사용한다. 참조, 거비취(1977) §13.

3-2. 사회성의 바탕 위에 있는 합리성

우리는 상호 주관성을 사회성의 근원적 모델로 이해한다. 왜냐 하면 상호 주관성은 바로 주관들의 상호 교류 속에서 이루어진 사이 영역으로서 사회성의 첫 모습이기 때문이다.

① 후설에게서의 자아 중심적 상호 주관성 : 자아 중심적 합리성

후설에 의해서 논의된 상호 주관성은 사회철학뿐만 아니라 사회과학에서 광범위하게 논의되고 있다. 그러나 본고에서 논의되는 상호 주관성은 후설의 상호 주관성과는 비판적인 거리를 두고 있다. 그 이유는 독아론의 극복을 위해서 전개되는 상호 주관성에 관한 그의 논의는 자아 중심에서 타자를 구성하는 것에 기초한 감정이입론(Einfühlungsthese)에 근거하기 때문이다. 그가 말하는 상호 주관성이 얼마나 자아 중심적인 입장에서 형성되었는가는 상호 주관성의 근간을 이루는 그의 타자 구성에 관한 논의를 통해서 우리는 알게 된다.[45]

후설은 직접 제시(Präsentation)와 간접 제시(Appräsentation)의 개념을 이용해서 자아의 경험과 타자 경험을 구분한다. 타자는 간접 제시된 것으로서 한 번도 자아가 자신에 대한 이해의 방식인 직접 제시(Präsentation)로 전환되지 않는다. 여기서 신체는 타자를 처음으로 인식하는 전환점(Umschlagstelle)으로 드러난다. 따라서 타자가 자아에게 낯선 실존으로서 만날 수 있다는 사실은 타자가 신체적으로 이해됨에 기초하고 이 타자의 신체적 이해됨은 바로 타자의 위치에서 내가 행동함으로

---

45) 이런 해석은 슈츠, 거비취, 발덴펠스, 토이니센 등이 대표적이다. 국내에서 이런 해석에 대한 대표적인 반론을 이남인 교수가 그의 저서 및 논문(1993, 1993)에서 전개시키고 있다. 그에 따르면, 후설의 타자 구성은 결코 유아론이 아니라고 한다. 그러나 여기서 유아론을 어떻게 정의하느냐에 따라 차이점이 있겠지만, 그의 해석은 본고의 논의와 대치된다는 점만은 분명한 것 같다.

써 알게 된다는 것이다. 타자의 구성은 "마치 …… 처럼 그렇게 행동하는 것으로서(als ein So-tun-als-ob), 즉 이제 마치 내가 "하나의 변화된 신체(einen abgewandelten Leib)를 갖고 있는 것처럼 때로는 하나의 변화된 주위 세계에서(in einer evtl. abgewandelten Umwelt) 변화된 신체를 갖고 있는 것처럼"[46] 일어난다. "나의 근원적 영역 안에서 저기 있는 저 육체(=타자의 신체 — 필자 주)와 나의 육체를 연결해주는 유사성이 첫번째(=타자의 육체 — 필자 주)를 타자의 신체로 유추(유비)하는 파악(analogisierende Auffassung des ersteren als anderer Leib)에 대한 동기 부여의 기초를 제공할 수 있다는 것이 처음부터 분명하다"[47]고 후설은 말하고 있다.

이런 점에서 볼 때 후설에 있어서 상호 주관성의 핵심인 타자 구성은 자아에 비추어서 또는 자아로부터 출발해서 자신과의 유사성에 근거하여 타자를 이해하는 구조를 갖고 있고, 이러한 바탕 위에서 이루어진 그의 상호 주관성은 궁극적으로 자아 중심적으로 타자를 구성하고 이해하고 있다고 볼 수밖에 없다. 그에게는 상호 이해가 사건으로서 일어나는 상황이나 대상과 쌍방에서 서로 교차하는 상호적 이해의 과정에 대한 논의가 결여되어 있다.

후설은 대상적-신체적 세계 안에서 자신의 신체(der eigene Leib)에게 하나의 고유한 위치를 인정하고 있지만, 그는 최후로 구성하는 주관성(die letztkonstituierende Subjektivität)으로의 선험적 환원을 수행하면서 본래적 자아(das eigentliche Ich)와 육체적 자아를 다시 나눈다. 그리하여 전체적인 신체적 실존에 대해서 의식의 자기 반성적인 가능성을 우선하는 결과를 빚게 된다. 이를 통해서 필증적인 인식 명증성이라는 법정 앞에서 신체성 — 궁극적으로 자신의 신체성 역시 — 역사성 그리고 구체적

---

46) Huss. XV 284.
47) Huss. I, 140.

세계성과 사회성이 자신의 고유한 권리를 얻을 수 없게 된다. 왜냐 하면 고유 본질적인 자아의 자기 투명성(Selbsttransparenz)의 관점에 비추어서 이것들은 항상 구성된 것이지(konstituiert) 구성적(konstitutiv)으로 나타나지 않기 때문이다. 따라서 이런 타자 구성에 근거해서 타자 이해와 세계 이해는 자아 중심적 이해이고 이것은 자아 중심적 합리성으로 나타나게 된다. 이것을 극복하기 위해서는 타자 역시 후설이 내가 존재함(das Ich-bin)을 근원적 사실로 표시한 이 근원적 사실(Urtatsache)에 동근원적으로 참가해야 한다.[48]

② 사이 신체적 상호 주관성과 사회성 그리고 합리성

신체 현상학(메를로 퐁티)에서 전개되는 사회성의 근원적 형태로서 상호 주관성은 사이 신체성(intercorporéité)에 그 뿌리를 두고 있다. 이 사이 신체성은 우선적으로 "나"의 신체 지각에서 이중 감각으로서 보여지는데, 예를 들어서 우리는 두 개의 서로 다른 두 눈의 시선이 서로 겹쳐지면서 거리감을 지각하면서 동시에 하나의 대상을 신체적으로 파악한다. 또는 두 손을 서로 맞잡았을 때 느끼는 이중 감각이 바로 내 자신에서 일어나는 사이 신체성이다. 이 이중 감각은 수동적 감각과 능동적 감각이 함께 어우러져 이루어지는 사이 신체성이다.[49]

이와 마찬가지로 "우리"의 지각도, 즉 나의 지각과 타자의 지각도 서로 영향을 주면서 겹쳐져서 하나의 세계에 모아져 공동적인 것이 되고 이 하나의 공동적인 세계에 우리 모두는 지각하는 익명적인 주체로서 참여한다.[50] 이 사이 신체성은 지각에 의해 매개되어서 직접적으로 서로 상대방 속에서 그리고 서로에게 영향을 주면서 살게 되는 근본 토대를 이루고 있다. 서로

---

48) 발덴펠스(1971) 28.
49) 참조, 메를로 퐁티의 PP, 403/404와 필자의 졸고(1993).
50) PP, 406/404.

상대방 속에 살고 있다고 말할 수 있는 것은 지각을 통해서 내가 타자의 행동에서 육신화되어 있는 의미 구조에 참가하기 때문이고, 내가 서로에게 영향을 주면서 살고 있다고 말할 수 있는 것은 타자에 대한 나의 지각이 나의 고유한 주관성을 함께 구성하기 때문이다. 이런 점에서 지각과 행위에 의해서 나와 타자(들)은 각자의 의미 구조와 각자의 주관성에 동근원적으로 함께 구성하는 공동 주체가 된다. 이런 점 때문에 전형 형성(Typikbildung)에 타자가 익명성으로서 들어가 있게 된다.

따라서 나는 나의 세계를, 나의 행위 구조들을 오로지 홀로 그리고 나의 능력에 의해서만 세우지 않는다. 달리 표현한다면, 나의 신체적 활동성에 타자의 신체적 활동성이 함축되어 있거나 전제되어 있다는 것이다. 이런 상황에서 형성되는 합리성은 당연히 순수 이성이나 순수 의식 활동에 의해서 이루어지기보다는 신체성 더 나아가서 사이 신체성 속에서 이루어지며 동시에 경험 속에 내재되어 있는 것을 담게 된다. 이런 경험 속에 이루어지는 합리성은 **신체적 합리성** 내지는 **사이 신체적 합리성**51)으로 불러야 할 것이다. 사이 신체적 합리성의 형성에 영향을 주는 지각과 행동 방식은 순수한 자아에 의해서 구성되고 형성되어 명증성에 있어서 직접 제시로 보여지기보다는 오히려 나와 타자(들)가 함께 구성적으로 형성한 사이 신체성 속에서 형성된다. 그렇기 때문에 이미 타자가 익명성으로서 우리의 지각과 행동 방식 속에 자리를 차지하고 있다. 타자는 나에게 활동하면서 나의 경험과 행동 방식에 영향을 주는 타자적 자아로서 활동하고 있다. "나는 타자들을 다른 곳에서 처음으로 찾을 필요가 없다 : 나는 타자들을 나의 경험 속에서 발견한다. 타자들은 나에게 은폐됐지만, 그 타자들에게는 보이는 것을 지니고 있는 벽감(Nische)에 타자들은 살고 있다."52)

---

51) 이런 관점에서 본인은 하버마스의 의사 소통적 합리성을 비판하였다. 참조 본인의 졸고(1996).

여기서 우리는 신체적 실존으로서 신체적 자아의 애매성 (ambiguité)[53]과 불투명성(opacité)을 만나게 된다. 애매성은 우리의 신체적 실존이 완전한 객관이나 자연, 자연 사물도 아니며, 완전한 주관이나 심리나 의식 또는 정신적 실체도 아닌 제3의 존재라는 메를로 퐁티의 근본 통찰에 근거한다. 그러나 우리는 이것을 궁극적으로는 우리의 존재론적 이중성에서도 발견할 수 있다. 즉 생동적인 활동 속에 있는 현재의 존재는 근본적으로 과거의 것 그대로가 아니다. 이런 애매성으로 인하여 우리의 신체적 실존은 어떤 이론에 의해서도 모든 것이 드러나지는 않게 되는 불투명성을 갖게 된다.

사회적 존재로서의 신체적 존재는 이런 존재론적인 애매성과 불투명성에 첨가하여 또 하나의 애매성과 불투명성을 갖게 된다 : 앞에서 말했듯이 우리의 행위와 지각에는 타자가 이미 들어와 있기 때문에 타자 구성뿐만 아니라 나의 신체에 대한 자아 구성도 후설에서와는 달리 직접 제시를 통해 명증적으로 들어오지 않기 때문에 애매성과 불투명성을 지니고 있다. 신체적 주관은 구체적인 상호 주관성의 방식으로 타자에 의해서 탈고유적인 자아로서 상황에 영향을 받고 있는 주관으로서 존재한다. 따라서 자아는 작용들, 지각들, 말함, 행위, 노동, 사유의 중심체로서 자신을 경험함에도 불구하고 공실존적인 수행들의 장(Feld) 속에 있는 **탈중심화된** 자아로서 자신을 경험한다. 이런 점에서 자아와 타자 그리고 사회적인 것의 교차하는 구체적인 변증적 수행에 있어서 불투명성, 애매성, 우연성, 익명성 그리고 우리의 사회적 실존의 불안정성 등은 근본적으로 완전한 투명성, 명백함, 보편적인 타당성, 명증적인 인식에 의해서 극

---

52) 메를로 퐁티(1974, 166).
53) 애매성이라는 용어는 데카르트를 출발점으로 하는 합리주의 철학에서는 부정적인 의미로 사용된다. 그러나 메를로 퐁티와 함께 본고는 인간의 애매성을 긍정적인 의미로 사용한다. 이 점에서 본고는 전통 철학과의 구별되는 입장을 지니고 있음을 알 수 있다.

복될 수는 없다.

이런 불투명성 때문에 모든 의사 소통에서 의사 소통이 거부되면서 동시에 합의(Verständigung)로 나가게 된다. 여기서 상호 인간적인 작용은 본질적으로 **불균형적**이라는 것[54])이 밝혀진다. 이는 우리가 물음과 대답과의 관계에서 볼 수 있는 것처럼 상호 인간적인 작용은 하나의 포괄적인 논리학으로 포섭되는 것이 아니기 때문이다. 대답은 또 하나의 새로운 질문을 낳는다. 그렇기 때문에 질문은 질문을 낳고 대답은 또 다른 질문을 낳으면서 인간 관계는 역동적이고 불균형의 관계를 유지하게 된다.[55]) 이런 응답하는 행위나 말함으로부터 발생하고 기존의 질서를 부서버리기도 하지만 결코 하나의 포괄적인 질서로 대체되지 않는 합리성을 **응답적 합리성**(responsive Rationalität)[56])이라 부른다. 이런 응답적 합리성은 창조적 행위에 관한 앞선 논의에서 이미 암시되어 있다. 이 합리성은 하나의 닫혀진 합리성이 아니라, 열려진 그리고 우리에게 놓여있는 상황에 다소 제한된 합리성으로 나타나게 된다. 따라서 합리성은 인간의 모든 삶의 방식을 하나로 포괄하거나 기초짓는 **수직적 보편 합리성**이기보다는 오히려 다양한 생활 세계들을 연계해주는 **방계적 보편 합리성**이어야 한다.

□ 참고 문헌

이남인, "본능적 지향성과 상호 주관적 생활 세계의 구성", 『현상학과 실천철학』, 한국현상학회 편, 철학과현실사, 1993, 38-63쪽.

---

54) 여기서 우리는 Levinas(1987)와 연결시킬 수 있겠다.
55) 참조, Bachtin(1979), 352.
56) 발덴펠스(1987) 47.

최재식, "메를로 퐁티의 현상학에 있어 형태 개념에 의거한 사회
　　　성 이론(1)",『현상학과 실천철학』, 한국현상학회 편, 철
　　　학과현실사, 1993, 247-274쪽.
-----, "하버마스의 '생활 세계'와 '체계'의 이론에 관한 사회
　　　현상학적 비판", 제9회 한국철학자대회 대회보, 1996,
　　　609-628쪽.

Bachtin, M. M., *Die Ästhetik des Wortes*, Frankfurt/M, 1979.

Choi, Z., *Der phänomenologische Feldbegriff bei Aron
　　　Gurwitsch*, Berlin 1997.

Husserl E., *Cartesianische Meditationen*, Huss. Bd. I Martinus,
　　　Nijhoff 1966.

--------, *Die Krisis der europäischen Wissenschaften und
　　　transzendental Phänomenologie*, Den Haag 1954(=Krisis).

--------, *Erfahrung und Urteil*, Hamburg 19395.

--------, *Zur Phänomenologie der Intersubjektivität* Dritter
　　　Teil. Huss. Bd. XV.

--------, *Edmund Husserl, Arbeit an den Phänomenen*, Hgs.
　　　u. Nachwort v. B. Waldenfels Frankfurt/M. 1993.

Merleau-Ponty M., *Phénoménologie de Perception*(=PP), 1945
　　　Paris-Dt. von R. Boehm, *Phänomenologie der Wahr-
　　　nehmung*, Berlin 1966.

--------------, *Les aventures de la dialectique*, Paris
　　　1955. -Dt. von A. Schmidt und H. Schmitt, *Die
　　　Abenteuer der Dialektik*, Franfurt/M 1968.

---------------, "De Mauss à Claude Lévi-Strauss" Dt. in:
　　　B. Waldenfels / A. Métraux(Hgs.) *Leibhaftige Vernunft*
　　　München 1986.

Goldstein, K., *Der Aufbau des Organismus* Den Haag, 1934.

Gurwitsch A., *Studies in Phenomenology and Psychology*

Evanston, 1966.

----------, *Das Bewußtseinsfeld*, Berlin, 1975.

----------, *Die mitmenschliche Bewegnungen in der Milieuwelt*, Berlin 1977.

Lee, N-I., *Edmund Husserls Phänomenologie der Instinkte*, Dordrecht 1993.

Levinas, E., *Totalité et infini*, den Haag 1961. -Dt. von W. N. Krewani, *Totalität und Unendlichkeit*, Freiburg/München 1987.

Schütz A., *Der sinnhafte Aufbau der sozialen Welt*, Frankfurt /M 1974.

--------, *Gesammelte Aufsätze* I. Den Haag 1971a.

--------, *Das Problem der Relevanz*, Frankfurt/M. 1971b.

Welsch, W., *Vernunft, Die zeitgenössische Vernunftkritik und das Konzept der transversalen Vernunft*, Frankfurt / M. 1996.

Waldenfels, B., *Das Zwischenreich des Dialogs. Soziale- philosophische Untersuchungen in Anschluß an Edmund Husserl*, Den Haag 1971.

---------, *In den Netzen der Lebenswelt*, Frankfurt / M.(=NL).

---------, *Ordnung in Zwieliche Frankfurt* Frankfurt / M.

포스트모더니즘 비판과 대안
— 개혁 신학적 관점에서

김 영 한(숭실대 기독교학대학원장)

1. 머리말

포스트모더니즘은 모더니즘을 극복하기 위하여 나온 20세기 후반기의 시대 사조다. 포스트모더니즘은 현대의 모순과 위기라는 현대의 출현을 가능케 했던 인간 주체성의 모순과 위기를 선언하는 것이다. 포스트모더니즘은 인간의 소외를 야기시킨 현대가 내포하고 있는 위기를 극복하는 새로운 이성과 학문의 패러다임을 모색하고자 한다. 포스트모더니즘은 넓은 의미로는 21세기를 지향하는 현대주의를 극복하고자 하는 시대 정신이며 좁은 의미로는 해체주의를 가리킨다.

먼저 포스트모더니즘의 특징을 통해 순기능을 살펴보고 이에 따른 문제점을 비판한 뒤, 나아가 이것을 극복하는 대책을 알아보기로 한다.

2. 포스트모더니즘의 특징

2-1. 가상 현실인 텍스트

포스트모더니즘은 책의 관념을 제거하고 텍스트의 관념을 제시한다. 책의 관념은 서구의 전통적 신학적 사고의 산물이다. "책의 관념은 지시자의 총체성의 관념이다."1) "책을 해석하는 것은 진리나 기원을 드러내는 시도다." 여기서 진리는 책의 의미를 보장하는 내재적 로고스다. 책은 결정되거나 결정될 수 있는 의미를 소유하고 있다. 여기서 책은 완결된 제품으로 소비자들의 소비를 기다리고 있다. 해체 사상은 이러한 전통적인 책의 관념을 부정하고 텍스트의 개방을 말한다.

책의 닫힘에 대조해서 텍스트는 극단적으로 열려 있다. 텍스트의 개방성은 책의 닫힘(closure of book)을 찢는다. 이 개방성은 저술(scripture)의 환원할 수 없는 맥락성의 기능이다. 모든 텍스트는 콘텍스트다.2) 텍스트는 텍스트 사이(inter-texte)일 뿐이다. "텍스트 세계에서 원본은 없고 모두가 모두의 사본(寫本)일 뿐이다."3) 텍스트 세계에서 순수함이란 실제로 있을 수 없다. 이미 각자는 상대방에 의하여 영향을 받고 있다. 상대방을 향하는 길은 직접적 길이 아니라 우회(迂廻)의 간접적인 길이다. 고유명사란 없다. 정해진 의미가 없기 때문이다. 고유명사는 타자와의 관계 속에서 해소되어 지워진다. 텍스트는 곧 세계다. 세계라는 텍스트는 같음과 다름이 무한한 연쇄성을 종횡으로 이어가면서 생기는 직물이요 티슈와 같다. 텍스트 외에는 사실이 없다. 텍스트 밖에는 실재가 없다. 여기서 텍스트란

---

1) Mark C. Taylor, Erring. *A Postmodern A / theology*, The University of Chicago Press, Chicago and London, 1984, p. 177.
2) Taylor, op. cit., 178.
3) 김형효, 『데리다의 해체철학』, 369.

story, reci, narration 등이다. 현실이란 텍스트에 불과하다는 것이다.

데리다는 "담론과 현실간의 어떠한 관계도 부정"하고 있다.4) 에딩톤 같은 물리학자는 "물리적 실재란 단지 수학적 공식에 불과하다"고 본다. 프랑스의 사회학자 보들레르는 존재하는 것은 실재가 단지 텔레비전, 광고 등의 이미지의 모사(模寫)라고 말한다. 또 음악도 여러 노래들의 조각이나 단편에 불과하다고 본다. 이처럼 포스트모더니스트에 의하면 현실 내지 실재란 존재하지 않고 오직 텍스트만 존재한다고 주장한다. 현대인은 컴퓨터의 가상 현실(simulation) 속에서 살고 있다.

2-2. 메타 이론 거부

포스트모더니즘은 거대 체계를 거부한다. 헤겔의 사변적 체계나 자본주의 등과 같은 이념이나 개념을 가지고 현실을 포괄적으로 설명하는 거대 체계는 무너졌다. 프랑스의 사상가 리요타르(F. Ryotard)가 대표적이다. 리요타르는 포스트모던을 절대 정신의 변증법, 의미의 해석학, 합리성 등 초담론(metadiscourse)에 대한 불신으로 정의한다.5) 리요타르는 우리가 사용하는 담론과 담론 사이에 연계와 연속이 있는 것이 아니라 언어 사이에 단절이 있고 때때로 소통이 있을 뿐이라고 주장한다. 전체 담론을 묶을 수 있는 거대 담론이란 없다. 데리다(J. Derrida)는 현실 내지 실재는 존재하지 않고 의미의 맥락만이 있으며, 다만 텍스트만이 존재할 뿐이라고 말한다.

미국의 포스트모던 철학자 리차드 로티(Richard Rorty) 역시 철학이란 인류에게 유익을 주는 대화일 뿐이라고 본다. 로티는

---

4) A. T. Callinicos, *Against Postmodernism*, 1989, 임상훈, 이동연 역, 포스트모더니즘 비판, 성림, 1992, p. 123.
5) J. F. Loytard, *The Postmodern Condition* (Manchester, 1984), pp. XXiii-iv.

자신의 신실용주의(neo-pragmatism)는 18~19세기의 진리 중심의 담론에서 오늘날 예술 또는 정치 중심의 담론으로 점진적으로 이동하는 과정을 표현하는 사상이라고 말하고 있다.6) 1979년에 로티는 그의 저서 『철학과 자연의 거울(*Philosophy and the Mirror of Nature*)』에서 이러한 신실용주의 사상을 전개하였다.

그는 그 동안 철학을 자연이나 실재를 있는 그대로 비추는 거울쯤으로 간주해온 전통 철학에 대해 냉소와 조롱을 퍼붓는다. 인간의 목표 설정이 중요한 것이지 인간과 독립된 실재는 없다는 것이 그의 사상의 핵심이다. 로티는 현상과 실재를 구분하고자 하는 노력을 포기하고자 한다. 그 대신 그는 신실용적인 사상을 제시한다. 그것은 "이것이 실재인가"라는 형상학적 질문보다는 "이것이 우리의 목적을 위해 실용적 묘사인가"라는 질문을 던진다. 이러한 실용주의적 사고 방식에 있어서 그는 "진리나 과학보다 양식 있는 시민들간의 자유로운 합의가 중요하다"고 생각한다.7) 이러한 입장은 문화 상대주의로 귀결한다. 이것이 포스트모던 시대의 정신적 특징이기도 하다.

이제 포스트모더니즘이 선언하는 세 가지 주장을 살펴보기로 한다.

① 저자란 없다

해체론자에 의하면 텍스트는 정합적이거나 전체적인 체계가 아니다. 글을 읽을 때 글을 쓴 저자에 대한 어떤 것을 알 필요가 없다. 텍스트 그 자체가 중요하기 때문이다. 텍스트는 논리적인 것이 아니라 우연적인 인용과 인용의 연속이다. 텍스트는 짜깁기에 불과하기 때문이다.

---

6) "세계 지성을 만난다" — 미 철학자 리처드 로티 교수, 조선일보, 1996년 2월 8일 p. 33.
7) 상동.

저자의 텍스트는 없다. "나의 텍스트는 나의 것이 아니다." "작품은 단일 저자의 산물이 아니라 항상 많은 공동 저자의 작품이다." "텍스트란 여러 개의 텍스트에서 엮고 꿰맨 직물(a fabric woven and stitched from multiple texts)이다."[8]

작가(writer)는 재단사(tailor)에 비교된다. 작가는 펜과 바늘로써 꿰매고 교차적으로 꿰매어간다(cross-stitch). 재단사인 작가는 그가 자르고 기운 자료를 엮지 않는다. 그는 다른 사람에 의하여 짜여진 옷감을 꿰맨다. 그는 다른 텍스트를 흡수하고 변형함으로써 만들어낸다. "그의 저술은 항상 읽음이다(his writing is always a reading)". 그러므로 "텍스트는 인용의 티슈(a tissue of quatations)"다. 고유한 이름은 텍스트의 복수성에 붙여질 필요가 없다. 텍스트는 끝없는 주관이 지속적으로 사라지는 공간을 창조한다.

작가는 결코 독창적이 아니다. 그는 단지 수많은 글들을 혼합할 뿐이다. 그가 표현한다는 것은 "이미 만들어진 사전(辭典)(a ready-formed dictionary)"이다.[9] 이 사전의 단어도 다른 단어를 통해서만 설명될 수 있다. 그러므로 작가는 텍스트가 자기의 것이 아님을 안다.

② 독자란 없다

해체론자에 의하면 우리가 살고 있는 현실이란 우연적인 사건들의 연속이다. 독자가 별도로 존재하지 않는다. 독자란 별도로 존재하지 않고 끊임없는 단어놀이 속에서 하나의 저자가 된다. 글의 거룩성은 독자에게 초청장을 보낸다. 텍스트 배후에 능동적 작가나 수동적 독자가 있지 않다. "주관과 객관은 없다." 작가와 독자는 없다. 작가가 독자가 되고, 독자가 작가가 된다.

---

8) Mark C. Taylor,op. cit., p. 17.
9) Taylor, op. cit., p. 181.

해석은 독창적인 것이 아니고 텍스트의 거울이 다른 흔적들을 이미 비추고 있다. 저자는 그 흔적들이 해석임을 읽는 사람이다. 여기서 저자와 독자는 공생의 관계 속에 있다. 저자는 독자쪽에서 보면 하나의 독자이기에 독자는 하나의 저자다. "상호간에 주인이-된-고객은 언제나 고객이-된-주인에 의하여 감염되고 있다. 주인과 고객의 영원한 탄생과 소멸은 세계의 끝없는 놀이다."10)

텍스트의 티슈는 저작을 읽는 것이고 읽는 것은 저술하는 것이란 사실을 보여준다. "단어놀이는 결코 그치지 않기 때문에 그릇됨도 결코 끝나지 않는다."11)

생산적 독자는 텍스트를 무한히 확장한다. "저작의 무한히 그릇됨은 신적 중심의 영원한 놀이다(the undending erring of scripture is the eternal play of the divine milieu)."

위험을 건 디오니소스적 단어놀이 속에서 예와 아니오는 가장 큰 기쁨을 가장 큰 고난 속으로 가져간다. "끝없이 그릇됨은 저작(scripture)의 십자가에 영원히 새겨진 열광적 은총을 개방한다."12)

③ 해체를 시도한다

해체론자들은 체계의 통일성을 비판한다. 이들에 의하면 보편적 체계란 존재하지 않는다. 보편적 의미란 존재하지 않는다. 우리가 추구할 수 있는 보편적 의미란 없다. 그러므로 이러한 짜깁기에서 발생하는 의미론적 매듭은 오히려 반의미론적이고 반개념적이다. 그리하여 "텍스트는 의미와 무의미, 의미의 단수와 복수라는 그런 재래적인 인식론적 테두리를 벗어나서 의미 자체를 흩어버린다."13) 이것이 산종(散種. la dissemination)

---

10) M. Taylor, Errance , lecture de Derrida, p. 276.
11) Taylor, Erring. op. cit., p. 182.
12) Talor, op. cit., 182.

이다. 이러한 해체주의의 텍스트 개념은 의미 존재론(ontology of significance)을 부정할 뿐만 아니라 또한 그것을 파괴시킨다. 여태까지 서구의 이성 중심주의를 파괴한다.

1970년대 "포스트구조주의"라는 사상으로 알려진 질 들뢰즈, 자크 데리다, 미셸 푸코 등 프랑스 사상가들은 현실의 파편적이고 이질적이며 다원적인 성격을 강조했다. 이들은 현실을 객관적으로 설명할 수 있는 인간의 사유 능력을 부정하고, 이러한 사유의 담지자인 주체를 개인 이하의(subindividual) 또는 초개인적인(transindividual) 충동과 욕망의 비일관적인 소용돌이로 환원시켰다.

3. 순기능 : 공헌

포스트모더니즘은 모더니즘이 성과로 주장한 과학주의와 이성주의와 인간주의를 비판하고 그리고 모더니즘이 합리성의 미명 아래 저질렀던 비윤리성을 폭로함으로써 모더니즘의 한계를 드러내주었다는 데 그 순기능, 즉 공헌이 있다.

3-1. 과학주의에 대한 비판

근대 과학은 "새로운 메타 언어", 곧 사실 언어를 제공했다. 그것은 사실의 언어가 유일하게 참된 언어라고 선언했다. 그리하여 문화나 종교의 언어조차도 이 언어로 환원되어야 한다고 주장했다. 객관적이고 보편적으로 실증할 수 있는 과학의 사실 세계가 유일하게 참된 세계라는 것이다. 근대 과학이 주장한 이성적 사실적 언어의 세계는 기독교 신학이 주장해온 신앙 언

---

13) 김형효, 『데리다의 해체철학』, p. 25.

어의 세계보다 더 우월하다는 견해가 여태까지 군림해왔다. 사실의 언어가 신앙의 언어를 압도하고 추방한 것이다.

그러나 20세기의 물리학의 새로운 발견은 이러한 근대적 과학적 신념을 무너뜨리고 근대 과학주의의 막을 내렸다. 양자현상(quantum phenomena)은 실재 자체가 분명히 확정할 수 없는, 비결정적 성격을 지닌다는 사실을 보여주었다. 물질의 본질에 대한 과학적 명제란 단지 근사치만을 보여줄 뿐이다.

자연과학의 언어는 이제 더 이상 보편적이고 객관적인 언어일 수 없다는 것이 현대 후기 과학의 일반적인 인식이다. 이제 과학의 언어조차도 종교적 언어와 마찬가지로 일종의 연구 전통에 속하며 그 연구 공동체의 살아 있는 관행 밖에서는 이해 불가능한 것이 되었다.

비엔나학파의 거장 포퍼(Karl Popper)는 자연과학이 단순히 합리적인 작업이 아니라 궁극적으로는 인간의 창조의 상상력이라는 비논리적 활동(nonlogical activities)에 의존한다는 사실을 보여주었다. 그는 경험적 사실이 이론의 토대가 되는 것이 아니라 이론을 반증하고 강화하는 비판적 기능을 가지고 있고, 기대와 추측이 이론 구성에 있어서는 본질적인 역할을 한다는 사실을 강조한다.[14)

과학사가 토마스 쿤(Thomas Kuhn)은 과학적 활동이 패러다임(paradigm)에 의해 규제되고 새로운 패러다임의 출현으로 과학 혁명이 일어난다고 본다. 새로운 패러다임의 선택이란 개종(conversion)과 같은 결심에 의해 수행된다. 이 같은 개종은 설득 기법으로 수행되기 때문에 합리성의 기준을 외면한다.[15)

쿤은 이러한 개종이 단순히 과거 지식의 논리적인 수정이나 재해석이 아니라 세계관의 급진적인 혁명이라는 사실을 입증

---

14) Karl Popper, *Objective Knowledge*, Oxford, 1972.
15) Thomas Kuhn, *The Structure of the Scientific Revolutions*, Chicago, 1962.

하고자 했다.

현대물리학은 자연 세계에는 구체적인 관찰자로부터 전적으로 독립하여 존재하는 객관적 사실이란 없다고 말해주고 있다. "모든 인식 주체는 인식 대상에 참여한다." 많은 과학자들은 반복해서 말한다. "현상적인 대상으로서의 자연은 사라졌다. 자연에 대한 새로운 진리가 그 자연으로부터 떨어져 있는 우리의 인식론적 거리다." 자연과 실재는 과학에 의하여 충분히 인식되지 못하고 신비에 빠지고 있다. 이제 과학은 파편화되어 게임의 집합으로 되었다. 각각의 게임은 결정적인 법칙이 아닌 불안정성을 추구한다. 모든 게임들은 어떤 큰 이야기보다는 규칙의 위반인 배리(背理. paralogy)에 호소함으로써 스스로를 정당화한다. 그럼으로써 다원주의나 반실재론(anti-realism)도 어느 정도 객관적인 힘을 가진다. 이러한 담론의 성격 변화는 일관성, 총체화, 전체로의 통합을 더 이상 추구하기를 거부한 예술 형식과 상응하고 있다.16)

3-2. 이성주의에 대한 비판

포스트모더니즘은 이러한 과학주의에 대한 비판과 더불어 근대 과학이 주장한 이성적 합리주의에 대한 비판을 제기하였다. 이성의 보편적 체계에 대한 회의를 시작한 것이다. 포스트모더니즘은 모더니즘이 가졌던 전통적 실재에 대한 폐쇄적 이해를 비판한다. 모더니즘은 대량 생산, 대량 소비, 거대 도시, 독재 국가, 보기 흉하게 쭉 뻗어 있는 주택 단지, 민족 국가를 만들어내었다. 그러나 이러한 모더니즘의 성과는 쇠퇴하고 있다. 그리하여 포스트모더니즘은 모더니즘이 주장한 이성론에 대하여 회의를 야기시켰다.

후기 현대의 고도 정보 사회, 고도 소비, 첨단 과학 기술이 이

---

16) J. F. Loytard, *The Postmodern Condition*, p. 5.

러한 회의를 자극한다. 이러한 모더니즘의 성과 대신에 유연성, 다양성, 차별성, 유동성, 의사 소통, 탈중심화, 국제화 등이 증가 추세에 있다.17)

이성적 합리적 사고는 이제 더 이상 만능 해결사의 역할을 하지 못하게 되었다. 이미 현대에 와서 순수 이성이란 근대의 세계상이 만들어낸 허구에 불과하다는 것이 드러나게 되었다. 인간의 이성은 역사적 문화적 환경의 제약을 받는다는 것이다. 지식사회학, 생의 철학, 역사적 상대주의, 실존주의, 해석학이 이 사실을 분명히 보여주었다.

과학철학자 파이어아벤트(Paul Feyerabend)도 과학 연구에 있어서 과학자 개인의 기호와 태도를 강조한다. 과학 개념 선택에는 과학자 개인의 논리적 선택이나 기호가 작용한다. 따라서 객관성과 합리성은 일종의 신화(myth)에 지나지 않는다고 본다.18) 폴라니(Michael Polanyi)도 객관적 인식과 주관적 인식 사이의 구분이라는 데카르트적 시도는 단지 환상에 불과하다고 선언한다. 그는 자연과학적 지식과 경험조차도 개인의 가치 판단과 인격적 개입을 통해 획득한 인격적 지식이라고 주장한다.19) 즉, 인식이란 가치를 공유하는 집단 안에 있는 인식자의 헌신 행위에 의존한다는 것이다. 이리하여 과학이 주장하는 소위 객관적 합리성이란 사실(fact)이 아니라 허구(fiction)임이 드러났다. 그것은 단지 주관적 감정에 불과하다는 것이다.20)

하버마스(J. Habermas)는 다음과 같이 말한다. "이성의 기준

---

17) Marxism Today, "New Times" Special Edition, October, 1988.
18) Paul Feyerabend, *Against Method: Outline of Anarchistic Theory of Knowledge*, London, 1975.
19) Michael Polanyi & H.Prosch, *Meaning*, Chicago, 1975. 그리고 Michael Polanyi, Personal Knowledge toward a postcritical philosophy, London, 1958.
20) Frederic B. Burnham,ed. *Postmodern Theology: Christian Faith in a Pluralistic World*, New York : Harper & Row, 1989. 세계신학연구원 역,『포스트모던 신학』, 조명문화사, p. 143.

들이란 이데올로기 비판이 발견한 바에 따르면 부르주아적 이상들에 의하여 주어진 것들이고 그저 부르주아의 이상이 명령하는 바를 충실히 따르는 데 지나지 않는 것이다."21)

푸코(M. Foucault)는 "역사는 의미 관계의 형식이 아닌 권력 관계의 형식을 띤다"고 하였다.22) 그는 여기서 지식-권력의 상호 관계를 말하고 있다. "지식의 장(場)을 동시에 구성하지 않고는 어떠한 권력 관계도 존재하지 않는다. 또한 동시에 권력 관계를 전제하지 않거나 구성하지 않는 지식도 존재하지 않는다."23) 푸코는 데리다가 전적으로 도외시하고 있는 역사에 눈을 돌리고 권력과 연계된 지식의 계보학을 밝히고자 했다. 푸코는 그의 저서 『광기의 역사』, 『감시와 처벌』, 『성의 역사』 등을 통하여 근대성이 어떻게 구성되었는지 밝히고 있다. 푸코는 권력을 단일한 관계라기보다는 오히려 사회 체제 전체에 침투해 들어가는 다양한 관계로 본다. 권력은 개인을 억압함으로써 작동하는 것이 아니다. 오히려 개인들을 구성함으로써 작동한다. 권력은 편재(偏在)한다. 권력이란 항상 이미 거기 존재하며 누구도 권력 밖에 존재하지 않는다. 이것이 권력의 편재성(偏在性)이다. 권력은 편재하면서 저항을 불러일으킨다. 푸코는 여기서 19세기에 출현한 감옥과 같은 훈육 제도를 주된 예로 들고 있다.

3-3. 윤리적 의식의 각성

포스트모더니스트들은 현실 세계 속에 있는 도덕적 불의, 인간에 대한 폭력, 인간 존엄성을 말살하는 잔인성에 대한 감수

---

21) J. Habermas, *The Philosophical Discourse of Modernity*(Cambridge, 1987), p. 116.
22) M. Foucault, *Power / Knowledge*, (Brighton, 1980), p. 114.
23) M. Foucault, *Discipline and Punish* (London, 1977), p. 27.

성을 보여주었다. 데리다는 "도발(provocation)"이라는 개념을 사용한다. 데리다, 리요타르 등 인간이 당하는 고통에 대한 관심을 갖는 윤리적 의식을 환기시킨 것은 공헌이다. 그러나 인간사에서 일어나는 우연적이고 개별적 사건에 대한 관심을 가질 뿐 역사의 과정 속에 있는 보편적 가치를 인정하지는 않는다. 예컨대 제2차 세계대전 당시 유대인 소녀가 나치에 의하여 살해당하는 사건 등을 말하고 있다. 데리다는 인간이 저지르고 있는 잔인성이나 악에 관련하여 우리에게 도덕적 책임성이 필요하다고 역설한다. 미국 신실용주의자 리차드 로티(Richard Rorty) 역시 인간의 잔인성에 대하여 비난한다. 이런 도덕적 지향성을 가지고 있음에도 불구하고 포스트모더니스트들은 이 세계 너머로 어떤 형이상학적 세계가 있다는 사실을 부인한다. 이런 점에 있어서 이들은 니체의 후예들이다. 이러한 형이상학적 세계의 부정은 칸트가 전통적 형이상학을 비판하고 회의하나 형이상학적 세계 자체를 부인하지는 않는다는 점에 있어서도 칸트와 다르다.

3-4. 인간주의에 대한 비판

포스트모더니즘이 제기한 과학의 객관적 진리에 대한 회의와 이성의 합리성에 대한 회의는 근대가 주장한 인간주의에 대한 비판으로 나타났다. 데카르트 이래 근대주의에서 인간은 사고하는 주체로서 모든 인식과 행위의 책임 있는 주체로 행사해 왔다. 이제 포스트모더니즘에 의하면 인간은 진리를 인식하고 실천하고 책임지는 주체가 되지 못한다는 것이다. 그것은 제2차 세계대전에서 나타난 인간의 잔인성에 대한 윤리적 비판에서도 명료하게 나타났다. 이제 주체는 더 이상 후설이 주장하는 것처럼 구성하는 자가 아니라 구성되는 자가 된다.

푸코는 이러한 주체에 대한 견해를 강력히 대변한다. 푸코는 인간 주체의 실체성을 부인하고 주체를 권력 관계의 산물로 본다. "개인은 권력의 행사에 의해 포섭되는 이미 주어진 실체가 아니다. 자기정체성과 특성을 지니고 있는 개인은 육체, 다양성, 운동, 욕망, 세력에 행사되는 권력 관계의 산물이다."[24) 푸코에 있어서 인간의 주체란 담론(discourse)이라는 표상의 체계 속에서만 존재하게 된다. 인간이란 더 이상 자기 행위와 판단의 주체가 아니다. 주체가 아니라 담론만이 존재한다. 그리하여 세계를 인식하는 데 출발점이 되었던 데카르트적 의미의 근대적 인간은 소멸하게 된다.

푸코는 『물과 사물(*Les mots et les choses*)』에서 인간의 소멸에 대해 다음과 같이 말한다. "우리 사고의 고고학이 잘 보여주듯이 인간은 최근의 산물이다. 그리고 아마도 인간은 종말에 가까워지고 있는 자일 것이다. 어떤 사건이 18세기말에, 고전주의 시대의 사고의 근거가 그러했던 것처럼 그 배치를 무너뜨리게 된다면, 그때 우리는 인간이 마치 해변의 백사장에 그려진 얼굴이 파도에 씻기듯 이내 지워지게 되리라고 장담할 수 있다."[25) 여기서 인간은 더 이상 주어진 실체를 가지거나 대상을 구성하는 주체가 아니라 욕망이나 세력 등 권력 관계에 의하여 구성되는 산물에 불과하게 된다. 이것은 인간의 소멸을 뜻한다.

4. 문제점 비판

이러한 포스트모더니즘의 사상에 대하여 우리는 개혁 신학적 입장에서 다음과 같이 그 문제점을 지적할 수 있다.

---

24) M. Foucault, *Power / Knowledge* (Brighton, 1980), pp. 73-74.
25) M. Foucault, *Les mots et les choses : Une Archeologie des Sciences Humains, Gallimard*, 1966. 이광래 역, 『말과 사물』, 민음사, 1986, p. 440.

4-1. 텍스트 배후에 실재는 있다

개혁 신학적 입장에 의하면 우리는 불변하는 현실보다는 변화하고 도전해오는 창조적, 구체적 실재를 찾아야 한다. 보편적 실재란 추상적이다. 구체적 실재가 더 중요하다. 추상적 실재가 아니라 구체적 실재가 우리에게 의미를 지닌다. 거대 담론에 대하여 말할 수는 없다고 하더라도 작은 경험, 작은 주체에 대하여 말하는 것은 옳다고 할 수 있다. 작은 경험이란 무엇이 실재며 현실이라는 것과 분리하여 생각할 수 없다. 그런데 포스트모더니스트들은 현실과 실재보다는 텍스트나 가상을 더욱 중시하고 있다. 이것은 마치 예수의 부활 사건의 의미를 중요시하고 그것은 실재로 일어난 사건이 아니라고 하는 현대 신학자들의 입장처럼 모순적이다. 모든 이야기나 담론 배후에는 구체적 사실, 실재가 있다.

만일 언어가 그것이 가리키는 사실이나 실재를 지시하지 못할 때 우리는 진리에 관하여 아무런 말도 할 수 없게 된다. 분석 언어 철학자 도날드 데이빗슨(Donald Davidson)이 주장하는 바와 같이, "언어는 의미론적 차원 때문에, 다시 말해서 언어의 발화와 각인이 갖는 참 또는 거짓의 가능성 때문에, 의사 소통의 도구가 된다."[26] 이러한 해체주의자들의 반실재론적 언어 사상은 담론 형식과 사회적 실천간의 관계에 대하여 설명할 수 있는 가능성을 의문시해버린다.

4-2. 실재는 상호 작용(interaction)을 통하여 존재한다

사실 배후에 있는 현실 또는 실재 사건이란 단지 사실의 총합이나 집합 이상의 가치를 가지고 있다. 이 현실 또는 실재 사

---

26) D. Davidson, *Inquiries into Truth and Interpretation* (Oxford, 1984), pp. 109, 201.

건은 우리를 자극하기도 하고 아름답기도 하고 지루하기도 하고 추하기도 한 가치를 가지고 있다. 그래서 단순한 사실이나 대상조차도 단지 사실이나 대상으로만 있는 것이 아니라 수많은 의미 차원을 가지고 있다. 세잔느가 그린 여러 산에 대한 그림을 보면 각각의 산이 다양하게 나타나는 것을 볼 수 있다. 우리가 경험하는 구체적 사건이란 여러 가지 방식으로 기술되고 여러 가지 차원으로 기술된다. 예술이나 철학을 통하여 현실의 의미는 드러난다. 현실이 가지고 있는 제3의 차원은 항상 우리에게 결정을 요구하고 결단을 요구하고 도덕적 판단을 요구하고 있다. 여기서 이야기하는 현실은 실재 그 자체가 아니라 문화 담지적이다. 여기서 문화를 이야기한다고 해서 문화와 자연의 이분법을 말하는 것은 아니다. 이야기와 사건, 담론과 사건, 텍스트와 사건 사이에 어떤 이원론이 있다는 것은 아니다. 형이상학적이라는 것은 우리 배후에 전혀 다른 세계가 아니라 우리가 살고 있는 구체적인 문화 속에서 드러나는 보다 구체적인 깊이를 가진 차원을 말한다.

4-3. 텍스트의 규범성이란 텍스트 배후를 가리키는 실재 연관성이다

리쾨르가 지적하는 것처럼 좋은 텍스트란 재해석의 가능성이 있는 텍스트다. 텍스트는 현실을 해소시키는 것이 아니라 텍스트가 지시하는 실재에 관계한다. 현실이란 텍스트가 아니라 텍스트가 지시되는 차원이다. 그것은 마치 사진과 현실이 구별되어야 하고 이론과 실재가 구별되는 것과 같다. 텍스트가 지시하는 구체적 실재를 인정하고 관심을 가지는 것은 데카르트 이후의 개인주의를 극복하는 길이다. 세잔느가 그린 산의 그림은 산 자체일 뿐만 아니라 그 외의 어떤 것을 가리키고 있고, 하이데거가 「예술 작품의 근원」이란 글에서 논의하고 있는

496● 역사와 현상학

반 고흐(Van Goch)가 그린 구두 역시 단지 하나의 객체인 것을 넘어서서 대상 이상의 것을 지시하고 있다.

4-4. 객관적인 의미와 가치는 존재한다

인간을 떠나서도 의미와 가치는 객관적으로 존재한다. 그것은 단지 인간에게 감추어져 있을 뿐이다. 그러므로 진리는 인간을 떠나서 그 자체적으로 존재한다. 인간이 단지 그 진리를 인식하지 못할 뿐이다. 인간의 자유는 절대적인 것이 아니라 진리의 처소와 판단의 기준이 있으므로 해서 인간은 비로소 바로 생각하고 바로 행동할 수 있다. 그러나 해체주의는 "본래적 의미", "의미 그 자체"와 같은 객관적인 의미를 부정한다. "의미란 사물에 있는 것이 아니라 사이에 있다." 의미는 "상호 작용, 상호 연결, 교차, 교차로에 있다."27) 의미는 상호 관계적인 관점에서 반복적으로 나타나고 사라진다.

의미는 문자적으로 고정된 것이 아니라 다의적이기 때문에 비의적인 형태(enigmatic)를 가지고 있다고 본다. "비의적인 형태가 살아 있는 형태다."28) 그러므로 해체주의는 진리를 부정한다. 그러므로 만족할 만한 해결이 없으며 쉴 만한 처소가 없다. "진리란 되어감의 정지(unbecoming)다." 모든 명제는 되어감으로만 존재한다. 그러므로 진리가 객관적으로 있다고 말하는 것은 되어감을 부정하는 것이 된다. 진리를 부정하는 것은 인간의 끊임없는 방황을 인정하는 것이며, 그것은 인간의 자유를 선언하는 것으로 본다. "진리를 부정하는 것은 기초와 관계로부터 자유로운 세계를 인정하는 것이다." 해체주의는 인간 사유의 자유를 선언한다. 진리 없는 세계의 자유로운 인정은 흔적의 산종(散種)하는 모험에서 실현된다.

---

27) Taylor, op. cit., p. 173.
28) Taylor, op. cit., p. 177.

"글의 즐거운 방랑은 책의 줄 속에 갇힐 수 없다. 그것은 그릇되는 텍스트들 속에서 각인되어야 한다."[29] 이러한 인간 사유의 자유 선언은 끊임없는 방황을 말한다. 여기서 인간 사유는 진리를 추구하는 것이 아니라 끊임없이 부정하고 흩어버리는 것으로 끝나고 만다. 여기에 인간 사유의 허무주의가 존재한다. 허무주의의 극복을 위해서는 인간을 떠나 있는 객관적인 의미와 가치의 존재를 인정해야 한다.

4-5. 비판적 대화 내지 상호 소통적 사고의 요청

우리가 문화 상대주의에 빠질 필요는 없다. 그러나 비판적 대화 내지 상호 소통적인 사고를 갖는 것은 필요하다. 인도는 종교의 발생을 통하여 인류에게 크나큰 영적 풍요를 가져다주었다. 그러나 인도에서 과부를 함께 장사지내는 풍습은 그 문화가 지니는 비인간성과 무지성에 대한 비판을 일으키게 한다. 다른 문화에서 일어나는 사건에 대한 고통의 체험은 우리로 하여금 보편적이고 정치적이고 윤리적인 의식을 갖도록 한다. 그래서 우리의 고유성을 상실함이 없이 타인과의 차이를 확인할 수 있다. 비판적이고 상호 소통적인 태도를 가지고 본다면 이 현실 속에 존재하는 모든 것은 인간 주관과 관계할 뿐만 아니라 다른 것을 지시하고 있다는 사실을 발견한다.

최근 인도에서는 이러한 힌두교적 인습에서 유래한 비인간화의 풍습, 신분 차별과 숙명적 사고 등이 무너지기 시작하고 있다. 그것은 산업화를 통한 인도 사회의 개방이다. 개방을 통하여 다른 문화의 가치가 유입되면서 전통적 폐습이 서서히 붕괴되고 있다. 인간의 문화는 상호 소통을 통하여 존재한다. 여기에 문화 상대주의가 있다.

---

29) Taylor, op. cit., p. 177.

5. 포스트모더니즘 극복의 길 : 대안

포스트모더니즘을 극복하는 길이란 기독교가 자기의 본래적 정신인 종교 개혁적 정신으로 되돌아가는 것에 있다. 종교 개혁적 정신의 핵심은 성경이라는 기독교의 경전으로 되돌아가는 것이다. 그것은 바로 이 경전을 오늘날 우리에게 주시는 하나님 말씀으로 재발견하고 진리와 행위의 표준으로 역동적으로 수용하는 것이다.

5-1. 성경에 대한 새로운 발견

포스트모더니즘의 극복의 길이란 성경을 하나님 말씀으로 새롭게 발견하는 것이다. 포스트모더니즘에서는 저자는 "텍스트의 무수한 연결 속에서 사라진다." 모든 것이 모든 것의 사본이다. 원본은 어디서나 없다. 그래서 저자도 없고 단지 천을 꿰매는 자만이 있을 뿐이다. 처음으로 텍스트를 짜는 시작은 존재할 수가 없다. 나의 시작은 이미 다른 사람들이 해놓은 것에서 다시 시작하는 것일 뿐이다. 우리는 재단사나 요리사일 뿐이다. 주어진 재료를 가지고 양복을 깁고 음식을 만든다. 깁거나 만들거나 그것은 독창적인 창조가 아니라 단지 이미 주어진 것들 중에서 변형을 시켰을 뿐이다. 저술은 "무한한 단어의 놀이"다. 여기서 저작은 "수많은 글들을 꿰매는 일"이다. 성경을 부정하기 때문에 텍스트는 시공의 텍스트들 사이에 부동하고 있다.30) 이것이 데리다의 용어을 빌리면 텍스트의 차연(差延. la differance)이다. 이러한 텍스트의 개념은 가다머나 리쾨르적인 의미에 있어서 전혀 텍스트가 아니다.31) 이러한 텍스트는 하나의 짜깁기에 불과하다. 짜깁기에서는 하나의 의미는 있을

---

30) J. Derrida, *La Dissemination*, p. 269.
31) 김영한, 『하이데거에서 리쾨르까지』, 박영사, 1993년 4판, pp. 447-460.

수 없다. 의미론적 매듭이 동시에 여러 개 발생한다.

데리다는 다음과 같이 말한다. "초월적 소기의 부재로 말미암아 의미 작용의 영역과 유희가 무한히 확장된다."[32] 텍스트의 의미를 부정하고 회의하는 해체주의는 극단적인 허무주의로 떨어진다. 이 허무주의는 자기 실존과 역사와 우주의 존재와 의미에 대한 회의로 나아간다. 이것을 극복하기 위해서는 성경이 철저히 긍정되어야 한다. 여기에 성경적이고 개혁주의적인 기독교가 철저히 긍정되어야 하는 이유가 있다. 성경이나 개혁 교회의 전승과 저술들은 수많은 종교적 경전과 종교 서적 가운데 하나가 아니다. 성경은 바로 하나님의 말씀이요, 기독교의 전승과 저술들은 이러한 계시적 진리에 관한 증언이다. 진리와 의미의 허무주의를 극복하기 위해서는 기독교가 천명하는 성경관이 긍정되어야 한다.

5-2. 하나님의 계시적 진리의 인정

포스트모더니즘에서는 하나님의 계시적 진리를 인정치 않는다. 그러므로 객관적인 진리는 없다고 본다. "그릇됨은 끝없다(Erring is endless)."[33] 여기서 진리의 탐구란 미국의 해체신학자 테일러(Mark Taylor) 자신이 말하는 바와 같이 헤어나올 수 없는 미로 속에서 끊임없이 방랑하는 오류의 과정이다. 그리하여 해체주의는 존재의 한계를 철폐시키고 타자로의 끝없는 연기(延期) 사슬 속으로 방황하게 된다. 신의 죽음, 자아의 사라짐, 역사의 종말, 책의 닫음을 주장하는 해체주의적 해석이 야기시키는 결론은 무엇인가?

---

32) Derrida, "Structure, Sign and Play in the Discourse of Human Sciences", in : Writing and Difference, trans. Alan Bass(Chicago : Univ. of Chicago Press, 1978), p. 280.
33) Taylor, op. cit., p. 184.

신은 글(writing)로, 자아는 흔적(trace)으로, 역사는 그릇됨(erring)으로, 책은 텍스트(text)로 된다는 것이다.[34]

해체주의는 전통 신학의 개념들을 하나의 의미론적 현상으로 환원시키고 있다. 그러나 이 의미도 하나의 일의적 의미를 가지는 것이 아니라 다양하고 애매하며 끊임없이 표류하는 현상이다. 여기서 진리와 구원은 더 이상 기대될 수 없다. 적 그리스도인 디오니소스가 오히려 그리스도의 자리에 오른다. 그리스도의 성육신은 단어의 구현에 불과하다. 글이란 신의 길이다. 신의 글이란 반복적으로 단어의 무한한 유포다. 여기서 인격적 신은 하나의 해체론적 의미의 현상으로 환원된다.

해체주의는 전통적 신학을 붕괴시키고 포스트모던 시대의 새로운 비(非)/신학(a/theology)을 전개하고자 하였다.[35] 그러나 이 비/신학이 이룬 것은 끊임없는 단어의 유포를 통하여 글을 읽고 쓰는 것 외에 아무것도 없다. 이 글은 목적과 종말을 가지고 있는 것이 아니라 끊임없는 오류와 방랑의 놀이다. 그리하여 모든 전통적인 경전을 해체하고자 한다. 그러나 이 해체는 결론적으로 비/신학의 해체 과정까지도 부정하여 무로 들어간다. 이러한 해체적인 무로부터 탈출하기 위해서는 인간을 넘어서는 하나님의 계시적인 진리를 인정해야 한다. 진리란 인간이 만들어내는 것이 아니라 발견하는 것이다. 왜냐 하면 진리는 이미 인간 저편 하나님으로부터 우리에게 주어지기 때문이다.

5-3. 삼위일체 신 존재의 인정

포스트모더니즘은 신의 존재를 부인하는 데서 출발한다. 그리

---

34) 김영한, "해체 신학과 개혁 신학", 『성경과 신학』 제18권, 한국복음주의 신학회논문집, 1995, p. 223.
35) 김영한, Ibid., p. 234쪽.

하여 신을 단어로, 신적인 것을 책과 글로 환원하고 있다. "신은 단어가 의미하는 것이고 단어는 신이 의미하는 것이다."[36]

"로고스는 없고 오로지 신성한 글만이 있다(There is no Logos, there are only hieroglyphs)."[37] 여기서 "글은 신의 길(Divine Milieu)"이다. 신은 존재하는 것이 아니라 글 속에서 일어나는 사건일 뿐이다. 포스트모더니즘에서 인격적인 신은 일어나고 사라지는 단어의 놀이인 글, 신성한 글로 환원된다. 여기서 신성한 글이란 성스러운 영감의 글을 뜻하는 의미가 아니라 발생적 / 파괴적 의미, 애매한 의미를 말한다. 신의 길은 글의 맥락 안에서 야기하는 무한한 단어놀이로 환원된다.

"재발하는 것이 존재가 아니라, 존재는 '되어감과 지나감(becoming and passing)'이요 곧 재발이다."[38] 여기서 존재론은 해체적 의미론으로 해소된다. 더 이상 객관적 존재의 기반은 없다. 그렇다고 가다머나 리쾨르가 주장하는 바의 의미 존재론을 천명하는 것도 아니다. 일의적인 의미의 동일성과 객관성은 있을 수 없다고 보는 것이다. 그리하여 끊임없이 일어나고 사라지는 해체적 의미만이 존재한다. "단어 속에서 현현하고 글 속에서 화육하는 사라짐은 다름아닌 신의 죽음이다."[39] 여기서 신의 죽음은 의미론적 현상이다. 글의 무한한 단어놀이 속에서 단어의 동일성이 사라지는 것이 로고스의 부정이요 곧 신의 죽음이다. 여기서 해체신학은 의미론적 사건 저편에 계시는 살아계신 하나님을 단순히 의미론적 현상으로 환원시키고 있다. 디오니소스가 그리스도 대신에 등장한다. "용어(비약)와 디오니소스의 결합이 십자가에 달린 자의 몸과 피에서 나타난다."[40]

해체신학이 언급하는 십자가에 달린 자는 더 이상 그리스도가

---

36) Taylor, op. cit., p. 104, 105.
37) Taylor, op. cit., p. 112.
38) Taylor, op. cit., p. 113.
39) Taylor, op. cit., p. 110.
40) Taylor, op. cit., p. 118.

아니다. 그리스도는 "신적 길의 영원히 재발하는 놀이 속에 새겨진 십자가형의 단어(the cruciform word)"로 환원된다. 신적 창조란 개념은 더 이상 인정되지 않는다. 그것은 단지 단어의 무한한 놀이 속에서 의미가 일어나고 사라지는 과정이다. 그것은 단지 해체적 과정이다. 이것이 바로 "지속적 창조(continual creation)"다. 따라서 기독교적 창조론은 더 이상 우주론적 사건이 아니다. 그것은 텍스트의 맥락에서 일어나는 해체론적 창조론이 되어버린다. 이 허무주의의 뿌리는 니체가 선언한 바 신존재의 부정이다. 자아, 실존, 텍스트, 역사, 우주의 존재는 신의 창조, 로고스에 의한 창조 사상에 기초해 있다. 이 창조 사상의 인정은 모든 가치를 인정하는 것이며 니체가 말한 바의 허무주의의 극복의 길이다.

이러한 해체 사상이 초래한 허무주의 극복의 길이란 삼위일체가 되시는 하나님의 존재에 대한 인정이요 그의 창조의 권능과 사실에 대한 인정이다. 하나님의 존재와 그의 창조에 대한 인정은 바로 그의 로고스에 대한 긍정이다. 해체 사상은 신의 존재와 그의 창조를 부정함으로써 필연적으로 로고스를 부정하기에 이르고 결국 로고스에 기초한 서구 사상 자체를 부정하기에 이르렀다. 그리하여 허무주의의 심연에 빠졌다. 그러므로 해체 사상 극복의 길이란 하나님의 존재를 인정함으로써 로고스를 회복하는 데 있다. 하나님은 창조의 로고스로서 인간이 갖는 로고스의 원천이 되시기 때문이다.

5-4. 인간 자아의 발견

인간의 존엄성과 의미의 발견을 위해서는 하나님이 그의 형상으로 창조하신 인간 개인과 자아가 고유하게 실재한다는 사실 인정이 요구된다. 해체주의 사고에 의하면 자아란 텍스트의 한 인자(因子)에 불과하다. 독자나 관객도 역시 텍스트 앞에서 자아의 자의식으로 자리잡기는 불가능하다. 자아란 저자의 의지와 무관하게 텍스트 안에서 모든 인자들이 기계적으로 인연을 따라 관계의 매듭짓기를 반복한다. 여기서 다른 요인의 영향을 받지 않고 고유하게 독자적으로 자기의 순수성을 유지하고 있는 주관이나 자아란 없다. 우리가 부르고 있는 주관이나 자아란 이미 다양한 주관과의 관계 속에서 형성된 것이다.

"언어 활동이 나 자신에 대한 나의 현존보다 앞섰다. 그 언어 활동은 의식보다 더 나이가 들었고 관객보다 더 늙었다."[41]

내가 이 세상에 태어나기 이전에 언어 활동이 있어 왔다. 그리고 나는 이 세상에 나오자 그 언어 활동의 텍스트 안에서 살아 왔다. "나라는 의식은 텍스트 안에서 잠을 깬 것이지 언어 텍스트를 벗어나 먼저 깨어 있었던 것은 아니다."[42] 데리다에 의하면 언어 텍스트는 자아 의식의 가능 근거다. 그러므로 자기 고유성을 주장할 만한 자아란 없다고 해체주의는 주장한다.

이미 다양한 주관들 가운데 하나로 해소된 주관과 자아가 과연 허무주의를 극복할 수 있는 의지를 가지고 있는가? 자아나 주관은 타자와의 상호 관계 속에 있는 교차 작용에 불과하다. 여기서 개인적 주관성은 거부된다. "동일성의 희생"은 포도주의 신 디오니소스가 주는 술잔을 마시게 되므로 유발된다.[43] 디오니소스는 음부(Hades)로 간주된다. "그의 포도주를 마시는 것은 죽음과 함께 춤추는 것이다."[44] 여기서 우리는 사교(邪敎)가 베푸는 죽음의 잔치를 연상하지 않을 수 없다. 가이아나의 인민 사원에서 신도들은 교주(敎主)가 주는 독약이 든 술을 마시고 광란 속에서 죽어갔다. 이러한 죽음의 광란에서 탈출하는 길은 인간 자아를 하나님의 형상으로 창조된 개체로 인정하는

41) J. Derrida, *La Dessimination*, p. 378.
42) 김형효, 『데리다의 해체철학』, p. 26.
43) Taylor, Ibid., p. 145.
44) Taylor, Ibid., p. 146.

것이다. 왜냐 하면 개혁 신학이 증언하는 진정한 신은 인간 자아를 광란 속에서 사라지게 하지 않기 때문이다. 오히려 그는 인간의 상실한 자아를 성령을 통하여 회복하신다. 진정한 신은 그리스도의 십자가 대속의 피로 인간의 죄를 대속하시고 영원한 생명을 주신다. 여기서 자아는 사라지지 않고 새롭게 창조된다.

사도 바울은 다음과 같이 증언한다. "누구든지 그리스도 안에 있으면 새로운 피조물이라. 이전 것은 지나갔으니 보라, 새 것이 되었도다"(고후 5:17).

"주는 영이시니 주의 영이 계신 곳에는 자유함이 있느니라"(고후 3:17).

데리다가 주장하는 순수 자아의 이차성과 매개성이란 이미 철학사적으로 신칸트주의와 실존철학자와 해석학자들이 주장한 것이다. 그러나 이들 신칸트주의자나 실존주의자들은 자아 자체를 부정하지는 않는다. 이들이 발견한 것은 자아의 유한성이요 매개성이다. 개혁 신학도 기독교 철학과 마찬가지로 자아의 존재를 부정하지 않는다. 단지 자아가 관념론자들이나 후설이 주장하는 바와 같이 절대적으로 순수하게 존재하며 모든 인식의 출발점이 된다는 명제를 거부하는 것이다. 그런데 해체주의자들은 자아의 존재까지 거부함으로써 너무 극단적으로 나아가고 있다. 자아의 인격적 존재를 부정할 때 인간의 존엄성은 상실된다. 그러므로 자아 인격성의 인정은 바로 인간 존엄성의 길이다. 이것은 칼빈이 말한 것처럼 인간을 하나님 앞에서 인식할 때만 가능하다.

5-5. 역사의 재발견 : 역사는 구속사적 과정

포스트모더니즘의 극복의 길이란 역사를 하나님의 구속(救贖)의 장으로 재발견하는 것이다.

해체 사상은 전통적 로고스적 역사관을 부정하고 반로고스적 우주관을 설정하고 있다. 이것은 그리스도를 부정하는 적그리스도인 디오니소스(Dionysus)의 세계관이다.

축제는 조용한 명상 아닌 술취한 광란의 축제다. 여기에는 절대적 시작도 중간과 종말도 없다. 역사에는 절대적 시작이 없고 종말도 없다. 단지 시작에서부터 삶과 죽음, 낮과 밤, 행운과 불운이 서로 주고받는 반복의 질서만이 있다. 해체 사고가 주장하는 보충 대리의 세계에서는 창조의 시작과 종말의 목적도 없고 연결 고리를 연쇄적으로 맺고 돌고 도는 윤회만이 있다. 신 죽음의 선언과 이 세계의 절대적 긍정만이 있다. 이 세계는 되어감이다. 세계는 영겁 회귀 속에서 같은 것이 다른 것이 되고, 다른 것이 같은 것이 되는 반복의 차연(差延)이다. 진정한 파라다이스(paradise)는 우리가 상실한 것이 아니라 파라다이스의 최종적 상실이 다시 얻은 파라다이스다. 여기서 해체 사상은 극단한 허무주의와 허무 극치의 고통을 동반한 즐거움을 말하고 있다. 그리고 철저한 피상성(superficiality)을 선포하고 있다. 극단한 피상성이란 오로지 생성소멸의 우주의 놀이에 짜여져 논다는 니체적 허무주의를 말하고 있다. 해체 사상은 신의 죽음, 자아의 사라짐, 역사의 종말이 광란의 은총의 실현임을 보여주려 한다.45) 광란은 미궁이다. 그릇된 흔적이 방랑하는 광란은 끊임없다. "이 끝없는 미궁(endless labyrinth)은 심연(abyss)이다."46) 초월적 신을 부정함으로써 차안의 피상성만 인정하는 자유로운 광란의 축제는 궁극적으로 감추어진 비밀을 정박하지 않는다. 심연에서 빠져나오고자 약속하는 줄은 방랑자를 관계의 복합적 연결 장치(network)에 엉키게 한다. 여기서 신을 떠난 인간의 심적인 혼란과 지옥을 말해주고 있다. "흔적이 그릇되는 경계 없는 경계를 따라서 방향을 잡는 고

---

45) Taylor, Ibid., p. 168.
46) Taylor, Ibid., p. 168.

정된 중심이나 지시하는 영원한 현재적 로고스는 없다." "차연의 영원한 교차(the eternal cross of differences)"만이 있다.

차연의 세계에는 고향도 목적도 없으며 나아가야 할 역사의 방향도 없다. 모든 것이 흔적의 흔적으로 연쇄적인 연결 고리를 형성하고 있다. 이러한 세계에는 시작도 끝도 없고 시원(始原)을 찾는 고고학이나 종말을 찾는 목적론도 없다. 이러한 역사 부재의 미혹의 미궁에서 벗어나는 길이란 역사를 끊임없는 생성소멸의 윤회의 우주적 과정으로 보는 것이 아니라 하나님의 주권적 섭리에 의하여 전개되는 의미와 목적을 지닌 직선적 과정으로 보는 것이다. 역사는 흔적의 흔적이 지속되는 연쇄적인 윤회의 연결 고리가 아니라 책임적인 행위에 의하여 만들어지는 사건의 연관이기 때문이다. 이 과정은 영구히 돌고 도는 것이 아니라 하나님이 섭리하시는 종말적 심판과 구원을 향하여 진행된다. 여기서 하나님은 우리 인간의 행위에 도덕적 책임을 물으신다. 개혁 사상과 성경은 인간의 역사적 행위를 도덕적 행위와 관련시켜 책임을 물으신다. 여기서 인간의 역사적 행위는 의미를 지닌다.

5-6. 전통의 재발견과 창조적 계승

포스트모더니즘을 극복하기 위하여 전통을 재발견하고 그것을 창조적으로 계승해야 한다. 신의 죽음과 자아의 죽음을 선언하는 해체 사고는 이러한 전통적 신학적 사고의 틀을 깨뜨린다. 해체 사고가 전개하는 흔적(痕迹)의 무한한 놀이는 "모든 것이 유래하는 절대적 시원을 부정한다." 흔적이란 현존하는 것은 아니나 그렇다고 없는 것도 아니다. 흔적은 무(無)가 아니다. 흔적은 현전(現前)과 부재의 대립을 넘어서 있다. 흔적은 자신을 지우면서 다른 것을 지시한다. 이 세상에서는 모든 것이 현존적 존재의 실체가 아니고 "각인이 찍혀 있음"의 연쇄요 체계일 뿐이다. "각인이 찍혀 있음"은 다른 것과의 관계 속에서 자기일 수밖에 없다. 저작 속에 새겨진 흔적의 놀이는 순순한 자아동일성의 만족이 도달될 수 없는 것으로 만드는 원래적 차이를 드러낸다. 조화로운 기원이란 모든 것 속에 실제로 내재한 긴장을 설명하기 위해 창조된 환상(幻想. an illusion)으로 밝혀진다.47) 전통 신학에서는 시작과 종말이 있으나 해체 사상에 기초된 비/신학(a/theology)에서는 시작과 종말이 없다. 비/신학은 신학의 해체다. 비/신학은 흔적의 환원 불가성을 주장한다. 그래서 비/신학은 완고하게 "비목적론적이고 비종말론적(ateleological and aneschatological)"이다.48)

신적인 길의 무한한 놀이 안에서 "기다림은 최종적으로 지는 게임"이다. 사실로 "기다림 자체는 저주(damnation)"다.49) 흔적은 결단코 치료되지 않는다. 흔적은 비종결이 선언됨으로써만, 열려짐으로써만 성취된다.

극단한 비/신학의 비목적론과 비종말론은 개방성을 열리게 하고 모든 표시를 치료되지 않는 것으로 본다. 그럼으로써 전통적 존재 신학의 모든 종말 게임을 끝낸다. 시작과 종말의 사라짐과 더불어 "되어감(becoming)은 모든 계기 속에서 정당한 것으로 나타난다."50) 여기서는 끊임없는 방황과 과정만 있을 뿐 목적과 성취란 없다. 그러므로 허무만이 있을 뿐이다.

전통의 재발견은 하나님이 계시하신 그의 말씀과 그 말씀에 기초한 기독교의 본래적 정신과 유산으로 되돌아가는 데 있다. 그리고 그것을 오늘날에 입각해서 새롭게 해석해야 한다.

---

47) Taylor, Ibid., p. 155.
48) Taylor, Ibid. 155.
49) Taylor, Ibid. 155.
50) Taylor, Ibid., p. 156.

6. 맺음말

해체적 포스트모더니즘을 극복하기 위해서는 서구 문화의 원천인 기독교 정신으로 되돌아가야 한다. 그것은 종교 개혁 정신의 재발견이다. 특히 성경으로 되돌아가야 한다. 지식과 정보의 홍수 속에서 가치와 진리를 상실하고 부동하고 있는 포스트모던적 상황 속에서 하나님의 말씀인 성경만이 우리에게 이러한 혼돈과 무질서 가운데서 우리의 사고와 삶의 방향을 제시해줄 수 있다. 성경에 대한 생동적 관계는 성령의 역사만이 우리에게 가능하게 한다. 칼빈의 말처럼 성령의 내면적 조명만이 성경이 하나님 말씀인 것을 우리에게 확신케 하기 때문이다.

종교 개혁적 원리는 하나님 말씀과 이에 대한 믿음이다. 말씀에 대한 믿음을 가능케 하는 것은 하나님의 성령의 역사다. 그러므로 해체적 포스트모더니즘의 극복을 위해서 우리는 하나님 말씀과 성령의 생동적 역사로 되돌아가야 한다. 이것만이 기독교가 다가오는 포스트모던 시대 속에서도 현대의 첨단 기술 사회를 향하여 올바른 윤리와 정신과 도덕을 제시하고 이것을 행할 수 있는 영적 능력을 제공할 수 있다. 그리하여 적극적으로 포스트모더니즘의 순기능을 기독교적으로 유용화할 수 있다.

가상 현실·환상 현실:
가상적인 균형과 기우뚱한 균형의 차이*
― 미셸 세르의 예에서

김 진 석(인하대 철학과 강사)

1

가상 현실은 벌써 어느 새 현실을 뒤덮은 듯하다. 아직 초기 단계에 지나지 않는데도 말이다. 이 와중에서 사람들은 그것을 일반화하려는 경향을 보인다. 세르도 가상 현실을 일반화하는 듯하다. 과거의 모든 문화 형식들조차도 가상적인 성격을 가진다고 말하면서 그는 가상 공간을 일반화한다. 가상적인 것이 옛날에도 이미 있었다는 것, 곧 가상적인 것의 고대성을 증명하려고 그는 무던히 애쓰기 때문이다. "우리 지능의 커다란 부분이 항상 인공적이었음에도 불구하고, 우리는 인공 지능이 다만 어제부터 시작되었다고 기꺼이 믿는다."1) 다르게 말하면 최근의 많은 책들까지 영혼의 능력이라고 부르는 것은 세르가 보기에는 인공성과 가상성의 징표다. 따라서 상상이나 욕망이라고 부르는 것도 가상적인 것으로 환원된다. 한 곳에 못박혀 있

---

* 본 논문은 1997년도 인하대 연구비의 지원을 받았음.
1) Michel Serres, *Atlas*, Flammarion 1996, P. 133.

지 않고 다양한 채널을 따라 흘러가며 바깥으로 떠돌기 때문이다. "영혼의 능력을 믿으면서 사람들이 상상이나 욕망이라고 불렀던 것"은 "실제적으로 지역적인 것과 지구적인 흐름의 미묘한 결합"이며, 그런 점에서 상상이나 욕망의 흐름에 자신을 내맡기는 사람(예를 들자면 마담 보부아르)은 "가상적인 장소에서 살고 있는 것이다."[2] 하나의 고정된 장소란 따지고 보면 매우 형식적인 규정일 뿐이다. 또는 더 큰 움직임을 준비하면서 지양되는 변증법적 움직임을 위한 추상적인 규정일 것이다. 실제로 사람들은 고정된 장소에서 머물면서 거기에서 끊임없이 이탈한다. 그러니 사람들은 가상적인 장소에서 살고 있는 셈이 된다. 상상이나 욕망을 장소의 가변성과 연계하여 생각할 때, 단순히 영혼의 능력이라는 인간학적 관점에서 고찰할 때 드러나지 않았던 여러 점들이 드러날 것이다.

그러나 우리는 질문을 제기한다. 상상과 욕망이 철저하게 가상 공간 속에 놓여 있다고 말하는 것은 그것에 대한 매우 상식적인 편견을 일반화하고 이론화하는 일이 아닐까? 또 가상적인 장소를 그렇게 규정한다면 그것은 너무 형식적인 차원에 머무는 것이 아닐까? 예를 들어보자. 이상적인 것을 설명할 때도 형식적으로는 비슷하지 않은가? 이곳에 있으면서 저곳을 동경하고 갈구하는 상태 또는 한 장소에 있으면서 다른 장소로 가려는 의지와 희망의 표현. 형식적으로는 비슷하다. 바로 이 형식적인 유사성 때문에 세르는 이상적인 것조차 가상적인 것의 테두리 안에 포괄할 수 있다고 믿는 것이 아닐까?

그러나 형식적인 유사성에도 불구하고 이상적인 것은 특이성을 가진다. 내용의 차원에서 그것은 유별나기 때문이다. 한 장소에서 다른 장소를 동경하고 갈구하되 이 다른 장소는 이상적인 내용, 초월적인 내용을 내포하기 때문이다. 피안의 세계, 불변의 이데아, 악에 의해 침해되지 않는 선과 도덕의 독자성,

2) 같은 책, p. 188.

감각을 초월하는 이성의 영역, 우연성을 초월하는 본질 등을 상정하고 설정하는 일은 특이한 현상이다. 그리고 그 이상적인 것을 대리하고 연기하는 권력의 존재 또한 특이한 현상이다.

　물론 가상적인 것을 일반화하는 세르의 입장에서 보면 다른 해결이 없는 것이 아닐 것이다. 이상적인 것이란 가상적인 것의 일종에 지나지 않는다고 답할 수 있을 터이니. 그렇게 보면 문제가 해결될까? 이상적인 것이란 가상적인 것 중에서 바로 저 특이성을 가지는 현상이라고 하면 될까? 형식적인 차원에서만 고찰하면 그렇게 보일지도 모른다. 그러나 내용까지 고려하면 그러한 일반화는 성립되기 힘들 것이다. 세르가 말하고자 하는 가상적인 것에도 내용이 없는 것은 아닌데, 이 내용은 이상적인 철학에서 말하는 내용과는 매우 다르기 때문이다. 세르의 사상은 전통적인 이상주의 철학과도 다르고 그것에 반대하는 반이상주의와도 다르다. 전자가 앞에서 이야기되었듯이 이상적인 본질과 불변의 형상을 담보로 하려고 한다면, 후자는 액체의 흐름같이 흘러가는 삶의 체험을 이야기한다. 전자가 고체적인 내용이라면, 후자는 액체의 유동성을 강조하는 것이다. 세르는 이 두 극단화에서 이탈한다. 그 철학들은 말 그대로 극단에 지나지 않는 것이 아닌가라고 반문하면서 세르는 오히려 다양하게 존재하는 많은 천들에, 그 천들이 빚는 예측하기 어려운 주름과 모양들에 관심을 기울인다. 고정된 크기와 모양을 가지는 통들을 담는 방법은 한 가지밖에 없다. 큰 통 안에만 작은 통이 들어갈 수 있기에. 유체 또한 때로는 매우 불안정한 상태에 있지만, 때로는 고정된 용기 안에 확실하게 담긴다. 이들과 달리 천으로 만든 주머니나 보자기들은 일정한 모양과 크기를 고집하지 않는다. 어느 쪽으로도 포괄될 수 있다. 작은 보자기로 큰 주머니나 보자기를 쌀 수도 있고 담을 수도 있다. 놀랍고도 창조적인 혼돈이 아닌가. 이 창조적인 혼돈을 강조한 것이야말로 세르 사상의 참신성일 것인데, 그러나 바로 이 혼돈은 저 이상성과 함께 어우러지기 어려울 뿐만 아니라 서로를 배제한다. 그러니 가상적인 것이 이상적인 것조차 포괄하는 일반적인 현상이라고 말할 수는 없는 것이다.

그렇다면 가상적인 것을 일반화하려는 시도는 어떻게, 왜 생긴 것일까? 이상적인 철학이 주장한 것이 액면 그대로 받아질 수 없기에, 과거 사상과 시간에 틈을 내려는 의도에서 나온 것일까? 이상적인 것을 말하는 사람들이 정말 그것을 액면 그대로 믿지 않는 것은 사실이다. 정말 불변의 본질을 믿는 자는 감각적이고 가변적인 생을 말 그대로 부정해야 할 것이다. 감각적이고 가변적인 생을 멀리한다면서 조용한 방으로 들어가는 일은, 더구나 그 생이 주는 많은 이로움과 혜택은 그대로 누리면서 그렇게 한다면, 우스운 일이다. 따라서 이상적인 것에의 진정한 믿음은 언제든지 자신의 현실적인 이익을 허무는 일을 전제한다. 그러나 사람들은 그렇게 하지 않았고, 따라서 이상적인 것에의 믿음은 이미 그 자체로 혼돈을 내포한다. 그 혼란에 가상적인 것의 쐐기를 박을 틈이 없지 않을 것이다. 그러나 이 작업은 보다 멀고 복잡한 우회를 필요로 할 것이다. 내용에서 상반되는 이상적인 것을 쉽게 가상적인 것의 일부라고 이야기할 수는 없을 것이다.

2

세르는 가상성의 장점을 그것이 내포한 완벽한 균형 상태에서 발견하고자 한다. 추가 이리 움직이고 저리 움직이지만 결국은 '하얀 부동성'에 이른다고 그는 말한다. 지배하는 사람들이 아무리 바뀌어도, 무대에 등장하는 주연이 아무리 바뀌어도, 사람이 웃든지 울든지, '결국은(finalement)'[3] 균형 상태가 남는다고 그는 말한다. 싸움에서 누가 이기고 누가 지든지, 어느 나라가 이기고 어느 나라가 지든지, 통산 전적은 결국은 제로에 가까이 간다고 그는 말한다. 또는 중립적인 상태 가까이 간다고 그는 말한다. "최종적인 대차대조표(le bilan terminal)"가 그것을 보여준다고 그는 말한다.

그럴 것이다. 최종적으로는 아마도 그럴 것이다. 결국에 가서는 어느 독불장군이, 어느 왕이, 어느 황제가, 어느 종교 창시자가 세상을 지배할 것인가. 누가 영속적으로 또는 지속적으로 세상을 지배할 것인가. 어떤 권력이 배반당하지 않을 것인가. 결국에 가서는 그저 그렇고 그런 상태가 오히려 더 세상의 모습에 가까울 터이니. 맞는 말이다.

그러나 그럼에도 불구하고 우리는 쉽게 "결국"으로 가지 못한다. 그냥 "결국"으로 시작하거나 끝나지는 못한다. 그냥 간단하게 "최종적인 대차대조표"를 작성하지 못한다. 한동안 악다구니를 써야 하고, 한동안 조바심을 내야 하고, 한동안 안달을 해야 한다. "결국은" 별 소용도 없는 싸움인 것을, 때로는 알면서 때로는 모르면서, 싸우는 동안에는 어쩔 수 없이, 거기에 집착한다. 사랑과 열정이 결국은 먼지와 때만 남기고 사라질 것을 알 수 있지만, 그런 지혜를 모른 체하면서 인간은 열정을 동경하고 또 그 열정 속에서 사랑의 불길을 태운다. 이 모습이 삶의 모습이 아닐까? 우리는 저 "결국"을 모르지는 않지만, 그것으로 애초에 결산을 보거나 결국 그것만으로 결산을 보지도 않는다. 그 "결국"이 주는 엄청난 무게를 알지만, 그 엄청난 무게도 때때로 이론이나 먼지의 무게에 지나지 않는 것이 아닐까? 인간의 감정과 기분은 그 "결국"의 통산 전적에도 불구하고, 그것에 맞부딪치거나 그것을 가로지르지 않는가. 또는 그것을 비스듬히 비껴가지 않는가.

그렇다면 가상 현실을 이야기하면서 '결국'의 보편성을 강조하는 세르는 가상 현실을 어떻게 이해하는 것일까? 그것을 일

---

3) 같은 책, P. 33.

반화하면서 결정론에 빠지는 것은 아닌가. 그는 모든 것이 끊임없이 서로 교체되고 어느 것도 영구적으로 지배하지 못하는 상태를 서술하면서 너무 궁극적인 균형에 집착하고 있는 것은 아닌가. 모든 방향이 서로 변하면서 만나는 인터체인지, 새로운 움직임과 변화를 만들어내는 인터체인지를 서술하면서도, 그는 궁극적인 통계에 너무 집착하고 있는 것은 아닌가. 균형대 위에서 아슬아슬하게 균형을 잡는 예술가를 발견하면서도 세르는 일종의 통산(通算) 균형을 너무 강조하는 것은 아닌가.

　가상 현실 속에서 이렇게 "결국"이 강조되는 이유는 무엇일까? 가상 공간 속에서는 다양한 변수들이나 가능성들을 통계적으로 예측하고 통산하기 쉽기 때문일까? 가능성이나 변화의 가지들이 기껏해야 가능성의 가능성에 지나지 않기 때문일까? 시뮬라크르의 세상을 서술하는 보드리야르가 비슷한 '통산'을 하는 것도 비슷한 이유에서일까? 사물들과 생명체들의 모습은 사실 "결국"은 그럴 것이다. 어떤 변증법적 대립이나 종합도 적용되지 않을 정도로, 어떠한 편향도 인정하지 않을 정도로, 그저 그런 제로 상태에 머물 듯하다. 아니, 어쩌면 제로 상태에도 머물지 못하는지 모른다. 그렇게 깨끗하게 제로로 정리되지는 못할지 모른다. 어쩌면 기껏해야 제로 가까이 갈지도 모른다. 그러나 이 보편적인 제로 상태 또는 거의-제로 상태는 따지고 보면 일종의 목적론 아닌가? 평균적인 균형 상태는 선험적으로 이미 주어져야 하는 목적이 아닌가? 그런 점에서 삶에 내재하는 목적이 아닌가? 그런 목적을 말하는 것은 거의 삶을 해탈한 것처럼 말하는 태도 아닌가? 물론 우리도 삶의 한복판에서 그러한 인식에 도달할 수 있다. 때때로 도달하기도 한다. 때로는 깊은 체험 없이도 그것을 예측할 수도 있다. 그러나 그럼에도 불구하고, 그 제로가 주는 해답에도 불구하고, 우리는 그 해답을 모르는 듯 행동하지 않는가. 아니, 우리 스스로 그 해답에 다시 도달하기 위하여, 이미 도달했는데도 또 도달하기 위하여,

몇 번이나 도달했는데도 다시 도달하기 위하여, 바삐 움직이고 몸부림치지 않는가. 해답을 손에 꽉 쥐고 있는 자는 그러한 태도를 미련하고 불쌍하다고 할 수 있을 것이다. 그러나 목적으로서의 해답을 한 번 소유하기만 하면 생은 끝나는 것일까? 우리 각자는 그 해답을 어느 정도는 알고 있음에도 불구하고, 매번 또 그 해답에 못 미치는 것이 아닐까? 돌발하는 상황 속에서 우리는 해답을 우회하고, 해탈을 거부하고, 직선을 구부리고 있는 것이 아닌가. 이러한 태도, 해답을 알고 있음에도 불구하고, 그 예측되고 통산된 해답에 머물지 않고, 스스로 답을 얻으려고 모험하고 애쓰는 태도, 이것은 완벽한 균형 상태와 "결국에는" 모습이 같을지 모른다. 그러나 "결국"의 평온 상태가 삶의 다사다난한 과정을 결정하는 것은 아니다. 가상 공간이 그러한 제로 상태를 생산해낸다면, 그 가상 공간에는 순간이 가져오는 우연성과 애매성이 제거된 듯이 보인다.

아마도 어떤 이는 말할 것이다. 이미 인생을 충분히 많이 산 사람은 그런 "결국"을 말할 수 있지 않느냐고. 그럴 수 있다. 그런 점에서 가상성은 인생의 황혼기에 펼쳐질지도 모르겠다. 그러나 어느 누가 생을 충분히 살았다고 할 수 있는가? 노인이 되면 그런가? 노인이 되면, 삶의 애착이 점차로 또는 상대적으로 없어지는 것이 사실일 것이다. 이래도 그렇고 저래도 그러니 결국은 결국이라며, 심리적인 평정을 유지하기가 쉬워지는 것도 사실일 것이다. 노인의 지혜는 그런 점에서 매우 소중하고 귀한 것이다. 결국은 우리 모두 노인이 되어야 할지 모른다. 삶의 주름을 헤쳐온 노인들의 지혜는 "결국"에서 빛을 발할 터이니. 이 점에서 저 제로 상태는 노인의 평정과 닮았다.

그러나 다른 한편으로는 차이가 있지 않을까? 가상 공간 속에서 노인들의 지혜 같은 것을 가상적으로 체험할 수는 있을 것이다. 젊은이가 미리 노인이 되어볼 수도 있을 것이다. 가상 공간이 이렇게 인식의 지평을 넓히고 심화시키는 것은 사실이지만, 그럼에도 실제 노인과 가상적인 노인 사이에는 차이가 있는 것이 아닐까? 아무리 그 차이가 미세하더라도 그 미세함은 간과될 수 없는 것이 아닐까? 노인이 되는 것과 되어볼 수 있다는 것은 유사하면서도 다르지 않은가. 나이를 먹는 것과 나이를 먹는 체험을 가상적으로 한다는 것은 비슷하면서도 다르다. 형식의 차원에서 그 둘은 닮았지만 내용의 차원에서는 조금 다르다. 가상 공간이 체험을 앞당긴다는 점에서 그 공간은 인식을 확장시키기는 하지만, 그 가상성은 바로 그 때문에 그 가능한 체험의 필연성을 부인하게 하고 거기서 도망가게 할 것이다. 왜 그렇지 않겠는가? 아무리 가상 공간이 확대되고 강화되어도, 사람들은 거기서도 욕망하고 추구한다. 오히려 더 그럴지도 모른다. 가상 공간에서는 이미 실행되었거나 미리 체험된 행동을 포기하기가 더 쉬워질 터이니. 사람들은 더욱 변덕을 부릴 터이니.

다른 한편으로, 노인이 된다고 그런 평정이 자동으로 생기거나 지속적인 안정 상태에 있는 것은 아닐 터다. 어쩌면 그런 평정조차도 다시 논리적인 일반화에 기대고 있을 것이다. 실제로는 노인들도 정말 죽는 법을 배우기 전에는, 삶에 대한 애착이 적지 않을 것이고 그것이 정상일 것이다. 노인들도 자살을 하지 않는가. 그리고 역사적으로도 중요한 차이가 생겨났다. 과거에 사람들은 일정한 생의 주기와 리듬을 따라 생의 만년에 도달하였다. 그래서 체념할 것은 체념하고 달관할 것은 달관하기가 쉬웠다. 그러나 사람들은 가상 공간 속에서 점차 노년을 새로운 장년기나 청년기로 변화시키려고 한다. 노인들은 이제 더 이상 쉽게 노인으로 머물지 못하는 것이다. 체념하기가 힘들어지고 따라서 달관하기도 힘들어진다. 다르게 말하면 가상 공간은 체험을 앞당기거나 거꾸로 추(追)체험하게 하는 데 도움이 되기는 하지만, 동시에 바로 그 확장된 가역성은 오히려 균형 상태를 뒤흔들고 망가뜨린다. 인식의 확장을 돕고 또 통산을 통한 균형 상태에 이르게 하지만, 동시에 균형 상태는 거꾸로 언제나 기울어진다. 균형조차도 끝없는 가역 반응에 내맡겨져 있으므로. 다르게 말하면, 가상 공간 속에서 만들어진 가역성은 인식과 정보를 증대시키고 확장시키지만, 체념하고 단념하는 지혜를 배우지 못하게 할 것이다. 그런데 일정한 몫의 체념과 단념은 유익할 뿐만 아니라 필요하기도 한 것이 아닐까. 우리는 여기서 원한(怨恨)에 대한 연구 결과를 들 수도 있다. 선택의 폭이 넓어지고 필연성이 엷어질수록, 사람들은 원한을 푸는 방향으로 가는 것이 아니라 오히려 거꾸로 간다. 자발적인 결단이나 긍정, 그것에 근거한 단념과 망각이 모자라기 때문이다.4)

여기서 중요한 예를 한 가지 들어보자. 사람들은 흔히 하이퍼 텍스트나 어드벤처 게임을 가상 공간의 좋은 예로 든다. 게임에서 선택할 수 있는 길이 여럿이고 참여자의 참여 방식에 따라 실행 과정이 다양하게 변화하는 것은 사실이다. 그러나 그 변화 가능성 자체는 때로는 논리적 변수 차원을 넘지 못하는 게 아닐까. 여기서 다양한 변화 가능성과 저 "결국"이 이끄는 중립성은 서로 다르지 않은가? 서로 엇갈리지 않는가? 다양성과 변화 가능성이 강조된다면, "결국 중립에 이른다"는 진단은 뒤로 밀려날 수밖에 없다. 거꾸로 "결국 중립에 이른다"는 사태가 강조된다면, 다양성과 변화 가능성은 약화될 수밖에 없다. 이렇듯 가상 현실에는 서로 양립하기 어려운 계열이나 차원들이 함께 존재한다. 만일 가상 현실이 이 두 사태가 병존하는 상태라면, 그것의 성격은 매우 복잡하고 모호한 것이 아닐까?

---

4) 고전적인 예로 니체가 분석한 원한(르쌍티망, Ressentiments)을 들 수 있을 것이다. 또 막스 셸러도 이에 대해 귀중한 연구를 수행하였다. 현대적인 민주 사회로 이행할수록, 곧 사람들에게 다양한 선택의 기회와 내용이 원칙적으로 주어지는 사회에서 원한은 해소되는 것이 아니라, 오히려 다양해지고 깊어진다는 놀라운 현상을 발견한 것이다.

어쩌면 다양성의 가능성 자체는 겉으로 보는 것과는 달리 그리 큰 중요성을 가지지 못하는 듯하다. 따지고 보면 그런 가능성이 아예 부재하는 경우는 실제 현실 속에서도 드물 터이니. 다만 다양한 길들을 모두 다 시험해볼 수 없다는 것이 차이일 것이다. 다양한 변수를 모두 시험해본다는 것은 어떤 효과가 있을까? 다양한 체험을 비교하고 그 비교를 통하여 사람들은 선택의 폭을 넓힐 수 있을 것이다. 그것이 유익하다는 데에는 이의를 달 필요가 없다. 문제는 오히려 다른 데에 있는 것이 아닐까? 그런 가능성이 존재하더라도, 실제로는 또는 가상적으로라도, 주어진 어느 시간에는 하나의 길밖에 갈 수 없지 않은가? 가상 공간에서 이미 간 길을 취소하고 다른 길을 갈 수는 있는 것은 사실이지만, 그래도 어느 주어진 순간에는 어느 하나의 길을 갈 수밖에 없다. 다르게 말하면, 실행의 변수가 아무리 많더라도 하나 하나의 길을 가는 사람에게는 그 변수 가능성은 그저 논리적인 가능성에 지나지 않는 것이다. 행위의 차원에서는 다양한 선택의 가능성이라는 것은 그저 가능성에 그치는 것이다. 인식을 넓히는 데 도움이 될 수는 있지만, 실제 생활이든 행위의 필요성은 말할 필요가 없다. 많은 경우 인식하는 일도 행위인 것이다. 그때 행위에 이르기 위해서는 가상적인 선택의 가능성을 망각해야 한다. 자발적으로 망각할수록 좋다.

물론 세르는 단순히 논리적으로 가능한 다양성만을 서술하지는 않는다. 가상성을 이야기하면서 그에게 중요한 점은 오히려 고전적인 모순율 또는 배중률이 해소되는 상태다. 고전적으로 제삼자, 이럴 수도 있고 저럴 수도 있는 것, 또는 이것이면서 저것인 것은 배제되거나 추방된다. 그러나 가상성의 차원에서 이 삼자는 오히려 긍정되고 내포된다고 세르는 말한다. 그의 철학적인 관심은 여기에 쏠리고 있고 이 점은 대단히 중요하다. 모든 삼자들은 긍정될 수 있고 대립의 안에 존재할 수 있다. 그러나 여기에서도 물음은 떠오른다. 그 삼자의 발견은 자칫하면 단순히 논리적인 차원에서의 발견에 머무는 것이 아닐까? 현실이란 가상적으로 무한하게 다양하게 변화하기에는 너무 무거운 것이 아닐까? 다르게 말하면, 그 현실 안에 거의 무한한 가능성이 존재한다는 것과 어느 순간에 생성하거나 존재하는(설혹 가상 공간에서라도) 현실의 모습은 다른 것이 아닐까? 또는 이럴 수도 있고 저럴 수도 있다는 말이나 가능성과, 그것을 견디거나 실행하는 행위는 전혀 다른 것이 아닌가. 전자의 모습이 가상 현실의 모습에 가깝다면, 후자의 모습은 또 다른 현실인 환상 현실의 모습에 가깝다.

여기서 우리는 가상 현실과 환상 현실의 미묘한 차이를 발견한다. 하이퍼 텍스트나 가상성의 장점을 이야기하는 사람들은 지나치게 다양성의 가능성을 부각시킨다. 그러나 현실 또는 씌어진 텍스트는, 변할 수 있음을 알면서도 변하지 않음을 아는 자의 놀이며 싸움이 아닐까. 하나의 여정을 갈 때 여러 길이 있음을 알면서도 지금은 그 길 위에 있음을 아는 일일 터이니. 지금부터 한동안 그 길을 가야 함을 아는 일일 터이니. 가상 현실의 차원에서 '현실'이 가능성의 변수 또는 가능성의 가능성으로 변형되기 쉬운 것과 달리, 환상 현실의 차원에서 '현실'은 가벼우면서도 무겁다.

만일 다시 균형에 대해 이야기하고자 한다면, '균형'은 최종적으로 또는 결국 도달하는 어떤 상태만은 아니다. 또는 단순히 논리적으로 가능한 다양성에서 최종적으로 추출되는 어떤 상태만은 아니다. 그렇다면 균형이란 너무 형식적이고 너무 통계적인 지수로 변할 터이니까. 통산의 대차대조표를 미리 작성하려는 가상 공간의 차원에서 균형은 바로 이런 상태에 빠지기 쉽다. 그와 달리 실제로 균형은 언제나 기우뚱하다. 한 순간 완벽한 균형을 이루었더라도 그 균형은 금방 허물어지고 기울어진다. 평형 상태가 불가능한 것은 아니라는 점을 알면서도 한 순간에 시소 위에 올라탄 사람은 기우뚱한 균형에 놀라고 그것을 즐긴다. 세르는 시소 놀이가 철저한 균형을 가져올 것이라고 말하지만, 우리는 그 균형이 언제든지 다시 기울어진다고 말하고 싶다. 완벽한 균형은 언제나 기울어지거나 흔들린다. 균형은 기우뚱하다.

3

다양한 가능성과 연결되어 있으면서도, 가상 현실을 구성하는 중요한 특징으로 여겨지는 다른 것이 있다. 무한한 미분화와 세분화. 수학의 영역에서 무한한 미분과 적분, 그리고 무리수의 위상과 깊은 관계를 가지는 이 물음은 인간 사유의 근원적인 물음을 형성하는 듯하다. 무한한 미분화나 분할이 정말 가상성의 특징이더라도, 혹시 그것은 앞에서 다양성의 논리가 그러했던 것처럼 주로 논리적 가능성의 차원에 머무는 것이 아닐까? 모든 지점을 다 분할하거나 모든 지점을 다 주파할 필요는 없지 않은가? 그것은 어떤 거리를 무한하게 분할할 수 있는 가능성과 실제 운동을 혼동하는 데서 온 잘못이 아닌가? 무한하게 분할하거나 주파하지 않아도, 아니 무한하게 돌아다니면서 분할하거나 주파할 필요가 없기 때문에 운동이 이루어지는 것이라면, 무한한 분할이나 확장은 가능성의 차원에서의 문제다. 이 물음들을 제기하면서, 세르의 입장을 살펴보자.

앞에서도 잠깐 이야기되었듯이 이제까지의 철학적 사유의 모델은 단단하게 고정된 형체이거나 그것과 거의 반대되는 매우 유동적인 유체나 기체였다. 전자가 플라톤적인 이상주의의 모델이라 할 수 있다면, 베르그송적인 사유는 거꾸로 후자의 모델을 선호했다. 세르는 여기서 배제된 삼자가 있지 않느냐고 묻는다. 그 둘을 매개하면서도 이제까지 철학적으로는 무시되어 왔던 것. 예를 들자면, 다양한 옷감과 직물들이 만드는 모양들, 이것들로 이루어진 자루나 옷들은 상자처럼 차곡차곡 쌓이 거나 또는 상자들처럼 큰 것 안에 차곡차곡 들어가지 않는다. 여기에서는 크다는 것과 작다는 것이 그리 중요하지 않고 또 정해진 모양이 그리 중요하지 않기 때문이다. 그것들은 얼마든 지 다른 모습으로 서로 안에 감추어지거나 담겨질 수 있을 것 이다. 여기서 중요한 것이 접혀지는 부분들과 주름이다. 따지고 보면, 주름은 다만 그런 직물들에만 있는 것이 아니고 기둥에 도 있고 담에도 있고 매끈하게 보이는 면에도 있다. 또 다양한 문양들은 이런 주름들과 접힘의 구조들을 기저에 깔면서 전개 된다. 이 점에 대한 세르의 서술은 매우 생동감 있게 전개된다. 다른 한편으로 들뢰즈가 강조했던 부분을 세르에서 다시 만나 는 일은 놀라우면서도 즐거운 일이다. 필자 역시 다른 방향에 서, 곧 소내(疎內)의 관점에서 주름을 매우 중요한 요소로 서술 했었다.5) 또 포월의 관점에서 무리수의 존재 역시 매우 중요한 것으로 여겨졌다.6) 그렇다면 이제 가상 현실과 환상 현실의 차 원에서 이 문제는 어떻게 전개될까?

세르는 가시적인 것 뒤에 숨겨져 있는 라이프니츠의 미적분 과, 매끈한 직선 속에 내포되어 있는 무한한 곡선을 강조한다. 그런 무한한 미분화의 가능성은 앞에서 이야기된 무한한 변수 의 가능성과 밀접하게 연결되어 있음은 이제 더욱 확실하게 드 러난다. "데카르트는 곧바로 가기 위해서는 무한히 필요할 것 이라는 점을 생각하지 못했다. 테일러의 고전적인 연속은 곡선 의 실제적으로 **무한한** 접힘 위에서 **무한하게** 작업한다. 이 곡 선은 폰 코흐가 발견했듯이 프랙탈하고 혼돈적이며 현실적이 고 우리와 동시대적이다."7) 혼돈 이론과 맞물리면서 곡선과 곡

---

5) 「소내(疎內)하는 한의 문학」(『문예중앙』, 1995년 여름호), 「소내(疎內)하는 힘」(『문학과 사회』, 1995년 가을호) 참조.
6) 「소외(疎外)에서 소내(疎內)로」(『세계의문학』, 1995년 겨울호).
7) *Atlas*, p. 49.

면의 심층적인 발견은 중요성을 더해간다. 그러나 우리는 이제 묻는다. 정말 기하학적인 연속성이나 직선은 "곡선의 실제적으로 무한한 접힘 위에서 무한하게 작업"할까? 여기서 세르는 이중의 무한성을 강조한다. 사물 자체의 차원에서의 무한성과, 그것에 의존하는 부차적인 직선이 그것을 참조하는 방식에서. 한편으로는 그렇다. 우리가 직선과 매끈한 면을 더욱 가까이 관찰하는 한. 곧 직선과 매끈한 면을 엄격하게 받아들이는 한. "라이프니츠는 말할 것이다 : 엄격하게 받아들인다면, 매끈한 것은 없다." 그럴 것이다. 그러나 다른 한편으로 그것 못지 않은 현실이 있다. 곧 일상과 실용의 차원에서 사람들은 흔히 직선과 매끈한 면을 그렇게 엄격하게 받아들이지 않는다는 상황. 사물들, 나아가 생명을 가진 것들도 매순간 무한하게 자신을 분할할 필요가 없고, 나아가 인위적으로 구성된 직선들도 자신의 삐뚤삐뚤한 근원을 매순간 꼼꼼하게 손가락으로 가리키거나 참조하지 않는다. 그런 점에서 세르가 말하고자 하는 저 이중의 무한성은 이상적이거나 가상적인 무한성이 아닐까? 또 다른 현실, 환상 현실 속에서 우리는 무한한 분할을 알면서도 매순간 엄격하게 무한성을 참조하거나 거기에 의존하지는 않는 듯하다. 때로는 두루뭉실 넘어가고 때로는 모호하게 넘어간다. 때로는 점잖게 생략하고 때로는 무지막지하게 건너뛴다. 이 모습이 현실의 환상적인 측면이 아닐까? 세르가 말하는 무한성보다 단순한 듯하지만 다른 관점에서는 오히려 그 무한성보다 더 복잡한 현실이 이것이 아닐까.

이리저리 구불구불 기어가면서 움직이는 모습, 곧 기어 넘어가는 모습이 직선을 복잡한 곡선으로 변형시키는 것은 사실이다. 그러나 거기서 한 구간이 무한하게 미분화되어야 한다는 것이 절대적으로 필수적인 조건은 아닐 것이다. 또 실제 상황에서의 움직임이 그 무한성에 절대적으로 의존하는 것도 아닐 것이다. 다르게 말하면, 어떤 거리를 무한하게 미분할 수 있다는 가상 공간의 가능성과 실제의 움직임은 다를 수 있다. 실제 운동이 한 구간의 모든 미분 가능한 점들을 무한하게 분할하면서 이루어지는 것은 아니다. 어떤 거리를 무한하게 분할할 수 있는 가능성과 실제 운동은 다르기 때문이다. 무한하게 주파하지 않아도, 아니 때로는 무한하게 돌아다니면서 주파할 필요가 없기 때문에 운동이 이루어지는 것이라면, 무한한 분할이나 확장은 아마도 가능성의 차원에서의 문제로 머물 듯하다. 이 점은 실제로 이루어지는 운동에서만 그런 것이 아니고, 이미지의 지각에서도 그렇다. 이미지들은 그것의 모든 세분화된 부분들 속에서만 지각되거나 전달되는 것은 아니다. 또 생명체들이 무한하게 미분화된 조직을 내포하는 것은 사실이지만, 그 무한한 미분화에 대해 직접 의식을 가지고 있어야 하거나 또는 그 과정의 미분 가능한 단계들을 엄밀하게 실제로 분할할 필요는 없기 때문이다. 어느 상황에서나 생략과 여백이 존재하기 때문이다. 생략과 여백 또는 접어두고 넘어감이 없이 엄격하게 미분화되는 재현이나 빽빽하게 채워지는 적분은 사물이나 생명체의 모습과 오히려 거리가 멀다. 이런 생략과 여백, 접어두고 넘어감이 다른 넓은 뜻의 주름이고 접힘일 듯하다. 그를 통해 안을 성기게 만들면서 생기는 주름과, 세르가 말하는 엄격하게 미분화된 주름은 비슷하면서도 다르다. 세르가 말하는 주름이 가상적 주름이라면 우리가 말하는 주름은 환상적 주름이다. 전자는 무한한 주름 자체의 가능성을 강조하지만, 우리는 그 무한한 분할 가운데에서도 생략과 여백이 생긴다는 점을 말한다. 무한한 주름 가운데에서도 사고의 차원이든 행위의 차원이든 때때로 주름들의 숫자는 줄어든다. 어떨 때는 하나의 주름 또는 몇 개의 주름으로도 충분하다. 다르게 말하면 주름은 성길 수 있다. 꼭 무한해야 할 필요는 없다. 그렇게 무한한 주름은 가상의 차원에서는 완벽하고 또 극단적으로 보이겠지만, 그 완벽성은 다른 한편으로는 논리와 형식의 완벽성이 아닐까? 행위하는 자에게는 무한한 주름이 일단 가능성으로 주어지기만 하면 된다. 그 다음에는 꼭 무한할 필요는 없다. 무한한 주름조차 성겨진다. 무수한 주름도 중단되거나 단축된다. 시간과 공간 속에서 행위 하는 자는 꼭 무한하게 주름을 잡을 필요는 없기에. 때로는 그저 몇 개의 주름과 씨름하는 것만으로도 실존은 충분한지도 모른다. 이렇게 성겨지는 과정이 소내(疏內)하는 과정이다. 소내의 과정 속에서 환상 현실이 존재하고 또 생성한다.

　가상 공간의 가능성인 무한한 미분화가 중단되고 생략되고 성겨지는 곳에 환상 현실이 존재한다면 이것은 무엇을 말하는가? 환상 현실은 전자보다 엉성하다는 것일까? 그럴지도 모른다. 덜 엄격하다는 것일지도 모른다. 그러나 어쩌면, 더 엉성하고 덜 엄격한 것이 혼돈의 다른 모습이고 현실의 다른 모습일수도 있다. 엄격하고 완벽한 미분화와 무한성에서도 이탈은 일어나고 탈이 생긴다. 엄격하고 완벽하게 쌓아올리는 적분화에서도 이탈은 일어나고 탈이 생긴다. 무한함만이 혼돈의 모습은 아닐 것이다. 그 와중에서 다시 생략하고 접어두기, 이 모습이 혼돈의 또 다른 모습이 아닐까?

4

　앞에서 짧게 이야기되었듯이 세르에게는 과거의 인간 문화에 가장 특징적인 성향인 이상적인 것조차 가상적인 것으로 파악된다. 그에게는 이상적인 것, 형이상학적인 것이 전혀 문제가 되지 않는 듯하다. 아니면 기껏해야 가상적인 것의 일종이거나 일부분일 것이다. 그렇다면 정말 세르에게는 이상적인 것이 전혀 문제가 되지 않는 것일까? 앞의 언표만을 따라가면 그런 듯하다. 다르게 말하면, 그가 말하고자 하는 메시지의 한 층만을 따라가면 그런 듯하다. 그러나 그의 언표를 떠받치는 다른 어떤 층, 다른 어떤 토대가 있다. 그는 자신의 입장을 유토피아적이라고 말한다. 유토피아적이고 이상적이라고 한다. 이러한 표명은 물론 그가 '현실주의자'라고 여기는 사람들을 의식하면서 이루어진 것이다. 아무것도 바뀌지 않을 것이라고 하면서 변화를 거부하는 '현실주의자' 말이다.8) 그렇다고 하더라도, 그는 은연중에 사람들이 세상을 보는 태도 및 방식을 두 가지로 나누어 보인 것이다. 그리고 그 둘 가운데 하나에 그 자신이 속하는 것이다. 곧 이상적이고 유토피아적인 태도에. 가상 공간이 이미 오랜 옛날부터 있었다는 것을 말하는 세르의 주장은 다른 한편으로는 바로 이 유토피아에의 희망에 의해 떠받쳐지고 있다. 가상적인 것에의 희망은 근본적으로 유토피아에의 희망이다. 가상적인 것에의 희망과 의지는 이상주의적이다. 그렇기에 그 희망은 개인의 희망으로 머물지 않고 널리 널리 전파되기를 바라고 희망한다.

예를 들어보자. 무엇보다도 그는 가상 현실의 개념으로 과거의 문화 활동을 설명할 수 있을 뿐만 아니라 새로운 문화 현상, 더 나아가 새로운 교육과 사유를 위한 틈도 찾을 수 있다고 믿는다. "가상적인 것의 먼 옛날"에 대해 이야기하면서 세르는 말한다. "어느 내용이 그러므로 배움과 교육의 그것보다 더 가상적인 이미지, 가상적인 집합, 가상적인 제도에 적합할 것인가? 학교와 캠퍼스의 두꺼운 벽과 운동장, 그리고 지붕은 당신들의 놀란 눈을 기만하고 있는데, 그 뒤에는 가르침의 진정하고 유일한 제도가 숨겨져 있다 : 가상적인 대학 (……) 그것은 그리스의 아카데미 이래로, 그리고 기하학자-철학자가 보여주었던 가상적인 이념 이래로 항상 존재했던 것이 아닐까?"9) 문자 또는 이미지의 형식과 도움을 빌리면서 이미 오랜 옛날부터 인간이 체험을 확장시키고 유통시킨 것은 사실이다. 세르의 희망은, 가

---

8) 같은 책, pp. 182-183.
9) 같은 책, pp. 184-185.

르침의 공간이 가상 공간의 형식을 가질수록, 체험과 지식이 더 잘 소통될 것이라는 데에 있다. 특권적인 자리나 권력에 의존하지 않고도 누구나, 가깝거나 먼 거리에 관계없이 어디에서나 지식과 정보를 얻고 또 이동시킬 수 있다는 희망. 가상적인 공간을 엮는 그물망이 그러한 희망을 주는 것은 사실이다.

지식의 자유로운 소통에 대한 희망은 다른 희망과 연결되어 있다. 세르는 지역적인 것에서 지구적인 것으로의 확장을 강조한다. 그 연장 또는 확장이 바로 가상 공간 속에서 가장 잘 일어날 수 있다고 믿는 것이다. 물론 그는 단순히 한쪽 방향으로의 연장이나 확장만을 이야기하는 것은 아니다. 그 확장은 다른 방향으로의 통행의 방식으로도 이루어지기에 지구적인 것에서 지역적인 것으로의 축소 역시 가능하게 하고 뒷받침해준다. 지역적인 것과 지구적인 것 사이에서 교환은 균형을 유지하며 이루어진다는 것이다. 정보와 지식의 교환이 균형을 유지하며 이루어지듯이.

세르는 가상적인 이상성과 보편성을 사랑하고 그것에 집착한다. 그 보편성이란 어떤 것인가? 그것은 무엇보다도 구조의 조화로움에 근거하는 듯하다. 이 글에서 중심적으로 다룬 책에서 세르는 가상적인 것을 상세하게 다루고 있기 때문에, 구조의 문제를 상술하지는 않는다. 그러나 가상적인 것이 가져오는 균형 상태나 보편성은 바로 구조가 가져오는 균형 상태와 비슷하지 않은가? 시소가 결국은 평형 상태를 유지할 것이라는 말도 그런 맥락을 가지고 있지 않은가? "결국" 사건들은 제로 상태의 균형을 이룰 것이라는 말도 그런 의미가 아닌가? 가장 이상적인 체계는 균형이 잘 잡힌 구조에 근거하고 있으며, 그 방향으로 사건들도 조율된다. 세르가 말하는 가상적인 것은 이상적인 체계이자 구조의 균형을 지향하는 듯하다. 레비-스트로스는 구조의 힘을 말할 때 "모든 측면들이 잘 맞는 총체적인 체계"에 대해 말하지 않는가.[10] 또 보드리야르도 자주 강조하지 않는가? 의례는 그 균형을 만들어내기 위하여 구조의 차원에서 상징적 희생을 도입시킨다고.

이 점에서 세르가 말하는 가상적인 것은 자신도 모르는 혼돈에 빠지는 것이 아닐까? 보자기가 내포하는 가변성과 주름들이 만들어내는 혼돈을 강조하면서도 다시 구조적인 조화나 균형을 강조하는 자는 자신도 모르는 혼돈에 빠지는 일이 아닐까? 아니면, 보자기들의 혼돈조차 저 구조적인 균형 상태에 의존하고 있었던 것일까? 세르는 보자기들의 가변성이 내포한 커다란 혼돈을 희생시키면서 균형 잡힌 혼돈만을 도입하려 했던 것일까? 균형이 깨지거나 흔들리면서 언제나 기우뚱해질 수 있다는 것은 왜 생각하지 않으려 했을까? 이 세르가 기생충들의 세계를 서술한 그 세르일까? 기생충들이 언제나 삼자로서 어느 관계에도 끼여들 수 있다는 것을 말할 때, 그는 커다란 혼돈을 이야기하고 있었지 않은가?

이 점에서 우리는 다음 구절에 주목한다. "균형 잡힌 교환이 있기 전에, 기생충들이 세력을 떨친다."[11] 이 관점은 『기생충(Le parasite)』을 서술할 때의 그것과 다르지 않은가? 기생충 앞에서 불안을 느낀 것일까? "균형 잡힌 교환"이란 테제는 너무 이상주의적이지 않은가? "균형 잡힌 교환"을 강조하고 설정하는 것이야말로 가상적인 구조를 이상화시키는 일이 아닐까? 너무나 횡행하는 기생충에게 다시 목적론적 질서를 줄 필요를 느낀 것일까? 기생하는 일이 전혀 아무런 질서가 없이 일어나는 것이 아님은 세르도 잘 알고 있다. 다만 이제 기생이 기껏해야 "균형 잡힌 교환" 이전에만 일어나는 것이라고 말하는 것이다. 그러나 사정은 그렇지 않을 것이다. 기생하는 존재를 추방할 수 없다고 믿었던 세르가 이제는 왜 스스로 기생하는 존재를 추방하려 하는가? 균형 잡힌 교환이나 이상적인 가상 공간도 기생하면서

---

10) Claude Lévy-Strauss, La pensée sauvage, 1962 plon, p. 210.
11) 같은 책, p. 181.

만 겨우 존재하는지 모른다. 복잡한 현실에 기생하거나 기우뚱한 균형에 기생하면서만 겨우 존재하는지 모른다.

5

여기서 우리는 묻는다. 가상적인 네트워크 속에서 지역적인 것이 지구적인 것으로 확장되는 것이 중요하고 새로운 일이기는 하지만, 가상적인 네트워크는 그렇게 희망적이고 긍정적이기만 한 것일까? 그것에 물음을 던지는 일은 편협한 현실주의자의 반대에 지나지 않는 일일까? 세르 역시 이런 가상 공간의 네트워크 속에서 유동하는 정보를 지배하는 자가 권력을 쥘 것이라는 점을 모르지는 않는다.[12] 그러면서도 그는 이 가상 공간에서는 누구나 무상으로 지식을 나눌 수 있고 잘라올 수 있다는 희망을 가지는 것이다.[13] 이 희망이 전혀 근거 없는 것은 아니다. 그러나 이 희망은 아직은 그저 희망이 아닐까? 그 희망의 높이만큼이나 깊은 함정이 거기 있는 것이 아닐까? 언제 어디에서나, 그리고 누구나 정보와 지식을 나눌 수 있고 잘라올 수 있다는 가능성이 커지는 정도와 비례하여, 지식과 정보를 선점(先占)하거나 독점하는 정도도 커지는 것이 아닐까? 세르 또한 이것을 전혀 모르지는 않는 듯하다. 그렇다면 문제는 무엇일까?

세르의 의도가 가상 공간의 확대와 심화를 긍정하는 데 있는 것은 확실하다. 그러나 왜, 어떤 배경에서 그는 그런 것일까? 과거의 현존(現存) 중심의 형이상학에 반대하여 가상성을 열렬하게 긍정하고 환영하는 것이다. 현존 중심의 지식 체계가 한쪽에서 사이비 구루와 엉터리 선생, 그리고 독재자를 만들어내

---

12) 같은 책, p. 199.
13) 같은 책, p. 201.

고 다른 한편에는 노예를 만들어낸 체계가 아니냐고 그는 묻는다. 그 체계는 또한 지식인들로 하여금 광적인 이념에 매달리게 하지 않았느냐고 말한다.14) 그러나 그것에 반대하자고, 지식과 정보의 선점과 독점의 문제 또한 엄청난 가상 공간의 도입만을 쌍수로 환영하여야 하는 것일까? 가상 공간에서의 지식의 유통 역시 지식 장사꾼, 정보 투기꾼, 정보 눈치꾼, 보이지 않는 큰손을 만들어내는 것 역시 사실이지 않은가?

　문제가 무엇일까? 세르는 현존 중심의 체계와 가상적인 것 중심의 체계 사이에서 선택한다. 둘 사이에서만 선택하니 별다른 도리가 없는 것이다. 둘 사이에서만 선택하라면 우리도 그렇게 할 것이다. 전자는 "가장 좋은 것이지만 그보다 나쁜 것도 없는 나쁜 것"인 반면, 가상적인 것은 "물론 가장 나쁜 것이지만 그보다 좋은 것도 없기에".15) 맞다. 그렇기도 하다. 역사 속에서 걸어가는 인간은 가상적인 것에 내기를 걸어야 할 것이다. 이미 그 폐해가 드러난 현존 중심의 이상주의로 되돌아갈 수는 없기에. 여기까지는 우리도 세르에 동의한다. 그 둘 사이에서 무조건 선택하여야 하는 택일이 조건이라면 그럴 것이다.

　그러나 이 선택의 전제에 문제가 있다면? 그 선택에는 전혀 틈과 주름이 없다면? 그 전제는 가상적인 것을 일반화한 결과가 아닌가? 가상적인 것을 일반화하거나 보편화하지 않는다면, 완벽하고 총체적인 택일과는 다른 선택도 가능하지 않겠는가? 예를 들면 선택적 택일이 가능하지 않을까? 현존 중심의 형이상학과 가상적인 것 사이에서 선택하자면 후자를 택하지만, 이 선택은 완벽할 필요가 없지 않을까? 완벽하고도 남김 없는 택일만이 허용된다면, 그 경우 가상적인 것 역시 거꾸로 뒤집힌 형이상학이 아닐까? 이 경우 가상적인 것은 현존 중심의 형이상학의 반대자이기도 하지만, 동시에 그것의 공모자가 아닐까?

---

14) 같은 책, p. 185.
15) 같은 곳.

보드리야르가 완벽한 가상을 설정하듯이 세르 역시 완벽하게 가상적인 것을 미리 설정하려는 것이 아닐까?

현존에 경도된 형이상학에 반대하면서 우리도 가상적인 것을 선택하지만, 그렇다고 가상적인 것에 전적으로 경도되어야 한다는 데에는 반대한다. 이것을 일반화하거나 총체화하는 데에는 반대한다. 우리는 가상적인 것 옆에 다른 가지를 친다. 환상 현실. 가상 공간이 완벽하게 균형 잡힌 교환을 담보로 삼는 반면에, 환상적인 것은 기껏해야 겨우 기우뚱한 균형을 잡는다. 그것으로 충분할 것이다. 가상 공간에서 지식과 정보가 가장 잘 유통될 수 있다는 가능성에 가상 현실이 의존하는 반면에, 환상 현실에서는 지식과 정보의 이동과 유통이 중요한 문제이기는 하지만 가장 중요한 문제는 아닐 것이다. 증폭된 지식과 정보를 어떻게 소화하느냐가 더 큰 문제일지 모른다. 거리와 장소에 의존하지 않고 지식과 정보를 많이 나누고 잘라올 수 있다는 가능성은 좋은 것이기는 하지만, 동시에 최악의 상황이기도 하다. 지식과 정보를 알맞게 처리하거나 소화시키지도 못한 채, 자꾸만 받아들이고 또 축적해야 하는 상황은 악몽이다. 세르는 "현존적인 것"은 최선이지만 역시 최악이라고 말하지만, 가상적인 것 역시 환상 현실과 비교하면 마찬가지일 듯하다. 일반화되고 총체화되기 쉽기에 가상적인 것의 이론은 이론으로 확장되고 발전된다. 그러나 사회적이고 역사적인 현실을 바꾸고 조정하는 데, 최선과 최악 사이에서만 선택할 필요가 있을까? 사회적인 현실에서는 많은 경우 중간 이상의 성과만 이루어도 충분한 것이 아닐까? 최선의 것을 이루려고 할 때, 맹목적으로 이상주의에 호소하게 되는 것이 아닐까?

모든 지식을 다 섭취하고 다 소화하는 것도 가능하지 않느냐고 반문할 수 있을 것이다. 그럴 가능성이 전혀 없는 것은 아니다. 그 경우 어쩔 수 없이 인간 지식은 분열적 잡식성을 띨 것이다. 이것도 어느 정도는 긍정될 수 있다. 어쨌든 단순히 지식과 정보를 민주적으로 획득하고 누리는 것으로 끝나지는 않을 것이다. 한 예만 들어보자. 이 가상적 민주주의 상황에서는 저 현존 중심의 형이상학조차도 다시 지식과 체험의 대상이 되기를 요구할 것이다. 어쩔 것인가? 극복되었다고 여긴 이것조차 소화하는 데에는 적지 않은 시간이 걸릴 터다. 어쩌면 영영 소화하지도, 극복하지도 못할지 모른다. 현존의 형이상학과 관계된 예를 다시 들어보자. 가상 공간에서 원칙적으로 지식과 체험이 민주적으로 공유될 가능성이 큰 것은 사실이다. 그러나 그것은 가상성의 한 면에 지나지 않는다. 바로 그 비슷한 이유로 가상 공간에서는 다른 상황이 펼쳐지기도 한다. 지식과 정보가 제한된 범위에서 유통될 때는 좁은 지역에서 현현하는 것으로 충분하지만, 정보가 광범위하게 유통되는 상황에서는 넓은 지역에서 현현하는 것이 선호된다. 과거에 빅 브라더는 좁은 범위에서만 현현했다면, 이제는 오히려 도처에서 현현한다. 다르게 말하면, 현존의 형이상학은 죽지 않고 되살아난다. 때로는 오히려 더 끔찍한 형태로 부활한다. 그것이 순수한 현현이 아니고 복제된 현현이더라도 현현의 형이상학적 효과는 비슷하다.

세르도 이 점을 전혀 모르지는 않을 것이다. 가상적인 것이 "최악이지만 그래도 최선"이라고 말할 때, 거기에는 절반의 진실이 있을 것이다. 그러나 최선은 아니지 않을까? 차선이 아닐까? "차라리 그것이 낫다"고 할 때의 그 차선. 그런데 세르는 왜 거기에서 억지로 최선을 보려고 하는 것일까? 가상 현실은 "최악일 수 있지만 차선이다"라고 말하는 것이 낫지 않을까.

가상적인 네트워크에 모든 것을 거는 희망은 너무 단순한 듯하다. 가상 현실이 선호하는 지식과 체험의 유동성이 인정된 후에도, 그것을 다시 소화하고 처리하는 과정이 여전히 숙제로 남아 있을 터이니. 이때는, 저 빠른 유동성과 이동성에 비교하여, 일종의 느림이 필요한 것이 아닐까? 지식과 정보가 나름대로 정리되고 처리되고 소화되어야 한다는 것은 무슨 말일까? 지식과 정보 이전에 있던 감각적이고 육체적인 공간이 다시 그 후에도 필요하다는 말이 아닐까? 그 공간에서 시간은 어쩔 수 없이 느리게 가지 않을까. 지식은 다만 현존과 가상 사이에서 선택되고 결정되지는 않을 듯하다. 지식을 습득하고 바꾸는 과정은 단순히 인식론의 대상이거나 정보 산업의 대상에서 그치지는 않는다. 오랜 시간 훈련을 거쳐야 하는 육체의 반성이 끼여든다. 이 점에서 그 일은 넓은 뜻으로 미학적인 대상이기도 하다.

6

가상 공간에서 육체의 물질성과 고통이 점차 덜 중요해지는 것은 사실이다. 그렇다면 육체의 기억은 정말 사라지는 것일까? 개별적이거나 집단적인 육체 자체의 기억은 정말 가상 기억에 의해 완전하게 대체되거나 대리되는 것일까? 가상 공간의 필연성을 믿는 세르는 이 점에서도 적극적이다 : "새로운 매체(문자, 인쇄술, 책과 도서관)가 발명되자마자, 육체는 이미 영원히 죽었다. 곧 살아 있고 현존하는 육체, 지식의 집합소며 신전인 육체는 영원히 죽었다. 내가 쓰는 이 책은 나의 육체다. 그것은 나의 살 자체보다 더한 내 살의 살이다. 그리고, 더 나아가, 천사의 육체처럼, 이 묘한 육체는 가상적이기에 현존하는 육체와는 다른 장소로 떠날 수 있고 날 수 있고 말할 수 있다."16) 매체의 중요성에 관한 한, 세르의 진술은 긍정되어야 한다. 필자도 이미 몇 년 전에 쓴 글에서 그러한 사태를 서술하고 긍정한 적이 있다.17) 매체는 전통적인 육체를 약화시키고 지우면서, 스스로 새

---

16) 같은 책, p. 184.
17) 「해탈에서 탈로, 인간에서 의인으로」, 『탈형이상학과 탈변증법』, 1992,

로운 육체가 되고 있다. 그러나 바로 이 점이 중요하다. 세르 스스로 인정하듯이, 매체 또는 가상적인 육체 역시 새로운 육체가 되는 것이며 과거의 살보다 더한 살이 되는 것이다.

무슨 말인가? 육체가 영원히 죽었다고 단순하게 말할 필요가 없는 것이다. 가상적인 것이 완벽하게 육체를 몰아내고 패권을 잡았다고 이야기할 필요도 없는 것이다. 육체는 다시 살아나니까. 죽다 살아나니까. 가상적인 것 스스로 다시 육체로 살아나니까. 설령 그것이 복제되고 가상화된 것이라 하더라도 육체는 육체다. 순전한 육체와 가상적인 매체 사이에서 아무런 틈과 주름도 없이 양자 택일을 해야 할 필요는 없는 것이다. 가상 스스로 다시 육체가 되고 가상 스스로 다시 현실이 되고 있다면, 그런 단순한 이항 대립은 우스운 것이다. 보드리야르가 가상적인 것을 절대화하듯이 세르 또한 비슷한 단순화의 오류를 저지르는 듯하다. 육체가 영원히 죽는다는 것은 피상적인 관찰이다. 유령처럼 육체는 되살아난다. 지금 모든 육체는 도깨비 뺨을 친다. 우상들이 황혼 속에서 죽지 않고 아침을 맞이하듯이, 육체 또한 죽지 않는다.

우리는 육체를 폭넓게 파악한다. 육체는 사라지는 듯하지만, 그냥 사라지지는 않는다. 사라지는 쪽의 현상만을 일반화할 필요는 없다. 사이버 스페이스에서 육체를 매개로 하거나 그것에 직접적으로 의존한 경험이 어느 정도 불필요해지는 것도 사실이지만, 그렇다고 육체의 진득함이 그저 폐기되는 것은 아니다. 직접적으로 육체를 통해서 이루어지는 오랜 연습과 훈련을 어느 정도 가상 공간이 대체하고 대리하기는 하지만, 그 가상적 효과는 다시 새로운 육체적 연관을 만들어낸다. 이 연관이 가상이든 우상이든 새롭게 육체의 성격을 띠는 것은 사실이 아닌가. 왜 다시 살아나는 이것에 육체의 성격을 부여하지 않는가? 가상 현실이 가상의 성격을 띠지만 현실의 성격을 띠듯이, 가상 육체는 가

문학과 지성사, pp. 174-222.

상의 성격을 띠기도 하고 육체의 성격도 띤다. 왜 이 복잡성을 인정하지 않는가? 이 복잡성에 환상의 성격을 부여하기로 하자. 죽다 살아나는 육체, 죽다 살아나는 현실, 그것들은 환상 현실의 차원에서 다시 기지개를 펴고 다시 꿈틀거린다.

7

세르는 일관되게 바깥으로의(hors lá) 이동과 바깥으로의 존재를 강조한다. 같은 뜻으로, 지역적인 것은 지구적인 것으로 확장된다고 강조한다. 그러한 강조는 존재론적인 차원에서 "여기 있는 존재", 예를 들자면 하이데거가 서술한 Dasein과 논쟁적인 관계를 가진다. 가상적인 것이 확장되면 바깥으로의 움직임이 확장되는 것은 사실이다. 유목성이 강조되는 것과 비슷한 맥락에서다.

그러나 문제는 그렇게 간단하지 않다. 무차별적으로 바깥으로의 이동만이 생겨나는 것일까? 만일 가만히 있어도 바로 가상 공간의 덕택에 지역적인 것이 지구적인 것으로 연결된다면, 무엇 때문에 바깥으로의 이동만이 강조되는 것일까? 상황은 오히려 거꾸로도 진행되는 것이 아닐까? 가상 공간이 바로 그런 가상적인 접속력을 증대시킨다면, 원칙적으로는 이동이 불필요해지지 않는가. 가상적 네트워크는 실제적인 거리 이동을 불필요하게 만든다는 점에서 획기적인 효과를 가지고 있기에.

그러므로 물음은 다시 원점 주위에서 맴돈다. 만일 제자리에 있어도 멀리 간 것과 비슷하다면, 무엇 때문에 바깥으로의 이동과 움직임만이 강조되어야 하는 것일까? 가만히 있어도 멀리 그리고 빨리 움직일 수 있다면, 무엇 때문에 현실적인 거리 이동인 바깥으로의 운동만이 강조되어야 하는 것일까? 또는 거꾸로 말하면, 만일 실제로는 먼 거리를 움직여야 하는 여행이 여전히 필요하다면, 가상적인 네트워크의 이로움은 예상보다 훨씬 줄어드는 것이 아닐까? 세르 역시 바깥으로의 존재를 실감하기 위하여 티베트로 여행을 떠나지 않았는가? 그렇다면 지역적인 것이 지구적인 것으로 확장되는 데에는 어떤 숨겨진 이면이 있는 것이다. 그것이 무엇일까?

포월(匍越)의 차원에 주의를 기울이면서, 우리도 이미 전에 세르와 비슷한 발견을 하였다. "여기 지금" 가만히 있는 것이 매우 멀리 간 것과 같고, 매우 많이 움직인 것과 같다고 하였다.18) 가만히 있어도 때로는 아주 멀리 간 것과 같은 힘이 생긴다. 그렇다면 지역적인 것은 어디에서나 지구적인 것으로 확장될 수 있고, 지구적인 것은 다시 지역적인 것으로 연계된다고 말하면서 가상적인 것을 일반화하려는 세르와 우리의 차이는 무엇일까? 가상적인 공간의 네트워크와 포월의 그물망의 차이는 무엇인가?

가상 공간에서 존재가 자꾸 바깥으로 움직인다는 것은 사실일 것이다. 유동성이 더욱 커지고 유목성이 증대되는 것도 사실일 것이다. 그러나 이 유목성은 이중적인 성격을 가진다. 가상의 네트워크가 제공하는 가상적인 유동성과 접속성이 한편에 있다면, 다른 한편으로는 실제적인 움직임을 수반하는 유동성이 있다. 그런데 전자의 유동성과 후자의 유동성은 같은 방향으로 움직이지 않고, 오히려 서로 대립한다. 어디서나 다른 곳과 접속할 수 있다면, 무엇 때문에 실제로 다른 곳으로, 바깥으로 움직이는가? 세르는 이 두 가지 대립되는 성격 중에서 한 가지만을 강조하는 듯하다. 때로는 이것을, 때로는 저것을 강조한다. 상상 속의 가상성을 이야기할 때는 가상적인 유동성이 강조되는 것이고, 바깥으로의 여행을 이야기할 때는 후자가 지시되는 것이다. 그러나 실제로는 어떤가? 바깥으로의 이동은 더욱 많이 일어날 수도 있고 또 동시에 거꾸로 더 적게 일어날

---

18) 「초월에서 포월로」, 『초월에서 포월로』, 1994, 솔.

수도 있다. 가상적인 접속성과 유목성으로 충분하다면, 실제 거리 이동을 하지 않아도 된다. 그러나 그것으로 충분하지는 않을 것이다.

바깥으로의 움직임 속에 가상적인 것이 있다면, 환상적인 것은 그 가상적인 것의 이면에서 싹튼다. 바깥으로의 존재가 부정될 필요는 없다. 그러나 그 존재는 다시 안으로 굽는다. 존재는 바깥으로만 가는 것이 아니라 안으로 웅크린다. 조금씩만 움직여도 충분할 수 있고 움직이지 않아도 충분할 수도 있다면, 안으로 굽이치는 길이 열릴 것이다. 따지고 보면 주름이란 무엇인가? 바로 안으로 굽는, 안으로 굽이치는 파도 아닌가? 세르는 주름의 무한성에는 주의를 기울이면서 왜 그것이 안으로 열리는 파도라는 데에는 주의를 기울이지 않는 것일까? 주름이 많아질수록 바깥도 확장되기는 한다. 그러나 바깥보다 더 활성화되는 것은 안으로의 열림이고 안으로의 굴곡이다. 주름은 무엇보다도 소내(疏內)하는 공간이기에.

빨리 그리고 멀리 움직일수록 그 움직임은 이상하게 다시 느림에 접속된다. 횡행하는 유목성을 가로지르며 여전히 정착성이 존재하는 것이다. 이 정착성은 과거의 그것과 형식에서는 비슷하지만 내용의 차원에서는 새롭다. 과거의 그것이 이동의 물리적인 어려움에 기인하였다면, 새로운 정착성은 이동이 물리적으로 매우 쉬워지는 와중에서 생기는 현상이다. 역설적인 정착성이다. 전자가 바깥으로의 존재에 못 미치는 것이었다면, 후자는 그것을 지나면서 생긴다. 전자의 한계를 가상 공간이 어느 정도 해결한 것이 사실이라면, 후자는 가상 공간으로 해결되는 것이 아니라 그 안에서 그것을 가로지르며 존재한다. 바깥으로의 존재면서도 다시 안으로 굽고 열리는 존재, 바깥으로 퍼지면서도 안으로 웅크리는 존재가 있다. 그 존재는 환상을 산다. 현실은 가상 현실로 완결되지 않고, 다시 환상 현실로 접히고 굽는다.

가상 현실에 대한 현상학적 도전 :
예술의 품안으로 가상 현실의 미래를 유혹하며*

이 종 관(성균관대 교수)

1. 새로운 밀레니엄, 가상 현실 그리고 그 어둠 속에서 빛나는 현상학

이제 20세기는 저물어간다. 도시의 저녁을 물들이는 20세기 말의 노을은 탁한 스모그 때문인지 애처롭기만 하다. 하지만 그 노을을 넘어 멀티미디어와 컴퓨터가 뿌려내는 찬란한 빛깔의 또 다른 천 년이 다가온단다.

20세기 후반, 컴퓨터라는 이상한 물체가 세상에 끼여들면서 세상은 변화의 급류 속으로 휘말려 들어갔다. 모니터에 반짝이는 글자, 모션 캡쳐(Motion Capture), 데이터 글로브(Data-Glove), HMD(Head-Mounted-Display)에 의해 눈앞에 펼쳐지며 우리의 온몸을 어루만지는 듯 제공되는 인공 현실. 광속으로 흘러다니는 디지털 기호에 의해 시간과 공간은 압축되기 시작했고 현실보다 더 생생하고 선명하며 자극적인, 한마디로 현실보다 더 현실적인 가상 현실이 등장하여 우리의 온몸을 몰입시키며 펼

---

* 이 논문은 1997년 학술진흥재단 자유공모 과제로 지원되어 작성되었음.

쳐진다. 반면 지금까지 우리가 몸담고 살아온 현실은 가상 현실보다 무디고 지루하여 결국 덜 현실적인 것으로 점차 어디론가 증발할 위기에 처해 있다. 아닌 게 아니라 대다수의 사람들은 이 컴퓨터가 펼쳐내는 환상적이며 선정적인 가상 현실에 환호한다. 마치 마법의 성문이 열리기라도 한 듯 ……. 발달된 정보 공학은 이제 거의 모든 것을 가상 공간에서 구현해낼 수 있는 마법의 지팡이를 갖게 되었고 따라서 인간의 미래도 이 기술에 의해 선명하게 프로그래밍될 수 있다는 기대. 이러한 장밋빛 기대가 거품처럼 부풀며 흘러 넘치고 있다. 모든 국가는 이 장밋빛 미래를 여는 마법의 지팡이를 하루 빨리 손에 넣기 위해 국력의 총동원 체제를 구축하는 역사를 쓰기 시작했다. 이른바 "정보화 시대", 그것은 이렇게 도래한 것이다. 그리고 이 시대의 흐름은 누구도 거역하지 못할 역사의 숙명이며, 오직 그 시대를 빨리 따라잡기 위한 이야기만이 허용된다. 근대 계몽의 담론을 다양성의 감수성이 마비된 촌스럽고 전체주의적인 이야기라고 해체하며 새로운 밀레니엄으로 향하는 역사의 행로, 그 세련된 탈근대의 도정에서 강력한 독점력을 행사하는 또 다른 거대 담론이 출현한 것이다.

하지만 컴퓨터가 펼쳐내는 새로운 현실에 숨겨져 있는 의미는 무엇이며 그 안에 인간 존재는 어떻게 진행될지? 어쩌면 인간 존재에 있어 가장 절박한 문제라 할 수 있는 이 문제 대해서는 사실 그 누구에게도 사색할 여유가 허용되어 있지 않다. 컴퓨터가 만들어내는 그 광속의 발전 속도 때문에 ……. 따라서 이 새로운 현실은 사실 어느 시대와도 비교할 수 없는 불투명한 구름이 그 미래에 드리워져 있다고 할 수 있다. 모니터와 HMD에서 빛나는 그 찬란한 가상 현실은, 사실 따지고 보면, 사색의 빛이 발산시킬 수 있는 그 광휘의 혜광을 받지 못하는 가장 어두운 세계일 수밖에 없다는 이 역설적인 모순! 때문에 가상 현실은 자신의 미래에 드리워져 있는 암운을 깊이 있게 통찰해줄 성찰, 바로 철학적 성찰을 절실히, 그리고 애타게 기다리고 있는 것이다.

　마이클 하임과 리차드 코인, 그들은 바로 이 컴퓨터가 펼쳐내는 현실의 타는 목마름(?)을 비교적 일찍 감지했다. 어디에도 소속되지 않는 프리랜서로서 퍼블리시 오아 페리시(publish or perish)라는 강박에 시달리지 않는 하임은, 캘리포니아 해변을 거닐 수 있는 바로 그 사색의 여유 속에서 가상 현실을 향하여 사색의 시선을 보낼 수 있었다. 그리고 그 결과를 1993년에 가상 현실 시대의 속도와 가벼움에 어울리는 날씬한 책으로 묶어냈다. 하지만 그 가벼운 책은『가상 현실의 형이상학』이란 무거운 제목을 달고 우리를 철학적 사유의 미궁 속으로 유혹한다.1) 또 인터넷에서 주목받는 컴퓨터 디자인 전문가인 리차드 코인은 1995년에『탈근대 시대에 있어서 정보 기술의 디자인』이라는 저서에서 컴퓨터의 내부와 철학을 넘나들며 컴퓨터가 펼쳐내는 현실과 철학을 대결시킨다.2) 그들은 의식한 것이다. 가상 현실이 주도할 또 다른 천 년의 시급한 과제, 그것은 가상 현실의 철학적 의미를 벗겨내는 것임을.

　이 서론에서는 우선 가상 현실에 대한 하임의 대중 철학적 성찰을 간략하게 정리하고 그 이후에 가상 현실에 대한 보다 철학적인 논의를 리차드 코인을 중심으로 본격화시켜보자.

1-1. 가상 현실에 대한 하임의 접근

　가상 현실에 대한 하임의 성찰이 결집된 곳은 "사이버 스페이스의 에로틱 존재론"이다.3) 여기서 하임은, 가상 현실이 현

---

1) M. Heim, *The Metaphysics of Virtual Reality*, Oxford 1993.
2) Richard Coyne, *Designing Information Technology in Postmodern Age. From Method to Metaphor*, MIT Press 1995.
3) M. Heim, *The Metaphysics of Virtual Reality*, 82-108 또는 인터넷 http://www.rochester.edu/College/FS/Publications/HeimErotic.html.

실보다 매혹적인 현실로 다가오며 현실을 증발시키는 장면을 깁슨의 사이버 소설을 통하여 보여준다. "일본에서 1년을 보낸 후 그는 매일 밤 사이버 스페이스를 꿈꾸었다. 사라지기를 바라며 ……. 여전히 그는 잠 속에서 매트릭스를 보았다. 그 아무런 색깔도 없는 빈 공간을 가로지르며 찬란하게 펼쳐진 논리적 격자를 ……. 그러나 일본에서의 밤은 그 꿈이 마치 전기 마법에 홀린 듯 반복되었다."[4] 가상 현실이 이렇게 매혹적으로 실재를 증발시키는 과정을 깁슨은, 마치 16세기 신비주의자들이 명상의 끝에 도달하는 경지를 성적 황홀경을 통해 은유하듯, 성적 오르가슴과 관련시킨다.

그러나 하임은 사이버 스페이스의 존재자들이 갖는 성향을 단순히 생리적, 심리적 반사에 불과한 것으로 보는 것은 아니다. 여기서 하임은 사이버 픽션의 선구자 깁슨의 소설을, 육체의 사슬을 풀고 정신적 관념으로 상승해가는 플라톤적 에로스론과 교묘하게 연결시킨다. 이미 잘 알려진 바와 같이 플라톤은 향연에서 사랑의 여사제 디오티마를 통하여 육체적 유혹으로 시작되는 에로스가 수학을 거쳐 더 높은 관념으로 상승해가는 과정을 추적한다. 유한한 삶을 연장하고자 하는 충동인 에로스는 끊임없는 변화 속에서 순간적으로 사라져버리는 지각과 경험을 명확하게 정의된 실체를 통해 형식화하고 안정화함으로써 자신의 열망을 성취한다. 즉, "에로스는 형상적으로 마음을 매혹시키는 것에 인간의 주의를 돌리게 함으로써 인간으로 하여금 육신의 장애를 벗어날 수 있는 영감을 불어넣는다".[5] 에로스는 우리를 로고스로 유혹하는 것이다. 하임은 이제 이렇게 관념으로 상승하는 플라톤의 에로스론을 깁슨의 사이버 픽션과 동침시킨다. 그리고 바로 그 현장에서 관념적인 2진법 숫자로 모든 것을 디지털화하여 구현해내는 사이버 스페이스가 존재로부터 물질과

---

4) M. Heim, *The Metaphysics of Virtual Reality*, 86쪽.
5) M. Heim, 같은책 88쪽.

육체를 벗기는 광경을 목격한다. 여기서 하임은 그가 훔쳐본 세 가지 사실을 드라마틱하게 폭로한다.

1) 사이버 스페이스에서 모든 것은 관념적인 2진법 숫자로 디지털화되어 구현된다. 사이버 스페이스는 플라톤적 형이상학이 라이프니츠의 논리주의를 거치면서 첨단화된 것이다. 사이버 스페이스에서 인간은 육체의 감옥을 떠나 디지털 세계로 돌입한다. 그러나 사이버 인간은, 플라톤에 있어서처럼 무감각적인 순수 개념들 사이로 들어가는 대신, 독특한 의미에서 잘 형상(Form)화된 것(In-Formation)들 사이를 돌아다닌다. 정보(Information)는 관념적 인식 내용에 경험적 구체성이 부여됨으로써 형상화된 것이다.6)

2) 탈물질화, 탈육체화를 통해 이 세계의 미스터리가 추방됨으로써 조작과 지배의 욕망이 한없이 팽창하고 있다. 하임은 이것을 다음과 같은 외설적인 예를 통하여 드러낸다. 그 예는 바로 사이버 섹스에 있어서 육체의 문제다. 우리의 육체는 우리 것임에도 우리가 명확히 꿰뚫어보고 지배할 수 없는 미스터리에 젖어 있다. 하지만 사이버 스페이스는 그러한 우리 육체마저 지배와 욕망의 조작 대상으로 전락시키면서 결국 사랑의 신비마저 실종시킨다. 하임은 말한다. "어둠에 휩싸인 육신이 한때 성애를 은밀하고 불투명한 미스터리로 만든 적이 있다." 그리고 성애의 황홀한 신비는 이 미스터리 속에서 흘러나오는 것이다. 하지만 정보는 "은밀한 애무의 쉼터조차" 2진 신호로 분쇄시켜버린다. 깁슨은 이 과정을 적나라하게 묘사한다. 깁슨의 소설 『뉴로만서』의 주인공 케이스는 그의 연인 린다를 컴퓨터로 모의하여 가상의 린다와 가상 섹스를 펼친다. 실재의 린다는 그 육체 때문에 완전히 벗겨질 수 없다. 알몸으로 드러난

---

6) M. Heim, 같은 책 89쪽, 참조

육체도 실재에 있어서는 모든 것을 다 노출할 수 없는 미스터리로 남아 있는 것이다. 하지만 가상 현실에서 모의된 케이스 연인 린다는 그녀의 몸 어느 부분도 신비롭게 감출 수 없다. 가상 현실에서는 실재에 있어서는 숨겨졌을 비밀스러운 애무의 쉼터도 그 안으로 그의 몸 자체가 들어갈 수 있는 신비의 동굴처럼 확대되어 그의 온몸을 빨아들이도록 조작될 수 있는 것이다. 이처럼 컴퓨터는 육체의 불투명성을 2진 부호로 변환 처리하여 에로틱한 삶을 꼭두각시놀음으로 전락시킨다. 2진법 숫자로 기계 속에 들어간 정신은 육체를 경멸하고 조롱하는 것이다. 그리하여 하임은 묻는다. 과연 "사랑하는 연인의 모든 것이 완전히 상대방에게 노출되었을 때, 그녀가 이진 구조로 된 분석과 종합을 거쳐 완전히 노출되었을 때도 그녀는 여전히 사랑하는 사람으로 남아 있을까?7)

3) 육체의 한계가 지워짐으로써 자아와 인격이 거주할 안식처가 상실되고 결국 자아와 인격의 동일성이 실종된다. 하임은 탈물질화, 탈육체화가 수반하는 사이버 스페이스 문화 영역의 역설을 포착한다. 그 역설은 사이버 공간이 자율성의 확대에 기여하는 듯하지만, 그 자율성의 기반이 되는 인격성과 자아를 궤멸시키며 신체적 대면이 없는 가상 사회에서 사회적 책임의식이 희박화된다는 것이다. 왜냐 하면 "살아 있는 얼굴은 …… 책임의 원천이며 사적 육체들이 직접적으로 그리고 따뜻하게 연결되는 고리"이기 때문이다. 책임이 희박화되는 곳에서는 불신이 팽배하고, 불신이 팽배하는 곳에서는 컴퓨터 범죄가 잠복하고 있다. 결국 "기계를 통해 매개되는 대면 관계는 인간 관계에 대한 비도덕적인 무관심을 증폭시킬 것"이며 "사람들은 서로에게 잠복자"가 되어갈 것이다. 결국 온라인 문화가 확산되면 될수록 공동체 의식은 점차 증발된다.8) 그리하여 하임은 말

7) M. Heim, 같은 책, 89-91쪽 참조.

한다. 사이버 스페이스라는 홍분된 미래에 적절히 대응하기 위해 꼭 필요한 것은 "땅의 기운에 뿌리내리고 있는 육체적인 인간들과 접촉하는 기회를 잃지 않는 것"이라고.9)

1-2. 현상학의 빛

마이클 하임은 매우 선구적으로 가상 현실에 대한 철학적 성찰을 수행하여 가상 현실의 문제점을 날카롭게 지적하였다. 더욱이 하임은 그 문제점을 깁슨과 같은 SF 문학의 상상력을 흡수하여 극적으로 노출시킴으로써 가상 현실에 대한 철학적 성찰이 다방면으로부터 주목받을 수 있는 성과를 이루었다. 실로 하임은 인터넷이나 각종 첨단 과학 및 예술 분야에서 가장 빈번히 거론되는 철학자로서 그 명성을 인정받고 있다. 하지만 바로 그의 이러한 성공 뒤에 아쉬운 점이 있다. 그것은 가상 현실에 대한 보다 심층적인 철학적 성찰이, 대중 문학적 상상력에 압도되어 본격화될 수 있는 기회를 갖지 못했다는 점이다. 특히 하임에 있어서는 가상 현실 기술의 이론적 기반에 대한 집중적인 검토가 거의 이루어지지 않고 있다. 이것은 물론 하임의 책임만은 아니다. 사실 가상 현실을 보다 깊이 있게 투시하기 위해 하임이 의지할 수 있는 철학은 사실상 거의 발견되지 않는다. 기존의 철학은 그 주제를 객관적이라고 상정된 실재 현실에서 발견해왔기 때문에 가상 현실을 철학적으로 탐색할 수 있는 적절한 통로를 갖고 있지 못하다. 이러한 상황에서 우리의 시선을 끄는 현대 철학의 한 조류가 있다면, 그것은 바

---

8) 가상 현실에서 자아와 공동체 그리고 윤리의 문제는 필자의 졸고 「가상 현실의 형이상학과 윤리학. 자아 파열적인 가상 현실의 형이상학적 특성에서 비롯되는 윤리적 진공 상태에 대한 고찰」, 『철학』, 제54집 1998년 봄, 319-350쪽에 상세히 논의되어 있음.
9) M. Heim, 같은 책, 103쪽.

로 현상학일 것이다.

  현상학이 가상 현실을 철학적으로 조명할 수 있는 사색의 잠재력은 어디에서 빛나는가. 그것은 적어도 다음 두 방향에서는 선명하게 밝혀진다.

  1) 현상학은 객관적 실재론으로부터 자유롭다. 현상학은 이미 후설 이래로 세계가 객관적 대상으로 존재한다는 너무도 자연스런 도그마를 판단 중지하고, 그 도그마의 지배력을 괄호 속에 묶어 정지시켰다. 후설의 제자인 하이데거 역시 세계가 대상으로 우리 앞에 서 있는 존재자가 아님을 그의 첫 저서인 『존재와 시간』에서부터 역설하고 있다.

  2) 현상학은 과학 기술 지상주의에 매몰되어 있지 않다. 그것은 어떠한 편이성과 성과를 과시하는 과학 기술에 대해서도 비판적 시선을 놓치지 않는다. 현상학은, 과학 기술의 기반이 되는 이론의 정당성을 끊임없이 인식론적으로 혹은 존재론적으로 주제화하여 그 정당성의 기반을 투명하게 검토하지 않는 한, 과학 기술의 절대성에 미혹되지 않는다. 때문에 현상학은 최첨단 과학 기술에 의해 생산된 현실에 대해서도, 그것이 아무리 직접적인 편이성과 말할 수 없는 놀라움으로 우리를 그 현실에 몰입시킨다 할지라도, 결코 비판적 거리를 상실할 수 없다. 실로 하이데거는 이미 오래전에 그의 저작의 한 모퉁이에서 다음과 같이 말하고 있다. "아마도 역사와 전통은, 균질화된 정보로 저장되어 계획적으로 이용될 것이다. 그리하여 인류는 조작을 강요받게 될 것이다. 사유도 역시 정보 처리 작업으로 종언을 고하지 않을까, 또 그렇게 저물어가는 사유는 사유에 감추어진 그의 근원에 의해 그렇게 운명지어진 것이 아닐까."[10] 하이데

---

10) M. Heidegger, *Gesamtausgabe 9*, Frankfurt 1976, Vorbemerkung. 하이데거 Gesamtausgabe는 이하 전집으로 표기.

거는 그 즈음 막 태어난 미숙한 컴퓨터를 보면서 이같이 철학적 불안감을 감추지 못했던 것이다.

가상 현실의 내면을 비추어낼 수 있는 현상학의 잠재력은 최근에야 비로소 리차드 코인에 의해 포착되었다. 그는 현상학, 특히 하이데거의 현상학을 거점으로 가상 현실의 철학적 의미를 조명하고 있다. 물론 하임도 그의 책에서 간간이 하이데거를 언급하고 있고 또 때에 따라서는 하이데거의 철학에 기대어 전자적 문화 현상 전반에 대한 비판적 논의를 하고 있다. 그러나 하임과 비교해볼 때 코인은 좀더 깊숙이 철학의 촉각을 가상 현실에 드리운다. 즉 그는 가상 현실을 출현시킨 기술과 그 기술의 기반이 되는 이론에 하임보다 심층적으로 진입해 들어가 하이데거적 시선으로 그 이론적 기반의 문제점을 천착해내고 나아가 가상 현실 기술을 삶과 무리 없이 호흡할 수 있는 기술, 즉 예술로 전환시키는 작업에 임하고 있다. 이제 이러한 코인의 작업에 대해 본격적으로 고찰해보자.

2. 가상 현실에 대한 현상학적 도전 — 하이데거를 통한 리차드 코인의 성찰

우선 가상 현실이 무엇인지 좀더 분명히 파악해보면, 가상 현실의 구성 요소는 다음과 같이 압축된다. 모의(Simulation), 상호 작용(Interaction), 인공성(Artificiality), 몰입(Immersion), 원격 현전(Telepresence), 온몸 몰입(Full-Body Immersion), 네트워크 의사 소통(Networked Communication).[11] 이 구성

---

11) M. Heim, *Essence of Virtual Reality*, http://www.rochester.edu/college/FS/Publications/HeimEssence.html. 또는 *The Metaphysics of Virtual Reality*, 110-126쪽 참조.

요소들은 서로 긴밀한 연결 속에 통합적으로 실행되는데 이 실행 과정을 좀더 구체적으로 풀어놓으면 다음과 같이 묘사될 수 있다.

가상 현실은 컴퓨터가 인간의 신체에서 정보를 제공하고 받아들이는 입출력 장비를 제어할 수 있도록 발전되었을 때 비로소 실현되었다. 가상 현실의 컴퓨터는 사용자의 감각 기관에서의 변화를 추적하여 그러한 변화를 사용자의 앞에 나타나는 출력으로 재현한다.[12]

사용자가 머리를 움직이면 추적 장비는 이 움직임을 컴퓨터에 전달하고 그 컴퓨터는 이 데이터를 기초로 사용자의 새로운 시각에 대응하는 3차원의 이미지를 산출한다. 좀더 구체적으로 말해서 컴퓨터의 하드웨어와 소프트웨어를 통해서 구현되는 완전 조작의 디지털 기술은 HMD(Head-Mounted-Display), DG(Data-Glove), 그리고 최근 선보인 모션 캡쳐(Motion-Capture) 같은 장치를 통해 가상 현실의 체험자의 이동 궤적을 추적하여 그로부터 신체의 위치에 관련된 디지털 데이터를 입력받고, 다시 그 체험자의 위치의 변화에 상응하는 감각적 데이터들을 실시간(real time)으로 출력하여 체험자의 신체 기관에 새겨 넣음으로써 신체적 지각 과정을 발생시킴과 동시에 그 위치에서 체험할 수 있는 실재와 같은 시각적 3차원 이미지, 음향, 촉각을 시뮬레이션하여 실재보다 더 실재적인 가상의 표상을 불러일으킨다. 예컨대 HMD는 머리 움직임에 따른 위치 변화 데이터를 컴퓨터에 보낸다. 즉 사용자가 움직이면 컴퓨터가 HMD 위에 부착된 송신기와 컴퓨터쪽에 부착된 수신기를 통하여 그 움직임으로부터 발생하는 데이터의 흐름을 디지털화시켜 수신하는데, 컴퓨터는 다시 이 데이터의 흐름에 대응하여 사용자의 시야에 있을 대상의 크기 및 깊이를 계산하여 시뮬레이션한다. 데이터 글로브는 손의 위치와 방향을 감지한다. 3차원 공간에서 손을 움직이면

---

12) M. Heim, *Virtual Realism*, Oxford Univ. Press 1998, 7쪽 참조

장갑이 전자 데이터의 흐름을 3차원 좌표 형식으로 컴퓨터에 보낸다. 그러면 컴퓨터는 그 데이터에 상응하게 디스플레이상의 대상을 조작한다.13)

[가상 현실 작동 과정의 모형도]14)

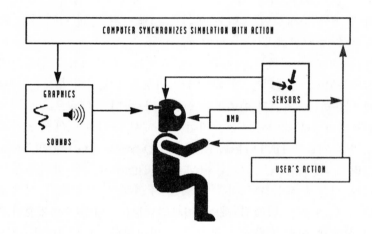

결국 가상 현실 환경은 여러 가지 컴퓨터 하드웨어와 소프트웨어에 의해 디지털화된 데이터로 체험자와의 상호 작용을 시뮬레이션하면서 체험자의 온몸을 향하여 인공적 자극을 날려보낸다. 이것은 체험자의 지각을 인위적으로 발생시키고 현실보다 더 현실적인 표상을 불러일으켜 그렇게 표상된 현실에 그 체험자의 참여와 완전한 몰입을 유도한다.

가상 현실의 실행 과정을 위와 같이 풀어놓고 좀더 주의 깊게 그 내용을 들여다보면, 가상 현실 기술이 결국 지각(perception)과 표상(representation)에 대한 이론에 의존하고 있음이 드러난다.

---

13) Nicholas Lavroff, *Virtual Reality Playhouse*, The Waite Group Inc. 1994, 이상헌 역, 『가상 현실』, 김영사, 1995, 19-31쪽 참조.
14) M. Heim, *Virtual Realism*, 21쪽.

즉, 가상 현실 기술에 있어서는 지각을 어떻게 인위적으로 일으키고 또 그에 상응하는 표상을 어떻게 시뮬레이션하는가가 관건이다. 코인은 매우 예리하게도 이 점을 포착하였다. 그리고 코인은 가상 현실이 기대고 있는 지각과 표상 이론을 데이터 중심적 이론(data-oriented theory)과 구성주의적 이론(constructivist theory)으로 구별한다. 이 이론들은 21세기의 신기술로 각광받고 있는 가상 현실을 출현시켰다는 점에서 첨단성을 과시할지도 모른다. 하지만 코인은 이 이론들이 이미 오래전에 하이데거에 의해 지극히 근대적인 형이상학에 감금되어 있다고 폭로되며 심각한 도전을 받았음을 간파해낸다. 우선 코인은 지각과 표상에 대한 두 이론의 핵심을 다음과 같이 압축한 후 하이데거적 시선으로 고찰한다.

2-1. 지각에 대한 두 이론

데이터 중심 이론은 지각을 외부에 이미 존재하는 환경으로부터 마음에 입력된 데이터의 문제로 파악한다. 대개의 가상 현실 연구자들은 이러한 데이터 중심적 견해에 입각한 지각 이론을 선호하고 있다. 따라서 그들은 보다 더 실재에 가까운 지각을 야기시키기 위해서는 더욱더 양적으로 풍부하고 강도 높은 감각 데이터의 입력이 필요하다는 입장을 견지한다. 이러한 경향은 컴퓨터 그래픽 연구에 있어서 시각 사실주의(visual realism)에 대한 탐구에서 더 분명해진다. 그리고 여기서는 코인이 정확히 지적하듯 우리의 신체가 정교한 입력 장치로 파악되고 있다. 실로 사이버 철학자 하워드 라인골드는 인간의 눈을 입체적 입력 장치로, 눈동자와 목은 고도로 정교화된 입체적 감각 기관들을 움직이기 위한 복합적 자율 조절 수평 유지 장치로 파악하고 있다.15)

---

15) Richard Coyne, *Designing Information Technology in Postmodern Age. From Method to Metaphor*, MIT Press 1995, 182쪽 참조.

데이터 중심적 이론과 긴장 관계를 이루고 있는 이론은 구성
주의다. 구성주의는 실재성이 보다 많은 감각 데이터의 입력을
통하여 구현되는 것은 아니라는 점을 강조한다. 구성주의는, 이
미 존재하는 외부 대상 환경을 전제하고 그로부터 입력되는 보
편적 데이터를 상정하는 데이터 중심주의와는 달리, 외부 환경
의 구성에 선차적 역할을 수행하는 비대상적 요인들을 인정한
다. 예컨대, 정서 상태, 관심, 기대 그리고 매체를 다루는 숙련
성 등의 비대상적인 주관적 요인들이 환경을 우리에게 구성하
고 그에 몰입을 유도하는 선행적 역할을 수행한다는 것이다.
따라서 컴퓨터 시뮬레이터가 효과를 발할 수 있는 것도 시뮬레
이터에 의해 외부 환경을 정확하게 재현하는 데이터가 양적으
로 충분히 입력되기 때문이 아니다. 사용자가 그 시뮬레이션이
의미를 가질 수 있는 과업과 문화에 이미 몰입되어 있지 않다
면 그러한 데이터들은 무의미한 기계적 자극에 불과하다.16)

　　물론 철학적 인식론에서는 이미 여러 형태의 구성주의가 등
장하였다. 특히 구성주의의 발전 양상은 우리에게 외부 세계를
구성하는 데 결정적인 역할을 수행하는 주관적 요인에 대해 상
당한 입장의 차이를 보일 정도로 복잡화되었다. 그럼에도 현재
의 가상 현실 연구에서 이러한 구성주의 입장은 주도적인 흐름
을 형성하고 있지는 못하다. 여전히 현재의 가상 현실 연구에
서는 데이터 중심 이론이 선호되고 있다. 가상 현실의 연구는
다음과 같은 전제에 기초하고 있는 것이다. 인공적으로 사용자
에게 제공되는 가상 현실 이미지는 그 이미지의 체험자와는 상
관없는 일반적 효과를 불러일으킨다. 따라서 인공 이미지는 어
떤 특정 환경의 객관적 구조를 포착해내고 있는 것으로 보아야
한다. 즉, 가상 현실 시스템에 의해 제공되는 인공 환경은 누구
에게나 무차별적인 동일한 감각 자료를 입력시키는 객관적 장
이라는 것이다.

---

16) R. Coyne, A.a.o

하지만 체험자는 이러한 객관적 장에서 자신의 고유한 구성을 적용시키고 일종의 여과 작업을 수행할지도 모른다. 코인은 따라서 현재 가상 현실 연구의 지배적 입장인 데이터 중심적 이론을 구성주의적 편에서 다음과 같이 꼬집는다. 구성주의적 입장을 무시하는 것은 인간에 대한 가상 현실 시스템이 개구리에게도 무차별적으로 적용될 수 있다는 주장과 마찬가지다.[17]

2-2. 표상에 대한 두 이론

표상에 대해서도 코인은 유사한 구별을 한다. 지각을 이미 존재하는 대상 세계로부터 유입되는 데이터를 중심으로 이해하는 입장은 표상 또한 대응론적으로 접근한다. 즉, 표상은 외부에 존재하는 대상 세계와 대응한다는 것이다. 실로 효과적인 가상 현실 시스템은 입력과 출력 사이의 밀접한 대응을 요구한다. 여기에는 우리가 식별하고 표상할 수 있는 구조 역시 세계 자체에 속한다는 가정도 함축되어 있다. 특히 기하학과 수가 세계의 기초적인 구조를 지배한다는 견해는 이러한 대응론에서 과학적으로 세련화된 것으로서 특권을 누리고 있다. 코인이 인용하듯 하겐은 이 상황을 정확히 대변하고 있다. "세계의 가시적인 표면과 그림의 면(畵面) 사이에 일 대 일 대응 함수가 있기 때문에, 그리고 그림과 눈 사이에 일 대 일 대응 함수가 있기 때문에" 투시 원근법적 영상들이 사실적인 것이다.[18] 따라서 이러한 대응설은 컴퓨터 시스템이 세계의 기반을 이루는 기하학을 포착해낼 수 있을 경우, 이러한 정보의 재현은 실재를 정확하게 재구성하는 것이라고 가정한다. 코인은 바로 번슬리(Barnsly)를 통해 이 점을 분명히 한다.

---

17) R. Coyne 같은 책 183쪽 참조.
18) M. A. Hagen, *Varieties of Realism: Geometries of Representational Art*, Cambridge Univ. Press 1986, 87쪽.

"고전 기하학은 물리적 대상들의 구조에 대한 최초의 근사치를 제공해준다. 고전 기하학은 기술 산물들의 디자인에 관해 의사 소통하기 위해 우리가 사용하는 언어며 자연의 창조물들의 형태들에 관해 거의 근접하게 의사 소통하기 위해 우리가 사용하는 언어다. 프랙탈 기하학은 고전 기하학의 연장이다. 프랙탈 기하학은 양치류(羊齒類)에서 은하계에 이르는 물리적 구조들의 정확한 모델들을 만들기 위해 사용될 수 있는 것이다. …… 당신은 건축가가 집을 설명하듯이 정확하게 구름의 모양을 설명할 수 있다."19)

현재의 실상을 보면, 세계의 기반이 누구에게나 동일한 기하학적인 구조라는 가정은 결코 이론적 차원에 머물고 있는 것이 아니라 이미 구체적으로 실행되어 상당한 실질적 결과물을 생산해내고 있다. 현재의 CAD 연구는 세계의 기반이 기하학적이라는 전제 아래 진행되고 있다.20) 이러한 경향은 극사실주의적인 컴퓨터 영상의 제작 기술인 빛의 추적(ray tracing)에 있어서와 같이 감각 자료가 눈에 도달하는 과정에 관한 모델에서도 분명히 목격된다.

대응설은 필연적으로 대응의 정도에 대해 언급하지 않을 수 없다. 즉, 표상은 그 사실성 정도에 따라 사실적, 상징적(figurative), 추상적 표상으로 구별될 수 있고 또한 정확하거나 애매할 수도 있으며, 직접 지시적이거나 비유적일 수도 있다. 최고 형태의 표상은 장면에 내재해 있는 정보들을 풀어내야 할 필요가 없을 정도로, 실제 장면의 복제물을 직접 만나게 하는 것이다.

물론 표상을 대응설의 관점에서 이해하는 것은 단순히 인간 인식의 설명 모델에 불과한 것이 아니라 가상 현실 연구의 특

19) M. Barnsley, *Fractals Everywhere*, Boston 1988, 1쪽, R. Coyne 같은 책 183쪽.
20) W. J. Mitchell, "Computer-aided design media : A comparative Analysis", In : *Computers in Architecture : Tools for Design*, ed. F. Penz, Harlow, England : Longman 1992 53-62, 53쪽 참조.

정 관심 방향을 결정한다. 코인에 따르면, 보다 완벽한 사진 사실주의(Photorealism)에 도달하기 위한 모델(컴퓨터 알고리즘)을 개발한다든지, 더 세밀화된 데이터를 저장하고 처리하고 표현하기 위한 기술을 개발하는 일 등이 그러한 관심에서 비롯된 것이다. 이것은 또한 데이터를 보다 정확하게 재현하는 기술의 개발, 완전하게 도식화될 수 있는 데이터 구조들의 개발, 시야, 색깔, 감촉, 조명, 빛, 초점, 동작, 운동을 더 잘 시뮬레이션하는 기술의 개발 등과도 관련되어 있다. 따라서 대응설에 기초한 가상 현실 연구는 소리, 촉감 그리고 운동과 같은 감각 자료들에 대한 연구를 포함한다. 폴리와 반담에 따르면, 시각적 영상에 있어서의 목표는 컴퓨터에 의해 조작된 영상이 너무나도 사실적이어서 관찰자가 그 영상을 컴퓨터의 메모리에만 존재하는 합성된 대상의 영상이 아니라, 진짜 대상의 영상인 줄 믿도록 만드는 그러한 영상을 만드는 것이다. 이러한 목표는 우리가 컴퓨터 이미지와 실재 사물을 구별할 수 없을 때 도달될 것이다. 이러한 목표를 실현하기 위해 해결해야 할 중요한 문제는 코인의 지적에 따르면 운동 감각적(kinesthetic) 경험을 모사하는 것이다. 즉 관찰자와 대상까지의 거리 변화에 따라 눈의 초점을 조절하게 하는 것, 실재에 대한 우리의 지각을 구성하는 것처럼 보이는 수많은 이론들과 기술들을 통합하는 것 등이다.[21] 그러나 이러한 통합의 가능성은 현재로는 그 전망이 밝은 편은 아니다.

　이러한 맥락에서 가상 현실은 산업 경제적 측면에서 뿐만 아니라 철학적으로도 중요한 관심의 대상이다. 가상 현실은 수와 기하학이 세계의 토대라는 근대적 사유를 논리적인 극단으로까지 관철하는 기획이기 때문이다. 만일 가상 현실이 성공한다면, 그것은 데카르트주의의 한 측면을 — 대응설을 기반으로 수학적 세련화를 거쳐 공간을 수로 환원하는 해석 기하학적 작업

---

21) R. Coyne, 같은 책 184쪽 계속 참조.

— 정당화하는 것이다. 그러나 한 구석에서는 비록 대응론적 접근 방식처럼 내용적으로 구체화되지 못했지만, 그와 긴장 관계를 이루는 입장이 여전히 주장되고 있다. 그것은 구성주의적 표상 이론이다.

구성주의적 표상 이론은 체험자와 대상의 엄격한 대응 관계라는 가설을 수정한다. 오히려 구성주의적 이론은 다음과 같은 가설을 출발점으로 한다. 체험자에게는 실제로 존재하는 대상으로부터 유래하는 자극 과정을 변형시키는 비대상적인 주관적 요인이 작용한다. 구성주의적 표상 이론은 따라서 체험자가 표상하는 대상을 대상에 선행하여 체험자에 체험을 가능하게 하는 비대상적인 주관적 구조에 의해 구성된 것으로 파악한다.

현실 표상의 구성에 결정적인 역할을 하는 비대상적 주관적 요인이 문화나 관습 같은 보다 고차원적이며 사회적인 주관성과 결부되면 구성주의는 문화적 실용주의로 확장된다. 코인은 바로 이러한 형태의 구성주의를 거론하며 대응론적 사실주의가 현재 가상 현실에 대한 연구에서 독점하고 있는 지배적 위치를 동요시킨다. 코인은 표상을 구성하는 비대상적인 주관적 가능 조건으로서 문화나 관습이 전제된다면, 이는 실천(practice)이 우선성을 갖는 것으로 해석되어야 한다고 주장한다.[22] 코인은 그의 주장을 뒷받침하기 위해 다음과 같은 예를 들고 있다. 무엇을 표상하고 있는 그림이나 모델은 이미 그 자체로 의미를 갖는 것이 아니라 특정한 실천 맥락 속에 우리가 몰입해서 그것을 만날 때 의미를 갖는다. 우리는 그림을 그냥 보는 것이 아니라 그림을 읽는 법을 배운다. 그림에는 다양한 스타일이 있다. 그림이 표상하고 있는 것에 대한 이해와 평가는 어떤 "평가 공동체"의 일원이 되는가에 따라 변화한다. 물론 코인도 오늘날에도 "기하학적 투시 원근법"을 특권화하려는 경향이 있다는 것을 간과하지 않는다. 근대 이후 마치 투시 원근법이 사물과 세계에 대한

---

22) R. Coyne, 같은 책 186쪽 참조.

정확한 표상이며 그림은 이 투시 원근법이 정확히 준수되는 한 누구에게나 무차별적으로 이해되고 평가될 수 있는 객관성을 지닌 것으로 주장되었다. 그러나 이미 미학에서 확인된 바 있듯이 투시 원근법에 기초한 근대 회화는 투시 원근법이 결여된 중세의 회화보다 결코 우월하지 않다. 투시 원근법이 회화에 도입된 것은 르네상스 이후의 독특한 문화적 상황의 결과다. 즉 과학주의와 제삼의 관찰자의 입장에서 가시적 세계를 표상하려는 문화적 이념이 투시 원근법을 따르는 회화라는 전형을 만들어낸 것이다. 반면 신적, 초월적 세계에 지향되어 있었던 중세의 회화는 가시적인 공간적 거리에 따라 변하는 사물의 크기를 감각적 현혹으로 폄하하고 거리에 의해 변하지 않는 사물의 본성을 표현하기 위해 의도적으로 투시 원근법을 무시했던 것이다.

시각적 표상이 사회적 주관성의 영역인 문화적 실천 요인이 전제되었을 때 비로소 이해될 수 있다는 것은 회화와 같은 고차원적 예술의 예를 들지 않더라도 충분히 증시될 수 있다. 상품 배치도, 작업 순서도, 다이어그램들, 안내도들 그리고 스케줄표 같은 것은 깊은 상징성이 결여되어 있다. 그러한 것들은 오히려 어떤 정확한 지시를 목적으로 하는 것이며 무엇을 표상하는 그림에 불과하다. 하지만 그러한 것들도 특수한 문화적 맥락에서 해석될 때 그 각기 다른 의미를 부여받는다. 예컨대, 빈약한 의미의 단순한 선과 기호로 이루어진 안내도는 그 자체로는 어떤 지역에 대한 볼품없는 표상에 불과하지만 길을 찾는 상황 속에서 해석될 때 그 단순한 선과 기호들은 충분한 의미를 발한다. 그림에 표상된 것을 읽어내는 데 있어서 문화적 실천의 우선성을 코인은 작업도, 3차원적 컴퓨터 영상 그리고 도형 그림을 읽어내는 데도 똑같이 적용한다.[23]

이러한 문화적 실용주의적 색채를 갖는 구성주의는 가상 현실

---

23) R. Coyne, 같은 책 187쪽.

문제와 어떻게 연관될까? 문화적 구성주의적 견해를 가상 현실 체계에 적용하면, 다음과 같은 가정이 가능하다. 가상 현실은 그 자체 체험자에게 무차별적으로 동일한 표상을 불러일으켜 몰입을 유도하는 것이 아니라 각각의 가상 현실 체계는 체험 주체에 내포되어 있는 주관적 문화적 요인에 따라 상이한 효과를 동반한다. 이러한 가정에 입각하면, 지각에 대한 구성주의적 견해에 있어서와 같이, 가상 현실 연구의 목표는 데이터 중심 이론과 대응설에 집착하고 있는 사실주의일 필요가 없다.[24]

2-3. 하이데거를 통한 비판

과연 데이터 중심 이론, 대응설에 의해 주도되는 현재 가상 현실 연구와 그 주변에서 비판적 역할을 수행하고 있는 구성주의의 대립은 어떻게 평가될 수 있을까? 구성주의는 현재 가상 현실 연구를 한 차원 더 높이 발전시킬 수 있는 대안일까? 코인은 바로 이러한 문제가 제기되는 지점에서 근대 철학과, 특히 근대 인식론과 긴장이 흐르고 있는 하이데거에 기댄다. 하이데거철학을 통해 바라보면, 이 서로 대립되는 듯한 두 이론은 사실 근대 철학과 근대의 존재론, 좀더 구체적으로 말해서 주관 객관 분립(Subjekt-Objekt Dichotomy)과 생산주의적 형이상학(Produktive Metaphysik)이라는 동일한 모태에서 발생한 것임을 밝혀진다는 것이다. 따라서 코인은 가상 현실 연구의 문제점을 하이데거철학을 통해 천착해내고 하이데거의 진리론을 통하여 앞으로 가상 현실 연구가 나아가야 할 긍정적 시사점을 끌어내려 한다.

우선 코인은 현재의 가상 현실 연구에 숨어 있는 문제점을 하이데거를 통해 투시하여 네 가지로 포착해낸다. 그러나 유감스럽게도 코인은 가상 현실 연구에 직접적으로 관련되는 하이

---

24) R. Coyne, A.a.o.

데거 철학의 내용들을 파편적으로 필요에 따라 언급하고 있을 뿐이다. 가상 현실에 대한 비판적 시각을 확보하기 위해 동원되는 하이데거는 코인에 있어서 충분하게 논의되지 못한 아쉬움이 있다. 따라서 필자는 코인에 의해 서술되는 하이데거를 소개하는 데 그치지 않고 하이데거 원전에서 상당 부분의 내용을 보충하여 그 네 가지 문제점을 다음과 같이 논의한다.

1) 현재 가상 현실의 경쟁하는 두 연구 모델, 즉 데이터 중심적 대응 모델과 구성주의적 모델은 다같이 데카르트적 주관-대상 분립 형이상학의 테두리 안에 감금되어 있다. 이 두 경쟁하는 모델은 주관과 대상 중 어느 쪽에 주도권을 부여하는가에 차이가 있을 뿐이다. 즉, 대상쪽에 표상 형성의 주도권을 부여하는 경우 데이터 중심적 대응 모델이 되고 주관에 구성력을 인정할 때 표상은 구성주의적으로 설명된다는 것이다. 그러나 하이데거는 우리 인간 존재가 이미 우리가 알아차리지 못하는 사이에 이미 행위하고 있으며 이러한 행위에서 모든 것은 인간 존재의 한 부분인 도구로서 마치 우리 손에 있듯 그렇게 친숙하게 이미 붙어 있다는 것을 밝힌다. 즉 존재자와 인간은 원초적으로 주관과 대상이라는 거리를 가지고 있지 않다는 것이다.

전통적 견해에 따르면 우선 사물은 이미 우리 앞에 서 있는 것으로, 즉 대상으로 나타나고 이것을 기저로 다른 가치가 첨가됨으로써 도구가 된다. 달리 표현하면, 사물은 우선 객관적으로 인식 가능한 이러저러한 속성을 갖는 대상으로 우리 앞에 서 있다는 것이 가장 기본적인 사실이며, 이 대상이 어떤 목적을 위해 사용되거나 가공된다는 것은 이차적인 사실이다. 하이데거는 『존재와 시간』에서 바로 이러한 질서를 전복시킨다. 하이데거에 따르면 우리에게 존재자는 근원적으로 도구적으로 존재하며 추후적으로 비로소 대상이 된다. 우리 인간 존재는 우리가 알아차리지 못하는 사이에 이미 행위하고 있으며 이러한 행위에서 모든 것은 우리에게 친숙한 도구로서 다가온다는 것이다. 어떤 것이 우리 앞에 우리와 떨어져 있는 대상으로 나타나는 것은 순조롭게 연이어 이어지는 우리의 행위에 장애 (Stroerung)가 일어났을 경우다.25) 즉, 도구를 사용하면서 순조롭게 진행되는 행위의 과정에 장애가 발생했을 경우, 비로소 우리는 그 도구에 시선을 지향하여 도구를 우리 앞에 놓고 관찰하며 인식의 대상으로 삼는다. 그리고 이때 비로소 우리는 인식하는 주관이 되고 도구는 주관 앞에 떨어져 서 있는 대상으로 우리 앞에 놓이게 된다.26) 따라서 주관 객관(대상) 분립은 우리 존재의 근원적 상황이 아니라 파생적 상황이다.

이러한 하이데거적 귀결은 데이터 중심 이론과 그와는 반대로 현실을 표상하는 데 있어서 주관에 능동적 구성을 인정하는 구성주의를 모두 비판하는 위력을 갖는다. 이미 주관의 외부에 존재하는 객관적 대상으로부터 주관에 유입되는 순수 객관적인 감각 자료란 개념은 물론, 능동적 구성적 주관 역시 모두 파생적인 개념이기 때문이다. 순수 객관적으로 존재하는 감각 자료도 또 구성적인 인식 주관도 보다 근원적인 차원에서는 존재하지 않는다. 마찬가지로 실재는 우리 앞에 이미 객관적인 외부 대상으로 존재하는 것도 아니며 비대상적인 주관적 요인들에 의해 대상으로 비로소 구성되는 것도 아니다. 따라서 코인은 다음과 같이 단언한다. 가상 현실과 같이 전자적으로 산출된 감각 자료에 소프트웨어를 실행시켜 실재를 모사하는 기술은 하이데거에게 근원적 실재가 아니라 파생적 실재를 모사하는 것으로 근원적 실재와의 거리를 훨씬 심화시키는 기술이다.27)

2) 하이데거는 존재를 만들어진 것으로 간주하는 생산주의적

---

25) M. Heidegger, *Sein und Zeit*, Tuebingen 1979, 74쪽 참조.
26) M. Heidegger, 같은 책, 357쪽 참조.
27) R. Coyne, 같은 책, 188쪽 참조.

형이상학을 거부한다. 하이데거는 이미 『존재와 시간』의 첫 장에서부터 존재 방식의 다양성을 강조하고 있다. 존재 현실은 인간, 자연적 존재자, 도구, 예술 작품 등 다양한 양식들로 구별되어 있으며 그러한 상이한 방식들의 존재자들이 함께 존재한다. 생산된 것은 여러 존재 방식 중의 하나이지 그 자체가 존재의 유일한 존재 방식은 아니다. 따라서 현실을 감각 자료과 알고리즘을 통하여 생산하려는 가상 현실은 하이데거적 시선에서 보면 존재 방식의 다양성을 한 가지 존재 방식으로 독점시키는 것이다.[28] 이것은 불가피하게 존재의 심각한 편벽화를 초래하여 다른 방식으로 존재하는 존재자들을 추방과 굴절의 틀속에 밀어넣는다.

3) 하이데거에 따르면 세계에 대해 인식보다 앞서는 이해는 행위와 행위에 도구로서 다가오는 존재자들의 세계에 대한 이해다. 그리고 이러한 세계에 대한 이해는 도구들의 지시 연관관계(Bedeutsamkeitbezuege) 혹은 전체적 용도 맥락(Bewand-niszusammenhang)이라 불리는데, 이러한 이해는 아직 인식으로 떠오르지 않은 불명확한 상태에 있다. 사물들은 특정한 상황에서 장애가 발생함으로써 비로소 그 전체 용도 맥락에서 단절되어 각기 명확히 구별되는 대상으로 우리 시야 앞에 떠오른다. 하지만 가상 현실의 이념은 그 반대다. 가상 현실에 있어서 모든 것은 우리 지각 기관에 전자적 자극을 발신하는 대상으로 이미 우리 앞에 서 있어야만 한다. 이러한 견지에서 가상 현실은 인간을 감각 영역에 고립된 주관으로 파악하여 모든 것이 주관에 이미 제시되어 있다는 데카르트적 존재론을 문자 그대로 답습하고 있는 것이다. 하지만 대상으로서의 존재자와 우리의 만남은 주관과 대상의 대결 없이 순조롭게 진행되는 우리의 행위에 장애가 발생할 때 비로소 가능해진다면, 모든 것을 이

---

28) R. Coyne, 같은 책, 189쪽.

미 대상으로 서 있는 것으로 조작하여 그것들로부터 인위적 전자 데이터를 발생시킴으로써 우리의 온몸을 자극하는 가상 현실은 장애를 일으키는 역할을 할 것이다. 그리하여 코인은 다음과 같이 주장한다. "완전히 실현된 가상 현실은 잘해야 완전히 비현실적으로 나타날 수 있을 뿐, 최악의 경우 완전히 스트레스를 불러일으키는 자극일지도 모른다."[29]

4) 코인이 가상 현실의 문제점을 천착하는 데 동원하는 또 하나의 중요한 성찰은 근대 과학과 기술에 대한 하이데거의 비판이다. 하이데거는 "모든 물체는 외부에서 가해진 힘에 의해서 그 상태가 변하지 않는 한 정지 또는 일직선상의 균일한 운동을 계속한다"는 뉴턴 물리학의 제일법칙에서 근대의 과학이 사물에 미리 가져가는 발견의 방식을 보여주고 있다. 그는 근대 과학이 사물을 드러내는 방식을 아리스토텔레스 물리학과 대조하면서 여덟 가지 항목으로 분류하여 선명화시키는데, 그것은 다음과 같이 간추릴 수 있을 것이다.

근대 자연 과학은 자연의 사물들에 있어서 그 자신에 고유한 것 그리고 그 존재자가 존재하는 시공상의 그 고유의 장소와 시간 등은 고려하지 않는다. 장소는 더 이상 존재자가 자신의 터전으로 삼고 있는 것이 아니라 어떠한 것도 어떤 장소에 있을 수 있다. 장소는 단지 사물의 위치일 뿐이다. 이에 반해 아리스토텔레스의 물리학에서 자연은 모든 존재자의 내적인 능력이며 모든 존재자는 그 고유의 운동 형식과 장소를 가지고 있었다.[30] 이러한 대비에서 분명해지듯 근대 과학을 통해 존재자의 자기성이 유린되고 자기 터전이 파괴되는 획일화가 일어난다.

이렇게 존재자의 내적 자기성을 가만 놓아두지 않고 획일화시키는, 그리하여 모든 존재자들을 외적으로 강압되는 인과 관

---

29) R. Coyne, 같은 책, 190쪽.
30) M. Heidegger, 전집 41, 87쪽 계속 참조.

계로 얽어 매두는 근대 과학의 연구는 결국 존재자들을 가공하는 것이다.[31] 이와 같은 근대 과학은 하이데거에게는 엄격한 의미에서 이론(theory)이라 할 수 없다. 이론의 어원을 테오리아(관조)라고 한다면 근대 과학은 테오리아와 같이 사물의 본연의 모습을 드러나는 대로 파악하는 활동이 아니라 그것을 자신의 목적에 맞게 가공하는 활동, 즉 기술(techne)인 것이다. 이러한 이유에서 하이데거는 기술을 근대 과학의 응용이라 보지 않고 근대 과학 자체를 원천적으로 기술로 파악한다. 바꾸어 말하면 근대 과학의 성공적인 기술적 전환은 정확히 표현하면 근대 과학의 진면목이 현실화되는 과정이다. 근대 자연과학의 기술적 전환의 성과는 바로 여기서 기인한다.[32]

이러한 근대 과학의 학적 활동, 즉 이미 짜놓은 획일화의 윤곽에 존재자가 들어맞도록 가공하는 작업은 사물의 자기성의 공동화를 초래한다. 사물은 그 자체 존재 의미를 인정받지 못하고 따라서 그의 존재가 펼쳐지는 그 고유의 거주지도 상실하게 된다. 사물은 가공될 목적에 주문된 재료로서만 의미를 지닌 것으로 그 주문에 따라 끊임없이 강제 이주 당하는 고향 상실(!)의 상황에 처하게 된다. 이제 사물은 가공 목적의 주문에 따라 조직적으로 끝없이 활용되고 사용되고 소모되는 체계 안에 부속됨으로써만 그 존재성을 부여받게 된다. 이렇게 존재자가 현실화되는 존재 양태를 하이데거는 부속품(Bestand)이라 표현하며, 그리하여 근대 과학과 그의 응용을 통한 존재의 현실화에는 실재의 전면적인 계열화가(Gestell) 진행된다고 설파한다. 이 과정을 하이데거는 "기술의 본질에 관한 물음"에서 '쥐어짜냄(Herausfordern)'이라 그려내고 있다.[33] 이러한 현실 속에서는 사물들은 무차별적으로 조직적 생산 체계 안에서 사

---

31) M. Heidegger, 전집 7, 53쪽 참조.
32) M. Heidegger, 같은 책, 51쪽.
33) M. Heidegger, 같은 책, 19쪽 참조.

용되어야 할 재료며 소모된 쓰레기일 뿐이다. 우리 현존재가 처해 있는 실재의 모습, 즉 우리가 사물들과 관계 맺고 있는 양상은 바로 이것이다. 그러나 우리 자신은 어떠한가? 우리는 과학과 기술의 사용자며 그 주인인가? 그리하여 우리는 이러한 실재의 현실화 양태로부터 벗어나 있는가? 하이데거는 우리도 예외가 아님을 환기시킨다. 인간을 이해하는 데 있어서 자연과학에 근거한 과학적 접근, 예컨대 분자물리학에 근거한 유전공학적 인간 이해에서 그리고 그것의 실용화에서 우리가 사물에 대해 맺는 관계와 같은 관계를 우리 자신에 대해서도 맺고 있다는 것이 극명하게 드러난다. 하이데거가 "형이상학의 극복"에서 적절히 표현하고 있는 바와 같이 여기서 인간은 가공될 수 있는 "인적 자원(Menschenmaterial)"에 불과하다.34) 현대 과학과 기술에서 인간은 사물의 존재가 처한 운명과 같은 운명을 맞이하고 있다는 것이다.35) 하이데거는 우리가 거대한 부의 축적에도 불구하고 "암흑의 세계"로, "빈곤의 시대"로, "끝없는 겨울"로 들어서는 고향 상실의 시대에 처해 있다고 말한다.36) 사물과 함께 우리는 우리 자신의 자기성을 부단히 빈곤화당하며 소모되고 있는 것이다.37) 이리하여 사물 존재와 인간 존재를 포함하는 모든 존재자는 예외 없이 그 자신을 잃어버리며 오직 기능적 연관 관계 속에서만 존재 의미를 갖는 부속품으로 전락하여 주문에 따라 끊임없이 이주를 강요당하는 "고향 상실(Heimatlosigkeit)"의 상황에 끌려 들어가는 것이다.38) 이 스스로를 빼앗기고 그 아닌 다른 상위의 거대 체계의 주문에 부속되어 끊임없는 이주 속에 존재하게 되는 전면적 계열화(Gestell)가 오늘날 인간을 포함한 모든 존재자가 총체적으로 처한 존재의

---

34) M. Heidegger, 같은 책, 91쪽.
35) M. Heidegger, 같은 책, 30쪽 참조.
36) M. Heidegger, 전집 5, 269쪽 참조.
37) M. Heidegger, 전집 7, 31쪽 참조.
38) M. Heidegger, 전집 9, 341쪽 참조.

역운(Seinsgeschick)이다. 더구나 이렇게 전면적 계열화로 실현되는 존재의 역운에서는 다른 방식의 존재 실현 혹은 드러남에 대한 전면적 추방 또한 체계적으로 일어난다.[39] 스스로를 탈취당하는 방식으로 존재가 실현되며 또 동시에 다른 어떠한 방식의 존재의 드러남도 틈입할 수 없게 되는 곳에서 존재의 긴장은 최고조에 달할 수밖에 없다. 바로 여기서 하이데거는 최고의 위험(hoechste Gefahr)으로 그 모습을 드러내는 현대를 바라보게 되는 것이다.

결국 하이데거에 따르면 근대 과학 기술은 모든 것에서 자기성을 탈취하여 어떤 전체적 체계 안에 부속시키는 전면적 계열화다. 이러한 기술이 지배하는 시대에 모든 존재자는 그 독특성을 상실하고 사실상 무차별적으로 취급된다. 흐르는 강물이나 광산의 광석은 동력을 제공하는 동력 자원일 뿐 나름대로 독특한 존재 의미를 인정받지 못한다.

코인은 가상 현실에 대해서도 동일한 비판을 적용한다. 가상 현실 기술은 현실을 완전히 인공적으로 생산해내려는 목적에 의해 추진된다. 가상 현실에서는 모든 것이 정확하게 2진법 수로 해석 혹은 분해되는 디지털화 과정을 거쳐 재현되어야 하며 그러한 디지털화를 허용하지 않는 것은 존재의 영역에서 추방 내지 폐기된다. 코인은 더 이상 상론하지 않지만 이에 대한 좀 더 구체적인 예로 다음과 같은 경우를 들 수 있을 것이다. 인간의 음성을 컴퓨터가 인식하고 처리하는 과정을 보자. 컴퓨터는 인간의 음성을 2진법의 디지털 코드로 변환하여 하나의 파일로 저장하고 그 파일을 어떤 음성이라고 이름짓는다. 인간의 소리에서 '아'라는 음성을 컴퓨터가 인식하기 위해서는 '아' 음성을 파장과 길이로 측정하고 그것을 다시 디지털 코드로 변환하여 하나의 파일로 만든다. 그리고 그 파일로 '아' 음성을 대치시킨다. 그런데 여기서 간과되어서는 안 될 점은 인간의 '아'라는 소

---

39) M. Heidegger, 전집 7, 31쪽 참조.

리는 개인에 따라 또 개인도 그가 처하는 상황에 따라 엄청나게 다양하게 발성된다는 것이다. 하지만 컴퓨터에는 매우 제한적으로 '아'라는 소리가 데이터로 입력되고 그것을 '아'로 인식하게 프로그램화된다. 이처럼 컴퓨터가 인식할 수 있는 '아'라는 소리가 표준화되고 인간과 컴퓨터 인터페이스가 대화형이 될 때, 인간은 컴퓨터가 인식할 수 있는, 아니 컴퓨터에 입력되어 있는 '아'음의 파일에 대응하는 소리만을 가지고 있어야 한다. 인간들은 각각 자신이 갖고 있는 고유의 소리, 그리고 또 상황에 따라 고유하게 변성되는 소리를 가질 수 없다. 그것은 컴퓨터에 디지털화되어 파일로 저장될 수 없는 한 폐기 처분되어야 한다. 인간은 스스로의 목소리의 주인이 아니라 오히려 인간의 목소리는 컴퓨터 의해 발성되는 것이다. 요컨대, 코인이 강조하듯 가상 현실은 현실 자체를 컴퓨터에 위치시키는 것이다. 타자조차도 가상 현실에서는 기술적으로 생산되는 대상으로 존재한다. 가상 현실 기술에 있어서 현실은 결국 모든 것을 디지털화하는 데이터 처리 과정에 의해 생산되며 따라서 모든 것은 이같이 원래 그 자기성을 인정받지 못하기 때문에 조작될 수 있다.[40]

5) 하이데거의 사물 개념 또한 코인이 가상 현실의 문제를 접근해 들어가는 중요한 길잡이다. 하이데거에 따르면 사물들은 단지 속성의 집합체에 불과한 것이 아니다. 하이데거는 매우 섬세하게 사물의 사물성을 상기시킨다. 사물을 우리 손에 닿았을 때 주는 느낌, 우리 귀에 대었을 때 들려오는 바다의 소리, 그것에 맺혀진 물방울과 반짝거리는 빛 등과 같은 비규칙적인 것이 그 사물을 바로 그 사물로 경험하게 하는 것이다. 하이데거는 사물의 본질이 무엇으로 만들어지는 재료나 사용되기 위한 도구가 아니라는 사실을 주시한다. 하이데거는 제사에 바쳐지는 포

---

40) R. Coyne, 앞의 책, 190쪽.

도주 잔을 바라보며 포도주 잔은 몇 푼 주고 산 와인을 마시기 위한 도구가 아니라 하늘이 내린 빗물, 땅이 영글어낸 포도, 유한한 인간 그리고 그에 의해 기려지는 세계의 신성함이 모여드는 작품임을 보여주었다. 하이데거는 세계를 하늘과 땅 유한자와 신성한 것의 어우러짐으로 파악하고 사방(Geviert)이라 부른다.41) 사물을 이와 같이 하이데거적으로 바라보면, 컴퓨터에 의해 데이터 처리 과정을 통해 모의되는 것은 사물이 될 수 없다.

2-4. 가상 현실의 가능성

앞에서 살펴본 바에 따르면, 하이데거는 가상 현실을 직접 마주치지 못했지만 그의 철학에는 이미 가상 현실 기술에 대한 매우 비판적인 경고가 담겨 있었다. 이를 명시화한 것이 바로 코인의 업적이다. 그러나 코인은 여기에 머물지 않고 한 걸음 더 나아가 하이데거로부터 가상 현실에 대한 긍정적인 시사점을 발견하려 한다. 코인의 이러한 작업은 3단계로 진행된다. 1) 코인의 출발점은 하이데거의 진리론이다. 하이데거는 진리를 비은폐성 혹은 드러남으로 밝혀내었다. 코인은 기존의 진리 개념을 일견 당혹시키는 하이데거의 진리론이 기존 진리 개념의 근거며 이러한 근원적인 진리인 드러남은 예술 작품에서 가장 뚜렷하게 목격될 수 있음을 보여준다. 2) 두 번째 단계는 설계 도면과 같이 지시적 기능에 집중되어 있는 것에서도 하이데거가 분석한 예술 작품에서처럼 드러내는 능력을 보여준다. 이 단계는 예술 작품에 부여된 탁월한 진리 능력으로부터 가상 현실에 대한 긍정적 시사점을 모색하는 예비 단계다. 3) 이와 같은 예비 단계를 거친 후 이제 비로소 코인은 지시적 대응적 인식론을 패러다임으로 하여 출현한 가상 현실에서도 드러냄의 능력이 간과될 수 없음을 본격적으로 해명한다. 이때 특히 하

---

41) M. Heidegger, 전집 7, 170쪽 계속 참조.

이데거의 진리 개념에 함축되어 있는 극단적 차이의 놀이가 매우 중요한 역할을 한다. 이제 각 단계에 대해 좀더 구체적으로 알아보자.

1) 하이데거의 진리론

하이데거는 이미 『존재와 시간』에서부터 진리일치론과 직접적으로 대결한다. 하이데거는 진리일치설을 거부하는 것은 아니지만, 진리일치설 아래 가려져 묻혀 있는 근원적인 진리 이해를 발굴해내려 한다.

진리는 이미 오래전부터 사태와의 일치로 파악되었다. 그러나 이러한 진리 개념이 가능하기 위해서는 사태가 이미 은폐되어 있지 않아야 한다는 것, 즉 하이데거식으로 말하자면 드러나 있어야 한다는 것이 간과되었다. 사태가 어떤 식으로 드러나 있어야 우리의 인식이나 진술이 그 사태와 일치하는지 검토될 수 있고 그 결과에 따라 진위가 판별될 수 있다. 따라서 진리를 일치로 파악하는 것은 오히려 존재자의 드러나 있음을 전제하고 그것으로부터 파생되는 개념이며 그리하여 진리의 본질에 대한 진정한 물음은 이 '숨겨져 있지 않음' 혹은 '드러나 있음(Unverborgenheit)'에서 출발되어야 한다.

그러면 드러냄에 있어서 드러나는 것은 무엇인가? 물론 그것은 개별적 존재자이지만 하이데거에 따르면 그러한 개별적 존재자의 존재적(ontisch) 드러남에 앞서 근원적으로 세계가 드러나 있어야 한다. 그러면 여기서 세계는 무엇을 뜻하는가? 하이데거의 세계 개념은 초기에서 후기에 이르기까지 일의적으로 확정하기 어려운 유동성 속에 있지만, 그의 진리론과 비교적 단절 없이 연결되는 세계 개념은 그의 예술 철학에서 발견된다. 하이데거에서 세계가 뜻하는 바는 『예술 작품의 근원』에서 특히 그리스 신전을 해석하는 과정에서 선명하게 등장한다.

만일 그리스 신전에 대해 근대적인 입장에서 분석해볼 경우,

우선 신전이 위치한 지역, 주민, 또 주변의 나무 등 신전이 건축될 환경은 그 자체 이미 불변의 것으로 있고 이 환경에 신전이 하나의 요소로 부각될 것이다. 그러나 드러남 혹은 비은폐성이란 하이데거의 진리 개념에 의거하여 조명하면, 모든 것이 다르게 보인다. 하이데거는 그 신전을 바라보며 다음과 같이 말한다.

"성전은 가파른 골짜기 한가운데 서 있다. 신전은 신의 모습을 어렴풋이 에워싸고 있다. 성전은 기둥 틈새로 감추어지면서 열려 보이는 실내를 통하여 신의 모습을 신성한 영역으로 드러낸다. 이 성전을 통해 신이 성전에 내려앉는 것이다. 신이 그렇게 현현한다면 그 찬란한 빛 속에서 세계는 비춰진다. 신전은 비로소 돌과 동물, 인간과 신이 그들 본연의 모습으로 있을 수 있게 하는 세계를 펼쳐 보인다. 신전은 세계를 일으켜 세운다. 그것은 세계를 열어보이면서 땅을 떠올린다. 하지만 신전은 땅을 그 자체에 있어서 되감추어지는 것으로 떠오르게 한다. 성전은 바위에 서 있다. 그것은 폭풍을 견뎌내며 그렇게 폭풍의 힘을 보여준다. …… 삶과 죽음, 신성치 못한 것과 은총, 승리와 치욕, 인내와 타락 등 인간이 그의 운명의 형태를 얻게 되는 여러 관계와 길들, 그러한 것들이 신전을 중심으로 펼쳐지게 된다."[42]

하이데거에 따르면 그 신전에 의해 비로소 주변의 자연 환경, 그 신전에 건축에 사용된 대리석의 본질, 그리고 그 시대의 사람들이 그러한 것들과 어우러지면서 맺었던 관계가 드러나는 것이다. 어떻게 그 신전이 이 모든 것을 드러내 보여주는가?

그 언덕 위에 신전이 들어섬으로써 실로 감추어진 많은 것들이 드러난다. 언덕 위를 그저 스쳐 지나가기만 하던 바람은 신전이 세워짐으로써 그 신전과 맞부딪쳐 휘감아 돌며 비로소 그 정체를 뚜렷하게 드러내게 된다. 한낱 돌로 파묻혀 있던 대리석은 신전으로 일으켜 세워져 하늘의 빛과 만나며 스스로 빛나

---

42) M. Heidegger, *Der Ursprung des Kunstwerkes*, Stuttgart 1978, 37쪽.

면서 동시에 태양의 찬란함을 일깨운다. 또 신전의 견고함은 나무와 바다의 덧없는 본성을 드러낸다. 신전의 대리석 벽돌은 여명의 빛을 포착하여 하늘의 본성을 드러낸다. 아울러 신전을 중심으로 삶과 죽음, 신성치 못한 것과 은총, 승리와 치욕, 인내와 타락 등 인간이 그의 운명의 형태를 얻게 되는 여러 관계와 길들, 그러한 것들이 펼쳐지게 된다. 이와 같이 신전을 통해 그 신전이 없었으면 감추어졌을 것들이 비로소 드러나는 것이다. 신전을 통해 인간과 인간 이외의 존재자들이 자신을 드러낼 수 있는 터가 밝혀지는 것이다.

하이데거가 말하는 세계는 바로 이러한 것이다. 세계는 인간과 인간 이외의 존재자의 존재가 드러나고 펼쳐지는 탁 트인 터다. 세계는 인간의 물리적 몸이나 인간 이외의 존재가 위치하고 있는 기하학적 공간이나 데카르트적 좌표계가 아니다. 세계는 "존재자나 존재자들의 영역이 아니라" 인간과 인간 이외의 존재자들이 존재를 펼쳐내도록 미리 열려 있는 "존재의 탁 트임이다(Offenheit des Seins)".43) 하지만 이 세계는 인간의 존재가 이미 그 안에서 진행되기 때문에 그 자체로 인간에게 대상처럼 나타나 조망될 수 없다. 그 세계는 신전을 통해 비로소 이 특정한 시대에 인간들이 이미 그 안에 들어서 있는 "존재가 밝아오는 탁 트인 터(die Lichtung des Seins)"로 보여지는 것이다.44)

이상의 논의는 다음과 같이 간추려진다. 존재의 비은폐성은 근원적으로 세계의 떠오름이다. 그런데 이 세계는 기하학적 공간이나 데카르트적 좌표계가 아니라 의미의 이음새로서 각각의 존재자들이 존재 의미를 갖게 되는 드러난 터다. 하지만 이렇게 그 안에서 비로소 인간과 인간 이외의 존재자가 각각 존재자로서 그 모습을 갖게 되는 밝혀진 터로서의 세계는 그 자

---

43) M. Heidegger, 전집 9, 346쪽.
44) M. Heidegger, 같은 곳 참조.

체로 개개의 존재자와 같이 대상화될 수 없다. 세계는 그 자체 대상도 아니고 도구도 아닌 신전과 같은 예술 작품을 통해서 트여(auf) 세워진다(stellen).[45]

하이데거의 진리 개념과 세계 그리고 예술 작품의 존재론적 탁월성이 갖는 관계를 이해한 후 이제 비로소 우리는 하이데거의 진리 개념으로부터 가상 현실의 문제 접근해 들어가는 코인의 전략을 따라갈 수 있다. 코인의 모색은 다음과 같이 진행된다. 그는 우선 설계 도면 같은 비예술적 지시물에서도 예술 작품에서처럼 세계를 드러내는 존재론적 능력을 보여준다. 그후 하이데거는 지시적 대응적 인식론을 기반으로 개발된 가상 현실에서도 같은 드러냄의 능력이 간과될 수 없음을 해명한다.

2) 비예술적 지시물에 있어서의 드러냄

기존의 견해에 따르면 설계 도면은 대상, 자재, 면적 배치들에 관한 정보를 디자이너가 건축 기술자에게 전해주는 지시서다. 그것은 지어질 대상과의 정확한 일치를 목적으로 하는 지시적 기능에 집중되어 있다. 하지만 코인은 이러한 일치의 이념 아래 있는 설계 도면에서조차 다음과 같이 드러냄의 능력을 보여준다.

건축에서는 설계 도면과 현장 기술자들이 필요하다. 이 현장 기술자들은 상당한 숙련 기술을 익히고 있기 때문에 때에 따라서는 설계 도면의 지시 없이도 훌륭히 작업을 해낼 수 있다. 하지만 설계 도면은 이러한 숙련된 현장 작업에 개입하는 것이다. 설계도는 설계도를 만들고 읽는, 그리고 그에 따라 실재로 작업하여 설계도에 지시된 것을 실현시키는 현장 기술과의 친숙성을 통해서 의미를 갖게 된다. 설계 도면은 그 자체로는 관습적 작업에 불과한 현장 기술에 지침을 주거나 혹은 수정해주는 역할을 한다. 설계도는 이와 같이 건축 현장 작업에 개입함으

---

45) M. Heidegger, *Der Ursprung des Kunstwerkes*, Stuttgart 1978, 34쪽.

로써 건축 기술자의 작업을 건축 기술자와 건축 설계사에게 드러내 보여준다. 따라서 훌륭한 건축 설계사는 설계도를 제작할 때 이미 실제의 구체적인 작업과의 밀접한 관계를 잘 담아내어 건축 기술자들이 그들의 작업을 설계사와 공조하여 변화시키도록 한다. 이러한 견지에서 보면 설계도는 단순히 지어질 대상을 지시하는 지시적 기능만을 갖고 있는 것이 아니라 이미 동적인 현장 작업 세계를 드러낸다. 그리고 이러한 드러냄이 전체적 윤곽을 형성하며 그 구도 아래서 비로소 설계 도면의 각 표시들이 실재로 건축될 대상의 각 부분과 일치하는 지시적 기능을 부여받게 된다. 즉 이렇게 설계 도면 안에 현장 직업 세계가 드러남으로써만 작업자는 도면을 이해하게 되고 그리하여 도면상의 한 선이 현장에서 건축될 집의 한쪽 벽을 지시하는 기능을 하게 된다. 그리고 그것을 기반으로 'X벽에 A창문을 넣어라' 등의 지시가 가능해진다. 설계도를 하이데거적 시선에 따라 이같이 코인처럼 바라보면 설계도는 건축될 대상물과의 지시 대응 관계에 있는 도면이기에 앞서 현장 작업의 세계를 드러내보이는 탁월성을 인정받는다. 이 드러냄을 바탕으로 비로소 설계 도면은 무엇에 일치한다거나 어떤 지시를 제공해주는 기능을 하게 된다.46)

코인은 이와 같이 단지 대상과 대응적 표상만을 기능으로 하는 설계 도면에서도 세계가 드러남을 보여준 후 이제 유리한 위치에서 통합 CAD 시스템이나 데이터베이스도 단순히 컴퓨터에 의해 지원되는 디자인 기술이나 정보 저장 도구에 불과한 것이 아님을 강조한다. CAD 시스템이나 데이터베이스는 그러한 기능을 떠맡기에 앞서 그와 관련되어 있는 자문역, 주문자, 사법 당국 등을 포함하는 여러 실천 세계를 드러낸다. 마찬가지로 극사실주의적 컴퓨터는 그래픽 전문가와 마케팅의 세계

---

46) Richard Coyne, *Designing Information Technology in Postmodern Age. From Method to Metaphor*, 194쪽 참조.

를 드러낸다. 그러면 가상 현실 시스템은 무엇을 드러내는가?

3) 극단적 차이의 놀이와 가상 현실의 드러냄

가상 현실의 시스템에서도 하이데거적인 비은폐성 혹은 드러냄으로서의 진리가 일어나고 있는가? 이것을 해명하기 위해 코인은 하이데거의 진리론에서 중요한 위치를 차지하고 있는 차이의 역할을 부각시킨다. 하이데거의 배후에서 흐르는 차이의 사유는 과학적 사고와의 대비를 통해서 잘 드러난다.

과학과 그 관련 영역은 유사성, 나아가 동일성의 발견에 중심을 둔다. 과학은 사물과 현상의 기저에 놓여 있는 구조를 발견하여 법칙화하려 한다. 즉 사물의 심층으로 들어가면 사물들이 가지고 있는 동일한 것들이 발견될 수 있고 그리하여 사물들이 더 잘 이해될 수 있다는 것이다. 따라서 현상들이 동일한 방식으로 기술될 수 있게 하기 위해서 현상들에게서 발견되는 다양한 독특성은 사상되는 반면 그들에게서 발견되는 유사한 것들이 동일한 구조를 향해 추상된다. 이러한 추상의 매체는 범주, 실체, 속성, 양화 혹은 수, 공식 논리 법칙 등이다.[47]

가상 현실은 과학을 기반으로 함으로써 한편으로는 과학을 배후에서 조정하는 동일성을 향한 강박을 그대로 전이받고 있다. 그리고 이러한 강박은 표피적 차원에서는 다음과 같은 방식으로 표출된다. 컴퓨터 그래픽의 영역에서 컴퓨터 이미지는 사진과 거의 동일하기 때문에 관심을 끈다. 이미지는 실재 사물과 동일할 수록 매혹적으로 생각된다. 분명 가상 현실은 우리를 가공된 세계에 존재하는 것처럼 생각하게 할 정도로 실재 세계에 근접한다는 점에서 매력적이다. 이처럼 가상 현실에는 일견 동일성의 사고가 지배하고 있는 듯 보인다. 하지만 코인은 하이데거에 흐르고 있는 차이성의 사고를 통해 가상 현실에

---

47) Richard Coyne, *Designing Information Technology in Postmodern Age. From Method to Metaphor*, 195쪽 참조.

서도 드러남으로서의 진리가 일어나고 있음을 보여준다. 하이데거적 차이의 사유는 무엇인가.

하이데거에 흐르고 있는 차이의 사유를 포착할 수 있는 실마리는 하이데거의 진리 개념이 본격적으로 등장하는 그의 예술 철학이다. 하이데거는 특히 예술적 만듦에 관한 전통적 담론을 전복시키는데, 그럼으로써 그는 예술적 창작 과정에서 존재의 근원적 차이성, 즉 그가 대지와 세계라고 부르는 극단적 차이성 사이에서 생겨나는 긴장된 놀이를 보여준다.

예술에 대한 전통적 담론은 질료와 형식에 초점을 맞추고 있다. 일반적으로 전통적인 담론은 예술을 질료에 형식이 부과되는 과정으로 기술하고 있다.

통상 만듦은 어떤 도구를 완성하기 위해 재료를 가공하는 것이다. 여기서 재료는 어떤 목적에 맞도록 사용되고 그렇지 않은 것은 폐기된다. 재료는 그것이 도구가 갖는 목적에 순조롭게 맞게 되면 될수록 좋은 것이다. 그리하여 이러한 만듦에서 재료는 그 자체로서 의미를 갖지 못하고 목적에 기여하는 것으로 사라져버린다.

"칼의 쇠는 쇠로서 나타나서는 안 된다. 오직 자르는 것으로, 그리하여 자름에 적합하여 우리가 이 재료에 시선을 돌리지 않고 자름의 행위에 순조롭게 빠져들도록."[48]

실로 우리는 무엇을 칼로 자를 때 그 절단 행위가 문제 없이 진행된다면 거기서 칼의 재료에 주목하지 않게 된다. 절단 행위에서 잘 잘라지지 않을 때, 즉 칼의 재료인 쇠가 절단의 목적에 저항할 때 그 재료는 비로소 시선을 받는다.

예술 작품의 만듦은 과연 도구를 제작하는 것과 같은가? 이미 언급된 바와 같이 하이데거에 따르면 예술 작품은 세계를 열어보인다. 따라서 재료가 무엇을 위해 가공되어야 할 것으로서 존재 의미를 갖는다면 예술 작품에 있어서 재료는 세계를

---

48) M. Heidegger, *Der Ursprung des Kunstwerkes*, Stuttgart 1978, 35쪽.

드러내는 데 사용될 것이다. 그러나 세계는 기능적 목적이 아니다. 그것은 그 안에서 모든 존재자가 드러나는 탁 트인 터다. 바로 여기서 하이데거는 예술적 만듦과 도구의 만듦이 결정적으로 구별함과 동시에 도구의 만듦과 예술적 창작을 구별하지 못한 전통적 담론을 전복시킨다. 왜냐 하면 예술 작품에서 재료가 그 안에서 모든 존재가가 드러나는 세계를 일으켜 세우는 데 사용된다면, 그 재료는 도구 제작의 경우처럼 그에 부여된 기능적 목적에 기여하며 사라지는 것이 아니라 바로 그 세계에서 그 자신의 모습으로 나타나게 될 것이다. 예컨대, 대리석은 하나의 벽돌로서보다는 그리스의 신전이나 조각품과 같은 예술 작품에서 그의 고유한 특성이 차고도 넘치게 드러난다. 이것을 하이데거는 그리스 신전의 해석에서 분명히 하였다.

그런데 모든 재료의 보금자리는 대지다. 이 대지에는 재료뿐만 아니라 인간과 모든 존재자가 뿌리를 내리고 있다. 따라서 예술 작품에서 재료가 자신으로 나타난다는 것은 세계가 일으켜 세워짐과 동시에 그 세계 안으로 모든 존재자가 뿌리내리고 있는 대지가 떠오른다는 것을 뜻한다. 하이데거는 다음과 같이 말한다.

"작품은 대지 자체를 탁 트인 세계 안으로 밀어넣고 그 안에 있게 한다. 작품은 대지를 대지이게끔 하는 것이다."[49]

하이데거는 이 대지를, 탁 트인 터를 의미하는 세계와는 반대로, 그 자체로 숨어드는 것(Sich-Verschliessende)으로 특징짓는다. 이 대지의 모든 것은 그 안에 침투해 들어가려는 모든 시도를 거부하기 때문이다. 지금까지 성공적인 기술적 과학적 자연의 대상화도 존재자를 그 자신이 아닌 부속품(Bestand)으로 내세웠을 뿐이다.[50]

---

49) M. Heidegger, *Der Ursprung des Kunstwerkes*, Stuttgart 1978, 44쪽.
50) 이에 대한 자세한 논의는 von Herrmann의 *Heideggers Philosophie der Kunst*, Frankfurt am Main 1980, 『하이데거의 예술철학』, 이기상·강태성

"대지는 본질적으로 열려질 수 없는 것으로 보존되는 곳에서 그 자신으로서 열려져 비춰진다."[51]

그리하여 대지를 나타나게 한다는 것은 그것을 그 자체 숨어드는 것으로 밝은 터로 떠올림, 즉 세계로 떠올린다는 것을 뜻한다. 여기서 우리는 작품에서 열려지는 탁 트임으로서의 세계와 그와는 극적으로 다른 숨겨지는 것으로서의 대지 사이의 긴장된 놀이를 마주치게 된다. 바로 이 긴장된 놀이가 하이데거에 따르면 작품의 본질을 이루는 것이다. 이 긴장된 놀이는 실로 싸움(Streit)이라고 표현된다. 세계는 열어 보여주는 것으로 숨겨져 있는 것을 견딜 수 없으며 대지는 숨어드는 것으로서 세계를 그 안에 보듬어 간직하려 하기 때문이다. 하지만 이 긴장된 놀이, 즉 세계와 땅 사이의 싸움(Streit)은 변증법적 대립처럼 극복되어야 하는 것이 아니라, 오히려 놀이로 계속 진행되어야 한다. 양자는 다음과 같이 서로 의존하고 있으며, 어느 것도 다른 하나 없이는 존재할 수 없기 때문이다.

"대지는 자신을 감추면서 대지로 나타나기 위해서는 탁 트인 터로서의 세계를 결여할 수 없다. 세계는 다시 모든 본질적으로 운명적인 것을 보듬는 폭과 길이로서 이미 결정된 것에 근거하여야 한다면 대지 위를 떠돌 수 없다."[52]

작품은 세계를 트여 보여주고 그 세계에서 대지를 숨겨지는 것으로 드러나게 함으로써 그 긴장된 놀이를 성사시킨다. 작품을 작품이게 하는 것은 작품 속에서 일어나고 있는 이 싸움이다.

이제 코인은 하이데거에서 발견되는 근원적 차이, 즉 대지와 세계, 나아가서 밝힘과 그에 저항하는 숨김이라는 극단적 차이의 긴장된 놀이를 가상 현실에 투사시킨다. 그러면 가상 현실에서는 다음과 같이 차이를 통한 드러냄이 진행되고 있음이 목격된다.

역, 문예출판사, 1997, 258-262쪽 참조.
51) M. Heidegger, 같은 곳.
52) M. Heidegger, 같은 책, 51쪽.

우선 가상 현실이 대지와 세계의 긴장을 선명하게 환기시키고 있음이 주목된다. 대지를 구체적인 물질성으로 이해하면 대지는 가상 현실이 그 모델에서 포착하려는 것이다. 가상 현실은 수와 기하학의 세계에 의지하여 대지를 선명하게 드러내려 한다.

그리고 가상 현실에서 우리가 기대하는 것은 실재로 그것이 실현되는 것과는 여전히 다르다. 바로 이 차이, 즉 실재의 구조를 꿰뚫어 실재를 인위적으로 투명하게 모사하려는 기대, 실재에 대한 실재보다 훨씬 선명한 모델을 가공하려는 기대가 여전히 실현되지 않음에서 오는 실재와 가상 현실의 차이는, 끊임없이 그 차이를 제거하려는 연구를 진행시키는 실천 세계를 이룬다.

아울러 가상 현실은 역설적으로 기술의 한계를 통하여 우리에게 실재에 대해서 알려준다. 가상 현실은 닫힌 세계가 될 수 있을 뿐이다. 그것은 기아나 감전사와 같은 실재의 위협으로부터 안전을 제공할 수 없다. 가상 현실은 인간을 출산하거나 양육할 수 없다. 가상 건물을 거니는 것은 실재 건물에 있는 경험과 같을 수는 없다. 결국 현실과 가상 현실의 차이 대한 반성은, 데카르트적 주관 객관 분립 도식과 물질 세계의 기하학적 구조라는 전제에 기초한 가상 현실 기술이 실재 현실과 동일한 현실을 모의할 수 없다는 것을 분명히 해줄 것이다. 그것은 다른 한편으로 실재에 대한 비데카르트적 공간과 감각 경험 개념을, 나아가서는 비데카르트적 성찰의 기회를 제공하게 될 것이다. 이러한 의미에서 가상 현실은 실재에 관한 새로운 통로를 열어준다.[53]

---

53) R. Coyne, *Designing Computer Technology in Postmodern Age*, 197쪽 계속.

3. 맺음말(극적 반전 : 가상 현실을 예술로 유혹하는 틈새)

코인을 통해 하이데거의 현상학을 가상 현실에 도전시켜본 결과 무엇을 알 수 있는가?

우선 하이데거를 가상 현실과 대결시키는 코인의 작업은 정통 하이데거 교도(?)들에게는 적지 않은 불안감을 조성할 것이다. 발전사적으로 볼 때, 하이데거의 철학은 상당히 유동적인 모습을 보여주고 있다. 특히 하이데거의 초기에 집중적으로 포커스를 받고 있는 인식론 비판과 그를 통한 실천의 우선성 확보, 그리고 후기에 들어 점차 그의 철학의 중심부에 떠오르는 예술의 문제는 그 주제 의식의 변화 자체가 하이데거에서 상당한 해석을 요하는 문제다. 즉 초기 하이데거의 『존재와 시간』은 게트만(C. F. Gehtmann)이 고집스럽게 주장하듯 넓은 의미의 실용주의적 색채를 보이는 경향이 있으나54) 후기에 들어서는 미학주의적 입장이 강하게 등장한다.55) 이러한 변화를 연속적 사상 전개로 파악해야 할 것인지 아니면 하이데거에 의해

---

54) 실용주의자로서의 Heidegger에 관해서는 Carl Friedrich Gethmann, "Heideggers Konzeption des Handelns in Sein und Zeit", in : *Heidegger und Praktische Philosophie*, hrsg. von Annemarie Gethman-Siefert und Otto Poeggler, Frankfurt a. M. 1988, 140-176 참조. 게트만은 이미 그의 첫 저서 *Verstehen und Auslegung. Das Methodenproblem in der Phiolosophie Martin Heideggers*, Bonn 1974 그리고 "Vom Bewusstsein zum Handeln. Pragmatische Tendenzen in der Deutschen Philosophie der ersten Jahrzente des 20. Jahrhunderts", in : *Pragmatik. Bd. 2 : Der Aufstieg pragmatischen Denkens im 19. und 20. Jahrhundert*, Hamburg 1987, 202-232에서 하이데거는 철학의 출발점을 의식에서 행위로 전환시킨 실용주의자라고 줄기차게 주장하고 있다.
55) 하이데거를 실용주의로 해석하는 게트만과는 달리 알랜 매질(Allan Megill)은 하이데거를 이미 *Sein und Zeit*에서부터 독일 낭만주의에 뿌리를 둔 미학주의자로 해석한다. 이에 대해서는 Allan Megill, *Prophets of Extremity. Nietsche, Heidegger, Foucault, Derrida*. Univ. of California Press 1985, 105-175쪽 참조.

공식적으로 거론되지 않은 또 다른 하나의 전회로 해석해야 할
것인지는 발전사적으로 탐구해볼 문제다. 하지만 코인은 이러
한 하이데거 사유의 주제 의식 변화를 충분히 고려하지 않은
채 하이데거의 실용주의와 미학주의를 통합시켜 하이데거의
철학을 하나의 완결된 시스템으로 보고 가상 현실 문제와 대결
시키는 문헌 취급상의 약점을 지니고 있다. 아울러 코인의 실
용주의 개념에도 적지 않은 혼란이 목격된다. 이미 살펴본 바
와 같이, 코인은 객관적 대상 세계를 전제하는 대응론을 대상
세계 구성에 있어서 주관 활동의 역할을 인정하는 구성주의를
통해 동요시킨다. 그리고 이때 특히 코인은 주관 활동 속에 내
포되어 있는 문화적 실천 조건을 강조한다. 따라서 코인이 언
급하는 구성주의는 보기에 따라서 실용주의적 경향을 지닌 것
으로 나타난다. 하지만 이러한 구성주의는 다시 주관 대상 분
립의 파생성과 행위의 선행성을 부각시키는 초기 하이데거의
실용주의를 통해 비판된다. 바로 여기서 문제가 발생한다. 코인
은 실용주의를 통해 실용주의를 비판하는 듯한 혼란을 야기할
수도 있다. 따라서 코인은 논의를 정교화하기 위해서 대응론을
비판하는 데 동원되는 문화적 실천적 구성주의와 또 이것을 비
판하는 하이데거의 실용주의의 특징을 선명하게 구별했어야
했다. 즉, 고차원적 주관의 활동으로서 문화 실천적 요인을 인
정하며 대응론을 비판하는 구성주의는 주관의 영역에 문화적
실천까지 포함시켜 실용주의적 확장된 구성주의다. 하지만 그
럼에도 불구하고 그러한 경우의 실용주의는 여전히 그 핵심에
있어서 주관 대상 분립의 전제에 고착되어 있다. 반면 하이데
거는 존재자가 대상과 주관 분리 이전에 행위를 통해 다가온다
는 것을 보여준다. 이렇게 다가온 존재자와 행위에는 주관과
대상 사이의, 외부와 내부라는 넘을 수 없는 거리가 없다. 그것
은 마치 "손안의 존재자(Zuhandenheit)"처럼 행위와 함께 존재
하고 같이 일어난다. 물론 그러한 "손안의 존재자"들이 발견되

는 세계는 대상(Vorhandenheit)들이 놓여 있는 기하학적 공간
이 아니다. 손안의 존재자가 거주하며 행위와 밀착되는 세계는
대상과 주관의 분리 이전에 보다 근원적으로 각 손안의 존재자
들이 행위에 기여하는 용도들의 상호 지시 관계(Bedeutsam-
keitzusammenhang)로 펼쳐진다. 하이데거는 그리하여 세계는
이미 객관적 대상으로 존재하는 것도 아니고 또 주관의 능력
— 설령 그 주관의 능력이 이미 문화적 실천 능력까지 포함한
고차적인 것이라 할 지라도 — 의해 구성되는 것이 아니라는 것
을 보여주는 것이다. 따라서 이러한 행위의 선행성을 부각시
키며 존재자를 보다 근원적으로 행위체(Pragmata)로 드러내는
초기 하이데거의 실용주의에는 주관주의적 색채가 탈색되어
있다. 하지만 코인은 이러한 구별의 기회를 상실한 아쉬움이
있다.

　이 밖에도 많은 문제점들이 지적될 수 있다. 코인에서는 하
이데거의 진리론이 초기로부터 후기에 이르기까지 겪는 변천
의 과정 또한 무시되고 있다. 또 가상 현실 연구에 직접적으로
관련되는 하이데거 철학의 내용들을 코인은 집약적으로 서술
하지 않고 파편적으로 필요에 따라 언급하고 있을 뿐이다. 하
이데거를 통한 가상 현실에 대한 비판적 시각의 확보는 코인에
있어서 기대 이하로 느슨하게 전개되고 있다. 따라서 하이데거
철학을 좀더 짜임새 있게 조직화하여 가상 현실 문제에 도전시
키는 것이 필요한데 때문에 필자는 코인이 소개하는 하이데거
를 서술하는 과정에서 상당한 내용을 보완하였다.

　하지만 이러한 문제점들은 하이데거와 가상 현실을 대결시
킨 코인의 작업이 이룩한 결과에 비추어보면 비교적 사소하게
비쳐진다. 코인의 약점은 하이데거 문헌학자들의 미시적 연구
를 통해 수정될 수 있을 것이다. 중요한 것은 코인이 매우 거시
적인 스케일로 하이데거의 철학을 가상 현실 문제와 대결시켰
다는 것이다. 실로 코인은 앞서 언급된 세부적인 문제점에도

불구하고 가상 현실의 문제를 하이데거의 전철학을 섭렵하여 포괄적으로 조명함으로써 가상 현실의 미래 방향을 제시하는 매우 중요한 결실을 이루었다. 그리고 그것은 다음과 같이 요약될 수 있을 것이다.

가상 현실이 모사하길 원하는 대상적 현실은, 나아가서 기하학적 구조를 기반으로 하는 현실은, 사실상 근원적 현실로부터 멀리 떨어져 있는 파생적 현실이다. 따라서 가상 현실이 아무리 현실을 모사하는 기술을 발전시킨다 해도 심지어 그 동일성의 농도가 과잉되어 현실을 능가하는 현실을 창조한다 해도, 그 현실은 결코 본래 현실의 모사가 아니다. 오히려 그러한 가상 현실은 현실과의 거리를 훨씬 더 극대화시킬 것이다. 가상 현실과 같이 전자적으로 산출된 감각 자료에 소프트웨어를 실행시켜 실재를 모사하는 기술은 근원적 실재가 아니라 파생적 실재를 모사하는 것으로 근원적 실재와의 거리를 훨씬 심화시키는 기술이다.

하지만 가상 현실은 현실의 시뮬레이션이나 현실과의 동일성이 아니라 바로 차이를 통하여 현실을 드러낸다. 즉, 가상 현실을 출현시킨 기술은, 체험자와 상관없이 동일성을 유지하는 객관적 세계라는 전제, 지시적 언어 게임, 논리적 알고리즘과 같이 일의적 확정에 집착하는 동일성의 사고에 의지하고 있지만, 또 가상 현실이 직접적으로 추구하는 것은 현실과 동일한 나아가서 그 동일성이 과잉되어 현실보다 더 현실적인 현실을 생산하는 기술이지만, 하이데거적 시선에서 보면 가상 현실은 차이를 통해 우리에게 현실을 혹은 현실에 접근하는 다른 통로를 열어준다. 차이는 동일성을 기반으로 하는 기술, 논리, 지시적 언어 게임과는 다른 차원의 놀이다. 이와 같이 가상 현실에는 동일성과 차이가 함께 엇갈리고 있다. 동일성이 이성, 즉 논리적 사유의 극단이며 이것은 존재자의 독특성을 탈취하여 모든 것을 전면적 계열화시키는 기술로 첨단화되지만, 가상 현실에서 동일성과 엇갈리며 일어나는 차이의 놀이는, 비논리적 사유, 즉 은유적 사유의 생명력이다. 리쾨르는 말한다. "차이에서 같은 것을 발견하는 것이 은유의 진수다."56) 즉, 은유는 차이성의 품안에서 같은 것을 바라보는 것이다. 따라서 은유적 동일성은 논리적 동일성과 같이 항상 선명하게 하나로 추상되어 있는 것이 아니라 차이성에 의해 끝없이 방해받으며 모호해지고 애매해진다. 즉 서로 은유의 관계 속에 있는 두 사물은 동일하게 보이는 순간 다르게 나타나고 다르게 보이는 순간 다시 동일하게 나타난다. 은유적 동일성은 논리적 동일성과 같이 다채로운 차이성이 표백되고 소독된 창백한 이념적 동일성이 아니라 차이성이 인정되는 한 그 차이와 긴장 속에서 드러나는 동일성이다. 결국 은유는 차이성을 바탕으로 드러나는 동일성이 그 차이성과 이루는 긴장의 틈새에서 흘러나온다. 그리고 이 은유가 극치를 이루는 영역이 예술이다. 따라서 동일성과 함께 차이를 통하여 세계를 드러내는 가상 현실은 그 출현에 있어서 기술의 외모를 지니고 있지만 그 내면에 있어서는 은유적, 예술적 잠재력이다. 가상 현실의 미래는 보다 현실적인 현실을 만들어내는 첨단 기술로서 존재를 스스로 탈취하는 방식으로 실현시키는 데에 있는 것이 아니라 차이성의 놀이를 꽃피우는 예술로 승화되는 데 있을 것이다.

이제 비로소 대중 철학적으로 가상 현실의 문제에 접근해 들어간 하임의 주장이 경청할 만한 가치를 발한다. 그는 가상 현실의 본질이 기술 분야에 있는 것이 아니라 최상의 예술 영역에 놓여 있다고 한다. 가상 현실의 궁극적 약속은 통제나 탈출 또는 오락이나 통신을 위한 쓰임새보다는 실재에 대한 우리의 앎을 변형시키고 일깨우는 데 있다는 것이다.57) 실로 이것은

---

56) Paul Recoeur, *The Recoeur Reader : Reflection and Imagenation, ed. Mario J. Valdes*, Hemel Hempstead : Harvester Wheatsheaf 1991, 80쪽.
57) M. Heim, *The Metaphysics of Virtual Reality*, 124쪽 참조.

예술이 지금까지 해온 것이다. 이것은 예술을 단순히 아리스토
텔레스적인 고전적 은유의 관점에서 보아도 그렇고 또 하이데
거의 탈형이상학적 존재론적 입장에서 보아도 그렇다. 예술에
서 극치에 도달하는 은유는 이미 아리스토텔레스의 단순한 고
전적 정의에 따라도 하나의 사물이 다른 사물에 속한 특성이나
분위기를 통하여 표현되는 것이다.[58] 즉, 늘 그러한 것으로 머
물러 있던 어떤 사물은 은유를 통해서 그것에 속하지 않는 다
른 특성이나 분위기 안에 놓여진다. 따라서, 은유가 생동하는
예술에서 사물은 지금까지 있던 진부성을 깨뜨리며 다른 방식
으로 나타나고 새롭게 보이는 것이다. 또 하이데거에 따르면
예술은 존재가 드러나는 세계를 여는 충격이다. 우리는 일상적
삶 속에서 존재자들에 머물며 그들과 관계를 맺을 뿐 그 존재
자들을 드러나게 하는 것, 그 드러남의 공간을 열어주는 것 자
체는, 이미 우리가 그 공간 안에 위치하고 있기 때문에 은폐되
어버린다. 반면 예술 작품에서는 존재자를 열어 보여주는 것
자체가 열려진다. 예술 작품은 이 열려짐 자체를, 진리를, 세계
와 대지의 싸움에서 쟁취되는 것으로 보존해야 하는 것이다.
이것은 매우 일탈적인 상황이다. 왜냐 하면 다른 존재자는 이
미 열려진 터 안에 안주하고 있지만 예술 작품은 그 터 안에 친
숙하게 안주할 수 없고 그 터 자체를 트여준 저 세계와 대지의
싸움을 보여주어야 하는 것이기 때문이다. 이 싸움을 표현하기
위해서는 친숙한 스타일과 형식에 대한 반발과 충격을 요한다.
예술 작품은 바로 이러한 이유에서 낯설게 나타나는 것이다.
이렇게 예술 작품은 평범한 일상 속에 매몰되어 있을 때는 보
이지 않는 것을 우리에게 대립시켜준다. 작품의 충격 안에서
우리는 우리가 흔히 있던 곳과는 전혀 다른 곳에 있게 된다. 예
술이 일반적으로 낯설게 하기(defamiliarization)란 당혹스런 이

---

58) Aristoteles, *Poetics* 1457b, in : *The Works of Aristotle*. Vol. 11. ed. W.
D. Ross, Oxford 1924.

름을 갖게 되는 이유는 여기에 있는 것이다.

따라서 하임은 실재에 대한 이제까지의 우리의 앎을 변형시키고 일깨우는 능력으로 가득 차 있는 가상 현실을 바그너의 종합 예술극 「파르지팔」에 비교한다.59) 바그너의 「파르지팔」은 총체적 예술 작품으로 시각, 청각, 율동, 드라마를 모두 이음새 없이 망라하여 관객을 다른 세계로 몰아넣으려 하였다. 하지만 그것은 다른 환상의 세계로 관객을 도피시키는 것이 아니다. 그것은 그런 환상을 통해 지금까지 관객에게 너무도 친숙하여 관객이 그 안에 매몰되어 있던 현실을 낯설게 나타나게 하고 그리하여 결국 다르게 보도록 하는 것이다. 가상 현실의 미래를 이렇게 예술에서 발견하려 하면, 가상 현실은 종래 형태의 예술보다 더 예술적인 가능성으로 나타난다. 하임은 이것을 수동성과 능동성, 조작과 수용성, 격리된 현전감, 증가된 실재의 관점에서 포착한다.

가상 현실 시스템은 상호 작용적으로 기능하도록 만들어져 있기 때문에 예술가들은 관객(사용자)들에게 더 많은 참여를 불러일으킬 수 있다. 하임은 이것을 전통 예술이 갖고 있는 문제점을 극복할 수 있는 가능성으로 본다. 즉, 전통 예술은 관람자의 수동성 때문에 표현과 이해 사이에 괴리가 발생하는 반면, 가상 현실 예술가는 수동성과 능동성의 균형을 조절할 수 있다.

가상 현실은 탁월한 조작력을 보여준다. 이것은 예술적으로 관객에게 보다 작품에 수용적인 분위기를 자아낼 수 있는, 다시 말해서 작품 그 자체에 몰입을 유도해 작품에 보다 열린 태도로 들어올 수 있게 할 수 있다.

가상 현실은 온몸의 몰입을 유도함으로써 현실과의 격리라는 시각적 체험의 근본적 문제점을 극복할 수 있다. 즉, 시각적 체험은 늘 세계를 대상으로 바라보기 때문에 세계와 나 사이에는 넘을 수 없는 간극이 있고 따라서 공감의 영역은 지속적으

---

59) M. Heim, 같은 책, 125쪽 참조.

로 방해받는다. 하지만 가상 현실이 온몸의 개방성과 감수성을 포함하는 피드백을 발전시킬 경우 이러한 문제는 극복된다.

가상 현실은 실재와 우리와의 관계를 변형시키는 예술의 힘을 한층 더 향상시킬 것이다. 액자, 무대, 영화관은 모두 각각이 실재로부터 고립된 영역인 듯 폐쇄적으로 예술을 제한한다. 가상 현실은 가상적인 것에서 실재적인 것에로 그리고 그 반대로 변환하는 일이 보다 유연하고 쉽게 조절되도록 돕는다.60)

가상 현실이 기술적, 산업적 이용보다 예술적인 변용에서 그 진가를 발휘할 수 있다는 것은 철학자의 사변적 차원에서 거론되는 몽상이 아니다. 이미 1994년에 마르코스 노박(Marcos Novak)은 「가상 수도승과 함께 춤을(Dancing With Virtual Dervish)」이라는 작품으로 가상 현실이 예술로 등장하면서 보여줄 수 있는 것을 현실화하였다. 노박은 이 작품에서 가상 현실의 몰입과 상호 작용 기술을, 특히 작품과 관객(이 경우 사용자라는 표현이 더 적절하지만) 사이에 작용하는 민감한 상관성의 전략으로 전환시켜 관객의 임의적 동선 흐름에 따라 작품의 표현이 부유하도록 하였다. 이렇게 작품의 표현이 부유하면 관객은 길을 잃은 듯한 느낌 속에서 마치 물 위를 걷는 듯 유영하는 느낌으로 빨려들어 간다. 작품과 함께 유영의 상태에 젖어드는 느낌은 관객의 몰입을 심화시킨다. 하지만 다른 한편에서 관객은 버추얼 작품과 안정적 관계를 유지하기 위해 끊임없이 자신의 위치를 조절하며 자신의 중심을 찾기 위한 행위에 빠져드는데, 이로 인해 관객은 버추얼 작품에 능동적인 참여를 이루게 된다. 나아가서 노박의 작품 「가상 수도승과 함께 춤을」은 수도승이 갖는 의미를 직접적으로 체현하게 한다. 노박은 특히 이슬람교의 수도승을 염두에 두고 있다. 이슬람교의 수도승은 정신적 육체적 에너지의 절정에 도달하기 위해 독특한 의식을 수행한다. 이슬람 제식에서는 수도승이 빙빙 돌며 춤과

---

60) M. Heim, 같은 책, 127쪽 계속 참조.

노래를 하는 의식을 수행하는 경우를 볼 수 있다. 예컨대, 터키 코냐의 메블라나 수도승들의 춤을 보면, 리더가 가운데서 춤을 추고 나머지 수도승은 그 리더를 중심으로 원형을 그리며 움직임과 동시에 자신을 중심으로 돌면서 춤을 춘다. 이것은 태양을 중심으로 공전하는 항성의 운동을 반영하는 것으로 결국 그 춤은 우주의 질서를 체현하는 것이다. 즉 이 춤을 통하여 육체는 곧 우주가 되며 우주뿐만 아니라 춤추는 자의 내적 자아도 조화를 이루게 된다. 구심적 춤의 내면은 인간의 심장을 중심에 위치시키는 것이다.

노박은 바로 이슬람 수도승의 제식에서 체현되는 의미를 가상 현실 작품을 통하여 실현시키려 한 것이다. 동시에 이 작품의 사용자는 전통 예술에서 작품과 관객 사이에 존재하는 대면적 거리를 넘어 작품 속으로 몰입하며 공감의 세계를 작품과 함께 형성해나가는 것이다. 하임은 노박의 작품을 예로 들며 가상 현실 예술에 대해 다음과 같이 쓰고 있다.

"가상 현실은 예술 전시회를 찾는 것을 단지 작품을 바라보는 것이 아니라 작품에 완전하게 몰입하는 경험으로 만든다. 예술은 표피적 지각을 관통하여 마음을 개념이나 설명에 의존하지 않고도 철학적인 분위기에 빠뜨린다. 가상 현실 속에 구조화된 상관성이라는 요인은 관객으로 하여금 잠재 의식의 차원에서 균형의 추구를 실천하도록 한다. 관객은 끊임없이 자신의 중심, 자신의 균형점을 회복하여 거기서부터 방향 감각을 부단히 재조정하는 것이다."[61]

이러한 예술적인 가상 현실은 단지 보다 몰입된, 보다 참여적인 예술 감상의 차원으로 끝나는가? 필자는 이미 발표한 졸고 "가상 현실의 형이상학과 윤리학"에서 가상 현실에 잠복하고 있는 함정이 자아의 파열이라고 밝혔다. 그리고 이 자아의 파열은 공동체와 윤리성의 붕괴를 초래할 것이라는 경고를 한 바

---

61) M. Heim, *Virtual Realism*, 56쪽.

가 있다. 물론 이러한 경고는 그때도 이미 강조되었지만 가상 현실 기술에 대한 유나바머식의 파괴를 선동하는 것은 아니다. 오히려 필자는 가상 현실이 새로운 가능성이며 가상 현실 속에서 더욱더 요구되는 것이 중심 찾기를 통한 자아의 회복이라고 주장하였다. 이러한 입장에서 보면 노박의 「가상 수도승과 함께 춤을」이라는 작품은 한편으로 부유하는 현실에서 그 현실과 함께 부유하며 파열의 위기 속으로 끌려 들어가는 그러한 자아에게 바로 그 몰입 속에서 어떻게 자아의 중심 찾기라는 피할 수 없는 책임 의식이 떠오르며 실천되는가를 온몸으로 체현하도록 하는 것이다.

지금까지의 지루한 고찰을 통해 우리는 결국 다음과 같은 통찰에 다다른다.

가상 현실은 그 출현의 기술적 그리고 나아가 이론적 배경에서 보면 지극히 근대적인 형이상학에 감금되어 있다. 즉, 가상 현실은 동일성을 강요하는 공학적 생산주의적 존재 역운의 절정이다. 바로 여기서 하이데거가 말하는 현대 기술의 본질인 "최고의 위험(Hoechste Gefahr)"이 급격하게 밀어닥치는 것 같다. 하지만 바로 거기에 예술을 향한 극적인 반전의 가능성이 차고도 넘치게 담겨 있는 것이다. 아! 근대 형이상학이 최첨단화된 기술로 무장되어 있는 가상 현실 그곳에, 예술의 품으로 가상 현실의 미래를 유혹하는 바로 그 틈새가 샤넬 라인 스커트 아래 숨겨지듯 그토록 신비롭게 감추어져 있다니 ……. 마치 담홍빛 얇은 실크 천 속에서 어슴푸레 빛나며 깊은 유혹의 마술로 이슬 맺는 그 꿈꾸는 요정의 입술처럼 …….

필자 소개
(가나다 순)

□ 김 영 한

　서울대 철학과와 동 대학원 졸업 후, 독일 하이델베르그대학에서 철학 박사와 신학 박사 학위를 취득했으며, 현재는 숭실대 교수 및 기독교학 대학원장, 한국기독교문화연구소 소장, 기독교학술원장으로 있다. 저서 및 역서로는 『기독교 신앙 개설』, 『바르트에서 몰트만까지』, 『현대 신학의 전망』, 『하이데거에서 리쾨르까지』, 『평화 통일과 한국 기독교』, 『한국 기독교 문화신학』, 『개혁 신학이란 무엇인가?』, 『현대 신학과 개혁 신학』 등이 있다.

□ 김 정 주

　한국외국어대 중국어과를 졸업한 뒤 서울대 철학과에서 석사 학위를, 독일 쾰른대에서 철학 박사 학위를 받았으며, 현재는 한국외국어대 등에 출강하고 있다. 주요 논문으로는 「Die Lehre von den transzendentalen Schemata in Kants "Kritik der reinen Vernunft"」(박사 학위 논문), 「자기 의식과 시간 의식 : 칸트의 자기 의식 이론과 하이데거의 현상학적 해석」, 「칸트의 "순수이성비판"에서의 통각 이론』, 「데카르트와 칸트의 "Cogito"」가 있다.

□ 김 진 석
서울대 철학과를 졸업하고 독일 하이델베르그대학에서 박사 학위를 받았으며, 현재는 인하대 철학과 강사로 있다. 저서로는 『탈형이상학과 탈변증법』, 『초월에서 포월로』, 『니체에서 세르까지, 초월에서 포월로·둘째권』 *Hermeneutik als Wille zur Macht bei Nietzsche* 등이 있다.

□ 김 희 봉
연세대 철학과를 졸업하고 동 대학원에서 석사 학위, 독일 부퍼탈대학에서 박사 학위를 받았으며, 현재는 한양대와 홍익대 등에 출강하고 있다. 주요 논문으로는 「철학의 시원과 의지적 행위로서의 현상학적 환원」(학위 논문), 「근거의 문제와 환원」, 「후설의 현상학과 자연적 세계의 의미」, 「자아와 의식의 문제」, 「악의 문제와 모순 속의 자유」, 「현존재의 실존성과 죽음의 문제」 등이 있다.

□ 박 승 억
성균관대 철학과와 동 대학원을 졸업하였으며, 현재는 성균관대에 출강하고 있다. 주요 논문으로는 「후설의 학문 이론에 관한 연구」(박사 학위 논문), 「후설의 학문 이론적 전략과 제일 철학」, 「귀납의 정당화에 관한 또 하나의 시도」 등이 있다.

□ 여 종 현
경북대를 졸업한 뒤 서울대 대학원에서 철학 박사 학위를 받았으며, 현재는 경희대와 호서대에 출강하고 있다. 주요 논문으로는 「현상학과 휴머니즘」, 「휴머니즘의 탈-형이상학적 정초

(1) ― 하이데거의 존재 사유를 중심으로」, 「도의 현상학(1) ―
노자의 도에 대한 현상학적 해석」 등이 있다.

□ 이 남 인
서울대 철학과를 졸업하고 동 대학원에서 석사 학위를, 독일
부퍼탈대학에서 박사 학위를 받았으며, 현재는 서울대 교수로
있다. 주요 저서로는 *Edmund Husserls Phänomenologie der
Instinkte*이 있으며, 『본능의 현상학과 선험적 현상학』, 「Edmund
Husserl's Phenomenology of Mood」, 「Das An-sich-Sein und
verschiedene Gesichter der Welt」 등이 있다.

□ 이 선 관
고려대 철학과를 졸업하고 동 대학원에서 석사 학위를, 독일
마인츠대 철학부에서 철학 박사 학위를 받았으며, 현재는 강원
대 철학과 교수로 있다. 주요 저서로는 『이성과 반이성(공저)』
이 있고, 논문으로는 『에드문트 후설의 선험적 현상학에 있어
서의 질료의 구성에 관한 연구』(박사 학위 논문), 「지향성과 구
성」, 「현상학적 방법과 그 의의」, 「후설에 있어서의 선험적 의
식의 구성 작용」 등이 있다.

□ 이 승 종
연세대 철학과와 동 대학원을 졸업하고 미국 뉴욕주립대학
(버팔로)에서 철학 박사 학위를 받았으며, 현재는 연세대 철학
과 교수로 있다. 저서로는 뉴턴 가버(Newton Garver)와 같이
쓴 *Derrida and Wittgenstein*(Temple University Press)과 이
를 우리말로 옮긴 『데리다와 비트겐슈타인』이 있으며, 주요 논
문으로는 「모순에 대한 비트겐슈타인의 태도」(박사 학위 논문,
페리상 수상작), 「비트겐슈타인의 관점에서 본 데리다」, 「데리
다의 언어철학 비판」, 「차연과 자연」, 「행위와 텍스트」, 「우리

시대의 철학사」 등이 있다.

□ 이 영 호
서울대 문리과대학 철학과와 동 대학원 철학과를 졸업하고 현재 성균관 대학교 교수로 재직중이며 한국현상학회 이사, 『철학과 현실』 이사를 역임하고 있다. 주요 저서와 역서로 『현상학으로 가는 길』, *Phenomenology of Nature,* 등이 있으며 주요 논문으로 「현상학적 방법과 역사 연구」, 「진보적 역사관과 순환적(회귀적) 역사관」 「논라학의 심리학적 정초에 대한 비판적 고찰」 「심리학주의 비판을 중심으로」 등이 있다.

□ 이 종 관
성균관대 철학과와 동 대학원을 졸업한 뒤 독일 뷔르츠부르크대학에서 수학하고 트리어대학에서 철학 박사 학위를 받았으며, 귀국 후 춘천교육대 교수를 거쳐 현재는 성균관대 교수로 있다. 주요 저서와 역서로는 『세계와 경험』, 『자연에 대한 철학적 성찰』, 『소설로 읽는 현대 철학 : 소피아를 사랑한 스파이』 등이 있고, 주요 논문으로는 「과학, 현상학 그리고 세계」, 「환경윤리학과 인간 중심주의」, 「가상 현실의 형이상학과 윤리학」 등이 있다.

□ 이 종 훈
성균관대 철학과와 동 대학원 철학과를 졸업하고 철학 박사 학위를 받았으며, 성균관대와 이화여대, 중앙대, 한양대 강사를 거쳐 현재는 춘천교육대 윤리교육과 교수로 있다. 저서로는 『현대의 위기와 생활 세계』, 『아빠가 들려주는 철학 이야기』 등이 있고, 역서로는 『엄밀한 학으로서의 철학』, 『데카르트적 성찰』, 『언어와 현상학』, 『소크라테스 이전과 이후』, 『시간 의식』, 『유럽 학문의 위기와 선험적 현상학』, 『경험과 판단』 등이 있다.

□ 정은해

성균관대 교육학과를 졸업하고 서울대 대학원 철학과 박사 과정을 마친 뒤 독일 프라이부르그대학에서 철학 박사 학위를 받았으며, 현재는 서울대 철학사상연구소 특별 연구원으로 있으면서 서울대와 호서대에 출강하고 있다. 주요 논문으로 「존재의 역사와 인간의 역사성」, 「하이데거의 존재, 시간, 역사 물음의 단초」, 「교육에 대한 해석학적 논의들」 등이 있고, 역서로는 『존재란 무엇인가』, 『하이데거와 아퀴나스』 등이 있다.

□ 조관성

전북대 철학과를 졸업하고 서울대 대학원 철학과에서 석사 학위를, 독일 프라이부르그대학에서 철학과 교육학, 가톨릭 신학을 수학하여 철학 박사 학위를 받았으며, 현재는 인천교육대 윤리교육과 철학 교수로 있다. 저서로는 『자아 현상과 자아 개념』, 공저로는 『세계와 인간 그리고 의식 지향성』, 『현상학의 근원과 유역』, 『자연의 현상학』이 있으며, 주요 논문으로 「이중적 실재성과 양면적 실재성에 착안하여 본 신체적 자아」, 「인격적 자아의 현상학Ⅰ」, 「인격적 자아의 현상학Ⅱ」 등이 있다.

□ 최소인

연세대 철학과에서 석사 학위를, 독일 마인츠대학에서 철학 박사 학위를 받았으며, 현재는 연세철학연구소 전문연구원으로 있으면서 한국외국어대와 명지대에 출강하고 있다. 저서로는 *Selbstbewußtsein und Selbstanschauung*, 논문으로는 「자기 의식과 자기 직관」, 「칸트의 '유락'에 나타난 자아론의 형이상 학적 의미에 대한 고찰」, 「판단력의 매개 작용과 체계적 통일의 의미」 등이 있다.

□ 최 재 식

성균관대 철학과를 졸업하고 동 대학원에서 석사 학위를, 독일 보쿰대학에서 철학 박사 학위를 받았으며, 현재는 강릉대 철학과 교수로 있다. 저서로는 『아롱 거비췌에 있어서 현상학적 강 개념』이 있으며, 논문으로는 「거비췌와 하이데거 ─ 행위와 타자의 문제를 중심으로」, 「하버마스의 '생활 세계'와 '체계'의 이론에 관한 현상학적 비판」 등이 있다.

□ 홍 성 하

숭실대 철학과를 졸업하고 성균관대 대학원에서 석사 학위를, 독일 프라이부르그대학에서 철학 박사 학위를 받았으며, 현재는 우석대 교수로 있다. 주요 저서로는 *Phänomenologie der Erinnerung*(K & N Verlag), 역서로는 『위대한 철학자들』, 『현상학으로 가는 길 I』이 있으며, 논문으로는 「레비나스에게 있어서 타자에 대한 윤리적인 문제」, 「풍수지리에서 나타난 대지 개념에 대한 현상학적인 고찰」, 「후설, 하이데거, 핑크의 현상학에 있어서 세계 개념에 대한 연구」 등이 있다.

□ 황 경 선

한국외국어대 철학과를 졸업하고 동 대학원에서 박사 학위를 취득했으며, 현재는 가톨릭대와 한국외국어대에 출강하고 있다. 주요 논문으로는 「동일성과 차이에서 본 하이데거의 존재 진리」 등이 있다.

역사와 현상학

•••••◁●▷•••••

초판 1쇄 인쇄 / 1999년 2월 25일
초판 1쇄 발행 / 1999년 2월 28일

•

엮은이 / 한국현상학회 편
발행인 / 전　춘　호
펴낸곳 / 철학과현실사
서울특별시 서초구 양재동 338의 10호
전화 579-5908~9

•

등록일자 / 1987년 12월 15일(등록번호 / 제1-583호)

•

ISBN 89-7775-243-4 03100

*저자와의 협의에 따라 인지를 생략합니다.
*잘못된 책은 바꾸어 드립니다.

값 20,000원

너를 잊는 법을 가르쳐 줘 2

I'm still thinking about you.

KB208212

아마사키 미리토 지음
플라이 일러스트
이진주 옮김

Contents

프롤로그

12월── 연회장의 커다란 창문으로 내다보이는 경치는 어느샌가 순백의 결정에 뒤덮여 있었다. 방금 전까지는 쌓이지 않았지만, 그것은 이제부터 눈이 내릴 것이라는 조짐이었다.

조용히 내리는 가랑눈은 사물의 표면을 새하얗게 물들일 뿐이었다. 그러나 이 마을에서 자란 사람이라면 그 광경을 보고 직감적으로 생각하게 된다. 곧 본격적인 겨울이 찾아올 것이라고.

"와──! 정말로 기타를 갖고 있다──!"

호의적인 흥미를 감추지 않고 달려오는 어린아이들. 무수한 아이들이 만들어낸 원의 중심에는 **커다랗고 둥글둥글한 이족보행생물**이 군림하고 있었다.

귀엽게 변형된 동글동글한 눈에, 두 뺨에서 뻗어 나온 세 갈래의 긴 수염, 고양이발바닥이 달린 짧은 팔다리……. 거기에, 답답하다는 듯이 등에 멘 것은 그 모습과는 어울리지 않는 특별 주문한 기타케이스. 뺨을 문지르면 기분이 좋을 것 같은 새하얀 털은 아이들이 거침없이 난폭하게 매만져대고 있었다.

그 이족보행 생물은 동작 하나하나가 모두 어색했다. 쓸데없이 우왕좌왕하거나, 땅바닥에 발톱이 걸려서 넘어질 뻔하는 등등.

약간 떨어진 위치에서 그 모습을 지켜보던 나는 비집고 나올 것 같은 웃음을 눌러 참았다. 서툰 동작이 귀여웠고, 또 때때로 어딘지 맹해 보이는 그 언동이 참으로 유쾌했기 때문에.

"사야네냥—! 기타를 쳐 줘—!"

순진무구한 아이들의 요청. 수많은 갤러리에게 『사야네냥』이라고 불리는 이등신의 생물체가 등에 멘 기타케이스는 단순한 장신구가 아니었다.

『모두 잘 아는구나~! 사야네냥은 기타를 무척 잘 친단다아~!』

마치 모든 것이 계획된 일이었다는 듯이, 이벤트 사회자인 여성이 마이크를 통해 사야네냥을 재촉했다.

사야네냥은 등에 멘 기타를 꺼내고자 고양이발바닥이 달린 짧은 두 팔을 등 뒤로—.

"……."

기타를 꺼내고자.

"……리제. 기타 좀 빌려줘."

기타를 케이스에서 꺼내지 못했다. 지금의 사야…… 사야네냥의 저 짧고 굵직한 팔로는 손이 등 뒤에 가 닿지 않는 것이다. 서툰 몸짓이 보는 사람의 마음을 자극해 사랑스럽다는 심경을 품게 했다.

그것보다, 아무렇지도 않게 말하지 마. 아이들이 당황하잖아.

"사야네냥이 말을 했다————————?!"

아이들이 소스라치게 놀라서 소리를 지르고, 보호자인 어른들은 저도 모르게 웃음을 흘렸다.

"이 사역마는 마리오네트, 리제의 복화술이다."

사야네냥이의 옆에 선 고스로리 복장의 소녀가 그런 말로 사태를 수습해보려고 했으나, 그런 설정은 없어.

지명당한 고스로리 소녀는 「리제의 성검은 선택받은 자만이 만질 수 있다. 세계가 붕괴해버릴 거야!」라고 크게 떠들면서도, 자신의 어쿠스틱 기타를 벗어 사야네냥에게 건넸다. 당연하게도 세계는 붕괴하지 않았고, 두꺼운 외투를 걸친 사람들의 웃는 얼굴이 넘쳐났다. 실외 기온은 10도 전후였지만 난방이 되는 실내는 난방이 되어서 꽤 더웠다.

여기까지는 (사야네냥이 말을 한 것을 제외하고) 거의 사전에 협의한 대로 흘러갔다.

사야네냥이 인사를 대신해 어쿠스틱 기타를 들었다.

그리고 분홍색 고양이발바닥이 사랑스러운 왼손으로 핑거보드를 누…… 누를 수 있을 리 없어서, 결국 다섯 개의 구멍으로 다섯 손가락을 길게 내밀어— 명백히 인간의 손 같은 오른쪽 손가락으로 피크를 쥐어 현에 갖다 대었다. 아이의 꿈을 부술 것 같았지만, 아무리 그래도 손가락을 내밀지 않으면 기타를 칠 수 없었다.

아니 뭐, 아이들은 사야네냥의 그 모습에 마음을 빼앗겨 몰래 『변신 전의 손가락』이 빠져나온 손에는 주목하지 않을 거야.

"······기타치기 엄청나게 불편해. **이거, 벗어도 돼?**"

사야네냥 안에서 분명히 않은 목소리가 불평을 흘렸다. 그렇지만, 변신에는 벗는다든가 그런 개념은 존재하지 않아요. 그리고, 사야네냥은 인간계의 말을 모르니까, 당연하다는 듯이 떠들지 말아 주세요.

"······선명한 색깔로 물든 경치가 잘 어울리는 인형. 그와는 반대로 무채색의 아름다움을 갖춘 그대, 잔혹한 광경을 좋아하는 것은 꿈속에서 만나는 폐인. 나는 사람의 마음을 갈구하는 마리오네트. 없는 것을 졸라대는 어리석은 장난감. 그렇게 말하고 있는 것이 틀림없다."

전혀 틀려요. 고스로리 소녀가 당당하게 되도 않는 통역을 해댔다.

그 광경을 지켜보던 나와 사회자 여성은 머리를 싸쥐거나 쓴웃음을 짓지 않을 수 없었다.

"사야네냥! 재미있다—!"

"이거 맛이 들겠는걸. 디자인은 예전 것을 재활용하고 있는 것 같은 게 웃겨."

그래도 우리의 걱정과는 달리, 들려오는 것은 거의 호의적인 감상이었다.

어린 아이들과 보호자, 연회장 앞을 지나던 사람들은 호기심 어린 시선을 감추지 않았다. 하지만 잡담을 하던 어른들은 곧 입을 다물었고, 소란스럽던 아이들도 조용해져서는 무릎을 끌어안은 자세로 고쳐 앉았다.

사야네냥이 간이무대에 올라선 순간, 분위기가 바뀌었던 것이다. 언동이 어눌하고 맹한 구석이 있던 이등신의 인형이, 세련된 아티스트로 변모했으니까.

수십 명 정도 모여 있던 관객들은 사야네냥에게 시선을 빼앗겼다. 넋을 놓고 열심히 봐 주는 것은 대환영이지만, 사진이나 동영상을 찍어서 인터넷에 퍼뜨려주면 더욱 기쁘겠어.

다비나가와에 오면 이 녀석을 만날 수 있다. 그 사실을 전국에 선전해줘.

『피로해 달라고 하죠! **다비나가와 공식 PR마스코트 캐릭터**, 사야네냥의 라이브입니다!』

＊＊＊＊＊＊

미쿠모 여관의 대연회장. 25평 정도의 다다미방이었지만, 낮에는 아무도 사용하지 않기 때문에 이 지역의 소규모 이벤트회장이나 대기실로 대여되는 일도 많았다. 다비나가와 온천가에서의 소규모 이벤트를 마친 우리는 손님이 떠난 연회장에서 잠시 쉬고 있었다.

"……엄청나게 더워."

발군의 존재감을 뿜어내는 사야네냥이 넓은 공간에 털썩 주저앉았다. 업무용 난방시설이 확실하게 돌아가고 있었기 때문에 실내는 따뜻했다. 그 인형차림으로는 한층 더 더우리라.

"이제 변신을 풀어도 돼."

"……응."

고양이를 모방한 머리가 허공으로 떠오르고, 마스코트 캐릭터의 변신이 해제되었다.

"……하아."

사야네가 깊은 한숨을 토해내며 불쑥 얼굴을 내밀었다. 뺨과 이마를 타고 흐르는 투명한 땀. 부드럽고 아름다운 머리카락의 끝은 땀에 젖어, 살짝 축축한 기운을 띤 광택이 묘하게 요염했다. 나도 모르게 그 모습을 넋을 놓고 쳐다보았다.

"이 안, 엄청 더워. 움직이기도 어렵고…… 게다가, 말을 하면 안 된다니, 그게 꽤 힘들어."

"……."

"……왜 그렇게 멍청히 있는 거야. 바보."

멍하니 있으려니, 사야네가 인형의 손으로 가슴팍에 고양이 펀치를 가해왔다. 포옥, 이라는 의태어가 잘 어울릴 것 같은 가벼운 잽이었지만.

"역시 인형옷 차림의 사야네는 웃겨서."

사야네의 모습에 도취되어 쳐다보고 있었다, 라고는 부끄러워서 말할 수 없었기 때문에, 나는 경박하게 멋쩍음을 감추었다.

"……바보 취급하는 얼굴, 그만해."

놀린다고 생각한 것일까, 사야네의 기분이 상했다.

뾰로통해하는 얼굴도 또 귀여웠다.

나는 사전에 준비해 둔 생수병을 내밀었다. 그것을 받아든 사야네는 호쾌하게 꿀꺽꿀꺽 소리를 내면서 목 안으로 흘려 넣었다. 사야네의 단정한 외모와 피부에 맺힌 땀과 맞물려서, 청량음료의 광고인가 싶을 정도의 그림이 되었다. 뭐, 이만큼 땀을 흘리면 목도 마르겠지.

"몸이 식지 않게 땀은 닦아둬. 여기서 조금 쉬면서 앞으로의 일정도 다시 확인해보자."

"······슈. 매니저다워졌어."

"그, 그래?"

내가 수건을 건네자, 사야네는 얼굴과 목덜미의 땀을 닦으며 장난스럽게 입가를 누그러뜨렸다.

"내가 할 수 있는 일이라고는 이 정도밖에 없으니까 말이지. 괜한 오지랖인가?"

"······아니. 덕분에 정말로 살았어. 늘······ 고마워."

사야네처럼 수많은 사람들에게 칭찬받는 일은 없었지만, 사야네에게 고맙다는 말을 듣는 것이— 무엇보다도 기뻐서, 나도 모르게 잔뜩 힘을 넣곤 해.

"겨울이라 더위대책은 필요 없을 것이라고 생각했는데, 플로어팬을 설치하는 편이 좋을 것 같군. 다음에는 얼음조끼나 그런 걸 입는 편이 좋을지도 모르겠어."

변신아이템인 인형옷 내부는 습도가 높았다. 앞으로는 안에 고인 열기를 빼내거나 몸을 차갑게 식혀줄 복장이 필요하리라. 이번에는 그것을 안 것만으로도 큰 수확이었다.

"······이거, 또 하는 거야?"

"응? PR마스코트 캐릭터 그랑프리에서 1위를 획득할 때까지 할 건데."

말없이 고양이펀치가 날아왔다.

"농담 않고 말하자면, 높은 수준으로 기타를 칠 수 있는 2대 사야네냥을 찾기 전까지는 사야네가 하는 수밖에 없을 거야. 뭐, 그렇게 금방은 찾을 수 없겠지만."

"……딱히 기타를 잘 치지 않아도 괜찮을 것 같아. 고양이는 그 자체로 귀여우니까."

"아니아니아니. 사야네는 마스코트 캐릭터 업계를 얕보고 있어. 매일 전국의 시읍촌에서 자치단체, 개인에 이르기까지 마스코트 캐릭터가 생겨났다가 사라지고 있어. 각 지방의 마스코트 캐릭터가 포화상태인 이 전국시대, 평범한 고양이로는 화제가 되지 못해. 아오모리의 사과처럼 생긴 고양이 캐릭터를 알아? 그 녀석은 굉장해. 드럼기술이 아주 엄청나다고."

"……슈. 말이 너무 빨라서 무슨 말을 하는지 모르겠어."

오타쿠 특유의 빠른 어조.

"이야기는 다 들었다."

어느새 연회장 입구에 기대서있던 리제가 쓸데없이 폼을 잡은 표정으로 우리를 쳐다보았다.

이 대사를 현실에서 내뱉는 사람이 내 가까이에 있구나. 최적의 타이밍에 대화에 끼어들고자 했기 때문인가, 입구 그늘에서 힐끗힐끗 우리의 모습을 살피던 것은 보였지만.

"구세주를 찾고 있다고 말이지. 피로 피를 씻는 성전을 승리로 이끌 자를 원하고 있지?"

"이야기를 전혀 안 들었구나."

"여기, 그에 걸맞은 자가 있다! 구세주 네임 이즈 리제롯테!"

통역소녀……가 아니라, 구세주가 작은 가슴 앞에서 십자를 그었다.

그 모습을 나는 약간 어처구니없다는 시선으로 쳐다보았다. 그러자 리제는 내게 달려와서는―.

"하고 싶다―! 리제도 하고 싶은 거다―!"

내 등에 매달려 작은 몸으로 흔들어대는 떼쟁이 구세주.

아직 9살인 초등학교 3학년생. 아무리 기타를 잘 친다고 해도 정신연령은 아직 꼬맹이라는 것이었다. 리제는 팔다리를 버둥거리며 나이에 걸맞게 떼를 썼다.

"리제도 인형 안에 들어가고 싶은 거야? 그럼 나랑 같이 들어갈래? 좁고 덥겠지만, 내가 안아줄게."

모성을 발휘한 사야네 씨가 리제를 등 뒤에서 끌어안았다.

니닌바오리[#1]도 아니고, PR마스코트 캐릭터로 변신하는 건 한 사람으로 충분…… 그것보다, 내 등에 리제가 달라붙어 있고, 그 리제의 등에 사야네가 달라붙은 상황은, 떠들썩한 가족 같았다.

"어머나~ 마치 신혼부부 가족 같네~."

이따금 연회장을 지나가는 사람들도 그런 말을 던졌다. 가

#1 니닌바오리(二人羽織) 두 사람이 하나의 하오리를 입고, 한 사람이 입은 것처럼 보이게 하여 노는 놀이.

족 같은 분위기라는 것은, 내가 남편이고 사야네가 아내……
리제가 아이라는 느낌인 걸까?

나쁘지 않아. 아니, 오히려 최고다. 미소가 끊이지 않는 가족상을 망상하며 멋대로 미소 짓는 기분 나쁜 남자가 있다면, 그건 마츠모토 슈라는 빵점인간입니다.

"세 사람 모두 고생했어~. 이거, 간식이야!"

이벤트 뒷정리를 끝낸 사회자 여성이 뒤늦게 등장해, 나와 사야네에게는 따뜻한 캔 커피를, 리제에게는 종이팩에 담긴 커피우유를 건네주었다.

"우으음. 꿀꺽꿀꺽. 목이 말라서는 성전을 치를 수 없다."

달달한 뒷맛이 마음에 든 듯, 리제가 상체를 뒤로 젖히면서 갈색의 우유를 다 들이켰다.

그 작고도 귀여운 모습을 바라보며 「에헤헤」 하고 만족스럽다는 듯이 미소 짓는 연상의 여성…… 이 사람의 정체를 설명하려면 기억을 조금 거슬러 올라가야만 했다.

제1장 하고 싶은 얘기가 잔뜩 있어

마을 활성화 이벤트에 참가한 경위에는 미쿠모 히나코라는 여성이 크게 관여돼 있었다.

지금으로부터 약 한 달 전— 11월 중순. 나는 하루사키 종합병원에 입원해 있었지만, 수술 경과는 양호했기 때문에 병실에서 노트북을 이용한 일을 하고 있었다.

독립레코드 회사의 홈페이지와 명함 제작, SAYANE의 공식팬클럽 설립, 음원 다운로드 판매 준비 등등, 시급하게 진행하고 싶은 안건이 산더미처럼 많았기 때문이었다.

SAYANE는 정식무대에서 모습을 감춘 것이 아니었다. 대학을 휴학하고 고향으로 돌아간 것뿐……이라고 하면, 단순하게 들리지만, 대형 레코드 회사에 소속돼 있던 전과는 처지가 하늘과 땅 차이였다.

명함과 SNS 등에 기재된 『REMEMBER』라는 것은 우리 독립레코드 회사 이름이었다.

모든 것이 시작된 출발점에서 『재출발』한 우리는 본가가 사무소나 마찬가지였다. 미디어 모체에 접촉할 연줄도 없고, 대규모 라이브를 열 예산도 없다는 명실상부한 독립레코드사였다.

인터넷에서는 한때 아티스트 활동 은퇴설도 흘러나왔다. 그렇지만, SAYANE가 SNS에서 독립을 보고하자, 『어른들의 사정에 얽매이지 않고 자유롭게 활동하겠다』라는 의도를 파악한 대다수의 팬은 축복해주었다.

할 수 있는 일은 한정되지만, 하고 싶은 일을 사야네와 함께 하고 싶었다. 아무것도 하지 않고 누워있는 시간이 아까웠다. 포기해버렸던 5년간을, 한 시간이라도, 일분이라도, 일초라도 되찾고 싶었다.

덕분에 빈번히 병문안을 오는 엄마한테는 「얌전히 쉬고 있어, 이 바보 자식!」 하고 몇 번이나 혼이 났지만, 방문시간이 지난 뒤에는 밤늦게까지 작업을 하는 입원생활이 이어졌다.

그러던 어느 날, 업무용 메일주소로 한 통의 메일이 도착했다.

나는 그나마 잘 보이는 오른쪽 눈으로 모니터를 응시하며, 내용을 핥듯이 확인했다. 스크롤한 본문의 마지막, 발신인의 서명에는 【다비나가와 관광협회 미쿠모 히나코】라고 기재돼 있었다.

나는 즉시 답장을 보내 사전미팅 일정을 조정했다. 내가 입원했다는 점을 고려해 발신인이 면회 가능시간에 병원까지 와주기로 했다.

"안녕하세요. 마츠모토 슈 씨…… 되시나요? 꽤나 젊으시네요!"

일반병동의 면회가 가능한 카페 공간. 자동판매기와 TV밖에 없는 장소에서 나와 미쿠모 씨는 처음 얼굴을 마주했다. 우리는 테이블을 사이에 두고 마주앉아 간단히 자기소개를 했다.

양쪽 모두, 첫 대면의 인상은 「예상보다 나이가 젊다」였다. 메일을 주고받을 때에는 굳이 나이를 공개하지 않았고, 또 시골의 관광협회는 나이가 많은 사람들이 많다는 이미지가 있었으니까.

여성용 정장을 맵시 있게 걸친 모습에 세련된 보브컷의 머리모양은 발랄할 것 같은 분위기와 아주 잘 어울렸다. 게다가 어딘지 기시감도 들었다.

미쿠모 씨의 나이는 27세로, 역시 나보다 연상이었다. 내가 먼저 「말 놓으셔도 괜찮습니다」라고 제안하자, 흔쾌히 받아들여 주었다.

"어라……? 나랑 어디선가 만난 적 없어? 혹시, 어릴 때, 마사키요 선배하고 에밀리 선배랑 같이 우리 온천에 오지 않았어?"

"어……? 미쿠모라는 성은…… 혹시, 미쿠모 여관의?"

"그래, 맞아. 우리 본가야! 학생이었을 때에는 종종 여관 일을 도왔는데, 자주 오던 남자애랑 닮은 것 같아서 말이지."

과연. 당시에는 그다지 면식이 없었지만, 여관에서 빈번하게 스쳐지나가거나 토미 씨나 에미 누나가 미쿠모 씨와 수다를 떨곤 했으니까, 기억 한 구석에 남아있던 것일지도 모른다.

그 뒤로 우리는 몇 분간 가볍게 고향 얘기를 나누었고, 곧바로 마음을 터놓게 되었다. 서로 토미 씨나 에미 누나와 친분이 있었기 때문에 공통의 화제가 많았던 것이다.

"옛날의 마츠모토 군은 좀 조숙했지~. 에밀리 선배의 뒤를 졸졸 따라다니기만 하고!"

"그 얘기 하는 건 좀 봐주세요…… 당시의 전 그저 발랑 까진 꼬맹이였다고요……!"

미쿠모 씨가 당시를 떠올리고 깔깔거리며 웃었다.

"그러고 보니까, 에밀리 선배랑 여탕에 들어간 적도 있지?!"

"아뇨아뇨……. 그건 제가 아직 저학년이라 에미 누나가 먼저 제안한 거고…… 그것보다! 이 흐름은 저한테 불리하니까 그만하죠. 빨리 본론으로 들어가자고요."

"응? 좀 더 옛날 얘기를 하자?"

에미 누나가 관련된 옛날이야기는 흑역사의 집결체가 되니까 진짜로 그만해 주세요…….

"연상의 누나에게 놀림당하는 건…… 싫어?"

"싫습니다……! 라고는 말 못하지만요! 기왕이면 에미누나에게 당하고 싶습니다!"

귓가에서 요염하게 속삭이는 목소리에 강하게 부정하지 못하는 자신이 한심했다. 노골적으로 몸을 앞으로 숙여 밀착해 왔기 때문에, 미쿠모 씨의 숨결이나 피부의 감촉까지도 전해지고 말이지.

후배를 놀리는 게 즐거운 건가! 나는 싫지 않지만! 그게, 연상의 누나는 좋거든!

그녀의 화술에 농락당하던 나는 까맣게 잊고 있었다. 평소대로라면 슬슬 사야네가 병문안을 올 시간대라는 것을—.

"……슈는 연상의 여성에게 놀림을 당하는 걸 좋아하는구나."

등 뒤에서 귀에 너무나도 익숙한 목소리가 쏟아져 내렸다.

차가운 냉기마저 전해져올 것 같은 사야네가 쓰레기를 보는 것 같은 눈으로 내 뒤에 서 있었다.

"아냐아냐……! 내가 말하는 연상의 여성은 에미누나이니까……! 미쿠모 씨에게는 친해지기 쉬운 선배가 후배를 의미 심장하게 농락하는 것 같은 에로~함이 있긴 하지만…… 그런 게 아니라!"

"……기분 나빠. 전혀 이해가 안 돼."

필사적으로 의미 불명의 변명을 늘어놓는 남자는 분명히 기분이 나빴다. 반성해야지.

"……마츠모토 군은 연상의 여성에게 농락당하고 싶은 거야? 그런 취미가 있구나."

묘하게 끈적한 귓속말을 귓가에서 속삭이는 짓궂은 선배. 이야, 그게 말이죠. 저는 입원환자라 필연적으로 금욕중이랍니다. 그래도, 아직 한창 기운 넘치는 청년이에요.

어떤 의미로는 묘한 기분이 드니까…… 진짜, 그만 봐주셨으면 했다.

말이 없는 사야네에게서 날아와 꽂히는 차가운 시선도 견디기 힘들었다. 어떤 치료보다도 아픈 것 같았다.

"에헤헤! 장난은 이쯤 해두고, 본론으로 들어가 볼까. 넌, 그 SAYANE 양…… 이지?"

"……그렇습니다만, 당신은 누구시죠?"

"마침 잘 됐어! 두 사람 다 모아놓고 이야기를 하는 편이 더 좋으니까."

사야네는 변장용 안경을 쓰고 있었지만, 미쿠모 씨는 그 정체를 꿰뚫어보고는 내 옆에 앉으라고 권했다. 내게 연락을 취한 것은 SAYANE와 관련된 일 때문. 그 정도는 상정의 범위

내였다.

사야네가 자리에 앉자 미쿠모 씨는 명함을 건네고, 내게 했던 것처럼 자기소개를 했다. 그리고 자신감 가득한 표정을 지은 채, 마주앉은 우리를 바라보며 이렇게 딱 부러지게 말했다.

"SAYANE 양이 우리 다비나가와의 관광대사가 되어줬으면 합니다."

관광대사란 임명된 지역에 대해 현 내외에서 선전활동을 벌이는 직함 같은 것으로, 주로 유명인사가 맡는 일이 많았다. 인기가 높으면 선전효과나 경제효과를 기대할 수 있기 때문이었다.

사야네는 다비나가와 유일이라고 해도 과언이 아닌 스타였다. 특히 젊은이들에게서는 압도적인 지지를 받고 있었다. 사야네는 약간 놀란 듯, 처음에는 눈을 크게 떴지만, 곧 온화한 음성으로 대답을 돌려주었다.

"……거절하겠습니다."

시원할 정도의 즉답. 그리고 명료하기까지 한 거부였다.

사야네의 대답을 듣는 순간, 미쿠모 씨는 하얗게 질려서는…… 테이블 위에 쓰러졌다.

그리고 노골적으로 낙담한 모습으로 「비장의 카드를 데리고 다시 올게……」라는 말을 남기고 휘청거리며 물러났다. 비장의 카드, 의 의미는 알 수 없었지만.

연상의 누나인 척 행세했던 것에 비하면, 떠날 때 보인 눈물이 고인 눈은 귀여웠어.

"왜 거절한 거야? 화제도 될 것 같고, 재미있는 안건이라고 생각했는데."

"……창피해."

고개를 숙인 사야네가 작게 중얼거렸다.

"……많은 사람들 앞에서 노래를 부른다든가, 애교를 떨면서 PR을 한다든가…… 그런 건 잘 못해. MC를 보는 것만으로도 창피해 죽겠는데…… 웃는 얼굴로 서로 몸을 맞댄다든가, 그런 건 상상하는 것만으로도 무리야."

귀를 기울이지 않으면 들을 수 없을 정도의 크기. 나는 알 수 있었다. 너무나도 부끄러운 나머지, 고개를 숙여 표정을 숨기고 있다는 것을. 기분 탓인지는 몰라도, 귀까지 살짝 빨간 것 같았다.

꾸미지 않은 사야네는 언동 하나하나가 남자의 마음을 들썩이게 만들었기 때문에, 나는 가슴이 크게 두근거렸다. 그래서 나도 화끈 달아오른 얼굴색을 얼버무리고자 의미도 없이 천장을 올려다보았다.

나는 병실로 돌아가기 위해 자리에서 일어나려고 했다…….
하지만 왼쪽 다리에 힘이 들어가지 않아서 넘어질 뻔했고, 그것을 사야네가 재빨리 받쳐주었다. 체온까지 교환할 수 있을 것 같은 거리에 네가 있다. 그것을 실감하게 해주는 한 때였다.

"……고마워, 사야네."

"……무리 하지 않아도 돼. 슈의 몸이 약해졌다면 내가 받쳐줄게."

상냥한 목소리로, 기탄없이 나를 감싸준다.

매일, 내 이름을 불러준다.

나는 그것만으로도 내일로의 활력이 차오르는 단순한 남자였다.

"그럼 말이지. 손을 잡아줄 수 있어?"

"그것만으로 돼……? 어깨를 빌려주는 편이 더 걷기 쉬울 것 같은데. 또 휠체어를 미는 것 정도라면 나도 할 수 있어."

"되도록 내 다리로 걷고 싶어. 나는 이미 퇴원 뒤의 일밖에 생각하고 있지 않으니까."

"……알았어. 나는 슈의 손을 잡고 있을게."

약해져 있을 수는 없었다. 느긋하게 있는 시간은 아예 생각조차 하지 않았다.

사야네가 내 왼손을 잡고 진행방향으로 이끌어주었다. 나는 살짝 떨리는 다리를 천천히 교대로 앞으로 계속 내디뎠다. 암흑 속을 헤맨다고 해도, 사야네가 있으면 미래로 나아갈 수 있었다.

이번에는 내가 사야네의 옆에서 걷기 위해, 그녀를 이끌어주기 위해 이제부터 노력하려고 해.

******

다음 날. 미쿠모 씨가 떠날 때 내뱉은 말을 겨우 이해할 수 있는 일이 일어났다. 질리지도 않고 다시 방문했다고 생각했더니, 상대의 머릿수가 늘어있는 것이 아닌가.

관광협회의 직원은 아니었다. 벌써 십수 년을 알고 지낸 사이라고 해야 할까…… **너무나도 잘 아는 익숙한 낯익은 얼굴**들이 미쿠모 씨와 나란히 서있었다.

"안녕엉―! 몸 상태는 좀 어떠냐―?"

카페 공간에 사투리가 작렬하는 남자의 시끄러운 목소리가 울려 퍼졌다. 어차피 오늘도 힙합의 폭음이 울리는 애차를 타고 온 것이 분명했다.

"슈. 몸은 어때? 밥은 잘 먹고 있어?"

이쪽은 천사였다. 안도감을 주는 꾸미지 않은 그 미소는 최고의 특효약입니다. 어딘가의 전(前) 양아치에게 홀려서 결혼해 버린 일을 지금도 한탄해도 될까.

"구세주 네임 이즈 리제롯테. 여기에 강림했노라! 민중이여, 일어나는 것이다!"

작은 구세주께서는 오늘도 늠름하고 아름다웠다. 민중으로라도 좋으니까, 혁명의 동지로 삼아주실 수 없을까요.

토미 씨 일가가 일하는 틈틈이 짬을 내어 병문안을 오는 일은 종종 있었다.

나와 사야네는 미쿠모 씨의 책략을 알아차리고, 순순히 전율했다. 토미 씨 일가를 데리고 왔다는 것은, 그들이야말로 미쿠모 씨가 자랑하는 비장의 카드라고밖에 생각할 수 없었다. 토미 씨 부부의 후배이며, 그럭저럭 친분이 있는 미쿠모 씨가 울며 매달렸다…… 뭐, 그런 것이리라.

"마사키요 선배는 저랑 오랜만에 만나서 기쁘지 않은가요? 이런 미인 후배가 의지를 하는데 기쁘지 않을 남자는 없잖아요?"

"시끄러! 전혀 안 기뻐! 어쩔 수 없이 온 거라고!"

그렇게 말하면서도 토미 씨는 꽤 기쁜 것 같았다. 고양된 목소리만으로도 그것이 전해져왔다.

"에밀리 마망…… 져앙. 진짜 져앙…… 흘러넘치는 모성에 죽어버릴 것 같앙……."

"그래그래♪ 꽤나 큰 아기구나. 이거 참 난처하네."

이번에는 에미 누나에게 엉겨 붙는 미쿠모 씨. 에미 누나의 가슴에 얼굴을 묻고 (부럽게도) 뺨을 비벼댔다. 저 공간은 엄청 좋은 냄새가 날 것 같아. 저곳에서 살고 싶다.

"……슈. 이상한 생각하고 있지? 틀림없이 하고 있어."

사야네 씨의 반쯤 내리뜬 싸늘한 시선에 찔려죽을 것 같았기 때문에, 나는 소용돌이치는 번뇌를 털어냈다.

이 강력한 원군은 나와 사야네에게 즉효였다. 옛날부터 거스를 수가 없었다고, 이 부부에게는.

"마츠모토 군. SAYANE 양. 잠깐 얘기 좀 하자♪"

만면의 미소를 감추지 않는 미쿠모 씨에게 주도권을 잡힌 채로, 우리는 교섭 테이블에 앉았다. 그녀는 다양한 서류를 우리에게 보여주었는데, 대체로는 어제와 비슷한 내용이었다.

"SAYANE 양이 관광대사가 되어 준다면, 우리는 너희의 활동을 지원해줄 수 있을 거야. 연출적인 면에서나 자금적인 면에서 말이지!"

"과연. 우리에게는 매력적인 이점이 많군요."

나는 일단 레코드회사의 대표가 되었기 때문에 기획의 상세한 부분을 꼼꼼하게 확인했다. 솔직히 나는 연줄도 자금도 전무한 것이나 다름없었기 때문에, 솔직히 관광협회의 원조는 받고 싶었다.

그 대신, 다비나가와의 선전활동이라는 일도 늘어났다. 사야네가 싫어하는 부분이 바로 그 점이었다.

"재미있을 것 같은데! 하자, 하자고~!"

토미 씨가 초등학생처럼 천진난만하게 떠들었다. 기세와 분위기만으로 살아가는 그 점이 나는 참 부러웠다.

"마사키요 씨가 부탁받은 게 아니잖아요~. 사야네는 마음이 내키지 않는 것 같으니까, 억지로 시킬 수도 없지 않을까."

"기세로 어떻게든 할 수 있잖아? 이 고장에서 마음껏 놀고, 이 고장의 맛난 음식을 잔뜩 먹을 수 있을 것 같은데? 내 제자로 성장한 사야네라면 알아줄 거라고 생각하는데."

"참~ 여전히 덩치만 커다란 초등학생이라니까. 사야네는 이미 성인여성이 됐어요~. 시골축제에서 놀기만 하는 일이 아니에요."

"……에밀리 씨. 거기 바보 키요에게 더 말해주세요. 이 녀석, 주위 사람들의 두뇌수준이 다 자기랑 같은 줄 알아요. 그리고, 제자가 된 적도 없어, 이 바—보."

"바보는 처형당하지 않으면 낫지 않는다. 처리해 버려야 해."

여성팀이 토미 씨에게 대대적인 비난을 쏟아냈다. 그 모습이 엄청 불쌍해서 웃음이 나왔다.

"슈─! 내 수제자로서 뭐라고 반론을 해줘! 나는 이제 틀렸다─!"

한심하게! 나한테 울면서 매달렸어!

"개인적인 의견으로서는 사야네가 관광대사로 활동해줬으면 합니다. 조금이라도 다비나가와에 환원하고 싶다는 것은 저희 사의 방침과도 일치하니까요."

"너, 제대로 된 말 하지 마! 나만 머리가 나빠 보이잖아!"

"토미 씨가 반론하라고 했잖아요!"

지금까지 토미 씨가 살아가는 방식을 목표로 해왔지만, 바보가 되어서는 안 되겠다고 생각하게 됐습니다(스무 살 남성·초보자영업자).

"저희의 조건은 사야네가 메인인 이벤트를 기획해주는 겁니다. 사야네의 지명도라면 다비나가와의 선전도 될 테니, 이해는 일치하지 않을까 싶은데요."

나도 교섭테이블에 앉기 위한 최소한의 조건을 제시했다. 나이어린 애송이 주제에 건방지다고 스스로 비하하거나 하지는 않았다. 레코드회사의 대표로서, 상대에게서 소속 아티스트를 최대한으로 존중하는 조건을 이끌어내는 것도 일 중 하나였다. 종업원은 나 하나. 두드러지지 않는다고 해도 전혀 상관없었다. 사야네가 기분 좋게 노래를 부를 수 있도록 그늘에서 온 힘을 다하자.

"알았어. 우리 제안을 수락한다면 그 나름대로의 공연을 할 수 있도록 기획을 짜서 기획회의에서 반드시 통과시키겠다고 약속할게!"

그러기 위한 장소와 예산도 쥐어짜내 주겠다고 했다.

상당한 진심이 다소 강한 어조를 통해 전해져왔다.

"작은 이벤트를 습관성으로 계속해봤자, 마을은 쇠퇴할 뿐이야. 우리 관광협회에게 SAYANE 양은 마을 활성화의 희망…… 우리와 팀이 돼 준다면 가능한 모든 지원을 기대해도 좋아!"

기대감을 담아 밀어붙이던 미쿠모 씨는 예스를 끌어내기 위한 마지막 일격이라는 듯이, 비장의 카드인 에미 누나에게 곁눈으로 신호를 보냈다.

"본인의 의사를 존중하고 싶지만, 나는 다양한 모습의 사야네를 보고 싶어. 슈가 만드는 회사의 선전이 되기도 할 테니까, 관광협회와 손을 잡는 건 효율적이라고 생각해."

악의라고는 전혀 없는 에미 누나의 말이, 사야네의 굳게 굳은 의사를 녹였다. 고고하고 까다로운 들 고양이 기질의 사야네도 에미 누나 앞에서는 얌전한 집고양이가 돼버리는 것이다!

그 증거로, 얌전한 집고양이는 「우우……」 하고 신음하며, 눈썹을 찌푸린 떠름한 표정을 내보였다.

"관광대사! 그것은 성전의 전조…… 구세주 네임 이즈 관광대사!"

리제도 흥미진진한 모양이었다. 그것에 사야네의 의지는 더욱 흔들렸다. 「리제가 함께해 준다면 행복할 것 같아」라는, 로리야마 씨의 욕망이 새어나오고 있는 것은 제쳐두고.

"하는 거다, 하는 거야~! 캬하하!"

"하는 거다! 하는 거야! 에헤헤!"

토미 씨와 미쿠모 씨는 어깨동무를 하고 「하자고, 하자!」라는 식의 말을 반복하며 부채질을 했다.

완전히 사이좋은 형제 같았다.

"그래프라든가 수치를 보면 쉽게 알 수 있을 거라고 생각하지만, 다비나가와의 인구와 관광객 수는 해마다 줄고 있어. 수년 전의 마스코트 캐릭터 붐을 타고 『다비냥』을 만든 건 좋았지만, 개성이 부족했던 모양인지 인지도가 낮다고 해야 할까."

"아…… 그러고 보니, 그런 게 있었죠. 금방 없어졌다는 인상밖에 없네요."

"미쿠모 여관에 묵는 손님이 적다는 건 대—충 알고 있지? 다른 여관이나 근처의 드라이브인 시설도 결코 영업실적이 좋지는 않아. 5년 뒤에 남아있을지 어떨지조차 단언할 수 없어."

미쿠미 씨가 제시한 관광관련 서류의 그래프와 숫자는 해가 갈수록 점점 수치가 낮아지고 있었다. 믿고 의지할 숙박업이나 요식업도 도산이 증가했고, 몇 년 전 도입한 마스코트 캐릭터도 그 효과는 없어서…… 오히려 귀중한 예산을 낭비한 꼴이었다.

중학생일 무렵, 다비냥이라든가 하는 고양이 캐릭터가 있었지만, 동네 역 앞이라든가 지역방송에서 몇 번 목격된 뒤, 남몰래 사라진 것 같았다.

"그래서, 내가 입사하고 1년 뒤 정도부터 SAYANE 양을 눈여겨 보기 시작했어. 고등학생 신분으로 화려하게 데뷔한 아이가 다비나가와 출신…… 게다가, 다비나가와에서 재출발한다는 정보가 들어온다면, 역시 기대하게 되잖아."

미쿠모 씨는 표정을 다잡고, 사야네를 중심으로 한 기획서를 내밀며 재차 강조했다.

"적어도, 지금 남아있는 활기라도 지키고 싶어. 나도 다비나가와를 좋아하니까…… 고향을 활기차게 만드는 멋진 일을 너와…… **너희**와 하고 싶어!"

우선은 사야네를 똑바로 바라본 뒤, 미쿠모 씨는 내 쪽에도 간절히 바라는 시선을 보내왔다.

정말로 난처해진 사야네도 옆에 앉아있던 내게 시선을 돌렸다.

"슈는…… 어떻게 하고 싶어? 내가 어떻게 해주면 좋겠어?"

사야네는 기대와 당혹감이 뒤섞인 눈으로 내 의견을 구했다.

"방금 전에도 말했듯이 레코드회사의 대표로서는 응원하고 싶어. 하지만, 마츠모토 슈 일개 개인으로서는 사야네의 의견을 존중할 거야. 나는 우리 둘이서 함께 즐길 수 있는 일이 아니면 받아들일 생각은 없어."

"……미안해. 나는 연주를 하거나 노래하는 것 이외에는 어떻게 하면 좋을지 몰라서……. 기대를 받는다는 건 느껴지지만…… 그것에 대답할 자신이 없어."

사야네는 목소리를 떨면서 주먹을 꼭 쥐고 있었다. 공헌하고 싶은 마음은 있지만 자신의 서툰 부분 때문에 자신은 없다. 거기에, 그러한 사실을 드러내야 하는 것을 참을 수 없는 것이다. 꽤 복잡한 심경일 것이다.

"죄송합니다. 영광스러운 이야기이지만, 관광대사는 사퇴하도록 하겠습니다."

사야네를 관리하는 사람으로, 나는 정식으로 이 제안을 거절했다.

우리가 품은 솔직한 꿈은 서로 즐겁게 웃으며 살아가는 일이었다.

둘이서 하고 싶은 일 외에는 하지 않는다. 자기 멋대로라고 경멸해도 상관없었다. 우리는 이미 눈에 보이지 않는 뭔가에 얽매여 스스로 선택지를 줄여나가는 건 그만두기로 했어.

사야네의 망설임을 알아준 미쿠모 씨는 서류를 가방에 집어넣고 입 꼬리를 살짝 끌어올렸다.

"에헤헤! 신경 쓰지 마! 이쪽이야말로 터무니없는 부탁을 해서 미안하다고 할까…… 이야기를 들어준 것만으로도 감사하고 있어. 고마워!"

정중하게 고개를 숙인 미쿠모 씨는 애교 넘치는 미소를 지으며 돌아갔다.

돌아갈 때, 토미 씨가「다음번에 술이라도 한 잔 안 할래? 토란탕 축제#2 사전협의가 있잖아?」라고 말을 걸자,「별 수 없네요. 마사키요 선배가 쏜다면 생각해 볼게요」라고 대꾸하며 웃는 얼굴만큼은 마치 사랑을 하는 소녀와도 같이 순정적이었다.

본가인 여관이 아니라, 작은 고향을 활성화시키는 일을 골랐다. ─그 이유가 살짝 신경이 쓰였다.

#2 토란탕 축제 가을이 되면 토란, 소고기, 곤약, 파 등을 넣어 전골을 해먹는 행사.

결렬된 교섭이었지만, 나는 아이디어를 모색해 보았다. 대안조차 내놓지 못한 스스로에게 화가 나고, 몹시 분했기 때문이었다. 『REMEMBER』를 설립한 이상, 사야네가 충실하게 활동할 수 있는 길을 만드는 것은 내 일. 나만이 해줄 수 있는 영광스러운 사명이었다.

토미 씨 일가가 돌아간 뒤, 사야네는 면회시간이 끝날 때까지 병실에 같이 있어주는 것이 일과가 되어갔다.

에미 씨의 반짝이는 푸른 눈동자를 보고 추측건대, 분위기를 파악하고 우리 둘이 있을 수 있도록 연출한 것이리라. 그 사람은 연애에 민감해서, 그런 식의 도움에는 능숙했다.

1인실이었기 때문에 병실에는 필연적으로 우리 둘뿐이었다. 사야네는 말이 많은 타입이 아니었기 때문에 조용한 경우가 많았지만.

스마트폰에 하나의 이어폰을 연결해 둘이서 나눠 끼고, 귀에서 빠지지 않도록 얼굴을 가까이 붙이고 같은 음악을 듣는 시간. 쓸데없이 떠들지 않더라도 왠지 모르게 서로의 생각을 알 수 있고, 감정을 공유할 수 있었다. 그런 거리감이 매우 마음이 편했다.

지금이라면 아이디어가 솟아오를 것 같았다.

나는 가사용 공책에 펜을 놀렸다. 문자가 아니라 그림을 그렸다 지우고, 그렸다 지우고를 반복했다. 기억에 의지해 묘사해 보았지만, 손재주가 너무 형편없어서 재현이 되질 않았다.

그림 실력이 없음을 통감하면서, 나는 머릿속에 떠오른 아이디어를 하나로 정리해보았다.

"……후후."

갑자기, 사야네가 입가를 가리면서 수줍게 웃었다. 내가 그리던 공책을 눈치 빠르게 옆에서 들여다 본 모양이었다.

"……무슨 일이야? 갑자기 곰 같은 걸 그리기 시작하고."

"곰이 아니라 고양이인데……."

"하나도 안 닮았어. 전혀 고양이 같지 않아. 내가 그리는 편이 더 낫겠어."

경멸을 하는 게 당연하게도 충격적인데…….

나는 근거 없는 자신감을 내비치는 사야네에게 공책과 펜을 건넸다. 그러고 보니, 그림을 그리는 사야네는 그다지 기억에 남아 있지 않았다. 기본적으로 미술수업은 땡땡이치던 문제아였으니까.

그렇게 그림실력이 있다면 어디 한 번 맡겨보자고.

"……자, 고양이."

5분 뒤. 사야네가 들어 올려 보인 공책에는 털이 북실북실한 정체불명의 생물이 그려져 있었다. 잘 그리고 못 그리고를 떠나서, 그 독특한 센스가 평범한 사람으로서는 도무지 이해할 수 없었다.

"내가 그린 쪽이 몇 배는 더 귀여워! 세상에 이런 고양이는 없다고!"

"……하아. 패배를 인정하지 못하고 억지 쓰는 건 꼴사나워."

이겨서 우쭐해하는 것 같은 그 한숨이 화가 나서, 나는 내가 그린 그림을 가리키며 반론을 했다. 그러자 사야네도 영문 모를 강경한 태도로 반론을 해왔다. 시시한 말싸움. 대단한 영양가도 없는 대화.

그것이, 어쩔 도리가 없을 정도로 유쾌해서 참을 수가 없었다.

"자자. 잠깐 실례하마!"

그때, 엄마가 오른손에 비닐봉지를 들고 병문안을 왔다. 일용품이나 소모품을 사갖고 와주기 때문에 정말로 도움이 된다.

일을 빨리 마치고, 면회가능시간이 끝나기 전에 와 주는 배려도 기뻤다.

"오늘은 조금 늦었네. 길이라도 밀렸어?"

"아니…… 평소대로 도착했는데 말이지. 니들이 시시덕거리고 있어서 말을 걸기 어려웠다고 할까."

"어……?! 그저 같이 음악을 듣거나, 그림을 그리고 있던 것뿐이야!"

"아— 본인들은 그런 걸 자각을 못하네. 즐거워 보여서 부럽습니다."

농담을 하는 것처럼 약간 어처구니없다는 듯이 웃음을 흘리는 엄마와, 서로를 마주보다가 얼굴을 붉게 물들이며 시선을 돌리는 우리의 대비가 뚜렷했다. 중학교 때와 다르지 않은 감각이었는데…… 다른 사람에게 지적받지 않으면 자각할 수 없는 거구나.

"참고로, 엄마는 어느 쪽 그림이 더 잘 그린 것 같아?"

나는 공책을 펴서 그림을 내보이며 공평한 제삼자에게 판정을 일임했다. 그러자.

"어엉? 둘 다 솜씨가 형편없잖아."

두 소꿉친구는 수준 낮은 싸움을 하고 있던 모양이었다.

"사야네. 매일 와줘서 고맙다. 가끔은 집에서 편하게 쉬는 것도 좋아."

"……괜찮습니다. 제가 좋아서 하는 거니까요. 폐가 되지 않는 선에서 문병을 오려고 해요."

엄마는 비닐봉투에서 캔 코코아를 꺼내 그 노고를 위로했다.

계절상 뜨거운 음료로 생각되는 그 캔을 사야네는 조금 사양하면서도 「……고맙습니다. 잘 마실게요」 하고 순순히 받아들었다.

"오늘은 밥 잘 먹었냐? 설마 남긴 건 아니겠지?"

"다 못 먹었어……. 병원식은 별로 맛이 없어서 말이지."

나는 맛 탓을 했다. 식욕감퇴와 구역질을 동반하고 있었기 때문에 소량의 병원식도 먹는 것이 힘들다……라고는 솔직하게 말하지 못하고, 공기가 무거워지는 것이 싫어서 대충 얼버무렸다.

팔에 꽂힌 링거가 부족한 영양을 보충해주고 있었다.

"좀 마른 거 아니냐. 너."

엄마가 눈을 살짝 가늘게 뜨고 내 얼굴을 물끄러미 바라보았다.

「퇴원하면 엄마요리가 먹고 싶다. 추위를 견딜 수 있는 따뜻한 국물요리를 말이지……."

"그래. 네가 좋아하는 토란탕이라도 만들어주마. 사야네도 자주 같이 먹었지?"

나와 사야네가 크게 고개를 끄덕였다.

"……이요리 씨의 토란탕은 최고예요. 또 먹고 싶다고 생각하고 있었어요."

"사야네도 먹으러 와도 돼! 큼지막한 냄비에 가득 만들어줄 테니까!"

퇴원 후의 즐거움이 늘었다. 미래로의 희망이 또 하나 싹텄다.

모처럼이었기 때문에 나는 엄마에게도 예의 관광대사 건을 이야기해 보았다. 사야네가 대대적으로 협력하는 것은 무리일 것 같지만, 뭔가 재미있는 일을 할 수는 없을까……라고.

"프리토크라든가, 선전활동에 저항이 느껴지면, 사야네 같은 캐릭터가 대신 소개해 주면 좋을 텐데 말이야."

엄마가 헤실헤실 실없이 농담조의 말을 내뱉었다.

"그거…… 의외로 괜찮을지도 모르겠어."

나는 공책에 날려 그린 그림에 약간의 수고를 더 들여 뭔가를 덧그렸다.

응. 의외로 딱 와 닿는군. 이거라면 개성도 두드러질 테고, **간접적인 선전효과**도 크게 기대할 수 있을 것 같았다. 유명한 전례도 있었다.

의아해하는 두 사람에게 서툴기 짝이 없는 그림을 이용해 설명을 하자, 어느 정도는 이해를 해주었다. 딱히 어려운 조합도 아니었고, 새로이 수고도 예산도 들일 필요가 없었다. 미쿠모 씨에게 제안해볼 가치는 있으리라.

"간단한 기획서로 만들어볼까. 하룻밤만 있으면 될 것 같은데."

생각이 났으면 바로 행동. 나는 곧바로 노트북을 켜려고 했다. 그러나.

"……슈는 입원중이니까, 얌전히 요양을 해."

"어—이, 들었냐, 바보아들 녀석아. 사야네도 말해줘라. 좀."

조용한 분노를 휘감은 사야네가 나를 질책하고, 엄마도 거기에 동조했다.

"몸 상태는 안정되었고, 또 늘 소등시간에는 잠자리에 들어."

"거짓말 마. 나도 널 돌봐주는 간호사 씨에게서 정보를 얻고 있어. 심야까지 타닥타닥 컴퓨터를 두드리고 있다고 말이야."

내 얄팍한 거짓말을 꿰뚫어본 엄마가 노트북을 몰수해버리고 말았다. 그것을 내주게 되면, 현재의 내가 할 수 있는 일은…… 완전히 없어졌다.

"노트북 돌려줘, 엄마. 내 몸 상태는 문제 없——윽……?!"

억지로 팔을 뻗는 순간, 갑자기 시야가 불규칙하게 흐려졌다. 배를 타고 큰 파도에 흔들리는 것 같은 불쾌함과 현기증. 나는 순간적으로 머리를 감싸고, 들어 올렸던 엉덩이를 다시 침대에 붙였다.

"슈……? 몸 상태라도 나빠진 거냐……?"

"아니…… 괜찮아. 가끔 일어나는 현기증 같은 거니까……."

엄마가 고개를 떨어뜨린 아들의 얼굴을 들여다보았다. 걱정스러움을 품은 눈과 직면하자 마음이 아팠다.

"……역시 슈는 무리하고 있어. 퇴원할 때까지는 조용히 쉬고 있어."

"하지만…… 내가 멈춰 있으면, 사야네도—."

초조함이 부풀어 올라 커다랗게 소용돌이치는 나날. 공연히 초조해해서 괜히 앞서나가다 주변 사람들에게 걱정과 폐를 끼쳤다. 나만이 할 수 있는 일인데, 의욕은 앞서 나가고 있는데 병마에 좀 먹힌 몸만이 뒤에 남겨졌다.

"나는…… 사야네가 나만 남겨두고 앞서가는 걸…… 원치 않아……."

말끝을 적시는, 정말로 한심한 울보. 아무것도 하지 않는다……라는 일상이, 과거의 자신을 불러일으키는 것 같아 뱃속에서부터 분함이 밀려올라오는 것을 막을 수 없었다. 자신의 의지로 아무것도 하지 않았던 때와 달리, 지금은…… 병이 아무것도 할 수 있게 해주지 않았다. 쓰레기 같은 인생을 돌아보고, 그 무거운 엉덩이를 들어 변화를 추구하게 된 근원은 아이러니하게도 병이었다. 그래도 감사 따위는 도저히 할 수 없었다. 사야네와 함께 살아간다는 선택을 한 내게, 이 병은 미워해야 할 장애물로 전락했기 때문이었다.

"왜…… 생각한 대로 살 수 없는 걸까. 평범한 인생을…… 살고 싶은 것뿐인데."

나는 기분파인 운명을 저주하고, 시한부라는 가혹한 주박을 내게 강매한 자를 원망했다. 병원 침대에서 죽을 만큼 한

탄하며, 미래를 그릴 수 없는 한심한 현재의 상황을 계속 거부했다.

"……슈."

사야네가 내 상체를 감싸 안고 자신의 품으로 이끌었다. 꼴사나운 남자를 사야네가 끌어당겨 안아주었다.

"……나는, 어디에 있어? 내 심장소리는…… 어디에 있어?"

두근, 두근. 사야네의 왼쪽 가슴에 귀를 갖다 대자, 그곳에 생명의 고동이 확실하게 존재했다.

"들려…… 사야네의 소리가."

"……그래. 나는, 키리야마 사야네는 여기에 있어. 너의, 마츠모토 슈의…… 옆에."

포개져 하나가 된 두 사람은 앞으로도 언제나 함께—— 내가 멈춰있을 때, 사야네도 날개를 쉬어준다면. 무색투명한 시간이 흘러가는 것을, 지금만큼은 받아들여도 될까.

"그리고, 슈의 소리도 들려. 우리는 이제, **서로의 소리를 잃어버리지 않을 거야.**"

사야네가 반대로 내 가슴에 얼굴을 묻었다. 너무 멀리 떨어져서, 너무 멀리해서 들리지 않았던 서로의 생명의 소리가 교차되었다. 그것만으로도 좋았다. 두 사람이 함께 있으면, 이제 이정표를 잃어버릴 일은 없었다.

"저기, 나…… 방해되지? 미안하다. 분위기 파악을 못해서."

따지고 보면, 우리는 시시덕거리는 연인의 모습을 엄마의 눈앞에서 있는 대로 연출한 셈으로…… 연인끼리의 애정행각을 온몸으로 당당하게 늘어놓은 우리는 밀착한 몸을 바로 떼고 불붙기 직전의 얼굴을 손으로 가렸다.

"마츠모토 씨는 밤늦게까지 깨 있는 일이 많으니까, 어머님이나 여자친구 분이 야단을 쳐주셔서 정말 다행이에요. 내일은 정기치료일이니까 빨리 주무세요."

"바보 같은 아들놈이 폐를 끼쳐서 죄송합니다. 두들겨 패서라도 재우겠습니다."

"두들겨 패면 퇴원을 할 수 없게 된다고요!"

위험한 농담을 하는 불량배 출신의 엄마는 둘째 치고, 지나가던 간호사에게 「여자친구」로 분류되어 부끄러워하는 사야네의 모습에는 치유되는 것 같았다.

"……나도, 이요리 씨도, 고향에 있는 다른 사람들도…… 모두 슈의 회복을 가장 바라고 있어. 일이라든가, 작곡은…… 슈가 건강해진 뒤의 일이잖아."

사야네가 절실하게, 낮은 목소리로 호소를 해 왔다. 나는 숨을 삼키고는 고개를 숙이면서 고개를 끄덕였다.

나를 절실하게 걱정해주는 소중한 사람들의 호의에, 기대도 될까.

"내일은 병문안 면회를 할 수 있을지 어떨지 모르니까, 자신을 위해 시간을 써 줘. 나도 빨리 퇴원할 수 있도록 노력할게."

"……응. 슈라면 분명히 할 수 있을 거야."

머지않아 오늘의 면회시간이 끝난다.

내 손을 꼭 잡아주는 사야네의 감촉을, 따스함을 나는 잊지 않을 것이다.

혼자뿐인 어두운 밤에 느끼는 쓸쓸함도, 미래로의 끝없는 불안도 너를 생각하면 달랠 수가 있으니까.

******

다음 날 오후 1시 30분을 조금 지난 무렵, 나는 다다미방에 깔린 방석에 앉아 있었다.

목제 테이블을 손가락으로 만지자 표면의 기름 때문에 살짝 미끄러졌다. 물이 담긴 반투명한 컵과 물병. 테이블 끄트머리에 놓인 젓가락 통에는 나무젓가락이 가득 담겨 있었고, 룰렛 형식의 제비뽑기 기계도 여전히 현역이었다. 꽤나 색이 바란 메뉴판이나 만화책이, 어릴 때 이곳에 다니던 기억을 선명하게 되살아나게 했다.

이곳은 다비나가와의 드라이브 인 식당. 내 추천 메뉴는 채소가 듬뿍 들어간 된장라면…… 그것밖에 먹어본 적이 없지만.

이 근방에서는 찾아보기 힘든 음식점으로, 다비나가와에서는 절에서 재를 올릴 때에 참례객들에게 식사를 제공하기 위해 드라이브 인을 이용하는 것이 일반적이었다. 그래, 바로 슈의 아버지가 돌아가셨을 때라든가…….

"미안미안! 좀 늦었지! 아, 춥다—!"

약속한 시간에서 5분 늦게, 사복 차림의 미쿠미 씨가 가게를 찾아왔다. 서둘러 오느라 그런 것일까, 종종걸음으로 달려

왔기 때문에 새하얀 숨을 가늘게 토해내고 있었다.

벌써 11월 중순. 첫눈은 아직 안 내렸지만 실외에서는 옷을 두껍게 입지 않으면 추워서 견딜 수가 없었다.

"아뇨. 갑자기 연락을 한 건 저이니까요. 오히려 바쁜 근무 시간 중에 시간을 내주셔서 고맙습니다."

"오늘은 이벤트 관련해서 외근이 많아서 이대로 편의점 도시락으로 끝낼까, 하고 생각하고 있었어. 그러니까. 오늘 이 만남은 점심휴식으로 마침 딱~ 좋아."

신발을 벗고 다다미방 위로 올라온 미쿠모 씨가 테이블을 사이에 두고 내 맞은편에 자리를 잡았다.

"와! 이 분위기 정말 그립다! 대체, 언제 적 소년지인거야? 이거."

다소 낡은 가게 안을 돌아본 미쿠모 씨는 작게 감회에 젖어 있었다. 분명히 「이거, 몇 십 년 전 물건인 거야……?」라고 묻고 싶을 것 같은 오래된 소년지도 아무렇지도 않게 놓여 있는 것이 굉장했다.

"역시 미쿠모 씨도 이 가게에 자주 오곤 했나요?"

"그렇지 뭐. 중학교 때까지는 마사키요 선배랑 같이 밥을 먹으러 왔었어."

"저도 자주 바보 키요가 데리고 왔어요. 슈하고 셋이서…… 가끔 에밀리 씨도 동행했었구요."

단골이었다는 것 같은 미쿠모 씨와 고향이야기를 하며 우리는 얼른 메뉴를 정했다.

"여기요. 된장라면 두 개 주세요."

미쿠모 씨가 점원 아주머니를 불러 손가락을 V사인처럼 해 보이면서 주문을 했다.

역시 다비나가와 드라이브 인이라고 하면 이 된장라면이지. 나는 속으로 멋대로 친근감을 느꼈다. 별로 이야기를 나눈 적이 없는 상대라도 손쉽게 공통의 화제를 찾을 수 있는 고향의 힘은 정말 고마운걸.

"그거하고, 교자 2인분이랑, 중국식 볶음밥도 추가요!"

예상치 못한 추가주문. 호리호리한 체격인데 의외로 대식가인 걸까……. 나는 조금 놀랐다. 그러고 있으려니, 미쿠모 씨가 그 자리에서 바로 교자와 중국식 볶음밥 주문을 취소했다.

"이 여자, 엄청 먹어대는데……라고 생각하기라도 한 거야? 얼굴이 실룩거리고 있어요~."

"……조금 놀랐습니다."

"나도 모르게 옛날 버릇대로 잔뜩 주문하고 말았네. 학생 때 자주 주문하던 철판메뉴인데 말이지. 마사키요 선배랑 나눠먹었거든."

당시를 떠올리는 것일까. 미쿠모 씨는 쓴웃음을 지었다.

"내가 남겨도 선배가 다 먹어줬어. 맛있다는 듯이 먹는 선배를 보고 있노라면, 고민이 있어도 바보같이 느껴져서 다 잊게 된다고 해야 할까—."

거기까지 말하고, 미쿠모 씨는 나는 아무 말도 하지 않았는데 왜인지 빠른 어조로 말을 보탰다.

"마사키요 선배만이 아니라, 맛있다는 듯이 잘 먹는 남성을 좋아한다는 거야. 내 성적 취향 같은 거거든. 에헤헤."

잠시 후 향기로운 국물냄새를 풍기는 된장라면이 도착했다. 서로 배고픈 것을 참고 있었기 때문에, 우리는 얼른 후루룩 면을 먹기 시작했다.

"아아…… 변함없는 이 맛. 엄청 맛있는 건 아니지만, 왠지 안도감을 준단 말이지~."

"……그 마음, 저도 잘 알 것 같아요. 대충 썰어 넣은 채소도 그렇고 제대로 풀리지 않은 면이 그리운 반갑네요."

담박한 감상을 늘어놓은 뒤에는 우리는 다시 열심히 후루룩 라면을 먹고, 된장과 육수로 탁해진 국물을 숟가락으로 떠서 공복의 위에 흘려 넣었다. 그때마다 내 변장용 안경에 일일이 김이 서렸지만, 그런 것에는 신경 쓰지 않았다. 난방의 따뜻한 기운에 감싸인 몸이 한층 더 안쪽에서도 천천히 데워졌다. 의복 밑에서 계절에 벗어난 땀이 배어나왔기 때문에 나도 미쿠모 씨도 겉옷을 한 겹 벗었다.

점심때를 지난 가게 안은 한산해서, TV의 일기예보 소리와 우리가 라면을 먹는 소리가 끝없이 계속되었다.

"키리야마 씨 댁의 사야네 맞지? 우리 아들이 왕팬이라서 사인을 해 주면 참 고맙겠는데."

직원인 아주머니에게 부탁을 받아, 나는 건네받은 색지에 사인을 했다. 유명인의 사인을 가게에 장식하는 것이 꿈이었던 듯, 나는 또 한 장의 색지에도 마커의 펜 끝을 흐르듯이 놀렸다.

"팬에 대한 대응도 익숙하네. 역시 젊은이들의 마음을 쥐고 놓지 않는 고고한 가희야."

미쿠모 씨가 그렇게 감탄을 했다. 그러는가 싶더니.

"그런, 모두가 동경하는 SAYANE 양이 변변치 않은 일반 인과 사귀고 있다니."

"으…… 콜록……!"

갑자기 훅 찔러 들어오는 발언에 사레가 들려 나는 하마터면 라면을 내뿜을 뻔 했다.

"설마, 내가 눈치 못 챌 거라고 생각한 거야? 두 사람의 분위기를 보면 그럭저럭 알 수 있어. 틈만 나면 서로 쳐다보고 말이지."

"……그, 그런 적 없다고 생각하는데요."

"내가 마츠모토 군과 얽혀있는 걸 목격한 네 얼굴, 질투로 가득해서 무서웠어."

전혀 자각이 없었다. 무의식적으로 그러는 것이 더 괴로웠다.

"어릴 때에도 그 애랑 같이 우리 온천에 왔었지? 첫사랑이야?"

"…………라면 불어요."

"라면 같은 것보다 당연히 첫사랑 얘기가 더 중요하지! 걸즈 토크를 하자고!"

우우…… 바보 키요의 입김이 닿은 후배이기 때문인지 미쿠모 씨도 바보 키요의 평소 신조를 그대로 계승하고 있었다. 낯을 가리지 않았고, 일단 같이 밥을 먹으면 친구라고 생각하는 것 같았다.

나는 동요를 감추기 위해 묵비의 의사표시를 했다. 그저 라면을 후루룩거리는 소리로 그녀의 말을 받아 흘렸다.

"첫사랑이라, 좋구나. 젊구나."

"……전 아무 말도 하지 않았는데요."

이미, 첫사랑이라고 단정 짓고 이야기를 진행시키고 있었다.

내 첫사랑은 슈지만…… 스스로 그렇게 말하는 것은 아직 많이 부끄러웠다.

그 뒤에도 미쿠모 씨는 다양하게 연애방면의 화제를 내게 던졌다. 난방이 더운 것인지, 라면이 뜨거운 것인지, 아니면 쑥스러움에 몸이 달아오른 것인지…… 얼음물을 벌컥벌컥 들이켜도 고양된 기분은 가라앉지 않았다.

문득 미쿠모 씨가 손목시계의 시간을 확인하고는 「우와?! 벌써 시간이 이렇게 됐어?!」 하고 새된 소리를 질렀다. 수다를 떠는데 열중했더니, 어느샌가 점심시간이 거의 끝이 난 모양이었다.

"그래서, 오늘은 무슨 일이야? 설마 같이 점심 먹는 것만이 목적은 아니잖아?"

라면을 다 먹고, 컵의 물을 호쾌하게 들이켠 미쿠모 씨가 내게 의문을 던져왔다.

그랬다. 나는 걸즈 토크를 하기 위해 그녀를 부른 것이 아니었다.

"……며칠 전, 미쿠모 씨가 제안했던 관광대사에 관한 일이에요."

"어?! 설마 받아들여줄 마음이 든 거야?!"

"……아뇨. 전혀요."

미쿠모 씨는 몸을 앞으로 내밀려다가 바로 의기소침하며 테이블 위에 엎드렸다.

"……미쿠모 씨도 바보 키요처럼 고향을 좋아하는 건가요? 본가인 여관이 아니라 관광협회에서 일하는 이유가 문득 궁금해져서요."

"우—웅……. 솔직하게 말하면 선배만큼 고향러브, 인 건 아니야. 그래도 마을이 활성화되면 기뻐하는 사람이 있지. 나는 오로지 그것 때문에, 이 일을 하고 있어."

그것은 마을의 주민들일까, 그렇지 않으면 아까부터 이름의 등장빈도가 높은 **특정한 누군가**인 것일까—. 이 이상, 깊이 파고드는 것은 세련되지 못한 일이라고 내 직감이 속삭였다.

"……슈는 다른 형태로 접근하는 방법을 모색했어요. 어중간하게 끝나버린 마스코트 캐릭터를 눈여겨보고 유용하게 활용할 수 없는지 생각했던 모양이에요."

나는 지참했던 『한 권의 공책』을 펼쳐서 미쿠모 씨에게 건넸다. 어제, 슈가 그림을 그리던 가사용 공책이었다. 빈말로도 잘 그렸다고는 할 수 없었지만, 그래도 **다비냥이 전자기타를 든** 그림이라는 것은 전해졌으면 했다.

"이 그림은! …………곰이 연어라도 안고 있는 거야?"

전혀 전해지지 않았다. 이건 슈가 잘못한 거야.

"……솜씨가 형편없어서 죄송하지만, 다비냥이에요. 기타를 들고, 게다가 연주도 할 수 있다면 판촉활동이나 공연의 폭이 넓어질 거다…… 그게 슈가 생각해 낸 대안이에요."

"호호호오. 흥미로운 제안인데. 다비냥은 창고에서 자고 있으니까 부활시키는 건 가능해. 그러고 보니 아오모리에 드럼 실력이 굉장한, 사과모양을 한 마스코트 캐릭터가 있지!"

"목표는 바로 그거……라고 생각해요. 쓸데없는 오지랖일지도 모르지만…… 그도, 저도 고향에 뭔가 공헌을 하고 싶다는 마음은 있으니까요."

"아니아니. 참고하게 해줘. 오히려, 지금 당장에라도 기획서를 작성해서 회의에 제출하고 싶을 정도야!"

미쿠모 씨가 흥분한 기색으로 목소리를 높였다. 그러나, 한 번 심호흡을 하고 냉정해져서는 약간 낮은 톤으로 문제점을 지적했다.

"하지만 말이지. 누가 변신을 하느냐 하는 문제는 있네. 강한 인상과 화제성을 낳기 위해서는 기타를 꽤 잘 치지 않으면 안 될 거야."

그 점에 관해서는 슈는 명확한 답변을 피했다. 아마도, 내가 싫어하리라고 생각해서 신경을 써 준 것일지도 몰랐다.

다만, 기타를 든 다비냥에게— 슈는 날아가는 손 글씨로 이름을 붙여주었다.

사야네 같은 고양이…… 사야네냥.

초등학생과 큰 차이 없는 작명센스였지만, 이 캐릭터에는 잘 어울렸다. 공책에 쓰인 설정표에도 『뚱한 얼굴·솔직하지 못함·변덕쟁이·금방 화를 냄·그렇지만 그 점이 귀여움』하고, 마치 나를 모델로 한 것 같은 단어가 늘어서 있었다. 바보취급을 당하는 것 같아서 화가 났다.

"제가, 하겠어요."

SAYANE로서 노래를 부르면서 마스코트 캐릭터도 연기하는 일은 많이 힘들 것 같으니까, 후계자가 나타날 때까지의 기간한정으로 해주었으면 하지만.

"칭찬받고 싶은 사람이 있으니까 아주 조금…… 용기를 내기로 했어요."

신에게 희롱당하든, 가혹한 운명을 강요받든 열심히 발버둥 치는 사람이 있다.

지금도 노력하고 있는 소중한 사람을 위해, 키리야마 사야네는 제멋대로의 행동을 취하고 말았다. 칭찬해주려나, 기뻐해주려나, 라며.

사후보고가 되겠지만, 그와 함께 서로 웃으면서 지낼 수 있을 것 같은 예감이 드니까. 그에게 퇴원한 뒤의 즐거움이 늘어난다면, 나는 그것만으로도 기뻐.

능력 이상의 일을 하려고 노력하지 않아도 되잖아.

모두의 기대를 짊어지는 관광대사라니, 내게는 어울리지 않아.

우리는, 천진난만하게 놀면서 성장해 왔는걸.

앞으로도 계속 함께 멍청한 일을 하자.

그러니까, 나는— 사야네냥이 되겠어.

미쿠모 씨와의 점심식사가 끝나자, 미쿠모 씨가 영업용 차량으로 하루사키 종합병원까지 나를 데려다주었다.

오후에 하루사키 시에서도 일이 있는 듯, 내친 김에 데려다준 것이기는 했어도 충분히 도움이 되었다. 참고로, 된장라면 값도 대신 내주었다.

계산을 할 때, 내가 지갑을 꺼내려고 하자 「아니아니. 후배에게 얻어먹을 순 없지. 마사키요 선배가 나나 너희에게 사주는 거랑 똑같은 거야」라며, 지극히 당연하다는 듯이.

병원의 주차장에 차가 멈추고 나는 조수석에서 내렸다. 그리고 차는 그대로 가 버릴 것이라고 생각했는데, 뜻밖에도 미쿠모 씨는 운전석 창문을 내렸다.

"메시지 앱 같은 거 써? 연락용으로 ID를 알려주면 기쁘겠는데!"

상대가 스마트폰을 꺼내들었다. 닳는 것도 아니었기 때문에, 나는 내 ID를 구두로 전해주었다.

미쿠모 씨가 스마트폰을 조작하자, 내 스마트폰이 한 순간 짧게 진동했다. 히나코라는 발신인에게서 스탬프가 선물로 도착해 있었다.

"이거…… 다비냥, 인가요?"

귀엽게 변형된 고양이 캐릭터. 지역민에게서마저도 잊힐 것 같은 마스코트 캐릭터의 스탬프가 「잘 부탁한다냥♪」 하고, 느릿하게 인사를 하고 있었다.

"다비냥을 만들었을 때, 공식스탬프도 같이 제작했어. 다시 사용할 테니까 말이지. 친구라든가 지인에게 자꾸자꾸 써서 널리 퍼뜨려 줘~."

"……제 연락처 다섯 명밖에 등록되어 있지 않아요. 친구가 없어서."

미쿠모 씨가 안타까운 표정을 지었다.

참고로 슈, 도요토미 일가 셋, 우리엄마 이렇게 다섯 명입니다. 뭔가 문제라도 있나요?

"관광협회와 연대할 기회도 늘어날 테니까, 앞으로 잘 부탁해! SAYANE 양은 과묵하고 다가가기 힘든 이미지가 있었는데, 사랑을 하는 평범한 소녀라서 안심했어!"

표현 하나하나가 내 수치심을 자극해! 그리고 소녀라는 나이도 아니에요!

"……이쪽이야말로 잘 부탁드립니다. 미쿠모 씨는 바보 키요와 분위기가 비슷해서 여러 모로 말을 하기 편했어요."

"아하하…… 그런 말 자주 들어. 선배의 친구나 여동생 같다고."

그렇게 말하는 미쿠모 씨의 표정은 기쁜 것 같으면서도 슬픈 것처럼도 보였다. 구체적인 이유는 없었지만, 어느 쪽이라고도 할 수 없는 모호한 표정이…… 내 눈에 새겨져 떨어지지 않았다.

"이루어진 첫사랑은 소중히 해야 돼. 대부분은 보답 받지 못한 채, 상대가 알아차리지도 못한 채 조용히 끝나버리니까……."

미쿠모 씨가 얼버무리듯이 웃었다. 그러나 그래도 그것은 여전히 겉꾸린 것 같은, 여린 미소였다.

그녀의 차가 경쾌하게 떠나갔어도, 배기가스의 불쾌한 냄새와 『미련』이라는 감정은 한동안 그 자리에 남아있었다.

창으로 쏟아져 들어온 선명한 저녁놀이 변장용 안경을 관통해 눈이 부셨다.

저녁이 돼도 슈와는 면회를 할 수 없었다. 「오늘은 자신에게 시간을 써줘」라고 슈는 말했지만, 몸이 멋대로 병원으로 향했으니 어쩔 수 없었다.

로비의 소파에 앉아있거나 병원 안의 커피 체인점에서 블랙커피를 마시거나 했지만, 몸도 마음도 진정이 되질 않았다.

나는 한 곳에 머물지 못하고 병원 안을 어슬렁어슬렁 떠돌았다. 망령 같은 여자는 9층의 전망대 라운지에서 멈춰 서서 귀에 이어폰을 꽂았다.

하루사키 시의 중심부를 한 눈에 내려다볼 수 있는 커다란 창문. 오후 4시 반. 이미 저물기 시작한 오렌지색의 태양에 겨울의 도래를 예감할 수 있었다.

"……만나고 싶어, 슈."

하루 만나지 못하는 것만으로, 만나고 싶다고 징징대는 어리석은 여자.

나는 스마트폰을 조작해서 어떤 곡을 재생시켰다.

be with you— 떨어져 있어도, 목소리를 들을 수 없어도,

만질 수 없어도 슈를 느낄 수 있는 시. 너와 함께 있을 수 있는 노래.

너와 만날 수 있는 날은 시간이 빠르게 흐르는데, 만날 수 없는 날은 왜 이렇게도 그 흐름이 느리게 느껴지는 것일까. 반대라면 좋을 텐데. 즐거운 시간이야말로 좀 더 길게 이어지면 좋으련만.

옅은 보라색으로 물들어가는 먼 하늘을 바라보면서 내 마음은 그런 제멋대로의 소원을 빌고 있었다.

"키리야마 씨. 이런 곳에 있었군요."

1층의 로비로 돌아오자, 슈의 간호를 담당하고 있는 여성간호사와 마주쳤다.

아무래도 나를 찾고 있던 모양이었다. 슈가 입원한 지 한 달. 거의 매일같이 오는 내 이름도 자연스럽게 외운 것 같았다.

"마츠모토 씨와의 면회, 이제는 괜찮아요. 면회 가능 시간의 종료까지 한 시간 정도 남았는데, 만나고 가실래요?"

나는 망설이지 않고 고개를 끄덕였다.

면회 수속을 마치고 병실에 들어가자, 소리는 거의 들리지 않았다. 중앙에 놓인 침대에서는 슈가 조용한 소리를 내며 자고 있었다.

팔에 꽂힌 링거관이 약간 애처로웠다.

"억지로 깨우지 마세요. 많이 힘들었을 테니까요."

간호사는 조용히 그렇게 말하고 먼저 병실에서 나갔다. 나는 상상도 할 수 없었지만, 아프고, 고통스럽고, 괴로웠다⋯⋯. 그런 진부한 말로는 그의 심정을 다 표현할 수 없을 것이다.

혼자서 불안하지는 않았을까. 외롭지는 않았을까.

수많은 상념이 밀려올라와 나는 울음이 나올 것 같았다. 시야가 흐려졌지만, 눈물을 흘리는 행동은 하지 않았다.

슈가 눈을 떴을 때, 꼴사납게 우는 얼굴 따위를 보이고 싶지는 않으니까.

슈가 안심할 수 있을 것 같은, 웃는 얼굴로 기다리고 싶어.

손을 잡고 있으니까, 지금은 푹 쉬어.

나는 어디에도 가지 않아.

네 곁에 계속 있을 거야.

그러니까—— 너도 내 곁에 있어 줘.

"……사……야네……?"

문득 쥐어짜는 것 같은 목소리가 들렸다.

천장의 조명이 눈부신 것일까, 눈을 깜빡이면서도 슈는 나를 똑바로 바라보고 있었다. 내 이름을 불러주었다.

우리는 몇 초 간 서로 말없이 시선을 교환했다. 그리고 한참 전에 해가 다 저문 이 저녁에 아침 인사를 나누었다.

"……안녕, 슈. 잘 잤어?"

"……안녕. 말도 안 되게 잔 것 같은 기분이 들어."

방금 잠에서 깬 흐트러진 얼굴이 정말로 귀여운 것 같았다. 아주 많이 좋아하는 슈의 얼굴이었기에, 정말로 사랑스러웠다.

몸을 일으키는 것이 힘겨워 보이니까, 억지로 일어나지 않아도 돼. 누운 채로도 괜찮으니까, 내 이야기를 들어줬으면 해.

표면적인 태도는 평소와 다르지 않게 냉정 침착 했다. 하지만 얼굴에는 절대로 드러내지 않았지만, 나는 소풍을 앞둔 초등학생 같은 기준이었다. 스무 살이나 되었지만, 속으로는 신이 나서 까불고 있었다.

네가 퇴원하면 함께 해줬으면 하는 일이 늘었어, 라고.

둘이서 멍청한 짓을 하고, 시시하다고 서로 웃을 법한 놀이를 찾았어, 라고.

앞으로 몇 분이면 면회시간은 끝나버리지만.

오늘은—— 하고 싶은 얘기가 잔뜩 있어.

******

12월 초순—— 슈가 다비나가와로 돌아왔다.

본인은 「역시 다비나가와는 깡촌이구나」라고 도시사람처럼 한탄했지만, 언동 군데군데에서는 진심으로 기뻐하는 것이 엿보였다.

약 2개월의 입원생활은 치료와 맞바꾸어 대가를 치러야 했다.

체력과 근력의 저하, 병의 후유증…… 퇴원 직후의 슈의 몸은 정상적인 보행마저도 약간 지장이 있을 정도였다. 하지만 때때로 나나 이요리 씨가 등을 받쳐주는 일은 있어도, 기본적으로 슈는 자신의 손발을 움직여 어색하나마 일상생활을 되찾아갔다.

다소의 시간은 걸릴지도 모른다.

그래도— 나는 슈에게 들은 말을 믿고 있었다.

이 병은 언젠가 완치되는 것이니까. ——라고.

천천히 앞으로 나아가자,

우리라면 무슨 일이든 할 수 있으니까. 어디에라도 갈 수 있으니까.

이제 널 두고 가거나 하지 않을 거야.

너와 같은 속도로, 줄곧 네 곁에서 걷겠다고 맹세했으니까.

"오늘은 교감선생님과 협의를 하고 올게. 다비중학교 마지막 라이브까지 3개월밖에 안 남았으니까, 슬슬 본격적으로 계획을 진행시켜야 해."

본가의 자기 방에서 겉옷을 걸치면서 자료를 가방에 챙겨넣는 왕 바보를 발견했다.

……나는 어처구니가 없었다. 퇴원해서 일주일도 지나지 않았는데, 슈는 일을 시작하려 하고 있었다. 아니, 이미 입원하고 있을 때부터 시작했다. 퇴원 직후에는 거리공연의 동영상 배포도 시작했다. 정보단말과 인터넷이 있으면 가능한 범위의 일이라고는 해도, 좀 더 제대로 쉬었으면 했다.

가만히 있을 수 없다는 그 마음은 이해할 수 있었지만, 정말로 왕 바보구나.

"······이요리 씨가 퇴근하고 돌아오시면 다 일러바칠 거야."

"그건 좀 봐줘······! 엄마가 알면 혼날 거야······!"

슈가 필사적으로 입막음을 해서, 나는 한숨을 쉬었지만 결국 묵인하고 말았다. 슈는 조용한 방에서 가만히 있는 것보다 목표를 향해 나아갈 때 더 활기차니까.

나는, 그런 슈를 보는 것이 싫지 않았으니까.

"금방 돌아올게. 협의 장소는 다비중이니까 그렇게 걱정하지 않아도 돼."

슈가 헤실헤실 웃었다. 약간 건강해진 정도로 금방 우쭐해한다니까.

나도 같이 갈게······ 나는 그렇게 말하려다가, 내뱉으려던 말을 목 깊숙한 곳에 붙들어 맸다.

"······잠깐만."

나는 스니커를 신으려는 슈를 불러 세우고, 두르고 있던 머플러를 풀어 슈의 무방비한 목에 부드럽게 감아 주었다. 슈는 살짝, 쑥스럽다는 듯이 웃었다.

"사야네의 체온이 머플러에 남아 있어서······ 따뜻하다."

······?! 그렇게 갑자기 날 좋아한다는 걸 티내는 말은 하지 말아줬으면 해, 이쪽까지 쑥스러워져.

"밖은 추운데 잘 됐다, 그럼 다녀올게."

"······잘 다녀와."

나는 슈의 집 현관에서 도보로 출발하는 슈를 배웅했다. 왼쪽다리를 끄는, 약간 볼품없는 걸음걸이였지만, 그 발걸음은 경쾌하게 보였다. 건강했을 때보다도 더 힘차다고 느껴지기까지 했다.

슈의 뒷모습이 보이지 않게 되자, 나도 현관에서 정원으로 나와 보았다. 그러자 뺨과 손등에 차가운 감촉이 느껴졌다. 흐린 겨울하늘에서 내려와 사방을 새하얗게 뒤덮는 은색의 눈은 다비나가와 주민에게는 매년 보는 익숙한 광경이었다.

나는 우리 집으로 돌아가 어쿠스틱 기타를 하드 케이스에 챙겨 넣고, 가볍게 점프를 해서 등에 짊어졌다. 목적지는 다비나가와 중학교. 수업을 빼먹고 가 있던 체육관 계단에서 몰래 노래를 부르고 있으면, 슈는 놀라 줄까?

유치한 깜짝쇼에 가슴을 설레며 나는 가루눈이 벚꽃처럼 휘날리는 풍경에 녹아들었다.

눈이 살짝 쌓여 하얗게 변한 지면에는 슈의 본가가 발신원인 발자국이 찍혀 있었다. 외출하는 이웃 주민들도 거의 없었기 때문에, 그 발자국은 다비중으로 향하는 길을 안내하려는 듯이 또렷하게 남아 있었다.

슈의 발…… 크다. 역시 남자야.

그런 생각을 하면서 나는 눈에 남겨진 발자국 위를 보폭을 맞추며 걸었다. 내가 신은 부츠자국이 스니커의 신발자국을 덧씌워갔다.

어린애 같은 자신이 어이없었지만, 내 발끝은 괜히 흥겨워졌다. 평범한 일상에서 얻는 작은 즐거움과 기쁨을 나는 매우 좋아하니까.

이런 나날이 줄곧 계속되어가기를.

두 사람에게 스물한 번째의 겨울이 찾아왔다.
가장 행복하고―― 담설처럼 덧없이 사라지는 계절이.

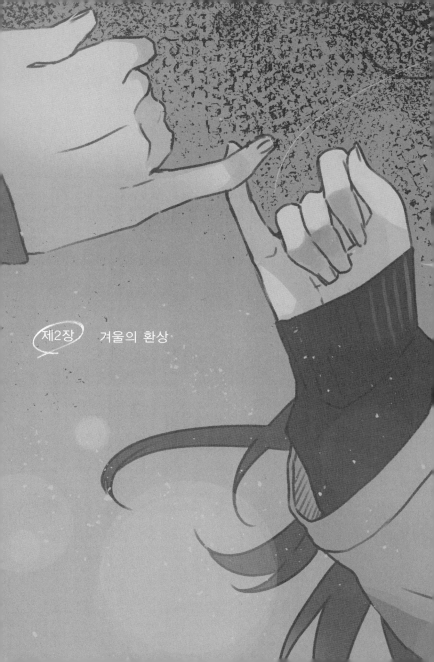

제2장　겨울의 환상

『사야네냥의 데뷔날이 정해졌어!』

스마트폰의 통화버튼을 터치해 귀에 갖다 대자, 가장 먼저 들려온 목소리가 이것이었다.

다비중 마지막 라이브의 사전협의를 하고 온 날 저녁. 나는 내 방에서 컴퓨터로 작업 중에 이 전화를 받았다. 전화 너머로도 그 활기참이 느껴지는 목소리의 주인은 관광협회 직원인 미쿠모 씨였다.

『데뷔는 사흘 후인 토요일! 미쿠모 여관의 연회장을 간이 이벤트 회장으로 해서 그곳에 지역민이라든가 숙박객을 모으는 느낌의 소규모 이벤트가 될 것 같아.』

"과연…… 이라고 해야 할까요 사흘 후라니, 꽤나 갑작스럽네요."

『미안해. 기획을 만들어서 회의에 넘기고, 광고 선전 방법을 토의하는데 여러 모로 애를 먹었어. 여하튼, 평이 안 좋았던 「다비냥」이 재등판하는 거니까 세세한 내용까지 꽉꽉 눌러 담아서 발표를 하지 않으면 책임자가 고 사인을 내리지 않아.』

꽤나 고생을 하고 있는 것일까. 말끝에 피로가 묻어나왔다. 마스코트 캐릭터 관련 외에도, 크리스마스에서 연시(年始)까지는 이벤트도 많았기 때문에, 업무량도 보통 많지 않으리라는 것을 쉽게 추측할 수 있었다.

『새해부터 시동해도 늦지는 않겠지만, 사흘 후에는 다비나가와 스키장이 개장해. 매년 그 날은 스키 관련 숙박객이 꽤 많으니까, 데뷔하기에는 딱 좋은 시기야!』

무슨 일에든 첫 인상이 중요했다. 스키장 개장에 조준을 맞춰 초장부터 존재감을 남기자, 라는 속셈인 것일까.

『그치만그치만, 사흘 뒤의 이벤트는 어디까지나 지역주민을 상대로 하는 예행연습이야. 메인은 크리스마스에 개최하는 스노랜턴 페스티벌! 거기에 분위기를 띄우는 마스코트 캐릭터로 참가할 테니까 25일 예정은 미리 비워 놔.』

다비나가와 스키장에서 매년 개최되는 『스노랜턴 페스티벌』. 산을 밀어 만든 광대한 스키장에서 참가자가 스노랜턴을 만들어 불을 켜는 크리스마스 이벤트였다.

아이가 있는 가족이나 연인끼리의 공동 작업으로 불을 켜면 환상적인 무드가 연출되었다. 그야말로 인생이 충실한 사람들을 위한 페스티벌이었다.

학생시절의 나와 사야네는 연인이 아니었고, 흥미도 없었기 때문에 한 번도 참가하지 않았다.

『스노랜턴 페스티벌에 얽힌 도시괴담을 알아?』

"아아…… 그런 게 있었죠. 함께 스노랜턴을 만든 남녀는 영원히 이어 진다……였던가요."

『그 덕분에 다비나가와 안에서는 사람이 많이 모이는 이벤트인데, 올해는 한층 더 업그레이드를 하고 싶어. 예년까지는 학생이나 젊은이들이 랜턴을 만들면서 러브러브하거나, 불을

컨 등을 보면서 시시덕거릴 뿐이라서 나는 화가 났…… 이 아
니라, 마스코트 캐릭터 같은 유행요소도 같이 집어넣고 싶다
는 생각이 들어서 말이지.』

개인적인 원한이 살짝 엿보인 것 같은 기분도 들었지만, 그
점을 태클 걸면 무서울 것 같아서 나는 그대로 흘려버렸다.
이 지역에서는 귀중한, 젊은이들을 위한 이벤트였기 때문에,
예년 이상으로 분위기가 달아오를 수 있도록 하고 있는 모양
이었다.

"스노랜턴 페스티벌은 올해도 다비나가와 스키장에서 열 예
정인가요?"

『그래! 지금은 그 준비에 쫓기기도 해서, 평범하게 바쁜 느
낌이랄까.』

나는 『어떤 안건』을 계획하고 있었다. 관광협회는 마스코트
캐릭터 이벤트와 스노랜턴 페스티벌을 개최하기 위해 야외 이
벤트 무대를 확실하게 준비하곤 했다.

이대로 SAYANE의 이름을 그쪽 입맛에 맞게 이용당하기
만 해서는 재미가 없었다. 우리 회사도 그쪽을 적극적으로 이
용하도록 하겠어.

"마스코트 캐릭터라고는 해도, 그쪽은 SAYANE의 네임밸
류에 편승하는 거잖습니까. 저희 요청도 받아들여줬으면 하
는데요."

『호오. 그게 뭔데? 누나한테 말해보렴?』

나는 한 호흡 쉬고, 내용을 간결하게 전했다. 그러자 미쿠

모 씨는 「우─웅」 하고 고민을 했다. 그러더니…….

『솔직히, 인원도 예산도, 준비기간도 빠듯하지만, 다비나가와에는 큰 이득이니까, 상사가 안 된다고 해도 내가 통과시켜 줄게! 크리스마스를 위해서 라면서 말이지!』

될 대로 되라는 식으로 태도를 바꾸어 쉽게 받아들여주었다.

"크리스마스 때문이라는 이유로 턱도 없는 일을 밀어붙이다니…… 왠지 멋있네요."

『뭐, 난 여기저기에 머리를 잔뜩 숙여야 하니까 큰일이지만 말이야! 에헤헤!』

"고맙습니다! 역시 토미 씨의 아는 동생! 기세와 분위기로 살아가는 게 멋집니다!"

『그렇지? 그렇지? 나, 최고로 멋있지?』

적당히 추켜 세워주니 우쭐해하는 것도 꼭 닮았다.

"사야네에게는 크리스마스에 **사야네냥의 이벤트가 있다**고 전해두겠습니다. 제가 보내는 선물은 좋은 느낌으로 무드가 잡히면 주고 싶으니까요."

『갑자기 애인이 있다고 자랑하지 마! 독신귀족, 곧 30대가 되는 여자한테 싸움을 거는 거야?』

갑자기 폭발했다!

『좋아. 어떤 이벤트로 할 건지 얘기를 해보자! 바보야─!』

나는 자포자기 기미인 것 같은 미쿠모 씨와 이벤트의 상세를 정하는 협의를 진행해 나갔다.

입원 중일 때보다 더 원활하게 결정이 되었다. 덕분에 『선물』은 꽤나 완성에 가까워져 있었다.

이왕이면 연인 같은 분위기일 때 전해주고 싶었다. 나는 겁많은 로맨티스트라, 타이밍은 시행착오를 겪겠지만.

다가오는 크리스마스에 가슴을 두근거리며 지금은 몰래 준비를 해 나가자.

******

변신 아이템이 될 인형옷의 실물을 확인하게 시키려면, 사야네를 우리 집으로 부르는 것이 가장 빨랐다. 또 실제로 입혀보고, 동작의 특훈도 해야 하고 말이지.

【다비냥이 올 거니까, 우리 집으로 와 줘.】

나는 앱을 이용해, 사야네에게 메시지를 송신했다. 몇 초 후, 읽음 표시가 떴다.

평소라면 『응』이라거나, 『알았어』라는 담백한 답변이 바로 돌아왔을 텐데, 이번에는 왠지 시간이 걸렸다. 손을 뗄 수 없는 용건이라도 있는 것일까?

나는 말없이 물끄러미 화면을 응시했다. 그러고 있으려니, 사야네에게서의 메시지가 도착했다.

"어라……?"

나는 저도 모르게 고개를 갸우뚱하고 말았다.

이럴 수가, 스탬프?!

사야네가 스탬프를 사용한 것은 처음이라 놀라서, 또 스탬프의 선택이 너무 뜬금없어서.

액정에서는 다비냥이 온천에 몸을 담그고 「온천물이 좋다 냥」이라고 웃으면서 기뻐하고 있었다. 뭐야. 설마 지금 온천에 들어가 있는 거야? 어느새 다비냥의 스탬프 같은 걸 산 거야?

【잘못 보냈다.】

스탬프 바로 아래, 바로 정정 문자가 도착했다.

그리고, 설욕이라고 말하는 것처럼 새로운 스탬프가 표시되었다.

다비냥이 「고양이대시!」라고 하면서, 사족보행으로 달려 나가고 있었다. 안 돼…… 이런 걸 보면 웃음이 나와 버리잖아.

잘못 보냈다, 라는 정정문자가 오지 않는다는 것은, 고양이 대시로 달려오겠다는 것이려나.

5분 뒤. 나는 여느 때와 다름없는 사야네를 현관에서 맞이했다.

아— 사야네의 고양이대시, 보고 싶었어. 고양이대시 SAYANE.

"……바보 취급하는 얼굴을 하고 있어."

사야네가 뚱한 얼굴을 했다. 아무래도, 나는 속으로 히죽대는 것이 얼굴에 다 드러나는 타입인 모양이었다. 포커페이스는 어려워.

"너, 대체 언제 스탬프 같은 걸 산 거야?"

"……미쿠모 씨한테 받은 거야. 널리 퍼뜨리려고 하니까 써 달라고."

아아, 그런 거구나.

"……그런 식으로 쓰면 되는 거야?"

"아주 적절해. 최고였어."

"……바보 취급 하는 거지."

미간에 주름을 모은 사야네가 무서웠기 때문에, 나는 스탬프 이야기를 거기서 끝냈다. 미쿠모 씨는 아직 도착하지 않았기 때문에, 나는 일단 사야네를 내 방으로 데려갔다.

엄마도 일하는 중이라는 뜻은 이 집에는 나와 사야네— 둘뿐, 이라는 것. 건전한 남자는 번뇌 넘치는 생각만 해댔다.

아니, 중학교 때까지는 둘만 있는 게 당연했는데. 딱히 의식 같은 거 하지 않았는데.

이상하게 목이 말랐다. 그러고 보니, 오늘의 사야네는 비교적 세련된 차림이었다. 우리 집에 불쑥 들릴 때에는 대개 중학교 체육복 차림이었을 터.

남자 냄새가 충만한 방이건만, 사야네라는 여자아이가 강림한 것만으로 감미로운 향기로 가득 차는 것은 왜일까. 여자아이란 정말 근사한 존재구나.

"……이건, 뭐야?"

아차……. 사야네의 시선은 발군의 존재감을 자랑하는 키보드와 컴퓨터로 향했다. 방금 전까지 작업을 하고 있었기 때문에, 화면에는 시퀀스소프트가 그대로 떠 있었다.

나는 허둥지둥 마우스를 조작해, 컴퓨터를 슬립모드로 전환시켰다.

"조금만 더 지나면 알 거야. 지금은 못 본 걸로 해줬으면 좋 겠어."

그 말에 사야네는 고개를 살짝 갸웃했다. 그러나 곧 기대가 담긴 순수한 눈을 내게 향했다.

"……응. 아무것도 모르지만…… 기대하고 있을게."

심장박동이 가속도를 더하며, 시선이 한곳에 머물러주질 못했다. 내가 이렇게 동요하고 있음에도 사야네는 아무렇지도 않은 태도로 방을 둘러보며, 난잡하게 쌓인 채 바닥에 방치된 세탁물을 가리켰다.

"……세탁물, 안 개었어."

"엄마가 빨아는 주는데, 늘 개지는 않고 던져놓고 가……."

"……이요리 씨는 다른 집안일을 해주시니까, 개는 것 정도 는 슈가 해야 해."

"네."

너무 정론이라, 나는 그 말을 따르는 것밖에 할 수 없었다. 나는 사야네와 함께 무릎을 꿇고 앉아서 방치돼 있던 세탁물 을 개었다. 마음을 비우고 옷을 개고 있다 보니, 정신이 바로 잡혀갔다…… 그런 느낌이 들었다.

나는 쓸데없는 말은 하지 않고, 밀려오는 번뇌를 개고 또 개었다!

"……왠지, 이 집의 가족이 된 것 같아."

사야네가 그런 말을 하는 바람에 번뇌가 또다시 밀려와 인 사를 했다. 그건 다시 말하면, 사야네가 마츠모토 가의 호적에 오른다는 그런 거지.

본인은 새침한 얼굴로 세탁물을 개고 있었기 때문에, 정말로 무슨 생각인지 마음을 읽을 수가 없었다.

"……이, 이건, 직접 해."

문득 사야네가 풋풋한 반응을 보이며 시선을 돌렸다. 기분 탓인지, 뺨까지 빨갛게 된 것 같았다. 그 원인은 내가 즐겨 입는 복서팬츠들이었다.

"사야네는 자주 봐서 익숙하잖아? 아니, 이상한 의미가 아니라, 중학교 때에도 수시로 내 방에 오곤 했으니까."

"……바보. 그때하고 지금은…… 나와 너의 **관계성**이 달라."

그 무렵의 우리는 소꿉친구. 속옷 정도로는 서로를 이상하게 의식하지 않았다.

현재는 어떨까?

우리의 관계성은—— 연인. 연애관계였다.

"………………."

"………………."

거북함이 정점을 넘으면 사람은 침묵해 버린답니다.

연애경험치가 매우 적은 우리 두 사람은 중학생의 첫사랑이냐, 라고 묻고 싶을 정도의 풋내를 감추지 못하고, 『그저 말없이 머뭇머뭇 시선만 돌린다』라는 회피행동에 빠져버렸다.

"……내가 갤게."

"……응?"

"……슈의 그, 속옷, 내가 갤게."

사야네가 흠칫흠칫 내 속옷을 집어 들었다.

"아니아니! 내 팬티 정도는 내가 갤게!"

"하, 하지만……! 언젠가, 집안일이라든가…… 내가 할지도 모르잖아……!"

뭐냐! 의미심장하게 그런 말을 하면 행복한 가정을 망상하게 되잖아.

"사야네가 내 속옷을 개어준다면, 나도…… 사야네의 속옷을 개어줘야지."

"……뭐? 그건 안 돼. 바보야? 말도 안 돼."

"왜 안 되는데?! 서로를 알아 가는데 그 정도는 해야지!"

대화가 엉뚱한 방향으로 탈선해갔다. 사야네가 내 복서팬티를 쥐고, 내가 「네 속옷을 개게 해줘!」라고 말하는 이 광경은—.

"이봐—. 바보 커플의 보금자리가 여기인가요."

방문 앞에 선 작업복 차림의 엄마에게 하나부터 열까지 자세하게 목격되고 말았다. 집에 돌아왔다는 사실조차 알아차리지 못했다.

"너희 목소리 말이지. 집안에 쩌렁쩌렁하게 울리고 있어. 사이가 좋은 건 근사한 일이지만 말이야. 너무 신이 나서 **이상한 짓**을 시작하면 안 돼."

거, 거북해……. 방안에는 불온한 공기가 아니라, 들뜬 기분과 수치심이 뒤섞인 청춘의 쓸쓸함이 가득 찼다.

연인다운 행동은 지금까지 무엇 하나 하지 않았다고 단언해도 좋았다. 바보였다고 스스로도 통감했다. 하지만, 이것이 우리가 사귀는 방법이라고 마음을 고쳐먹으니, 대화 하나하나가 달달했다. 나는 단순했기 때문에 거짓말 하나 안 보태고, 행복했다.

"무슨 일이 있어도 꼭 하고 싶다면, 밖에서 하고 와라."

그것이 무엇을 암시하는 발언인지 나는 이해하지 못한 척을 했다. 하지만, 눈이 내리기 시작한 시기에 실외는 분명히 고될 거잖아요. 당신의 귀여운 아들이 얼어 죽을 거라고요.

띵동!

그때, 초인종소리 하나가 엉뚱한 방향으로 빗나가버린 분위기를 날카롭게 깨뜨렸다.

일부러 초인종을 누르는 사람은 기본적으로 손님이었다. 나는 그 정체가 짐작이 갔다.

"얏호. 다비냥을 데리고 왔어~."

예상대로 현관 앞에서 기다리던 것은 미쿠모 씨였다. 오후 6시를 막 지났을 뿐인데도 밖은 완전히 어두워져 있었다. 드문드문 쌓인 눈이 자색을 띤 남색으로 빛나 기분이 나빴다.

"왠지 얼굴이 빨간데, 괜찮아?"

"아뇨……. 신경 쓰지 마세요."

제대로 된 이유가 아니었기 때문에, 나는 이 화제는 건성으로 적당히 넘겼다.

정원에는 관광협회의 영업용 차량이 세워져 있었다. 미쿠모 씨가 뒷문을 열고 안에 실린 인형을 정성스럽게 내렸다. 나와 사야네는 현관에서 그것을 받아들어 거실로 들여놓았다.

거실 옆의 주방에서는 엄마가 저녁준비를 하는 기척이 느껴졌다. 프라이팬을 재빨리 흔들자 불에 달궈진 기름과 재료들이 정열적으로 춤을 춘다. 그런 광경이 눈앞에 떠올랐다. 어릴 때부터 귀에 익은 호쾌한 생활소음을 배경음악 삼아, 우리는 거실에 놓인 인형을 둘러싸고 앉았다.

"⋯⋯좀 더럽네."

인형의 표면을 응시하던 사야네가 얼굴을 찌푸렸다.

"응—? 세탁해서 가져온 건데? 뭐, 관광협회의 창고에 처박혀 있던 거니까!"

미쿠모 씨가 에헤헤~ 하고 쓴웃음을 지었다. 인형 여기저기에서 어벙한 인상의 디자인에 어울리지 않는 뚜렷한 더러움이나 긁힌 상처가 보였다. 멀리서는 알아차리지 못할 가능성이 있지만.

"다비냥이 기타의 수행을 했다는 설정을 붙여보지 않을래요? 상처투성이로 다시 태어난 모습이 사야네냥⋯⋯ 이라는 그런."

"그거 괜찮네! 그렇게 하자!"

즉석에서 내놓은 제안을 미쿠모 씨가 받아들여 주었다. 이 사람도 토미 씨처럼 그 자리의 분위기나 기분으로 살아가는 타입인 것이다.

"사야네냥으로 변신하기 전에, 움직이기 쉬운 옷으로 갈아입는 편이 좋지 않겠어? 인형옷을 걸치면 땀도 많이 날 테니까."

오늘의 사야네는 외출복차림이었다. 변신아이템인 인형옷

을 걸치게 될 테니, 체육복 같은 옷으로 갈아입는 편이 사야네에게도 쾌적할 것이다.

"평소에는 중학교 때 체육복을 입더니, 요즘에는 외출복을 입고 오는 일이 많은 것 같네."

"……그럼 안 돼?"

"아니. 안 되는 건 아니라고 할까, 오히려 데이트 하는 느낌이기도 하고, 또 외출복 차림의 사야네는 신선하고 귀여워……! 하지만, 요전까지는 늘 체육복 차림이었으니까 신기하게 생각됐다고 할까……."

나는 무신경하다고 혼날 것을 각오했다. 하지만, 사야네는 나와 눈을 마주치는 일도 없이 겨우 알아들을 수 있는 작은 목소리로 중얼거렸다.

"……애인을 만나는 건 데이트라고 생각하니까."

그러고는 그 표정을 절대 내게 보이지 않고 「슈의 체육복 빌릴게」라며 빠른 걸음으로 내 방으로 도망쳐 버렸다.

방심했다. 비겁하잖아. 번민에 격렬하게 몸부림치게 될 것 같은 그런 대사를 갑자기 하다니. 솔직하지 못한 이 청개구리 같은 애인 같으니라고. 아아. 왜일까. 실내온도는 썰렁함이 느껴질 정도였는데, 비어져 나오려는 웃음을 억누를 수 없는 안면은 녹아내릴 것 같이 뜨거워.

몇 분 뒤. 나의 중학교 때 체육복으로 갈아입고 돌아온 사야네가 마지못하다는 기색으로 인형옷에 몸을 묻었다. 우선은 두 발, 다음에는 두 손. 그리고 몸을 인형옷 속에 쏙 집어넣었다.

사야네의 목부터 아랫부분은 사야네냥이라는 상태였다.

왠지 엄청 비현실적이군……. 사야네의 얼굴만이 인형옷에서 쏙 튀어나와 있었다.

바보 취급하는 얼굴을 하고 있어. 그렇게 말하고 싶은 것 같은 사야네의 심기 불편한 얼굴을 스마트폰의 배경화면으로 해보고 싶어.

"……촬영하는 건 안 돼. 만약 찍으면 각오해 둬."

내가 주머니에서 휴대전화를 꺼내려는 순간, 사야네가 무시무시한 눈빛으로 나를 노려보았다. 그 시선에 나는 심장이 쪼그라들었다……. 나의 망상, 너무 그대로 밖으로 드러나는 거 아닐까?

나와 미쿠모 씨가 인형의 머리를 양옆에서 들어 올려 사야네의 머리에 씌웠다. 그러자—.

젊은이들에게 절대적인 인기를 자랑하는 SAYANE가!

고고한 천재 싱어송 라이터 SAYANE가!

사야네냥으로 변신했다!!

귀여운 얼굴에 압도적인 2등신. 몸체보다도 머리가 더 크다는 언밸런스함이 사람들의 마음을 붙잡는다. 그것이, 마스코트 캐릭터. 시골을 구하기 위해 선택된 전사였다.

개념으로서는 변신히어로에 가까울지도 몰랐다.

"우와! 엄청 귀여워! 우와!"

미쿠모 씨가 흥분한 기색으로 사야네냥을 여기저기 만져댔다. 어떻게 대응해야 좋을지 갈피를 잡지 못한 사야네냥은 멍청히 선 채로 미쿠모 씨가 하는 대로 놔두고 있었다. 사실은 나도 마음껏 여기저기 만져보고 싶었지만, 사야네의 표정을 알 수 없는 것이 무서웠기 때문에 자중하기로 했다.

그건 둘째 치고, 인형옷을 입은 느낌……이 아니라, 변신의 감촉을 확인해야지.

"시야는 어때? 제대로 보여?"

"……이 안, 고약한 냄새가 나는데."

"나중에 제균 스프레이라도 뿌려둘 테니까, 지금은 잠깐 참아줘……!"

불분명한 목소리가 불만을 흘렸다. 시야보다도 냄새가 더 신경 쓰이는 모양이었다.

"움직이기 쉬운지 어떤지 앞뒤로 걸어봐."

사야네냥이 갑자기 차분해졌다. 아직 익숙하지 않기 때문일까, 슬로모션 같은 느린 움직임으로 발을 내디뎌서는 거실을 천천히 걸었다. ……타박……타박……딱.

발바닥이 바닥에 닿을 때마다 정지했기 때문에 짧은 간격으로 시간이 멈추는 것 같았다.

답답했다. 사야네에게는 무서운 것이 없다고 생각했지만, 마스코트 캐릭터계에서는 아직 햇병아리라는 건가. 자신을 갖지 못하는 신인을 이끌어주는 것도 내게 주어진 일이라고

한다면.

사야네냥은, 이 내가 키워 보이겠어.

"사야네……가 아니라, 사야네냥에게 부탁이 있어."

사야네냥은 기타의 음색이 말 대신이었다.

인간의 말을 전혀 하지 못하기 때문에, 긍정도 부정도 하지 않고 내 말에 고양이 귀를 기울였다.

"고양이대시를 해줘— 아야! 자, 잠깐 기…… 앗……?!"

신속하게 접근해 온 사야네냥이 내 등 뒤로 돌아들어와 쓰다듬듯이 고양이펀치를 날렸다.

"아니, 고양이펀치가 아니라— 아야, 아야."

내 등에 장난을 치는 것 같은 고양이펀치.

인사 대신의 잽, 잽, 그리고 가끔 혼잡한 틈을 타 오른손 스트레이트 고양이 펀치!

별로 아프지도 않았고, 상대도 진심으로 때리는 것이 아니었다. 마네키네코[#3]의 흉내를 내는 것인지, 손목을 구부려서 연타를 해 왔다.

좋아좋아. 격렬하게 움직여도 천이 찢어지지 않았다. 2등신 치고는 기동성도 나쁘지 않은 것 같았다.

나를 집요하게 공격할 수 있다는 것은 외부의 소리나 시야도 확보할 수 있다는 증거.

사야네를 일부러 화나게 해서 돌아다니게 하는 작전은 대

#3 마네키네코 앞발로 사람을 부르는 시늉을 하고 있는 고양이 장식물. 손님이 많이 들어오길 비는 뜻에서, 가게 앞에 둔다.

성공이야.

"에헤헤~ 너희, 자각은 하고 있니?"

문득 딱딱하게 굳은 나지막한 웃음소리가 들렸다. 그 소리에 나와 사야네냥은 뒤를 돌아보았다. 그러자, 미쿠모 씨가 명백히 억지로 지어낸 미소를 띠고 있었다.

"27세 독신녀 앞에서 시시덕거리다니…… 부럽다아아아아아아아아아……."

"오해예요. 사야네냥의 신체능력을 확인하기 위해서……."

"시끄러―! 우아아아아아아아아아아아아아아아아……………."

영혼의 절규를 내뱉은 미쿠모 씨. 그러더니 그대로 탁자난로에 하반신을 쑤셔 넣고는 토라진 얼굴로 탁자 위에 엎어졌다.

그렇게 시시덕거릴 생각은 아니었는데…… 자각이 없다는 것은 죄가 깊었다. 미쿠모 씨는 남도 잘 돌봐주고, 성격도 밝아서 남자들이 좋아할 거라고 생각하는데 말이지…….

"나도 좋아하는 사람이랑 그러고 싶었어…… 흐―응."

완전히 토라진 모양이었다. 처음에는 누나인 척 했지만, 역시나 토미 씨의 여동생이나 다름없는 존재.

7살 연하인 나보다 정신연령이 낮은 것은 아닐까?

"얘들아, 저녁밥 다 됐으니까 손 씻고 와라. 그리고 기껏 왔으니까, 미쿠모 여관의 히나코도 먹고 가는 게 어때?"

"와―! 고맙습니다! 역시 좀 놀아본 전 불량배가 만든 볶음밥은 맛있죠! 일 끝나고 퇴근하던 길이라 완전 배고파요!"

마츠모토 가의 저녁밥이라고 하면, 이거이거~. 엄마가 식탁에 날라 온 것은 황금색 계란과 볶은 기름의 광택이 눈부신 불량배출신 엄마표 볶음밥. 향긋한 냄새가 침 분비를 촉진하는 것이, 삐쳐서 찌그러져 있던 27세 독신녀도 완전히 기분이 풀려서 손을 씻으러 달려갔을 정도였다.

"사야네도 먹고 갈 거지? 아마도 엄마는 네 몫도 만들었을 테니까."

"…………(끄덕끄덕)."

두 번, 고개를 끄덕이는 몸짓을 해 보이는 사야네…… 아니, 사야네냥. 캐릭터로서는 말을 해서는 안 되지만, 연습 중에도 정직하게 그것을 계속 지키는 성실함이 참 흐뭇했다.

"안녕하세―요! 이요리 누님이 직접 만든 요리의 냄새가 나서 왔습니다!"

"안 불렀어, 이 바보 자식아. 돌아가. 너만 특별히 자릿세 2만 엔이다."

"왜 저만 캬바레에 온 손님 같은 취급인가요?! 하지만, 이요리 씨가 접객을 해주신다면 2만 엔이라도 내겠습니다! 2차가 정말 기대되네요!"

"너, 기분 나쁘니까 진지하게 우리 집 출입금지다."

문득 현관에서 머리가 빈 것 같은 멍청한 대사가 울려 퍼지고, 아우뻘인 상대를 응대하는 엄마의 목소리가 들려왔다. 자못 음식냄새에 이끌려 왔다, 라고 말하는 것 같은 말투였지만, 실제로는 미리 부른 것이었다. 그렇게 불려온 토미 씨 일가도 식탁을 둘러싸고 앉았다.

방에만 틀어박혀 지낼 때에는 저녁은 엄마와 둘이서 먹는 것이 당연한 일이었다. 식사란 공복을 채우기 위한 과정에 지나지 않았고, 변변히 움직이지도 않았기 때문에 소량을 섭취할 뿐이었다.

하지만, 지금은 달랐다. 여기저기에서 대화가 흘러넘치고, 입 안 가득 집어넣은 엄마표 집밥은 각별히 맛있었다. 업무 때문에 외출이라도 하면 식욕도 늘어나서, 밥을 몇 그릇이나 다시 먹었다.

평범하게 사는 사람에게는 딱히 특별할 것도 없는 광경이었지만, 내게는 겨우 되찾은 소소한 행복이었다. 때문에, 특별하지 않은 일상이라도— 나는 그것을 일일이 추억 속에 새겨 넣었다.

단순히 저녁을 함께 먹기 위해 토미 씨 일가를 부른 것이 아니었다. 저녁을 다 먹은 지금이야말로 사야네냥의 특훈·제2부가 시작되었다.

엄마는 일찍 자고 일찍 일어나는 타입이라, 재빨리 목욕탕으로 물러났지만.

남은 토미 씨 일가를 관객으로 삼아, 나와 미쿠모 씨가 공동제작한 대본대로 공연을 한다는 예행연습을 해두고 싶었다.

전자기타를 어깨에 멘 사야네냥이 거실 카펫 위에 앉은 토미 씨 일가 앞에 떡 버티고 섰다.

"이봐이봐. 이 고양이 씨는 말을 못하나? 예이, 뭔가 말해봐, 요 녀석아…… 크억?! 아니…… 아야……! 그, 그만 봐줘……!"

"……………(퍽퍽퍽)."

토미 씨가 갑자기 어깨동무를 하며 성가시게 시비를 걸고, 사야네냥이 조건반사적으로 발로 걷어찼다.

토미 씨의 필사적인 비명과 둔탁한 타격음으로 미루어볼 때, 사야네냥은 100퍼센트 진심으로 걷어차고 있었다. 뭔가요, 이거. 저도 모르게 웃음이 새어나오는데요.

"아니 그게 말이야…… 성가시게 엉겨 붙는 양아치들이 있을지도 모르잖아? 대체 어떻게 대처를 할까~ 해서 시험을 해봤는데…… 설마, 진짜 걷어차는 마스코트 캐릭터가 있으리라고는 생각도 못했다……."

잘못했다는 기색이 전혀 없는 사야네냥의 어벙한 얼굴.

"사야네냥! 마사키요 선배는 걷어차이면 기뻐하니까, 철저하게 밟아주지 않으면 의미가 없어!"

"아니아니! 내가 걷어차이고 싶은 건 이요리 누님뿐이야! 아무에게나 걷어차여 기뻐하는 그런 헤픈 사람처럼 말하지 마! 앗?! 아아아아아ー———————앗?!"

촌구석의 불량배는 마침 목욕을 마치고 우연히 그 자리를 지나가던 전 불량배 출신의 엄마에게 엉덩이를 걷어차여 몸부림을 치면서 바닥에 쭉 뻗었다. 그 얼굴에 고통의 기색은 없었다. 마치 편안하게 잠을 자는 것 같았다.

"목욕한 뒤의 이요리 누님…… 엄청 좋은 냄새가 났어……."

쓰레기를 쳐다보는 것 같은 눈의 미쿠모 씨와 쓴웃음을 지으며 지켜보는 에미 누나가 대조적이었다. 유언까지 기분 나쁜 남자는 그냥 내버려두자. 바닥에 드러누운 토미 씨를 벤치 삼아 오도카니 앉은 리제를 어린아이 관객으로 설정해서 해 볼까.

"수년 전에 산중수행을 시작해 음악의 길을 갈고닦은 『다비 냥』이 돌아왔어요~! 이럴 수가. 그 SAYANE와 합체해서 『사 야네냥』이 되었다고 해요."

사회역을 맡을 예정인 미쿠모 씨가 어린아이들 눈높이에 맞 춰 쓴 대본을 읽어나갔다.

"그럼, 다들 이름을 불러 봐요~! 하나, 둘, 자!"

"피에 물든 나라는 신조차 버렸다. 목표로 해야 할 장소는 오를레앙이다!"

"이런 어린애가 있을 리 없잖아! 무슨 소리를 하는지 모르 겠어!"

미쿠모 씨의 재빠른 태클이 눈부셨다.

일반적인 초등학생의 개념은 리제에게는 통용되지 않아요.

"사야네냥~♪ 힘내라~♪"

"이런 엄마가 있다면 최고일 거야……. 이야…… 나도 응원 받고 싶다."

에미 누나가 다기찬 목소리로 성원을 보내는 것만으로도 그 압도적으로 품위 있고 고운 모습이 강조되었다. 마음의 흥분 이 무의식중에 밖으로 새어나올 정도였다. 나도 건전한 남자 이기 때문에, 솔직히 참을 수 없어요. 마츠모토 슈가 독단으 로 고른, 진지하게 불륜을 저지르고 싶은 여성랭킹의 전당에 들어갈만했다.

"…………(지그시)."

사야네냥이 나를 노려보는 것 같은 느낌이 들었다. 무서워. 화나지 않았다고 생각하고 싶다.

미쿠모 씨가 마음을 다시 다잡고 예행연습을 재개했다.

"사야네냥은 어떻게 태어났을까~?"

"…………(촤라랑)."

사야네냥, 기타 현을 다운피킹#4으로 울리는 단조로운 몸짓을 해보였다.

음향기기에 접속하지 않았기 때문에 피크가 현을 흔드는 미세한 소리밖에 들리지 않았지만, 그 부분은 이펙터와 앰프를 통한 이미지로 변환해서 상상한다.

"그렇구나—. 다비나가와의 온천에 몸을 담그고 있던 일반인이 갑자기 변신을 한 거래~!"

"…………(끼—잉)."

이번에는 왼손손가락을 프렛#5에 대고 때리듯이 해서 해머링·온을 해보였다.

"흠흠. 다비나가와의 유명인인 SAYANE 스승님과 산속에서 수행을 했더니, 기타의 힘을 이어받은 건가! 그래서 사야네냥이 된 거구나~!"

"…………(징징)."

#4 다운피킹 여러 줄에 걸쳐 화음을 칠 때. 낮은 음줄에서 높은 음줄로 이동하는 것. 반대로 높은 음줄에서 낮은 음줄로 이동하는 것은 업피킹이라고 한다..
#5 프렛 현악기의 지판을 구성하는 금속제 돌기.

다운피킹과 업피킹을 반복하는 얼터네이트 피킹.

연주하는 악절은 즉흥이었지만, 기본적인 기법을 착실하게 소화해내는 높은 기량과 사야네의 센스가 곳곳에서 빛나는 멜로디는 극상의 노래가 되어 듣는 사람을 빈번하게 흥분시켰다— 라고 손쉽게 상상할 수 있었다.

"오늘의 마음가짐은 어떤 느낌일까~?"

"……………(징징징끼—잉띠리리리링)."

"오오. 엄청 기합이 들어가 있는 것 같습니다~!"

급격히 흥분했음을 표현할 때에는 보통사람의 눈으로는 따라가지 못할 정도의 빠른 피킹!

핑거보드라는 일직선의 공간 위에서 복슬복슬한 손가락이 섬세하게 현을 누르는 것은 아주 어려운 작업이었다. 양손의 집게손가락에서 새끼손가락까지 여덟 개의 손가락이 여섯 줄의 현을 줄타기를 하며 미친 듯이 춤추는 에이트핑거.

꽤나 비현실적인 광경이었다. 약간 맹하고 사랑스러운 겉모습에 차가운 정열을 겸비한, 그 기타 치는 모습의 괴리는 화제성 발군이라도 단언해도 좋았다.

"리제도 할래! 리제도 할래!"

사야네냥의 이 연주에 자극받은 것일까, 리제도 폴짝 폴짝 뛰었다.

"리제는 체격적으로 어려울 것 같단 말이지. 변신아이템인 인형옷이 어른용이니까."

"어른만 변신하다니 치사하다! 심판하겠다—! 구세주의 분노가 성전의 개전을 알릴 것이다!"

리제, 엄청 화가 났네. 우리 떼쟁이 구세주님은 참 곤란한 존재야.

"슈. 리제에게도 뭔가 역할을 줄 수 없을까? 단순한 아이이니까, 재미있을 것 같으면 금방 혹해서 덤빌 거야."

"에미 누나의 부탁이라면 거절할 수 없죠! 저한테 맡겨주세요!"

"어머나—. 슈는 역시 믿음직해♪"

에미 누나의 부탁은 거절할 수 있을 리 없잖아요!

그러면서 은근슬쩍 내 어깨 같은 곳을 만졌기 때문에, 단순한 나는 혼자서 몰래 기분이 들떴다. 아름다운 누님이 보디터치를 해오면 말이죠. 이성이 간단히 날아간답니다.

"리제는 개성덩어리라고 할 수 있으니까, 판촉을 잘 하면 인기인이 될 수 있을 거라고 생각해요."

"나도 그렇게 생각해! 이 아이, 평범한 초등학생이 아니야. 인형처럼 귀엽고 어린 용모가 큰 친구들에게 잘 먹힐 것 같은 느낌이 들어!"

미쿠모 씨도 리제의 잠재능력을 알아차린 것 같았다. 하지만 미묘하게 위험한 방면으로 상정하고 있는 것 같은 것은 내 착각일까……? 딱히 마니아에게 먹힐 것을 노리는 것은 아닙니다만…….

"사야네냥이 기타를 연주한 뒤에 리제가 통역하는 건 어떨까. 리제의 엉뚱한 통역에 미쿠모 씨가 날카롭게 태클을 넣으면서 그 자리의 분위기를 누그러뜨린다~ 라는 식으로."

"그 아이디어, 재미있을 것 같네. 리제의 엄마는 찬성이야♪"

그 웃는 얼굴, 세계에서 최고로 귀엽습니다.

사야네냥도 노도와도 같이 엄지를 치켜든 손을 내질렀다. 이 녀석, 너 사야네냥이 아니라 로리냥이지.

"오케이—! 사야네냥의 설정을 추가해둘게."

"미쿠모 씨. 사야네냥은 실재해요. 인형옷이라는 명칭은 변신아이템의 은어일 뿐, 실제로 사야네가 변신하는 거라고요. 설정이라는 표현은 부적절하네요."

"어, 어어…… 오—케이! 마츠모토 군은 그런 개념에 집착하는 타입이구나……."

미쿠모 씨가 약간 질겁할 정도로 성가신 오타쿠 청년, 마츠모토 슈입니다.

이미 사야네냥의 공식 홈피나 SNS 계정은 활동을 시작했기에 프로필 란에 가벼운 소개를 적어 넣을 필요가 있었다. 사야네냥은 기타의 음색으로 말하는 고양이이지만, 리제라는 전속통역사가 일본어로 바꿔줄 것이다, 라는 뒷설정을.

"사야네냥! 오늘부터 너를 리제의 마리오네트로 삼아주마."

복잡한 세계관을 추가하지는 말아 줘.

"……………(꼬옥)."

로리냥 씨. 어린아이를 뒤에서 끌어안는 것도 그만둬.

"지금 퍼뜩 든 생각인데, 인형옷의 손으로는 기타를 못 치지 않을까?"

문득 에미 누나가 조심스럽게 오른손을 들며 문제점을 지적했다. 변신 후의 손바닥에는 발바닥살이 붙어 있었기 때문에, 확실히 연주할 때 섬세하게 손가락을 놀리는 일은 도저히 불가능했다.

"사야네. 변신 후의 손으로는 기타치기 어려웠어?"

"……………(끄덕)."

사야네냥이 작게 고개를 끄덕였다. 사야네냥은 복슬복슬한 손바닥을 펼쳐 내 눈앞에 들어 올려 보였다.

"분명히…… 이래서는 현을 누르기는커녕, 피크조차 잡기 힘들 것 같네."

"뭐, 어쩔 수 없잖아. 원조다비냥은 기타 같은 건 켜지 않으니까."

미쿠모 씨가 에헤헤~ 하고 경쾌하게 웃어넘겼다. 하지만, 이 문제는 시급하게 해결해야만 했다.

SAYANE가 변신한 마스코트 캐릭터가 SAYANE처럼 기타를 칠 수 있다는 점이 세일즈 포인트이건만, 만족스럽게 기타를 칠 수 없다니 사기도 그런 사기가 없었다.

"히나. 사야네냥을 버전업해도 괜찮을까?"

"물론이죠! 원래 사야네냥은 창고에 잠들어 있던 것이니까요!"

어느 정도는 손을 대도 괜찮다, 라는 모양이었다.

"사야네. 잠깐 변신을 풀어줄 수 있을까?"

에미 누나의 권유에 사야네가 인형머리를 벗었다. 내가 등의 지퍼를 내리자, 인형옷에서 완전히 탈피를 완료, 변신상태가 해제되었다.

에미 누나는 천사와도 같은 미소를 흩뿌리며, 내게 커터칼을 빌려달라고 요구했다…… 커터칼? 나는 에미 누나가 말하는 대로, 마츠모토 가의 커터칼을 그녀에게 건넸다. 그러자, 에미 누나는 금속칼날을 천천히 밀어 꺼내면서, 가학적인 미녀로 변모했다.

"구멍, 뚫어버리자♪"

나도 에미누나가 구멍을 뚫어줬으면 해…… 가 아니라, 그녀의 의도는 혹시─ 사야네냥의 개조수술!

"마사키요 씨도 도와주면 기쁘겠어요♪"

"좋아! 나한테 맡겨! 오랜만에 다른 사람의 힘이 되는 것 같은 느낌이 든다!"

시체가 되었던 토미 씨가 부활해 인형옷의 손바닥에 연필로 원을 그렸다. 하나가 아니었다. 십 엔짜리 크기의 원을 오른손에 다섯 개를 그렸다.

"남은 건, 원을 칼로 잘라내는 것뿐이야. 기타를 칠 때 손가락을 꺼낼 수 있도록."

"과연. 손가락을 꺼낼 수 있는 변신형태로 해 두면, 평소와 똑같이 기타를 칠 수 있죠."

원을 그린 위치가 손가락이 있는 위치와 일치했기 때문에, 대충은 눈치 채고 있었다. 변신아이템인 인형옷도 신품이 아니기 때문에, 새삼 구멍을 낸다고 해도 화낼 사람은 없었다.

"리제도! 리제도! 성검을 휘두르고 싶다!"

"그래그래. 알았어. 혼자서는 위험하니까, 엄마랑 같이 하자♪"

"나도 같이 하게 해 줘! 가족의 공동작업인 편이 더 즐거워."

토미 씨 일가가 사야네냥의 오른손에 구멍 뚫는 작업에 착수했다. 리제가 칼을 쥐고, 토미 씨와 에미 누나가 등 뒤에서 그것을 보조. 날붙이로 여기저기 그어대고 싶어 하는 활발한 딸을 아버지가 달래기도 하고, 엄마가 「그래그래. 잘하는구나. 리제는 천재인가 봐♪」라며 가볍게 추켜세우기도 했다.

정말로 화목한 이상적인 가족은 행복하다는 듯이 빛나서 눈이 부셨다. 그야말로 가족의 공동작업. 그 모습을 여 보란 듯이 보여주자, 우리도 저렇게 되고 싶다, 하고 동경하는 마음이 피어올랐다.

"우리는 왼손작업을 할까. 얼른 끝내버리고 계속 특훈을 하자."

"……응. 슈는 자르는 것은 서툴 것 같으니까, 내가 자를게."

"어—? 나 미술 성적이 꽤 좋았잖아? 가위바위보로 정할까?"

이쪽은 정신연령이 아직 꼬맹이 수준이라, 담당을 결정하는 일에서조차 장황하고 집요하게 굴었지만.

"사야네가 자를 것 같으니까, 우리는 표식으로 원이라도 그릴까요?"

나는 무심히 미쿠모 씨에게 그렇게 말을 걸어보았다. 그랬더니.

"………………."

한 마디로 표현하자면 방심상태로, 그저 한 점을 **선망의 눈초리**로 바라보고 있었다.

"미쿠모 씨?"

"……응? 아아, 작업 말이지! 얼른 끝내 버리자!"

겨우 내 목소리에 반응을 보이며 평소의 태도를 되찾았지만…… 그녀가 입을 한일자로 다물고 아련하게 바라보던 시선의 끝에는 행복한 세 가족이 있었다.

손가락 구멍을 뚫는 수술이 끝나고, 사야네가 사야네냥으로 다시 변신했다.

양손의 손가락을 언제든지 외부로 뺄 수 있는 상태가 되어, 실제로 손가락을 전부 밖으로 내밀어보니 평범하게 기타를 칠 수 있을 것 같은 분위기였다.

연주 중에는 모피에 둘러싸인 손등밖에 보이지 않았기 때문에, 외견적인 위화감은 아마도 적을 것이다. 만약 변신 전의 손가락이 보였다고 해도, 기타연주 모드라는 애교로·봐줘.

대본의 흐름대로 한 차례 연습을 마쳤을 때에는 이미 밤 10시가 다 되어가고 있었다. 내일도 출근해야 하는 사람이 대부분이었기 때문에, 오늘은 그만 해산했다.

"리허설은 하겠지만, 자율연습도 해줘! 너희라면, 분명히 할 수 있을 거야!"

현관에서 신발을 신은 미쿠모 씨가 배웅을 하는 나와 사야네에게 성원을 보내주었다. 딱히 근거는 없는 격려였지만, 이상하게도 실패하리라는 예감은 들지 않았다.

성공한다면 기쁠 것이고, 실패해도 웃고 즐길 수 있는 이야기가 될 것이다. 사흘 뒤의 데뷔가 기다려졌다.

토미 씨 일가와 미쿠모 씨가 돌아간 뒤, 나는 본가로 걸어서 돌아가는 사야네의 곁을 따랐다. 모두가 잠든 다비나가와는 기분 나쁠 정도로 고요해서, 서로의 숨소리까지 가까이 느껴질 정도로 조용했다.

  우리는 피부를 에는 것 같은 냉기에 몸을 떨면서 얼어붙은 등줄기를 구부정하게 구부린 채 사야네의 집으로 향했다. 평소라면 걸어서 5분 거리였지만, 지금의 나는…… 예전처럼 걸을 수 없었다. 내 의사에 반해 서서히 퍼져나가는 육체의 붕괴에 갈 곳 없는 분노가 생겨나 어쩔 때에는 괜히 짜증이 났다.

  금방 차오른 숨은 하얀 김으로 바뀌어 몇 번이나 몇 번이나, 냉점 아래의 기운이 감도는 밤공기 속으로 흩어졌다. 그래도, 사야네가 걷는 속도를 맞춰주었다. 손을 잡고 있으려니, 두 사람의 체온이 서로 섞여 장갑을 끼고 있지 않아도 괜찮았다. 서로 맞닿은 피부는 조용히 열기를 띠고 있었다.

  연인다운 분위기의 데이트는 전혀 경험이 없었다.

  그러나, 우리에게는 집 앞의 자갈길을 걷는 것만으로도 데이트였다. 좋아하는 사람과 손을 잡고 나란히 있으면, 어떤 풍경 속에 있어도 충실한 느낌이 들어.

  사야네의 집에 도착하자, 우리는 으레 그러듯 정원 앞에 멈춰서 서로를 마주보고 섰다.

  "……슈의 체육복, 세탁해서 돌려줄게."

  사야네의 왼손에는 종이가방이 들려 있었다. 그것에는 내가 빌려준 다비중 체육복이 고이 접혀 담겨있었다.

"일부러 사야네가 집에 갖고 가지 않아도 우리 집에서 빨면 되는데."

"……그럴 수는 없어. 땀을 잔뜩 흘려서…… 그, 냄새라든가…… 잔뜩 배어있을지도 모르니까……."

사야네는 부츠 끝으로 지면에 쌓인 눈을 갖고 놀면서, 머뭇머뭇 중얼거렸다.

그 목소리는 점차 갈라지면서 작아졌기 때문에 거의 들을 수가 없었다.

"땀이 어쨌는데? 빨면 괜찮잖아…… 히약?! 차거……?!"

성이 난 사야네가 차 올린 눈가루가 달빛을 두른 유성이 되어 내게로 쏟아져 내렸다. 비교적 방어가 약한 목덜미에 다소의 눈이 침투해, 나의 한심한 비명이 밤공기에 메아리쳤다.

"……슈는 여자의 마음을 좀 더 공부해."

"어어……? 어디가 문제였던 거야……."

삐죽대는 사야네도 매력적이니까, 오히려 공부하지 않아도 되지 않을까, 하는 생각이 들기도 하고.

"……슈의 체육복, 나한테는 사이즈가 컸어. 슈의 냄새도…… 잔뜩 느낄 수 있었어."

"미안하다. 일단 엄마가 빨기는 하는데…… 그렇게 고약했어?"

"……아니. 마음이 편했어. 어릴 때부터 달라지지 않아서…… 무척 마음이 차분해졌어."

사야네는 들고양이처럼 변덕쟁이라서, 화를 낸다 싶더니 금방 웃었다. 그렇게 갑자기 웃으면 마츠모토 슈의 마음은 기쁨으로 몸부림친다고…….

나는 사야네를 끌어안고 싶은 충동에 휩싸였다. 하지만, 이곳은 사야네의 집 바로 앞. 나는 울며 겨자 먹기로 자중했다…….

사야네도 두 팔을 벌리려다가 금방 팔을 접었다. 어쩌면 내가 포옹하는 것을 기대……했다거나? 아아, 이 겁쟁이 녀석…….
겁쟁이 아들놈아…….

"……내일의 사야네냥은 자율연습. 혼자서 연습하겠어."

"내일은 병원에 가는 날이니까, 특훈을 같이 해주려면 그 뒤가 될 것 같은데."

"……통원날 정도는 얌전히 쉬어. 슈는 무리하지 않는 편이 좋아."

나는 나를 순수하게 걱정해주는 사야네와 몇 초 간 동안만 시선을 교환했다. 어슴푸레한 가로등에 비쳐진 두 사람은 곧 각자의 길에 발을 내디뎠다.

사랑해, 라는 창피한 대사는 입에 올리지 않았다. 그리고 상대도 값싸게 베풀지 않았다.

하지만 특별한 날…… 예를 들면, 이주일 후의 크리스마스는 어떨까. 평소 좋아하는 감정을 말로 해서 알리기에는 이 이상 없는 좋은 이벤트가 아닌가.

비장의 선물도 준비했어. 저 녀석은 못 본 걸로 해주었지만, 몰래 준비하고 있으니까 기대해준다면 기쁠 것 같아.

좀 더 같이 있고 싶지만, 내일도 분명히 만날 수 있었다.

내일 또 보자, 라고 약속을 해주었다.

금방 만날 수 있는 거리에 네가 있었다.

지금은 그저, 그것만으로 좋았다.

잘 자—— 서로 그렇게 말한 순간, 아주 살짝 연인의 기분을 맛보았다.

******

다음 날—— 나는 아침 일찍 일어나 방의 등유히터를 켰다.

복장은 중학교 체육복 위에 한텐[#6]을 걸쳤을 뿐이었다. 손가락 끝이 얼어붙을 것 같은 매서운 추위는 내 어금니를 리드미컬하게 진동시켰다. 등유 특유의 냄새. 히터의 열풍에 두 손을 쐬자 딱딱하게 굳었던 손가락이 천천히 풀리기 시작하고, 얼빠진 소리가 내뱉는 숨에 섞였다.

의도적으로 양손가락을 따뜻하게 데운 것은 애용하는 신시사이저를 매끄럽게 연주하기 위해. 차갑게 식은 흑백의 건반에 손가락을 얹고 때때로 컴퓨터 모니터를 응시하며, 상상한 소리를 컴퓨터에 입력해갔다.

"하아……."

뜻한 대로 되지 않아 셀 수도 없이 스트레스가 응축된 한숨을 내뱉고 혀를 찼다.

#6 **한텐** 하오리와 비슷하게 생긴 기모노의 일종. 주로 가게 직원들이나 장인들이 있었으며, 현재도 점원들이 옷깃이나 등에 가게 이름, 상호 등이 들어간 한텐을 유니폼처럼 입는 것을 종종 볼 수 있다.

너무 늦은 청춘을 얻게 된 대가는 예상이상으로 컸던 것 같았다. 오래 살아남은 대신에 점차 잃어버리고 있는 것들이 있었다. 잃어버리지 않고자 발버둥을 쳐도, **톱니바퀴가 어긋나는 속도**에는 이길 수가 없었다.

하지만 나는 발버둥치는 것을 멈추지 않았다.

미안하다, 신. 5년 전의 쓰레기는 이미 죽었어.

키리야마 사야네의 곁에 있는 마츠모토 슈는 어떤 일이든 할 수 있고, 어디에라도, 갈 수 있다고.

"기다려라. 크리스마스!"

혼자 그렇게 외치면서 나는 기합을 넣었다.

"호오. 겁쟁이 아들주제에 크리스마스에 예정이 있구나? 청춘인걸."

"그래그래. 겁쟁이 아들이라……."

혼자서 외쳤는데, 대화가 성립되다니 이상하지 않아?

"인마…… 아침댓바람부터 삐로롱삐로롱 건반을 쳐대고. 병원에 가는 날 정도는 얌전하게 못 있냐?

"얼굴이 무서운데요……. 용서해주세요."

내 뒤에 아수라가 서 있었다. 혀끝을 마는 것처럼 힘차게 말하며 위압감을 내뿜는 엄마는 한창 불량배로 활약하던 시절과 비슷했다. 스무 살이나 먹어서 엄마에게 혼이 나는 남자. 아침 댓바람부터 모니터 스피커를 통해 키보드 소리를 집안 전체에 울리게 해서, 아들은 반성하고 있습니다.

하지만, 엄마는 금방 기분을 풀었다. 진짜로 야단을 친다기

보다는 병상에서 일어난 지 얼마 되지 않은 아들을 걱정해
준 것이리라.

"아침밥 다 됐으니까 말이다. 오늘은 프렌치토스트랑 커피다."

"어……? 당신은 누구시죠……?"

"아앙? 널 여기까지 키워준 어머님인 게 당연하잖냐."

볶음밥에 보리차는 최고다, 라는 스타일을 관철해 온 불량
배 출신 엄마가, 프렌치토스트에 커피……라고? 이 사람은 대
체 누구지?

나는 옷도 갈아입지 않고 부엌으로 향했다. 그러자 매일 만
나는 얼굴이 식탁 앞에 앉아 머그컵에 따른 커피를 우아하게
즐기고 있는 것이 아닌가.

"……안녕, 슈."

"어어. 안녕…… 그것보다, 왜 네가 우리 집에서 아침을 먹
는 거야?"

말할 것도 없이 사야네였다.

"……프렌치토스트, 먹을 거지? 커피도 끓여줄게."

"옷, 땡큐! ……가 아니라, 다른 때에는 너희 집에서 아침을
먹고 느긋하게 왔잖아?"

"……사소한 일은 신경 쓰지 마."

사야네가 조리대의 화구 위에 놓인 프라이팬에서 프렌치토
스트를 꺼내 접시에 담았다. 우유와 버터의 달콤한 향이 식욕
을 돋우고, 갓 끓인 뜨거운 커피에서 피어오르는 원두의 향긋
한 향과 김은 이른 아침의 매서운 냉기를 완화시켜 주었다.

나는 식탁 앞에 앉아 식탁 위에 놓인 프렌치토스트를 깨물었다. 계란의 부드러운 맛과 버터의 감칠맛이 식빵을 감싸고, 단맛이 스민 빵이 혀 위에서 풀어져, 씹을 때마다 부드러운 달달함이 입안에 쫙 퍼지면서 녹아갔다.

그리고 살짝 단 커피를 한 모금. 달달함으로 코팅된 입안에 쌉쌀한 어른의 향이 섞이면서 후우, 하고 마음이 차분해졌다. 뜨거운 커피인 만큼, 말이지.

사야네는 내가 먹는 모습을 열렬한 시선으로 지켜보았다. 남이 물끄러미 나를 쳐다보는 것은 왠지 간질간질 간지러웠다. 그렇지만, 마치 신혼의 아침인 것 같아서…… 기분이 나쁘지는 않았다.

뒤늦게 알아차린 사실이었지만, 사야네는 외출복 위에 앞치마를 두르고 있었다. 안 어울린다. 그렇게 말하면 화를 낼 것 같았지만, 가정적인 일면이 매우 신선해서 나는 그만 넋을 잃고 쳐다보았다.

"오늘은 좀 바빠서 말이다. 널 병원까지 데려다주고 데리고 올 수가 없다. 업무상, 겨울은 어떻게 해도 성수기가 돼 버리거든."

엄마가 커피를 따른 머그컵을 한 손에 들어 사정을 설명하기 시작했다.

프로판 가스와 등유를 취급하는 가스업체의 성수기는 소비량이 가장 늘어나는 동계. 유급휴가나 단축근무 조정이 어려웠다고 했다.

"그런 관계로, 이와 관련해서 믿음직스러운 조력자가 널 병원까지 데리고 가고 데리고 와주겠단다."

"서, 설마……."

허공을 헤매던 내 시선이 사야네 쪽으로 빨려 들어갔다.

"……내가 운전할 거야."

이봐이봐…… 진심이야?

"……불안해 보이는 얼굴, 하지 마."

감정에 솔직한 표정에 떠올라있던 것 같은 불안을 사야네가 알아차렸다.

"……괜찮아. 면허는 땄으니까."

그런 걱정이 아니야.

간단히 아침식사를 마친 엄마는 신문을 읽을 여유도 없이 출근해 버렸다.

사야네와 함께 설거지를 한 뒤, 나도 외출하기 위한 준비를 했다.

세면대 거울에 비친 자신의 모습과 마주했다. 당당하게 뻗은 등줄기와 청결함이 넘치는 얼굴, 생기 가득한 눈은 자신감의 발로였다. 사야네와 재회하기 이전의 좀비남 따위 완전히 사라지고 없었다.

다녀오겠어. 기대와 의심이 혼재하는 드라이브를.

현관에서 정원으로 나간 순간, 옅은 펄핑크색의 경차가 발군의 존재감을 뿜어냈다. 그야말로 여자들에게 인기가 많을 것 같은 그 디자인은 사야네의 본가가 본래의 정위치였다.

사야네의 어머니가 사용하는 차를 빌린 것이리라. 사야네는 스마트키로 잠금을 자동해제 했다. 왜 의기양양한 얼굴을 하는지는 모르겠지만, 그건 버튼만 누르면 다 되는 거야.

내가 조수석에 올라타자, 운전석의 사야네는 빈틈없이 히터를 가동시—

"추, 추워……!"

잘못해서 에어컨을 작동시킨 모양이었다. 엄청나게 차가운 바람이 불어나와 나는 심장이 멈출 것을 각오했다. 이봐이봐이봐, 이 운전 괜찮은 거야?

"너, 차 운전, 잘해?"

"……도쿄에서는 늘 매니저가 운전해줬어."

"그렇다는 건, 장롱면허?"

"하지만, 눈도 안 내렸고 타이어도 스터드레스#7이니까 문제없어."

정말로 괜찮을까…….

"……게다가 4륜구동이야."

영문 모를 득의양양한 얼굴. 내가 걱정인 건 자동차의 성능이 아니라, 네 운전실력이다만.

사야네가 정신을 다잡고 핸들을 쥐었다. 차내가 적절히 따뜻해진 시점에 마츠모토 가를 출발했다. 날씨는 쾌청했으나, 나는 내심 불안에 떨면서 미래를 지켜보는 수밖에 없었다.

#7 스터드레스 스노우타이어의 일종. 금속 스터드핀 없이도 적설로가 빙결면에서 주행기능을 최대한 높여주고, 스터드가 도로를 파손하는 것을 방지하는 제품.

"가는 길에 너희 집에 들려주지 않을래? 차도 빌렸겠다, 인사를 해두고 싶어."

초심자 특유의 새우등을 하고 운전하던 사야네가 어색한 손놀림으로 방향지시등을 켰다. 그리고 신중해도 너무 신중한 저속으로 좌회전을 해, 키리야마 가로 진로를 잡았다.

걸어서 5분 거리인 곳이었다. 자동차를 타니 2분도 걸리지 않아 도착했다.

그저 잠시 들린 것뿐이었기 때문에, 사야네는 시동을 켠 채 운전석에서 대기했다. 나만 주차된 차에서 내리자, 사각삽으로 정원에 쌓인 눈을 치우던 사야네의 어머니가 맞아주셨다. "오늘은 차를 빌리겠습니다. 사야네가 사고를 내지 않도록…… 안전운전 시킬 테니까요."

"후후후. 괜찮아. 저 아이, 오늘은 좀 긴장한 것 같지만, 최근에는 나랑 운전연습을 하고 있으니까."

"예? 그랬나요?"

"그래. 『슈가 곤란할 때, 내가 지탱해주고 싶어』라며, 저 아이가—."

"아——————————앗! 엄마!! 그건 비밀인데!!"

나왔다! 차창을 열면서 큰 목소리로 위협하는 애니멀 사야네가.

"아마도 오늘, 슈네 집에서 프렌치토스트도 만들었지? 그것도 한참 전부터 나랑 특훈을 해서 말이야—."

부릉부릉!! 부—르릉부릉부릉부—릉!!

"……슈! 빨리 가자!! 엄마, 다녀올게요!!"

사야네가 얼굴을 새빨갛게 물들인 채 기어를 주차로 해놓은 상태로 가속페달을 밟았다. 폭음으로 부끄러움을 감춰 보인 연인의 재촉에, 나는 재빨리 운전석에 올라타 키리야마 가를 뒤로 했다.

다비나가와 데이터베이스의 보안은 변함없이 허술했다. 나로서는 기분 나쁜 미소를 억누를 수 없는 유익한 정보였기 때문에, 딱히 개선되지 않아도 좋았다.

"……히죽거리지 마."

싱글벙글.

"……싱글거리지도 마."

어쩌면 좋을까. 삐치고 말았어.

저도 모르게 흐뭇한 말투가 튀어나올 정도로 나는 기분이 들떠있었다.

"……못 들었어."

오로지 전방만 주시한 채 운전하던 사야네가 말을 꺼내기 어렵다는 것처럼 우물거렸다.

"……요리 맛이 어땠는지…… 아직 슈 입으로 못 들었어."

과연. 완전히 엄마가 만들었다고 생각하고 있었기 때문에 제대로 감상을 말하지 않았는데, 그런 것이라면—.

"솔직하게 말해도 돼?"

"……응."

라디오도 켜지 않은 조용한 차안.

숨을 삼키는 사야네의 울적한 긴장감이 얼어붙은 공기를 통해 이쪽으로까지 전해져왔다.

"진짜 맛있었어. 매일 만들어줬으면 할 정도였어."

"……그래. 다행이네."

사야네의 반응은 의외로 약했다. 하지만, 핸들에 얹은 그녀의 오른손 집게손가락이 위아래로 옴직옴직 거리고 있었다.

"내가 영업 때문에 외출하는 날에는 말이지. 마음이 내키면 도시락을 만들어줬으면 좋겠어~."

"……그렇게까지 말한다면 만들어주지 못할 것도 없는데."

사야네가 내내 유지하던 포커페이스가 한 순간 뿐이지만 무너지고, 그 입 꼬리가 위로 치켜 올라갔다.

"사야네도 히죽거리잖아. 이걸로 비긴 거야."

"……히죽거리지 않았어. 태양이 눈부신 것뿐이야."

이 일련의 대화에 알맹이는 존재하지 않았다. 그래도 마음은 기쁨에 미쳐 날뛸 것만 같을 정도로 충실했다.

아마도 대화의 알맹이 같은 것은 아무래도 좋은 것이리라. 내 곁에 있어주는 존재만 있다면, 어떤 일이라도 즐길 수 있을 것이다.

"……에밀리 씨를 태워도 될까? 슈를 기다리는 동안, 에밀리 씨와 운전연습을 하고, 옷을 사러 갈 약속을 했어."

"에미 누나도 참가하는 드라이브인가. 이젠 그야말로 금단의 불륜 데이트잖아……."

"무슨 말을 하는 건지는 잘 모르겠지만, 기분 나쁜 망상이라는 건 잘 알겠어."

평일이니까, 아마도 토미 씨는 출근했을 터. 백주대낮에 유부녀를 꾀어내네요.

토미 씨가 나빠. 미인 누님인 에미 씨를 그냥 방치해 두니까 그렇잖아……!

그런 멍청하기 짝이 없는 망상의 날개를 펼치는 사이, 사야네가 모는 차는 토미 씨 집 부근의 갓길에 멈춰 섰다. 에미 누나가 성실하게도 갓길에서 기다려주었기 때문에, 우리는 그녀를 택시처럼 뒷자리에 태웠다.

"내가 같이 끼어도 괜찮은 걸까? 나, 방해되는 거 아냐?"

"아뇨. 에미 씨를 상대해주지 않는 그 남자가 나쁜 겁니다……! 에미 씨는 쓸쓸해하고 있는데!"

"응? 무슨 말이야?"

영문을 모르고 고개를 갸우뚱하는 에미 누나는 근사했다.

"……에밀리 씨. 바보의 망상에 동조할 필요는 없어요. 그럼 출발합니다."

천천히 전진한 차는 국도로 들어서, 하루사키 중심부를 향하려고 했다. 그 순간— **고스로리 차림의 낯익은 여자아이**가 책가방을 등에 멘 채 인도를 방황하고 있다!

프릴이 달린 우산을 성검으로 삼아 재빠르게 검격을 내지르고 있는 구세주님.

당연하게도 혼자서, 말이다.

"저 아이, 뭘 하는 걸까? 벌써 수업은 시작했을 시간인데."

에미 누나가 뺨에 손을 대고 아름다운 쓴웃음을 금치 못했다.

로리야마 씨가 반응해 차의 속력을 떨어뜨려 천천히 접근했……지만, 차분한 구석이 없는 리제는 아무렇게나 다다다다 달려 나갔다. 도망치듯이 달리는 초등학생과 그 뒤를 쫓는 수상한 차량…… 위험한 광경 아냐? 누가 보고 신고하지 않을까. 괜찮으려나.

"끄아아아아아아아아아아아아아아아?! 빙결 마법?!"

리제가 얼어붙은 길에 발이 미끄러져 그대로 나동그라졌다. 그것이 기회라는 것처럼, 사야네는 차를 갓길에 세우고 운전석에서 뛰어나가 리제의 작은 몸을 꽉 안아들어 뒷좌석에 밀어 넣었다.

이거…… 아무것도 모르는 사람이 본다면, 어린아이를 납치하는 장면이겠네요. 겨울의 시골길이라서 주변에는 아무도 없었지만! 사람들이 오해해도 나랑은 관계없는 일이야.

"……후우."

임무완료, 라는 것 같은 사야네의 상쾌한 표정은 대체 뭘까요.

"리제를 태운 건 좋은데, 이대로 데려가려는 거냐?"

"……뒷일은 생각하지 않았어. 그저 모성을 억누를 수 없었어."

진지한 얼굴로 뭔 소리를 하는 거야, 이 녀석.

"세상의 정해진 섭리보다 중요한 일이 있다. 리제, 백은의 세계를 달려 나가 전장으로 귀환하기 위해, 이대로 나아가는 거다. 이 세상의 시간은 리제가 장악하고 있다!"

"요컨대, 『의무교육보다 중요한 일이 있어서 학교는 빼먹었다. 그 중요한 일을 찾기 위해 새하얀 눈길을 방랑하고 있었다. 무지하게 한가하니까, 이대로 리제를 데려가라』라는 것인 모양이네."

에미 누나의 정확한 통역에 나는 웃음이 나오고 말았다.

사야네냥의 통역으로 임명된 리제였지만, 리제어록의 통역도 필요할 것 같은 느낌이 들었다.

"……땡땡이는 아티스트의 숙명이야. 리제도 있는 편이 좋아."

천재기인끼리 통하는 모양이었다. 너희는 마음 내키는 대로 행동하지만, 그것에 휘둘리는 평범한 사람들은 옛날부터 고생을 해왔다고.

"학교를 쉰다고 누군가한테 제대로 말했니? 말없이 쉬면 선생님이 걱정하시니까."

"요스케에게 메시지를 보냈다. 전장으로 향하는 구세주의 사명을 전우는 알아줄 거다."

지금쯤, 리제의 동급생인 요스케는 어이를 상실하고 있겠군.

그 마음 안다. 나도 비슷한 처지였으니까 말이지.

여하튼, 여자초등학생을 납치……가 아니라, 드라이브의 동료로 삼은 우리는 일단 하루사키 종합병원으로 안전운전으로 나아갔다.

그 도중에는 정말로 시시한 가족 얘기로 대화의 꽃을 피우거나, 에미 누나가 선택한 곡을 오디오로 틀어 모두 다 같이 따라 부르는 등.

고등학생의 수학여행버스인가, 싶을 정도로 천진난만하게—
신이 나서 떠들어댔다.

******

병원 로비에서 사야네나 에미 누나 모녀와는 별도행동을 하
게 되어, 나만이 엘리베이터로 위층으로 향했다.

자동접수를 마치고 나는 대기용 의자에 앉아 순서를 기다
렸다. 이렇게 기다리는 시간에도 새로운 음악의 조각들을 만
들었다가 지우고, 이었다가 부수면서 이상의 선율이 될 때까
지의 상상을 반복했다.

빨리 집에 돌아가서, 두뇌의 망상을 현실세계에 구현해내고
싶었지만…… 그러기 위해서는 아웃풋의 기반을 유지할 필요
가 있었다.

두뇌 속의 음악을 연주하기 위해 필요한 것— **육체의 붕괴
를 늦춰야만** 했다.

"마츠모토 씨."

곧 내 이름이 호명되었다. 병원이라고는 해도, 오늘의 목적
은 진찰이 아니었다.

재활센터. 다양한 이유로 쇠약해졌거나 부자유스러워진 몸
의 기능을 유지·향상시키기 위한 곳에 온 것이었다.

의외로 넓은 공간에는 헬스장에 있을 법한 운동기구도 많
았다. 하지만 보행용 난간이나 간이침대도 설치돼 있어서 한

편으로는 병원 특유의 분위기도 짙게 감돌았다. 다른 이용자들도 어딘지 패기가 없었고, 빈말로도 얼굴색이 좋다고는 말할 수 없었다.

"오늘도 잘 부탁해요. 무리하지 않는 범위 내에서 열심히 하죠!"

나를 맞이한 것은 나를 담당하고 있는 물리치료사 여성이었다. 그녀의 나이는 들은 적이 없지만, 자연스러운 화장을 한 싱싱한 피부는 20대 후반이라고 해도 충분히 통할 것 같았다.

나는 바로 치료사의 손을 빌려 바닥에 딸린 매트 위에 누워 스트레칭을 시작했다.

무릎을 구부려 치료사가 얹은 손을 밀어내듯이 다리를 뻗었다. 힘을 넣은 다리를 만져보는 것으로 가동역과 근력을 측정한다는 것 같았다.

나는 숨을 뱉으면서 천천히 무릎을 굽혔다가…… 폈다. 천천히, 서서히.

"초조해하지 않아도 괜찮아요. 자기 페이스대로 하면 돼요……. 숨을 들이쉬고, 뱉으세요."

물리치료사는 호흡을 유도하며 심신을 진정시켜주었다.

대단할 것 없는 단조로운 움직임인데도 전신에서 대량의 땀이 쏟아져 나왔다. 생각한 대로 근육이 움직여주지 않아, 쓸데없는 부위에 부하가 집중되었다. 그것이 애가 타서 괜히 초조하고 짜증이 났다.

꽤 고됐다. 완전히 제어할 수 없는 몸을 억지로 혹사시키는 일은 이렇게나 괴롭고 고통스러웠다.

"하아…… 하아……."

그래도 나는 계속하고 있었다. 입원 중에도 줄곧 재활프로그램은 쉰 적이 없었다. 물론, 수술한 직후에는 몸 상태도 안정되지 않아서…… 강렬한 구토감과 심한 권태감, 식욕부진 등에 따른 체중감소와 영양부족 등 그저 숨만 쉬고 있었는데도 고통스러웠다.

오래 살 수 있게 된 대신 **잃어버린 감각**도 적지 않았다. 이렇게까지 많은 대가를 치러놓고도 완치되지 않았는데, 내 마음이 부서지지 않은 것은 왜인가.

키보드를 치고 싶다. 마음속에 그린 곡을 사야네를 위해 만들고 싶다.

죽음의 공포와 미래에 대한 절망에 짓눌릴 것 같은 남자를 구원한 것은, 자리를 보전하던 상태에서 해방시킨 것은 세상에 단 하나뿐인 좋아하는 사람. 그리고 그 둘이서 자아내는 음악이었다.

"마츠모토 씨. 꽤 잘 걸을 수 있게 되셨네요."

내가 좌우에 늘어선 손잡이를 잡고 똑바로 걷자, 치료사가 감탄을 했다. 입원 중에는 누군가의 부축이 필요했는데, 현재는 일상생활에도 지장이 없었다.

한 프로그램에 걸리는 시간은 20분. 자주 쉬어주고 틈틈이 수분공급을 해주며, 오전에는 운동기능 회복에 중점을 둔 프로그램을 소화해나갔다.

"……하아 ……하아 ……큭."

산소를 들이켰다가 뱉어내고, 얕게 들이쉬었다가 뱉어냈다. 숨이 턱 끝까지 차올라 목은 떨렸으며 가슴은 꽉 조여질 정도로 고통스러웠다. 경부하의 자전거 에르고미터를 몇 분 탄 것만으로도 이 꼴이었다.

"무리하지 마세요, 자신의 페이스에 맞춰 천천히 해가자구요."

자신의 페이스를 의식해도, 초조함이 육체를 과도하게 몰아넣으려 했다. 그것에 제지를 가해주는 전문가가 옆에 있는 것은, 2인3각으로 실시하는 재활프로그램을 선택한 가치 있는 의미였다.

혼자서 싸웠더라면, 초조함에 가슴이 터져버렸을 테니까.

격감한 체력과 근력은 돌아오지 않았고, 키보드에 닿는 손가락 끝의 감각은 많이 무뎌졌다. 왼쪽 눈의 시력은 극단적으로 떨어져, 이대로 계속 진행된다면 일상생활에 지장을 가져올 우려가 있었다.

하지만, 나는 도망치지 않기로 맹세했다. 고난과 마주하고, 그것을 극복하기 위해 발버둥 쳤다.

마음이 내킬 때에만 열심히 하는 것이 아니라, 담당 치료사와 상의해서 정한 일정과 시간을 지켜 꾸준히 계속했다. 음악 기술의 향상법과 똑같았다.

침대에 누운 상태나, 휠체어에 앉은 채로는 도저히 맛볼 수 없는 경치를 나날이 지켜보며, 고향의 친구들과 절조 없이 멍청한 짓을 할 수 있는 것만으로도 나는 앞으로도 계속 노력할 수 있었다.

썩을 운명을 강요해오는 신에게 웃으며 저항할 수 있다고.

"어머. 저 분, 마츠모토 씨가 아는 그 분 아닌가요? 늘 같이 오시는 분들이죠?"

무심코 창밖으로 시선을 준 치료사가 입가에 누그러뜨리며 창밖을 가리켰다.

그 말에 나도 창밖을 내다보았다. 그러자 병원의 살풍경한 중정(中庭)을 내려다 볼 수가 있었다.

"저 녀석들, 뭘 하는 거지……?"

기온이 낮은 실외는 사람의 왕래가 뜸했다. 그런 가운데, 낯익은 세 사람이 나란히 옆으로 서서 대본을 손에 들고 뭔가를 열심히 얘기하고 있는 것 같았다. 사야네와 리제가 몸짓 손짓으로 리액션을 하고, 에미 누나는 똑바로 서서 대본을 들여다보고 있었다.

상황은 금방 이해할 수 있었다. 데뷔를 이틀 앞두고, 사야네냥의 특훈을 하고 있는 것이었다.

뭐가 『에미 누나와 옷을 사러 갈 약속』이냐.

내 눈을 피해 특훈을 하고 있다니…… 저 녀석 답군. 사야네는 노력하는 모습을 남에게 보이고 싶어 하지 않았다. 나를 놀라게 해주고 싶어서 몰래 전력을 다하는 아이이니까.

그런 부분도 포함해서 좋아하게 돼버린 거다.

위층에서 내가 보고 있는 줄도 모르고 어색한 동작을 반복하는 그 비현실적인 모습이 너무 이상해서, 자연스럽게 뱃속에서부터 웃음이 터져 나왔다.

때때로 애드리브의 움직임도 보였다. 셋이서 협의를 해서는 「우―음」 하고 신음하는 것 같은 몸짓을 보이고는, 어설픈 창작댄스 같은 것을 끼워 넣었다. 그리고 또다시 협의의 반복.

저 녀석들, 독단으로 새로운 내용을 끼워 넣을 생각이군.

치료사도 「저거, 송년회 연습하는 건가요?」라며 소리 없는 웃음을 억누르지 못했다.

당당하게 공연내용을 맞춰보고 있는 세 여자의 중심에 있는 것은 고고한 천재 아티스트 SAYANE. 그것을 들키지 않았다는 점만이 유일한 위안이었다…….

오늘은 인형옷으로 얼굴을 감출 수 없었기 때문일까, 변장용 안경에 모자라는 완전방비 아이템을 착용하고 있었다. 때때로 지나가는 의사와 외래진료 환자들에게 연습의 성과를 피로하고 있……는 모양이었다.

아, 파란 제복을 입은 병원의 경비원이 달려왔다. 아무래도 수수께끼의 공연집단이라고 착각한 모양이었다.

어떻게 하려나. 그렇게 걱정이 되어 나는 간이 떨어지는 줄 알았다.

사야네&리제, 바로 전력질주! 귀찮은 질문을 피하기 위해 재빨리 철수했다. 그리고 그 자리에 홀로 남은 에미 누나가 면목 없다는 듯이 변명을 했다.

경비원의 표정은 온화했기 때문에, 민폐행동을 비난하러 온 것은 아닌 것 같았다. 별난 동작을 하는 세 아가씨를 발견했기 때문에 그저 말을 걸어본 정도인 것이리라.

방해꾼이 떠나자, 사야네&리제가 시침 뚝 뗀 얼굴로 다시 타박타박 되돌아왔다. 위층에서 자초지종을 모두 관찰하는 것만으로도 이렇게 유쾌해져서 웃음이 나오다니.

"마츠모토 씨 주변에는 특이한 분들이 많이 계시네요."

"제게는 아까울 정도로 멋진 사람들입니다. 내일도, 내년도, 내후년도…… 줄곧 함께 있으면서, 같이 멍청한 짓을 하고 싶습니다."

내 바람은— 그저, 그것뿐이었다. 내 몸이 원래대로 돌아가지 않으리라는 것은 잘 알았다. 이제는 이 이상…… 잃어버리지 않도록 나아갈 것이다. 비록 광명은 보이지 않았지만 옆에 있어주는 사야네를 길잡이로 삼아.

"고생하셨어요. 후반에는 줄곧 안절부절 못하셨죠."

세 시간의 재활훈련을 마치고 담당치료사에게 인사를 하자, 그녀는 따뜻하게 쓴웃음을 지어보였다. 역시 다 알아차리고 있던 것 같았다.

"빨리 가주세요. 소중한 사람 곁으로."

"……네!"

평소에는 사야네에게 전화를 했지만, 오늘은 장난기가 발동했으니까 내 쪽에서 사야네를 맞으러 가보자. 그 녀석이 있는 곳은 이미 알고 있었다. 엘리베이터를 이용하면 금방 도착했다.

몸이 끌어당겨졌다. 그 녀석의 목소리가 들려오는 장소로.

족쇄가 되었던 다리가 가볍게 경쾌하게 앞뒤로 움직여, 사야네가 있는 곳으로 이끌어주는 것 같았다.

없애주었다. 마츠모토 슈에게 고향의 친구들과 접하는 시간은, 키리야마 사야네를 강하게 생각하는 시간은, 모든 불안이나 고통을 잊게 해주었다.

자, 가자.

어떤 치료나 약보다도 나를 안심시켜주는 사람의 곁으로.

이틀 후, 토요일.

지역주민을 위한 사야네냥 데뷔이벤트가 미쿠모 여관에서 열렸다.

긴장한 탓일까, 아니면 애드리브인 것일까. 무대는 대본과는 전혀 다르게 나아갔고, 움직임도 어색해서 관객들 사이에서 따뜻한 실소가 끊이질 않았지만.

서툴렀어도 열심히 노력한 사야네냥에게 지역주민들은 성대한 박수를 보내주었다.

사야네냥 자체의 인지도는 아직 한참 낮아서 현재로서는 손님의 발걸음도 크게 늘지 않았다. 하지만 SNS에서의 확산속도는 예상이상이었다.

동영상을 관람한 유저는 「이거 SAYANE 아냐?」, 「기타를 치는 모습이 SAYANE 같아」, 「SAYANE 목소리였다니, 진짜야?」, 「이 쿨하게 맹한 모습은 SAYANE네」 등등, 고참팬을 중심으로 억측들을 내놓고 있었다.

어딘가의 일반인이 『변신』해서 태어난 사야네냥은 아티스트인 SAYANE가 아니었다. 그러므로 그런 시시한 의심이나 억측은 삼가줬으면 했다.

사야네냥은 별개의 생물로서 존재하며, 다비나가와를 부흥시킨다는 사명을 갖고 있었다. 인간과 마찬가지로 수명도 존재했다. 나는 의외로 고집이 있어서, 그렇게 주장할 것이니까 말이지.

「통역인 고스로리 차림의 여자아이, 귀엽다」, 「SAYANE의 여동생이 아닐까?」, 「다비나가와 축제에서 기타를 완전 잘 친 그 여자애다」라는 번외편 같은 의견도 나름대로 보였다.

대대적인 데뷔는 스노랜턴 페스티벌까지 보류였지만, 오늘은 그 계기가 되는 하루였다.

이제부터 성장할지도 모르는 씨앗을 확실하게 심을 수 있었으니까, 대성공이었다.

＊＊＊＊＊＊

사야네냥이 다비나가와에서 아주 소소하게 데뷔한 기념적인 그날 밤.

심야영업을 하지 않는 시골스키장은 오후 4시를 기해 오늘의 영업을 종료하고, 스키를 즐기던 스키어나 보더들도 일몰을 피해 일치감치 숙소로 물러났다.

우리 외에는 아무도 없었다.

하늘 저편에서 불타오르는 저녁 해는 설원의 캠버스에 따뜻한 난색의 계조를 그려냈다. 서로가 기분이 고조된 축하모 드…… 나는 평소부터 기회를 엿보고 있었는데, 지금이 기회를 붙잡을 바로 그 순간이었다.

심장이 약간 빨리 뛰었기 때문에 나는 한 번 심호흡을 했다. 저녁노을이 만들어낸 환상적인 눈의 색깔은 연인들이 서로 몸을 맞대기 위해 존재했다. 젠체하는 느끼한 대사를 속삭이는 일도 평소보다 더 관대하게 허용이 되었다.

이벤트 직후, 나는 직감에 몸을 맡기고 고양감을 겨울 탓으로 삼으면서 쉽사리 떨어지지 않는 한심한 입을 최대한 열었다. 잠깐 데이트를 하지 않을래? 라고.

그리고, 그 기세로 사야네가 키리야마 가의 경차를 운전해 이곳으로 온 것이었다.

마지막으로 방문했던 기억을 거슬러 올라가자 우리는 초등학생이었다. 스키 수업이 있었기 때문에 겨울에는 빈번하게 이곳을 찾았지만, 당연하게도 자유분방하게 놀 수는 없었다.

때문에 휴일을 매우 기다렸다. 엄마가 사야네네 집에서 빌린 차를 운전해 우리를 스키장으로 데려갔고, 당연하다는 듯이 같이 있던 토미 씨를 포함해 넷이서 눈 장난을 할 수 있었기 때문이었다.

초등학교를 졸업한지도 오래된 8년 뒤…… 나와 사야네는 다시 그 슬로프에 내려섰다.

겨울에는 매일같이 발걸음을 해서 눈밭에 구르던 멀고 먼 그날이 그리웠다.

"……반갑네. 슬로프의 분위기도 거의 변하지 않았어."

다비나가와 스키장. 몇십 년 전에 개장한 뒤로 지역주민에게 줄곧 사랑받아 왔으며, 지역주민의 인구와 관광객이 감소하는 현재도 겨울이 되면 우리를 맞아주는 추억의 장소였다.

산림의 경사면을 개척한 대지를 섬세한 신설이 뒤덮고 있었다. 산 정상으로 올라가기 위한 리프트가 원래는 세 개가 있었지만, 이용객의 감소에 따라 두 개만을 가동하게 됐다든가.

"……가게들, 거의 다 닫았네. 성수기가 되면 다시 열까?"

"아니. 대부분 망했다는 것 같아. 요전에 토미 씨와 드라이브를 했을 때, 그렇게 들었어."

방구석에 틀어박혀 지내던 나를 토미 씨가 끌어냈던 날, 우리는 이 부근도 드라이브했다. 오두막, 커피숍, 스키용품 대여점……이었다고 생각되는 가게들의 폐허가 으스스하게 늘어선 도로가. 쌍팔년도의 향기가 감도는 글씨체의 간판은 심하게 녹이 슬고 색이 바랬고, 주차장 자리라고 겨우 판별할 수 있는 부분은 잡초의 무법지대가 되어 있었다.

그런 폐허가 열 곳 이상 있었다는 것은, 많은 사람들로 북적거리던 과거가 있었다는 뜻이리라. 시대의 변화와 함께 쇠락해 지역민에게 사랑받던 풍경은 화석이 돼버렸는지도 모른다.

"……그래서, 슈는 왜 여기 오고 싶었던 거야? 이제 아무도 없는데."

사야네가 이상하다는 표정을 지으며 의아해했다.

"우리 이외에 아무도 없다는 건, 우리가 전세 낸 거나 마찬가지잖아."

이렇게 광대하고 새하얀 풍경을 더럽히는 것은 우리뿐이었다.

마치, 겨울의 세계에 우리 둘만이 남겨진 것처럼.

슬로프의 정면에 유일하게 영업 중인 식당이 우두커니 서 있었다. 스키장 이용객은 감소추세에 있었지만, 아이들을 동반한 지역주민들이 간간이 놀러왔기 때문에, 대여해주는 장비가 있었다.

나는 폐점준비 중이던 식당에 들러, 호의에 힘입어 내 키보다 약간 짧은 『가늘고 긴 물체』를 대여했다. 그 물체를 옆구리에 끼고 경쾌하게 돌아오자, 나를 본 사야네는 「진짜, 바보라니까」라고 말하고 싶은 듯이 눈썹을 찌푸렸다.

"썰매타자!"

지금의 나는 동심으로 돌아가 눈이 완전히 반짝반짝 빛나고 있을 것이다.

스무 살이나 돼서 썰매를 한 손에 들고 가슴을 두근거리고 있으니까.

"……바보 같아. 애도 아니고, 같이 놀 리가 없잖아."

사야네가 어이가 없다는 것처럼 한숨을 쉬었다. 하지만, 지금의 나는 꺾이지 않았다.

로맨틱한 겨울을 이유로 삼아 계속 밀고 나갔다.

"재활에는 썰매타기가 좋다는 데이터가 있다는 것 같아."

"……뭐? 의사가 그렇게 말한 거야?"

"마츠모토 슈 자체조사입니다……."

그러나 조무래기는 압력에 굴해 대단히 밀고 나가지는 못했다.

"옛날에는 한 썰매에 둘이 같이 타고 놀았잖아……."

"……그건 초등학생 때 얘기고."

"나는 커다란 초등학생이야……."

맥없이 의기소침해진 나를 가엾게 여긴 것일까. 사야네는 포기하고 어쩔 수 없다는 듯이 굽혀주었다.

"……알았어. 대신 어두워질 때까지 만이야."

"앗싸!"

진심으로 승리포즈를 취하는 남자친구에게 진심으로 어처구니없어하는 여자친구의 구도가 완성되었다. 일몰까지는 앞으로 한 시간 정도밖에 안 남았지만, 나는 사야네의 작고 가냘픈 손을 잡고, 경사가 완만한 곳을 천천히 오르기 시작했다.

30미터 정도 오른 지점에서 체력적으로 힘들어져서, 나는 썰매를 눈 위에 내려놓았다. 2인용 썰매의 뒤쪽에 내가 다리를 벌리고 앉고, 그 사이에 체구가 작은 사야네가 오도카니 앉았다.

"……스무 살이나 돼서 우리는 뭘 하는 걸까? 슈의 그런 부분, 바보 키요랑 닮아— 꺄?! 아아아아—————————————악?!"

사야네의 잔소리를 비명으로 바꾼 것은 허를 찌른 급발진이었다. 쑥 하고 엉덩이가 미끄러졌다. 경사면의 기복에 따라, 한 순간 떠오르거나 지그재그로 나아갔다.

주위의 풍경이 빠르게 흘러갔다. 날카로운 맞바람을 가르는 감각은, 오히려 기분이 좋았다.

"잠깐?! 슈!! 똑바로 가!! 바보!!"

"큰일 났다!! 아무것도 할 수가 없어!!"

나는 썰매끈을 필사적으로 붙잡고 고삐 대신 삼아 진행방향을 제어하려고 했다. 그러자 나 속도가 최고속에 달하자 제어가 불가능해졌다. 그저, 기세에 맡겨 미끄러져 내려오는 수밖에 없었다.

옆에서 본다면, 바보 둘이 나잇값도 못하고 천진난만하게 떠들고 있는 것으로 보이리라.

하지만 오늘은 우리 둘 만의 세계였기 때문에, 우리는 커다란 초등학생이라도 상관없었다.

건투도 허무하게…… 우리는 사나운 말로 변한 썰매에서 사이좋게 떨어져 눈 위를 데굴데굴 굴렀다. 여덟 팔 자의 자세로 머리를 가까이 맞대고 나란히 누운 채로, 노을빛에서 군청색으로 변해가는 겨울하늘에— 멍하니 시선을 빼앗겼다.

등의 체온이 서서히 눈에 녹아들어갔다. 숨소리가 두드러질 정도로 조용했다. 겨울이었기 때문에 벌레 우는 소리도 들리지 않았고, 차도 거의 지나가지 않았다. 시간의 흐름을 알려주는 것은 구름의 흐름과 변해가는 하늘색뿐이었다.

정말로 우리 둘만 남겨진 것은 아닐까.

살아남은 인류는 우리 둘뿐인 것은 아닐까.

"후훗…… 왠지, 바보 같네."

"변하지 않았네. 우리는. 줄곧…… 그때 그대로인 것 같아."

저도 모르게 웃음을 터뜨린 사야네에게 이끌려, 나도 웃고 말았다.

"아니지…… 변했군. 우리는, 『소꿉친구』에서 『연인』이 됐어. 그저 노는 것만이 아니라, 이것도 훌륭한 데이트가 되는 거야."

"……연인이란 건 참 신기하구나. 썰매타기도 데이트가 되잖아."

우리는 어릴 때와 변함없는 하늘을 바라보면서 어른이 되면서 변해버린 감정을 가슴에 품었다. 평소의 적절한 거리감에서 연인 사이의 간격으로.

서로가 자연스럽게 상반신만을 일으켜, 얼굴을 상대 쪽으로 기울여 마주보았다. 숨결까지 느껴질 정도. 몇 센티미터만 더 입술을 앞으로 내밀면 포개질 거리에 네가 있었다.

"이어폰을 껴주지 않을래? 네가 늘 사용하는 블루투스 이어폰."

갑작스러운 내 부탁에 곤혹스러워하면서도 사야네는 「…… 응」 하고 고개를 작게 끄덕이고는 주머니에 넣어두었던 이어폰을 두 귀에 걸었다.

내 스마트폰과는 이미 페어링이 돼있었다. 언제든지 들을 수 있는 상태가 된 사야네에게 전하기 위해, 나는 스마트폰에 표시된 재생버튼을 눌렀다.

화면에 표시된 시간이 점점 커졌다. 사야네의 귀에도 흘러 들기 시작했으리라.

눈을 크게 뜬 사야네는 의식을 집중하기 위해 입을 다물었다. 그렇게, 말없이 귀를 기울여, 조금 이른 『크리스마스 선물』을 열심히 들었다.

1분이 지나려고 할 무렵…… 사야네의 눈에 투명하고 청순한 눈물이 배어나왔다.

고드름에서 녹아내린 물방울과도 닮은 빛을 반짝이면서 한 방울, 두 방울, 뺨을 타고 흘러내려 눈으로 된 융단에 빨려들어갔다. 떨리는 눈꺼풀이 깜빡일 때마다 그녀가 미처 다 참아내지 못한 충동이 흘러넘쳤다.

전부 해서 4분 36초— 감정을 억누르지 못한 사야네를 특등석에서 바라보며, 그녀의 뺨에 드리워진 앞 머리카락 한 다발이 젖어있는 것도 놓치지 않았다.

"이게, 올해 크리스마스 선물."

나는 사야네의 뺨에 집게손가락을 살며시 갖다 대어, 눈물과 눈에 젖어 빛나는 머리카락을 손질이 잘 된 피부에 상처 입히지 않도록 부드럽게 떼어냈다.

"입원했을 때부터…… 몰래 만들고 있었어. 사야네와 함께 지내는 겨울을 이미지해서 말이지. 2절까지는 달달하지만 클라이맥스는 절절한 발라드로 해 봤어."

젖은 한숨을 내쉰 사야네는 말없이 고개를 끄덕였다.

"사실은 세 곡 정도 만들려고 잔뜩 기합을 넣었어. 하지만, 한 곡을 늦지 않게 만드는 게 고작이었네. 이렇게 한심한 나라서 미안."

사야네가 이번에는 고개를 옆으로 저었다. 그렇지 않아, 라고 격려해주는 것일까.

"……슈는 치사해. 세계에서 단 하나뿐인 선물을 갑자기 건네고…… 당연히 기쁘지. 정말 좋아해……. 슈가 준 이 곡도, 슈도…… 정말로 좋아해."

문득, 기분 좋은 무게감과 감촉이 느껴졌다. 당황해서 우는 모습을 보이고 싶지 않았던 것일까, 갑자기 사야네가 몸을 기대오더니, 내 가슴에 얼굴을 묻은 것이다.

"나…… 가사를 쓰고 싶어."

"아아, 물론이지. 사야네가 가사를 써 준다면, 이 곡은 완성될 거야. 그러면…… 나를 위해 불러줬으면 해."

"……응, 슈를 위해 노래할게. 최고의 선물을 네게 보내줄게."

"미쿠모 씨의 협력을 받아서 최고의 무대를 준비할 수 있게 됐어. 크리스마스의 스노랜턴 페스티벌…… 프로그램 마지막은 SAYANE의 라이브야."

우리는 주위를 둘러보았다. 지금은 단순한 설산이었지만, 2주일 후의 성야에는 모습이 완전히 바뀌어 있을 터였다. 라이브하우스가 아니니까, 청중의 수용력을 생각할 필요도 없었다.

촌구석의 깊은 산속에서 흩뿌리는 프리 라이브였다. 우리 좋을 대로 하도록 하자. 키스도 한 적이 없는, 정신연령 중학생 커플이 서로 찰싹 달라붙어서 연애를 자랑하는 노래를 들려주겠어.

"……엄청 기뻐. 기쁘지만…… 난 조금 화가 나."

왜일까.

"아직 퇴원한 지 얼마 되지 않았잖아……? 자신의 몸을…… 가장 우선해서 생각해 줬으면 해."

사야네는 기뻐해 준 직후에 화를 냈다.

나는 사야네에게 꽉 잡혀 휘둘리고 있으니까 「미안」 하고 쓴웃음을 지으며 사과하는 수밖에 없었다.

"슈는 알아차리지 못했을 거라고 생각하지만, 요리를 만들면서 네 연주를 들었어……."

짐작 가는 바는 있었다. 그것은 아침 일찍 프렌치토스트를 만들어주었던 날.

"지금의 슈가 치는 음색은…… 나를 불안하게 해. 언젠가 되찾을 수 있는 거지……? 다비나가와 축제 때처럼…… 내 노랫소리를 이끌어 줄 거지……?"

내 안에서 극단적인 감정이 서로 충돌하며, 나는 몇 초간의 침묵에 빠졌다. 약해빠진 진심인가, 사야네를 고무하는 겉보기만 좋은 허세인가.

"그러기 위해 나는…… 잃어버린 감각을 모두 되찾고 싶어."

"그건, 정말로『되찾기 위한』거야……?"

사야네의 망설임 없는 의문은 무방비하게 드러나 있는 내 심장에 엄청 크고 두꺼운 말뚝을 박았다.

"되찾기 위한 것인지…… **이 이상 잃어버리기 않기 위한** 것인지…… 나는 잘 모르겠어……."

말 마디마디에는 흐느낌이 어리고, 불분명하게 흔들리는 숨소리는 미약했다. 내 손가락이 닿는 것만으로도 쓰러져 울 것처럼 여린 점은 5년 전과 매우 닮아 있었다.

"슈는, 삶을 서두르고 있어……. 천천히도 괜찮으니까…… 우리의 시간을 걷자……."

툭. 사야네가 내 가슴을 힘없이 두드렸다. 어떤 감정을 쏟아내면 좋을지 고민하고 망설인 끝에 보인 눈물. 그리고 충동적으로 나를 때리고 도망간 애원의 주먹이 가려우면서도 아팠다.

"미안해. 앞으로도 걱정을 끼칠 거라고 생각하지만, 이런 남자친구를 용서해줘."

또 한 대. 문을 노크하는 것처럼 주먹이 가슴을 찔렀다.

나는 삶을 서둘러야 했다. 하고 싶은 일은, 하고 싶을 때 해야만 했다.

"……약속."

나와 시선을 주고받으며 사야네가 새끼손가락을 내밀었다.

이것은 중학교 때 자주 하던— 손가락걸기.

"내년에도, 내후년에도…… 계속해서 겨울이 오면 같이 썰매를 타는 거야."

예상외의 언약에 나는 맥이 빠졌다.

"뭐야. 싫지만 마지못해 탄 줄 알았더니, 너도 꽤 재미있었구나."

"……딱히 하는 일은 뭐가 됐든 상관없어. 함께 논다는 건, **옆에 슈가 있어준다**는 의미이니까."

사야네가 금방이라도 스러질 것 같은 미소를 지으며 내 손을 잡고 새끼손가락을 걸었다.

나와 썰매타기를 한다는 약속이 아니었다.

키리야마 사야네가 정말로 약속하고 싶은 것은——— 마츠모토 슈가 옆에 있어주는 미래.

"……슈, 손가락을 떼어줘."

내 손가락이 무의식중에 떨리고, 그것이 사야네에게도 바로 전달되었다. 이것은 추위 때문이 아니라, 손가락을 거는 일을 주저하는 것에 대한 꺼림칙함의 발로, 인 것일까.

신이여. 부탁이야.

나를 거짓말쟁이의 인간쓰레기로 되돌려놓지 말아줘.

중학교 때 같은, 무책임한 약속을 하지 않게 해줘.

소중한 사람을 괴롭히고, 영원히 속박하는 『겨울의 환상』이 되지 않게 해줘.

시간이 멈춰버리면 좋을 텐데.

멈추지 않아도 좋으니까, 행복한 계절이 줄곧 돌고 돌면 좋을 텐데.

몇 번이고, 몇 번이고, 그대로 옮겨 그려진 것 같은 시간이 흐르면 좋을 텐데.

반드시 이루어진다는 보증이 없는 불명한 미래.

그래도, 근거가 없는 전망을 버리고 싶지 않았다.

고향의 친구들과 그리고 사야네와 함께 지내는 평화로운

일상을.

　이대로, 영원히 계속되는 게 아닐까— 그렇게, 갈망하는 것
은 자유일 터였다.

　우리는 조용히 손가락을 떼었다.

　손가락을 통해 느껴지던 온기가 멀어지면서 일몰과 함께 가
혹함을 더해가는 한기에 휩쓸려갔다.

　사야네의 체온을, 냄새를, 감촉을 좀 더.

　굳게 연결돼 있던 새끼손가락들이 완전히 떨어진 순간, 나
는 사야네를 있는 힘껏 끌어안았다.

　아무도 보지 않고, 아무도 존재하지 않는.

　어디까지고, 땅 끝까지도 백지로 변해버린 이 겨울의 세계
에서.

제3장 부모 앞에서는 허세부리지 마

스노랜턴 페스티벌까지 앞으로 일주일.

적설량도 점차 늘어나기 시작해 엄마가 삽으로 집 앞 정원에 쌓인 눈을 치우는 횟수도 하루하루 늘어가고 있었다. 그래도 내리는 눈의 양을 쫓아가지 못하고, 은색의 층은 몇 겹으로 쌓여갔다.

나도 체력이 허락하는 범위 안에서 엄마를 도우며, 근처의 이웃들에게서 빌린 제설기로 눈을 날려버렸다.

당연하게도 눈을 치우는 것만이 내 일이 아니었다. 이제는 니트가 아닌 것이다.

나는 회장의 사전준비나 라이브 고지를 진행하면서 동시에 이웃집에 살던 영국인 누님의 친정에 몰래몰래 다니고 있었다.

신곡의 멜로디는 이미 다 완성되었다. 크리스마스 본무대를 목표로 연주 연습을 하기 쉬운 장소는 에미 누나의 본가였기 때문에, 악기대 멤버들은 자주적으로 모였다…… 라는 것도 이유 중 하나였다.

악보에 옮길 것도 없이, 에미 누나와 리제는 귀로 듣고 다 외운 모양이었지만.

"슈, 어서 와♪ 느긋하게 있다 가."

늘 신성하기까지 한 미소로 나를 맞아주는 에미 누나. 남편이 부재중이라 옆에 없다는 배덕감에 나는 끝을 알 수 없는 흥분을 몰래 키워나갔다.

에미 누나의 안내를 받아 2층으로 통하는 계단을 올라가며
나는 나잇값도 못하고 가슴을 두근거렸다.

"왜 그렇게 안절부절 못하는 거야? 우리 집에 오는 거 익숙
하잖아?"

"저와 에미 누나의 부정한 관계도 꽤나 익숙한 것이 돼버렸
네요."

"그렇게 말한다면 사제관계겠지♪ 슈는 농담도 잘한다니까."

에미 누나가 태클을 걸었다. 거기서는 불륜놀이에 동조해줬
으면 했는데.

나만 배덕적인 상황을 만끽하고 있는 녀석 같잖아. 실제로,
중학생처럼 가슴이 두근거리긴 하지만.

"사야네는 오늘도 작사를 하고 있어?"

"예. 그 녀석이 작사를 할 때에는 되도록 방해하지 않도록
하고 있어요. 오늘도 다비나가와를 헤매고 있을 거예요."

그 녀석은 중학교 때, 수업을 빠지고는 작사·작곡을 했다.
방과 후나 휴일에는 강 둔덕 주변을 방랑하며 다양한 감수성
을 키워내 사랑을 하는 여자아이의 곡으로 표현했다.

어른이 된 지금도 선율에 실을 언어를 자아내는 방법은 변
하지 않았다. 다소는 둥글어지긴 했어도, 음악에 관해서는 들
고양이처럼 자유롭고 변덕스러웠다.

오늘도 「……심기가 불편한 하늘이, 나를 기다리고 있어」라
는 일반인은 도무지 이해할 수 없는 발언과 함께 휘적휘적 외

출해 시골마을의 풍경과 동화했다.

추억이 가득 서린 풍경을 관찰함으로써, SAYANE의 대명사 『듣는 사람의 공감을 불러일으키는 가사』를 만들어내는 것이다. 마음 속 깊이 울리는 것 같은 악구를 떠올리는 것이었다.

육친처럼 내 가까이 있어주는 사야네도 좋았다.

하지만, 멋대로 없어져서는 훌쩍 돌아오는 사야네도 정말 좋아했다.

"그 녀석이 가사를 짓는 사이에 제가 아무것도 하지 않고 기다릴 수는 없으니까요. 그래서 이전부터 구상했던 『제2계획』을 시동해보려고 합니다."

2층에 올라간 나는 복도 막다른 곳에 있는 문을 열었다.

그곳에서는! 여자아이다운 깜찍한 소품이나 인형, 옅은 분홍색의 침구로 통일된 싱글베드가 나를 맞이해 주었다!

이곳은 에미 누나의 방. 그녀가 태어나서 열아홉에 결혼할 때까지 지냈던 곳으로, 나도 어릴 때에 몇 번인가 와 본 적이 있는 그리운 장소였다.

아아, 에미 누나가 방향제가 된 것 같은 달콤한 향기. 사진첩에 담긴 사진은 학생시절의 에미 누나였다. 게다가 고등학교 교복 차림. 이거…… 반칙급의 아름다움이 아닐까.

에미 누나와 교복데이트 하고 싶었어……. 도요토미 마사키요라는 금발에 시커먼 피부를 한 서퍼 자식 (약 십 년 전)과의 투샷 사진은 시야에서 치워버리자.

젠장, 부럽다. 웃기지 말라고, 바보 키요 주제에. 어차피 폴

더폰을 한 손에 들고 인생의 흑역사인 자기소개 사이트에 가입하던 시기잖아. 우쭐해져서 V넥 티셔츠 따위 입지 말라고.

정신이 검게 물들 뻔했지만 나는 침착하게 심호흡을 했다. 몸에 스며드는 에미 누나의 향기는 흥분물질을 억제해주는 효능이 있었다. 의학적인 근거는 없었다. 그리고, 흥분되었다.(모순)

방에 충만한 에미 누나 성분을 오랜만에 섭취하자 묘한 감동마저 느껴졌다.

그렇게 사이가 매우 좋은 두 사람의 사진임에도 불구하고 등장빈도가 매우 높은 제3의 인물이 있었다. 밝은 갈색의 긴 머리카락은 세련되게 웨이브가 들어가 있었는데, 그 풍성한 머리카락은 좀 노는 분위기를 연출하고 있었다. 화장도 다소 화려하고 교복도 약간 칠칠치 못하게 입었다는, 척 보기에 경박해 보이는 외모의 소녀…… 어디서 본 기억이 있어.

"에미 누나. 이 갸루,#8 혹시—."

"응. 히나야. 중고등학생 때에는 갸루였으니까."

역시나! 지금은 분위기가 꽤나 차분해졌지만, 그래도 그 모습이 아직 남아 있었다. 사람한테 엉겨 붙는 방식이나 말하는 방식이 약간 가벼웠고, 토미 씨와의 콤비에도 위화감이 없고 말이지.

갸루남과 갸루 사이에 낀 에미 누나가 무섭도록 청초해서

#8 갸루 구릿빛에 가까운 짙은 화장과 화려한 색상의 헤어스타일. 독특한 의상으로 자신의 개성을 표현하는 것이 특징이다.

미려하게 두드러졌다. 갸루를 싫어하지는 않는데…… 천연소재도 근사하잖아.

사진이 최신 것에 가까워질수록, 미쿠모 씨의 외모도 점차 차분해졌다. 변화가 현저하게 나타난 것은 갓난아기인 리제를 안은 도요토미 부부를 찍은 한 장이었다. 신혼 초기인 두 사람 사이에 낀 후배의 머리카락 모양은 그 끝이 어깨에 살짝 닿는 쇼트보브…… 현재 사회인인 미쿠모 씨와 가장 비슷했다.

대학생이 되어 화장이나 옷차림이 어른스러워졌다고 한다면 그뿐이겠지만.

"이봐—요, 슈……. 방 안을 너무 뚫어지게 쳐다보면 좀 부끄러운데."

에미 누나가 눈썹 끝을 떨어뜨리며 곤란한 얼굴을 했다. 그 얼굴을 봐서 방의 관찰타임은 마치기로 하자. 마츠모토 슈는 에미 누나가 화제가 되면 징그러워진다고…… 최근에 겨우 눈치챘어.

어쩔 수 없는걸. 지금은 여자친구가 있다고 해도, 나는 에미 누나를 보면서 자랐는걸.

사야네가 있으면 차가운 시선으로 나를 쳐다보며 한 마디 할 것 같았지만, 나…… 좀 웃어도 될까요?

게다가! 벽의 행거에 걸려있던 이 너무나도 눈에 익은 옷은?!

"이거…… 다비 중학교 교복이죠?!"

"그, 그런데. 그게 그렇게 혹하고 덤빌 일인가?"

"여자 방에 있는 중학교 교복이라고요? 건전한 남자라면 아마도 다 혹하고 덤빌 거예요."

"으응……? 다비중학교 교복이라면 사야네도 갖고 있을 거라고 생각하는데."

진심으로 흥미진진해하는 내게 당혹스러워하는 에미 누나의 반응은 지극히 정상이었다.

"사야네는 아직 학생이라는 느낌이 남아있다고 할까, 교복을 입는다고 해도 비교적 자연스럽게 어울릴 거예요. 하지만, 에미 누나는 요염한 유부녀이니까, 교복을 입은 모습을 상상하면 여러 가지 의미에서 위험하다고요."

"아이, 참! 무슨 말인지 전혀 모르겠어!"

"저를 이런 식으로 키운 건 에미 누나라고요!"

"그런 말해도 나는 몰라~! 그 귀여웠던 슈가 이런 변태로 자란 걸 내 탓으로 돌리지 말아줘~!"

에미 누나가 뾰로통한 얼굴을 하면서 집게손가락으로 내 뺨을 쿡쿡 찔렀다.

학생 때 이런 경험을 했더라면, 아마도 추억에도 짙게 남았을 것이다. 학생시절의 연애를 강하게 동경하는 것은, 나 자신이 거의 경험해보지 못했기 때문일지도 몰랐다.

당시의 사야네는 어디까지나 소꿉친구였고, 그녀와 연을 끊었을 기간에는 혼자였다.

하굣길이나 집에서의 새콤달콤한 교복 데이트도, 청춘 애니메이션의 단골이나 다름없는 교복차림으로의 라이브도 지금도 여전히 동경하고 있었다.

"에미 누나…… 귀여운 동생 같은 마츠모토 슈의 평생소원이 있는데요."

"싫어요. 그런 남동생은 없어요—."

"에에에에에에에에에에에에에……?! 부탁해요. 에미 누나아아아……."

평생소원의 내용은 말하지 않았어도 전달된 듯, 에미 누나는 그것을 즉석에서 거절했고, (자칭)귀여운 동생은 네 발로 엎드리며 고개를 떨어뜨렸다.

"교복을 입어주세요……. 오늘만이라도 좋으니까…… 부탁드립니다!"

그 엎드린 자세에서 바로 머리를 조아리는 자세로 원활하게 이동. 건전한 남자로서 이것은 물러설 수 없는 싸움이었다.

"우—웅…… 그렇게까지 부탁한다면 거절하기 어려워……."

어라? 이 반응. 끈질기게 밀어붙이면 혹시 통하는 건가?

"교복을 입은 에미 누나와 집에서 데이트할 수 있는 것만으로도 내 감수성은 더욱 풍부해질 거야. 학생 때 같은 청춘을 모의 체험할 수 있다면, 작곡에도 활용될 거라고!"

이제는 어조도 필사적인 반말이 돼 있었다. 나는 그럴듯한 논리로 에미 누나를 구워삶으려고 했다.

"교습선생님이었으니까, 책임을 지고 학생을 돌봐줘요…… 우우."

나는 서툴게 우는 흉내까지 내기 시작했다. 모처럼 잡은 좋은 기회. 체면 따위 따질 처지가 아니었다.

"……그럼, 이번만이야. 마사키요 씨에게는 비밀……이야."

"……예!!"

염원이 이루어져, 나는 환희에 차 우렁차게 대답했다.

아니아니아니. 오해는 하지 말아줬으면 해. 에미 누나의 말만 들으면 뭔가 꺼림칙한 일을 요구한 것처럼 생각되지만, 옆집 누나에게 「중학교 교복을 입어 달라」라고 부탁한 것뿐이야.

"옷 갈아입을 테니까…… 내가 허락할 때까지 방밖에서 기다려줄 수 있어?"

나는 군침을 꼴딱 삼키고는 쓸데없이 긴장하면서 방을 뒤로 하려고 했다. 그랬더니―.

"리제, 천년을 애타게 기다린 분노는 천지를 붕괴로 이끌 거다."

방의 문이 기세 좋게 열리고, 그 앞에는 고스로리 차림의 소녀가 떡 버티고 서 있었다. 작은 몸을 뽐내듯이 뒤로 젖힌 채 당당하게 팔짱을 끼고. 어린 티가 나는 덧니를 내보이면서 분노 모드에 들어가 있었다.

"리제가 주역이다! 그런데 언제까지 기다리게 하는 것이냐―!"

"미안……! 나도 모르게 에미 누나하고 이상한 분위기가 돼버려서 말이지……."

"이상한 분위기란…… 뭐냐? 왜 엄마는 바지를 벗고 있는 거냐―?"

천진무구한 리제가 눈을 동그랗게 뜨면서 내 등 뒤를 가리켰다. 아아, 어떤 상황인지 왠지 모르게 알 수 있었지만.

"슈, 슈……! 절대로 뒤돌아보지 마……!"

"예, 예……!"

등 뒤의 에미 누나가 내게 못을 박았다. 아무래도 교복으로 갈아입으려고 바지를 벗기 시작한 직후에 리제가 내습했던 모양이었다. 기장이 긴 스웨터를 입고 있었으니까, 가까스로 가리고 있는 상태이리라. 내 상상이지만.

바지를 다시 입는 것 같은 소리가 들려왔다. 격렬한 심장박동이 가라앉지 않는 몇 초를 견디고 난 뒤 나는 에미 누나 쪽으로 몸을 돌렸다. 우리는 서로 시선을 마주쳤다가 다시 돌렸다.

뺨도 차츰 열기를 띠어가고, 엄청나게 쑥스럽군…….

"어머어머, 어머어머머♪ 왠지 즐거워 보이네YO."

어미에 약간 혀를 굴리는 것 같은 발음이 남는 여성도 빈틈없이 방안을 들여다보고 있었다. 에미 누나를 방불케 하는 자연스러운 금발과 보석처럼 투명한 파란 눈, 한 듯 안한 듯한 화장으로도 새하얀 피부……. 그리고 풍만한 가슴사이즈. 에미 누나의 자매, 가 아니었다.

나도 잘 알았다. 이 젊디젊은 외국인 여성의 정체는.

"차암~. 엄마까지 안 와도 돼요! 슈하고 얘기하고 있던 것뿐이야!"

"리제랑 방을 들여다보고 있었는DE, 수상한 분위기였는GIRL~? 불륜이라도 저지른 게 아닐까~ 라고 말이JI♪"

"엄마! 이상한 소리만 해대고! 불륜이니 그런 게 아니야!"

그렇다. 이 장난기 많은 영국인 여성은 에미 누나의 모친이었다. 나도 음악교실에 신세를 졌기 때문에, 그럭저럭 안면이 있었다. 서로 이웃사촌이라고 할 만한 거리였기 때문에, 마츠모토 가와 스털링 가는 빈번하게 인사를 주고받는 친한 사이였다.

"그치만, 슈는 에밀리에게 코스튬플레이를 시키고는 즐거워했잖A? 나도 끼워줬으면 좋았을 텐DE~♪"

"텐DE~가 아니야! 앗, 이봐요, 잠깐!"

말괄량이 같은 엄마에게 희롱당하는 에미 누나. 에미 누나의 엄마는 딸이 입으려고 했던 중학교 교복을 주워들어…… 왜인지, 치마를 바지 위에 그대로 겹쳐 입기 시작했다.

그리고 치마의 지퍼를 닫고, 바지를 벗었다. 그대로 사복 블라우스 위에 블레이저를 걸치면— 현역 중학생으로 회춘이잖아.

"짠♪ 어때YO? 올해로 50세 전후이지만, 잘 어울리나YO?"

50 전후…… 라고? 조금 무리한 젊은 아내겠지. 그것도, 대학의 미스 콘테스트에서 우승한 경험이 있을 것 같은 음악우등생 미인아내. 에미 누나가 청초하다고 하면, 에미 누나 엄마는 예술이었다.

두 사람 모두 다르면서도 좋았다. 내 사명감이 부르짖었다. 다비나가와의 천연기념물은 보호해야 한다, 라고.

"이 기세로 말이지, 에미 누나도…… 교복을 입어주지 않겠어?"

"왜, 왜 그렇게 되는 거야! 모녀가 쌍으로 중학생 코스프레라니, 이상하잖아!"

"이상하다니, 그런 건 누가 정한 거야? 난 그렇게 생각하지 않아. 이건 기적이라고…… 스털링 모녀의 교복차림은 내가 사진과 동영상으로 남겨놔야만 해. 남편에게도 보일 수 없는 부끄러운 얼굴을 보여줬으면 한다고 진심으로 생각하고 있어."

"에, 에에에……? 하, 하지만…… 어, 엄마도 입었고…… 한 번은 허락했고……."

일단 (코스프레에) 몸을 허락할 것 같은 에미 누나는 일일 한정의 (코스프레) 관계를 숙고했다. 좀 더 밀어붙인다면, 모녀의 다비중학교 코스프레를 촬영할 수 있지도 않을까……?

"야이─! 리제는 화가 났다─! 대체 뭘 하러 온 거냐─!"

문득 혼자 배제되었던 리제 스승님이 격노하고, 그에 두둥실 들떠있던 내 인격이 바로잡혔다.

"그래! 슈는 목적을 잊고 있어!"

"마, 맞아요! 제가 여기 온 건 신곡의 조정을 하기 위해서였죠!"

"그 말대로다! 그런데, 엄마랑 슈는 알몸이 되는 기묘한 의식을 치르며 즐거워하고 있었다! 평민에게는 알리지 않고, 비밀의 쾌락에 잠겨있던 거다!"

무시를 당한 리제 스승님이 꽥꽥 소리를 질렀다.

그 추상적인 표현으로는 엄청나게 어폐가 있으니까, 하지 말아 줘!

"그랜드 마더! 음악의 세계에 사는 자로서 부끄럽다고 생각하지 않는 건가!"

"큭, 그랜드 마더─…… 손녀에게 들으니 나이가 실감나서 쇼크네YO……. 이웃들이 『대학생으로 착각할 것 같다』라고 추어올려주는 바람에 우쭐해 있었습니DA. 죄송합니DA……."

에미 누나 엄마가 엄청나게 풀이 죽어서 교복 차림으로 그 자리에 엎드렸다. 그러더니 비틀비틀 망령처럼 일어서나서는 교복을 입은 채로 그대로 1층으로 내려갔다.

"그럴 생각은 아니었어. 사과할 테니까 용서해줘⋯⋯. 특히 사야네한테는 말하지 말아줘."

"안 된다. 금기를 범한 자를 기다리는 것은 화형뿐이다."

너무해. 그저 에미 누나가 교복을 입어주기를 바랐던 것뿐이건만⋯⋯.

"사사카마보코#9 사줄 테니까."

"나, 구세주이므로 관대하느니! 죄인을 용서하겠노라!"

하여간에 잘 넘어온다니까. 좋아하는 사사카마보코로 낚자, 리제는 방긋 하고 어린애답게 웃었다.

결국은 아홉 살 꼬마. 나는 어른의 여유를 보여줬다⋯⋯ 라고 씨부렸지만, 흥분과 초조가 섞인 한심한 식은땀이 범람위험수위였던 것은 비밀로 해 두겠다.

에미 누나의 물건과 향기에만 정신이 팔렸지만, 내가 이 방에 온 데에는 어엿한 대의명분이 있었다. be with you나 Lost Time을 배포할 때에도 정규음원을 수록·편곡하는데 에미 누나의 도움을 받았던 것이다.

방의 한 구석에 떡하니 자리 잡고 있는 신시사이저는 마스터 키보드가 MOTIF-XF7과 서브 키보드가 W5-Version2. 작업대 정면에 한 대, 측면에 있는 한 대가 데스크톱 컴퓨터

#9 사사카마보코 조릿대 잎 모양으로 만든 어묵의 한 종류.

에 연결되어, 이 오래 써서 낡은 기종은 언제라도 가동할 수 있도록 관리되고 있기도 했다.

모니터 스피커나 시퀀서 등도 발군의 존재감을 내뿜고 있었는데, 대부분이 일본제 제품으로 통일돼 있었다.

"이번에도 신세를 지겠습니다. 신곡의 데모는 사야네에게 건넸지만, 다운로드배포용 정규음원은 에미 누나나 리제와 함께 편곡·녹음하는 편이 분명히 품질이 올라가는 것 같아요."

사야네에게 건넨 신곡 발라드. 멜로디의 골격은 다 구축해 놓았기 때문에, 음악의 사랑을 받은 모녀의 힘을 빌려 취향이 천차만별로 다른 팬들 모두가 만족할 수 있도록 꾸미고 싶었다. 악기파트도 소프트를 이용해 합성해 넣는 것이 아니라, 되도록 실제연주를 수록할 수 있었으면 좋겠다고 생각하고 있었다.

나는 이제, 혼자서 모든 것을 다 끌어안지 않았다. 부족한 힘을 메워줄 사람들이 있으니까.

"애제자인 슈가 부탁한다면, 나는 기꺼이 협력할 거야♪"

"하하하하! 애송이. 드디어 이 리제의 위대함을 알았느냐! 내 앞에 엎드려라!"

9살짜리에게 애송이취급 당하는 스무 살.

작곡만이라면 내 방에서도 가능했지만, 다수인으로 편곡을 할 때에는 마음껏 소리를 낼 수 있는 환경에서 하는 편이 작업이 쉬웠다. 에미 누나의 견본과도 같은 연주를 듣거나, 리제에게도 기타를 치게 해보고 싶으니까. 방음은커녕, 대화소리조차도 다 들리는 마츠모토 가의 단층집에서는 어려운 것이다.

게다가, 에미 누나의 친정에는 녹음부스도 있었다. 다양한 음악기자재와 고사양의 컴퓨터를 공짜로 빌려 쓸 수 있다는 점도 고마웠다.

"애송이, 잊지 마라. 언젠가 성전의 승리자가 되는 것은 사야네가 아니라 이 리제롯테·스털링이라는 사실을."

"예이예—이."

"대답이 가볍구나! 신의 이름으로 처형하겠다!"

쬐그만 구세주의 역정을 한 귀로 흘리며, 나는 의자에 앉아 작업을 시작했다.

바로 옆에 앉은 에미 누나와 어깨가 맞닿거나, 내가 문득 생각해 낸 콧노래를 에미 누나가 키보드로 연주해주거나. 스승과 학생이 자아내는 공동작업의 굉장함이여.

"여기! 좀 더 띵! 지지징! 징징띠리링! 쿵쾅쾅!"

리제 스승님의 의견도 받아들이고 싶지만, 거의 의성어라서 전혀 이해를 못하겠어……. 천재라는 존재는 늘 자신의 감각만으로 살아가니까 정말로 곤란했다.

"어, 그러니까. 리제가 말하고 싶은 건……."

에미 누나가 통역을 해주기 때문에 문제는 없었지만.

"아니다! 리제가 말한 걸 자꾸 금방 잊어버려! 징징! 찌징찌징찡!"

"죄, 죄송합니다! 리제 스승님!"

이 아홉 살 꼬마. 음악에 관해서는 상상 이상으로 스파르타였다.

그렇게 연령 수 백 살의 로리 할멈에게 야단을 맞는 것 같은 기분으로 있는데, 또다시 조그만 손님이 모습을 나타내 성이 났음을 표명했다.

"리제! 너야말로 까먹지 말라고!"

방의 입구에 서 있던 것은 리제의 동급생인 요스케였다.

"앗. 요스케가 아니더냐. 드디어 오를레앙을 목표로 할 때가 온 것인가?!"

"오를레앙이 아니라, 교습시간이잖아! 약속했잖아!"

"…………오─. 그러했지. 잠깐 성전을 치르고 오마."

우리 구세주님은 편의점에라도 가는 것 같은 기세로 성전을 치르러 가는 모양이었다.

다비나가와 축제 다음 날, 요스케는 리제의 제자로 들어갔다. 음악교실 옆집에 사는 나와 가끔씩 마주치는 걸 보면, 일단 계속 다니는 것 같긴 하군.

"그러고 보니 1층에서 교복을 입은 여성과 엇갈렸는데, 리제한테 언니가 있었던가? 아주 예쁜 누나였어……."

"무슨 소리를 하는 거냐. 머리라도 이상해진 거냐?"

"아니아니! 정말 있었어! 외국인 누나가 다비중학교 교복을 입고 있었다니까! 그 사람, 리제의 언니지? 그렇지?"

나는 하마터면 비웃음을 터뜨릴 뻔했다. 요스케…… 그 사람은 리제의 할머니야. 교복을 입은 채 집안을 돌아다니고 있어.

그건 둘째 치고, 요스케와 개인교습 약속을 한 리제가 일시적으로 작업에서 빠지게 되었다. 유부녀와 단 둘이 남는 건가……. 딸이 없는 동안에 무슨 일을 할까.

"우리는 착실하게 편곡을 할까♪ 기세를 붙여서 나아가야지."

"물론이죠. 전 머릿속에 음악 밖에 안 들어 있으니까요."

에미 누나의 순수한 미소에 압도되어, 나는 번뇌를 안고 있던 자신이 부끄러워졌다.

사라져라, 잡념. 내게는 키리야마 사야네라는 근사한 여자친구가 있단 말이다.

다 휘저어서 없애주마! 시끄러운 리프#10로 발칙한 망상을.

물론, 이상한 일은 아무것도 일어나지 않았다. 성실하게 편곡을 진행하면서 한 시간 정도 지난 휴식시간. 문득 1층에서 어린아이들이 말다툼을 하는 것 같은 소리가 들려왔다.

일반적인 교습을 하는 시간이 아니니까, 1층에 있는 아이들은 그 녀석들뿐이었다. 쉬면서 마실 커피를 끓이러 간 에미 누나의 뒤를 쫓듯이 나도 1층으로 내려가 보았다.

"시끄러, 이 바보! 이제 다시는 안 올 거야!"

요스케로 생각되는 새된 목소리가 유치한 말을 내뱉었다.

창문 밖으로 시선을 옮기자, 작은 그림자가 일심분란하게 음악교실을 떠나는 것을 확인할 수 있었다.

연습실에는 소녀만이 오도카니 남겨져 있었다. 바닥에 두 다리를 뻗고 앉아서 어쿠스틱 기타의 현을 힘없이 울리고 있었다. 냉정한 표정을 유지하고 있었지만, 그 어깨에는 구슬픈

#10 리프 재즈의 반복악구. 반주의 일부로서, 즉흥적으로 반복되는 짧고 리드믹한 악구.

애수를 짊어지고 있었다.

"요스케하고 싸운 거니?"

"싸움이 아니다. 요스케는 성전의 중압을 견디지 못하고, 적전도주를 한 것뿐이다."

교습 중에 말싸움을 했다……라는 식의 전말인 것일까.

"최근에 그런 일이 잦구나. 요스케는 초심자이니까 상냥하게 가르쳐줘야지."

"……음음. 신병은 훈련을 게을리 하면 전장에서 살아남을 수 없다."

"차암. 늘 그런 말이나 하고."

"강자는 늘 고독하다. 나도 역시 영광 넘치는 고독한 자이다."

에미 누나가 어쩔 수 없다는 것 같은 한숨을 내쉬었다. 이렇게 요스케와 싸움을 하는 것이 드물지 않은지 에미 누나도 고심하고 있는 것 같았다.

리제도 오기를 부려서, 요스케를 강하게 붙잡을 생각이 없는 것 같았다.

"뭐, 내일이면 요스케도 돌아올 거야. 이 아이들, 유치원 때부터 계속 싸워서, 이제는 익숙한 광경이기도 하니까."

"그런 느낌이 들긴 해요. 어릴 때에는 진짜 연애감정 같은 건 잘 못 알아차리니까요."

일단 사랑을 하게 되면, 자기 자신의 감정에서는 도망칠 수 없었다.

때를 놓치기 전에, 상대가 멀어져가기 전에, 오기를 부리지 않고 서로 마주볼 수 있을 것인가 어떤가.

이윽고 자각한 연심을 얼버무리지 않고 솔직하게 전할 수 있을 것인가.

요스케가 걸어가는 그 길은 과거의 나를 복사해놓은 것 같았다.

"에미 누나의 부모님이나 에미 누나가 직접 가르치면 될 것 같은데요."

"그럴 생각이었는데 말이지. 리제에게 배우고 싶다고 요스케가 강하게 희망했어. 어쩌면, 요스케는—."

다음에 이어진 말은 내 예상과도 일치했다.

"좋아하는 사람과 같이 있을 구실이 필요한 것뿐, 인 게 아닐까."

어쩐지. 욱신욱신 하고 아픔과 가려움이 동반되는 공감이 될 만도 했다.

어린애들의 유치한 싸움. 지금은 그 이상도 이하도 아니었다.

나는 생각하는 바가 있어서 요스케를 찾아 나섰다. 하지만, 육안으로 볼 수 있는 범위 내에 그 모습은 보이지 않았다.

이럴 때에는, 역시 마을의 해결사에게 상담을 해 볼까.

『너, 나를 마을의 해결사나 뭐 그런 거로 착각하고 있지?』

"응? 아니었어?"

『아니야. 지극히 평범한 야성적인 미남이잖아.』

하아.

『야. 다 들렸어. 그렇게 큰 한숨 쉬지 마.』

나는 에미 누나네 집 앞으로 되돌아와 스마트폰을 한 손에 들고 형뻘이 되는 그에게로 전화를 했다. 오늘은 주말이니까, 토미 씨는 휴일일 터라고 기대하면서.

"요스케를 찾고 있는데 말이지. 어디 있을까?"

『내가 어떻게 알겠냐. 나는 스기우라네 집의 눈을 치우고 있어.』

마을의 해결사잖아.

"올해도 고생이 많으십니다. 내친 김에 우리 집 앞도 쓸어줘."

『이요리 누님이 부탁했다면 기꺼이 하겠지만, 넌 성의가 담겨 있지 않으니까 싫다.』

매년, 토미 씨는 노인 가정을 중심으로 돌면서 눈을 치웠다. 물론 급여는 지급되지 않았다. 인근주민들에게 부탁받아서 하는 자원봉사였다.

나는 토미 씨에게 사정을 이야기했다. 그러자 토미 씨는 대충 사정을 파악한 듯 맞장구를 쳤다.

『요스케네 집 앞에서 기다리면 금방 돌아올 거다. 그 녀석을 붙잡으면 그쪽으로 데리고 가마.』

아무래도, 요스케의 집 앞에서 매복을 하려는 것 같았다.

뭔가 곤란한 일이 있으면 나는 금방 토미 씨나 에미 누나에게 의지했다. 하지만, 그래도 그 사람들은 온화하게 이야기를 들어주고, 도움의 손길을 바라는 부탁을 상냥하게 받아들여 주었다.

"지금부터 에미 누나네 집 앞 눈을 치우고 싶은데, 도와주지 않을래?"

『원래, 대설이 내리기 전에 해둘 예정이었으니까 상관없어. 장모님과 장인어른 댁은 쓸데없이 넓어서, 오히려 도와주면 고맙지!』

또, 이런 식으로 쾌활한 목소리로 같이 어울려 주었다.

그러니까, 나도 곤경에 빠진 누군가가 방향을 잃고 헤매는 누군가가 의지할 수 있는 존재가 되고 싶어. 고향 사람들에게 구원받은 남자의— 자기만족에 지나지 않은 오지랖일지라도.

집 앞에서 10분 정도 기다렸을까. 토미 씨의 경트럭이 에미 누나의 친정에 도착했다. 토라진 아이의 포획은 예상 이상으로 빨라서, 거북하다는 듯이 표정을 흐린 요스케가 조수석에서 내렸다.

"두 번 다시 안 온다고 선언해놓고는 간단히 돌아오는군."

"토미 형이 눈 치우는데 일손이 부족하다고 하니까…… 친절한 마음에 와 준거야! 그것보다, 진짜 하는 거야? 리제네 집 정원, 꽤 넓은 것 같은데?!"

스털링가의 대저택을 눈앞에서 본 요스케는 온몸을 떨었다.

그 반응에, 나는 중학교 동급생에게서 「너희 집 말이야. 에밀리 씨 집의 창고인 줄 알았어」라고 반 농담으로 놀림을 당했던 일이 떠올랐다…… 라는 것은 지금, 아무래도 좋았지만.

문득 리제와 시선이 마주쳤다. 2층 창가에서 눈만 삐죽 내민 채 이쪽의 모습을 살피고 있었다. 정원의 분위기를 정찰하는 것이리라. 나는 리제를 불러보았다.

"요스케가 돌아왔다―. 리제도 밖에서 눈 치우지 않을래?"

"이건 성전! 적 앞에서 도주한 겁쟁이는 죽음을 의미하느니!"

그러나 토라진 리제는 창가의 그늘에 숨어버렸다.

"리제롯테의 이름으로 명하노라. 요스케는 돌아가라! 사라져버려!"

"나도 좋아서 돌아온 게 아니야! 너 따윈 나도 몰라!"

성격이 꼬인 요스케도 허세를 버리지 않았다. 나와 사야네도 어릴 때 그와 비슷한 모습이었기 때문에, 저절로 미소가 나왔다…… 라는 방관자의 시점으로 보게 된다.

친근한 분위기를 자아내서 리제와 요스케를 자연스럽게 같이 놀게 한다, 라는 얄팍한 화해작전을 시작할까. 뭐, 단순히 눈 치우는 작업이었지만.

"풉…… 토미 씨, 그 차림 되게 웃긴데."

"뭐? 웃을 요소 따위 어디 있다는 거냐! 우리 때에는 이게 잘 나가는 남자의 증표였어!"

토미 씨는 반팔 반바지라는 다비중의 여름체육복을 걸치고 있었다. 한겨울에 T셔츠와 반바지 차림이라는 것도 웃긴데, 그 와중에 소매를 돌돌 말아 걷은 불량배 체육대회 사양이라는 사실이 한층 더 내 복근을 괴롭혔다.

"선배는 정말 바보라니까~. 중학교 때부터 하나도 성장하지 않았어요!"

토미 씨를 비웃으며 걸어서 모습을 나타낸 사람은, 마찬가지로 다비중학교 체육복을 입은 미쿠모 씨였다. 그래도 이쪽은 겨울용의 긴 팔 긴 바지에 다운재킷, 두꺼운 장갑이라는 방한사양이었지만.

"매년, 에밀리랑 같이 이웃집의 눈을 치웠지만, 올해는 에밀리의 음악교실이 번성하는 것 같아서 말이지. 한가해 보이는 히나한테 말을 걸었더니, 도움을 받을 수 있게 됐다."

"한가해 보인다는 말은 실례네요! 뭐, 마사키요 선배나 에밀리 선배와는 다르게 독신귀족이라, 쉬는 날에는 자기만 하니까 별로 상관은 없지만요!"

자학하는 후배에게 쩔쩔매는 한심한 토미 씨. 오늘은 선후배 콤비로 이웃집을 돌며 눈 치우기를 하던 모양이었다. 고향에 취직한 두 사람은 다비나가와에 현존하는 몇 안 되는 귀중한 젊은 전력이었다. 어느 집에서나 데려가려고 하는 것은 필연이었다.

"하지만, 오늘처럼 선배와 휴일이 겹치는 건 드문 일이니까요. 달력대로 쉬는 선배랑 달리, 저는 세상이 한가로워질 때 바빠지는 직업이라."

"이야, 귀중한 주말의 휴일에 고맙다. 동급생들은 대부분 멀리 살아서 말이야. 히나가 있어줘서 정말 다행이야!"

"에헤헤~! 제가 있어줘서 고맙죠~?! 좀 더 칭찬하고 의지하세요!"

휴일에 무급육체노동에 동원돼 불만일까, 라고 생각했더니, 미쿠모 씨도 전혀 싫지만은 않은 모양이었다. 그녀가 드러내는 표정과 음성에 섞인 환희의 심정이 이쪽에게까지 분명하게 전달되었다.

"지금 생각난 건데, 왜 두 사람 모두 중학교 체육복 차림인 거예요?"

문득 집안에서 나온 에미 누나가 의문을 던져왔다. 그거, 나도 엄청나게 그렇게 생각했다.

"처음에 히나에게 도와달라고 말했을 때에는 거절을 당했는데, 마사키요 선배가 다비 중학교 체육복을 입는다면 생각해볼게요~ 라고 말을 꺼내서 말이지. 뭐, 그 정도야 쉬운 일이라서 전혀 상관없었지만."

"그게, 중딩으로 돌아간 것 같아서 즐겁잖아요. 기분이에요. 기·분."

미쿠모 씨가 입술에 집게손가락을 갖다 댔다. 하지만 방한 스타일 때문에 색기라고는 요만큼도 느껴지지 않았다.

비슷한 차림을 하고 나란히 서니 사이가 좋은 남매로밖에 안 보이는군.

"게다가, 눈을 치우러 들른 집에 스노랜턴 페스티벌 광고도 할 수 있잖아요. 방한복을 입고 눈을 치우는 것만으로는 화제성도 없으니까, 이것도 다 지역 활성화의 일환이라는 거예요."

"역시나 관광협회의 직원다워! 많은 걸 생각하면서 행동한다니까!"

"폐교가 되는 다비중학교의 졸업생이 학교전통인 체육복을 입고 지역주민을 돕는다…… 이제부터는 작업하는 사진도 찍어서 인터넷에 올리고, 지역 신문사나 방송사에 팔려고도 생각하고 있어요~."

미쿠모 씨가 스마트폰을 꺼내들어 체육복 차림의 토미 씨를 촬영했다.

"오—! 나로서는 생각할 수 없는 전략이야! 역시 대졸은 굉장해!"

"그렇죠그렇죠~? 마사키요 선배와 달리, 그럭저럭 좋은 대학을 나왔으니까요~."

머리가 텅 빈 것 같은 대화가 끝없이 들려왔다.

에미 누나도 어처구니가 없는 것일까, 「마사키요 씨하고 히나는 여전히 덩치만 커다란 초등학생이네」라며 쓴웃음을 지었다. 그리고 일단 집안으로 되돌아가는가 싶더니.

"자, 장갑하고 모자예요. 한 집안의 기둥이 감기에 걸리면 큰일이니까요♪"

"예—이. 늘 나 좋을 대로 살아서 미안해!"

에미 누나는 바보답게 피부의 노출이 많은 토미 씨에게 니트 모자와 털실로 짠 장갑을 씌워주었다.

이 두 사람이 나란히 서면, 금슬이 좋은 부부로밖에 비치지 않았다. 역시, 토미 씨와의 관계에서 에미 누나와 미쿠모 씨는 그 방향성이 다르다—. 막연하게 그런 인상이 남았다.

"미안해요. 나고 돕고 싶은데, 오후부터 아이들 교습이 있어."

"에밀리는 신경 쓰지 않아도 돼. 지금까지 고생해 온 할아버지할머니를 위해서는 우리가 일하고, 너는 꿈이 있는 아이들을 가르친다. 적재적소라는 거겠지!"

"토미 씨 말 대로예요. 평범한 일은 우리 같은 평범한 사람한테 맡기면 돼요."

사과를 하는 에미 누나를 나와 토미 씨 두 남자가 감쌌다. 그 뒤, 곧바로 몇 명의 초등학생이 교습을 받으러 왔고, 에미 누나는 집안으로 돌아가 그들을 맞이했다.

다비나가와 축제 이후, 등록이나 체험교습 신청이 끊이지 않아서 하루사키 시 중심부에서 일부러 부모님과 함께 찾아오는 아이들도 늘었다던가. 축제에서 멋진 연주를 피로한 리제는 반에서 인기인이 된 듯, 지금도 아이들에게 둘러싸여 기타를 치고 있었다.

재능이 넘치는 인기인과는 인연이 없는 우리 평범한 일반인 팀은 실외에서의 육체노동을 해야지.

토미 씨가 사각형의 대형삽과 알루미늄 삽이 실린 트럭의 짐칸에서 부지런히 눈 치우기 도구를 내렸다. 그러더니, 대형삽의 자루를 쥐고 의미도 없이 높이 쳐들었다.

"시작하자! 슈도 빨리 옷 갈아입고 와라. 다비나가와 전통의 유니폼으로 말이지!"

그 모습은 그냥 평범하게 촌스러웠지만, 내게만은 멋있게 보였다. 아는 동생은 기운을 주체할 수 없는지 야구의 투구폼 같은 몸짓을 보이는 전(前) 불량배에게 자극받아 버렸다.

"좋았어! 나도 얼른 옷 갈아입고 올게!"

"내친 김에 너희 집 정원도 치워주마! 다비중 체육복 차림의 이요리 누님과 땀투성이가 되면서 눈을 치울 수 있다면……
중학생의 모의데이트 같아서 정말 행복한 한 때가 되겠지."

뭔 소리를 하는 거냐, 이 녀석. 후배의 엄마한테 꿈이 너무 크잖아.

"슈…… 내 의욕을 돋우기 위해서 말이지. 교섭을 해줘."

힐끗힐끗 날 살피지 마.

그 엄마가 다비중학교 체육복 같은 걸 입을 리 없잖아. 코스프레 숙녀가 돼 버릴 거라고.

나는 에미 누나네의 창고……가 아니라, 우리 집으로 돌아가 내가 애용하는 다비중학교 체육복으로 갈아입었다. 아무 위화감도 없이 피부에 익숙한 이 감촉은 이미 오랫동안 입어 익숙해졌다는 증거였다.

"엉? 혹시 눈 치우려는 거냐?"

"에미 누나네 치우는 걸 도와주고 올게. 가벼운 운동은 재활에도 효과적이니까."

거실에서 점심으로 컵라면을 후루룩거리던 엄마가 복도를 지나치는 중학교 체육복 차림의 아들의 행선지를 미리 예측했다.

"나도 조금 있다가 우리 집 눈을 치울 테니까, 마사키요한테도 전해 줘. 스털링 씨 집의 창고도 눈을 치워두라고."

엄마도 그런 자학적인 비하 표현을 쓰고 있을 줄이야.

"오늘은 휴일이겠다, 엄마는 오늘 쉬어도 돼. 이제는 젊지 않으니까."

"분명히 젊지도 않고, 요즘에는 허리랑 어깨도 아파온다만, 너한테 그런 말을 들으니까 놀림당하는 것 같아서 화가 난다."

일단 걱정을 하는 건데, 불합리해.

"또 너한테만 맡겨놓을 수 없잖냐. 애초에 체력이 뚝 떨어졌으니까 말이지."

"별로 도움이 되지 못해서, 효도하지 못해서…… 미안."

"흥. 사과할 필요는 없어. 네가 도쿄에 가 있는 동안에는 내가 전부 혼자 도맡아 했다고. 네 몸 상태는 나도 잘 안다……. 부모한테 어리광 부릴 수 있을 때에는 부려둬."

싫은 기색 하나 없이, 엄마는 온화한 표정을 무너뜨리지 않았다.

"토미 씨한테 부탁을 받았는데, 엄마도 다비중학교 체육복을 입어줬으면 한대."

"뭐어? 말 같지도 않은 소리 씨부리면 눈에 파묻어버린다, 라고 전해라."

우와. 무서워무서워……. 불량배출신 엄마의 위협은 내게 뒷걸음질을 유발시켰다.

"그리고, 『60분에 만 육천 엔 코스이니까, 그 정도의 옵션은 있어도 좋잖아!』라고도 필사적으로 말했던 것 같기도 하고……."

풍속점 손님 같은 발언을 날조해서 미안해, 토미 씨.

"한참 전부터 생각했는데, 그 녀석 말이야…… 꽤나 징그럽지 않냐."

"그건 나도 그렇게 생각해."

드물게 모자의 의견이 일치했다. 그 녀석은 그런 소리 안 해, 라고 옹호하는 말을 듣지 못하는 토미 씨는 실은 불쌍한 사람이지 않을까?

"하지만, 토미 씨가 도와준다면 엄마 부담도 많이 줄어들잖아? 그 사람, 남는 건 체력뿐이고, 지붕의 눈을 쓸어내는 것도 잘하잖아."

"그야, 뭐…… 나도 매일매일 고역이라, 그 녀석이 도와주는 건 솔직히 말해서 많이 도움이 된다. 하지만 말이야, 왜 다비중 체육복인 거냐? 평범한 트레이닝 복으로는 안 되는 거냐고……?"

"으―음. 지역의 일체감을 내려고 하는 것 같아. 지역 활성화의 일환……이 아닐까? 잘은 모르겠지만."

사실은 취미라고 할까…… 아마도 성적취향인 것이겠지만! 엄마가 질겁할 게 뻔하니 좀 더 그럴듯한 이유를 갖다 붙이도록 하자. 토미 씨. 선배를 생각하는 후배에게 고마워해줘.

"애초에 다비중학교 체육복 같은 건 이제 안 갖고 있어. 내가 졸업한 게 대체 언제라고 생각하는 거냐."

"내 걸 빌려줄게. 예비용으로 하나 더 있으니까."

"하아…… 40세 전후의 아줌마가 중학교 체육복을 입고 돌아다니면 위험하잖아……."

명백히 그럴 마음이 없어 보이니, 기대는 하지 말까.

마음이 내킨다면 입는 걸로 충분하지 않을까. 나는 그렇게 중얼거리면서 예비용 체육복을 거실 테이블 위에 꺼내놓고, 말없는 압력을 엄마에게 가했다.

왜냐면, 나도 좀 보고 싶어.

10대 전반의 모습이 살짝 엿보일 것 같은 엄마의 모습을.

마츠모토 가와 스털링 가는 하나의 터 안에 서 있는 것이라 마찬가지라서, 서로 분담해서 두껍게 쌓인 눈덩어리들을 치우기로 했다.

"이요리 누님……?! 왜 그렇게 옷이 두꺼운 겁니까?! 흘러넘치는 코스프레 느낌의 에로함……이 아니라, 지역의 일체감을 내자구요!!"

엄마가 나른하다는 듯이 모습을 나타내기 무섭게, 토미 씨는 진심으로 아쉽다는 듯이 외쳤다. 결국, 엄마는 발목까지 오는 다운점퍼를 껴입어서, 다비중의 체육복 따위 안중에도 없다는 것 같은 평소대로의 모습을 하고 있었다.

"시끄러!! 이 썩을 자식아!! 너의 그 징그러운 취미에는 어울려 줄 수 없다고!!"

"슈!! 너!! 나를 변태캐릭터처럼 보이게 인상을 조작했지?!"

"아니…… 틀리지는 않았잖아. 후배의 엄마에게 중학교 체육복을 입히고 기뻐하는 녀석. 꽤 위험하다고 생각해요."

"아니아니아니?! 뭐어?! 이요리 누님이 부끄러워하면서 무리하는 그 느낌이 내 기분을— 윽, 앗, 아아아아아아아……?!

앗…… 우와…… 앗앗."

엄마가 성가시다는 것처럼 눈썹을 찌푸린 채로 토미 씨에게 헤드록을 걸었다. 토미 씨의 생떼를 쓰는 소리가 비명으로 바뀌었다…… 라고 생각했더니, 왜 행복해 보이는 것 같은 신음을 흘리는 거야…….

엄마의 팔에서 해방되어 눈 위에 드러누운 토미 씨의 얼빠진 눈이 내 눈과 마주쳤다.

"……굉장해. 이요리 누님은…… 모든 게, 최고였어……."

편안히 성불해 줘.

"이 인간. 옛날부터 어른스러운 여성을 좋아해서 말이죠. 바보는 죽지 않으면 안 나아!"

더없는 행복감에 방심상태에 빠진 토미 씨에게 미쿠모 씨가 불만스럽다는 듯이 다가갔다. 그리고 대형 삽으로 눈을 퍼 바보의 몸에 가루눈을 끼얹었다.

"여차여차. 더러운 새우튀김 완성이요~♪"

말괄량이 후배는 히죽히죽 옅게 웃으며 물뿌리개에 물을 담아 빵가루가 뿌려진 새우……가 아니라, 눈옷에 싸인 토미 씨에게 사정없이 쏟아 부었다.

이거, 내일 아침에는 꽝꽝 얼어붙을 그런 거네요.

"………어? 잠깐, 앗, 차거?! 아니아니, 헛?! 히나, 이 녀석?!"

"에헤헤! 바—보! 그냥 그대로 동면해주세요!"

현실로 되돌아온 토미 씨가 몸을 덮은 눈이 얼기 시작한 사태를 깨닫고 보기 흉하게 허둥거렸다. 그 모습을 보며 미쿠모 씨가 배를 끌어안고 웃었다.

"메롱! 온통 빈틈투성이인 선배가 잘못한 거라구—요!"

메롱메롱 혀를 내민 미쿠모 씨의 장난기 어린 웃는 얼굴은 나로서는 처음 보는 『꾸미지 않은 솔직한 명랑함』으로 가득했다. 다비중의 체육복과 맞물려 마치 중학교 시절이 되살아난 것 같은 느낌이었다.

그 모습을 보니 과거를 쉽게 상상할 수 있었다. 두 사람이 장난을 치고, 에미 누나가 어쩔 수 없어 하면서 지켜보는 청춘의 한 때를.

형제와도 같은 사이. 적어도, 미쿠모 씨에 대한 토미 씨의 거리감은 그러할 터.

미쿠모 씨는, 과연 어떨까. 그녀의 눈이 토미 씨를 비출 때의 순애 넘치는 눈빛은 동생으로서 오빠에게 보내는 것일까. 그렇지 않으면—.

노는 것도 적당히 하고, 이제 모두가 함께 하는 즐거운 눈치우기가 시작되었다. 토미 씨와 미쿠모 씨가 에미 누나의 친정으로, 마츠모토 모자와 요스케가 우리 집 정원으로 흩어졌다.

"너한텐 절대로 무리시키지 않을 거다. 넌 제설기라도 산책시켜."

그렇게 보여도 걱정이 많은 엄마는 내게 삽 종류는 절대 쥐게 하지 않았다. 그래서 나는 앞으로 밀고 나가는 것만으로도 진로상의 눈을 빨아들여 배출구로 뿜어내는 가정용 제설기와 산책을 하며 정원의 입구 근처를 정성스럽게 훑어갔다.

엄마는 지붕에 올라가 몇 겹으로 쌓여있던 눈을 삽으로 퍼내렸다.

그럭저럭 지어진 지 꽤 오래된 목조의 단층집…… 정기적으로 눈을 쓸어내리지 않으면, 그 무게에 집이 무너져 버릴 가능성이 전혀 없지는 않은 것이다.

"으랴랴랴랴랴—! 슈 형, 방해돼, 비켜!"

엄마가 쓸어내린 눈을 요스케가 스노덤프에 싣고 가까운 도랑으로 운반. 그대로 눈을 쏟아내 버리고 다시 정원으로 돌아오는 것을 반복했다.

그러다 때때로, 음악교실 쪽을 힐끗 쳐다보고는 뾰로통하고 삐친 표정을 지었다.

이러니저러니 해도 리제의 동향이 신경이 쓰이는 것이리라.

"오—호. 마사키요 선배에게 빈틈 발견!"

"아얏?! 야, 인마! 우오?! 아, 아————————앗?!"

옆집의 정원에서는 미쿠모 씨가 토미 씨의 엉덩이에 눈덩이를 던져 맞히고, 되갚아주려던 토미 씨가 얼어붙은 땅에 발이 미끄러져 성대하게 넘어졌다.

"눈 집을 만들 거다—! 엄청나게 큰 녀석!"

"그거 좋네요! 눈 집 눈 집—! 왕따시한 거!"

내게는 양쪽 모두 선배였지만, 이런 꼴이라 정말 죄송합니다. 둘 다 30세를 목전에 두고 있건만, 진짜 애들인 건가.

저 인간들, 본격적으로 놀기 시작했다. 모은 눈을 삽으로 몇 번 두드려서 약간 크고, 표면이 매끄러운 설산을 만들어냈다.

혼자 있으면 착실한데. 혹시 원래는 같이 붙여놓으면 안 되었던 두 사람이었던 건 아닐까?

반면, 우리 쪽은 귀신같은 엄마가 있었기 때문에 화기애애하기는커녕, 조용한 토목건설작업 같다.

"왜 그래? 요스케. 슬슬 지친 거냐?"

"……아니 그런 건 아닌데. 그냥 내버려 둬."

눈을 운반하던 도중에 우두커니 멈춰서 있던 요스케. 그 기운 없는 시선은 음악교실의 리제를 포착하고 있었다. 알아. 네 마음은 아플 정도로 잘 전해지고 있어.

일단, 휴식 삼아서 나는 요시다와 마주보듯이 눈 위에 앉았다.

"리제가 인기인이 돼서 초조해하는 거지?"

"아, 아니야—! 저 녀석 따위 관계없어—! 왜 리제하고 엮는 건데!"

울대뼈도 나오지 않은 미성숙한 목소리가 한층 더 소리가 높아지고 날카로워졌다.

"오히려 속이 다 시원해. 이해할 수 없는 행동을 하는 녀석을 돌봐줄 수고도 줄었고 말이지……."

그렇다면, 속이 시원하다는 얼굴을 해라. 당당하게 선언하라고.

그렇게 목소리를 떨면서 고개를 숙이고 주먹을 꽉 쥐어서는 설득력이 없어.

"리제가 반에서 인기인이 되기 전에는, 네가 돌봐줬지. 너만이 리제에게 마음을 써줬다…… 그게, 지금은 전혀 상황이 달라졌다는 거네."

"흥! 어차피 다들 금방 질릴 거야. 그저 재미삼아 유행을 따라다니는 녀석들뿐이라 말이지. 리제에 대해…… 잘 알지도 못하면서."

"너는 재미삼아 그런 게 아니라는 거냐? 요스케는 왜 리제에게 마음을 써 준 거지?"

"그건…… 그 녀석이 혼자인 게 불쌍해서…… 하지만, 그 녀석이 많은 사람들에게 둘러싸인 지금, 내가 마음을 써 줄 이유 같은 건 없을 거야."

어금니를 꽉 물며 요스케는 동급생들을 상대로 교습을 하는 리제를 힘없이 쳐다보았다.

그것과 오십 보 백 보의 상태에 빠져 비굴한 열등감이 한층 더 비뚤어진데 더해, 『거리를 두자』라는 선택지를 취한 쓰레기 같은 남자가 5년 전에 있었다든가.

"마음을 써 주는데 이유가 필요한가? 네게 리제가 어떤 존재인지 다시 한 번 생각해보는 게 좋을 거야."

"어떤 존재라니…… 유치원 때부터 알고 지낸 사이지만, 친구인 것도 아니고…… 하지만, 그냥 내버려둘 수가 없어! 보고 있으면 어딘지 모르게 위태위태하고 구름처럼 떠돌아다녀서…… 대체 뭐야. 엄청 신경이 쓰여!"

요스케는 고개를 숙인 채 머리를 끌어안았다.

"지금은 몰라도 돼. 네 정도 나이로는 아직 알지 못하는 게 당연해."

초등학교 3학년이 사랑이니 연애니 하는 것을 이해할 수 있을 리 없었다.

그래도, 누군가를 좋아한다는 감정은 태어나, 가슴 속에 존재하고 있었다. 어린 뇌가 이해할 수 없는 초조함. 호의라는 것을 알지 못했기에, 나를 돌아봐줬으면 하는 마음에 욕을 한다.

아아. 나는 그 녀석을 좋아했구나―. 옆에 있던 상대가 멀어지고, 때를 놓치고 나서야 겨우 알아차리는 것이, 소꿉친구라는 존재의 성가신 점이긴 했지만.

"네가 어떻게 하고 싶은지. 리제와 무엇을 하고 싶은지……
그 점만은 전해줘야 할 거야."

나는 토미 씨에게서 들은 말을 그대로 요스케에게 전했다.

마지막까지 망설였던 내 등을 떠밀어 나를 구원해줬던 말이었다.

"……나는 리제와 같이 있고 싶은 것뿐이야. 그 녀석이 없으면, 내가 쓸쓸하다고 할까…… 악기 같은 건 전혀 못 치는데, 그 녀석이 상대해줬으면 하는 마음에 시작했고……."

"나랑 비슷하네. 좋아하는 사람과 같이 있고 싶어서 습관성으로 음악을 계속했고, 아무 노력도 하지 않으면서 상대에게 매달려 있다가, 상대에게서 떨어질 위기에 처하니까 스스로 손을 놔 버렸지."

"시끄러시끄러! 그래서 어떻게 하면 좋은데…… 가르쳐 줘."

요스케가 당장에라도 울음을 터뜨릴 것 같은 목소리로 애원했다.

"요스케가 목표로 해야 하는 건, 내가 아니라 토미 씨야. 서로 시시한 얘기를 하고 그냥 같이 놀다가 곤란할 때에는 도와주는 거지. 요스케는 그런 멋진 남자가 되어줬으면 해."

"그걸로…… 괜찮은 걸까? 재능이나 정열이 없어도…… 리제가 내게 환멸을 느끼지 않을까?"

"그래. 리제에게는 네가 옆에 있어주는 것만으로도 충분해."

모든 것을 이해하라고는 하지 않을 것이다. 연애감정을 자각하고, 상대에게 마음을 전하라는 것은 불가능했다.

"너는, 지금, 리제와 뭘 하고 싶어?"

"나는…… 리제하고 놀고 싶어! 눈밭 위를 마음껏 뛰어다니고 싶어! 그 녀석하고 있으면, 엄청 즐거워!"

뜻을 굳힌 요스케는 안고 있던 순수한 마음을 말로 표현했다.

초등학생은 이걸로 충분했다. 좋아하는 사람과 놀고 싶다. 그것으로 충분하지 않은가. 상대의 보폭에 맞추는 것이 아니라, 그냥 자신의 보폭에 끌어넣어 버려.

그것이 토미 씨의 방식이었다. 범인이 천재를 상대로 할 수 있는 유일무이한 발버둥이었다.

"리제!"

요스케가 음악교실 쪽으로 똑바로 달려갔다.

그리고 그곳에 있던 리제의 팔을 붙잡고 바깥으로 데리고 나왔다.

둥실둥실 떠다니듯이 도망 다니며 사라져버리는 구름과도 같은 존재. 강하게 붙잡을 수 있는 것은 한 사람뿐이었다. 줄곧, 리제를 쫓아다니던 심술쟁이, 그 뿐이었다.

리제와 마주보고 선 채, 요스케는 긴장한 표정으로 입을 열었다.

"나는, 네가 어딜 가든 다시 데리고 올 테니까 말이야! 계속 그렇게 너 좋을 대로 둥실둥실 떠다녀!"

"…………넌 무슨 말을 하는 거냐? 이해가 안 된다."

"진짜! 괴짜는 이해 못 해! 그러니까, 있는 그대로의 너로 있어 달라는 거다! 그리고 내가 데리러 가면 불평하면서 돌아와!"

"……우으음? 잘은 모르겠지만, 알았다!"

리제는 고개를 갸우뚱했지만, 결국에는 이해한 척 하고 고개를 끄덕였다. 리제 본인은 참고 있는 것이겠지만, 완고하게 한일자를 그리고 있던 입가는 완전히 누그러져서 입 꼬리가 분명하게 위쪽을 향하고 있었다.

내심 기뻤던 것이리라. 언제나처럼 요스케가 자신을 쫓아와 주어서.

초등학생은 이거면 됐다. 억지로 용을 써서 만들어내는 멋진 말이나 젠체하는 사랑의 속삭임 따위 필요 없었다.

리제에게 연애감정은 없는 것이나 마찬가지였다. 음악과 망상의 전장밖에 모르는 소녀에게 연심이 싹트는 것은 언제가 될까.

고고한 자신을 데리고 돌아와 주는 유일한 소꿉친구. 중학생이 되면 그 소중함을 알아차리고, 지금까지의 거리감에 당황할지도 모른다. 앞으로 겨우 4년 뒤의 일이다.

다비중학교는 없어졌겠지만, 사춘기의 두 사람…… 특히 리제는 어떻게 성장해, 어떤 꿈을 안고 있을까.

그렇게 됐을 때, 두 사람이 이끌어낼 선택지는— 신만이 알고, 득의양양한 미소를 짓고 있었다. 어쩌면 성질 고약한 방해를 해올지도 모르지만.

만약 성장한 요스케가 나와 같은 길을 나아가려고 한다면, 그 때에는…….

운명의 장난에 대항하기 위해 아주 소소한 참견을 하게 해 줘. 일찍이, 나아가야 할 길을 잃어버렸던 사람이었기에, 아직 어린 두 사람의 앞날을 지켜보고 싶었다.

부탁이니까 말이지. 그 정도의 시간은 줘.

작게 떨리는 왼손을 꽉 쥐고 나는 흐려지는 추운 겨울하늘을 올려다보면서 조용히 무의미한 소망을 빌었다.

"지금의 나는, 일단 너랑 같이 놀고 싶어! 눈싸움을 하고 싶다고!"

"싸움……이라고? 그것은 즉, 피로 피를 씻는 성전의 개막이로군."

유치하게 화내던 표정을 지우고 불온하게 웃는 얼굴을 되찾은 구세주님은 천천히 그 자리에 쭈그리고 앉아 작은 양손으로 눈을 모았다.

그리고 손바닥만한 크기의 눈덩이를 연성해 눈앞에 있는 요스케에게 던졌다.

"동지제군에게 고하노라. 양보할 수 없는 것이 있다면 싸우는 것이다."

"아아……! 너와 같이 싸우겠어……! 잘은 모르겠지만!"

"지금이야말로 성전의 때! 갖은 약탈을 벌인 죄인에게 구세주의 철퇴를 내리노라!"

리제가 작은 몸과 짧은 팔을 최대한 활용해, 레이저 빔급의 송구를 했다.

"아얏?! 어허?! 야성적인 미남인 아빠한테 뭐 하는 걸까?!"

하얀 구체는 표적의 엉덩이에 적중해 산산조각 났다. 눈 치우기는 뒷전으로 하고 눈 집 만드는데 열심이던 토미 씨……가 아니라, 자칭 야성적인 미남 아빠는 처벌당한 것이다.

"이것은 민중의 목소리. 너희가 빼앗아 간 우리의 국토를 돌려받겠다."

요스케와 리제가 땡땡이 콤비를 눈덩이로 습격하고, 단단하게 다져진 눈 총탄의 비를 뒤집어쓴 토미 씨와 미쿠모 씨는 건조 중이던 눈 집으로 피신했다.

갑자기 습격당한 30세 전후 콤비도 눈 집의 그늘에서 몸을 내밀어서는 눈덩이로 응전. 리제와 요스케는 마츠모토 가에 본진을 세우고, 포복으로 탄막을 회피하면서 전진했다.

드디어 시작됐어. 수수께끼의 전쟁이!

그 국토의 차이는 그야말로 스털링 제국의 침략을 견디는 마츠모토 지구 같았지만.

"어른의 힘을 얕보지 마라! 이쪽은 폼으로 28년을 살아온 게 아니야!"

"썩을 꼬맹이들에게 단단히 알려주죠! 덩치만 큰 초등학생의 경험치를!"

토미 씨와 미쿠모 씨는 대형 삽을 방패로 삼으면서 눈덩이의 직격탄을 계속 회피했다. 어른스럽지 못한 두 사람에게 초등학생들은 점점 후퇴했다.

전황은 불리. 누구나가 그렇게 걱정한 그 순간—.

"앗. 히————————익!"

토미 씨의 안면에서 하얀 화포가 작렬했다.

바보의 괴성과 동시에. 둥글게 뭉쳐졌던 결정이 화려하게 사방으로 흩어졌다.

"하아…… 나도 나이가 들었나보다. 역시 허리가 아파."

지붕 위에는 엄마가 우뚝 서서 얼굴을 찡그린 채 허리를 두드리고 있었다. 오른손에는 새로운 눈덩이를 들고 손목의 스냅을 살려 가볍게 위로 던졌다가 받아내기를 반복하고 있었다.

잘 벼려진 나이프처럼 날카로운 눈빛은 그야말로 적대하는 전사들에게 압도적인 공포와 절망을 안겨주는 싸움의 신과도 같았다. 그런 착각에 빠지게 할 정도로 냉혹한 불길함을 품고 있었다.

차가운 지면에 무릎을 꿇고 엎드린 토미 씨는 전율과 경악에 찬 눈초리로 엄마를 올려다보았다.

"설원의 저격수…… 중학교 시절의 이요리 누님은 근접격투만이 아니라, 원거리공격으로도 뭇 사람들의 두려움을 샀다고!"

전 아들이지만 그런 말은 금시초문인데요.

"게다가, 다비중학교 체육복을 완벽하게 소화해내는 저 모습을 봐라. 저 정도면 이제 이요리 누님의 전투복이라고?!"

토미 씨의 동공은 활짝 열려서 끝 모를 흥분을 감추지 못하고 있었다.

엄마는 경쾌하게 다운점퍼를 벗어버리고는 T셔츠와 반바지라는 다비중학교 여름체육복 사양을 드러냈다. 그것도 겨울용의 긴팔 윗옷은 허리에 묶는다는 그리운 허세 가득 중딩 스타일! 잊지 않고 챙겼던 건가! 코스프레라는 느낌이 전혀 안 들어! 멋진 게 당연하잖아!

"싸움은 보고 있으려면 피가 끓어올라서 어쩔 수가 없어. 마츠모토 가에 싸움을 걸어오다니, 배짱 한 번 좋구나."

엄마가 씨익…… 하고 날카로운 송곳니를 드러내며 교활하게 웃었다. 일찍이 다비중학교를 좌지우지했던 불량배 엄마가 당시의 모습을 한정부활 시켰다.

"앗, 앗…… 우와…… 옷, 옷, 우와아아아아아아……힉, 우아아아아아……."

토미 씨는 어휘력을 상실하고 우아함과 방탕함을 겸비한 누님 앞에 엎드려 황홀하게 몸부림쳤다. 최고로 징그러울 뿐 아니라, 볼썽사납기까지 해.

"우와—! 선배, 정말 쓸모가 없네요! 저 혼자 이길 수 있을 리 없잖아요!"

최후의 요새로 변한 눈 집이 마츠모토 지구로부터 폭격을 당해 스털링 제국의 미쿠모 씨는 방어에 총력을 기울였다.

"좋—아. 오늘은 열심히 한 상으로 눈싸움이라도 할까♪"

도움을 요청하는 목소리가 하늘에 닿은 것일까. 에미 누나가 음악교실에서 강습을 받던 초등학생들을 줄줄이 데리고 나왔다. 아무래도 교습은 끝난 듯, 정원의 북적거리는 활기에 자극을 받은 모양이었다.

그런데, 응, 응응……?! 에미 누나에게서 왠지 모를 위화감이 느껴지는데.

그것도 그럴 법 했다. 에미 누나가 내가 초등학교 시절 동경했던 다비중학교 체육복 차림을 하고 있었기 때문이었다.

"에미 누나……! 그, 그그, 그 차림은……!"

"다들 다비중학교 체육복을 입고 있어서, 나도 입어야 하나~ 하고 분위기를 파악해봤는데. 어때? 아직은 봐 줄 만해?"

"봐 줄 만한 걸 넘어서 현역이라고 해도 통할 것 같습니다. 음. 에미 누나의 교복차림을 보고 싶었지만, 체육복 차림도 엄청 매력적인데…… 곤란한걸."

아무리 그래도 졸업한 지 13년이나 지나면, 당연히 신체의 성장에 따라 사이즈가 작아져 꽉 끼게 된다. 에미 누나의 경우는 특히 가슴이 꽉 끼어서 크게 돌출되어 있었다.

"아이, 참! 슈는 툭하면 날 그렇게 물끄러미 쳐다보더라!"

"죄, 죄송합니다……! 저도 모르게…… 너무나도 잘 어울려서 말이죠."

얼굴을 빨갛게 물들이며 양팔로 가슴을 가리는 에미 누나의 몸짓도 위험했다. 토미 씨를 징그러운 캐릭터로 만들어왔지만, 그 동생뻘인 나도 꽤나 징그러울 거야…….

"에밀리도 위험한데. 진짜로. 아아, 이요리 누님도 버리기 힘들지만, 역시 아내한테 필적할 사람은 없겠지. 이야. 정말 근사해."

눈 위에서 구르고 있던 시체가 중얼중얼 그런 소리를 중얼거렸다. 자기 아내의 중학교 체육복 차림에 넋을 잃은 토미 씨의 어휘력은 이미 붕괴해 있었다. 그에 공감하는 내 이성도 이미 한참 전에 망가져 있었다.

"눈은 정말로 좋아해YO~♪ 모두 사이좋게 놀아YO~♪"

종종걸음으로 달려온 에미 누나 엄마! 아직도 딸의 교복을 입고 있었나!

"로리와 쇼타와 코스프레 마마의 원군이다! 써먹을 수 없게 된 마사키요 선배의 대역으로는 충분하겠네요!"

미쿠모 씨의 이상한 표현은 둘째 치고, 드디어 본격적인 눈싸움으로 발전했다.

만일을 위해 말해두지만, 이 자리에 현역 중학생은 한 명도 없었다. 이 동네의 개구쟁이 초등학생과, 모교 학생의 코스프레를 하고 있는 바보 같은 어른들뿐이었다. 어린아이들이 순진무구하게 떠드는 소리와 어른스럽지 못한 어른들이 뜨겁게 불타오르는 목소리가 휴일의 이웃집에 울려 퍼졌다.

나는 자리에 앉아 바라볼 뿐이었다.

저 안에 섞이고 싶다, 같이 까불고 싶다는 마음은 일었지만, 아마도 무리 할 수는 없을 테니까.

정원 구석에 깊숙이 자리 잡고 앉아 헤실헤실 웃으면 그저 관전할 뿐이었다.

"……슈도 섞여서 같이 놀고 싶어?"

문득, 불안하게 흔들리는 마음을 안심시켜주는 존재의 기척이 느껴졌다.

그녀는 우두커니 쓸쓸하다는 듯이 앉아있던 내 옆에 나란히 서더니, 무릎을 살짝 접어 웅크리고 앉았다.

"아니. 나는 보고만 있을 거야. 그것만으로도 충분히 즐거워."

"……그래. 그럼, 나도 슈랑 같이 보고 있을게."

내 곁에서 나와 같은 보폭으로 걸어주는 것은 연인보다도 더 가까운 여자아이였다. 변덕쟁이였기 때문에 훌쩍 모습을 감췄다고 생각했더니, 어느샌가 곁에 와 있었다.

"……왜, 나한테는 아무 반응도 하지 않아?"

불만스럽다는 듯이 목소리를 낮춘 사야네가 살짝 시선을 떨어뜨렸다. 그러나 나는 그 말의 의미를 제대로 파악하지 못했고, 그런 나를 향해 사야네는 노골적으로 눈썹을 찌푸렸다.

"……나도 다비중학교 체육복을 입고 있어. 다들 입고 있어서, 일단 집에 돌아가서 갈아입고 왔건만."

아차. 그 점을 왜 언급하지 않은 거냐. 마츠모토 슈, 이 둔감한 바보야.

"……미안. 알아차리지 못했다기보다는, 너무 자연스러운 복장이었다고 할까…… 사야네는 그 차림이 익숙하다는 이미지가 강해서."

"……이요리 씨나 에밀리 씨에게는 과잉반응을 했으면서."

사야네가 질투를 감추지 않았다. 내 치부를 몰래 다 지켜보고 있던 것 같았다.

"……지금까지의 나는 늘 체육복 차림에 섹시함이라고는 전혀 없었지. 그 부분은 반성하고 있어."

"사야네에게 섹시함은 바라지 않아…… 아야, 아야."

사야네가 가볍게 뺨을 꼬집었다. 조금 아팠다.

"……중학교 1학년 때 산 체육복이 지금도 사이즈가 딱 맞는 것도 불만스러워. 왠지…… 스무 살이 됐어도 전혀 성장하지 않은 것 같아서."

"키는 꽤 컸다고 생각해. 쓰리 사이즈는 그다지 변하지 않은 것 같기도 하고…… 아야, 아프다니까."

"……여성한테 그런 말은 실례야. 슈는 좀 더 섬세함이라는 걸 공부해."

살짝 화가 난 것 같은 사야네가 다시 뺨을 꼬집었다. 남자

친구 뺨의 살점이 떨어질 것 같은데.

"에미 누나는 에미 누나라서 매혹적인 요염함이 태어나는 거야. 나는 사야네처럼 늘씬한 체형의 여자도 좋아해."

"……바보. 밋밋한 몸매라 미안하게 됐네요."

"아니, 진짜라니까. 오늘은 긴 바지라서 안 보이지만, 반바지를 입을 때에는 사야네의 다리를 힐끗힐끗 보기도 하니까, 아야, 앗."

"……바, 바보! 그런 곳은 보지 않아도 돼!"

이번에는 부끄러움을 감추는 것 같은 딱밤이 날아왔다. 무조건 칭찬을 했는데, 왜냐……?!

큰 키에 나긋나긋한 각선미, 꽉 조여진 호리호리한 체형.

아름다우면서도 총명한 매력이 있는 것은 틀림없어서, 그것을 동경하는 여성 팬들도 많았다. 가창이나 연주를 소화할 수 있도록 매일같이 트레이닝하고 있기에, 팔이나 배에는 적당한 근육이 붙어 있었다.

본인은 발육상태가 어딘가 부족하다고 느끼는 것 같았지만, 그것은 난해한 여자 마음의 하나인 것이리라.

"세련된 외출복도 멋지지만, 촌스러운 체육복 차림도 사야네다워서 좋아해. 내게는 그쪽이 더 익숙하다고 할까, 햐?! 앗, 차거!"

사야네가 내 체육복 자락을 걷어 올리고 차갑게 식은 맨손을 내 등에 갖다 댔다. 순간적인 냉기에 근육이 움찔하고 수축하며, 한심한 절규가 새어나오고 말았잖아…….

"……안 돼. 나도 이제는 어른이 됐으니까 제대로 외출복으로 칭찬받고 싶어."

내 여자친구는 제멋대로라서 바로 뺨을 발갛게 물들이며 토라졌다.

"슈의 비명…… 햑, 이라니. 후후…… 귀여워."

"아니아니…… 갑자기 차가운 손으로 만져대면 누구든 그렇게 돼."

그리고 심기가 불편해진 몇 초 뒤에는 입가에 손을 갖다 대고, 조신하게 미소를 지었다.

냉정 침착함을 가장하지만, 실제로는 여러 가지 감정이 풍부했다.

그런 점이, 정말로 귀엽지만.

"뭐냐, 이 녀석들! 남의 눈을 피해 시시덕거리는 바보 커플은 용서 못한다. 때려눕혀주마! 흐엑?!"

마음속으로 눈물을 흘리며 분개하는 미쿠모 씨의 외침……이 들린 것 같았지만, 엄마에게 저격을 당한 충격으로 비명을 지르며 땅에 넘어졌다. 저 사람도 커플에 대한 적개심이 꽤나 심하구나.

"……시시덕거리지 않았지?"

"……그러게. 옛날부터 이런 거리감이었다고 생각하는데."

미쿠모 씨의 트집인 것일까. 우리가 들떠서 자각이 없는 것일까. 어쨌든, 눈덩이가 날아오는 것은 성가시므로, 눈에 띄는 행동은 자중하자.

몰래 두 사람의 세계에서 서로 감정을 주고받으면 된다.

"······가사, 좋은 느낌으로 완성됐어. 슈가 준 선물을 빨리 부르고 싶어."

"그래, 나도 빨리 듣고 싶어. 그리고 특등석에서 연주를 하고 싶어."

다음 주말의 크리스마스— 스노랜턴 페스티벌이 고대되었다. 당일에는 사야네냥의 이벤트도 있었고, 또 라이브 준비와 리허설로 바쁠 거라 생각하지만.

일하는 짬짬이 조용한 데이트라도 하고 싶다.

겁쟁이로 이름 높은 마츠모토 슈이지만, 연인으로서 다음 단계로 나아가고자 결심했어.

크리스마스의 밤. 키리야마 사야네와 『첫키스』를 하겠다고.

서로를 추구하는 무언의 분위기. 나는 오른손. 사야네는 왼손. 우리는 어색하게 한 손을 내밀어 그 감촉과 온도를 손으로 더듬어 찾은 뒤, 서로 깍지를 끼고는······ 꽉 힘을 주었다.

자신의 손가락 사이에 타인의 손가락이 교차한다는 익숙지 않은 감각.

이런 걸 연인 손잡기라고 하던가.

왠지 창피하지만, 아무도 이쪽을 보고 있지 않으니 계속 잡고 있자.

사야네의 모든 것을 느낄 수 있었다. 자신의 감각과 기능이 완전히 병에 침식당하지 않았음을, 완전히 빼앗기지 않았음을 가르쳐주었다.

네게 꼬집힌 통증도, 네가 장난을 친 손의 냉기도, 네 체온과 맞닿아 생기는 미열도『살아있다』라는 증명.

끊임없이 가속도를 더해가는 가슴의 고동과 하얗게 변한 숨결의 미지근함. 주위의 눈이 녹기 시작하는 것이 아닐까……라고 쓸데없는 걱정을 할 정도로.

내 손과 사야네의 손.

제로거리에서 서로 겹쳐진 피부는 두근두근 하고 기분 좋은 열기를 띠고 있었다.

******

그날 밤. 나는 내 방에서 컴퓨터 작업을 하고 있었다.

외주해 둔 SAYANE 굿즈의 디자인을 확인하거나, 회사 홈페이지나 SNS를 갱신하는 등, 고맙게도 할 일은 끝이 없었다. 이미 팬클럽의 회원에게는 라이브 고지를 마쳤다. 실질적으로는 무료인 프리 라이브였지만 SNS의 반향을 보는 한, 꽤 많은 팬이 몰려올 것은 거의 틀림없었다.

미쿠모 씨가 말하길, 주변의 호텔이나 여관도 당일은 모두 예약이 꽉 찼다고 했다. SAYANE가 만들어내는 경제적 효과는 앞으로 더욱 굉장해질 것이다.

문득 스마트폰이 진동해서 뭔가 확인을 해보니, 메시지가와 있었다.

【굿즈 검품 끝났다─. 다음에 뭘 하면 돼?】

발신인은 토미 씨였다.

【고마워! 라이브 회장의 약식도와 본무대 예정표를 보낼 테니까 당일까지는 확인해주면 고맙겠어.】

나는 새로이 할 일을 전했다. 그러자 토미 씨는 【알았어!】라는 한 마디로 승낙의 뜻을 보내왔다. 간단한 문장이었지만, 느낌표를 붙인 것만으로 토미 씨의 그 굵직한 목소리가 머릿속에서 재생되었다.

토미 씨는 자신이 할 수 있는 범위 안에서 회사의 잡일을 도와주고 있었다. 스노랜턴 페스티벌도 다양한 일을 떠맡아 준다고 해서 무척 고마웠다.

적지만 보수를 주겠다…… 나는 토미 씨에게 그렇게 제안을 했다. 그래도 토미 씨는 완고하게 거절했다.

그 대신, 만면의 미소를 지으며 이렇게 대답했다.

너희는 즐겁다는 듯이 노래를 부르고, 너희 하고 싶은 만큼 재미있는 일을 해. 우리 지역민에게는 그게 가장 큰 보수다.

왜 모두가 이 사람을 따르고, 여자들이 호의를 보내는지 잘 알 수 있었다.

자칫하면 남자도 반해버릴 것이리라. 그게, 엄청 멋있는걸.

토미 씨의 호의에 기대도 될까. 그것이 내게 있어서의 보은이 된다면야.

누군가의 배려가 있기 때문에 자신이 해야 할 일에 집중할 수 있었다. 나는 사야네에게 최고의 무대를 만들어준다는 무대 아래쪽의 일에 전념할 수 있었다.

데스크워크를 병행하며 나는 건반을 이용한 작곡 작업이나 연주 연습을 해 나갔다.

건반에 올려놓은 손가락이 떨렸다. 내 의사와는 상관없이, 내 의사를 거절하듯이.

흑백의 댄스장. 그 위에서 나는 열 개의 손가락을 열심히, 힘껏 놀렸다. 헤드폰을 통해 고막으로 되돌아오는 음색이 뇌의 이상과는 미묘하게 달랐다. 하지만, 나는 기가 꺾이지 않고 꼴사나운 댄스를 멈추지 않고 뜻대로 되지 않는 선율을 계속 연주했다. 불협화음을 망설이지 않고 건반을 두드렸다.

사고가 바닥으로 가라앉지는 않았다. 짜증은 났으나, 이 정도는 분명히 극복할 수 있을 터였다.

지금까지 편한 선택지만을 탐닉해온 응보다. 초조해하던 것에서 태도를 바꾸어 그렇게 생각하면 됐다. 이 정도의 핸디캡, 우리 두 사람이라면 뿌리칠 수 있을 것이라고 믿었다.

문득, 인기척이 느껴져서 나는 연주를 중단했다.

귓가의 음악이 멈추자 갑자기 정적이 찾아왔다. 의자를 돌리자 침대 끝에 살짝 걸터앉은 엄마가 조용한 얼굴로 이쪽을 쳐다보고 있었다.

"방에 있었으면, 말을 걸면 됐잖아."

나는 신시사이저의 전원을 끄고 억지로 쓴웃음을 지어보였다. 연주에 집중하면, 누군가가 방에 들어온 정도로는 알아차리는 것이 늦었다.

"나는 거실에서부터 『바보 아들아~ 밥 다 됐다~』라고 몇 번이나 불렀다. 그랬는데, 넌 전혀 대답을 하지 않았잖아."

불러도 대답이 없었기 때문에, 일부러 상태를 보러 올라온 모양이었다. 무아지경으로 키보드를 연주하는 모습을 등 뒤에서 관찰하고 있었다고 한다면, 조금 창피한걸.

"배는…… 별로 안 고파."

"안 돼. 억지로라도 먹지 않으면 체력도 떨어지고 여윌 거다."

엄마가 다소 강한 어조로 충고했다. 그러고는 들고 있던 것을 내게 건네고 발길을 돌려 방을 나갔다. 툇마루에서 기다리마. 담백하게 그런 말만을 남기고.

엄마가 내 오른손에 쥐어준 것은 평범한 알루미늄 캔이었다.

"무알코올 맥주?"

캔의 디자인은 맥주와 매우 비슷했지만, 성분을 잘 살펴보니 알코올 함량은 제로였다. 엄마가 문을 열어놓고 나갔기 때문에 바깥의 공기가 흘러 들어왔다.

이 냄새…… 설마.

꽉 닫혀있던 방의 남자냄새가 순식간에 바뀌었다. 농후한 된장과 육수 냄새는 비강을 달려 올라가 침 분비를 촉진시켰다. 감퇴했던 식욕이 자극되어 안에서부터 끓어오르는 공복이 무거운 다리를 경쾌하게 움직이게 했다.

툇마루란 처마 밑으로 비어져나간 나무복도 같은 공간이었다. 시대의 흐름에 따라 점차 모습을 감추고 있는 구조라는 것 같았지만, 우리 집에는 옛날부터 있었기 때문에 내게는 매우 익숙했다.

툇마루 앞에는 마츠모토 가의 소박한 정원이 있었다. 낮에는 직사광선이 쏟아져서 봄이 되면 낮잠을 자고 싶어지는 장소였다. 어릴 때에는 사야네와 수박을 먹은 기억도 있었다.

"우와…… 추워……."

실내에서 새어나가는 빛에 희미하게 비쳐진 툇마루는, 차가운 바깥공기에 그대로 노출돼 있었다. 정원 바닥에는 쓸고 남은 눈의 얇은 막이 우아한 달빛을 창백하게 반사하고 있었다.

나는 체육복에 한텐을 걸치고 있었을 뿐이라, 추위에 몸이 떨리는 것을 막을 수 없었지만.

"여— 드디어 왔냐. 얼른 앉아라."

툇마루에는 방석이 두 개 깔려 있었고, 그 중 한 장에는 엄마가 호쾌하게 책상다리를 하고 앉아 있었다. 나도 엄마 옆에 놓인 방석에 자리를 잡았다. 바로 옆에 놓인 석유스토브에서 마음이 차분해지는 적갈색의 불꽃이 절묘하게 손을 비추어, 천천히 새어나오는 열이 몸이 떨리는 것을 없애주었다.

나무로 된 바닥에는 술병과 그릇이 준비돼 있었다. 오늘은 평소의 주방이 아니라, 여기서 저녁을 먹는 것이리라.

마츠모토 가에서는 기묘한 시추에이션이었지만, 때로는 정취 있는 저녁식사도 나쁘지 않았다.

"그러고 보니 사야네는? 자기 집에서 밥 먹고 오는 거냐?"

"눈 치우기가 끝나고 일단 목욕을 하러 돌아갔어. 밤에 다시 온다고 했으니까, 조금만 더 기다리면 오지 않을까."

"키리야마 씨가 쓸쓸해하신다더라. 사랑하는 딸은 슈에게만 신경을 쓰느라, 아버지와의 단란한 시간이 줄어들었다…… 그렇게 한탄하고 있다는 것 같아."

천천히 김이 피어오르는 데운 술을 한 모금 마시고 엄마는 유쾌하게 웃어넘겼다.

사야네네 아저씨. 죄송합니다…….

"나는 아들밖에 없지만, 딸이 있으면 그렇게 되지 않을까. 마사키요도 리제에게 남자친구가 생기면 꺄꺄 아우성을 칠 것 같잖아?"

"그렇겠지. 다비나가와 축제 뒤풀이에서도 『리제는 쭉 아빠 집에서 사는 거야』라며 소란을 피웠으니까."

아무래도 좋을 잡담이 시작되었다. 엄마는 이미 살짝 취한 것인지 대수롭지 않은 이야기에도 이를 드러내며 웃었다. 나는 무알코올 음료를 컵에 따라 눈높이까지 들어올렸다.

분위기를 파악한 엄마가 잔에 다비나가와 토속주를 따라 새 부리로 쪼듯이 내 잔에 가볍게 부딪쳤다. 겨울의 밤하늘에 건배하는 소리가 울려 퍼졌다. 스토브로 몸을 데우면서, 달빛 아래에서 엄마와 술잔을 주고받는다……. 20년을 살아왔지만, 처음 맛보는 한가로운 정취였다.

"……아들과 느긋하게 술을 마시면서 얘기를 하는 게 꿈이었다."

"내 건 무알코올이니까 술이 아닌데."

"사소한 건 신경 쓰지 마. 막 병원에서 퇴원한 자식이 평범하게 술을 마실 수 있다고 생각하지 마라."

아주 지당한 의견이었다. 어딘가 부족한 맥주맛 음료로 목을 축이며, 나는 아까부터 코끝을 간지럽히는 맛있는 냄새로 시선을 옮겼다.

"아―. 이거 말이냐? 잠깐 기다려 봐라."

엄마가 무릎걸음으로 느릿느릿 이동해, 스토브 위에 올려놓은 『냄새의 주인』을 국자로 간단히 휘저었다. 스테인리스 냄비에서 조용히 보글보글 끓고 있는 것은― 토란탕이었다.

토란, 당근, 무, 곤약, 파 등을 넣고 푹 끓인 이 지역의 국물 요리. 국물 맛을 내는 방식은 가정에 따라 달랐지만, 마츠모토 가에서는 된장을 선호했다. 엄마가 고기를 좋아해서, 탁하면서도 반짝거리는 국물 속에는 부드럽게 푹 끓은 쇠고기가 듬뿍 가라앉아 있었다.

내가 아직 어릴 때, 엄마는 된장국을 스토브 위에 올려놓고 보온하고 있었지.

"요청을 받아서 말이지. 완전 오랜만에 만들어봤다. 맛은 보장하지 못해."

그러고 보니까, 입원 중에 요청을 했었다. 담백한 병원식만 먹느라 우울해져서 엄마가 만들어주는 맛이 진한 요리가 무척이나 그리웠으니까.

엄마가 토란탕을 떠 담은 그릇을 내밀고, 나는 고개를 까딱여 인사를 하면서 그것을 받아들었다.

"엄청 뜨거우니까 식혀서 먹어라. 넌 옛날부터 고양이혀에 밥도 빨리 먹어—."

"앗! 아뜨!"

"식혀서 먹으랬잖아! 니가 무슨 꼬맹이냐?!"

엄마의 말이 채 끝나자마자 나는 뜨거운 토란을 씹다가 몸부림을 쳤다. 육체연령은 틀림없이 스무 살이었는데, 정신연령은 아직 중학생이었던 것이다.

나는 기분을 새로이 해서 조심스럽게 숨을 불어 식히고 난 뒤, 신중하게 된장 끓인 국물을 마셨다.

값싼 표현이었지만, 이것이 가장 적절하리라. 긴장이 풀리며 마음이 진정되었다. 국물의 온기는 몸속 깊은 곳으로도 번져나가, 추위를 역행한 땀이 피부를 적셨다.

기억에 강하게 남은 엄마의 맛이 소화기관으로부터 침투해 들어가는 국물의 따뜻함과 하나가 되어 소름이라는 이름의 감동마저 느낄 수 있었다.

"엄마가 만들어준 토란탕, 초등학교 때 먹은 뒤로 처음인지도 모르겠어……."

"그때에는 마을의 토란탕 축제에서 만들었으니까. 너랑 사야네를 데리고 갔더니, 『맛있어맛있어』하면서 몇 그릇이나 비웠다."

같은 맛의 토란탕을 먹었기 때문일까. 그 일이 어렴풋하게 기억이 났다.

눈이 녹는 시기에 다비나가와 초등학교의 교정에서 개최되는 마을의 토란탕 축제. 그 이름대로 이 마을 유지가 토란탕을 끓여 주민들에게 나누어주는 소규모 이벤트였다.

중학생이 되기가 무섭게, 어른이 다 된 척 굴면서 더는 발길을 하지 않게 되었지만…… 천진난만하게 볼이 미어지게 먹던 그 맛과 풍미는 혀에 뿌리 깊게 새겨져 있었다.

괜히 그리워져서, 없던 식욕도 되살아났기에 나는 열심히 젓가락을 움직였다. 그릇을 입에서 떼지 않은 채 다양한 내용물을 입안에 집어넣었다. 상스러운 소리가 나는 것도 상관없이 국물을 마셨다.

"……더 먹어도 돼?"

"그럼. 내 아들. 마음껏 듬뿍 먹어라."

눈 깜짝할 사이에 텅 빈 그릇을 엄마에게 건네자, 엄마는 냄비에서 다시 한 그릇 가득 퍼 담아주었다. 직접 만든 요리를 맛있게 먹는 아들의 모습을 술안주 삼아, 엄마는 홀짝홀짝 술을 마셨다.

식기와 젓가락이 스치는 소리. 대충 썰어 넣은 내용물을 씹는 소리. 국물을 들이켠 뒤의 한숨…… 그런 잡스러운 소리만이 들리는 공간이었을 터였는데.

그래도 끝 모를 불안과 가슴의 두근거림이 가라앉는 것 같은…… 줄곧 계속되었으면 하는 시간.

"우우…… 웃…… 하아……. 크읍…… 우우……."

어째서일까. 무엇과도 바꿀 수 없는 시간을 보내고 있건만.

겨우 청춘을 되찾았건만 오열이 멈추지 않아.

"왜 우는 거냐. 내 토란탕, 그렇게 맛이 없었냐?"

엄마가 입을 꾹 다문 내 얼굴을 들여다보았다.

안 돼. 목이 메어서 말을 자아낼 수가 없어.

"제대로 된 요리 같은 건 5년이나 해 본 적이 없다고. 네가
집에 돌아오고 나서야 다시 만들기 시작했다. 그러니까 좀 맛
이 없어도 봐줘."

"……맛있어. 맛있는 게 당연하잖아……. 하지만 엄마도 이
젠 젊지 않으니까, 간은 좀 싱겁게 하는 편이……."

"시끄럿. 염분이 무서워서야 맛있는 볶음밥을 만들 수 있겠
냐."

"그렇게 말할 줄…… 알았어. 엄마의 볶음밥…… 정말 좋아
해……."

목이 메여 살짝 울음기가 섞인 목소리는 현저하게 쉰 소리
가 났다.

"이걸로 마지막이 아니잖아. 내일도, 내년도…… 내가 살아
있는 한, 언제든지 만들어주마. 나 혼자서는 다 먹지 못하니
까 말이다. 너도 먹어줘."

"……응."

눈에서 흘러넘치는 커다란 눈물을 감추고자 나는 고개를
숙였다. 그런 내 어깨를 엄마가 호쾌하게 끌어안았다.

아버지가 돌아가셨을 때, 나만은 그 손에서 절대로 놓지 않
겠다는 것처럼 잡아주던 손의 감촉. 그것을 연상시킬 정도로

강한 힘으로.

"아무리 숨겨도 나는 못 속인다. **네가 연주하는 키보드의 음색을** 들어보면, 싫어도 알 수 있어……. 이전의 연주와는 많이 달라졌다는 것을."

엄마는, 그것을 말하고 싶었던 것일까.

그렇게나 집에서 키보드를 연주하고 있으면 역시나 간파당하고 만다. 엄마는 가장 가까이에서 내 성장을 지켜봐 주었던 사람이었다. 사소한 위화감이나 변화도 예민하게 알아차리는 것일지도 몰랐다.

스스로도 싫어질 정도로 자각하고는 있었지만 인정하고 싶지 않았다. 10월의 다비나가와 축제를 정점으로, **내 몸은 명령을 거부하기 시작했다.**

침식해 들어오는 병소에 비례하듯이, 내가 이상으로 생각하는 소리는 키보드에서 멀어져 졌다. 머릿속에서는 음악이 그려지는데, 내 손가락이 그것의 구현을 거부하는 것이다.

다비나가와 축제에서 선보였던 연주는 양초가 불타 없어지기 직전의 광채. 쓰레기는 화려하게 빛나면서 산화해주겠어, 라고 떠들었던 녀석이, 막상 그 상황에 직면하니 꼴사납게 당황하고 있었다.

"사야네에게는…… 이미 말한 거냐?"

"……말하지 않았어. 고향 사람들한테는 아무한테도."

말하지 않았다. 말할 수 없었다.

이미 『완치됐다』라고 생각하는 모두를, 그 녀석을 슬프게 만들 터였다.

비에마저도 찌부러질 것 같은 우는 얼굴은 다시는 보고 싶지 않았다.

5년 전의 결별. 기억에 새겨진 『그 표정』을 다시 떠올리는 것만으로도, 마음이 터질 것 같아져.

"사실은 퇴원도 억지로 한 건데, 너는…… 왜, 가만히 있지 못하는 걸까……. 넌 삶을 너무 서둘러……. 느긋하게, 오래 살아다오……."

엄마의 눈에 고인 눈물이 반짝이며 찰랑거렸다. 당장에라도 흘러넘칠 것 같은 그것을 직시하지 못하고, 나는 무의식중에 시선을 돌리고 말았다.

그 소망을 전하기 위해, 엄마는 또다시 술에 기댄 것일까. 불안을 희석시키기 위해, 정신적인 피로를 누그러뜨리기 위해……. 또다시, 엄마가 약한 부분을 드러내고 있었다.

"불량배 출신 엄마의 아들이라서 이렇게 활발한 떼쟁이로 성장한 것이 아닐까."

"잘못…… 키웠구만."

"미안해. 나는 이제 괜찮아……. 사야네와도 약속했으니까."

내년에도, 내후년에도…… 계속해서, 겨울이 오면 눈 장난을 하자, 라고.

"좋아하는 여자 앞에서는 한껏 허세를 부려라. 하지만 말이다……. 부모 앞에서는 강한 척 하지 마라. 약한 부분을 당당하게 드러내도 돼."

"나…… 응석을 부려도 괜찮을까."

"자식이 부모에게 응석을 부리는 건 당연한 일이다. 가족이라곤 겨우 우리 둘밖에 없잖아."

엄마는 고개를 숙이고 있던 내 머리카락을 거칠게 쓰다듬었다. 지금의 내가 약한 소리를 토해낼 수 있는 유일한 존재였으며, 마츠모토 슈라는 인간을 가장 잘 아는 사람.

꺾여버린 마음을 굳건히 봉인했다고 해도, 그 봉인은 손쉽게 풀렸다.

"나는…… 지금이 정말로 즐거워서, 무서워. 되찾았기 때문에, 다시 잃어버리는 것이…… 무서워."

이것은 청춘의 재시작 같은 것이 아니라, 시간벌기 끝에 주어진 배려였다. 영원하지 않았다. 언젠가 끝날 청춘의 추가시간이기 때문에, 첫 한 걸음을 될 대로 되란 식으로 내디뎠다.

어차피 마지막이니까. 마지막이라면 적어도.

썩다 못해 발효되기 직전의 니트를 강제적으로 흔들어 움직이게 한 시한폭탄.

나는 앞뒤 덮어놓고 무작정 달려왔다. 될 대로 되라는 식이었다. 청춘을 되찾을 수 있을 것이라고는 생각하지 않았고, 되찾은 뒤의 일도 아무것도 생각하지 않았다.

"잃고 싶지 않아……. 이 행복한 일상에서 **또 나만 사라지는** 게…… 싫어……."

약하디 약한 허세는 깨끗하게 금이 가 솔직한 감정이 비통함이 되어 흘러나왔다.

"왜…… 어째서 나인 거야……. 앞으로 계속…… 모두와 멍청한 짓을 하면서 다 같이 웃고 싶어……. 사야네랑…… 같이 살아가고 싶어……. 왜…… 내가…… 이런 꼴을……."

인간의 목숨에 영원이라는 개념은 존재하지 않았다. 신이 쥐어준 운명에, 유한한 청춘에 거스를 수 없다는 것은 알았지만…… 잠자코 받아들일 수는 없다고.

"바보 같은 녀석. 마츠모토 이요리의 아들이라면, 그런 빌어먹을 신 따위 한 대 갈겨버려. 그래도 계속 심술궂게 괴롭힌다면 내가 오기로라도 널 지켜주마."

"엄마…… 엄마…… 웃…… 큭…… 우우……."

"손이 많이 가는 바보 아들이지만 말이다. 난 네가 엄청나게 귀여워서 어쩔 수가 없다. 내 앞에서는 약한 소리를 하고, 울고 싶은 대로 울어도 돼. 단 하나뿐인…… 소중한 아들이니까."

엄마는 쓰러져서 정신없이 우는 내 어깨를 더욱 강한 힘으로 끌어안았다. 태어난 순간부터 이미 가까이에 있던 엄마의 냄새와 감촉은 스무 살 청년을 어린아이로 거꾸로 돌려놓는 타임머신과도 같았다.

"내일도, 네가 좋아하는 음식을 만들어주마. 뭐가 먹고 싶으냐?"

"……엄마 특제의 달달한 카레……. 숨겨진 맛으로 우유가 들어간 그거……."

"그래. 엄마한테 맡겨라."

내일은 다시 평범한 어른으로 돌아갈 테니까, 지금만큼은 응석을 부리게 해줘. 마마보이라느니 바보취급해도 전혀 상관 없었다. 세계에서 단 하나뿐인 엄마에게 응석을 부릴 수 있는 것은 외아들의 특권이었다.

나는 초등학생. 엄마는 30세 전후……인 것처럼.

우리는 토란탕을 먹으며 술과 무알코올 음료로 몇 번이나 건배를 하며 그리운 추억으로 이야기꽃을 피웠다. 한때의, 시간 역행 기분에 젖은 수 분 간을 본가의 툇마루에서 조용하고 엄숙하게 보냈다.

내가 아이 때부터 변하지 않은 겨울의 밤하늘. 우아하게 산책하고 있는 요염한 달빛이 우리 두 식구를 지켜봐주고 있었다.

주머니에 들어있던 휴대전화가 진동하며, 화면에 메시지가 표시되었다.

발신인은 사야네. 지금 갈게, 라는 담박한 한 마디가 도착해 있었다.

거기에, 고양이대시 스탬프도 잊지 않았다.

"사야네가 지금 오겠대."

"그러냐? 그럼 침울한 이야기는 그만하고, 셋이서 밥이나 먹자! 사야네는 단 술을 좋아했지?"

"난 소주에 따뜻한 물 섞은 게 좋은데."

"밥통아. 너한테 안 물었어."

눈에 고였던 수분을 스웨터 소매로 닦은 엄마는 정원에 쌓인 눈에 꽂아두었던 캔츄하이[11]를 뽑았다. 차갑게 식은 달달한 술을 따뜻한 스토브 앞에서 마신다……. 서민의 사치였다.

"네 건 이쪽. 그걸로 참아라."

엄마가 마찬가지로 눈에 꽂혀있던 음료수병을 내게 던졌다. 병을 받아든 순간, 내부에서 무수한 기포가 피어올랐다가 차례로 터졌다.

투명한 탄산음료. 예전에는 자주 마시던 사이다였다.

이건 술이다. 이건…… 도수가 낮은 츄하이다. 스스로에게 암시를 걸면서 달달한 술이라고 반복해서 들려준다는, 토미 씨도 울고 갈 정도의 우스꽝스러운 사고가 괜스레 즐거웠다.

그런 내 생각을 눈치 챈 엄마가 나를 바보취급 했다. 그러고 있으려니, 문득 현관에 인기척이 느껴지고 여느 때와 같이 얌전한 목소리로 「……안녕하세요」라는 인사소리가 들려왔다.

사야네의 집에서 우리 집까지는 걸어서 5분밖에 걸리지 않는다. 하지만 메시지를 수신하고 사야네가 도착하기까지는 2분도 걸리지 않았다. 평소보다 도착시간이 빠른 것이 마음에 좀 걸리긴 했으나, 딱히 깊이 생각하지 않고 나는 의기양양하게 사야네를 맞으러 나갔다.

오랜만에 셋이서 토란탕 축제라도 벌이자…… 하고.

솔직히 무서웠다. 자기 전에는 늘 죽음의 공포와 싸웠다.

#11 츄하이 소주에 과일즙과 탄산수를 섞은 저알코올 음료.

바람대로 되지 않는 현재가 안타깝고 답답했으며, 내년의 예정조차도 확약할 수 없는 것이 더할 나위 없이 분했다.

소용돌이치는 어두운 감정을 말과 태도로 드러내 주변 사람들을 어둡게 만들면 안 된다. 상대에게 신경을 쓰게 하고, 동정을 받는 그런 관계 따위 바라지 않았다.

그래서, 계속 멜로디를 만들었다.

표현되지 못하고 나날이 쌓여가는 심정을 가사로 적어두었다.

사야네에게 준 선물과는 정반대— 구원조차 없는 비애의 오리지널곡으로서.

그것을 사야네에게 건넬 일은, 아마도, 없을 것이다.

그것은, 분명히, 널 실망시킬 테니까.

제4장　겨울은 좋아하지만, 싫기도 해

스노랜턴 페스티벌, 전날. 즉, 연인이 있다면 가슴이 마구 두근거리기 시작할 크리스마스이브…… 라고는 해도, 그 두근 거림을 실감할 여유는 별로 없었다.

연주의 연습, 작곡·편곡, SAYANE의 광고, 사야네냥의 지역이벤트 출연, 정기적인 재활치료……. 눈 깜짝할 사이에 지나가는 시간은 아무리 있어도 부족했다.

몸의 피로는 쌓였지만, 정신면에서는 만족스러웠다. 사야네가 늘 같이 있는 것이나 마찬가지인 상태라, 매일매일 데이트하는 것 같았기 때문이었다.

그 말을 하면, 토미 씨나 미쿠모 씨가 「자랑하냐」라며 괴롭히겠지만. 크리스마스의 향기가 나는 계절 정도는, 마음껏 연인이 있다는 것을 자랑하게 해줘. 그런 얘기는 고향의 친한 친구들 사이에서밖에 할 수가 없다고.

사야네의 인기나 위치를 생각하면 평범한 데이트 따위는 불가능했고, 사람이 많은 곳에서 연인다운 행동을 하는 것도 자숙하지 않을 수 없었다. 그랬기에 집 근처에서 몰래 손을 잡거나, 두 사람만 있을 때에 포옹을 하거나 했다.

비밀을 공유하는 것 같은 관계가 한층 더 가슴을 뛰게 했다.

하지만, 키스는 그런 것들보다 훨씬 시도하기가 쉽지 않았다. 애인보다 가까운 소꿉친구였다고는 하나, 당연하게도 키스는 아직 미경험. 연인이라 함은 키스를 해도 이상하지 않을 거리……가 되었다는 의미일 터.

입술과 입술을 포개는 거라고. 감촉이라든가, 공기감이라든가…… 완전 미지의 세계라서 말이야.

애초에 어떻게 말을 꺼내지? 둘 중 누군가 「키스하자」라고 말하는 건가? 그렇지 않으면 분위기가 몸을 움직이게 만드는 건가?

연애경험이 중학생 수준인 나는 어찌할 바를 몰라서 책상 위에 편 공책에 그 괴로운 기분을 가사로 적어나갔다. 아니, 다 끝내지 못하고 해야 할 일은 꽤 많았지만…… 일단 사야네를 생각하기 시작하자, 신경이 필요 이상으로 고양되어 연애에 대한 생각 이외에는 아무것도 손에 잡히지 않았다.

때문에 뇌에 충만한 증기를 발산하기 위해, 음색과 문자로서 토해내고 있는 것이었다.

"……중학생의 첫사랑 같은 가사네."

"뭐, 내 연애는 중학생에서 성장하지 않았으니까."

어라? 내 방에 혼자 있었을 텐데, 누구랑 대화를 한 것일까.

나는 목소리가 들린 방향을 돌아보았다. 그러자, 바로 옆에…… 가사공책을 들여다보듯이 상체를 숙인 사야네가 있네. 하마터면 작은 비명을 지를 뻔했지만, 그랬다가는 한심하기 때문에 나는 그것을 억눌렀다.

"슈가 멍하니 있어서, 줄곧 바라보고 있었어."

"저는 집중하면 주변이 보이지 않게 되니까, 말을 걸어주세요. 몰래 관찰하는 것도 삼가주세요. 부탁드립니다."

"……후후, 생각해볼게. 슈가 멍하니 있는 얼굴, 귀여워서 계속 보고 있을지도 모르겠어."

앞으로도 계속할 생각이라는 것이 훤히 들여다보이는 짓궂은 미소가 되돌아왔다.

심장에 안 좋으니까, 숨죽이고 방에 숨어들지 말아줘.

그리고 갑자기 「귀엽다」라느니, 그렇게 말하는 것도 좀 봐줘. 칭찬받는 것에 익숙지 않은 남자는 쑥스러워 하는 미소를 징그럽게 지을 테니까.

"그것보다, 네가 연락도 없이 우리 집에 오다니 별일이네. 평소에는 성실하게 전화나 앱으로 연락을 했잖아."

"……오늘은 현관 앞에서 만나기로 약속했는데, 슈가 안 나왔으니까."

약속……?

몇 초의 공백이 지난 뒤, 나는 스노랜턴 페스티벌 라이브의 리허설이 있다는 사실을 기억해냈다.

"앗. 오늘 리허설이 있잖아! 까맣게 잊고 있었다……!"

회사의 잡무와 본무대에서의 세트리스트#12 연습 등으로 너무 바빠서 기억에서 완전히 빠져 있었다. 그것이 아니면, 애인을 생각하고 있었더니 시간을 잊어버렸다는 그런 건가?

사야네와의 크리스마스를 느긋하게 망상하고 있을 때가 아니었다. 미쿠모 씨와는 다비나가 스키장에서 만나기로 했는

#12 세트리스트 음악가나 밴드가 콘서트를 할 때. 연주하는 목록을 순차적으로 기록한 문서.

데, 벌써 약속시간인 오후 한 시가 다 되어 있었다.

"……내가 운전할 거니까 늦지 않을 거야."

사야네가 득의양양한 얼굴로 핸들을 잡고 돌리는 시늉을 해보였다. 그 굳건한 자신감은 어디서 나오는 것일까요. 시간에 맞추지 못해도 상관없으니까, 안전운전으로 가고 싶다.

사야네의 차로 집을 나서 20분정도 만에 다비나가와 스키장의 주차장에 도착했다. 평일의 하얀 경사면은 한산해서, 손님이 한 명도 없었다.

"쪼옴~ 늦었잖아~."

미쿠모 씨가 손목시계를 가리키며, 뿡뿡 화를 내면서 서 있었다.

차에서 내린 나는 고개를 숙이며 미쿠모 씨와 합류했다.

"말하지 않아도 다 알아. 어차피 데이트라도 하고 있었지? 흥. 세상은 크리스마스 모드이니까 말이지."

미쿠모 씨는 불만스럽다는 듯이 입술을 삐죽이며 깐족깐족 비아냥거렸다.

"아뇨. 아니에요. 사랑에 몸부림치는 남자의 심정을 가사로 적고 있었을 뿐이에요."

"뭐? 시작부터 염장 지르지 마—————! 괴로움에 몸부림치며 일하는 나한테 싸움 거는 거냐—————!"

미쿠모 씨가 내뱉은 혼의 절규는 메아리가 되어 되돌아왔다. 웃지 않고는 있을 수 없는 광경이라, 주위에서 작업하던 이벤트 스태프들도 옅은 미소를 감추지 못했다.

"애인을 떠올리고 있었더니 시간을 잊었습니다~ 라든가 그런 거잖아, 어차피!"

정곡을 찌르는 말에 나는 쓴웃음을 지으며 흘려 넘겼다. 이렇게 타인에게 지적을 받자, 들떠있는 자신이 부끄러워졌다.

후배에게 질투해서 시비를 거는 것이 허무해진 것일까. 미쿠모 씨의 시선이 부드러워졌다.

"나도 사랑의 괴로움에 몸부림치고 싶다~ 사랑하고 싶다~."

"전 미쿠모 씨를 친누나처럼 응원하고 있으니까요. 교우관계가 넓지는 않습니다만, 사람을 소개하는 정도는 해드릴게요."

"일곱 살이나 연하가 신경을 써주는 누나라는 것도 정말 슬프다……."

미쿠모 씨가 고개를 떨어뜨리며 눈물을 꾹 참았다. 미쿠모 씨, 강하게 살아주길 바라요.

"……슈. 이렇게 보여도 미쿠모 씨에게는 자존심이 있어. 이런 고학력에 성격 밝은 미인을 내버려두는 남자들이 바보인 거야."

"우오—! SAYANE 양! 여자의 우정은 정말 멋져!"

어지간히 기뻤던 듯, 미쿠모 씨가 사야네에게 달라붙었……지만.

"……쿵쿵. 남자 방 냄새가 나! 이런 배신자!"

이변을 민감하게 냄새 맡고 사야네에게도 시비를 거는 모습은, 역시 토미 씨의 여동생이라고 불릴 만했다.

잡담도 그쯤 하고, 우리는 스키장 한편에 마련된 이벤트 회장으로 이동했다.

이벤트 회장은 스테이지텐트의 골조를 천막커튼이 감싸는 형태였는데, 스키장의 새하얀 설경에 중압감 넘치는 거대한 물체가 의젓하게 버티고 서 있었다. 각종 조명기구는 텐트의 골조에 설치되어 있었고, 앰프나 모니터 같은 PA도 빈틈이 없었다. 관광협회와 제휴한 이벤트 회사의 직원들이 지시를 주고받으며 가장자리의 설영작업을 진행하고 있었다.

"하루 전에 이것저것 해봐야지! 특히 리허설은 관객이 없을 때가 아니면 할 수 없으니까."

"그래서 오늘은 임시휴업인 거군요. 분명히, 영업일이었으면 스키장 이용객들에게 다 보였겠네요."

본무대의 흐름을 확인하거나, 악기를 연주해서 PA를 조정하거나 하는 리허설은 관객이 있으면 성립되지 않았다. 특히, 야외이벤트의 경우, 주위에 외부인이 없는 상황이 바람직했다. 평일에는 손님이 적고, 야간개장도 하지 않는 쇠퇴한 스키장이기 때문에, 여유롭고 착실하게 준비기간을 가질 수 있는 것이다.

토미 씨 일가는 일과 학교가 있었기 때문에 해가 질 무렵에나 온다는 것 같았다.

"그럼, 내일의 흐름을 얼른 연습해 둘까!"

우리는 스키장의 다양한 장소를 이동하며 미쿠모 씨의 설명에 귀를 기울였다. 당일의 프로그램, 타임스케줄, 이동경로, 대기 장소 등 사전에 자료를 받았던 정보를 눈으로· 실제로 확인했다.

"낮에는 사야네냥의 교류 이벤트가 있고, 저녁부터는 스노 랜턴 만들기 돕기, 밤에는 SAYANE의 라이브…… 그럭저럭 바쁘니까, 각오해둬♪"

무대 주변으로 돌아오는 도중, 미쿠모 씨가 만면의 미소를 띠며 압박을 걸어왔다. 빡빡한 일정이기는 했지만, 기대가 되는 것은 변함이 없었다.

바쁘면 바쁠수록, 나도 사야네도 지기 싫어하는 성격 특유의 투지가 불타오른다는 그런 것이었다.

"미쿠모 씨한테 부탁이 있는데요. 혹시 리프트권 파는 곳 근처에 상품판매코너를 설치해도 괜찮을까요? 외주로 준비한 SAYANE의 굿즈를 팔고 싶어요."

"너도 빈틈이 없구나~. 역시나 레코드회사의 대표가 된 남자야!"

"이번에는 프리라이브라서, 수입원은 상품판매에 의지하고 싶어서 말이죠."

"오케이—! 스키장의 작은 텐트를 빌려줄게!"

"고맙습니다! 덕분에 살았어요!"

갑작스러운 부탁임에도 리스트밴드나 수건 등의 굿즈를 판매할 공간 확보에 성공했다. 자금을 벌지 못하면 활동도 제한되기 때문에, 가능한 범위 내에서의 이익은 추구했다.

그 대신, 필요한 곳에의 출자는 아끼지 않았다. 모든 관객을 매료시킬 수 있을 것 같은 최고의 SAYANE를 연출하기 위해서.

당일은 토미 씨나 에미 누나가 판매원으로서 도와줄 예정이었다. 사야네를 지켜보며 그 노고를 위로하는데 집중할 수 있게 된 나는 그 고마움을 뼈저리게 느꼈다.

무대로 돌아오기 무섭게, 사야네는 지참했던 일렉트로닉 기타를 들고 인사 대신 경쾌한 음을 연주했다. 믹서와 이펙터를 경유해 복수의 앰프에서 일그러짐이 방출되었다.

사복에 변장용 안경과 모자를 쓴 오프 모드의 사야네라도, 기타와 스탠드마이크를 손에 들면 고고함이 강림. 평범한 여자아이에서 섬세한 표정을 지닌 싱어송라이터로서 바뀌었다.

그것을 들은 PA 스태프는 음의 균형이나 기재의 배치 등을 미조정하면서, 사야네에게 몇 번이나 연주를 부탁했다. 본무대와 똑같은 환경에서 연주하게 함으로써, 우리 연주자들도 운영 스태프들도 이상적인 소리를 만들 수 있게 되는 것이었다.

"키보드도 연주해 주세요ㅡ."

나도 사야네를 정신없이 쳐다보고 있을 때가 아니었다. 본무대에서 연주할 곡을 한 악구 정도 치거나, 다양한 음색을 내보았다. 설원의 대지에 울려 퍼지는 신시사이저는 그야말로 숲의 음악회였다. 동물들이 듣고 있는지는 알 수 없었지만.

그러나, 연주하는 느낌이 예상 이상으로 상쾌해서 나는 장대한 감개에 빠지고 말았다.

"예ㅡ. 됐습니다."

내 심경 따위 알 리가 없는 스태프가 담담하게 음향장비를 조정했다. 관객에게 들리는 소리, 모니터에서 되돌아오는 소리 등, 익숙한 손놀림으로 조정을 반복해 연주당일의 설정으로 기록해 두었다.

병마가 내 그 감개를 점차 빼앗아갔다. 애용하는 키보드가 멀게 느껴졌다. 건반에 손을 대고 있는데도 그렇지 않은 것 같은 미지의 불쾌감이 밀려오고, 휠을 누른 손가락 끝은 기묘하게 떨렸다.

나는 억지로 지어낸 웃는 얼굴 아래에 강한 피로감과 손발의 위화감을 숨겼다. 본무대의 세트리스트를 사야네와 맞춰보는 사이, 어느새 저녁 해는 산 아래로 숨어버리고 말았다.

"하아……."

나는 무대 끝에 걸터앉아 덮쳐오는 권태감을 한숨에 담아 내쉬었다. 빈번하게 휴식을 가지면서 부분적으로 악구를 연주한 것뿐이건만…… 도중부터는 숨이 차고, 팔이 얼어붙은 것 같은 착각이 느껴졌으며, 왼손 손가락은 경련을 일으킬 것 같아졌다.

적어도 다비나가와 축제 때에는 마지막까지 기분이 좋았다. 흥분이 한계를 넘어, 아픔과 피로라는 개념이 사라져 버렸던 것일까.

현재의 뒷맛은 고통이었다. 다비나가와 축제 때와는 비교도 되지 않아. 열화, 혹은…… 쇠퇴. 현재의 한심한 팔다리는 내 자신의 것이 아닌 이물질 같았다.

"……고생했어."

사야네가 천천히 옆에 앉으면서 내게 수건을 건넸다.

"간단히 소리를 낸 것뿐이라, 땀은 그렇게 안 흘렸는데."

"……하지만, 슈의 얼굴…… 땀이 굉장해."

사야네가 걱정하는 말을 듣고 나는 자신의 얼굴에 손을 갖다 대보았다…… 그러자, 불쾌한 습기가 손끝에 묻어났다. 나는 쓸데없이 많이 배어난 땀을 수건으로 닦고, 그 수건을 머플러 대신 삼아 목에 감아두었다.

덥다, 는 느낌은 들지 않았다. 라이브처럼 격렬하게 몸을 흔들어댄 것도 아니었다. ……그저 똑바로 소리를 낸 것뿐이었는데.

"컨디션이 엄청 좋았으니까, 필요 이상으로 연주를 해버렸는지도 모르지."

"……그래? 그렇다면…… 괜찮지만."

사야네가 불안하게 흔들리는 눈을 밑으로 내리깔았다. 겉으로라도 허세를 부릴 수 있었다면 다행이었다.

사야네에게 과도한 걱정을 끼치고 싶지는 않았다. 감정에 좌우되기 쉬운 보컬에게 악영향을 주어서는 안 되었다. 적어도 표정만이라도 평정을 유지해서 안심시켜야 했다.

막 퇴원한 몸으로, 한창 재활 치료 중. 수술과 치료를 거친 몸은 피폐했지만, 앞으로 점점 회복될 것이다. 그렇게, 믿고 있었다.

완전히 해가 저물고, 스키장의 조명이 켜졌다. 조명의 창백한 빛이 스테이지 텐트를 비춘 오후 6시 무렵, 시끄러운 승합차 한 대가 산길을 올라왔다.

익숙한 힙합이 이쪽으로 접근하며, 무음이었던 산림에 넓게 울려 퍼졌다.

"안녕하십니까, 좋은 밤입니다! 주역은 늦게 등장하는 법—이라고 하지!"

품위 없이 장식된 자동차도 시끄러웠지만, 인사하는 목소리도 소란스러운 전(前) 불량배가 일을 마치고 달려온 것이었다. 물론, 주역이 아니었다. 관광협회의 도우미라는, 아주 명확한 조연이었다.

"마사키요 선배, 늦었잖아요! 벌로, 관객석 쪽에 쌓인 눈을 치워주세요~."

"하하하! 그거야 쉬운 일이지! 삽 가져 오마!"

규모가 큰 이벤트는 관광협회가 이벤트 업자와 연대하기 때문에, 토미 씨가 운영의 중심이 될 일은 없지만…… 이 사람은 부르면 와 주었다.

미쿠모 씨에게 눈을 치워달라는 지시를 받고 흔쾌히 수락한 토미 씨는 누구나 의지하고 싶어지는 마을의 해결사, 아니 믿음직스러운 형님이었다.

싫은 얼굴 하나 하지 않고, 호쾌하게 웃으면서 단조로운 작업이라도 솔선해서 해주었다.

그리고, 같은 차에서 내린 모녀도 잊어서는 안 되었다.

"히나, 안녕♪ 우리는 사운드체크를 하면 될까?"

"이곳이 전장…… 내일 전사의 목소리와 시체로 가득 메워질 성전의 무대로군."

에미 누나와 리제는 미쿠모 씨의 안내를 받아 무대로 올라왔다.

무대 뒤쪽에는 사전에 반입한 에미 누나의 요새드럼세트가 우뚝 서 있었다. 공민관은 드럼만으로도 무대가 반쯤 꽉 찼지만, 이번에는 무대가 넓어서 관객의 시점에서는 소규모로 보였다……. 그렇지만 가까이에 서는 연주자의 시점에서는 그 압박감은 차원이 달랐다.

다른 악기대와 비교해 에미 누나의 드럼 풀세트가 넓은 면적을 차지하고 있는 것은 명백했다.

에미 누나가 드럼 앞에 앉고, 리제는 기타를 들었다.

두 사람은 곧바로 사운드체크를 시작했다. 나와 사야네는 관객석에서 그것을 구경했는데, 이 모녀는 역시 특별했다. 기본적으로 리허설은 연습이 아니었다. 본무대를 대비한 환경조성이 주된 목적이었기 때문에, 적당한 악구를 연주할 뿐이었다.

그뿐이었음에도, 두 사람의 연주에는 도취되지 않을 수 없었다. 두 개의 페달을 두 발로 집요하게 밟아대는 에미 누나의 투 베이스가 만들어내는 땅울림과 모듈레이션이 강하게 걸린 리제의 선율.

나와 사야네는 찬미의 숨을 삼키며 그 자리에 멍하니 선 관객으로 변해버렸다.

올 스탠딩이었기 때문에 의자 같은 것은 없었다. 토미 씨가 필사적으로 눈을 치우고 있는 별 것 없는 평원이 수많은 관객으로 흘러넘치는 광경은, 우리에게 어떤 감동을 줄까.

성수기라 야근을 하던 엄마도 합류해, 밤부터 참가하는 야간조의 리허설은 순조롭게 진행되었다.

"자, 자, 자! 으랴, 으랴, 으랴! 엿차―――――!"

한참 뒤쪽에서 삽을 휘두르는 녀석, 거 참 엄청 시끄럽네.

"이야~ 피곤하다, 피곤해. 너희도 고생했어."

미쿠모 씨가 우리에게 다가와서 따뜻한 코코아를 간식으로 나누어 주었다. 그녀의 목소리는 나지막해서, 축적된 피로를 강하게 전해주었다.

다비나가와 관광협회는 직원도 많지 않았다. 게다가 고령화되었기 때문에, 젊은이라고 할 수 있는 사람은 미쿠모 씨뿐이었다. 외주 스태프를 지휘하는 사령탑이 됐을 뿐 아니라, 태블릿을 들여와 서류작성을 하는 한편 육체노동까지 도우며 그야말로 맹렬한 기세로 일을 했다.

사전의 계획·준비단계까지 포함하면 미쿠모 씨의 피폐정도는 상당할 터였다.

"미쿠모 씨의 일은 끝난 건가요?"

"아직이야! 하지만 마시고 싶어졌으니까 마실랍니다!"

더는 기다릴 수 없다는 것처럼 미쿠모 씨가 입을 댄 것은 어디를 어떻게 봐도 500㎖짜리 캔하이볼[#13]이었다. 목을 뒤로 젖히고 당당하게 마시기 시작하는 모습은 늠름하기까지 했다.

#13 하이볼 스카치나 위스키에 탄산수나 음료를 섞어 만드는 칵테일의 일종.

"이 한 잔을 위해 오늘은 올 때 부모님한테 데려다달라고 했다니! 돌아갈 때에는 SAYANE 양의 차로 데려다주면 고맙겠는데! 부탁이야!"

"……전 상관없어요. 운전기술은 이미 보증을 받았으니까요."

"와아—! 정말 고마워!"

누구의 보증을 받은 걸까요……. 스키장에 도착할 때까지 불안하다는 듯이 핸들에 몸을 착 붙이고 운전하던 것을 깨달아줘. 뭐, 그 차에 타면 수다스러운 전 갸루의 말수도 줄어들 것 같은 느낌이 들었다.

"집에 돌아갈 때까지 참을 수 없나요? 업무 중에 음주는 역시나 곤란해요."

"괜—찮아, 괜—찮아. 마시지 않으면 해먹지 못할 일인걸!"

정적을 깨는 것은 야간조가 조정을 계속하는 단편적인 음색.

하이볼을 절조 없이 벌컥벌컥 입 안에 흘려 넣은 미쿠모 씨는 그것을 꿀꺽 삼키고는 깊은 한숨을 토해냈다. 지금까지 꾹꾹 눌러 모은 감정이 응축돼 있는 것 같은 그 이산화탄소의 안개는 밤에 흡수되어갔다.

"에헤헤. 바보 같아."

열심히 눈을 치우고 있는 토미 씨를 곁눈으로 보며 미쿠모 씨는 킬킬 웃었다.

"선배를 보고 있으면, 내일도 힘을 내자, 하는 기분이 들지 않아? 지쳤거나 고뇌하는 자신이 바보처럼 느껴진다고 할까!"

"저도 동감입니다. 저 사람이 있으면 무서운 것이 없다고 할까…… 든든한 친구 같은 사람이라고 생각해요."

"그렇지? 옛날부터 그런 사람이었는데 말이지. 성인이 돼서도 전혀 변하질 않았어!"

이전부터, 어렴풋이 느끼고는 있었다.

토미 씨를 비추는 미쿠모 씨의 눈은 늘 풋풋한 애정으로 가득 차 있었고, 토미 씨와 대화하는 목소리는 경쾌하게 통통 튀었으며, 불현듯 미소 짓는 그 얼굴은 사랑을 하는 소녀 그 자체였다. 미쿠모 씨는 틈만 있으면— 토미 씨를 눈으로 좇았다.

"전부터 생각한 건데요. 미쿠모 씨는 왜 지역 관광협회에 있는 거죠? 이렇게 말하면 좀 그렇지만, 급여도, 대우도 좋다고 할 수 없을 것 같은데요."

"그건 당연히, 내 고향을 좋아하고 사랑하니까!"

내 질문에 미쿠모 씨는 가슴을 펴고 대답했다. 그러나.

"……그것뿐인가요? 좋은 대학을 나온 사람이 일부러 첫 직장으로 선택할 직장은 아니죠. 미쿠모 씨를 만나서 직접 얘기해보고 저도 왠지 모르게 마음에 걸렸어요."

사야네에게도 그런 질문을 받고 마치 의기소침한 것처럼 입을 다물었다. 그녀는 오른손에 든 캔을 입에 갖다 대고 그대로 단번에 다 마셔버렸다 싶더니, 가까이에 있던 양동이를 집어 들었다.

"대단한 얘기는 아니지만…… 술이라도 마시지 않으면 아마 얘기를 못 할 테니까 말이야."

미쿠모 씨는 그 자리에 웅크리고 앉으면서 서 있는 우리를 올려다보며 말했다.

"스노랜턴 만드는 법을 가르쳐줄게!"

즐거운 것 같았지만, 한편으로는 덧없기도 한 의미심장하기도 한 권유였다. 나와 사야네는 서로 얼굴을 마주보고는 미쿠모 씨의 재촉에 얌전히 무릎을 끌어안았다.

＊＊＊＊＊＊

"우선, 양동이에 됫병 하나를 세웁니다. 오늘은 됫병을 갖고 있지 않기 때문에, 내가 다 마신 하이볼 캔을 대용해 보겠습니다."

호오호오. 양동이 중앙에 원추형의 구조물을 세운다……라는 거지.

"그리고 캔을 세운 양동이에 눈을 채웁니다. 되도록 무너지지 않도록, 손으로 눌러서 단단하게 해 주세요."

흠흠. 양동이에 눈을 채운다라…….

손님이나 아이들에게 설명할 기회가 많기 때문일까. 미쿠모 씨의 어조가 무척이나 정중한 것이 위화감이 들었다.

"양동이에 눈을 다 채웠으면, 중앙의 병을 잡아 뺍니다. 그럼, 어떻게 될까요? 한가운데가 텅 비겠죠."

미쿠모 씨가 캔을 잡아 빼자 양동이의 눈에 깔끔한 빈 구멍이 생겼다.

"양동이를 뒤집어서 눈을 양동이에서 빼봅시다."

설명대로의 행동을 하는 미쿠모 씨. 뒤집은 양동이에서는 원통형의 눈이 중력에 따라 미끄러져 떨어져 내리고, 나와 사야네는「오오—」하고 얼빠진 소리를 흘렸다.

미쿠모 씨가 주머니에 넣어두었던 양초를 꺼내 눈 위에 놓인 원통형의 빈 구멍에 설치하고, 라이터로 초의 심지에 불을 붙였다. 그러자…….

"……예쁘다."

눈썹 끝을 늘어뜨린 사야네가 눈을 가늘게 뜨면서 조용히 중얼거렸다.

눈의 원통은 오렌지색이 절묘하게 비쳐보여서, 원통 속의 불꽃이 흔들리자 눈을 관통해 새어나온 빛도 흔들흔들 춤을 추었다. 그것은 그야말로 눈의 결정을 그릇으로 삼은 천연 랜턴. 단순했지만 아름다웠고, 따뜻한 색이었지만 차가웠다.

"아이를 데리고 오는 가족들도 많아서 이렇게…… 눈으로 동물을 만드는 것도 가르치기도 해!"

익숙한 듯, 미쿠모 씨는 주변에서 모은 눈을 이용해 두 손으로 동물의 형태를 만들었다. 그러고는 아마도 본무대에서 사용하는 용도인 것 같은 나뭇잎이나 나무열매 등을 그 표면에 톡 붙였다.

눈으로 된 병아리와 눈토끼를 정말이지 간단하게 만들어 보인 미쿠모 씨. 스노랜턴의 눈결정을 통과한 빛이 눈으로 된 동물들도 반짝거리게 해서 마치 보석으로 된 예술작품이 된 것만 같았다.

그야말로 모닥불에 모인 숲의 동물들이었다. 아이들도 만들 수 있는 간단한 것들이었지만, 어른들도 시선을 빼앗기고 쉽게 매료되었다.

"봐, 불꽃의 열로 눈이 조금씩 녹아서 말이야. 원통이 얇아지잖아? 그럼, 밖으로 새어나오는 빛이 강해져!"

진짜다. 내부의 눈이 점차 녹기 시작하고, 그렇게 생각해서 그런지 불꽃의 흔들림을 더욱 뚜렷하게 맛볼 수 있는 것 같았다.

"아아, **후배하고 만들 예정이 아니었는데** 말이지."

미쿠모 씨가 장난스럽게 한탄을 했다.

양초와 라이터를 미리 준비하고 있던 것은 우리 외에 『누군가』를 꼬시기 위해.

그 따뜻한 색채는 연인 사이라면 언제까지고 바라보고 있고 싶을 것 같았다. 이 페스티벌이 크리스마스에 개최되는 이유를 실감할 수 있었다.

가족, 연인 혹은 짝사랑의 상대. 소중한 사람과 만든 스노랜턴을 밤의 설원에 켜면, 신비한 빛의 길을 보여줄 것이다. 마치 환상의 입구로 이끄는 것처럼.

"……그래서, 이 스노랜턴을 만드는 법을 가르쳐 준 게 마사키요 선배야."

그 독특한 분위기에 휩쓸린 것일까, 혹은 단숨에 들이켠 술에 취한 것일까.

"내일이 되면 잊어주겠다고 맹세한다면 『어렴풋하게 기억하고 있는 동화』를 조금 얘기해줄게. 나만이 아는— 세 개의 미련을."

갸루였던 선배는 착실한 두 명의 후배에게 무거운 입을 열었다.

어디에나 있을 법하면서도, 눈앞에서 환하게 빛나는 스노랜턴의 빛보다도 더 몽롱한, 여기에 있는 누군가 씨의 첫사랑에 얽힌 『동화』를.

"옛날 옛날에, 다비나가와라는 곳에 『눈사람』이 있었습니다."

조용히 이야기를 시작한 미쿠모 씨는 눈을 그러모아 눈덩이를 두 개 정도 만들어서는 포개 올렸다. 그녀가 명명한 이름은 눈사람.

미쿠모 씨는 눈사람을 눈병아리와 눈토끼 사이에 턱 앉혔다.

머리 부분에는 파헤쳐진 눈 속에서 드러난 마른 풀을 얹어서, 정성스럽게도 **누군가 씨 같은 불량배풍의 단발**을 흉내 냈다.

"눈사람은 어릴 때부터 『어떤 여관』의 목욕탕을 좋아해서, 자주 드나드는 사이에 그곳에 살던 『병아리』와 친해졌습니다. 눈사람은 나이가 어린 병아리를 여동생처럼 귀여워했고, 병아리도 눈사람을 친오빠처럼 잘 따랐습니다."

왜인지 현재의 형태를 띤 동화였다.

그러나 나도 사야네도 촌스러운 소리를 하지 않고, 입을 굳게 다물고 이야기에 귀를 기울였다.

"병아리는, 자각 없는 첫사랑을 품게 되었습니다."

미쿠모 씨가 막대기를 이용해 눈 위에 화살표를 그렸다. 화살표의 방향은, 병아리에게서 눈사람에게로.

"하지만 개구쟁이 눈사람은, 친구와 노는 것밖에 머리에 없었습니다. 남자 초등학생의 사고회로란 그런 것이겠죠."

남자 초등학생이란 친구들에게 놀림당하는 것을 싫어하는 생물이었다. 그리고, 진심으로 좋아하는 연인을 갖고 싶다고 생각할 나이도 아니라는 것은 동성인 내가 잘 알았다.

"병아리는 아는 여동생으로서, 무수히 많은 친구의 한 명으로서 눈사람의 곁에 있기로 결심했습니다. 그렇게 하면 눈사람도 창피해하지 않을 테고, 매일 같이 놀아도 동급생들에게 놀림을 당하지 않을 것이기 때문입니다. 여동생으로서라면, 친구와도 같은 후배로서라면, 줄곧 같이 있을 수 있지 않을까…… 딱히 연인이 아니어도 괜찮지 않을까, 라고 병아리는 생각했습니다.

병아리는 일단, 현상유지를 선택했다.

아직 초등학생이었기 때문에 미숙했지만, 언젠가는 서로 자각을 해서…… 그렇게, 서로 이어지는 미래만을 무의식중에 꿈꾸고 있던 것일까.

"소란스럽게 놀면서 지내던 초등학교 시절의 나날은 한 살 연상이었던 눈사람의 졸업으로 일시적으로 공백을 맞이하게 되었습니다. 당시의 아이들은 휴대전화를 갖고 있지 않았고, 눈사람에게는 남자 친구들이 잔뜩 있었기 때문에 병아리가 눈사람을 만날 수 있는 기회는 현저하게 줄어들었습니다."

눈사람이 병아리의 마음을 알아차릴 길은 없었다. 알아차릴 수 없었다.

왜냐하면, 눈사람은 병아리를 친구 중 한 명으로, 아는 여동생으로만 보았기 때문이었다.

그렇게 되도록 한 것은 병아리 자신의 책임이자 실수였다. 자업자득이었다.

"병아리는 외로웠습니다. ……쓸쓸해졌던 것입니다. 그래서 1년에 한 번 정도는 둘만의 즐거운 추억을 만들고 싶었습니다."

미쿠모 씨의 시선의 끝에는——.

원통의 눈이 녹으면서, 계속해서 광도를 더해가는 스노랜턴이 있었다.

"병아리는 용기를 내어 눈사람을 불러냈습니다. 첫사랑 상대의 크리스마스를 독점하는 것에 성공했던 것입니다."

그것이 15년 전의 크리스마스.
동화였건만, 가공의 이야기였건만, 그 장면을 쉬이 상상할 수 있는 것은 어째서일까.

"초등학교 6학년과 중학교 1학년…… 주위 사람들이 본다면, 연인 사이라기보다는 역시 남매로밖에 여겨지지 않았지. 눈사람도 역시 『오랜만에 여동생과 놀러 왔다』라는 느낌이었지만, 병아리는…… 연인의 기분을 만끽했어."

그렇게 중얼거리고는 미쿠모 씨는 화살표를 한층 더 깊게 덧그렸다.

"여자친구가 됐다는 기분을…… 만끽했던 거야."

방금 전, 병아리에게서 눈사람을 향해 그었던 화살표를 몇 번이고, 몇 번이고.
지워지지 않도록. 눈 위에 깊게, 새겨 넣듯이.

"무지했던 병아리에게 눈사람은 스노랜턴을 만드는 법을 가르쳐 주었습니다. 크리스마스 밤, 첫사랑의 상대와 눈결정의 빛을 바라보고 있던 시간을…… 병아리는 영원히 잊지 못할 것입니다."

동화를 이야기하던 미쿠모 씨의 얼굴에서 희미한 미소가 사라졌다.

"내년에도 둘이서 스노랜턴을 만들자…… 그런 사소한 언약을, 부끄러워서, 긴장이 돼서 결국 말하지 못했습니다. 그것이 최초의 후회가 되었습니다."

두 사람은 행복하게 살았다고 합니다, 짝짝짝, 하고 행복한 결말로 끝이 나지는 않았다.
미쿠모 씨의 어두운 눈동자가 그렇게 말하고 있었다.

"중학생이 된 병아리는 눈사람과의 학교생활을 되찾았습니다. 거기서부터, 또다시 활기차고 즐거운 일상이 시작될 것이다…… 라고, 생각했던 것입니다."

미쿠모 씨가 손에 든 막대기의 끄트머리를 눈사람의 옆에 꽂더니 아주 깊숙이 화살표를 그렸다.
화살표의 방향은—— 눈토끼.

"눈사람과 동급생인 눈토끼는 중학교에서도 손에 닿지 않는

꽃이었습니다. 특히 남학생들이 보내는 호의는 엄청나게 많았고, 눈사람도······ 역시 그녀에게 호의를 보내는 한 사람이었습니다."

막대기를 쥐고 있던 미쿠모 씨의 오른손이······ 얼어붙은 것처럼 떨렸다.

그리고 있던 화살표가 불규칙하게 구부러지자 일단 눈을 뒤집어 백지로 되돌린 뒤, 다시 화살표를 그었다. 그러자······ 병아리를 기점으로 한 일방진행적인 화살표가 완성되었다.

"병아리는 여동생과도 같은 존재였으니까······ 눈사람은 아무런 주저함도 없이 상담을 해왔어. 눈사람의 첫사랑······ 눈 토끼를 좋아하는데······ 라고······."

감정이입을 하면서 약하디 약한 목소리로 말을 있는 미쿠모 씨는 **동화의 형태를 취하고 있다**는 사실을 잊고 있는지도 몰랐다. 모르는 사람에게 이야기하는 것 같은 어조였는데, 때때로 허물없는 어조가 새어나왔다. 나도 사야네가 그렇게까지 바보가 아니었기 때문에, 바로 가까운 사람들의 모습을 가공의 캐릭터와 겹쳐볼 수 있었다.

말없이 숨을 삼키며, 칼날로 심장을 후비는 것 같은 아픔을 얼버무리기 위해 순진무구하게 빛나는 랜턴을 자신의 눈에 비추었다.

나도, 사야네도 그리고 미쿠모 씨도…… 모두 넋을 잃고 스노랜턴을 주시하는 척을 했다.

"병아리는 아무렇지도 않은 얼굴로 건방지게 조언을 했어. 눈토끼의 **음악교실에 다니는 아이**가 우리 온천에 와있으니까, 거기서부터 친해지면 어때? 라는 식으로……."

그 아이란, 대체 누구일까.

정체를 뻔히 다 알고 있었는데도, 우리 후배 두 명은 말을 꺼낼 수가 없었다.

그 깜찍하고 빈틈없는 꾀는 병아리가 알려준 것. 거의 접점이 없던 눈사람과 눈토끼가 급속도로 가까워지는 계기를 만들고 말았다.

이것이 두 번째 후회.

쓸데없는 조언을 하지 않았더라면, 포기하라고 설득을 했더라면.

"어쩌면, 타산도 있었는지도 몰라. 불량배이던 눈사람이 청초한 눈토끼와 사귈 수 있을 리 없다고 멋대로 단정 짓고…… 그 사람이 차였을 때 병아리가 위로하면……."

상처 입은 마음을 파고들어 자신에게도 기회가 돌아올지도 모른다. 하지만 미래는 이상대로 되지 않았다. 눈 위에 조용히 그려진 화살표는 서로를 마주보며 눈사람과 눈토끼를 단단하게 이어주었다.

일방통행의 화살표는 병아리에게서 뻗어나간 그 한 줄만이 남게 된 것이다.

"하지만 말이지! **그 녀석**은 용기 있고, 멋지고, 누구한테나 친절한걸! 손에 닿지 않는 꽃이던 눈토끼도…… 충분히 반했을 거야."

복잡하게 소용돌이치는 감정을 폭발시킬 뻔하던 미쿠모 씨가 뒤를 돌아보며 심호흡과 함께 잔뜩 굳은 어깨의 힘을 뺐다. 만사태평한 **그 녀석**이 서툴러빠진 랩을 흥얼거리며 눈을 치우는 얼빠진 소리는, 그녀에게 미소를 살짝 내보일 수 있는 여유를 나누어준 것이리라.

"결국, 병아리와 눈사람이 스노랜턴을 만든 건 딱 한 번뿐이야. 다음 해의 스노랜턴 페스티벌에는 이미…… 병아리가 있을 장소는 없었어. 그 두 사람이 랜턴을 만드는 광경은 정말로 잘 어울리고 정말로 아름다워서…… 질투도 하지 않았다고 해."

미쿠모 씨는 눈병아리를 집어 들어 눈사람과 눈토끼의 약간 뒤쪽에 내려놓았다. 멀지도 않았지만, 가깝지도 않았다. 현재의 상태를 표현한 삼각의 위치관계.

자신의 옆에 있던 첫사랑의 상대가 다른 사람의 옆에서 웃고 있다. 부끄럽다는 듯이, 볼을 발갛게 물들인 채, 스노랜턴을 만드는 법을 다른 누군가에게 가르치고 있다.

"……두 사람이 서로를 좋아한다는 것을 알고, 그저 울기만 했어. 두 사람을 멀리서 바라보면서 또 울었지. 집에 돌아온 뒤에도, 이불 속에 들어가서…… 계속 울었어."

이 동화에 악당은 존재하지 않았다.

세 사람 중, 두 사람이 이어지고— 한 사람이 방관자가 돼버린 것뿐.

때문에, 어딘지 모르게 아름답게 보여서 아프기보다는 괴로웠다.

"겨울은…… 좋아하지만 한편으로는 싫기도 해. 잊고 싶은 마음이 자꾸 생각나니까."

응어리진 불만을 풀 상대도 없이, 크리스마스가 돌아올 때마다 후회를 반복하면서 미련을 설경에 녹여낼 뿐. 풀솜으로 목을 서서히 죄는 것 같은 심정에서 도망칠 수가 없었다.

"술에 취해서 너무 떠들어댔네. 슬슬 다시 업무로 돌아갈까!"

추위에 취기가 다 깬 것일까. 미쿠모 씨가 도망치듯이 자리에서 일어났다. 그러나.

"중요한 부분은 아직 얘기하지 않았어요……!"

충동적으로 나도 자리에서 일어나 몸을 돌린 그녀를 불러 세웠다.

"……그랬지. 내……가 아니라, 병아리가 고향의 관광협회에서 일하는 이유……였던가?"

미쿠모 씨는 낮게 중얼거렸다.

"병아리는 촌스럽고, 미련 많고, 정신적으로 좀 상태가 안 좋은 여자이니까. 문화제 준비하는 느낌으로 지역 축제를 준비하고, 그게 끝나면 바보처럼 뒤풀이를 하면서, 고향을 너무 너무 사랑하는 선배의 웃는 얼굴을 가까이에서 보고 싶어. 언제까지고 학생기분으로…… 있고 싶잖아."

그 올곧은 시선은 마치 여자중학생처럼 순진무구해 보였다.

"높게 쌓은 학력 따위보다…… **청춘을 구가할 구실**이 필요했어. 다시 한 번만이라도 좋으니, 둘이서 스노랜턴을 만들고 싶었어. 매년 말을 꺼내려다가 말고는 있지만…… 혼자서 두근거리는 가슴을 안고 있는 게 재미있어……. 정말 딱하고 성가신 여자야……."

눈사람이 결혼한 지 9년이 지났어도 『침묵의 짝사랑』을 계속하고 있었다.

쌓아올린 학력을 버리면서까지 자기 멋대로의 첫사랑을 추구하고 있었다.

똑같이 다비중학교의 체육복을 입고, 고향을 위해 바쁘게 뛰어다니며, 순진하게 까불며 놀고 있었다.

이 동화에, 해피엔드가 존재하지 않는다고 해도.

학생시절과도 같은 일상이 계속된다면, 좋아하는 사람이 웃고 있을 수 있다면, 그것만으로——.

"병아리는 『첫사랑의 현상유지』를 혼자서 하고 있는 것뿐이니까 말이야!"

미쿠모 씨는 뒤를 돌아보며 아름답게 미소를 지어보였다.

아아, 이 사람의 첫사랑은 한결같으며 티 없이 순수했다. 심지어 그 첫사랑을 악화시키는 방법조차도 근사한 여성이었다.

"슬슬, 깨끗하게 차여서 끝을 내야할지도 몰라. 고백하지 않았으니까 진 게 아니라고 믿으면서…… 병아리는『어쩌면 아직 기회는 있다』라고 착각할지도 몰라. 매년 그 가족이 만드는 스노랜턴을 멀리서 바라보는 자신이 정말로, 비참해서…… 괴로워."

"미쿠모 씨……."

"고백해서 실연당하기 전에 둘이서 교복데이트를 하고, 마지막으로 스노랜턴을 만들고 싶어. 그게, 병아리의 바람이야. 내일은, 내 첫사랑을…… 드디어 끝내기 위한 하루가 될 거야."

그에 걸맞은 무대가, 올해의 스노랜턴 페스티벌.

첫사랑을 깨닫고, 또 아무도 모르게 그 첫사랑이 끝나버린 장소로…… 굳이 그곳을 고른 것은 미련과 선망을 떨쳐버리기 위해.

"도시괴담이라든가…… 정말 바보 같지. 그런 소문에 놀아난 사람 따위…… 어른이 돼서도 그런 걸 믿는 딱한 여자 따위…… 없을 거잖아? 가까이에 있으면, 비웃을 거잖아……?"

"저는…… 웃지 않을 겁니다."

"그런 건…… 완전 다 거짓말이야. 짝사랑 하던 사람과 서로 좋아하게 된다니…… 절대로 불가능해."

스노랜턴에 켠 불이 나무들을 뒤흔드는 바람에 쉽게 꺼져 사라졌다. 미쿠모 씨는 구슬픈 뒷모습과 미련이 잔뜩 남은 말을 남기고는 한 걸음씩 앞으로 나아갔다.

불꽃의 색채를 잃은 눈사람과 눈으로 만들어진 동물들. 창백하고 어두운 설원에 우두커니 서서 첫사랑을 너무나도 꼬아버린 여자를 말없이 배웅하고 있었다.

작은 생명이 태어나, 3인 가족이 된 행복한 세계를 외부에서 지켜보는 수밖에 없는 미래.

나는 이 겨울이 영원히 지속되기를 바랐다.

그러나, 병아리에게는—— 영원히 이루어질 리 없는 첫사랑의 계절이었다.

******

이벤트 전날의 준비와 리허설이 끝나고 모여 있던 사람들은 현지에서 해산했다. 술을 마신 미쿠모 씨는 사야네의 차로 미쿠모 여관에 데려다 주었다.

시각은 이미 밤 11시. 다비나가와는 깊은 잠속에 잠겨서, 경차의 타이어가 눈길을 밟는 불분명한 소리가 평소보다 현격하게 크게 울렸다.

사야네가 여관의 주차장에 차를 세우고, 동승한 미쿠모 씨가 내렸다. ……내릴 터였는데.

"아— 고마워, 정말 고마워! 있어야 할 건 선배가 아니라 후배구냐—!"

"우, 와. 술냄새……. 미쿠모 씨, 집에 도착했어요—!"

뒷좌석에서 조수석에 타고 있던 나를 덮쳐누르는 형편이었다. 내쉬는 숨이 이상하게 술 냄새가 강한 것은 그 하이볼 때문만은 아니었다.

작업 자체는 오후 9시 무렵에 일단락되었으나, 토미 씨와 미쿠모 씨의 제안으로 『준비 노고치하회』라는 수수께끼의 야외회식이 개시. 널찍한 슬로프에서 모닥불을 둘러싸고 술이나 청량음료를 서로 주고받았다…… 라는 것이었다.

고향의 친구들과 함께 보내는 크리스마스이브의 밤은 몇 년 만에 매우 활기차서, 되찾은 청춘을 실감할 수 있게 해주었다.

"하지만, 선배도 좋아! 진짜 멋져서 완전 좋아—! 쪽쪽—!"

"……안 돼요. 그 사람은 슈이니까, 미쿠모 씨는 키스하면 안 돼요."

"술버릇 안 좋네……. 사야네, 이 사람, 얼른 내리게 해서 여관에 처넣자."

술이 떡이 된 미쿠모 씨는 토미 씨보다도 고약하다는 거네.

"SAYANE 양의 입술…… 맛있쪄 보인다. 맛 좀 봐도…… 돼?"

"……절대로 안 돼요! 제 입술은 맛있지 않으니까요!"

키스광에게 덮쳐질 뻔한 사야네는 방어태세로 필사적으로 저항했다.

나는 입술을 작은 새처럼 살짝 내밀고 사야네의 입술을 쪼려던 미쿠모 씨를 차에서 강제로 내리게 한 뒤, 사야네와 함께 양쪽에서 어깨를 끌어안았다. 키스광 다음에는 수마. 졸린 듯, 눈꼬리를 늘어뜨린 본인은 힘없이 추욱 늘어져 모든 체중을 우리에게 맡기고 있었다.

다비나가와는 이웃을 신용해서 문을 잠그는 일이 별로 없었다. 아무리 그래도 여관의 정면현관은 닫혀 있었지만, 우리는 뒷문을 통해 안으로 들어갔다. 그리고 그대로 미쿠모 씨를 그대로 두고 가려고 했으나…….

"방까지 데려다줘~. 여기에 방치하면 추워서 얼어 죽을 꼬야!"

"잠깐……! 그건 좀 봐주세요……!"

이미 떼쟁이 유치원생이었다. 혀도 제대로 돌아가지 않는 곤란한 어른이 내게 달라붙었다.

사야네가 샐쭉해져서는 주정뱅이가 된 미쿠모 씨를 내게서 떼어냈다.

"SAYANE 양라도 좋아―! 같이 목욕하자―!"

"……아, 안 된다니까요……! 슈, 어떻게 좀 해줘……!"

계절은 겨울. 심야에서 아침에 걸쳐서 현관에 방치하면, 다음 날 시체가 되어 발견되어도 이상하지 않았다. 고육책으로서 내가 미쿠모 씨를 등에 업어 어부바를 하는 형태가 되었다.

몸 상태가 불안하긴 했지만 장거리를 이동하는 것도 아니고, 미쿠모 씨는 체격이 호리호리했다. 내 몸에 걸리는 부담이 경감되었기 때문에, 간단한 운동으로서도 의미를 가졌다.

뭣보다 재활의 효과를 실감할 수 있던 것이 기뻤다.

"내 방은 말이지~. 여기를 똑바로 가서~ 계단을 올라가서 말이지~."

등에 밀착된 미쿠모 씨의 감촉과 체온. 귓가에 끊임없이 와 닿는 한숨 섞인 지시대로, 나는 미쿠모 씨를 장지문으로 구분 된 다다미방까지 운반 완료. 귀중품을 다루는 것처럼 다다미 에 깔린 이불 위에 살짝 눕혔다.

"옷 갈아입고 싶은데~. 응? 옷 갈아입고 싶오~."

"갈아입으세요. 저희는 바로 돌아갈 테니까요."

"움직이기 싫오~. 갈아입을 옷 가져다줘~. 옷장에 든 빨간 색 고등학교 체육복~."

두 손을 파닥파닥 휘두르는 미쿠모 씨…… 아니, 커다란 어 린애. 에미 누나가 어리광을 다 받아주는 누님이라면, 미쿠모 씨는 어리광을 부리는 여동생 같았다. 나보다 일곱 살이나 많 지만.

사야네가 장롱을 열어 안에 들어있던 체육복을 찾아내, 과 도하게 어리광을 부리는 미쿠모 씨에게 건넸다. 빨간색을 바 탕으로 한 체육복에는 토미 씨와 에미 누나가 다녔던 고등학 교와 같은 이름이 자수로 새겨져 있었다.

"어라? 하루사키 고등학교는 학년 별로 체육복 색이 다르 죠? 어떻게 한 학년 위인 토미 씨네랑 같은 색깔을 갖고 있는 건가요?"

나는 사소한 의문을 품었다. 옷장에는 빨간색과 군청색의 색이 다른 체육복이 나란히 들어있었는데, 미쿠모 씨의 학년은 군청색이었을 터였다.

"에헤헤~♪ 마사키요 선배가 학교를 졸업할 때 말이지~. 받았어~. 선배의 냄새가 난~다~."

칠칠치 못하게 입가를 누그러뜨린 미쿠모 씨는 거나하게 취한 목소리로 경쾌하게 말했다.

"옷 갈아입혀줘~ 응응? 옷 갈아입혀줘~. 혼자선 못 갈아입어~."

"응? 제가 말인가요? 이거 난처한걸……."

"……그럴 리 없잖아. 내가 갈아입힐 테니까, 슈는 저쪽 쳐다보고 있어."

차갑게 야단을 맞은 쓸쓸한 남자는 27세 독신 여성의 방을 관찰하게 되었다.

사야네가 반쯤 열어놓은 장롱 안에는 다비중학교의 교복과 체육복이 들어 있었다. 세탁소에서 찾아온 것 같은 비닐에 덮여 옷걸이에 걸려 있었다. 고등학교 교복과 카디건 등도 들어 있었는데, 얼굴을 쑤셔 넣으면 향긋한 여자아이의 냄새가 날 것 같다.

"……정말. 이제 돌아봐도 돼. 여성의 방을 너무 유심히 살펴보지 마."

사야네가 그렇게 못을 박았기 때문에, 나는 한창 관찰 도중이었지만 탐색시간을 그만 끝냈다.

방의 주인은 고등학교 때 체육복으로 옷을 갈아입고 천장을 보고 누운 채 눈을 껌벅거리고 있었다. 모포와 이불을 덮어주자, 미쿠모 씨는 황홀하고 편안한 잠에 몸을 맡겼다.

은근슬쩍 둘러본 미쿠모 씨 방의 감상은 에미 누나의 방과는 정반대였다.

여자라기보다는 남자 방 같은 놀이 분위기가 감돌아서, 야구 글러브나 농구공, 게임기 등이 아무렇게나 굴러다니고 있었다.

"……마사키요 선배가 이 방에 자주 놀러왔었어. 선배가 기뻐하니까…… 남자 방처럼 해놨는데…… 지금도 이런 느낌이야."

아무래도 깨어있던 듯, 미쿠모 씨가 멍하니 천장을 바라보며 작게 중얼거렸다.

첫사랑의 자취와 미련이 응축된 방에서 지내는 미쿠모 씨는 역시 머리 한 구석에 과거로 돌아가고 싶다는 소망을 품고 있는지도 몰랐다.

토미 씨가 연심을 자각하기 전의 모습을 몇 번이나 떠올리고, 그 희미한 모습에 젖어들면서.

"내일은 우리의 라이브로 청춘시절로 돌려보내줄게요. 일단은 모두 잊고, 토미 씨하고 즐겨주세요."

"……에헤헤. 기쁜걸. 역시 있어야 할 건 상냥한 후배들이구나."

방긋 웃은 미쿠모 씨는 모포를 폭 뒤집어썼다. 슬슬 날짜도 바뀔 시간이고 해서, 우리도 돌아가기 위해 발길을 되돌렸다. 그 순간.

"크리스마스, 날씨가 맑으면 좋겠네! 잘 자!"

사람의 형체로 부풀어 오른 모포 속에서 그런 말이 들려왔다.

그럼, 안녕히 주무세요─. 우리는 그렇게 말을 남기고 방의 전등을 껐다.

여관의 뒷문에서 밖으로 한 발 내딛은 순간…… 하얀 결정이 피부에 닿아서는 그대로 녹아 없어졌다. 알아차리지 못하는 편이 이상했다. 우리가 미쿠모 여관에 도착했을 때보다 밤 하늘에서 펄펄 내려앉는 가랑눈의 밀도가 높아져 시야와 경치를 흐릿하게 만들고 있었다.

타고 온 경차도 차체가 하얗게 물들어 있었고, 지면에 쌓인 눈은 발목까지 올라왔다. 화이트 크리스마스라고 부르기에는 도가 지나친 과잉서비스일지도 몰랐다.

다비나가와에서 자란 사람들은 크리스마스의 눈을 상찬하지 않았다. 너무 많이 봐서 질린 것에 더해, 제설이나 도로사정의 악화라는 부정적인 측면이 더 강하기 때문이었다.

나와 사야네는 종종걸음으로 자동차로 도망쳐 들어가 서로 옷에 묻은 눈을 털면서 한숨을 돌렸다. 문득, 사야네가 스마트폰을 조작하더니 화면을 내게로 내밀어 보였다.

"……그럴 것 같다는 예감은 들었지만, 화이트 크리스마스가 될 것 같네."

화면에 표시된 것은 내일 일기예보였다. 25일의 날짜에는 대설마크가 죽 늘어서 있었고, 이브의 심야…… 즉, 현 시각을 경계로 강설량은 계속 늘어날 것이라고 했다.

조수석의 창문에는 눈이 벽처럼 들러붙어서 밤하늘을 가리는 순백의 커튼이 되어 있었다.

"아아, 진짜 민폐덩어리 신이야. 늘 자기만족적인 무드를 연출하려고만 하고 인간들의 사정은 전혀 생각하지 않아."

압도적인 자연의 힘에 보잘 것 없는 인간은 저항할 수가 없었다. 아무리 부당한 처사를 당하더라도, 그것을 타파할 수 있는 미래를 개척하는 것은 불가능했다.

때문에, 신에게 빈다. 모순된다는 것을 알아도, 저항할 수단이 없으니까.

제발 기우이길 바란다.

촌구석의 사소한 이벤트라도, 다비나가와에서는 1년에 한 번 열린다고 자랑할 수 있는 성야의 제전이야.

다양한 사람들이 준비에 관여했고, 개최를 기다리는 사람들도 있었다.

부족한 인원과 예산으로 온갖 고생을 다하면서 착착 준비를 진행시켜온 온 사람이 있었다.

오로지 한 사람이 기뻐해줬으면 해서 고향을 부흥시키려고 바삐 뛰어다닌 사람이 있었다.

실연미만의 고뇌를 되돌아보며, 단 하루뿐인 『첫사랑』을 되찾고자 하는 사람이 있었다.

차창을 덮은 눈 사이로 그 사람의 모습을 볼 수 있었다.

여관의 2층. 한참 전에 잠들었을 터인데, 그녀는 자기 방 창문 근처에 우두커니 서서 눈으로 덮인 밤하늘에 사랑을 애태우고 있었다.

내일은 제대로 날씨가 개기를.

소망 어린 시선과 함께 희미하게 움직인 입술은 흐린 하늘을 향한 애원을 담고 있는 것 같은 기분이 들었다.

다음 날 아침—— 다비나가와는 온통 새하얗게 물들었고 모든 교통기관이 역할을 포기. 과도하게 연출된 화이트 크리스마스는 무력한 인간들을 집안에 가두어버렸다.

생활에 필수적인 주요도로도 눈에 깊숙이 파묻혀 육안으로는 인도와의 경계조차 확인하기 어려웠다. 교통량이 많지 않은 좁은 길들은 당장 급하지 않다고 판단되었는지 제설차가 지날 기색조차 보이지 않았다.

이 심통 사나운 겨울하늘도 늦어도 자정이 될 무렵에는 울음을 그칠 것이라고 했다. 그래도, 올해의 성야는 시작되기도 전에 무정하게 끝을 고했다.

미쿠모 씨의 소망은 신에게 가차 없이 외면당해, 1년에 한 번조차도 주역이 될 수 없었다.

단 하나의 스노랜턴에조차 불을 켤 수 없었다. 멈추지 않고 쏟아지는 눈의 유성군에 짓눌리고, 흙탕물을 붓에 찍어 그린 것 같은 두꺼운 구름에 가로막혀 소원의 자투리 조각조차 하늘에 닿지 못했다.

오전 7시 30분.
스노랜턴 페스티벌은, 정식으로 중지되었다.

제5장 　후배군과 후배양

본가의 거실에 흐르는 TV 소리.

나는 크리스마스임에도 토요일 아침의 편성표대로 방송되는 애니메이션을 실시간으로 시청하고 있었는데, 스토리를 전혀 따라갈 수 없었다.

불현듯 그럴 만한 이유가 떠올랐다. 최근에는 일과 이벤트, 병원통원 등으로 외출이 잦고 바쁜 나날을 보냈기 때문에, TV 프로그램을 매주 챙겨본다는 개념이 사라졌던 것이다. 지금의 내게 이번 분기 애니메이션 중 추천하는 작품을 물어도 쓴웃음 외에는 대답할 수 있는 선택지가 없으리라.

만약 녹화를 하고 있었다면, L자 텔롭[#14] 때문에 완전히 맥이 빠졌을 것이다. 제설정보나 교통기관의 운행상황을 집요하게 전하고 있었기 때문에, 놀러나갈 기분으로 외출하는 것이 불가능한 수준이라는 사실은 일목요연했다.

내 방에서 작곡을 하는 정도는 가능했지만, 오늘은 피로회복도 겸해 얌전히 있자.

오랜만이구나, 이렇게 집에서 유유자적하게 지내는 날도. 나는 탁자난로에 하반신을 집어넣고 귤껍질을 까서 그 알맹이 조각을 내 입으로 가져갔다.

#14 L자 텔롭 화면비율은 유지하면서 화면을 축소, 남은 공간에 텔롭자막을 띄우는 방식.

"아들아, 나도 귤."

등유스토브의 열기가 가득 찬 거실에서 평화롭게 쉬는 모자.

카펫 위에 벌렁 드러누워 어깨까지 탁자난로에 집어넣은 엄마가 그렇게 조르며 입을 벌렸다. 어쩔 수 없었기 때문에 나는 엄마에게 귤 조각 하나를 던져주었다.

뭔가를 하지 않고 가만히 있는 것이 왠지 진정이 되지 않아서, 조금만 긴장을 풀면 방석 위에 올려놓은 엉덩이가 들썩거렸다. 입원생활 덕분인지 규칙적으로 아침에 일찍 일어나는 습관도 몸에 붙어서, 아침에 자고 저녁에 일어나는 태만한 니트의 모습은 어디론가 사라지고 없었다.

30분 정도 전에 미쿠모 씨에게서 전화가 왔다.

스노랜턴 페스티벌은 대설의 영향을 고려해 중지하기로 결정되었다— 라고.

눈이나 돌풍에 엄청나게 약한 다비나가와의 지선은 물론, 하루사키 시 주변의 공공교통기관마저도 언제 운전을 재개할 수 있을지 어림잡을 수가 없었다. 겨우 제설된 국도도 눈 덩어리들이 얼어붙어 있었고, 도로면은 바퀴자국으로 매우 거칠게 패어 있었다. 운전자들에게는 최악의 노면상태였다.

운영 측에서도 인터넷을 통해 중지를 고지해서, 그에 따라 숙박객의 예약취소가 잇따르고 있는 상황이었다. 먼 곳에서 오는 팬이나 관광객이 모일 가능성은 전무했다.

미쿠모 씨, 지금 어떻게 하고 있을까.

어젯밤의 인상적인 모습이 뇌리에 선명하게 되살아났다. 겨울하늘에 기원하고 있는 애절한 표정이 내 사고회로를 차지해, 습관성으로 시청하고 있던 애니메이션의 내용을 기억할 여유가 없었다.

뭔가를 하고 싶다. 내가, 할 수 있는 일은 없을까?

만약 토미 씨가 지금의 내 입장이었다면, 얌전히 물러났을까?

막연히 사고회로를 굴리고 있으려니, 문득 탁자난로 위에 올려놓았던 스마트폰이 진동했다.

【키리야마 사야네가 스탬프를 보냈습니다.】

메시지 앱의 안내문이 표시되어, 나는 손가락을 뻗어 화면을 터치했다.

다비냥이 질주했다. 메시지 칸을 4족 보행으로 달려 나갔다.

신뢰와 안정의…… 고양이대시.

사야네가 요즘 푹 빠진 수수께끼의 스탬프였는데, 왜 이 타이밍에 보내온 것일까? 그 속내가 도무지 짐작이 가지 않았다. 하지만, 고양이대시가 불가능한 날씨인 것은 알 수 있었다.

아마도 송신미스이리라. 나는 완전히 맥이 풀려서 테이블 위에 스마트폰을 내려놓았다. 그 다음 순간―.

현관문이 호쾌하게 열린 충격이 땅울림이 되어 단층집을 뒤흔들었다.

"……안녕하세요."

나는 놀라서 허둥지둥 현관으로 향했다. 그러자, 눈으로 전신을 하얗게 화장한 것 같은 사야네가 서 있었다. 머리 꼭대기에는 눈이 쌓여 있었고, 어깨에도 듬성듬성 눈이 떨어져 있었다.

갈색의 무톤부츠도 눈에 뒤덮여 색깔이 완전히 바뀌어 있었다.

"이봐이봐…… 정말로 고양이대시해서 온 거냐?"

"……그럴 리가 없잖아. 그냥 평범하게 달려온 것뿐이야."

조건반사적으로 나는 사야네의 몸에 쌓인 눈을 손으로 털어냈다.

눈의 바다였던 정원에는 인간의 발로 다져진 해구가 만들어져 있었다. 그야말로 일심분란하게 헤치고 왔다, 라는 인상의 갈라진 틈이 집 앞까지 뻗어 있었다. 바꿔 말하자면, 사람이 걸어온 길에 깊은 골로 생길 정도의 강설량이라는 증거이기도 했다.

하지만 사야네의 확고한 눈동자에 전율이나 공포심 같은 부정적인 감정은 조금도 없었다.

"……이 정도의 눈, 노력만 하면 고양이대시도 가능해. 스노 랜턴 페스티벌이 중지된 건 납득이 되지 않아."

"나도 유감스럽게 생각하지만, 미쿠모 씨가 독단으로 속행을 결정할 수 있는 상황이 아니야. 현 내의 교통망은 마비됐고, 멀리서 자가용으로 올 수 있을 도로상황도 못 돼. 집객도 기대할 수 없는데 교통사고의 위험도 있지……. 내가 책임자라도 중지시킬 거야."

덧붙인다면, 스키장으로 통하는 외가닥 길도 가루눈의 바다에 가라앉아 있었다. 생활에 필요한 도로가 아니었기 때문에, 제설의 우선순위는 최하위일지도 몰랐다.

사야네는 아티스트의 시선, 나는 주최자의 시선. 서로 양립은 할 수 없겠지만, 그것은 **스노랜턴 페스티벌이라는 규정의 개념에 얽매인다면**의 이야기였다.

"……옛날에 우리는 눈 같은 건 무서워하지 않았어. 눈이 내리면 기뻐하며 스키장을 종횡무진 누비고 다녔지. 그렇잖아?"

"너, 혹시─."

"……응. 노래하고 싶어. 내가 그렇게 강하게 바라고 있으니까─."

사야네는 조용히 숨을 한 번 들이쉬었다 내쉬고는, 자신의 가슴 위에 손을 얹었다.

가슴에 품은 전진의 뜻을 강하고 명확하게 과시하기 위해.

"……그 누구라도 키리야마 사야네와 마츠모토 슈를 막을 수는 없어. 설령, 그게 신이라 하더라도."

그 하얀 숨결에 적어 내뱉은 것은 분위기 파악을 하지 못하는 날씨를 향한 도전장.

그래. 우리 두 사람이 모이면 어떤 일이라도 할 수 있어.

"우리 마음대로 해볼까. 크리스마스이기 때문에 열 수 있는 지역주민만의 『겨울 페스티벌』을.

설원이 관객으로 채워지지 않아도 상관없어.

관객석이 벌레 먹은 것처럼 여기저기 마구 비어있어도 충분하잖아.

노래하기 위한 무대가 있고, 노래하고 싶다는 신념이 있었다. 오늘을 위해 무대를 준비하고 기다리던 선배가 있었다. 우리 좋을 대로 날뛸 테니까. 멋대로들 모여. 아프다, 괴롭다가 입버릇인 노인이든 일에 지친 중년이든, 모두 청춘시절로 돌려보내주겠어.

그렇게 결정되자, 나는 바로 스마트폰으로 어딘가에 전화를 걸었다. 이럴 때 가장 먼저 의지를 하게 되는 것은 그 예전 불량배 밖에 없었다.

"토미 씨. 상의하고 싶은 게 있는데 들어줄래요?"

『오오. 뭐냐뭐냐? 너, 재미있을 것 같은 일 꾸미고 있지?!』

몸만 커다란 악동이 끼어들자, 잠자고 있던 동심이 성대하게 춤추기 시작했다. 나는 명백히 흥미진진해하는 토미 씨에게 사정을 설명했다. 그러자 토미 씨는 그 협력요청을 선뜻 받아들여주었다.

『에밀리와 리제한테도 전해주마. 토미·커넥션을 최대한 활용할 테니까, 기대해라!』

"과연 토미 씨! 정말로 살았어요!"

토미·커넥션이라는 작명센스는 둘째 치고, 지역주민에게 사랑받는 토미 씨의 인맥은 마음 든든하고 의지가 되었다. 어딘가의 높으신 분이라든가, 사장님이라든가, 그런 종류의 권력은 필요 없었다. 내가 원하는 것은 단순한 육체노동의 일손이었다.

다비나가와의 겨울에는 당연한 작업을 도와주는 것만으로도 정말로 도움이 되는 것이다.

그래도, 나는 토미 씨에게만 기대지 않고 스스로도 이런저런 행동을 취했다. 어떤 일이든 솔선해서 발신원으로서 끌고 나갈 수 있게 되고 싶으니까.

나는 모두의 도움으로 바뀌었고, 고향이라는 장소에 구원받아 성장할 수 있었다. 육체노동은 전력 외라도 머리는 잘 돌아갔다. 지금이야말로 보은하겠다는 자세를 행동으로 내보일 때였다.

그러나 정작 중요한 미쿠모 씨에게 이 일을 전하려고 전화를 걸었음에도, 음성서비스로 연결되었다. 몇 번이나 전화를 해도, 역시 미쿠모 씨의 목소리는 되돌아오지는 않았다. 대부분의 지역은 걸어서 갈 수 있는 범위라는 것이 다비나가와의 몇 안 되는 이점이었다. 이렇게 되면 직접 만나서 전하는 편이 더 빨랐다.

"미쿠모 씨에게도 이 사실을 전하고 싶은데, 미쿠모 여관에 가주지 않을래?"

"……응. 알았어."

"고양이대시라면, 눈 깜짝할 사이에 닿을 거야."

"……차암. 그 스탬프, 다시는 안 쓸 거야. 슈가 자꾸 놀리니까."

사야네가 살짝 토라졌다. 그것을 달래면서 나는 사야네와 이심전심으로 눈을 맞추었다. 사야네는 또다시 눈의 바다를 가르고 나가며, 미쿠모 여관으로 향하는 발걸음에 매진했다.

"사야네에게 질 수는 없지! 나도 고양이대시로 가겠어!"

묘하게 흥분한 나는 방한장비로 재빨리 갈아입었다.

그리고, 전화로 끝낼 수 있는 용건임에도 일부러 칙칙한 회색을 띤 집밖으로 뛰쳐나왔…… 나왔으나, 중량급의 눈에 발을 붙잡혀 성대하게 미끄러졌다.

앗, 차거…… 바보같이……. 눈 위에 마츠모토 슈를 모방한 크레이터가 만들어졌다.

그러나 소년시대에도 맛보았던, 온통 눈투성이가 되는 감각은 싫지는 않았다. 설마, 대설의 최전선에서 뛰어다니다가 유치하게 미끄러져서는 괜스레 즐겁다고 생각하는 시간이 찾아올 줄이야.

두 달 전까지는 은둔형 외톨이였던 쓰레기 같은 남자가, 말이다.

"이봐, 바보 아들! 너, 이런 날씨에 밖에 나가다니, 바보 아니냐!"

"괜찮아! 크리스마스의 나는 무적이니까!"

"뭐어?! 하여간에, 잘못 키웠다니까!"

사야네와의 대화가 거실까지 다 들렸던 모양인지, 엄마가 얼굴빛을 바꾸고 현관으로 달려왔다. 그러나 이미 나는 갑자기 내린 눈 속으로 몸을 던져 정원을 출발한 참이었다. 허벅지까지 눈에 파묻힌 두 다리를 망설이지 않고 움직였다.

설교는 나중에 들을 테니까, 바보의 무모한 짓을 막지 말아줘.

지금밖에 할 수 없는 일을 하고 싶었다. 전력으로 생명을 태워, 매일을 후회 없이 살고 싶었다.

내년에는 이제, 이 바보는 없을지도 모르니까.

"넌 바보 아니냐……?"

어미를 길게 늘이는 기미의 맥 빠진 어조였으나, 내 행동에 어처구니없어 한다는 것은 강하게 전달되어 왔다. 반신을 새하얗게 물들인 남자가 숨을 헐떡거리면서 찾아왔으니, 무리도 아니었다.

지극히 평범한 2층짜리 목조 가옥은 스기우라 교감 선생님의 집이었다. 설인 같은 남자가 현관의 미닫이문 문을 여는 순간, 거실에서 차를 마시던 교감선생님은 놀라서 차를 뿜어낼 뻔 했다.

입술도 핏기가 가셔서 보라색으로 변해 있겠지만, 니트 모자, 장갑, 다운점퍼라는 방한구로 몸을 두르고 있었기 때문에 냉기로 인한 영향은 생각한 것보다 가벼웠다.

"엄마한테도 잔뜩 들었어요. 왕바보 아들이라고."

"당연히 한소리 했겠지……. 그 녀석도 중학교 때에는 멍청한 짓을 많이 했지만, 그 아들도 그 피를 훌륭하게 물려받았다는 걸 확신했다……."

"아니, 엄마보다는 평범한 사람에 가깝다고 생각하는데요! 그 아줌마, 지금도 지붕 위에서 진심으로 눈싸움을 할 정도로 어린애 같으니까요!"

교감선생님이 칭찬을 한다기보다는 빈정거림 섞인 한탄을 흘렸다. 걸어서 10분 이내의 거리에 산다는 것은 알고 있었기 때문에, 쌓인 눈에 고전한 것 이외에는 쉽게 만날 수 있었다.

"교감선생님이 협력해주셨으면 하는 일이 있어서요—."

이런 악천후 속에, 잡담이나 하려고 온 것이 아니었다. 나는 용건을 간결하게 전달했다. 그러자 교감선생님은 생각하는 기색도 보이지 않고 그저 고개를 끄덕였다.

"하하하. 멋대로 겨울 페스티벌을 개최하다니…… 저항정신이 투철하구나……."

교사라는 딱딱한 입장상, 잔소리를 늘어놓을까 생각했더니, 교감선생님은 유쾌하게 웃었다.

"다비중학교의 학생에게도 얘기를 해보자……. 티켓이 순식간에 완판 되는 가희가, 지역주민만을 위한 특별 라이브를 해준다면, 학생들도 기꺼이 도울 거다……."

"……고맙습니다! 잘 부탁드립니다!"

감사의 말을 입에 올리며 나는 깊숙이 고개를 숙였다.

"마츠모토에게 좋은 소식이 있다……. 조금씩이긴 하지만, 눈발이 약해진 것 같지 않으냐?"

"우—음……. 분명히 어제 심야와 비교하면, 시야가 밝아진 것 같은 느낌이 들긴 하네요."

나는 이곳에 도착할 때까지의 길을 돌이켜 보았다. 기분 탓일까, 눈의 입자가 작아져 은색으로 눈보라가 휘몰아치던 경치가 멀리까지 볼 수 있게 되어 있었다.

"일기예보에 따르면, 이제부터 조금씩 날씨가 회복된다는 것 같구나……. 어쩌면, 너희의 겨울 페스티벌인지 하는 것은 실현이 가능할지도 모르겠어……."

"그런 것 같네요. 하지만, 밤에는 또 내릴 가능성이 큰 것 같아서…… 시간과의 승부가 될 겁니다. 그래서, 시급히 일손이 필요해요."

"랜턴 페스티벌이 중지된 건 유감이지만, 겨울 페스티벌을 위해서라면 늙은 몸을 채찍질해서 어디 힘을 내볼까……. 나도 너희의 오래된 팬이니까 말이지……. 나를 의지해줘서 기쁘다……."

교감선생님의 졸린 것 같은 목소리에, 약간의 기쁨과 즐거움이 묻어나왔다.

나도 고향사람들의 관대함에 마음이 흐뭇해졌다. 그때, 별안간 등 뒤에서 누군가가 내 다운점퍼의 후드를 움켜쥐었다.

"야, 이 썩을, 바보, 멍청아. 스기우라네 집에서 뭘 하는 거냐? 엉?"

우와아…… 입이 거친 귀신에게 붙잡혀버렸다. 미간에 싸움을 거는 것 같은 험악한 주름을 새긴 엄마가 일부러 나를 쫓아온 것이었다.

"귀신에게 붙잡힌 장난꾸러기 같구나……."

"그러게요…… 평소에는 엄마가 더 어린애 같으면서, 화를 낼 때에는 귀신이에요. 오히려 제가 더 상식인이라니까요."

나와 교감선생님은 실실 웃으며 그런 대화를 나누었다. 그러나.

"니들, 사이좋게 눈에 묻히고 싶은 모양이구나."

"죄송합니다."

"죄송합니다."

우리 두 남자는 속공으로 사과를 했다.

귀신처럼 무서운 엄마의 위협적인 위압에 겁을 먹어 말수가 노골적으로 줄어드는 이 한심함이란.

"……협력하마."

"……응?"

솔직하지 못한 엄마가 힘껏 쥐어짜낸 대사.

나는 저도 모르게 상기된 목소리로 되묻고 말았다.

"나도 협력하겠다고! 너희가 겨울 페스티벌인지 뭔지를 개최할 수 있게 말이야."

엄마의 뺨이 발그스레한 것은 추위 때문만은 아닌 것 같았다. 부끄러움에 시선을 돌리면서도 엄마는 돕겠다고 먼저 말하고 나섰다.

"난 엄마의 아들이라서 행복해. 누가 귀신엄마라고 한 건지……."

"엉덩이 대라. 재교육을 시켜주마."

히에에에에엑…… 귀신의 형상은 역시나 무서워요.

"나하고 스기우라 둘이서 마을 안을 돌면 도와줄 녀석들도 그만큼 늘어날 거다. 마사키요만큼 친근하지는 못하지만, 나도 마을의 가스배달 아줌마이니까 말이지. 대부분은 아는 사이라고."

"엄마……."

"애초에 축제라는 건 지역의 주민들이 만드는 거다. 도시의 세련된 크리스마스 따위에 지고 있을 수는 없지."

그 순수한 조처에 장대한 감사를. 우리 엄마는 다른 누구에게도 지지 않는 최고의 엄마라고 자랑할 수 있었다. 말투와 동작, 복장이 정숙해진다면, 이제 더할 나위가 없어.

"좋았어! 한 번 해볼까!"

장난스럽게 웃은 엄마는 팔을 들어 올려 두 주먹을 부딪쳐 보였다. 중수지절관절이 부딪치는 메마른 소리를 공삼아, 우리 세 사람도 각자의 직무에 임했다. 교감선생님은 집전화의 수화기를 들고, 엄마는 키리야마 가로 진로를 잡았으며, 나는 『어떤 장소』로 향했다.

어른들은 학생시절 때와 같은 젊음과 생기가 넘치는 의욕을 눈에 담고 있었다.

적극적으로 바뀐 것을 넘어 이제는 흡사 태도가 돌변한 영역이었다. 크리스마스인데, 집에서 케이크를 먹는 것만으로는 뭔가 부족했다. 크리스마스이므로, 뭔가 특별한 이벤트를 만들고 싶었다.

나잇살 먹은 어른이라도 말이지. 천진난만한 꼬맹이들처럼 크게 떠들고, 소리치고, 보기 흉하게 까불며 떠드는 하루가 있어도 벌은 받지 않을 것이다.

신의 기분을 상하게 해서 노골적으로 방해를 받았다고 해도. 크리스마스 탓으로 돌리고, 운명이라는 것에 싸움을 걸어볼까요.

스키장으로 이어지는 외길의 입구. 내가 도착했을 때에는 속속 원군이 집결하고 있었다.

"여. 이쪽은 전투태세가 다 갖춰졌다. 언제든지 시작할 수 있을 거야."

물리적으로 위에서 내려다보는 시선. 그것도 그럴 법했다. 토미 씨가 안짱다리로 올라타고 있는 것은, 농가 최강의 기계로 이름 높은 트랙터였다. 평소의 농업사양이 아니라, 제설용 장비와 흙삽을 장착하고 있어서는 이미 무적이라고밖에 말할 수가 없었다.

당연하지만 한 대만의 전력으로는 끝나지 않았다.

"여. 슈 군! 나도 아들 녀석한테 지고 있을 수는 없어!"

토미 씨 아버지. 아들보다도 더 신형 트랙터로 긴급참전.

대규모 논과 밭을 소유한 도요토미 가는 다비나가와에서 1, 2위를 다투는 농업대국이었다. 트랙터를 비롯한 농기계 보유수도 일반 농가를 크게 능가했다.

"이게 끝이 아니여. 토미·커넥션을 얕보지 말라고. 주변의 농가는 대개 다 친구들이다."

느릿한 속도의 트랙터로 속속 달려오는 역전의 운전수들.

전 세계여, 괄목하라. 이것이 토미·커넥션이다.

상상 이상으로 호화로운 멤버였기 때문에 뺨이 실룩거리는 것이 가시질 않았다. 다비나가와가 자랑하는 농가 올스타가 대집합했는걸. 웃음이 나오는 것을 참을 수가 없다고.

지루하지가 않군. 다비나가와라는 곳은.

침입을 거부하려는 듯 외길을 덮은 두꺼운 눈. 그것을 앞에 두고, 농가 올스타들이 불길한 미소를 주고받았다. 그들은,

눈을 일소하기 위해 선택된 엘리트인 것이다.

매년 그들은 눈치우기라는 전장에서 살아남았다. 역전의 전사들이 내뿜는 눈빛은 내 마음을 떨리게 해서 뒷걸음질 치게 할 정도였다.

"길이 없다면 길을 만들겠다! 도요토미 가 장남을 따르라!"

토미 씨가 우렁차게 외쳤다. 의외로 나르시시스트인 토미 씨는 쓸데없이 폼 잡는 표정을 지으면서 선두에 서려고 했지만, 토미 씨 아버지의 트랙터가 그 앞을 가로막았다.

"이 경망스러운 녀석아! 리더는 배구부 에이스였던 이 나인 게 당연하잖아!"

"아버지, 위험하잖아요! 아버지는 그런 것까지 하지 않아도 돼요! 방해된다고요!"

부자간에 작렬하는 말싸움을 하면서, 트랙터로 자리 차지하려고 싸우지들 말어.

"그것보다, 히나가 안 왔군! 그 녀석의 지시가 들리지 않으니 왠지 페이스가 흐트러지는데."

"미쿠모 씨는 연락두절……이라고 해야 할까, 집에 틀어박혀 있다고 생각해요. 사야네를 미쿠모 여관으로 보냈는데, 아직 안 돌아오네요."

"그 녀석의 어린애 같은 성격을 생각하면, 축제가 중지돼 토라진 거겠지. 눈앞의 일이 정리되면, 내가 직접 담판을 지으러 가주마."

토미 씨가 친근한 골목대장 같은 미소를 살짝 내보였다.

"그 녀석을 위해서라면 온 힘을 아끼지 않겠어. 나는 언제라도 곤경에 처한 그 녀석을 돕고 싶다."

아이러니했다. 미쿠모 씨의 후회는 토미 씨의 첫사랑을 뒤에서 도와준 것이었다. 하지만 토미 씨 자신은 그것에 은의를 느끼고, 빚을 갚으려 하고 있었다. 이미, 미쿠모 씨의 연심에는 답해줄 수가 없는데도.

"토미 씨. 여길 맡겨도 될까? 아직 해야 할 일이 남아 있어서."

"그래. 눈 치우기는 전문가에게 맡겨라. 그 대신, 네 **희귀한 답례**를 기대하고 있겠다!"

그래. 기대해 줘. 나는 눈 치우기에서는 전력외이지만, 뚫어준 길의 정점에서 하룻밤 한정의 꿈을 그려 보이겠어. 크리스마스에만 나타나는 『겨울의 환상』을.

이것은 고향에 대한 보은.

그리고 고백도 하지 못했던 방관자를 첫사랑의 계절로, 사랑에 애태우던 여자아이로 돌려놓기 위한 사소한 자기만족이었다.

＊＊＊＊＊＊

내가 미쿠모 여관에 발걸음을 한 것은 사야네가 좀처럼 돌아오지 않았기 때문이었다. 메시지를 보내도 읽음 표시가 뜨질 않고, 전화를 걸어도 신호연결음만이 들려올 뿐이었다.

설마…… 조난? 걸어 다닐 수 있는 거리에서? 아무리 시야가 좋지 않았다고 해도, 나고 자란 고향의 이웃에서 길을 잃지는 않을 것이다. 사야네가 은근히 맹한 구석이 있다고 해도.

만일을 위해 상황을 확인하기 위해 들른 미쿠모 여관의 정면현관에서 사장 할아버지…… 알기 쉽게 말하면 미쿠모 씨의 할아버지와 만나 사야네의 소재를 물어보았다.

"키리야마 씨 네의 사야네 양? 우리 히나코를 만나러 왔는데."

표표한 대답을 듣고, 나는 일단 가슴을 쓸어내렸다.

나는 여관 안으로 실례해서 미쿠모 씨의 방으로 향했다. 그리고, 두 사람은 대체 뭘 하고 있는 것인가…… 장지문의 그늘에 몸을 숨기고 머뭇머뭇 안을 들여다보았다.

"흑, 흐윽, …… 우에에에에에에에에에에에에에에에에에에에에에에에에에엑!"

소리 높여 우는 소리가 귀를 찔렀다. 도저히 27세라고는 생각되지 않는, 동물이 으르렁거리는 것 같은 울음소리가 봉긋 솟아오른 이불 속에서 끊임없이 울려 퍼지고 있었다.

상황적으로, 떼쟁이처럼 우는 목소리의 주인은 그 사람밖에 없겠지만.

"……슈, 무슨 일이야?"

이불 바로 옆에 정좌하고 앉아 있던 사야네가 나를 알아차렸다.

"네가 좀처럼 돌아오지도 않고, 연락도 안 돼서 상황을 보러 왔어."

"……미안해. 미쿠모 씨의 울음소리가 너무 시끄러워서 벨 소리가 들리지 않았나 봐."

"이불 속에 웅크리고 있는 저 수수께끼의 물체, 역시 미쿠모 씨였던 건가……."

예상은 하고 있었지만, 막상 미쿠모 씨라는 것을 알게 되니 쓴웃음을 짓지 않을 수 없었다. 방구석에 틀어박히는 것을 악화시킨 것 같은 형태로 토라져 있는 것이 나보다 7살 연상인 선배였으니까.

"……쿨쩍…… 훌쩍…… 거기 있는 거, 혹시 마츠모토 군이야……?"

내 목소리라는 것을 알아차린 것일까. 미쿠모 씨가 이불을 뒤집어 쓴 상태로 말을 걸어왔다.

"예. 미쿠모 씨와 사야네의 상태를 보러 왔어요."

"……SAYANE 양의 옆에 앉아."

"예……? 저도 말인가요?"

"……왜 그런 싫다는 것 같은 반응을 보이는 건데?! 내 푸념을 들으러 온 거잖아—!"

아무래도 사야네는 철저하게 푸념을 들어주는 역에 전념했던 모양이었다. 덕분에 나도 같이 그 푸념을 듣고 있어야 되었다. 몇 분 정도 다양한 방면의 불평불만이 쏟아져 나왔지만, 최종적으로는 이 불평으로 귀결되었다.

"아— 아…… 1년에 한 번 있는 기회이건만…… 꾸준히 준비해 왔건만…… 왜 이렇게 된 걸까……."

미쿠모 씨의 목에서는 때때로 오열이 터져 나왔다. 비관과 체념이 혼재된 감정이 눈물로 변환되어 흘러넘치고 있는 것일지도 몰랐다. 미쿠모 씨에게 크리스마스는 사랑하는 소녀로서의 시간을 되찾을 수 있는 유일한 날이었다. 그것을 잃은 정신적인 충격은 이루 헤아릴 수 없을 것이리라.

"이제는 떨쳐내고 싶었는데…… 고백해서 화려하게 지고 싶었는데…… 심술궂은 신은 그것조차도…… 허락해주질 않아……. 너무해……."

눈물은 점차 가라앉았지만, 토미 씨의 화제가 얽히면 말 곳곳에 흐느낌이 섞이거나, 숨 쉬는 소리조차도 눈물에 젖었다.

"너희라면 알 거야, 에밀리 선배는…… 정말 좋은 사람에 누구에게나 상냥하고, 배려심도 넘쳐서 분해한다든가 질투를 하는 것조차 바보 같지. 거기에, 원한을 가진 사람도 없어……."

이 삼각관계의 끝에 악역은 없었다. 최후에 남은 것은 이어진 두 사람과, 이어질 무대에 조차 도착하지 못했던 한 사람뿐이었다. 이어진 두 사람은 남겨진 한 사람의 연심조차 알아차리지 못하고, 친한 여동생처럼 대했다. 그것이 현상유지를 선택한— 대가.

"또…… 방관만 하는 1년을 보내야 하는 거야……? 내게도 희망이 있을 거라고 착각한 채…… 첫사랑에 끝없이 얽매여서…… 이젠, 싫어어……."

사야네도 고뇌하는 표정으로 침묵하며 그 가느다란 어깨를 떨었다.

"첫사랑은 이루어지지 않는다고 하지만 말이지…… 마사키요 선배도 에밀리 선배도 행복해졌잖아! 너희도 마찬가지야!"

미쿠모 씨는 쥐어짜는 목소리로 그렇게 외쳤다.

"왜…… 나만…… 몇 년이나 계속 같은 자리에 멈춰 서있는 걸까……."

그러나 그 목소리는 곧 약하게 시들어 갔다.

"미련 가득한 유치한 방 따위 보고 싶지 않아…… 교복 두 번째 단추#15대신 받은 체육복 따위 입고 싶지 않아……. 덤처럼 찍힌 과거의 사진 따위 필요 없어."

"미쿠모 씨……."

"그 녀석보다 더 잘난 남자친구를 만들어서…… 전부 버려버리고 싶어. 도회지에서 살면서 말이지, 그럭저럭 괜찮은 기업에 취직해서, 그 녀석을 잊을 수 있는 사랑을 하고 싶어. 그러지 않으면, 언제까지고 그 마음에 매달리느라…… 가슴이 죄어오고…… 괴로워서…… 망가질…… 테니까……."

미련에 얽매여 있었기 때문에, 미쿠모 씨는 간절히 바랐다. 토미 씨가 자신의 입으로 그녀의 첫사랑에 종언을 고하는 순간을. 도망칠 수 없는 현상유지를 부숴버릴 수단을 달리 찾아낼 수 없었기에.

"영원히 앞으로 나아갈 수 없다면…… 찰나의 순간만이라도 돌아가고 싶어……."

#15 두 번째 단추 졸업식 날에 차이나칼라의 남학생 교복 두 번째 단추를 좋아하거나, 소중한 사람에게 건네는 풍습. 차이나칼라(가쿠란) 교복의 두 번째 단추는 심장과 가장 가깝기 때문에 마음을 받는다는 의미가 있다고 함.

그 모습을 조용히 지켜보는 사야네와 마찬가지로, 나 역시 미쿠모 씨에게 건넬 시건방진 조언도, 각설탕처럼 달콤한 말도 갖고 있지 않았다. 그러나 그렇다고, 또 쉽게 포기해버릴 정도로 완성된 인간도 아니었다.

"미쿠모 씨가 포기하는 건 미쿠모 씨 마음이지만, 저희는 만족스럽지 못해요. 모처럼의 크리스마스와 기껏 마련해 준 무대…… 집에서 케이크와 샴페인을 즐기는 것만으로는 재미가 없다고요."

"무리야…… 오늘 아침에 확인했는걸. 스키장으로 통하는 길이 눈으로 막혔어……."

꼼지락꼼지락. 이불을 뒤집어 쓴 애벌레가 이번에는 다다미 위를 기었다.

그리고 정좌하고 있는 사야네에게 다가가 허벅지에 얼굴을 묻었다.

"SAYANE 양의 허벅지…… 따뜻해. 좋은 냄새도 나."

"……뭐, 뭐 하는 건가요?! 성희롱은 그만 두세요……!"

"아―! 조금만! 앞으로 5초만! 선배 말을 거역하지 마!"

이불에 싸인 애벌레가 도망치려고 하는 사야네의 가랑이 아래 부분을 붙들고 늘어졌다. 아무래도 푸념을 늘어놓은 덕분에, 가슴 속이 좀 후련해진 모양이었다.

"……밤이 되면, 아마도 누군가 깨우러 올 거예요. 미쿠모 씨는 지금까지 너무 열심히 했으니까, 그때까지 쉬고 계세요."

"SAYANE 양…… 쿨한 얼굴에 어울리지 않게 상냥하구나······."

"······전부터 생각했는데, 호칭이 너무 서먹서먹해서 딱딱하네요. 전 같은 중학교의 후배이니까, 그냥 이름을 부르는 편이 더 자연스러워요."

"그거라면 저도 이름을 불러도 상관없어요."

뒹굴 하고 바닥에 누운 미쿠모 씨가 이불을 들추고 퉁퉁 부운 얼굴만을 내미었다. 아침부터 줄곧 울고 있던 것일까. 눈가는 살짝 붉어져서 애처로운 느낌이 들었다.

"그럼······ 후배군과 후배양."

눈꼬리를 적시는 한 줄기 눈물을 소매로 훔친 미쿠모 씨는 우리에게 『후배』라고 이름을 붙였다.

"나는 『히나코 선배』라고 불러도 돼. 꼴사납게 통곡을 하고, 한심하게 푸념을 늘어놓았는데도, 등을 떠밀어준 후배들이 있어서······ 나는 행복하네."

그러면서 어색한 미소를 지어 우리를 안도시켜 주었다.

"히나코 선배는 조금 잘랍니다······. 깨우지 않으면 안 일어날 거예요······."

그렇게 말하고 히나코 선배는 조용히 숨을 토해내면서 눈을 감았다. 눈 깜짝할 사이에 색색 하는 숨소리가 들려오고, 히나코 선배는 미동도 하지 않았다. 영면과 빼닮은, 깊은 수면에 빠진 그 모습은 그야말로 잠자는 다다미방의 미녀였다. 약간의 충격으로는 속눈썹조차 흔들릴 것 같지 않았다.

기대와 불안에 어젯밤에 거의 잠을 자지 못한 것일까.

소풍 전날의 어린아이처럼 내일은 제발 날씨가 맑기를 빌면서.

일편단심의 마음이 너무 악화되어, 너무 열심히 노력해서 위태로운 중학생 여동생……. 그런 이미지였지만, 왜인지 그냥 내버려두지 못하고 지켜주고 싶어지는 그런 연상의 선배가 있었다.

첫사랑 상대의 곁에 있는 것은, 어디 한 군데 나무랄 곳이 없는 여성. 두 사람에게 사랑하는 딸이 태어나면서, 선배의 첫사랑이 성취되는 미래는 영원히 잃어버린 것…… 이나 다름없었다.

끝이 없는 현상유지에 고민하며, 그것을 부수는 것으로만 새로운 가능성을 찾아낼 수 있는 사람에게, 우리가 해 줄 수 있는 것은——.

나와 사야네는 미쿠모 여관의 정면현관을 지나 밖으로 나왔다. 지금도 계속해서 두껍게 쌓여가는 눈의 정경을 해치는 검은색 승합차가, 제설제 덕분에 얼어붙지 않은 갓길에 정차했다.

현재, 오후 두시 무렵. 기온은 변함없이 영하권임을 은연중에 알리고 있었지만, 구름의 틈새에는 희미하게 햇빛이 비치고 있었다. 교감선생님의 말대로, 강설이 누그러지는 시간대가 찾아올지도 몰랐다.

사전에 연락을 해둔 나와 사야네는 승합차에 올라탔고, 금색의 머리카락을 가진 운전수가 타이어가 미끄러지지 않도록 조심스럽게 차를 출발시켰다.

"고마워요, 에미 누나. 이대로 스키장으로 직행해주세요."

"네—에. 알겠습니다♪ 안전벨트는 잊지말고 매도록 해."

토미 씨의 애차를 운전하는 것은 물론 에미 누나였다.

니트 스웨터를 억지로 밀어 올리는 풍만한 가슴은 대각선으로 가로지르는 안전벨트 때문에 더욱 두드러져 에미 누나의 의도하지 않은 육감적인 매력과 요염함을 한층 더 강조하고 있었다.

이것이 바로 에미 누나의 파이슬래시[16]라는 천연기념물인가. 제발 기록영상으로 남고 놓고 싶다.

"종언이 찾아오려 하고 있다. 하얀 재에 뒤덮인 세상은 머지않아 잠에 빠지리라."

조수석에는 고스로리의 구세주님. 짧은 두 다리를 계속 위로 차올리면서 아직 다 못 놀았다는 것처럼 몸을 꼬고 있었다. 간식 대신 사사카마보코를 입 안 가득 우물거리고 있었다.

스키장으로 통하는 외길에 들어서자, 나를 포함한 일동은 묘한 감동마저 느꼈다. 정돈된 노면은 두 시간 전의 통행금지 상태와는 몰라볼 정도로 달라져, 차량도 여유롭게 통행할 수 있을 정도로 눈의 해원이 일소되어 있었다. 일부 치워지지 않은 눈이 고르지 않게 여기저기에 쌓여 있었지만, 스터드리스 타이어라면 문제없이 주행할 수 있으리라.

"마사키요 씨와 다른 분들도 정말로 굉장해. 일꾼이라고 할

#16 파이슬래시 대각선으로 멘 가방의 끈 같은 것으로 가슴이 한층 더 강조되는 현상.

까, 곤란한 상황에 처하면 어떻게든 해줄 것 같은 안정감이
있어."

"다비나가와가 자랑하는 농가 올스타이니까, 이 정도는 껌
이죠."

"······왜 슈가 자랑스러워하는 걸까."

에미 누나는 감탄을 하고, 나는 득의양양하게 가슴을 폈으
며, 사야네는 그런 내게 어이없어 했다. 역시나 리제도 창에
뺨을 갖다 대면서 「이럴······수가? 무슨 일이 일어난 거냐?!」
라고 경악하며 자신의 눈을 의심했다.

하지만, 진짜로 굉장해. 두 시간 정도라면, 외길의 30퍼센
트 정도 제설할 수 있다면 감지덕지라고 생각했건만······ 승합
차가 외길의 깊숙한 곳으로 계속 나아가도 트랙터 집단의 모
습을 발견할 수 없었다. 그 대신, 80년대의 유산과도 같은 오
두막과 장비대여점 터가 기다리고 있었다.

슬슬 도착할 거야. 다비나가와 스키장에 도착할 거라고.

설마······ 저 올스타들은 겨우 두 시간 만에 길을 완전히 뚫
었다는 건가.

내 「설마」는 적중했다. 일꾼은 등으로 말했다. 올스타는 스
키장까지 오는 길의 제설을 완전히 끝냈을 뿐 아니라, 지금은
라이브회장에 쌓인 방대한 눈의 제설에 착수해 있었다.

"후아······ 일하면서 피우는 담배는 최고여······."

그러나, 그들도 평범한 인간. 작업을 일단락 짓는 타이밍에
휴식에 들어가, 토미 씨네 아버지를 비롯한 아저씨 집단은 황

홀한 얼굴로 담배를 태우고 있었다.

"기다리고 있었어! 슬슬 점심 먹을 때잖아! 배에서 밥 달라고 난리야—!"

우리가 차에서 내리자, 담배를 피우지 않는 토미 씨가 달려와서 남자 초등학생도 울고 갈 정도의 개구진 미소를 지어보였다.

그 순수한 눈의 반짝임은 너무 눈이 부셔서, 가정을 가진 20대 후반이라는 사실을 때때로 잊어버릴 것 같았다.

"우선은 고생했어요♪ 배가 고픈 건 알지만, 일단 손부터 씻고 와요."

"예이예—이. 에밀리는 착실하다니까."

"마사키요 씨가 대충대충인 것뿐이에요. 배탈이라도 나면 곤란하잖아요."

미인 아내에게 지시를 받은 바보 남편은 순순히 뒤돌아서서는, 눈밭을 깡충깡충 뛰면서 화장실로 사라졌다. 피곤한 기색은 전혀 보이지 않고 커다란 초등학생 같은 모습이 건재한 것이 참으로 상쾌할 정도였다.

우리는 스키장 운영 측에서 호의를 베풀어 일시적으로 오픈해 준 휴게소로 이동, 에미 누나가 지참한 도시락을 테이블 위에 펼쳤다.

"이거, 여러분을 위해 만들어왔어요. 괜찮으시다면 좀 드세요. 마음껏 드셔주신다면 더 기쁠 것 같아요♪"

그랬다. 에미 누나와는 사전에 상의를 해서 점심 도시락을 싸달라고 부탁을 해놓았다. 몸을 혹사하는 토미 씨와 다른 분들이 다소나마 원기를 충전해 줬으면 했기 때문이었다.

옅은 갈색으로 튀겨낸 새우튀김에 달달하게 구운 계란말이, 남자들이 좋아하는 닭튀김까지! 선명하고 화려한 색채로 장식된 도시락이 한층 더 식욕을 자극해서 아저씨들은 환호성을 질렀다.

심지어 에미 누나라는 다비나가와의 보물이 직접 만든 것이라고 한다면, 나잇값도 못하고 볼이 미어지게 음식을 입에 집어넣는 것은 필연이었다. 멈출 기색이 보이지 않았다. 제설대의 젓가락은 누가 먼저랄 것도 없이 반찬을 집었다.

"샌드위치랑 주먹밥도 있으니까요. 천천히 드세요. 특히 마사키요 씨는 밥 먹는 게 늘 빠르니까요."

일본식파와 양식파, 어느 쪽의 요구에도 모두 대응하는 저 배려심이란. 우리 엄마였다면 거대한 볶음밥 주먹밥을 대량생산했을 것이 틀림없었다.

"우읍? 아히 나는 펴버하라오 새악하은데."

"어허, 거기. 햄스터처럼 볼이 빵빵해졌어요. 참나~."

제대로 말을 할 수 없을 정도로 음식을 입안에 욱여넣은 토미 씨……를 에미 누나가 귀엽게 야단을 쳤다. 뭐, 그 마음은 이해하지만. 에미 누나가 직접 만든 요리는 애정이라는 조미료가 엄청 맛있지!

"……성스러운 비약도 있다! 목마름에 굶주린 민중은 애원토록 하라!"

리제가 목에 매단 수통을 눈높이까지 들어 올려 보았다.

"리제야. 내 컵에 따라주려무나~."

"알았다. 아슬아슬할 때까지 따를 테니, 절대로 흘리지 마라."

손녀 리제가 토미 씨 아버지의 종이컵에 차를 따랐는데, 표면장력을 이용해 넘치느냐 넘치지 않느냐 하는 아슬아슬한 경계를 노리는 모양이었다.

"리제야! 넘친다! 할아버지의 차가 넘칠 것 같구나!"

"우는 소리는 듣고 싶지 않다. 한 방울이라도 흘리며 십자가에 매달 것이다."

할아버지와 손녀가 화기애애하게 뭘 하는 건지.

"자, 자, 슈하고 사야네도 괜찮다면 먹어. 잔뜩 만들어 왔으니까 말이야."

에미 누나가 우리에게도 도시락을 내밀었다. 그래서 우리는 그 호의에 기대기로 했다. 대단히 노동도 하지 않았지만. 나와 사야네는 벤치에 나란히 앉아 참치샌드위치를 먹었다. 씹을 때마다 빵과 섞이는 마요네즈와 참치가 혀 위에서 절묘하게 녹아내렸다.

"……슈는 샌드위치 좋아해?"

"응. 싫어하지는 않아. 계란이라든가, 참치, 돈까스 샌드위치도 좋아해."

"……슈가 먹어준다면, 에밀리 씨에게 배워서…… 다음번에 만들어볼게."

"진짜? 엄청 기대하면서 기다릴게!"

예상외의 기쁜 언약을 맺게 되어, 내 마음도 환희를 금하지 못했다.

"응응. 가르쳐줄게, 가르쳐줄게. 슈에 대한 애정을 가득 담으면, 맛있는 샌드위치가 만들어질 테니까♪"

"……에밀리 씨. 창피한 대사는 금지로 해주세요. 저는 요리에 애정을 담는 그런 주책없는 여자가 아니니까요."

"응응, 응응응♪ 말은 어쨌든지 얼굴은 솔직해서 좋네."

"……겨울에는 추워서 얼굴이 빨개져서 곤란해요. 그것뿐이에요."

딱딱한 말과는 반대로, 사야네는 귀까지 빨갛게 변해 있었다. 그 모습을 에미 누나는 그저 고개를 끄덕이면서 미소를 지었다.

"여기까지는 순조로웠지만, 라이브회장은 엄청 넓잖아. 스키장으로 올라오는 그 길처럼 좁지도 않아서 보통 방법으로는 작업이 힘들 거야."

따뜻한 차로 목을 축인 토미 씨가 한숨을 쉬며 걱정을 했다. 무대는 지상에서 1미터 이상 높았고 천막이라는 지붕도 일단은 존재했다. 이미 설치가 끝난 음향기기류는 커버를 씌워놓았기 때문에 무사했지만, 무대에서 내려오면 눈에 허리까지 파묻히는 적설량을 자랑했다.

산의 기후를 얕봐서는 안 되었다. 주택가에서 그렇게 많이 떨어지지도 않았는데, 겨우 하룻밤 만에 무시무시한 백은에 침식되고 말았다.

"게다가, 눈이 엄청 무거워. 설질이 축축하다고 할까, 수분이 많은 느낌이라 그래. 덕분에 아버지들은 슬슬 녹초가 돼가고 있다. 그리고 마지막으로, 치운 눈을 둘 곳이 없어."

농가 올스타는 토미 씨를 제외하고는 60대 이상이 태반이었다. 휴식을 취하는 중에도 지쳤다, 피곤하다라면서 허리를 두드리며 쓴웃음을 지었다.

"이벤트를 실행하려면 무대 주변과 관객석, 주차장을 정비했으면 하는데…… 할 수 있을 것 같아?"

"이봐, 슈. 누구한테 말하는 거냐. 토미·커넥션의 정예들이 모여 있다고. 그딴 건 누워서 떡 먹기인 게 당연하잖아."

토미 씨가 오른팔을 들어 알통을 집요하게 과시했다.

"게다가, 믿음직스러운 원군이 슬슬 도착할 때가 됐어."

그리고, 엿차, 하고 자리에서 일어나서는 밖을 바라보면서 의미심장하게 그렇게 중얼거렸다. 문득 한가로운 점심식사를 마치고 오후작업에 들어가려고 하던 우리의 발밑에 땅울림과도 같은 충격이 느껴졌다.

이어서, 굵직한 배기음이 접근해왔다.

"이봐이봐…… 농담이지."

일을 의뢰한 나조차도 상상한 것 이상의 상대의 진심에 경악의 시선을 감출 수 없었다.

가스업체의 이름이 쓰인 6톤 트럭과 거대한 흙삽을 장착한 휠로더가 스키장으로 통하는 외길을 올라왔기 때문이었다.

"어이, 아저씨들. 상태는 어때? 동면하지들 않고 잘 하고 있어?"

운전석 창을 열고 오른팔을 달랑 늘어뜨리고 있는 것은 무엇을 감추리오. 우리 엄마였다. 멋짐과 아름다움을 겸비한 양아치 출신의 트럭운전수 엄마의 등장은 남자들뿐이던 현장의 사기를 시각적으로 크게 끌어올렸다.

"좋—았어. 간만에 나도 진심을 내볼까!"

가정용 휠로더를 운전하고 있는 사람은 사야네의 엄마였다. 문득 우리가 어렸을 때, 키리야마 가의 광대한 토지를 사야네의 엄마가 제설하던 것이 기억났다.

역시나 다비나가와 넘버원으로 이름 높은 농가의 안주인. 대형특수면허도 따뒀어.

"……우리 엄마. 최고로 멋지다."

사야네는 멍하니 감격하고 있었다. 정숙하고 단아한 외모와의 격차가 아티스트 특유의 감성을 자극하는…… 모양이었다.

그리고 또 한 명, 우리 엄마의 트럭에서 내린 인물이 있었다.

"무대 준비는 맡겨주세YO. 음악 관련은 특기분야랍니DA."

왔다! 스털링 가의 그랜드 마더가! 아니, 에미 누나의 어머니이지만, 리제에게는 조모에 해당하기 때문에.

교통망이 마비되었기 때문에, 외주업체의 직원들은 다비나가와에 올 수 없었다. 게다가, 공식 이벤트 자체를 관광협회가 중지했기 때문에, 일도 취소되었을 것이다.

특히, 음향부문은 전문지식이 필요했기 때문에 젊었을 적에는 음악가였던 에미 누나 엄마에게 대역을 의뢰했던 것이다.

"배선주변을 재확인하고, 만일을 위해 사운드체크도 해야 하는데, 맡아주시겠어요?"

"곤란할 때에는 서로 도와야JYO. PA는 맡겨주세YO♪"

에미 누나 엄마는 엄지와 검지로 동그라미를 만들어 긍정의 뜻을 표시했다.

필요한 사람은 다 모였다. 다비나가와 3대 미인엄마들이 우리의 겨울 페스티벌을 채색해 주었다. 각자가 맡은 작업장소로 흩어져 후반전이 시작되었다.

트랙터로 눈을 치우는 농가 올스타. 휠로더의 흙삽을 교묘하게 조작해 눈을 퍼 올리는 사야네의 엄마. 트럭의 짐칸에 쌓이는 눈을 눈 버리는 곳으로 싣고 가는 우리 엄마. 무대 주변의 눈을 삽으로 퍼내고, 복잡한 음향기기를 확인하는 에미 누나 엄마.

상쾌한 땀이 흘러내리는 어른들의 전장을, 우선은 맡기기로 했다.

"우리는 우리 일을 하자. 좀 과장됐을지도 모르겠지만, 언제까지고 사람들 입을 타고 전해 내려갈 무대로 만들기 위해.

"……응. 같이 열심히 하자."

내가 사야네의 손을 쥐자, 사야네도 내 손을 마주 쥐었다. 엄마 이외의 밴드 멤버는 토미 씨의 차에 올라타, 일단 주택지로 철수했다.

귀로 도중, 스키장으로 통하는 길을 걸어 올라가는 **긴 뱀 같은 행렬**과 마주쳤다.

에미 누나가 눈치 **빠르게** 차를 세우고, 아직 촌티를 벗지 못한 풋내 나는 용모의 일행을 이끌고 있는 초로의 남성을 불러 세웠다.

"교감선생님. 고맙습니다. 수고를 끼쳐서 죄송해요."

"홋홋홋. 전교생……까지는 되지 않더라도, 생각한 것보다는 많이 모여 줬다……. 이대로 마사키요와 합류하면 되는 거냐……?"

"예. 현장은 평균연령이 꽤 높아서, 어린 학생들이 거들면 정말 고마울 거예요. 잘 부탁드릴게요."

호쾌하게 웃는 교감선생님에게 고개를 숙여 인사하고, 에미 누나는 또다시 차를 출발시켰다. 차는 **이 지역의 중학생과 초등학생으로 구성된 열**의 진행방향과는 반대로 나아갔다.

교감선생님이기에 쓸 수 있는 연락망을 이용하여, 학생들을 모아준 것이었다. 중학교와 초등학교 교사들도 빈틈없이 인솔자로서 학생들과 동반하고 있었기 때문에, 안전면에서도 문제가 없었다.

그리고, 무엇보다도 토미 씨 일동이 길을 열어주었기 때문에, 학생전법은 가능했던 것이다.

"기대하고 있을 테니까! 리제! 나는 바로 앞에서 지켜볼 거야!"

학생들의 열을 따라가던 요스케가 스쳐지나가는 차를 알아차리고 재빨리 몸을 돌려 외쳤다.

리제는 창문을 열고 몸을 내밀어 성호를 그었다. 리제 나름대로의 「기대해 줘」라는 메시지인 것이리라.

중지될 터였던 SAYANE의 라이브. 기대하고 기다려 준 지역주민들과 미래가 있는 학생들이 흔쾌히 협력해 주었다.

긴장감이 불끈불끈 솟아오르고 흥분 때문에 몸의 떨림이 멈추지 않았다.

아마도 무대에 서는 사람들은 나와 같은 감정을 공유하고 있을 터였다.

에미 누나의 친정으로 귀환한 우리는 연습실에 틀어박혀, 시간이 허락하는 범위 안에서 음을 맞추고, 퍼포먼스를 최종 확인했다.

마츠모토 슈가 그리는 겨울 페스티벌은 고정관념에 얽매여 있지 않았다. 우리가 『재미있을 것 같다』라고 확신한 일을 학교 문화제와도 같은 분위기로 피로해, 마음속 깊은 곳에서부터 관객들의 흥을 돋우는 것뿐이었다.

아주 짧은 순간이어도 좋았다. 오늘 하루만의 환상이어도 상관없었다.

누군가에게, 어떤 고뇌도, 미련도, 후회도 잊게 해줄 수 있다면.

불합리하게 주어진 청춘의 여명에도 의미가 있다고, 몇 번이고, 몇 번이고 생각하게 돼.

최종장 못 알아차린 척해줘요,
선배

내가 처음 『선배』라고 부르기 시작한 것은, 그 사람과 함께 간 스노랜턴 페스티벌에서였다.

마사키요 오빠, 라는 어린애 같은 호칭은 점점 부끄러워지고, 또 『선배』라면, 내가 중학교에 진학한 뒤에도 평범하게 쓸 수 있으니까. 그런 이유로 『선배』가 정착했다.

지금 생각해 보면— 호칭이라든가, 존댓말이든가 그런 아무래도 좋을 형식에만 사로잡혀 있었다. 초등학생 나름대로 시행착오를 걸친 끝에 용기를 낸 결과라고 말한다면 그뿐이지만.

여동생과도 같은 존재로서, 친한 친구로서, 그 녀석에게 매달리려고 했기 때문일지도 몰랐다.

남자 초등학생들은 또래의 남자애가 여자애와 친하게 지내면 바로 놀린다.

그 녀석이 나를 싫어하게 되는 것이 무서웠던 나는 여자아이다웠던 긴 머리카락을 쇼트로 자르고, 이성이라는 틀을 스스로 벗어던졌다.

그렇게 함으로써 그 녀석이 나와 평범하게 놀아줄 것이다. 주위에서 놀리는 말에도 신경 쓰지 않고, 평소대로 나와의 친분을 유지할 수 있을 것이다. 지금 생각하면, 초등학생다운 얄팍한 생각이었다. 선배는 그런 동조압력 때문에 나를 피하거나 사귀는 방식을 바꾸거나 할 사람이 아니었는데도.

초등학생 시절의 사진은 별로 보고 싶지도 않고, 남에게 보이고 싶지도 않아. 다른 여자애들과 찍은 것보다는 선배를 중심으로 한 남자애들과 찍힌 사진의 비율이 압도적으로 높으니까. 내 복장이나 머리모양도 처음 보는 사람은 남자로 잘못 볼 정도이고 말이지. 뭐, 동급생과의 추억담으로서는 웃을 수 있는 소재이긴 하지만 말이야.

선배는 나보다 한 살 연상. 태어난 것이 겨우 1년 늦었다는 현실이 두 사람을 일시적으로 멀리 떼어놓았다. 내가 초등학교 6학년이 되었을 때, 선배는 다비중학교에 진학했던 것이다.

"나도 내년에는 입학하니까, 마사키요 오빠도 쓸쓸해하지 마!"

졸업식에서는 멋쩍음을 감추기 위해 겉으로는 그렇게 격려를 보낸 것 같기도 했다. 쓸쓸한 것은 내 쪽이었다. 눈물이 나올 것 같을 것을 필사적으로 얼버무렸던 한 장면이었던 것 같다.

예상대로, 선배와 지내는 시간은 나날이 줄어들었다. 학교가 다르다는 상황에 더해, 친구가 많은 선배의 즐거워 보이는 하교장면을 목격하고 다소나마 스스로 사양했기 때문이리라.

"저기! 마사키요 오빠는 목욕하러 왔어요?"

나는 부모님과 조부모님에게 매일같이 같은 질문을 던졌다. 방과 후와 주말에는 본가인 미쿠모 여관 일을 도우면서 손님용의 정면현관을 왔다갔다……. 그렇게, 가끔 선배가 얼굴을 내비쳐주는 것을 나날이 고대하고 있었다. 천진난만하게 달려

가서 껴안았던 과거의 치부는 지금도 선배가 놀리곤 했다.

연심은 없었다. 아니, 자각하지 못했다.

친한 오빠를 따르는 호의. 나는 그것을 가족애의 범주라고 여겼고, 스스로의 감정을 조금도 의심하지 않았다. 하지만 초등학교 6학년 겨울― 그 심경에 사소한 변화가 생겼다.

겨울방학을 가까이 앞둔 교실. 반의 여자아이들이 스노랜턴 페스티벌의 화제로 분위기가 달아올라 있던 것이다. 그리고, 영 반응이 뜨뜻미지근한 내게 또래에 비해 어른스러운 여자애 한 명이 그 연유를 설명을 해 해주었다.

"그곳에서 좋아하는 사람이랑 스노랜턴을 만들면, 영원히 사랑이 이어진대."

아무리 값싼 도시괴담이라도 어린아이들은 쉽게 믿는 법이었다. 친구들이 시끄럽게 떠드는 것을 곁눈으로 보며, 나는 반신반의했다.

나는 연애란 개념을 아직 잘 알지 못했고, 이성으로서 좋아하는 사람도 딱히 없었다. 반의 남자애들은 너무 어린애 같아서, 애정이니 사랑이니 외칠 대상도 아니었지만.

연상의 마사키요 오빠랑은, 가도 괜찮을지도.

그 녀석의 크리스마스는 비슷한 친구들과 같이 지내는, 남자냄새 풀풀 나는 날이 분명했다.

어차피, 상대해주는 여자아이는 상냥한 나 정도밖에 없을 거잖아.

가족을 불러내는 것 같은 이미지로 가볍게 화제를 꺼내면

될 뿐이었다. 나는 그 녀석에게는 여동생과도 같은 존재……
이것은 연애감정이 아니었다. 그랬다. 유행하는 화제에 뒤처지
기 않기 위한 인생체험이었다.

"오빠! 이, 이번…… 이번 크리스마스에 말이지? 가, 가, 같
이……!!"

여관에서 만날 때마다 횡설수설.

축제에 불러내는 단순한 문구였건만, 왜인지 긴장해서 목에
걸렸다. 같이— 의 다음 말을 그 녀석 앞에서 겨우 할 수 있
던 것은, 크리스마스 며칠 전의 일이었다.

"그래. 한가하니까 상관없어! 너하고 노는 것도 오랜만이고
말이지!"

눈보다도 하얀 이를 드러내며 개구쟁이처럼 웃는 선배의 그
얼굴은 지금도 소중한 추억이었다.

익숙지 않은 치마까지 최대한 입고 예쁘게 보이려고 노력한
나는 기대에서 비롯된 두근거림과 미지의 고양감을 가슴에
품고 약속장소로 향했다.

영원히 맺어진다는 말의 의미를 아직 이해하지 못한 미숙한
어린아이인 채로.

빨리 어른이 되고 싶다.

그럼 지금 이 순간의 억누를 수 없는 감정의 정체도 이해할
수 있을 터.

문득, 막연하게 그런 생각을 했던 것은 기억하고 있다.

"4월부터 나도 중학생이니까, 앞으로는 『마사키요 선배』라고 부르겠어요."

스노랜턴 페스티벌에서 돌아오는 길. 가족처럼 허물없이 건네던 반말도, 후배답게 존댓말로 바꾸었다. 선배는 조금 쓸쓸한 것 같았지만, 나쁜 기분은 아니었다는 것 같았다.

선배, 내년에도 또 같이 스노랜턴을 만들어 줄래요?

고작 그뿐인 그 말에 왜 그렇게 가슴이 메었던 것일까.

가족 같은 상대를 불러내는 것뿐이었는데, 왜 얼굴은 달아오르고 동요를 억누를 수 없던 것일까.

대답은 단순하고 명쾌했다.

그 녀석에 대한 감정이, 가족과는 다른 범주에 다다랐다는 것뿐이었다.

연애초보자인 미쿠모 히나코는 마사키요 선배에게 첫사랑을 하고서야, 비로소 연심이라는 것을 알게 되었던 것이다.

******

1년 늦게, 나도 중학교 교복을 걸치게 되었다. 이요리 씨의 영향을 받아서인지 선배는 짧은 머리를 금색으로 물들이고, 의기양양하게 걸어 다녔다. 지금 다시 생각해도 언제나 확실하게 웃음을 불러일으킬 수 있는 소재였다.

선배는 어떤 타입의 여자애가 좋은가요?

내심 심장이 터질 것 같을 정도로 두근거렸다. 하지만 그래도 태연함을 가장하면서 좋아하는 타입을 물어보면, 마사키요 선배는 얼빠진 얼굴로 신음하면서 으레 이렇게 대답했다.

"어린애 같은 날 끌어줄 수 있을 것 같은, 머리가 길고 어른스러운 여자애겠지!"

선배의 뒤를 따라다니던 나와는 완전 반대. 친구들이나 가족들에게 「여동생 같구나」라는 말은 들어도, 「여자친구 같구나」라는 말은 절대로 들은 적이 없었다.

왜일까? 발육이 부진한 걸까?

"흠흠…… 화장이라든가 패션이라는 건 어려운걸…….

중학교 1학년 때에는 키도 작고 외모도 촌티를 벗지 못했기 때문에 몰래 이미지 체인지를 꾸미고 있었다. 전혀 손질을 하지 않았던 눈썹도 가늘고, 사라지기 직전까지 흐리게 다듬었다.

엄마의 눈썹펜슬을 멋대로 빌려서 눈썹을 덧그린다는 어른의 기술도 익혔다.

휴대전화는 갖고 있지 않았다. 그래서 많지 않은 용돈으로 헤어 카탈로그나 패션잡지를 사서, 최신정보를 하나하나 얻어 갔다.

"츠 양이랑 똑같은 머리모양으로 해 주세요."

중학교 1학년 여름방학. 태어나서 처음으로 발을 들인 하루사키 시의 미용실.

패션잡지의 독자모델을 가리키며, 그와 똑같은 화려하고 풍성하게 올린머리를 요구했지만……. 밝은 갈색으로 물들이고, 머리카락에는 구불구불 웨이브를 넣은 뒤 헤어스프레이를 이용해 볼륨감 있게 부풀린 상태로 고정한 머리모양을 거울을 통해 직접 봤을 때에는 자신의 얼굴인데도 전혀 모르는 사람 같아서 기분이 나빴다.

"하지만, 이걸로 좀 어른스러워졌을까? 어른스러워졌겠지?"

촌티가 뚝뚝 떨어지는 중학교 1학년에게는 도시의 눈부신 모델이 이상적인 어른이다. 그렇게 믿어 의심치 않았기 때문에, 나는 똑바로 갸루의 길을 나아갔다. 무릎 아래까지 내려오던 치마길이도 밑아래에서 재는 편이 더 빠르게 짧게도 해 보았다.

겉보기만을 바꾸면 된다. 그런 허울뿐인 사고가 어린애 같았거늘.

염색은 교칙으로 금지돼 있었기 때문에 선생님에게 불러간 적도 있었다. 선배와 나는 문제아로 한데 묶여, 둘이 같이 학생지도담당인 체육교사에게 혼이 났다.

"히나…… 너, 그 머리모양은 어떻게 된 거야? 꼭 갸루처럼 높여 묶고는."

"별 거 아니에요. 나도 중학생이 되었으니까, 도시의 갸루를 동경한다고요—."

웨이브를 집어넣은 머리카락 끝은 아직까지 위화감이 느껴졌다.

나는 머리카락 끝을 집게손가락 끝으로 비비 꼬면서 선배의 질문을 대충 흘려 넘겼다.

"도요토미는 바보이니까 그렇다 치고, 미쿠모 너는 성적도 그럭저럭 좋았잖냐. 그런데, 여름방학이 끝나기 무섭게…… 염색을 하고 화장을 하고. 무슨 일이라도 있던 거냐?"

"선생님은 모르시는 건가요? 여름방학 데뷔라는 거예요."

맞은편에 앉은 교사를 도발하듯이 나는 다리를 바꿔 꼬았다. 명백히 짧아진 치마 아래로 새하얀 맨다리가 허벅지까지 드러났다.

자, 선배. 내 아름다운 다리를 보고 놀라요. 중학교 2학년의, 욕구불만의 남자였다면 징그럽고 야한 시선으로 훑어도 돼요.

표정은 도발을 의식하려 하고 있었지만, 역시 익숙하지 않았기 때문에 속으로는 부끄러웠다. 선배에게 어른의 여유를 전달하기 위해서는 수치심은 버려야 해……. 아아, 하지만, 부끄러워.

선생님이 눈 둘 곳이 없어서 곤란해 하고 있으려니, 마사키요 선배가 내 다리를 보고…… 한 마디 했다.

"히나…… 여름에 덥다고, 치마를 너무 짧게 했다. 속옷이 푹푹 찌는 것 같으면, 너희 어머니에게 부탁해서 통기성이 좋은 팬티를 사 달라고 해."

…………뭐어? 니가 무슨 내 오빠냐.

"바—보—! 저질! 선배는 여자의 마음을 전혀 모르는군요!"

"잠깐……?! 왜, 왜 그렇게 화를 내는 거냐?! 내가 뭘 했다고?!"

쿡쿡. 나는 선배의 어깨를 가볍게 찔렀다. 개그가 아니라,

선배는 진짜로 진심으로 내 속옷사정을 걱정해 주었다. 어처구니가 없는 한숨밖에 나오지 않았다.

"그리고, 방향제 같은 거 발랐지? 난 네 온천 같은 냄새를 좋아하는데."

"방향제가 아니라 향수에요! 향·수! 여자한테 『온천냄새』라니, 정말 무례하네요!"

"어, 어어……? 입욕제 같은 냄새라고 하면 되나?"

"그런 문제가 아니라요! 진짜 바보네, 이 사람!"

그런 꾸밈없는 솔직함이 근사하기도 하면서 답답하기도 했지만.

두 사람 모두 반성의 기미는 보이지 않고 시끄럽게 잡담을 했기 때문에 머리끝까지 화가 난 선생님에게 야단을 맞았다. 하지만, 선배와 함께 혼나는 시간도 나쁘지는 않다고 생각하기도 했으니.

"미쿠모는 우수하다고 생각했는데, 실망했다. 이런 학생이라고는 생각도 못했다."

선생님은 머리를 가로저으면서 실망한 기색 역력히 한숨을 내쉬었다.

"당장 머리를 자르고 검은색으로 물들이고 와라. 그렇게 하지 않으면 수업에 참가하는 것도 용납 못한다."

"예에? 그럼 검게 물들이는 것만으로도 되잖아요?!"

"머리카락이 기니까 자꾸 손을 대고 싶은 걸 거다. 확 잘라 버리면 그럴 마음도 안 들지 않을까?"

"시, 싫어요…… 자르는 건…… 그게―."

선배는 머리카락이 긴 여성을 좋아한다고 했으니까. 선생님의 커다란 덩치와 위압적인 태도에 겁을 먹어서 나는 기가 꺾여 완전히 위축되어 버렸다.

"이봐요, 쌤. 당신이 하나에 대해 뭘 안다고 그래."

하지만 그때, 선배가 자리에서 일어났다. 선배는 귀신같은 얼굴로 선생님의 멱살을 쥐었다.

"이 녀석은 아직 애라서 기를 쓰고 어른처럼 꾸미고 싶은 것뿐이야. 여자의 목숨이나 다름없는 머리카락을 자르라고 하다니, 네가 대체 뭔데 그런 소리를 거야? 엉?"

가슴의 두근거림이 언제까지고 멈추질 않았다. 다시 반하고 말았다. 진심으로 기뻐서, 사랑에 빠진 눈이 흔들렸다. 이번에는 선생님이 선배의 기백에 압도당하고, 선배는 마지막 일격이라는 듯이 선언했다.

"부탁해, 쌤. 차라리 내가 머리를 빡빡 밀 테니까, 저 녀석은 봐줘."

다음 날, 선배는 가까운 이발소에서 머리를 모조리 밀고 등교했다. 나는 사과했지만, 선배는 「머리 감기가 편해졌어! 야구부에 들어갈까?」하고 자연스러운 미소를 잃지 않았다.

선배는 인기인이었다. 남녀노소 가리지 않고 누구와도 친하게 이야기를 했고, 거칠고 불량한 분위기의 친구들도 많았다.

때때로 상급생이나 선생님들하고 싸우기도 했지만, 그럭저럭 단정한 얼굴에 어린애 같은 천진한 미소가 끊이지 않는 선배에게 끌리던 여자들도 몇 명인가 알고 있었다.

"있지, 도요토미 선배는, 사귀는 사람 있어?"

왜냐면 친구들이 내게 선배의 여자관계를 묻는 일이 꽤 있었기 때문이었다. 나와 선배가 친한 것은 다들 아는 사실인 듯, 내게 중개를 부탁해 왔다.

애교 있게 웃으면서도 나는 내심 짜증이 났다.

왜 아무도 **나를 여자친구라고 착각하지 않는 것**일까. 나는 선배와 얘기를 하는 상황도 나름대로 많았고, 학교에서도 많은 사람들이 그 사실을 인지하고 있었을 텐데.

"그럼, 토요토미 군한테 좋아하는 사람은 있어? 히나코라면 알 거 아냐?"

"……하하. 아마도 없지 않을까? 그 녀석, 연애라든가 그런 거엔 관심 없어 보이니까."

선배에게 여자친구는 없었다. 그것은 확실하다고 단언할 수 있었다.

그러나, 좋아하는 사람이 없다…… 라고는 자신을 갖고 말할 수 없었다. 우리는 연애와 관련된 얘기는 하지 않았다. 그렇다고, 내가 먼저 묻는 것은 조금, 무서웠다.

그게— 만약, 선배에게 좋아하는 사람이 있고, 그게 내가 아니라면.

완전 꼴사나워, 미쿠모 히나코.

뭐든지 다 아는 척 하면서, 실은 아는 것을 무서워하다니 말이야.

"그러고 보니, 히나코. 여름방학이 끝나고 나서 되게 어른스러워졌어. 다음번에 화장법이라든가 그런 것 좀 가르쳐 줘~."

친구들에게는 칭찬을 받았다. 어른스럽다든가, 세련됐다든가. 다들 입을 모아 나를 칭찬했다.

하지만 정말로 그렇게 말해주었으면 하는 사람에게는 칭찬받지 못하는 것이 불만이었다. 선배에게 너무 허물없이 구는 것이 좋지 않은 걸까. 여동생 감각이라고 할까, 연애대상 밖의 후배 같은 인상을 지우면, 선배도 나를 이성으로…… 의식해줄까.

******

늦더위도 한풀 꺾인 중학교 1학년 가을.

나는 오빠에게서 독립……이 아니라, 점점 선배의 뒤를 따라다니지 않게 되었다.

물론 여동생 계열의 후배에서 벗어나기 위한 측면도 있었다. 하지만, 한편으로는 내가 한 발 물러서면 이번에는 선배가 쫓아와주지 않을까 하는 얄팍한 계획도 있었기 때문이었다.

"앗. 좀 들어주세요. 선—."

학교의 복도에서 마주쳐도, 이전처럼 거리낌 없이 말을 걸려는 것을 참고, 평범한 인사로 그것을 대신했다. 성실하게 성까지 붙여 보았는데, 예상 외로 위화감이 목 안 쪽에 맴돌았다.

"도요토미 선배, 안녕하세요—."

"왜 그래? 히나. 최근에 기운이 없는 것 같은데."

"아뇨아뇨. 딱히 그렇지 않아요. 미쿠모 히나코는 통상운행 중이에요."

"아~ 알았다. 변비구나~?"

뭔 소리를 하는 거야, 이 바보.

"잠깐만 기다려라. 가방에 변비약 있으니까 가져오…… 앗, 아야! 뭐 하는 거야, 이 녀석!"

"바보바보바—보! 왜 당신 같은 인간이 인기가 많은 거야—!"

몇 번인가 로우킥을 먹이고는, 나는 꼴사납게 그 자리에서 도망쳤다. 어른스러운 미녀를 지향하기는커녕, 섬세하지 못한 거동에 화가 나 폭발하는 형편이었다.

걱정해주기를 바라는 게 아니야. 「머리모양이 잘 어울리네」라든가, 「향수를 바꿨구나」라든가 하는, 살짝살짝 드러내는 사사로운 호의의 표출을 칭찬해주길 바랐건만!

아아…… 휘둘리고 있다. 그 만사 무사태평한 그 바보에게 언제나, 언제나.

오후에도 수업이 있었지만, 괜스레 화가 났기 때문에 나는 그대로 학교를 뛰쳐나왔다. 외모는 초보갸루였지만, 본성은 성실하고 근면했다. 수업에 빠진 것은 처음이었다.

"……하아, 군것질, 군것질을 하자."

심해보다도 깊은 한숨을 가을바람에 실어 보내면서 나는 공민관의 자동자판기에서 종이팩에 든 딸기우유를 구입했다. 태어나서 처음해 보는 군것질에 약간 떨리기도 했지만, 주위에는 아무도 없었다. 나는 망설이지 않고 빨대를 팩에 꽂았다. 수업을 빼먹고 군것질을 한다……. 중학생 나름대로의, 약간 불량한 스트레스 발산법이었다.

가장 가까운 아동관으로 이동해 미끄럼틀 꼭대기에 혼자 무릎을 끌어안은 채 앉은 쓸쓸한 여중생.

나는 빨대를 살짝 깨문 채 딸기과즙을 쪽쪽 빨아올렸다.

하아…… 왜 이렇게 겉도는 걸까. 시행착오를 하면서 머리를 손질하고, 직원과 장황하게 상의해 비싼 옷을 구입하고, 아침에 쓸데없이 일찍 일어나 화장에 힘을 쓰고 말이지.

내 쪽이 훨씬 더 바보잖아.

우유는 이미 다 마셨지만, 나는 다 마신 우유팩을 츕츕츕 하고 지저분한 소리를 내면서 계속 빨아댔다.

"선배는 바보야아아아아아아아아아아아아아아아아!!"

나는 소녀의 울분을 쨍하게 맑고 건조한 푸른 하늘의 멀리저 멀리에 있는 힘껏 내던졌다.

아무리 외쳐도, 목소리란 것은 발한 그 순간에 사라지는 것.

이 자리에 없는 짜증과 슬픔의 원흉에게는 닿지 않을 터였는데.

"가까이에 있으니까 큰 소리로 부르지 않아도 다 들려."

왜 당신이 있는 걸까.

시선을 약간 아래로 떨어뜨리자, 미끄럼틀을 다 내려간 출구 앞에 마사키요 선배가 떡하니 서있는 것이 아닌가. 창피한 꼴을 들켰다는 부끄러움에 뺨이 달아올라, 선배의 얼굴을 제대로 바라볼 수가 없었다.

"······언제부터 거기 있었나요?"

"네가 미끄럼틀에 올라가서 앵돌아진 얼굴로 주스를 쭉쭉 빨아먹을 무렵부터일까."

뺨이 달아오르는 것을 넘어, 얼굴이 화상을 입어 다 짓무를 것 같을 정도로 뜨겁습니다만.

"이 사람이······! 앞에 있으면 있다고 알려주세요······!"

나는 미끄럼틀에 올리고 있던 오른다리를 들어 신고 있던 신발을 차 던졌다.

"흥, 그런 건 안 맞는다. 농업으로 단련된 보기 드문 운동신경을 얕보지 말라고."

선배는 날아온 신발을 가볍게 피했다.

"그리고 말이지, 네가 다리를 찬 순간, 팬티 다 보였다. 하얀 거."

"············!!"

나는 재빨리 치마를 눌렀다. 하지만 속옷을 다 보이고 만 사실은 변함이 없었으니······. 맹렬하게 밀려오는 창피함이라든가, 울컥함이라든가 여러 가지 감정이 거대하게 소용돌이치고 있어!

"이봐······? 히나······? 잠깐잠깐······? 우옷······!"

나는 울음이 나오는 것을 얼버무리기 위해, 어린이용 미끄럼틀을 타고 기세 좋게 미끄러져 내려가, 태평하게 서 있던 선배의 정강이에 성대한 드롭킥을 선사했다.

지면은 포장되지 않은 모래. 건장한 선배는 꿈쩍도 하지 않고 미력한 나만 튕겨나 모래밭에 엉덩방아를 찧었다.

아아. 너무 비참해. 헛돌고 있구나, 지금의 나. 엉덩이도 욱신욱신 아프고.

"선배…… 짜증나요."

"왤까……? 짐작 가는 게 전혀 없는데."

나 혼자 설치는 이 상황이 한층 더 한심하게 느껴졌다.

어른이 되고 싶었는데 나는 어린애처럼 울상을 짓고 말았다.

"설 수 있겠어? 다친 덴 없냐?"

"……못 서겠어요. 엉덩이가 너무 아파요. 두 쪽 난 것 같아요."

세게 부딪친 엉덩이가 아픈 것은 사실이었지만, 걷지 못할 정도는 아니었다. 내 마음에 남아 있는 여동생으로서의 어리광이 과장된 표현을 고르고 말았다.

"어쩔 수 없지. 자."

어릴 때부터 변함이 없었다. 내가 떼를 쓰면, 선배는 그 커다란 몸을 숙여 등을 내밀었다. 나이를 먹어감에 따라, 면적과 체적이 늘어나는 몸. 초등학교 저학년까지는 내 쪽이 키도 더 컸는데, 어느샌가 따라잡히고 말았다.

"중학생이 어부바라니 창피해요. 동급생들이 보면 어쩌려고요?"

어디까지나 내가 바라던 바가 아니다. 그런 표면적인 주장도 잊지 않았다.

내가 바라고 있다, 라는 속내를 알아차리면 창피하니까.

"딱히 상관없잖아. 학교에 우리가 사귄다고 떠들어댈 녀석은 없어."

"뭐, 그렇긴 하지만요! 남매 같은 사이죠, 우리는."

선배가 아무 생각 없이 던진 배려의 말이 바늘처럼 내 가슴을 찔렀다. 쿡쿡, 시간을 들여 점착질의 아픈 듯 가려운 느낌이 퍼져나갔다.

나는 선배의 등에 몸을 기대고 체중을 맡겼다. 몇 년 만에 해보는 어부바임에도 선배의 교복에 배어든 남자다운 땀과 컵라면의 냄새도, 교복 너머로 느껴지는 체온도, 바위산처럼 물결치는 근육의 감촉도, 미지의 초조함과 찌르는 것 같은 통증이 모두 빼앗아 갔다.

현상유지는 편했지만, 있는 그대로의 감정을 토해내지 못하는 것도 일종의 고문이었다.

"학교로 돌아갈래? 아니면 수업을 빼먹고 이대로 집으로 갈래?"

"……집에 갈래요. 이대로 공주님처럼 옮겨주세요."

"빈약한 몸매에 제멋대로인 공주님이군. 오—케이."

"빈약한 몸매라서 미안하게 됐네요. 이제부터 훨씬 성장해서 터질 것 같은 몸매가 될 예정이에요."

코웃음 치지 마. 두고 보라고, 이 둔감남아.

선배는 잠시 어이가 없는 것 같았지만, 나를 등에 업은 채 천천히 걸음을 걷기 시작했다. 평소의 행동은 더할 나위 없이 침착하지 못하고 막되었으면서, 지금은 진동을 최소한으로 하려는 신사 같은 배려가 그의 커다란 등 너머로도 충분히 전달되었다.

"너 꽤나 무거워졌구나."

"뭐, 뭐라고요?! 실례에요! 선배는 진짜! 정말로!"

"아, 아니, 초등학교 무렵과 비교하면 성장했다는 의미야! 날뛰지 마! 그것보다, 엄청나게 기운이 넘치잖아!"

두 다리를 계속해서 앞뒤로 흔들자, 선배는 눈썹 끝을 떨어뜨린 채 어쩔 줄 몰라 했다. 데이트 같은 것이 아니어도 데이트 하는 것 같은 기분. 미쿠모 히나코만의 특등석이었다.

"요즘 너, 귀엽지가 않아. 남자인 나는 잘 알 수가 없지만, 무리하고 있지?"

"쓸데없는 참견이에요…… 여자의 마음은 여자밖에 모른다고요."

"그렇다면, 남자의 마음을 전해두마. 이전의 꾸미지 않고 솔직한 히나 쪽이 몇 배나 더 귀엽다고 생각해."

벌레우는 소리가 울려 퍼지는 시골길. 선배는 나를 등에 업고 거북이보다도 더 느린 속도로 집으로 향하며, 얼굴만을 뒤로 돌려 하얀 이를 내보였다.

"……여름방학에 데뷔한 저는 꽤 인기가 좋아요. 몇 번 고백도 받았으니까요."

좋아하는 사람이 있는 것 같기도 하고 없는 것 같기도 하고. 그렇게 애매하게 말끝을 흐리면서 정중하게 거절했지만 말이지.

"남자한테도 취향이라는 게 있으니까 말이지. 적어도 지금 널 등에 업는 남자는 흥분되지 않아."

개구쟁이 악동 같은 그 미소는 내가 남아있는 바늘을 걷어내는 유일한 방법. 어떤 교과서에도 의학교재에도 쓰여 있지 않은 나만의 치료마법. 선배가 말하는 『귀여움』은 이성으로서가 아니라, 친한 여동생 같은 존재로서……. 기쁜 반면, 복잡한 그 속내를 감추며 나는 평범하게 성희롱적인 그 발언에 대한 보복으로 선배의 머리 위에 촙을 내리찍었다.

나쁜 쪽으로 사고를 해봤자, 신경만 닳아 없어질 뿐이었다. 선배와의 시간은 앞으로도 계속될 테고, 고등학교도 같은 곳이라면 초조해할 필요는 없으려나.

현상유지—— 고등학생 정도가 되면 고백을 해보자. 그러자. 내게도 이 녀석에게도 사랑은 아직 이르다. 양쪽 모두 내면은 미성숙했고, 이 녀석은 연애에 둔감해 보였다.

아니, 내가 먼저 고백하다니 진 것 같은 느낌이 든다. 고등학교에 다닐 무렵에는 잡지의 독자모델도 무색해질 정도로 세련돼져서, 상대가 내게 먼저 고백하게 만들까?

그리고 시건방지게 응수하는 것이다. 잠깐, 생각할 시간을 주겠어요? 라고.

안달복달 아주 호되게 속을 태운 뒤에 결국에는 오케이를 하겠지만 말이야.

왠지 좋지 않아? 치명적인 악녀 후배 같아서.

억지로 관계의 진전을 꾀했다가 지금의 절묘한 거리감을 부수고 싶지 않은걸.

이성으로서 의식하지 않고, 올해도 당당하게 크리스마스의 예정을 빼앗자. 선배에게는 같이 갈 상대 따위 없을 테니까, 내가 불러주지 않으면 불쌍하잖아.

서로 성인이 될 때까지는 여동생 같은 후배인 채로도 괜찮아.

"선배는, 좋아하는 사람이라든가…… 있나요?"

그래도, 그 점만큼은 물어봐두고 싶었다. 확인해서, 한동안은 안심하고 있고 싶었다.

"갑자기 뭐냐. 너답지 않네."

"아뇨……. 선배를 마음에 두고 있는 취향 독특한 친구가 있어서요. 일단 물어봐두는 편이 좋을까 싶어서 말이죠."

이건 거짓말이 아니었다. 다만, 내가 알고 싶은 것이 아니다, 라는 명분을 걸쳤다.

"대답은 예상이 되지만요. 머릿속에 노는 일밖에 없는 선배는 연애 같은 데에는 관심 없죠?"

그런 거, 있을 리가 없잖아.

그런 대답이 돌아올 것이라고만 생각하고 있었다. 완전히, 마음의 방어를 풀고 있었다.

"……뭐, 너한테만은 말해도 좋으려나. 아무한테도 얘기하지 마라."

"어?"

뭐야? 이 분위기는. 왜, 선배는 말하기 어렵다는 것처럼 부끄러워하는 거야?

"있어. 좋아하는 사람."

나는 침묵했다. 다음에 이어질 말이 빨리 듣고 싶었다.

"줄곧 눈으로 좇고 있었지만, 다른 남자 녀석들이 놀리는 게 싫어서 말이지. 그런데 중학생이 되니까 점점 더 어른스러워져서 예뻐져서…… 내 마음을 억누를 수 없게 됐어."

"……이름을 가르쳐줄 수…… 있나요?"

"바─보. 쑥스러우니까 아직은 말 안 해줄 거야! 만약 잘 되면, 가장 먼저 알려주마!"

선배는 보기 드물게 뺨을 발갛게 물들이며 웃으면서 얼버무렸다.

엎혀 있었기 때문에 내가 칠칠치 못하게 실룩거리는 표정은 선배에게는 보이지 않았다.

나는─ 선배의 어깨에 얼굴을 묻고, 자꾸 치켜 올라가려는 입 꼬리를 필사적으로 감추었다. 줄곧 눈으로 좇고 있었다. 중학교에 들어오자 어른스러워졌다. 그것뿐인 추상적인 힌트였지만, 나는 나 자신에게 좋을 대로 해석을 해버렸으니.

본인이 앞에 있다면, 그렇게밖에 말을 못 하겠지. 선배도 순수한 면이 있잖아.

혹시, 선배는 나를…….

지금 생각하면, 어처구니없을 정도로 우스꽝스럽고, 더할 나위 없이 한심했으며, 눈물이 나올 정도로 비참했다.

미쿠모 히나코의 **혼자 들뜬 착각**은 얼마 지나지 않아 멋지게 깨졌다.

몇 주 뒤, 연애초보인 선배가 연애상담을 해 온다는 최악의 형태로.

왜 그런 조언을 했을까.

진지하게 상담에 응해주면, 그 녀석이 차였을 때 도망쳐 돌아와 줄 것이라고 생각하기라도 했던 것일까? 내게로, 상처 입은 마음을 치료하러 돌아올지도 모른다…… 이 추악한 타산을 운명이 싫어했던 것일까.?

나는 지지 않았다. 겨뤄볼 수조차 없었던 것이다.

그해 겨울. 남자와의 만남이 목적인 여자애들 그룹에게 불려나가 어쩔 수 없이 참가한 스노랜턴 페스티벌. 선배는 「좋아하는 상대를 불러내 고백한다」라고 결의하고 있었다.

"선배, 그거 알아요? 그곳에서 스노랜턴을 같이 만든 남녀는 영원히 이어진다는 것 같아요."

교활한 내가 사전에 조언을 해뒀기 때문이었다.

어차피 차일 것이다. 여자 마음을 이해하지 못하는 선배가 손에 넣을 수 없는 꽃과 사귈 수 있을 리 없다.

스스로를 달래기 위해 그렇게 소망을 소리 높여 외치며, 불온하게 날뛰는 심박박동을 억누르려고 했다. 싸구려 도시괴담을 불어넣어, 승산은 없지만 좌우간 부딪쳐 보도록 재촉했다.

교활하고, 치사하고, 추했다. 그런 추악한 마음에 품은 채 나는 친구들과 다비나가와 스키장을 찾았다.

집에 있으면 몸과 마음이 진정되지 않고 바닥이 보이지 않는 우울함에 끌려들어가 버리니까…… 확실하게 판가름이 나 주기를 바랐던 것일지도 몰랐다.

뒤집어서 말하면 기회였다. 만약 선배의 첫사랑이 이루어지지 않고 혼자 쓸쓸하게 멍청히 서 있다면, 시치미를 떼고 자연스럽게 다가가 같이 스노랜턴을 만들어주자.

내가, 나만이—— 선배를 알아줄 수 있었다. 슬슬 자각해주지 않으려나. 미쿠모 히나코는 여동생 같은 존재가 아니라, 여자친구가 되고 싶은 여자아이였다…… 라는 것을 말이지.

영원히 이어지는 건 처음 스노랜턴을 같이 만든 나와 선배잖아요.

자기중심적인 확신. 우스꽝스러운 착각. 비참하면서도 애처로운 망상.

왜, 어째서, 무슨 까닭으로. 내 이상대로 되지 않았을까.

어른스러운 외모로 태어났더라면, 선배가 반해주었을까?

동급생으로 태어났더라면 동생취급을 받지 않는 동등한 관계가 될 수 있었을까?

선배와 만나는 것이 조금 늦었더라면, 이성으로 의식해 주었을까?

본가가 여관이 아니었다면, 빈번하게 만나는 아는 여동생으로서 연애대상에서 제외되거나 하지 않지 않았을까?

건방지게 연애상담에 응하지 않았다면, 지금도 나만의 선배로 남아 있었을까?

수렁과도 같은 삼각관계로 끌고 갔다면, 그 나름대로 싸울 수 있었을까?

선배가 장래를 고민할 때, 타산적인 행동으로 사랑하는 두 사람의 사이를 갈라놨더라면.

첫사랑을 말로써 표현해서, 제대로 정면에서 고백했더라면.

"나는 에밀리를, 좋아해."

두 사람이 스노랜턴을 완성해 무사히 불을 붙인 타이밍. 선배가 첫사랑의 상대에게 고백하고, 그녀가 만면의 미소로 답해준 순간을―― 인파속에 몸을 숨긴 나는 멀리서 바라보는 수밖에 없었다.

스노랜턴을 만든 남녀는, 영원히 이어진다.

그런 건 다 거짓말이야. 그도 그렇게, 내 바람은 이루어지지 않았는걸.

그 녀석의 옆에 나 이외의 사람이 있는 크리스마스.

싫어, 싫어. 몇 번이고 가르쳐 줘…… 스노랜턴을 만드는 법을 가르쳐 줘요.

나의 오빠, 나만의…… 마사키요 선배.

첫사랑을 자각한 겨울은, 좋아해.

첫사랑이 끝난 겨울은, 싫어.

에밀리 선배와는 내가 고등학교에 올라갔을 무렵부터 교류하기 시작했다. 두 사람과 같은 하루사키 고등학교에 진학했기 때문에, 두 사람과 똑같이 다비나가와 역을 경유하는 지선을 이용해 통학했다. 그 결과, 하루사키 역에 도착할 때까지의 50분을 박스석에서 잡담을 늘어놓는 것이 일과가 되었다.

에밀리 선배는 미소와 선의의 천사였기 때문에, 친한 척 구는 후배도 귀여워해 주었다. 하지만…… 당시의 나는 어떤 꿍꿍이를 품고 있었다.

마사키요 선배가 나를 방해물로 여기지 않도록, 에밀리 선배에게도 접근했던 것이다.

두 사람은 정말로 상냥한 사람들이라 허물없이 나를 대해줬어. 나 자신은…… 배후령처럼 두 사람의 주위를 맴도는 나 자신에게, 두 사람만 있을 기회를 빼앗는 탐욕에 추한 자기혐오를 느끼고 있었다.

내 고등학교 생활은 배후령 같은 것이었다.

반짝반짝 빛나는 청춘을 시끄럽게 놀리며 지켜보고 있었다.

선배들 두 사람만의 달달한 추억이 됐을 터인 수많은 사진과 스티커사진에 거리낌 없는 후배라는 이물질이 끼어든다는 이상함을 당사자인 나만이 자각하고 있었다.

방해꾼 취급 하지 않고 거짓 없는 미소로 나를 받아들여준 두 사람의 인품이 너무 좋아서. 자각 없는 상냥함이 미쿠모 히나코의 교활한 상처에 소금을 바르는 것 같아서.

이럴 리가 없었는데. 이런 아픔, 알고 싶지 않았는데.

언제 끝이 날까. 나는 언제 끝을 낼 수 있을까.

대답을 찾지 못한 채, 내가 있으나마나한 나날이 계속되었다.

두 커플의 방해꾼이었던 내 고등학교 2학년이 지나고 선배가 고등학교를 졸업하는 날.

졸업식을 마친 3학년이 현관 신발장 앞 광장과 중앙정원에 모여 재학생이나 교사들과 잡담을 하면서 이별을 아쉬워했다. 교사의 창문에서 내려다보니, 졸업증서용의 원통을 든 선배의 모습도 있었다. 나는 일심분란하게 전속력으로 복도를 달리고, 뛰어내리듯이 계단을 내려갔다. 그렇게 어깨로 가쁘게 숨을 쉬면서 교정 쪽 광장에 있던 선배에게로 향했다.

선배는 고향에 직장을 구했다. 내 진로에 따라 한동안 헤어지게 될지도 몰랐다.

그렇게 생각하자, 가슴에 불쾌한 통증이 생겨났다. 이미 한참 전에 물러나 방관자가 되었어도, 애교 있는 웃음을 뿌리며 사이좋은 연인들에게 매달리는 광대를 연기해도 달리지 않을 수 없을 정도의 초조함과 두근거림이 피어올랐다.

고등학교의 마지막 시절 정도는 청춘을 즐겨야 해…… 하고.

"선배!"

돌아가려던 당사자를 등 뒤에서 불러 세우자 선배는 뒤를 돌아봐 주었다.

"선배의 교복 두 번째 단추…… 혹시 남았으면, 저한테 주세요."

고백 따위는 이미 한참 전에 포기했지만, 쌉싸름한 추억만이라도 눈에 보이는 형태로 남겨놓고 싶었다.

"미안. 두 번째 단추는 이미 에밀리한테 줘버렸어."

당연한 결과였다. 교복의 두 번째 단추는 좋아하는 사람에게 주는 것. 잘 보니 선배의 교복단추와 학교휘장은 모두 양도가 끝이 난 듯, 흔적도 없었다……. 폭넓은 인기를 말해주는 결과였다.

"하지만 체육복은 아무한테도 안 줬어. 너라면 입어줄 거라고 생각해서."

나를 위해…… 남겨주었다. 정말로, 상냥한 오빠 같은 사람.

갖고 싶어. 떠나가는 당신을, 바로 옆에 있는 것처럼 느낄 수 있는 것이니까.

"어쩔 수 없네요. 선배의 체육복 같은 건, 저 정도밖에 받을 사람이 없어요."

선배에게 받은 빨간색 체육복은 내 잠옷으로 임명해 주었다.

같은 학교에서 지내는 시간은 잃어버렸고, 두 번 다시 돌아오지 않을 터였다. 사귀던 두 사람에게서 따돌림 당하지 않기 위해 헤실헤실 웃으며 따라다니기만 했던 고등학교 생활에 나만이 남겨졌다.

자신이 주역인 새콤달콤한 청춘 따위, 어디에도 존재하지 않았다.

다음 해, 대학생이 된 나는 길었던 머리카락을 자르고 쇼트보브로 머리모양을 바꾸었다. 이미 선배의 취향을 유지할 이유는 없었다. 또, 기분을 전환한다는 고전적인 의미도 적지 않게 있었다.

다 떨쳐버리고 싶었다. 새로운 사랑으로 다시 바꿔 쓰고 싶었다. 대학에서는 그 나름대로 만남이 있었고, 서클이나 합동

미팅에서 알게 된 이성이 호의를 보내오는 일도 많았다.

그래도, 나는…… 다른 사람의 순수한 호의를 받아들이지 못했다. 입으로는 새로운 연애를 바라면서도, 본심은 그것에 계속 거절을 표시했다.

고향을 떠나야 할까, 그런 고민을 한 취직활동. 최종적으로는 고향의 관광협회를 선택한 것도 선배에 대한 집착과 미련이 원인이 되어 되는대로 선택한 결과였다.

나랑 네가 고향을 활성화시켜서, 매일이 문화제 같은 즐거운 마을로 만들자.

나를 신경 써 준 선배가 술자리에 불러서 순수하게 나를 붙잡아 준 것이…… 기뻤다.

그가 아무 생각 없이 만지작거리던 휴대전화의 화면이 사랑하는 딸이었다는 사실에는 숨이 막히고, 현실도피를 하고 싶어서 직시할 수가 없었어.

에밀리 선배를 닮기도 해서 말이지…… 그런 거, 심정적으로 꽤 힘겹잖아.

나와 이어졌다면, 아이는 어떤 얼굴이 되었을까.

아마도 나를 닮아서 엄청나게 귀여웠을 거야, 분명히…….

선배의 바보 같은 부분을 이어받으면 곤란해…….

선배가 결혼한 지 9년이 지난 지금도, 나는 사랑에 애태우고 있었다. 이미 아무런 저항도 할 수 없는데.

결실을 맺을 일이 없는 첫사랑 따위 잊고 싶었지만, 잊을 수가 없었다. 제멋대로인 나 자신이, 너무나도 싫었다.

그렇게 했다면. 그렇게 했더라면. 근거도 없는 가정과 미련에 파묻힐 뿐인 인생. 같은 승부의 무대에조차 오르지 않았던 미쿠모 히나코에게는, 현상유지라는 이름의 패전처리를 완수하는 것밖에 역할이 없었다.

　겨울이 올 때마다, 사랑을 알지 못했던 때의 맑고 순박했던 은세계를 떠올렸다.

　스노랜턴을 만드는 법을—— 잊어버리고 싶은 기억과 함께. 떠올렸다.

＊＊＊＊＊＊

　눈꺼풀이 점차 위아래로 열렸다. 차갑게 식은 냉기에 노출된 눈이 어스레한 풍경을 인식했다. 똑바로 누운 자세로 올려다보는 목조천장은 익숙한 내 방이었다.

　죽은 것처럼, 심해에 가라앉듯이 나는 잤다.

　왜, 눈을 뜬 것일까. 행복했던 가상을 꿈꾸며, 고독하게 얼어 죽었어도 별로 상관은 없었다. 이 꿈의 뒷이야기는 바라지 않았다. 이 뒤는—— 악역이 없는 악몽. 현상유지를 선택한 나 홀로, 현재에 남겨져버렸을 뿐인 미련이다.

　눈을 뜨지 않고 계속 잘 정도라면, 차라리 꿈을 꾸지 않는 죽음을 선택할지도 몰랐다.

　마을은 새하얗게 물들었고 준비했던 이벤트는 중지되었으

며 27세의 나는 토라져서 본가에 틀어박혀 있었다. 위험해, 첫사랑을 악화시켜도 너무 악화시켰어.

"아—아…… 마사키요 선배, 이 바보."

모포와 담요 외에도 건조한 공기도 끌어안고 있었기 때문에, 목이 카랑카랑 말라있었다. 여기에 있을 리가 없는 선배에게 욕하는 목소리도 가늘게 갈라져 있었다.

불이 꺼져 있었는데도 방은 완전히 어둡지 않았다. 끄는 것을 잊어버린 TV화면이 창백한 빛을 내뿜어, 방을 어슴푸레하게, 어쩐지 기분 나쁜 분위기로 만든 모양이었다. TV를 켠 기억은 없지만…….

벌떡. 냉장고의 물을 가지러 가기 위해 나는 윗몸을 일으켜 세웠다.

그러자 TV 앞에— 사람의 실루엣이 하나 있었다.

아직 잠에 취해 몽롱했던 눈이 번쩍 뜨이면서, 나는 침을 삼켰다. 전신에서 식은땀이 뿜어져 나왔다.

"겨우 일어났나 싶었더니, 사람을 바보라고 하고…… 지독한 녀석이군."

"…………에?!"

그! 멍청함이 있는 대로 드러나는 목소리는!

나는 전등의 줄을 잡아당겨 방 전체를 전등불로 비추었다.

그리고 눈이 부셔서 눈꺼풀을 바르르 떨면서 뻔뻔한 인물과 대면했다.

"여. 토라져서 잠이 든 공주님을 데리러 왔다."

꿈의 뒷얘기는 현실로 이어지는 것일까? 혹시 다른 미래의 세계관으로 흘러든 것일까? 내 몸은 27세. 지금 입고 있는 옷도 사야네가 입혀준 잠옷. 과거의 시간축으로 돌아간 것도, 미래가 바뀐 것도 아니었다.

틀림없는 현실이었다. **다비중학교의 교복을 입은 마사키요 선배**가 뻔뻔스럽게 책상다리를 하고 앉아서는, 어처구니없게도 내 방에서 TV 게임을 하고 있다니.

폼 재는 얼굴로 멋진 대사를 내뱉었지만, 그거, TV 게임을 일시정지하면서 말할 상황이 아니잖아요. 좀 더 말이죠. 그, 왕자님처럼…… 아아, 믿을 수가 없어!

정말 부아가 치밀었다. 화가 나서 어쩔 수가 없었는데.

"……왜 선배가 여기 있는 건가요…… 우에엥…… 쿨쩍…… 우우……."

귀중한 수분의 방출을 막고 있던 어리둥절함과 멍함이 환희로 바뀌고, 약해진 이성은 제어할 수가 없게 되었다.

눈곱투성이의 꾀죄죄한 눈에서 탁류와도 같은 감격의 눈물이 쏟아졌다.

"왜 우는 거냐. 오늘 히나, 참 이상하네."

"우에엥…… 그게…… 선배가아아아…… 우웃…… 흐잉……

히잉…….”

예기치 못하게 머리를 쓰다듬는 손에 명실상부 여동생으로 돌아간 나는 한층 더 통곡을 했다. 오열로밖에 대답하지 못한다는, 그야말로 치부의 대방출이었다.

“그런 그렇고, 히나 방은 여전하네. 게임도 예전 그대로 다 있지?”

언제라도 당신이 놀러올 수 있도록.

나는 방의 시간마저도 겨울의 풍경처럼 꽁꽁 얼려놓았다.

“그리고, 너 그 잠옷! 내 고등학교 때 체육복을 아직도 입는 거냐!”

“우우…… 시끄러워요……. 내가 뭘 입고 자든 내 마음이잖아요…….”

“아니지, 꽃다운 아가씨이니까 말이지. 복슬복슬하고 귀여운 실내복 같은 게 있지 않을까?”

복슬복슬한 실내복보다, 선배의 냄새가 짙게 남은 체육복 쪽이 더 좋아요.

창피해서 차마 그렇게 말은 못하니까, 나는 베개에 얼굴을 묻고 희노애락의 홍수 상태 같은 표정을 감추었다.

“이거, 에밀리가 보낸 간식이야. 네가 배를 곯고 있지 않을까 걱정했어.”

불현듯 선배가 도시락통을 내밀었다. 그 안에는 두 개의 계란 샌드위치가 랩으로 싸여 있었다. 동봉된 메모지에는 『히나에게. 배가 고프면 먹어요.』라는 손으로 쓴 메시지와 함께, 이

등신으로 귀엽게 그려진 병아리 그림이 사랑스럽게 미소 짓고 있었다.

"……이길 수가 없어……. 이길 수 있을 리가 없었다고…… 우에에에에에…… 우…….."

우걱우걱. 나는 계란 샌드위치를 미어터지게 입에 넣고 씹으면서 보기 흉하게 눈물을 뚝뚝 흘렸다.

병아리가 토라져 있는 사이, 눈토끼는 다른 사람에게 신경을 쓰고 있었다. 양자에게는 결정적인 차이가 몇 가지나 있고, 똑같은 것은 성별뿐이었다. 머리로는 이해하고 있었다. 내가 남자였다면, 아마도 반했을 테니까.

"에밀리의 요리를 이길 수 있는 주민은 없지만 말이지. 내 자랑스러운 아내라고!"

"……우우…… 선배…… 화딱지 나요…….."

"왜?! 여자마음은 무농약 채소보다 더 섬세해서 곤란하다니까…….."

난처해하는 선배. 당신이…… 이해할 필요는 없어요. 나는 절대로 가르쳐주지 않을 거니까.

"그 엉망이 된 얼굴을 씻고, 얼른 옷 갈아입어. 꺼져가던 등불을 다시 지펴낸 자랑스러운 후배가— **청춘시절의 나와 널** 열렬하게 초대했다."

의미를 알 수가 없었다. 뭐, 별로 이해가 되지 않아도 상관없었다.

오늘만큼은 특별하니까, 상황이 이끄는 대로 놀아보자.

12월 25일, 크리스마스 탓으로 돌리면 다 허용될 터였다.

애인이라는 기분에 젖어도, 교복데이트라고 생각해도 용서해 주세요.

다시 한 번 불타오른 첫사랑은 신이 됐든 누가 됐든 절대로 방해하게 놔두지는 않겠어.

내 청춘은, 이제 멈출 수 없어.

옷장에서 끄집어낸 그리운 물건.

12년 만에 걸치는 것임에도, 그 착용감은 의외로 몸에 익숙했다. 하얀 블라우스와 군청색 스커트. 가슴에 다비중학교의 학교휘장이 자수로 새겨진 블레이저는 스물일곱의 몸으로는 완전히 코스프레 영역이네. 마사키요 선배의 교복차림은 연예인의 콩트라고 생각했는걸.

뭐, 다른 사람 눈 따위는 아무래도 좋아.

교복데이트가 학생만의 특권이라니, 그딴 건 누가 정했냐 하는 얘기인 거지.

민낯은 싫었기 때문에, 나는 벽장 깊숙한 곳에 쑤셔 박아둔 화장품 상자를 열었다. 갸루화장도구를 능숙하게 꺼내고, 고데기도 빈틈없이 준비했다. 붙임머리가 있었더라면, 머리카락 길이도 재현할 수 있을 텐데.

차 안에서 기다리게 해서 미안, 선배. 여자들은 데이트 준비에 시간이 걸리는 생물이야. 오래 알고 지내온 선배라면 알아줄 터.

"오래 걸리잖아, 인마! 언제까지 화장을 하고 있는 거냐!"

"여자가 변장을 하는 도중에 들어오지 말란 말이야, 이 바보 같은 남자야—————!"

이 남자…… 1밀리미터도 몰라. 여전히 여자의 마음을 이해하지 못했다.

기다리다 지친 선배가 다시 방으로 돌아오고, 유치한 말싸움이 발발했다. 이것이 미쿠모 히나코와 도요토미 마사키요의 관계. 겉모습만을 멋지게 꾸미려고 해도, 금방 본색이 드러났다.

에밀리 선배를 상대로는 아마도 드러내지 않을 오빠와도 같은 솔직한 부분. 그것을 내게는 아무렇지도 않게 드러내는 점을 기뻐하면서도, 연애대상으로 보지 않는다는 처지도 다시금 통감했지만.

그래도 좋아하는 사람 앞에서는, 가장 귀여운 여자아이이고 싶으니까 머리카락에 살짝 풍성하게 웨이브를 넣고, 유행하는 화장을 따라했다. 그리고 나잇값도 못하고 미니스커트 교복치마를 걸쳤다.

신발장 깊숙한 곳에서 당시에 신던 학생화를 발굴해 양말을 신은 발을 집어넣었다. 현관바닥에 신발 앞꿈치를 톡톡 두드려서 뒤꿈치를 밀어 넣는 감각은 고등학교 졸업 이후 오랜만이었다.

이번에는 얌전히 여관 정면현관 앞에서 기다리고 있던 선배가 피이! 피이! 하고 불만을 표출했지만, 나는 들뜬 분위기에 몸을 맡기고 이런 제안을 해보았다.

"선배, 걸어서 가지 않을래요? 중학생은 운전 같은 거 할 수 없잖아요."

선배는 「그것도 그렇군!」이라고 금방 따라주었지만—— 짝사랑 하는 여자의 속내를 당신은 알지 못해. 걸어가는 편이 두 사람만의 시간을 몇 분이라도 더 오래 느낄 수 있으니까.

완전히 중학생이 된 우리는 어깨를 나란히 하고 조용한 시골길을 걷기 시작했다. 시시한 잡담이나 추억 이야기에 꽃을 피우며, 서로 웃음을 주고받는 교복데이트…… 아직도 실감이 나지 않아 계속해서 꿈을 꾸고 있는 것 같았다. 올해 크리스마스에 가장 행복한 여자아이는 나일지도 몰랐다.

그렇게나 쏟아져 내리던 눈가루는 한때의 잠에 빠진 것처럼 소강상태였다. 누군가에 의해 눈이 완전히 치워진 오르막 외길은 우리를 온화하게 받아들여주는 것 같았다.

설원에 우뚝 선 고성. 눈을 가늘게 뜨고 자세히 들여다보자, 그런 운치도 있는 폐허가 된 오두막이라는 것을 알 수 있었다.

강렬한 소리의 기운이 전해져왔다. 그리고, 곧이어 고막을 두드리는 환성이 메마른 공기를 뒤흔들었다. 한 시간…… 아니, 겨우 수 십분 동안 아름다운 얼굴을 내민 겨울의 밤하늘에 천공의 청보라색을 도발하는 것처럼 무빙라이트의 궤적이 선명하게 내뻗었다. 밀려올라온 고양감이 온 몸의 신경을 훑고 지나가면서, 머리끝에서 발끝까지 뜨겁게 피를 들끓게 했다.

겨울의 대지에 발을 내디딘 순간, 나는 할 말을 잃었다.

몸 깊숙한 곳에서부터 새어나오는 감동을 표현할 절묘한 비유가 떠오르지 않았다.

"스노랜턴…… 이렇게나……."

스키장이라는 이름의 대설원.

눈이 닿는 곳마다 어렴풋하게 떠올라 있던 것은 소형전구와도 닮은 여린 빛. 무대의 조명기구가 없었다고 해도, 발밑에 늘어선 어렴풋한 빛들이 모여 어둠 속의 우리에게 빛을 가져다주었을 것이다. 가족과 함께 온 지역주민, 부부, 친구, 아직 학생인 연인들이 각자 몸을 굽혀 눈으로 된 조형물에 불을 밝혔다. 화이트 크리스마스에 이 이상 잘 어울리는 풍경은 없었다.

"슈와 사야네를 시작으로 지역의 총력이 결집했다. 네가 열심히 노력해서 켠, 1년에 한 번 있는 불빛을 꺼뜨리지 않기 위해서 말이지."

"뭐야 이거…… 난 완전히 행복한 사람이잖아……."

이미 다 말랐을 눈물이 안구 표면에 막을 형성해, 나는 뜨거워진 눈가를 눌렀다.

이곳은 더 이상 관광협회가 준비해 준 장소가 아니었다.

오지랖 넓은 후배군과 후배양이, 그리고 평균연령이 높은 지역 사람들이 또다시 불을 켜 준 크리스마스의 작은 기적.

교복차림을 한 선배의 재촉에 다비나가와 중학생으로 분장한 나는 불현듯 덮쳐오는 실소를 금할 수가 없었다.

"후후…… 뭐야 저거…… 저거, 완전 웃긴데."

설원에 우뚝 솟은 무대를 어색하게 우왕좌왕하고 있는 것은 사야네냥이었다. 근방의 초등학생들에게 둘러싸여, 진심으로 난처하다는 기색으로 허둥대고 있는 모습은 매우 우스꽝스러웠다.

폴짝, 폴짝. 사야네냥은 점프하듯이 이동했지만, 그만 발이 미끄러져 호쾌하게 앞으로 넘어졌……! 그런가 싶더니 재빨리 앞구르기로 회피! 사야네냥, 굉장해!

"이 사역마는 사회에서는 쓰레기 취급을 받고 있었다. 생선의 무전취식은 매일의 인사 대신이었고, 가방은 납작하게 눌러 사용하는 것이 멋지다고 착각하고 있었다. 사야네냥은 이 구세주가 조교한 것이다."

애드리브로 사야네냥의 처지를 엉뚱하게 날조하는 고스로리 통역씨. 이벤트 자체는 중지라고 발표되었기 때문에 객석은 빈말로도 만원사례라고는 말할 수 없었다. 하지만 그래도 수백 명의 주민들이 따뜻한 박수를 보냈다.

초등학생과 중학생들은 사야네냥을 가리키며 어린 얼굴을 온통 주름투성이로 만들면서 웃고 있었다.

잔뜩 우는 바람에 눈이 부은 나도…… 웃고 있었다. 후배군과 후배양은 첫사랑을 악화시킨 울보 병아리 선배의 기운을 북돋우기 위해 사야네냥을— 데리고 와 주었던 것이다.

"호오. 목숨 아까운 줄 모르는 자. 구세주의 성검이 혁명의 화살이 될 것이니라."

사야네냥이 도발의 제스처를 반복했다. 걸어오는 싸움을 정면으로 받아낸 리제가 기타를 끌어안고, 양자가 대치하면서 기타의 섹션이 시작되었다. 즉흥적인 악절을 현에 실은 두 사람은 스스로의 영혼으로부터 만들어내는 소리와 일그러짐으로 무방비한 관객의 고막을 가차 없이 후벼 팠다.

관객석 전방에 있는 사람 그림자는 스마트폰을 한손에 들고 무대를 촬영하는 후배군과 에밀리 선배. 사야네냥의 이 이벤트를 동영상 배포하고 있는 것이리라.

사야네냥의 인지도 상승을 위해. 그리고 어쩔 수 없이 현장을 찾을 수 없던 사람들을 위해.

"네가 꾸미는 시간이 길어서 말이다. 슈의 발안으로 사야네냥이 시간을 벌어줬다. 춤을 추기도 하고, 기타를 치기도 하고 빙고게임을 하기도 하면서 말이지."

"실망해서 토라져버린 나를 기다려준 거구나……. 정말로 다들…… 상냥하고 착한 아이들이야."

날씨도 언제까지 안정돼 있을지 알 수 없었다. 일찌감치 라이브를 시작해도 좋았건만, 이런 킹 오브 두부 멘탈의 글러먹은 여자를 기다려 주다니.

"이요리 누님과 팔씨름을 해서 이기면 뺨에 키스! 라는 여흥의 기획을 제안했다가 이요리 누님에게 배를 얻어맞았지만 말이지!"

"우와. 선배는 징그러워요~. 의외로 진지하게요."

"나만이 아니야! 아저씨들도 대열을 이뤘지만, 전원 격침당

했다……."

"결국, 팔씨름을 한 건가요?! 남자라는 생물은 이래서 안 된다니까……."

어처구니없는 것을 넘어서 얼굴이 실룩거릴 정도였다. 그리고, 이요리 씨, 너무 강한 것 아닌가?

내가 도착한 것을 육안으로 확인했기 때문인가. 사야네냥과 통역양이 무대 뒤로 사라졌다.

"스노랜턴 만드는 법, 알아?"

멍청히 그 자리에 서 있던 내게 선배가 양초와 라이터를 건네더니, 입가에 미소를 띠면서 그렇게 물어왔다. 모를 리가 없잖아. 당신이랑 둘이서 보낸 처음이자 마지막 크리스마스 때 배운 거니까.

"……잊어버렸으니까 선배가 가르쳐 주세요."

그랬지만, 나는 시치미 뚝 떼는 얼굴로 모르는 척 했다.

"어쩔 수 없네. 내가 가르쳐 줄 테니까, 같이 만들자!"

선배가 웃는 얼굴로 가르쳐주는 것을 바라고 있었다. 15년간, 현재 상태를 유지하며 계속 기다렸으니까…… 사랑의 신이시여. 이 정도의 덧없는 연인기분은 맛봐도 될까요.

"선배는…… 긴 머리 여성과 짧은 머리의 여성, 어느 쪽이 취향이라고 했죠?"

나는 잊어버린 척 하고 자연스럽게 물어보았다.

"응? 역시 긴 머리에 어른스러운 사람이 좋아."

"에헤헤. 그러고 보니 그랬죠! 에밀리 선배 같은 머리카락을 동경하게 되네요."

짓궂게 웃으며 나는 나 자신의 목덜미를 손가락 끝으로 매만졌다. 옛날에는 좀 더 길었는데 말이지……. 그렇게 몰래 애수에 잠기면서 나는 선배와 눈 위에 웅크려 앉아 중학생으로 의태, 서로 시시한 잡담을 주고받으며 눈으로 장난을 쳤다.

서로가 교복을 입고 청춘시절의 여운에 의식을 맡기면서 지나간 시간을 되찾았다.

지금이라면, 연인으로 보일까? 크리스마스에 단 둘이서 스노 랜턴을 만들고 있으면, 특별한 사이라고 착각하겠지? 분명히.

오늘의 미쿠모 히나코는 세계에서 제일 귀여울 것이 틀림없었다. 그도 그렇게, 사랑을 하고 있는걸.

이런 후배를 독점할 수 있다는 영광을 선배는 잘 음미해줬으면 해. 그것도 독신에 솔로. 앞으로 마사키요 선배보다 더 멋진 남성과 사귄다고 해도, 질투나 불평은 접수하지 않겠습니다.

"좋았어! 슬슬 불을 붙이자!"

나와 선배의 공동 작업으로 만든 세상에 단 하나뿐인 스노 랜턴. 은색의 구조물에 붉은색의 불이 켜졌을 때, 그 불에 비쳐진 상사병에 걸린 여자는── 공유했던 아름다운 세계에, 아직 어렸던 기억에, 아련한 불꽃과 함께 사라져가는 첫사랑의 계절에, 그저, 그저 도취되었다.

끝낼 수 있다. 지금이라면, 나를 속박하고 있던 『첫사랑』이라는 쇠사슬을 끊을 수 있었다.

"선배!"

말하는 거야. 줄곧 가슴 가장 깊숙한 곳에 감추고 있던 마음을 알리는 거야.

첫사랑을 끝낼 수 있다면, 다비나가와가 아닌, 먼 마을로 떠날까. 그럭저럭 괜찮은 회사에 들어가, 그럭저럭 괜찮은 월세방에 살면서 선배보다 근사한 남성과 결혼을 한다.

그것이…… 아무것도 부수지 않고, 누구도 상처 입히지 않는, 최선의 선택일 터인데.

"마사키요…… 선배……."

"응. 왜 그래?"

선배의 맑고 순수한 눈에 비친 나는 무척이나 여리고 약한 표정을 하고 있었다.

"조금…… 추워졌네요."

그것은, 내가 바라는 바가 아니라는 증거. 나는 새로운 애정을 바라지 않고, 무의식중에 첫사랑의 연장을 갈구하고 있는 모양이었다.

"그러니까 코트를 입고 오라고 말했잖아. 그런데도 넌 『여자의 치장은 추위와의 싸움이에요~』라느니 어쩌느니 말하고는. 그러고 보니까, 예전부터 옷을 얇게 입었지."

질렸다는 것처럼 선배가 쓴 소리를 했다. 하지만 그러면서도 자신의 블레이저를 벗어 내 구슬픈 등에 걸치듯이, 입혀주었다.

"헷헷헷. 내 체온을 나눠주마! 냄새가 난다면 미안하다!"

그리워라, 선배의 중학교시절이 달라붙은 남자냄새. 선배의 집, 점심도시락, 뛰어놀았을 때의 모래먼지…… 주머니에는 변색되어 버린 십수 년 전의 휴대용티슈와 흐물흐물 녹은 사탕이 들어 있었다. 버려, 이딴 건. 옷장 속의 비료였기 때문일까, 희미하게 방충제 냄새도 났다. 그리고, 어부바를 연상시키는 체온도 제대로 남아 있었다. 따뜻했다.

　결혼을 해도, 내가 아닌 다른 사모하는 사람이 있어도, 선배 자신은 무엇 하나 변하지 않았다.

　"……교복입고 데이트 하는 것 같네요. 저로서는 바라는 바가 아니지만!"

　"1년에 한 번 정도라면 나쁘지 않잖아? 에밀리하고 리제는 슈하고 사야네가 가로채가서, 내 상대를 해주질 않아."

　상냥하다…… 좋아해요, 선배. 정말로 좋아해요. 몇 번이고, 몇 번이고 다시 반하고 있었다.

　"라이브를 같이 볼 사람이 없어. 쓸쓸한 남자와 어울려주면 기쁘겠는데."

　"어쩔 수 없네요! 저처럼 별난 걸 좋아하는 후배가 아니면 마사키요 선배 같은 곤란한 사람과는 어울려주지 않을 거예요!"

　"시끄러! 난 외톨이가 아니야! 악기를 연주하지 못하는 것뿐이라고!"

　우리는 배를 끌어안고 서로 자지러지게 웃었다. 안 되겠다…… 미쿠모 히나코.

　버릴 수 없어. 버릴 수 없다고. 몇 십 년이 지나더라도, 이 시간이 행복한걸.

364일을 방관하더라도, 미련밖에 없더라도, 단 하루만의 행복을 위해.

그런 인생도 괜찮지 않을까, 하는 생각이 들어.

"중학교 때, 선배에게 도시괴담 얘기를 했잖아요. 그거, 다 유언비어에요."

"뭐어?! 나하고 에밀리가 이어진 건 스노랜턴의 기적이라고 생각했는데……."

우와…… 이 사람, 지금까지 믿고 있던 건가. 선배는 정말 순수한 바보구나.

"근거도 없는 새빨간 거짓말이에요. 그게…… 내 첫사랑은 보답 받지 못했으니까."

끊이지 않고 내려앉는 눈의 결정을 올려다보며 나는 투덜거렸다. 은총이 없는 도시괴담 따위, 거짓말과 동류였다.

"널 찬 녀석은 여자를 보는 눈이 없는 글러먹은 찌질이가 분명해. 그냥 잊어!"

짓궂게 웃은 선배가 나를 위로해주며, 친한 여동생의 머리를 쓰다듬어 주었다.

"글러먹은 찌질이라서 빨리 잊고 싶은데 말이죠. 화가 날 정도로 여자마음을 갖고 놀면서 때로는 멋지고, 또 어린애 같은 미소가 귀엽고…… 여자를 보는 눈이 없네요."

자각이 없는 장본인에게 애인자랑과 빈정거림의 변화구를 던지는 것이 고작이었다.

"나라도 좋으면, 언제라도 연애상담을 해줘. 네 덕분에 에밀리에게 고백할 구실과 용기를 얻었으니까. 이 은혜는 아무리 갚아도 부족할 거다."

그렇지 않아요, 선배.

나는…… 당신의 첫사랑이 맺어지지 않기를 바랐어요.

"부끄러워서 줄곧 말하지 못했지만, 고맙다! 내 첫사랑을 이루어줘서!"

선배는 해맑게 멋쩍은 미소를 보내왔지만.

"내 첫사랑을 이루어주지 않은 선배 따위…… 딱 질색이에요."

내가 되돌려준 대답은 들릴까 말까한 작은 악담뿐이었다. 우쭐해져서 익살을 떤 그 순간, 쓰러져 울 것만 같았으니까.

회장의 들뜬 분위기가 갑자기 일변했다. 그것을 한발 앞서 알아차린 선배가 무대를 가리키고, 나도 그 손가락 끝에 이끌려 무대로 시선을 옮겼다.

꽁꽁 얼어붙은 배경을 양단하는 무빙라이트 빛이 좌우로 흩어지고, 무수히 산개한 PAR 라이트도 불규칙하게 점멸했다. 무대의 바닥에서 비추는 풋라이트도 용맹스럽게 눈을 떠, 주역을 뚜렷하게 비쳐냈다.

『오늘 큰 눈이 내렸음에도 모여 주셔서 정말로 감사합니다. 많은 분들의 호의와 도움의 손길로 다비나가와·겨울 페스티벌 개최를 맞이할 수 있었습니다. 그 감사함은 이루 말할 수가 없습니다.』

후배군의 목소리가 마이크를 통해 감사의 뜻을 전했다.

『이제부터 또다시 눈이 내릴 것 같습니다만, 여러분의 시간이 허락하는 한, 함께 해주시면 기쁘겠습니다. 지역주민 분들의 힘이 만들어낸 무대를 마음껏 즐겨주시기 바랍니다.』

회장의 열기가 상승일로를 달리던 다음 순간, 잡음이 깨끗하게 사라졌다.

조명기구가 일제히 소등되고— 지역주민들이 기다리고 기다리던 무대가 시작되었다.

『크리스마스. 저는 소중한 사람에게서 노래 한 곡을 선물받았습니다.』

스노랜턴의 빛만이 비치는 설원에 울려 퍼지는 것은 후배양…… 아니 『아티스트 SAYANE』가 조용히 이어나가는 목소리뿐이었다.

입안에 고인 침을 삼키며 지켜보는 관객에게, 동화책을 읽어주듯이.

『이 겨울은 거짓 없이 정말로 행복해서, 내년에도 또 똑같이 놀자고 약속을 했습니다. 내후년에도, 5년 후에도, 할아버지, 할머니가 되어도 영원히 되돌아와 주기를 바라는 계절이 되었다고 생각합니다.』

나와는 정반대.

겨울은, 잊고 싶은 추억이 떠오르니까, 싫어.

『영원히 이어지지 않는 겨울은 싫다…… 저는 그런 사람을 알고 있습니다. 첫사랑을 잊고 싶지만, 크리스마스가 다가오면 기억이 나 버린다…… 하지만, 첫사랑 상대가 기뻐해 줬으면 한다, 그의 웃는 얼굴이 보고 싶다…… 라는 이유만으로, 고향을 위해 전력을 다하는 삶의 태도를, 첫사랑을 악화시킨 모습을 저는 근사하다고 생각합니다. 멋지다고 느끼기까지 합니다.』

첫사랑을 그렇게까지 악화시킨 사람이 있다니, 남의 일인데도 웃겼다.

『이루고 싶은 영원과 지우고 싶은 영원. 제가 가사에 담은 마음을 여러분에게 바칩니다. 그럼, 신곡을 들어주세요.』

SAYANE의 첫사랑은 미래에도 돌고 돌 것이다. 내 첫사랑은 과거에서만 돌고 돌았다.

서로 양립할 수 없는 대극의 감정을 자아낸 겨울의 시. 그것이──.

『Everlasting』

SAYANE의 목소리가 곡명을 고하는 것과 동시에 무대의 골조에 매달려 있던 PAR라이트가 점등, 환상적인 겨울의 경치에 다섯 명의 그림자가 떠올랐다.

나는 내 눈을 의심했다. 그 다섯 명의 복장이 나나 선배와 똑같았기 때문에.

SAYANE, 후배군, 에밀리 선배, 리제, 이요리 씨…… **전원이 다비중학교의 교복을 착용**하고 있었다. 그야말로 학생밴드라고 잘못 볼 것 같을 정도로.

나는 퍼뜩 어떤 사실을 알아차리고 주변을 돌아보았다. 그러자 대부분의 다비중학교 재학생들이 교복을 입고 있었다. 명백히 재학생이 아닌 졸업생들도 옷장에서 발굴한 것인지, 아니면 빌린 것인지, 마찬가지로 똑같은 복장을 하고 있었다.

나는 착각에 빠질 것만 같았다. 바로 옆에는 교복차림의 선배. 이것은 나와 선배가 이어진 세계선의 과거인 것이 아닐까, 하고.

성야 단 하루만의 기적. 내일은 사라질 겨울의 환상이라도 선배가 옆에 서 있는 것은, 함께 스노랜턴을 만든 것은 틀림없는 현실이라 너무나도 행복했다.

이런 계절은, 영원히 오지 않을 것이라고 비관하고 있었으니까.

"후배군 자식…… 세밀하게 계획을 세워줬네."

밴드 멤버는 물론, 주민들과도 사전교섭을 한 것은 아마도 후배군과 후배양이리라.

있어야 할 것은 역시 귀여운 후배라니까. 내 꼬여서 비뚤어진 마음까지 가사로 표현해준 여자아이도 있겠다, 좀 들떠도 될까.

마지막으로 한 번만 해보고 싶었던 교복 데이트라고 가슴을 펴고 주장해도 되는 것일까.

후배군의 손가락이 어쿠스틱 피아노 선율의 도입부를 연주
했다.

깃털로 간지럽히는 것처럼 섬세한 연주였는데도, 소리를 맛
보는 기관을 사로잡고 놓아주질 않았다. 그가 건반을 만질
때마다, 수면에 물방울을 떨어뜨리는 것 같았다. 전신의 피부
에, 온 몸을 도는 피에, 전신에 퍼진 신경에 쾌감의 저릿함을
동반하는 파문이 물결쳤다. 76건반을 스플릿 기능으로 분리
해 연주한 스트링스와 전자피아노, 플러스계의 음색도 듣는
이의 감동을 끌어안고 놓아주지 않았다.

사이즈가 맞지 않는 교복을 입고 있었기 때문에 소매에 반
쯤 손이 파묻힌 리제.

그러나 소매에 감춰진 손은 복잡한 코드의 궤도를 손쉽게
그려냈고, 템포 좋게 0.75박자만큼 살짝 늘어지는 음은 관객
의 눈물샘을 자극하고 놓지 않았다. 얼음을 깨려는 것처럼 일
그러지는 하얀 얼굴. 브리지 뮤트[17]로 섬세하게 새겨나가는
멜로디. 고스로리 소녀의 6현이 떨리면서 자아내는 음색은 발
라드의 투명함을 부수지 않도록 정밀하게 계산되어 있었다.

그리고, 역시나 교복차림인 이요리 씨. 특히 치마차림이 신
선해서, 중고생이나 아저씨들 모두를 매료시켰다. 본인은 다
소 쑥스러운 듯이 쓴웃음을 짓고 있었지만, 마음을 매료시키

#17 브리지 뮤트 손바닥을 브리지 가까이에 있는 줄 위에 가볍게 올려놓고 피킹하는 주법.

는 기타리프에 중저음을 더한 베이스는 우수를 동반하는 패킹을 방해하지 않는 절묘한 숨겨진 맛이었다.

꽉 조여진 팔을 휘두르는 에밀리 선배. 드럼헤드 위에 플램과 탐 돌리기라는 화려한 필 인을 그려내며 음과 음 사이를 기교적으로 그리고, 원활하게 이어주어 훌륭한 가교역할을 했다. 8분, 16분, 8분. 변화하는 박자에 대응하면서 드럼을 두드리는 냉정한 열정. 정숙함과 장난스러움, 요염한 어른스러움. 그리고 무엇보다도 상냥한 음.

마사키요 선배가 끌린 것도 어쩔 수 없어. 에밀리 선배는 여자인 내가 봐도 동경하게 되는 이상적인 모습으로, 내가 흉내를 내고 싶어도 낼 수가 없는걸.

그래도, 오늘만큼은 선배를 빌리겠어요. 크리스마스를 핑계로 삼아 교복데이트를 하는 것은 미쿠모 히나코의 특권이었다.

SAYANE가 조용히 읊조린 가사는 여성 시점의 비련. 첫사랑과 맺어져 두 사람만의 추억을 늘려가던 참에 영원한 이별이 찾아온다. 두 사람이 좋아했던 계절은—— 겨울.

여성은 설원을 찾아 헤맨다. 떠올리고 싶지 않은 비통한 이별이었는데도, 떠나버린 상대와 함께 놀았던 설원을 고독하게 찾는다. 이미 없어져버린 좋아하는 사람이 환상으로라도 나타나주기를 바라며.

그리고…… 겨울이 올 때마다, 없어져버린 사람에게 고백한다.

첫사랑의 감정을 되찾고 잊어버리지 않기 위해. 잊고 싶은 감정을 절대로 잊지 않기 위해.

　축축하게 흐려진 시야와 뺨을 타고 흘러내리는 물방울. 기껏 칠한 눈 화장이나 파운데이션이 엉망이 되어도, 끝없이 흘러넘치는 감탄은 진정되지 않았다.
　치사해, 이런 건. 곡명에도 담긴 겨울의 스토리를 발라드의 선율에 투영해버렸다. 잊지 않아도 돼. 포기하지 않아도 돼. 첫사랑을 의무적으로 떨쳐버릴 필요 따위 없어.
　두 번 다시 이루어지지 않을 미래라고 해도, 짝사랑에 유통기한 따위 없어. 일생을 걸고 사랑에 애태우는 것은 내 자유이니까.
　귀를 막는다고 해도.
　SAYANE가 직접 마음에 말을 걸어오는 것 같았다.
　이것이, 그녀 나름대로의 응원이라고 한다면, 나도 조금은…… 앞으로 나아가야지.
　꼴사납게 흐느껴 울던 나였지만, 오래된 티슈로 깨끗하게 눈물을 훔치고, 아우트로가 끝날 것 같은 타이밍에── 넋을 놓고 무대를 바라보고 있는 **선배의 옆얼굴**에 고했다.

　"미쿠모 히나코는 마사키요 선배를 많이 좋아합니다. 설령, 첫사랑의 화살표가 마주 향하지 않더라도…… 당신을 영원히 짝사랑할 테니까, 다시…… 머리를 기르겠어요."

라이브 소리에 지워져 상대에게는 들리지 않겠지만, 내가 만족했으니까 그걸로 좋다. 고백의 대답을 듣지 않았으니까, 나는 실연당하지 않았다. 기회가 있는 것이다. 크리스마스가 돌아올 때마다, 몇 번이고 좋아하면 된다. 그리고, 몇 번이나 첫사랑에 잠길 수 있다. 일방적으로 시간을 되감아, 1년에 딱 한 번 자기 멋대로 사랑을 할 것이다.

선배의 대답 따위 듣고 절대로 듣고 싶지 않아.

내가 혼자서 가슴을 두근거릴 권리만큼은…… 빼앗지 말아 줘요. 부탁이야.

후배의 교활하고 빈틈없는 연심을 알아차려도 못 알아차린 척해줘요, 선배.

연상의 누님에게 건방지게 깜짝 선물을 해 준 후배군에게도 한 마디 해야지.

"사랑 때문에 마음에 상처를 입은 병아리 선배가 있어도 절대로 반하지 마—!"

연주가 끝나고, 다음 곡을 준비하는 틈을 노려, 나는 〈 모양을 취한 손을 메가폰 대신 삼아 입가에 대고 모호한 말을 외쳤다.

신시사이저 앞에 늠름하게 서 있던 후배군은 당연히 고개를 갸웃거리며 곤혹스러워했다.

앞으로도 푸념을 늘어놓게 해줘.

두 사람 앞에서밖에 한심한 내 모습을 내보일 수 없단 말이야.

술이라면 병아리 선배가 얼마든지 사줄 테니까, 괴로워지면 같이 자리를 해주면 기쁘겠어. 그런 근사한 선율에 완전 직설적인 가사를 실어 던져왔는걸.

나도 조금, 아주 조금 정도는 후배들을 분발시킨 책임을 져야지.

시계바늘이 자정을 가리키면 크리스마스는 끝이 나고, 주역이 아니게 된다.

입고 있는 복장은 단순한 코스프레가 돼버린다.

신데렐라 기분에 젖은, 첫사랑을 악화시킨 여자는 앞으로 몇 시간만 지나면 다시 방관자인 아는 여동생으로 돌아갈 뿐.

끊임없이 눈물을 흘리며 우는 얼굴은, 보기 흉했다. 기적의 끝은 쾌청하게 웃는 얼굴로 맞이하자.

나의 『현상유지』는 일방적인 청춘의 연장전.

머리카락을 기르기 시작한 미쿠모 히나코는 사랑하는 소녀.

겨울에 애타게 연모하는 혼자만의 사랑을 시작하기로 할게.

에필로그

인공적으로 피워진 불이 설원의 중심에 불타올랐다. 스키
장 경영자의 허가와 협력을 얻어 우리는 4단 정도의 장작을
쌓아올리고, 착화제를 이용해 불씨를 만든 뒤 망설이지 않고
불을 붙였다. 그렇게, 사람 키보다 훨씬 큰 맹렬한 불꽃 기둥
이 밤하늘로 솟아올라간 것이었다.

캠프는 아니었지만 캠프파이어. 스노랜턴 페스티벌에서는
하지 않는 활동이었지만, 이것은 우리의 제멋대로 이벤트이므
로 뒤풀이도 화려하게 하자.

다비나가와·겨울 페스티벌…… 이래서는 문장이 너무 평범
해서 재미가 없었다.

TABINAGAWA Everlasting Snow. 이것이 정식명칭이 되
었다.

지역주민이 수십 명 정도 남아 주었기 때문에 운전수가 아
닌 사람은 술을 마시거나, 가족과 함께 온 사람은 불 주위에
서 포크댄스를 추거나 하고 있었다.

"여러분, 다 됐어요♪ 많이 뜨거우니까 후— 후— 불어서
식힌 뒤에 드세요."

모두를 부르는 온화한 목소리의 주인은 에미 누나였다.

목소리가 들린 쪽에는 간이텐트와 접이식 긴 테이블이 놓
여 있었고, 그 주위에는 에미 누나, 우리 엄마, 사야네의 어머

니, 에미 누나의 엄마라는 미인아내 네 명이 늘어서 있었다. 다들 교복차림이었기 때문에 평소보다 유부녀라는 느낌은 덜하고 젊어보이게 꾸민 코스플레이어라는 인상이 두드러졌다. 네 사람은 휴대용 버너 위에 놓인 커다란 냄비를 국자로 젓고 있었다.

끊임없이 피어오르는 진한 냄새에 이끌려 주민들이 속속 간이텐트로 모여들었다. 넓게 퍼지는 된장냄새를 손으로 더듬어 당기듯이 나와 사야네도 대기줄에 섰다.

"엄마가 자른 재료, 당근이랑 우엉이지? 대충 자른 티가 나."

"일일이 시끄러. 엄마의 마음에 감사하면서 먹어라."

미인아내들이 끓인 토란탕을 엄마가 종이그릇에 담아주었다. 싸구려 종이그릇에 침투한 열기를 얼어붙은 맨손으로 받아들자, 옅은 자색으로 변한 손가락 끝이 화끈하게 달아올랐다. 따, 따뜻하다아아아아아아아아아아아아아…… 후와아아아아아아……

나는 고양이 혀였기 때문에 입김을 불어 식힌 뒤에 붉은 된장과 고기·채소의 감칠맛이 녹아든 국물을 후루룩 마셨다. 그 순간, 미열의 잔물결이 온몸으로 퍼져나갔다. 몸속에 가득 찬 열기가 영하에 가까운 외부온도를 물리쳤다.

지역주민들은 토란탕을 먹는 젓가락을 멈추지 않으며 행복한 한숨으로 맛있음을 표현했다.

"……슈의 제안에는 놀랐지만, 가끔이라면 토란탕 축제도 나쁘지 않네."

사야네도 토란탕의 국물을 마음껏 즐기고는 얌전하게 한숨을 내쉬었다. 그러고는 희미하게 미소를 지으며, 만족감을 감추지 않았다.

　나는『뒤풀이를 토란탕 축제로 하고 싶어』라고 제안했다. 바로 며칠 전, 엄마와 토란탕을 먹은 일이 발단이었다. 이 지역에서 나오는 농축산물을 듬뿍 사용해 지역주민들과 토란탕을 끓여먹으면 즐거울 것 같다고 생각했던 것이다. 그래서 지역농가와 교섭하고 머리를 숙여 부탁하자, 다들 흔쾌히 재료를 제공해주었다.

　배식이 일단락되자, 에미 누나는 같은 초등학생들 엄마들과 함께 신나게 서서 이야기를 주고받았다.

　우리 엄마, 사야네의 엄마, 에미누나 엄마가 스키장에서 빌린 맥주상자에 걸터앉아 토란탕을 안주삼아 설경을 보며 술잔을 기울이고 있었다. 리제는 에미 누나의 여벌 교복을 빌린 탓에 옷에 폭 감싸인 상태였지만, 느긋하게 식사도 할 수 없을 정도로 동급생들에게 둘러싸여 상찬과 갈채를 받고 있었다.

　"니들! 리제는 많이 지쳤으니까 좀 쉬게 놔 둬!"

　"요스케, 평소에는 맨날 리제하고 싸우면서~."

　"시, 시끄러! 나도 가끔은 상냥함을 발휘한다고!"

　동급생과 말싸움을 하는 요스케…… 여전히 솔직하지 못했다. 라이브 직후의 리제의 노고를 치하하고자 주변을 얼쩡거렸으나, 다른 동급생들이 선수를 쳐서 초조해진 모양이었다.

　"오오! 좀 더 크게 만들자!"

"그래요! 빅한 사이즈의 동체로 해주자고요!"

눈을 밟아 다질 것 같을 정도로 바닥에 낮게 깔린 저음의 목소리와 야단법석을 떠는 목소리가 소란스러운 것은 30대를 목전에 둔 두 사람이었다. 토미 씨와 히나코 선배가 교복차림으로 눈덩이를 데굴데굴 굴리고 있었다. 뭘 하고 있는지 고민할 것도 없이 눈사람을 만들고 있었다.

날씨는 일기예보대로 점차 흐려졌다. 아직 본격적으로 내리지는 않았지만, 멍하니 서 있는 것만으로도 정수리나 어깨가 함박눈으로 하얗게 물들었다. 그래도 내일은 일요일. 사람들은 감기 같은 것은 두려워하지 않고 몇 시간 남은 크리스마스를 만끽하고 있었다.

"……슈는 포크댄스 안 춰?"

"나는 사양할래. 여기서 불을 쬐면서 사람들을 보는 것만으로도 즐거워."

"……그래? 그럼 나도 여기 있을래."

나는 나란히 늘어놓아서 벤치를 대신하고 있는 맥주상자 3개에 약간 새우등을 한 채로 앉아 있었다. 바로 옆에는 물론 사야네가 있어주었다.

눈앞에서는 장작을 정열적으로 연소시키며 미친 듯이 불타오르는 불꽃이 시야를 불선명하게 가로막았다. 석양과는 또 다른 오렌지색의 발광이 우리에게 그와 버금가는 빛과 안락한 열을 나누어주었다.

"중학교 운동회 때에는 포크댄스 췄었지. 나하고 너하고 말이야……. 스텝이 하도 딱딱해서 보고 있던 엄마들이 웃었던가."

"……그때는 슈가 못 추었던 거야. 나는 완벽했어."

"아니아니아니. 네가 『기본이라는 개념에 얽매이고 싶지 않아』라느니 어쩌느니 하면서 애드리브로 스텝을 밟아서 그런 거잖아. 내 쪽이 더 완벽했어."

"……그런 발언은 기억에 없어. 그때의 나는 좀 더 보통의 여자애였을 거야."

정신연령이 중학생인 두 사람. 시시한 책임공방이 5분가량 계속되었다.

"훗훗훗. 키리야마는 보통의 아이는 아니었던 것 같은 기분이 드는구나……."

어느샌가 교감선생님이 우리 옆에 서서 유쾌하게 웃고 있었다. 때마침 뒤를 지나다가 우리 대화를 들은 모양이었다.

"역시 교감선생님도 그렇게 생각하시죠! 중학교 때의 사야네는 이상한 아이였죠!"

"이상한 아이…… 라기보다는, 상식에 얽매이지 않는다고 할까, 자유로웠지……. 덕분에 교사들은 꽤 고생을 했지만 말이야……."

"……그때에는 폐를 끼쳐서 대단히 면목이 없습니다."

새삼 반성을 한 사야네가 교감선생님에게 꾸벅 고개를 숙였다. 교감선생님은 「딱히 신경 쓰지 않으니까 괜찮다……」라며 온화한 어조로 사야네를 달랬다.

"밤도 깊었으니, 학생들은 슬슬 돌려보내 마……. 오늘은 허리와 어깨가 아파올 정도로 즐길 수 있었다…….”

지역주민의 한 명으로서 관객으로 변한 교감선생님은 혈관이 두드러진 가느다란 팔을 휘두르거나, 목이 꺾일 것 같을 정도로 헤드뱅잉을 하는 등, 격렬한 곡에서는 크게 날뛰었다.

앞으로도 한참을 더 오래 살 거야, 이 사람은. 음악이 얽히면 인격이 바뀐다니까.

“저희야말로 정말 크게 도움을 받았습니다. 교감선생님에게는 늘 신세만 지고…… 감사하고 있습니다.”

“됐다, 괜찮아……. 나도 좋아서 하는 일이니까……. 또 무슨 일이 있으면 사양 말고 상의하러 오거라…….”

교감선생님과 인솔 선생님들이 학생들을 이끌고 스키장에서 물러나기 시작했다. 시각은 오후 9시를 한참 전에 지났기 때문에, 이 뒤는 어른들의 시간이었다.

“이봐이봐이봐, 스기우라. 나한테 인사하는 거 잊은 거 아냐?”

“우와…… 이렇게 될 테니까 빨리 돌아가고 싶었는데……. 마츠모토, 키리야마…… 사, 살려다오…….”

완전히 도망치는 것이 늦었던 교감선생님이 우리 집 주정꾼 엄마에게 딱 잡혔다.

엄마는 정년이 가까운 노인으로는 도망칠 수 없으리라고 생각되는 팔 힘으로 어깨를 끌어안고, 겁먹은 어린양으로 변한 교감선생님을 미인 엄마들에게로 연행해갔다.

나와 사야네는 보고도 못 본 척 했다. 미안해요, 교감선생님……. 마츠모토 가의 여왕에게는 거역할 수 없어요. 바쁘고 소란스러운 공간이 있으면, 조용한 시간을 의미 있게 보내는 사람도 있었다.

마츠모토 슈와 키리야마 사야네는 후자였다. 침묵이 지배하는 가운데, 한두 마디 대수롭지 않은 대화를 나누면서 둘이서 같은 풍경을 바라보고 같은 타이밍에 미소 지었다.

"좋았─어! 제2회 이요리 누님과 팔씨름해서 이기면 뺨에 키스 대회를 시작하겠다아아아아아아아아아아아아아아아아아아아아아아아아아아아아!"

뒤풀이가 시작된 지 두 시간이 흐르자, 참가자들도 이상한 방향으로 흥분했다.

멍청한 것 같은 대회가 토미 씨의 한 마디로 재개되는 것 같았다.

"덤벼라, 이 에로노인네들! 전원 가차 없이 반격해서 패배의 쓴맛을 맛보게 해주겠어!"

라이브 전까지만 해도 마지못해서 응했는데 지금은 만취해서 그런지 잘 받아주네, 엄마.

이웃집 아저씨들에게 키스하는 엄마도 시각적으로 매우 안 좋았기 때문에 나로서는 엄마가 이겨주지 않으면 곤란했지만.

"이요리 누님…… 다시 한 번…… 다시 한 번만 더 부탁드립니다! 교복을 입은 이요리 누님에게 키스를 받는 것이 어릴 적부터의 꿈이었슴다! 그 꿈을 이룰 기회는 오늘밖에 없슴다!"

"좋다, 마사키요. 팔이 부러져도 난 책임지지 않을 테니까 말이다!"

엄마와 토미 씨의 시합이 가열되는 것을 나와 사야네는 냉담한 시선으로 지켜보았다. 특히, 토미 씨의 꿈이 너무나도 한심해서…… 어처구니가 없어서 웃지 않을 수가 없었다.

"하아. 저렇게 기합을 잔뜩 넣고 말이지. 남자란 정말 바보야~."

우리와 마찬가지로 한심하다는 시선을 감추지 않은 히나코 선배가 우리 옆으로 다가왔다. 화려하게 올려 묶은 풍성한 머리카락, 진하고 요란한 화장. 거기에 교복도 일부러 흐트러뜨려 입은 갸루의 용모를 하고 있었기 때문에, 눈에 익숙해질 때까지 시간을 필요로 할 것이다.

평소의 사회인 분위기와는 또 다른 지금의 히나코 선배도 매력적이라고 할까…… 가까이 다가오자 가슴이 더 빠르게 두근거렸다. 상쾌한 향수냄새가 코를 간지럽히며, 남자의 본능을 더 할 나위 없이 자극했다.

"남자란 성별만으로 하나로 싸잡아서 말하지 말아주세요. 저는 팔씨름에 참가하지 않았어요."

"그건 상대가 자기어머니이기 때문이잖아~? 에밀리 선배와의 팔씨름이었다면 어쩔 거야?"

"……………………참가안해요."

"……슈, 왜 바로 대답을 못하는 거야?"

잠시 생각에 잠긴 남자에게 사야네가 날카롭게 비난하는 시선을 쏘아왔다. 히나코 선배의 질문이 너무 짓궂어. 그런 질문…… 건전한 남자라면 말이지. 망설인단 말이야.

"이 마을은 있지…… 사람들도 모두 마음이 따뜻하고, 좋은 곳이야."

"저도, 그렇게 생각해요."

타하하. 그렇게 웃은 히나코 선배는 화르륵 하고 맹렬하게 타오르는 불꽃을 바라보았다.

"아주 조금만 『동화의 후일담』을 들려줬으면 해. 세 번째 후회의 이야기를."

그렇게 말하고, 히나코 선배는 그 자리에 선 채 알코올 도수가 높은 츄하이를 입에 갖다 댔다.

꿀꺽꿀꺽. 목을 몇 번 울린 뒤 함박눈 속으로 새하얗게 김이 서린 숨을 토해냈다.

"단순한 방관자가 돼버린 병아리에게도 **처음이자 마지막 기회**가 있었습니다. 그것은 고등학교 3학년의 겨울…… 눈사람이 눈토끼와 헤어질지 어떨지 고민하고 있던 것입니다."

그 일은 나도 알고 있었다. 내가 가장 신뢰하는 아는 형에게 들었던 것이다. 그 사람은 본가의 농사를 잇기 위해, 그리고 상대의 꿈을 방해하지 않기 위해 미련 없이 물러나려던 시기가 있었다.

"병아리는 망설이고 망설이다가…… 타산적인 생각도 머리를 스쳤지만, 결국 그 등을 떠밀어주는 길을 선택했습니다. 고뇌를 끊어버린 눈사람은 눈토끼에게 결혼을 신청해, 두 사람은 행복하게 살았다고 합니다. 와, 잘 됐어요. 짝짝짝."

병아리는 눈사람에게 성원을 보내 꺼지려던 사랑에 다시

불을 붙였다. 헤어지라고 권했더라면 병아리와 이어질 희망이 꽃피었을지도 몰랐는데.

아무도 상처입지 않은 『현상유지』의 결말을 회상하고 있을 터인 히나코 선배는 어떤 한 점을 아련한 눈으로 바라보았다.

"끼어들기 같은 건…… 할 수 없어. 그 두 사람…… 아니, 세 사람의 웃는 얼굴을 보고 있으면 말이지……. 미련은 있어도, 후회는 없다고…… 지금 이 순간이라면 그런 생각이 들어."

박복한 그 시선의 끝에는 불꽃을 중심으로 빙글빙글 돌듯이 포크댄스를 추는 토미 씨와 에미 누나, 리제의 세 가족이 있었다. 9년 전의 병아리가 눈사람과 눈토끼의 관계를 깨버렸다면, 이 일가의 미소는 존재하지 않았으리라.

자신을 돌아보게 하는 것이 아니라, 그 등을 그대로 떠밀어 주었다. 병아리가 선택한 그 미래는 언젠가 자신의 욕심어린 행동을 후회하지 않기 위해 스스로 받아들인 미련이었다.

"후배군과 후배양은 말이지. 왜 병아리한테 손을 내밀어준 거야?"

"저는…… 이 마을에게, 이곳에 사는 사람들에게 구원을 받았습니다. 자신의 인생조차 아직 불확실하지만, 이번에는 제가…… 사랑에 괴로워하는 누군가를 위해 힘을 다하고 싶었습니다. 그것뿐이에요. 지나가버린 시간은 되감을 수 없지만, 만회할 수는 있다고 생각하니까요. 제가…… 그랬거든요."

"어머나…… 멋진 후배군을 만난 것 같은 기분이 들어."

"대단한 일은 하지 못했어요. 제가 할 수 있던 건 모두에게 고개를 숙이는 정도랴."

자신을 비하하는 후배의 어깨에 선배가 추위에 얼어 빨갛게 변한 손을 얹었다.

"아니. 나는 **네가 그 많은 사람들을 다 움직였다**고 생각해. 선배나 다른 사람들이 말했어. 후배군은 평범한 잡무를 묵묵히 했다고. 대량의 채소와 조리 기구를 준비한다든가, 채소를 차가운 물로 씻어서 껍질을 벗긴다든가. 이벤트 전체의 준비와 진행을 지휘한 것도 너지?"

"전 천재가 아니니까요. 토미 씨와 히나코 선배를 거울로 삼은 것뿐이에요. 게다가, 그 정보는 조금 틀렸네요."

"……슈는『묵묵히』하지 않았어요.『채소가 든 상자가 무거워』라든가,『물이 너무 차가워서 손가락이 떨어질 것 같아』라든가,『애초에 겨울은 너무 추워』라든가, 작은 목소리로 잔뜩 불평불만을 늘어놓았죠."

"후후…… 아하하하하하! 역시나 니트 출신! 그거야말로 글러먹은 내 후배지!"

사야네의 보충설명을 들은 히나코 선배는 어깨를 탁탁 두드리며 배를 끌어안고 웃었다.

"하루만이라도 중학교시절로 돌아갈 수 있던 건 나한테 너무 사치스러운 행복이었어. 꿈이라면 깨지 않았으면 좋겠다…… 라고, 병아리는 한탄하고 있을지도 모르겠어."

병아리에 대해 이야기할 때에는 어디까지나 제3자의 시선인 것이, 참 포기를 모르는 선배인 듯 했다. 나는 아직 지지 않앉어. 고백에 대한 답을 듣지 않았으니까.

그것이, 끝나지 않는 첫사랑. 누구도 상처 입히지 않고 상처 입지 않는, 일방적인 감정을 악화시킨 청춘.

"영원히 이어진다니, 거짓말이라고 생각했지만, 병아리를 가엾게 여긴 신이…… 아니, 너희가 크리스마스의 자비를 내려 줬으니까…… 조금은 믿어볼까."

히나코 선배의 눈은 조금 부어 있었지만, 이미 한참 전에 눈물이 그친 표정은 매우 환했다.

"대개의 첫사랑은 결실을 이루지 못해요. 저도 그랬어요."

영국인 누님에게 품었던 첫사랑은, 어딘가의 연적에게 빼앗기고 말았다.

"하지만…… 언젠가, 첫사랑의 상대보다 더 좋아할 수 있는 사람이 나타날 거예요. 그때까지는 첫사랑에게 매달리는 것도 괜찮지 않을까요."

"그런 사람이 나타날까. 내 취향은 한 살 연상에, 오빠 같은 느낌에, 짧은 머리의 불량배 출신에 자칭 야성적인 미남, 거기에 검은 승합차와 힙합을 좋아하고, 머리카락이 긴 어른스러운 여성을 좋아하고, 섬세함이라고는 요만큼도 없으며, 잘 웃어주고 어조가 경박하고, 곤란한 처지에 놓인 사람을 보면 도와주는…… 그런 자동차 공장에 다니는 무사태평한 바보남자라고?"

"……취향이 너무 특정적이어서 밉살스러운 얼굴이 떠오르는데요."

사야네가 날카롭게 태클을 걸었다. 나와 히나코 선배는 웃음을 뿜어내고는 그야말로 배가 아플 정도로 웃어댔다.

정말 곤란한 선배였다. 악화시켜버린 첫사랑에 대한 대처가 너무 늦어서, 언제까지나 짝사랑을 하고 있을 것 같은 예감만 들었다.

"오늘은…… 고마워! 우리 할아버지가 차로 데리러 와줬으니까, 단 하룻밤의 신데렐라는 슬슬 마을처녀로 돌아가겠어요―."

농담조의 가벼운 어조로 어물어물 그 자리를 넘긴 히나코 선배는 남은 츄하이를 단숨에 들이켰다. 그리고 자신의 역할은 끝났다는 것처럼 왼손을 살래살래 흔들면서 걷기 시작했다.

"내일부터의 미쿠모 히나코는 다른 사람의 연애를 응원하는 누님이야. 마음껏, 잔뜩 사랑을 하렴, 귀여운 후배들. 메리 크리스마스!"

히나코 선배 나름대로의 순수한 응원을 선물로 내려놓고 몸집이 작은 뒷모습은 멀어져갔다. 차츰 불꽃의 빛이 가닿지 않게 되고, 이윽고 그녀의 모습을 비추는 것은 아무것도 없게 되었다.

토미 씨와 히나코 선배가 만든 눈사람의 머리 위에 오도카니 놓인 눈병아리. 정면에서 서로 끌어안을 수는 없었지만, 연인보다도 가까운 거리에서 병아리는 앞으로도――.

나도, 사야네도 어련무던한 동정이나 격려는 하지 않았다. 히나코 선배가 고민해서 도출해내고, 최종적으로 받아들인 후일담을 지켜볼 뿐이었다. 그러면서 선배에게 과도한 걱정이나 질타를 당하지 않도록, 우리 후배 두 사람은 『조그만 꿈과 있는 그대로의 평범한 일상』을 키워나갈 수 있었으면 좋겠어.

"사야네. 같이 스노랜턴을 만들지 않을래?"

나는 무거운 엉덩이를 들어 눈 위에 웅크려 앉으며 사야네에게 손짓을 했다.

"……응. 좋아."

고개를 끄덕이는 것에 담백한 한 마디를 더하고 사야네도 내 정면에 웅크리고 앉았다. 우리 두 사람은 유치원생처럼 눈을 주물럭거리고, 치덕치덕 단단하게 다졌다. 또, 가운데 빈 구멍은 평범한 원통형으로는 어딘지 재미가 부족했기 때문에, 새로운 형태를 만드는데 열중했다.

"사야네 말이지. 스노랜턴의 도시괴담을 믿어?"

눈을 착실하게 다지면서 나는 잡담을 던지는 투로 물어보았다.

"……안 믿어. 그렇게까지 로맨티스트는 아니야."

사야네는 어디까지나 냉정하고 맑은 음성으로 즉답했다.

"……우리의 인생은 우리 스스로 키우고, 고통에 몸부림치면서도 발버둥을 쳐서 서로의 마음을 맞춰간 결과라고 확신하고 있어. 영원히 이어지는 미래는 자기 손으로 붙잡는 거야."

그 말 대로였다. 정체도 알 수 없는 미신 덕분으로 돌리다니, 그런 건 나도 사양이었다.

"내가 스노랜턴을 만드는 건, 그것이 슈와의 추억이 되기 때문. 단지 그 뿐이야."

"내일도, 모레도, 몇 년 뒤에도…… 계속 같은 추억담을 나눌 수 있도록, 근사한 불을 켜자."

중고생용의 값싼 도시괴담 따위 전혀 상관없었다. 우리가 즐거우면 됐다. 두 사람의 거리감에서 지내는 『연인의 시간』이 소중하니까, 사람들 시선을 거리끼지 않고 연인사이를 자랑하면서 눈으로 된 작품을 쌓아올리는 거야.

십수 분 뒤. 크리스마스트리 형태의 스노랜턴이 완성되었다. 크기는 무릎에도 채 미치지 않을 정도였지만, 빈 구멍에 집어넣은 양초에 불을 붙이니— 우리 얼굴에 희미한 오렌지색의 빛이 어렸다. 사야네의 눈동자에 반사된 아련한 하이라이트는 그녀의 웃는 얼굴을 한층 더 아름답게 부각시켜 주었다.

분한걸. **왼쪽의 세계가 선명했다면**, 네 아름다운 미소를 좀 더 즐길 수 있을 텐데.

"……첫사랑은 이루어지지 않는다는 것 같지만, 내 첫사랑은 이루어졌어. 슈의 첫사랑이 내가 아닌 건 좀 불만이지만."

문득 사야네가 아련한 애정과 질투를 살짝 엿보였다. 그런 그녀에게 나는 용서를 구하는 쓴웃음을 지어보였다.

"……내년에도 같이 등불을 켜준다고 약속하면, 용서해줄게."

"그래. 약속할게. 내년에도 둘이서……."

사야네가 내민 오른손 새끼손가락에 나는 내 오른손 새끼손가락을 걸었다. 장갑을 벗은 맨손은 추위에 굳고, 가벼운 동상을 입어 빨갛게 변했다.

그래도 그렇게 서로의 체온을 나누고 있으니 차갑게 얼어붙지는 않았다. 줄곧 손가락을 마주 걸고 있고 싶었지만, 손가락을 떼지 않으면 약속은 성립되지 않는다.

"……약속했어."

사야네가 어린아이처럼 그렇게 중얼거리고, 그것을 신호로 우리는 가만히 손가락을 떼었다.

메리크리스마스. 서로의 시선으로 인사를 주고받으며, 끝나가는 성야에 축배를 올리도록 하자.

자정에 가까운 시간대―― 크리스마스가 곧 끝난다.

수마를 동반한 눈꺼풀이 스스로의 의사에 반하는 움직임을 보이기 시작했다. 라이브 직후에는 통쾌한 피로감에 지배되긴 했지만, 지금은 난로와도 닮은 모닥불의 열기도 어우러져 몸과 뇌가 수면을 바라고 있었다.

"……슈. 졸려?"

"……조금. 지친 걸지도 몰라."

꾸벅꾸벅. 고개는 자꾸 중력에 이끌리려고 하고 눈도 멍하게 풀린 나를 사야네가 신경 써 주었다. 토미 씨 일가와 엄마들의 사이좋은 대화소리가 경쾌한 자장가가 되어 나를 잠으로 이끌었다.

"……같이 돌아갈래? 나, 차도 갖고 왔고, 또 술도 안 마셨으니까."

"아니…… 아직 돌아가고 싶지 않아. 좀 더…… 이대로 있고 싶어."

적어도, 크리스마스가 계속되는 시간 동안은, 추억으로 가득 찬 교복차림의 연인과 함께 있고 싶었다.

"……나한테 기대도 돼. 슈는 열심히 했으니까…… 오늘만 특별히야."

"엄청 기뻐. 그럼, 어디 호의에 기대볼까."

여자친구가 제시한 정말이지 근사한 제안을 함부로 거절할 남자는 없었다. 나는 오른쪽 옆에 앉아있던 사야네의 꽉 조여진 허벅지에 끌려가듯이 상반신을 눕혔다.

"……거기가 아니야. 어깨를 빌려주려고 했는데."

나는 욕심꾸러기이니까 무릎베개가 좋아. 계절적으로 맨다리는 아니었지만, 스타킹 너머로 유연한 탄력이 느껴졌다. 차갑게 얼어붙은 오른쪽 뺨에 기분 좋은 미열이 천천히 스며들었다.

1초, 1초……. 기계적으로 흘러가는 시각은 영시까지의 카운트다운. 나는 수면욕에 따라 관절의 긴장을 풀고, 천천히, 천천히 두 눈을 무거운 눈꺼풀로 덮었다.

"건반의 음색…… 어땠어? 사야네가 칭찬해줄 정도로, 잘 쳤어……?"

나는 이미 눈을 감고 있었다. 입을 다문 사야네가 어떤 표정을 하고 있는지 알 수 없었다.

"……응. 슈는 언제나 나를 지탱해 줘. 슈가 함께 있는 것만으로…… 나는 기분 좋게 노래를 부를 수 있었어."

건반의 음색에 관해서는 언급하지 않았다. 난 제대로 잘 쳤을까.

목소리가 점차 작아져, 확실하게 들을 수 없게 되어갔다. 내가 수마에 지배당하기 시작한 것인지, 사야네의 목소리가 현저하게 잠긴 것인지, 이미 분명하지 않았다.

그러나, 성야의 정적을 가련하게 깨는 희미한 숨결에——.

"그러니까…… 없어지지 말아줘. 부탁이니까……."

수심이 가득 찬 울먹이는 『혼잣말』이 살그머니 배어나왔다.

주변의 소리마저도 감각에서 멀어져, 의식의 바깥으로 흘러나갔다.

축적된 피로가 쌓인 육체가, 일시적인 잠에 빠지려 하고 있었다.

　　　……………….

　　　………….

"……벌써, 잠든 거야? 슈, 깨어있어……? 자고 있……지?"

이건, 사야네의 목소리. 조심스럽게 속삭이고 있었다.

"다음에는, 슈가 먼저…… 해줘."

왼쪽 뺨에 느껴지는 희미한 감촉.

불현듯 촉촉한 것이 살짝 와 닿은— 것 같은 느낌이 들었다.

아마도, 눈은 아니다. 맞닿은 뺨에 희미한 열기가 남아 있었으니까.

멀어지려던 의식이 다시 되돌아왔다. 저도 모르게 얼굴을 위로 향하자, 귀엽고도 아름다운 얼굴이 불과 수 센티미터 앞에 있었다. 무릎베개를 해주고 있던 사야네가 상반신을 굽혀 **분홍색의 뭔가**를 갖다 대고 있던 모양이었다.

"……깨어 있었으면 그렇다고 말해. 치사해."

기분 탓인지 사야네는 얼굴을 발갛게 물들이면서 못마땅해했다.

나는 겸연쩍음을 감추는 것이 특기인 사야네의 부드러운 머리카락을 빗으로 빗듯이…… 가만히 쓰다듬었다.

"미안. 사과의 뜻으로…… 이번에는 내가 먼저 할게."

"……응. 그걸로 비긴 거야."

방금 전과는, 정반대.

사야네가 눈을 감고 조용히 받아들여 주어서.

"사야네…… 좋아해. 첫사랑보다…… 더 사랑해."

"나도…… 슈를, 줄곧 좋아했어."

우리는 조용하게, 하지만 확실하게 거리를 좁혀갔다. 서로의 입술도 연인의 욕구에 따라 가까이 이끌렸다.

12월 25일.

오전0시 2초 정도 전.

은색 눈의 대지와 쓸쓸한 담설이 빛나는 심야에———.

우리는 첫 키스를 했다.

연애는 고백해서 차이는 것보다, 그 감정을 전하지 않고 포기하는 쪽이 더 많을지도 모릅니다.

용기가 없거나, 상대에게 이미 좋아하는 사람이 있거나, 사람들의 입에 오르내리는 것을 원하지 않거나 지금의 관계가 부서지는 것을 두려워하는 등등……. 고백을 포기하는 이유는 사람마다 다양합니다.

히나코처럼 『현상유지』를 선택한다는 경험은 돌이켜보면 저도 꽤 있었습니다. 무섭죠. 더는 지금까지의 관계로 있을 수 없게 될지도 모르니까요.

너를 잊는 법을 가르쳐 줘 2권은 그런 감정을 솔직하게 표현하고 싶었습니다.

과거에 얽매여 고통에 몸부림치다가, 도망치고 도망친 끝에 붙잡은 러브스토리가 1권이었다면, 2권은 현상유지에 계속 머무른 실연미만의 후일담입니다. 미쿠모 히나코라는 여성이 오랜 세월에 걸쳐 품고 있던 것을, 가슴 속에 눌러 죽인 채 있던 첫사랑을 겨울이라는 새하얀 계절에 그려냈습니다.

히나코는 슈와 사야네에게는 밝고 명랑한 선배, 마사키요와 에밀리에게는 여동생과도 같은 후배라는 양면성을 가진

만능캐릭터로, 다양한 표정과 감정을 표현해주어서 마음에 듭니다.

솔직히 본문을 쓸 때에는 마음이 괴로웠습니다. 1권이 『되찾은 청춘』이라는 구제의 에필로그로 나아간 것에 비해 2권에서는 『완전히 끝난 첫사랑의 결말』을 묘사했기 때문에, 히나코에게 감정이입이 되어 집필하는 손이 무거워졌지요.

하지만, 마사키요와 에밀리의 연애이야기나 히나코의 심정을 모두 다 쓰기에는 페이지가 부족합니다.

이번에는 히나코 시점의 회상을 아주 살짝 보여드렸습니다만, 언젠가 에밀리를 포함한 세 명이 지내온 학생시절을 300페이지 정도 써보고 싶습니다…….. 확약은 할 수 없지만, 만약 기회가 된다면, 삼각관계에도 이르지 못했던 과거편을, 언젠가 보내드릴 수 있기를 바랍니다.

물론 슈도 조금은 성장했습니다. 싫은데 마지못해서 마사키요에게 끌려 다니던 슈가 주위 사람들을 끌어들이는 쪽이 되고자 열심히 뛰어다니는 모습은 정말로 평범하지만, 연인인 사야네와 서투른 사랑을 키워나가는 모습과 함께 지켜봐 주시면 기쁘겠습니다.

그리고, 이번에도 정말로 근사한 일러스트에 감명을 받았습니다. 플라이 선생님의 손에 선명하고 화사하게 채색된 세계에 완전히 매료되었지요. 말로는 이렇게 냉정하게 표현하고 있습니다만, 일러스트가 도착할 때마다 "아앗…… 플라이 선생님…… 괴, 굉장해……."라며 바라보고 있습니다.

 이 작품은 등장인물의 평균연령이 높기 때문에, 교복을 입으면 코스프레가 돼버립니다. 거기에 학원 러브코미디 같은 미성년 특유의 새콤달콤한 맛도 없습니다.

 그래도 고향의 친구들과 술잔을 주고받으며 시시한 이야기를 나눈다거나, 두 번 다시 돌아오지 않는 과거를 한탄하고 그리워하는 나날이 독자여러분의 눈에 『어른의 청춘』으로 비치길 바랍니다.

 또, 스노랜턴은 불을 켜면 무척 아름다우니 흥미가 있는 분들은 부디 만들어 보시기 바랍니다.

 이 이야기는 아직, 끝을 맞이하지 않았습니다.

 청춘의 연장시간이 끝나는— 그 순간까지 계속 써갈 수 있기를 바랍니다.

아마사키 미리토

■역자 후기

안녕하세요, 역자입니다. 이번에도 요란한 밴드와 함께 찾아뵙습니다.

1권은 천재들의 첫사랑 이야기였다면, 이번 2권은 평범한 사람들의 첫사랑 이야기인 것 같습니다. 아, 슈는 자기는 천재가 아니라고 말하지만, 문외한인 제 눈에는 자신의 감정을 멜로디로 만들어낼 수 있다는 점에서 충분히 재능은 갖고 있는 것이 아닐까 싶습니다.

어쨌든, 이번 이야기는 정말로 우리 옆에서 볼 수 있을 평범한 사람인 병아리 씨의 첫사랑 이야기입니다.

작가님도 말씀하셨다시피, 좋아하는 마음을 상대에게 고백하지 않고 그냥 삼켜버린 일은 저도 경험해봤고, 주위에서도 많이 봤습니다. 맨날 보는 얼굴인데 고백했다가 차이면 거북해서 못 살 것 같다면서 고백을 하지 않은 거죠.

하지만 그런 동시에, 슈의 말처럼 더 좋아하는 다른 상대가 나타나기도 했습니다. 제 친한 친구는 혼자 좋아하는 마음을 끌어안고 있다가, 직장을 옮기면서 새로운 인연을 만났더랬죠. 그리고 몇 년에 걸친 긴 연애에 들어갔습니다.

그걸 보면 슈의 말도 참 공감이 많이 갑니다. 그 사랑을 잊지 못하면 본인이 말라죽을 것 같다면 잊으려고 해야겠죠. 하지만 그래도 살아갈 만하다면…… 꼭 잊으려고 발버둥 칠 필요는 없지 않을까. 의외로 짝사랑을 즐기는 사람도 있는 것 같았습니다. 상대에게 보답을 받을 수는 없지만, 그래도 누군가를 좋아한다는 그 마음과 그 상황이 좋다고 하더군요. 이런 사람들은 멘탈이 갑인 것이 아닐까 싶습니다…….

옆에 아무도 없는 시기에 이따금 가슴에만 묻고 지나간 사랑을 떠올리는 것은 단순히 과거에의 아련한 추억일까요, 아니면 병아리 씨처럼 그 사랑을 악화시킨 것일까요. 쿡쿡쿡.

아직 이야기는 끝난 것이 아니라던 이 작품은 두 번째 이야기가 나왔습니다. 거기서도 여전히 끝이 아니라는 이 이야기를 작가님은 조금 더 쓰고 싶으신 모양입니다. 하지만 그 '시간'을 쥐고 있는 슈는 적극적으로 치료에 임했음에도 남겨진 시간이 별로 없다는 듯한 뉘앙스를 풍기고 있습니다. 다음에 이어질 이야기가 어떤 내용인지와 함께, 슈의 모래시계가 얼마나 남았는지가 눈여겨볼 포인트가 아닐까. 그런 생각과 함께 그만 펜을 놓습니다. 총총총.

너를 잊는 법을 가르쳐 줘 2

초판 1쇄 발행 2019년 11월 10일

지은이_ Mirito Amasaki
일러스트_ Fly
옮긴이_ 이진주

발행인_ 신현호
편집국장_ 김은주
편집진행_ 최은진 · 김기준 · 김승신 · 원현선 · 권세라
편집디자인_ 양우연
국제업무_ 정아라 · 전은지
관리 · 영업_ 김민원 · 조은걸 · 조인희

펴낸곳_ (주)디앤씨미디어
등록_ 2002년 4월 25일 제20-260호
주소_ 서울시 구로구 디지털로 26길 111 JnK디지털타워 503호
전화_ 02-333-2513(대표)
팩시밀리_ 02-333-2514
이메일_ lnovelpiya@naver.com
L노벨 공식 카페_ http://cafe.naver.com/lnovel11

KIMI NO WASUREKATA WO OSHIETE 2
©Mirito Amasaki, Fly 2019
First published in Japan in 2019 by KADOKAWA CORPORATION, Tokyo.
Korean translation rights arranged with KADOKAWA CORPORATION, Tokyo.

ISBN 979-11-278-5309-9 04830
ISBN 979-11-278-5125-5 (세트)

값 7,000원